미디어의
출현과
근대소설
독자

지은이

전은경(全恩璟, Jun Eun Kyung)_ 경북대학교 국어국문학과를 졸업하고 동대학원에서 2006년에 「1910년대 번안소설 연구―독자와의 상호소통성을 중심으로」로 문학박사학위를 취득하였다. 경북대학교 기초교육원 초빙교수를 거쳐 현재 경일대학교 자율전공학부 조교수로 재직하고 있다. 저서로『근대계몽기 문학과 독자의 발견』(2009), 『한국 현대 대중문학과 대중문화』(2012), 공저로『1910년대 문학과 근대』(2005), 『우리 영화 속 문학 읽기(증보판)』(2006), 『한국 근대문학과 신문』(2012) 등이 있다.

미디어의 출현과 근대소설 독자

초판1쇄발행 2017년 11월 30일
초판2쇄발행 2019년 1월 10일
지은이 전은경 **펴낸이** 박성모 **펴낸곳** 소명출판 **출판등록** 제13-522호
주소 06643 서울시 서초구 서초중앙로6길 15, 1층
전화 02-585-7840 **팩스** 02-585-7848 **전자우편** somyungbooks@daum.net **홈페이지** www.somyong.co.kr

값 55,000원 ⓒ 전은경, 2017
ISBN 979-11-5905-214-9 93810

이 저서는 2012년 정부(교육부)의 재원으로 한국연구재단의 지원을 받아 수행된 연구임(NRF-2012S1A6A4021583)

미디어의 출현과 근대소설 독자

A Study on the Appearance
of the Modern Media
and the Readers' Formation
of Modern Novels

전은경

문학은 문학 자체만으로 목적이 되어 전달될 수도 있지만, 한편으로
작가와 독자가 서로 의사소통을 하는 하나의 매개물일 수도 있다. 이러
한 측면에서 이 책은 문학을 미디어라는 환경, 즉 커뮤니케이션의 내부
에서 텍스트와 그 텍스트를 둘러싼 '관계'에 주목해 보고자 한다. 텍스
트는 작가 개인만의 것이 아니라 미디어 내부에서의 작동, 즉 편집진과
독자, 작가가 함께 관계를 형성하며 탄생하는 것이기 때문이다. 이 가
운데 가장 역동적인 존재가 바로 독자이다. 독자 연구는 단순히 독자
자체에 대한 연구에만 그치지 않는다. 독자는 그 시대의 산물이자 그
시대의 문화가 온전히 녹아 있는 산 증인이다. 그렇기 때문에 이 독자
를 연구하는 것은 그 문화의 내적 토대에 대한 연구이며, 그 당대 커뮤
니케이션 체계 내에서 의사소통의 구조를 이해하는 일이기도 하다.

따라서 이 책은 근대의 미디어와 텍스트, 독자가 어떤 방식으로 접합
되고 관계를 맺으며 새로운 문학을 탄생시키는지 그 원동력을 확인하
는 작업이다. 특히 '근대'가 유입되며 변화하게 되는 많은 문화적 현상
속에서 전근대의 독자들은 어떻게 근대의 독자로 변화하게 되는지 그
연속성과 계기를 확인하고자 했다. 근대계몽기 새롭게 등장한 근대 매
체 즉 마치 살아 있는 듯 접합되는 공간에서 독자는 연속되면서도 서서

히 변화되어 갔다. 그 미시적인 순간을 포착하여 그러한 변화가 어떻게 근대문학 형성에 영향을 미치는지 살펴보았다. 따라서 '독자로부터 읽는 문학사'의 시작으로서 근대계몽기를 되짚어봄으로써 근대독자의 형성 과정에 천착하는 일련의 작업은 우리 현대문학사를 더욱 풍성하게 만드는 일이라 믿는다.

이 책은 크게 보면 네 부분으로 나눌 수 있다. 서설, 신문 매체와 독자, 잡지 매체와 독자, 동아시아 문학과 독자가 그것이다. 먼저 서설에 해당하는 제1장에서는 독자 연구의 필요성과 독자의 개념에 대해서 논의했다. 특히 근대 매체가 등장하면서 변화된 독자 개념에 대해서 천착하고자 했다. 즉 의사소통의 장에서 '독자'가 근대적인 개념을 띠며 새로운 정체성을 획득하고 있음을 밝혔다.

신문 매체와 독자 연구에 해당하는 부분은 제2장에서 제4장까지로, 이 장들에서는 근대계몽기 각 신문 매체의 특성을 밝힌 후, 신문에 실린 서사물과 독자 성장에 대해 다루었다. 제2장은 『독립신문』, 『매일신문』, 『대한민보』의 서사물을 살피고 지식인 독자층의 성장에 주목했다. 제3장은 『만세보』, 『경향신문』, 『대한매일신보』의 서사물과 대중 독자층의 성장을 살펴보았다. 이를 토대로 제4장은 신문 매체의 '쓰는 독자'로서의 특징을 지식인 독자층과 대중 독자층의 경향으로 나누어 설명했다. 지식인 독자층에서는 『대한민보』의 '풍림諷林'이, 대중 독자층에서는 『대한매일신보』의 '편편기담'이 이러한 '쓰는 독자'를 양산해 내는 통로가 되었다. 신문 매체라는 개방적 커뮤니케이션 속에서 이 '쓰는 독자'가 어떻게 상호소통하며 성장하는지, 또 그 안에서 구조 학습이 어떻게 이루어지는지 서술하였다.

잡지 매체와 독자 연구에 해당하는 부분은 제5장에서 제7장까지로, 이 장들에서는 근대계몽기 해외 유학생 잡지와 국내 잡지의 특성을 밝힌 후, 문학 독자로서의 성장을 설명하고자 했다. 제5장은 해외 유학생 잡지인 『태극학보』와 『대한흥학보』를 중심으로 유학생들이 어떻게 '문학', '소설'의 개념을 정립해 가는지 살펴보았다. 제6장은 국내 잡지 『서우』 및 『소년』의 잡지 경향과 서사물의 특징을 살피고, 매체가 어떻게 독자들을 훈련하는지 분석하였다. 이를 토대로 제7장에서는 이러한 잡지 매체의 독자들이 '서사' 양식을 어떻게 실험하고 있는지 짚어보았다. 해외 유학생 잡지인 『태극학보』의 독자들은 '편지'라는 서사적 장치를 통해서 유학생인 자신들을 객관화했고, 동시에 '거울형' 서사를 통해서 유학생들의 눈으로 기존 세대를 바라보는 글쓰기를 진행했다. 또한 국내 잡지 『서우』에서는 독자의 글쓰기가 자기 고백과 계몽의 경계에 서 있음에 주목했다.

　　마지막으로 동아시아 문학과 독자 연구에 해당하는 제8장은 한국, 중국, 일본의 근대계몽기 매체와 문학, 독자의 연관관계에 대해서 서술하였다. 먼저 번역자의 태도와 '의도된 읽기'라는 차원에서 번역문학을 돌아보았다. 다음으로 한국과 일본의 번역문학을 비교, 대조하며 근대 독자층의 차이점을 살펴보았다. 최종적으로는 『춘희』라는 작품을 통해 한국, 중국, 일본의 번역문학의 경향을 분석하여, 각 국가별 특징을 서술하였다. 특히 같은 작품을 번역하면서도 동아시아 삼국의 환경과 독자들의 성향은 비슷하면서도 미묘한 차이를 보여주고 있음에 주목하였다.

　　다만, 아쉬운 점은 처음 계획했던 『황성신문』과 『제국신문』에 대한 연구를 싣지 못했다는 것이다. 『제국신문』 자료를 입수하기도 어려웠고, 이미 책의 분량이 800여 쪽을 넘는 가운데 이 두 신문에 대한 연구를 더 싣기가 어려웠다. 따라서 『황성신문』과 『제국신문』에 대한 서사물과 독자 연구는 다음 과제로 남겨둔다.

처음 시작할 때는 이렇게 방대한 분량이 될 것이라 생각지 못했다. 그러나 이렇게 책으로 엮는 가운데 얼마나 많은 분들의 도움이 있었는지 다시 한번 깨닫지 않을 수 없었다. 먼저 경북대학교 국어국문학과 현대문학 은사님들께 무엇보다 감사드린다. 지금은 퇴직하셨지만, 소설의 재미를 알려 주시고 소설 공부의 길로 인도해 주신 지도교수 이주형 선생님, 미디어를 통해서 문학을 보도록 시각을 넓혀 주시고 지금까지도 신문을 공부하도록 이끌어 주시는 김재석 선생님, 도움 되는 자료들을 아낌없이 나누어 주시고 헤맬 때마다 애정 어린 조언을 아끼지 않으시는 김주현 선생님, 학회 발표 때마다 격려하시며 연구자로서 고민하게 해 주시는 박현수 선생님께 고개 숙여 감사드린다. 또한 부족한 후배의 고민에 따뜻한 조언과 격려로 많은 의지가 되어 주시는 건국대 안미영 선생님과 경북대학교 대학원의 선후배, 동학들께도 진심으로 감사드린다. 이 책은 감히 혼자만의 성과물이라 하기 어렵다. 학회 발표와 세미나 등에서 치열하게 논의하고 토론하며 선생님들과 대학원 선후배, 동학들의 도움으로 이 책을 쓸 수 있었음을 고백한다. 또 흔쾌히 출판을 허락해주신 소명출판과 엄청난 분량을 편집하시느라 고생하신 편집부에도 감사드린다.

마지막으로 가족들에게 감사드린다. 한없는 애정과 격려를 베풀어 주시는 어머니와 든든하게 믿고 아껴 주시는 시부모님, 내 인생에서 최고의 동반자이자 지지자인 남편 그리고 이제 훌쩍 커서 엄마를 이해해주는 친구 같은 딸 유현이에게 고마움과 사랑의 마음을 전한다. 무엇보다 내 삶의 목적이 되시는 하늘에 계신 우리 아버지께 감사드린다.

2017년 11월

전 은 경

차례

제3장　근대계몽기 신문 매체 서사물과 대중 독자층의 성장

제4장　　　　　　　　　　　　　　　　　　　　　신문 매체와 '쓰는 독자'

제5장　　　　　　**근대계몽기 해외 유학생 잡지와 근대문학**

제8장　동아시아의 매체적 경향과 독자층 비교

제1장

독자 연구와 근대문학

   현재 문학 연구는 작가나 문학 작품 연구로부터 이제 독자 연구나 문화 영역으로 확대한 연구들이 진행되고 있다. 이 가운데 매체의 환경, 커뮤니케이션의 변화, 또 문화 공간으로의 인식 등 문학을 좀 더 다양하게 바라보는 관점들이 등장하고 있다. 이러한 상황에서 독자에 주목하는 것은 일방적 관계에서 다층적이면서 상호적 관계로, 폐쇄적인 커뮤니케이션에서 개방적인 커뮤니케이션으로 나아가도록 문학 연구에 새로운 관점을 제공해 준다. 따라서 이 장에서는 본격적인 문학 독자 논의에 앞서 독자 연구의 의미를 밝히고 독자 개념의 근대적 성립과 그 중층성에 대해 살펴보고자 한다.

1. 독자 연구의 의미

1) 왜 지금 '독자'인가

근래 들어 '독자'에 대한 관심이 높아지고 있다. 문학 작품의 주안점이 발신자인 작가에서 수용자인 독자로 옮겨오고 있는 것이다. 이렇게 전환될 수 있었던 것은 문학이 소비자를 전제한 상품이라는 것과 이 문학이 사실상 의사소통의 과정이라는 것을 인식하기 시작했기 때문이다. 그러나 아직 조선 후기의 소설 독자들이 어떠한 과정을 거쳐 근대소설 독자로 전환되고 있는지를 밝혀내지는 못하고 있다.[1] 문학이 문학 자체만으로 목적이 되어 전달될 수도 있지만, 한편으로 문학은 작가와 독자가 서로 의사소통을 하는 하나의 매개물일 수도 있다. 또한 이 매개물 안에는 작가, 독자뿐만 아니라 그 사회의 경향 역시 들어갈 수밖에 없다. 따라서 문학 연구는 이러한 모든 상황과 요소를 파악하는 데에서 시작되어야 한다. 그렇기 때문에 그 문학을 구성하는 요소인 독자에 대한 연구는 필수적으로 이루어져야 하며, 이는 매체 속에서 이루어지는 다양한 의사소통의 체계 내에서 고민되어야 한다. 특히 이러한 의사소통 구조 내부에서 근대소설 독자의 발생과 성립 과정을 연구한다

---

1   근대소설 독자에 대한 논의로 주목해 볼 논문은 천정환의 「한국 근대소설 독자와 소설 수용 양상에 대한 연구」(서울대 박사논문, 2002)를 들 수 있다. 독자 연구는 아니지만 근대 초기 매체와 연관한 연구는 연세대 근대한국학연구소 기초학문연구팀의 『한국 근대 서사양식의 발생 및 전개와 매체의 역할』(소명출판, 2005)과 박수미의 「개화기 신문소설 연구」(성균관대 박사논문, 2005), 김영민의 『한국의 근대신문과 근대소설』 1・2 (소명출판, 2006・2008)가 대표적이다.

면 근대문학의 성립과 미시적인 문학사의 틈새까지 채울 수 있다는 점에서 그 의의가 크다고 할 수 있을 것이다.

독자 연구는 단순히 독자 자체에 대한 연구에만 그치지 않는다. 독자는 그 시대의 산물이다. 따라서 그 시대 역시 그 독자의 경향 안에 녹아 있을 수밖에 없다. 어쩌면 그 시대를 가장 잘 나타내 보여주는 존재가 독자일 수 있으며 이 독자를 살펴봄으로써 그 문화의 내적 토대를 들여다 볼 수 있다. 내적 토대는 사실상 문화를 받아들이고 정착시키는 동시에 한편으로는 변화시키는 원동력이다. 그 문화의 내적 토대가 바로 사람, 독자인 것이다. 또한 우리의 근대는 식민지의 출현과 맞물려 있으며, 근대의 개인이 발견한 세상은 식민지의 모순 그 자체였다. 이 때문에 근대의 개인은 식민지 안에서 투쟁하고 갈등하며 성장할 수밖에 없었다. 그러한 모습을 가장 짙게 발견할 수 있는 곳이 바로 우리 식민지 조선의 문학이며, 그 문학을 향유한 독자들이다.

따라서 이 연구는 근대 초기 매체가 출현하면서 근대문학 독자가 어떠한 방식으로 탄생하고 형성되는지를 밝히는 것을 목적으로 한다. 문학을 바라보는 관점에는 작가 중심으로 바라보는 관점, 작품의 구성과 구조를 중심으로 바라보는 관점, 사회와의 연관관계 내에서 바라보는 관점, 수용자인 독자의 측면에서 바라보는 관점 등 다양한 관점이 존재한다. 그 가운데 가장 연구가 되지 못한 측면은 바로 문학의 주요 소비자인 독자 수용 내지 독자 반응의 관점이다. 작가나 작품의 영향력과 파급력은 결국 그것을 수용하고 유포하는 독자에 달려 있다. 그러나 그 역할이 중요함에도 불구하고 문학 연구사에서 이 독자층에 대한 연구는 매우 미흡하다. 혹은 이러한 독자층을 저속하게 보거나 혹은 이 독자층들이 작가나 작품 또는 사회에 대한 영향력이 미흡했다고 지레짐작하는 경우가 많다. 실제로 독자들은 오로지 수동적인 존재였을까. 작가들과 그 작품에 또는 그 사회에 어떠한 영향력도 미치지 못하는 존재들이었을까. 이 연구는 근대독자들의 역할과 그 성립과정을 밝혀봄으로써 독자를 포함한 새로운 문학사를 성립시키는 데 그 목적이 있다.

첫째, 근대소설 독자의 출현과 그 성립 과정을 분석하고자 한다. 근대계몽기의 가장 큰 특징은 바로 근대적인 매체가 출현했다는 것이다. 1983년 10월 31일 창간된 『한성순보』(1983.10.31~1884.12.6) 이후 1986년 4월 한국 최초의 민간신문인 『독립신문』(1896.4.7~1899.12.4)이 간행되었고, 1898년에는 『매일신문』(1898.4.9~1899.4.4), 『제국신문』(1898.8.10~1910.8.2), 『황성신문』(1898.9.5~1910.9.15)이 발행되었다. 1900년대에는 『대한매일신보』(1904.7.18~1910.8.28), 『대한민보』(1909.6.2~1910.8.18), 『경향신문』(1906.10.19~1910.12.30) 등이 간행되었다. 이 매체들은 매일 또는 일주일에 한 번가량씩 정기적으로 발간됨으로써 예전의 필사본으로 받아 보던 관보 등과는 그 영향력에서 차원을 달리하는 것이었다. 또한 이 매체를 구독하던 독자들을 대상으로 그들의 논설, 잡보, 관보, 또는 문예면을 싣고 있다. 독자들은 이 공개적인 매체를 통해서 음지에서 양지로 나올 수 있게 된다. 즉 독자들은 '문자'라는 방식으로 자신의 존재를 알릴 수 있었다. 동시에 이러한 근대 매체의 독자는 또한 근대 문예의 독자와 이어진다고 할 수 있다. 신문 발행면이 대체로 4면이었던 것을 고려하면, 그 당시 신문 구독자는 사실상 그 신문에 실린 문예면의 구독자였을 수 있다. 따라서 이 매체에 실린 논설, 잡보, 관보, 문예면을 면밀히 살펴 그 당대 근대독자층을 재구해

보고자 한다. 또한 잡지 매체에 대한 연구를 병행하여 신문 매체와 잡지 매체의 경향적 차이를 조사하고, 매체를 향유했던 근대문학 독자의 경향을 다각적으로 연구하고자 한다.

둘째, 전근대적인 독자에서 근대독자로 이어지는 근대계몽기 독자층의 연계를 살펴보고자 한다. 조선시대에도 수많은 문학 독자층들이 존재했다. 특히 17세기 말엽부터 18세기에 이르러서는 차차 평민 계층이 소설의 독자로 새롭게 등장했고, 18세기에는 세책가貰冊家를 통해 소설이 더욱더 확산될 수 있었다. 그 이후 강담사講談師나 이야기꾼을 통해 청자聽者로서의 독자들의 수는 점점 증가했다. 이후 18세기 말경부터 19세기 초 무렵에 등장한 방각본은 독자의 수를 기하급수적으로 증가시켰다.[2] 이러한 대량생산은 본격적인 상업출판시대를 열었다고 할 수 있다. 또한 한편에서는 여전히 필사본으로 적극적인 글쓰기를 실행하고 있던 독자들도 있었다. 그럼에도 이 독자들은 근대 매체가 등장하기까지 그들의 존재를 문자로 남길 수는 없었다. 매체는 이러한 독자들을 음지에서 문면으로 끌어내어 문자화시켰다. 그 가운데 독자들은 매체 속에서 자신들의 새로운 위치를 만들어가기 시작했다. 단순한 감상에서 더 나아가 의견과 요구 등으로 이어지게 된다. 이 연구는 고전문학과 현대문학의 경계선을 허물고 그것의 연계성을 '독자'의 측면에서 연구하고자 하는 것이다. 또한 근대 초기는 고전문학과 근대문학이 겹쳐지며 서로에게 영향력을 미쳤던 시공간이므로 문학사의 연속성이라는 측면에서 연구를 진행할 수 있을 것이다.

---

2   大谷森繁, 「조선조의 소설독자 연구」, 고려대 박사논문, 1984, 70~111면 참조.

셋째, 문학지평에서 문화지평으로 연구의 지평을 넓히고, 근대적 문화 공간의 성립에 주목해보고자 한다. 이를 통해 동아시아라는 공간적 연계 속에서 한국 독자의 위치를 살필 수 있을 것이다. 이러한 연구는 문학이 만들어내는 새로운 문화공간과 이를 향유하는 독자들의 모습을 재구해내는 원동력이 될 수 있을 것이다. 그것은 바로 새로운 문화를 만들어내는 내적 토대의 힘, 즉 독자를 발견하는 것이다. 독자 연구는 단순히 독자들의 말이나 투고를 대상으로 할 수는 없다. 그 수도 적고 그들의 의중을 파악하기가 어려운 것이 사실이다. 이러한 독자층의 문제는 매체가 만들어내는 근대적 문화 공간 안에서 해석되어야 한다. 또한 이는 한·중·일의 역학관계 속에서 그 경향과 차이를 분석해내어야 한다. 문학에서 문화로 파장되면서 동시에 한국에서 동아시아 문화의 장으로 확장하여 볼 수 있는 계기가 될 것이다.

넷째, 독자이론의 평면적인 접근에서 벗어나 편집자의 의도와 독자들의 기대라는 측면을 분리하여 그 접점을 연구할 것이다. 즉 매체가 상정하는 독자, 즉 ① 상상된 독자의 경향이라는 측면과, 실제로 문자로 드러나는 실제 독자인 ② 문자화된 독자의 경향이라는 측면을 분리하여 이 둘의 역학관계를 살피는 것이다. 사실 근대 초기에는 문자화로 드러난 독자가 매우 적다. 또한 이 문자화된 독자만을 대상으로 살핀다면, 실제로 매체가 가져온 새로운 문학 공간, 문화 공간을 제대로 파악하지 못하는 것이 된다. 매체가 가지는 전략과 그 전략 속에서 드러나는 독자들의 성향, 또 실제 문자화된 독자들의 성향을 비교·대조하여 그 접점과 간극을 통해 우리 근대 초기의 문화적 토양과 지평을 살펴볼 수 있다.

2) '독자' 개념에 대한 문제

문학 연구에 있어서 독자에 대한 연구를 시작한 것은 그리 오래되지는 않았다. 범박하게 말해 본다면, 문학 연구는 작가에 초점이 놓이거나 아니면 작품에 초점을 두거나 혹은 그 작품과 연관된 사회문화적 배경에 초점을 두어 왔다. 그러한 가운데 작품을 받아들이는 수용독자들의 영향력에 대한 논의가 서서히 등장하게 되었다.

그런데 여기에서 반드시 짚고 넘어갈 부분이 있다. 기존 독자 연구는 신문 매체와 독자와의 상관성을 논의하거나 근대독자의 분화에 집중하고 있다. 그것은 우리가 개념어의 의미 과정을 보지 않은 채 개념들을 그대로 받아들이고 있다는 것이다. 즉 작가, 작품, 독자라는 개념에 대해 즉자적으로 받아들이고 있다는 점이다. 시대별, 사회별 개념어의 의미에 대해서 고민하기보다는 마치 처음부터 있었던 개념으로 인식하고 있는 것이 문제적 지점이다.

소설 독자라는 개념 역시 그 개념의 의미 자체보다는 일반적인 의미로 쓰이고 있다. 물론 독자讀者라는 단어는 한자어로 읽는 사람이라는 뜻이니 예전부터 범박하게 써온 단어가 맞다. 그러나 그 독자라는 단어가 겉으로 드러난 모양이 같다고 해서 같은 뜻을 가진다고 말할 수는 없다. 본 연구의 문제의식은 여기에서 시작된다.

사실 지금까지 독자 개념에 대한 오류를 범해오고 있었다고 볼 수도 있다. 첫째, 우리는 '독자'를 발전하고 변화하는 개념으로 보지 못하고 고정화시키는 경향이 있다. 고전소설을 읽던 독자와 근대 매체가 등장한 이후 나타난 독자는 같은 독자이면서도 또 다른 면을 가지고 있다.

즉 개념어가 변하고 있다는 것에 집중하기보다는 독자의 신분, 독자의 특징, 독자의 구분에만 관심을 집중했다. 물론 책을 즐기던 인물의 성향이나 책에 대한 기호라는 측면은 조선 후기나 근대계몽기 모두 비슷하다고도 볼 수 있다. 그러나 그 '독자'라는 어휘가 같다고 해서 조선 후기의 '독자' 개념을 근대계몽기의 '독자' 개념에 그대로 치환해서 쓰는 것은 문제가 있다. 변화하고 있는 사회문화적 영향으로 끊임없이 '독자' 개념은 변화되고 있다고 보아야 한다. 이는 같은 독음을 가지면서 전혀 다른 뜻을 지닐 수도 있기 때문이다. 즉 같은 독자이더라도 그 독자가 속한 프레임의 영향 속에서 같은 시대, 같은 인물이라 하더라도 전혀 다른 성향을 띨 수도 있다는 것이다. 이러한 영향 관계의 프레임에서 본다면, '독자' 개념은 동시대 속에서도 전혀 다른 변화가능성을 내포하고 있다.

두 번째는 앞서 첫 번째 오류의 연장선이라고 볼 수 있는데, 근대 매체의 독자와 소설 독자를 이분법적으로 구분하려는 오류를 들 수 있다. 근대 매체는 다양한 방식으로 존재했다. 가장 큰 영향력을 가진 것이 바로 신문이라 할 수 있다. 공적 매체이면서 다수에게 열려 있던 신문은 그야말로 '독자' 개념에 큰 영향을 미친 프레임이라 할 수 있다. 근대의 산물인 신문 매체가 '소설란'을 만들기 시작하면서 신문 독자 속에 소설 독자가 포함되는 것은 너무나 당연한 일이다. 그러나 문학 독자, 소설 독자에 대한 연구는 이러한 신문 독자 속에서 소설 독자를 추려내어 구분하려는 입장이었다. 또한 늘 부딪치는 문제는 신문 독자가 그대로 소설 독자가 될 수 있는가에 대한 것이다. 그러나 신문 독자와 소설 독자를 구분하려는 그 자체가 함정일 수도 있다. 사실 근대의 다양한 매체는 '독자' 개념을 다변화시키는 프레임으로 작동했다. 각각의 매체별로 다양한 프레임을 보여주면서 '독자' 개념 역시 다양하게 변화되었다. 신문이라는 큰 공적인 형태의 매체의 프레임과 잡지라는 지적이면서 좀 더 소수에게 초점화된 프레임은 '독자' 개념을 다층적이면서 중층적으로 변환시켰다.

따라서 이 책에서는 기존의 오류를 넘어서서 새로운 접근 방법으로 '독자'의 문제를 다루어보고자 한다. 하나의 어휘는 단순히 언어학적인 기의와 기표의 관계에 머무르고 있는 것이 아니다. 하나의 어휘가 개념을 담게 되는 것은 좀 더 복잡한 상호관계에 의해서 형성되는 것이다. 특히 '독자'라는 개념은 더욱더 특이하다고 할 수 있다.

전통적인 의미에서 예전 소설을 보던 사람과 근대계몽기에 호명되는 '독자'라는 개념이 같다고 볼 수 있을 것인가. 이것은 동시에 연속적인 독자의 개념이 존재하고 있다는 것을 의미한다. 근대계몽기에 있어서 '독자'라는 개념은 "비동시성의 동시성"이라는 근대의 특징을 고스란히 담지하고 있다. 기표는 같으나 기의는 전혀 다를 수도 있고, 그것이 발전적 개념으로 연속되기도 하지만, 이와 동시에 완전히 새로운 개념으로 차용되었을 가능성 역시 배제할 수 없다. 단순하게 '단절' 혹은 '연속'이라는 이분법으로 설명할 수는 없는 것이다. 결국 이러한 새로운 개념의 탄생은 근대의 유입과도 깊게 연관된다. 그리고 이 근대의 유입은 '번역'이라는 영역 안에 놓여 있기도 한다.

이러한 의문을 해결하기 위해 '독자'라는 개념이 어떻게 근대적인 매체 속에서 새로운 개념으로 변화되어가는지 밝혀보고자 한다. 하나의 어휘가 의미를 지니는 과정은 사회문화적으로 검토될 필요가 있다.

하나의 작품과 그것이 실린 사회문화적 공간, 그리고 사회적이고 정치적인 분위기, 거기에 그 당대 그 작품을 접한 사람들이 상호소통하며 형성된 것이 바로 이 '독자'라는 개념이기 때문이다. 결국 하나의 개념이 발전하는 과정은 여러 층위에서 해석되어야 하는 중층적인 구조라 할 수 있다. 따라서 '독자' 개념의 유의미성과 개념어의 성립 과정을 보는 것은 근대계몽기 우리 문학사에 있어서 근대문학과 근대독자의 출발과 의미를 밝힐 수 있는 계기가 될 수 있을 것이다. 또한 이와 동시에 근대소설이 먼저인지, 근대독자가 먼저인지 그 출발과 발생의 의미에 대해서도 밝혀볼 수 있을 것이라고 기대한다.

2. 독자 개념의 근대성

1) 번역된 개념어, '독자'와 근대 매체

인쇄술이 발달하면서 등장한 신문은 서양에서는 17~18세기에 등장했다. 그 형식이나 내용은 많이 바뀌었다고 할 수 있으나 신문의 기능은 그 변화 속에서도 여전히 그 정체성을 유지하고 있다.

한원영은 F. 프레이저 본드의 말을 빌어 신문의 존재 이유를 다음 네 가지로 규명하고 있다. 첫째, 알리는 것to inform, 둘째, 설명하는 것to interpret, 셋째, 지도하는 것to guide, 넷째 위안을 주는 것to entertain[3]으로 설명한다. 즉 이것은 신문이 가지는 기능을 그대로 보여주는 것이다. 객관적인 정보를 제공하고, 이에 대한 해석을 내리며, 이를 통해 사회가 나아갈 방향을 안내하고, 그러면서도 오락적인 기능도 담아내고 있는 것이 바로 신문의 역할이자 기능인 것이다. 이것은 신문이 "새로운 소식과, 정치, 가족들의 읽을거리"를 제공해야 하는 것을 의미하기도 한다.[4]

일반적으로 근대신문은 다양한 콘텐츠로 구성되어 있다. 정보제공 측면에서 국내외 소식과 정부 등의 시책 등을 소개한다. 또 해석이라는 측면에서 논설 등을 제공하며, 대중들을 지도하기 위한 방편으로 각종 인사들의 주장 등을 싣기도 한다. 그리고 대중들의 오락을 위해 신문연재소설이나 게임, 또는 '독자투고란' 등을 실어 대중들의 흥미를 유발한다.

이렇게만 보면 신문은 그야말로 지식과 교양을 쌓을 수 있는 매우 긍정적인 기능만을 하는 것처럼 보인다. 근대계몽기의 조선 역시 신문을 그렇게 생각했을 수도 있다. 그러나 문제는 신문은 발행을 해야 하고, 또 여기에는 그만큼 자금이 들어갈 수밖에 없다. 많이 팔아야 한다는 것은 그것이 자본과 밀접하게 연관되어 있다는 것을 의미한다. 근대계몽기 신문 역시 이러한 면을 생각하지 않을 수 없었다. 신문이 아무리 사회의 공익성과 계몽성을 담당한다고 해도 상업적인 측면을 무시할 수는 없는 부분이다. 또 사회변화와 계몽성을 담당한다면, 그것은 또

---

3   한원영, 『한국개화기신문연재소설연구』, 일지사, 1990, 17면.
4   Alfred McClung Lee는 *The Daily Newspaper in America-The Evolution of a Social Instrument*(Routledge / Thoemmes Press, London, 2000, p.14)에서 "Newspaper are periodicals which contain the Census prescription of news, politics, and family reading"이라고 설명하고 있다.

다른 문제에서 독자들을 유도할 수밖에 없다. 상업적인 측면에서 많이 팔리게 하는 것이나, 계몽적인 측면에서 많이 읽히게 하는 것은 모두 신문 독자들을 확보해야지만 가능한 것이었다.

신문은 굉장히 복잡한 관계들을 형성하고 있다. "사이-인in between"에 있는 관계들 그 자체가 매체이며, 신문은 이러한 복잡한 "사이"들 속에서 커뮤니티를 형성한다. 이 신문 속에는 수많은 관계들과 수많은 이해利害들이 숨어 있다. 정의의 실현과 같은 계몽이 들어있는가 하면, 누군가의 이익을 담당하는 정치적 의도가 담겨 있기도 하다. 혹은 상업적인 성격을 띠고 있기도 하다.[5] 어떤 면에서는 '근대modernity'라는 복잡미묘한 의미를 가장 뚜렷하게 드러내고 있는 것이 바로 '신문'이라고 할 수 있을 것이다.

따라서 근대 매체의 가장 대표적인 존재가 바로 신문이었다. 매체라는 것은 어떤 작용을 한쪽에서 다른 쪽으로 전달하는 물체 또는 수단을

---

[5]   Kevin G. Barnhurst와 John C. Nerone은 *The Form of News —a history*(The Guilford Press, New York, the United States of America, 2001, p.2)에서 다음과 같이 말하고 있다. "Any medium constitutes a complicated network of relationships. A medium is, after all, something "in between", something that mediates among and connects other things. A newspaper connects sources of news with readers; it brings them into or facilitates particular relationships. A simple transmission model of news imagines a unidirectional circuit: the world makes news, the newspaper reports it, the public consumes it. but each way station along the route stands for something much more complicated. The world that makes the news is actually a disparate collection of institutional and noninstitutional sources: governments and their agencies, the police, stock markets, sports associations, entertainment industries, polling organizations the wire services, and so forth." 즉 매체라는 것은 사이 속에서 관계를 맺어가는 모든 것을 의미하는 것이다. 동시에 이 신문 안에서는 수많은 이해관계가 얽혀 있으며, 여기에는 정치적인 목적과 선언들, 그리고 상업적인 부분들과 오락적인 산업이 서로 얽혀 독특한 형식을 보여주고 있다.

의미한다. 즉 어떠한 메시지를 전달하는 데 매개가 되는 것이다. 그렇다면 신문은 한쪽에서 다른 쪽으로 무언가를 전달하는 수단이다. 다시 말해 누가, 무엇을, 누구에게 전달하고 있다는 것이다. 또한 이러한 과정 속에서 실제로 전달하고자 하는 것은 가시적이면서 동시에 비가시적이기도 하다.

가시적인 형태에서 본다면, 전달의 주체는 신문 편집자이기도 하고, 신문을 통해 계몽하고자 하는 지식인이기도 하며, 또 수익률을 내고자 하는 상업적인 이윤담당자이기도 하다. 이러한 전달의 주체는 전달의 내용을 각종 콘텐츠로 보여준다. 사건, 사고에 대한 정보를 제공하기도 하고, 사설을 통해 비판적 여론을 조장하기도 하며, '소설란'과 '독자란'을 통해 흥미로운 내용을 보여주기도 한다. 이러한 콘텐츠는 바로 피전달자에게 전달된다. 가시적인 상황에서 본다면, 전달자가 피전달자에게 콘텐츠의 내용을 전달하는 것처럼 보일 수도 있다.

그러나 이 상황이 근대의 초기였다면 다르게 파악될 수 있는 여지가 있다. 콘텐츠를 통해 내용 정보 자체나, 선택과 여과를 통해서 편집자의 의도가 전달될 수도 있다. 또 한편으로는 콘텐츠 그 자체가 전혀 다른 새로운 형태로 피전달자, 즉 독자에게 전달될 수도 있는 것이다. 그것은 앞서 설명한 것처럼 신문 매체는 단순히 일방적으로 전달되는 것이 아니라 상호소통과 관계를 통해 형성되고 있기 때문이다. 다시 말해서 신문이라는 매체는 의식적인 것을 전달함과 동시에, 무의식적인 것 역시 전달하고 있다는 것이다. 그것에 의미를 부여하고 소통하고 개념을 발전시키는 것은 바로 독자의 몫이라 할 수 있다.

그렇다면 '신문'이라는 개념은 근대계몽기에 '근대'라는 이름으로 들어온 가장 대표적인 상징적인 것이라 볼 수 있을 것이다. 물론 그 이전 조선시대에도 관보와 비슷한 형태가 정부에서 발행된 적은 있었다고 하지만, 앞에서 언급한 것과 같은 새로운 관계를 형성하는 매체는 근대에 등장한 것이라 할 수 있다. 그렇다면 신문이라는 근대 매체는 신문발행자와 그것을 직접 돈을 주고 사서 보는 '독자'가 존재한다. 신문이 'newspaper'의 번역어이듯이, 독자는 'readers'의 번역어로 등장한 것이다. 이는 단순한 'readers'가 아니라 신문을 읽는, 신문 속에서 콘텐츠로 존재하는 'readers'를 의미한다. 결국 신문이라는 매체 속에 등장하는 '독자'라는 용어는 단순히 읽는 사람을 가리키는 '讀者'라는 의미와는 전혀 다른 '개념'[6]이다. 왜냐하면 처음부터 신문이라는 매체 안의 구성성분으로 '독자'가 상정되어 있기 때문이다.

신문은 먼저 독자를 상정하고, 그 독자를 상상하며 이미지화한다. 그리고 상상된 이미지로서의 독자를 매체 속에서 구현해보려고 한다. 문체며, 논설의 주제, 독자가 참여할 수 있는 공간 등 그 모든 것들이 상상된 이미지로서의 독자를 대상으로 하고 있다. 이는 신문이 그 어떤 목적에도 불구하고 '판매'를 해야 하는 상업적인 성격을 띠고 있기 때문이다. 그렇기 때문에 신문은 독자들을 양가적으로 상정하지 않을 수 없다. 즉 "신문은 그의 독자들을 시민으로 상정하면서 동시에 소비자로

---

6 여기에서 '개념'의 의미는 여러 관념 속에서 공통 요소를 뽑아내어 종합한 하나의 관념이라는 사전적인 뜻을 수용한다. 동시에 이것은 여러 가지 사회문화적 현상들 속에서 어느 정도 공통적이라 판단할 수 있는 부분을 추출해 내어 얻어진 판단이나 지식을 의미한다고 할 수 있다. 따라서 어휘나 용어라고 표현될 때는 종합적인 사고에 의해 추출된 관념이라고 보기 어려우나, '개념'은 그러한 여러 가지 현상들과 관념들 속에서 공통된 요소를 추출하여 종합적 사고의 과정을 거쳐 생산된 것으로 본다. 따라서 이 책에서는 '개념'을 변화 발전하는 의미로 규정하고자 한다.

상정한다. 또 스스로 자제력을 가진 조사자로 상정하면서 동시에 감정적으로 폭발하는 구매자나 팬으로 상정한다."[7]

　따라서 신문은 신문 속에 독자의 공간을 만들고, 독자들을 끌어들이고자 다양한 시도를 하게 된다. 즉 판매의 문제에 부딪치게 되면서 다양한 방법으로 독자를 신문 속으로 끌어들이게 된다. 여러 가지 판매 장치 중 하나가 신문연재소설로 독자들의 흥미를 유발해서 놀이의 영역으로 끌어들이는 것이다. 혹은 가시적인 형태로 독자가 등장할 수 있도록 '독자투고란'을 두는 것도 신문 구성에서는 절대로 빠질 수 없는 부분이기도 하다. 신문에 대한 감상이나 요구를 할 수 있을 뿐만 아니라, 독자들끼리 커뮤니티를 형성하여 의사소통을 할 수 있는 장이 되기도 한다. 또는 독자들 스스로 자신들의 숨겨두었던 문학적인 재능을 발휘하는 공간이 되기도 한다. 결국 신문이라는 것이 근대 매체로 처음 유입된 것이라면, 신문을 읽는 독자 역시 근대에 새롭게 등장한 개념으로 보아야 할 것이다. 신문 독자라는 개념 속에서 문학 독자들이 어떤 식으로 잠식되어 있었고, 또 어떤 식으로 태동하고 있는지 우리는 살펴보아야 하는 것이다.

---

[7]　"The newspaper will figure its reader as citizen on one level and as consumer on another, as self-controlled rational investor on one level and as emotion-driven buyer or fan on another, and so on."(Kevin G. Barnhurst · John C. Nerone(2001), p.3 참조)

2) '독자'라는 개념의 파장

(1) '독자'라는 정체성의 형성

앞서 '독자'라는 개념이, 문자적인 의미의 읽는 사람과는 전혀 다른 새로운 개념이라고 언급한 바 있다. 그렇다면, 근대 매체가 발생하기 이전 기존에 있던 '독자'라는 어휘의 뜻이 어떤 의미였는지를 먼저 살펴볼 필요가 있다.

> 이 세책 보는 사람은 곱게 보고 책에다 칙칙하게 글씨를 쓰지 마시고 그 무식하게 욕설을 기록하지 마시기를 천만 번 바랍니다(『정을선전』)

> 이 책에다가 욕설을 쓰거나 잡설을 쓰는 폐단이 있으면 벌금을 낼 것이오니 이후로 깨끗이 보시고 보내주소서(『김윤전』)

> 이 말이 짧으나 한 권으로는 너무 많은 고로 부득이 이십여 장씩 두 권으로 묶었으나 세전을 더 받고자 함이 아니니 보는 이는 허물치 마시오(『만언사』)

> 막필로 썼으니 보시는 양반님네들은 글씨 흉을 보시지 마시고 눌러 보시고 글씨 잘못 쓴 죄를 용서(『흥부전』 서울대본)[8]

---

8   이민희, 『조선의 베스트셀러—조선 후기 세책업의 발달과 소설의 유행』, 프로네시스, 2007, 66면 재인용.

위의 인용문은 조선 후기 세책방에서 책을 빌려보던 인물들이 여러 가지 이야기를 남겨놓자 세책 주인이 책 말미에 써둔 이야기들이다. 마지막 『홍부전』 서울대본의 경우는 필사자가 직접 책 말미에 쓴 부분이다. 여기에서 주의해서 볼 부분은 "책 보는 사람"으로 지칭되어 있는 부분이다. '독자'라는 말이 상용되는 개념이었다면, 이 부분에 '독자'라는 어휘를 썼을 것이다. 그러나 이 언문 세책들은 '讀者'가 아니라 "세책 보는 사람", "보는 이", "보시는 양반님네들"이라고 '보다'라는 말을 사용해서 읽는 사람들을 지칭하고 있다.

   물론 이를 단순히 한문을 한글로 번역한 것이라고 볼 수도 있다. 그러나 '讀者'를 '독자'로 번역하는 것과 '보는 이', '보는 사람'으로 번역하는 것은 완전히 다른 문제다. '讀者'가 처음부터 개념어로 성립되어 있었다면, 이는 '보다'라는 어휘로 풀어쓰지 않았을 것이다. '讀者'가 '독자'로 번역된다는 것은 '독자'라는 어휘가 그 자체로 하나의 의미를 지닌 독립된 개체가 되었다는 것을 의미한다. 그것은 바로 '讀者'가 '독자'라는 유의미한 관념을 담은 '개념'이 되었다는 것이다. 따라서 여기에 "보는 이", "세책 보는 사람"이라 지칭되었다는 것은 그 당대에는 아직 '讀者'가 개념이 아니라 그저 풀어 쓴 형태의 단어였음을 의미한다.

   그런데 근대 매체인 신문이 등장한 이후 이 '독자'라는 어휘는 신문 속에서 구체적으로 호명되면서 새로운 의미를 지니게 된다.

   讀者俱樂部記者足下 每日俱樂部거리 十件式만 探報ㅎ야 올 것이니 月銀 얼마나 쥬시랴ㅎ오 每日 玉井氷一鍾水를 報酬ㅎ오리다(記者)[9]

앞의 인용은 『만세보』의 '국문독자구락부'란에 실린 한 독자의 글과 그에 대한 기자의 답변이다. 『만세보』에는 근대신문의 구성 요소라 할 수 있는 '독자투고란'이 공식적으로 자리 잡고 있었다. '독자투고란'의 이름은 14회가량 바뀌었지만, 실제 성격은 독자들의 투고를 싣는 것으로 모두 같았다. 처음 '독자투고란'이 생겼을 때의 이름은 '國文讀者俱樂部'였다. 그리고 그 안의 내용들은 모두 부속국문체[10] 방식으로 쓰여 있었다. 한자 위에 한글이 부속문으로 달려 있어서 한자를 모르더라도 한글식 표현을 통해 어느 정도 이해할 수 있었다.

여기에서 주목해 보아야 할 부분은 신문이 바로 '國文讀者俱樂部'라는 '독자투고란'의 이름을 통해 '독자'라는 용어를 규정하고 있다는 것이다. 이 상황만으로는 신문이 상정하고 이미지화한 비가시적인 신문을 읽는 독자들을 의미한다고 볼 수도 있다. 그런데 한 독자가 '독자투고란'에 글을 쓰면서 "讀者俱樂部記者足下"라고 부르는 데에서 개념의 파장이 생기게 된다. 즉 앞서의 '독자'는 신문이 비가시적이고 모호하게 사용한 독자였다면, 이를 실제 독자들이 받아 사용하면서, 독자들 스스로 신문을 읽는 자신들을 '독자'라는 용어로 상정하게 된다는 것이다. 또한 부속문 방식으로 국문이 적혀 있기 때문에 한자를 읽지 못하던 독자들도 신문이 자신들을 '독자'로 부르고 있다는 것을 깨닫게 된다.

이는 다시 말해 신문이 신문을 읽는 이들을 '독자'로 호명했고, 신문

---

9   '국문독자구락부', 『만세보』, 1906.7.15.
10   김영민은 『만세보』에서 사용하고 있는 소위 루비 문체를 부속국문체라는 용어로 설명한다. 한자 위에 한글식 표현을 붙여놓아 한자를 읽지 못하는 하층 독자들도 읽을 수 있도록 했다는 것인데, 이는 매우 의미 있는 해석이라 할 수 있다. (김영민, 「『만세보』와 부속국문체」, 『대동문화연구』 제64집, 성균관대 대동문화연구원, 2008, 415~453면)

을 읽는 이들은 이를 그대로 받아들여 '독자'라고 다시 회답하면서 신문과 독자 사이의 관계에 의하여 '독자'의 개념이 상정되기 시작했다는 것이다. '독자'라는 개념은 신문이라는 프레임 속에서 종합적인 개념으로 바뀌어가기 시작한 것이다. 그렇다면 이렇게 신문에 의해 상정된 '독자'들이 신문을 어떻게 받아들이고 있는지 살펴보자.

> 여보 신문발달은 문명발달의 일긔관이언마는 신문을 보지 안키로 결심ᄒ 자도 유ᄒ고 신문 보아도 취미를 不解(불히)ᄒ난 즈도 유ᄒ니 문명발달이 하시에 된단 말이오.(憂時者)[11]

근대계몽기에 있어서 신문은 문명발달의 지름길로 여겨졌다. 신문을 읽지 않는 것은 문명 개화를 거부하는 것과 같다는 극단적인 말도 서슴없이 한다. 신문은 근대가 가지고 온 가장 가시적인 효과였다고 할 수 있다. 그렇기 때문에 신문을 읽게 된다는 것은 이 근대의 새로운 문명에 자신도 소속된다는 것을 의미한다.

> 대범 신문은 천하의 이목이라 긔사에서 츈츄필법으로 셰계에파유명네 ᄒ야 비록 녀인이라고 누가 흠승치 아니ᄒ며 누가 열람키 원ᄒ지 아니ᄒ리요 ᄆᆫ은 한문을 미히흠으로 단지 찬송쌘이러니 근일에 긔스에셔 부인사회와 보통ᄉ회를 위ᄒ야 국문 신보를 특별이 발간하신다 ᄒ오니 감ᄉ막대하오며 우리나라의 무론남녀로소하고 일노붓터 문명의 공긔를 흡슈하겟ᄉ오니 우

리 동포의 문명진보와 갓치 귀샤에서도 흥왕진보되심을 응츅이오며 긔샤에서 권장ᄒ고 면려ᄒ시ᄂ 열성에 대ᄒ야 찬하불이ᄒ노이다[12]

듯사온즉 귀샤에서 우리 사회의 지식을 널니시기 위ᄒ야 국문보을 리월붓터 발ᄒ힝신다 ᄒ오니 신문이란 거슨 춘츄필권을 잡고 도덕심으로 혹 찬양ᄒ며 혹 견칙ᄒ야 악헌 ᄌ를 착허도록 경계ᄒ며 착헌 ᄌ를 더욱 착허도록 권고ᄒ야 민지를 긔발케 ᄒᄂ 스름씌우ᄂ 종이라 남녀를 무론ᄒ고 믄약 신문을 보지 안ᄂ ᄌ-면 문명에 도적이로다

본인이 비록 녀ᄌ의 츈장이오나 국문보 발간ᄒ신단 말숨을 듯습고 깃분 마음으로 학문 업스믈 불고ᄒ옵고 감히 두어 줄을 긔술ᄒ와 주필지하에 올니오니 조량ᄒ신 후 귀보에 긔직ᄒ심을 복망ᄒ나니다[13]

『대한매일신보』에서는 이러한 신문에 대한 찬양이 훨씬 더 강하게 피력된다. 특히 국한문판이나 영문판을 발간하던 『대한매일신보』가 한글판을 냈다는 것은 한글을 읽을 수 있는 이들에게까지 독자층을 확장하겠다는 의지였다. 그렇기 때문에 그 혜택을 누리게 된 부녀자층에서의 호응이 더 컸다고 볼 수 있다.

이 당시 신문을 읽는 이들에게 신문은 절대적인 문명과 지식의 산물이었다. 따라서 신문을 보지 않는 것은 "문명에 도적이로다"라고 강하게 단언하게 되는 것이다. 이러한 발언에는 대단한 자긍심 또한 들어 있다. 그것은 '나는 이 문명을 읽는다' 라는 강력한 자긍심이다. 결국 이

---

12   ᄉ립광동학교장신소당, '寄긔書셔', 『대한매일신보』, 1907.5.23, 3면.
13   하방교 강용슉, '寄긔書셔', 『대한매일신보』, 1907.5.23, 3면.

를 바꿔 보면 '나는 신문의 독자다'라는 것이다. 신문이 문명, 지식과 동급이 되면서, 신문을 읽는 이는 바로 이러한 문명을 읽고, 지식을 얻는 문명인이라는 타이틀을 얻게 되는 것이었다.

결국 무엇을 읽는다는 것이 정체성을 형성하게 된 것이다. 특히 이것은 단순히 '무엇'이 아니라 지식이자 문명이며 서양의 근대 그 자체인 '신문'이었다. 신문을 읽는 자와 신문을 읽지 않는 자로 구분하면서 나타나는 정체성이 바로 '독자'라는 새로운 개념어를 형성시키게 된 것이다. 이는 번역된 형태의 신문이라는 매체 속에서 일어난 근대의 현상이었다.

(2) 개인적인 행위에서 집단적인 행위로

근대 이전에는 읽는다는 것은 개별적인 행위였다. 물론 전문적으로 책을 읽어주는 이들을 통해 부분별 커뮤니티가 형성되었던 것도 사실이고, 세책방이라는 음지의 영역에서 일종의 커뮤니티가 형성되었던 것도 사실이다. 그러나 그렇다고 해도 '그 책을 보았다'라는 것은 그 책에만 국한되는 행위였다. 이 당시에 독자들은 공개적이라거나 조직적이라고 보기는 어려웠다.[14]

흔 사름이 평거에 츈향젼을 슉독ᄒ여 물흘너가듯 보믹 동리ㅅ사름들이 칙잘보ᄂᆞᆫ 것을 칭찬ᄒᄂᆞᆫ 터이라 ᄒ로ᄂᆞᆫ 그 죡하가 장가를 가ᄂ듸 드른즉 신

---

14 이러한 상황은 일본에서도 마찬가지였다. 山本武利은 『近代日本の新聞讀者層』(法政大學出版部, 1997, 7면)에서 이러한 책방을 이용했던 독자들을 분산적이고 비조직적인 집단으로 설명한다.

부의 집에셔는 전브터 언문칙을 슝샹ᄒ여 아모 사름이든지 언문칙을 잘 보
는 자이면 후이 듸졉을 흔다 ᄒ거늘 이 사름이 대희ᄒ여 닉심에 헤오듸 나의
칙잘보는 거슨 사름마다 칭찬ᄒ는 바ㅣ니 내 흔번 가셔 시험ᄒ여 보리라 ᄒ
고 후힝을 ᄌ원ᄒ여 가셔 쵸례롤 지낸 후에 후힝을 듸졉홀시 쇼대셩졀을 내
여노ᄒ며 흔번 보기를 쳥ᄒ거늘 후힝이 혼연히 밧어들고 보려ᄒ즉 흔 귀졀
을 졔일 수가 업는지라 쌈을 흘니며 무수히 이를 쓰니 좌즁이 도라안져 입을
막고 웃는 거슬 본즉 더구나 참괴ᄒ여 ᄒ는 말이 우리집 츈향젼을 가져왓스
면 흔번 물홀너 가듯 보겟다 ᄒ더라[15]

『대한매일신보』에는 최희삼이라는 독자가 '편편기담'에 위와 같은
글을 보냈다. 그 당대 책을 보는 행위에 대해 이야기 방식으로 희화화
하고 있다. '편편기담' 자체가 이야기를 모은 것이기도 하고, 그 당대의
상황을 이야기로 풀어내어 가공한 것이기도 하다. 최희삼이라는 독자
는 실제 상황과 자신의 가공을 섞어 하나의 작은 서사물로 만들었을 것
이다. 그런데 이 이야기에서 주목해 볼 것은 이런 고전 소설을 읽는 것
에 대한 희화화하는 측면이다. 여기에는 신문을 읽는다는 것에 비해
『춘향전』을 보는 것에 대한 비교적인 가치 평가가 담겨 있는 것이라 볼
수 있다. 특히 그는 이를 '책을 보다'로 보편화한다. 즉 소리내어 읽는
것으로 여기에는 '잘 읽는다'라는 가치 판단이 들어 있다.
  근대 이전에 독서라는 부분은 좀 더 심도 있게 구분되어 설명되어야
한다. '읽다'라는 말보다는 '보다'라는 말을 훨씬 더 많이 쓰고 있다는

---

15 최희삼, '편편기담', 『대한매일신보』, 1909.3.25.

것도 주목해 볼 필요가 있다. 음독에서 묵독으로 오는 것이 근대의 독서법이라고 한다면, 음독의 위치에서 볼 때는 엄밀히 말해서 '읽다'가 아니라 '보다'라는 단어로 표현될 필요가 있다. 즉 이 '보다'는 다른 이를 통해 들어서 안다의 의미도 있을 수 있고, 책을 읽을 때 소리 내어 '잘 부른다'라는 의미로 해석될 필요도 있다. 그것은 운율에 맞추거나 가락에 맞추어 진행된 것이므로 이 '책을 보다'라는 문구는 매우 복합적인 행위로 파악해야 할 것이다.

그런데 신문은 집단적인 정체성을 발휘할 수 있는 장을 제공했다. '읽는 행위'를 좀 더 큰 커뮤니티 속에서 공적인 행위로 만들었다는 것이다. 그것은 문명과 지식, 근대라는 이름으로 당위성을 부여받게 된다. 따라서 이러한 취지에 따라 전 국민이 이 신문의 정체성 속에 가담하게 되는 것이다.

결국 이것은 개별적인 읽는 행위가 신문을 통해서 공개적이면서 집단적인 정체성을 형성하는 방식으로 변환되었다는 것을 의미한다. 그것은 비조직적인 '독자'가 집단적인 '독자층'을 형성하기 시작했다는 것이다. 조선 후기에는 읽는다는 것 자체가 의미를 지니지는 않았다. 그러나 근대계몽기 신문 매체의 출현은 읽는다는 행위 그 자체에 의미를 부여했다. 또한 무엇을 함께 읽는다는 것은 집단 정체성을 형성하기에 이르렀다.

이것은 새로운 패러다임을 형성하게 된다. 그 전에는 '그 책을 읽었다'와 '그 책을 읽지 않았다'로 구분해 왔다. 그러나 신문은 오늘 읽지 않았다 해도, 그는 그 신문의 독자일 수 있다는 것이다. 즉 '읽는다는 것' 하나가 그 사람의 정체성 모두를 결정하게 되는 것이다. 그것은 집단적인 행위로 연결되어 개인별 독자가 아니라 집단적 '독자층'을 형성했던 것이다. 이러한 집단적 독자층은 신문 속 '독자투고란' 등을 통해 직접적인 의사소통을 통해서 이루어지게 된다.

(玉泉山人) 경셩보에 빅부지라는 제목이 유ᄒ니 아는 빅가지라는 제목으로 명일붓터 귀ᄉ에 긔부ᄒ깃스니 계직ᄒ시깃쇼
(記者) 빅가지를 긔부ᄒ시면 게직도하려니와 모슈금도 진졍ᄒ올이다[16]

'독자투고란'에서 기자와 독자는 서로 이야기를 나눈다. 이것은 개인적인 소통이 아니라 신문 지면을 통한 공식적인 소통이다. 이것은 매우 중요한 문제다. 기자는 따로 편지를 통해 이 독자에게 알릴 수도 있었지만, 신문 지면을 이용했다. 물론 전달하기가 용이해서 사용했을 수도 있다. 그런데 이것은 그렇게 단순한 문제가 아니다.

신문 기자는 자신들의 이야기를 일반 신문 독자들이 함께 공유하고 보기를 바랐다. 즉 다른 독자들에게도 같은 기회로 열려 있으며, 다른 독자들도 확인하라는 뜻이다. 즉 위의 질문을 한 독자는 단순한 개인 독자, 개인적인 행위를 하는 독자가 아니라는 것이다. 그는 많은 독자들의 대표성을 띠는 존재가 된다. 개인으로서 존재하는 것이 아니라 집단적인 독자층의 대표자 한 사람이 되는 것이다. 그것은 같은 신문을 보고 있고, 같은 '독자투고란'을 보고 있기 때문에 가능한 것이다. 이것은 모두 가시적인 형태인 매체를 통해서 드러나고 있어서 이제 독자는 개인이 아니라 '집단적 정체성'이라는 함의를 얻게 된다. 이러한 함의는 곧 '독자'를 새로운 의미를 담지한 개념으로 성립시킨다.

16 '靑燈雜俎―독자투고란'(『혈의 누』 45회(48회 오기) 연재 중), 『만세보』, 1906.10.4.

(1) (土蠻子) 여보게 시문밧긔 녀학교를 설시ᄒ얏다지 자네 딸도 입학ᄒ
얏다지 닉 쇼견에는 불가ᄒ니 양민의 딸이 학교에 단이면 무얼ᄒ나 남의 첩
의 딸이나 상놈의 딸이나 보닉야 오입이나 ᄇᆡ지[17]

(2) (病世生) 언제나 기화인지 기명인지 될는지 녀학교에 녀ᄌ보닌다고
비방ᄒ는 토만ᄌ(土蠻子)의 언론도 유ᄒ니 아국은 하월하시에나 문명진보
가 되깃쇼
(問人) 그럿치 아니ᄒ야도 녀학교에 듸ᄒ야 불미설화를 발흔 토만ᄌ에
구화를 게지ᄒ얏다고 격론을 창긔ᄒ는 인물도 유ᄒ웁듸다
(답인) 문명상 열심ᄒ는 녀학교에 듸ᄒ야 불미설화를 발ᄒ얏기의 토만자
라 제명ᄒ얏지 토만자를 하여흔 품제인지 부지ᄒ고 격긔를 긔ᄒ면 토만ᄌ
이지[18]

'독자투고란'은 단순히 신문과 독자의 소통만을 담아내는 것이 아니
었다. 독자와 독자 간의 소통 역시 명확하게 보여주고 있다. (1)의 인
용문은 여학교는 필요 없다는 말을 한 독자의 발언이고, (2)는 하루 전
실린 (1)의 글을 보고 분노하는 독자들의 글이다. 물론 이 '독자투고
란'의 글을 지금의 눈으로 판단해서는 안 된다. 이것은 신문 편집자와
독자의 문답일 수도 있다. 그러나 중요한 것은 신문을 통해 이러한 글
에 독자들이 반응하고 있다는 것이다. 독자들의 입장에서는 (1)의 글
이 독자의 글이라고 판단하고 있다는 것이다. 그리고 또 그 글에 대해

17　'夏雲奇峯-독자투고란', 『만세보』, 1906.7.15.
18　'夏雲奇峯-독자투고란', 『만세보』, 1906.7.17.

반응하고 있다는 것이다. 완벽한 형태의 소통이라고 하기는 어렵다 하더라도 '독자투고란'은 초기의 형태일지언정 그 소통성을 서서히 보여주고 있었다. 결국 신문의 '독자투고란'이 없다면 이러한 독자들 간의 소통은 불가능한 것이다. 근대계몽기 신문의 초창기 형태 속에는 이렇게 소통을 통한 집단적 정체성이 서서히 대두되고 있었다.

3) 의사소통의 장이 배태한 새로운 개념, 독자

'독자'라는 어휘가 다변화하는 가치 형태를 띠는 개념이 된 것은 바로 근대 매체 때문이었다. 근대 매체 속에서 '읽는 자', '보는 자'라는 일반적인 어휘로부터 '독자'라는 개념으로 변환되고 있는 것이다. 따라서 신문 매체 이전의 '책 읽는 자', '책 보는 자'의 의미에서 확장되어 새로운 어휘를 형성하기 시작한 것이다.

'독자'는 근대의 산물이다. 근대 매체 속에서 새로운 개념어로 발전하며 변화하고 있다. 즉 근대의 가장 가시적 형태인 신문 매체가 들어오면서, 신문 독자인 'readers'의 번역어라고 할 수 있다. 이것은 그 이전에 있었던 '讀者'라는 한자어나, '책 보는 이'라는 어휘와는 전혀 다른 새로운 단어였다. 신문이라는 제도가 번역되어 들어오면서, 신문을 구성하는 요소로서의 '독자'도 함께 번역되어 왔다고 보아야 할 것이다. 따라서 이 '독자'라는 개념은 '지식, 계몽, 배울 수 있는 자'라는 문명과 연관된 개념어로 등장했다.

이는 확실히 신문의 의도된 편집이었다. 상업적인 부분이든, 계몽적인 부분이든지 간에 신문은 '독자'를 필요로 했다. 판매부수를 확장한다는 것은 그만큼 많은 사람들에게 읽힐 수 있어서 근대계몽기에 신문이 원하던 계몽적인 역할을 더 크게 할 수 있다는 것을 의미했다. 이와 동시에 자금문제라는 실질적인 문제 역시 해결할 수 있다. 따라서 신문은 판매부수를 올릴 수 있는 여러 가지 방법을 강구하게 되었다. 그 방편이 바로 신문의 오락으로서의 기능을 담당하게 된 '연재소설란'이었다. 『만세보』는 이인직이 직접 소설을 연재하면서 신문대중소설의 첫 장을 열게 되었다.[19]

『만세보』가 최초로 장기간에 걸쳐 신문연재소설을 싣고 있다는 것과 동시에 근대적 신문 구성인 '독자투고란'을 두고 있다는 것에 주목해 볼 필요가 있다. 사실 '독자투고란'은 신문을 읽는 독자들이 신문과 소통하거나, 독자들 간에 소통하는 장으로 이용했다. 물론 현재와 같이 완벽하게 독자들만의 이야기로 꾸며지지는 못하고 기자가 개입하고 있는 것도 사실이다. 그러나 실제로 독자들이 자신들의 글을 연속적으로 싣고 싶다고 언급하고 또 얼마간 장기적으로 연재하는 것을 보면, '독자투고란'의 원래 취지는 어느 정도 살아 있었다고 할 수 있다.

그런데 이 '독자투고란'에 등장한 독자 중에 소설을 언급하는 독자가 나타나게 된다.

소셜긔ᄌ족ᄒ 옥연의 소식을 왜 다시 젼ᄒ지 아니ᄒ시오 김승지 쏠 밉쇼[20]

---

19 이인직이 『만세보』에 연재한 『혈의 누』와 『귀의 성』이 근대 대중문학 형성의 시발점이 된다는 것은 전은경, 「『만세보』의 '독자투고란'과 근대 대중문학의 형성」, 『어문학』 제111집, 한국어문학회, 2011.3, 359~388면 참조.

20 好稗者, '小春月令－독자투고란', 『만세보』, 1906.12.8.(『귀의 성』 42회 연재 중)

호패자好稗者라는 한 독자는 당시 이인직이 연재하고 있던 소설『귀의 성』에 대해 비판하면서 예전 소설인『혈의 누』속편에 대해 써 달라고 요구한다. 이 독자가 '독자투고란'에 글을 올린 그 즈음의『귀의 성』내용이 김승지의 처와 첩이 서로 갈등하는 장면, 또 처가 첩을 괴롭히는 장면들이 연일 공개되고 있었다. 김승지의 처는 매우 악독한 인물로 나오며 첩을 잔인하게 죽이는 데까지 묘사되고 있다. 그런데 이 독자는 그런 상황을 만든 남자, 즉 김승지가 잘못했다고 명확하게 표현하고 있다. 이것은 이 독자가 남성이 아니라 여성임을 의미하는 것이라고 할 수도 있다.

어쨌든 독자들은 '독자투고란'에서 신문에 실린 그 어떤 것에 대해서도 이야기할 수 있다는 생각을 가지고 있었던 것 같다. 또한 신문연재소설 또한 신문의 한 부분으로 인식하고 있었다고도 할 수 있다. 이런 자연스러운 인식이 '신문독자란'에 소설 독자를 출현시킬 수 있었던 것이다. '신문 독자인가 아니면 소설 독자인가'라는 물음은 그 당대에는 전혀 있을 수 없는 상황이었다. '이 두 가지가 같은가 혹은 다른가'라고 묻는 것 역시 지금의 관점에서 과거를 바라보는 오류일 수밖에 없다. 근대계몽기에 있어서 신문을 읽는 모두가 '독자'였던 것이다. 그리고 그 신문에는 신문연재소설이 잡보나 관보, 논설, 사설 등과 함께 하나의 자리를 차지하고 있었다는 사실이다. 따라서 신문을 읽는 독자들은 신문연재소설 역시 신문의 한 부분이라는 것을 당위적으로 받아들이고 있었을 것이다.

한 가지 재미있는 점은 이 독자의 필명이 '호패자好稗者'라는 것이다. 여기에 쓰인 '稗'자는 조선 후기에 많이 거론되던 패관稗官, 패관잡기稗

官雜記, 패설稗說과 같은 글자를 쓰고 있다. 즉 신문연재소설을 신문에 담긴 패설, 패관잡기로 인식하고 있었다는 것이다.

이러한 패설에 대한 관심, 패관잡기적인 이야기에 대한 관심을 그대로 신문 독자란에 접목시킨 것이 『대한매일신보』였다. 『대한매일신보』한글판은 유일하게 패설을 적어 보낼 수 있는 공간을 열어두었다. 이것은 그야말로 독자들의 이야기장이었다. 이 이야기 장 속에서는 비슷한 이야기를 조금씩 변형시킨 것들이 많았고, 또 변형시키기 위해서 자신의 창작이 가미되기도 했다. 이것은 『대한매일신보』가 이미 실린 글은 '편편기담'에 싣지 않겠다고 말했기 때문에 발생한 일이었다. 이 때문에 그 이야기의 저작자를 병기하게 만들었다. 또 비슷한 이야기가 반복되고, 조금씩 변형되며, 거기에 저작자까지 병기되기 시작했다는 것은 독자들이 '편편기담'의 독자 역시 되어가고 있었다는 것이라고도 할 수 있을 것이다.

석고을 사름 형뎨가 분호ᄒ여 흔 동리에 살더니 ᄒ로ᄂ 그 아오가 형의 집에 간즉 형은 업고 형슈가 방에셔 무엇을 ᄒ다가 나오거늘 형의 간 곳을 무른디 나무를 ᄒ려 갓다ᄒ민 집으로 가려고 나을셔 형슈가 불너왈 방에 쥐가 드러왓스나 잡을 수 업스니 좀 잡어달나 ᄒ거늘 디답ᄒ고 즉시 방으로 드러가 잡으려 ᄒ즉 쥐가 이리뎌리 쮜여ᄃ니미 잡을 수 업ᄂ지라 그 형슈가 보다가 다련드러 서로 병력ᄒ여 쥐를 쫏ᄎᄃ닐 즈음에 그 형이 나무를 ᄒ여 가지고 드러와 본즉 방문을 닷고 방안에셔 들네ᄂ 소리가 나ᄂ지라 무슴 소리인 줄은 치 듯지 못ᄒ고 의아ᄒ여 급히 그 안희를 부르니 그 안희와 제 아오가 쌈을 흘니고 나오거늘 그 형이 보고 어히 업셔 아모 말못ᄒ고 닉심에 헤오딕 이런 일을 보고 엇지 세상에 잇스리오 ㅎ고 산에 가서 목미여 죽거늘 그 아오가 형의 쯧을 알고 쏘흔 목을 미여 죽으니 그 형슈가 싱각ㅎ딕 남편이 의심을 두어 셰상을 ㅂ렷고 그 아오신지 죽엇스니 내 엇지 살니오 ㅎ고 목을 미여 죽은지라 쥐 흔나흘 잡으려다가 사름을 셋식 잡으니 가셕ㅎ도다.[21]

위의 인용은 리재홍이라는 사람이 '편편기담'에 보내온 글이다. 비슷비슷한 이야기들 속에 이러한 글들이 끼어들기 시작한 것인데, 이 내용은 김동인의 「배따라기」(1921.5)와 거의 일치하고 있다.[22] 물론 이 내용이 구전되어 왔던 내용일 수도 있고, 혹은 번역된 내용을 읽고 간추려서 올렸을 수도 있다. 그런데 그만큼 소설의 줄거리와 같은 일종의 내러티브들이 '편편기담'에 출현하게 되었다는 것이 중요하다. 근대신문은 이렇게 신문의 독자들에게 문학적인 내러티브를 즐길 수 있는 장을 제공하고 있었던 것이다. 다시 말해 신문은 오락적인 기능을 담당하게 하기 위해 신문연재소설과 '독자투고란'을 두게 되었고, 이 때문에 공식적으로 '독자'라는 용어가 등장하게 되었다. 이는 '신문을 읽는다'라는 함의를 가진 것이었다. 그런데 이 신문을 읽는 '독자'라는 어휘는 '신문독자란'에 소설을 읽는 독자가 등장하면서 자연스럽게 신문 독자 속에 소설 독자가 끼어들게 되었다.

그렇다면 '읽는 이'와는 다르게 신문 매체의 유입과 더불어 들어온 번역어 '독자'는 서양의 'readers'의 직역어라고만 봐야 할 것인가. 이

---

21   리지홍, '편편기담', 『대한매일신보』, 1909.9.25.
22   이 부분에 대한 자세한 설명은 전은경의 「『대한매일신보』의 '편편기담'과 '쓰는 독자'의 출현」(『한국현대문학연구』 30집, 한국현대문학회, 2010.4, 71~102면) 참조.

문제에 대해서 위의 '패설'과 연관된 '신문독자란'은 의미 있는 행적을 보여준다. '신문을 읽는다'라는 함의, '함께 읽는다'라는 정체성을 가진 '독자'라는 개념에는 또 다른 개념적 가치가 들어 있다. 그것은 조선 후기부터 꾸준히 읽고 즐겨왔던 놀이로서의 '패설'이다. 보고 싶고, 듣고 싶고, 쓰고 싶은 그 욕망들은 바로 우리의 놀이 문화였다. 이 놀이 문화가 공식적인 매체를 통해서 음지에서 양지로, 사적인 공간에서 공적인 공간으로 드러나기 시작한 것이 바로 신문이라는 장이었다. 또한 독자들이 근대적인 개념을 띠게 된 것 역시 '독자투고란'을 통해서였다. 따라서 근대계몽기 '독자'의 개념 확장은 이 '독자투고란'이라는 의사소통의 장을 통해서 형성되었다고 할 수 있다. 이것이 '독자'가 단순한 번역어가 아니라 유의미한 가치를 지니고 문화적 관계 속에서 등장한 새로운 근대적 개념임을 보여주는 것이다.

근대소설이 먼저인가, 근대독자가 먼저인가라는 물음은 어떤 면에서 닭과 달걀의 물음과 같이 반복회귀적인 답변만 생성시킬 수 있다. 그러나 근대계몽기 신문이 등장하면서 나타난 여러 가지 문화적인 변화는 근대소설이 먼저 형성되고 근대독자가 형성되었다는 가설에 어느 정도 반박할 수 있게 한다. 다시 말해서 신문 매체가 근대소설이 등장할 수 있는 장을 먼저 만들어두었다고 할 수 있을 것이다. 음지의 개별적 행위자로서의 독자들은 음지의 놀이 문화를 신문이라는 매체 속에서 실현할 수 있었고, 이는 공적인 놀이 문화를 형성했다. 또한 이것이 우리 근대계몽기 '독자'들의 새로운 정체성을 형성하기에 이른 것이다. 이러한 의사소통의 장에서 형성된 것은 바로 문화라는 하나의 거대한 장이었다. 그리고 근대소설은 바로 이러한 토대 속에서 등장했다고 할 수 있을 것이다.

4) 독자 개념의 중층성

앞서 독자 개념 자체가 변화의 과정에 있다고 설명한 바 있다. 분명 이 '독자'는 근대 이전에도 존재했고, 동시에 근대 이후에 등장한 개념이기도 하다. 따라서 혹자는 근대 이전에 '근대적인 것'의 의미로서 연속성을 주장하기도 하고, 전혀 다른 어휘의 등장으로 보고 단절을 언급하기도 한다. 그렇다면 이 근대계몽기에 있어서 '독자'라는 개념은 이것 아니면 저것이라고 단순하게 말할 수 있을 것인가.

근대계몽기에 등장한 '독자' 개념은 그 이전의 '독자' 개념과는 분명 다르다. 분명 근대계몽기의 '독자' 개념은 새롭다. 그러므로 새로운 근대적 개념이라 말할 수도 있다. 그러나 그 이전과의 차이가 바로 단절을 의미한다고 보기는 어렵다. 이 변화하는 개념인 '독자'는 사실 단 하나의 층위로 이루어진 것이 아니라 여러 층위의 중첩된 형태로 이해해야 한다. 즉 그 당대 '근대'의 유입이 다층적이고 중층적이었듯이, '독자' 개념 역시 그러한 중층적인 개념으로 이해되어야 하는 것이다. 바로 이 부분이 앞서 제기했던 것처럼 '독자' 개념이 시간의 연속성을 담지함과 동시에 변화의 과정 속에 있다는 것을 의미한다.

정리해 보자면, 근대계몽기 '독자' 개념은 세 가지 층위가 중첩되면서 새롭게 형성된 개념이라 할 수 있다. 첫 번째 층위는 바로 역사적 어휘로서의 '독자'이다. 엘리트적인 '독자'가 아니라 숨어서 읽는 세책방의 '독자'는 비록 음지에 있을지언정, 분명 '근대적인 것'을 품고 있다. 유희로서, 오락으로서 그들은 그들만의 커뮤니티 속에서 '개인'이라는 존재를 자신도 모르게 드러내고 있었다. 그것은 '책 보는 이'로 지칭되면서 유희 속에 풍자와 비판을 함유하고 있었다.

두 번째 층위는 이러한 독자들이 세책방이라는 공간 속에서 소비자가 되어가고 있다는 부분이다. 대중성과 상업성이 이미 이 공간 안에 잠재해 있었다. 책을 곱게 보지 않고 욕설이나 잡설을 쓴다면 "벌금을 낼 것"이라고 경고를 한다거나, 원래 책 한 권이었던 것을 두 권으로 묶어놓고 "세전을 더 받고자 함이 아니"라는 세책방 주인의 말들은 자본주의적인 상업성에 대한 인식을 고스란히 보여주고 있다.

세 번째 층위는 근대신문 매체와 잡지 매체의 유입이다. 이는 문화적 층위에서 그대로 번역되어 들어오면서 드러난 현상이다. 신문 매체의 콘텐츠로서 존재하는 '독자'는 기존에 있던 '독자'의 의미에서 완전히 새로운 또 하나의 층위를 덧입혀버렸다. 이는 신문 매체라는 번역된 공간이 개념을 변화시킨 것이다. 그 이전까지 어느 정도의 커뮤니티를 형성하고 있다고는 하지만, 공개적이라기보다는 사적이고 비밀스러웠던 '읽기'의 공간이 완전히 공적인 공간으로 드러난 것이다. 이는 잡지 매체에서도 마찬가지이다. 근대계몽기의 잡지는 소수의 회원들만을 위한 공간과는 달리, 좀 더 확장된 형태의 교육적 개념을 포함한 공공성을 담지하고 있었다. 따라서 신문 매체만큼은 아니라고 하더라도 잡지 매체 역시 이러한 공적인 공간으로의 역할을 톡톡히 하고 있었다.

따라서 근대계몽기 '독자' 개념은 음지의 놀이도, 읽는다는 허구의 즐거움도, 혹은 새로운 상업적인 요소의 개입도 모두 확대·재생산하면서 동시에 신문 매체라는 공간 속에 등장한 새로운 개념이다. 근대라는 장이 중층적이듯이, 독자 역시 근대라는 공간의 작동 속에 존재하는 중층적인 개념인 것이다. 이 '독자'라는 개념은 연속적이면서, 또한 동시에 단절적인 개념으로서, 결국 '근대' 그 자체처럼 "비동시성의 동시성"이라는 특징을 담지하고 있다.

그러므로 '독자' 개념은 이렇게 중층적으로 파악될 수밖에 없다. 단순히 단절을 말할 수도 없고, 또 단순히 연속을 말할 수도 없다. 또한 이 '독자' 개념은 멈추어 있는, 고정화된 어휘도 아니다. 문화적 층위의 작동 속에서 이 '독자' 개념은 계속 움직이며 변화하고 있다. 세책방이라는 사적인 공간을 신문 매체라는 공적인 공간으로 옮겨 오며 확장되었던 '독자'의 커뮤니티는 또한 근대소설이 등장할 수 있도록 만든 배경이 될 수 있었다. 그러나 이 '독자' 개념은 그 순간, 그 당대를 대변하고 있을 뿐이다. 끊임없이 변화하고 발전하며 새로운 의미를 형성하고 있는 '독자' 개념 속에서 근대계몽기 근대문학의 태동을 찰나적으로 엿보게 되는 것이다. 또한 그와 동시에 '독자'는 근대문학의 등장 이후 새로운 개념으로 변화의 과정을 겪게 되면서 끊임없이 의미를 재생산하고 있다. 결국 '독자'라는 개념은 시간적인 연속성과 새로운 근대의 공간 속에서 끊임없이 변화・발전하고 있는 중층적인 개념이라 할 수 있다.

근대계몽기 신문 매체 서사물과
새로운 지식인층의 성장

근대계몽기 신문 매체는 근대문학을 추동해내는 가장 큰 역할을 했다고 해도 과언이 아닐 것이다. 제2장에서는 이 신문 매체 가운데 지식인 독자층을 성장시킨 동력을 확인하고자 한다. 특히 이러한 신문 매체에서 활용한 서사 전략이 독자들을 어떻게 새로운 시대의 주인으로 등장하게 만드는지 주목해볼 것이다. 문학 텍스트로 다시 읽는 『독립신문』과 『매일신문』을 통해서 '논설'과 '잡보'가 어떻게 서사적 장치를 활용하고 있는지 살펴보고자 한다. 또한 이 가운데에서 문학을 활용하여 문학을 통한 교육을 가능케 한 교육텍스트로서의 기능 역시 확인할 수 있을 것이다. 또한 『대한민보』에서는 신문이 활용한 '읽기'와 '쓰기'의 이분화 정책과 소설란 분화 정책이 어떻게 새로운 지식인 소설 독서 그룹을 탄생키시고 있는지 천착해보고자 한다.

1. 문학과 정치의 상관관계, 공론장에 등장한 독자
─『독립신문』

근대 매체는 근대독자들의 형성 과정을 살펴보기 위해서 가장 먼저 주목해보아야 할 의사소통체계이다. 근대계몽기에는 신문 미디어나 잡지, 또는 대량 생산되기 시작하는 여러 방각본 등 다양한 인쇄물들이 등장하고 있지만, 이 가운데에서 전체 대중을 향해 열려 있었던 신문 매체를 살펴보는 것은 그 당대 독자들을 살펴볼 수 있는 매우 유용한 자료가 될 수 있다. 그 이전까지 음지에 있던 독자들을 문면에 드러내게 한 것이 바로 근대 매체, 그중에서도 신문 매체이기 때문이다.

하지만 실제로 전근대적인 독자와 근대적인 독자를 뚜렷이 구분할 수 있는 기준은 없을지도 모른다. 조선 후기의 소설들의 독자들이 근대 독자로 옮겨오기도 했을 것이고, 아니면 소설 등의 문학을 하찮게 여기다가 근대계몽기 이후 새롭게 흥미를 가지기 시작한 독자들도 있을 수 있다.

그렇다면, 근대독자의 최초의 모습을 찾기 위해서는 이전의 문학으로부터 근대의 문학으로 자연스럽게 전이될 수 있었던 동력, 혹은 새로운 문학에 대해서 관심을 가지게 만들었던 계기가 무엇인지 밝혀보아야 한다. 사실 문학, 특히 조선 후기의 한글소설 등에 대한 그 당대 지식인들의 평가는 매우 부정적이었다. 한글소설은 부녀자나 하층에서 좋아하는 언문으로 쓴 하찮은 이야깃거리에 불과했다. 그런데 이렇게 언문으로 쓴 소설이라는 장르가 개화기 지식을 재생산하는 도구로 활용되고 있다는 것은 매우 흥미로운 지점이다. 이는 소설이 근대의 새로운 문학 장르로 부상하게 되는 계기로서 작용하기 때문이다.

조선 후기까지 매우 저평가되어 온 두 가지 개념, 즉 언문과 소설이 새로운 시대의 가장 주요한 전략으로 급전환된 배경에는 바로 매체의 등장이 자리 잡고 있었다. 최초의 한글 신문이자 민간 신문으로 등장한 『독립신문』은 처음부터 전략적으로 언문을 '한글' 혹은 '국문'으로 부르며 새 시대의 새로운 문자로 격상시켰다. 그 이전까지 언문은 연음으

『독립신문』 제1권 제1호, 1896.4.7, 1면

로 쓰는 습관과 이어 쓰는 버릇 때문에 한문에 익숙한 사람들은 해독하기가 쉽지 않았다. 사실 조선은 지배층이 사용하는 한문과 피지배층이 사용하는 언문으로 두 개의 언어가 공존한 셈이었다. 이러한 언문이 『독립신문』이라는 근대의 매체 속에서 '국문'이라는 지위를 획득하고, '띄어쓰기'라는 최초의 시도를 하면서[1] 새로운 국민의 언어로 언어적 '독립'을

---

1   이기문은 독립신문이 띄어쓰기를 시도한 것이 영어를 비롯한 서양 언어들의 맞춤법에 영향을 받은 것으로 유추하고 있다.(이기문, 「현대적 관점에서 본 한글」, 『새국어 생활』 Vol. 6 No. 2, 국립국어연구원, 1996.여름, 9면 참조)

추진하게 된다.[2] 이를 통해 한글은 새로운 시대의 패러다임 가운데로 적확하게 들어오게 된 것이다.

한글이 새로운 시대의 새로운 정신, 개명된 문명을 전파하는 도구가 되면서 문학 역시 새롭게 정립하게 된다. 『독립신문』은 근대계몽기의 조선, 대한 제국의 '신민'들을 계몽하고 개화하기 위해서 다양한 방법들을 활용하게 되는데, 가장 쉽게 이해할 수 있고 흥미를 유발할 수 있는 방법이 바로 문학의 활용이었다.[3] 이러한 문학의 활용은 사건을 기사화하는 것부터 시작되었다. 즉 사건을 재구성하여 이야기하고, 자신의 논평을 넣으며, 이에 대한 새로운 서사를 구성하거나 대화, 토론의 방법을 활용하면서 새로운 시대, 새로운 문화를 만들어가고자 했던 것이다. 이는 대한제국기의 정치적 운동과 결합되면서 시너지 효과를 누리게 된다.

사실 『독립신문』에 대해서는 정치, 역사 등의 분야에서 매우 다양한 논의가 전개되어 왔다. 독립협회, 만민공동회와 연관지어 민주주의 발로로서 해석하는 경우나 이를 토대로 서양의 제국주의 담론을 답습한다는 평가 등 상반된 논의들이 등장하고 있는 것도 사실이다. 이러한 가운데 문학적 텍스트라는 관점에서 『독립신문』을 바라볼 필요가 있다. 정치, 역사, 언론의 발전이라는 차원과 문학의 발전이 서로 구분될

---

2   임형택에 따르면 한국의 언문일치는 국문운동으로 추진되었는데 "어문의 중심부를 한문이 독점한 반면, 국문(한글)은 주변부에 놓여 있었으므로 근대어문은 국문의 주권회복을 뜻"한다.(임형택, 「소설에서 근대어문의 실현 경로─동아시아 보편문어에서 민족어문으로 이행하기까지」, 성균관대 대동문화연구원, 2007, 12면 참조)
3   여기에서 언급하고 있는 '문학'이라는 용어는 '문'에서 '문학'으로 전환되면서 예술과 학문이 결합되는 형태의 근대적 개념, 혹은 서양적 개념을 의미하는 것이라기보다는 좀 더 문예적인 차원에서의 보편적인 예술 활동이라는 관점에서 사용하고 있음을 밝혀둔다.

수는 없는 것이다. 그렇다면, 이러한 정치, 역사적인 발전 가운데 문학
적 텍스트로서의『독립신문』은 무엇을 담지하고 있으며, 어떻게 읽어
야 하는지 그 방법을 모색해 보고자 한다.[4]

　따라서 먼저 우리나라 최초의 근대신문인『독립신문』이 펼친 전략
은 무엇이고, 어떠한 방식으로 신문을 편집하며 독자들을 호명하고 있
는지 살펴보고자 한다. 다음으로는 이를 토대로 하여 독자 전략으로 활
용하고 있는 문학 전략과 이러한 문학이 정치와 결합하면서 어떠한 시
너지 효과를 일으키고 있는지 분석해볼 것이다. 또한 독자들은 이러한
문학을 어떻게 직접적으로 활용하고 있는지, 또한『독립신문』의 호명
에 어떻게 반응하고 혹은 빗나가며 새로운 목소리를 내고 있는지 천착
해보고자 한다. 최종적으로는『독립신문』이 독자들을 호명하여 성장시
키는 방식과 독자들이 새로운 문화를 형성해가는 과정에서 문학이 정
치와 결합되며 어떠한 역할을 하게 되는지 궁구해보고자 한다.

4　『독립신문』과 관련된 정치, 역사, 언론에서의 연구는 매우 다양하게 이루어졌다. 이에
　 비해 문학에서의 연구는 상대적으로 적다고 할 수 있다. 이 가운데 신문 논설의 서사성에
　 주목한 논문으로 문답식 구성, 토론식 구성, 일화식 구성으로 비교 분석한 정선태의「개
　 화기 신문 논설의 서사 수용 양상에 관한 연구─『독립신문』,『매일신문』,『뎨국신문』,
　 『황성신문』을 중심으로」(서울대 박사논문, 1999)와, 소설과 논설의 기능을 동시에 수행
　 하는 '서사적 논설'을 통해 한국의 근대 단형 서사문학을 설명하고자 한 김영민의『한국
　 근대소설의 형성과정』(소명출판, 2005)을 들 수 있다. 또한 독자층에 대한 연구로는 역
　 사학적 입장에서『독립신문』의 독자투고를 연구한 서순화의「『독립신문』의 독자투고
　 연구」(충남대 박사논문, 1996)와 서사적 논설과 독자투고의 관계, 특히 전언의 형식에
　 주목한 배정상의「근대계몽기『독립신문』의 '독자투고' 연구─'서사적 논설'과의 관련
　 양상을 중심으로」(연세대 석사논문, 2004)를 대표적으로 들 수 있다.

1) 『독립신문』의 성격과 편집 전략

『독립신문』은 최초의 민간 신문이자 한글 신문으로 알려져 있으며
1896년 4월 7일에서 1899년 12월 4일까지 총 766호를 발행했다. 이
신문을 창간한 서재필은 갑신정변 이후 일본에서 미국으로 망명했다가
미국에서 의과대학을 졸업하고 미국 시민권을 획득하여 필립 제이슨이
라는 이름으로 활동하게 된다. 이후 국내개화파와 손을 잡고 1895년
12월 말에 귀국하여 정부의 지원을 받아 『독립신문』을 창간하게 되었
다.[5] 신문 편집과 간행을 기준으로 볼 때 『독립신문』은 아래와 같이 총
4기로 나눌 수 있다.[6]

　　　제1기 : 1896년 4월 7일~1896년 12월 31일(국문판 영문판 미분리기)

　　　제2기 : 1897년 1월 5일~1898년 6월 30일(국문판 발행기)

　　　제3기 : 1898년 7월 1일~1899년 8월 30일(매일 간행기)

　　　제4기 : 1899년 9월 1일~1899년 12월 4일(신문 확장기)

　제1기에는 국문판과 영문판이 분리되지 않은 채 1면에서 3면까지는

5　사실 『독립신문』이 최초의 민간신문이라는 평가에 대해서는 여러 반론이 제기되기도
　　한다. 실제로 『독립신문』이 발간될 때, 정부로부터 설립자금 3천 원을 지원받았다. 또한
　　정부는 서재필 개인 사옥 및 가옥 임대를 위해 1천 4백 원을 지출하기도 했으며, 정부
　　소유의 건물을 신문사 사옥으로 사용할 수 있도록 하는 등 적극적으로 지원했다고 한다.
　　(정진석, 『한국언론사』, 나남, 1990, 160면 참조)
6　주필의 재임기로 보면 서재필 재임기(1896.4.7~1898.5.11), 윤치호 재임기(1898.5.12
　　~1898.12.31), 아펜젤러, 엠벌리 재임기(1899.1.1~1899.12.4) 등 총 3기로 나눌 수
　　있다.(채백, 「『독립신문』 잡보의 내용 및 보도방식에 관한 분석 연구」, 『한국언론학보』
　　제35호, 한국언론학회, 1995.12, 16면 참조)

국문판, 4면은 영문판으로 나누어 격일로 발간되었다. 각 면은 1면에 광고, 논설, 2면에 관보, 외국통신, 잡보, 3면은 광고, 4면 영어판으로 구성되어 있었다. 그러다가 제2기인 1897년 1월 5일부터는 국문판과 영문판이 분리되어 간행되는데, 이로 인하여 국문판은 총 4면으로 확대된다. 1면에는 논설, 2·3면에는 잡보, 3면 외방통신, 4면 관보, 각부 신문을 실었다가 1월 7일부터는 다시 편집이 바뀌면서 1면 논설, 2면 관보, 외국통신, 각부 신문, 3·4면에 잡보, 4면 광고로 자리 잡게 되었다. 이때에는 논설이 2개 실리는 경우도 있었다.

매일 간행하게 되는 제3기에는 신문의 전체적인 판형도 커지면서 편집상에서도 상당한 변화를 겪게 된다. 원래 3단 체제이던 것은 그대로 유지되었으나, 글자 배치가 달라진다. 격일로 발간될 때는 세로줄 22자, 가로줄 34~35줄 정도로 빽빽하게 배치되었던 것에 반해, 매일 발간되면서는 세로줄 17~18자, 가로줄 27~28줄로 글자가 상당히 커지게 되었다. 즉 전체적으로 글씨가 커지고 그만큼 한 회분의 내용 분량은 줄었는데, 이보다 앞서 매일 출간했던 『매일신문』의 판형을 모방한 것으로 보인다. 편집을 보면 1면 첫 단에 각국 명담이 들어오고, 본사 광고와 논설이 자리 잡고 있다. 2면에 관보, 별보, 각부 신문, 3면 잡보, 4면 전보, 외국통신, 광고 등이 게재되었다. 제3기의 가장 큰 특징은 매일 발간과 더불어 글의 제목을 달고 있다는 점이다. 1면 논설에서 '론설'이라는 표제 대신 논설의 제목이 달리고 있으며, 2~4면에 걸쳐 있던 '잡보'에서도 1898년 7월 2일부터 각 항목마다 제목이 달려 있다. 이러한 제목을 붙인 것은 『매일신문』과의 차별화를 위해 시도한 것으로 보인다.

마지막으로 폐간될 때까지인 제4기는 기간이 짧기는 했지만 매일 간행하기 이전 체제로 확장시키고 있다. 즉 글자를 크게 배치하던 것에서 글자를 줄여 훨씬 더 많은 양의 기사를 싣게 된 시기였다. 이러한『독립신문』의 확장은 첫째, 황제의 조칙, 법률, 관직 등 인민에게 알리고, 둘째, 고을 백성들의 억울함을 호소하며, 셋째, 관찰사 등의 학정을 살핌과 동시에 넷째, 외국 통신을 번역하여 국제 정세를 명확하게 전달하기 위해서였다.[7] 이때 편집상으로 달라지는 면은 1899년 9월 15일부터 논설의 제목이 사라지고 표제인 '론셜'이 다시 등장한다는 점이다. 그러나 잡보의 제목은 이전처럼 그대로 진행되었다.

지금까지 밝혀진『독립신문』의 편집자는 서재필, 주시경, 윤치호, 헐버트, 손승용, 이준일, 아펜젤러, 엠벌리, 콥으로 총 9명이며, 한국인이 5명, 외국인이 4명이었다. 이 중 초창기부터 국문판에 참여했던 인물은 주시경과 손승용이었고, 이후 주시경은 초기에는 회계일까지 맡아보다가 이준일이 참여한 이후부터는 총무와 편집일을 맡았으며 1898년 9월경에 그만두었다고 한다. 즉 주시경은 서재필 사장 때부터 윤치호 주필 시기까지 몇 달 간 함께한 것으로 보인다. 또한 손승용은 유일하게 창간부터 폐간까지 참여했던 인물로 평가되고 있다.[8] 특히 주시경의 참여는 『독립신문』의 문체를 결정짓는 아주 중요한 계기가 되기도 했다.[9]

---

7 「신문확장」,『독립신문』제4권 199호, 1899.9.1, 1면.
8 채백, 「『독립신문』의 참여 인물 연구」,『한국언론정보학보』36호, 한국언론정보학회, 2006.겨울, 158~159면 참조.
9 주진오는 국문판의 논설은 주시경이나 그 밖의 인물이 서재필의 구상을 한글로 옮겨 적었을 것으로 추측한다. 서재필이 식민지 이후 쓴 모든 글은 영어로 되어 있고, 윤치호의 일기에서 서재필이 한글을 거의 사용할 수 없을 정도로 한글 쓰기 능력이 떨어졌다고 설명하는 점에서 볼 때, 주시경이 국문판 논설에서 큰 역할을 했을 것으로 보고 있다.(주

우리 신문이 한문은 아니 쓰고 다만 국문으로만 쓰는 거슨 샹하귀쳔이 다 보게 홈이라 쏘 국문을 이러케 귀졀을 쩨여 쓴즉 아모라도 이 신문 보기가 쉽고 신문 속에 잇는 말을 자셰이 알어보게 홈이라 각국에셔는 사름들이 남녀 무론ᄒᆞ고 본국 국문을 몬저 빈화 능통ᄒᆞᆫ 후에야 외국 글을 빈오는 법인디 죠션셔는 죠션 국문은 아니 빈오드리도 한문만 공부ᄒᆞᄂᆞᆫ 까닭에 국문을 잘 아는 사름이 드물미라 죠션 국문ᄒᆞ고 한문ᄒᆞ고 비교ᄒᆞ여 보면 죠션국문이 한문보다 얼마가 나흔 거시 무어신고 ᄒᆞ니 첫지는 빈호기가 쉬흔 이 됴흔 글이요 둘지는 이 글이 죠션글이니 죠션 인민들이 알어셔 빅스을 한문디신 국문으로 써야 샹하귀쳔이 모도 보고 알어보기가 쉬흘 터이라 한문만 늘 써 버릇ᄒᆞ고 국문은 폐흔 까닭에 국문으로 쓴 건 죠션 인민이 도로혀 잘 아러보지 못ᄒᆞ고 한문을 잘 알아보니 그게 엇지 한심치 아니ᄒᆞ리요 쏘 국문을 알아보기가 어려운 건 다름이 아니라 첫지는 말마디을 쩨이지 아니ᄒᆞ고 그져 줄줄 니려 쓰는 까닭에 글ᄌᆞ가 우희부터는지 아릭부터는지 몰나셔 몃 번 일거 본 후에야 글ᄌᆞ가 어딕부터는지 비로소 알고 일그니 국문으로 쓴 편지 ᄒᆞᆫ 쟝을 보쟈 ᄒᆞ면 한문으로 쓴 것보다 더듸 보고 쏘 그나마 국문을 자조 아니 쓰는 고로 셔툴어셔 잘 못 봄이라 그런고로 졍부에셔 니리는 명녕과 국가 문젹을 한문으로만 쓴즉 한문 못ᄒᆞ는 인민은 나모 말만 듯고 무삼 명녕인줄 알고 이편이 친이 그 글을 못 보니 그 사름은 무단이 병신이 됨이라 한문 못ᄒᆞᆫ다고 그 사름이 무식흔 사름이 아니라 국문만 잘ᄒᆞ고 다른 물졍과 학문이 잇스면 그 사름은 한문만 ᄒᆞ고 다른 물졍과 학문이 업는 사름보다 유식ᄒᆞ고 놉흔 사름이 되는 법이라 죠션 부인네도 국문을 잘ᄒᆞ고 각식 물졍과 학문을

진오, 「서재필의 한국근대사 인식」, 『한국학연구』 제21집, 2009.11, 337면 참조)

빅화 소견이 놉고 힝실이 정직ᄒ면 무론 빈부 귀쳔 간에 그 부인이 한문은 잘ᄒ고도 다른 것 몰으ᄂ 귀쪽 남ᄌ보다 놉흔 사름이 되ᄂ 법이라[10]

『독립신문』의 창간호 논설에 보면, 『독립신문』의 사상을 그대로 엿볼 수 있다. 창간호의 논설은 크게 보면, 총 3가지를 강조하고 있다. 첫째, 국제적인 홍보, 둘째, 국문의 사용, 셋째, 여성 교육의 강조가 그것이다. 첫째 항목이 영자신문과 연관되어 외국인을 독자로 한 것이라면, 둘째와 셋째 항목은 바로 그 당대 조선인을 독자 대상으로 한 언급이다. 특히 그 이전부터 한글을 지칭하던 '언문'이라는 용어는 의도적으로 배제하고 대신 '국문'이라는 개념을 활용하고 있다. 이는 배격 대상인 '한문'의 대타적 개념으로 등장한다. 전범이 되고 있는 서양의 각국에서는 자기 나라의 국문을 완전히 배운 후에 타국의 언어를 배우는데, 조선은 타국의 언어인 한문을 먼저 배우고, 심지어 국문을 배우지 않아도 한문만을 배우며 숭상한다고 신랄하게 비판한다.

1894년 겨울에서 1897년 봄까지 한국을 네 차례에 걸쳐 답사한 이사벨라 버드 비숍의 글을 보면, 이러한 언어현상이 외국인들의 눈에 얼마나 기이한 것인지 확인할 수 있다. 그에 따르면 "한국의 언어는 이원화"된 채로 분리되어 있었다. "중국 고전을 유일한 교육으로 생각하는 식자층"은 동아시아에서 유일하게 자신들의 알파벳인 '언문'을 보유하고 있으면서도 언문을 전적으로 무시하고 중국의 언어를 사용했다. 이러한 식자층들이 관직에 오르기 위해서 시험치는 것은 중국 문학 시험

---

10 '론설', 『독립신문』 제1권 제1호, 1896.4.7, 1~2면.

이며, 심지어 이 중국어는 1천 년 전쯤의 중국 고전문학을 전범으로 하고 있어서 현재 중국어와는 발음도 다르다.[11] 이처럼 타인의 시선으로 본 조선의 상황은 이토록 불합리하고 기괴할 수밖에 없었다. 현재 중국에서는 활용되지 않는 1천 년 전의 언어는 죽은 것일 수밖에 없고, 이를 숭상하는 식자층들은 타도되어야 할 구습 그 자체였다.

이러한 상황에서 『독립신문』은 구시대의 언어와 그 언어를 숭상하는 집단을 배제하면서 새로운 독자층을 호명하고자 했다. '언문'이라는 속되고 평가절하된 개념을 버리고, '국문'이라는 새로운 개념을 통해서 이를 사용하는 새로운 독자들을 불러 모으고자 했던 것이다.[12] 국문이 어렵다고 생각하는 첫째 이유가 이어 쓰기 때문에 어디를 띄어서 읽어야 할지 모른다는 점, 둘째 이유가 자주 활용하지 않아 낯설다는 점을 들고 있는데, 이러한 이해를 돕기 위해서 '띄어쓰기'가 가미된 새로운 '국문'을 선보이게 된 것이다.[13]

사실 이 부분에서 좀 더 염두에 둘 부분은, 한문을 숭상하게 된 배경이다. 무엇보다 한문은 입신양명을 위한 유일한 수단이었다. 비숍에 따르면 양반은 어떤 일도 하지 않고 어슬렁대기만 하며, 오로지 "관리로

---

11 이사벨라 버드 비숍, 이인화 역, 『한국과 그 이웃나라들』, 살림, 1994, 27~29면.
12 주진오는 정치적인 차원에서 구지배 세력 중심의 여론 구조를 벗어나 새로운 세력을 여론 형성에 참여시키고자 하는 것으로 해석한다. 즉 "신문을 어떤 문자로 간행할 것인가는 독자를 어떤 사람들로 설정하는가에 따라 크게 달라지"는 것이며, "한글을 사용해 오던 집단", "개화파 이래 추진되어 온 근대 국가 건설 과정을 지지하고 동조하는 세력들을 대상으로 신문을 발간하겠다는 뜻을 분명히" 한 것을 의미한다.(주진오, 「독립협회의 개화론과 민족주의」, 『현상과 인식』 20, 한국인문사회과학회, 1996, 36~37면)
13 정선태는 "이전의 '언문'과 『독립신문』에서 사용하는 '국문'이 달라지는 지점이 바로 띄어쓰기"라고 지적한다.(전인권・정선태・이승원, 『1898, 문명의 전환』, 이학사, 2011, 128면)

등용되는 유일한 길인 문학 시험"을 치러 관직을 갈망하는 "기생충이나 다를 바 없는 계급"[14]일 뿐이었다. 즉 이러한 기생충과 같은 계급이 관직에 오르기 위해 치러야 하는 시험이 바로 중국 문학으로서 '문학'이 정치 입문의 도구로 활용되고 있었다는 것이다. 이렇게 볼 때, '국문'의 강조는 중국의 글자인 한문에서 독립해야 한다는 점, 또 중국 문학으로부터 독립해야 한다는 점 양자 모두를 은연 중에 보여주는 것이라 할 수 있다.

『독립신문』과 서양의 인물들은 바로 이러한 한문이 극복된 자리에 서양의 학문을 놓고자 했으며, 한글은 이러한 맥락에서 서양 선교사들에 의해서 대폭적으로 지지를 받게 된다. 이러한 차원에서 『독립신문』은 현재의 조선을 비판하면서 서양, 외국의 것을 받아들이려 한 것이다. 이러한 상황은 논설에서도 명확히 드러난다.

『독립신문』에 실린 논설의 주제별 분류를 보면, 가장 많은 부분을 차지하고 있는 것은 정치 부분으로 전체 총 786개 중 150개였다.[15] 또 법이나 재판, 조칙과 연관된 부분이 96개, 부정한 관리에 대한 비판이 60개 등 이처럼 정치 및 법과 연관된 경우가 306개로, 전체의 38.9%를 차지했다. 다음으로는 외국과 연관된 내용이나 국제관계 속에서 조선의 독립을 주장하는 내용들이 167개로 전체의 약 21.2%를 차지했다. 다음이 물질적인 개화와 정신적인 개선을 주장하는 내용인데 각각 102개, 71개로 약 13%와 9%를 차지하고 있다. 그다음으로 교육을 강조하는 내용과 신

---

14   비숍, 앞의 책, 78 · 110면.
15   『독립신문』의 간행 호수는 766호였지만, 2개씩 논설이 게재되는 경우도 있었기 때문에 실제 논설의 개수는 786개이다.

<표 1>『독립신문』 논설의 주제별 분류

	주제 분류	1896년	1897년	1898년	1899년	개수
정치 및 법 관련(306)	정치	15	17	69	49	150
	법, 조칙, 재판	25	19	26	26	96
	관리 및 순검	10	8	15	27	60
외국 및 독립(167)	외국 및 외국인 관련	5	25	25	33	88
	제국주의 및 국제관계	7	6	6	16	35
	독립 및 우국충정	11	17	9	7	44
개화(102)	개화 및 신사상	8	17	7	11	43
	산업	4	7	8	13	32
	위생	7	8		12	27
구습비판, 계몽(71)	구습타파 및 세태비판	8	7	6	27	48
	국민정신		5	8	10	23
교육 관련(64)	교육	6	9	10	24	49
	여성교육	3	1	4	3	11
	일본유학생	1	1		2	4
신문 관련(60)	독립신문 및 독립협회	3	6	32	4	45
	신문		2	2	11	15
기타(16)	종교	2	4	1	2	9
	국문	1	5		1	7
총계		116	164	228	278	786

문의 중요성, 혹은 『독립신문』과 독립협회와 관련된 내용이 등장한다.

이는 다시 말해, 현재에 대한 철저한 비판 속에서 새로운 학문, 새로운 전범으로서의 서양을 배워오고자 하는 신문의 의도가 적나라하게 드러나고 있는 것이다. 여기에서 주목해야 할 것은 척결되어야 하는 '한문'과 '중국의 문학'이라는 개념 대신, 한글 즉 국문과 새로운 문학의 활용이 대타적 개념으로 대두되었다는 점이다. 특히 한글을 사용한 문학에 대한 평가, 즉 '저급하고 속되다'라는 평가를 전복시켜 '언문'과 '문학'을 새로운 시대의 가능태로 결합시키고자 하는 의도가 『독립신문』 속에서 발견되고 있다. 이는 바로 『독립신문』을 하나의 문학적 텍스트로 읽을 때 비로소 가능해진다.

2) 논설과 서사적 장치의 활용

사실 『독립신문』에는 따로 '문학란'이 없었으며, '잡보란'에 애국가, 독립가 등의 개화가사가 독자의 편지 형식으로 실리기는 했으나 문학이란 명칭으로 실린 것은 없었다. 그러나 이미 기존 논의에서 연구된 바와 같이 '논설란' 안에는 서사적 논설들이 등장하고 있었다.[16]

『독립신문』 논설을 표현방법적으로 분류해 보면, 일반 논설이 49.1%로 가장 많았고, 조칙이나 선고서, 상소 등이 약 14.4%를 차지했다. 그 다음으로 많은 수를 차지하고 있는 논설이 독자편지 형식인데, 이는 총 99개로 전체의 약 12.6%를 차지했다. 이렇게 볼 때, 약 23.9%가 문학과 연관된 논설들이라 할 수 있는데, 독자편지에서도 서사적 표현방법이 활용되고 있기 때문에 문학과 연관된 논설 개수는 더 늘어난다.

논설에 실린 독자편지 중 서사적 표현방법을 활용한 경우[17]를 통합하

---

16 정선태는 "논설란은 미분화 상태에 있던 글쓰기가 어떤 양상을 보이고 있는지를 잘 보여주는 대표적인 담론 공간"으로, 이는 신문에 소설란이 생기기 전, 다양한 실험을 모색해볼 수 있었던 공간으로 설명하고 있다. 이러한 상황에서 정선태는 『독립신문』의 논설중 서사물로서 비교적 완성된 형태를 가진 글을 총 30편으로 설정하고 있다.(정선태, 앞의 글, 4·25면 참조)

17 '서사적 표현방법' 혹은 '서사적 장치의 활용'이라는 것은 김영민이 정리한 '서사적 논설'이라는 용어에서 좀 더 확장된 형태로 이해할 수 있다. 김영민은 서사적인 부분들을 추려내어 조선 후기의 야담이나 한문 단편을 이어가는 차원의 '서사적 논설'이라는 용어를 정립한 바 있다.(김영민, 『한국근대소설사』, 솔, 1997, 23~48면; 김영민, 『한국 근대소설의 형성과정』, 소명출판, 2005, 15~30면 참조) '서사적 논설'이 좀 더 완성된 형태로 존재한다면, 이 책에서 사용하는 '서사적 장치의 활용'이라는 용어는 완성된 형태가 아니더라도 신문 속에서 서사적 형태를 활용한 경우를 모두 포함하는 것이다. 나병철은 소설이 그냥 단순한 이야기가 아니라 그 이야기가 누군가에 의해 말해진 것이라고 설명하면서 소설의 내적 형식으로 인물과 플롯을, 외적 형식으로 시점과 서술을 들고 있다.(나병철, 『소설의 이해』, 문예출판사, 2004, 15~17면) 따라서 이 글에서는 이러한 총체적인 근대소설의 형식을 가지기 전, 소설 혹은 서사물을 이루어가는 그 부분적 요소들이 논설

〈표 2〉『독립신문』논설의 표현방법적 분류

표현방법	1896년	1897년	1898년	1899년	개수
일반 논설	75	92	65	144	376
조칙, 선고서, 상소 등	16	10	61	26	113
독자편지	5	19	53	22	99
비유	4	14	11	25	54
사건(상황)	3	15	14	4	36
대화토론	2		6	15	23
문답	2	4		2	8
번역		1	3	16	20
일화	3	2		9	14
고사, 역사	2	2	6	3	13
인물, 전기	1	2	2	4	9
서사		1	2	4	7
연설		2	3	1	6
답변	3		1		4
의인화 / 우화			1	2	3
몽유				1	1
총계	116	164	228	278	786

〈표 3〉『독립신문』논설의 서사 관련 표현방법 분류

서사적 표현방법	1896년	1897년	1898년	1899년	개수
비유	4	16	13	28	61
대화토론	4		10	17	31
문답	2	4	2	2	10
사건(상황)	3	15	16	5	39
일화	3	4	4	10	21
고사, 역사	2	2	6	5	15
서사	1	3	4	4	12
인물, 전기	1	2	2	4	9
답변	3		1		4
의인화 / 우화			2	3	5
몽유			1	1	2
총계	23	46	61	79	209

속에서 어떻게 분포되고 있는지를 살펴보고자 하는 것이다. 즉 완전한 형태로서의 문학 혹은 서사물이라 말할 수 없다고 하더라도, 서사의 어떤 요소들을 포함하고 있는지, 그것은 다른 일반 논설이나 기사문과는 어떻게 다른지를 규명해봄으로써 근대소설로 나아가는 그 과정을 천착해보고자 한다.

여 개수하면 총 209개로 전체 논설의 약 26.6%에 해당한다. 사실 이러한 문학적 장치는 『독립신문』의 논설 속에서 다양한 방법으로 실현되었다. 비유적 장치가 가장 많은 비율을 차지하고 있는데, 총 209개 중 61개로 약 29.2%를 차지했다. 다음으로는 대화토론 및 문답의 양식이 41개로 약 19.6%를 차지했으며, 사건이나 상황에 대해서 장면화한 경우가 39개로 약 18.7%를 차지했다. 그 외 실제 일어났던 일들을 일화 방식으로 서술한 경우가 21개로 약 10%, 사건과 갈등을 담은 서사가 약 5.7%를 차지했다. 사실 일화, 서사, 의인화, 몽유 장르들은 일반 서사의 영역으로 통합해볼 수 있는데, 이를 합하면 전체의 약 19.1%를 차지하고 있었다.

이러한 서사적 장치가 활용된 예를 살펴보면, 크게 세 가지로 분류해볼 수 있다. 첫째, 사건의 장면화, 둘째, 서술자의 거리두기를 통한 풍자의 강화, 셋째, 비유적 접근을 들 수 있다. 먼저 사건의 장면화의 경우는 단순히 말하기 방식의 서술양태가 아니라 '보여주기'를 접목시키고 있다. 즉 기사 글쓰기 방식이 아니라, 허구성과 창작이 결합된 글쓰기 방식을 보여주는 경우이다.

○ 인천에 덕국 령수가 외부 셔리 대신 유긔환씨를 욕 보혓단 말이 잇스나 흐도 말이 말긋지 아니흐기에 각쳐에 슈쇼문흘 쏜더러 그것긔 본샤 샤원 흐나이 유긔환씨를 츠져 보고 쟈셰흔 수유를 드른즉 류월 이십구일 오후에 유긔환씨가 덕국 령수와 뭇나즈는 샹약이 잇서 령수관으로 그 시간에 갓더니 그 령수가 방문 압헤 나와셔 로쇠이 등등흐야 외부에서 흔 죠회 두 쟝을 손에 가지고 유긔환씨의 팔을 싸리거늘 유긔환씨가 경식흐야 엇젼 연고를 물은

즉 또 대담얼이 줌억으로 그 가슴을 싸리고 문 밧그로 미러 닛드리며 그 죠회 두 쟝을 ᄆ당에 내버리고 문을 둣친즉 유긔환씨는 국가 즁림을 몸에 씌고 감히 일동일졍을 경솔히 흘가 죠심ᄒ야 곳 도라왓다 ᄒ니 원릭 덕국 령스와 외부와 샹지 되는 일이 슉시 슉비는 우리가 몰으거니와 셜혹 외부 셔리 대신 이 잘못ᄒ엿기로 셰계에 유명ᄒ 긔화 학문에 죠종이라 ᄒᄂᆫ 덕국을 딕표흔 령스가 잠시 분을 익이지 못ᄒ야 이러흔 실례를 ᄒ니 미오 익둛거니와 유긔 환씨의 쇼죠가 다믄 그 일신에믄 욕이 아니라 대한 젼국이 모도 당흔 슈치이 니 만일 대한이 국부병강ᄒ엿던딜 엇지 이러흔 욕이 잇스리요 이 욕은 덕국 령스가 대한을 욕흔 것이 아니라 대한 사룸들이 ᄌ긔를 욕흔 것이니 이런 분흔 일을 보고셔 남을 혐을 ᄒ지 말고 내가 남의게 대졉 밧도록 ᄒᄂᆫ 것이 상칙이라 그리흘 도리는 도포나 입고 글지즛 거름이나 걸고 쓸딕 업는 진담 누셜이나 늙고 안져셔는 안 될 터이니 속히 구습들을 버리고 셔양 각국에 양법 디교를 본밧아셔 다른 나라와 동등이 되기 ᄒ여야 이런 슈치를 면흘 것은 일본믄 두고 보아도 가히 알지니 유지 군ᄌ들은 우리 혈셩으로 ᄒᄂᆫ 말들을 등한히 보지들 마시요[18]

위의 글은 1면 '논설란'에 실린 것으로, 인천 독일 영사가 외부 서리 대신 유기환을 욕보였다는 사건을 서술하고 있다. 본사 사원이 취재한 결과를 설명하고 있는데, 이는 기사의 일환이라는 점에서 정황이 매우 구체적으로 묘사된다. 즉 구체적인 시간과 장소가 명시되고 현재의 시간으로 환원되면서 이 상황은 더욱 현실감 있게 와닿게 되는 것이다.

---

18 「외부 쇼죠」, 『독립신문』 제3권 77호, 1898.7.2, 1면.

그런데 잡보에서 사건을 다룰 때는 단순히 누가 어떤 일을 당했다고 서술하는 말하기 방식으로 쓰는 경우가 많은데, 이 논설에서는 그 사건을 장면화하여 서술한다. 유기환이 독일 영사를 만나러 갔을 때, 실제 영사의 표정이 노색이 완연했다고 묘사되며, 심지어 유기환을 때리는 상황을 매우 정확하고 실감나게 설명한다. 외부에서 보낸 종이 2장을 쥐고는 유기환의 팔을 때리는 상황, 또 왜 그러느냐고 정색하며 묻는 유기환의 질문, 다시 유기환의 가슴을 때리고 문 밖으로 밀어내면서 종이 2장을 내버리는 상황, 그 후 문을 닫아버리는 상황까지 하나하나 장면으로 묘사되고 있는 것이다.

○ 의리 잇는 부샹

공동회 만민이 대한 의수 김덕구씨의 신톄를 것어 쟝수 지닉랴고 운샹ㅎ여 길노 가는딕 (…중략…) 엇던 부샹핀들이 거리에서 묵묵히 구경들 ㅎ면셔 셔로 말ㅎ야 글ㅇ딕 쟝ㅎ고도 쟝ㅎ도다 우리 듯기에는 민회의 목적이 항상 글타고들 ㅎ더니 오날늘 뎌 민회 만민들의 렬심ㅎ는 것들을 우리 눈으로 친히 보고 우리 귀로 친히 드르니 과연 춤이 목적이 분명ㅎ도다 만일 뎌 민회 목적이 글타고믄 말을 홀진딕 글은 일은 혹시 흔두 사름이나 ㅎ겟지 슈만명 인민이 엇지 일심으로 글은 일을 ㅎ겟나냐 만민의 일심ㅎ는 것을 보니 우리를 불너셔 민회와 쏫홈식이고 샹지식히는 이들의 인수가 대단히 틀니도다 우리들은 본리 학문이 업셔셔 무식쟝이로는 뎨일이라 우리 웃어룬들이 이리 ㅎ라면 이리 ㅎ고 뎌리 ㅎ라면 뎌리 ㅎ여 다믄 지휘믄 드를 쏜름이러니 이제로 본즉 우리들은 식히던 이의 쇼견들은 실노 인수물셩이며 춤으로 간세빅라 ㅎ는 명호들을 면치 못ㅎ겟도다 뎌 김덕구가 우리 몽둥이에 마져 죽엇다니 연즉 우리는 사름 죽이는 빅셩이로구나 우리들이 텬디간에 못쓸 놈들이로다 우리들은 남이 식힌다고 어림 업시 뎌럿케 츙의 잇는 사름을 죽엿스니 무슴 복을 밧으며 무슴 일이 잘 되겟나냐 오늘이야 비로쇼 우리들의 젼일 허물을 씨듯랏구나 다시 부상의 짜라 다닐쇠 아돌놈 업노라 ㅎ더라고 거리에셔들 말들 ㅎ더라고 ㅎ기에 우리는 드른 디로 긔지만 ㅎ거니와 무론 누구던지 목젹만 올케 가지거드면 감동되야 회심 안는 이들이 업는 것이로다[19]

위의 글은 잡보란에 실린 글로 만민공동회에서 벌어진 사건을 보여준다. 이는 실제 일어난 사건으로 이 글에 등장하는 김덕구는 "가죽 신발을 꿰매며 생계를 유지하던 신기료장수였는데, 제3차 만민공동회 당시인 11월 21일 황국협회에 맨주먹으로 대항하다가 사망"[20]한 인물이었다. 위의 내용은 만민공동회에서 이 인물의 장례를 대대적으로 치르는 장면을 소개하고 있다. 이 글에서는 김덕구가 "대한 의사"로 표명되며 그의 장례식을 바라보는 보부상들의 대화로 구성되어 있다. 김덕구는 보부상이 휘두른 방망이에 죽었으나, 그의 장례식을 바라보는 보부상들은 서로 반성적인 대화를 나누고 있는 것이다. 실제로 이렇게 대화를 나누었는지는 알 수 없으며, 이는 서술자에 의해서 허구적으로 재구성된 것으로 보인다. 즉 장면의 서사화에서 더 나아가 허구성을 첨가하여 창작의 영역으로 들어오고 있는 것이다. 이 보부상들은 만민공동회가 매우 그른 일들을 한다고 들어왔으나 직접 보고 들으니 옳은 일을 한다며, 그것도 모르고 몽둥이를 휘두른 자신들은 사람 죽이는 백성이

19   「의리 잇는 부샹」, 『독립신문』 제3권 208호, 1898.12.6, 2~3면.
20   전인권·정선태·이승원, 『1898, 문명의 전환』, 이학사, 2011, 174~175면.

라며 스스로를 반성한다. 이는 바로 서사적 특징으로 객관적인 중개자의 역할을 통해서 가능한 한 주관적 표현을 배제하고 전달자로서 "보여주기"의 서술양태를 극대화하여 나타낸 것이라 할 수 있다.[21]

다음으로는 서술자의 거리두기를 통한 풍자의 강화를 들 수 있다. 사실 이 부분은 전통적인 평민 문화, 즉 구비적 전통과 상당한 유사성을 보인다. 어리석은 대상을 풍자의 대상으로 삼아 희화화하여 보여주는 방식은 전통적인 탈춤에 상당히 빚지고 있다.[22] 양반을 희화화하고 신랄하게 비판하는 풍자성은 새로운 시대에 새로운 인물들을 통해서 제시된다.

> 외국 사람 : 쟈네 평안ᄒ시오닛가
>
> 대한 사람 : 당신을 오릭 못 보앗쇼
>
> 외국 : 당신이라ᄂ 말 무슴 말
>
> 대한 : 당신 그딕 너 쟈네 공지틱 임쟈 노형 다 남을 대ᄒ야 ᄒᄂ 말이오
> (…중략…)
>
> 외국 : 귀국에서 외국 사람 위ᄒ기를 본국 사람보다 더 ᄒ오 어졔 밤에 남대문으로 들어오ᄂᄃ 나도 들어왓쇼 일본 인력거군도 들어왓쇼 청국 보씸 쟝ᄉ도 들어왓쇼 대한 사람은 벼슬ᄒᄂ 사람도 못 들어왓쇼 졍동 다니면 외

---

21 나병철은 "소설 등 서사장르의 화자(매체)가 중개의 역할을 한다는 것은 주관적 표현은 가능한 한 억제하고 주로 전달자의 기능"을 하는 것이라고 설명한다. (나병철, 앞의 책, 24면)

22 조동일은 농촌탈춤과 달리 도시탈춤은 양반 등 지배체제에 대한 보다 강한 반감을 표하고 있다고 설명한다. 도시탈춤에 두루 등장하는 말뚝이는 양반의 하인이면서도 양반을 풍자하는 주체이며, 말뚝이와의 대결에서 양반은 돌이킬 수 없는 패배에 이르는 구조를 보여준다. (조동일, 『탈춤의 역사와 원리』, 홍성사, 1984, 94면 참조)

국 사룸이 다 관계치 안쇼 대한 사룸은 표지 업스면 병뎡이 막쇼 기외에 여러 규칙 잇쇼 됴약 잇쇼 대한 사룸믄 괴롭쇼 외국 사룸의 죠흔 일 ᄒ오 이것이 무슴 예의오

　　대한 : 대한이 예의를 슝샹ᄒᄂ 고로 손님 대졉을 후이 ᄒ고 ᄯ 아모죠록 외국 사룸들이 와셔 젼국에 퍼져셔 인구를 느리랴고 본국 사룸의게 히가 되여도 외국 사룸을 위ᄒᄂ 것이오

　　외국 : 믜오 곰압쇼 소즁화라 ᄒᄂ 말은 무엇이오

　　대한 : 의관 문물과 젼쟝 법도가 찬연가관ᄒ야 젹은 즁원이라ᄂ 말이오

　　외국 : 당신의 문ᄌᄂ 모르겟쇼마ᄂ 대한이 소즁화라ᄂ 말은 올흔 말이오[23]

　　위의 내용은 우리말이 서툰 외국인이 대한 사람과 나눈 대화로 말이 서툴러서 발생하는 언어유희와 더불어 양반 및 관리들에 대한 풍자적 발언들이 매우 신랄하게 드러난다. 재미있는 것은 실제 풍자의 대상은 대화에 참여하고 있지 않다는 점이다. 외국인의 태도는 대한의 상황을 객관적으로 보여주는 역할을 하며, 간혹 못 알아듣는 말들 때문에 언어유희를 파생시키며 웃음을 유발한다. 이는 마치 탈춤에서 양반이 말뚝이의 말을 못 알아듣고 다른 소리를 할 때의 상황과 매우 유사하다. 다른 점이 있다면, 양반은 풍자의 대상으로 활용되고 있는 반면, 이 대화에서 외국인은 대한의 현실을 객관적으로 적나라하게 보여주기 위해 등장하고 있다는 점이다. 이 글에서 대한 사람은 탈춤에서 말뚝이의 역할을 담당한다. 외국인의 말에 반박하는 듯하지만, 속뜻을 살펴보면 외

23　「외국 사룸과 문답」, 『독립신문』 제4권 23호, 1899.1.31, 1~2면.

국인의 비판에 긍정하다 못해 더 신랄한 비판과 비난을 풍자라는 방법을 통해서 드러낸다. 과거제도가 없어진 대신 온갖 뇌물과 부정부패가 만연한 상황을 풍자적으로 보여주거나 현재의 상황이 찬연가관이라 소중화라고 비판하는 과정은 말뚝이가 양반에 대해서 풍자적으로 접근하며 비판하는 것과 매우 유사하다. 이는 바로 서술자의 거리두기를 통해서 풍자의 강도를 높여주고 있는 것이다.

사실 이는 직접적인 평을 내리는 평자, 즉 서술자를 제거해버림으로써 실제 풍자는 더욱 서사적으로 이루어지고 있는 상황이다. 「반샹 론란」이라는 글에서는 부가옹과 재상의 대화가 나오는데, 반상이 없어지는 것도 마음에 들지 않고, 지금 시대가 변해가는 상황에 대해서 매우 비판적으로 바라본다. "위가 놉고 망이 무겁고 넓히 빈호고 만히 드른 지샹 양반의 샹담이니 실노 긔탄ᄒ도다"라거나 "대한 사름들은 그런 어리셕은 쇼리를 듯지 말고 사름의 도리를 극진이 ᄒ야 대한이 동셔양에 평등지권을 일치 안키를 ᄇᆞ노라"[24]라고 하면서 직접적인 비판과 평가를 내리고 있다. 이처럼 서술자가 직접 평으로 개입하는 경우는 문학적이라기보다 논설적인 경향이 좀 더 강할 수 있다. 그러나 앞서 서술자의 개입이 배제된 경우에는 독자로 하여금 스스로 판단하게 함으로써 실제 문학성은 더 획득하게 되는 것이다. 즉 이 서사의 세계에서는 서사 내부에서 실제 서술자가 배제됨으로써 주체-객체의 관계가 더욱 강화[25]되며 독자는 이 글을 문학적 텍스트로서 발견하게 된다.[26]

---

24   「반샹 론란」, 『독립신문』 제4권 37호, 1899.2.22, 1~2면.
25   서사적 거리는 중개성의 주체인 화자가 이야기 내용을 객관 세계로서 대면하게 하고, 이야기 세계는 또 다른 주체-객체 관계를 형성한다. 결국 이는 서사성의 강화로 설명될 수 있다.(나병철, 앞의 책, 25면)

마지막으로 비유적 접근이 강화되어 나타난다. 이는 독립협회가 해산되고, 『매일신문』이 1899년 4월에 폐간되는 등, 정부 수구파에 의한 정치적 탄압이 강해지고 있는 시점에서 많이 활용된 서사적 장치이다.

○ 우리가 대한 속담에 누어셔 침밧는다는 말을 듯고 심히 이상이 녁이고 미우 우숩게 싱각흔 것이 아모리 일시 속담이나 사름마다 조긔의 얼골을 졍결코져 흐는 것은 인지샹졍이여늘 만약 누어셔 침을 밧흐면 그 침이 어디로 가리요 필경은 조긔 얼골에 도로 나려질 터인즉 이것은 조긔 얼골을 스스로 더럽게 흠이라 엇던 사름이 그러흔 샹업는 일을 힝흐리요 흐엿더니 근일에 대한국 형편을 솚혀 본즉 이 속담이 과연 격언이로다[27]

이러한 비유를 활용한 글에서는 서술자가 서양인으로 표현된다. 이 서술자는 글의 내부에 존재하면서 내용을 이끌어 간다. 마치 자신의 일화를 소개하는 듯한 인상을 주는데, 실제로 자신은 외국인이라 대한 속담을 이해하지 못하고 그저 우습게만 생각하다가 당대 현실의 상황을 마주하면서 이것이 제대로 된 격언이라는 깨달음을 얻게 되는 구조로 전개된다. 위의 인용은 예전의 형벌 제도나 연좌제 등의 구습을 다시 부활시키려는 정부대신을 비판하는 내용으로 자신이 직접 깨달은 바를

---

26 이처럼 서술자의 직접적인 평과 같은 개입이 제거되고 서사적 거리를 유지하는 글은 「장리불치」(『독립신문』 제4권 39호, 1899.2.24, 3~4면)라는 글에서도 확인할 수 있다. 어떤 친구가 요새 새로 군수가 된 인물을 치하하기 위해서 만났는데, 신문이 두렵기는 하지만, 그래도 여러 가지 부정부패를 해먹어야 양반이라며 자신은 예전처럼 해먹겠다고 말한다. 서술자의 개입이 배제되면서 이 글은 좀 더 객관적 거리를 유지한 문학적 글로 인식하게 만들며, 이 때문에 이 군수에 대한 비판은 더욱더 풍자적으로 등장하게 된다.
27 「누어셔 침 밧는 일」, 『독립신문』 제4권 125호, 1899.6.5, 1면.

묘사하고 있다. 이러한 비유의 구조는 '속담 제시→이해 못함→격언이라는 깨달음→실제 현실 묘사'로 이어진다. 이러한 배치의 전략은 구조 반복적으로 제시되면서 다양하게 재생산되고 있다.

○ 셰계상에 어느 나라이던지 유젼ᄒᆞᄂᆞᆫ 속담이 만히 잇거니와 우리가 대한에 나아온 지가 오리지 아니홈이 대한 속담을 다 알 슈 업스되 그즁에 엉거쥬춤이라 ᄒᆞᄂᆞᆫ 말이 잇스니 참 이샹ᄒᆞᆫ 속담이로다 그 속뜻을 ᄌᆞ셰히 알지 못ᄒᆞᄂᆞᆫ 고로 일젼에 대한 션븨 ᄒᆞ나를 맛나 물은즉 그 친구가 우스며 ᄃᆡ답ᄒᆞ되 엉거쥬춤이라 ᄒᆞᄂᆞᆫ 말은 션 것도 아니요 안진 것도 아니요 나아감도 아니요 물녀감도 아니요 다믄 뭉그젹뭉그젹ᄒᆞ야 그 자리에서 머뭇머뭇ᄒᆞᄂᆞᆫ 모양이 ᄒᆞ거늘 우리가 그 말을 듯고 싱각ᄒᆞᆫ즉 무숨 속담이던지 ᄆᆡ양 일에 젹당케 되는 법이어늘 셰상에 엇지 그러ᄒᆞᆫ 일이 잇스리요 사름이 안지면 안고 셔면 셜 것이요 나아갈 터이면 나아가고 물녀갈 터이면 물녀갈 것이지 좌립과 진퇴를 엇지 쟉뎡이 업스리요 그러나 근일에 대한 형편이 거의 이 속담과 ᄀᆞᆺᄒᆞ니 아지 못게라 이 속담을 지흔 사름이 누구인지 대한 졍부를 ᄃᆡᄒᆞ야 과연 예언흔 것이 아닐넌가 갑오경쟝 흔 이후로 법률과 쟝졍을 다 ᄀᆡ명흔 나라를 모본ᄒᆞ야 ᄆᆞᆫ든 것은 만히 잇스되 실샹 ᄒᆡᆼ흔 것은 젹으니 (…중략…) 대한 졍부에 당국ᄒᆞ신 졔공들은 안던지 셔던지 두 가지 즁에 아죠 쟉뎡ᄒᆞ야 엉거쥬춤을 면ᄒᆞ시면 죠흘 듯ᄒᆞ오[28]

위의 글 역시 앞서 제시했던 비유의 방식으로 전개된다. '속담 제시

---

28 「엉거쥬춤」, 『독립신문』 제4권 167호, 1899.7.24, 1면.

→이해 못함→격언이라는 깨달음→실제 현실 묘사'라는 구조는 그대로 반복되고 있으나, 이해하지 못하는 단계에서 친구와의 대화적 상황이 개입되어 일화적인 방법을 더욱 강화하고 있다. 친구에게 물어 정확한 속담의 뜻을 듣고나서도 서술자인 외국인은 여전히 의심스럽게 생각한다. 그러다가 현실적 상황과 맞닥뜨리면서 진실로 이 속담의 뜻은 격언을 넘어 예언에 가깝다는 것을 깨닫고 감탄사를 내뱉는다. 결국 이러한 글은 속담 속에서 '지금', '여기'라는 일상을 등장시킴으로써 현실성을 담지하게 되고, 풍자와 비유를 통해서 현실을 우회적으로 돌려 교정하고자 하는 것이다.

사실 이렇게 비유적 방식이 많이 활용된 것은 1899년에 들어서면서부터였다. 즉 독립협회가 강제 해산되고 정부로부터 상당한 압박이 진행되어 정부나 관리에 대해 이전처럼 직접적으로 비판할 수 없는 상황이었다. 대한에 유지한 선비가 구미각국에 가서 유학하고 본국에 돌아와 신문사 사원과 문답한 논설에서 보면, 이러한 탄압의 상황들이 엿보인다. 외국에 유학한 선비가 왜 신문이 정부 득실을 바른 말로 평론하지 못하고 어름어름하게 적느냐며 비판하자 신문사 사원은 "국중에 여간 신문샤가 몇 곳이 잇스나 아직도 주유하는 권리가 젹고 싀긔하는 무리가 만흔 고로 정부에셔 하는 일을 비록 분명이 알지라도 바로 내지 못하는 째가 흔히 잇실 뿐 아니라 어느 신문이던지 샤원들이 혹 디긔를 펴지 못하고 억지로 압뎨를 밧고 지늬는 이가 더러 잇는듯 하니 엇지 개탄홀 곳이 아니리오 각 신문샤 중에도 외국사람이 온통 쥬쟝하는 듸는 정부 득실을 혹더러 바른 말노 평론하되 본국 사름으로는 귀로 뎡녕이 드럿셔도 드른 톄도 못하고 눈으로 분명히 보앗셔도 본 톄도 못하나 진쇼위

유구무언이라 극히 통탄흔 일이로다"[29]라고 대답한다. 즉 외국인이 사장인 신문사는 그나마 바른 말로 비판할 수 있으나, 대한 사람의 경우는 정부의 탄압 때문에 기사를 제대로 작성할 수 없다는 것이다. 결국『독립신문』역시 외국인 사장을 청빙할 수밖에 없는 현실이었으며, 그만큼 이 시기 수구파 정부의 언론 통제가 심각했다는 것을 알 수 있다. 이러한 탄압 앞에서 직접적인 논설보다는 문학적 풍자나 비유의 활용이 강화될 수밖에 없었을 것이다. 다시 말해서 정치적인 탄압이 서사적 양식을 더욱 발달하게 만든 아이러니한 상황이 벌어진 것이다.

3) 독자층이 만들어낸 공론장과 문학의 역할

『독립신문』'논설란'에는 서사적 장치를 활용한 논설과 함께 독자들의 편지 역시 많이 실렸는데 전체 논설 개수인 786개 중 99개가 독자들의 편지였다. 그런데 이러한 독자들의 편지 역시 서사적 장치를 활용한 예가 상당수 존재했다.

독자편지를 표현방법적으로 분류해 보면, 일반 논설이 전체의 약 62.6%를 차지했다. 이 외 서사적 장치를 활용한 경우는 약 37.4%로 1/3을 넘는 숫자였다. 또한 독자편지는 1898년에 약 53.5%를 차지하여 가장 많았고, 이 중 1898년의 서사적 장치를 이용한 편지 또한 전체의 약 18.2%로 가장 많이 투고되었다. 1898년에 투고된 편지 안에서

---

29 '론셜',『독립신문』제4권 237호, 1899.10.16, 1면.

〈표 4〉『독립신문』 '논설'란에 실린 독자편지의 표현방법 분류

편지 표현방법	1896년	1897년	1898년	1899년	개수
논설	2	13	35	12	62
대화, 토론	2		4	2	8
서사	1	2	2		5
비유		2	2	3	7
일화		2	4	1	7
사건(상황)			2	1	3
문답			2		2
우화			1	1	2
몽유			1		1
고사, 역사				2	2
총계	5	19	53	22	99

비율을 보면, 그 해에 서사적 장치를 이용하여 투고한 비율이 약 34%를 차지했다. 그다음으로 많은 해가 1899년이었는데, 1899년에 실린 독자편지 개수 내에서 비율로 보면, 서사 장치를 활용한 편지가 약 45.5%를 차지하여, 투고 비율 내에서는 서사 장치를 활용한 투고가 점점 상승하고 있는 추세였다.

〈표 5〉『독립신문』 잡보에 투고한 독자편지

	1896년	1897년	1898년	1899년	개수
고발 관련	37	110	78	38	263
개화가사(애국가, 독립가)	22	2	3		27
서사 관련		2	2	1	5
총계	59	114	83	39	295

'논설란'에 실린 독자편지 중 서사적 장치를 활용한 양식의 변화 추이는 잡보에 등장하는 독자편지의 상황과 비교해 볼 때 확연히 차이가 난다. 즉 서사적 장치를 활용한 논설의 독자편지가 계속해서 상승해가는 데 반해, 잡보에 투고한 독자편지의 경우는 전혀 다른 양상을 보여

준다. 고발 관련이 가장 많았던 것도 사실이지만, 초창기에는 잡보에 애국가, 독립가 등의 개화가사도 많이 실렸다. 그다음해부터 급격히 줄어들면서 1899년에는 개화가사가 단 한 편도 실리지 않았다. 논설을 통해 독자편지에서 서사성이 강화되면서 잡보의 독자편지에서 개화가사는 점점 줄어들고 있었음을 알 수 있다.

독자편지 역시 앞 절에서 살펴본 서사적인 장치를 이용한 논설처럼 첫째, 사건의 장면화, 둘째, 서술자의 거리두기를 통한 풍자의 강화, 셋째, 비유적 접근의 방법이 활용되었다. 먼저 사건의 장면화의 경우, 한 독자가 이미 신문에 실렸던 사건에 대해서 편지를 보내온다.

○ 외부 대신 셔리 유긔환씨가 덕국 령ᄉ 구린씨의게 봉욕홀 째에 방관ᄒᆞᆨ즉 과시 유씨를 덕ᄉ가 핍박ᄒᆞ여 내쪼친 일은 분명ᄒᆞ나 덕ᄉ가 친 일은 업고 무숨 공문 ᄒ 봉을 유씨의 손에 더지며 로식이 등등ᄒᆞ야 유씨를 돌녀 셰우고 등을 미러 내쫓고 방문을 듯쳣스니 치고 아니 친 것은 가히 알겟고 교계홀 바이 아니라 대더 나라 명령 밧은 대신이 되야 외국 공령ᄉ관에 가셔 내여 쫏긴 바 되엿스니 그 욕은 다믄 그 일신으로믄 언론홀 바이 아니라 전국이 다 당ᄒ 것이니 인민되여 누가 분ᄒᆞ지 아니ᄒᆞ리요 이런 일을 보거드면 외국 사름이 내 나라를 업수히 넉이ᄂᆞᆫ 것이 쇼연ᄒᆞ니 이런 일을 큰 욕으로 알고 분ᄒ ᄆ음이 잇거던 정부에셔 닉치 외교를 늘노 힘쓰고 학민ᄒᆞᄂᆞᆫ 관원은 용대치 말고 법에 쳐ᄒ게 ᄒᆞ여 빅셩을 보호ᄒᆞ고 빅셩은 정부를 밧드러 국즁에 분ᄒ 일이 잇거던 일심으로 나셔셔 나라를 바로 잡고 외국에 슈치를 면ᄒ고 외교ᄒᆞᄂᆞᆫ 관인들은 아모죠록 교뎨ᄒᆞᄂᆞᆫ 일에 신의를 일치 말아 나라 권리를 셰우ᄂᆞᆫ 것이 당연ᄒ 즉분이니 부듸 교뎨상 신의를 일치 말아 나라 권리를 셰우시오[30]

앞서 1898년 7월 1일에『독립신문』의 사원이 취재한 결과를 설명한 이후, 이 상황을 실제로 목격했다는 한 인물이 편지를 보내왔다. 이 인물은 앞서 실렸던 논설의 사실 관계에 대해서 다시 정오를 한다. 이 편지의 인물은 덕국 령사가 친 일은 없고, 유씨를 핍박하여 내쫓은 것은 분명하다고 증언하고 있다. 공문을 유씨의 손에 던지고, 화가 난 기색이 등등하여 유씨를 돌려 세우고, 등을 밀어 내쫓고 방문을 닫았다면서 장면을 다시 상기시키며 반복한다. 이는 누군가의 시선(서술자)을 통해서 다시 한번 사건을 재구성한 것이다. 이렇게 사건을 재구성함으로써 이 서술자는 울분을 강조하는 등 훨씬 더 효과적으로 감정을 전달한다. 앞의 논설이 좀 더 객관적인 상황에서 대한의 개화를 강조했다면, 이 편지에서는 서술자의 감정을 전달하면서 단순한 개화가 아니라, 외국에게 무시당하지 않도록 부국강병을 꾀하고 정부가 외교적인 차원과 내부적인 정치 개혁을 동시에 이루어야 함을 강조한다. 같은 사건이지만 매체적 입장과 독자의 입장에서 미묘한 차이를 보여준다. 특히 독자는 대한이 당한 울분을 강조하면서도 덕국 관인이 자기 나라 상민들의 이익을 위해서 남의 나라 대신을 욕되게 하는 것을 보며, 각국의 관인은 자기 나라 백성을 이롭게 하고 보호하는 일에 최선을 다해야 한다고 주장한다. 즉 매체는 논설을 통해 장면을 서사화하여 강조해 주었고, 독자는 이를 답습하지만 동시에 사건을 다시 재구성하여 또 다른 해석을 낳고 있다.[31]

---

30 겻희셔 구경ᄒ엿다는 친구, 「방인목격」,『독립신문』제3권 81호, 1898.7.7, 1면.
31 이러한 장면의 서사화와 사건의 재구성에 대한 예시는 「디방뒤 힝악」(『독립신문』제3권 113호, 1898.8.13, 2~3면)에서도 드러난다. 수원 디방뒤 병뎡들의 악행을 재구성하여 열악한 상황을 극대화하여 생생하게 묘사하고 있다.

셔울 사룸이 무슴 볼 일이 잇셔셔 경샹도 어느 시골에 사는 친구를 차져
갓는듸 그 동리는 곳 벽항 궁촌이라 쥬인이 반갑게 영졉ᄒ거늘 인ᄒ여 그
곳에셔 ᄒ로 밤을 유슉홀시 쥬인이 셔울 쇼문 듯기를 쳥ᄒ는듸 아모리 싱각
ᄒ여도 뭇당이 니야기홀 물흔 일이 업고 셔울셔 간혹 드른 것이 각부 관인들
이 혹 잘혼다는 일도 잇고 혹 잘못혼다는 물도 듯기는 드럿스나 지금 셰샹에
물을 함부로 ᄒ다가는 공연히 시비를 딩ᄒ기가 쉴 터인즉 그런 물은 홀 것도
업고 젼일에 남대문 밧의 나무갑이 고등ᄒ야 간난흔 사룸들이 셔로 걱졍ᄒ
던 물은 드럿스나 량반의 힝세보에 그러흔 물은 죡히 젼홀 것이 으닌지라
(…중략…) 본샤 신문으로 물홀지라도 대한 경향 간에 보ᄂ는 것을 비교하
여 보면 시골셔 보는 이가 셔울보다 몃빅 빗가 더 되니 엇지하야 시골 사룸이
더 긔명코져 사는지 셔울 사룸은 가위 둥하 불명이라 극히 붓그러을듯[32]

위의 내용은 서울 북촌에 사는 어떤 친구가 신문사를 방문하여 "일
장 셜화"한 것의 일부로 서울 사람이 경상도 시골 친구 집을 다녀온 후,
본사에 들러 신문을 사가면서 한 이야기였다. 이 글에서 서울 사람은
신문을 안 봐서 세계정세를 전혀 모르는 데 반해, 시골 사람은 온갖 신
문을 봐서 매우 지식이 높게 그려진다. 결국 신문 내는 사람들이 핍박
을 받아가면서 발간하는데 "더구나 신문샤 근처에 살면서 신문을 보지
안는 것은 평일의 쇼망이 아니"라며 시골 사람이 서울 사람에게 호통을
치자, 서울 사람도 이제는 신문을 보겠다고 하면서 신문사를 찾아와 신
문을 사갔다는 이야기이다. 재미있는 것은 서울 사람은 개화되었고, 시

---

32   서울 북촌에 사는 엇던 친구, '론셜', 『독립신문』 제4권 272호, 1899.11.27, 1면.

골 사람은 어리석다는 일반적인 공식을 이 이야기가 뒤집고 있다는 점이다. 이 글이 비록 독자가 직접 쓴 글이 아니라 신문 편집진이라는 중개자를 통해서 쓰인 글이라 하지만, 신문만 본다면 그 누구라 하더라도 유식해질 수 있다는 의식은 분명 독자에게서 나온 것이다. 결국 독자를 통해 새로운 의식, 즉 누구나 유식해질 수 있다는 평등의식이 드러남으로써, 외국인 혹은 외국을 다녀온 개화한 인물 등과의 대화와는 또 다른 구조를 만들어내고 있다.

> 우리가 또흔 깃분 ᄆᆞ음을 이긔지 못ᄒᆞ야 슈삼지긔로 더부러 셕양에 종남 산하로 쇄풍ᄒᆞ러 가다가 일긔가 더운 고로 후갈흔 증이 잇셔 셕간쳔을 차져 가니 믈이 탁ᄒᆞ야 먹을 슈가 업거늘 그 근원을 좃차 졈졈 올나감이 엇던 사름이 안져셔 발을 씻ᄂᆞᆫ디 글노 인연ᄒᆞ야 흐린 믈결이 긋치지 아니ᄒᆞᄂᆞᆫ지라 그 졔야 대한 속담에 샹탁하부졍이라 ᄒᆞᄂᆞᆫ 말을 싱각흠이 과연 격언이라 셔로 웃고 언덕 우헤 나가셔 잠간 쉬ᄂᆞᆫ디 왼편 송음 아릐를 바라보나 슈삼인이 쵸최흔 형용으로 곰방담ᄇᆡᄃᆡ를 믈고 반셕 우회 셔로 안져 탄식ᄒᆞ거늘 (…중략…) 싱각흔직 무죄히 병뎡의 총 잋헤 고혼이 되ᄂᆞᆫ 것보다 찰하리 단니며 걸식ᄒᆞᄂᆞᆫ 것이 나흘 듯ᄒᆞ야 슈삼 인이 작반ᄒᆞ야 온다ᄂᆞᆫ 것이 여긔신지 당도ᄒᆞ여 우리 셩샹 폐하의 계신 대궐문을 다시 흔번 보앗스니 지금 죽어도 한이 업노라 ᄒᆞ고 인ᄒᆞ여 셰 사름이 머리를 째에 부드지며 대셩통곡ᄒᆞᄂᆞᆫ지라[33]

위의 인용문은 앞 절에서 인용한 "누워서 침뱉기"라는 논설이 실리고

---

33 엇던 친구, 「샹탁하부졍」, 『독립신문』 제4권 130호, 1899.6.10, 1면.

제2장_ 근대계몽기 신문 매체 서사물과 새로운 지식인층의 성장 79

나서 5일 후에 실렸던 독자의 편지다. 이 글 또한 비유적 표현으로 속담을 사용하며 '속담 제시→이해 못함→격언이라는 깨달음→실제 현실 묘사'의 구조가 앞서 논설에서 활용된 것과 비슷하게 반복된다. 다른 점이 있다면, 앞서 논설의 서술자가 외국인이어서 속담을 먼저 제시하고 이해를 못했다는 구조를 보여주는 데 반하여, 위의 글은 서술자가 대한 사람이라서 자신의 경험이 먼저 제시된 후 "상탁하부정"이라는 말이 격언이라는 깨달음으로 이어지고 있다는 것이다. 즉 이 독자는 앞서 '논설'과 비슷한 구조에 호남백성들과의 대화를 삽입하여 실제 현실 묘사를 일화적으로 제시하고 있다. 이는 자신의 경험이 담긴 일화를 통해서 비유적인 격언을 더욱 현실적으로 생생하게 드러내 주고 있는 것이다. 또한 마무리에서 "상탁하부정"을 현실의 백성들의 피폐함과 연관하여 설명한다. 즉 "우회 물이 흐린즉 아리 흐르는 것신지 졍치 못흔 것을 보앗더니 대한 형편이 쏘흔 이와 굿도다 정부에셔 관찰ᄉ와 군슈들이 빅셩을 학틱ᄒᄂ는 죄상은 죠곰도 칙망치 아니ᄒ고 다믄 병뎡으로 ᄒ여금 그 아리에 잇는 무죄흔 동포형졔를 진압ᄒ랴" 한다며 비판한다. 학정을 견딜 수 없는 백성들의 실제적인 고통을 호남백성들과의 대화를 통해서 좀 더 서사적으로 재구성되고 있다. 또한 이는 단순히 논설적인 차원에서의 주장과는 달리 현실감을 획득하는 효과까지 보여준다.

사실 신문에서 보여준 서사적 양식의 논설과 독자들이 보내온 논설들이 서로 유사하게 진행되고 있었다. 즉 서사적 양식의 논설을 독자들 스스로도 학습하여 쓰기에 직접 참여했다. 위의 표를 보면, 독자들의 편지가 신문에 실린 서사적 장치를 활용한 논설들과 상당히 비슷하게 진행되고 있다는 것을 확인할 수 있다. 독자들이 활용한 서사적 장치들

<표 6> 서사적 양식의 논설과 독자편지

	1896년	1897년	1898년	1899년	개수
비유	4	14	11	25	54
비유(독)		2	2	3	7
사건(상황)	3	15	14	4	36
사건(상황)(독)			2	1	3
대화, 토론	2		6	15	23
대화, 토론(독)	2		4	2	8
문답	2	4		2	8
문답(독)			2		2
일화	3	2		9	14
일화(독)		2	4	1	7
고사, 역사	2	2	6	3	13
고사, 역사(독)				2	2
서사		1	2	4	7
서사(독)	1	2	2		5
의인화 / 우화			1	2	3
우화(독)			1	1	2
몽유				1	1
몽유(독)			1		1
인물, 전기	1	2	2	4	9
답변	3		1		4
총계	23	46	61	79	209

* (독)은 독자가 보낸 논설

은 이미 신문 매체 속에서 등장하고 있는 것들로 독자들 스스로 이를 텍스트로 삼아 연습했을 확률도 높다. 실제로 거의 유사한 내용들이 등장하고 있기도 하고, 같은 사건을 두고 재구성하거나 같은 표현을 그대로 쓰기도 했다. 또 문답, 토론 등의 형식들에 대해서도 구조적으로 비슷하게 따라쓰기를 하고 있다는 점에서 독자들이 논설의 서사적 양식을 학습한 결과로 설명될 수도 있을 것이다.

이를 독서 행위라는 차원에서 본다면, 독서라는 것은 이해에서 재현으로 다시 가장 적극적인 행위인 '쓰기'로 이어질 수 있다.[34] 즉 독서는 다양한 층위에서 일어나며, 이는 논설을 읽는 독자 훈련으로 이해될 수 있다. 독서교육의 입장에서 본다면, 텍스트를 이해하고, 이에 대해서 해석하며, 또 나머지 부분을 채워 넣고, 이를 '다시 쓰기'의 차원에서 텍스트를 완성하게 된다. 이는 바로 '적극적 독자로서의 글쓰기'를 의미하는 것으로 이러한 독자는 "주체적 독서와 분석 과정을 통해 스스로의 감상 결과에 책임을 질 수 있고 그 결과를 언어로 표현하고 생산할 수 있는"[35] 독자인 것이다.

　이러한 입장에서 볼 때 논설은 문학을 활용하면서 문학을 통한 교육이 이루어지는 장으로 해석해볼 수 있다. 이렇게 보면, 『독립신문』의 논설은 교육 텍스트로서 기능하게 된다. 여기에 더 나아가 교육의 수단으로서 문학이 활용되면서, 아이러니하게도 문학 텍스트로서도 기능하게 되었다. 또한 이러한 문학 텍스트로서 독서 행위를 이어가는 독자들은 가장 적극적인 독자로서 모방하고 창조하는 글쓰기까지 나아가게 된 것이다. 이렇게 볼 때 『독립신문』의 문학적 텍스트는 작가나 편집자, 매체만의 전유물이 아니라 같이 만들어가는 문학 텍스트로 해석될 수 있다.[36]

34　폴드만, 이창남 역, 『독서의 알레고리』, 문학과지성사, 2010, 102면.
35　김대행 외, 『문학교육원론』, 서울대 출판문화원, 2013, 445면.
36　로젠블렛은 특정한 독자와 텍스트 사이에 작품이 존재하며 특정한 시간에 특정한 사회적, 문화적 환경에서 발생하는 관계의 양상 속에서 텍스트를 이해해야 하며, 저자, 독자, 텍스트의 구분 없이 동등한 관계 속에서의 "상호교통"을 강조한다.(루이스 M. 로젠블렛, 김혜리·엄혜영 역, 『독자, 텍스트, 시』, 한국문화사, 2008, 308~309면 참조)

4) 정치적 자아에서 문학적 자아로의 이행

비숍은 1897년에 나타난 가장 참신한 변화로 "언문으로 쓰인 신문을 팔에 끼고 거리를 지나가는 신문팔이들, 가게에서 신문을 읽고 있는 사람들의 풍경"을 꼽고 있다. 그에 의하면 『독립신문』은 "권력의 남용을 고발해서 이를 만천하에 알리는 기능을 수행"하고 "합리적인 교육과 이성적인 개혁에 대한 국민들의 열망을 창출"해내는 존재였다.[37] 이후 1901년 대한제국의 철도 기사로 한국에 왔던 에밀 부르다레는 "길가 한구석에 상인이 부처처럼 가부좌를 틀고서 진열대 나무의자에 앉아" "동네 신문을 읽느라고 정신이 없"고 "크고 세련된 목소리로 신문 읽는 소리가 이웃에까지 다 들"려서 "언문을 읽을 줄 모르는 이웃이라면 쌈짓돈을 털지 않고서도 하루의 모든 소식을 알 수 있다"라고 당대의 풍경을 묘사하고 있다.[38] 이처럼 신문을 읽는 풍경은 대한제국 시대의 새로운 일상으로 자리 잡고 있었다.

『독립신문』을 읽고 향유한 독자들을 파악하기 위해서는 이 당대 한글에 대한 문식력은 어느 정도인지 알아볼 필요가 있다. 1897년의 경우, "성인 이상의 인민 100인 중 23인이 국문을 독해"했다고 하며, "식자층을 제외한 농민 가운데에도 15%, 남자의 경우 40%가 문자를 이해"했다고 한다.[39] 그런데 외국인들의 언급들을 보면, 이러한 집계보다 문식력에 대한 비율이 훨씬 더 높았음을 알 수 있다. 한글을 사랑해서

---

37 비숍, 앞의 책, 503면.
38 에밀 부르다레, 정진국 역, 『대한제국 최후의 숨결』, 글항아리, 2009, 74면.
39 정재걸 · 이혜영, 『한국 근대 학교교육 100년사―개화기의 학교교육』, 한국교육개발원, 1994, 213면.

한글 교과서까지 편찬한 선교사이자 배재학당의 교사였던 헐버트는 "남자들이 무시하는 한글을 모든 여성들은 잘 익히고 또 철저하게 사용"하고 있으며, "중류계급 중에는 아마도 50%가 한글을 읽는 것 같"다고 설명한다.[40] 실제 비숍은 한강 유역에 사람들을 직접 만나 "많은 수의 낮은 계층 사람들이 그들 자신의 문자를 읽을 수 있다는 사실을 알고 놀랐다"라고 서술하고 있다.[41]

요ᄉᆞ이 본군슈가 ᄒᆞᆫ 쟝시를 셜립ᄒᆞ고 친히 쟝에 와셔 샹고와 인민이 임히 모힌 후에 당셰 형편을 일류 연셜ᄒᆞ고 국문과 한문 번력 잘ᄒᆞᄂᆞᆫ 사름으로 ᄒᆞ야금 소ᄅᆡ를 크게 질너 독립신문을 닑히니 오ᄂᆞᆫ 사름과 가ᄂᆞᆫ 손이며 쟝ᄉᆞᄒᆞᄂᆞᆫ 사람과 촌 ᄇᆡᆨ셩들이 억기를 비비고 몰여셔셔 자미를 붓쳐 흠쯱 듯고 모도 챠탄ᄒᆞᄂᆞᆫ지라 이 다음브터ᄂᆞᆫ 물건 ᄆᆡᄆᆡᄒᆞᄂᆞᆫ 쟝시 인민ᄲᆞᆫ 아니라 독립신문 드르러 오ᄂᆞᆫ ᄇᆡᆨ셩들이 길이 멀고 갓가온 것을 혜아리지 안코 귀를 기우리고 닷호아 모혀 드러 셔로 말ᄒᆞ야 글ᄋᆞ디 오즉 우리 대한 젼국에 크고 작은 일과 텬하 萬國에 아츰 져녁 일이 환연히 눈 압혜 버려 잇고 학식과 법률을 가히 ᄌᆞ식과 손ᄌᆞ를 글앗쳐 어둡던 ᄃᆡ를 버리고 붉은 ᄃᆡ로 향ᄒᆞᆫ 것을 번연히 곳치고 ᄱᅵ닷겟노라고 말들을 ᄒᆞ기에 깃브고 다ᄒᆡᆼᄒᆞᆷ을 익이지 못ᄒᆞ야 본시(本市)에 사ᄂᆞᆫ ᄇᆡᆨ셩들이 셔로 의론ᄒᆞ고 양포ᄒᆞ오니 독립신문을 본군에 보낼 ᄯᆡ에 일톄로 ᄒᆞᆫ 쟝을 더 붓쳐 보ᄂᆡ시면 신문갑은 ᄯᅩᄒᆞᆫ 본군 군슈의게로 붓쳐 보ᄂᆡ오리니 죠량ᄒᆞ심을 업ᄃᆡ여 ᄇᆞᆯᄋᆞ노라고 ᄒᆞ엿더라[42]

40   H. B. 헐버트, 신복용 역, 『대한제국 멸망사』, 평민사, 1984, 349면.
41   비숍, 앞의 책, 102면.
42   강원도 양구군 우망리쟝 시민 김긔셔 조셩룡 김리션, 「신문 업지 못ᄒᆞᆯ 일」, 『독립신문』 제3권 185호, 1898.11.9, 1면.

실제 독자들이『독립신문』에 보내온 편지를 보면,『독립신문』이 다양한 방식으로 읽히고 있음을 알 수 있다. 강원도 양구군 우망리쟝 시민 김긔셔 조셩룡 김리션 삼씨는 산골밖에 없는 시골에 본 군수가 장시를 설립하고 친히 장에 나와 연설을 하여『독립신문』을 읽힌다는 내용을 편지로 보내와서 신문이 이를 1면 '논설란'에 실은 것이다. 이러한『독립신문』읽기는 3가지 과정으로 진행된다. 먼저 군수가 당대 형편에 대해서 연설을 한다. 다음으로 국문과 한문 번역을 잘하는 사람을 불러『독립신문』을 크게 읽힌다. 이후 백성들은 전국과 세계의 일을 "환연히 눈 압헤 버려 있"는 듯이 깨닫게 된다. 군수가 연설을 통해서 먼저 선행 지식을 알려준 이후, 번역하는 이가 앞에 나와서 신문을 읽어준다는 것이다.

　여기에서 주목할 부분은 국문 번역과 한문 번역으로 나누고 있다는 점이다. 국문을 모르는 이도 국문으로 읽어주면 얼마든지 그 내용을 이해할 수 있다. 그런데 식자층, 즉 한문을 주로 사용하는 독자층에서는 한글에 대한 읽기뿐만 아니라 듣기조차 어려웠다는 것을 짐작하게 해준다. 이는 한글을 사용할 줄 아는 독자층과 한문을 사용하는 독자층이 완전히 나누어져 있었고, 이를 위해 각각을 번역해서까지 신문을 강독해주고 있었음을 알 수 있다. 또한 이러한 신문 읽기, 혹은 신문 듣기의 방식은 마치 신문의 내용이 눈앞에 펼쳐지는 듯이 실감나게 다가왔다. 결국 이러한 읽기 방식은『독립신문』의 실제 독자층이 판매부수보다 훨씬 더 많았음을 시사해준다.[43]

43　전인권은『독립신문』이 처음에는 300부 정도밖에 발행되지 못했으나 빠른 시간 내에 3,000부까지 발행할 수 있었으며, 또한 이러한 강독과 같은 읽기 방식 때문에『독립신문』

이에 비추어 볼 때, 『독립신문』의 한글 사용은 독자층에 대한 새로운 상정을 의미한다. 첫째, 독자층은 하층민까지 포괄하려는 시도였고, 또한 이는 상당 부분 성공했던 것으로 보인다. 둘째, 선교사 등과 같은 서양인들을 통해서 한글이 더욱 적극적으로 유포되었을 것이다. 특히 번역 사업과 연계되면서 한글은 서양의 학문과 사상을 번역하는 새로운 도구로 인식되었을 것이다. 셋째, 한글의 사용을 통해 기존 세대, 즉 식자층과 같은 지배 세력을 분리하고 배제할 수 있는 계기로 작동했을 것이다. 한문 번역하는 인물이 번역하여 신문을 읽어주었다고는 하지만, 결국 신문의 주된 언어가 한글이라는 것은 기존 세대에 대한 거부와 배제의 원리가 내포되어 있는 것이다. 또한 이는 반대급부로 한글을 사용할 수 있는, 혹은 사용해온 독자층에 대한 포섭을 의미하기도 한다. 즉 한글 사용 속에 분리와 배제, 구분과 포섭이라는 작동 원리가 내재되어 새로운 문자 환경을 생산해내고 있었던 것이다.

이러한 상황에서 '한글'이라는 도구와 함께 문학이 발달할 수 있는 환경이 제공되었다. 문학이 발달하게 된 조건은 크게 보면 3가지로 정리해볼 수 있다. 먼저 우매한 백성들을 깨우치기 위한 도구로 문학이 사용되었다는 측면이다. 한글 사용을 통해 배제와 포섭을 활용하여 새로운 독자층, 즉 그 이전까지 배제되었던 중간층과 하층민이 매체의 중심으로 떠오르게 되었다는 점이다. 그러나 기본적으로 어리석은 백성인 이들을 계몽하고 가르치기 위해서 좀 더 쉽게 전달하기 위한 방편이

한 부의 실제 독자가 대략 200~300명이었다는 추정도 틀린 말이 아니라고 설명한다. (전인권, 「『독립신문』의 재해석과 한국의 사회과학」, 서울대정치학과독립신문강독회 편, 『독립신문』 다시 읽기, 푸른역사, 2004, 446면)

필요했다. 따라서 문학은 쉽게 전달하는 방법으로 사용된 것이다.

다음으로는 내용적 차원에서 정치와 결합되면서 문학의 가치가 상 승하게 되었다는 점이다. 사실 한글로 된 문학은 부녀자들이나 읽는 것 으로 매우 하찮게 취급되었다. 지식인들에게 중요했던 것은 중국의 문 학, 즉 관리로 등용하게 해주는 문학이었다. 그런데 『독립신문』이 문학 을 활용할 때 정치적인 내용을 포함하면서, 지식인들은 이렇게 등장한 문학을 새로운 것으로 인식하게 되었다는 점이다. 한문 전통에서 파생 된 문답 형식[44]에, 구비되어 전승된 탈춤과 같은 하층민의 '풍자'적 양 식이 결합되면서 이 정치성은 한글로 된 문학을 완전히 새로운 것으로 인식하게 만든 것이다.

마지막으로 정치적 탄압의 대안으로서 풍자와 비유가 강화되었다는 점이다. 수구파와 외국 공사들의 압박은 생각보다 심각했다. 『매일신 문』이 폐간되고, 『독립신문』은 몇 번이나 폐간 위기에 놓이게 되었다. 이러한 상황에서 정치적 탄압을 피해갈 수 있는 방법이 문학적 방법을 통해서 우회적으로 제시하는 방법이었다. 1899년이 되면서는 직설적 이면서 날카로웠던 서술자의 평은 사라지고 '보여주기' 방식이 좀 더 선연히 드러난다. 즉 이러한 정치적 압박과 탄압이 문학적인 미학만을 남겨놓게 하고, 아이러니하게도 이것이 문학의 발달을 견인해 오게 한 것이다.

이러한 상황에서 볼 때, 『독립신문』이 호명하려고 한 독자층은 한글

---

[44] 한문 단편은 19세기 전후에 지어진 것으로 이는 서민층의 화제를 그대로 옮겨 놓아 일반 백성들에게 보편화시킨 것으로 볼 수 있다. 또한 이러한 단편 및 문답체 형식 등은 향후 근대계몽기 단편서사물과도 연관이 깊다.(임형택, 『한국문학사의 시각』, 창작과비평사, 1984, 434~435면 참조)

을 주된 문자로 사용하는 중간계층 이하와, 수구세력을 비판하며 서구의 학문을 배우려 하는 새로운 신지식층이라 할 수 있다. "남녀 상하귀천" 모두가 알 수 있도록 하겠다는 처음 발간의 의도를 관철시키기 위해 『독립신문』은 한글을 격상시키고 문학의 서사적 장치를 활용한다. 먼저 한글을 격상시키려는 작업은 한글, 즉 '국문'이 청으로부터의 '독립'이라는 메타포로 작용한다. 즉 서양 각 나라의 '국문'이라는 지위로 격상된 한글은 서양의 학문을 번역하는 가장 주요한 도구로 사용되었다. 따라서 한글은 '독립'이라는 상징적 의미를 획득함과 동시에 서양의 학문을 받아들이는 가장 유용한 지위로 격상하게 된 것이다. 또한 한글을 격상시키는 작업은 문학적 활용과 결합되면서 시너지 효과를 일으켰다. 사실 남녀 상하귀천 모두를 이해시키기 위해서는 그만큼 쉽게 접근할 수밖에 없었다. 새로운 사상과 새로운 정치적 질서 등을 설명하기 위한 도구로서 문학의 서사적 장치들을 활용하게 된 것이다. 이는 바로 계몽과 정치의 혼합 양식이 문학이라는 틀 속에 자리 잡게 되었음을 의미한다. 즉 형식은 이전 조선조 한문 문학의 문답을 차용하고 내용은 하층의 구비적 전통, 즉 풍자적 문학 및 문화 양식을 빌려 새로운 서사물의 등장을 견인하게 된 것이다. 결과적으로 저평가되어 왔던 한글과 문학이라는 개념이 결합하여 새로운 시대의 새로운 '문학'의 가능성을 열어주었다.

이러한 한글과 문학이라는 개념에 '정치성'이 결합되면서 그 효과를 극대화시켰다고 할 수 있다. 이는 단순히 문학의 독자층으로만 설명될 수는 없는 부분으로, 좀 더 복합적이고 역동적인 정치적 공간 속에서 해명되어야 한다. 사실 『독립협회』는 독립협회를 설립하면서 보다 정치적인 활동으로 그 영역을 넓혀갔는데, 가장 극대화된 것이 만민공동회 활동이었다. 만민공동회는 1898년에 크게 세 차례 열리게 되는데 제1차 만민공동회는 러시아의 절영도 조차租借, colony 반대로, 제2차는 김홍륙의 임금 독살 미수 사건을 계기로 친러수구 정부를 퇴진하는 운동 및 개혁과 정권 수립 요구로, 제3차는 '의회설립운동'을 주장하며 관민공동회로 확대해 나가는 운동으로 개진되었다.[45]

만민공동회가 정치적으로 성공했는지의 여부와는 관계없이 이러한 공론장의 형성은 분명 시민이 등장할 수 있는 장이 마련되었음을 의미한다. 즉 만민공동회를 통해서 일반 백성이 정치적 자아로서 자신을 발견해 나가는 계기가 되었으며, 이러한 정치적 자아의 발견은 문학적 자아의 토대로 이어지게 되는 것이다. 실제 만민공동회가 열렸던 당시 서울 인구를 17만 명으로 추산할 때, 그중 만민공동회의 시위에 참여한 인원이 1~2만 명이었다고 한다.[46] 또한 이 인민으로 지칭되는 정치적 자아들은 자신들의 주장이 관철되는 것을 목도하기도 했다. 가짜 익명서 사건으로 결국 독립협회가 강제 해산되고 간부들이 체포되었다고는 해도, 자신의 의견이 공동체의 이름으로 관철되는 경험을 한 이 정치적 자아들은 분명 새로운 문학의 주체, 즉 정치성을 담지한 새로운 문학 양식의 주체로서 자리 잡게 되었던 것이다.

---

45 만민공동회에 대한 논의는 전인권, 앞의 글, 448~452면 참조.
46 위의 글, 451면.

5) 『독립신문』, 문학텍스트로서 다시 읽기

1896년 4월 7일에서 1899년 12월 4일까지 총 766호를 발행한『독립신문』은 이전까지 저평가되어 왔던 두 가지 개념, 즉 한글과 소설이라는 전략을 통해서 새로운 문학이 등장할 수 있도록 그 배경이 되어주었다. 한글 사용을 통해서 하층민을 포괄하며, 선교사들을 통해서 적극적인 번역의 도구로 이용하고, 또 기존 세대와의 구분과 배제를 통해서 새로운 독자층을 상정하게 만들었다.

『독립신문』은 근대계몽기의 조선, 대한 제국의 '신민'들을 계몽하고 개화하기 위해서 다양한 방법들을 활용하게 되는데, 가장 쉽게 이해할 수 있고 흥미를 유발할 수 있는 방법이 바로 문학의 활용이었다. 문학적 장치를 활용하면서 동시에 정치적 운동을 결합시켜 이전 부녀자층들이나 하층에서 이용한다는 '한글소설' 혹은 '한글 문학'에 대해 새로운 정의를 내릴 수 있도록 발판을 마련하였다. 이러한 문학 혹은 서사적 장치의 활용은 논설 속에서 사건을 장면화하고 서술자와의 거리를 유지하면서 풍자성을 드러내며, 속담 등 비유적 활용을 통해 현실을 더 정교하게 비판하게 했다. 또한 이러한 방법은 '논설란' 안에서 '독자'의 글쓰기로 이어진다. 따라서『독립신문』은 사건을 재구성하여 이야기하고, 논평을 넣으며, 이에 대한 새로운 서사를 구성하거나 대화, 토론의 방법을 활용하면서 새로운 시대, 새로운 문화를 만들어가고자 했던 것이다.

또한 이러한 한글과 문학이라는 개념에 '정치성'이 결합되면서 그 효과를 극대화시켰다고 할 수 있다. 즉 대한제국기의 정치적 운동과 결합되면서 시너지 효과를 누리게 된다. 이는 단순히 문학의 독자층으로만 설명될 수는 없는 부분으로, 좀 더 복합적이고 역동적인 정치적 공간 속에서 해명되어야 한다. 다시 말해 만민공동회 등의 정치적 운동과 이러한 공론장의 형성은 분명 시민이 등장할 수 있는 장을 마련해 준 것이다. 만민공동회를 통해서 일반 백성이 정치적 자아로서 자신을 발견해 나가는 계기가 되었으며, 이러한 정치적 자아의 발견은 문학적 자아의 토대로 이어지게 되었을 것이다.

결국 근대계몽기 다양한 형태의 새로운 문학 양식들이 대거 등장하게 된 것은 바로 이러한 문학 양식을 즐기고 향유하던 독자층들이 형성되었기 때문에 가능했다. 즉 새로운 서사 장르는 이미 그러한 서사 문학을 향유할 정치적, 사회적 토대와 독자층이 존재할 때 비로소 출현할 수 있으며 대량생산될 수 있는 것이다. 다시 말해서 정치적 자아의 성장이 바로 새로운 시대의 새로운 문학적 자아를 배태하고 있다. 이러한 정치·문학·독자의 정치적이자 문화적인 '관계'는 바로『독립신문』이라는 텍스트 속에서 대등한 원리로 '상호교통'하고 있었다. "텍스트는 발생적이고, 끝없이 열려 있는 비지시적 문법 체계"로서 "독서는 문자 그대로의 것과 의혹 사이의 이러한 불안정한 혼합 속에서 시작"되고, 또 끊임없이 새롭게 재해석된다.[47] 『독립신문』이라는 텍스트 역시 그러하다. 텍스트에 관한 완벽한 정의는 불가능하다 하더라도 문학 텍스트로서 다시 읽기를 시도할 때, 새롭게 그 문학적 가능성을 발견할 수 있을 것이다.

---

47   폴드만, 앞의 책, 89·365면.

2. 매체의 이중적 사유와 '인민' 독자층의 출현
―『협성회회보』와『매일신문』

　근대적인 독자가 출현하기 위해서는 이를 위한 다양한 환경이 먼저 마련되어야 한다. 근대 이전에도 지배층 문화와 하층 문화는 각각의 향유층을 상대로 발전해 왔다. 그렇다면 이러한 이전의 문화와는 달리 '근대적인'이라는 수식어를 붙일 수 있는 조건들이 필요하다. 근대 이후 발전하게 된 문학 혹은 문화는 새로운 근대 매체의 출현과 매우 밀접한 관계가 있다. 대량생산될 수 있는 새로운 매체 시스템과 이 속에서 자신의 목소리를 내기 시작하며 자신들의 문화를 생산하는 존재가 바로 근대적인 독자들의 기저가 되는 셈이다.

　그렇다면, 근대가 최초로 시작되는 지점에서 조선 후기, 대한제국 초기의 새로운 독자들의 출현을 짚어볼 필요가 있다. 근대적인 관점의 독자들이 출현하기 위해서는 일반 하층민들이 공공적인 장소로 등장할 수 있었던 계기들과 환경들의 성립이 중요하다. 새로운 근대 매체, 즉 신문의 등장은 이러한 새로운 독자층들이 출현할 수 있는 가장 중요한 시스템인 것은 자명한 사실이다. 이것은 '개인'이라는 의식을 갖게 된 독자층들이 출현하게 됨을 의미한다. 이를 위해서는 하층민의 언어로 인쇄된 공공의 신문이어야 가능한 일이었다. 또한 익명의 목소리들이 공공의 장소로 등장할 필요도 있었다. 이처럼 다양한 목소리들이 개개인의 삶을 담아 공적인 장소로 들어오면서 근대의 독자들 혹은 근대의 독자들의 기반은 서서히 형성되기 시작했다. 이러한 근대의 변화 속에

새로운 문화를 형성하고 문학을
향유하는 근대의 문학 독자 역
시 생성되고 있었다고 볼 수 있
을 것이다.

이러한 상황에서 『매일신문』은
최초의 민간 신문으로 등장했다.
한글을 사용한 최초의 신문은 앞
서 살펴본 『독립신문』이지만, 실
제로 서구적인 개념에서 일간으
로 발행한 신문은 『매일신문』이
최초였다. 또한 지식인들을 위한
신문으로 『황성신문』을, 부녀자
및 하층민을 위한 신문으로 『제
국신문』을 들고 있지만, 『제국신
문』을 등장하게 만든 계기 역시

『매일신문』 제1권 1호, 1898.4.9, 1면

『매일신문』이었다.[48] 최초로 일간 신문을 만들어 배포한 『매일신문』을
살펴보는 것은 일반 백성들이 근대의 매체 속에서 개인적 자아를 발견하
게 되고 새로운 독자층으로 변화되어가는 과정을 짚어낼 수 있게 해 줄
것이다.

실제 『매일신문』에 관한 연구는 『독립신문』이나 『황성신문』, 『제국

---

[48] 『매일신문』의 원래 경영진이었던 류영석과 최정식은 금전문제와 개화에 대한 시각차로
『매일신문』에서 축출되면서 『일일신문』을 간행했다가 이를 『제국신문』으로 변경했다.
(문일웅, 「만민공동회 시기 협성회의 노선 분화와 『제국신문』의 창간」, 『역사와 현실』
93, 한국역사연구회, 2012, 269~277면)

신문』 등에 비해서 그리 활발하게 이루어지지는 못했다. 현재까지 진행된 논의로는 개화기 담론이나 서사적 논설에 대한 연구 또는 근대 이전의 패설과의 연관성에 대한 연구를 들 수 있다.[49] 그러나 신문의 독자투고나 독자의 글쓰기와 관련한 연구는 거의 이루어지지 못한 것이 사실이다. 『매일신문』에는 독자들이 다양한 방식으로 글을 투고하고 있으며, 이 중 문학적인 양식들도 쉽게 발견할 수 있다. 따라서 이들 독자층에 대한 연구는 근대문학 독자의 연원을 밝히기 위한 기저 연구로서 매우 중요하다고 할 수 있다. 물론 이러한 독자층을 근대독자로 바로 치환할 수는 없다. 그러나 근대의 경계에서 이행되어 가는 독자층들과 근대독자의 발판으로서의 토대를 확인할 수 있다는 점에서 이 새로운 독자층을 살펴보는 것은 의미가 있다.

　따라서 이 글에서는 근대 이전의 독자가 어떻게 새로운 근대의 독자로 변화되어 가는지, 또 어떤 방식으로 출현하게 되는지 살펴보고자 한다. 먼저 『매일신문』의 전신인 『협성회회보』로부터 『매일신문』까지의 편집 및 독자 전략을 분석하고자 한다. 이를 통해서 신문 매체가 어떻게 독자들을 호명하고 있는지 살펴볼 것이다. 또한 『협성회회보』와 『매일신문』에 등장하는 독자들의 경향 및 독자투고 글의 내용을 분석하여 그 당대 독자들의 성향을 파악하고자 한다. 이를 위해 '논설'에 투고한 독

49　『매일신문』의 담론과 연관된 논의로 주목해 볼 연구는 길진숙의 「『독립신문』·『미일신문』에 수용된 '문명 / 야만' 담론의 의미 층위」(『국어국문학』 136, 국어국문학회, 2004)와 박대현의 「'국민' 담론 형성과 균열의 기원─『매일신문』을 중심으로」(『한국문학논총』 45집, 한국문학회, 2007)를 들 수 있다. 문학과 연관된 논의로 주목해 볼 연구는 정선태의 「개화기 신문 논설의 서사 수용 양상에 관한 연구」(서울대 박사논문, 1999)와 김준형의 「근대전환기 패설의 변화와 지향」(『구비문학연구』 34집, 한국구비문학회, 2012)을 들 수 있다.

자의 글쓰기와 '잡보'에 투고한 독자의 글쓰기를 나누어 분석해볼 것이
다. 또한 이 독자들이 신문 매체 속에서 무엇을 향유하며 어떻게 성장해
가는지 살펴볼 것이다. 마지막으로 독자들 스스로 신문 매체 속에서 어
떠한 문화를 형성하고자 했는지, 문학적인 장치와 연관하여 살펴봄으로
써 근대의 새로운 향유층, 근대의 새로운 독자층을 추출하여 근대독자
로 이행되는 최초의 지점을 확인하고 그 과정을 천착해 보고자 한다.

1) 『협성회회보』와 『매일신문』의 편집 전략 및 이중 정책

『매일신문』의 전신이라 할 수 있는 『협성회회보』는 "우리나라 최초
의 근대식 중등교육기관이었던 배재학당 학생회인 협성회가 발간한 주
간 신문"[50]이었다. 『협성회회보』는 1898년 1월 1일부터 1898년 4월 2
일까지 총 14호를 발간했는데, 이에 대해 "외국인의 감독이나 지원 없
이 한국인들의 손에 의해 처음 발간되는 신문"[51]으로 평가받기도 했다.
이후 『협성회회보』는 협성회의 결의에 따라 일간 신문인 『매일신문』으
로 제호를 바꾸어 1898년 4월 9일부터 1899년 4월 3일까지 총 272호

---

50 배재학당은 1886년 아펜젤러가 창립한 근대식 학교로, 협성회는 이 배재학당의 학생회
    로서 1896년 11월 30일에 결성되었다. 특히 이 협성회는 서재필의 지도로 서양식 회의운
    영방식을 따르며 매주 토요일 오후에 공개토론회를 개최했다.(정진석, 『한국언론사』,
    나남, 1990, 172~173면)
51 서재필이 『독립신문』을 『매일신문』보다 먼저 창간하기는 했으나, 서재필은 미국인 신분
    이었기 때문에 엄밀히 말하면 『협성회회보』가 한국인들만의 힘으로 만든 신문으로 평가
    되었다. 또한 『독립신문』의 경우, 창간 당시 정부로부터 창간 준비금 등을 지원받기도
    했기 때문에 『협성회회보』는 정부 지원 없이 민간의 힘으로 만든 최초의 신문으로 설명
    할 수 있다.(정진석, 앞의 책, 162 · 174면 참조)

의 신문을 발행했다.

　협성회 임원진을 보면, 『협성회회보』 시절의 회장이 양홍묵, 이익채, 류영석 등이고 『매일신문』으로 바뀌면서 회장 및 사장을 맡게 된 회원은 류영석, 이승만, 한치유 등이었다. 실제 『매일신문』의 발간은 협성회 내부의 여러 갈등 끝에 『매일신문』을 나가서 『제국신문』을 창간하게 되는 류영석이 사장이었을 때 이루어졌다.[52] 따라서 『매일신문』의 원류를 살피는 것은 『제국신문』의 모태를 확인하는 것과

『협성회회보』 제1권 1호, 1898.1.1, 1면

맥을 같이 한다.

　『협성회회보』의 구성을 보면 1면에 '론셜', 2면에 '너보', 3면에 '외보', 3·4면에 '회중잡보', 4면에 '광고'를 두었고, 특히 '회중잡보'를 통해 협성회의 안건 및 토의 내용 등을 실어서 일종의 회보적 성격을 보여준다. 이러한 회보적 성격은 『협성회회보』 1호의 논설에서도 확인할 수 있다.

52　문일웅, 앞의 글, 255~256·264~265면 참조.

우리가 지금 비혼 학문이 넉넉히셔 젼국동포를 ᄀᆞ라치쟈 ᄒᆞᄂᆞᆫ 것이 아니라 우리ᄂᆞᆫ 오늘날 텬은을 넙어 학교에서 몃 희식 공부를 ᄒᆞᄂᆞᆫ 고로 혹 씨다라 아ᄂᆞᆫ 것이 더러 잇ᄂᆞᆫ지라 우리 비혼 뒤로 유익ᄒᆞᆫ 말이 잇스면 젼국동포의게 ᄀᆞᆺ치 알게 ᄒᆞ고 ᄯᅩᄒᆞᆫ 우리의 적은 졍셩으로 젼국 동포를 권면ᄒᆞ야 셔로 친목ᄒᆞ고 일심으로 나라를 위ᄒᆞ고 집안을 보호ᄒᆞ여 가쟈ᄂᆞᆫ 쥬의라 그런 고로 우리 회즁에 특별히 찬셩원을 마련ᄒᆞ여 무론 누구던지 우리에 목뎍을 올케 넉이ᄂᆞᆫ 이ᄂᆞᆫ 우리회에 드러와 우리회를 찬조ᄒᆞ여 주기를 ᄇᆞ라며 우리가 셜회ᄒᆞᆫ 지가 쥬 년이 지닛ᄂᆞᆫ뒤 지금 크게 진익ᄒᆞᆫ 것은 업스되 그동안 얼마콤 단련ᄒᆞᆫ 거슨 업다고 ᄒᆞᆯ 수 업고 ᄯᅩ 셜회ᄒᆞᆯ 째에 불과 십여 인이 발론ᄒᆞᆫ 것이 지금 회원이 이빅여 명이 되엿ᄂᆞᆫ지라 그런고로 회즁에셔 의론ᄒᆞ고 ᄆᆡ월에 긔ᄎᆞ식 회보를 발간ᄒᆞ야 우리의 목뎍을 젼국 동포의게 광포ᄒᆞᄂᆞᆫ 것이 가ᄒᆞ다 ᄒᆞ나 (…즁략…) 현금 회즁에셔 여간 연보를 구집ᄒᆞ야 회보를 발간ᄒᆞ게 되엿ᄂᆞᆫ지라 학문상에 유익ᄒᆞᆫ 말들과 회즁에 긴요ᄒᆞᆫ 일들을 긔록ᄒᆞᆯ 터이니 (…즁략…) 그러ᄒᆞᆫ즉 첫지는 일심들을 ᄒᆞ여야 ᄒᆞᆯ 거시오 일심이 되더리도 ᄯᅩᄒᆞᆫ 학문들이 잇셔야 ᄒᆞᆯ 줄노 우리ᄂᆞᆫ 아노라[53]

『협성회회보』에서는 협성회가 문학을 위해 모인 모임, 즉 학문을 하는 목적이라고 분명히 밝히고 있다. 실제 회보를 통해서 학문에 유익한 말과 회중에 긴요한 일을 기록하겠다는 것으로 보아 교육을 위한 목적과 협성회라는 모임을 위한 기관지로서의 목적을 가지고 발간되었다고 할 수 있다. 또한 찬성회라는 것을 두어 협성회 회원이 아니더라도 일

---

53 '론셜', 『협성회회보』 1호, 1898.1.1, 2면.

반인들이 찬조하며 함께 참여할 수 있는 길을 열어두었다. 사실상 이런 면에서 보면, 1905년 이후 급성장한 학회지의 형태와 매우 유사하다. 회원들이 서로 학문을 나누고 이를 쉽게 풀어 써서 일반인들에게 알리며, 또 그 모임의 회칙 및 토론 등을 실어 협성회 단체를 이끌어가고 있다는 점에서 학회지적 성격을 보이는 것이다.

따라서 『협성회회보』는 학회지처럼 협성회 회원 내지 찬성원들이 직접 논설 등을 적어서 보내는 형태로 진행되었다. 5호에 보면 "누구시던지 각종 학문에 유죠흔 글을 지어 보뉘시면 우리 회보에 긔지"[54]하겠다고 하면서 투고를 권유하기도 했다. 실제로 4호 '론셜'란부터 독자들이 투고한 논설이 실리고 있는데, 최병헌, 신룡진, 니익진, 오긍션, 니승만, 홍뎡후, 김만식 등 총 7명이 투고한 바 있다. 이 중 니익진, 오금션, 니승만, 김만식은 협성회 본 회원이었으며, 신룡진은 찬성회원이었다.[55] 최병헌의 경우에는 『매일신문』으로 바뀐 이후에도 '론셜'에 한 번 더 투고하기도 했다.[56] 이처럼 '론셜'에 자신의 이름으로 투고한다는 것은 신문으로서의 기능이라기보다는 회보로서의 기능, 즉 학보 내지 학회지로서의 기능이 좀 더 강화된 형태라 할 수 있다. 그러한 가운데 협성회는 근대적인 신문의 필요성을 느끼고 일간 신문을 발행하기에 이른다.

54　'회중잡보', 『협성회회보』 5호, 1898.1.30, 4면.

55　"뎨ᄉ차 임원, 본회원, 찬성원 셩명"을 보면, 위의 다섯 인물들의 이름을 확인할 수 있다. 이때 명부에서 확인할 수 있는 본회원은 138명, 찬성원은 54명이었다. '회중잡보', 『협성회회보』 1호, 1898.1.1, 3면.

56　최병헌은 『독립신문』에도 여러 번 논설을 투고하기도 했다. 『독립신문』 제1권 제90호 (1896.10.31) 2면 잡보에 보면 "농상 공부 쥬사 최병헌"이 독립가를 투고 했으며, 제2권 제99호(1897.8.21), 제101호(1897.8.26)에 "빗지학당 학원 젼 쥬ᄉ 최병헌씨"라는 이름으로 개화론을 펼치기도 했다. 즉 농상 공부 주사를 그만두고 배재학당에 학생으로 들어가 『협성회회보』와 『매일신문』에 글을 실은 것으로 보인다.

당초의 우리 협성회 회원들이 일심합력ᄒ야 금년 정월 일일붓허 ᄆᆡ토요일에 일ᄎᆞ식 회보를 발간ᄒ야 지나간 토요일ᄭᆞ지 십ᄉᆞ 호가 낫ᄂᆞᄃᆡ 대략 본회즁ᄉᆞ무와 ᄂᆡ외국 시셰형편이며 쇼문 소견에 학문의 유조ᄒᆞᆯ만ᄒᆞᆫ 거슬 긔지ᄒ야 국가문명 진보에 만분지일이라도 도음이 하ᄂᆞ님이 도으심과 회원들에 극진ᄒᆞᆫ 셩의로 지금 이 회보가 거의 쳔여 쟝이 나아가니 우리 회보 보신는 이들게 감ᄉᆞ흠을 치하ᄒᆞᄂᆞᆫ 즁 일쥬일에 ᄒᆞᆫ 번식 나는 것을 기다리기에 ᄆᆡ우 지리ᄒᆞᆫ지라 회원 즁 유지각ᄒᆞ신 몃몃 분이 특별이 불셕신고ᄒᆞ고 열심히 쥬션ᄒᆞ엿거니와 병ᄒᆞ여 회원드리 일심으로 ᄌᆞ역을 모하 오늘붓터 ᄆᆡ일신문을 ᄂᆡᄂᆞᄃᆡ ᄂᆡ외국 시셰형편과 국민에 유죠ᄒᆞᆫ 말과 실젹ᄒᆞᆫ 소문을 만히 긔지ᄒᆞᆯ 터이니 목적도 극히 즁대ᄒᆞ거니와 우리 회원이 일심익국ᄒᆞᄂᆞᆫ 지극ᄒᆞᆫ 츙셩의 간담을 합ᄒᆞ여 이 신문샹에 드러ᄂᆡ노라 대범 셔양졔국져은 국즁에 신문 다소를 가지고 그 나라 열니고 열니지 못흠을 비교ᄒᆞ거늘 도라보건ᄃᆡ 우리 나라에 신문이 얼마나 되ᄂᆞᆫ뇨 과연 붓그러온 바라 만힝으로 독립신문이 잇셔 영자로 발간ᄒᆞᄆᆡ 외교샹과 나라권리 명예에 크게 관계되ᄂᆞᆫ 영광이라 그 외 한셩신보와 두셰 가지 교즁신문이 잇스나 실샹은 다 외국사름에 주쟝ᄒᆞᄂᆞᆫ 비요 실노히 우리나라 사름이 ᄌᆞ쥬ᄒᆞ여 ᄂᆡᄂᆞᆫ 것은 다만 경셩신문과 우리 신문 두 가지 ᄲᅮᆫ인ᄃᆡ 특별히 ᄆᆡ일신문은 우리가 쳐음 시쟉ᄒᆞ니 우리나라 ᄉᆞ쳔 년 ᄉᆞ긔에 쳐음 경ᄉᆞ라 엇지 신긔ᄒᆞ지 안으이오 아모조록 우리 신문이 문명진보에 큰 긔쵸가 되기를 우리ᄂᆞᆫ 간졀히 바라노라[57]

1면 논설에 보면, 매주 토요일에 발행하는 『협성회회보』가 천여 장 정도 되었음을 확인할 수 있다. 발매의 호조를 보이는 상황은 일간 신

[57] '논설', 『매일신문』 1호, 1898.4.9, 1면.

문을 발행하고자 하는 계기로 작동했을 것이다. 협성회는 개화의 척도를 신문의 발행으로 보고, 우리는 제대로 된 신문이 없다고 스스로 평가하고 있다. 거기에 더해 이들은 『독립신문』은 국외를 향한 대외적인 신문으로 인식하고 있으며, 다른 신문들에 대해서는 외국인들이 발행하기 때문에 우리 신문이라 보기 힘들다고 평가한다. 우리나라 사람이 직접 발행하는 신문은 『경성신문』와 『매일신문』밖에 없으며, "특별히 미일신문은 우리가 쳐음 시쟉ᄒᆞ니"라고 하면서 매일 간행하는 최초의 신문임을 강조한다.

매일 발간하게 된 계기는 "일쥬일에 ᄒᆞᆫ 번식 나ᄂᆞᆫ 것을 기다리기에 미우 지리"하다고 표현하고 있는데, 이는 국내외의 시세형편과 국민에게 도움이 되는 학문적인 글들과 여러 소문 및 사실들에 대해 알리기에 일주일에 한 번으로는 부족하다는 판단에서 비롯되었다. 『매일신문』의 편집자들이 스스로 강력하게 밝히고 있듯이 매일 발간한다는 것은 진정한 근대신문으로서의 역할을 제대로 하겠다는 의지로 읽을 수 있다.

실제로 매일 발간하는 것은 격일 또는 주간으로 발간할 때와는 확연히 달라진다. 일간 신문의 발간은 먼저 시공간의 확장을 가지고 온다. 회보의 형식이라면, 모임이 가지고 있는 특성에 맞추어 취사선택된 기사들이 많을 수밖에 없다. 또한 일주일에 한 번씩 발간될 경우에는 중요도와 관심도에 따라 상당수의 기사들이 취사선택된다. 결국 이는 협성회 등의 특정집단과 연관된 신문 혹은 잡지적 역할밖에 할 수 없게 된다. 그런데 매일 발간될 때는 실시간으로 일어나는 사건이 나열되며, 지나간 시간에 대한 읽기가 아니라 '동시간의 읽기'가 진행될 수 있다. 오늘 일어난 일을 내일 바로 읽을 수 있으며, 상대적으로 앞서 취사선택된 이야기보다는 전국 각지의 좀 더 많은 이야기들이 매체를 통해 배포되는 것이다. 이러한 시공간의 확장은 다음으로 공공 영역의 확대로 이어진다. 이는 시공간이 확장되면서 특정 독자들을 겨냥하는 것이 아니라 불특정 다수, 즉 더 넓은 독자층을 확보하게 된다. 결국 특정 집단을 위한 사적인 매체가 아니라 그 글을 읽을 수 있는 모든 독자들로 확장하게 되는 것이다. 결국 이러한 확장은 참여의 확대로 이어질 수 있다. 이는 지면의 확장과 독자의 확대가 함께 영향을 미쳐 형성된 것이다. 『매일신문』은 『협성회회보』보다 최소 6배 이상의 지면을 확보할 수 있었다. 그만큼 독자가 참여할 여지가 더 넓어졌음을 의미한다.

일간지 『매일신문』으로 전환되면서 구성 역시 완전히 바뀌게 되었다. 1면에 '론셜', 2면에 '관보', '잡보', 3면에 '외국통신', '전보', '회중잡보', 4면에 '광고' 등이 실리고 있으며, 특별한 사건이 있을 경우에는 '별보'나 '특별보'가 등장하기도 한다. 뒤로 갈수록 '회중잡보'는 축소되면서 '사고' 형식의 광고로 바뀌게 되었다. 결국 특정한 집단, 단체의 회보 형식을 탈피하고 불특정 다수를 향한 근대신문의 형식을 갖추게 된 것이다.

사실 이러한 『매일신문』의 형식은 최초의 한글 신문인 『독립신문』을 상당히 따르고 있지만, 『매일신문』 스스로는 『독립신문』과의 차별성을 강조한다. 『독립신문』이 논설에서 『독립신문』의 장점을 스스로 높이 사며, 새로 나온 신문을 가르치고 있는 점에 대해서는 강력하게 불만을 제시하기도 했다. 『독립신문』을 통해 배운 것은 사실이나, 이미 『매일신문』 스스로는 신문의 목적도 알고, 학문도 있어 선생보다 나을 것이라며 "ᄌᆞ긔 일이나 잘ᄒ"라는 말이나 "쇽담에 나죵 난 쏠이 웃둑ᄒᆞ단

말"을 들어『독립신문』과의 차별성을 좀 더 명확히 하고자 했다.[58] 이러한 면은 정부가 지원한 것이 아니라, 민간이 스스로 만들어낸 신문이라는 점과 격일로 발간되는『독립신문』에 비해『매일신문』은 매일 발간되어 근대신문의 역할을 제대로 해낼 수 있다는 점을 통해『매일신문』의 정체성을 명확히 드러내고자 한 것이다.

　이러한『매일신문』의 정체성은 그 모태가 되는 배재학당의 학생회인 협성회로부터 온다고 할 수 있다. 특히 당대 배재학당은 배재대학으로 기능[59]했으며, 이는 협성회 회원들 스스로에게 자긍심으로 작용했을 것이다. 즉 자신들이 배운 지식을 무지한 백성들에게 가르쳐 대한제국을 개화하겠다는 의지가 강했다. 따라서『매일신문』은 기존『협성회회보』에서의 지식인 계층들과 더불어 새롭게 개화하고 계몽해야 할 일반 백성들 모두를 대상으로 발간되어야 했다. 이러한 독자층에 대한 생각은 이중적인 정책으로 드러나는데 '논설'란은 협성회 회원이나 지식인 계층의 글쓰기로 이어오며, '잡보'란은『독립신문』의 경우처럼 일반 백성들의 고발 등을 싣게 된다. 결국 이렇게 양분된 편집 구성은 지식인의 체계와 일반 백성의 체계를 어느 정도 구분하는 정책을 펴고 있었음을 의미한다.[60]

58 　'논설',『매일신문』5호, 1898.4.14, 1면.
59 　1894년부터 1897년까지 대한제국을 방문했던 비숍은 배재학당을 배재대학으로 설명하면서 근대 학교의 설립은 한국에서 강력한 교육적, 도덕적, 지적 영향을 끼치고 있었다고 언급하고 있다.(이사벨라 버드 비숍, 이인화 역,『한국과 그 이웃나라들』, 살림, 1994, 440면)
60 　이렇게 '논설'과 '잡보'란의 구분은『독립신문』에서도 어느 정도 발견된다. 배정상에 따르면『독립신문』의 '논설'란과 '잡보'란이 서로 다른 양상을 보여주는데, 전자가 대상에 대한 구체적인 정보를 가지고 투고자의 글을 다루어 독자에게 실감을 제시한다면, 후자는 사건에 대한 요약의 과정을 통해 효과적으로 제시하고 있다고 설명한다.(배정상,「근

2) 수사적 장치를 활용한 지식인 독자층의 글쓰기

『매일신문』은 신문의 역할로 "첫지 학문이오 둘지 경계오 셋지 합심"[61]
을 들고 있다. 이러한 그들의 신문에 대한 방침은 논설을 통해서 확인할
수 있다. 논설은 '별보'나 '관보' 혹은 '특별보'를 제외하고 총 232개가
실렸는데, 『협성회회보』에서 14개, 『매일신문』에서 218개가 실렸다.

〈표 1〉 논설의 내용적 분류

내용	『협성회회보』	『매일신문』	총 개수
부정 관리 비판	2	38	40
교육 관련	4	22	26
개화	2	21	23
세태 비판(12) 및 현실 풍자(9)		21	21
정치, 헌법		19	19
구습타파		17	17
독립(8) 및 우국충정(7)	3	12	15
제국주의(9) 및 외국 비판(5)	1	13	14
신문 관련		13	13
국민 정신		13	13
매일신문 및 협성회 관련	2	7	9
산업		8	8
잘못된 개화 비판		6	6
효도 및 옛 이야기		3	3
국문		2	2
종교		2	2
위생		1	1
총계	14	218	232

내용상으로 보면, 부정 관리나 대신들에 대한 비판이 40개로 가장 많
았고, 세태 비판이나 정치, 헌법에 관련된 부분들도 21개, 19개 등 상당

대계몽기『독립신문』의 '독자투고' 연구」, 연세대 석사논문, 2004, 46면)
61   '논설', 『매일신문』 3호, 1898.4.12, 1면.

수 등장하고 있다. 학문과 연관된 부분에서는 교육 관련 26개, 개화 관련 23개, 구습타파 17개, 산업 개발 8개 등 교육과 개화에 초점이 맞추어져 있었다. 또한 만민공동회 등의 상황에 대해서는 국민의 합심을 요구하는 글들도 상당히 등장하는데, 독립 및 우국충정에 관련된 글이 15개, 국민 정신 통합에 관련된 글들이 13개 등이 실렸다. 이를 통해 볼 때『매일신문』은 새로운 학문 및 교육을 향한 의지와 더불어 정치 특히 대한제국 황제를 통한 대통합을 지향하고 있었음을 알 수 있다.

이러한 상황에서『매일신문』을 구독했던 독자들은 다양한 방법으로 이 매체를 스스로 활용하면서 향유하기 시작했다. 사실 주간지 형태인 『협성회회보』로 발행되었을 때는 학회지나 회보처럼 잡지에 가까운 형태였다. 따라서『협성회회보』에 실린 독자의 논설 7편은 협성회 회원 및 찬성회의 인물들이 자신들만의 경계 안에서 여러 이야기를 회보 형식으로 자유롭게 할 수 있었다. 그러나『매일신문』이라는 일간 신문의 형태를 띠면서는 이런 회보적인 이야기를 나누기는 어려워졌고, 논설 역시 좀 더 광범위한 독자를 대상으로 게재되었다. 그러나『협성회회보』에서 드러났던 독자들의 논설들은 지식인 독자층 글쓰기의 시발점이 되어 『매일신문』에서도 그러한 지식인층의 글쓰기가 이어지고 있었다.

논설에 투고한 독자편지는 총 23편이었는데, 이 중 2편이 연재 형태였기 때문에 실제로는 21편에 해당한다. 이 중『협성회회보』에 실린 것이 7편,『매일신문』에 실린 것이 14편이었다.『협성회회보』에서는 회원들의 글이 '논설'란에 실렸지만,『매일신문』으로 변화되면서는 근대의 신문들처럼 편집진의 논설로 대체된 것이 그 특징이라 할 수 있다. 그러나 그 와중에도 14편 정도의 독자편지가 편집진의 선별에 의

<표 2> 논설에 투고한 독자편지

	호수	날짜	면	표제	이름	구분	주제
1)	협4	1898.1.22	1	론설	최병헌	서사	교육
2)	협6	1898.2.5	1	론설	신룡진	비유	교육
3)	협7	1898.2.12	1	론설	나익진	서사	개화
4)	협11	1898.3.12	1	론설	오긍선	서사	독립
5)	협12	1898.3.19	1	론설	니승만	비유	독립 / 제국주의
6)	협13	1898.3.26	1	론설	홍뎡후	비유	교육
7)	협14	1898.4.2	1	론설	김만식	서사	제국주의
8)	9	1898.4.19	1	론설	허셜(길주)	논설	부정관리비판
9)	50	1898.6.6	1	론설	개성부 백성들	논설	부정관리비판
10)	68	1898.6.27	1	론설	유식한친구	대화, 토론	개화
11)	74	1898.7.4	1	론설	엇더흔친구	논설	부정관리비판
12)	79	1898.7.19	1	론설	유지각한 친구	논설	국민정신
13)	85	1898.7.27	1	론설	양주 동리 사는 사람	일화	효도
14)	86	1898.7.28	1	론설	엇더흔 친구의 문답	대화, 토론	구습타파 / 개화
15)	96	1898.8.18	1	론설	엇더한유지각흔친구	비유	부정관리 비판
16)	102	1898.8.25	1	론설	엇더흔친구	비유	교육 / .개화
17)	120	1898.9.17	1	론설	엇더흔유지각흔친구	논설	부정관리비판
18)	132	1898.10.1	1	론설	최병헌	비유	구습타파
19)	158	1898.11.2	1	론설	웃더한친구한 분	가사	개화
20)	202	1898.12.23	1,2	론설	사립흥화학교교ᄉ림병구	논설(기서)	정치
21)	203	1898.12.24	1,2	론설(연)	림병구씨 긔셔	논설(기서)	정치
22)	255	1899.3.7	1	론설	엇던유지각흔 친구	비유	현실풍자 / 독립
23)	256	1899.3.8	1	론설(연)	엇던유지각흔 친구	일화	현실풍자 / 독립

* 『협성회보』는 앞에 '협'으로 표시했고, '(연)'은 연재를 의미함

해서 논설란에 실렸다는 것은 주목해볼 만하다.

　독자편지에 드러난 표현방법을 보면, 비유를 차용한 논설이 7편으로 가장 많았고, 일반 논설이 6편, 서사를 활용한 경우가 4편, 대화·토론이 2편, 일화가 2편, 가사(시가)가 1편이었다. 특이한 사항은 일반 논설을 제외하고 보면, 독자편지의 내용에 수사적 장치들이 가미되어 있다는 사실이다. 일반 논설을 게재하면서도, 내용의 이해를 위해 쉬운 비유를 활용하거나, 실제 서사나 대화 토론체, 일화, 시가 등 문학적인 글

〈표 3〉 논설에 실린 독자편지의 표현방법

표현 방법	개수
비유	7
논설	6
서사	4
대화, 토론	2
일화	2
가사	1
총계	22[62]

들을 싣고 있는 것이다. 이러한 면들은 독자들 스스로 좀 더 쉽고 내용이 잘 전달될 수 있는 글쓰기를 진행하고 있다는 점을 보여준다. 이를 좀 더 서사의 수사적 장치로 구분해 보면, 비유 방식, 대조적 사건의 전개, 대조적인 인물 활용, 사건의 장면화 등을 들 수 있다.

　어리셕은 소견으로 슈구기화 량론의 폐단을 분석ᄒ야 말ᄒ노니 슈구ᄒᄂᆫ 이와 기화ᄒᄂᆫ 이가 각기 ᄌᆞ긔의 일편지견으로만 올타글타 론란ᄒ니 그 미달일간은 다 일반이라 엇지 우습지 안으며 가셕지 안으리오 적은 비유로 말ᄒ건ᄃᆡ 이졔 ᄒᆫ 사름이 잇셔 통쇼 ᄒ나를 가지고 말ᄒ되 이 통쇼ᄂᆫ 형산 빅옥으로 만든 것이니 소리가 가쟝 청량ᄒ다ᄒ며 ᄯᅩ ᄒᆫ 사름은 금ᄉ오쥭으로 만든 통쇼소릐가 항량ᄒ다 ᄒ거ᄂᆞᆯ 그즁에 춤으로 졀됴 아ᄂᆞᆫ 사름이 듯고 미소ᄒ야 글오ᄃᆡ 그ᄃᆡ들이 다 통쇼 리치ᄂᆞᆫ 모로ᄂᆞᆫ 말이로다 옥이나 ᄃᆡ나 그 톄질은 물론ᄒ고 그 소리ᄂᆞᆫ 궁샹각치우요 그 졀됴ᄂᆞᆫ 사름의 손가락 운동ᄒᄂᆫ 묘리에 잇스니 엇지 옥과 ᄃᆡ의 분별이 잇스리오 흠과 ᄀᆞᆺ트니 이 리치를 미루어

보건되 아셰아나 구라파 졍톄가 비록 다르나 합당흔 법률을 확립ᄒ야 쥰슈믈실ᄒᄂ 것은 일반이니 태셔신학이나 동양구학이니 분별치들 마시고 샹하일심ᄒ야 긔단취쟝ᄒ시면 이는 은나라 슈릭를 타고 쥬나라 관을 쓰미니 부딕 동셔학문이 쇼양에 격흔 것으로 아지 마시고 일심협력ᄒ야 츙익의 목뎍을 일치들 마시오[63]

먼저 가장 많이 드러나고 있는 서사의 수사적 장치는 비유 활용으로 위의 글에서처럼, 자신이 주장하고자 하는 바를 다른 사물이나 이야기에 빗대어 전달하는 방식이다. 위의 글은 "엇더흔 친구"가 보낸 독자편지를 '논설'에 실은 것으로 수구당과 개화당이 서로 싸우고 있으나, 사실은 이 두 가지의 장단점이 모두 있으며, 서양의 신학문이나 동양의 구학을 분별하지 말고, 우리나라에 알맞은 방법으로 학문을 고취하자는 것이 주제이다. 이러한 자신의 주제를 표현하기 위해서 이 독자는 "통쇼 소릭"에 빗대어 설명한다. 즉 통소 소리에 대해 어떤 이에게는 옥소리가 청량하게 들릴 수도 있고, 어떤 사람에게는 대나무가 내는 소리로 항량하게 들릴 수도 있다는 이야기를 덧붙인다. 비유이기는 하지만, 세 사람의 이야기가 반영되어 결국 이 두 가지 소리 모두가 바로 통소 소리라며, 이를 통해서 학문의 통합을 설명한다. 즉 신구학문을 모두 수용하자는 자신의 뜻을 비유라는 수사적 장치를 통해 전달하고자 한 것이다.

---

63   엇더흔 친구, '논설', 『매일신문』 102호, 1898.8.25, 1면.

이 론셜 중에 동셔정치와 신구학문을 믈구ㅎ고 참호ㅎ여 쓰자 ㅎ는 말이 널고 화평ㅎ 의론이나 우리나라에 잇던 량법과 미규는 다 업셔지고 다만 늠은 것은 그 폐단쑨이오 쏘 이젼 졍치학문이 비록 그째에는 합당ㅎ엿거니와 지금 시셰에는 그 졍치와 학문을 비록 새로 붉혀 쓰드린도 맛지 안이ㅎ니 불가불 시셰형편에 맛는 졍치와 학문을 슝샹ㅎ여야 홀지라 그러ㅎ즉 불가불 구미졔방에 루시루험ㅎ야 국부병강ㅎ고 리용후싱ㅎ는 졍치와 학문을 방용ㅎ여야 홀지니 만일 우리나라에 쪽히 리국편민홀 졍치학문이 잇슬 디경이면 엇지 내 것을 바리고 늠의 것만 올타홀 리가 잇스리오 깁히 싱각들 ㅎ여 보시오[64]

흥미로운 것은 독자편지에 대해 위와 같이 신문 편집자가 평을 달고 있다는 점이다. 편집자는 독자의 의도는 이해하지만, 신문의 의도와 다른 면에 대해서는 명확하게 짚어내고 있다. 독자는 신구학문 모두 수용하자고 했으나, 『매일신문』 편집진은 현재 대한에 남은 것은 구습과 폐단뿐이라며 서양의 것을 받아들여야 한다고 설명한다. 이는 독자편지를 싣되, 신문의 입장과 다를 때는 교정하고자 하는 의도가 담긴 것으로 해석할 수 있다.

넷젹에 흔 동리에셔 사는 사름이 일시에 아들를 나흐니 두 집 ㅇ희의 우는 소리와 슉셩흔 모양이 피츠에 일반이오 그 부모의 각각 스랑홈이 쏘흔 굿흐며 오륙 셰에 니르러 티물을 달니며 곳사홈을 홀 적에 두 ㅇ희의 긔묘홈이

---

64   '편집자평', 『매일신문』 102호, 1898.8.25, 1면.

쏘흔 굿더니 삼십 셰에 니르러 두 사름의 모양이 다를 쑨 아니라 귀흐고 쳔흠과 지혜와 로둔흠이 크게 다른 고로 그 사름의 수업이 쏘흔 굿지 아니흔지라 흔 사름은 어려셔브터 학문을 힘써 지덕이 겸비흔 고로 나라에 동량의 신하가 되야 집히 졍승의 마을에 안져 우흐로 님군을 도으며 아리로 빅셩을 다스려 나라이 승평흔 락을 누리게 흐고 흔 사름은 교육이 업슴으로 지극히 어리셕어 물 먹이는 하인이 되야 신셰가 곤궁흐고 가산이 빈한흐니 셰샹 사름이 지목흐야 말흐기를 다 굿흔 사름이나 흐나는 룡이 되고 흐나는 도야지가 되엿다 흐니 일노좃차 보건디 사름의 지우와 현불쵸가 엇지 교육에 잇지 아니리오 사름의 부형이 된 이들은 으희를 어려셔브터 ㄱㄹ치기를 브라노라[65]

다음으로 대조적 사건의 전개를 보여주는 경우를 들 수 있다. 위의 예는 『협성회회보』 때 회원 및 찬성원의 글에서 보인다. 서사를 사용한 4편 모두 『협성회회보』에서 등장하고 있다.[66] 위의 예는 배재학당 학원이었던 최병헌이 보낸 글로, 『매일신문』으로 발행된 이후에도 132호(1898.10.1)에 독자편지를 보내 논설을 싣기도 했다. 위의 인용문의 주제는 어려서부터 교육을 시키자는 것인데 독자는 이러한 주제를 좀 더 효과적으로 전달하기 위해 서사적 장치 중 대조적인 사건의 전개를 활용했다. 한 동네 사는 사람의 이야기를 통해 같은 곳에서 같은 날 태어나 자랐으나 서른이 되니 하나는 교육을 받아 용이 되었고, 하나는 교

---

65 최병헌, '논설', 『협성회회보』 4호, 1898.1.22, 1면.

66 『협성회회보』가 주간지로 총 14호가 나왔는데, 그중 7호의 논설이 모두 독자편지로 이루어져 있다. 이는 『협성회회보』가 "누구시든지 론셜을 지여 보늬실 째에 국문으로 쓰고 거주와 셩명을 즈셰히 젹어 보늬시면 본 회보에 긔진흐되 만일 셩명늬기를 원치 아니흐면 셩명은 쓰지 안코 글만 긔진흐겟소"('회중잡보', 『협성회회보』 7호, 1898.2.12, 4면)라고 하면서 논설을 보내라고 독려한 결과이기도 했다.

육을 받지 못해 도야지가 되었다며, 어릴 때부터 교육시켜야 함을 강조했다. 이러한 서사적 장치를 통해 좀 더 쉽게 교육의 중요성을 설명할 수 있었던 것이다.

　　우리나라 지금 형편을 가만히 보면 젼국 남녀로소의 힝위가 하도 싹흔 것이 슈구라 ᄒᆞᄂᆞᆫ 사람은 반연히 됴혼 줄을 알아도 새 법이라 ᄒᆞ면 힝치 아니ᄒᆞ고 ᄀᆡ화라 ᄒᆞᄂᆞᆫ 사람은 실학은 무엇인지 모로고 머리 싹고 양복만 ᄒᆞ면 다 된 줄노 아라 의구히 게으른 산ᄋᆞ희도 노름ᄒᆞ러 가는 길은 부지런ᄒᆞ고 어리셕은 지어미는 무당의 쟝고쇠릐에 거름이 쌔른지라 졍부 관원네들은 쳥젼 소릐에 귀가 붉고 외방 원님네들은 고무릐 손이 단단ᄒᆞ니 죠졍과 빅셩과 슈구와 ᄀᆡ화를 모도 모아놋코 보면 다 일반이라 누구를 싸로히 나무라흘 것이 업슨즉 젼국이 이쳐로 지나가면 언계나 ᄀᆡ명이 되리오 ᄒᆞ거늘 맛츰 엇더흔 사람이 지나다가 이 말을 듯고 딕답ᄒᆞ되 그듸의 말이 혹 고이치는 아니ᄒᆞ나 오히려 싱각을 덜흔 것이 각읍슈령의 불션흠과 인민의 히타흠과 슈구의 굿은 것과 ᄀᆡ화의 무실흔 것을 다 말ᄒᆞ지 말고 다만 졍부 ᄒᆞ나만 발나지면 공평흔 법률과 광명흔 거울밋히 어느 관원과 엇더흔 빅셩이 감히 법을 범ᄒᆞ야 불션힝위와 히타셩습을 발뵈리오 ᄒᆞᆷ믈며 근릐에 우리 황상폐하씌오셔 졍신을 가다듬어 ᄃᆞ스리기를 도모ᄒᆞ샤 간ᄒᆞᄂᆞᆫ 것드리 시기를 흐르는 것ᄀᆞ치 ᄒᆞ시니 일국의 경ᄉᆞ요 만민의 홍복이라 우리도 얼마 아니 되야 됴혼 셰월을 볼 터이니 그듸는 부듸 내 말만 밋고 눈을 쎳고 기ᄃᆞ려보라 ᄒᆞ니 그 친구가 웃고 글ᄋᆞ듸 그듸의 말을 드러셔는 밥을 아즉 아니 먹어도 발셔 빅가 부른지라 그듸의 말만 밋고 아즉 기ᄃᆞ려는 보려니와 그듸는 부듸 그러케 될 줄만 밋고 안젹셔 기ᄃᆞ리지 말고 썩썩로 졍신을 좀 차리라고 ᄒᆞ더라[67]

또한 대조적인 사건뿐만 아니라 대조적인 인물을 활용하여 대화의 형식을 취한 경우도 살펴볼 수 있다. 위의 인용문은 대화, 토론체를 활용한 독자편지로, 어떤 사람들의 문답을 적고 있다. 한 사람이 옛 것에 취해 새로운 법을 행하지 않는 수구파와 제대로 실학을 하지 못하는 개화파 등 현재 일반 백성들과 정부 관원들을 비판한다. 그러자 이를 들은 지나가던 사람이 그래도 황제가 바뀌고 있다며 공평한 법으로 관원들과 백성들 모두 제대로 다스릴 것이라는 낙관론을 펼친다. 이를 들은 첫 번째 인물이 동의하면서도 가만히 있지 말고 정신을 차리고 있으라며 조언을 하고 있다. 결국 이 대화는 현재 정치 관료들에 대한 비판을 풍자적으로 보여주면서 왕실에 대한 충성심 역시 동시에 드러낸다. 고종 황제의 새 법을 따르자는 주제에 맞추어 제대로 된 개화를 하자는 것과 정치에 대한 비판을 대화적인 방법으로 풀어내고 있는 것이다. 이는 독백이 아니라 대화의 형식을 차용함으로써 각각의 대표적 성격을 가지고 그 입장의 특징을 보여준다. 이러한 서술 방식은 독자로 하여금 비판적 사유를 유도하고, 직접 판단하게끔 요구하는 효과를 드러낸다.

일본셔 기화쵸에 어느 나라 공수가 말을 타고 가는되 엇던 어린 아히가 지총을 가지고 쟉란을 ᄒ다가 그 말이 놀나미 그 공수가 손의 가졋던 쳣직으로 그 아히 머리를 ᄒᆞᆫ 번 쳣더니 그 동리 빅셩이 모다 써들고 이러나 ᄒᆞᆫ 말이 외국 공수가 남의 나라에 와셔 사름 되졉ᄒ기를 말만 못ᄒ게 ᄒ니 이럿케 무례ᄒᆫ 사름이 엇지 공수 노릇슬 잘ᄒ리오 우리는 이런 공수를 바들 슈

67   엇더ᄒᆞᆫ 친구, '논설', 『매일신문』 86호, 1898.7.28, 1면.

업다 ᄒ여 그 공ᄉ가 필경 도라가고 다른 공ᄉ가 왓다 ᄒ니 이ᄂ 빅셩의 ᄆᄋᆷ
이 ᄒ나히라 젼국이 일심이 되고 엇지 그 나라히 부강치 아니ᄒ리요[68]

마지막으로 일화적 방식에서 활용되고 있는 사건의 장면화를 들 수
있다. 위의 글은 "엇던 유지각ᄒ 친구"가 보낸 논설인데 실제 이야기를
활용한 경우로 일화 방식을 차용한 것이다. 이는 일본에서 실제 일어났
던 사건으로 외국 공사가 어린아이의 머리를 채찍으로 때려서 백성들이
공분했다는 일화를 활용하고 있다. 일화라는 것도 사건이 전개되고 갈
등의 요소가 들어오고 있다는 점에서 '서사'적 영역 안에 있다고도 할
수 있다. 이러한 일화는 실제 사건을 재구성하여 장면화하고 분노하는
백성들의 말을 첨가시키는 등의 서사의 수사적 장치를 활용하고 있다.
논설에 실린 독자편지를 보면, 서사의 수사적 장치를 다양하게 사용
하여 신문 독자들의 흥미를 당기면서 주제를 좀 더 쉽게 전달하고 있
다. 이러한 독자들의 편지 내용은 모두 왕실에 대한 충성, 정치 관료들
에 대한 경계와 비판, 제대로 된 개화, 교육을 통한 독립 사상 고취로
귀결된다. 결국 『매일신문』이 고취시키고자 하는 의식에 독자들이 함
께 공감하면서 매체 속에서 일종의 공통감을 조성해낸 결과로 볼 수 있
다. 또한 논설이라는 특수한 글쓰기에 집중되어 있다는 점에서 이러한
공통감은 지식인층에 내재되어 있다고 할 수 있다. 즉 '논설'란은 어느
정도 긴 글을 쓸 수 있고, 개화사상을 담을 수 있으며, 편집진의 의도와
접목되는 글쓰기를 할 수 있는 새로운 교육을 받은 지식인층들이 향유

---

68   엇던 유지각ᄒ 친구, '논설', 『매일신문』 256호, 1899.3.8, 1면.

할 수 있었던 글쓰기 공간이었다고 할 수 있다.

3) 고발 및 소통을 위한 '인민'의 글쓰기

앞서 논설을 통해서는 독자들이 주제를 전달하기 쉽도록 서사의 수
사적 장치를 활용하고 있음을 살펴보았다. 사실 '논설'에 투고한 독자
들은 논설의 글쓰기 양식 때문에 매우 한정적이었다. 그러나 '잡보'는
독자들이 좀 더 쉽고 편하게 참여할 수 있는 공간이었다.

> 본샤에셔 이들 구일브터 ᄆᆡ일신문을 발간ᄒᆞᄂᆞ듸 학문상에 유지ᄒᆞᆫ 말과
> 닉외국에 시셰형편을 ᄯᅡ라 실젹ᄒᆞᆫ 말을 만이 긔직ᄒᆞ오니 사방 쳠군자들은
> 사다 보시오 발ᄆᆡ쇼ᄂᆞᆫ 남대문안젼 쎨젼도가요 한 쟝갑 엽 너 푼 한 들 션급
> 엽일곱 돈 셕 들 션급 엽 두 량 여ᄉᆞᆺ 들 션급 엽 셕 량 아홉 돈 일 년 션급
> 엽 일곱 량 아홉 돈이요 외방에서 보ᄂᆞᆫ 이에게ᄂᆞᆫ 우톄갑슬 ᄯᅩ로 밧을 터이요
> 신문에 긔직ᄒᆞᆯ 말이 잇거든 분명이 젹어 본샤 대문 투함통에 갓다너시되 셩
> 명과 거쥬가 분명치 아니ᄒᆞ면 계지치 아니ᄒᆞᆯ 터이오[69]

『협셩회회보』에서는 논설을 지어 보내라는 광고가 있었으나 『매일
신문』으로 바뀌면서는 그러한 광고가 사라진다. 위의 내용을 보면, 논
설 대신 "신문에 긔직할 말이 잇거든"이란 말로 바뀌며, 성명과 거주를
분명하게 적어 투함통에 넣으라고 언급한다. 성명과 거주가 분명하지

---

69   '광고', 『매일신문』 6호, 1898.4.15, 4면.

않으면 게재하지 않겠다는 부분은 신문에 전해지는 소식에 대한 책임을 요구하는 것으로 해석할 수 있다. 이는 결국 독자편지를 소식원들의 소식통으로 사용하겠다는 의미이다.

어두운 나라 빅셩은 아모됴록 ㄱᄅ쳐 붉게 ㅎ고 붉은 나라 빅셩은 더욱 ᄭ닷게 ㅎ야 죠졍 시비와 민간 션악과 슈령 쟝부와 각국 형편을 낫낫치 긔록 ㅎ되 다만 공평흔 것 ㅎ나만 쥬의ㅎ고 일호라도 친소와 ᄋ증이 업ᄂ지라 그 러흔 고로 신문샤 문 밧게 투셔통을 달고 셰샹 사름의 의론을 밧아 그중에 닉명셔나 죵업ᄂ 말은 다 바리고 셩명이 잇고 망발이 되지 아니ㅎ면 다 드러 잡보 중에 긔지ㅎᄂ 것은 신문샤의 규모라 그중에 혹 놈의 시비흔 겻이 잇셔 그 시비 당흔 사름이 빅디에 업ᄂ 일 ᄀᆺ흐면 신문샤에 와셔 발명ㅎ야 졍오를 내고 그후에 ᄯ 그 사름의 말을 드르면 ᄯ 드러 긔지ㅎ고 그 투셔흔 사름의 셩명은 경션히 발셜ㅎ지 아니ㅎᄂ 것은 신문샤 젼례어ᄂᆯ 일젼에 과쳔군슈 길영슈씨가 황셩신문에 ᄌᄀ 치젹을 난ㅎ얏ᄂ듸 빅디에 업ᄂ 일을 긔지ㅎ 얏다 ㅎ야 한셩 ᄌ판소에 졍소ㅎ야 황셩신문샤 쥬필 류근씨와 ᄌ판을 쳥ㅎ 얏ᄂ듸 (…중략…) 우리ᄂ 황셩신문 쥬필 류근씨의게 말ㅎ노니 니럿케 투셔 흔 사름의 셩명을 경션히 발셜ㅎ고 보면 죵금 이후로 투셔통이 뷔기가 쉽고 투셔ㅎ랴ᄂ 사름들이 각 신문샤를 다 일반으로 알가 져어ㅎ노라[70]

위의 예문을 보면, "신문샤 문밧게 투셔통을 달고 셰샹 사름의 의론을 밧아 그중에 닉명셔나 죵업ᄂ 말은 다 바리고 셩명이 잇고 망발이 되지 아니ㅎ면 다 드러 잡보 중에 긔지ㅎᄂ 것"은 신문사의 규모라고 설

70   '논설', 『매일신문』 88호, 1898.7.30, 1면.

명한다. 또한 이러한 고발이 실리고 난 후, 없는 일이라면 또 그 당사자가 다시 발명하여 정오를 낼 수 있도록 하는 것이 신문의 책임이자 의무라고 주장하고 있다. 그런데 『황성신문』이 허위사실을 기재하면서 재판이 이루어졌고, 『황성신문』의 주필이 투서한 사람의 이름을 밝히는 바람에 문제가 발생한 것이다. 『매일신문』은 이러한 『황성신문』의 태도를 맹렬히 비난하면서 이는 신문사의 도리가 아니라고 비판한다. 그러면서 앞으로 투서하는 사람들이 없어질지도 모른다는 걱정을 내비치고 있다. 이는 다시 말해서 독자편지가 일종의 취재원의 역할을 하게 되고, 또한 이러한 취재원들의 정확한 성명과 주소를 알아 그 기사에 대한 책임을 지는 대신, 신문사 역시 그 취재원들의 신변을 책임지겠다는 의미이다. 『황성신문』의 사례를 들면서 『매일신문』은 『황성신문』과 달리 취재원들, 혹은 독자들의 신변을 확실하게 보호해주겠다는 논조를 보여주고 있기도 하다.

이러한 상황에서 독자들의 고발은 다양하게 이루어지게 된다. 물론 간행 초창기에는 신문에 고발을 하려면 값을 내야 하는 줄 알고 돈을 부친 경우도 있었다. 경무학교에서 불합리한 일이 일어나자 그 학도들이 이를 고발하면서 신문에 기재해달라며 돈을 부쳐 왔다. 신문사는 이러한 고발에는 돈을 받지 않는다고 명확하게 표명한다. 이후 39호에서는 다시 '잡보'에 광고를 내어 신문에 낼만한 내용이면 언제든지 무료로 내어주지만 거주와 성명을 명확하게 하지 않은 익명서는 싣지 않겠다고 거듭 공지하고 있다.[71] 이러한 상황이 자꾸 벌어지는 것은 독자들 입장

---

71 경무학도, '잡보', 『매일신문』 22호, 1898.5.4, 3면; '잡보', 『매일신문』 39호, 1898.5.24, 3면.

에서 자신들의 개인 사정을 공적인 매체인 신문에 실으려면 돈이 필요하다고 생각했기 때문이다. 그런데 신문사측에서 거듭 돈을 낼 필요가 없다고 하자, 독자들은 자신들의 문제, 개인의 억울함을 신문에 실어도 된다는 일종의 승낙을 받은 것처럼 생각하게 되었을 것이다.

〈표 4〉 잡보에 투고한 독자편지

호수	날짜	면	표제	분류	이름	독자분류
협4	1898.1.22	2	내보	신문	내부 관인 조씨	관인
협8	1898.2.19	2,3	내보	개화	동십자교 사는 아이 우순동	아이
7	1898.4.16	2	잡보	개인 사정	쟝동 사는 홍경지	일반
10	1898.4.20	3	잡보	신문내용 수정	영어학교학원(학생들)	학생
10	1898.4.20	3	잡보	구습 타파	남대문밧 자암동동리 사람	백성
11	1898.4.21	2	잡보	부정관리비판	엇던 사람	어떤 사람
13	1898.4.23	3	잡보	신문내용 수정	관립 일어 학교 학원	학교
15	1898.4.26	3	잡보	부정관리 비판	장연 사람 편지	백성
15	1898.4.26	3	잡보	부정관리 비판	강서와 증산 백성	백성
18	1898.4.29	2	잡보	관리칭찬	상동 사는 리종영씨	일반
22	1898.5.4	3	잡보	부정관리 비판	경무학도	학생
25	1898.5.7	3	잡보	부정관리 비판	평동 사는 안셩룡	일반
28	1898.5.11	3	잡보	일본인 비판	제물포에서 전보	백성
31	1898.5.14	3	잡보	신문내용 수정	궁너부뎡무사슈직관황원귀,렴창식	관리
32	1898.5.16	3	잡보	개인 고발	미국션교사 모을 동리사람	백성
35	1898.5.19	3	잡보	개인 고발	남문밧 약현 동리 사람	백성
38	1898.5.23	3,4	잡보	개인 고발	교동군 셔면 두산리	백성
39	1898.5.24	4	잡보	부정관리 비판	량산 순검	순검
40	1898.5.25	4	잡보	부정관리 비판	괴산군 동리 사람	백성
43	1898.5.18	3	잡보	개인 고발	동리 사람 편지	백성
48	1898.6.3	3	잡보	부정관리 비판	어떤 사람 편지(백성)	백성
63	1898.6.21	4	잡보	개인 고발	류셜영 / 백현 거주	일반
72	1898.7.1	3	잡보	부정관리 비판	강화군 빅셩	백성
75	1898.7.5	4	광고	개인 고발	방한덕	일반
76	1898.7.6	4	광고	개인 고발	방한덕	일반
80	1898.7.21	3	잡보	개인 고발	셔부 가문놀 사는 뎡경션	일반
80	1898.7.21	2,3	잡보	부정관리 비판	숑도 상민	백성(상민)
81	1898.7.22	2	잡보	개인 고발	안의군 사는 사름	백성
81	1898.7.22	2	잡보	부정관리 비판	의쥬군 사는 사름	백성

84	1898.7.26	3	잡보	부정관리 비판	약현 사는 김진헌씨	일반
85	1898.7.27	3	잡보	개인 고발	텰도 픽장들	철도패장
88	1898.7.30	4	잡보	개인 고발	명동 사는 김쇼사	여성
89	1898.8.10	3	잡보	관리 칭찬	옥구 군슈 윤긔진	관리
90	1898.8.11	2	잡보	신문내용 수정	텰도 회샤 샤쟝 콜부랜	외국인
94	1898.8.16	2,3	잡보	신문내용 수정	강원도 강릉군 리승학	백성
95	1898.8.17	3	잡보	부정관리 비판	황히도 신천군 작인편지	백성(작인)
96	1898.8.18	3	잡보	부정관리 비판	엇던 친구	어떤 친구
100	1898.8.23	2,3	잡보	외국 비판	어느 친구	어떤 친구
103	1898.8.27	2	잡보	부정관리 비판	안쥬 백성들	백성
112	1898.9.7	2	잡보	부정관리 비판	법부 주사 한지연	관리
113	1898.9.8	4	잡보	부정관리 비판	광쥬 동리마을사람	백성
115	1898.9.12	3	잡보	부정관리 비판	편지	모름
119	1898.9.16	4	잡보	부정관리 비판	편지	모름
130	1898.9.29	3	잡보	학생 비판	엇더한 유지각한 이	유지각 이
170	1898.11.16	3	잡보	부정관리 비판	해미군 백성들	백성
178	1898.11.25	3	잡보	개인 고발	백성들	백성
189	1898.12.8	3	잡보	신문내용 수정	황국협회에서 방문	황국협회
191	1898.12.10	3	잡보	신문내용 수정	황국협회	황국협회
213	1899.1.11	3	잡보	개인 고발	한영원씨	일반
247	1899.2.25	3	잡보	매일신문	엇더한 사람	어떤 사람
248	1899.2.27	4	잡보	개인 고발	경북 고성군 죽도 당항포	백성(상민)
249	1899.2.28	3	잡보	관리칭찬	엇더한 친구	어떤 친구

'잡보'에서 발견할 수 있는 독자편지는 총 52편이다. '논설'에 실린 독자편지의 내용을 보면, 개화나 교육 등에 대한 촉구가 많았는데 반해, '잡보'는 그러한 교육적 상황보다는 개인 고발, 관리 비판에 초점이 맞추어져 있다. 투고한 독자들 역시 일반 백성들, 동네 사람들이 상당수를 이루었다. 그러다보니 자신이 살고 있는 거주지에서 발생하는 개인의 이야기들이 고발의 대상이 될 수밖에 없었다.

'잡보'에 투고한 독자편지의 내용별 분류를 보면, 가장 많았던 부분이 부정 관리 비판으로 총 20편이었다. 그다음이 개인적으로 고발하고 비판하는 내용으로 총 14편, 이미 기재 고발된 사항에 대해서 수정해 달라

〈표 5〉 잡보에 투고한 독자편지의 내용별 분류

내용	개수
부정 관리 비판	20
개인사 고발(사정)	14
신문 내용 수정	7
외국인 비판	3
관리 칭찬	3
학생 비판	1
신문 비판	1
신문 내용 칭찬	1
구습타파	1
개화	1
총계	52

는 글이 7편, 외국인들에 대해 피해를 입었다는 글이 3편 등 이러한 불편사항과 고발들이 44편을 차지했다. 즉 '잡보'의 투고 내용은 독자 주변의 일들이 대부분이었다. 일반 독자들, 특히 백성들에게 자신들의 이야기를 공개적으로 고발할 수 있다는 것은 가장 큰 변혁이었다. 재산을 착취하는 부정한 관리들이나 인물들에 대해서 공개적으로 비판할 수 있는 권리가 생겼다는 것을 독자들이 인식해나가기 시작했던 것이다.

이러한 고발은 집단적 행동으로도 발현되었다. 철도 역군들이 서양인에게 억울한 일을 당하여 그 일을 고발하는 편지를 보내왔다.[72] 억울한 일을 정부에 알려도 서양인을 함부로 할 수 없다는 대답만 들은 이들이 의지할 곳은 공공의 장인 신문밖에 없었다. 이렇게 그들이 편지를

---

[72] "감리ㅅ의 말슴이 정부에셔도 엇지홀 수 업ᄂ 양인을 내가 엇지 돈을 차자 주겟ᄂᆫ냐 ᄒ온즉 홀 수 업시 락숑ᄒᆞ야 셰부득이 식쥬인의게 잡히여 가지 못ᄒᆞᄂ 일도 잇고 혹 도망흔 사름도 잇고 그ᄂᆫ은 픠쟝들은 공론ᄒᆞ고 우리 식쳐를 갑흘 계교가 업스니 아직 셰역을 ᄒᆞ여 가자 ᄒᆞ여 홀일 업시 셰역은 ᄒᆞ엿스나 양인의 힝위가 졈졈 심ᄒᆞ여 가니 필경 회샤나 부수어 셜치를 ᄒᆞ랴 ᄒᆞ니 이러코 보게 드면 혹 란류라도 홀 터이요 도젹놈이라도 홀 터이기로 미리 원통ᄒᆞ고 분ᄒᆞᆫ것을 말ᄒᆞ야 셰계에 몬져 반포코져 ᄒᆞ노라". 텰도 픠쟝들, '잡보', 『매일신문』 85호, 1898.7.27, 3면.

내자, 서양인 사장이 오해라며 바로 신문에 편지를 보내왔다. "십여 일 전에 경인 텰도 회샤 역군들이 긔ᄉ살부씨가 불의ᄒ 힝위를 ᄒ다 ᄒ고 본샤에 편지ᄒ엿기로 긔직ᄒ엿더니 본 텰도 회샤 샤쟝 콜부랜씨가 다시 발명ᄒ야 편지ᄒ엿기로 우리ᄂ 긔직만 ᄒ노라"[73]라고 하면서 90호 잡보에 싣게 되었다. 실제로 재판을 하거나 정부에 호소를 해도 어떤 해결책을 얻을 수 없었으나, 신문에 싣는 순간 바로 대답을 얻을 수 있다는 것은 그만큼 신문의 영향력이 지대했음을 반증해주는 것이다. 이렇게 고발과 반박이 이어지자 관리들이나 지배계층들의 고민도 상당했을 것으로 보인다.

○ 강원도 강릉군 사ᄂ 리승학이라 ᄒᄂ 사름이 즈긔 관가 정헌시 씨를 위ᄒ야 본샤에 편지ᄒ엿ᄂ되 그 ᄉ실인즉 월젼 본보에 등긔ᄒ 희군슈의 일이 다 오챡된 일이라고 발명ᄒ야 십심됴를 쟝황히 말을 ᄒ엿기로 그 됴목되로 즈셰히 긔직ᄒ노라[74]

○ 일젼에 본보에 긔직ᄒ 강릉군슈 정헌시 씨의 힝위를 본군 사ᄂ 리승학이라 ᄒᄂ 사름이 와셔 발명셔를 본샤로 보냇기로 그되로 등직ᄒ얏더니 지금 즈셰히 알아본즉 강릉군슈가 젼에 리승학이가 원통ᄒ야 올나와 신문에 낸 줄 알고 리승학을 오 일을 가두고 ᄒᄂ 말이 네가 신문에 냇스면 죽을 죄요 만일 안이 냇스면 속히 올나가 발명을 ᄒ야 정오ᄒ라 ᄒᄂ 고로 리승학이가 홀일 업셔 올나와 정오를 내달라 ᄒ 일인되 군슈가 로즈신지 당ᄒ야 주엇다더라[75]

---

73 텰도 회샤 샤쟝 콜부랜 씨, '잡보', 『매일신문』 90호, 1898.8.11, 2면.
74 강원도 강릉군 리승학, '잡보', 『매일신문』 94호, 1898.8.16, 2면.

신문을 통한 독자의 고발이 계속되자, 자신의 권력을 이용하는 파행적인 일도 발생하게 되었다. 강원도 강릉군 사는 리승학이라는 독자가 강릉군수 정헌시에 대한 고발이나 비판은 잘못된 것이라는 편지를 보내온다.[76] 그런데 이후 100호에서는 이 사건에 대한 정오를 하게 되는데, 강릉군수 정헌시가 리승학을 감금 협박하여 자신에 대한 소문이나 고발은 오해라는 말을 신문에 보내라고 강압을 했다는 것을 밝힌다. 즉 이는 그 당대 정치 관리들이 신문을 통해 고발되는 사안에 대해서 압박감을 느끼고 있었고, 또 신문의 파급효과가 매우 커서 관리들 스스로 이를 막아보고자 했던 것으로 보인다.

또한 숱한 고발들이 독자편지로 신문지상에 실리는 가운데, 다양한 문제점도 발생하게 되었다. 즉 잘못된 사실이 기재되거나 오해 때문에 소송에 걸릴 수도 있는 등, 신문사로서는 여러모로 곤란할 수 있는 상황이었다.

> 우리가 신문에 무슴 말을 듯던지 무슴 편지가 드러오던지 흠브로 늬는 것이 아니라 그 일을 ᄌᆞ셰히 아는 사람도 여러히고 그중에 증거될 만흔 사람이 잇셔야 늬는 법인되 이 일에 되ᄒᆞ야 두 편작 말이 다 그럴듯ᄒᆞ저라 양편의 시비를 알 슈 업셔 오씨의게셔 온 편지를 이에 긔ᄌᆞᄒᆞ노니 참작ᄒᆞ여들 보시오 그러나 만일 상지가 되면 지판쇼로 가 흑빅을 판단ᄒᆞᆯ 거시어늘 시비만 ᄒᆞ는 거슨 알 슈 업는 일이더라[77]

---

75   '잡보', 『매일신문』 100호, 1898.8.23, 3면.
76   잡보에 투고하는 독자의 이름은 대체로 익명으로 처리되지만, 신문 내용을 수정하는 경우에는 자신의 이름을 밝히는 경우가 많았다.
77   궁뇌부 뎡무샤 슈직관 황원귀ㆍ렴창식, '잡보', 『매일신문』 31호, 1898.5.14., 3~4면.

어졔 본보에 긔지흔 바 경무텽이나 감옥셔에셔 군인들의게 쟝졍의 업는
법을 힝엿다는 말은 우리가 밋지도 안이ᄒ거니와 다시 아라본즉 도모지 그
러흔 일이 업스니 시골 사름의 편지흔 것은 참 미들 수 업더라[78]

고발 기사에 대해서 억울하다며 편지를 보내온 궁내부 관리에게 『매
일신문』은 자신들이 단 하나의 편지만으로 내는 것이 아니라 여러 편
을 통해서 알아본다며 변명한다. 또한 신문은 양쪽의 목소리를 모두 기
재하여 공평하게 판단하도록 하지, 시비를 가리는 것이 아니라며 흑백
을 논하려면 재판소로 가라고 단호한 논조로 반박하고 있다. 그러나 수
많은 독자들의 편지가 쏟아지다 보니, 신빙성이 없는 이야기도 있어서
신문사는 그런 사건에 대해 정오를 내며 "시골 사름의 편지흔 것은 참
미들 수 업"다는 한탄조의 평을 내놓기도 했다. 어쨌든 그만큼 전국 각
지의 일반 백성들이 자신들의 억울한 일들을 마음껏 고발하고 있었다
는 것을 의미한다. 이러한 독자들의 참여는 고발뿐만 아니라 신문 내용
에 대해 공감하며 그 이야기를 모방하여 덧붙이는 데까지 나아갔다.

근일에 이젼 구습으로 편싸홈이라고 ᄒ는듸 이 버릇슨 무슴 의미인 쥴를
알 슈가 업는지라 져녁째면 갓치 쟉반ᄒ야 나가셔 별안간에 아릭우편을 갈
나 가지고 무슴 원슈가 잇는지 피ᄎ에 분을 딕단이 닉여셔 벙거지를 쓰고
몽동이를 두루면셔 비오듯 ᄒᄂ 돌을 무릅쓰고 긔어히 마쥬쳐셔 필경에는
머리가 씌여지고 눈망울이 쌔진다 다리가 불어진다 ᄒ며 심지어 인명이 죵

78   '잡보', 『매일신문』 107호, 1898.8.31, 2면.

종 샹ᄒᄂ니 이러ᄒ 어리셕고 못싱긴 일이 어ᄃᄇ 잇스리요 또 이 구경ᄒᄂ
사름은 로소업시 편거ᄒᄂ 이가 만아셔 오후에ᄂ 불가불 공고 치듯기 삼삼
오오이 쟉반ᄒ야 곰방 담빅ᄃᄇ를 물고 의긔 양양ᄒ야 나가셔 고함을 질너 자
소릭를 ᄒ면셔 아릭우흐로 오루 나리다가 의관 렬파도 만이ᄒ며 흐르ᄂ 돌
에 이목구비들를 혼이 샹ᄒᄂ니 ᄆᆯ일 이러ᄒ 광경을 반연이 보면셔도 조곰
도 경계ᄒ야 곳칠 쥴를 모로고 편싸홈이 아니된다 ᄒ면 대단이 셥셥ᄒ야 ᄒ
ᄂ 말이 일젼에 아릭편에 엇더한 샹졔 ᄆᆡ우 잘ᄒ더라 웃편에 갈ᄆᆡ 두루막이
입은 아희가 잘ᄒ더라 ᄒ야 흠션불이ᄒ며 입의 춤이 업시 이약이를 ᄒ니 이
병은 무슴 병인쥴를 알 슈가 업도다[79]

『매일신문』 242호(1899.2.20) 1면 논설에 편싸움하는 구습에 대해
비판하는 글이 실렸다. 이를 위해 직접 편싸움하는 상황을 구체적으로
보여주는 서술을 취하고 있는데, 실제 일화와도 같이 생생하게 표현하
고 있다. 이 논설을 본 한 독자는 논설의 내용에 공감하면서 자신의 경
험에 비추어 편지를 보내왔다.

엇더ᄒ 사름이 본샤 신문 이빅ᄉ십이 호에 편싸홈ᄒᄂ 거시 대단히 어리
셕다ᄂ 말을 보왓노라고 ᄆᆡ우 치하ᄒᄂ 말이 나도 이왕은 편싸홈 구경을 죠
와ᄒ여셔 오후만 되면 구경 죠와ᄒᄂ 사름을 차져 가지고 원근도 불계ᄒ고
여간 볼일도 물론ᄒ고 긔어히 쫏차가셔 구경을 ᄒ엿더니 근릭 각국이 교통
ᄒ 후로는 차차 남의 힝ᄉ와 쥬의ᄒᄂ 거슬 혜아려 본즉 각기 국민간이나

79 '논설', 『매일신문』 242호, 1899.2.20, 1면.

자긔 일신샹이나 리익지 아니흔 일은 터럭마치라도 힝치 아니ᄒᆞ거늘 우리 나라에 편싸홈이라 ᄒᆞ는 거슨 ᄒᆞ는 사름만 어리셕을 분 아니라 구경가는 나부터 이런 리히를 모로고 못싱긴 일이 업는 거시 의복 신발 바리는 거슨 고샤ᄒᆞ고 흐르는 돌이나 둘루는 몽치에 마지면 혹 샹ᄒᆞ여 신고도 ᄒᆞ고 혹 아죠 병신도 되기가 쉬우며 싸홈ᄒᆞ는 사름당ᄒᆞ여는 무슴 용단이며 런습ᄒᆞ엿다가 무어세 쓰일인지 씨닷지 못ᄒᆞ는 일이 가쟝 답답ᄒᆞ더니 귀샤신문에 론난흔 거슬 보고 치샤ᄒᆞ거니와 이와 갓치 ᄯᅩ흔 어림 업는 일 ᄒᆞ나히 잇스니 연이라고 닐니는 거시 편싸홈갓치 위틱홈은 젹으나 아희어룬이 의복과 신발을 도라보지 아니ᄒᆞ며 집우흘 짓발바 결단을 ᄂᆡ며 거샹에 궁동이짓흔든 졈잔타든 사름도 ᄃᆡ나졔 길노 다름질도 치며 갓슬 등에 지고 목이 잣바지도록 하늘을 치미러 보니 이러흔 우습고 어리셕은 일이 어듸 잇스리오 그는 다 그만두고 힝ᄒᆞ는 사름과 구경ᄒᆞ는 그 여러 사름들이 그 용단과 그 긔운을 쓸듸 업는 듸 허비치 말고 그 일ᄌᆞ와 그 시간을 가지고 국민간이나 자위 신모라도 ᄒᆞ고 쓸듸 업시 우슴 취홀 일 말기를 바라노라고 ᄒᆞ기에 긔직ᄒᆞ노라[80]

"엇더흔 사름"이라는 독자는 자신 역시 편싸움 구경하는 것을 좋아한다며 실제 자신이 구경한 경험을 묘사하고 있다. 싸움하는 사람도 어리석지만, 구경하는 인물도 어리석다는 이야기와 의복과 신발을 버리거나 돌이나 망치에 맞아 상하기도 한다며 연날리기까지 덧붙여 경험담을 풀어내었다. 구습의 폐단을 버리자는 생경한 구호 대신 실제 상황을 묘사하면서 재미있는 일화처럼 풀어내는 논설에 독자 역시 반응하

80   엇더흔 사람, '잡보', 『매일신문』 247호, 1899.2.25, 3면.

고 있는 것이다. 자신의 경험담까지 보내오며 공감하고 있는 것은 그만큼 신문의 논설이 독자의 눈높이를 맞춘 결과였다. 또한 독자 역시 '모방적 글쓰기'를 통해서 신문과 소통하며 자신의 생각을 적극적으로 표명하고 있는 것이다.

결국 『매일신문』의 독자들은 '잡보'를 통해서 개인의 문제를 집단적으로 혹은 개인적으로 고발하며 새로운 소통의 창구로 활용해 나갔던 것이다. 『매일신문』은 발간 처음부터 "국민에 유죠흔 말과 실젹흔 소문을 만히 긔직"[81]하겠다는 의지나 "우리나라 인민들은 구습을 바라고 자금 이후로는 늠를 비방ㅎ여 공연히 시긔ㅎ는 무옴은 일졀 바리고 다 각각 빅셩된 즉칙만 잘ㅎ여 가며 법률 밧게 일은 죽어라고 힝ㅎ지 말면 무론 엇더흔 즉임을 ㅎ던지 공명흔 대도만 직힐 것 ス흐면 수신ㅎᄂ 방칙은 일실에 밋칠 것이오 치가ㅎᄂ 도는 일국에 밋칠 터이니 그러하고 보면 문명부강은 저졀노 될가"[82] 바란다고 언급한 바 있다. 즉 『매일신문』이 호명했던 일반 백성들 즉 새로운 '국민'이자 '인민'은 불합리한 현실과 개인의 문제에 대해서 '잡보'를 통해 고발하면서 성장해나가고 있었던 것이다.

4) '개인'의 발견과 새로운 지식인 독자층의 출현

앞서 본 것처럼 『매일신문』 등의 한글 신문은 새로운 독자층을 출현

---

81 '논설', 『매일신문』 1호, 1898.4.9, 1면.
82 '논설', 『매일신문』 2호, 1898.4.11., 1~2면.

시키는 중요한 계기로 작동했다. 일반적인 백성들, 혹은 일반적인 군중들은 근대 매체가 등장하기 이전에도 계속 존재해 왔다. 단지 한 목소리를 낸다거나 개인의 목소리를 표현하지는 못한 채, 익명의 인물들로 숨어있었을 뿐이었다. 그런데 근대 매체는 이들 개개인에게 목소리를 부여했고, 같은 생각을 가진 무리들을 인민이라는 하나의 영향력 있는 형태로 만들어내기 시작했다. 이런 면에서 『매일신문』을 통해서 등장하고 있는 독자층들은 자신의 목소리를 내면서, 동시에 독자들끼리 공감대를 형성하며 새로운 질서를 만들어가고자 한다.

〈표 6〉 논설에 등장하는 독자편지의 독자층

독자층	인원
협성회 관련 인물(이름 있음)	8
유지각한, 유식한 친구	6
엇더흔 친구	4
백성	2
인물(이름 있음)	1
총계	21

　논설에 등장한 독자편지의 독자층의 계층을 살펴보면, 『협성회회보』당시 기명으로 투고했던 협성회 관련 인물 8명, 또 유지각한 인물로 표현된 6명, 친구 4명, 일반 백성 2명, 마지막으로 이름만 표기된 일반인 1명으로 총 21명의 독자가 등장한다.[83] 유지각한 혹은 유식한 친구는 어느 정도 개화가 되었거나 근대 교육을 받은 인물로 예상할 수 있다. 그렇다면 논점을 가지고 논리적인 글쓰기를 해야 하는 '논설'의 경우는

83　독자편지나 외부 투고자에 의한 논설은 총 23편인데, 그중 2편이 연재되었기 때문에 실제 투고된 논설 편수는 21편이다.

그만큼 교육을 받은 인물들이 투고했을 가능성이 높다. 따라서 일반 백성들의 편지는 2편 정도로 협소하며, 논설에 투고한 독자층은 대체로 협성회에 소속된 회원 혹은 찬성하는 인물이거나 교육 받은 지식인일 확률이 높다.

실제로 그 당시 배재대학으로 불렸던 배재학당 학생들은 국문, 한문을 배우면서 동시에 세필드의 서양의 『세계사』 등의 과목을 배웠다. 이들은 "4년제 보통과와 5년제 본과"가 있었으며, 정부는 200명까지 학생을 받을 수 있도록 허가했다. 또한 이들은 "영독, 영문법, 영작문, 철자법, 역사, 지리, 산수, 화학, 자연철학" 등을 배웠으며, 1897년 초에는 "깨끗한 유럽식 군복을 착용"했다고 한다.[84] 이러한 서양식 교육을 받은 배재학당의 학생들이 새로운 신지식인층으로 성장해간 것은 자명한 사실이다. 한글의 중요성을 새롭게 깨달으며, 동시에 외국의 학문을 배운 이들이 기존 세대를 수구파로 폄하하며 비판하는 것은 당연한 일이었다. 이는 이전에 고리타분한 지배 계층과는 다른 자신들만의 정체성을 확립하게 해주었을 것이다. 이러한 면에서 『협성회회보』로부터 이어온 지식인적 글쓰기는 『매일신문』의 논설을 통해서도 이어지고 있었음을 확인해 볼 수 있다.

새로운 지식인층의 글쓰기를 담은 '논설'에 비해 2~4면에 실리는 '잡보'는 전혀 다른 양상을 보여준다. 긴 글을 적을 필요도 없고, 논리를 갖출 필요도 없이 좀 더 간편하고 쉽게 접근할 수 있는 짧은 글이 실리는 '잡보'에는 '논설'보다 더 다양한 독자들을 발견할 수 있다.

---

84   비숍, 앞의 책, 441~442면 참조.

<표 7> 잡보에 등장하는 독자편지의 독자층

독자층 대분류	독자층 소분류	인원	대분류 총원
백성	백성	21	25
	어떤 사람	2	
	철도 패장	1	
	여성	1	
지식인	일반(이름 있음)	9	13
	어떤 친구	3	
	유지각한 이	1	
학생	학생	2	3
	아이	1	
관리	관리	4	5
	순검	1	
기타	황국협회	2	4
	학교	1	
	외국인	1	
알 수 없음		2	2
총계		52	

'잡보'에 실린 독자편지의 독자층을 살펴보면, '논설'에서 발견할 수 있는 독자층보다 훨씬 더 다양하다는 것을 알 수 있다. "동리 사람"으로 표현되어 있는 경우나 "어떤 사람"으로 표현되어 있는 경우는 일반 백성을 의미한다고 볼 수 있다. 그 외 친구나 유지각한 이는 지식인에 가까운, 혹은 학교 교육을 받은 인물로 보이며, 일반인들 중에서 구체적인 이름이 있는 경우는 "어떤 사람"으로 지칭되는 일반 백성보다는 좀 더 지식이 있는 인물로 볼 수 있을 듯하다.[85] 그렇게 보면, 일반 백성에 해당하는

---

85 여기에서 지식인이라고 칭하는 것은 유교적 지식인을 의미하는 것은 아니다. 한문을 생활화한 지식인들은 사실 한글 신문을 읽는 것이 어려웠으며, 이들을 위해서 국한문 혼용으로 된 『황성신문』이 창간되었다. 이는 다시 말해서 한글을 읽는 독자층과 국한문을 읽는 독자층이 구분되고 있음을 의미한다. 최경숙은 『황성신문』이 "신문구독자 중에 한글보다 한문에 익숙한 지식인의 신문구독에 편의를 도모"하기 위해 국한문 혼용체를 사용한 것으로 설명한다. 결국 한글을 읽는 개화적 지식을 가진 새로운 대중들과, 국한문에 익숙한 지식인이 구분되고 있었음을 알 수 있다.(최경숙, 『황성신문』, 부산외대 출판부,

인물들이 25명, 지식인에 해당하는 사람이 13명, 학생 3명, 관리 5명, 기타 4명이었다. 이름을 알 수 없이 편지만 왔다고 한 경우가 2건 있었는데, 구체적인 이름을 명기하지 않은 것으로 보아 일반 백성이나 동리 사람일 확률이 높아 실제로 백성의 비율은 50% 이상이었을 것으로 보인다.

이렇게 '잡보'에 일반 백성들이 많이 투고할 수 있었던 것은 내용이 짧고 개인적인 고발이나 불만 사항들이어서 접근하기가 쉬웠기 때문이다. 이는 신문의 역할과 연관되어 있다. 『매일신문』이 논설을 통해서 여러 번 언급한 것처럼 정치에 대한 경계, 고발이라는 차원에서 독자들이 반응하며 자신의 목소리를 내게 되었다. 혼자서 낼 수 없다면, "동리 사람"이라는 불특정 다수의 이름으로 불합리한 부분을 지적할 수 있게 된 것이다. "신문의 성장은 일반인들이 지배 집단의 행동을 논의하고 평가할 권리가 있다는 것을 인정하는 큰 변화의 하나"였고, "관리들의 권한 남용을 감시하는 감시견 역할"까지 맡으면서 독자들이 이에 동참하게 된 결과였다. 『매일신문』이 이러한 정치적 견제, 감시의 역할을 수행함으로써 "정부 시스템이 좀 더 개방되고 책임이 따르도록" 하는 결정적인 계기가 되었다.[86]

『매일신문』이 성장시킨 독자층들은 단순히 신문에 대해 공감하는 것에서 더 나아가 신문의 방향성에 대해 의문을 품거나 직접적으로 비

2010, 31~32면 참조)

[86] 제임스 커런은 영국 내에서 신문의 성장을 설명하면서, 예전에는 정치권력 안에 있지 못했던, 오히려 밖에 위치했던 인물들에 대해 집중한다. 투표권을 가진 층이 넓어지고, 입법자들을 지켜보면서 사람들이 점점 이들 정치세력을 견제하게 되었음을 강조한다. 즉 일반인들이 정치를 비판하고, 견제하며, 정부가 올바르게 책임을 다하도록 압박하는 역할을 하도록 만든 것이 바로 신문의 성장이라고 설명하고 있다. 제임스 커런, 이봉현 역, 『미디어와 민주주의』, 한울, 2014, 223면 참조.

판을 가하기도 한다.

엇더흔 사름 흐나이 본샤 쥬인을 츳자보고 말흐되 그딕의 신문을 뉘가 쳐음붓터 오늘날가지 보왓는딕 그중에 유리흔 말도 만코 격졀흔 말도 만흐며 긔도흐는 말도 잇고 강긔흔 의론도 만흐나 다만 흔 가지 아혹흔 것이 다름안이라 젼후에 론란흔 쥬의가 좀 변흐야 목적이 흔결갓지 안이흐니 뉘가 낫낫치 드러 말흘 것 업셔도 그딕가 응당 짐작흘 터이니 그 리유를 말흐라 흐거늘 본샤 쥬인이 긔연이 졍싴흐고 딕답흐되 (⋯중략⋯) 나의 셜명흐는 것을 자셔이 들어 그딕만 쎄다를 것이 안이라 다른 사름에게도 발명흐면 피차에 유익흘지라 (⋯중략⋯) 쏘흔 이 신문을 흔두 사름만 보는 것이 안이오 여러 쳔인이 보는 것이라 아모리 셩현의 심쟝과 문쟝에 필법과 변사의 언단이라도 능히 사름마다 마음에 합당흐도록 흐는 슈는 업슬 터인즉 우리 싱각에는 굿흐야 여러 사름에 마음 맞초는 것은 그만두고 다만 시비 션악 경즁 지속 안위만 분별흐야 명○히 론난흐는 것이 우리 직분이라 그딕는 종금 이후로 우리 신문을 다시 즈셰히 보와 지금 나의 말과 빙쥰흐야 보면 일호도 뉘 말이 거짓말이 업슬 터이오 쏘 우리 신문이 그만치 디졍이 굿어스나 아즉도 혈과 희한흔 문견을 다 긔록흘 터이니 힝혀 쥬의 변흐얏다고는 싱각지 말고 마음 듸려 완상흐다가 혹 긔지흔 즁 학문상의 깁혼 이허를 알냐흐거든 다시 본샤로 와셔 뭇는흐면 터럭을 난호고 실을 분셕흐야 희셜흘 터이오 조곰도 말흐는 슈고를 수양치 안이흐오리니 그쳐로 알고 도라가라 흔딕 그 사름이 이윽히 듯다가 그러히 넉여 도라가드라[87]

---

87   엇더흔 사름, '논셜', 『매일신문』 111호, 1898.9.6, 1면.

위의 논설은 "엇더흔 독자"가 직접 신문사를 찾아와 본사 주인과 대화한 내용을 적은 것이다. 이 독자는 『매일신문』의 논조가 이전과는 바뀌었다며, 목적이 한결같지 않다고 비판한다. 그러자 『매일신문』 측은 나라에 도움이 되는 것이면 위험한 것이라도 피하지 않고 적는 것이 신문이라며, 상황과 형세에 따라 내용이 달라질 수밖에 없다고 설명한다. 따라서 이 신문은 "여러 천인"이 보는 것이라 누군가에게 마음을 맞추는 것은 어려우니 정확한 시비를 가려 신문으로서의 역할을 명확하게 하겠다는 다짐을 적고 있다. 이러한 면은 77호, 78호에서 확연히 드러났던 『매일신문』 주도권 싸움 이후 신문의 논조가 바뀌었다고 비판받는 부분일 수도 있었다.[88] 즉 이전에는 정부를 향한 과격한 발언이나 만민공동회에 대한 강력한 지지[89] 등 좀 더 급진적인 방향의 논조였다면, 주도권 싸움 이후에는 좀 더 온건한 방향으로 바뀌면서 독자들이 불만

[88] 『매일신문』 77호(1898.7.7)에서는 기존 『매일신문』을 경영해 오던 류영석과 최정식의 입장에서 "샤쥿고빅"을 통해 김백년 등이 자신들의 경영권을 탈취하려 한다며 비난하는 글을 내보냈다. 그러나 다시 78호(1898.7.8)에서는 협성회회원들이 회의를 하여, 류영석과 최정식을 대신 내보내는 것으로 결의했다는 내용이 '잡보'에 등장한다. 결국 『매일신문』에서 쫓겨난 기존 경영자였던 류영석과 최정식은 활판을 가지고 가서 새로 『일일신문』을 발간했다가 이후 『제국신문』으로 바꾸어 다시 발간하게 되었다. 이 때문에 활판을 다시 구해야 했던 『매일신문』은 그 사이 잠시 정지하고, 활판을 새로 얻은 후 발간하겠다는 "샤쥿광고"를 78호에 게재했다. 그 이후 『매일신문』은 91호(1898.8.12) 4면 광고에 "근일에 뎨국신문이 새로 낫는듸 우리 믜일신문과는 도모지 샹관이 업스니 혹 신문 보시는 군즈들이 뎨국신문을 믜일신문으로 그릇 아실 듯ᄒ기로 즈에 광고ᄒᄂᆫ이다"라고 하면서 『제국신문』에 대해 경계하는 글을 내기도 했다. 이러한 『매일신문』의 분열에 대해서 문일웅은 『매일신문』과 『제국신문』이 "각각 만민공동회 당시 협성회 내부의 온건과 과격노선의 입장을 대변"하고 있다고 설명한다.(문일웅, 앞의 글, 278면) 결국 『매일신문』에서 『제국신문』이 분화되어 나오면서 『매일신문』은 좀 더 온건한 개화파들이 주도권을 잡고 이끌어갔다고 볼 수 있다.

[89] 『매일신문』이 분화되기 전 논설의 논조는 매우 급진적이고 강해서, 실제로 정부에 불려가 심문을 당하거나, 여러 관인이나 외국인들로부터 위협을 당하기도 했다.(36호(1898.5.20), 37호(1898.5.21) 1면 논설)

스럽게 생각했을 확률도 높다.

무릇 말이든지 죠흔 말과 길흔 문자가 호기도 죠코 짓기도 죠치 굿호야 험흔 말과 위틱흔 문자짓기를 누가 됴와호리오 찬송호는 말과 길샹흔 문자는 화호고 샹셔로은 긔운이 어리엿고 험흔 말과 위틱흔 문자에는 삼엄호고 찬 바람이 움즉이는지라 비록 흔 자루 붓과 흔 쟝 죠희를 흔 사름이 가지고 안져 세샹 시비와 곡직과 션우와 현우와 츌쳑과 포폄을 긔록홀 째에 챵자에 가득흔 공병된 마음으로 일호도 샤졍이 발뵈지 못호게 흔 연후에야 비로소 붓을 잡으되 필경 그 죵지는 길샹흔 문자와 화평흔 말이 됴흔지라 그러호나 흥샹 그 두 가지는 젹고 험호고 위틱흔 말과 문자가 만흔 것은 어인 일인고 이 셰샹에 일이 만아 군자는 물너 가고 소인이 나오는 쌔라 이러흔즉 자연이 험흔 말과 위틱흔 문자가 만아지고 됴흔 말과 길흔 문자는 스스로 젹어지는지라 (…중략…) 우리는 이 붓 씃히 험흔 말은 날노 젹어지고 길흔 말이 졈졈 만아 가셔 신문 일폭이 길샹 화평흔 문자만 가득호야 보는 사름마다 눈섭이 츔을 츄고 심회가 열니기를 그윽히 원호고 바라며 험흔 말과 위틱흔 문자는 실심으로 긔록호기를 원호지 안이호노니 사름마다 씨다라 바른 길노 향호야 이 신문으로 호야곰 흔번 길샹문이 되도록 좀 찬죠를 호시오[90]

이러한 독자의 문답 이후 신문은 또다시 적극적으로 변명하는 글을 118호 논설에 싣고 있다. 독자들에 대한 일종의 변명이자, 또 한편으로는 온건한 방향으로 가고자 하는 편집진의 의도를 좀 더 명확히 하는

---

90 '논설', 『매일신문』 118호, 1898.9.15, 1면.

글이기도 하다. 초창기 37호의 논설에서는 옳은 것 하나만 믿고 모든 불의한 것을 반대한다며 강한 논조로 밀고 나가던 내용[91]과는 사뭇 달라진 모습이다. 118호에서는 험하고 위태한 문자보다는 화평하고 온화하여 사람을 바른 길로 이끌어가는 글을 내고 싶다는 바람을 적고 있다. 이는 다시 말해 정부 관료들을 비판하기는 하지만, 황제 아래로 통합하고자 하는 의지를 보여주는 것이다. 즉 민회를 통한 완전한 정치 개혁을 원한다기보다는 황제 아래 대통합되는 전제하에 개화 의지를 보여주는 새로운 정치로의 회복을 원한다고 볼 수 있다.

결국 '논설'을 통해서 지식인 독자층들이 새로운 정치로의 회복을 담아내고 있었다면 '잡보'를 통해서는 일반 '인민'들이 새로운 소통의 창구로 활용하면서 개인의 문제를 고발하고 신문의 논조에 동조하거나 혹은 직접적으로 반대하는 목소리까지 내기 시작했다. 『매일신문』이라는 매체 속에서는 신문에 통합된, 혹은 호명되고 공감했던 독자들과, 이에 통합되지 못한 채 조금씩 분열되던 독자들이 모두 공존해 있었다는 것을 의미한다. 결국 『매일신문』이 호명한 독자들은 점점 더 의식이 성장하면서 매체의 의도와는 달리 신문을 비판적으로 읽기 시작했고, 적극적으로 의사를 표명하고자 했음을 알 수 있다.

---

[91] "첫지 정부안에 글흔 일ᄒᆞᄂᆞᆫ 관원들과 반ᄃᆡ오 둘지 관찰ᄉᆞ와 디방관중에 탐학ᄒᆞᄂᆞᆫ 관리들과 반ᄃᆡ오 셋지 경향간 빅셩즁에 악흔 힝실과 협잡ᄒᆞᄂᆞᆫ 란류들과 반ᄃᆡ오 넷지 나라 형편은 엇지 되엿던지 인젼 풍습을 직혀 어두은 ᄃᆡ로 지닉가자ᄂᆞᆫ 량반들과 반ᄃᆡ오 다섯지 외국 관인 중에 공법경계는 하여 ᄒᆞ던지 대한것을 갓다가 ᄌᆞ긔 나라 물건을 만들자ᄂᆞᆫ 외교관들과 반ᄃᆡ오 여섯지 외국 거류민 중에 대한 빅셩을 혹 무죄히 싸린다던지 혹 죽인다던지 혹 무리히 되졉ᄒᆞᄂᆞᆫ 친구들과 반ᄃᆡ이니 이거슬 가지고 보면 우리가 세계를 모도 반ᄃᆡᄒᆞᄂᆞᆫ지라 세계를 다 반ᄃᆡ흔즉 형세가 불가불 외롭고 위티흔 법이라 그러흔즉 우리는 무엇슬 밋고 이러케 반ᄃᆡᄒᆞ나뇨 다만 밋ᄂᆞᆫ 거슨 올흔 것 ᄒᆞ나뿐이라". '논설', 『매일신문』 37호, 1898.5.21, 1면.

이러한 독자의 성장은 사실 그 당대 정치적인 상황과 밀접한 관계가 있다. 실제로 『매일신보』가 발행되던 시기는 독립협회의 개혁운동 및 만민공동회 운동이 활발하던 시기와 맞물렸다. 『매일신문』 내에도 연일 독립협회 사태와 만민공동회의 안건 및 상소문이 게재되고 있기도 했다. 만민공동회 운동은 자유 민권의 보장과 내정 개혁을 요구하는 운동으로 전개되었는데, 이러한 운동에 중인 계층들이 상당히 참여한 것으로 알려져 있다.[92] 그러나 『매일신문』에 등장하는 독자층을 보면, 어느 정도 교육받은 이러한 중인들뿐만 아니라 일반 동네 사람들, 즉 양민 지위의 인물들의 글도 눈에 띈다. 독자층을 분석하는 입장에서 주목해야 할 부분은 중인이나 양민의 참여로 실제 정치가 변화되었느냐는 역사적 사실보다는 정치적 세계의 밖에 있던 인물들이 정치를 변화시킬 수 있다고 생각했던 그 믿음이라는 차원이다. 그것은 신문이 발생하기 이전과 이후를 경계 짓는 가장 중요한 전환점이다.

매일 발행된 『매일신문』은 신문을 통해서 개인의 목소리를 낼 수 있다는 것을 가르쳐주었다. 개개인으로 숨어 있던 인물들에게 자신의 목소리를 냄으로써 정치에 참여하고 있다는 환상과도 같은 믿음을 주었다. 이는 이러한 신문을 읽고 공유하고 함께 들음으로써 자신을 이전의 인물들, 혹은 무지한 백성들과는 다른 인물이라 믿게 만들었을 것이다. 그러한 의미에서 근대 매체가 만들어낸 새로운 '개인'은 구습을 따르는

---

[92] 왕현종에 따르면 이 독립협회운동과 만민공동회의 운동에 경아전 등의 중인들 수백 인들이 직접 참여하면서 이를 계기로 자신들의 정치적 지위를 높이고자 했다고 한다. 즉 양반 세력과는 다른 새로운 지식인층으로서 중인이 대두되면서 중인 계층은 자신들의 새로운 입지를 마련하고자 했던 것으로 보인다.(왕현종, 「한말-일제하 경아전의 관료진출과 정치적 동향」, 연세대 국학연구원 편, 『한국 근대이행기 중인연구』, 신서원, 1999, 138~140면 참조)

인물들과는 다르다는 믿음 속에서 새로운 지식을 받아들이고, 정치를 비판적으로 해석하면서 이전과는 구별된 새로운 문화를 형성하기 시작했다.

한 목소리를 내는, 같은 공감대를 형성하는 개인은 비판적인 태도를 견지하는 가운데 이러한 새로운 시대, 문명, 교육을 통해 자신은 그 이전 세대와 군중들과는 다르다는 차이를 내세운다. 이들이 공감했던 문학적 토대는 바로 이러한 비판적 정신, 구별의 태도에서 발견할 수 있다. 다시 말해서 무지몽매한 하층민도 아니고, 양반과 같은 권위적인 구세대의 지배층도 아닌 그야말로 새로운 독자층은 이러한 차별과 구분에서 시작된 것이다. 근대계몽기에는 대화나 토론이 등장하는 정치 비판적인 서사물이나 개화사상에 대해 찬양하는 글들 속에서 근대 매체가 출현시킨 새로운 독자층들을 발견해낼 수 있다. 근대계몽기에 다양하게 쏟아진 서사물의 향연은 바로 이러한 개인, 자신의 목소리를 내는 독자층들이 존재했기 때문에 가능한 것이었다.

이러한 서사의 수사적 활용과 고발 및 소통의 공간은 바로『매일신문』이라는 매체가 독자를 끌어들이는 방법으로 사용되었다. 기존 정치권력에 대해 반발하면서 새로운 문물을 받아들인 중간 계층들의 호응을 얻으면서 쉽게 흥미를 유발할 수 있는 방법이 바로 이러한 문학, 즉 서사물의 활용이었다. 매체 속에서 '문학' 장르의 분화가 아직 이루어지지는 않았으나, '논설'과 '잡보'를 통해서 문학은 활용되고 있었으며 독자의 구미를 당기고 있었다. 일방적인 형태의 지시문이 아니라 문학적 장치를 활용함으로써, 독자들이 문학을 통해 사건을 객관적으로 바라보고, 또 인물에 자신을 대입해 보면서 스스로 각성하고 성찰할 수 있도록 독려했다. 즉 문학이라는 거울을 통해서 독자들은 이야기에 등장하는 인물들과 제시되는 사건들을 이해하고 동일시하며 내면화하게 되며, 이러한 과정에서 그치지 않고 더 나아가 이를 판단하는 데까지 나아가게 된 것이다. 『매일신문』은 문학을 이용하여 세계를 판단하는 독자들을 배양하고 양산해 내려 한 것이다. 또한 이러한 서사의 수사적 장치의 핵심에는 새롭게 교육받은 개인으로서의 지식인층이 존재하고 있었다.

이렇게 매체가 훈련하고 학습시킨 "스스로 비판하고 판단할 수 있는"역량을 가진 독자는 단순히 이해하고 판단하는 차원에서 멈추지 않는다. 문학은 단순히 매체가 일방적으로 활용한 것이 아니라, 독자들 스스로도 매체가 학습시킨 문학적 방법을 모방하며 함께 향유해갔다. 이 독자층들은 직접 투고한 논설 등에서 다양한 서사의 수사적 장치를 활용하여 자신이 말하고자 하는 화두를 효과적으로 전달했고, 또 서사적 논설에 드러난 내용에 공감하면서 자신의 일화를 곁들이기도 했다. 이는 문학을 향유하는 방식으로 확장된 것을 의미한다.

독자는 이러한 문학을 활용하여 글쓰기를 행하기 시작했다. 또한 이러한 글쓰기의 내용 역시 그들의 공통감을 반영하게 된다. 애국계몽기의 수많은 서사물들이 나올 수 있었던 것은 이를 향유하던 독자층들이 형성되기 시작했기 때문이다. 즉 향유층이 존재했기 때문에 수많은 서사물들이 과도기적 성향을 지니며 쏟아져 나올 수 있었던 것이다. 『매일신문』은 바로 그 독자층들을 명시하여 보여주고 있다. '논설'을 통해서 새로운 지식인 독자층을 호명하고, '잡보'를 통해서는 인민으로 격상된 개화된 백성들을 호명하는 이중적 사유를 통해서 독자층을 효과적으로 성장시킨 것이다. 즉 문체는 한글을 활용하고, 내용은 부정 관리 등의 정치를 비판하며, 형식은 서사의 수사적 장치로 바꾸어 비유 방식, 대조적 사건의 전개, 대조적인 인물 등장, 사건의 장면화 등을 활용하여 지식인 독자들 스스로 글쓰기에 참여하게 만들었다. 또한 일반 독자들은 이를 향유하고, 읽고, 듣고, 다시 쓰기를 하며 공감대를 형성해 나간 것이다. 따라서 매체가 출현시킨 새로운 지식인 독자층은 참여하고 싶은 욕구를 가진 존재들, 변화를 추진하는 존재들로 성장하게 된 것이다.

5) 새로운 지식인, '인민'으로서의 독자층

『매일신문』은 한글로 발행된 최초의 일간 신문이었다. 협성회의 회보로 출발한 『협성회회보』가 『매일신문』으로 변환되면서 근대 매체적인 특징을 부여받게 된다. 즉 매일 발간을 하게 되면서 먼저 시공간의 확장을 가지고 왔다. 격일간이거나 주간일 경우는 아무래도 상당수의 기사들 중 취사선택할 수밖에 없다. 그러나 일간으로 발행하는 경우에는 지나간 시간에 대한 읽기가 아니라, '지금', '이곳'에서 일어나는 매일의 사건과 상황을 바로 알 수 있는 '동시간의 읽기'가 진행될 수 있다. 또한 상대적으로 취사선택된 이야기보다도 좀 더 많은 이야기들이 신문에 담길 수 있다. 이러한 시공간의 확장은 다음으로 공공의 영역의 확대로 이어진다. 이는 시공간이 확장되면서, 특정 독자들을 겨냥하는 것이 아니라, 불특정 다수, 즉 더 넓은 독자층을 확보하게 됨을 의미한다. 결국 이러한 확장은 참여의 확대로 이어지게 된다. 지면의 확장과 독자의 확대가 함께 영향을 미쳐 훨씬 더 많은 독자들의 글이 게재될 수 있었다.

이러한 상황에서 『매일신문』은 한글을 전면에 내세우며 현재 정치 세력들과 수구 세력에 대한 강력한 비판을 보여준다. 또한 '논설'을 통해서는 새로운 교육을 받은 지식인 독자층의 글쓰기를 유도하고 '잡보'를 통해서는 새로운 '인민'의 글쓰기를 유도하고 있다. 전자가 서사의 수사적 장치를 활용한 비유 방식, 대조적 사건의 전개, 대조적인 인물 활용, 사건의 장면화 등을 이용하여 글쓰기를 행하고 있다면, 후자는 고발 및 소통을 통해서 공감의 영역까지 모방하며 나아가고 있다. 이러한 부분은 결국 『매일신문』이 새로운 지식인 독자층과 일반 백성에 대해 구분하여 전략을 짠 것으로 독자층에 대한 이중적 사유를 보여주는 것이라 할 수 있다. 이러한 이중적 정책을 통해 독자들은 정치에 대한 비판적 시각과 개화사상을 키울 수 있었다. 또한 독자들은 이러한 문학적 글을 읽고, 듣고, 향유하는 과정 안에서 이를 모방하여 글을 쓰고 신문에 투고하기도 했다. '논설'을 통해서는 문학적 글쓰기를, '잡보'를 통해서는 개인적 고발이나 감상, 공감, 비판 등을 공유하면서 독자들 스스로 자신들의 목소리를 내기 시작한 것이다.

한 목소리를 내는, 같은 공감대를 형성하는 근대의 '개인'은 참여하고 싶은 욕구를 가진 존재들, 변화를 추진하는 존재들로 성장하게 된 것이다. 이들은 비판적인 태도를 견지하는 가운데 이러한 새로운 시대, 문명, 교육을 통해 자신을 그 이전 세대와 군중들과는 차이를 내세운다. 이들이 공감했던 문학적 토대는 바로 이러한 비판적 정신, 구별의 태도에서 발견할 수 있다. 다시 말해서 무지몽매한 하층민도 아니고, 양반과 같은 권위적인 구세대의 지배층도 아닌 그야말로 새로운 개인, 새로운 교육을 받은 지식인 독자층과 개인을 인식하게 된 '인민'으로서의 독자층은 이러한 차별과 구분에서 시작된 것이다. 근대계몽기 대화 토론을 통한 정치 비판적인 서사물이나 개화사상에 대해 찬양하는 글들 속에서 이러한 매체가 출현시킨 새로운 근대의 독자층들을 발견해낼 수 있다. 근대계몽기에 다양하게 쏟아진 서사물의 향연은 바로 이러한 새로운 독자층, 자신의 목소리를 내는 독자층들이 존재했기 때문에 가능한 것이었다.

3. 새로운 독서 형식의 시도와 지식인 소설 독서그룹의 탄생 - 『대한민보』

근대문학을 추동한 신문 매체가 한 역할 중 가장 큰 것은, 소설란을 확보하고 소설을 보편화, 대중화시킨 일이라 할 수 있을 것이다. 또한 소설이 부녀자층의 놀이, 혹은 하층민의 저급한 소산물로 알던 것을, '학學'과 '지知'의 경지로 한 단계 올리는 계기가 된 것 역시 신문 매체였다. 물론 신문연재소설은 지식인적인 소설과 대중적인 소설로 분화가 되는 것도 사실이다. 그러나 가장 처음 근대문학이 태동하던 그 즈음에 신문이 분명 다양한 소설이 분화될 수 있도록 그 역할을 했을 것

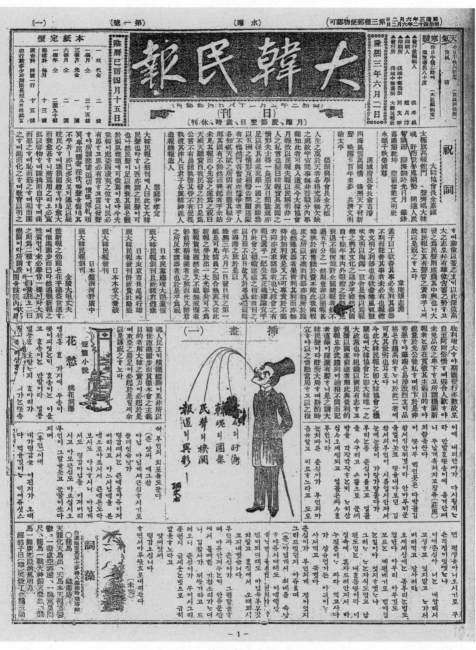

『대한민보』 제1호, 1909.6.2, 1면

은 자명하다.

근대신문은 현재 일어나고 있는 이 시점의 사건을 부각시켰다. 그것에 익숙해진 독자들은 "지금, 여기의 문제를 다루는 '시사성時事性'"을 주목하게 되고, 신문기사뿐만 아니라 신문에 실리는 소설들에 대해서도 그러한 "지금, 여기"를 요구하게 되었다. "계몽성이 현실의 저급함에 대한 변혁의 문제와 관계된 것인 만큼 '무엇이 잘못된 것인가', 그리고 '어떻게 변화시킬 것인가'에 대한 인식은 곧 '문학이 무엇을 문제 삼아야 할 것인가' 하는 점과 직결"[93]될 수밖에 없었다. 대중성과 상업성을 여전히 담지한 채로, 신문은 새로운 시대적 정신을 담아내어야 했다. 시대성을 담지하면서도, 흥미를 놓지 않을 수도 있는 방법을 신문은 고민해야만 했다. 소설은 그런 의미에서 이런 양가적인 상황을 모두 담아낼 수 있는 유일한 돌파구였다.

실제로 '신문'은 "집단적 이미지의 형태이고, 깊은 참여를 요하는" 미디어다. 즉 "개인적이라기보다는 공동체적이며, 배타적이라기보다는 포괄적인 성격"[94]을 띠고 있는 것이다. 이는 공동체적 산물을 생산해내고, 독자들을 끊임없이 참여시켜 미디어 속에서 담론을 새롭게 재생산하도록 만든다. "이용 가능한 사건이라는 끊임없는 뉴스거리를 가지고 무한히 많은 종류의 모자이크적 효과"[95]를 형성해 내면서, 이 속에서 끊임없이 독자들과 교호하고 있는 것이다. 따라서 신문 매체의 편집 전략은 공동체적인 산물을 생산해내면서 동시에 독자들을 참여시켜 그 속에

---

93   한기형, 『한국 근대소설사의 시각』, 소명출판, 1999, 17면.
94   마샬 맥루한, 김성기 · 이한우 역, 『미디어의 이해』, 민음사, 2011, 298면.
95   위의 책, 300면.

서 끊임없이 상호작용을 하는 데 있다고 해도 과언이 아닐 것이다.

　이러한 입장에서 볼 때, 근대문학 역시 신문의 편집 의도와 밀접한 연관을 가질 수밖에 없다. 신문 편집의 방향은 한편으로 새로운 독자를 형성시키는 계기가 될 수 있다. 이것은 단순히 새로운 독자의 형성이 아니라, 과거로부터 이어온 독자와의 연계성을 의미한다. 다시 말해 중세로부터 근대로 이어지는 연속성과 변화의 과정을 살펴볼 수 있게 해 주는 것이다. 신문의 모자이크적인 사건 게재와 이를 통해서 참여하는 독자들은 문예면에서도 함께 참여하고 공유하고 소통하면서 관심의 재배치를 시도한다. 이런 면에서 볼 때 신문의 의도와 편집 방향은 독자들의 관심의 재배치라는 차원에서, 혹은 재생산이라는 차원에서 중요한 역할을 한다. 이는 마샬 맥루한이 말하는 '미디어'의 역할과 연관된다. 맥루한은 미디어가 "우리의 생각을 형성하고, 우리의 경험을 구조화하고, 그리고 우리가 사는 세상에 관한 우리의 관점을 결정하는 정보와 지각의 커다란 한 실체라는 것"으로 설명한다.[96] 즉 신문이라는 매체는 당대의 생각과 경험을 구조화하고 공동체적 체험 속에서 독자들의 참여를 유발하며 그 속에서 새로운 변화를 재창조해내는 커뮤니케이션의 장이었다. 그런 면에서 문학의 영역 안에서도 미디어가 만들어내는 공동체적 경험의 장은 매우 중요하다. 공통의 경험과 공통의 생각을 바탕으로 독자들은 그 미디어의 판 내에서 그 의도적 전략과 얽혀들며 새로운 관심을 재생산해내게 되는 것이다.

　이러한 상황에서 근대계몽기 신문은 세책가에서나 빌려 볼 수 있었

---

[96]　김상호, 「마샬 맥루한의 은하계」, 임상원·김민환·유선영 외, 『매체·역사·근대성』, 나남, 2004, 78면.

던 혹은 축약된 형태로 방각본의 형태로 봐야 했던 그 소설을 수면 위로 드러내어 게재하기 시작했다. 이러한 과정 속에서 처음 부녀자의 전유물로만 여겼던 한글소설이 어떻게 지식인 독자들을 설득하며 그들을 소설란의 독자로 부를 수 있었는지, 또한 이 가운데 신문은 어떠한 역할을 하고 있었는지 보는 것은, 신문연재소설의 시사성과 대중성을 동시에 살펴보게 만드는 주요한 화두가 될 수 있다. 특히『대한민보』는 근대계몽기 한일병합 전 가장 마지막에 나온 신문으로서 앞서 나왔던 다른 신문들의 장·단점을 모두 수용할 수 있었다.[97] 그러한 가운데『대한민보』가 어떠한 방법으로 신문 독자들, 특히 지식인 독자들을 소설의 독자로 수용하게 되는지 살펴보는 것은 근대문학의 독자, 실제 근대독자의 기저를 파악할 수 있는 매우 중요한 연구가 될 수 있을 것이다.

따라서 이 글에서는 다음과 같은 문제제기를 하고자 한다. 첫째, 근대 매체인 신문이 실제로 어떻게 소설란을 만들고, 또 어떤 편집 전략을 사용하는지 편집자의 의도라는 차원에서 살펴볼 것이다. 둘째, 소설란의 특징을 살펴 시사적인 부분과 대중문학적인 부분의 특징을 각 소설들이 어느 정도로 담보하고 있는지를 독자층과의 연관관계 속에서 살펴보고자 한다. 셋째, 그러한 가운데 지식인 소설 독자의 분화를 살펴볼 것이다. 특히 한학을 배우고 자라면서 근대 문물을 받아들이며, 일본어와 근대문학을 접한 이들이 어떻게 신문의 소설 독자로 연결되는지, 이를 지식인 독자들의 문예란과 연관시켜 살펴볼 것이다. 마지막

---

97 『대한민보』의 소설에 대한 연구는 다양하게 진행되어 왔다. 대표적으로는 한기형, 앞의 책; 신지영, 「『대한민보』 연재소설의 담론적 특성과 수사학적 배치」, 연세대 석사논문, 2003; 김재영, 「근대계몽기 '소설' 인식의 한 양상」,『국어국문학』143, 국어국문학회, 2006 등을 들 수 있다.

으로 중세로부터 이어온 소설 독자들이 어떻게 근대소설의 독자로 이어질 수 있는지, 그 단초를 살펴보고자 한다.

1) 『대한민보』의 이분화 정책 - '읽기'와 '쓰기'의 분리

『대한민보』는 1909년 6월 2일부터 1910년 8월 30일까지 총 356호가 발행되었다. "통감부는 『대한매일신보』, 『황성신문』, 『제국신문』 등을 탄압하면서도 회유정책의 하나로" 당시 이완용 내각의 새 신문지법을 통해서 민간신문을 허가해 주었는데 그 가운데 창간된 것이 바로 『대한민보』였다.[98]

〈표 1〉 근대계몽기 민족지 계열 신문별 발간취지[99]

신문 이름	창간일	발간 취지
『한성순보』	1883.10.31	開國進取, 국민계몽
『한성주보』	1886.1.25	忠君愛國, 국민계몽
『독립신문』	1896.4.7	민주사상의 培養, 官民啓蒙, 자주독립
『경성신문』	1898.3.2	智識啓發, 開明進步
『민일신문』	1898.4.9	文明進步의 기초역할
『뎨국신문』	1898.8.10	민족적인 자주정신 배양, 대중의 지식 계발
『황성신문』	1898.9.5	국민지식의 계발, 외세침입에 항쟁
『시사총보』	1899.1.22	지식의 보급 향상, 국가 政事에 補益
『대한매일신보』	1904.7.18	排日사상의 고취, 신속한 보도, 대중계몽
『만세보』	1906.6.17	국민지식의 계발, 신문화의 흡수소화
『경향신문』	1906.10.19	보도의 공정, 지식의 보급
『대한민보』	1909.6.2	민족사상통일, 민족의 단결, 민족의 지도계발, 지식의 보급

98　한원영, 『한국신문전사』, 푸른사상, 2008, 104면 참조.
99　이해창, 『한국신문사연구』, 성문각, 1983, 17~76면; 한원영, 앞의 책, 97면 재인용.

근대계몽기 민족지 계열 신문들의 발간 취지를 보면, 각 신문마다의 특징과 목표를 알 수 있다. 특히 이들이 지향하는 독자들의 구성 역시 살펴볼 수 있다. 『제국신문』이 대중의 지식 계발을 목표로 삼은 반면, 『황성신문』은 지식의 계발이라는 차원을 중요하게 생각했다. 『대한매일신보』 역시 대중 계몽을 중요하게 여기고 있다. 이러한 가운데 『대한민보』는 사상을 통일하고 지식을 보급한다는 취지를 보여준다. 지식적인 차원에서의 신문의 역할에 치중하면서 민족 사상의 고취와 더불어 민족을 지도할 수 있는 차원의 지식까지 고양시키고자 하는 생각이 엿보인다. 이는 지식인적인 독자를 염두에 두고자 한 것으로 짐작해볼 수도 있다.

> 本報의 目的은 時代의 要求에 依ᄒᆞ야 此離零落ᄒᆞᆫ 國民의 思想을 統一ᄒᆞ야 內로 氣魄을 祖國에 注ᄒᆞ며 外로 智識을 世界에 求ᄒᆞ야 一方으로 敎育實業을 奬勵ᄒᆞ야 國家의 實力을 養成ᄒᆞ며 一方으로 天下大勢를 周察ᄒᆞ야 自國의 地位와 國是가 列國에 對ᄒᆞ야 如何ᄒᆞᆫ 關係가 有ᄒᆞᆷ을 冷靜히 觀破ᄒᆞ고 國民의 行動을 一致ᄒᆞ야 國運의 發展을 是圖ᄒᆞᄃᆡ 由來國民의 浮虛輕薄ᄒᆞᆫ 思想을 打破ᄒᆞ고 穩健確實ᄒᆞᆫ 精神을 鼓吹ᄒᆞ야 保守에도 不膠ᄒᆞ며 急進에도 不偏ᄒᆞ야 自强不息ᄒᆞᄂᆞᆫ 信念으로써 一步에 一步를 更進ᄒᆞ 最後 目的地에 到達ᄒᆞᆷ을 期ᄒᆞᆷ에 在ᄒᆞᆷ이라 本報의 筆法은 報館의 責任이 重大ᄒᆞᆷ을 自覺ᄒᆞ야 報道를 確實히 ᄒᆞ며 批評을 衡平히 ᄒᆞ며 論調를 公正히 ᄒᆞ며 觀念을 普周히 ᄒᆞ야 社會의 頭腦와 耳目이 되기를 自信ᄒᆞᄂᆞᆫ 바ㅣ라 (…중략…) 盖本報ᄂᆞᆫ 我韓의 時代精神을 代表ᄒᆞ며 發揮ᄒᆞ며 實踐ᄒᆞ기 爲ᄒᆞ야 創立ᄒᆞᆫ 者ㅣ라 變遷時代에 處ᄒᆞᆫ 我韓民族은 二大自覺心을 要ᄒᆞᄂᆞ니 團合ᄒᆞᄂᆞᆫ 者ᄂᆞᆫ 必興ᄒᆞ고 分裂ᄒᆞᄂᆞᆫ 者ᄂᆞᆫ 必亡ᄒᆞᄂᆞ니 故로 宇內的 智識이 第二要求니라 如此ᄒᆞᆫ 時代精神으로 標幟를 立

ᄒ고 我同胞를 指導啓發ᄒ야 二十世紀에 適合ᄒ 國民을 造成ᄒ야 我韓은 我

韓의 民族으로써 維持發展ᄒ야 永遠ᄒ 福利를 享有코져 흠이라[100]

　창간호의 '사설社說'에는 위와 같이 신문 간행의 목적을 설명하고 있

는데 국민의 사상을 통일하고 국가의 실력을 양성하며, 국민의 행동을

일치하여 발전시키고자 한다고 천명하고 있다. 특히 "民聲이 時代를 造

ᄒ고 時代가 民聲을 造ᄒ니"라고 하여 백성의 소리가 시대를 만들고 시

대가 백성의 소리를 만들었다고 하면서 『대한민보』가 바로 그러한 임

무를 감당해야 한다고 스스로 다짐한다. 이러한 사상은 "觀念을 普周히

ᄒ야 社會의 頭腦와 耳目이 되기를 自信"한다는 대목에서 그렇게 단결

하게 만든 정신과 사상, 관념을 보편적으로 널리 알려 사회의 지식인적

인 임무와 사회 전반 모두를 아우르려는 의도로 볼 수 있다.

　계몽적인 의도와 상품 가치로서의 기능 모두를 고민하는 가운데 『대

한민보』는 그 당대 신문들과는 다른 행보를 보여주었다.[101] 즉 앞서 사설

에서 나왔던 내용대로 지식인 독자층을 유도할 수 있는 내용을 담지하면

서도 이를 보편적으로 두루 알릴 수 있는 방면을 고민해 왔던 것이다.

『황성신문』처럼 완전히 남성적인, 지식인 독자들만을 위한 신문도, 『제

국신문』처럼 완전히 여성들, 혹은 하층민 독자들을 위한 신문도 아니라

이 모든 독자 계층을 아우르려는 전략을 처음부터 시도했던 것이다.[102]

100　'社說', 『대한민보』 1호, 1909.6.2, 2면.
101　예를 들어 『대한매일신보』의 경우, 국한문판과 순한글판을 따로 분리해서 발행했는데,
　　이는 독자층을 나누어 생각했음을 의미한다. 즉 각각의 판을 보는 독자층은 섞여들 수
　　있는 상황이 아니었다는 것이다. 그런데 『대한민보』는 지식인 독자층의 기호를 파악하
　　면서 동시에 중하층 독자층의 기호 역시 포함시켜 다양한 독자층을 만족시키려 했다.
102　김재영은 『대한민보』가 "'국한문' 독자와 '국문' 독자를 모두 『대한민보』의 잠재적 독자

문예면의 차원에서 볼 때 『대한민보』는 '쓰기'와 '읽기'를 완벽하게 분리하는 정책을 펼쳤다. '쓰기'의 영역에서는 독자투고란인 '풍림諷林'을 통해 한문을 주로 사용하는 지식인 독자층을 불러들였고, '읽기'의 영역에서는 처음부터 한글소설란을 두어 여성 및 하층민 독자층들을 불러들이고자 했다. 결국 이는 문예 독자층을 2개 층위로 양분하여, '쓰기'의 영역은 한문을 쓸 수 있는 지식인 독자층, '읽기'의 영역은 한글을 읽을 수 있는 여성 및 하층민 독자층으로 이원화된 독자 정책을 폈던 것이다.

◀ 文體는 隨意호대 字數는 十四字 一行으로 十五行에 限홈

◀ 原草는 本社 愛書函에 投커나 或 書面으로 致홈

◀ 著作人의 住址와 姓名을 詳記홈을 要호대 本報에 揭不揭는 本人의 至願을 隨홈

◀ 一等으로 入選호 時는 記者의 短評을 添호야 本報 二面에 揭홈.

◀ 謝儀는 揭載日브터 一個月間 本報를 進呈홈[103]

지식인 독자층을 주안점으로 둔 '쓰기'의 영역에서는 서사성을 가미한 독자문예란 '풍림諷林'이 매우 독특한 형태를 유지하고 있었다. "諷林欄은 江湖君子의 高論을 博採코즈 호야 特設호오니 社會上 時事一般

로 생각하고 있었던 것"으로 설명한다. 『대한민보』가 전통적인 한문지식인층을 주독자로 상정하면서도 순한글인 '소설'란과 부속국문을 시도하고 있는 '형제자매'란, 한문구절을 사용하면서도 '국문 문장'을 쓰고 있는 '인뢰'란 등은 모두 한글 독자들을 겨냥한 것으로 보고 있다.(김재영, 「『대한민보』의 문체 상황과 독자층에 대한 연구」, 동국대 문화학술원 한국문학연구소 편, 『한국 근대문학과 신문』, 동국대 출판부, 2012, 32~33면 참조)

103 '광고', 『대한민보』 1호, 1909.6.2, 3면.

의 可規홀 者를 擧ㅎ야 婉誘的으로 微意를 含蓄흔 諷辭를 謂흠"이라고
하여 처음부터 풍자, 비유 등을 담은 서사를 내포했다. 사용 문체는 한
문 혹은 국한문이 주류를 이루었고 내용 역시 고사나 풍자적 내용이 많
아, 한문을 주로 사용하는 지식인층이 주로 향유했던 장이었다.[104]

> 이리오너라― ◀ 녜 ◀ 오날부터 各 新聞紙가 오거든 다―止字 달고 謝絶
> ㅎ여라 所謂 帝國新聞은 담배장사나 人力車軍이나 시큰둥흔 女子나 볼 것
> 이지 나는 諺文 볼 줄도 모르고 所謂 皇城新聞은 남의 말드러니 아모 자미도
> 업다 ㅎ고 所謂 每日申報는 버릇업시 宰相 辱 잘ㅎ고 거짓말 수럿이니 다 그
> 만두고 大韓新聞과 京城日報만 보겟다 ◀ 京城報는 日字報가 아니온잇가
> ◀ 허―新聞을 밧기만 ㅎ면 보는 貌樣이지 쭉 보아야 맛인가 ◀ 그러면 쏘
> 各新聞에셔 評判이 잇슴니다 ◀ 허―辱ㅎ다 시르면 말지오― 쏘 이젓다 或
> 시 大韓民報가 오거든 當初에 拒絶ㅎ여라 所聞을 드르니 그 新聞은 시원이
> 辱도 아니ㅎ고 五六月 파리가 콧잔등이에 안진 것갓치 근지러워 못 견된다
> 더라 ◀ 칵―ㅎ는 兩班 기침에 磚洞 屛門 人力車軍이 픽셕 / 選者曰 可謂新
> 聞禁來[105]

이 '풍림'에는 『대한민보』의 성격을 규정짓는 내용이 나오기도 한다.
위의 글은 토론체 서사로 주인과 하인의 대화로 이루어진 짧은 서사물
이다. 양반의 말을 보면 『황성신문』은 지식인 계층의 신문이기 때문에

---

104 『대한민보』의 '풍림'의 주제 및 특징에 대한 연구는 전은경의 「『大韓民報』의 독자란 '諷
    林'과 근대계몽기 지식인 독자의 서사적 글쓰기」,(『대동문화연구』 제83집, 성균관대 동
    아시아학술원 대동문화연구원, 2013.9, 237~279면) 참조.
105 "咳唾生風", '풍림'(29), 『대한민보』 30호, 1909.7.16, 2면.

재미가 없고, 『제국신문』은 여성 및 하층민들이 보는 신문으로, 자신은 언문을 읽을 줄 모르니 들이지 말라고 언급한다. 비판성을 담지한 신문으로 『대한매일신보』와 『대한민보』를 들고 있는데 전자가 직설적인 비판을 가하는 신문이라면, 후자는 콧잔등을 간질이는 듯한 비판, 즉 간접적이면서도 풍자적인 비판을 가하는 신문이라 평하고 있다.

이러한 독자의 서사적인 글의 이면에는 『대한민보』가 독자 정책을 성공적으로 해내고 있음을 보여준다. 지식인을 위하지만 재미가 없지도 않고, 재미가 있으나 비판 정신을 잃지 않는 『대한민보』만의 특징을 '풍림'의 독자의 글에서도 확인할 수 있다. 또한 직설적이지는 않지만 은근한 풍자 정신으로 지식인 독자들의 호응을 얻어내었을 것은 당연한 이치일 것이다.

이러한 문예면의 '쓰기'의 영역을 지식인층이 담당하고 있었다면, '읽기'의 영역은 여성 및 하층민을 위한 공간으로 사용되었다.

> 이애 춘심아 너는 내 압헤서 고생ᄒ고 잇지 말고 ᄂ가서 버러먹고 잘 사러라 요새 세상에는 종부리나는 법도 업단다 아무리 아무 것도 모르는 예편네기로 법에 업는 일이야 엇지 ᄒ갯ᄂ냐 그러ᄂ ᄂᄂ 자식도 업고 남편도 업ᄂ 내 ᄒᆫ 몸 ᄲᅮᆫ이라 이 집 속에 혼자 드러안저서 바누질품이ᄂ 파라 먹고사다가 살 슈 업거든 아편이ᄂ 사서 먹고 죽갯다[106]

> 그 남편이 휘슷 도라다 보며 ᄒᄂ 말이 이 집이 팔렷스니 새로 집 장만ᄒ

---

106 桃花洞隱, 「花愁」, 『대한민보』 1호, 1909.6.2, 1면.

기 전에 마누라는 친정에ᄂ 좀 가서 잇게 ᄒ오 ᄒ면서 훌쩍 ᄂ가는대 부인은 얼싸진 사람갓치 마루짓헤 웃둑섯다[107]

『대한민보』는 창간호부터 1면에 한글소설을 연재했다. 처음 연재된 소설은 '도화동은桃花洞隱'이라는 인물이 쓴 「花愁」라는 단편소설로 2회 분만 연재되었다. 내용상으로 보면 가정소설, 즉 첩을 둔 남편 때문에 고통 받는 아내의 삶이 드러나고 있다. 35세쯤 된 김참서 부인은 남편 김참서가 첩의 집에 가서 오지도 않자, 돈도 없고 나중에 생계가 어려워지면 아편을 먹고 죽겠다는 다짐까지 하는 인물이다. 그러다 김참서 부인은 남편이 간만에 집에 들어와서 이미 집을 팔았으니 친정에 가라는 말을 듣고, 얼이 빠져버리는 장면에서 마무리된다. 이는 그야말로 여성 독자들을 겨냥해서 나온 것이라 할 수 있다.

결국『대한민보』는 문예면의 독자층을 한문 독자와 한글 독자로 이분화하고, 이를 문예면상에서 '쓰기'와 '읽기'로 나누어 배치시켰음을 알 수 있다.『대한민보』는 지식인 독자층을 주된 대상으로 함과 동시에 한글을 읽는 여성 및 하층민 독자층도 포함하여 독자층을 구성해내려 했던 것이다.

---

107   桃花洞隱, 「花愁」(續),『대한민보』 2호, 1909.6.13, 1면.

2) '읽기' 분화 정책과 소설의 교차 연재

(1) 소설의 유형적 분포와 독자층의 이분화

『대한민보』는 창간 초기 한문을 주로 사용하는 지식인 독자층과, 한글을 주로 사용하는 여성 및 하층민 독자층으로 나누어 그 영역을 이분화하고 있었다. 문예면의 경우, '쓰기'는 지식인 독자층의 영역, '읽기'는 여성 및 하층민 독자층의 영역으로 양분했다. 이러한 분류, 특히 '읽기'의 영역을 여성 및 하층 독자층을 위주로 편집하고자 했던 것은 전통적인 소설의 향유층과 연계된다. 고전소설 특히 한글소설, 특히 저급하다는 평을 받았던 방각본 소설의 경우, "1850년대 이후에는 주로 하층 남성이나 중·하층 여성들이 주구매층"이었다. 즉 "방각본 소설을 읽는 사람은 중간층 이하의 여성이거나, 하층의 남성"이었고, "제대로 된 한문구사가 불가능한 계층"으로서, "겨우 한글만을 읽을 수 있는 수준"이었다고 한다. 따라서 방각본의 간행은 대중적인 한글소설의 유포로 중하층, 서민층이 대단위적으로 향유하게 된 것을 의미한다.[108] 그런데 『대한민보』는 '읽기'의 영역을 또다시 세분화하게 된다. 즉 여성들과 하층 독자층이 주 대상이었던 '한글소설란'을 여러 독자층이 향유할 수 있는 공간으로 사용해보고자 했던 것이다.

이렇게 '소설란' 속에서 여러 독자층이 섞일 수 있으려면, 먼저 독자층을 나누기 위한 기준이 필요할 것이다. 또 이러한 독자층을 나누어 보

---

[108] 류준경, 「독서층의 새로운 지평, 방각본과 신활자본」, 『한문고전연구』 제13집, 한국한문고전학회, 2006, 278~284면 참조.

면 그들이 향유하고 즐겼던 소설 역시 살펴볼 수 있다. 사실 독자층이 형성되는 데는 여러 가지 요소가 매우 복합적으로 얽혀 있다. 첫째, 문자 해독력, 둘째, 사용하는 문체, 셋째, 성에 따른 분류, 넷째 사회 신분 등의 여러 가지 조건들이 다층적으로 작용하여 독자층을 구성한다.[109] 이러한 기준으로 독자층을 세분화해 보면, '직접 읽기 / 간접 읽기(듣기)', '한문 및 국한문 / 한글', '남성 / 여성', '지식인층 / 중인 및 서민 독자층'으로 독자층을 다양하게 나눌 수 있다.

이를 토대로 독자층을 크게 양분해 보면, 한문 및 국한문을 사용하고 직접 읽을 수 있는 ① 지식인 남성 독자층과, 한글을 주로 사용하고 직접 읽거나 들어서 소설을 읽는 ② 여성 및 하층민 독자층으로 나눌 수 있다. 물론 지식인 독자층에서도 한문만을 쓰는 독자와 한글도 병용할 수 있는 독자로 나눌 수 있고, 사대부 여성들은 한글뿐만 아니라 국한문도 읽을 수 있었다. 여성들이 주로 읽는 한글소설이라 하지만, 중인 및 하층민 남성 독자들도 이를 함께 향유했다. 그러나 가장 주된 성향을 지닌 성별로 대별해 보자면, 주로 한문 및 국한문을 사용하는 지식인 남성 독자층과 한글을 사용하는 여성 독자층으로 크게 나누어 볼 수 있을 것이다. 그렇다면 이 두 독자층이 특별히 향유하는 경향 역시 확연히 구분될 수밖에 없다.

전통적으로 볼 때, 한글소설이라는 영역은 여성들의 향유물이었고, 사대부 남성들은 한문소설을 읽었다.[110]

---

109 大谷森繁는 「朝鮮朝의 小說讀者 연구」(고려대 박사논문, 1984, 2~3면 참조)에서 독자 분류의 방법으로 문자해독력, 성에 따른 분류, 사회 신분 세 가지 기준을 들고 있다. 이 글에서는 이를 참조하여, 사용하는 문자 즉 한문, 국한문, 한글 사용의 조건도 넣고자 한다.

내가 보건대, 근래에 부녀자들이 다투어 능사로 삼는 것은 오직 패설(稗說)이다. 이를 숭상함이 날로 달로 더해져 패설의 종류가 천백에 이르게 되었다. 쾌가(儈家)에서는 이것을 깨끗이 필사하여 빌려주어 보게 해 그 값을 거두어 이익을 남긴다. 부녀자들은 식견이 없기 때문에 혹은 비녀나 팔찌를 팔고 혹은 빚돈을 구해 경쟁적으로 서로 빌려 가 긴 날을 보낸다.(蔡濟恭 (1720~1799), 「女四書序」, 『樊巖集』 卷33)

언문으로 옮긴 이야기책을 탐독해서는 안 된다. 집안일을 다 팽개쳐 두고 여자가 할 일을 게을리하고 버려두어, 심지어 돈을 주고 책을 빌려 책에 빠져서는 그칠 줄을 몰라 가산을 기울게 하는 경우도 있기 때문이다. 또 그 이야기는 모두 투기하고 음란한 일이어서 방탕함이 혹 이로부터 말미암기도 한다. 그러니 간교한 무리가 음란하고 괴이한 일들을 펼쳐 놓아 그것을 좋아하는 마음을 돋우게 함이 없을지 어떻게 알겠는가.(李德懋(1741~1793), 「婦儀」, 『士小節』)[111]

위의 글은 18세기 채제공과 이덕무가 소설에 빠진 부녀자들에 대해서 경고를 하는 내용이다. 소설의 이야기가 투기와 음란, 방탕하다는 점을 문제점으로 지적하고 있다. 즉 그런 내용에 그 당대 부녀자들이

---

110 大谷森繁는 앞의 글에서 15·16세기 한글소설이 출현하면서 한글소설은 여성 문화로서 수용되었다고 논의하고 있다. 따라서 15·16세기의 소설 독자의 경우, 한문 소설의 독자는 주로 남성이었고, 한글소설의 독자는 주로 여성이었으며, 17·18세기에 여성 독자들은 더욱더 확대되어 한글소설의 독자 대부분을 차지했다고 설명한다.(大谷森繁, 앞의 글, 35~38·70·102면 참조)

111 장시광, 「조선 후기 대하소설과 士大夫家 여성 독자」, 『東洋古典研究』 제29집, 동양고전학회, 2007, 151~152면 재인용.

빠져 있었다는 것이다. 이러한 내용이 "유학자들이 소설을 배척한 가장 큰 이유"였으며, 또한 이런 내용 때문에 "18세기에 여성들에게" "소설 열풍"이 불었던 것이다.[112]

이러한 기록은 지식인 남성들과 여성들 사이의 괴리를 짐작해보게 한다. 남성들이 생각하는 소설과 여성들이 즐기던 소설은 그 차이가 확연했다. 지식인 남성들이 교훈성에 치중하여 소설에서 지식적인 요소를 바랐다면, 일반 여성들은 오락적이고 통속적인 재미를 소설 속에서 찾고 있었다고 볼 수 있다.

소설에 대한 이러한 남성 / 여성의 경향 차이는 근대계몽기에도 여지없이 이어졌다. 박은식이 소설을 "계급풍속, 교화정도, 인심풍속, 정치사상 등의 용어로" "사회적 의의"를 강조한 것[113] 역시 소설의 지식적인 역할을 중요하게 생각했던 것으로 이는 이전 전통적인 차원의 지식인 남성들이 소설에 대해 기대해왔던 것과도 연계된다. 또한 『대한매일신보』에도 "근일에 쇼셜짓는 쟈의 츄세를 볼진되 사람으로 흐여곰 대경쇼괴흔 쟈ㅣ 불일흐도다 이 쇼셜도 음풍이오 뎌 쇼셜도 음풍이라 미인의 아릿다온 틱도를 그려내며 남ㅈ의 호탕흔 모양을 싞여내여 흔 번 보믹 음심이 싱기고 두 번 보믹 음심이 방탕케 흐ᄂ니"[114]라고 하여 한글소설의 경향을 비판하고 있다.

이는 15 · 16세기 한글소설이 등장하면서부터 불거져 온 대립 양상이라 할 수 있다. 지식인 남성 독자들이 생각하는 소설의 경향과 여성

---

112 위의 글, 152면 참조.
113 조동일, 『제4판 한국문학통사』 4, 지식산업사, 2010, 224면 참조.
114 '잡동산이', 『대한매일신보』, 1909.12.2, 1면.

들 혹은 하층민들이 즐기는 소설의 경향은 엄연히 달랐다. 사회적으로 영향을 끼치며 국민을 계도할 수 있는 소설의 형태와, 남녀의 애정이나 가정의 처첩 갈등과 연관된 소설의 형태는 그 독자층을 달리할 수밖에 없었다. 이러한 지식인 남성 독자층과, 여성 및 하층민 독자층 사이의 괴리는 남성들이 선호하는 소설 양식과 여성들이 선호하는 소설 양식으로 양분하는 결과를 초래했을 것이다.

이렇게 볼 때, 지식인 독자층의 남성들이 한글소설의 영역, 즉 일반 여성들 혹은 하층민의 소설 양식을 즐기기는 어려웠을 것이다. 한문 및 국한문에 익숙해져 한글 해독이 어려웠을 것이고 설사 한글을 사용할 수 있는 지식인 독자층이라 하더라도 남녀의 방탕한 애정사가 아니라 사회를 계도, 선도하는 교훈적인 이야기를 읽고 싶어했을 것이기 때문이다. 『독립신문』 '논설'에 보면 "죠션셔ᄂᆞᆫ 죠션 국문은 아니 ᄇᆡ오드ᄅᆡ도 한문만 공부ᄒᆞᄂᆞᆫ ᄭᅡᄃᆞᆰ에 국문을 잘 아ᄂᆞᆫ 사ᄅᆞᆷ이 드물미라"라고 하면서 "한문만 늘 써버룻ᄒᆞ고 국문은 폐ᄒᆞᆫ ᄭᅡᄃᆞᆰ에 국문으로 쓴 건 죠션 인민이 도로혀 잘 아러보지 못ᄒᆞ고 한문을 잘 알아보니 그게 엇지 한심치 아니ᄒᆞ리요 ᄯᅩ 국문을 알아보기가 어려운 건 다름이 아니라 쳣ᄌᆡᄂᆞᆫ 말마ᄃᆡ을 ᄢᅦ이지 아니ᄒᆞ고 그져 줄줄 ᄂᆞ려 쓰ᄂᆞᆫ ᄭᅡᄃᆞᆰ에 글ᄌᆞ가 우희부터ᄂᆞᆫ지 아ᄅᆡ부터ᄂᆞᆫ지 몰나셔 몃 번 일거 본 후에야 글ᄌᆞ가 어ᄃᆡ부터ᄂᆞᆫ지 비로소 알고 일그니 국문으로 쓴 편지 ᄒᆞᆫ 장을 보자 ᄒᆞ면 한문으로 쓴 것보다 더ᄃᆡ 보고 ᄯᅩ 그나마 국문을 자조 아니 쓰ᄂᆞᆫ 고로 셔틀어셔 잘 못봄이라"[115]라고 언급하고 있다. 즉 한글을 배우려 하지 않았을 뿐만

115 '논설', 『독립신문』 창간호, 1896.4.7, 1~2면.

아니라 한글을 안다 하더라도 자주 쓰지 않아 서툴러서 한글을 읽기가 더욱 어려워졌다고 설명한다. 한학자들이 한글 자체에 대해서 멀리하려고 했으며, 특히 한글소설에 대해서는 부녀자나 하층의 것이라 천시한 것도 사실이다. 따라서 지식인들, 특히 한학자들이 한글을 읽을 수 없었다는 문식성의 문제가 아니라 스스로 천시했기 때문에 무시해서 읽지 않으려 했다고도 볼 수 있을 것이다.

(2) '소설란'의 분화와 독자층 중첩의 장

이렇게 지식인 남성 독자층의 소설에 대한 경향과 여성 및 하층민 독자층의 소설에 대한 경향이 달랐기 때문에 각 신문들은 주 대상으로 삼은 독자층의 경향에 따라 소설을 실었다고 할 수 있다. 그러나 소설은 대체로 한글을 사용하여 연재되었고, 그 대상은 여성 및 하층민일 확률이 높았다. 이런 상황에서『대한민보』는 이 양분된 독자층들을 모두 포섭할 수 있는 전략을 시도하게 된다.

문예면 '읽기'의 영역, 즉 '소설'란의 경우, 한글을 읽는 여성 독자층들이 주로 그 대상이었으나,『대한민보』는 이 '소설'란을 좀 더 복합적으로 활용하려 했다.『대한민보』는 '읽기' 영역 안에서도, 또 다른 분화를 시도한 것이다. 단순히 지식인 독자는 '쓰기', 여성 및 하층 독자는 '읽기'로 이원화시켰던 정책에서 '읽기'를 또다시 분화하여 한글소설의 영역을 여성 경향적 소설과 남성 경향적 소설로 구분하여 연재하기 시작했다.

이는『대한민보』가 각각의 독자층에서 요구하는 소설 경향을 다양하게 취합하여 연재함으로써 독자층을 좀 더 세분화하여 그 기호를 맞추고자 한 노력으로 이해할 수 있다. 지식인 남성들의 취향인 한문소설과 여성들 혹은 하층민들이 즐기는 한글소설의 경향은 현저히 다를 수밖에 없었다. 그런데 한글소설 안에서도 엄격히 들여다보면, 그 유형적 측면에서 또 다른 분리가 존재했다. 즉 여성 독자층들이 주로 읽었던 소설들은 가정에서 일어나는 고부갈등이나 처첩갈등, 계모와의 갈등 등 가정소설이나 연애소설인 반면, 중·하층 남성 독자들이 심취했던 한글소설은 영웅의 행적을 다룬 군담소설이나 영웅소설 등이었다.[116] 따라서 『대한민보』는 지식인층 / 여성 및 하층 독자층으로 구분하면서 동시에 여성 독자층 / 중·하층 남성 독자층의 기호 역시 구분해 내고 있었다.

먼저 가정소설과 같은 여성 취향적 소설의 경우는 창간호에 연재했던 단편소설 「화수花愁」뿐만 아니라 『오경월』과 『박정화』 등을 통해 조선 후기 소설들로부터 이어져 온 가정소설, 혹은 애정소설적 경향을 보여주고 있다. 내용적인 면에서 애정담이나 가정소설적 경향을 띠고, 인물적인 측면에서 여성이 주된 인물로 설정되며, 서술적인 면에서 서사나 묘사적인 차원이 주를 이루었다. 여성 독자층을 주된 독자 대상으로 겨냥한 소설의 경우, 남성 취향적 소설에 비해 좀 더 대중적이고 선정적, 오락적인 요소가 강했다.[117]

---

[116] 천정환은 조동일의 논의를 빌려 작품의 판수 비교를 통해 필사본은 주로 여성 독자 취향의 소설이고, 목판본은 남성 취향 소설이라 설명하면서, 『창선감의록』과 『사씨남정기』는 필사본으로, 『구운몽』, 『조웅전』 같은 작품은 목판본으로 출간되었다고 서술하고 있다. 이는 다시 말해 가정소설의 유형은 여성 독자들에게 인기가 있었고, 『유충렬전』, 『조웅전』 같은 군담소설 및 영웅소설이 남성 독자들에게 인기가 있었음을 미루어 짐작해 볼 수 있다. (천정환, 『한국 근대소설 독자와 소설 수용 양상에 대한 연구』, 서울대 박사논문, 2002, 35~36면 참조)

『오경월』은 일우생一雨生이 1909년 11월 25일부터 12월 28일까지 총 22회 연재한 소설이다. 박좌수의 며느리가 의병에게 납치되자 시아버지 박좌수가 며느리를 천신만고 끝에 구해내는 이야기가 전개된다. 그 과정 중에 의병은 며느리를 돌려보내는 대신 돈을 요구하는 편지를 보내고, 박좌수가 돈을 들고 의병을 찾아가지만, 일본 헌병이 의병들의 산속 소굴을 덮치면서 한 의병이 며느리 양씨에게 음욕을 품고 납치해서 데려가게 된다.

이 째에 박죄슈의 며나리 양씨는 울뒤 콩쌱지동에가 숨엇다가 무지흔 발길에 두어 번 채여 단 두 거름 도망을 못흐고 잔채에 부죠가는 도야지 모양으로 네 굽을 잔쯕 묵기여 산속으로 잡혀 왓는대 뭇놈이 겹겹이 둘너 안져 졔각기 한 마듸 식은 다 지져귀더라

이애 그것 쐐 잘생겻다 투덕투덕흔 걸 하로밤 대리고 잣스면 이 사람 듯네 무슨 말을 그러케 흐나 우리가 인물 보고 색탐으로 대려왓나 군슈젼 가져오라고 대려왓지 쏭 먹고 알은 못 먹던가 군슈젼도 가져오거던 밧고 우리 심심 푸리도 좀 흐면 엇더흐단 말인가

별소리 말게 돈만 만이 작만흐면 그런 소일거리가 그들먹흐게 생기네 공연히 질에 날쒸다가 죽도 밥도 다 틀니리 자네는 고지식흔넛가 두게마는 나는 오날밤에 대리고 리약이나 톡톡히 흐야 보겟네

---

117 여성들이 이러한 연애나 가정담을 좋아하고, 탐정관련이나 충의 무용담에 대해서 좋아하지 않았던 것은 대중문학이 번성하기 시작한 1920년대 후반까지도 이어진다. 1929년 평양부 주민 직업별 소설유형별 선택 사항을 보면, 연애담에 대한 부인들의 관심은 240명으로 압도적으로 많았던 데 반해, 탐정 1명, 충의무용담 4명으로 숫자에서 많은 차이를 보였다.(천정환, 앞의 글, 47면 〈표 2-6〉 참조)

그 중 흔 놈이 줌억을 쎕내며 뎌 자식은 밤낫 졔욕심만 채려 드러 뎌거번에도 그까지 짓을 ᄒ더니 이번에도 ᄯ 이르거니 대닷거니 처엄에는 졏혜 사람 못 듯게 슈군슈군ᄒ다가 나죵에는 누가 듯거니 말거니 고긔업시 흔참 닷토는 판이라[118]

첫 장면부터 의병이 며느리를 납치하는 것으로 시작해서 긴장감을 유발한다. 또한 며느리 양씨를 잡아온 의병 중 한 명이 며느리에 대해서 음욕을 품으며 동료와 대거리를 하는 장면은 선정적인 동시에 독자들의 흥미를 유발하고 있다. 또한 예전에도 그런 적이 있었다는 운을 떼서 독자들로 하여금 다음 장면에 대한 궁금함과 더불어 긴장감을 끊임없이 유발하고 있는 것이다. "사람이 색계에 욕심이 동ᄒ면 죽을 줄도 몰으는 것이라 양씨 부인을 욕심내여 져의끼리 닷호던 놈이 그 야단이 나는 승시를 ᄒ야 생슈나 난쥴로 녁이고 그 분쥬 중에 양씨를 둘우쳐 업고 대장이고 즁군이고 나는 다 몰온다 나는 나 갈 대로 흔업시 가겟다 ᄒ고 머리위로 펑펑 지나가는 텰환을 무릅쓰고 도망"[119]을 하여 민가의 안방을 차지하고 들어가, 시집온 지 삼사 개월 된 18세의 양씨를 자기 계집을 삼으려 하는 장면으로 이어지면서 매회 긴장감을 늦추지 않고 있다.

구성 배치에 있어서도 며느리 양씨의 상황과 박좌수가 찾아다니는 장면이 서로 교차되면서 가장 궁금한 곳에서 '끊기'를 시도하여 흥미와 오락적인 재미를 모두 놓치지 않고 있다. 또한 내용적으로 볼 때 시아

118 一吽生, 『오경월』 5회, 『대한민보』 139호, 1909.11.30, 1면.
119 一吽生, 『오경월』 6회, 『대한민보』 141호, 1909.12.2, 1면.

버지가 며느리를 끝까지 찾아다니는 구조로 가정소설의 영역 안에 있다고도 볼 수 있다. 선정적인 장면과 긴장감을 늦추지 않는 전개, 가족 이합의 상황까지 적절히 가미되어 여성 독자층을 겨냥한 가정소설적 면모를 여실히 보여주고 있다.[120]

『박정화』는 이해조가 '수문생隨聞生'이라는 이름으로 1910년 3월 10일부터 5월 31일까지 총 64회 연재한 소설이다. 리시종이라는 남자가 박참령의 첩인 ○○집을 유혹하여 바람이 나는, 연흥사 연극장에서 벌어지는 남녀의 작태를 보여주는 내용이다. 이 연애담에는 남녀의 불륜과 더불어 ○○집이 지아비인 박참령을 살해하려는 등의 '막장'과 같은 내용이 전개되기도 한다.

○○집이 마지못ㅎ야 그 표를 밧아들고 신마ㅅ의 뒤를 싸라 장내로 드러가ᄂᆞᆫ딕 표팔던 쟈가 압폐셔 련해 인도를 ㅎ며 이리로 드러오시오 이리로 올나오시오 여긔가 틀등이오 변쇼ᄂᆞᆫ 뎌리 가오 ㅎ며 손바닥을 두어 번 짝ㅅ쳐 쏀이를 불으더니 방석을 가져오너라 화로를 가져오너라 가비차도 갓다쥬고 여송연도 갓다쥬며 쪽발오 마죠뵈이ᄂᆞᆫ 자리에 가 안져 정신업시 ○○집만 건고보고 안져셔 헷기침을 련해ㅎ더라 그 기침소리 날 졔마다 신마마가 ○○집의 치마채를 지근ㅅㅅ 잡아단이며

(신) 여보게 뎌긔 좀 건너다 보게

(○○집) 나도 벌셔부터 보앗소 그 사람이 아까 표팔던 사람이 안이오 외

---

120 『오경월』은 사실 이러한 여성적 경향의 요소뿐만 아니라 "의병과 일본군 사이에서 고통을 당하는 양민들의 생활상을 실감있게" 그려내어 "적지 않은 시대적 의미를 갖고 있는 작품"으로 평가받고 있기도 하다.(한기형, 앞의 책, 206면)

양이라던지 이복이라던지 쪽 째진 경재상가 자례갓구러.

　신마마가 그 말을 듯고셔 ○○집 눈에 리시종이 얼마쯤 드러잇는 것이 반가워셔 민활흔 슈단을 부려 ○○집의 마암을 건대려본다[121]

　위의 장면은 리시종이 박참령의 첩인 ○○집을 보고 반하여 연극장에서 공짜표를 주며 수작을 거는 부분이다. 신마마라는 인물을 통해서 리시종은 계속 ○○집에게 호감을 표하고 신마마는 ○○집에게 리시종의 마음을 전해주며 연애의 교두보 역할을 해준다. 사실 이 장면만 놓고 본다면 남녀가 연애하는 장면을 매우 사실적으로 보여주는 부분이기도 하다. 물론 유부녀가 바람이 난다는 점에서는 분명 불륜에 '막장 드라마' 같은 요소가 분명히 보이지만, 그 속에서 남녀의 연애는 매우 사실적으로 하나하나 묘사됨으로써 당대 여성들의 기호를 만족시켰을 것이다. 이러한 부분은 남성 소설적 경향에서 연애담이 고전소설의 그것처럼 무미건조하며 의리와 예법으로 맺어지는 것과 매우 대조적인 장면을 보여주기도 한다. 이처럼 여성 소설적 경향의 소설은 내용면에서 예전부터 이어오던 가정소설이나 남녀 연애담을 소재로 하여 오락적인 서사나 묘사가 두드러지고 있었다.

　한편 남성 독자들을 주대상으로 삼은 소설의 경우는, ① 중·하층 남성 독자들에게 꾸준히 인기가 있었던 군담소설이나 영웅소설적 경향과 ② 한문소설적 전통 및 개화기 지식인들의 요구와 연계하여 정치 사회적인 소설, 풍자 비판적인 소설들이 등장했다. 내용적인 면에서는 정

121　隨聞生(이해조), 『박정화』 13회, 『대한민보』 231호, 1910.3.25, 1면.

치, 사회, 역사, 모험, 탐정 등이 등장하며, 인물적인 면에서는 남성이 주체적으로 이끌어가고, 서술적인 면에서는 서사 혹은 대화체, 토론체, 연설로 이루어졌다. 남성적인 서사가 주를 이루는 소설로는 『현미경』, 『소금강』을 들 수 있고, 좀 더 지식인 독자층을 겨냥했다고 할 수 있는 토론체 소설로는 『병인간친회록』과 『금수재판』을 들 수 있다.

억울한 누명을 쓰고 그것을 벗어나가는 과정을 그린 『현미경』이나 군담소설적 경향을 보이며 민중 운동과 반외세의 성격을 보여주는 『소금강』은 앞서 나왔던 여성 경향 소설과는 확연히 구분된다. 서사를 가지고는 있으나, 그 서사에 가정소설적 경향이나 남녀 연애담 등의 흥미적 요소보다는 역사적 의식이나 비판 정신을 가지고 문제를 해결하는 등 영웅적인 경향을 보인다.

『현미경』은 이해조의 작품으로 알려져 있으며, 1909년 6월 15일에서 7월 11일까지 신안자神眼子라는 이름으로 총 24회 연재한 소설이다. 이 소설은 한회녕이라는 인물이 자신의 노비 오길이에게 두들겨 맞은 사기장사를 대접해주고 보냈는데 임진사와 오길이의 음모로 사기장사가 죽었다는 소문 때문에 살인누명을 썼다가 사기장사가 살아 있는 것이 밝혀지자 그 누명을 벗는 내용이다. 문제를 해결하는 과정이나, 누명을 벗는 과정 등 탐정소설과 같은 흥미로운 요소가 있으나, 여성적 경향의 소설의 서사와는 확연히 다른 경향을 보인다.

『소금강』은 빙허자憑虛子의 작품으로 1910년 1월 5일부터 3월 6일까지 총 48회 연재된 소설이다. 이 소설은 크게 두 가지의 서사로 구성되어 있다. 전반부는 부패한 대신과 관찰사를 응징하는 소금강이라는 이름의 활빈당의 민중 영웅들에 관한 이야기이고, 후반부는 활빈당이 서북간도로 가서 황무지를 개척하며 새롭게 국토를 확장하다가 그곳의 마적과 싸움을 하는 등 군담소설적 영웅의 이야기가 전개된다.

김극여는 그길로 평강읍으로 가셔 오씨를 차자 보고 구두령의 비범흔 인물을 일장설명흐고 무에라ᄼᄼᄼ 흔참 일은 후 아람다온 언약맷기를 권흐니 오씨가 재삼생각하다가 쾌히 허낙흐고 즉시 치행흐야 김극여와 흔게 셔간도로 향흐엿더라[122]

봉황은 결코 오작과 흔쎄 깃드리지 안이흐고 자셕은 항상 바늘을 잇글문 물건의 변치 못흘 리치라 구두령의 평싱에 눈에 뵈이ᄂᆞᆫ 바 세상 계집들을 오작에 지나지 안이흐게 넉여 차라히 홀아비로 지낼지언뎡 헛도히 자셕의 바늘갓흔 인연을 맷지 안이코져 홈으로 이쌔까지 실가의 자미를 몰오고 지내더니 쯧밧게 오씨와 셔로 만나니 영웅과 가인의 심긔가 자연히 셔로 합흐야 백년해로의 맹셰를 긋게 매젓더라[123]

위의 장면은 활빈당의 두령인 구홍셔가 아내를 맞이하는 부분이다. 남성 경향적 소설인 『소금강』에서는 앞서 여성 경향적 소설과는 확실한 차이를 보인다. 여성 경향적 소설에서는 합법적인 연애든, 불륜이든 매우 직접적이면서도 자세하게 묘사되어 있다. 즉 재미와 오락적인 상황을 좀 더 강화했다고 볼 수 있다. 그런데 『소금강』과 같은 남성 경향적 소설에서는 이러한 부분이 예법과 도리에 의해서, 혹은 주변 인물의

---

122 憑虛子, 『소금강』 31회(32회의 오기), 『대한민보』 199호, 1910.2.16, 1면.
123 憑虛子, 『소금강』 41회(42회의 오기), 『대한민보』 209호, 1910.2.27, 1면.

소개에 의해 진행된다. 구두령의 혼인 역시 자신의 부하인 김극여가 나서서 지혜롭고 현명한 여인을 데려오고, 또 그 여인을 설득하는 것도 실제 남편이 될 구두령이 아니라 부하인 김극여가 구두령에 대해 말로 설명하여 여인이 혼인을 승낙하게 된다. 또한 혼인식 역시 영웅와 가인의 만남으로 미화되어 있으며, 두 사람의 개인적인 감정이나 연애는 완전히 생략되고 있다.

『대한민보』의 남성 독자들을 겨냥한 소설에서 이러한 남성적인 서사와 더불어 두드러진 양식이 토론체 소설 양식이었다. 이러한 토론체 소설 양식은 근대계몽기에 등장한 새로운 유형으로 좀 더 지식인 독자들을 겨냥한 소설이라 할 수 있다.[124] 『병인간친회록』과 『금수재판』을 들 수 있는데 풍자와 비판이 연설과 토론의 형태로 나타난다. 『병인간친회록』은 굉소생轟笑生이 쓴 소설로 1909년 8월 19일부터 10월 12일까지 총 36회에 걸쳐 연재되었다. 몸에 장애가 있어 스스로를 병신이라 일컫는 인물들이 단체를 만들고 회의를 진행하며 자신들의 권리를 주장하는데 한 명씩 앞에 나와 연설의 형식으로 자기 이야기를 하면서 세태를 비판하고 몸이 병신인 자신이 낫다는 내용을 반복해서 진행한다. 흠흠자欽欽子가 1910년 6월 5일부터 8월 13일까지 49회 동안 연재한 『금수재판』도 이와 비슷한 형식이나, 동물들이 등장한다는 점과 재판이기 때문에 잘못을 성토하고 판결을 내리는 것까지 이어지고 있다

124　이러한 토론체 소설에 대해 한기형은 근대 초기 신문과 연관하여 등장한 '시사토론체 단편'과 연계되며, 계몽적 글쓰기의 일환으로 보고 있다. 또한 이러한 토론체 양식은 그 작품이 추구하는 의식과 지향에 일정한 동의를 전제하고 있어야만 즐길 수 있는 양식이었다고 설명한다. 결국 이는 일반 대중 독자들보다는 계몽적 의식 및 가치 지향을 공감할 수 있을 만큼 지식이 있는 독자들을 대상으로 한 것이었다고 볼 수 있다.(한기형, 앞의 책, 21~27면 참조)

는 점에서 조금 다르게 진행된다.

이러한 토론체 양식은 사실 독자문예란인 '풍림'과 밀접한 연관관계가 있다. '풍림'에서 이러한 대화체, 토론체 양식의 서사가 다수 진행되고, 그 이후 '소설'란에서도 이러한 토론체 양식이 등장하고 있다. 이는 『대한민보』의 편집진들이 지식인 독자층들의 기호를 파악하여 이를 '소설'란에 적용시켜 본 것이라고 할 수 있다.[125]

분명 토론체 양식의 소설은 앞서 지식인 독자층들, 혹은 지식인들이 요구하는 소설의 기대치에 가장 적합한 형태인 것은 사실이다. 그러나 내용이 어렵고, 고사가 많으며 서사보다는 즉각적인 비판과 풍자가 많은 것이 현실이라 일반 여성 독자나 하층민 독자들이 이해하기에는 분명 어려울 수밖에 없다. 즉 이 토론체 양식에 대해서 흥미를 가지는 독자는 "그 작품이 추구하는 의식과 지향에 일정한 동의를 전제"하는 지식인 독자였을 것이다. 또한 이러한 "토론체 양식이 몽유담이나 우화와 결합하는 것은 그 양식이 지닌 무미건조함에서 벗어나기 위한 '양식간의 제휴' 성격"[126]으로 파악할 수 있다.

따라서 여성을 주 독자층으로 삼은 소설이 가정소설이나 남녀 연애담을 소재로 하여 좀 더 감각적이고 선정적으로 묘사함으로써 재미와 자극에 민감한 소설이었다면, 중·하층 남성 독자층을 주요 대상으로 삼은 소설은 탐정, 모험, 역사, 군담, 영웅소설의 소재를 활용하면서 교훈적, 계몽적 성격을 담지하는 남성 서사적 소설이었다. 또한 이에 더해

---

125 '풍림'의 대화체 서사와 토론체 소설의 영향관계에 대한 논의는 전은경의 「근대계몽기 지식인 독자의 '읽기'와 '쓰기'-『대한민보』 '풍림'의 '대화체 서사'와 토론체 소설을 중심으로」(『국어국문학』 165호, 국어국문학회, 2013.12), 513~553면 참조.
126 한기형, 앞의 책, 27면.

지식인 독자층을 겨냥한 소설은 연설, 토론 등을 통해서 현실에 직접적으로 비판과 풍자를 가하는 토론체 소설이었음을 파악할 수 있다.

3) 새로운 소설 형식의 시도와 혼합되는 독서계층

(1) 풍자가 가미된 가정소설과 젠더적 결합

이렇게 『대한민보』는 문예면 '읽기'의 영역을 여성 독자층 / 중 · 하층 남성 독자층 / 지식인 독자층 경향의 소설로 세분화하는 데 그치지 않고, 이러한 소설 양식 안에서 새로운 소설 형식을 시도하게 된다. 『대한민보』의 소설 중 가장 독특한 형식을 보여주는 것이 『만인산』과 『절영신화』이다. 이는 『대한민보』의 일종의 실험으로 볼 수 있다. 그 전까지 가정소설적 경향, 즉 여성 독자 취향의 소설이 주류를 이루었다면, 이후 지식인 독자들은 토론체의 방식으로 소설에 접근해왔다. 그러나 이 토론체 방식의 경우, 일반 소설의 서사성을 가지기에는 어려움이 많았다. 또한 그만큼 흥미를 유발하기에도 한계가 있었다. 『만인산』과 『절영신화』는 이런 문제를 해결할 수 있는 새로운 소설 형식으로, 여성 중심의 독자층과 지식인 남성 중심의 독자층을 혼합할 수 있는 새로운 양식을 시도해 본 것이다. 즉 여성 경향적 소설에 좀 더 가까운 장르에 남성 경향적인 성격을 가미하여 독자층의 젠더적 결합을 꾀하거나 혹은 지식인 남성적인 소설 형식에 여성 및 중 · 하층 남성 독자들도 흥미를 느낄 수 있는 형식을 혼합해 독자층의 계층적 결합을 모색했다.

『만인산』은 백학산인白鶴山人이 1909년 7월 13일부터 8월 18일까지 총 31회 동안 연재한 작품으로 여성 독자층을 주요 대상으로 한 가정소설적 이야기를 전개해가면서도 지식인 남성 경향을 결합시킨 소설이다. 여성 경향적 소설 형태를 가지면서도 동시에 현실의 문제를 정확하게 짚어내며 교화해내고자 하는 의지가 그대로 투과되어 있다. 『만인산』의 서사는 크게 2가지로 이루어져 있다. 하나는 부정부패한 관리가 몰락해 가는 사회 비판적 서사이고, 다른 하나는 기생첩과 연관된 가족사의 서사이다. 전자가 실제로 남성 독자 경향적 소설에서 다루고자 하는 방식이라면, 후자는 여성 독자 경향적 소설 즉 가정소설의 형식이다.

『만인산』의 서사와 표현 방식은 가정소설이나 남녀 애정소설 형식의 여성 취향적 소설 형태를 뚜렷이 보여준다.

한가의 우박맛질 시대가 되닛가 귀신이 지시흔 듯이 뎌 사람이 왓구나 신슈로 ᄒ야도 한가 열드러 못 당ᄒ겟는 걸 졔기를 ᄒ지 우리네가 못생긴 놈을 만나셔는 등쌀을 쏩아도 잘생긴 사람을 만나셔는 졔것을 드려가며 살기가 의례잇는 일인대 말이야 발오ᄒ지 한가ᄒ고야 사람보고 살앗나 돈보고 살앗지 사람이 뎌만치 출즁흔 바에야 돈은 잇고 업고 상관홀 것 업시 한 번 살아보지 못ᄒ면 내가 병신이지[127]

국장이 비록 시골사람일 법해도 슈십 년 문견이라 여인슈졉(與人酬接)과

127   白鶴山人, 『만인산』 25회, 『대한민보』 51호, 1909.8.10, 3면.

언어동작(言語動作)이 셔울 슘 볼 쥐어질을 만흐야 격동셔부어 보러가던 일을 젯쳐놋코 다동으로 올 쌔에 벌셔 해쥬집의 자격을 짐작흔 것이라 차금을 싸라드러가 안마루 한 편에 가 걸어안지며 친분도 업사온 사람이 남의 댁내 덩에를 이러케 드러와셔 대단히 미안흐오이다 해쥬집이 방으로셔 마죠나아오며 천만의 말삼도 흐심니다 사대문 닷으면 한집안 식구온대 내외흘 것 잇슴닛가 웨 올나오시지 안이흐시고 그러케 안져 계셔요 흐며 슈작이 가고 슈장이 오는대 남녀가 각각 아모 소회가 업시라도 운치가 소졸치 안이흔 남자와 그 밧탈로 된 계집이 셔로 만나게 되면 뎌간의 사상은 말 안이흐야도 가히 알지어날 하물며 하나는 너를 정인삼아 내 분을 풀어보리라 흐고 하나는 너를 압셰우고 뎌놈을 쎄어버리리라 흐야 두 사람의 목뎍이 한씨 한몸에 가 모다 잇스니 국과 장이 여북 잘 맛즈리오 초면 말 몃 마듸에 바람과 구름이 경각에 번복이 되더라[128]

한주사는 뇌물 등을 주고 관리가 되어서는 거짓으로 만인산[129]을 만들며 부정부패를 일삼는 인물이다. 위의 인용은 이러한 한주사에게 분을 품은 옛 지방국장이 한주사의 첩인 해주집과 정분이 나는 장면으로, 남녀 연애와 선정적인 묘사 등 여성 경향적 소설의 특성을 보여준다. 지방국장이 찾아오자 해주집은 문틈으로 남자를 훔쳐보며 욕망을 드러내고, 두 남녀가 한 방에 들어가서는 서로 수작을 나누며 애정 행각을

---

[128] 白鶴山人, 『만인산』 26회, 『대한민보』 52호, 1909.8.11, 3면.
[129] "만인산이라 흐는 것은 만 사람이 열복흐야 그 한 사람을 머리에 이고져 흐는 뜻으로 빗나고 갑진 비단으로 일산을 만드러 애민션졍의 공덕을 삭이고 그 아래 만 사람의 셩명을 렬록흐는 것"(『만인산』 16회, 『대한민보』 42호, 1909.7.30, 1면)으로 백성들이 선정을 베푼 청백리 관리에게 일산(日傘)에 만 사람의 이름을 적어 바치는 것이었다.

보여주기도 한다. 이러한 애정 행각들은 남성적 서사보다는 여성적 서사에서 많이 드러나고 있는 것으로 서사적 전략에서는 여성 독자층을 겨냥한 것이라고 볼 수 있다.

이뿐만 아니라 한주사의 첩인 해주집은 매우 당당한 여성 주체로 묘사되어 있기도 하다.

야단ᄒ던 한밀양과 그 야단 당ᄒ던 뎐동권가와 차금의 어미아비가 모다 웬 행차가 별안간에 드러오나 ᄒ고 눈이 둥그래 보더니 사인교압발이 들셕ᄒ며 녀인 하나이 쑥 나아오ᄂᆞᆫ대 이는 곳 차자오라 커니 간 곳을 몰은다 커니 ᄒ야 야단법셕ᄒ든 해쥬집이라 두 눈에 살긔가 츙텬ᄒ야 독사배암갓치 마루로 달녀들며 / 이집에셔 무슨 곡긔를 보자고 나를 차질ᄭᅡ

한 밀양이 해쥬집 드러오ᄂᆞᆫ 것을 보더니 분ᄒ혼지 반가온지 무셔운지 마암이엇던지 언덜결에 쑥 나아오ᄂᆞᆫ 말이 / (한) 그건 엇의를 갓다올ᄭᅡ / (해) 나 엇의 간 것을 당신이 알아 무엇ᄒ랴ᄂᆞ더닛가 나 살기 실여 나간 것을 무슨 간셥ᄒᆯ 일이 잇슙더닛가 / 한밀양이 무슨 근력에 대항을 ᄒ야보랴던지

녀편네가 거취를 가장이 간셥을 못ᄒ면 누가 ᄒ누 나 살기 실으면 간다니 그래셔ᄂᆞᆫ 법이 업게[130]

위의 인용은 해주집이 한주사를 버리고 혼자 세간을 옮겨 자취를 감추어버리자, 한주사가 해주집 측근들을 닦달하며 해주집을 찾아다니다 만나는 장면이다. 그런데 이렇게 본인이 도망을 간 것임에도 해주집은

---

130 白鶴山人, 『만인산』 21회, 『대한민보』 47호, 1909.8.5, 1면.

당당하고 한주사가 도리어 주눅이 들어 있다. 게다가 기생첩인 해주집은 여염집의 부인들과는 달리 남편을 대하는 태도가 훨씬 더 당당하다. 심지어 내가 어디 가든 당신이 무슨 상관이냐며, "나 살기 싫여 나간 것을 무슨 간섭"이냐고 당당하게 따지기까지 한다. 마치 남자들이 본부인에게 질려서 다른 첩을 찾는 것처럼, 남편이 싫어서 버렸다고 말하는 해주집의 당당한 태도는 그 당대 통상적인 관계의 전이를 보여준다. 사실 이는 첩을 얻을 경우 한주사처럼 꼴이 우습게 된다는 반사 교본이 되는 동시에, 또 한편으로는 여성들도 남성들에 대해 스스로 선택할 수 있고 살기 싫으면 버릴 수도 있다는 상황을 보여줌으로써 대리만족의 효과를 얻게 했을 것이다.

이러한 여성 경향적 소설의 특징뿐만 아니라 『만인산』은 이 여성 서사에 남성 독자층의 기대치인 군담소설 및 사회비판적 소설 경향도 담고 있다.

> 만인산이라 ᄒᆞᄂᆞᆫ 것은 만 사람이 열복ᄒᆞ야 그 한 사람을 머리에 이고져 ᄒᆞᄂᆞᆫ 뜻으로 빗나고 갑진 비단으로 일산을 만드러 애민션졍의 공덕을 삭이고 그 아래 만 사람의 셩명을 렬록ᄒᆞᄂᆞᆫ 것이라 국초 이후로 쳥백리가 몃몃이 되지 못ᄒᆞ고 쳥백리라고 모다 만인산을 밧아보지 못ᄒᆡᆺ스니 이ᄂᆞᆫ 애민여자 (愛民如子)ᄒᆞᄂᆞᆫ 인덕이 백셩의 뢰슈에 져진 연후에야 비로소 언ᄂᆞᆫ고로 립아죠 오백년래에 만인산 엇은 사람이 불과 몃 사람ᄲᅮᆫ이라 대단히 희귀케 넉이더니 이 근래에ᄂᆞᆫ 쳥백리보가 엇의셔 터졋ᄂᆞᆫ지 만인산이 비오ᄂᆞᆫ 날 박쥐우산보다 못지 안이ᄒᆞ게 흔ᄒᆞ야 진실로 션치흔 슈령은 만인산 생기ᄂᆞᆫ 거을 돌오혀 슈치로 넉이거날 한씨ᄂᆞᆫ 백반쥬션으로 만들어내고 민판셔ᄂᆞᆫ 도쳐마다

자랑을 ᄒ는도다[131]

『만인산』에서 가장 주안점을 두고 비판하고 있는 대상은 부패관리인 한주사이다. 한주사는 그 당대 부패한 관리의 전형적인 형태로 드러난다. 만인산 자체를 스스로 만들어 내기도 하고, 뇌물수수로 관리직을 얻어 백성을 수탈하며, 기생첩과 재물을 축적하는 등 『대한민보』에서 가장 비판하던 대상을 형상화한 전형적인 인물이다. 즉 가정소설, 남녀 애정소설적 경향 안에 이러한 사회 비판적, 사회 계도적 성향을 개입시킴으로써 『대한민보』가 비판하고 풍자해 온 대상을 소설의 인물로 살펴볼 수 있게 해 준 것이다. 지식인 독자층들이 '풍림'을 통해 비판해 온 대상이 바로 이 소설에 등장함으로써, 『만인산』은 지식인 남성 독자들의 관심 역시 유발할 수 있었을 것이다.

(해) 소식을 몰으고 뉘압에셔 번연히 흔 말도 안이 힛다고 불안당은 내가 무슨 불안당짓을 합더닛가 계집 먹은 것 좀 먹은 것이라고 셔방재물 좀 가진 것이 불안당질이오 도적질을 흔 것으로 말ᄒ면 전후에 당신이 날불안당질 햇지 내가 해습더닛가 엇의봅시다[132]

(해) 뎌런 얼바람 마진 위인 보아 만인산만 태산갓치 밋는구면 만인산이라는 것이 백성의 마압에셔 그 원 사랑ᄒ는 생각이 졀로 나셔 닷호아 출연을 ᄒ여 맨드러야 말이지 죠향장 오셔긔 등을 사면 내여 노아 위협으로 백성의

---

131 白鶴山人, 『만인산』 16회, 『대한민보』 42호, 1909.7.30, 1면.
132 白鶴山人, 『만인산』 22회, 『대한민보』 48호, 1909.8.6, 1면.

돈을 쎄아셔 쓰기 실타는 성명을 강졔로 렬록흔 그것이 만인산이야 원인산

(怨人傘)이지[133]

특히 이런 한주사를 가장 강렬하게 비판하는 대상은 기생첩인 해주
집이었다. 세간을 다 팔아 도망간 해주집을 탓하는 한주사에게 도리어
당신이 더 불한당이라고 말하는 것은 그 당대 관리들이 어떻게 도적질
을 하고 있는지 해주집을 통해서 더 강렬하게 드러내주고 있는 것이
다.[134] 또한 백성의 돈을 위협으로 **빼앗아** 재산을 축적한 것에 대해서
만인산이 아니라 "원인산怨人傘"이라 비난하는 것도, 도적질을 당해 피
해를 본 백성들의 원망이라 보여주고 있는 것이다. 이는 기생첩인 해주
집을 통해서 신랄하게 비판하는 것으로, 마치 '풍림'에 등장한 대화체
서사에서 하인들이나 하층민들이 관리들을 비판하며 풍자하는 것과 맥
을 같이 한다.[135]
　　결국 『만인산』은 흥미와 재미를 유발하는 여성 서사에 남성적인 비
판 의식과 풍자 정신을 가미하여 여성 독자층뿐만 아니라 지식인 남성
독자층들도 이 작품을 향유할 수 있도록 전략적으로 끌어들이고 있었

133　白鶴山人, 『만인산』 23회, 『대한민보』 49호, 1909.8.7, 1면.
134　한기형은 이러한 면을 "기생첩조차 제대로 다스릴 수 없는 자들이 국가 경영을 어떻게
　　　하겠느냐는 반어적 풍자의 예리함"을 느끼게 한다고 평하고 있다.(한기형, 앞의 책, 214
　　　～215면)
135　'독자문예란'이었던 '풍림'의 대화체 서사에는 "인력거꾼에서 곤장을 치던 포졸과 대감
　　　의 구종들, 반찬 장사, 무 장사, 조리 장사, 엿 장사까지 직업군만 바뀔 뿐, 실제 비판의
　　　내용은 매우 비슷"하게 전개되었다. 모두 하층민 내지 하인들이 주인이나 대관내신을
　　　대화체로 비판하고 있다.(전은경, 「『大韓民報』의 독자란 '諷林'과 근대계몽기 지식인 독
　　　자의 서사적 글쓰기」, 『대동문화연구』 제83집, 성균관대 대동문화연구원, 2013.9, 265
　　　면 참조)

다. 이는 결국 가정소설에 풍자를 가미함으로써 비판정신과 연애담이 함께 섞여들어 독자층의 젠더적 결합을 이루어낸 것으로 해석해 볼 수 있을 것이다.

(2) 토론체 소설의 변형과 계층적 결합

『절영신화』는 앞서 다룬 『만인산』과는 또 다른 층위에서 지식인 남성 독자층과 여성 및 중·하층 남성 독자층을 아우르며 독자층의 계층적 결합을 이루고 있다. 골계소설이라는 표제의 『절영신화』는 백치생白 痴生이 1909년 10월 14일부터 11월 22일까지 31회 연재한 소설이다. 『절영신화』는 앞서 남성 경향적 소설에서 언급한 『병인간친회록』이나 『금수재판』처럼 서사성을 가지기보다는 두 인물의 대화를 통해서 풍자 및 골계의 미를 보여준다. 『병인간친회록』이나 『금수재판』의 경우, 여러 가지 희화화와 우화를 활용하고는 있으나, 근본 그 내용에서 고사성어와 한문적 지식이 많기 때문에 일반 여성들이나 중·하층 남성 독자들이 즐겨 읽을 만한 대중적인 소설은 아니었다. 그런데 『절영신화』는 같은 토론체 소설의 계열로 두 인물이 대화를 이어나가며 풍자와 골계를 드러내 주고 있지만, 좀 더 대중에게 친숙하게 접근하고 있다. 즉 샌님과 덤벙이의 대화를 통해 양반과 세태를 풍자하며 비판하되, 좀 더 쉬운 하층민들의 언어로 표현하고 있는 것이다.

"그 자식 글을 가라치자면 샌님 갓치 늙슈구레흔 션생을 집에 안치고 가라칠가오 읍내에 잇는 학교로 보내여 가라칠가오"

"이 사람 학교에셔 아해들 공부되는 줄 알앗나냐 공부는커녕 막건니도 못
되고 맛치 자식 버리기는 쪽 알만즈니라"

"왜요 셔울 갓다가 여러 사람에게 드르닛가 자식을 학교에 안이 보내면
졔 나라도 몰으고 졔집도 몰으는 야만이 된다고들 ᄒ던거리오"

"이애 너 그 말을 쏙 곳이 드럿더냐 졍신 좀 차려라 지금 개화판이 되야
인심이 어슈록ᄒ 구석이 업스닛가 엇어먹을 도리가 업셔 학교를 셜립ᄒ는
니 교육을 확장ᄒ나니 ᄒ고 그 사품에 월급푼나나 맛을 보랴고 그리ᄒ는 것
이지 아해들 공부가 더 되야셔 그리ᄒ는 줄 안나냐"[136]

시대의 흐름에 느린 양반 샌님은 학교에서는 도리어 아이들을 버린
다며, 보내지 말라고 하지만, 덤벙이는 자식을 학교에 보내지 않으면
나라도 모르고 계집도 모르는 야만이 된다며 도리어 양반인 샌님의 무
지함을 부각시킨다. 또한 학교에서는 십여 가지나 배운다며, 예전 학
당, 서당에서 배우는 것과는 질적으로 다르다고 설명하고 있기도 하
다.[137] 심지어 샌님이 돈을 벌 요량으로 자신이 아이를 가르쳐주겠다고
하자, "저의 갓흔 상놈의 집에셔 량반이 되랴면 샌님 몃 갑졀 되게 가라
쳐도 샌님 분슈가 될지 말지 흐듸 샌님이 가라쳐내시면 무슨 쇨이 되겟
슴닛가"[138]라며 거절한다. 한 마디로 이런 개화시대에 샌님 같이 되어
서는 살아남을 수 없다는 뜻을 에둘러 표현한 것이다.

---

136 白痴生, 『절영신화』 21회(22회의 오기), 『대한민보』 123호, 1909.11.10, 1면.
137 白痴生, 『절영신화』 22회(23회의 오기), 『대한민보』 124호, 1909.11.11, 1면.
138 白痴生, 『절영신화』 24회(25회의 오기), 『대한민보』 126호, 1909.11.13, 1면.

"이애 모자고 남매고 죠손이고 다 관계흘 건 업시 슈양을 뎡흐면 무슨 슈가 나겟늬 누가 시험흔 사람이 더러 잇더냐"

"잇다쑌이오닛가 샌님은 음숙에셔 계셧슴닛가 셰쌍 소문을 그다지 못 드르셧게 자즐구러하게 슈난 것들은 고만두고 그중 굴직굴직ᄒᆞ게 슈난 것들만 대강 말삼흘 것이니 드러보십시오"

"오냐 드러보자 리약이만 해라"

"북촌 ○판셔 ○참판 ○승지 ○관찰이 무엇으로 그러케 되엿슴닛가 북묘에셔 혼텬동디ᄒᆞ던 진령군의 아달 오래비 손자노릇을 하고 그 모양으로 슈가 낫고 ○대신 ○협판 ○국장 ○군슈는 무엇으로 그러케 되엿슴닛가 삼청동 유소문흔 슈련의 아달오라비 손자노릇을 ᄒᆞ고 그 모양으로 슈가 낫스니 샌님게셔도 그따위 하나를 차자보시고 아달이 되던지 오라비가 되던지 손자가 되던지 창피흔 것 생각말고 눈 흔 번 씀쩍 ᄒᆞ십시오 그려"

"이애 큰일날 훈슈도 흔다 너 대흔민보라 ᄒᆞ는 신문 못 보앗늬"

"웨요 대흔민보에 무슨 말이 잇기에 그리 ᄒᆞ심닛가"

"신문이라 ᄒᆞ는 것은 사면뎡탐을 느러노아 션악간남의 말을 일슈 잘내나나 것이라더라마는 압다 대한민보 무셥더라 싸댁 흔번만 잘못ᄒᆞ면 일호사정업시 사믓 두들기는 통에 근일 소위 대관중에 아첨ᄒᆞ고 탐오흔 갓들이 모죠리 박살 안이 당흔 쟈가 업다는대 잣칫 잘못ᄒᆞ다가 나도 그 공명ᄒᆞ게"[139]

실제 이러한 양반에 대한 비판들은 당대 관리 및 내무대신들에 대한 비판과도 밀접하게 연관되어 있었다. 독자문예란 '풍림'에서도 자주 등

---

139   白痴生, 『절영신화』 30회(31회의 오기), 『대한민보』 133호, 1909.11.23, 1면.

장하는 관리 및 대신들 비판이 『절영신화』에서도 그대로 재현된다. 이는 한편으로 남성 독자들의 비판적 기대치와 연관되는 것이며, 동시에 『대한민보』의 편집 성격까지 드러내주는 것이기도 하다. 위의 대사에서는 『대한민보』 신문에서 관리 대관들의 부정부패를 모두 드러내어 비판한다며 두려워하는 장면이 나타나기도 한다. 이는 결국 지식인 남성 독자들이 소설에 기대하는 측면과 접합되는 부분이라 할 수 있다.[140]

그런데 『절영신화』는 앞서 살핀 토론체 소설들과는 비슷하면서도 매우 다른 형식을 취하고 있다. 『병인간친회록』이나 『금수재판』처럼 어려운 고사가 등장하는 것도 아니고 한문이 섞이거나 어려운 연설, 회의 장면들이 등장하는 것도 아니다. 문체는 완전히 서민들의 입말체가 그대로 한글로 표현되어 있어서 귀로 들으면 실제 대화 같은 분위기를 연출하기도 한다. 사실 이는 탈춤의 한 과장, 특히 봉산탈춤의 양반과 말뚝이의 대화를 그대로 재현해 놓은 듯한 느낌을 주고 있다.

탈춤에서 양반과 말뚝이의 대화는 "① 양반의 위엄 → ② 말뚝이의 항거(도전) → ③ 양반의 호령 → ④ 말뚝이의 변명 → ⑤ 양반의 안심"으로 진행된다.[141] 『절영신화』에서 샌님과 덤벙이의 대화는 바로 이러한 규칙을 그대로 이어가고 있다. 샌님에게 도전했다가, 샌님이 호통을 치

---

140 사실 이 외에도 연설과 관련하여 "목덕이니 준덕이니 자연덕이니 텬연덕이니 구톄덕이니 츄상덕이니 애국덕이니 자션덕이니 말 몇 마듸를 ᄒ자면 덕자 두루마리를 합듸다"(白痴生, 『절영신화』 10회, 『대한민보』 111호, 1909.10.26, 1면)라고 하면서 당대 연설에 대한 비판도 나타난다. 실제 이 내용이 나온 당일 신문 3면에는 대한협회와 일진회가 연합 대연설회를 개최한다는 광고가 나오고, 이후 연설 전문을 매일 싣기도 한다. 이런 면들은 현재, 당대의 상황을 그대로 드러내 주는 시의성을 보여주는 것으로 당대의 문제점을 풍자 비판하는 태도는 지식인 독자층들과 밀접하게 연관된다고 할 수 있다.
141 조동일, 『탈춤의 역사와 원리』, 홍성사, 1984, 202면.

면, 덤벙이가 양반의 권위를 세워주는 듯한 에피소드들이 연결되면서, 탈춤이라는 행위예술, 즉 놀이 문화를 소설이라는 장르 안에서 읽는 듯한 느낌을 주고 있다. 사실 탈춤은 그야말로 "민중의 연극"에서 출발되었으며, "탈춤만큼 민중의식을 충실하게 표현하고 민중의 입장에서 사회를 비판하는 데 과감한 태도를 보인 것은 없다"[142]라고 할 수 있다. 이는 여성 및 하층민 독자들이 즐기던 전통적 형식을 소설 속에 빌려와 계승한 것이라 볼 수 있을 것이다.

　　"여보 샌님 망령나셧소 지안이 되랴면 아드님이 번성ᄒ게 나야지 쌀만 나면 무엇ᄒ자고 손가락을 곱아가며 기대리십시오 아마새"

　　"이애 너는 남의 속 몰으는 말 작작해라 아달을 나면 그놈이 썩 재죠가 잇더래도 제나벼살낫 엇어ᄒᆯ 쑨이지 제삼촌 대신 식여쥬겟나냐"

　　"쌀님을 나시면 샌님에게 대신 차례가 엇더케 옴닛가"

　　"그 쌀을 길으되 잘 먹이고 잘 닙희여 범백하는 별로 가라칠 것업시 다만 태도나 나무에셔 쏙 짠듯ᄒ게 몸을 가지고 아양이나 남의 간을 보통이쎄 녹이게 가라쳐 오새로 말ᄒ면 엇던 량반 갓혼 유셰력ᄒᆫ 대신의 집 며나리로 싀집을 보냇스면 고태도 고아양으로 무슨 별별 무궁무진ᄒᆫ 죠화를 못 부리겟늬"

　　"샌님도 독장사 헷구 구ᄒᆯ듯 싹도 하시오 그런 경륜을 ᄒ시랴면 셰력가 며나리로 쥬어셔야 무슨 죠화가 생겨요 제가 각댁 풍속을 더러보앗소마는 며나리되시는 니가 싀아바지에게 죠셕 문안이나 ᄒᆯ 쑨이지 고개를 들고 말삼 한 마듸 바로 고ᄒᆞ야 봅더닛가 샌님이 그 생각이 잇거든 며나리로 보내지

142　위의 책, 46면.

를 말고 그런 량반의 마누라로 보내십시오"[143]

내용상으로 볼 때도, 다양한 방식의 가족 구성을 소재로 등장시킨다. 조카가 딸을 낳기를 바란다는 내용이나, 그 조카딸을 잘 키워서 세력가 며느리로 준 후, 자신이 내관대신 지위 등을 얻는 등 그 덕을 보겠다는 내용이 등장한다. 샌님의 말에 덤벙이는 차라리 며느리가 아니라 마누라로 줘야 힘을 실을 수 있을 것이라며 어리석은 샌님을 타박한다. 그러면서 덤벙이는 "딸의 덕에 잘된 량반은 암량반이라 ᄒ고 아달의 덕에 잘된 량반은 슈량반"이라며 아예 아들 덕에 잘 되어보라며 새로운 계획을 설명한다. 덤벙이 자신은 아들을 잘 키워서 서울 대감의 집에 양자로 보내겠다고 하면서 샌님은 양아비가 되어라며 양반 지위가 필요한 사람이라면 양부로 가보라고 조언해 준다. 그러자 샌님은 "셩 갓흔 사람 중 근본은 개백뎡일지라도 지금 판에 잘된 쟈를 듯보아 양부로 나를 뫼셔가게 쥬션 좀 ᄒ여 쥬렴으나"[144]라며 자신을 양부로 데려갈 사람은 백정이라도 좋다며 돈만 많은 이를 소개해달라고 요청하기에 이른다.

이처럼 가족관계와 관련된 내용을 보여주기도 하며, 이미 경제적으로 하층민의 생활을 하는 샌님을 통해서 중세의 가부장제적 질서가 깨어지고, 여성 및 하층민의 비판 담론이 강화되는 추세를 보여주고 있다. 이런 면은 결국 부녀자층, 여성이나 하층민 독자층들의 흥미와 연관되는 부분이라 할 수 있다. 이렇듯 남성적 대화체 형식 속에 여성 및 하층민이 누리던 탈춤의 형식을 삽입해 지식인 남성 독자층뿐만 아니

---

143 白痴生, 『절영신화』 5회, 『대한민보』 106호, 1909.10.19, 1면.
144 白痴生, 『절영신화』 20회(21회의 오기), 『대한민보』 122호, 1909.11.9, 1면.

라 여성 및 하층민 독자층의 관심 역시 함께 잡아두고 있는 것이다. 이는 결국 독자층의 젠더적 결합을 넘어 계층적 결합의 형태까지 시도하고 있는 것이라 볼 수 있을 것이다.

4) 편집의 전략과 지식인 소설 독서그룹의 탄생

『대한민보』의 독자 정책은 지식인 독자와 하층민 내지는 부녀자 독자층을 모두 흡수하는 데 있었다. 따라서 지식인 독자층은 '쓰기'에, 부녀자 독자층은 '읽기'에 집중하여 편집 정책을 편 것도 사실이다. 그런데 문제는 이 '읽기'의 영역에서는 또다시 분화를 일으키고 있다는 점이다.

〈표 2〉『대한민보』에 연재된 소설 목록

표제	제목	연재 일시	저자	소설 종류	횟수	주요 독자층
단편 소설	화수	1909.6.2~13	桃花洞隱	가정소설	2	여성
소설	현미경	1909.6.15~7.11	神眼子 (이해조)	남성적 서사	24	남성
소설	만인산	1909.7.13~8.18	白鶴山人	가정소설적(여성적) 세태 비판 및 풍자(남성적)	31	여성+남성
풍자 소설	병인간친회록	1909.8.19 ~10.12	轟笑生	대화체 소설(남성적), 연설체, 풍자	36	남성 *지식인
골계 소설	절영신화	1909.10.14 ~11.22	白痴生	대화체 소설(남성적) 탈춤과 유사. 하층민 언어(여성적)	31[145]	남성+여성 *하층민
소설	오경월	1909.11.25 ~12.28	一吁生	가정소설(여성적)	22	여성
신소설	소금강	1910.1.5~3.6	憑虛子	남성적 서사	48[146]	남성
신소설	박정화	1910.3.10~5.31	隨聞生 (이해조)	가정소설(남녀 애정)	64[147]	여성
신소설	금수재판	1910.6.5~8.13	欽欽子	대화체 소설(남성적), 연설체, 풍자	49	남성
신소설	경중미인	1910.8.27	伐柯生	하루만 연재, 중단	1	여성

〈표 2〉는 『대한민보』에 연재된 소설의 목록이다. 자세히 보면, 매우 흥미로운 사실이 눈에 띈다. 각 소설마다 주된 대상으로 삼은 독자가 조금씩 바뀌고 있다. 소설적 경향을 봤을 때 가정소설 내지 남녀 애정 소설은 여성 경향의 소설에, 대화체나 사회의식, 민족의식과 연관된 서사는 남성 경향적 소설에 가깝다고 볼 수 있다. 주요 대상 독자층의 입장에서 살펴보면, 여→남→여→남으로 끊임없이 바뀌고 있음을 알 수 있다. 이는 다시 말해, 여성 경향적 소설이 연재된 이후에는 남성 경향적 소설을 배치하고, 또 그다음에는 여성 경향적 가정소설을 교차적으로 배치해서 여성 독자와 남성 독자 모두를 흡입하고자 했던 것이다.[148] 결국 이는 여성 경향 소설을 연재한 다음에 남성 경향 소설을 연재하여 여성 독자와 남성 독자 모두를 소설의 독자로 끌어들이려는 전략이었다. 또한 이러한 전략적인 배치는 소설을 읽는 독자층의 확장을 가져오기도 했으며, 이 중에서도 다양한 시도들을 통해서 남성 독자층의 저변을 확대시키기도 했다.

---

[145] 30회로 표기되어 있으나 31회의 오기임.
[146] 47회로 표기되어 있으나 48회의 오기임.
[147] 62회로 표기되어 있으나 64회의 오기임.
[148] 일본 『萬朝報』의 경우, 실제로 독자들 스스로 여성소설과 남성소설을 구분하고 있다. 한 여성 독자가 淚香의 소설을 읽고 『萬朝報』에 독자투고를 보내는데, 『암굴왕』과 같은 것은 남성적인 소설이고 『미제라브르』도 이와 같다고 볼 수 있으니, 자신은 남성적인 긴 모노가타리를 읽는 것이 싫다며 여성소설을 실어달라고 요구한다.(『嚴窟王』 259회 (274회의 誤記), 『萬朝報』, 1902.6.1) 그러나 남성 독자는 남성소설 경향인 레미제라블의 번역을 매우 반기고 있었다.(『嚴窟王』 260회(275회의 오기), 『萬朝報』, 1902.6.3) 이러한 상황에서 루향은 여성 독자의 요구를 받아들여 남성소설 사이에 여성소설을 새로 배치한 후, 『레미제라블』을 연재하게 된다. 결국 이것은 일본에서는 독자 스스로 여성소설과 남성소설을 구분하여 이해하고 있었음을 보여준다. 『萬朝報』의 독자 상황 및 루향의 독자 전략은 전은경의 「근대계몽기 한·일 번역문학과 근대독자층 비교 연구」, 『어문학』 117집, 한국어문학회, 2012, 246~261면 참조.

사실 처음『대한민보』의 문예 독서그룹은 2개 그룹 체제였다.『대한민보』는 문예면을 2개의 체제로 이끌어 갔다. 읽는 문예와 쓰는 문예를 나누어 게재했다. 읽는 문예가 '소설란'이었다면, 쓰는 문예는 '풍림'과 같은 '독자문예란'이었다. '풍림'의 초창기 문체는 한문체 또는 국한문체였기에 '소설란'을 읽는 일반 독자층들과는 분명하게 구분되고 있었다.

〈표 3〉 초기 독서그룹─2개 그룹 체제

	1그룹	2그룹
문체	한문, 국한문	한글
독자문예란	독자문예란 '풍림'	×
소설란	×	한글소설
참여 방식	쓰기	읽기
독자층	지식인 남성 독자층	여성 및 중·하층 남성 독자층

이는『대한민보』의 문예 방식에서 '읽기'와 '쓰기'의 엄격한 구분을 통해 만들어진 것이었다. 조선 후기까지 한글소설은 분명 여성들의 향유물이었고, 그 이전까지 전통적인 한학자들은 이러한 언문체 소설을 저급한 것으로 치부하며 읽지 않았다. 또한 한문에 익숙한 이들이 한글을 읽는 것 또한 낯설고 어려웠다. 이러한 상황에서『대한민보』는 새로운 시도를 시작했다. '풍림'을 통해서 발견한 새로운 쓰기의 방식을 '소설란'에서도 적용시킨 것이다. 실제로 '풍림' 속에 대화체 서사가 폭발적으로 게재된 이후, '소설란'에서 토론체 소설이 등장하기 시작했다. 이는 편집자들이 '풍림'을 통해 지식인 독자들이 즐기고 향유하는 '독자문예란', 특히 대화체 서사의 가능성을 발견했고, 이를 '소설란'에도 적용시켜 본 것일 수도 있었다.[149]

토론체 소설이 '소설란' 안에 들어오면서 독서그룹에는 새로운 변화가 생기게 되었다. 즉 2개 그룹 체제에서 소설을 읽게 되는 새로운 독자층이 성립되었다고도 볼 수 있다. 이러한 토론체 소설은 단발에 그치지 않고, 3번에 걸쳐 꾸준히 게재되었고, 이외에도 남성 서사물이라 일컬을 수 있는 소설들도 등장하기에 이른다. 완전히 남성 서사물이라 할 수 있는 『현미경』, 『소금강』과 같은 소설과, 『병인간친회록』, 『금수재판』 등의 토론체 소설은 남성들도 '쓰기' 독자뿐 아니라 '읽기'의 독자로 성립할 수 있도록 밀거름이 되었다. 그 가운데 여성적 취향 속에 남성적 비판 서사를 삽입한 『만인산』과, 대화체 소설의 형식을 취하면서도 탈춤의 방식을 도용하여 하층민들이 쉽고 재미있게 읽을 수 있도록 만든 『절영신화』는 지식인 남성적인 취향과 여성 및 중·하층 남성적인 취향을 모두 아우를 수 있는 새로운 시도, 독자층이 혼합된 양식의 소설까지 읽을 수 있도록 그 기틀을 마련해주었다.

　　이러한 변화는 『대한민보』의 독자층이 2개 그룹 체제에서 3개 그룹 체제로 변모하였음을 보여준다. 처음 읽기의 그룹과 쓰기의 그룹으로 나뉘어 있던 체제에서 쓰기와 읽기가 겹쳐지는 그룹이 형성되었고, 그 가운데 지식인 독자층 중 일부가 소설란의 읽기 독자로 흡수되기에 이른 것이다. 이러한 변화가 가능했던 것은 『대한민보』가 소설란을 여성 취향 / 남성 취향 소설로 나누어 게재했기 때문에 가능했던 것으로 보인다. 여→남→여→남으로 소설을 교차하여 게재했기 때문에 여성 독자들도, 남성 독자들도 각자 자신이 선호하는 소설을 읽을 수 있었을 것이다.

149　'풍림'의 대화체 서사와 토론체 소설의 관계에 관한 논의는 전은경의 「근대계몽기 지식인 독자의 '읽기'와 '쓰기'」, 『어문학』 117집, 한국어문학회, 2012, 543~548면 참조.

특히 2그룹은 한문 교육을 받았으면서도 새로운 문물과 한글, 일어 등에 노출되면서 이전 세대와는 다른 새로운 세대가 등장했다고 볼 수 있다. 한학자로 대표되는 1그룹과 중하층 독자층으로 대표되는 3그룹 사이의 새로운 독자층인 2그룹은 한학을 배웠으면서도, 한글 읽기의 장으로 점점 흡수되는 독자층으로 추정해 볼 수 있다. 1그룹과 2그룹의 경우 한문을 배우고 사용한다는 면에서 중첩되지만, 2그룹은 소설에 대해서 좀 더 친숙해진 세대라 볼 수 있다. 즉 예전 한학자들의 경우, 여전히 한문을 숭상할 수밖에 없으나, 젊은 지식인층은 외국의 문물을 접하면서 국문에 대한 새로운 사상 역시 가지게 되었다.[150] 이들은 '풍림'에서도 한글 문체를 사용하여 대화체 서사를 투고했고, 또 그 내용 또한 하층민들이 즐겨 비판하던 방식을 이용하기도 했다. 그러한 새로운 그룹이 토론체 소설과 남성 서사물에 유입되면서 '소설란'은 여성 독자뿐만 아니라 지식인 독자층 역시 향유하는 문예가 될 수 있었을 것이다.[151]

---

150 1900년대에 관비 유학생 등 외국에 유학을 한 인물들도 많으며, 이러한 유학생 그룹들이 『태극학보』, 『대한흥학보』 등을 통해서 새로운 문물을 소개하고 애국을 다짐하기도 했다. 『태극학보』에서 이들 유학생들은 국문과 한문에 대한 고민을 하며 국한문 및 국문 사용에 대해 철저한 지지를 보내기도 했으나 아버지 세대들이(이들이 『태극학보』에 보낸 기서들의 상당수가 한문이었다) 편하게 사용했던 한문보다, 자식 세대들은 국한문이나 국문이 점점 더 익숙해진 세대였다. 이들이 다시 고국으로 돌아왔을 때는 이미 1그룹 세대, 한학자 세대인 아버지와는 다를 수밖에 없었을 것이다. 물론 1910년대 이후 유학을 간 인물들보다는 1세대에 가깝지만, 어느 정도 근대 문물을 접한 이 인물들은 1그룹 세대와는 확연히 다른 인물일 수밖에 없다. 또한 이들을 동경하며 유학생 잡지 등 지식인 잡지들을 함께 향유했던 고국의 젊은 지식인들 역시 새로운 문물을 꿈꾸고 있었을 것이다.
151 사실 이러한 면은 작가들에게서 그 시발점을 찾아볼 수도 있을 것 같다. 한기형은 『황성신문』에 실은 「소시종투신향」과 『대한민보』에 실은 『박정화』의 작가가 동일인물이라면, 이는 이해조가 "한문에 익숙한 신문 독자를 위해 「소시종투신향」을 짓고, 다시 국문 소설을 선호하는 독자들을 생각해 『박정화』를 내놓았다는 추정도 가능하다"고 보고 있다. 이렇게 볼 때, 그 당시 한문에 익숙한 작가가 동시에 한글에도 익숙했을 가능성 역시 추정해 볼 수 있다. 작가 스스로가 한문과 한글 모두 익숙한 지식인층이라면, 반대로 독자

이처럼 '소설란'의 변화는 지식인 남성 소설 독서그룹이라는 새로운 독서그룹을 창출해 내는 계기가 되었다. 한문소설이 아니라 한글소설을 읽고 즐기는 지식인 독서그룹이 발생하게 된 것이다. 이는 『대한민보』의 편집 전략, 특히 남성적 서사물과 여성적 서사물을 교차 배치함으로써 남성 독자들의 흥미를 붙잡을 수 있었던 그들의 소설란 편집 전략에서 비롯되었다고 볼 수 있다. 이는 결국 소설적 양식의 실험에서 젠더적 결합과 계층적 결합을 이루어내면서, 독자층이 섞여들게 되었고, 이러한 과정이 지식인 남성 독자층을 소설의 영역으로 끌어들이게 되는 계기가 되었던 것이다. 이렇게 소설을 읽는 새로운 지식인 계층 그룹이라는 새로운 독서그룹은 이후 근대소설의 독자로서 자신들의 위치를 서서히 잡아갔을 것이라 추정해 볼 수 있을 것이다.

〈표 4〉 독서그룹−3개 그룹 체제 추정 예시

	1그룹	2그룹	3그룹
문체	한문	한문+한글	한글
독자문예란	독자문예란 '풍림'	독자문예란 '풍림'	×
소설란	×	남성 소설 +혼합 양식 소설	여성 소설 +혼합 양식 소설
참여 방식	쓰기	쓰기+읽기	읽기
독자층	지식인 독자층(한문)	지식인 독자층(한글사용)	여성 및 중·하층 남성 독자층

그 가운데 흥미로운 것은 『대한민보』가 벌인 새로운 시도였다. 남성 취향적 소설 / 여성 취향적 소설, 지식인 계층 소설 / 하층민 독자 취향의 소설로 완전히 구분하는 것이 아니라 이러한 다층적인 영역을 '소설란' 안에서 녹여낸 혼합 양식의 시도는 남성, 여성, 지식인, 하층민 모

역시 두 개 문체 모두에 익숙할 수 있었을 것이다.(한기형, 앞의 책, 171~172면 참조)

두 같은 작품을 볼 수 있도록 만드는 새로운 시도가 되었을 것이다. 시대에 대한 비판과 더불어 가정, 애정사가 곁들어 여성 독자와 남성 독자 모두 만족시킬 수 있는 결과물을 내놓을 수 있었다. 이런 차원에서 볼 때, 독자층의 혼합, 섞여듦 역시 고려해 볼 수 있다. 새로운 지식인 독자층들이 소설 독서그룹을 형성[152]하면서 남성 서사물 및 토론체 소설뿐만 아니라 새로운 형식의 소설 즉 남성 경향 소설과 여성 경향 소설을 혼합한 형태에 대해서도 독서를 이어갈 수 있었을 것이다. 여성 독자층의 경우에도 이와 마찬가지로 여성 경향 소설에 남성 경향 소설이 혼합된 형태의 소설도 향유해 나가기 시작했다. 이렇게 경계가 무너지면서 대중성과 계몽성, 또 비판성과 풍자성을 가미한 소설의 영역이 새로운 독서그룹에 의해서 읽히기 시작했다는 것은 중세로부터 이어오던 '읽기', 독서의 습관이 근대소설로 넘어가는 그 과도기적 상황에서 연속성을 가지고 이어오고 있다는 것을 의미한다. 또한 이러한 과정들 속에서 독자들은 새로운 형식의 독서를 서서히 학습해 나가고 있는 것으로 해석해 볼 수 있다.[153]

---

152 사실 이렇게 지식인 독자들이 대화체 및 토론체 소설을 읽기 시작한 것은 『대한민보』로부터였다고 보기보다는, 근대계몽기 사회적 비판의식을 담보하며 유행했던 대화체, 토론체 소설들을 읽으면서 발전된 것이라 보는 것이 합당할 것이다. 『대한민보』는 풍자 및 비판을 넘어서 서사적 영역에까지 확장될 수 있도록 이러한 경향을 확대, 재생산시킨 것이며, 새로운 지식인 독자들을 서사적인 한글소설의 독자로 끌어들여 가시화된 것으로 볼 수 있다.

153 이는 일본의 경우와 비교해 볼 때 분명해진다. 일본 『만조보』에서 『레미제라블』을 둘러싼 일련의 상황을 보면, 남성 독자와 여성 독자가 선호했던 소설은 확연히 달랐다. 그런데 식민지 조선의 경우는 이와 달리, 남성적 소설에 대해 여성적 독자도 지지하는 것을 볼 수 있다. 1910년대 초반에는 일본 가정소설이 많이 번안되어 여성 소설적 경향이 대부분을 이루었지만 『해왕성』 이후에는 남성 경향적인 소설이 훨씬 더 많이 연재되었다. 그러나 여성 독자들은 일본의 독자들과는 달리 이 소설들을 같이 읽으면서 지지를 표명했다. 사실 이러한 면은 근대계몽기부터 이어온 독서 습관에 의해서 가능했던 것으로 추정해

결국 이러한 상황은 근대계몽기 신문들의 습작을 거쳐『대한민보』가 어느 정도 다양한 편집 전략을 펼칠 수 있었기 때문에 가능한 현상이었다. 동시에 소설란의 교차 배치를 통해서 각 계층의 독자층들을 만족시키고자 했고, 그 가운데 새로운 지식인 독서그룹을 탄생시킴으로써 결과적으로는 근대소설을 읽을 수 있는 독서그룹을 학습하고 훈련시키는 계기가 되었던 것이다. 이는 근대 매체의 전략과 독자층들의 상호작용을 통해서 이루어낸 근대로 이행하는 과정으로 이해될 수 있을 것이다.

5) 매체의 소설 읽기 학습

근대의 가장 큰 획기적인 변화는 신문이라는 매체의 발달일 것이다. 근대계몽기의 신문은 계몽적 가치와 애국 행위, 그 가운데에서도 상업적인 형태를 담지하는 가운데 다양한 방식으로 성장해갔다. 이 가운데 문예면에서의 급격한 발달은 새로운 문학과 새로운 독자를 형성하는 데 분명 주요한 역할을 해내었을 것이다. 신문은 공동체적이고 집단적인 이미지를 생산해내면서 그 가운데 독자들의 참여를 유도하여 그러한 이미지를 재생산하는 장이었다.

『대한민보』는 계몽적인 의도와 상품 가치로서의 기능 모두를 고민하면서 그 당대 신문들과는 다른 행보를 보여주었다. 문예면의 차원에

볼 수 있다. 또한 1910년대에는 일본처럼 여성 신문, 남성 신문으로 나누어 즐길 수 있는 상황도 아니었기에 한 신문 안에서 다양한 계층의 독자들이 문예란을 함께 즐겨야 하는 상황에서 다양한 성향의 독자들을 만족시킬 수 있는 소설들이 전개되었고, 또한 이러한 소설들을 독서그룹들이 섞여들며 읽어나갔기 때문에 가능한 일이었을 것이다.

서 볼 때, 『대한민보』는 '쓰기'와 '읽기'를 완벽하게 분리하는 정책을 펼쳤다. 『황성신문』처럼 완전히 남성적인, 지식인적인 독자들만을 위한 신문도, 『제국신문』처럼 완전히 여성들, 혹은 하층민 독자들을 위한 신문도 아닌, 이 모든 독자 계층을 아우르려는 전략을 처음부터 시도했던 것이다. '쓰기'의 영역에서는 독자투고란인 '풍림'을 통해 한문을 주로 사용하는 지식인 독자층을 불러들였고, '읽기'의 영역에서는 처음부터 한글소설란을 두어 여성 및 중·하층의 독자들을 불러들이고자 했다. 결국 이는 문예 독자층을 2개로 양분하여, '쓰기'의 영역은 한문을 쓸 수 있는 지식인 독자층, '읽기'의 영역은 한글을 읽을 수 있는 여성 및 하층민 독자층으로 이원화된 독자 정책을 폈던 것이다.

그런데 『대한민보』는 '읽기'의 영역의 경우, 또 다른 분화를 시도했다. 단순히 지식인 독자는 '쓰기', 여성 및 하층 독자는 '읽기'로 이원화시켰던 정책에서 '읽기'를 또다시 분화하여 한글소설의 영역을 여성 경향 소설과 남성 경향 소설로 구분하여 연재하기 시작한 것이다. 즉 가정소설이나 남녀 애정소설 경향의 소설로 일반 여성 독자들의 취미를 끌어당기면서 동시에 군담소설 및 영웅소설 경향의 소설을 실어 중·하층 남성 독자층의 구미 역시 놓치지 않았다. 여기에 더하여 지식인 남성 독자층의 호응을 얻을 수 있는 토론체 소설 역시 연재하여 다양한 계층의 독자층을 만족시키고자 했다.

이러한 『대한민보』의 소설란의 정책은 새로운 독서그룹을 형성시키는 주요한 역할을 했다. 『대한민보』는 소설란을 통해서 여→남→여→남으로 이어지는 편집 전략을 보여주었다. 즉 여성적인 경향의 소설 다음에 남성적인 경향의 소설을 배치시킴으로써 한쪽으로만 치우치지 않고 여러 층의 독자층들을 모두 포섭하려고 한 것이다. 결국 이러한 배치의 전략은 새로운 독서그룹을 탄생시키는 동력이 되었다. '읽기'의 차원, 즉 독서그룹의 상황에서 볼 때 초창기 2개 그룹 체제에서 3개 그룹 체제로 분화되었다는 것을 의미한다. 문예란의 측면에서 볼 때 한문을 사용하면서 '풍림'을 읽던 '1그룹' 지식인 독자층과, 한글을 사용하면서 소설란을 읽던 '2그룹' 여성 및 하층민 독자층으로 나눌 수 있었다. 그런데 이러한 『대한민보』의 소설란 분화 전략을 통해서 '읽기'의 영역 안에 새로운 독서그룹을 탄생시킬 수 있었던 것이다. 즉 이는 한문을 사용하면서 '풍림'을 향유하던 '1그룹' 지식인 독자층이 2개의 그룹으로 분화된 것을 의미한다. 이 '1그룹'에서 분화되어 나온 독자층은 한문과 한글 모두를 사용하며, '풍림'을 향유하면서 동시에 남성 소설을 즐기고 '읽기'와 '쓰기' 모두에 참여하는 새로운 '2그룹'이 형성된 것이다. 또한 한글소설을 읽던 여성 및 하층민 독자층 '3그룹'의 경우에도 여성 경향 소설과 함께 남성 경향 소설이 가미된 혼합 양식의 소설도 읽기 시작하면서 총 3개 체제의 독서 계층 그룹이 형성되었던 것이다. 결국 이는 지식인 남성 소설 독자 그룹을 탄생시키는 계기가 되었다.

이러한 지식인 남성 소설 독자 그룹이 탄생된 데에는 근대계몽기 매체의 역할이 가장 컸다고 할 수 있다. 그 당대 대화체 및 토론체 소설을 독서하며 소설 읽기를 학습해 오던 지식인 남성들이 『대한민보』의 지면을 통해서 소설 읽기를 더욱 가시화한 것이다. 즉 단순히 대화체, 토론체 소설뿐만 아니라 한글소설의 영역으로 영입된 것이다. 결국 대중적인 소설적 경향과, 계몽적이고 비판적인 소설적 경향이 섞여들면서 한글소설이라는 영역의 경계가 무너지게 되었다. 『대한민보』의 소설은 젠더적, 계층적 결합을 통해 여러 독서 계층의 기호를 만족시킬 수 있는 방향으로 나아갔고, 이는 동시에 지식인 독자들이 새로운 독서그룹으로 성립되도록 하는 원동력이 되었다. 결과적으로는 『대한민보』가 근대소설을 읽을 수 있는 독서그룹을 학습하고 훈련시키는 밑거름의 역할을 한 것으로 평가할 수 있을 것이다.

제3장

근대계몽기 신문 매체 서사물과
대중 독자층의 성장

근대소설 혹은 근대 대중문학의 독자는 어떻게 형성되었는가. 이를 알아보기 위해서는 근대 매체 특히 대중지향적인 매체의 역할을 먼저 탐색해보아야 한다. 각 매체의 서사물들은 그 매체가 대상으로 하는 독자층에 따라 전략적으로 편성하게 된다. 따라서 이 장에서는 신문 매체에 실린 서사물들을 통해 이 신문들이 어떻게 독자들의 흥미를 유지시키면서 자신들의 전략을 펴고 있는지 살펴보고자 한다. 대중문학의 시초라 할 수 있는 이인직의 작품을 실은 『만세보』를 통해서 대중지향적인 특징을 고찰하고, 문학의 수사적 장치를 빌려와 독자들을 계도하고자 했던 『경향신문』의 소통지향성에 대해 분석해 볼 것이다. 또한 국한문판에서 한글판을 내세운 『대한매일신보』가 여성 및 하층 독자층들을 위해 어떠한 전략을 펴는지 살펴봄으로써 대중 독자층의 성장을 주목해보고자 한다.

1. 근대 대중문학의 형성과 대중지향성 - 『만세보』

    근대 매체와 근대소설의 독자는 매우 밀접하게 연관되어 있다. 그러나 이 근대 매체, 특히 신문의 경우 가장 많이 부딪치는 문제는 신문 독자와 소설 독자의 간극이다. 신문 독자를 모두 신문에 연재되는 소설을 읽는 독자라고 환원할 수 있을지에 대한 고민에 늘 부딪치게 된다. 그러나 근대문학, 근대소설에서 가장 크게 영향을 미친 것은 결국 매체의 등장이다. 또 전문 지식인 잡지와는 달리 한글을 읽을 수 있는, 문자를 해독하거나 이야기를 들을 수 있는 가장 대중적인 독자들을 상정하는 근대신문은 새로운 문학과 독자들을 생산해내었다. 즉 신문을 읽는 독자 중에 새로운 문학 독자의 태동을 볼 수 있다는 것이다. 결국 신문 독자를 밝혀내는 것은, 그 당대 문학 독자, 소설 독자들의 큰 테두리를 잡는 작업이 될 수 있을 것이다.

    밖으로부터 들어온 '근대'의 유입과 내적 토대로부터 나타난 '근대'의 반응이 결합된 형태로 근대의 문학은 파생되었다고 볼 수 있다. 이러한 '근대'의 유입은 매체적 유입, 형식적인 측면의 유입, 내적 내러티브의 구성방식의 유입, 실제 텍스트의 유입 등 매우 다양한 방식으로 이루어졌다. 이 속에서 근대계몽기 독자들은 그 이전부터 존재해 오고 형성해 왔던 내적 토대의 방식대로 이해하고 변형하여 '근대'를 창출하고, 또 근대문학, 근대 대중문학을 만들어갔을 것이다.

    이 글에서는 근대문학과 근대 대중문학의 태동을 보여준 『만세보』의 신문연재소설과 독자층에 대해 살펴볼 것이다. 명확하게 근대문학의 시

『만세보』 제1호, 1906.6.17, 1면

이인직, 『혈의 누』 1회, 『만세보』, 1906.7.22, 1면

작이라고 할 수는 없지만, 근대문학이 출현할 수 있게 해 준 환경적인 차원에서 『만세보』의 신문연재소설은 매우 중요하다고 할 수 있다. 근대의 한 특징 중 하나가 바로 자본의 발달과 상품화되는 시장의 모습이다. 물론 조선 후기에도 세책방을 중심으로 방각본 소설 등이 유통되기도 했다. 그러나 그것은 음지에서의 유통이었다.[1] 그러한 음지에서 유통되고 특정 독자들에게 한정되어 있던 소설이 신문을 통해 돈만 있으면 사볼 수 있도록 그 세계가 확장된 것이 바로 신문연재소설이었다.

근대는 사회의 산업화와 자본화가 함께 등장한 것이라 할 수 있으며, 또한 이러한 상황은 문학 역시 미적 가치를 지닌 예술품으로 간주하기보다는 상품으로서의 교환가치를 중시하게 되었음을 보여준다.[2] 이러한 입장에서 1900년대 근대계몽기는 아직 근대문학이 태동하기 전이면서, 근대의 여러 상황들이 밀려오고 있을 시기였다. 또한 동시에 독자를 소비자로 대하기 시작하는 움직임 역시 신문 매체의 등장과 함께 크게 확산되었다고 할 수 있다. 근대 대중문학과 그 이전 대중문학의 차이는 바로 이 지점에서 발생한다. 즉 근대 대중문학은 바로 문학이 상품화되면서 전체 대중들에게 퍼져 가는 상황, 또한 신분이 아니라 경제력을 가진 모든 이들에게 공개되는 상황, 여기에는 최소한의 읽기 능

---

1   조선 후기 세책과 방각본 소설에 대한 논의는 이민희의 『조선의 베스트셀러』(프로네시스, 2007, 43~81면) 참조.
2   임성래는 멜빈 레이더 · 버트람 제섭의 『예술과 인간가치』의 내용을 빌려, "생산된 상품으로서의 문학은 하나의 중요한 경제재로서, 수요와 공급의 법칙, 분배 및 교역의 법칙, 사용 및 투자의 법칙을 따르는 모든 재화와 같은 주체로서의 역할을 수행하기에 이르렀다"라고 설명하고 있다. 즉 이것은 독자가 바로 소비자가 되었다는 것을 의미한다.(임성래, 「대중문학을 어떻게 이해할 것인가」, 대중문학연구회 편, 『대중문학이란 무엇인가』, 평민사, 1995, 20~21면 참조)

력 혹은 듣기 능력만 있으면 되는 상황에서 등장한 것이다. 이는 동시에 음지에서의 독자들이 공개화된 장소로 올라오면서 작가와 독자들의 소통이 이루어지는 그 움직임이 포착되는 순간이기도 하다.

물론 근대계몽기를 근대문학이 제대로 등장한 시기로 보기는 어렵다. 그러나 다르게 보면, 근대문학이 태동할 수 있도록 환경을 조성한 시기라고도 할 수 있다. 이인직의 『혈의 누』가 완벽한 근대문학이라고는 할 수 없으나, 근대성을 지닌 소설이라고 볼 수 있듯이 또한 『혈의 누』라는 신문연재소설의 장은, 1910년대 『무정』이라는 신문연재소설을 탄생할 수 있도록 한 배경이 되었다고도 할 수 있다. 따라서 이 글에서는 근대문학과 근대 대중문학을 경계 짓기보다는 근대 대중문학과 그 이전 대중문학의 차이점을 중심으로 논의해 볼 것이다. 또한 이는 어떤 매체적 환경에서 근대문학과 근대 대중문학이 탄생하고 있는지 살펴보는 것이기도 하다.

그런 의미에서 가장 먼저 신문연재소설을 실었던 『만세보』를 중점적으로 살펴볼 것이다. 사실 『만세보』의 신문연재소설은 신소설이라는 장르적 개념에 갇혀 재단되기에 바빴다. 그러나 개념적, 장르적 정의에 매여서 실제 매체 공간에서의 신소설의 역할을 간과하고 있을 수도 있다. 매체 공간 속에서 연재소설을 본다면, 또 다른 해석과 의미를 내릴 수도 있다. 흥미롭고 자극적인 이야기로 독자들의 관심을 끌었던 『만세보』의 신문연재소설을 살펴봄으로써 근대 대중문학의 기원과 이와 더불어 성장한 근대 대중 독자들의 경향 역시 파악할 수도 있는 것이다.

따라서 크게 세 가지의 문제제기를 하고자 한다. 첫째, 신소설을 신소설이라는 장르적 규정을 벗어나서 매체 속에서 이해하고자 한다. 이는 신소설의 한계가 아니라 조선 후기 소설과의 연계에서 또 그 안에서의 새로움을 찾을 수 있게 해 줄 것이다. 둘째, 신문연재소설의 경향과 '독자투고란'이 서로 매우 밀접하며, 이를 통해 신문연재소설의 전형이 이루어졌을 것으로 본다. 즉 근대문학의 시작 가운데 대중문학의 시작으로 그 논의의 시각을 변경하고자 한다. 셋째, 근대문학을 지식인 소설, 계몽적 문학의 잣대가 아니라 매체·작가·독자가 상호소통하며 등장하게 되는 새로운 문학, 새로운 독자의 경향으로 파악하고자 한다. 이를 통하여 근대신문연재소설과 대중문학의 기원, 또 여러 다양한 경향을 보여주는 독자들의 성향을 파악할 수 있으리라 기대한다.

1) 『만세보』의 개화 의지와 대중지향성

대중문학과 대중 독자의 성립은 근대 매체를 통해서 구현되었다고 할 수 있다. 또한 이러한 문학의 판은 '근대'의 유입과 내적 토대로서의 반응이 결합되어 형성된다고 볼 수 있다. 근대 대중문학이 성립되는 과정은 크게 세 측면에서 다루어볼 수 있을 것이다. 먼저 내적 토대로 존재하는 근대계몽기 조선의 독자, 또 새로운 매체와 신문연재소설에 반응하는 독자들의 상황을 볼 수 있을 것이다. 다음으로 근대가 유입되는 과정에서 형식적 측면의 유입과 내용적 측면의 유입이라는 측면에서 바라볼 수 있을 것이다. 마지막으로는 이러한 문화적 차원에서 더 좁혀, 텍스트 자체로서의 유입, 즉 내러티브 자체가 옮겨오는 과정 속에서 근대 대중문학, 근대 대중 독자가 형성되었을 것이다. 이러한 일련

의 연구 과정 속에서 먼저 첫 번째에 해당하는 독자의 측면을 살펴보도
록 하겠다.

『만세보』는 1906년 6월 17일부터 1907년 6월 29일까지 약 1년 동
안 발간된 신문으로 천도교에서 간행하였다. 동학의 3대 교주였던 손

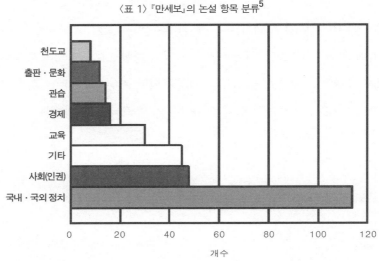

〈표 1〉『만세보』의 논설 항목 분류[5]

병희는 동학을 근대적인 종교로 재편하기 위해 천도교로 개명하면서
동시에 천도교 기관신문인 『만세보』를 창간하게 되었다.[3] 『만세보』의
사장은 오세창이었고, 발행인 겸 편집인은 신광희였으며 주필은 이인
직이었다. 최근 논의에서 이인직은 천도교의 신자라기보다는 천리교
신자였을 가능성에 대해서도 언급되고 있다.[4]

---

3   최기영, 「구한말 『만세보』에 관한 일고찰」, 『한국사 연구』 제61·62호, 한국사연구회,
    1988.10, 301~302면 참조.
4   김영민은 이인직이 세상을 떠난 후 장례식을 천리교식으로 진행했다는 점에서 천도교
    신자가 아니라 천리교 신자였을 수 있다고 설명한다.(김영민, 「『만세보』와 부속국문체」,
    『대동문화연구』 제64집, 성균관대 대동문화연구원, 2008, 421면)

다음의 도표에서 알 수 있듯이 논설의 내용을 보면, 천도교 사상보다는 국내외 정치나 사회 인권 즉 개화정신에 대한 피력이 훨씬 더 많은 수를 차지하고 있다. 천도교 부분은 전체 287개의 논설 가운데 8편에 불과했다. 대신『만세보』는 대중에 대한 교육, 계몽, 개화에 집중하여 자신들의 목표를 세웠다. 즉 대중들의 지식계발과 교육에 큰 초점을 삼고 있었다.[6] 천도교의 기관신문이면서도『만세보』는 종교적인 색채보다는 개화에 대한 강력한 의지를 보여주고 있다.

또한『만세보』의 신문대금은 동시대에 간행됐던 다른 신문들보다 상대적으로 저렴하게 책정하였다. 1개월 대금으로 비교하면,『황성신문』이 35전,『대한매일신보』가 30전인데 반해,『만세보』는 20전으로 가장 낮게 책정되어 있었다. 또한 초창기 판매 한 달여 만에 판매부수 2천 부를 넘었다고 한다.[7] 그 당시 신문종람소를 설치하여 시간을 정해놓고 누구나 와서 신문을 볼 수 있도록 했기 때문에 이『만세보』를 읽

---

5   이 도표는 권경애의 「천도교의 언론활동에 나타난 여성운동연구―『만세보』를 중심으로」,(『동학학보』1권, 동학학회, 2000, 91면)에서 분석한 〈표 1〉『만세보』의 논설 분류를 토대로 작성한 것임.

	1906	1907	계
국내 · 국외 정치	64	50	114
사회(인권)	18	30	48
기타	25	20	45
교육	16	14	30
경제	11	5	16
관습	11	3	14
출판 · 문화	8	4	12
천도교	7	1	8
총계	160	127	287

6   김영민은 「『만세보』와 부속국문체 연구」에서『만세보』의 창간 목적이 인민의 지식계발과 인민들에 대한 교육을 일차 목표로, 국내외 현실과 신문을 통한 의사소통에 주안점을 두고 있었다고 설명하고 있다.(위의 글, 425~426면)
7   최기영, 앞의 글, 324~325면 참조.

었을 독자는 훨씬 더 많았을 확률이 높다.[8] 따라서『만세보』의 실제 구독자는 수치화된 숫자보다 훨씬 더 많았을 것으로 예상된다.

이렇게 대중에게 다가가려 한『만세보』는 당대 다른 신문들과 차별을 두는 전략을 세우게 된다. 그것은 소설연재와 '독자투고란'의 운영이었다. 사실 국내 신문 매체에서 처음으로 소설란을 둔 것은『한성신보』였다.[9] 그러나 장기간 긴 호흡으로 대중적인 신문연재소설이 연재된 것은『만세보』에 실린 이인직의『혈의 누』라고 할 수 있다. 또한『만세보』는 근대 매체가 반드시 갖추어야 할 부분인 '독자투고란'을 싣고 있었다. 물론 '독자투고란'이『만세보』에서 처음 시행된 것은 아니다.『독립신문』에서 꾸준히 발견되고는 있으나, 실제 근대신문에 등장하는 '독자투고란'과는 성격을 달리한다. 독자가 신문이나 소설에 대한 감상을 말하기보다는 고발이나 사건 제보 등의 경우가 많았다. 또한 따로 '독자투고란'이라는 명칭을 가지기보다는 잡보, 논설, 별보, 외방통신 등에 삽입되어 있었다.[10] 즉 실제 독자의 감상이나 요구를 고정란에 꾸준히 싣고 있는 것은 역시『만세보』가 가장 처음이라 할 수 있다.

---

8   홍찬기는 1907년 6월 28일『만세보』광고를 통해 신문종람소 설치에 대해서 설명하고 있다. 경상남도 관찰도 판적과 주사 김용효라는 사람이 경상남도 진주성내 사천동 김선재라는 사람의 집에 신문종람소를 설치하였으니 누구나 보기를 원하는 사람은 와서 보라는 것이다. 또한 이러한 상황은『황성신문』,『대한매일신보』도 마찬가지였다. (홍찬기, 「개화기 한국사회의 신문 독자에 관한 연구」,『한국언론정보학보』제7호, 한국언론정보학회, 1996.3, 107면 참조)
9   김영민, 「구한말 일본인 발행 신문과 한국의 근대소설-『한성신보』를 중심으로」,『현대문학의 연구』30집, 한국문학연구학회, 2006.10, 8면.
10   서순화, 「『독립신문』의 독자투고 연구」, 충남대 박사논문, 1996, 13면 참조.

2) 『만세보』의 '독자투고란'과 한글 독자

『만세보』의 '독자투고란'은 '국문독자구락부國文讀者俱樂部'라는 이름으로 처음 신설되었다. 이는 말 그대로 국문, 즉 한글을 사용하는 독자들이 이용할 수 있는 공간으로서 한글로 투고할 수 있는 곳이었다. 따라서 한자를 읽지 못하는 하층 계급 독자들에게도 유용했다.[11] 『만세보』의 독특한 문체에 대해서는 학계에서 매우 많이 논의되어 왔다. 국한문 혼용체 위에 작은 글씨로 한글을 달아둔 문체로, 소위 루비 문체라고도 불리며 일본어 방식을 따왔다고 비판을 받기도 했다. 그러나 실제 음을 달아둔 것이 아니라 한자에 해당하는 한글식 표현을 달아둔 것이었다. 따라서 한자 위에 달려 있는 한글만 읽으면 국한문적인 표현이 아니라 한글 표현으로 읽을 수 있었다. 이러한 '독자투고란'은 다양한 명칭으로 등장하게 된다.

『만세보』의 '독자투고란'은 총 14개의 표제를 갖고 있는데, 이것은 계절의 변화와도 상관이 있다. 또한 이 이름에는 독자들의 이야기를 편집자들이 어떤 식으로 받아들이고 있는지도 짐작하게 한다. '소서리화消暑俚話'는 더위를 없애는 속된 이야기, '청등잡조靑燈雜俎'는 밝은 등과 잡스러운 도마, '홍엽만제紅葉漫題'는 단풍과 질펀한 이야기 등의 의미이다. 이것은 편집자들이 생각하는 '독자투고란'의 성격과 연계된다. 그것은 '독자란' 자체가 속되고 잡스러운 이야기들을 담는 공간이라는 것

---

11 김영민은 이 문체를 부속국문체라 지칭하면서 『대한매일신보』 국문판의 의도와 비등한 것으로 보았다.(김영민, 「『만세보』와 부속국문체」, 『대동문화연구』 제64집, 성균관대 대동문화연구원, 2008 참조)

<표 2> 『만세보』 '독자투고란'의 다양한 명칭

기간	독자투고란 이름
1906.6.17~7.26	國文讀者俱樂部
1906.7.27~8.7	消暑俚話
1906.8.8	國文讀者俱樂部
1906.8.9~1906.10.11	靑燈雜俎
1906.10.12~16	紅葉漫題
1906.10.17	南山秋雨
1906.10.18~11.3	紅葉漫題
1906.11.6~15	落木寒聲
1906.11.16~12.15	小春月令
1906.12.16~23	一陽消息
1906.12.25~1907.1.10	九九銷寒
1907.1.11~18	栢子香風
1907.1.19~3.3	新年戲臺
1907.4.25~28	桃花流水

이다. 독자들의 수다나 소문 그 자체를 매체 속으로 끌고 들어오겠다는 의지라고도 할 수 있다.

<표 3> 독자투고 총 개수

연도	독자투고 개수	총 개수
1906년	631개	681개
1907년	50개	

1906년 6월 17일 창간부터 1907년 6월 29일 폐간될 때까지 『만세보』의 '독자투고란'에 투고된 독자투고의 개수는 총 681개이다. 개수 상으로 보면 '독자투고란'의 약 92.7%가 1906년에 투고된 것이다. 사실 『만세보』는 1907년 6월 폐간될 때까지 자금 압박을 받아온 것으로 알려져 있다. 자금 사정이 어려웠기 때문에 처음 의욕처럼 '독자투고란' 등의 기획들을 이끌어가기는 어려웠을 것으로 보인다.[12]

	1906년	1907년	총계
게재일수	93일	10일	103일
게재되지 않은 일수	49일	125일	174일

창간부터 폐간될 때까지 약 1년여 동안 『만세보』의 '독자투고란'은 총 103일 게재되었고, 연도별로는 1906년의 게재일수가 전제 게재일수의 90%를 넘었다. 게재되지 않은 일수는 1906년에 49일,[13] 1907년 125일[14]로, 1907년은 게재된 일수가 눈에 띄게 적었다. 따라서 '독자투고란'은 1906년에 거의 몰려 있음을 알 수 있다.

〈표 5〉 '독자투고란'이 실린 면수

면수	1906년	1907년
1면	9일	0일
2면	1일	0일
3면	83일	10일
총 게재일수	93일	10일

또한 '독자투고란'은 1906년 초기를 제외하고는 계속 3면에 실렸다. 3면의 잡보나 독자란은 부속국문체를 사용하여 한글만 아는 독자들도

---

12 田尻浩幸(다지리 히로유끼)는 「이인직 연구」(고려대 박사논문, 2000, 11면)에서 이인직과 『만세보』 내부 필진 사이에 분열이 있었을 것으로 유추하고 있다. 실제로 1907년 3월 20일 「자치소방단 발기문」 광고에 이름이 올라왔던 이인직이 스스로 자신의 이름을 빼달라며 따로 광고를 내는 데서 그 이유를 들고 있다.

13 1906년에 '독자투고란'이 게재되지 않은 날은 6.29, 7.13, 7.28, 8.1, 8.2, 8.11, 8.17, 8.21, 8.24, 8.29, 9.4, 9.7, 9.13, 9.18, 9.25, 9.27, 9.29, 10.2, 10.5, 10.6, 10.7, 10.11, 10.31, 11.2, 11.8, 11.11, 11.13, 11.14, 11.24, 11.25, 11.27, 11.28, 11.29, 11.30, 12.4, 12.6, 12.7, 12.9, 12.11, 12.12, 12.14, 12.15, 12.19, 12.20, 12.21, 12.22, 12.28, 12.29로 총 49일이다.

14 1907년에 '독자투고란'이 게재되지 않은 날은 1.1, 1.8~1.10, 1.12, 1.15~1.18, 1.20~1.26, 1.30, 2.1~3.2, 3.5~4.24, 4.27, 4.30~6.29까지 총 125일이다.

읽을 수 있게 했다. 1906년 초기에 '독자투고란'은 1면에 실리다가 이 인직의 『혈의 누』가 연재되자 서서히 3면으로 내려가서 3면 고정란이 되었다.

〈표 6〉 '독자투고란' 항목별 내용

	1906년	1907년	총계
문학 / 연극 / 극장	25	0	25
일반 여성 비판	7	0	7
여성교육관련	14	0	14
남성비판	8	0	8
일제 옹호	5	0	0
조선사회 비판(의병, 부자 등)	99	17	116
세태비판	58	6	64
일반 사회 일	288	16	304
학교 관련	15	0	15
신문	19	0	19
살기 어려운 형편	12	5	17
개화관련 / 개화찬양	57	1	58
개화비판	7	5	12
독자란소통	21	0	21
삭제	2	0	2
총계	631	50	681개

내용 항목별로 살펴보면, 가장 많은 항목이 일반 사회 일에 대한 부분으로 전체 약 44.6%에 해당했다. 그 외에는 조선사회에 대한 비판이 약 17%로 그 뒤를 따랐다. 특히 관리들과 대신들에 대한 비판이 많았고, 구습에 대한 폐단을 지적하는 경우도 많이 보였다. 그다음으로는 세태에 대한 비판이 64개로 약 9.4%이고, 이와 반대로 개화에 대한 긍정적인 반응은 58개로 약 8.5% 정도에 해당된다. 전체적으로 보면, 구사회에 대한 비판이 주류를 이룬다고 할 수 있다. 반대로 개화나 개혁,

교육과 관련된 경우에는 굉장히 긍정적으로 평가하고 있다. 이러한 '독자투고란'의 내용은 『만세보』의 논설에서 개화를 강조하는 부분과도 일치하고 있다. 결국 이는 신문이 의도하고 있는 대로 독자들의 투고를 싣고 있다고도 볼 수 있는데, 조선 사회에 대한 비판과 더불어 새로운 사회에 대한 희망, 즉 개화에 대한 욕망을 은연중에 보여주고 있는 것이라 할 수 있다.

3) 신문연재소설과 독자층의 성향

그렇다면 앞에서 분석한 표를 토대로 봤을 때, 『만세보』의 신문 독자와, 이인직의 신문연재소설을 읽을 독자의 성향은 어떠할지 알아보아야 한다. 사실 '독자투고란'은 『만세보』라는 신문을 구독하는 독자들이 보낸 이야기들이다. 그런데 그 가운데 이인직의 소설이나 혹은 다른 방각본 소설, 문학 등에 대해 언급한 경우는 굉장히 소수였다. 이렇게 봤을 때, 소설 독자는 그 수가 매우 적게 느껴질 수도 있다. 그러나 근대 매체인 신문에 등장한 독자는 사실상 대표성을 띤다고 생각해야 한다. 신문 독자들의 성향을 토대로 소설을 읽는 독자들의 성향을 유추하고 재구해내어야 한다.

『만세보』는 총 4면으로 구성되어 있는데 4면은 거의 광고로 이루어져 있다. 연재소설은 1면에 한글로 쓰여 있고, 잡보와 '독자투고란'은 3면에 위치하며 국한문체에 한글로 위에 주가 달려 있다. 즉 지식이 많지 않은 하층의 독자들에게 1면에 실린 한글소설은 가장 쉽게 읽을 수 있는

글이다. 따라서 신문 독자 전부가 소설 독자라고 할 수는 없으나, 상당
수의 신문 독자들이 소설을 읽었을 것이라고 유추해 볼 수 있을 것이다.

〈표 7〉 문학 / 연극 / 극장 관련 독자투고 세부 내용

항목별 내용	독자투고 개수
협률사 관련	13
소설책 및 서적	6
신문연재소설 관련	4
이야기	2
총계	25개

'독자투고란'에서 문학이나 연극 관련 논의는 총 25개로 그 가운데
가장 많은 부분을 차지하고 있는 것은 협률사와 연관된 것들이었다. 협
률사에 춘향이가 왔다며 보고 싶다고 하는 사람들도 있고, 혹은 하루
벌어 하루 먹는 사람들이 협률사에 돈을 퍼다 준다며 비판하는 사람들
도 있었다. 그러나 그만큼 화제의 중심이었다고 할 수 있다.

협률사에 춘향이 이됴령과 홍문연이 천연히 왓다 하되 우리는 한번도 구
경하지 아니하얏쇼(田舍先生)[15]
그까지 구경이 다 무슴 구경이깃쇼 협률사에 가쓰면 춘향이 구경도 하고
항장무 츄는 구경이 뎨일 강산이지(四婦人)[16]
여보 나는 종일 고용ᄒ야 일 원 흔 푼을 벌어가지고 ᄆᆡ일 협률사 이등에셔
구경ᄒ니싸, 먹지 아니ᄒ야도 살찔 듯ᄒᆸ듸다(好樂生)[17]

---

15 田舍先生, '國文讀者俱樂部'(독자투고란), 『만세보』, 1906.6.28.
16 四婦人, '小春月令'(독자투고란), 『만세보』, 1906.11.17.
17 好樂生, '國文讀者俱樂部'(독자투고란), 『만세보』, 1906.7.8.

요스이 협률사에 완긔이 희스하야 불공즈파(不攻自破) 흐얏다더니 풍악
소리믄 진동흐읍듸다 픽가자뎨(敗家子弟)는 못 금흘 닐(吹鼻生)[18]

  춘향전의 인기는 협률사 연극 안에서도 굉장히 높았다. 한쪽에서는
음탕하고 버려져야 할 폐습이라 생각하고 있지만, 또 한편에서는 돈을
벌어서 매일 들르고 싶다는 소망을 보여주기도 한다. 결국 이러한 조선
후기 판소리계 소설들의 여전한 인기 속에서 이인직은 신문연재소설을
집필하게 된 것이다. 실제로 『만세보』가 간행된 것은 1년 남짓이지만,
그중 상당 기간 동안 신문연재소설이 연재되고 있었다. 『만세보』 주필
로 있었던 이인직은 소설까지 연재하고 있었던 것이다.

〈표 8〉『만세보』에 연재된 소설 목록

연재날짜	제목	저자
1906.7.3~7.4	「단편소설」	국초 이인직
1906.7.22~10.10	『혈의 누』	국초 이인직
1906.10.16~1907.6.1	『귀의 성』	국초 이인직
1907.1.1	「白屋新年」(단편)	미상

  이인직은 『만세보』에서 『혈의 누』는 약 3개월가량, 『귀의 성』은 약
8개월가량 연재하게 된다.[19] 사실 신문에서 이렇게 장기간 연재한 것은

---

18 吹鼻生, '一陽消息'(독자투고란), 『만세보』, 1906.12.18.
19 이인직의 『혈의 누』와 『귀의 성』의 근대적 요소에 대한 논의는 기존 논의에서 많이 언급
    되어 왔다. 내용적 측면에서는 새로운 사상이나 자유연애, 유학 등을 거론하고 있고, 형식
    적 측면에서는 서두의 제시나, 플롯 구성, 또 문체의 새로운 시도 등 다각도에서 접근하고
    있다. 그러나 이 글에서는 이러한 소설적 근대성보다는 소설 외적 환경 문제를 토대로
    이 신문연재소설의 형성을 보고자 한다. 단행본으로서의 소설이 아니라 신문연재소설로
    등장할 때의 차이를 살펴보고, 이를 토대로 신문독자란과 신문연재소설간의 상관관계
    속에서 이인직의 소설을 보고자 하는 것이다.

이 두 소설이 최초라고 할 수 있다. 『혈의 누』는 총 53회[20] 연재되었고, 『귀의 성』은 총 138회[21] 연재되었다.

사실 『혈의 누』의 인기는 대단했던 것 같다. 이 소설을 통해 영향을 받기도 하고, 주인공 옥련이를 부러워하기도 했다. 특히 옥련이가 일본과 미국으로 유학 가는 모습을 보면서 여성 독자들 역시 꿈을 키우고 있기도 했다. 사실 옥련이처럼 한갓 조선의 어린 여자 아이가 유학을 가는 것이 완전히 불가능했던 것만은 아니었다.

> 평양기싱 란ᄉ(平壤妓蘭史)가 십 년 바다밧에 유학ᄒ야 졸업ᄒ고 귀국하
> 얏다 하니 뒤한텬디에 장츌흔 계집션빅이라 아한문명은 녀ᄌ부터 선진될
> 이라 하오(일언싱)[22]

『혈의 누』가 13회 연재될 당시 '국문독자구락부'에는 위와 같은 독자투고가 실린다. 평양 기생이 10년 간 해외로 유학을 갔다가 졸업해서 귀국한다는 것이다. 사실 이때는 옥련이가 유학 가는 것이 묘사되기

20　대부분의 논자들은 『혈의 누』가 50회 연재되었다고 언급하고 있는데, 이것은 오기(誤記)를 표시하지 않아 생긴 오류이다. 『혈의 누』의 경우, 총 3번의 오기가 있었다. ① 9.9, 9.12 모두 32회로 표기, ② 9.18, 9.19 모두 36회로 표기, ③ 9.30, 10.2 모두 44회로 표기되어 사실상 마지막 50회는 53회에 해당한다. 따라서 『혈의 누』는 50회 동안 연재된 것이 아니라, 총 53회 연재되었다.

21　『귀의 성』 역시 1907년 6월 1일자에 153회로 연재가 중단된 것으로 나오지만 총 9번의 오기가 있었다. ① 11.24(31회), 11.25(32회를 33회로 잘못 표기), ② 12.2, 12.4 모두 38회로 표기, ③ 3.2, 3.3 모두 89회로 표기, ④ 3.3 89회(90회의 오기), ⑤ 3.5 93회(91회의 오기), ⑥ 3.5, 3.6 모두 93회로 표기(92회의 오기), ⑦ 3.14, 3.15 모두 95회로 표기, ⑧ 3.17(97회의 오기), 3.20(98회의 오기), 3.23(99회의 오기) 모두 97회로 표기, ⑨ 3.26, 4.2 모두 98회로 표기(101회의 오기)되었다. 따라서 『귀의 성』은 총 135회 동안 연재된 것이 아니라, 총 138회 연재되었다.

22　일언싱, '國文讀者俱樂部'(독자투고란), 『만세보』, 1906.8.8.

전으로 옥련이의 어머니가 옥련이와 남편을 잃어버리고 실의에 잠겨 집에 있는 장면이 묘사되고 있다. 즉 옥련이의 상황이 소설로 묘사되기 전에 이미 실제 현실에서 여성 그것도 기생의 해외 유학이 가능했던 것이다. 이러한 실제 상황과 맞물리면서 『혈의 누』소설에서는 옥련이의 해외 유학이 등장하기 시작했다.

(구) 네 졸업은 감축ㅎ다 허허 계집의 직조가, 그 산아희보다, ᄂᆞ혼 거시로구나 너ᄂᆞ 미국 온 지 일 년만에 영어를 되강 아라듯고 학교에까저, 드러가셔 금년에 졸업을 ᄒᆞ얏ᄂᆞ되 ᄂᆞᄂᆞ 미국 온 지 두 ᄒᆞᄆᆞᆫ에 중학교에 드러가셔 되년이 졸업이라

네게ᄂᆞ 빅긔를 들고, 항복 아니할 수가 업다

옥연이가 되답을 ᄒᆞᄂᆞ되, 어려셔 일본에서, 자라ᄂᆞᆫ 사람이라, 말를 ᄒᆞ야도 일본 말투가 ᄆᆞᆫ터라

되가 그되의 은혜를 ᄇᆞ더셔, 오늘 이럿케 공부를 ᄒᆞ얏스니, 심히 곰압소 ᄒᆞ니 일본풍속에 젓인, 옥연이ᄂᆞ 제 습관으로 말ᄒᆞ거니와 구씨ᄂᆞ 조선셔 ᄌᆞ란 사름이라 조선풍속으로 옥연이가, 아희인 고로, 히라를 ᄒᆞ다가 싱각ᄒᆞᆫ 즉, 저도 쏘ᄒᆞᆫ 아희이라

(구) 허허허 우리들이, 조선ᄉᆞ름인즉 조선풍속되로ᄆᆞᆫ 수작ᄒᆞ자

우리 처음 볼 ᄶᆞ에, 네가 ᄂᆞ히 어린 고로 되가, 히라 ᄒᆞ얏더니, 지금은 나히 열여섯 살이 되야, 저럿케 셕되ᄒᆞ니, 히라 ᄒᆞ기가, 셔먹셔먹ᄒᆞ고나

(옥) 조선풍속되로 말ᄒᆞ자 ᄒᆞ시면셔, 아희를 보고, 히라 ᄒᆞ시기가, 셔먹셔먹하셔요

(구) 허허허 요절ᄒᆞᆯ 일도 ᄆᆞᆫ트, 나도 지금ᄭᆞ지, 장가를 아니든 아희라, 아희

는 일반이니 너도 늘보고, 희라하는 거시 올흔 일이니, 슷졉케, 너도 늘더러 희라 하여라, 그리ᄒ면 늬가 너더러, 희라 하더리도, 불안흔 마음이 업깃다[23]

옥련이는 일본과 미국에서 유학을 하고 우수한 성적으로 졸업까지 하게 된다. 그것을 치하하기 위해 구완서가 찾아오게 되는데, 이 둘은 서로 평등하게 말을 나누고 있다. 옥련이 역시 여성이라고 기가 죽는다 든가 하지 않고, 당당하게 자신의 의사를 전달한다. 또한 영어에 있어 서는 여성인 옥련이가 구완서보다 훨씬 더 잘한다는 부분 역시 눈에 띄 는 장면이다.

사실 이러한 내용들은 그 당대 여성들, 특히 극장을 다닌다거나, 세 책방을 드나들며 소설을 읽던 여성들에게 환상을 제공할 수 있는 부분 이었다. 조선 안에서도 교육을 받기 힘든데, 일본이나 미국까지 가서 유학을 한다는 판타지, 그리고 그곳에서 남성들보다 훨씬 능력을 인정 받을 수 있다는 판타지, 또 남성과 여성이 서로 인격적으로 동등하게 살아갈 수 있다는 판타지가 이 서사 속에 드러난다. 이 모든 것을 가능 하게 한 것이 옥련이가 교육을 받았기 때문이다. 또 조선을 떠나 있기 때문에 더욱 서양식으로 평등해질 수 있다는 생각을 불어넣는다.

나는 일본이나 미국을 가셔 녀ᄌ고등학교에 유학이나 하는 것이 지원이 오믄는 남편이 만류하야셔 못 가오(八婦人)[24]

---

23 이인직, 『혈의누』38회(40회의 오기), 『만세보』, 1906.9.21.
24 八婦人, '小春月令'(독자투고란), 『만세보』, 1906.11.17.

한 부인 독자는 일본이나 미국으로 유학가고 싶은데, 남편이 못 가게 해서 안타깝다는 내용의 글을 보내온다. 『대한매일신보』의 '긔서' 등에서도 공부하고 싶다든가, 학교를 가고 싶다는 여성 독자들은 많이 보인다. 그러나 직접 외국의 나라 이름을 대며 유학을 가고 싶다고 말하는 경우는 거의 없었다. 지금 『만세보』에서 보이는 이런 유학에 대한 소망은 결국 신문연재소설인 『혈의 누』의 영향이라고 볼 수 있다.

이인직은 1906년 10월 10일에 『혈의 누』 상편을 끝내고 나서 10월 16일에 바로 다음 소설인 『귀의 성』을 연재한다. 『귀의 성』은 처첩갈등을 보여주며, 본처에 의해 첩과 그 아들이 잔인하게 죽임을 당하는 소설이다. 본처에게 심하게 구박받던 첩 춘천집이 자살을 결심하기도 하고, 그런 춘천집을 죽이려 본처와 점순이라는 하녀가 작당하는 장면들이 『귀의 성』 40회(1906.12.6), 41회(1906.12.8)에 등장하고 있다.

　　소셜긔ᄌᆞ족ᄒ 옥연의 소식을 왜 다시 젼ᄒ지 아니ᄒ시오 김승지 쏠 밉쇼
　　(好稗者)[25]

이러한 상황에서 호패자好稗者라는 독자는 김승지의 꼴이 보기 싫다며 『혈의 누』의 옥련이 이야기를 써달라고 요구한다. 본처가 첩을 죽이려고 작당하는 장면이 등장한다면 사악하게 그려지고 있는 본처에 대해서 분노해야 하지만, 이 독자는 김승지에 대해서 분노하고 있다. 그것은 이 독자가 여성임을 보여주는 것이라 할 수 있다. 『귀의 성』의 김

25　　好稗者, '小春月令'(독자투고란), 『만세보』, 1906.12.8.(『귀의 성』 42회 연재 중)

승지는 악독한 본처에게 꼼짝도 못하고 눌려 사는 우유부단하고 약한 남성으로 등장한다. 결국 이 독자는 본처를 두고 첩을 가지는 남성들에 대해서 분노하고 있는 것이다.

앞서도 언급한 바대로 문학 관련 독자들의 목소리는 그리 많지 않다. 그러나 그 작은 목소리 속에서도 독자들의 태동은 엿볼 수 있다.『만세보』'독자투고란'은 바로 이러한 작은 목소리를 매체라는 공적인 장소로 끌어내고 있다. 이는 조선 후기에 빌려온 세책에 낙서를 하며 자신의 불만을 표현하거나, 빌려보는 독자들끼리 저질스런 농담을 적어놓는26 음지의 놀이를 '공적인 놀이'로 바꾸어 놓았다고 할 수 있다. 이 놀이는 특별한 누군가에게 한정된 것이 아니라, 그 대상이 훨씬 확대되어 전체 대중들을 대상으로 하고 있었던 것이다. 이러한 '독자투고란'이라는 새로운 독자 문화의 장이 열리고, 이와 동시에 신문연재소설이 같이 병행되면서, 소설과 독자라는 이원적 관계는 다차원적 관계로 변화하게 된다. 즉 소설이 실린 신문이라는 장 속에서 작가와 독자가 서로 직접 대화를 나눌 수 있는 신세계가 펼쳐진 것이다. 이것은 근대가 가져온 또 하나의 혁명이었다.

4) 일본『미야코신문[都新聞]』의 경향과『만세보』의 신문연재소설

『만세보』를 보는 신문 독자들은 개화에 호응하면서 조선이라는 구

---

26 조선 후기에 빌려온 세책에 독자들이 낙서한 내용에 대해서는 이민희의 앞의 책, 64~70면 참조.

사회에 대해서는 매우 부정적으로 보고 있는 독자들이라 할 수 있다. 그것은 『만세보』 주필인 이인직의 의도대로 독자들을 이끌어갔다고도 볼 수 있다. 이인직은 이미 알려진 바대로 동경정치학교 시절에 『미야코신문都新聞』사에서 실습을 받았고, 상업적이었던 『미야코신문』의 편집 방침을 배워 『만세보』에 적용했을 확률이 높다.[27]

일청전쟁 이후로부터 소화전쟁 전기까지의 시기를 통해서, 동시대인의 독자층관이 가장 일치하고 있는 신문은 『都新聞』일 것이다. 우선 누구나 지적하는 것은 『都』가 동경길거리의 환락가에서 확고한 독자를 장악하고 있었던 것이다. (…중략…)

『都』는 화류계와 나란하게 이발소와 대중목욕탕에도 강했다. 독자는 화류계에 있는 사람 혹은 예인, 이발점, 일반 부녀자로 말해지는, '이발소신문'이라는 다른 이름도 가지고 있다. 유곽, 요정 등으로 가기 전에 이발소에 이발하는 한량(通人)이 읽는 신문일 뿐만 아니라, 일반 이발 손님도 짬나는 시간에 지면을 펴게 하는 내용, 요컨대 「강담물, 소설, 삼면기사에 다다르게 하는」 기사를 게재하고 있다. 동경신문 중 가장 이익이 큰 신문이다.[28]

『미야코신문』은 화류계나 이발소, 대중목욕탕에서 쉽고 편하게 볼 수 있는 신문이었다. 『미야코신문』은 가장 대중적인 신문이면서 가장

---

27   田尻浩幸(다지리 히로유끼)는 이인직이 소신문인 『미야코신문』의 영향을 받아 계몽적 언설보다는 일상세계를 바탕으로 한 신문을 꾸려나가려 했다고 설명한다. 즉 이러한 신문사에서 견습생활을 한 이인직은 "계몽적 언설의 공간에 참여하지 못하는 독자까지 전제로 하여 작품활동을 한 것"이라고 설명하고 있다.(田尻浩幸, 「이인직 연구」, 고려대 박사논문, 2000, 57면)

28   山本武利, 『近代日本の新聞讀者層』, 法政大學出版局, 1981, 246~247면.

수익성이 높았던 신문이었다고 한다. 그것은 스스로 자신들의 독자를 가장 하위의 독자층을 대상으로 했고, 대중적인 취향에 가장 알맞게 다가갔기 때문이다. 따라서 『미야코신문』은 동시대인과 가장 일치하는 전형적인 대중 신문으로 자리매김할 수 있었던 것이다.

이인직은 1901년 11월 25일부터 『미야코신문』 신문사의 견습생으로 들어가면서부터 몇 편의 글을 『미야코신문』에 싣기 시작했다.

〈표7〉 이인직이 『都新聞』에 실은 글목록[29]

날짜	제목
1901.11.29	「入社說(입사설)」
1901.12.18	「夢中放言」
1902.1.2	「朝鮮人 新年賀詞」
1902.1.28	조선문학 「寡婦の夢」(상)(韓人 李人稙 麗水補)
1902.1.29	조선문학 「寡婦の夢」(하)(韓人 李人稙 麗水補)
1902.2.6	「雪中慘事」(韓人 李人稙稿)
1903.3.1	잡보 『韓國雜觀』(韓人 李人稙)
1903.3.2	잡보 『韓國雜觀』(韓人 李人稙)
1903.3.9	잡보 『韓國雜觀』(韓人 李人稙)
1903.3.27	잡보 『韓國雜觀』(韓人 李人稙)
1903.5.5	「韓國新聞創設趣旨書」
1903.5.15	잡보 「韓人閑話」
1903.5.16	잡보 「韓人閑話」
1903.6.24	잡보 「韓人閑話」
1903.7.3	잡보 「韓人閑話」
1903.7.4	잡보 「韓人閑話」
1903.12.20	雜錄 「韓國實業論」(상)(李人稙 稿, 雲外 校)
1903.12.21	雜錄 「韓國實業論」(중)(李人稙 稿, 雲外 校)
1903.12.24	雜錄 「韓國實業論」(하)(李人稙 稿, 雲外 校)

이인직은 주로 조선 관련 사항에 대한 잡보나 조선문학 단편들을 실었다. 사실 『미야코신문』은 앞서 언급한 것처럼 오락적인 면을 강조하

---

29   이 글 목록은 田尻浩幸의 앞의 글, 8~9·37면을 참조하여 만든 표임.

여, 특히 신문연재소설이 강세를 보였다고 한다. 또한 여기에 실린 소설이 엄청난 인기를 누려, 그 소설을 쓴 작가는 엄청난 대중의 인기를 누리기도 했다고 한다.[30]

> 나는 신문을 가지고 세계 문명을 그대로 옮기는 사진기계가 되고 새로운 소식을 말로 전하는 기계가 되겠다. 나는 그 문명의 참모습을 그대로 그려서 우리 국민에게 충고하는 중계자가 되기를 바란다. 우리나라의 신문은 이삼 종류가 있고 그중 제일 인기 있는 것은 황성신문이라고 하는 신문이다. 그러나 그것은 일간 삼천여 장에 지나지 않는다. 내가 간절하게 원하는 것은 도신문사(都新聞社) 여러 군자에게서 문묵(文墨)으로 천하만기(天下萬機)의 선악을 상벌하는 활동의 좋은 수단을 배우고, 우리 이천만 동포들의 베개맡에 이를 힘껏 던져서 이들이 앞으로 잠자지 못하도록 하게 하는 일이다. 유지제군으로부터 열심히 가르침을 받으리라. 이것은 나 혼자만 도와주는 것이 아니라, 우리나라 이천만 동포에게 경성(警醒)을 권하기 위한 것이라고 생각한다.[31]

그가 직접 『미야코신문』에 들어가서 쓴 「입사설」을 보면, 조선 신문을 바라보는 그의 시각을 알 수 있다. 『황성신문』과 같은 정치적이고 어려운 신문만 있다는 한탄 역시 문맥에서 읽을 수 있다. 특히 그가 오락이 강조되는 소신문, 『미야코신문』에 들어와 견습을 했다는 것은 간과할 수 없는 부분이다.[32] 오락적인 경향, 신문연재소설의 홍행, 신문연

---

30   위의 글, 35~36면 참조.
31   이인직, 「입사설(入社說)」, 『都新聞』, 1901.11.29.(田尻浩幸, 앞의 글, 37~38면 재인용)

『都新聞』, 1901년(명치 34) 11월 29일 신문, 1 · 2면[34]

재소설과 작가의 연계 등 그가 생각했던 이상적인 신문의 형태는 바로
『미야코신문』의 형태였을 것이기 때문이다.[33]

실제로 이인직이 『미야코신문』에 「입사설」을 실었던 당일 신문을
살펴보면, 1면에는 그림과 함께 소설이 실려 있고, 2면에는 잡보 등과

---

32 김재석은 이인직이 미야코신문사에 수습생으로 있는 동안 쓴 글에서 "한국 지식인으로
    서 일본에서 무엇을 얻어야 할 것인가라는 자각이 전혀 나타나지 않"고 있다는 점에 주목
    한다. 특히 이러한 이인직의 태도를 '스스로 타자되기'로 명명하고 있다.(김재석, 「『미야
    코신문』 체험이 이인직의 신연극관 형성에 미친 영향」, 『어문론총』 51, 한국문학언어학
    회, 2009.12, 442면)

33 田尻浩幸는 『都新聞』의 루비 사용 방식에도 주의를 기울인다. 신문연재소설의 흥행이나
    흥미 위주의 신문 편집 방식 등은 결국 이인직이 『만세보』로 옮겨왔을 확률이 높은 것이
    다. 좀 더 쉽고 재미있는 신문이 그가 원한 신문의 이상이었는지도 모른다.

34 2면(오른쪽 사진) 제일 아랫단에 이인직의 「입사설」이 실려 있다. 일본 오사카대학교

『都新聞』, 1901.11.21, 1면

'애독자의 소리', 『都新聞』, 1901.11.29, 3면 2단

함께 이인직의 「입사설」이, 3면에는 연재소설과 함께 '愛讀者の聲'가 실려 있으며, 4면에는 3면에서 이어지는 잡보와 광고 등이 등장하고 있다. 특히『미야코신문』1면에는 자극적인 그림을 배치하여 독자들의 흥미를 붙잡아두고 있다. 11월 21일자 신문 1면에는 소설의 내용과 맞추어 선정적이면서 자극적인 그림을 싣기도 했다.

남성이 여성을 납치하는 장면을 매우 적나라하게 표현하여 대중적인 관심을 끌어들이고 있다. 특히 여성의 몸을 묶고 입에 재갈을 물리는 남성의 표정이 적나라하게 드러난다. 이러한 면들이 바로『미야코신문』을 화류계나 이발소 신문이라 지칭하게 만든 이유일 것이다.

소장본.

2면에는 잡보 등과 함께 이인직의 「입사설」이 맨 아랫단에 실려 있다. 3면에는 소설 연재와 함께 앞서 언급한 대로 "애독자의 소리愛読者の聲"가 꾸준히 실리고 있다는 점에 주목해볼 필요가 있다. 3면 소설에도 삽화가 있는 경우가 많았으며, 독자들의 반응에 대해서도 꾸준히 싣고 있었다. "애독자의 소리"는 3면 2번째 또는 3번째 단에 주로 실렸고, 분량은 짧게는 1줄에서 많게는 10줄을 넘길 정도로 다양했다. 내용을 보면, 구체적인 회차에 대한 이야기, 또 삽화에 대한 언급 등 소설에 대한 다양한 평이나 감상들이 보인다. 또한 독자가 질문을 하면 "(答)"이라는 표시를 통해 즉각적으로 대답하고 있기도 하다. 즉 소설을 연재하면서 삽화를 넣어 독자들의 관심을 끌면서 동시에 신문 지면을 할애하여 독자들 스스로 신문에 참여할 수 있도록 길을 열어둔 것이다. 따라서 이인직은 바로 이러한 신문의 면들을 직접 눈으로 보고 익혔을 것은 자명한 사실이다.

이처럼 『미야코신문』에서 교육을 받은 이인직이 『만세보』를 맡았다면, 대중적인 신문을 만드는 것은 당연한 일이다. 또한 흥미를 유발할 수 있는, 자극적인 소재의 소설을 실었던 『미야코신문』이었던 만큼, 『만세보』 역시 그러한 방법을 좇아갔을 것이다. 결국 『혈의 누』나 『귀의 성』에 호응하는 독자들은 『만세보』의 독자로 남게 되는 것이고, 계몽적 담론을 요구하는 독자들은 『대한매일신보』 등의 신문을 선택하게 되었을 것이다.

강동지의 마누라는 우통 버슨 치로, 방 한가운디 안젓는디, 무슨 싱각을 흐는지, 얼쌔진 사름갓치, 우둑허니 안젓더라 그 째는, 달그림자가, 지구를, 안고 깁피 드려근 후이라, 강동지집안 샏이, 굴속갓치, 어두엇는딕, 깅동지는, 그럿케 어둔 방에셔, 담비째를 차자려고, 방안을 더듬더듬, 더듬ᄯ가, 담비째는 아니 집피고, 마누라의 몸둥이에 손이 닷더라

판수가, 계집을 믄지드시 마누라의 머리에셔부터, 닉리 더듬어 닉려오더니, 즁늘근이도, 절문 마암이느던지, 담배쳐는 아니 찻고, 마누라를, 드러뉘흐려 흐니[35]

이인직은 『귀의 성』의 초반부터 선정적인 묘사로 시작한다. 내용 구성상 굳이 들어올 이유가 없는 부분인데 2회부터 이렇게 자극적으로 나가는 것은 역시나 독자들의 흥미를 유발하기 위해서이다. 소설의 초반부터 자극적이고 선정적으로 시작하는 것 역시 대중지향적이었던 『미야코신문』의 영향일 것이다.

닉 몸 흐느는 능지처참을 흐더릭도 우리 거북이느 살려쥬어

흐는 목소리가 싄너지기 전에 그 목에 칼이 폭 드러가면셔 츈쳔집이 쌔드러졋다

칼긋은 츈쳔집의 목에 꽂치고 칼자루는 구례느룻 는 놈의 손에 잇는딕 그 놈이 그 칼를 도로 쎼여 들더니 잠드러 자는 어린아히를 닉려놋코 머리우에 셔붓터 닉리치니 살도 연흐고 쎄도 연한 셰 살 먹은 어린아히라 결 죠혼 장작 쏘개지드시 머리에셔붓터 허리까지 칼이 내려갓더라

---

35   이인직, 『귀의 성』 2회, 『만세보』, 1906.10.16.

구례ᄂ롯 ᄂ 자가 츈쳔집이 셜질럿슬가 넘녀ᄒ야 숨 쎠러진 츈쳔집을 두
세 번 겁푸 씨르더니 두 송장을 쎠러다가 사틔ᄂ 깁흔 골에 집에 쎠러터리ᄂ
딕 츈쳔집 모즈의 송장이 사틔밥에셔 내리굴러드러가믹 젹젹ᄒ 숀 가온딕
은갓ᄒ 달빗쑨이라 그 밤 그 달빗은 인근에 제일 쳐량ᄒ 빗이러라[36]

초반에 부부간의 선정적인 장면을 통해 독자의 시선을 끌고자 했다
면, 극 중반부터는 잔인한 살인과 복수극을 통해 독자들의 흥미를 붙잡
아 두고자 했다. 너무나 사실적으로 살인의 현장을 적나라하게 묘사하
고 있어서 도리어 기괴한 느낌마저 든다. 본처의 사주를 받은 최가는
마치 공포영화의 한 장면처럼 첩과 아들을 잔인하게 죽인다. 이인직은
이 장면에서 과장되고 그로테스크하기까지 한 표현으로 독자들을 경악
하게 한다.

따라서 『만세보』의 독자들, 혹은 연재소설을 읽는 독자들은 결국 이
러한 선정적이고 과장된, 자극적인 내용의 소설에 흥미를 가지고 읽고
있었다는 것이다. 이러한 면에서 한글판 『대한매일신보』의 독자와 『만
세보』의 독자는 극과 극을 달릴 수밖에 없다.

사실 한글판 『대한매일신보』는 '독자란'을 따로 두지 않았다. 기서
의 형태로 편지를 받기는 했으나, '독자투고란'의 형식을 갖추지는 못
했다. 대신 『대한매일신보』는 '편편기담'이라는 형태로 독자들의 쓰고
싶은 욕구를 충족시켰다. 주변의 이야기나 자신이 직접 창작한 이야기
를 '편편기담'에 투고하고 이를 통해 '쓰기' 욕구, 창작 욕구를 채워나

---

36 『귀의성』 83회(84회의 오기), 『만세보』, 1907.2.24.

갔던 것이다.[37] 『만세보』에 비해서는 딱딱하고 계몽적인 소설을 연재했던 『대한매일신보』는 대신 독자들이 직접 쓸 수 있는 기회를 제공했다. 따라서 『대한매일신보』의 독자들은 이야기를 직접 쓰고, 나누는 데 집중했다고 할 수 있다.

이에 반해 『만세보』는 근대적인 '독자투고란'을 만들고, 전형적인 신문연재소설을 실음으로써 독자들의 흥미를 유발하는 데 성공했다. 따라서 독자들은 심심풀이로 읽을 수 있는 가볍고 통속적인 소설을 거의 매일 신문을 통해 접할 수 있게 된 것이다. 『만세보』의 독자들은 스스로 이야기를 쓰고자 하는 욕구보다는 이러한 대중적인 텍스트를 읽고 즐기면서 공유하는 차원에 집중했을 것이다. 사실 이러한 면은 쉽고 재미있는 신문을 발행하고자 했던 이인직의 추구에서 나타난 것이라고 할 수 있을 것이다.

5) 근대 대중문학 독자의 기원

『만세보』에 실린 『혈의 누』나 『귀의 성』은 조선 후기 소설들과 크게 달라지는 지점은 없다고 할 수 있다. 도리어 비슷한 지점들이 더 많을 수 있다. 또한 이러한 면은 신소설이 가지는 한계로 지적되고는 했다.

37　이 '편편기담'은 저작자의 이름을 표기하기 전과 저작자의 이름을 표기한 이후로 나눌 수 있다. 저작자의 이름을 표기하기 시작한 것은 내용의 중복이 되지 않도록 하기 위해서였다. 즉 투고자 자신의 창작이 들어가면서 이름을 표기하게 된 것이다.('편편기담' 주제에 대한 논의는 전은경, 「『대한매일신보』의 '편편기담'과 '쓰는 독자'의 출현」, 『한국현대문학연구』 30, 한국현대문학회, 2010.4, 78·80면 참조)

사실 『혈의 누』와 『귀의 성』을 바라보는 잣대가 지식인 소설 혹은 계몽적인 소설이라면 당연히 이 신소설은 그 가치가 폄하될 수밖에 없다. 그런데 만약 그 평가의 지점, 그 잣대를 돌려놓고 본다면, 이 신소설은 근대 대중문학, 근대 대중 독자들의 성향을 재구할 수 있는 아주 유용한 자료가 될 수 있다.

단절의 입장에서 볼 때는 문제점으로 지적되는 부분이, 연속성 혹은 확대의 시작에서 볼 때는 전혀 다른 가치를 지닐 수도 있다. 『귀의 성』의 경우, 전형적인 조선 후기 소설의 모습을 보여준다. 처첩 갈등과 복수, 잦은 자살 시도 등 사람의 말초신경을 자극하는 부분들이 전형적으로 드러난다. 그런데 이 비슷한 주제가 그대로 단행본으로 발간된 것이 아니라, 신문연재라는 과정을 통해 탄생했다는 점에서 이 소설은 또 다른 의미를 가지게 된다. 그것은 『혈의 누』와 『귀의 성』이 근대신문연재소설의 시작이 되고 있다는 점이다.

방각본 소설에서도, 필사본 소설에서도 비슷한 내용은 볼 수 있다. 세책방에서 책을 빌리고, 이야기꾼의 이야기로 들을 수도 있는 비슷한 내용일 수도 있다. 그런데 이것이 매일 발간되는 신문 매체를 통해 연재될 때는 같은 내용이지만, 전혀 다른 느낌을 줄 수도 있다. 즉 주어진 분량 안에서, 흥미를 끌고 가기 위한 전략을 구사하고, 동시에 작가와 독자들이 '독자투고란' 등을 통해 상호소통할 수 있는 상황은 바로 신문이라는 근대 매체가 주는 새로운 시도인 것이다.

小說廣告

血의 淚는 昨年 秋에 萬歲報上에 續載ㅎ던 小說이온딕 愛讀ㅎ시는 諸氏는

此를 玉蓮傳이라 稱ᄒ고 其下篇 續載됨을 萬歲報分傳手에게 督促하던 小說
이온듸 本舗에셔 此를 發行ᄒ야 昨日붓터 發賣ᄒ오니 購覽코자 ᄒ시ᄂ 諸氏
ᄂ 陸續來購ᄒ심을 望홈

發賣所布廛屛門下

金相萬書舗[38]

◉ 新小說(血의 累)

一冊 九十四 頁

定價 金 二十錢

著作人 菊初李人직氏

此新小說은 純國文으로 昨年秋에 萬歲報 上에 續載ᄒ얏던 거시온듸 事實
은 日淸戰爭時에 平壤以北人民이오 鬪에 鯨背가 坼홈과 如히 兵火를 經ᄒᄂ
中에 平壤城中에 玉蓮이이라ᄂ 金氏女兒가 無限호 困難을 經ᄒ고 外國에 有
難ᄒ며 留學호 實事가 有ᄒ니 此小說을 讀ᄒ면 國民의 精神을 感發ᄒ야 無論
男女ᄒ고 血淚를 가히 淚할 新思想이 有홀지니 此ᄂ 西洋小說 套를 모範호
거시오니 購覽君子ᄂ 細讀ᄒ심을 望홈

發賣所中署布屛下

金相萬書舗[39]

『만세보』에 실렸던 『혈의 누』의 인기는 단행본 발간으로 이어졌다.
광고에서는 『옥련전』으로 알려져 있다고 언급하기도 했다. 사실 이러
한 면은 독자들의 즉각적인 반응이 그대로 반영되어 출판까지 이어진

---

38 『혈의 누』 소설광고, 『만세보』, 1907.3.29, 3면.
39 『혈의 누』 소설광고, 『만세보』, 1907.3.30, 3면.

것이라고도 할 수 있다.

　신문 매체는 독자와 소통하고 판매부수를 확장하기 위해서 '독자투고
란'이라는 공적인 장을 만들어낸다. 또한 동시에 그런 독자들이 흥미를
느낄 수 있는 신문연재소설을 연재하기 시작한다. '독자투고란'에 글을
투고하던 독자들 중 적극적인 독자들은 신문연재소설에 대해서도 자신
들의 목소리를 내기 시작했다. 이것은 신문이라는 매체를 중심으로 작가
와 독자가 소통하게 되는 계기가 되었다. 또한 신문연재소설은 그 인기
에 힘입어 단행본으로 출판되기에 이르고, 전문 작가가 등장하게 된다.

　물론 이러한 시도가 1920년대 이후처럼 완전히 근대적인 형태로 이
루어졌다고는 할 수 없다. 그러나 중요한 것은 그러한 근대적 소통의
장을 열어두었다는 점이다. 또한 이러한 출판 상품화까지 이어지게 된
계기로 '독자투고란'의 목소리 역시 간과할 수 없다. 직접적인 언급이
나 통계 수치상의 높은 비율이 중요한 것이 아니다. 이렇게 독자들이
스스로 말할 수 있는 장이 열려 있었다는 것에 주목해 볼 필요가 있다.
환경이 먼저 열리고, 그 환경을 토대로 새로운 변화가 일어나는 것이
다. 작은 목소리일지라도 독자들 스스로 목소리를 내기 시작했다는 것
자체가 바로 '근대'의 특징이다. 근대독자의 태동, 근대 대중문학의 태
동은 여기에서 시작되었다고 할 수 있다.[40] 완전한 근대독자의 등장과

40　사실 초창기에는 근대독자와 근대 대중 독자를 구분하기는 어렵다. 천정환 역시 이러한
　　구분은 1920년대 이후로 잡고 있다. 천정환은 이 '근대적 대중 독자와 엘리트적 독자'를
　　전통적 독자와 구분하고 있다. 그는 "'전통적 독자층'이 주로 읽던 고전소설 · 구활자본
　　소설과 '근대적 대중 독자'나 '엘리트적 독자층'이 주로 읽던 소설은 생산과 유통 면에서
　　도 차이가 있다"라고 본다. 또한 "고전소설 · 구활자본 소설에 속하는 상당수의 소설은
　　이름 없는 작가들에 의해, '지적 재산권'의 개념과는 동떨어진 영역에서 생산 · 유통되었
　　다. 그러나 대중소설 · 신문연재 통속소설 · 일본 통속소설 · 야담 · 역사소설들과 순문

번성 자체는 1920~30년대일 수 있으나 사실상 그 태동은 바로 『만세
보』가 등장한 근대계몽기에 이미 시작되고 있었던 것이다.

　따라서 계몽성을 더 강화하는 텍스트와 대중성을 더 강화하는 텍스트
사이의 경쟁을 통해 한국 근대 대중 독자들은 서서히 만들어지기 시작했
다는 것이다. 이는 신문연재소설이 전략적으로 구사한 '다음 호의 계속'
기법이나 선정적이고 자극적인 묘사, 과장된 갈등 구조, 빈번한 자살 사
건, 살인과 복수 등 강화된 부분들이 바로 근대신문연재소설의 기원으
로 등장하고 있다는 점이다. 또한 이는 동시에 그것을 즐기는 근대 대중
독자들의 기원과도 맞물리게 된다. 결국 신문연재소설들과 함께 독자들
도 성장하고, 또 신문 매체와 소통하면서 근대독자들, 혹은 근대 대중 독
자들 역시 다양한 방식으로 형성되어가기 시작했다고 할 수 있다.

2. 문학의 역할과 소통의 장―『경향신문』

　근대계몽기에 발행된 신문이나 잡지는 그야말로 근대를 추동해오며
독자들을 성장시키는 중요한 역할을 해왔다. 언론이라는 공적인 장을 통
해서 사사로운 이야기나 정체를 알 수 없던 소문들이 정확히 인지할 수
있는 기사의 대상이 되고, 또 그것이 공적인 장을 통해 유포되면서 개개인

예작품·일본 순문예 작품 등은 원고료나 인세를 받는 직업적 작가들이 생산한 소설이
다"라고 규정하고 있다.(천정환, 『근대의 책읽기』, 푸른역사, 2003, 276면)

京鄕
新聞

경 향 신 문

신문가

일년 팔십젼
여슬 ᄉ십젼
일장 일젼오리

론셜

경향신문을 내는 본 뜻이라

『경향신문』 제1호, 1906.10.19, 1면

▲외국잡보

▲셤라(시암)국보

△하와이보

▲마로고보

쇼 셜

졍소의 불긴 고담 (一)

▲남아비리가보

각셕문뎨

셔유불룸

계란겁질

셩션두논법

▲덕국보

▲빅셩이불편 덕국여러신문을보니근릭

고담, 쇼셜 「졍소의 불긴」(1), 『경향신문』, 1906.11.30, 3면

이 그것을 공적으로 비판하고 변혁을 꾀할 수 있는 여지를 주었던 것이다. 따라서 언론이 처음 생성되며 발달되어 가던 그 지점, 또한 근대사에서 가장 격동과 변화가 일어나던 그 지점을 살펴보는 것은 근대와 전근대의 경계선에 서 있는 독자들을 살펴볼 수 있는 계기가 되며, 동시에 근대문학의 장을 형성하는 하나의 기초를 다지는 연구가 될 수 있을 것이다.

그런데 근대계몽기 민족지의 역할을 했던 『대한매일신문』이나 『황성신문』, 소위 암신문이라는 이름으로 일반 대중들의 흥미를 북돋아 주었던 『제국신문』 등에 대한 연구는 꾸준히 이어지고 있는 반면, 종교 관련 신문, 특히 천주교에서 발행한 주간지였던 『경향신문』에 대한 연구는 매우 미미한 상황이다.[41]

『경향신문』은 1906년 10월 19일 창간되어 1910년 12월 30일 총 220호까지 발행된 주간지였다. 프랑스인 안세화 신부가 발행한 이 신문의 정기 구독자는 『대한매일신보』 한글판 구독자와 거의 맞먹을 정도로 그 수가 상당했으며 특히 순한글을 사용했기 때문에 누구나 쉽게 읽을 수 있었을 것으로 짐작해볼 수 있다. 『경향신문』은 천주교인들을 위한 부분과 일반인들을 위한 기사를 나누어 구독할 수 있도록 했다. 이 때문에 『경향신문』을 단순히 천주교인들만의 신문이라고 하기에는

---

41 『경향신문』에 대해서는 아직 많은 연구가 이루어지지는 못했다. 서사 관련 주요 연구는 『경향신문』의 전체 소설과 『희외고학』의 근대적 성격을 밝힌 정가람의 연구(「근대계몽기 『경향신문』 소재 '쇼셜'의 특성 연구」, 『현대소설연구』 24집, 한국현대소설학회, 2004, 139~157면; 「근대계몽기 『경향신문』 소재 소설 『희외고학』의 근대적 특성 연구」, 『현대문학의 연구』 25, 현대문학연구학회, 2005, 397~420면)와 프랑스 라퐁텐 우화와 비교문학적으로 분석한 박수미의 「개화기 『경향신문』 소설과 프랑스 문학의 비교문학적 검토」(『인문과학』 38집, 성균관대 인문과학연구소, 2006, 57~91면), 『경향신문』 서사물의 법 문제를 연구한 홍순애의 「근대계몽기 단형서사에 나타난 법의식 연구」(『한민족문화연구』 23집, 한민족문화학회, 2007.11, 305~331면) 등을 들 수 있다.

애매한 부분이 있다.

게다가 『경향신문』은 따로 '쇼셜'란을 두고 꾸준히 소설을 싣고 있는데, 단형서사물까지 합치면 60여 편 가까이나 된다. 또한 '쇼셜'란이 아니더라도 '우슴거리' 등에서 다양한 이야기를 싣고 있어서 『경향신문』이 편집 전략상 소설을 매우 중요하게 활용하고 있었음을 짐작할 수 있다. 그렇기 때문에 문학 텍스트로서 『경향신문』을 확인하는 작업 역시 필요하다.

따라서 이 글에서는 근대계몽기 『경향신문』의 논설과 편집 방향을 분석해 봄으로써 근대계몽기의 언론 정책과 문학의 기능, 또 그 안에서 독자들의 역할을 살펴보고자 한다. 즉 『경향신문』이 따로 독자란을 둔 것은 아니지만, 실제 『경향신문』이 어떤 편집 전략을 펴고 있는지, 소설의 경향은 어떠한지를 살펴, 그 당대 『경향신문』을 향유했던 독자층들을 재구해 보는 것이 이 글의 목적이다. 이러한 분석과 연구를 통하여 근대계몽기 신문이 만들어내고 있는 여러 문학적 현상들과 문학의 독자들을 재구해보고자 한다. 아울러 고전문학을 향유하던 독자들이 근대계몽기에 기존의 문학 읽기의 습관을 어떻게 지속하며, 동시에 그러한 읽기 습관을 어떻게 변화시켜 나가는지도 살펴볼 수 있을 것이다.

1) 『경향신문』의 취지와 목적

『경향신문』은 앞서 언급한 것처럼 천주교에서 발간한 순한글의 주간지로서 1906년 10월 19일부터 1910년 12월 30일까지 총 220호가 발행되었다. 처음 창간되었을 때는 "타블로이트판(23cm×32cm) 4면과 국판 8면의 寶鑑을 포함하여 모두 12면으로 간행"했으며, 제53호(1907.10.18)부터는 가로 47.5cm, 세로 32cm의 크기인 겉지 4면과 국판크기의 보감 8면을 합하여 총 12면으로 간행했다.[42]

　1906년 10월 19일 창간호 1면 논설에 보면 "경향신문 낼 연고가 네 가지 잇스니 대한과 타국소문을 들어냄이 ᄒ나히오 관계 잇는 소문의 대쇼를 판단홈이 둘히오 요긴ᄒ 지식을 나타냄이 세히오 모든 사ᄅ이 알아듯기 쉬온 신문을 ᄆ듦이 네히라"라고 하면서 『경향신문』의 발간 목적을 밝히고 있다. 첫 번째 목표는 국내와 국외의 소문을 드러내는 것으로 국내외 상황을 명확하게 알 수 있도록 한 것이다. 실제로 『경향신문』은 이러한 국내외 정황이나 사건들을 다른 신문보다 훨씬 더 명확하게 기재하고 있었다. 국내의 경우도 도별로 나누어 각 도마다의 사건을 정리하고 있고, 국외의 경우는 국가별로 그 사정을 설명했다. 따라서 국내외의 정황을 도별, 혹은 국가별로 확인할 수 있도록 편집상에서부터 뚜렷이 드러내주고 있었다. 또한 두 번째로 관계 있는 소문의 대소를 판단하게 한다는 것은 이러한 소문이 거짓소문인지 아닌지 명확하게 구분하도록 하며, 백성들이 허무맹랑한 소문에 걱정하지 않도록 명명백백하게 드러내겠다는 것이다. 즉 소문의 정체를 확인하여 진위 여부를 가려주며, 무익하고 해로운 거짓 지식이 스며들지 않도록 경계의 역할을 하겠다는 것이다. 셋째는 더 나아가 독자들 즉 백성들을 이롭게 할 수 있는 방편으로서 어려운 법률이나 정보에 대해서 상세하

42　趙珖, 「『京鄕新聞』의 창간 경위와 그 의의」(『경향신문』 영인본), 『韓國敎會史硏究資料』 제8집, 한국교회사연구회, 1978, 1면.

게 설명하여 백성들이 억울한 일을 당하지 않도록 돕겠다는 것이다. 따라서 지식의 전달 정도가 아니라 법률문답란을 따로 만들어 백성들이 가장 궁금해 하는 법률에 대해서 하나하나 일일이 알려주고 있다.

> 그 네혼 유식훈 사룸과 무식훈 사룸과 놉녀로쇼 빈부가 다 알아듯기 쉬온 신문을 드러내고져 홈이니 소문과 소문의 대쇼룰 판단호는 것과 요긴훈 지식 ス흔 이 세 가지는 알아야 모든 이의게 유익훈 고로 다 밧아볼 만훈 신문을 내니 이 신문에는 진셔나 어려온 말을 쓰지 아니호고 순언문으로 쉽게 알아듯도록 말호니 유식훈 이도 쉽게 보고 무식훈 이도 알아보기 쉽겟소 쏘 신문 갑시 뎨일 헐호니 지물 업는 쟈도 용이히 사볼 만호오[43]

이 모든 목적을 아우르는 가장 중요한 이유는 바로 이 네 번째 목표였다. 유식한 사람이든 무식한 사람이든 남녀로소를 막론하고 가장 가난한 사람까지 모두가 볼 수 있는 신문을 만들겠다는 것이다. 따라서 진서나 어려운 말을 쓰지 않고, 오로지 순한글로 써서 그 누구나 볼 수 있도록 하며, 신문 값도 싸게 해서 가난해도 볼 수 있도록 하겠다고 그 취지를 밝히고 있다.

> 이 네 가지 연고룰 싱각호고 신문을 발간호니 춤으로 셔울과 싀골 온 대한 빅셩의게 유익훈 줄을 브라는고로 경향이라 말노써 우리 신문 본일홈을 삼노라 우리 신문의 뎡훈 규식이 이러호니 미쥬일에 훈번식 발간되고 신문갑

---

43 '론셜」「경향신문을 내는 본 뜻이라」, 『경향신문』 창간호, 1906.10.19, 1~2면.

슌 민에 신화 일 젼 반이나(구화당 오닐곱 돈 오 푼이나 엽 흔 돈 오 푼이오)
만일 누구던지 본집으로 보내달나 ᄒ면 일 년 동안에 션급과 우표갑ᄭ지 신
화 팔 십젼이나 당오 마흔 량이나 엽젼 여듧 량이오 흔 동ᄂᆡ에 여러분이 홈ᄭᅴ
모혀 닐곱 쟝을 흔 가지로 보내달나 ᄒ면 일 년 동안 민쟝에 신화 오십이 젼
이나 당오 스믈엿 량이나 엽젼 닷 량 두 돈만 될 거시오 신문을 우톄국으로
보내여 각동ᄂᆡᄭ지 톄젼부가 젼ᄒᆞᄂᆞ 거신ᄃᆡ 만일 잘 아니 갓다주거든 본신
문샤로 긔별ᄒᆞ면 우톄국으로 귀뎡홀 만ᄒᆞ고 또 우톄갑슬 신문샤에셔 무ᄂᆞ
고로 신문 밧으시ᄂᆞ 여러분은 우톄ᄉ령의게 아모 것도 줄 것 업소[44]

이러한 의미에서 『경향신문』은 왜 이 신문의 이름을 "경향"이라 했
는지를 밝히고 있다. "셔울과 싀골 온 대한빅셩의게 유익흔 줄을 ᄇᆞᄅᆞ
ᄂᆞ 고로 경향이라 말노써 우리 신문 본일홈을 삼노라"라고 경향의 의미
를 설명하고 있다. 경향은 바로 서울과 시골의 사정 모두를 밝히는 신
문으로, 서울과 시골의 모든 사람들이 읽고 이해할 수 있는 그러한 신
문을 만들겠다는 것이다. 따라서 『경향신문』은 단순히 천주교도들을
위해서만 발간된 것은 아니었다.

실제로 1907년 6월 14일자 '본사광고'에 보면 "무슴 호와 쟝수를 쳥
ᄒᆞ려면 본샤로 통긔홀 쌔마다 듸봉에 셔양수ᄌ 박힌 대로 ᄒ나만 보내
면 누구인지 즉시 알겟고 그러치 아니면 ᄉ쳔여 인 신문구람ᄒᆞ시ᄂᆞ 중
에 누구신지 춧기에 극히 어려울 거시오"[45]라는 내용으로 짐작해 볼 때,
1907년 6월 현재 구독자가 4,000여 명이라는 것을 짐작해 볼 수 있다.

44   위의 글, 2면.
45   '본샤광고', 『경향신문』 35호, 1907.6.14, 1면.

또한 여기에서 그치지 않고 "데오십삼호브터는 모든 이의 청훈 소원대로 큰 신문장이 발간될 터"라고 하여 좀 더 많은 내용을 실어달라는 요구 역시 확인할 수 있다.

우리 신문 시작홀 째에 요긴흔 거슬 잘 보존케코져ᄒ야 신문의 반을 칙모양으로 ᄆᆫ든 거슬 다 됴하ᄒ나 그 속쟝으로 인ᄒ야 큰 신문의 밧겻쟝이 ᄌ연 젹어져셔 여러 유익흔 거슬 다 긔지치 못ᄒ니 그런고로 관보도 젹게 ᄒ고 각쳐엣여 오는 긔셔도 젹게 ᄆᆫ들아 등지ᄒ고 쇼셜이나 농샹보 ᄀᆺᄒᆫ 각싁 유익흔 문뎨낼 거시 만ᄒ나 자리가 부죡ᄒ여 다 못ᄒ고로 엇지ᄒ면 됴홀가 ᄆᆡ양 싱각ᄒᄂ 즁이더니 여러 곳에서 청ᄒ기를 신문을 더 크게 ᄒ라 ᄒ기에 우리가 뭇기를 더 크게 홀 터이면 속쟝은 그만 두고 밧겻쟝만 ᄒ면 엇더ᄒ오 ᄒ니 디답들이 결단코 속쟝을 업시ᄒ지 못홀 거슨 속쟝이 ᄀ쟝 뎨일 요긴흔 거시니 속쟝을 다치지 말고 밧겻쟝만 일이 더 되드라도 크게 ᄒ라 ᄒ니 일이 더 되ᄂ 거슨 샹관치 안터니와 밧겻쟝을 크게 ᄒ려면 사름도 더들고 죠희도 더 들고 우례삭도 만켓스니 ᄌ연 신문갑도 불가불 오르겟슨즉 엇지 ᄒ리오 ᄯᅩ 디답ᄒ기를 본디 경향신문갑시 다른 신문갑보다 ᄆᆡ우 헐ᄒ엿고 ᄯᅩ 신문보시ᄂ 이가 날마다 만하지니 갑슬 좀 도도아도 더 됴흔 신문 보기를 위ᄒ야 샹관치 아니ᄒ겟다 ᄒ기에 신문보시ᄂ 쳠위의 의향대로 ᄒ고져 ᄒ야 크게 ᄒ기로 쟝뎡ᄒ고 시작흔지 일 년이 뭇고 다시 시작ᄒ나나 뎨오십삼호브터 크게 ᄆᆫ들겟ᄂ디 속쟝은 전과 ᄀᆺ고 밧겻쟝은 갑졀이 더 크ᄉ니 새모양과 갑슨 대음신문에 긔지ᄒ겟슴[46]

---

46   '본샤광고', 『경향신문』 39호, 1907.7.12, 1면.

39호에서는 앞으로 변화될 신문의 크기와 편집을 설명하고 있는데, 신문의 겉장 분량이 너무 적어서 싣고 싶은 내용을 다 못 싣는다며 아쉬움을 토로하고 있다. 즉 관보나 기서, 소설이나 농업, 상업 관련 법률 등의 문제를 알리고 싶어도 그만큼 공간이 부족하다는 것이다. 그렇다고 속장에 해당하는 보감을 줄여야 할 것인가에 대한 물음에도 독자들은 보감을 그대로 두고, 겉장의 크기만 크게 하라고 요청한다. 여기에서 중요한 것은 바깥 장을 확대하고자 하는 부분이다. 속장에 해당하는 보감은 법률 문답과 같은 일반적인 실생활에 필요한 내용도 있었지만, 천주교인들을 위한 교리, 천주교인들에게 필요한 논설 등이 실려 있었다. 즉 보감은 일반인들을 위한 겉장과는 별도로, 천주교인들을 위한 또 하나의 신문이었다고 볼 수 있다. 그러한 천주교인들을 위한 공간은 그대로 두고, 겉장 즉 일반인들이 읽을 수 있는 부분을 확장하고자 한데에서 미루어 보면, 『경향신문』이 목적으로 삼고자 한 독자층이 단순히 천주교인들만은 아님을 확인할 수 있다.

　　데오십삼호브터 나는 경향신문에 속쟝은 전과 굿치 ᄒ나 밧겻쟝은 갑절이나 더 크게 ᄆᆞ들 거슬 거번에 말ᄒᆞ엿거니와 이 새로 ᄒᆞᄂᆞ 신문에 긔저ᄒᆞᆯ 것과 새로 뎡ᄒᆞᆫ 갑슬 가져 말ᄒᆞ노니
　　속쟝에ᄂᆞ 전과 굿치 론셜과 법률 문답과 셩교ᄉᆞ긔를 긔록ᄒᆞ나 셩교에 특별히 샹관잇ᄂᆞ 시셰소문이 잇스면 ᄯᅩ 긔저ᄒᆞᆯ 거시오
　　밧겻쟝은 론셜과 ᄂᆡ외국잡보와 물품시가와 긔셔광고 굿혼 거시 전과 굿치 이스나 ᄌᆞ리가 넓어젓스니 전보다 길게 ᄒᆞᆯ 쑨 아니라 전에 업던 거슨 모든 소문중에 특별ᄒᆞᆫ 소문을 ᄀᆞᆯ희여 ᄆᆡ일 특보 문뎨에 긔록ᄒᆞ여 그리 해도 알게

ᄒ고 관보도 번번이 내며 셔임도 낫낫치 등지ᄒ고 쇼셜 ᄀ촌 보기 ᄌ미잇ᄂ 거슬 다 내고 모든 싱업의 유익ᄒ게 ᄒ고져 ᄒ야 농ᄉ보나 쟝ᄉ보나 학문의 특별히 요긴ᄒ 것과 위싱법과 각싴 문뎨의 요긴ᄒ 방법을 낼 거시오 그 외에 도 텰로시간이나 학교에 샹관되ᄂ 요긴ᄒ 거슬 뭇ᄂ 이 잇ᄉ면 알 수 잇ᄂ 대로 디답ᄒ여 모든 이의게 리익되기로만 힘쓸 거시오

새로 뎡ᄒᄂ 갑슬 말ᄒ건대 싱각ᄒ 거시 여러 가지니 일은 새신문 쇽쟝과 밧곗쟝을 합ᄒ여 밧든지 쇽쟝업시 밧곗쟝만 밧든지 ᄒ디 밧곗쟝 업시 쇽쟝 만은 풀지 아니ᄒ고 이ᄂ 젼과 ᄀ치 ᄒ 디봉 속에 여러 쟝 봉ᄒ 거슬 밧으면 우톄삭슬 인ᄒ야 신문갑시 젹어지니 젼과 ᄀ치 ᄒ 디봉 속에 닐곱이나 열이 나 만봉ᄒ 거슬 밧을 거시 아니라 셋브터 셋 이상에로ᄂ ᄒ 디봉에 쓸 거슬 밧으면 갑시 젹어지겟고 삼은 우톄로 보내ᄂ 거시 우표업ᄂ 것보다 갑시 만 ᄒ니 그 여러 가지 갑슬 이 아래 긔적ᄒ노라[47]

위의 '본사광고'를 보면, 쇽쟝 즉 보감에는 이전처럼 론셜, 법률문답 종교 관련 기록이나 소문 등을 기재하겠다고 해서 예전처럼 천주교인 들 위주로 변함이 없이 전개될 것이라고 설명한다. 53호부터 대대적으 로 바뀌는 겉쟝에는 1면에 매일 특보를 싣고, 관보와 소설, 생업에 필 요한 산업과 연관된 부분과 법률 관계 또 위생 등 실생활에 가장 필요 한 것들을 싣겠다고 언급한다. 그러면서 이 쇽쟝만은 따로 팔지 않지 만, 겉쟝은 따로 팔겠다고 설명하고 있다. 즉 천주교도들을 위한 보감 만은 따로 팔지 않지만, 일반인들을 위한 겉쟝 신문에 대해서는 따로

---

47 '본사광고', 『경향신문』 40호, 1907.7.19, 1면.

팔겠다는 것이다. 이는 천주교도가 아닌 일반인들도『경향신문』을 거부감 없이 읽을 수 있도록 하겠다는 것을 의미한다.

- 흔 쟝식 사면 二젼
- 션급ᄒ고 쥬일마다 흔 쟝식 우톄로 밧으면

속쟝과 밧겻쟝 합흔 것 : 일년 一환 三十젼 여섯 둘 七十젼

밧겻쟝만 : 일년 一환 여섯 둘 五十五젼

- 션급으로 三쟝이나 三쟝 이샹을 우톄로 흔 디봉에 밧으면

속쟝과 밧겻쟝 합흔 것 일 년 一환 十젼

- 션급ᄒ고 우톄 업시 밧으면

속쟝과 밧겻쟝 합흔 것 : 일년 一 환 여섯 둘 六十젼

밧겻쟝만 : 일년 七十젼 여섯둘 四十젼[48]

실제 가격도 보면, 한 장씩 우체로 받을 경우, 속장과 겉장을 합쳐서 6개월에 70전이고 우체 없이 받으면 6개월에 60전인데 반해, 겉장만 살 경우에는 6개월에 55전, 40전이어서 일반인들이 쉽게 구매할 수 있도록 유도하고 있다. 『경향신문』이 쉽고 싸다는 전략을 내세워 천주교도가 아닌 일반인들에게까지 판매를 확장하고자 했던 것이다.

성교회에 신문을 외인이 만히 보는 것이 성교회 온젼이 유흠인 줄을 싱각

ᄒ고 각교우들이 외인들을 권ᄒ야 신문을 보게 ᄒ기로 힘쓸지니라

외인들의게 신문을 보게 ᄒᄂ 모양이 둘히 잇ᄂ디

---

48   위의 글, 1면.

흐나흔 읍너나 쟝터에나 큰 동너에 잇는 교우 즁에 본 신문발매인 될 만흔 사름이 만흐니 그 사름들이 신문 것쟝만 몃 쟝을 가가에 노튼지 우히나 다른 사름으로 각집에 둔니며 풀게 흘지니 풀면 푸는 사름의게 조고마흔 리익도 좀 잇겟고 해는 업겟스며 번마다 좀 만히 푸는 사름의게는 발매소라 흐는 판을 보내겟고 성명도 신문에 번마다 긔저흐리롤다 이러므로 그러케 흘 만흔 교우는 본사에 쳥구흘 것이오 본사에셔는 아모 뒤든지 그곳은 당신부씩 긔별흐야 본 당신부의 허락이 잇스면 쳥구흐는 사름의게 신문을 줄 째에 신문의 갑과 보내는 모양을 ㄱ르칠 것이오

둘은 교우들이 신문발매인이 다 되지 못흐나 교우들이 다 흘만흔 것은 우혜 말흠과 곳히 외인들의게 신문을 보게 흐기로 권흘지니 그 권흐는 일을 도아주기 위흐야 이후에 각 신문속에 경향신문 광고를 혹 보내겟스니 이런 광고는 이번 광고와 곳히 교우들만 볼 것이 아니라 외인들을 위흐야 보내는 것이니 이러므로 교우들이 그 광고를 집안에 두지 말고 제각금 아는 대로 외인 여러 사름의게 보게 흐고 쥬막에나 동리에 부칠 것이니라 브라나니 각 교우는 신문일이 성교회에 믹우 요긴흔 줄을 알고 신문을 변성케 흐기로 힘쓸지니 그러케 흐면 교화황의 칙령을 밧들어 공로의 일을 흐는 줄을 알지어다

룡희이년 구월스일 / 경향신문 샤쟝 안셰화[49]

위의 호외는 일반인들이 읽을 수 없고 교우들만 읽을 수 있는 호외였는데, 이 호외에서 『경향신문』의 독자 전략과 목표를 찾아볼 수 있다.

---

49 융희 2년 9월 4일 호외, 『경향신문』, 1908.9.4, 2면.

외인, 즉 교인이 아닌 독자들을 적극적으로 유치하자는 것이 주된 내용인데, 이를 위해 교인들이 적극적으로 홍보와 판매 활동에 나서달라는 것이었다. 교인들 스스로 판매를 해달라고 요청하면서 많이 파는 사람들은 발매소로 세워 매 호마다 이름을 기재하겠다는 말과 더불어, 신문 발매인이 되지 못할 경우, 개인적으로 주변인들에게 신문을 읽도록 권하라고 적극적으로 설득하고 있다. 광고의 경우, 지금처럼 교인만 보는 광고가 아니라 일반인들도 볼 수 있는 광고를 실을 테니 이 광고를 주막이나 동네에 붙이라는 당부도 하고 있다. 무엇보다도 이러한 일이 교황의 칙령을 받는 일이라는 대의를 표명한다. 이로써 『경향신문』은 교인들 전체를 일종의 신문사의 일원으로 호명하면서 일반인들을 독자로 끌어들일 것을 요청하고 있는 것이다. 이렇게 볼 때, 보감이 아닌 겉장의 신문은 거의 일반 신문과 같이 종교 색채를 거의 드러내려 하지 않았고, 또 동시에 일반인들의 흥미를 끌기 위해서 다양한 편집적 전략을 활용하고 있었음을 추측해 볼 수 있다.[50]

결국 이는 "것쟝은 성교신문 모양이 아닌즉 외인들이 보기를 슬희여 ᄒᆞ지 아닐 것"이어서 포교에 도움이 될 수 있을 것이고, "어질지 못ᄒᆞᆫ 관리들이 싱각ᄒᆞ기를 이 신문은 셩교인들만 보ᄂᆞᆫ 것이니 샹관ᄒᆞᆯ 것 업

---

50 실제로 이러한 전략은 꽤 효과가 있었던 것으로 보인다. 220호 마지막호에 보면, "이왕브터 보감 업시 신문만 보시ᄂᆞᆫ 이와 ᄯᅩᄒᆞᆫ 명년브터 신문 보시기로 쳥ᄒᆞᆫ 이들은경향잡지를 보실 ᄆᆞ음이 업슬 줄노 짐작흠으로 것쟝 신문 보시ᄂᆞᆫ 이와 보실 이의게는 본샤의셔 잡지를 보내지 아니ᄒᆞ겟ᄉᆞ오니 보실 ᄆᆞ음이 계신 이는 본샤에 긔별ᄒᆞ시옵"이라고 언급한다. 즉 경향잡지로 바뀌고 한 달에 2번 발행하게 된다는 안내를 하면서 보감 없이 신문만 보는 이들은 경향잡지 볼 생각이 없을 것이므로 더 이상 보내지 않을 것이며 보내길 바라는 사람만 따로 연락을 달라고 요청한다. 여기에서 보감 없이 신문 보는 사람이 바로 일반인이었다는 것을 알 수 있다.

다"라고 무시하는 상황도 막을 수 있다는 것이다. "텬쥬교를 아니ᄒᆞᄂᆞᆫ 여러 동포들도 우리 신문을 즐겨보며 말ᄒᆞ기를 이 신문은 다른 것을 샹관치 아니ᄒᆞ고 다만 우리나라 빅셩을 도아주ᄂᆞ 신문이라 홈으로 우리가 교의 관흔 것은 보감이라 ᄒᆞ고 짜로 박이고 겻쟝에는 다만 셰샹 소문을 게지ᄒᆞ엿ᄂᆞ니 그쌔브터 본 신문을 보시ᄂᆞ 이들이 만핫도다"라고 스스로 평하고 있기도 하다.[51] 이러한 면에서 보감을 제외한 『경향신문』의 겻쟝은 교리보다는 일반인들을 위주로, 또 일반인들에게 홍보하기 위한 다양한 시도를 하고 있었다고 볼 수 있다.

2) 논설의 주제별 경향과 특징

이러한 『경향신문』의 성격은 논설을 통해서 좀 더 분명하게 살펴볼 수 있다. 논설은 창간호부터 거의 빠짐없이 실리고 있는데, 처음에는 1면에 실리다가 겻쟝을 확장한 이후부터는 2면으로 바뀌어 실리게 된다. 1면에 실린 논설이 총 206개 중 44개, 2면에 실린 논설이 총 161개, 그리고 4면에 실린 경우가 1개였다. 즉 대부분 2면에 실렸다는 것을 알 수 있다.

〈표 1〉은 『경향신문』에 실린 논설을 주제별로 분류한 것이다. 가장 많은 내용을 차지한 것은 일본 및 일본인을 비판하는 내용으로 약 18.4%였고, 법률 및 칙령이 30개로 약 14.6%를 차지했다. 또한 교육

---

51 '론셜', 「합방에 디ᄒᆞ야 만히 말 아니ᄒᆞᄂᆞ 까둙」, 『경향신문』, 1910.4.8, 2면.

<표 1> 『경향신문』 논설 주제별 분류

논설의 주제	1906년	1907년	1908년	1909년	1910년	총 개수
일본 및 일인 비판		10	15	10	3	38
법률 및 칙령	2	3	9	6	10	30
교육	1	5	6	8	5	25
정부 및 관리 비판		3	6	5	6	20
국민 정신		2	2	6	6	16
경제 및 산업	1	2	2	2	7	14
개화	2	6	2			12
신문	2	2	1	1	5	11
제국주의	1	2	4	3		10
황실		5		3		8
위생	1			1	4	6
신문물 및 신사상	1	1	1	1		4
외국			2	1	1	4
독립		2	1			3
구습타파		1	1			2
우국			1	1		2
유학생		1				1
총계	11	45	53	50	47	206(개)

이 25개로 약 12.1%, 정부 및 관리 비판에 대한 내용이 20개로 약 9.75%였다. 그런데 일본 비판이나 법률, 정부나 관리 부분도 역시 통감부의 정책 및 법률에 관한 내용이 많았기 때문에, 크게 보면 이렇게 정부와 연관된 부분들이 전체의 약 42.7%를 차지하고 있었다. 특히 『경향신문』은 자꾸만 새롭게 제정되고 공포되는 법률 등에 대해서 일반인들이 알기 쉽도록 설명하겠다고 취지를 밝힌 바 있다. 그래서 다른 어떤 신문보다도 이러한 조례나 법률, 토지 조사사업 등 다양한 법률이나 정부 시책에 대한 설명 및 평가가 많았다.[52]

---

52 『대한매일신보』 한글판 논설의 경우와 비교해 보면 이러한 면이 두드러진다. 『대한매일신보』의 논설에서 정부시책이나 정부의 개혁문제가 4편 정도였으며, 일본의 정책 관련해서도 10편 정도에 그쳐, 정책이나 시행법에 대해서는 그리 많이 실리지 않았음을 알

연도별 상황을 보면, 일본이나 일본인에 대한 비판은 1909년까지 강화되고 있지만, 1910년에는 3편으로 줄어든다. 또한 논조 역시 강한 비판조가 아니라 부탁조로 변하고 있다. 개화나 독립과 관련된 내용은 앞쪽에 치우쳐 있는 반면, 1909년 이후로는 이런 내용들이 거의 등장하지 않으며, 국민 정신에 대한 부분이나 위생, 산업 등 실제 생활과 연관된 부분이 강조되고 있다. 그러나 법률 및 칙령과 연관된 부분은 꾸준히 이어오고 있으며, 정부 시책에 대한 비판 역시 비판의 논조는 약화되고 있지만, 여전히 등장하고 있다. 이렇게 볼 때, 1910년 강압에 의한 한일병합이 이루어지고 나서는 일본인에 대한 비판이나 개화와 독립에 대한 내용을 언급할 수 없는 상황에서 새로 등장하는 법률에 대한 해석이나 일반 생활에 대한 내용, 또 국민들의 개인적 마음가짐 등을 이야기하는 데 그쳤다고 볼 수 있다. 따라서 교육과 연관된 부분이나 법률 규칙을 알려주는 부분 위주로 논설이 진행되었다는 것을 알 수 있다.

『경향신문』 논설의 내용상의 특징은 비유를 들어 설명하고 있다는 점이다. 순한글일 뿐만 아니라 쉬운 비유로 설명하고 있어서 학식이 낮다 하더라도 누구나 이해할 수 있도록 논설을 쉽게 풀어 썼다.

쏘 일진회인 즁에 무식ᄒ고 일홀 줄 모로고 다만 일본편에만 붓흐면 지물도 잘 엇고 벼슬도 잘홀 줄 알고 본국 동포의 리해ᄂᆞᆫ 불고ᄒᆞᄂᆞᆫ 이 만흐니 이런ᄆᆞ 이들이 흐린 물이 묽아지면 졔가 잡을 무슴 고기가 잇ᄉᆞ리오 물이 흐려

수 있다.(김덕모, 「『대한매일신보』 논설 분석」, 한국언론사연구회 편, 『대한매일신보연구』, 커뮤니케이션북스, 2004, 194~197면 참조) 그런데 『경향신문』은 법률 및 칙령 등에 관해서 집중적으로 조명하면서 일반 백성들의 궁금증을 풀어주고 있었다.

야 고기잡기가 됴켓도다

아쳐롭도다 물이 오래 흐리고 잇스면 고기를 다 잡아먹어 늠을 거시 업슴
궂히 우리나라도 이 모양 분란이 오래면 늠을 빅셩이 ᄒ나도 업셔 다 죽을지
니 이 흐린 물이 어셔 묽아지기를 그윽히 ᄇ라노니 흐린 물에 고기 잡는 ᄆ이
들은 다 굶어죽어도 빅셩들은 살기를 축수ᄒ노라[53]

위의 내용은 일진회 등에 대해 비판하는 내용으로 의병들을 잡는다
면서 백성들을 다 죽이겠다는 경고와 우려를 보여주고 있다. 이를 고기
잡는 비유로 들고 있어서 누구나 쉽게 이해할 수 있도록 설명한다. 개
화기의 논설이 비유를 많이 활용하고는 있으나, 『경향신문』의 경우 특
별히 비유나 우화가 거의 매번 등장하고 있다. 이러한 비유와 우화적인
부분은 '론셜' 안에서도 드러나지만, '론셜' 바로 다음에 등장하는 '지
담'에서도 이어지는 경우가 많았다. 예를 들어 166호(1909.12.17)에 실
린 논설의 경우, 한일 합방 문제에 대해서 벌 비유를 들어 신랄하게 비
판하고 있다. 특히 조선의 백성은 원하지 않는데, 일진회가 일방적으로
합방을 주장한다면서 일진회는 대한의 사람이 아니라 악한 인물일 뿐
이라고 강력한 논조를 보여준다. 그런데 바로 다음에 이어지는 '지담'
란에서는 이를 비유로 한 번 더 꼬집어 풍자하고 있다.

일진회는 벌에도 비흘 수 업ᄂ니 벌을 말ᄒ면 쑬을 ᄆᄃᄂᄂ고로 유익ᄒ 버
레가 되거니와 일진회는 도로혀 해로온 물건이라 그러나 벌에 비ᄒᄂ 것은
벌이 사름을 쏠 쌔에 사름을 얇ᄒ게만 ᄒ고 제게는 사름의게보다 더 큰 해를

---

53 '론셜', 「흐린 물에 고기잡기가 쉬워」, 『경향신문』 60호, 1907.12.6, 2면.

스스로 밧느니 곳 즈살ㅎ는 것이니 그와 ᄀ치 일진회가 합방ㅎ는 문뎨로 우리나라 빅셩의 ᄆ음을 앓ㅎ게는 ᄒ나 이는 곳 즈살ㅎ는 것이니 벌의게 쏘인 사ᄅᆷ이 즈긔 앓흠을 싱각ㅎ고 그 벌이 죽는 것을 원통히 넉이지 아니ㅎ는 것과 ᄀ치 우리나라 빅셩이 일진회로 인ㅎ야 해밧은 것을 싱각ㅎ면 그 회가 죽는 것을 원통히 넉일 리가 업ᄂ니라[54]

앞서 논설에서 벌통에 든 벌 비유를 통해 일진회의 한일합방론을 비판했듯이 이를 다시 '직담'란에서 받아 벌이 쏜 후에는 죽는다는 강력한 메시지를 전달한다. 결국 일진회 스스로 자살하는 것과 같다는 강력한 비유를 들고 있는 것이다. 이처럼 누가 읽더라도 이해하기 쉽도록 논설의 내용을 비유로 제시함과 동시에, 가장 핵심적인 면을 '직담'에서 한 번 더 비유로 들어줌으로써 논설의 주제를 좀 더 명확하게 확인할 수 있도록 한다. 이러한 면은 천주교 신부들이 중점적으로 편집진에 들어오면서 가능했던 것으로 보인다. 교리나 성경에 등장하는 내용도 비유로 설명하고 있기 때문에, 미사 등에서 교리를 쉽게 풀어 설명하는 방식이 그대로 신문에도 적용된 것으로 추측해 볼 수 있다.

또한 백성들이 가장 어려워하는 법률이나 새로 만들어진 칙령 또는 규칙들에 대해서 논설을 통해 답변해주는 경우도 많았다. 예를 들어 "우리 신문지 몬져번 론설에 특별이 우리 신문을 보시는 이를 향ㅎ야 닐 ᄋ디 새법이 나면 조심ㅎ야 그 법대로 힝ㅎ기로 힘쓸 거시오 만일 조심치 아니ㅎ면 해를 보기 쉽겟다 ㅎ엿시나 이번도 쌍이나 집 매매홀 제

---

54 '직담', 「벌이 쏜 후에는 죽ᄂ니라」, 『경향신문』 166호, 1909.12.17, 2면.

사힝홀 새 법을 들어 대강 말ᄒ오"[55]라면서 새로 나온 토지규칙에 대해 예를 들어 설명하고 문답식으로 대답을 기재하고 있다. 앞서 주제 분류에서 제시된 정부 시책이나 법률 관련 논설은 이처럼 백성들이 궁금해하는 부분들을 명확하게 기재해서 쉽게 이해할 수 있도록 지침서의 역할을 하고 있었음을 알 수 있다.

3) '쇼셜'란의 강화와 계도적 지도

이러한 논설과 더불어 문학 역시 일반 독자들의 흥미를 유발할 수 있는 하나의 전략으로 기능했다. 겉지 즉 일반 신문 부분을 크게 확대하면서 가장 많이 달라진 부분이 바로 문학 부분이었다. 특히 1면에 싣던 논설을 2면으로 옮기고, 그 1면 자리에는 매일의 소식과 더불어 '쇼셜'란과 '우슴거리'라는 짧은 이야깃거리를 제공했다. 앞서도 언급했듯이 겉지가 확대되고 문학이 들어오면서 일반인들의 구독 역시 많아졌다고 편집진 스스로도 논설을 통해 설명한 바 있다. 이러한 문학은 크게 보면, '쇼셜'란과 짧은 재담, 그리고 가사류로 나누어 볼 수 있는데 문학 중에서 산문 영역 즉 '쇼셜'란과 짧은 재담 위주로 살펴볼 것이다.

먼저 '쇼셜'[56]은 1906년 11월 30일 7호의 3면과 4면에서 처음 등장

---

55   '론셜' 「토디가샤규측준힝론」, 『경향신문』 6호, 1906.11.23, 1면.
56   『경향신문』에서는 서사물을 실으면서 '쇼셜'이라고 명명하고 있다. 이는 엄밀히 말해서 서사물에 가까우며 근대문학으로서의 소설이라고 보기는 어렵다. 따라서 이 글에서는 근대적인 소설의 개념과 구분하기 위하여 『경향신문』의 명명을 따라 '쇼셜' 또는 단편 서사물, 장편 서사물 등의 용어를 사용하고자 한다.

호수	연재 일시	면	제목	회차	주제
7~8	1906.11.30~12.7	3,4	'고담' 졍소의 불긴	2	우화(송사)
53~55	1907.10.18~11.1	1	밋은 나무에 곰이 퓌다	3	도둑
58~60	1907.11.22~12.6	1	동젼 서 푼에 쇼쥬가 흔 통	3	어리석은 행동
62~63	1907.12.20~1908.1.3	1	친구심방ᄒᆞ다가 믈을 일헛네	3	도둑 / 기지
67~71	1908.1.24~2.21	1	직간 만혼 도적놈	5	도둑 / 기지
72~74	1908.2.28~3.13	1	온텬하에 무어시 데일 강ᄒᆞ랴	3	교훈(독립) / 성경
75~80	1908.3.20~4.24	1	군ᄉᆞ련습시에 살인릭력	6	탐정
81~82	1908.5.1~8	1	꿩과 톡기의 깃분 슈쟉	2	우화 / 현실풍자
86~87	1908.6.5~12	1	'고담' 즈긔의 덕힝을 시험ᄒᆞ야 놉을 ᄀᆞᄅᆞ침	2	우화 / 악한 행실
90~116	1908.7.3~1909.1.1	1	파션밀ᄉᆞ(破船密事) (미완)	27	탐정 / 추리
124~126	1909.2.26~3.12	1	게우가 죽엇나 살앗나	3	교육 / 현실풍자
127~128	1909.3.19~26	1	곤쟝맛고벼슬떠러졋닉	2	어리석은 행동(남편)
129~130	1909.4.2~9	1	녀즁군ᄌᆞ	1	양반 비판(첩)
131~132	1909.4.16~23	1	쟝관의 놀음 짓헤 큰 젹션이 싱겨	2	남자 비판
133~134	1909.4.30~5.7	1	금의환향	2	지혜로운 여인
137~139	1909.5.28~6.11	1	우는 눈물은 죄악을 씻는다	3	지혜로운 여인
142~143	1909.7.2~9	1	휘황찬란흔 일	2	옛이야기(혼인)
144~145	1909.7.16~23	1	젹은 나라헤는 이인이나 명쟝이 업나	2	옛이야기(영웅) / 임진왜란
146~147	1909.7.30~8.6	1	의긔남ᄌᆞ	2	옛이야기(혼인)
149~151	1909.8.20~9.3	1	규즁호걸	3	옛이야기(혼인) / 임진왜란
152~153	1909.9.10~17	1	젹션지가에 필유여경	2	옛이야기(부와 가난)
155~157	1909.10.1~15	1	졀개잇는 녀인	3	옛이야기(절개)
158~159	1909.10.22~29	1	굴을 ᄎᆞ자 드러가다가 난감흔 일을 등홈	2	모험
160~162	1909.11.5~19	4	도량 넓은 쳐녀	3	지혜로운 여인
163~167	1909.11.26~12.24	1	쟝흔 일	5	지혜로운 여인
169~176	1910.1.7~2.25	1	모로는 것이 곳 소경	8	교육 / 개화
177~179	1910.3.4~18	1	묘흔 계교	3	욕심, 거짓말 비판
180~207	1910.3.25~10.21	1	히외고학(海外苦學)	28	교육 / 공부
211~213	1910.10.28~11.11	1	춤 유졍흔군	3	옛이야기(신의)
214~215	1910.11.18~25.	1	악흔셔모	2	옛이야기(혼인) / 계모
216~218	1910.12.2~16	1	십구 형제 도적회긔	3	옛이야기(신의)

했다. 처음 이러한 '쇼셜'이 실린 곳은 '고담'으로 표기되어 있었으나,
이후 86호와 87호에 '고담'이라 명명된 것 외에는 모두 '쇼셜'란이라
는 표제 아래 실리고 있다.

『경향신문』 '쇼셜'란에 실린 2회 이상 연재된 서사 목록은 〈표 2〉와 같다. 연재된 '쇼셜'의 개수는 총 31편이며, 이 중 5회 이상 연재된 서사물은 「지간 만혼 도적놈」(5회), 「쟝흔 일」(5회), 「군ᄉ련습시에 살인 리력」(6회), 「모로는 것이 곳 소경」(8회), 『파션밀ᄉ破船密事』(27회, 미완), 『히외고학海外苦學』(28회)로 총 6편이 실렸다. 특히 이 중 『파션밀ᄉ破船密事』와 『히외고학海外苦學』은 각각 총 27회, 28회로 6개월 이상 연재되기도 했다. 2회 이상 연재된 서사물의 내용은 대체로 옛 이야기 즉 패담 및 야담집에서 볼 수 있는 것들이 많았다.[57]

　내용을 보면, 옛이야기들 중 교훈이나 영웅에 관련된 이야기가 많았고, 1908년 2월 28일(72호)부터 3월 13일(74호)까지 연재된 「온텬하에 무어시 뎨일 강ᄒᆞ랴」라는 글에서는 성경에 나오는 스룹바벨이라는 인물이 이야기 형식으로 그대로 옮겨져 있다. 특히 이 인물은 지혜를 발휘하여 바벨론의 포로였던 이스라엘 민족들을 본향으로 돌아가게 만드는 주요한 역할을 한다. 이를 통해 『경향신문』은 그 당대의 현실 상황과 성경의 배경을 엮어 주제를 전달하고 있음을 알 수 있다.

　장편으로 연재된 『파션밀ᄉ破船密事』와 『히외고학海外苦學』의 경우는 어느 정도 완성도 있는 소설의 형태를 갖추고 있다. 전자의 경우는 모험 및 추리와 연계된 이야기로 배경이나 내용면에서 번역소설의 면모를 보인다. 『히외고학海外苦學』은 신소설의 형태로 관영이라는 소년이 우여곡절 끝에 유학을 떠나 고학을 하며 졸업하고 일본인 아내를 맞이

57　정가람은 앞의 글, 150~151면에서 1909년 4월 2일부터 2회 연재한 「녀즁군ᄌᆞ」라는 이야기가 『東稗洛誦』 하권, 『동야휘집(東野彙集)』, 『이조한문단편집』 등에 등장하는 이야기를 부분 각색한 이야기임을 밝히고 있다.

〈표 3〉 『경향소설』에 실린 단편 소설 목록

호수	연재 일시	면	제목	주제
13	1907.1.11	4	직물이 근심거리	교훈(재물)
16	1907.2.1	4	민얌이와 기얌이라(고담)	우화(게으름)
56	1907.11.8	1	님금의 무음을 용케 돌님	교훈(지혜)
57	1907.11.15	1	쇠가 무거우냐 새깃이 무거우나	교훈(원수사랑)
61	1907.12.13	1	쇼년에 빅발	일반재담
65	1908.1.10	1	어려운 숑스를 결안홈	교훈(지혜)
66	1908.1.17	1	법은 멀고 주먹은 갓갑지	현실 풍자
83	1908.5.15	1	퇵우근신(擇友勤愼)	우화(친구사귐)
84	1908.5.15	1	무음을 곳게 가질 일	교훈(올바른 마음)
85	1908.5.29	1	쟝고롱혈에 산소를 썻다	옛이야기(구습)
89	1908.6.26	1	어려운일을공론ㅎ던쟈는터니셩수홀때에는ㅎ나도업다	우화 / 현실풍자
117	1908.1.8	1	빈딕도 량반은 무셔워 흐다닉	양반비판 / 현실 풍자
118	1908.1.15	1	무식ㅎ면 그러치	어리석은 양반
119	1908.1.22	1	분수에 넘는 일을 말나	우화(분수)
120	1908.1.29	1	이인스외를 엇어	어리석은시골사람
121	1909.2.5	1	죠션은 량반이 됴하	양반비판
122	1909.2.12	1	술에 미쳣고나	교훈(술)
123	1909.2.19	1	드람쥐와 호랑이	우화 / 현실 풍자
135	1909.5.14	1	용밍흔 쟝수 김쟝군	옛이야기(영웅)
136	1909.5.21	1	뛰는 즁에 느는 이도 잇다	교훈(겸손)
140	1909.6.18	1	사름은 몬져 그 눈을 볼 것이라	옛이야기 / 영웅(임경업 장군)
141	1909.6.25	1	담대흠이 츔호반	교훈(지혜)
148	1909.8.30	1	밍랑흔 말	옛이야기 / 임진왜란
154	1909.9.24	1	샹쾌흔 일	교훈(권선징악)
168	1909.12.31	1	어리석은 쟈의 락	양반 비판 / 축첩 비판
219	1910.12.23	1	몽즁형(夢中刑)	교육
220	1910.12.30	1	게와 원슝이	우화(욕심)

한다는 내용이다. 교육을 강조한다는 점과 여성의 주체적인 면, 또 일본인 여성의 적극적인 구애로 혼인을 한다는 점 등에서 그 당대 새로운 소설의 형태를 보여주고 있다.[58]

---

[58] 정가람은 『히외고학(海外苦學)』이 구어체 한글을 사용하고 언문일치를 지향한다는 점과, 현실성을 담보한 점, 극적 구성방식을 취한 점, 서사 강화 등을 들어 근대소설의 형성 과정을 보여주고 있다고 평가한다.(정가람, 앞의 글, 397~419면 참조)

『경향신문』에 실린 단편은 총 27편으로 동물 우화의 내용이 많았고, 영웅 관련 옛이야기나 교훈을 주는 내용들이 많았다. 『경향신문』이 프랑스 신부인 안세화가 사장으로 있었기 때문에 이러한 우화는 프랑스 우화집에서 번역한 것으로 알려져 있다.[59] 단편 서사물의 주제별로 내용을 보면, 우화를 포함한 교훈과 계도를 위한 이야기가 총 27편 가운데 15편을 차지하고 있다. 그 외에 양반 및 구습을 비판하는 내용이 5편, 옛이야기들 중 영웅에 관한 이야기가 3편이다. 따라서 단편서사물의 대부분이 지혜와 교훈을 줄 수 있는 내용들로 이루어져 있으며, 프랑스 우화들과 연계하여 누구나 이해할 수 있도록 쉽게 전달될 수 있었다. 또한 기존 패관문학이나 야담집에 실려 있는 우리 옛이야기들의 경우도 영웅이나 교훈, 지혜 등의 문제들을 다루면서 결국 '쇼셜'란은 이러한 계도의 차원을 보여주고자 했다.

4) '우슴거리'의 풍자적 비판과 배치의 미학

앞서 설명한 '쇼셜'란 바로 다음에는 '우슴거리'라는 표제의 재담류 이야기가 바로 배치되었다. 이는 내용이 짧고 쉬워서 소설보다 훨씬 더 수월하게 읽을 수 있었다.

---

59 박수미는 『경향신문』과 프랑스 라퐁텐 우화를 비교 검토하여 우화 중 상당수가 라퐁텐 우화의 번역임을 밝힌 바 있다. 또한 1908년 5월 22일에 실린 「마음을 곳게 가질 일」은 「금도끼 은도끼」라는 우리 전래 동화로 생각하기 쉬우나, 실제로 라퐁텐 우화의 「나무꾼과 메르쿠리우스」와 거의 흡사하다고 설명하고 있다. 이와 관련해서는 박수미, 앞의 글, 57~91면 참조.

<표 4> '우슴거리' 주제별 분류

분류	세부 주제	1907년	1908년	1909년	1910년	주제별 총계
어리석은 행동 (92)	어리석은 행동(일반)		8	16	15	39
	어리석은 행동(가족)	6	7	4	13	30
	어리석은 행동(서울 / 시골)	1	5	1	1	8
	어리석은 행동(장애)	1	2	1	2	6
	어리석은 행동(신문물)	2	3	1		6
	어리석은 행동(외국)		2			2
	어리석은 행동(종)				1	1
재담 (45)	일반 재담	1	16	8	4	29
	무능한 의원이나 장사치	3	3	1	1	8
	언어유희		4			4
	수수께끼	1	1	1		3
	우화			1		1
현실풍자 및 비판 (39)	어리석은 양반		4	6	5	15
	정치, 관리 비판	3	4	4	1	12
	양반 및 부자 비판	3		1	2	6
	현실 풍자	1	1		1	3
	남자 비판				2	2
	여자 비판			1		1
총계		22	60	46	48	176(개)

'우슴거리'는 1906년 12월 21일 10호부터 게재되기 시작해서 1910년 12월 30일까지 꾸준히 실리고 있다. 총 176개가 실렸는데, 1907년에 22개, 1908년에 60개, 1909년에 46개, 1910년에 48개로, 대체로 빠짐없이 게재되었다. 주제별로 크게 분류해 보면, 어리석은 행동으로 웃음을 유발하는 내용과 그저 재미있고 웃기는 이야기, 여기에 더해 현실 풍자 및 비판을 담을 이야기로 구분할 수 있다. 대체로 어리석은 행동이 가장 많았고, 그 외에 정치나 관리, 양반에 대한 비판도 상당히 등장하고 있다. 사실 이 '우슴거리'는『대한매일신보』의 독자문예면이라 할 수 있는 '편편긔담'과 매우 유사하다.

제3장_ 근대계몽기 신문 매체 서사물과 대중 독자층의 성장 247

<표 5> 『대한매일신보』 '편편긔담' 주제별 분류[60]

내 용	1907.5.23 ~1908.2.22	1908년	1909년	1910년	개수
일반재담(어리석은 인물, 일반세태)	66	154	159	55	434
개화하지 못한 양반 비판	8	24	30	5	67
시골사람 상경해서 바보짓	5	18	13	3	39
동물 우화	15	9	6	2	32
여성 비판	2	15	10	3	30
가족관계 내용이나 비판	4	18	2	4	28
남성 비판	2	6	14	4	26
옛날이야기, 옛 시	3	19	1	0	23
원님과 부인, 이방(관리 비판)	3	8	5	3	19
소설, 서사류, 대중적인 서사물	3	1	8	2	17
제도권 비판(순라군 등)	1	11	3	1	16
교훈적 문구, 속담	14	0	0	0	14
일본, 열강 비판	0	0	4	0	4
총합(개)	126	283	255	82	746

'편편긔담'의 경우에도 어리석은 행동이나 양반 비판, 고을 원님에 대한 비판 및 신문물과 연관된 우스갯거리가 많았다. 그런데 실제로 『경향신문』의 '우습거리'는 1906년 12월 21일부터 실려 있어서 '편편긔담'보다 다섯 달 먼저 이러한 재담들을 싣고 있었다. 재미있는 것은 『대한매일신보』는 이 '편편긔담'을 독자들의 투고를 통해서 이어갔다는 점인데, 이 때문에 『경향신문』의 '우습거리'와 『대한매일신보』의 '편편긔담'은 내용상에서 차이를 보인다.

'편편긔담'의 경우, 구비전승되어 오던 민담이나 패설과 같은 이야기들을 독자들이 직접 투고함으로써 비슷한 이야기들이 많이 등장한다. 물론 뒤로 갈수록 기존 이야기에 창작이 가미되면서 풍자적인 요소가 들어오기는 하지만, 특별한 비판이나 풍자 없이 재미있는 이야기의

---

60 전은경, 「근대계몽기 독자의 서사에 대한 욕망과 재생산적 글쓰기」, 『한국현대문학연구』 38, 한국현대문학회, 2012.12, 41면 〈표 1〉 인용.

변형이 많은 편이다. 그런데 '우슴거리'는 독자들을 쉽게 끌어들이기 위한 편집진의 전략이었기 때문에 이러한 '우슴거리'의 공간에서도 의도가 숨어 있었다. 즉 논설과 소설, 재담, 웃음거리 모두 『경향신문』 편집자들이 전달하고자 하는 계도의 메시지를 끊임없이 포괄하고 있었다. 따라서 『대한매일신보』의 '편편긔담'에서는 단순히 웃음을 위한 이야기일 수 있는 주제가 『경향신문』의 '우슴거리'에서는 좀 더 현실 풍자의 색채가 가미되는 것이다. 특히 주목해서 볼 수 있는 부분이 지식인, 혹은 양반에 대한 비판이다.

> 엇던 유식흔 션비가 흔 무식흔 사름을 대단히 업수히 녁여 사름으로 아니 아는지라 그 무식흔 사름이 분ᄒ여 닐ᄋ딕 나 아는 글ᄌ를 당신이 다 알으시겟소 네가 무슴ᄌ를 안단 말이냐 엇더턴지 나 뭇는 글ᄌ를 알아내시오 ᄒ고 무르딕 알록알록ᄒ고 동고스름흔 자가 무슴 ᄌ요 션비가 암만 싱각ᄒ여도 알 수 업는지라 홀 수 업서 모로노라 무식흔 사람 말이 참 유식ᄒ오 그 ᄌ가 피마자이온다 ᄯ또 ᄒ야 코 오목흔 ᄌ는 무슴자요 ᄯ또 모로겟다 무식흔 사름 말이 유식ᄒ다고 업수히 녁일 줄만 알앗소 죵ᄌ도 모로오 그 아는 거시 무어시오 먹자나 놀자만 아오 그런 개똥 ᄀᆺ흔 유식은 그만 두오[61]

> 가갸의 뒤ㅅ다리도 모로는 무식흔 량반이 원을 ᄒ여 갓는딕 셔울 ᄌ긔 부인흔딕셔 온 편지를 밧고도 볼 줄을 몰나 리방을 불너 보아달나흔즉 리방이 편지를 펴들고 보는 톄ᄒ며 닐ᄋ기를 긔톄후일향만강ᄒᆞ옵시며 아전류방 뫼시고 졍ᄉ나 잘ᄒ시는지 알고져 ᄒᆞᄂᆞ이다 운운 이러케 ᄭᅮ며셔 본즉 그 원이

---

61   '우슴거리', 『경향신문』 79호, 1908.4.17, 1면.

안자 듯다가 분을 내여 왈 빌어먹을 년 셔울셔 홀 것이 업스니까 이따위 편지
만 ᄒ여 보내엿고나 나ㅣ 셔울 가면 그 년 손목ᄋ지를 쪽 자르리라 ᄒ매 륙방
아젼들이 듯고 요졀홀 번 ᄒ엿더라[62]

위의 내용은 '우슴거리'에 나온 예로, 두 가지 모두 양반을 비판하는
내용이다. 유식한 선비가 무식한 사람을 무시하지만, 실제로 선비 역시
한글에 대해서는 제대로 파악하지 못한다. 물론 무식한 사람이 질문한
것은 일종의 언어유희이지만, 이는 하층의 언어, 하층의 놀이와 연관된
것이다. 예전 같으면 한문을 모르는 무식한 부인이라 표현할 부분에 역
으로 한글을 모르는 무식한 양반으로 표현되고 있는 것이다. 즉 양반이
나 선비 역시 이러한 언어를 모르니 무식하다고 도리어 비판하는 것이
다. 여기에 더해, 가갸를 모르는 양반을 아예 무식하다고 단언하고 있기
도 하다. 한글을 알지 못해서 부인이 쓴 편지도 읽지 못하고, 이방에게
속임을 당하는 양반의 모습이 풍자적으로 제시되어 있다. 이러한 부분
은 사실 『대한매일신보』나 그 당대 신문들과는 또 다른 『경향신문』의
특징이기도 하다. 혹은 하층을 위한 신문이기에 당연히 그 하층의 독자
들의 욕망을 담아내고 있다는 점에서 지식인들을 위한 신문의 내용과
는 다를 수밖에 없다. 이는 뒤에서 다룰 '공람'에서 독자층과 연계해 볼
때, 좀 더 분명해진다. 『경향신문』이 상정하고 있는 독자는 남녀노소
누구나이기도 하지만, 하층 독자층들에 좀 더 초점화되고 있었다.
또한 이러한 면에서 '우슴거리'는 말 그대로 그냥 웃기는 이야기만

---

62 '우슴거리', 『경향신문』 97호, 1908.8.21, 1면.

을 보여주는 것이 아니었다. 단순히 바보 같은 행동을 통해서 웃음을
유발하는 것이 아니라 여기에 더해 『경향신문』은 논설이나 재담 속에
비판적인 내용을 담아내려고 했다.

> 엇던 사름이 잇서 즈긔 아들이 돈 흔 푼을 가지고 놀다가 목구멍 속에로
> 넘에간지라 이 사름이 듯고 크게 놀나 급히 약을 구ㅎ려 허희단심ㅎ고 의원
> 을 ᄎ자갈식 길에셔 흔 사름이 보고 무슴 일노 이러케 드람박질을 ㅎᄂ냐
> 뭇거늘 다름 아니라 내 아들이 돈 흔 푼을 먹엇ᄂ디 죽을가 무셔워셔 약을
> 구ㅎ려 이러케 급히 가니 무슴 약이 잇거든 좀 닐너주게 그 사름 말이 허허
> 그것 참 안 되엿니 그러나 나도 그런 약은 모로겟니 이 사름이 또 급히 가ᄂᆫ
> 디 얼마쯤 간 후에 그 사름이 또 다시 부르ᄂᆫ지라 아마 무슴 약을 ᄀᆞᆯ쳐주려
> 나 보다 ㅎ고 얼는 도로 오니 그 사름 말이 그 먹엇다ᄂᆫ 돈은 뉘돈인가 내
> 돈이지 뉘돈이겟나 웅 그러면 관계찬켓니 아 죽지 않겠나 죽지 안니 눔의
> 돈도 몃만 량식 막 먹고 잣바지ᄂᆫ 일이 푹ㅎᄂᆫ디 아비의 돈 흔 푼쯤 먹은 거시
> 야 엇더탄 말인가 아모 넘려 말고 도로 가게 ㅎ거늘 이 사름이 하 긔가 막혀
> 셔 아모 말도 아니ㅎ고 쏘 가더라[63]

앞서 『대한매일신보』의 '편편긔담'은 독자들이 직접 투고한 글이다
보니, 단순한 이야기나 전승된 이야기를 그대로 옮기는 경우도 허다했
고, 결과만 조금 바꾸어 싣기도 하면서 비슷한 내용들이 반복되기도 했
다. 그런데 『경향신문』의 '우슴거리'도 우화와 교훈 설명 방식이 그대

---

[63] '우슴거리', 『경향신문』 80호, 1908.4.24, 1면.

로 반복되기는 하지만, 현실에 대한 비판과 풍자가 좀 더 가미된다. 위의 예도 어리석은 행동을 하는 인물이나 무능한 의원에 대한 내용으로 그칠 수 있었으나, 아이가 동전을 삼킨 상황을 관리 대신들이 몇 만 냥을 뇌물로 받은 상황과 엮어내고 있다.

이처럼 『경향신문』은 문학의 영역에서도 끊임없이 비판적인 주제 의식을 드러내고 있다. 앞서 살펴 본 것처럼 '론셜'과 '지담'을 함께 배치해서 '론셜'에서의 주제를 '지담'의 비유를 통해서 좀 더 쉽고 명확하게 보여주는 전략을 펼치고 있었다. 이와 마찬가지로 '쇼셜'과 '우슴거리' 역시 같은 맥락에서 이해될 수 있다. '쇼셜'을 통해서 계도를 함과 동시에 '우슴거리'를 통해 짧지만 강렬하게 날카로운 풍자와 비판을 해내고 있는 것이다. 관리 대신들에 대한 비판은 단순히 '우슴거리'에 그치는 것이 아니라 '론셜'과 '지담'을 통해서 몇 번이나 반복적으로 비판하고 있는 부분이었다. 또한 이러한 내용은 '쇼셜'란에서도 양반 풍자라는 차원에서 자주 등장하는 부분이다.[64] 이러한 양반에 대한 풍자는 예전 나라를 위해 목숨을 걸고 싸웠던 영웅들의 삶과 대조되면서 더욱 비판의 강도를 높이고 있다. 이러한 면들이 결국 '우슴거리'에서 한 번 더 짧고 재미있게 등장함으로써 『경향신문』이 비판하고자 하는 대상을 더욱더 강렬하게 표현해 주고 있는 것이다. 결국 이는 문학적 배치, 즉 편집적인 배치를 통해서 미학적 성과까지 이루어내고 있는 것으로 설명될 수 있다. 즉 『경향신문』 내에서 '론셜'과 '지담'의 배치, '쇼셜'과 '우슴거리'의 배치를

---

64 이러한 양반 비판으로는 '쇼셜'란에 단편으로 실린 「빈디도 량반은 무셔워 흐다니」(117호, 1908.1.8), 「무식ᄒ면 그러치」(118호, 1908.1.15), 「죠션은 량반이됴하」(121호, 1909.2.5), 「어리셕은 쟈의 락」(168호, 1909.12.31) 등에서 살펴볼 수 있다.

통해서 문학적 비유를 활용하여 그 비판과 풍자를 더 강화하고 있는 것이며, 이러한 배치의 미학은 바로 『경향신문』의 정체성으로 이어지고 있다.

5) 소문의 기사화와 소통의 장으로서의 '공함'

『경향신문』은 백성들에게 생활에 필요한 내용을 쉽게 정리한 논설과 문학적 장치를 통해 학식이 낮은 독자층들도 신문에 쉽게 접근할 수 있도록 편의를 제공하고 있었다. 그러한 가운데 신문에 직접 투고하여 자신의 존재를 지면상으로 드러내고자 하는 독자들이 등장하기 시작했다. 『경향신문』은 처음부터 독자들을 향한 문턱을 낮추고자 노력한 신문이었다. "경향신문지를 사거나 보내달나거나 법률 수정과 다른 아모 일을 무러보거나 소문을 보내거나 다른 긔별홀 거시 잇스면 셔울 종현 경향신문에 보내시기를 ㅂ라오"[65]라고 하면서 창간호부터 신문에 관련된 것이나 법에 관련된 것, 또 소문 등에 대한 내용을 언제든지 물어보라고 언급한다. 이렇게 신문지상에 '공함'이라는 이름으로 독자 기서를 보낸 이들의 명단과 주제 내용은 〈표 6〉과 같다.

〈표 6〉『경향신문』에 실린 '공함' 주제별 정리

호수	날짜	면	이름	제목	주제
78	1908.4.10	3	부산항 ㅅ립초량쇼학교 교원과 학원	본샤에 온 공함	경향신문
78	1908.4.10	3	홍산군 주사 김일규	본샤에 온 공함	경향신문
90	1908.7.3	3	양성 금곡면 미리천 해성학교 근송	경기 양성군수 선정찬송	군수 칭찬
92	1908.7.17	3	양셩군슈 리원철	공함	경향신문
105	1908.10.16	3	청안돌고지 오영권	공함	경향신문

---

[65] '광고', 『경향신문』 창간호, 1906.10.19, 1면.

108	1908.11.6	4	의쥬군 남문외 리용익	공함	경향신문 / 교육
113	1908.12.11	3	정의군 사는 김셩쥰, 김희은, 강셩항	공함	관리칭찬
117	1909.1.8	4	황히도 슈안오류동 강민우	신문 보기를 권ᄒᆞᄂᆞᆫ 공함	신문 구독
131	1909.4.16	4	완남법교당 리도마	공함	경향신문
132	1909.4.23	2	대한협회 곡산지회장 김지경 / 총무리경흡 평의원 최경화 등 십칠 인 민인 김두홍 등 십팔 인	'각디방긔셔' 공함	경향신문
135	1909.5.14	4	진남포 리지걸	공함	종교
135	1909.5.14	4	대구 민단발긔인 셔흥률 리돈의 강영쥬 최쳐은 강스필	대구민단취지셔	애국
135	1909.5.14	4	충청남도 홍쥬 궁경면 외샹지 리은구	이국가	독립
136	1909.5.21	4	진안 어은동 김양홍	영신학교 설립	교육
137	1909.5.28	4	원산 뎐풍락	공함	경향신문
137	1909.5.28	4	강원도 린뎨군 령쇼학교장 리명영	공함	경향신문
137	1909.5.28	4	북간도 김문삼	한흥의슉취지셔	교육
138	1909.6.4	4	증인 죠동길, 송근호.	공함	부정 관리(교감) 비판
140	1909.6.18	4	룡산 안보진	공함	종교
141	1909.6.25	4	황희도 셔흥 홍슈원 오지환	경셰종	가사
142	1909.7.2	4	리덕삼	공함	경향신문
142	1909.7.2	4	교쟝 류긔연, 학감 김영섭, 교감 류춘빅	공함	관리 비판
144	1909.7.16	4	이쳔 리남식	공함	정부 관리 비판
145	1909.7.23	4	례쳔 우바비아노	공함	칭찬
148	1909.8.30	4	경샹북도 김산군 김쳔면 별동 김한슈	공함	교육 / 칭찬
150	1909.8.27	4	안셩 만곡면 갈젼리 리태호	경셰종화답	가사
150	1909.8.27	4	황희도 셔흥 신막 김병현	공함	경향신문
151	1909.9.3	4	사립론산학교 회계 박준호	공함	교육
153	1909.9.17	4	경샹북도 합창군 최종션	셩의학교	가사
154	1909.9.24	4	황희도 셔흥군 홍슈원 김시릴노	문명유람가(가사)	가사(경향신문)
154	1909.9.24	4	북간도 대교동 교향학교 학도	북간도 대교동교향학교 학도 내지 측량가(가사)	개화 / 독립(가사)
158	1909.10.22	4	히삼위 허발포 한요셥	공함	종교
158	1909.10.22	4	원산항 명셕원 경운셔	공함	국문 / 경향신문
161	1909.11.12	4	포쳔군 마근담리 리강지	공함	경향신문
175	1910.2.18	4	고양군 구지도 면힝쥬 죠마리아	공함	교육
177	1910.3.4	4	전남도 진도 지산면 독치리 임길홍	공함	경향신문 정오
179	1910.3.18	4	북간도 교향학교 임원 등 싱도 등	공함	교육
184	1910.4.22	3,4	덕원부 원산항 명셕원 김진국	공함	경향신문 정오
186	1910.5.6	4	곡산군각면 면쟝 쟝슌 등 십이 인 인민 김두홍 등 십삼 인	공함	경향신문 정오
191	1910.6.10	4	론산 박요안	명도강습찬송가	종교(찬송가)
220	1910.12.30	4	충남 은진 론산 박요안	경향신문 구람제ㅅ시의게 두어말노 경고홈	경향신문

'공함'에 실린 글은 위에서 본 바와 같이 총 41편이었다. 내용을 보면, 『경향신문』을 찬양하거나 기사 정정을 요구하는 경우가 많았으며, 가사나 찬송가 등을 보내오기도 했다. 지역별로도 독자들은 전국뿐만 아니라 북간도, 또 애국 가사를 응모한 경우는 해삼위 등 다양한 곳까지 골고루 분포해 있었다. 또한 독자 층위 역시 학교 교장이나 교감에서부터 일반 학교의 학도뿐만 아니라 교육을 전혀 받지 못한 시골의 촌부까지 매우 다양했다.

① 농부들이 농ᄉᆞ홀 재에 다만 씨를 샢리고 츄슈만 홀 일밧게 다른 일이 업스면 농업이 과히 어렵지 아니ᄒᆞ렷마는 그 밧게도 홀 일이 무수히 잇는고로 농ᄉᆞ가 극히 어려운 일이로다 그 여러 일 중에 잡풀을 쏍는 일이 십분 요긴흠은 잡풀이 됴흔 곡식보다 쉽게도 나고 또 ᄉᆞ회 습긔를 만히 먹은즉 농부가 그 잡풀을 쏍지 아니면 츄슈를 도모지 못ᄒᆞ리라 아모리 농ᄉᆞ에 힘을 쓰나 그 힘쓰는 일이 공연흔 일이 됨은 걸음을 주면 잡풀에 걸음을 주는 것이 오물을 주면 잡풀을 잘 ᄌᆞ라게 ᄒᆞ는 것이니 농부의 힘쓰는 일이 잡풀에만 유익ᄒᆞ고 됴흔 곡식이나 초목에는 아모 리익이 업겟도다

이러므로 모든 농긔 중에 호믜가 뎨일 유익흔 긔계요 모든 농작일에 김미나나 일이 뎨일 요긴흔 일이로다

무식ᄒᆞ도다 우리나라 일을 다스리는 우리 졍부여 이샹ᄒᆞ도다 새 법의 유익흠만 보고 그 새 법 씨문에 협잡이 싱기는 일은 보지 못ᄒᆞᆫ도다 불샹ᄒᆞ도다 우리나라 빅셩이여 그 협잡 씨문에 살지를 못ᄒᆞᆫ도다[66]

---

66   「론셜」「농ᄉᆞ에 십분 요긴흔 일은 김 잘 미는 것」, 『경향신문』 143호, 1909.7.9, 2면.

② 경계쟈 본인은 성질이 우둔혼 즁 하향벽촌에셔 다만 밥그릇이나 놉흐
면 셰상인 줄노 알고 지우금 지내더니 귀보를 보온 지 수 년에 이목이 ᄎᄎ
열니여 칠팔 셰된 ᄋ희의 초학ᄒᄂᆫ 모양이오니 비컨대 경향신문은 사름의
이목을 열니게 ᄒᄂᆫ 열쇠로소이다 구졀마다 가합ᄒ고 말마다 맛이 잇셔 셰
상에 다른 물건은 아모리 됴타 홀지라도 흔두 번만 보오면 그만인ᄃᆡ 귀보는
날마다 보와도 ᄯᅩ 보고 시부오니 무슨 물건이 이에셔 더ᄒ오리까 그러ᄒ온
즁 데 一百四十三호 론셜은 더욱 긔묘ᄒ와 이 셰샹 셰계형편을 력력히 그림
굿히 그려내여 말ᄒ엿스니 경향신문은 우리 대한 동포의 거울이와다 붓그
러움을 무릅쓰고 의연금 일 환을 복졍ᄒ오니 혐의치 마옵시고 밧으실까 ᄇᆞ
라옵ᄂᆞ이다[67]

②의 예는 '공함'에 실린 황해도에 사는 김병현이라는 인물의 글이
다. 그의 말에 따르면 하향벽촌에 살면서 제대로 배움을 얻지 못해, 지
금도 아이가 초학하는 것처럼 『경향신문』을 통해 배우고 있다고 언급
한다. 특히 이 인물은 143호에 실린 논설이 매우 기묘하고 이 세상과
세계의 형편을 그림을 그리듯이 제대로 보여주고 있다고 감탄을 한다.
김병현이 언급하고 있는 논설은 ①의 글로서, 「농ᄉᆞ에 십분 요긴ᄒᆞ 일
은 김 잘 ᄆᆡᄂᆞᆫ 것」이라는 제목의 비유적인 논설이다. 농사를 짓는 데 씨
뿌리고 추수하기까지 잡풀을 뽑는 일이 가장 어렵다며, 이를 정치에 비
유하고 있다. 특히 백성들에게서 세금을 착취하고 있는 관리들에 대한
신랄한 비판을 보여주고 있기도 하다. 그러한 관리들을 돈을 빼앗는 협

---

67   황히도 셔흥 신막 김병현, '공함', 『경향신문』 150회, 1909.8.27, 4면.

잡꾼으로 언급하면서 아무리 거름을 주어도 이러한 잡초들 때문에 제대로 농작물이 자라기 어렵다는 것이다. 실제 시골에서 농사일을 하는 입장에서는 이러한 비유를 통해 현실 상황에 대해서 좀 더 쉽게 접근할 수 있었을 것이다.

경계쟈 본인이 귀신문을 히쥬셔 보다가 송회로 이스흔 후 신문을 날노 기ᄃ리딘 오지 아니ᄒᄂᆞ지라 본인은 본시 흙이나 파셔 토긔를 ᄆᄃ들아 영업을 삼은 즉 학문과 지식에 몽미흠을 넉넉히 아시려니와 동녘을 보아 히가 오르면 아츰인 줄 알고 셔녁흘 보아 힝가 쎠러지면 져녁인 줄 알아 흔갓 식츙쌘이라 다힝ᄒᆞ다 나의 ᄉᆞ랑ᄒᄂᆞ 경향신문이여 너는 이목구비가 업스디 죡히 나를 ᄀᆞᄅ치ᄂᆞ 넉넉흔 션싱이로다 이제 학문을 비호려면 경비도 들고 학교에 나아가 경력도 만히 드린 후에야 학문이 나의 소유물이 되거늘 너는 도로혀 와셔 나를 ᄀᆞᄅ칠 쌘 아니라 각쳐에 됴혼 소문과 ᄌᆞ미잇ᄂᆞ 말을 펴닐ᄋᆞ고 쏘 시간을 뎡흠이 업스니 이ᄀᆞᆺ히 편이 흔 것이 업고 쏘 라티흘 째에는 녯젹 됴혼 말과 우슨 말노 나를 씌오쳐 정신을 새롭게 ᄒᆞ니 진실노 ᄌᆞ조가 만흔 교ᄉ ᄌᆞ격이라 이 교ᄉ의게 수년을 비홧더니 이전 모로던 것도 만히 알앗고 그쌘더러 텰학 공부를 겸흔 ᄃ시 리두 형편ᄉᆞ지 셜명ᄒᆞ여 주매 아모리 우미흔 ᄌᆞ격이나 죡히 쟝티일도 짐쟉이 잇게 ᄒᆞ니 어듸를 가져 이런 션싱을 구ᄒᆞ리오 지금 니가 나를 두고 이전 리덕삼과 지금 리덕삼을 비교ᄒᆞ여 보면 마치 디룡이가 변ᄒᆞ여 룡이 됨 ᄀᆞᆺ흐니 이는 나의 힘이 아니라 다만 경향신문이란 고명흔 교ᄉ를 만남인즉 잠시라도 엇지 이 션싱을 쎠날 ᄆᆞ음이 잇스리오 슬프다 싱업을 쓰라 이ᄉᆞ를 ᄒᆞ엿더니 우리 션싱님이 분노를 ᄒᆞ셧ᄂᆞ지 전과 ᄀᆞᆺ히 와 ᄀᆞᄅ치지 아니ᄒᆞ니 엇짐인지 알 수 업서 이젼 살던 농동에 가져 우리 션싱의 오지 아니ᄒᆞᄂᆞᆫ 연고를 알아보앗거니와 우리 션ᄉᆡᆼ은 곳 귀샤의셔 우톄로 보내ᄂᆞᆫ 션ᄉᆡᆼ이라 이는 우톄에셔 인도를 잘못ᄒᆞᆷ인 ᄃᆞᆺᄒᆞ니 우톄에 신칙ᄒᆞ여 곳 실수업시 ᄒᆞ여 주시기를 쳔만ᄇᆞ라ᄋᆞᆸᄂᆞ이다 / 륭희 삼년 륙월오일 리덕삼[68]

위의 글은 해주에 살다가 송회로 이사한 후, 신문이 오지 않는다며 우체국의 실수라면 제대로 보내달라고 본사에 요청하는 '공함'이다. 실제 이 독자는 흙을 파서 토기를 제작하는 인물로, 학문 및 지식과는 담을 쌓고 지냈다고 스스로를 평가한다. "각쳐에 됴흔 소문과 ᄌᆞ미잇ᄂᆞᆫ 말을 펴닐ᄋᆞ고 또 시간을 뎡ᄒᆞᆷ이 업스니 이 ᄀᆞᆺ히 편이 ᄒᆞᆫ 것이 업고 또 라티ᄒᆞᆯ ᄶᅢ에는 녯적 됴흔 말과 우슨 말노 나를 ᄭᅵ오쳐 정신을 새롭게 ᄒᆞ"고 있어서 『경향신문』은 자신에게 교사와 같은 역할을 하고 있다고 극찬을 한다. 특히 "ᄌᆞ미잇ᄂᆞᆫ 말", "녯적 됴흔 말", "우슨 말" 등으로 자신의 나태해진 정신을 깨우고 있다고 설명하는 부분에 주목해 볼 필요가 있다. 『경향신문』 안에서 문학의 역할에 대해 독자 스스로 짚어주고 있기 때문이다. 옛적 좋은 말, 즉 교훈을 주는 이야기와 웃긴 이야기, 즉 풍자와 비판을 통해 자신의 정신을 깨우쳐 새롭게 할 수 있다는 것이다. 문학은 바로 이렇게 효용적인 차원에서 활용되고 있었다.

그런데 '공함'이 이렇게 경향신문에 감사하다거나 후원금을 내기 위한 장소만은 아니었다. '공함'의 최초의 취지는 소문을 근대의 매체 속에 담아내면서 발생할 수 있는 문제점을 보완하기 위함이었다.

68 리덕삼, '공함', 『경향신문』 142호, 1909.7.2, 4면.

3면 본사에 온 공함

우리 신문에 흥샹 실샹흔 소문만 내기로 힘쓰나 혹 거줏소문이 긔셔로 올
듯흔즉 본 신문이 그 발명ㅎ는 말내기를 어려워ㅎ지 아닐 쓘 아니라 본릭
흥샹 원ㅎ는 진실홈을 위ㅎ야 미우 묘하ㅎ는 고로 그 보낸 공함을 이에 긔록
ㅎ느니 이왕에 긔셔를 보낸 이가 이 공함긔지흔 거슬 보고 다시 졍오ㅎ는
긔셔를 보내면 그와 굿히 쏘 긔지흘 거시오 만일 보내지 아니ㅎ면 이왕에
보낸 긔셔가 일뎡코 거줏말인 빙거가 되느니 이거시 본샤가 샹관흘 되질이
오 이외에 다른 되질은 ㅎ게 흘 거시 업도다

公函

음력 금월초사일 귀신문 제칠십삼호 內開에 홍산군 쥬ᄉ 김일규씨는 세무
관과 부동ㅎ야 각동녁역답을 몰수히 셰여 ᄌ긔 삼ᄉ촌과 족쇽의게 주는고로
각작인이 호소흔즉 혹 잡아가두며 형벌도 ㅎ니 이러흔 군쥬ᄉ는 묘혼 시졀
을 맛난 줄노 알고 덤벙되며 빅셩들이 ㅎ는 쌍을 쎄아사간다고 민원이 대단
ㅎ옵데다 ㅎ엿스니 (…중략…) / 융희 2년 3월 13일 홍산군 주사 김일규[69]

처음으로 '공함'이 등장한 78호를 보면, 이 공함이 독자로부터 촉발
되었음을 알 수 있다. 수많은 소문들이 지방기서를 통해 신문이라는 공
적인 매체에 등장하게 되는 그 과정은 언제나 진실과 거짓 사이 경계에
존재하게 된다. 따라서 신문은 거짓 소문이 기서로 왔을 경우를 보완하
기 위해 정오하는 기서를 싣게 된 것이며 그 역할을 하는 것이 바로 '공
함'이었다. 소문이 기사화되는 과정, 즉 공적인 담론으로 변환되는 과

---

69 '본샤에 온 공함', 『경향신문』 78호, 1908.4.10, 3면.

정을 좀 더 공식화하고, 개인의 입장을 들어볼 수 있는 기회를 열어둔 것이다. 따라서 신문은 소통의 창구이자, 개인적인 소문이 공식적인 매체 속 담론으로 변환되는 하나의 매개체로서 존재하게 된 것이다.

이러한 상황에서 위의 '공함'의 독자처럼 정정해달라는 요구를 하게 되는데, 신문이 처음 '공함'을 열면서 언급한 대로 그 소문을 공식적으로 기사화하도록 기서를 보낸 독자 혹은 통신원의 반박 역시 실제로 일어나게 되었다.

'각디방긔셔' 본 신문 일백이십구 호에 곡산군슈 리승칠ㅅ시의 말을 게지흔 일에 디흐야 대한협회 곡산지회의 정오를 정흐는 공함을 밧앗슨즉 본신문이 진실흔 말을 힘쓰는지라 그 정오 청흐는 공함을 즐겨 밧앗스나 본샤통신원 빙거업시 낸 것이 아니니 본통신원이 곳 디답흐기를 브라노라

'공함' 본월 이일 귀신문에 게지하기를 곡산 군슈 리승칠ㅅ시가 작년 ㅅ월에 군학교립본금이라 일군에 남녀수대로 십이 젼 오 리ㅅ식 슈렴흐고 또 부민의게 이삼 원식 륵봉흐엿다 흐엿스나 이는 무근지셜이오 (…중략…) 본지회에서도 관민의 폐단을 슬피는 비어니와 엇던 불량잡류가 이런 말을 보도흐엿는지 모로겟스니 이는 음해흐는 말인즉 정오흐심을 브라느이다[70]

대한협회 곡산지회장 김지정 / 총무리경흡 평의원 최경화 등 십칠 인 민인 김두홍 등 십팔 인

'공함'을 보낸 독자들이 신문의 내용이 잘못되었다며 정정을 요청하

---

70   대한협회 곡산지회장 김지정 총무리경흡 평의원 최경화 등 십칠 인 민인 김두홍 등 십팔 인, '공함', 『경향신문』 132호, 1909.4.23, 2면.

자, 신문사에서는 그 요청 그대로 신문에 내어주지만, 분명 기서를 보낸 통신원에게도 증거가 있다며, 대답해 주길 바란다고 직접 촉구하고 있기도 하다. 이를 지켜보던 원산 면풍락이라는 독자는 137호(1909.5.28)에서 129호와 132호의 글을 읽어본 후 자신의 감상을 적으며 곡산 군수가 협잡을 하고 있다고 신문의 편을 지지하고 있다. 그 후 이 상황은 144호(1909.7.16)에서 이 글의 제보자인 이천 리남식이 직접 '공함'을 보내서 곡산 군수가 협잡을 한 일을 구체적인 증거와 서류를 들어 반박하면서 일단락되었다. 이는 소문이 실제 공적인 담론으로 기사화되는 일련의 과정을 보여주는 것이라 할 수 있다. 증거 없이 싣는 것은 기사가 아니라 소문일 뿐이므로 그 소문이 기사가 되기 위해 증거를 갖추는 과정을 근대적 매체 속에서 여실히 보여주고 있다. 또 이것이 신문지상을 통해 공개될 때 여러 사람이 동시에 상황을 판단하고 조율하게 함으로써 거짓 소문이 아니라 진정한 신문의 기사를 실으려는 노력을 보여주는 것이다. 또한 이는 『경향신문』의 의지이자 목적이기도 했다.

이러한 시도는 단순히 정보의 정정이나 소문의 사실화와 같은 공적인 차원에만 머무는 것이 아니라 한편으로는 '공함'란이 독자들 간의 소통의 장으로도 활용될 수 있도록 그 역할이 강화되었다. 141호(1909.6.25)의 '공함'에 보면, 황히도 셔흥 홍슈원 오지환이라는 인물이 『경향신문』을 치하하며 '경셰종'이라는 한글 가사를 싣게 된다. 그런데 150호(1909.8.27)에는 앞의 '경셰종'을 보고 감동을 받아 '경셰종화답' 가사를 보내오기도 했다. 안성 만곡면 갈젼리 리태호라는 독자는 "경계쟈 본인은 총명이 로둔흔 즁 칩복향촌蟄伏鄕村흐고 안어고쇽安於古俗흔 습관으로 잇습더니 귀신문 일빅ㅅ십일 호에 게지흔 바 황히도 셔흥 홍슈원 오지환ㅅ시의 경셰죵을 보매 ᄆᆞ음이 흥긔ᄒ와 붓그러움을 무릅쓰고 경셰죵을 화답ᄒ여 귀사에 복졍ᄒ오니 신문에 게지ᄒ심을 복망ᄒ옵"이라면서 경향신문을 찬양하고, 앞서 독자의 글에 감복받아 화답가 가사를 지어 보내게 된 것이다.

사실 이러한 가사는 천주교인들에게는 익숙한 것일 수 있었다. 천주가사가 보편화되어 있었기도 했고, 『경향신문』에서 이미 애국가사를 공모하기도 했다.

> 겨름ᄒᆞᄂᆞᆫ 것 / 본 신문을 보시ᄂᆞᆫ 쳠위ᄂᆞᆫ 각 학교 학도들이 공변되이 홀 노래를 지으시ᄃᆡ 뎨일 본국을 ᄉᆞ랑홈으로 찬양ᄒ고 학도의 긔샹을 활발케 ᄒ며 공부에 젼진홀 ᄯᅳᆺ을 국문으로 귀글을 지으ᄃᆡ 삼십귀에 넘지 말고 양력 십월 그믐 안으로 ᄆᆞᆫ들아 본사에 보내시면 일등 삼 인을 ᄭᅴ회여 그 노래와 시명을 본 신문에 광포ᄒ겟고 ᄯᅩ 본 신문을 무금으로 한 일 년 보내겟습ᄂᆞ이다[71]

> 겨름ᄒᆞᆫ 것 / 익국가로 겨름ᄒᆞᆫ 중에 이 아래 세히 뎨일 우등임으로 광고홈
> ─ 경긔도 인쳔군 영종 남샹은
> ─ 젼라북도 려산군 북일면 화산학교 교감 셔지양
> ─ 젼라북도 부안군 립하면 만셕동 김상현
> 이 세 사름의 지은 글을 이후 신문에 긔지ᄒ겟고 ᄯᅩ 이 세 사름의게 본 신문을 일 년 동안 무금으로 보낼 터이오
> 다른 이도 장원은 비록 아니나 잘ᄒᆞᆫ 이가 여러히니 후ㅅ번에 그 셩명을 광고ᄒ겟습[72]

---

71 '본샤광고' 「겨름ᄒᆞᄂᆞᆫ 것」, 『경향신문』 100호, 1908.9.11, 4면.

국문으로 된 애국 가사를 현상공모하게 되고, 이후 우등 3인과 그 외 잘한 인물들을 112호에서 114호에 걸쳐 총 69명, 무기명자 3명 등 총 72명을 선정하여 신문에 공개했다. 또한 우등 3인의 가사는 약속한 대로 신문에 실어주기도 했다. 『경향신문』은 애국 가사 공모뿐만 아니라 '우슴거리'에 대한 공모 광고도 실었다.

●본샤광고●

누구이든지 본샤에 본샤에 맛당흔 우슴거리 삼십을 보내면 본 신문을 무금으로 일 년 동안에 보내겟고 열다숫을 보내면 여숫 달 동안에 보내고 열을 보내면 석 둘 동에 보내겟슴[73]

'우슴거리' 역시 공짜로 구독할 수 있는 상품이 제시되었는데, '우슴거리'는 분량이 적은 만큼 30개는 1년치 구독, 15개는 6달치 구독, 10개는 3달치 구독이라고 명시해두었다. 그러나 애국가사처럼 발표를 하지 않아서 실제로 독자들이 '우슴거리'를 보냈는지, 또 몇 명의 독자의 글이 실렸는지는 확인하기가 어렵다. 그런데 '우슴거리'는 1906년 12월 21일 10호부터 게재되기 시작해서 『대한매일신보』보다 다섯 달 먼저 시작했지만, 독자들의 공모를 모집한 것은 1908년 10월 23일이라서 1907년 7월 23일부터 바로 '편편긔담'을 시작한 『대한매일신보』 한글판에 비해서는 늦은 편이었다. 물론 독자 공모 이후 이를 통해 '우슴거리'에 실었는지 확인하기는 어려우나 이러한 광고를 했다는 것은 그만큼 독자

---

72 '본샤광고'「겨름흔 것」, 『경향신문』 112호, 1908.12.4, 4면.
73 '본샤광고', 『경향신문』 106회, 1908.10.23, 4면.

참여를 유도하고 있는 신문의 전략으로 파악할 수 있을 것이다.[74]

이러한 『경향신문』의 노력은 다양한 독자들을 신문 안으로 참여시켰고, 그것은 천주교인뿐만 아니라 일반인들 역시 독자로 끌어들일 수 있는 원동력이 되었다. 35호(1907.6.14) 1면 본샤광고에 보면 "사천여인 신문구람"이라고 표기하고 있어 1907년 6월에 4천여 명이 구독하고 있었다는 것을 확인할 수 있다. 이후 걸지를 확장하면서 신문사 스스로는 일반인들이 독자로 많이 유입되었다고 설명하고 있는데, 74호(1908.3.13) 4면 '본샤광고'를 보면, "본 신문을 보시는 이가 스천오빅여 원이시라"라고 하면서 4,500여 명이 된다고 스스로 제시하고 있다.[75] 그런데 실제 구람인 수는 이보다 훨씬 많았을 것으로 추정해볼 수 있다. 78호(1908.4.10)에 부산항 스립초량쇼학교 교원과 학원 등이 보낸 '공함'을 보면, "부산항 스립초량쇼학교 닉에 야학교를 영셜ᄒᆞ고 본항 로동ᄒᆞᄂᆞᆫ 사름을 모집ᄒᆞ야 교슈ᄒᆞ온 지 몃 날이 되지 못ᄒᆞ여 범졀이 미비홈을 면치 못ᄒᆞ옵ᄂᆞᆫ 츠 경향신문샤의셔 신문을 갑업시 보내여 주시니 일반 학싱과 교원이 불승감샤ᄒᆞ와 희신문샤쟝의 교육을 권쟝ᄒᆞ시ᄂᆞᆫ 셩의를 감샤ᄒᆞᄂᆞᆫ이다"라는 글이 실려 있다. 즉 학교나 야학의 경우 공짜로 신문을 보내주고 있었음을 확인할 수 있다. 서로 돌려가며 본다

---

74 실제로 공모 이후 발표를 한 흔적은 발견되지 않고 있어서 독자들이 투고한 '우슴거리'가 실렸는지 확인은 불가능하다. 다른 공모의 경우, 실제로 당선이 되었을 때 신문지상에 발표하고 있기 때문에 '우슴거리'는 대체로 편집진에서 실었을 것으로 예상할 수 있으나 독자들의 투고를 참고했을 가능성도 배제할 수 없다.

75 기존 논의에서는 『경향신문』을 1907년 기준으로 4,200명 정도 구람했다고 설명하고 있는데, 『경향신문』 74호 4면의 '본샤광고'에서 보면 1908년 3월 현재 4,500명임을 확인할 수 있다. 또한 거의 같은 시기인 1908년 5월 『대한매일신보』 한글판 부수가 4,650부인 것을 보면, 『경향신문』 구독자수가 상당했음을 알 수 있다.

고 가정했을 때, 『경향신문』은 그 당대 상당한 수의 독자들이 구독했을 것이라고 추측해 볼 수 있을 것이다. 그만큼 당대 천주교인들뿐만 아니라 조선 전반에 상당한 영향력을 행사한 신문이었을 것이다.

6) 배치의 미학과 참여

지금까지 『경향신문』만의 독특한 편집과 독자 전략을 살펴보았다. 천주교인을 위한 종교적인 신문으로 오해하기 쉽지만, 실제로는 일반인들이 거부감을 느끼지 않을 정도로 일반적인 신문의 형태를 유지하고 있었다. 또한 프랑스 신부 안세화의 영향과 천주교 교리 등의 영향으로 교훈과 계도, 풍자와 비판이 주류를 이루고 있으며, 이 또한 비유를 통해 누구든지 쉽게 이해할 수 있도록 했다. 이러한 부분들이 다양한 계층을 포섭할 수 있는 계기가 되었을 것으로 예상해볼 수 있다.

결국 『경향신문』의 이러한 성과는 하층민들까지 읽을 수 있는 쉬운 논설, 즉 비유를 활용한 순한글의 논설을 실으면서 실생활에 필요한 부분을 정확하게 언급해줌으로써 가능했던 것으로 보인다. 또한 이 가운데 '쇼셜'란과 '우슴거리'를 활용하고 '론셜'과 '직담'에서 비유를 사용하여 독자들이 신문을 좀 더 쉽고 재미있게 접할 수 있도록 했을 것이다. 특히 문학적 장치를 이용하여 배치의 미학을 활용하고 있다는 점에서 『경향신문』만의 특징을 살펴볼 수 있다.

처음 1면에 실렸던 '론셜'은 2면으로 가고, 이때 '론셜'과 '직담'이 결합되어 논설의 주제를 '직담'이 받아 좀 더 쉽고 강렬한 비유로 제시하고 있다. 또한 1면에 '쇼셜'란을 실으면서 바로 옆에 '우슴거리'란을 배치하여, 긴 소설을 연재할 때는 '우슴거리'라는 짧은 란을 통해서 재미와 풍자를 함께 등장시켰고, 또 '론셜'과 '쇼셜'란에서의 현실 풍자를 '우슴거리'에서 짧고 재미있는 이야기를 통해 주제를 한층 더 강화하기도 했다. 이는 문학적 비유를 배치의 미학을 통해서 더욱 주제를 강조하고 있는 전략으로 해석할 수 있다.

이 과정에서 독자들은 다양한 형태로 신문이라는 근대적 매체에 참여하게 되었다. 즉『경향신문』은 소문이 공적인 기사가 되는 과정에 직접 참여하고, 독자들 서로간의 이야기에 화답하는 장으로서의 역할을 담당하게 되었던 것이다. 즉 사적인 소문을 공적인 담론인 기사로 매체에 담아내는 행위의 과정 속에 독자들도 하나의 구성원으로서 그 역할을 해내게 된 것이며, 이는『경향신문』의 가장 중요한 특징으로 자리매김하게 만들었다. 정확한 정보, 객관적인 정보를 제공한다는 근대적 신문의 역할을『경향신문』이 제대로 보여주고 있는 것이다. 또한 이 과정 속에서 독자들은 자신들의 이야기를 나누고, 애국가사 등을 서로 화답하며 단순히 정보의 전달자가 아니라 소통의 주체자로 등장하고 있다.

이처럼 근대계몽기 독자들의 참여는 다양한 형태로 이루어지고 있었다.『대한매일신보』의 '편편기담'처럼 구전된 이야기를 짧게, 그리고 조금은 새로운 창작을 가미하여 한글을 사용하는 독자들이 문학적 '쓰기'를 실천할 수 있도록 창작의 구조, 쓰기의 구조를 학습시켰다. 또한『대한민보』의 경우, 지식인 독자들이 '풍림'이라는 풍자적 글쓰기를 통해서 대화체 소설과 연계되어 새로운 한글소설의 독자로 진입하게 했다.『경향신문』은 문학을 교훈과 계도의 수단으로 활용하면서, 하층의

1907. 5. 23 ①

한글판『대한매일신보』제1권 제1호, 1907.5.23, 1면 독자들이 한편으로는 '공함'이라는 난을 통해 다른 독자들과 소통하고, 소문을 공적인 장에서 기사화시키는 과정에 동참하며, 애국시가를 서로에게 화답하는 독자로 성장시키고 있었음을 확인할 수 있다.

3. 독자 수용 전략과 근대 초기 독자층의 형성
—『대한매일신보』

근래 들어 대중문화가 발달하면서 '독자'에 대한 관심이 높아지고 있다. 문학 작품의 주안점이 발신자인 작가에서 수용자인 독자로 옮겨 오고 있는 것이다.[76] 사실 이렇게 전환된 것은 문학이 소비자를 전제한 상품이라는 것과 이 문학이 사실상 의사소통의 과정이라는 것을 인식하기 시작했기 때문이다. 그러나 아직 조선 후기의 소설 독자들이 어떠한 과정을 거쳐 근대의 소설 독자로 전환되고 있는지는 밝혀내지 못하고 있다. 문학이 문학 자체만으로 목적이 되어 전달될 수도 있지만, 문학은 한편으로 작가와 독자가 서로 의사소통을 하는 하나의 매개물일수도 있다. 또한 이 매개물 안에는 작가, 독자뿐만 아니라 그 사회의 경

---

[76] 근대소설 독자에 대한 논의로 주목해 볼 논문은 천정환의 「한국 근대소설 독자와 소설 수용 양상에 대한 연구」(서울대 박사논문, 2002)를 들 수 있다. 독자 연구는 아니지만 근대 초기 매체와 연관한 연구는 연세대 근대한국학연구소 기초학문연구팀의『한국 근대 서사양식의 발생 및 전개와 매체의 역할』(소명출판, 2005)과 박수미의 「개화기 신문 소설 연구」(성균관대 박사논문, 2005), 김영민의『한국의 근대신문과 근대소설』1・2 (소명출판, 2006・2008)가 대표적이다.

향 역시 들어갈 수밖에 없다. 따라서 문학 연구는 이러한 모든 상황과 요소를 파악하는 데에서 시작되어야 한다. 그렇기 때문에 그 문학을 구성하는 요소인 독자에 대한 연구는 이루어져야 하며, 이러한 연구는 특히 근대소설 독자의 발생과 성립 과정을 통해서 문학사의 성립과도 연계시킬 수 있다는 점에서 그 의의가 크다.

그렇다면 근대의 독자, 근대적인 독자란 무엇인가. 이를 해명하기 위해서는 우선 전근대적인 독자부터 설명해야 할 것이다. 또한 이 독자라는 개념 역시 사회적인 상황과 연관하여 보지 않을 수 없다. 즉 독자는 그 시대를 담지한 언어로 전근대의 독자나 근대독자나 모두 그 시대와 연관하여 살펴보아야 한다. 일반적으로 소설의 독자는 상고시대 때부터 있어 왔다고 할 수 있다. 이야기를 전해 듣는 청자로서의 독자들이 존재하고 있었다는 것이다.

근대독자의 성립 이전이라고 할 수 있는 조선시대에도 수많은 독자층들이 존재했다. 특히 17세기 말엽부터 18세기에 이르러서는 평민 계층이 소설의 독자로 새롭게 등장했고, 18세기에는 세책가貰册家를 통해 더욱더 소설이 확산될 수 있었다. 그 이후 강담사講談師나 이야기꾼을 통해 청자聽者로서의 독자들의 수는 점점 늘어났다. 이후 18세기 말경부터 19세기 초 무렵에 등장한 방각본은 독자의 수를 기하급수적으로 증가시켰다.[77] 이러한 대량생산은 본격적인 상업출판시대를 열었다. 물론 한편에서는 여전히 필사본으로 적극적인 글쓰기를 실행하고 있던 독자들도 있었다. 그럼에도 이 독자들은 근대 매체가 등장하기까지 그

---

77   大谷森繁, 「조선조의 소설독자 연구」, 고려대 박사논문, 1984, 70~111면 참조.

들의 존재를 문자로 남길 수는 없었다. 매체는 이러한 독자들을 음지에서 문면으로 끌어내어 문자화시켰다. 그 가운데 독자들은 매체 속에서 자신들의 새로운 위치를 만들어가기 시작했다. 감상에서 의견과 혹은 요구 등으로 이어지게 된다.

근대계몽기의 가장 큰 특징은 바로 근대적인 매체가 출현했다는 것이다. 1983년 10월 31일 창간된 『한성순보』(1983.10.31~1884.12.6) 이후 1986년 4월 한국 최초의 민간신문인 『독립신문』(1896.4.7~1899.12.4)이 간행되었고, 1898년에는 『매일신문』(1898.4.9~1899.4.4), 『제국신문』(1898.8.10~1910.8.2), 『황성신문』(1898.9.5~1910.9.15)이 발행되었다. 1900년대에는 『대한매일신보』(1904.7.18~1910.8.28), 『대한민보』(1909.6.2~1910.8.18), 『경향신문』(1906.10.19~1910.12.30) 등이 간행되었다. 이 매체들은 매일 또는 일주일에 한 번 정도씩 정기적으로 발간됨으로써 예전의 필사본으로 받아 보던 관보 등과는 그 영향력에서 차원을 달리하는 것이었다. 따라서 이 매체들은 이 매체를 구독하던 독자들을 대상으로 그들의 논설, 잡보, 관보, 또는 문예면을 싣게 된다. 독자들은 이 공개적인 매체를 통해서 음지에서 양지로 나올 수 있게 되었다. 즉 '문자'라는 방식으로 독자들은 자신의 존재를 알릴 수 있게 된 것이다. 따라서 이러한 근대 매체의 독자는 또한 근대 문예의 독자와 이어진다고 할 수 있다. 신문 발행면이 대체로 4면이었던 것을 고려하면, 사실상 그 당시 신문 구독자는 그 신문에 실린 문예면의 구독자였을 수도 있다.[78]

---

78 이 부분을 밝히는 것은 매우 어려운 문제이다. 그러나 신문 독자 특히 '기서'나 '편편기담'에 투고한 독자들이 문예면의 독자일 수 있다는 추정은 가능할 것이다. 그것은 여성의 '기서'나 '편편기담' 모두 3면에 실리고 있었고 '기서'나 '편편기담'에 투고하려는 독자들은 반드시 3면을 읽었을 것이다. 그리고 문예면은 대체로 3면에 실리고 있었다. 따라서

결국 근대독자는 단순히 듣기나 읽기에 의존하는 것이 아니라, 자신의 생각과 의지를 적극적으로 표명하는 독자이다. 또한 이는 근대적인 대중 매체의 발달로 서로의 생각과 글을 공유하고 그러면서 스스로 읽기에서 쓰기로 전환했던 독자라고 할 수 있다. 이러한 의미에서 개화기는 전근대의 독자에서 근대독자로 전환되는 과정으로, 전근대와 근대 사이에 끼여 있는 새로운 문화공간이었던 셈이다. 즉 이 문화공간은 신문이라는 근대의 매체를 읽고 즐기고 소통하면서 나타난 새로운 공간이었다.

이 글에서는 근대계몽기의 근대 매체 가운데에서도『대한매일신보』를 중심으로 논의를 풀어가고자 한다.『대한매일신보』는 그 당대 가장 판매부수가 높았고, 국문판의 경우 남녀 모두를 독자 대상으로 삼고 있는 신문이었다. 또한 1910년대 이후에『매일신보』가『대한매일신보』의 편집을 그대로 따랐다는 점에서『대한매일신보』의 영향력을 과히 짐작해 볼 수 있다.『매일신보』는 신파극과 번안 연재소설의 연관 관계를 통해 판매부수 확장과 함께 문예 독자층을 형성시켰다. 따라서 이『매일신보』의 편집과 전략의 기초가 된『대한매일신보』의 독자 전략, 대중화 전략, 소설 전략을 분석하는 것은 결국 1910년대 이후 근대독자의 성립을 밝히는 중요한 열쇠가 될 수 있을 것이다.

『대한매일신보』의 편집자들이 여성들의 가벼운 기사나 편편기담을 3면 문예면에 함께 실은 것은 3면이 독자를 위한 공간, 또는 흥미를 유발하는 공간으로 만들고자 한 의도가 담겨 있다고도 할 수 있을 것이다.

1) 한글판『대한매일신보』의 정책과 독자투고

『대한매일신보』는 근대계몽기에 가장 높은 판매부수를 올리면서 구국 언론의 대표주자로 애국 사상을 담아낸 신문으로 유명하다. 『대한매일신보』는 1904년 7월 18일에 영문판과 한글판이 병행되는 형태로 창간되었다. 그러다가 이후 국한문판과 영문판이 서로 분리되고, 1907년 5월 23일에는 한글판『대한매일신보』가 등장하면서 신문 독자층의 범위를 확장하게 되었다.[79]

〈표 1〉 국한문판과 한글판의 판매부수 변화 추이[80]

날짜	국한문판	한글판
1907.9	8,000부	3,000부
1908.5	8,143부	4,670부
총 증가부수	143부	1,670부

실제로 한글판『대한매일신보』가 등장하면서『대한매일신보』의 판매부수가 급격히 증가했다. 1907년 5월 23일에 5,000부였던 판매부수가, 1908년 5월에는 1만 3,256부까지 증가했던 것이다. 사실 이러한 면은 국한문, 국문판, 영문판에서 한글판의 판매부수가 유독 두드러지고 있다는 점을 주목해 볼 필요가 있다. 즉 실제 판매부수 확장에 가장 큰 기여를 한 것은 다름 아닌 한글판『대한매일신보』의 확장이었다.[81]

---

79 정진석, 「『대한매일신보』 창간의 역사적 의의와 그 계승문제」, 한국언론사연구회 편, 『대한매일신보 연구』, 커뮤니케이션스북스, 2004, 16~21면 참조.

80 이 표는 정진석의 『한국언론사』(나남, 2001, 239면)를 참조한 것으로 국한문판과 한글판의 판매부수 차이를 보여준다. 즉 전체 『대한매일신보』의 판매부수의 성장의 큰 부분을 담당하고 있었던 것이 한글판이었고, 이 한글판은 그만큼 많은 대중에게 호응을 얻고 있었다.

81 전은경, 「『국치전』과 후쿠자와 유키치[福澤諭吉]의 상관관계 연구」, 『한국현대문학연

한글판『대한매일신보』는 어떠한 전략으로 판매부수의 확장을 모색할 수 있었을까. 그것은『대한매일신보』가 독자들의 흥미를 끌 수 있는 여러 가지 정책을 실천했기 때문일 것이다. 그 하나가 바로 독자투고를 활성화시킨 것이다. 이 독자투고는 '긔서'의 형태, '편편긔담'의 형태, '투서'의 형태, '잡보'에 실린 시가 형태 등 다양하게 이루어지고 있었다.[82] 이 가운데 독자가 가장 두드러지게 드러나는 형태는 신문 독자가 직접 신문에 투고하는 방식인 '긔서'였다고 할 수 있다.[83]

〈표 2〉 발행 연도별 '긔서' 개수

발행 연도	1907	1908	1909	1910	총계
긔서 개수	46개	68개	37개	21개	172개

* 별보 투고 포함-유학생의 글

기서의 개수를 보면 1907년과 1908년이 가장 높게 나오고 있다. 한글판을 시작하면서『대한매일신보』는 신문 독자층의 확장을 모색하고자 했다. 그러한 면에서 기존 국한문판은 한문 독해가 가능한 지적 수준이 높은 고급 독자를 겨냥하고 있었다. 한글판『대한매일신보』는 한

구』23집, 한국현대문학회, 2007.12, 13면 참조.

82　김영희,「『대한매일신보』 독자의 신문 인식과 신문 접촉 양상」, 한국언론사연구회 편,『대한매일신보 연구』, 커뮤니케이션스북스, 2004, 350~351면; 김영민,『한국의 근대 신문과 근대소설-대한매일신보』, 소명출판, 2006, 85~87면 참조.

83　이 기서는 신문을 읽는 신문 독자들이 직접 신문에 투고하는 글이다. 기서의 내용상에서 직접적으로 소설 내용에 대해 언급한 경우는 없다. 사실 개화기에 드디어 뭔가를 공개적으로 말할 수 있게 된 상황에서 소설에 대한 감상이 나올 리는 만무하다. 여성 교육, 신분 타파, 일제 비판 등 굵직한 내용들이 기서 내용의 대다수를 이루고 있다. 다만 미루어 짐작해 볼 수 있는 것은 개화기의 대중들은 신문에 실린 내용을 계몽적인 지식으로 받아들이고 있었다는 점이다. 따라서 소설에서 주장하고자 하는 내용과 겹쳐지는 기서의 내용이 출현한 경우는 있으며, 이들 내용의 대부분은 여성 교육이나 여성의 정치 참여 등과 연관되는 경우였다.

글을 아는 이라면 남녀노소 누구나 볼 수 있도록 독자층을 넓히고자 했다. 이는 하위 계층과 여성 독자들을 끌어들이려는 노력의 일환이었다고도 볼 수도 있다. 그러한 의미에서 『대한매일신보』는 국한문판과는 달리 '쇼셜'란을 신설하고 거의 끊임없이 소설을 연재하기 시작했다.

〈표 3〉 한글판 『대한매일신보』 소재 연재 소설

게재란	제목	날짜	본문 표기
쇼셜	라란부인젼	1907.5.23~7.6	국문
쇼셜	국치젼	1907.7.9~1908.6.9	국문
쇼셜	수군의 뎨일 거룩한 인물 리슌신젼	1908.6.11~10.24	국문
쇼셜	매국노(나라프는 놈)	1908.10.25~1909.7.14(미완)	국문
쇼셜	디구셩 미릭몽	1909.7.15~8.10	국문
신쇼셜	보응	1909.8.11~9.7	국문
쇼셜	미국독립스	1909.9.11~1910.3.5	국문
쇼셜	동국에 뎨일 영걸 최도통젼	1910.3.6~5.26	국문
쇼셜	옥랑젼	1910.8.16~8.28(미완)	국문

한글판 『대한매일신보』는 총 9개의 소설이 실려 있다. 실제로 국한문판 『대한매일신보』에서도 「리슌신젼」과 「최도통젼」은 실리고 있었다. 그러나 이는 '쇼셜'란이 아니라 '위인유적'란에 게재되고 있었다. 즉 한글판에서는 '쇼셜'이라는 것을 드러냄으로써 흥미를 유도하겠다는 의도가 다분한 것이다.[84]

〈표 4〉는 각 소설이 연재되던 중 신문 독자가 기서에 투고한 개수를 표로 만든 것이다. 『국치젼』이 연재되고 있을 때, 총 82개로 가장 높은 수의 기서가 투고되었고, 그다음은 『매국노』로 총 19개의 기서가 투고

84　김영민, 앞의 책, 114~120면; 전은경, 앞의 글, 11·14면 참조.

〈표 4〉 연재소설별 기서 투고 개수

소설 제목	날짜	긔서(신문 독자투고)	총 개수
라란부인젼	1907.5.23~7.6	중간 유실본(생략)	생략
국치젼	1907.7.9~1908.6.9	41개(1907) 41개(1908)	총 82개
수군의 데일 거룩흔 인물 리슌신젼	1908.6.11~10.24	15개	총 15개
매국노(나라프는 놈)	1908.10.25~1909.7.14(미완)	3개(1908) 16개(1909)	총 19개
디구셩 미리몽	1909.7.15~8.10	2개	총 2개
보응	1909.8.11~9.7	8개	총 8개
미국독립스	1909.9.11~1910.3.5	11개(1909) 3개(1910)	총 14개
동국에 데일 영걸 최도통젼	1910.3.6~5.26	2개	총 2개
옥랑젼	1910.8.16~8.28(미완)	3개	총 3개
긔서 총 합계		145개	

되었다. 물론 이 두 개의 작품이 가장 오래 연재되었기 때문이기도 하지만, 특히 『국치젼』의 경우는 『대한매일신보』에서 대중적인 기호를 반영한 결과물이라고도 할 수 있다.

사실상 위의 기서들은 소설 독자로서 투고한 것이 아니라 신문 독자로서 투고한 것이므로, 내용상 소설을 구체적으로 언급하고 있지는 않았다. 자신들의 생각을 나열하거나 자신들의 주장, 애국심, 신문 칭찬 등이 주를 이루고 있었다. 그러나 당대 『대한매일신보』가 총 4면에 불과했다는 점, 그리고 기서들의 내용과 소설 내용의 일치도 등을 본다면, 이들 '기서'들과 소설은 매우 밀접한 관계가 있다고 할 것이다.[85]

---

85 배정상은 「『대한매일신보』의 서사 수용 과정과 그 특성 연구」(『현대문학의 연구』 27집, 현대문학연구학회, 2005, 249면)에서 여성들이 실제로 소설에 등장하는 여성 주인공 등을 전범으로 삼고 있음을 강조한다. 즉 소설이 효과적인 계몽의 도구로 사용되고 있다는 것이다.

2) 여성 독자층의 성장과 문예면

한글판 『대한매일신보』에 기서를 투고한 인물은 대부분 남성이었다. 성별을 알 수 없는 경우도 많으나, 대체로 여성보다는 남성이 많았다. 그것은 남성에 비해 여성의 문자 해독률이 낮을 수밖에 없었으므로 나타난 현상일 것이다. 또 읽고 있다고 하더라도 아무래도 여성들이 언론 매체에 글을 싣는다는 것은 매우 큰 용기를 필요로 했을 것이다.

〈표 5〉 연도별 기서 투고자 성별[86]

	1907년	1908년	1909년	1910년	합계
남성	40	58	31	19	148
여성	8	7	2	0	17
익명	0	6	4	2	12
총계	48	71	37	21	177

위의 표를 보면, 여성 독자의 기서는 총 17편에 해당한다. 남성 독자들의 기서가 압도적으로 많은 것도 사실이다. 그러나 이 여성 독자들이 자신들의 목소리를 처음으로 언론 매체를 통해 알리고 있다는 것은 매우 고무적인 일이다. 그전까지 독자들, 특히 여성 독자들은 규방 안에 갇혀 그 소리를 발하고 있지 못했다. 조선 시대 소설을 읽던 독자들 역시 상당수 여성이었음에도 불구하고, 문면으로 등장한 독자들을 발견하기는 매우 어려운 실정이다. 이러한 상황에서 『대한매일신보』의 기서는 그 당시 여성 독자들의 성향을 드러내고 있다는 점에서 매우 중요

---

86 투고자 성별 표는 김영희(앞의 글, 360면)의 표를 참조하여 원본의 오류를 저자가 수정하여 적은 것임. 이 개수 안에는 2인, 3인 투고자가 포함됨.

하다고 할 수 있을 것이다.[87]

〈표 6〉 여성 독자의 기서(1907~1908년)

기서 날짜	기서 투고자	나이	제목 또는 내용	게재면
1907.7.10	빅경닉 부인 한씨		국문 신문의 중요성과 감사	3면
1907.8.8	하와이에 거흐는 최씨정슌		국한문판 신문은 남편에게 물으며 봤으나 국문 신문 나와서 좋음	3면
1907.9.8	빅봉녀 -안주 성닉 염동 스는 녀학도	이십삼 세	인싱의 미리 힘쓸 일	3면
1907.9.12	안쥬 성닉 성평동 사는 김확실	십이 세	나라의 흥흠이 녀즈교육에 잇소	3면
1907.9.14	안쥬 성닉 강계동 사는 리효녜	이팔 세	국민의 즈유이올시다	1면
1908.3.3	한남녀즈		믹일신보를 축하흠	1면
1908.3.19	한남녀즈		부인계에 권고흠	1면
1908.4.4	리지츈		녀즈 교육의 시급론 -녀자된 우리들도 남자와 같이 나라의 일을 하자	1면
1908.5.22	기싱 롱운		교육이 뎨일 급선무	3면
1908.5.23	기싱 롱운		교육이 뎨일 급선무 (쇽)	3면
1908.5.28	기싱 롱운		교육이 뎨일 급선무 (쇽)	3면
1908.8.1	녀스 김숑지	사십 세	한국 부인계에 쇼식샹	1면
1908.8.11	쟝경주		녀즈 교육 -남자를 의지하지 말고 여자 스스로 일을 해야 함	1면

기서의 개수가 가장 많았던 1907년과 1908년을 중심으로 보면 여성 투고자의 기서는 총 15개에 해당하며, 그 가운데 『국치전』을 연재할 때 여성 투고자의 기서는 총 11개로 그 수가 가장 많았다.[88] 내용상

---

[87] 김영민(앞의 책, 96~97면)은 "여성의 사회 활동이 자유롭지 못했던 근대계몽기 당시 여성 독자의 투고 비율이 10% 정도에 이른다는 사실은 그 자체만으로도 적지 않은 의미가 있다"고 평가하고 있다.

[88] 이 기서들은 신문 독자로서 독자들이 신문에 투고한 내용이다. 이 여성 독자들의 기서의 경우, 김숑지와 쟝경주 외에는 모두 『국치전』이 연재되는 가운데 투고되었다.

으로 보면, 한글로 발행이 되어 이제 읽을 수 있게 됐다며 감사하는 내용이 많았고, 중반 이후로는 여자 교육에 대한 촉구와 여성 의식의 개혁을 촉구하는 글들이 주류를 이루고 있었다.

가쟝의셔 몃 가지 한문신문을 보실 쌔마다 무슴 됴흔 말슴이 잇습닛가 무른즉 ᄉ랑ᄒ고 앙모ᄒᄂ 우리 남녀학교가 차례로 진보ᄒ며 전국 이쳔만 동포가 깃분 ᄆᄋᆷ으로 나라 돈 갑ᄂᄃᆡ 돈 드린 것 ᄀᆺ흔 거슨 깃분 낫과 아름다온 말노 지삼 넑어 들녀 주고 나의 싱쟝ᄒ고 쟝ᄎᆺ 도라갈 바 반도 사름의 반도 강산을 누에 먹듯ᄒ며 혹 억탈도 ᄒ며 탈취홀 량으로 졔반 압졔를 ᄒ며 우리 상하관민을 즘싱과 ᄀᆺ치 ᄃᆡ졉ᄒ며 심지어 포살ᄒ며 타살ᄒᄂ 뎌 더벙머리 일본 ᄋᄒᆡ들의 야만의 힝동을 볼 쌔에ᄂ 낫빗치 변ᄒ고 눈물이 흘너 신문을 젹시우믜 뭇지도 못ᄒ고 ᄀᆺ치 슯허 ᄒ며 우리 강산과 우리 동포를 위ᄒ야 나의 하ᄂ님ᄭᅴ 긔도ᄒᄋᆸ고 흥샹 젼일에 한문을 빅호지 못흔 거슬 탄식ᄒ더니 하ᄂ님이 나와 우리 부녀샤회를 도라보샤 귀 샤쟝의 손을 비러 대한ᄆᆡ일신문을 국문으로 이ᄀᆺ치 ᄉᆡ로 출판ᄒ게 ᄒ시니 하ᄂ님ᄭᅴ 감샤ᄒ고 귀 각하ᄂ 더욱 진력ᄒ와 우리 부녀 샤회에 대션싱이 ᄃᆡᄃᆡ 되ᄋᆸ심과 우리 부녀샤회가 일노 말믜암아 날노 진보ᄒ여 삼쳔리 강산 우헤 혁혁ᄒ기를 복츅ᄒᄋᆸ니다[89]

하와이에 가서 살게 된 최정순이라는 부인은 고향을 떠나 고향에 대한 그리움으로 가득차 있다며 기서를 띄웠다. 이 부인은 조선에 대해 궁금해서 남편이 한문 신문을 읽을 때마다 물어 보며, 남편을 통해서

---

[89]   하와이에 거ᄒᄂ 최씨졍슌, '긔서'(『국치전』 22회분 연재 중), 『대한매일신보』, 1907.8.8, 3면.

조선의 소식을 듣고 있었다. 그러던 중 한글 신문이 발행되면서 나온 것을 보고 이제는 스스로 읽을 수 있게 되었다며 매우 즐거워한다. 이는 신문을 스스로 읽지 못하고 남편에게 의지하여 들었던 '듣는 독자'에서, 스스로 신문을 읽을 수 있는 '읽는 독자'로 전환되었음을 보여주고 있는 것이다. 이 한글판『대한매일신보』에는 논설, 관보, 잡보 등 기사뿐만 아니라 문예면 역시 존재하고 있었다. 이 여성 독자는 문예면에 대해서도 '듣는 독자'에서 '읽는 독자'로 전환하고 있다고 할 수 있다.

> 이러흔 기명시디에 다시 신학문신지 겸젼흔신 동포즈미들이야 신문이독
> 흠심을 엇지 이루 다 말슴흐리오 신문론셜을 볼작시면 그 쯧이 무궁무진흐
> 니 신문지의 죠회쪽이 넓지 못흔 것을 오히려 한탄흐거늘 무슴 겨를에 편편
> 긔담이니 대한고젹이니 흐는 한만흔 셜화를 게지흐리오마는 다시 싱각흐야
> 보면 학문업는 부녀들과 ᄋᆞ히들은 내흠업시 신문 보는 의미를 모르니 신문
> 즈미를 아지 못흔즉 이것은 곳 이목이 막힘과 다름이 업는고로 긔담을 게지
> 흐면 샤셜에 챡미흐야 어리셕은 부녀와 몽미흔 ᄋᆞ히신지라도 신문 볼 졍신
> 이 싱겨 그 졋헤 잇는 론셜 외보 잡보 평론신지라도 즈연이 볼 터이니 연즉
> 셔습이 텬셩과 더브러 진취흐야 ᄎᆞᄎᆞ 큰 학문에 나아갈지라 감샤흐오이다[90]

'한남녀즈'라는 독자의 기서를 보면, 일반 부녀자들과 아이들이 신문에서 어떠한 부분에 흥미를 느끼는지가 드러난다. 여자라 할지라도 교육을 받은 신여성들은 신문의 중요성을 충분히 알고 제대로 읽을 수

---

90   한남녀즈, '기서'(『국치젼』 149~150회분 사이),『대한매일신보』, 1908.3.3, 1면.

있으며, 따라서 편편기담이나 대한고적 등의 설화나 이야기 쪽에는 별 관심이 없을 수 있다는 것이다. 그런데 이 독자는, 학문을 배운 적 없는 부녀자들의 경우 그러한 설화나 재담, 이야기에서 재미를 느낄 수밖에 없다고 단언하고 있다. 따라서 『대한매일신보』가 설화나 재담, 이야기 등을 게재하는 것이 조선의 여성이나 아이 독자들을 위해서는 반드시 필요하다고 설명한다.

> 본긔쟈ㅣ 글ᄋ되 대한국 녀ᄌ학문계에 폐단이 싱긴 지가 오랜지라 다 ᄀ혼 인물이것마는 흔번 녀ᄌ로 싱긴 이후에는 십팔층 아비디옥과 ᄀ혼 깁고 깁흔 규즁 속에 가두어 한문도 못ᄒ게 ᄒ며 츌입도 못ᄒ게 ᄒ고 쇼슬 쳐량흔 침방 등잔 아리에 가련흔 싱애로 일평싱을 지낼 ᄯᄅᆷ이오 소임당과 ᄀ혼 유명흔 문쟝도 임의 루빅 년젼 지나간 인물이라 봉황의 털긔 기린의 쓸과 ᄀ치 희귀ᄒ니 근셰 문명국의 녀ᄌ ᄀ혼 쟈이야 쟝ᄎ 어ᄂ 곳에서 엇어볼손가 지금 이 글을 보니 톄격은 극진히 다 잘 되얏다 홀 수 업드릐도 ᄯᅩᄒᆫ 금일 한국에 보기 어려운 녀즁지ᄉ이기에 특별히 게직ᄒ야 일반 인민의 안목을 씌닷게 ᄒ노라[91]

『대한매일신보』의 기자는 한남녀ᄌ라는 독자의 긔서 바로 아래에 논평을 남기고 있다.[92] 감옥과 같은 규중에 갇힌 부녀자들이 매체를 통

---

91 편집자, 한남녀ᄌ의 '긔서' 답변, 『대한매일신보』, 1908.3.3.
92 독자가 투고한 '긔서'에 논평하는 경우는 총 7번이다. 그 7개 가운데 4번은 독자를 격려하는 경우였다. 어린 소년이 용기를 내어 자신의 애국심을 보여준 경우, 야학에 참여하여 열심히 공부하는 학생들의 경우, 여성들과 부인계가 열심히 신문을 읽고 사회 참여하려는 경우 적극적인 정신을 칭찬하고 있다.(김영희, 앞의 글, 358면 〈표 3〉 참조)

해 밖으로 나올 것을 촉구하고 있다. 이러한 면은 부녀자들의 욕망을 『대한매일신보』의 편집자들이 부추기면서 독자들의 참여를 유도하고 있는 것이라 할 수 있다. 따라서 그 이전까지 여성의 '기서'가 1면 '논설' 자리에 실린 적이 없었으나, 이 글의 경우는 처음으로 '논설' 자리에 실리게 된 것이다.[93] 이러한 『대한매일신보』의 획기적인 발상은 잠재적인 여성 독자들을 매체로 끌어들이는 역할을 했을 것이다.

또한 기서에서 드러나는 여자 교육에 대한 강조들은 『국치젼』의 전개와 매우 유사한 양상을 띤다.

> 우리 동양이 미약ᄒ 중에 더욱 우리 대한은 오늘날 이 형편된 거시 학문을 힘쓰지 아니ᄒ 연고라 홀 수 잇ᄉᄂᄂ다 좀 싱각ᄒ여 보옵시다 우리 이쳔만 인구중에 일쳔만은 녀인이오 남ᄌ 일쳔만도 학문이 업셔 무식ᄒ므로 유의유식ᄒ고 허랑방탕ᄒ기만 됴타ᄒ여 사름의 직분을 능히 ᄒ지 못ᄒ고 더구나 우리나라의 녀ᄌᄂ ᄌ고이릭로 가쟝의게 노롓ᄀ치 딕졉을 ᄒ고 ᄯ 학문은 젼혀 무식ᄒ게 ᄒ엿스니 이러므로 이 디경에 니르럿슴니다[94]

위의 기서는 김확실이라는 12세 소녀가 쓴 것으로 여학교의 중요성을 강조하는 글이다. 그 가운데는 12살이라는 어린 나이에도 불구하고 남녀의 불평등을 규탄하면서 특히 집안에서 가장의 노예와 같은 여성의 위치에 대해 불만을 터뜨리고 있다. 또한 그 이전 1907년 9월 8일

---

93   리효녀의 기서는 1면에 실리기는 했으나 '논설' 아래에 작게 실린 것에 불과했다.
94   안쥬 셩녀 셩평동 사ᄂ 김확실, '기서'(『국치젼』 40회 연재 중), 『대한매일신보』, 1907.9. 12, 3면.

에는 빅봉녀라는 독자가 "만일 교육ᄒ지 아니ᄒ면 ᄌ뎨로 눔에 노례를 믄들어 평싱에 눈물노 압졔 밋헤셔 탄식ᄒᄂ 셰샹을 지내게" 할 수 있다며 여성 교육을 강조한다.

사실 이러한 기서들의 내용은 『국치젼』의 전개와 연관된다고도 할 수 있다. 주인공인 국치의 연설회가 이어지면서 애국심을 고양하고 학문의 필요성을 강조하는 가운데, 송엽, 쥭지, 미화라는 세 여인은 부인회를 만들어 자신들의 생각을 남성 못지않게 실천하며 살아가는 모습이 등장한다.[95] 심지어 그들은 "그동안에 녀ᄌ회 시쇽을 곳치고 녀ᄌ의 권리를 엇어셔 나라일을 도웁고져"[96] 하고, 결국에는 그 뜻을 이루어 여성들이 정치에 참여하여 국회의원에까지 이르게 된다.[97]

이렇게 여성들이 적극적으로 사회와 정치에 나서는 모습들은 여성 독자들에게 대단한 자극이 되었을 것임은 당연할 것이다. 따라서 여자 된 우리들도 남자들과 마찬가지로 나라의 길을 하자는 주장[98]이나, 기생이었던 자신이 뜻을 얻어 일본으로 유학까지 가겠다는 생각[99]은 이러한 『국치젼』의 내용 전개와도 완전히 다르다고 말하기는 어려울 것이다.[100] 특히 기생 롱운은 "오늘날 교육의 힘쓰시ᄂ 여러분 학원과 유

---

95 『국치젼』36회분, 『대한매일신보』, 1907.9.6.
96 『국치젼』38회분, 『대한매일신보』, 1907.9.8.
97 『국치젼』162회분, 『대한매일신보』, 1908.3.26.
98 리지츈, 「기셔─녀ᄌ 교육의 시급론」(『국치젼』 160~161회 사이), 『대한매일신보』, 1908.4.4.
99 기싱 롱운, 「기셔─교육이 데일 급션무」(『국치젼』 202~203회 연재 중), 『대한매일신보』, 1908.5.22 · 23 · 28.
100 『대한매일신보』에 연재된 번안소설의 대중성과 독자와의 관계는 전은경의 「『대한매일신보』의 '국문' 정책과 번안소설의 대중성 연구」(『어문연구』 54집, 어문연구학회, 2007.8, 463~470면) 참조.

282   미디어의 출현과 근대소설 독자

지 졔군ᄌᄂ 유명무실이란 원통흔 말솜을 듯지 마시고 각종 신셔적 신문잡지와 각종 신쇼설과 교육계에 응용될 만흔 교과셔를 각국에셔 슈입ᄒ야 도덕샹과 의무뎍으로 국민의 혈셩을 다ᄒ야 ᄌᄌ근근히 열심양셩ᄒ시오"라고 하면서 소설의 중요성을 매우 강조하고 있다.

물론『국치젼』의 이러한 내용이 독자들에게 직접적인 영향을 미쳤다고 말하기는 어려울 수도 있다. 그러나 적어도 독자들이 '기서' 등에서 보여주는 여성 참여나 교육에 대한 욕망과,『국치젼』에서 드러나는 여성 운동이나 여성 교육의 측면은 내용상 매우 유사하다. 즉 여성 교육의 측면은『대한매일신보』의 사설과 문예면의 소설에서 일관적으로 전개되고 있는 것이다. 결국『대한매일신보』의 소설은 여성 독자들의 목소리를 내게 만들고 그들을 교육하고 각성하게 만드는 역할에 일조했다는 것이며, 그것이 다시 여성 독자들이 매체에 스스로를 드러내도록 만들고 있었다고 할 수 있다.

3) '편편기담'과 새로운 글쓰기의 등장

『대한매일신보』는 '기서' 외에도 '편편기담'이라는 공간을 두어 누구나 참여할 수 있도록 만들었다. 1면에 실리는 '기서'들은 대체로 남성들의 글이었으며, 이는 '논설'과 거의 대체되는 내용이 많았다. 그런데 3면에 실리는 '기서'는 자신의 느낌이나 감동을 싣는 경우가 대부분이었다. 또한 3면에는 소설이 실리고 있었고, 이와 동시에 '잡보'라는 형식 속에 잡가를 투고하는 경우도 있었으며, '투고'가 3면에 몇 번 실

린 경우도 있었다.[101]

즉 한글판 『대한매일신보』의 3면은 부녀자층을 위한 특집 문예면이라고 할 수 있다. 1면에 실릴 정도의 '논설' 같은 '기서'를 쓸 수 있는 독자층은 매우 드물었을 것이다. 남자 독자라 하더라도 대부분 지식인층이 아니고서는 힘들었을 것이다. 따라서 글을 제대로 배우지 못하고 국문 야학을 통해 배운 한글로 이들 하층민이 쉽고 편하게 참여할 수 있는 공간이 바로 3면이었던 것이다.

초창기에 '편편기담'은 여러 가지 이야기를 가볍게 써서 연재하는 형식을 취하고 있었다. 물론 누가 투고했는지는 알 수 없는 경우가 허다했다. 옛날이야기에서부터 자신들이 직접 겪은 이야기, 혹은 비판하고자 하는 대상을 은근히 풍자하는 이야기를 싣기도 했다.

> 엇더흔 곳에 ♀희들이 모혀셔 솟굽질을 ㅎ며 ᄌ미잇게 놀더니 그즁에 흔 ♀희가 별안간에 벌쩍 니러나더니 솟굽질ᄒ던 밥상을 발길노 거더챠며 다른 ♀희들의 머리치를 써어 들면셔 싸리려 ᄒᄆᆡ 다른 아희들이 긔가 막혀 ᄒᄂᆞᆫ 말이 이거시 무슴 일이냐 그 ♀희가 우스면셔 굴♀디 이거슨 우리 아바지가 우리 집에셔 ᄒ던 흉내라 ᄒ더라[102]

위의 글은 아이들의 모습을 통해 조선의 가부장제적인 모습을 신랄하게 비판하고 있다. 아이가 아버지 흉내를 내면서 아내와 아이들을 때

---

101 희망싱, 의아싱의 투서(『대한매일신보』, 1907.5.23)와 과천농부의 투서(『대한매일신보』, 1907.9.19), 감관홀 쌘딕의 투서(『대한매일신보』, 1907.12.3)가 있다.
102 「♀회 보는 디는 물먹기도 어려워」, '편편긔담'(『국치전』 23회 연재 중), 『대한매일신보』, 1907.8.9, 3면.

리는 시늉은 결국 조선 사회가 남성 위주의 가부장적 사회임을 풍자하고 있는 것이다. 이는 여성의 시선을 담지한 것으로 여성이 투고했을 확률이 높다. 결국 여성들도 자신들의 욕망을 '쓰는' 행위에 담아 드러내고 있는 것이다.

'편편기담'은 필자를 밝히지 않음에도 거의 매일 빠지지 않고 3면에 1편 씩 등장하고 있었다. 이러한 가운데 『대한매일신보』는 '편편기담'을 적극적으로 홍보하며 정책을 바꾸기에 이른다.

> 우리 국문신보를 발간 이후로 쳠균즈의 지어 보내시난 편편긔담이 여러 번 드러왓스나 거쥬와 셩명이 분명치 못흠으로 본샤에서 신문을 무료로 보내여 인고ᄒᆞ시ᄂᆞ 셩의를 보슈코져 ᄒᆞ나 못ᄒᆞ오니 이후에 혹 누구시던지 긔이ᄒᆞ고 ᄌᆞ미잇ᄂᆞ 말을 지어 보내시거든 거쥬 통호수와 셩명을 ᄌᆞ셰히 젹어 보내시기를 ᄇᆞ라읍[103]

『대한매일신보』는 1908년 2월 19일 '사고'에 '편편기담'과 연관한 광고를 낸다. 그 이전까지는 필자 이름이 없이 투고가 되었으나, 지금부터는 거주와 이름을 확실히 적어달라고 부탁한다. 또한 일종의 선물을 주겠다며 독자들을 유혹하기도 한다.

> 다만 긔담을 긔록ᄒᆞ여 보내시면 본사에셔 졉슈ᄒᆞᆫ 호수를 ᄯᅡ라 긔지ᄒᆞ오며 본보 뎨일호브터 지금ᄭᅵ지 임의 긔지된 것과 음담패셜과 멸륜패상ᄒᆞᆫ 말은 긔지ᄒᆞ지 안스오니 죠량ᄒᆞ시읍

---

103 '샤고', 『대한매일신보』, 1908.2.19, 3면.

또는 흔 사름의 보내는 거시 십오 쟝식지 한ᄒ고 외방에는 열 쟝식지 ᄒ고 우에 말한 긔지치 못홀 거시 업스면 본신문을 무료로 두 돌을 보닐 거시[104]

2월 23일에는 이에 더 나아가 신문사의 상품을 확실히 건다. 즉 무료로 2달을 볼 수 있다는 것이 이들이 내건 상품이었다. 그들의 요구를 보면 "긔이ᄒ고 ᄌ미잇는 말"을 지어 보내야 하고, 또한 이미 나온 이야기는 안 되며, 음담패설이나 멸륜패상하는 말들은 싣지 않겠다고 규정하고 있다. 결국 새로운 이야기, 그리고 모두가 들어서 문제되지 않는 이야기를 지어 보내라는 것이다. 초창기에는 예전의 민담이나 설화를 적어 보내었으나 꽤 오래 진척이 되면서 점점 중복되기 시작했고, 이에 스스로 지어서 보내야 하는 시점에 이른 것이다. 이것은 예전에 들었던 내용을 요약하는 것이기도 하고, 독자들이 스스로 짧은 내용의 이야기를 지어내는 것이기도 했다. 그리고 1908년 2월 23일부터는 '편편기담'에 실린 글에는 필자의 이름이 적히기 시작했다.

이름을 남긴다는 것은 굉장히 큰 의미를 가진다. 즉 이전에 일반적인 설화나 민담을 보낼 때는 이름이 중요하지 않았다. 그런데 새로운 이야기를 독자 스스로 지어내기 시작하면서 누가 이것을 적었는가는 매우 중요한 문제가 된다. 아주 짧은 이야기이기는 하지만 독자는 스스로 이야기를 지어내어 근대 매체에 쓰게 되었던 것이다. 중복이 되지 않기 위해서는 독자들이 쓴 '편편기담'을 늘 읽어야 했을 것이고, 또한 동시에 이와 유사한 이야기를 써 보내기도 했을 것이다.

---

104 '사고', 『대한매일신보』, 1908.2.23, 3면.

'편편기담'은 '기서'처럼 부담을 가지지 않아도 되는 것이었다. 3면에 실리면서 가벼운 이야기를 써 내면 되었다. 따라서 '기서'처럼 묵직한 이야기가 아니라 가벼운 이야기를 쓸 수 있다는 점에서 여성들이 좀더 쉽게 접근할 수 있었을 것이다. '편편기담'에 투고한 여성 투고자는 〈표 7〉과 같다.

〈표 7〉 '편편기담'에 투고한 여성 독자

1908년		1909년		1910년	
날짜	투고자	날짜	투고자	날짜	투고자
3 / 5	한명슉	2 / 18	녀학싱 변슉경	3 / 10	부인 리광인
3 / 12	한남녀즈	2 / 19	녀학싱 변슉경	3 / 11	부인 리광인
3 / 13	한남녀즈	2 / 21	녀학싱 변슉경	3 / 12	부인 리광인
3 / 14	한남녀즈	2 / 23	녀학싱 변슉경	3 / 17	부인 리광인
3 / 15	한남녀즈	2 / 24	녀학싱 변슉경	4 / 7	부인 리광인
3 / 17	한남녀즈	2 / 25	녀학싱 변슉경	7 / 19	리은영
7 / 22	정지철 늬뎡	2 / 26	녀학싱 변슉경	7 / 28	빅영은
7 / 23	정지철 늬뎡	2 / 27	녀학싱 변슉경	7 / 30	빅영은
7 / 24	정지철 늬뎡	3 / 13	정지철 부인	7 / 31	빅영은
7 / 25	정지철 늬뎡	3 / 19	정지철 늬뎡	8 / 2	빅영은
7 / 26	정지철 늬뎡	4 / 20	정지철 늬뎡		
7 / 30	최뎡슉	4 / 21	정지철 늬뎡		
8 / 4	조경히	4 / 22	정지철 늬뎡		
8 / 5	조경히	4 / 23	정지철 늬뎡		
8 / 6	조경히	6 / 25	한쇼스		
8 / 23	한명슉	7 / 1	한쇼스		
8 / 26	한명슉	10 / 24	홍명슌		
8 / 30	한명슉	10 / 26	홍명슌		
10 / 20	리화영	10 / 27	홍명슌		
합계	19개	합계	19개	합계	10개

　여성 독자들이 투고한 '편편기담'은 총 48개로 12명의 여성 독자들이 투고했다. 그리고 한 명의 여성 독자가 여러 날 연속해서 투고한 경우가 많았다. 이는 한꺼번에 여러 개를 투고했을 수도 있고, 자신의 글

이 실리는 것을 보고 자신감을 얻어 계속 투고했을 수도 있다. 물론 '편편기담'에 실린 글들의 대부분은 남성 독자들일 것이다. 그러나 이 가운데 여성 독자들 역시 이야기를 짓고 이를 투고하는 데 동참하고 있다는 점은 근대계몽기라는 시점에서 볼 때 여성 독자들이 그 이전 시대와는 많이 달라졌음을 알 수 있다. 또한 이렇게 투고해 보면서 여성 독자는 다른 여성들을 향해 스스로 '쓰는 독자'가 되라며 촉구하기도 한다.

고곰에 현인군ᄌᆞㅣ며 룡방비간 ᄀᆞ혼 츙신렬ᄉᆞ와 졍ᄌᆞ와 쥬ᄌᆞ ᄀᆞ혼 도학과 쇼동파의 삼부ᄌᆞ ᄀᆞ혼 문쟝과 한신핑월 ᄀᆞ혼 영웅호걸은 니로 헤일 수가 업스며 녀ᄌᆞ로 말홀지라도 태ᄉᆞ와 태임ᄀᆞ혼 규범과 밍ᄌᆞ의 어마니 ᄀᆞ혼 부인과 셔셔의 어마니 ᄀᆞ혼 협긔와 황씨 ᄀᆞ혼 지됴와 밍광ᄀᆞ혼 부덕과 반소갓혼 문쟝은 거지두량이라도 불가승수ㅣ언마ᄂᆞᆫ 녀ᄌᆞᄂᆞᆫ 안에 쳐ᄒᆞ야 호령이 즁문밧긔 나가지 못ᄒᆞᄂᆞᆫ 거스로 큰 힝쟝을 숨아셔 일평싱에 ᄒᆞᄂᆞᆫ 수업이라ᄂᆞᆫ 거슨 침션방젹과 음식을 맛혼 것쌘인즉 남ᄌᆞ보다 십비나 초월혼 부인이 잇셔도 초목으로 더브러 젹젹이 미물홈을 면치 못ᄒᆞ더니

하늘을 놀니고 싸을 움즉이ᄂᆞᆫ 이런 긔명시되를 당ᄒᆞ여 홀연 혼 가지 귀를 썰치ᄂᆞᆫ 바름이 하늘을 흔드ᄂᆞᆫ듯시 드리부러 잠근쇠를 분지르며 닷은 문을 열써리고 몸에 속박ᄒᆞ엿던 거슬 다 풀어 노흐니 어시호 신션혼 공긔를 쏘이며 남ᄌᆞ와 ᄀᆞ치 교육을 밧으매 본시 령리ᄒᆞ고 춍명혼 ᄌᆞ픔으로 구학문에 신지식을 겸ᄒᆞ야 발달ᄒᆞ매 츙군익국ᄒᆞᄂᆞᆫ 수샹이 날노 소사나셔 눔을 밋고 의뢰ᄒᆞᄂᆞᆫ ᄆᆞ음은 이쳔만 민의 ᄀᆞ슴 가온듸와 ᄆᆞ음 속에 잇ᄂᆞᆫ 샴쳔 쟝되ᄂᆞᆫ 업원의 불노 모다 살니 브리고 익국ᄒᆞᄂᆞᆫ 졍셩과 ᄌᆞ유ᄒᆞᄂᆞᆫ 수샹은 뇌슈에 춤만고 동포를 ᄉᆞ랑ᄒᆞ야 환난을 셔로 구원홈을 눕이 몬져 훌가 넘려ᄒᆞ고 셔로 응ᄒᆞ

고 셔로 합ᄒ야 천만 입이 소ᄅᆡ를 ᄀᆞ치 ᄒ고 일심단톄로 문명진보ᄒ야 유신
ᄒᆞᆫ 〈업을 셩취ᄒᄂᆞᆫ 날이 멀지 아니ᄒᆞᆯ지니 장ᄒᆞ도다 우리 대한뎨국 동포ᄌᆞ
민여[105]

'기서'를 두 번이나 투고한 한남녀〈라는 독자는 그 사이 '편편기담'
에도 이야기를 꾸며 보낸다.[106] 그러면서 여성 독자들에게 규방의 자물
쇠를 분지르고 닫긴 문을 열고 나오라고 강력히 촉구하고 있다. 남자보
다 능력 많은 여성들이 너무 많다며 주저 없이 나오라고 선동의 목소리
를 내는 것이다. 사실 이러한 면은 당대 여성 독자들 스스로가 가진 욕
망이었을 수 있으며, 이를 같은 여성이 표출해 주는 것이라 할 수 있다.
이러한 촉구와 함께 많은 여성들이 '편편기담'에 누구나 가볍게 쓸 수
있는 이야기로 참여하기 시작한다. 결국 이들은 3면의 문예면을 보면
서 서로의 이야기를 읽고 또 자신의 이야기를 적는, '읽는' 독자임과 동
시에 '쓰는' 독자로 자리매김하고 있었던 것이다.

　싀고을 엇던 사름이 처음으로 셔울에 올나와셔 우톄통을 보고 무엇인지
몰나 싱각ᄒᆞᆯ 째에 엇던 사름이 편지를 넛코 가거늘 혼ᄌᆞ말노 올치 이번에
경무쳥에서 일본슌사가 길을 졍ᄒᆞ게 ᄒ라고 집집마다 뎍간ᄒᆞᆫ다더니 길에
휴지도 ᄆᆞ음ᄃᆡ로 ᄇᆞ리지 못ᄒ고 뎌런 동에 주어 모흐ᄂᆞᆫ고나 ᄒ더라
　싀고을 사름들이 처음으로 셔울에 올나와셔 뎐챠가 쌘르게 가는 것을 보

105　한남녀〈, 「기서-부인계에 권고홈」(1면), 『대한매일신보』, 1908.3.19.
106　한남녀〈, '편편기담'(『국치젼』 152·153·154회분 연재 중), 『대한매일신보』, 1908.3,
　　　12~14면.

고 흔 사름이 ᄀᆞ쟝 아ᄂᆞ 톄ᄒᆞ고 다른 사름의게 셜명ᄒᆞ기를 외국놈들은 춤 의견잇ᄂᆞ 일도 잘ᄒᆞ네 우리들 ᄀᆞᆺᄒᆞ면 슈레ㅅ밧탕에 줄을 믜여 ᄭᅵ을 터인듸 줄을 밧탕에 믜여 ᄭᅵ을면 사름 왕ᄂᆡᄒᆞ듸 것치젹거린다고 줄을 슈레 우헤 믜여 ᄭᅵ으네그려 ᄒᆞ더라[107]

흔 사름이 아들을 셔울 보내여 공부를 ᄒᆞᄂᆞᆫ듸 ᄒᆞ로ᄂᆞ 그 아들이 편지ᄒᆞ기를 신 흔 켤네만 밧비 사셔 보내여달나 ᄒᆞ엿ᄂᆞᆫ지라 그 부친이 그 편지를 보고 나가셔 신을 사가지고 드러와셔 편지를 써셔 신과 ᄀᆞᆺ치 봉ᄒᆞ고 거쥬와 연월일을 쓴 후 노ㅅᆫ으로 믜여 가지고 뎐긔션으로 편지를 붓치면 눈심쌱ᄒᆞᆯ ᄉᆞ이에 간다ᄂᆞ 말을 드른 고로 신을 들고 곳 뎐간목 밋헤 가셔 쟝ㅅᄃᆡ로 신을 뎐긔션줄에 얽어 믜여 들고 보니 가지 아니ᄒᆞ거늘 싱각에 아즉은 아니 가ᄂᆞ ᄲᅢ인가 ᄒᆞ고 도라왓다가 그날 져녁에 다시 가본즉 업거늘 발셔 견ᄒᆞ엿나보다 ᄒᆞ야 신지무의ᄒᆞ고 도라왓더니 그 후에 아들이 ᄯᅩ 편지ᄒᆞ기를 신발이 급ᄒᆞ다 ᄒᆞ여도 이째ᄭᅵ지 아니 사보내주시니 대단 민망ᄒᆞ다 ᄒᆞ엿ᄂᆞᆫ지라 부친이 보고 그 안히ᄃᆞ려 ᄒᆞᄂᆞ 말이 신을 뎐보로 붓치엿ᄂᆞ듸 아니 왓다 ᄒᆞ니 줄이 먹엇나 뎐보국 놈이 먹엇나 뎐보도 소용업ᄂᆞ 거시로고 그 쳐가 말ᄒᆞ기를 그거시 민요슐노 사름의 눈을 속이ᄂᆞ 거시오 거즛거시지 될 수가 잇소 ᄒᆞ더라[108]

위에서 본 바처럼 한글판 『대한매일신보』에 적극적으로 투고한 인물이 여성들이었던 것만은 아니다. 또한 이들의 수준이 매우 낮았다고도 볼 수 없다. 위의 두 글은 양건식이 '편편기담'에 투고한 글이다. 양

---

107 량건식, '편편기담'(『국치젼』 188회분 연재 중), 『대한매일신보』, 1908.5.3.
108 량건식, '편편기담'(『국치젼』 189회분 연재 중), 『대한매일신보』, 1908.5.5.

건식 역시 이 당시에는 읽는 독자였을 것이다. 그러나 '편편기담'을 통해 자신의 이야기를 지어 투고함으로써 '쓰는' 독자가 된 것이며, 이는 동시에 적극적인 독자가 되어 작가에까지 이르게 된 것이다.[109] 이러한 면에서 한글판 『대한매일신보』의 문예면의 역할은 매우 중요하다고 할 수 있다.[110]

4) 근대 초기 독자층의 형성과 1910년대 『매일신보』

한글판 『대한매일신보』는 신문 독자층의 확대를 위해서 여러 가지 전략을 폈다. 그런 와중에 그들의 전략 중 문예면의 활용과 독자투고란의 확대가 주효하게 작용했다. 조선 후기에 소설을 읽거나 필사하며 또는

---

109 김영민은 1910년대 『매일신보』가 응모 단편 소설을 실명으로 게재한 것은, 『대한매일신보』가 독자투고물인 기서를 실명으로 게재한 것과 같은 맥락이라고 설명한다. 이러한 면에서 '편편기담'에 실린 글 역시 실명으로 전환됨으로써 사실상 1910년대의 응모단편 소설과 유사하다고도 할 수 있을 것이다.(김영민, 「근대 작가의 탄생―근대 매체의 필자 표기 관행과 저작의 권리」, 『현대 문학의 연구』 39집, 한국문학연구학회, 2009.10, 11면 참조)

110 결국 '편편기담'은 두 가지 점에서 아주 귀중한 자료가 될 수 있다. 첫째, 독자들이 어떠한 방식으로 자신들을 구체적으로 드러내게 되는지 보여주는 자료가 될 수 있다. 무명의 독자들이 이름을 얻게 되면서 성별, 지역 등을 파악할 수 있게 된다. 이를 통해 결국 이제까지 자신의 발언권을 얻기 힘들었던 여성들과 대중 독자들을 파악할 수 있게 됨과 동시에 그들의 성향 역시 알 수 있게 하는 자료가 되는 것이다. 둘째, 무기명으로 등장하던 독자들이 자신의 이름을 걸고 등장하게 되면서 그 내용에 있어서도 조금씩 차이를 드러내게 된다. 그 차이는 결국 독자들이 자신의 이름을 걸기 시작하면서 등장하는 것이므로, 그 내용 상에서 이야기를 만들어가고 있는 독자들을 발견할 수 있게 된다. 그 가운데는 차후 작가로 성장하게 되는 인물이 등장함으로써, 적극적인 독자가 어떤 방식으로 작가로 변환되는지를 살필 수 있는 과정을 보여주는 자료가 된다. '편편기담'에 대한 자세한 내용은 제4장에서 살펴볼 것이다.

강담사를 통해 들으며 이야기에 참여하던 독자들이 근대계몽기에는 매체를 통해서 드디어 자신들의 모습을 드러내게 되었다. 그러나 이는 결국 매체의 영향력과 그들의 의도에 따라 변형될 수밖에 없는 부분이다.

매체는 그 매체를 실제로 구독하거나 읽을 독자를 상정하게 된다. 그들이 주안점으로 둔 독자층이 바로 매체가 생각하는 독자층, '상상된 독자'라 할 수 있다. 모든 매체는 자신들이 상정한 '상상된 독자'를 바탕으로 문체와 편집 등을 달리 하게 된다. 국한문판『대한매일신보』의 경우는 '상상된 독자층'이 매우 협소했다. 한문을 배운 지식 수준이 높은 고급 독자를 겨냥하고 있었기 때문에 굳이 문예면을 강조할 필요가 없었다. 그런데 이와 달리 한글판『대한매일신보』의 '상상된 독자층'은 전조선의 모든 계층을 대상으로 했기 때문에 그 모든 계층의 흥미를 유발하기 위해 다양한 방법이 필요했던 것이다. 거기에 등장한 것이 바로 문예면의 활용이었다. 또한 독자들이 참여할 수 있는 여러 가지 투고 방법을 고민하며 다양화시켰다. 독자를 유혹할 수 있는 소설은 영웅담이거나 재미와 흥미를 유발할 수 있는 연애 이야기가 담긴 것들이었다. 이와 동시에 '기서'나 '잡보', '투서', '편편기담'을 통해 다양한 계층들이 신문에 쉽게 접근하도록 했다. 특히 이것은 한글판『대한매일신보』 3면의 정책이 되어 실제 독자들의 흥미를 붙들어 둘 수 있었다.

이렇게 매체가 직접 상정한 '상상된 독자층'과 그들을 유혹하기 위한 전략에 호응한 독자들이 등장하게 되었다. '긔서'라는 형식으로 자신들의 생각을 전하기 시작하는 신문 독자들이 생기게 된 것이다. 물론 대부분 지적 수준이 높은 고급 남성 독자들이거나 교육 받은 여성 독자들이었다. 그러나『대한매일신보』는 여기에 그치지 않고 하층 독자들을 공략할 방법을 세웠다. 흥미로운 소설을 연재하여 독자들의 눈길을 사로잡으면서 그들이 직접 자신들의 목소리를 낼 수 있는 공간을 마련한 것이다. '편편기담'은 '문자화된 독자'를 생성하는 주요한 장으로 기능하고 있다. 이 '문자화된 독자'는 소극적인 독자층에서 적극적인 독자층으로 넘어가는 독자들이라 할 수 있는데, 이처럼 근대 매체는 음지에 있던 독자층을 양지로 끌어올리는 역할을 했다.

사실 한글판 『대한매일신보』의 독자층은 신문 독자이면서 동시에 문예면의 독자라 할 수 있다. 왜냐하면 『대한매일신보』 스스로가 독자층을 유혹하기 위한 전략으로 문예면을 매우 강력하게 사용하였으며, 또한 독자들은 이에 크게 호응하고 있었기 때문이다. 4면밖에 안 되는 신문의 분량 역시 이들의 연관관계를 짐작하게 한다.

매체의 독자가 동시에 문예면의 독자가 될 때, 이들 독자들은 크게 두 가지 층으로 나누어 볼 수 있다. 즉 소극적인 독자층과 적극적인 독자층이다. 소극적인 독자층은 신문의 기사나 잡보, 혹은 문예면의 내용을 단순히 그대로 받아들이는 독자들이다. 이에 반해 적극적인 독자층은 그저 그대로 받아들이는 데에서 그치지 않는다. 그와 비슷한 사건을 제보하는 독자들, 그리고 그것에 영향을 받아 판단하는 독자들, 거기에 더 나아가 적극적인 쓰기 즉 고쳐쓰기나 다시 쓰기, 창작하여 쓰기를 해내는 독자들을 의미한다. 이들 독자들은 독자들끼리 서로 소통하기도 하고, 서로의 의견을 주고 받거나 자신들의 의견을 적극적으로 표명하기도 하며, 문예면에 자신들의 글을 싣고 싶어하기도 한다.

여기에서 바로 적극적인 쓰기를 실천하는 독자를 '문자화된 독자'로 지칭할 수 있다. 이들은 실제로 반응하고 움직이고 문자화시키는 독자들이다. 또한 이 문자화된 내용은 매체를 통해 끊임없이 반향을 일으키고 또 다른 '쓰기'를 부추긴다. 그런 의미에서『대한매일신보』의 '기서'나 '편편기담'의 의의는 매우 크다고 할 수 있을 것이다. 이는 서사물을 즐기던 '읽는' 독자를 '쓰는' 독자로 전환시킨 것이다. 사실 '기서'가 따라 쓰기, 모방하기의 글쓰기 형태였다면, '편편기담'은 분량이 적기는 하지만, 모방하여 쓰기와 다시 쓰기, 새로 쓰기, 창작하여 쓰기를 창조해 내고 있었다. 이러한 독자들이 바로 '근대독자', '근대소설 독자'의 전형을 이루고 있는 것이다. 즉 근대계몽기 독자들의 경향은 읽으면서 동시에 쓰기도 하는 중층적이면서 다양한 모습을 보여주고 있었던 것이다.

1910년대『매일신보』는『대한매일신보』의 판형과 권, 호를 그대로 따라 간행한다.『매일신보』는 처음부터 신소설과 번안소설을 실으면서 독자들을 유혹했다.『매일신보』가 굳이『대한매일신보』의 판형을 유지한 이유가 무엇일까. 물론『대한매일신보』의 민족주의적인 경향과 영향력을 분쇄하기 위한 조치일 수도 있다. 그러나『매일신보』는『요미우리신문讀賣新聞』에서 엄청난 반향을 일으켰던『금색야차』를 번안하여 싣기도 했다. 그들의 전략은『요미우리신문』을 닮아 있기도 하다.[111]

그런『매일신보』가 한글판『대한매일신보』의 전략을 그대로 따랐다

111　『요미우리신문[讀賣新聞]』은 좀 더 광범위한 독자층의 개척을 위해 창간되었다. 메이지 7년(1874) 11월 2일에 창간한『요미우리신문』은 창간호의 경우, '布告おうれ', '新聞', '說話はなし'의 세 개의 난으로 구성되었고 신문의 취지와 권선징악적인 기사, 그리고 여러 가지를 포함할 수 있는 이야기를 담았다. 이러한 경향 때문에『東京日日』등의 대신문에 반하는 소신문이라 지칭하게 되었다. 이러한 소신문의 독자가 성장하여 신문은 더욱 광범위한 독자층을 획득하게 된 것이다.(杉浦 正,『新聞社始め』, 每日新聞社, 昭和 46년(1971), 294~295면 참조)

는 것은 주목해 봐야 할 문제이다. 그것은 그만큼 『대한매일신보』의 독자 전략이 유효했다는 것을 보여준다. 문예면과 독자란을 적절히 활용하는 것이 매우 유용했기 때문에 1910년대 『매일신보』 역시 그러한 전략을 확대 재생산하게 된 것이다.[112] 물론 이 두 신문의 편집자들이 의도한 문예면의 기능은 다르다고 할 수 있다. 『대한매일신보』는 계몽적인 의식을 반영했다면, 『매일신보』의 경우는 통속적 대중소설을 통해 판매부수 확대와 식민 지배 담론의 교시적 기능을 담당하고 있었다고 할 수 있다.

그런데 『대한매일신보』의 경우 국한문판과 한글판의 문예면이 조금은 다른 양상을 보이고 있다. 국한문판에는 계몽적인 역사 전기 소설만 실렸지만, 한글판에는 이러한 역사 전기 소설과 더불어 연애나 독자의 흥미를 자극하는 내용의 소설들이 실리고 있다. 즉 독자들의 흥미를 유발하는 자극적인 내용과 대중적인 요소의 측면을 한글판 『대한매일신보』의 연재소설에서 발견할 수 있다는 것이다. 결국 『매일신보』의 연재소설을 통해 훈련받고 성장한 조선의 근대독자들의 전범은 바로 『대한매일신보』 속에서 찾아볼 수 있다는 것이다. 이미 근대독자는 우리 속에서 시작되고 있었다.

---

112 『매일신보』의 독자 전략과 근대소설 독자의 훈련 과정은 전은경의 『근대계몽기 문학과 독자의 발견』(역락, 2009) 참조.

5) '듣는' 독자로부터 '읽는' 독자로

한글판 『대한매일신보』만으로 조선 후기 독자가 근대문학의 독자로 변화되어 가는 과정을 모두 담아낼 수는 없다. 그러나 그 변화의 과정을 천착하는 하나의 시초는 될 수 있으리라 생각한다. 근대소설 독자의 완전한 정착은 1920년대일 것이다. 신문과 잡지의 호황 속에서 조선의 독자들은 읽고 쓰면서 점점 근대독자로 성장해 갔다.

그러나 그 시초는 아주 이전부터 서서히 꿈틀대고 있었다. 조선 후기에 필사하며 자신의 이야기를 끼워 넣었던 이야기꾼과 필사자들은 또 하나의 적극적인 독자들이었다. 독자들의 취향에 맞추어 자신들이 이야기를 꾸며내고 더 넣어가던 독자들이었다. 또한 그 이야기를 '듣는' 독자, 즉 청자로서의 독자들이 '읽는' 독자로 변환되는 과정은 근대계몽기 매체의 발달과 그 궤를 같이 하고 있다. 또한 그 '읽는' 독자에서 다시 스스로 말하고 표현하는 '쓰는' 독자로의 전환 역시 이미 1900년대에 천천히 이루어지고 있었다.

물론 근대계몽기에 등장한 독자들의 큰 특징은 '듣는' 독자에서 '읽는' 독자로의 이행일 것이다. 근대 매체에 실린 텍스트를 읽을 수는 있으나 쓸 수는 없는 독자라고도 할 수 있다. 어쩌면 근대 지식을 체험하고 문자적 지식을 체득한 근대 학교 교육을 받은 독자라면 묵독을 할 수 있는 인물들이었을 것이고, 이 묵독은 남의 도움 없이 스스로 읽을 수 있게 되었다는 점에서 근대적 독자의 등장을 보여주는 것이라 할 수 있다.

그런데 여기에서 또 하나 짚고 넘어가야 할 것은 스스로 읽을 수 있게 된 독자들의 욕망은 자신들의 감정과 요구를 표현하고 싶어했다는 것이다. 그것은 근대 매체가 발달했기 때문에 가능할 수 있었던 일이다. 스스로 읽기 시작한 독자들과 더불어, 스스로 표현하기 시작한 독자들의 시작은 우리 근대독자층의 형성의 역사에서 절대로 간과할 수 없는 중요한 순간이라 할 수 있다. 여기에서 중요한 것은 누구나 참여할 수 있었다는 것이다. 한글 야학을 통해서도 충분히 이들은 참여할 수 있었다.[113] 이러한 면에서 근대계몽기는 다양한 근대의 독자들이 출현하고 독자들의 욕망이 지면으로 분출된 획기적인 시기였다고 할 수 있을 것이다. 또한 이를 가능하게 한 것은 근대 매체의 출현이었다.

결국 근대 매체의 출현은 새로운 독자층을 서서히 만들어가는 데 지대한 영향력을 끼쳤다. 서사물을 '읽는' 독자들, 그리고 매체를 통해 '쓰는' 독자들 가운데는 그다음 시대를 이끌어 갈 새로운 작가들 역시 존재하고 있었을 것이다. 그러한 의미에서 작가들 역시 사실은 적극적인 독자라는 의미로 다시 분류해 볼 수 있을 것이다. 읽고 생각하고 모방하는 가운데 '새로운 쓰기'가 출현하게 되며, 근대의 독자는 이 '새로운 쓰기'에 스스로 즐거워하며 참여하고 있었던 것이다.

---

113 1908년 2월 8일 '긔셔'에 국문야학교 생도인 박윤근과 김현봉이 「유시무종의 관계」라는 글을 실었다. 그 글의 말미에 편집자의 말이 나오는데 "이 두 사룸은 근본 국문을 모로더니 수일젼브터 샹동 국문야학교에 입학ᄒ엿ᄂᄃᆡ 이러케 속셩됨을 춤 찬양홀 만ᄒ도다"라고 하면서 첨언을 달고 있다. 또한 2월 11일 3면 '긔셔'에는 리창식, 최지학, 죠즁길이라는 독자가 국민야학교 취지셔를 싣는다. 이들은 모두 국문야학교를 통해 한글을 배웠으며, 야학에서 배운 한글로 신문에 투고까지 할 수 있게 된 것이다.

제4장

신문 매체와 '쓰는 독자'

앞서 제2장과 제3장에서는 근대계몽기 신문 매체가 서사면을 어떻게 활용하고 있으며, 이를 통해 독자를 어떻게 성장시키고 있는지 살펴보았다. 제4장에서는 신문 매체를 통해서 실제로 양산되고 교육된 독자가 신문 속에서 스스로의 존재를 어떻게 드러내고 있는지 확인하고자 한다. 특히 '듣는' 독자에서 '읽는' 독자로 이행되는 가운데, '읽는' 독자로부터 다시 '쓰는' 독자로 성장해 가는 근대의 새로운 독자들에 대해 집중해 볼 것이다. 지식인 독자층에서는 『대한민보』의 '풍림'이, 또 대중 독자층에서는 『대한매일신보』의 '편편기담'이 바로 이러한 '쓰는 독자'를 양산해 내는 통로가 되었다. 이 장에서는 바로 그러한 '쓰는 독자'가 신문 매체라는 개방적 커뮤니케이션 속에서 어떻게 상호 소통하며 성장하는지, 또 그 안에서 구조 학습이 어떻게 이루어지는지 살펴보고자 한다.

1. '풍림'과 지식인 독자의 서사적 글쓰기 - 『대한민보』

　근대 매체는 수많은 의도들의 접합의 장이라 할 수 있다. 근대의 변화를 가져온 가장 큰 요인 중 하나라 할 수 있는 근대 매체는 정보를 알리고 또 여론을 형성하기도 하면서 매체적 성향에 따라 독자들의 경향을 이끌어가고 있었다. 또한 매체의 성향에 따라 독자들의 욕망을 추동해가기도 했고, 한편으로는 매체가 독자들을 훈련시키고 있었다고 볼 수도 있다. 그러한 측면에서 매체의 주체자인 편집진 위주의 연구들이 활발히 이어져오고 있다.

　그러나 매체의 주체자와 그것을 받아들이는 독자들 사이에서 그 영향관계의 방향을, 매체의 주체자에서 독자로 이어지는 일방적인 관계로만 파악할 수 있는지 의문이 생긴다. 매체 연구를 할 때, 매체의 주동자들을 위주로 전개하게 되면, 그 매체의 생산적인 장을 간과할 수 있다. 물론 그 매체를 만들어가는 주체자의 생각은 엄연히 중요하고, 또 가장 큰 영향을 미치는 것도 사실이다. 그런데 매체라는 것은 일종의 살아있는, 접합되는 공간으로 인식할 필요가 있다. 누군가 한쪽만의 의도로만 움직여가는 공간은 아니라는 것이다. 열려 있는 공간, 특히 신문사를 운영해야 하는 상업적인 면에서도 독자를 필요로 하고, 독자들의 생각을 움직여가야 하는 의도를 지닌 매체가, 자신의 의도를 관철시키기 위해서라도 독자들의 흥미를 붙잡아두는 것은 필요하다. 그런 면에서 매체 편집자의 의도와 독자들의 의도는 매체라는 공간에서 섞여들게 되는 것이다.

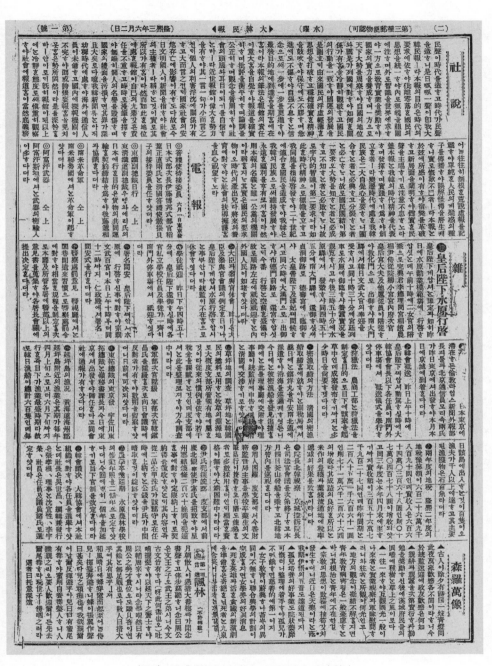

'풍림' 1회, 『대한민보』 제1호, 1909.6.2, 2면 하단

이러한 매체의 장 안에서는 역동적인 갈등들이 형성될 수밖에 없다. 매체 편집진들의 의도대로 따라오면서도, 그 안에서 어긋나고 있는 독자들의 욕망이 갈등을 일으키면서 새로운 장을 형성해가게 된다. 매체 안에서 때로는 순응하며, 또 때로는 갈등을 일으키는 독자를 연구하는 것은, 단순히 독자에 국한되는 것이 아니라 여러 이해관계가 상충하면서 갈등을 일으켜 새로운 공간을 형성하는 관계 그 자체를 연구하는 것과 같다. 따라서 이러한 매체의 생산적인 환경 내에서 독자들의 글쓰기가 어떻게 진행되며, 이것이 문학과 어떻게 연계될 수 있는지 살펴보려 한다.

『대한민보』에 대한 연구는 다양한 방식에서 이루어져 왔다. 소설이 집중적으로 실린 관계로 소설에 관한 연구[1]가 이루어졌고, 이외에도 『대한민보』가 처음으로 보여준 삽화에 대한 연구,[2] 『대한민보』의 문체와 독자층에 대한 연구[3]가 진행되어 왔다. 사실 『대한매일신보』나 『만세보』 등의 연구보다 『대한민보』에 대한 연구가 적은 것이 현실이다. 『대한민보』는 근대계몽기 가장 후발주자로, 1909년 6월 2일에 창간된

---

1   이 중 『대한민보』라는 매체의 특성과 소설의 경향을 분석하고 있는 신지영의 「『대한민보』 연재소설의 담론적 특성과 수사학적 배치」(연세대 석사논문, 2003)와 소설 개념에 대한 인식 연구로 김재영의 「근대계몽기 '소설' 인식의 한 양상」(『국어국문학』143, 국어국문학회, 2006)을 들 수 있다.

2   황호덕, 「漢文脈의 이미저리, 『大韓民報』(1909~1910) 漫評의 알레고리 읽기-1909년 연재분을 중심으로」(『대동문화연구』77, 성균관대 대동문화연구원, 2012.2)를 들 수 있다. 황호덕은 이 논문에서 만평이 한문 및 書畵의 전통적 표현 체계와 근대적인 매체 양식이 결합되면서 등장한 것이라고 평가하고 있다.

3   김재영, 「『대한민보』의 문체 상황과 독자층에 대한 연구」(동국대 문화학술원 한국문학연구소 편, 『한국 근대문학과 신문』, 동국대 출판부, 2012, 15~52면)에서 『대한민보』의 매체적 특징을 기반으로 하여 여러 난에 대한 실험과 더불어 그에 드러난 문체를 분석해 내고 있다. 또한 이러한 문체 분석을 통해서, 국한문 사용층 가운데 국문 사용층이 점점 확대대고 있다는 것에 주목하고 있다.

신문이다. 그러나 이 『대한민보』는 그만큼 다른 신문들의 장단점을 파악한 후 자기화하여 내놓을 수 있었다.[4] 또한 동시에 독자들의 입장에서도 여러 신문을 접한 상황에서 매체를 이용하는 법에 대해 어느 정도 파악하고 있었다고 할 수 있다. 따라서 『대한민보』는 근대계몽기의 매체와 또 그 매체가 어떻게 자신의 장점을 살려 독자들과 교호하고, 또 그 독자들은 이 매체를 어떤 방식으로 이용하는지 잘 보여주는 매체라고 할 수 있을 것이다.

따라서 이 글에서는 다음의 네 가지 정도의 문제제기를 통해 논의를 진행시키고자 한다. 첫째, 근대계몽기 신문 매체를 통해서 드러나는 독자들의 경향을 살펴봄으로써 과거로부터 이어오고 있는, 그리고 변화하고 있는 근대독자의 경향을 살펴보고자 한다. 또한 이것은 단순히 단절의 의미가 아니라, 전근대의 독자가 어떻게 근대독자로 편입되어 올 수 있는가를 전제로 진행할 것이다. 둘째, 또한 이 글에서 분석의 대상은 단순히 신문 독자가 아니라, 이 신문 독자들이 『대한민보』를 통해 읽게 되는 소설의 독자라는 전제하에서 이 독자들과 소설과의 연계점을 찾고자 한다. 셋째, 독자들, 특히 신문에 투고하는 독자들의 글쓰기 욕망이라는 차원에서 접근해볼 것이다. 즉 독자들의 쓰기 욕망이 매체가 제공하는 장 안에서 서사적인 글쓰기와 어떤 방식으로 접합되는지 그 상황을 분석해보고자 한다. 마지막으로 결국 이러한 연구를 통해 근대계몽기 근대문학 독자들을 재구해 내어, 그것이 매체와 어떤 연관을 맺으면서 발전하

---

4 김재영은 『대한민보』가 가장 나중에 발행되어, 이전 신문들에서 축적된 경험을 이용할 수 있는 이점을 누렸던 신문이라 평가하고 있으며, 처음으로 삽화를 삽입하는 등 독특한 지면 구성과 세련된 편집으로 이어졌다고 설명하고 있다.(위의 글, 15면)

는가를 밝히는 것이 목적이라 할 수 있다. 최종적으로는 이 글이 근대계 몽기 근대독자의 출현이 과거로부터 어떤 방식으로 변화되어 이어오고 있는지를 전체적으로 정리하고, 그로부터 근대계몽기 조선의 근대독자 의 모습을 입체적으로 재구하는 하나의 서설이 되기를 기대한다.

1) 『대한민보』와 독자란 '풍림(諷林)'의 특징

『大韓民報』는 1909년 6월 2일부터 1910년 8월 31일까지 총 357호 를 발간한 일간 신문이다. 대한협회에서 출자한 신문사로, 대한협회 회원이라면 반드시 읽어야 하는 기관지였다고 한다.[5] 또한 그 이전『만 세보』의 사장이었던 오세창이 사장을 맡고, 『만세보』 편집진이었던 장 효근이 발행 겸 편집진을 맡은 것으로 볼 때, 『만세보』를 어느 정도 발 전적으로 계승하고 있다고도 볼 수 있다. 두 신문 "모두 국한문 혼용의 일간 신문"으로 "서사자료들만은 모두 국문으로 수록"하고 있으며, 그 만큼 "『대한민보』는『만세보』의 편집 방침을 적지 않게 참조한 신문" 이었던 것이다.[6]

사실 『대한민보』는 앞서 등장한 다른 신문들을 전범 삼아, 장점을 취 하고 또 새로운 방향의 다양한 지면 구성을 보여주었다. 총 4면으로 구

---

5   정창렬, 「『대한민보』해제」, 『대한민보』영인본 上, 아세아문화사, 1985.
6   김영민은『만세보』의 문체와 편집구성과『대한민보』의 문체와 편집구성이 유사하다는
     점에 주목하면서, 이러한 면을 편집진이 상당수 겹치고 있다는 점에서 찾고 있다. 또한
     『대한민보』가 앞서『만세보』의 소설란, 편집구성 등을 이어 받아 단편소설 등의 용어들
     과 소설의 하위분류어들을 사용하고 있음에 주목하고 있다.(김영민, 『한국 근대소설의
     형성과정』, 소명출판, 2005, 148~149면 참조)

성되어 있으면서, 1면에는 사설 대신에 외보와 한글소설을 첫 호부터 실고 있다. 그 외에도 "'풍림諷林', '인뢰人籟', '삼라만상森羅萬象', '이훈각 비俚訓覺非'" 등의 독특한 지면[7]을 구성하고 있다.

그 가운데 '풍림諷林'은 매우 독특한 독자투고란이었다. 이 '풍림諷林'은 다른 독자투고란과는 달리 매체 내 편집자들의 의도가 처음부터 뚜렷하게 반영된 독자투고란이었다. 다음 광고를 보면 좀 더 명확하게 드러난다.

諷林募集

●應募注意

諷林欄은 江湖君子의 高論을 博採코ㅈ ㅎ야 特設ㅎ오니 社會上 時事一般의 可規홀 者를 擧ㅎ야 婉誘的으로 微意를 含蓄홀 諷辭를 謂홈[8]

처음부터 '풍림諷林'은 풍자를 바탕으로 한 글쓰기 양식을 요구하고 있다. 요구사항을 보면, 은근하게婉 가르쳐 인도誘할 수 있는 방식을 직접적으로 제시하고 있다. 또한 숨겨진 의미微意 즉 함축한 비유를 요구하고 있다고도 할 수 있다. 따라서 이 '풍림'은 이미 그 형식을 『대한민보』에서 직접 요구하고 영역을 제한하고 있다는 것을 알 수 있다.

◀ 文體ᄂᆞᆫ 隨意ᄒ호대 字數ᄂᆞᆫ 十四字 一行으로 十五行에 限홈

◀ 原草ᄂᆞᆫ 本社 愛書函에 投入커나 或 書面으로 致홈

---

7   김재영, 앞의 글, 2012, 15면. 지면구성에 대한 설명은 26면 참조.
8   광고(1호), 『대한민보』, 1909.6.2, 3면.

◀ 著作人의 住址와 姓名을 詳記홈을 要호대 本報에 揭不揭는 本人의 至願
　을 隨홈

◀ 一等으로 入選흔 時는 記者의 短評을 添호야 本報 二面에 揭홈

◀ 謝儀는 揭載日브터 一個月間 本報를 進呈홈

　세부항목을 보면, 일단 자수는 한 행에 14자씩 15행까지로 제한된다
고 하는데, 뒤에는 더 길게 내거나 혹은 연재방식으로 낸 경우도 있었
다. 짧게 3~4줄 정도로 쓰는 일반적인 신문 독자투고란과는 분량 면
에서 확실히 달랐다. 예를 들어『만세보』의 경우는 문장으로 보면, 짧
은 1~2문장 정도로 소감만을 말할 수 있었다. 그러나『대한민보』는
상대적으로 긴 글을 허용해줌으로써 비유나 함축 등의 다양한 이야기
적 기능들도 들어올 수 있는 여지를 주었다.

　또한 이름과 성명은 투고자의 의지에 달린 것으로 했으나, 투고된 내
용에는 대체로 이름을 밝히지 않았다. 그것은 1909년 6월 이후 1910년
8월까지 급박하게 변해가던, 그리고 그만큼 검열이 심각해지던 상황에
서 풍자와 비판이 난무하는 '풍림諷林'에 자신의 이름을 공개적으로 올리
는 것은 어려웠을 것이다. 실제로 아래 그림은『대한민보』1909년 9월
30일 3면에 실린 '풍림' 61회로 내용에 이미 검열이 이루어져 삭제되어
있다. 물론 이는 신문사에서 먼저 삭제했을 수도 있으나, 1907년 7월 신
문지법新聞紙法이 공포된 이래 강화된 일제의 검열 때문임은 어렵지 않게
추측해볼 수 있다. 이처럼『대한민보』의 기사나 만평 등이 일제의 검열
에 의해 삭제된 경우가 비일비재했다.[9] 이러한 상황에서 비판의 강도가
셌던 '풍림'에 자신의 이름을 그대로 드러내기란 매우 어려웠을 것이다.

'풍림' 61회, 『대한민보』, 1909.9.30, 3면의 일부

　'풍림'의 가장 독특한 면은 4번째 항목이다. 단순히 투고하는 것이
아니라 일등을 뽑는다고 구체적으로 명시하고 있다. 결국 경쟁을 한다
는 것이고, 또 그 안에서 우열을 가려서 실린 글은 1등이라는 것을 은
연중에 보여주고 있는 것이다. 또한 동시에 그에 대한 기자의 평까지
싣겠다고 덧붙여 두었다. 그 이후 마지막 100회가 나올 때까지 "당선當
選"이라는 표제가 계속 붙어 있었으며, 이에 대한 기자의 평도 병기되
어 있었다. 또한 당선된 사람은 게재일로부터 1개월 동안 신문을 공짜
로 받을 수 있었다.

9　1907년 7월 신문지법이 공포된 이래, 일제는 언론통제를 좀 더 근본적이고 체계적으로
　시행하게 되었다. 1908년 4월 이 법을 개정하면서 외국인 발행 신문이나 해외 신문까지
　그 대상을 넓혀 검열했다. 또한 1908년 5월 6일에는 일인 발행 신문에까지 적용되는
　'신문지 규칙'을 공포하면서 일제는 신문에 대한 압수 수색을 더욱더 강화하게 된다. 이
　러한 상황에서 조선의 민족진영 신문들은 "대부분 일제와 한국 정부의 검열에 걸려 논조
　가 크게 위축"되었다. 따라서 『대한민보』의 경우도 기사나 만평이 삭제되는 등 일제의
　검열에서 예외일 수는 없었다.(신문지법에 대해서는 정진석, 『한국언론사』, 나남, 1990,
　214~227면 참조)

실제로 '풍림'에 나타나는 문체 자체도 한글로 토만 달아놓은 현토한문체, 국한문체, 국문체 등 다양하게 나타나고 있다. "'혼합표기 국문'으로 38편, '현토한문'이 33편, '구절형 한문해체문'이 25편, 그리고 '순한문'이 1편, 기타 문체가 섞여 있어 어디로 귀속시키기 힘든 것이 3편"[10]으로 나타나고 있다. 대부분이 적어도 한자를 아는 독자들이 썼다는 점에서 '풍림'에 글을 실을 수 있는 독자들은 어느 정도 지식인이었을 확률이 높다.

1909년 6월 2일부터 1910년 6월 29일까지 '풍림'은 총 100개가 실렸는데, 신문 2면 마지막 단(1909년은 6단, 1910년은 7단) 또는 3면 1단에 실렸다.[11] 전체 내용은 아래와 같다.

〈표 1〉 '풍림(諷林)'(1~50회) 주제 및 표현방식

날짜	횟수	제목	내용	표현방식	줄수
1909.6.2	諷林(1)	不許轉載(제목아님)	열강비유	한시, 고사, 역사	17
1909.6.13	諷林(2)	不許轉載(제목아님)	열강비유	비유	18
1909.6.15	諷林(3)	不許轉載(제목아님)	우국충정	한시, 고사, 역사	18
1909.6.16	諷林(4)	不許轉載(제목아님)	열강비유	대화체 서사	18

10 김재영은 국한문체를 구절형과 단어형으로 나누어 설명하는데, 구절형은 좀 더 한문의 순서를 따르고 단어형은 우리 식의 문장 구조로 바꾸어 놓은 것을 말한다. 김재영, 앞의 글, 2012, 35면 참조.

11 2면에 실린 경우가 총 69회, 3면에 실린 경우가 총 31회였다. 먼저 '풍림(諷林)' 1회에서 50회까지 살펴보면, 1909년 6월 2일('풍림(諷林)' 1회)부터 8월 8일('풍림(諷林)' 45회)까지는 2면 6단에 실렸으며, 8월 13일('풍림(諷林)' 46회)부터 8월 31일('풍림(諷林)' 50회)까지는 3면 1단에 실렸다. '풍림(諷林)' 51회에서 100회까지 살펴보면, 1909년 9월 10일('풍림(諷林)' 51회)부터 10월 9일까지('풍림(諷林)' 65회), 11월 11일('풍림(諷林)' 67회), 11월 16일('풍림(諷林)' 68회), 1910년 6월 11일('풍림(諷林)' 91회), 6월 15일('풍림(諷林)' 93회)부터 6월 29일('풍림(諷林)' 100회)까지는 3면 1단에 실리고 나머지는 2면 마지막 단에 실렸다. 1909년까지는 편집 체계가 6단이었으나 1910년부터는 편집 체계가 7단으로 바뀌어서, 1910년부터는 '풍림(諷林)'이 2면에 실릴 때는 7단에 실렸다. 또한 한 행에 14칸이었던 것이 단이 하나 더 늘면서 13칸으로 바뀌었다.

1909.6.17	諷林(5)	不許轉載(제목아님)	문명 옹호, 독려	일반 서술	17
1909.6.18	諷林(6)	不許轉載(제목아님)	우국충정	한시, 고사, 역사	17
1909.6.19	諷林(7)	變調	신문 / 풍림 역할 옹호	일반 서술	17
1909.6.20	諷林(8)	變調	연극 / 연희 관련	일반 서술	20
1909.6.22	諷林(9)	變調	세태(일반) 비판	일반 서술	17
1909.6.23	諷林(10)	一炷香	세태(일반) 비판	비유적 서사	18
1909.6.24	諷林(11)	怨鏡	세태(부녀자 행실) 비판	비유적 서사	17
1909.6.25	諷林(12)	·	문명 옹호, 독려	일반 서술	15
1909.6.26	諷林(13)	地庫	우국충정	일반 서술	17
1909.6.27	諷林(14)	分韻得國字	세태(일반) 비판	언어유희 (2) 같은 자 돌림반복 (민요)	18
1909.6.29	諷林(15)	斷緣金(手切金)	내각 / 대신 비판	일반 서술	18
1909.6.30	諷林(16)	黃犬訴天	내각 / 대신 비판	비유적 서사	18
1909.7.1	諷林(17)	草木鳥虫之名	일반(꽃이름)	언어유희 (4) 이름 유래(언어)	17
1909.7.3	諷林(18)	才子佳人	연극 / 연희 관련	대화체 서사	19
1909.7.4	諷林(19)	愚盜	내각 / 대신 비판	비유적 서사	18
1909.7.6	諷林(20)	屠門白日	내각 / 대신 비판	대화체 서사	22
1909.7.7	諷林(21)	魍魎鞭	내각 / 대신 비판	비유	19
1909.7.8	諷林(22)	措大論評	내각 / 대신 비판	대화체 서사	23
1909.7.9	諷林(23)	紈扇謠 并小序	우국충정	한시, 고사, 역사	25
1909.7.10	諷林(24)	絶妙好辭	내각 / 대신 비판	비유적 서사	23
1909.7.11	諷林(25)	屛門甲乙丙三色湯	내각 / 대신 비판	대화체 서사	24
1909.7.13	諷林(26)	昭忠信	우국충정	일반 서술	24
1909.7.14	諷林(27)	學徒問答	세태(학생) 비판	대화체 서사	20
1909.7.15	諷林(28)	法律問答	세태(일반) 비판	대화체 서사	22
1909.7.16	諷林(29)	咳唾生風	친일 신문 비판(투표 관련)	대화체 서사	23
1909.7.17	諷林(30)	車夫當局談	내각 / 대신 비판	대화체 서사	24
1909.7.18	諷林(31)	尙門喝道聲	내각 / 대신 비판	비유적 서사	23
1909.7.20	諷林(32)	絮談	우국충정	한시, 고사, 역사	22
1909.7.21	諷林(33)	賣俑歌	세태(미신, 구습) 비판	비유적 서사	23
1909.7.22	諷林(34)	銅神經 上編	내각 / 대신 비판	대화체 서사	24
1909.7.23	諷林(35)	銅神經 下編	내각 / 대신 비판	대화체 서사	24
1909.7.24	諷林(36)	維新革弊	세태(미신, 구습) 비판	일반 서술	21
1909.7.25	諷林(37)	文忠文公 擬議論	내각 / 대신 비판	비유적 서사	23
1909.7.27	諷林(38)	似玉非玉	세태(미신, 구습) 비판	비유적 서사	25
1909.7.29	諷林(39)	臍嚴問答	세태(문명) 비판	대화체 서사	26
1909.7.30	諷林(40)	伏日卽事	세태(미신, 구습) 비판	대화체 서사	23

1909.8.1	諷林(41)	秋山樵童	열강 비유	대화체 서사	20
1909.8.4	諷林(42)	破格初中終一不貴古詩貴今詩	세태(친일) 비판	일반 서술	21
1909.8.5	諷林(43)	聞歌始覺有人	세태(일반) 비판	한시, 고사, 역사	23
1909.8.6	諷林(44)	盡是君	열강 비유	비유적 서사	18
1909.8.8	諷林(45)	安洞脚戲場	연극 / 연희 관련	비유적 서사	18
1909.8.13	諷林(46)	乞憫都承旨	내각 / 대신 비판	대화체 서사	20
1909.8.26	諷林(47)	醫師診斷	내각 / 대신 비판	한시, 고사, 역사	24
1909.8.27	諷林(48)	乞橐	내각 / 대신 비판	일반 서술	22
1909.8.29	諷林(49)	擲柶爭雄	친일 신문 비판(투표 관련)	대화체 서사	26
1909.8.31	諷林(50)	美人投票	친일 신문 비판(투표 관련)	대화체 서사	25

앞의 50회까지가 1909년 6월 2일부터 1909년 8월 31일까지로 약
세 달 동안 '풍림' 투고의 50%가 이때 투고되었다. 그리고 그다음 50회
는 1909년 9월에서 1910년 8월까지 거의 1년여에 걸쳐서 투고되었다.

〈표 2〉 '풍림(諷林)'(51~100회) 주제 및 표현방식

날짜	횟수	제목	내용	표현방식	줄수
1909.9.10	諷林(51)	明乎物理면 庶乎事矣	열강 비유	비유	17
1909.9.14	諷林(52)	利在棍杖	내각 / 대신 비판	대화체 서사	22
1909.9.15	諷林(53)	利在棍杖 第二	내각 / 대신 비판	대화체 서사	23
1909.9.16	諷林(54)	利在棍杖 第三	내각 / 대신 비판	대화체 서사	22
1909.9.19	諷林(55)	利在棍杖 第四	내각 / 대신 비판	대화체 서사	24
1909.9.22	諷林(56)	募軍解散	내각 / 대신 비판	대화체 서사	24
1909.9.24	諷林(57)	驅從鬪票 第一	친일 신문 비판(투표 관련)	대화체 서사	26
1909.9.25	諷林(58)	驅從鬪票 第二	친일 신문 비판(투표 관련)	대화체 서사	28
1909.9.26	諷林(59)	饌商	내각 / 대신 비판	대화체 서사	26
1909.9.28	諷林(60)	仲秋月	연극 / 연희 관련	일반 서술	26
1909.9.30	諷林(61)	廣寒殿活動寫眞	연극 / 연희 관련	일반 서술	27
1909.10.1	諷林(62)	淸虛府新演劇	연극 / 연희 관련	일반 서술	25
1909.10.2	諷林(63)	菁商	내각 / 대신 비판	대화체 서사	29
1909.10.3	諷林(64)	淸虛府新演劇(續)	연극 / 연희 관련	일반 서술	27
1909.10.9	諷林(65)	水口門外月一沉沉	세태(일반) 비판	일반 서술	23
1909.10.10	諷林(66)	推心是鏡	내각 / 대신 비판	일반 서술	20
1909.11.11	諷林(67)	特質病	내각 / 대신 비판	언어유희 (1) 특정글자로 大臣	20

				이름 언급, 비판	
1909.11.16	諷林(68)	大淸潔	세태(일반) 비판	비유적 서사	20
1910.1.1	諷林(69)	惡夢頓醒	연극 / 연희 관련	일반 서술	33
1910.1.12	諷林(70)	塔園夢佛	내각 / 대신 비판	언어유희 (1) 특정글자로 大臣 이름 언급, 비판	36
1910.1.14	諷林(71)	照心鏡	세태(일반) 비판	한시, 고사, 역사	23
1910.1.20	諷林(72)	車夫對局	내각 / 대신 비판	언어유희 (1) 특정글자로 大臣 이름 언급, 비판	27
1910.1.21	諷林(73)	猢猻 念佛	우국충정	비유적 서사	37
1910.1.22	諷林(74)	猢猻 念佛(續)	내각 / 대신 비판	비유적 서사	30
1910.1.23	諷林(75)	滿場一致	내각 / 대신 비판	한시, 고사, 역사	21
1910.1.27	諷林(76)	夢見滄海君	내국 / 대신 비판	한시, 고사, 역사	31
1910.1.29	諷林(77)	夢見滄海君(續)	내국 / 대신 비판	한시, 고사, 역사	34
1910.2.4	諷林(78)	鐵 魍魎	세태(도깨비 비유) 비판	한시, 고사, 역사	27
1910.2.10	諷林(79)	庚戌筆	신문 / 풍림 역할 옹호	일반 서술	22
1910.2.13	諷林(80)	됴리장사	내각 / 대신 비판	언어유희 (1) 특정글자로 大臣 이름 언급, 비판	19
1910.2.20	諷林(81)	詩話	내각 / 대신 비판	한시, 고사, 역사	29
1910.3.9	諷林(82)	金鬼發動	세태(교육계) 비판	일반 서술	25
1910.3.11	諷林(83)	盜被犬噬	내각 / 대신 비판	언어유희 (1) 특정글자로 大臣 이름 언급, 비판	21
1910.3.12	諷林(84)	紅裳判書	내각 / 대신 비판	일반 서술	24
1910.3.15	諷林(85)	春官判決	우국충정	일반 서술	19
1910.3.16	諷林(86)	春官判決(續)	세태(일반) 비판	일반 서술	30
1910.3.17	諷林(87)	蔑倫助惡	세태(일반) 비판	일반 서술	19
1910.6.2	諷林(88)	狐鱗呼舞	연극 / 연희 관련	비유적 서사	21
1910.6.5	諷林(89)	黃金白奴	세태(일반) 비판	비유적 서사	19
1910.6.7	諷林(90)	金中之金	세태(일반) 비판	비유	21
1910.6.11	諷林(91)	秋千演劇	연극 / 연희 관련	일반 서술	14
1910.6.14	諷林(92)	賣飴商	세태(일반) 비판	언어유희 (3) 사설시조 방식	27
1910.6.15	諷林(93)	辟魔扇	세태(일반) 비판	한시, 고사, 역사	22
1910.6.17	諷林(94)	報時鐘	신문 / 풍림 역할 옹호	비유	18
1910.6.18	諷林(95)	測候所	내각 / 대신 비판	비유	22
1910.6.19	諷林(96)	花局骨革	세태(일반) 비판	일반 서술	22
1910.6.21	諷林(97)	용字打鈴—上絃	내각 / 대신 비판	언어유희	25

				(2) 같은 자 돌림반복 (민요)	
1910.6.22	諷林(98)	용打鈴一下絃	내각 / 대신 비판	언어유희 (2) 같은 자 돌림반복 (민요)	25
1910.6.26	諷林(99)	入閣大相撲	내각 / 대신 비판	일반 서술	17
1910.6.29	諷林(100)	鋤禾歌	세태(일반) 비판	언어유희 (3) 사설시조 방식	20

'풍림'의 주제를 살펴보면 전체 주제 가운데 가장 많은 부분을 차지하는 것이 일본에 주권을 넘겨준 내각과 대신들에 대한 비판이었다. 그것이 전체 100편 가운데 38편이었고, 현 세태에 대한 비판이 27편이었다. 여기에는 미신과 구습을 피하거나 학생, 교육계 등 그 당시 조선의 상황에 대한 울분과 비판이 들어와 있었다. 그 외에 연극이나 연희 등에 대한 내용이 10편, 나라에 대한 걱정과 우국충정에 관한 이야기가 9편이었다. 그 외 사물이나 상황, 짐승이나 한 집안에 비유하면서 열강과 조선 간의 관계를 넌지시 보여준 경우도 5편이 있었다. 이 외에도 친일 신문들에 대한 비판이나 이 신문들에서 자주 하는 미인 투표 등에 대한 풍자적 비판을 담은 글이 5편이었는데, 이러한 신문에 대한 비판을 할 때는 고관대신이나 지식인들을 풍자하며 비판하는 내용이 담기기도 했다. 또한 『대한민보』나 '풍림'에 대해 칭찬하는 글들도 3편 정도 올라와 있었다. 그 외 문명을 옹호하거나 그러한 것들을 배워야 한다고 독려하는 글들이 2편, 꽃 이름의 뜻을 적은 일반적인 이야기가 1편이 있었다. 이를 정리하면 〈표 3〉과 같다.

결국 '풍림'은 그 내용적인 측면에서 『대한민보』의 비판적 정신이 연계가 되어 고관 대신들에 대한 비판과 세태 비판이 거의 대부분을 이

<表 3> '풍림' 주제별 분류

주제		개수
내각 / 대신 비판		38
세태 비판	일반 비판 (15)	27
	미신, 구습 비판 (5)	
	도깨비 비유 비판 (2)	
	학생 비판 (1)	
	교육계 비판 (1)	
	친일비판 (1)	
	부녀자 비판 (1)	
	문명 비판 (1)	
연극 / 연희 관련		10
우국충정		9
열강비유		5
친일 신문 비판(투표 관련)		5
신문 / 풍림 역할 옹호		3
문명옹호, 진화독려		2
일반		1
총계		100

루고 있다는 것을 알 수 있다.

2) '풍림'의 서술적 표현 방식과 서사의 개입

'풍림'의 표현방식은 은근하게 비판하는 풍자와 또 비유적 방식으로 함축된 의미를 가지고 있어야 한다는 편집 의도에 따라 그와 비슷한 형태로 나타나고 있다. 전체적으로 표현방식을 살펴보면 〈표 4〉와 같다.

서술적 표현 방식은 크게 보면 총 6가지로 나누어 볼 수 있다. 첫째, 일반적인 서술, 둘째, 대화체 서사 혹은 토론체 방식, 셋째, 비유적 서사, 넷째, 한시, 고사, 역사적인 상황과 연관한 서술 방식, 다섯째, 언어

<표 4> '풍림'의 표현방식별 분류

표현 방식		개수
일반 서술		27
대화체 서사(토론체)		26
비유적 서사		16
한시, 고사, 역사		14
언어유희	특정 글자로 大臣 이름 언급, 비판	5
	같은 자 돌림 방식(민요)	3
	사설시조 방식	2
	이름 유래(언어)	1
비유		6
총계		100

유희적 방식, 마지막으로 서사가 없는 비유 방식을 들 수 있다.

전체적으로 보면, 일반적인 서술이 27편으로 가장 많았고, 그 외에는 서사적 요소가 가미된 이야기가 많았다. 서사적 이야기는 대화체 서사가 26편, 비유적 서사가 16편이었다. 또한 그 외에도 한시, 고사, 역사적인 이야기를 넣은 경우가 14편이 있었고, 후반부로 갈수록 언어유희가 늘어나는데, 언어유희와 연관된 경우가 11편이 있었다. 이 외에 서사 양식 없이 비유만 들고 있는 경우가 6편이었다. 진행 순서로 보면, 전반적으로 일반적인 서술이나 한시, 고사, 역사적 이야기를 넣은 경우가 많았다. 서사 양식 없는 비유에서 비유적인 서사, 또 대화체의 서사로 이어지고 있으며, 뒤로 갈수록 언어유희의 방법이 많이 등장했다.

가장 일반적인 표현방식으로 많이 쓰인 것이 일반 서술인데 이것은 일종의 논평이나 자기 주장에 가까운 글쓰기 형태였다. 기사문이나 논설, 사설 등에서 쓰이는 부분과 비슷하다고도 할 수 있다.

韓日兩國의 今日關係는 必不可難라 頑叟痴童의 私憾小忿도 必欲融和乃已
어니 國際社交에 責任을 擔負흔 報舘誌社의 胡墨亂筆로 雙方人士의 親密을
離間ㅎ는 者는 韓日政府와 國民의 一大罔赦罪人이니라 嗚呼 朝鮮雜誌記者여
君亦讀書人이라 犬豕的 韓人이란 詬辱을 特書ㅎ야 大韓二千萬人의 砭骨不拔
흘 惡感을 買收흠은 君이 爲公乎아 愼哉어다 君所謂 垂死韓人이 手中의 干戈
는 無ㅎ나 胸中의 干戈는 必有ㅎ니라

選者曰 果然砭骨何足誅於亂筆者 余欲諷告于其監督者[12]

위의 예는 우국충정의 내용을 보여주고 있는 '풍림'의 글이다. 실제
로 이 글은 제목이 "변조變調"라고 되어 있지만, 아직 제목으로 보기는
어렵다. 그 뒤에 '풍림' 8회, 9회에서도 동일하게 제목이 변조變調로 나
오기 때문이다. 실제로 제목이 붙은 것은 10회부터였다. 내용을 보면
한일관계에 대해 걱정하거나 현재 조선을 경계하고 비판해서 올바른
길로 가게 하는 역할을 신문이나 잡지기자가 담당해야 한다고 당부하
고 있다. 특히 조선인의 수중에 방패와 창은 없더라도 가슴 속에 방패
와 창은 반드시 있어야 한다며 지식인의 역할에 대해 강조하고 있다.
이에 대해 기자가 쓴 평에는 제대로 글을 쓰지 못하는 자들을 베어낼
만큼 대단한 골계와 풍자라고 치켜세운다.

다음으로 초반에 많이 등장한 것은 비유의 방식이었다. 이 비유의 방
식은 서사가 없는 일반적인 비유의 표현방식이었다.

12　"變調", '풍림'(7), 『대한민보』 7호, 1909.6.19, 2면.

蝶은 韓語로 나뷔며 日語로 됴됴라 春日이 微溫ㅎ야 百花가 盛開ㅎ면 胎卵混和의 昆虫諸族이 各各日光의 恩澤을 借ㅎ야 一時活動ㅎᄂ 樂意가 勃勃홀 새 就其中最奇怪흔 飛虫이 有ㅎ니 名曰 됴됴라 목아지 상큼ㅎ고, 몸동이 밧삭 마르고, 두 수염 쇼부장ㅎ고, 두 날개 우에, 쏘, 두 날개 덥쳐셔 東風 건듯 불 격마다 이리로 翩翩左翅를 펴고, 져리로 紛紛 右翅를 펴셔 펄넝펄넝 춤 잘 추ᄂ 無事奔走 져 됴됴야 片時春光이 已無多ㅎ고 斜日蛛網이 滿空中ㅎ니 早醒漆園夢ㅎ고 移得黃染枕ㅎ야 今宵在花房ㅎ고 明宵右花房ㅎ라

二十世紀活舞臺를 爾何敢

選者曰 余嘗見飛蛾撲燈而死ㅎ고 歎其有翅之不如無翅也호라[13]

나비가 한자어로는 '蝶', 그리고 일본어로는 '됴됴'라 칭하면서, 실제 이 내용 안에서는 일본어 방식으로 나비를 부르고 있다. 내용을 보면, 나비가 팔랑 대며 날아다니지만, 공중 가득 거미줄이 쳐 있다는 것이다. 사실 이는 그 당대 현실을 비유한 것이다. 일촉즉발一觸卽發의 위태로운 상황에 대한 묘사를 나비와 거미줄 상황으로 비유하고 있는 것이다. 기자는 나비가 결국 날아다니다가 등잔에 타 죽는다며, 날개 있는 것이 날개 없음만 못하다고 한탄하는 내용의 평을 내놓았다. 역시 '풍림' 편집진이 원하는 방식대로 은근하게 함축된 내용을 포함하는 비유의 방식이 사용된 것이라 볼 수 있으며, 비유를 활용하여 당대 상황을 훨씬 더 피부에 와 닿게 표현할 수 있었다.

이러한 비유에 서사가 들어오면서 좀 더 이야기 형식이 강화된 형태

---

13 "不許轉載", '풍림'(2), 『대한민보』 2호, 1909.6.13, 2면.

가 바로 비유적 서사라는 표현방식이다.

> 옛적에 風流竊盜흔 놈이 樂器를 盜賊ᄒ랴고 南部明洞 掌樂院庫間에 드러
> 가셔 暗默漆夜에 樂器를 더듬고 도라단니다가 어느 구셩에셔 龍紋大鼓에 손
> 이 닥드려셔 소래가 쑹ㅣᄒ니 盜賊놈 生覺에 呀 이 눈치 업고 배 크고 소견
> 업는 북이 申聞鼓 告發ᄒ듯시 소래를 질네셔 남의 다된 盜賊질 방맹이 든다
> ᄒ고 心火를 벌헉내셔 주먹으로 힘것 두다리니 僧舞도 업는 法鼓長短이 된
> 지라 庫直이가 드러가셔 하우두유두 ᄒ고 능금 七介를 色등거리에 싸셔 주
> 엇더라 近日에 某某大官들은 新聞紙 조희쌍에셔 혈마 法鼓소래나랴 ᄒ고 셔
> 로 만나기만 ᄒ면 新聞紙를 쌍쌍
>
> 選者曰 前者는 愚甚ᄒ고 後者는 智甚이로다[14]

위의 내용은 "우도愚盜"라는 제목의 '풍림'으로 어리석은 도적의 행실을 보여주고 있다. 도둑이 악기점에 악기를 훔치러 갔다가 큰 북에 손이 부딪쳐서 소리를 내게 된다. 그러자 어리석은 도둑은 눈치 없고 배만 크고 소견이 없는 북이 마치 신문고 고발하듯이 시끄럽게 한다며, 소리를 질러대면서 화를 낸다. 다 된 도적질인데 방해를 한다며 주먹으로 북을 힘껏 때려대니, 그 소리에 창고지기가 들어가서 사과 7개를 싸주었다는 내용이다. 그러면서 대신들이 만나기만 하면 설마 소리 나겠는가 하며, 신문을 땅땅 두들겨댄다고 풍자하고 있다. 즉 이 어리석은 도둑의 이야기는 바로 그 당대 대신들의 상황이라는 것을 마지막 한 줄

14　"愚盜", '풍림'(19), 『대한민보』 20호, 1909.7.4, 2면.

을 통해서 풍자하고 있는 것이다. 비유를 하되 사건과 갈등, 서사를 넣어 이야기 형식으로 꾸미고 있는 것이다. 또한 여기에 "하우두유두"라는 말을 넣은 것으로 보아, 고루한 한학자와 같은 독자가 아니라, 영어를 배운 젊은 지식인층이라는 것을 넌지시 보여주고 있다.

또한 이러한 서사는 비유뿐만 아니라 대화체로도 많이 등장한다. 대화체 서사 방식은 두 사람 또는 그 이상의 사람들이 서로 대화를 나누며 이야기를 이어가는 것으로 그 당대 유행하던 토론체 소설과도 표현 양식이 비슷했다. 실제로 『대한민보』에도 토론체 소설을 싣고 있었기 때문에 충분히 이러한 표현을 쓰기가 용이했을 것이다.

저긔가ᄂᆞᆫ 져 學徒야 너 어느 學校에서 工夫ᄒᆞ느냐 네 私立學校인데 學校 일홈은 이것슴니다. 그러면 몃 年生이냐 네 一年인지 二年인지 이것슴니다 그러면 姓名은 무엇이냐 네 暫間 이것슴니다 그러면 너 어느 나라 사람이냐 네 아주 이것슴니다 허허 이게 무삼 말이냐 學校에서 工夫ᄒᆞ면셔 校名 姓名 學年 國號ᄭᅡ지 다 이져바리ᄂᆞᆫ 精神으로 무삼 工夫를 ᄒᆞᆫ단 말이냐 네 나도 속 精神은 말갓치마ᄂᆞᆫ 近日學部大臣의 精神歌禁란에 졋精神만 다 나갓슴니다 國號姓名을 다 몰을지언정 學徒의 身分으로 學部命令은 服從치 안이치 못ᄒᆞ게슴니다 후— 오냐 잘 服從ᄒᆞ여라
選者曰 內强記而 外健忘ᄒᆞ고 又 善服從ᄒᆞ니 眞個好學徒[15]

(갑) 將이야 (병) 士를 박아라 (을) 박앗다 (갑) 이 시럽의 子息 두 불알 달닌 놈이 將棋를 두며 남의게 借手ᄒᆞᄂᆞᆫ 졔미 ○○ᄒᆞᄂᆞᆫ 놈이 잇단 말이냐

---

15   "學徒問答", '풍림'(27), 『대한민보』 28호, 1909.7.14, 2면.

(을) 아모 쌈도 모르는 놈은 말을 마라 내가 日前에 兩班 뫼시고 翠雲亭(翠)
詩바 이에 갓는데 韻字를 내더니 여러 兩班이 모다 콩죽먹고 배알는 소리만
ᄒᆞ는데 其中에 밧싹 마른 生員님 흔분은 배 속에셔 글귀가 새암 솟듯ᄒᆞ는
貌樣이라 첫글은 가만이 總理大臣 귀에 부러넛코 둘재는 農商大臣 귀에 셋재
는 松亭大監 귀에 부러넛는데 留聲機 속에 아르랑 打令 지버넛는 듯ᄒᆞ더니
詩軸 쓸 적에는 그 打令이 그대로 나오니 日本文章 모리 先生은 靑褓 고은
줄만 알지 속에 개쏭은 모르는 貌樣이라 요새 大臣들은 글句도 借作을 밧는
데 우리 구루마 君大監이 將棋 借手를 못흔단 말이냐

　　　選者曰 虛僞도 上行下效ᄒᆞ고 忠實도 上好下甚ᄒᆞ니 可不愼乎[16]

앞의 이야기는 지나가는 학생에게 누군가 질문을 하며 서로 대화를
주고 받는 내용이다. 이 학생은 학년도, 자신의 이름도, 나라의 이름도
모른다고 대답한다. 그저 학부學部의 명령만 따르면 된다고 나머지는
다 잊었다고 설명한다. 그러자 이를 본 기자는 참 착한 학도라며 비꼬
고 있다. 학부대신을 비판하면서, 아무렇지 않게 이것을 따르고 있는
어리석은 현실의 학생들을 비웃고 있는 듯도 하지만, 이 어리석은 듯
보이는 학생이 나라 상황 때문에 자신도 알아서는 안 된다고 도리어 현
실을 더 풍자하고 있는 것처럼 보이기도 한다. 즉 후자적인 상황이라면
풍자의 풍자로 이어져 이중적 풍자까지 보여준다는 점에서 그 표현방
식이 상당 수준에 이르고 있다는 것을 알 수 있다.
　후자의 이야기는 각각 누가 이야기를 하는지 대화의 당사자를 밝혀

16　"車夫當局談", '풍림'(30), 『대한민보』 31호, 1909.7.17, 2면.

준 경우이다. 인력거꾼들끼리 장기를 두다가 (을)이 (병)의 가르침대로 따라 장기를 두자 (갑)이 버럭 화를 내는 내용이다. 그러자 (을)은 지금 내각의 대신들도 남의 글을 베껴서 빌려 쓰는 마당에, 우리 같은 인력거꾼들이 못 빌릴 게 무어냐며 더 큰소리를 친다. 즉 이 대화를 통해서 내각 대신들에 대한 강도 높은 비판을 해대고 있는 것이다. 또한 기자 역시 허위든 충실이든 위에서 하는 대로 아래도 따라가게 된다고 정확하게 짚어주고 있다. 대화체는 이러한 대신들을 비판하기에 아주 효과적이었다고도 할 수 있다. 또한 그 대화를 주도한 당사자들이 하층민이기 때문에 비판의 강도라는 면에서 그 효과가 더욱 크다.

사실 이러한 대화체 서사 방식은 1910년에 들어가서는 활용되지 못했다. 그만큼 풍자의 강도가 강했기 때문이었을 것이다. 1909년에 나온 '풍림'이 총 68개인데 그 가운데 대화체 서사는 총 26개로, 약 38%를 차지할 정도로 가장 많이 사용되었다. 그만큼 '풍림'이 요구하는 풍자를 잘 표현하는 방식이었던 것이다.

다음으로는 전반기부터 후반기까지 모두 쓰이고 있는 한시, 고사, 역사적 이야기를 활용하는 표현방식이다.

月朝 散人이 過措大書樓타가 聞念書聲ㅎ고 停步竊聽ㅎ니 念曰 周公은 文王之子오 武王之弟시니 今文 古文 皆有ㅎ다(呀此何書也오) 吐哺握髮ㅎ야 以延天下之賢士ㅎ야 以輔周宗ㅎ시니라 念畢喟然 曰 有周公之美才貴位오도 驕且吝이면 其餘는 無足觀也로다 散人曰 措大乎여 其有思乎ㄴ져 (…중략…)
選者曰 托意深遠[17]

滿場一致

여보 大韓民報 記者여 連日 諷林 當選에 丞相趙의 僭稱 文宣王을 諷之刺之 ᄒ니 僕雖不敏 請爲趙相一辨호리라 隨代王通이 平生에 自擬孔子ᄒ고 至著元 經ᄒ야 以擬論語호디 後人之評이 不過日 斯門之王莽이오 王莽 平生에 自擬 周公호디 當時之罰이 不過 自戕其信ᄒ니 聖門僭僞가 何代無之리오 前任 成 均館長 이 旣推載之ᄒ고 前後 敎育 主務者 旣默認之ᄒ고 以至高堂名姬가 亦 歡迎ᄒ니 可謂 滿場一致라 數日 陰雨에 泮鼓ᄂ 啞了ᄒ고 開化以來로 士口ᄂ 呆了 勢權所在에 現館長은 恐패了 戰戰兢兢이니라

選者日 果然 警喩得好로다 近日 孔子 敎育之日就發展이 無乃依賴他趙孔子 顯聖乎아[18]

앞의 글은『대한민보』창간호 '풍림'에 첫 번째로 당선된 글로서, 편 집자 입장에서 가장 전범이라 생각하는 글일 확률이 높다. 내용상으로 보면, 공자의 말을 빌려 조선을 걱정하고 있다. 즉 "日 有周公之美才貴 位오도 驕且吝이면 其餘ᄂ 無足觀也로다"라는 부분은 논어 제8편 태백 泰伯 11장에 나오는 부분으로 "子曰 如有周公之才美 使驕且吝 其餘 不足 觀也已"에서 따온 것이다. 주공周公은 주나라 무왕의 동생으로 지혜와 덕이 높았던 인물로 알려져 있는데, 그 주공周公만큼 뛰어난 인물일지 라도 교만하고 인색하다면 그 나머지는 볼 것도 없다고 설명하고 있는 부분이다. 그 바로 다음 이어지는 내용이 벌과 아이의 대화로, 벌이 아 이에게 친하고 싶은데 너는 왜 피하느냐고 말하자, 아이가 내게 가까이

---

17 "不許轉載", '풍림'(1),『대한민보』1호, 1909.6.2, 2면.
18 "滿場一致", '풍림'(75),『대한민보』181호, 1910.1.23, 2면.

오고 싶으면 먼저 독부터 없애라고 한다. 고사를 빌려 현 상황을 풍자하고 비판하며 계도하고자 하는 의도인 것이다.

뒤의 글은 요즘 공자文宣王[19]를 풍자하는 이야기가 많다며, 특히 공자인 척하는 가짜들이 판을 치고 있다고 비판하고 있다. 특히 한나라 광무제의 외척이었던 왕망王莽[20]의 예를 들면서 가짜로서의 표본을 보이고 있다. 그러면서 현재 조선의 실태에 대해서 한탄하고 있다. 즉 울려야 할 북은 벙어리가 되었고, 개화 이래로 선비의 입은 바보가 되었다며 안타까워한다. 기자 역시 경계하며 깨닫기에 좋다고 칭찬하고 있다. 즉 편집자들의 의도가 가장 잘 반영된 형태가 이러한 고사나 역사적인 일을 차용한 글일 것이며, 이러한 표현방식은 1호부터 끝까지 계속해서 꾸준히 나오고 있었다.

마지막으로 뒤로 갈수록 두드러지게 등장한 형태가 언어유희를 활용한 표현방식[21]이다. 언어유희 방식도 네 가지로 구분해볼 수 있는데, '풍림' 14회(1909.6.27)에서 보여 준 같은 글자를 돌림 반복하는 민요적 형태와, '풍림' 17회(1909.7.1)에서 보여 준 이름 유래를 들어 언어적으로 표현한 형태를 들 수 있다. 그리고 1909년 11월부터 두드러지게 등장한 것이 바로 특정 글자로 대신大臣의 이름을 언급하면서 비판하는 형태이다. 분명 내용이 있지만, 띄엄띄엄 글자에 따로 표시가 되어 있는데 이런 경우 읽으면 그 당대 내각 대신들의 이름인 경우였다. 그 외

---

19 文宣王은 당나라의 현종이 공자에게 내린 시호임.
20 왕망(王莽)은 한나라 광무제의 외척으로, 중간에 신나라를 스스로 만들었으나, 나중에 결국 광무제가 다시 나라를 찾게 된다.
21 뒤로 갈수록 많이 등장하는 언어유희 등의 방식에서는 비유적 서사나 대화체 서사가 등장하는 가운데 언어유희적인 표현방식까지 가미되어 나타났다. 즉 비유나 풍자가 훨씬 강화된 형태로 나타났다.

에도 '풍림' 92회(1910.6.14)처럼 사설시조의 형태로 비슷한 말들을 반복하는 형태도 나타났다.

> ▲普信閣 十二點鐘이 쩽々 九街에 人影絶이오 萬戶에 鼻聲長이로다 ▲ 趙
> 李將死 나온다 됴리사오 覆笊籬를 엉 사시려오 (…중략…) 趙李 갑을 잘 내시
> 면 狐剝膏脂 狐剝膏脂 더음 쥬리다 됴리를 엉 사시려오 覆趙李에 狐朴高的[22]

언어유희의 네 가지 중 위의 예문은 후반부로 갈수록 가장 두드러진 형태인 특정 글자로 대신大臣의 이름을 적어 풍자하고 비판하는 방식 중 하나이다. 쌀에서 돌 등을 골라는 데 쓰는 기구인 조리의 한자어는 '笊籬'이다. 그런데 실제 여기에서는 같은 음이 나는 됴리장사를 "趙李 將死"로 표현하고 있다. 이는 "趙와 李는 장차 죽는다"라는 참언으로 해석할 수 있다.[23] 여기서 '조趙'는 소위 경술국적이자 정미칠적으로 고종을 강제 퇴위하고 군대해산을 강압했던 법무대신 조중응을 의미하며, '이李'는 역시 경술국적이자 정미칠적인 내각 총리대신이었던 이완용을 의미한다. 즉 법무대신 조중응과 내각 총리대신인 이완용은 장차 죽

---

22 "됴리장사", '풍림'(80), 『대한민보』 197호, 1910.2.13, 2면.
23 이러한 참언의 방식은 민요의 한 형식인 '참요(讖謠)'와도 연계해볼 수 있다. 이러한 민요의 방식은 언어유희 중 같은 말을 반복하는 타령조, 즉 민요조 방식에서도 볼 수 있다. 실제로 '풍림'(97)과 (98)에서는 "용字打鈴"이라고 이름까지 붙인 민요가 나오기도 했다. 이렇게 민요적 방식이 차용된 까닭은 민요의 '풍교(風敎)·풍간(諷諫)의 기능' 때문이라 할 수 있다. 즉 민요의 비판적 역할을 통해 상의하달 식으로 백성을 가르치고 동시에 백성의 고충 역시 민요를 통해 살필 수 있다는 이러한 기능은 시경에도 나와 있는 바, 당대 지식인들이 충분히 차용할 만했을 것이다.(개화기 민요의 풍교, 풍간 기능과 상의하달, 하의상달식 민요의 기능에 대한 설명은 최은숙의 「20세기 초 신문·잡지의 민요 담론 연구」, 경북대 박사논문, 2004, 26~30면 참조)

는다는 매우 강력한 비판인 참언을 언어유희를 통해 보여주고 있는 것이다. 결국 이 둘은 "狐剝膏脂"하여 백성의 살과 기름을 벗겨낼 것이라는 비판까지 하고 있다. 게다가 마지막에는 "覆笊籬"와 "覆趙李"로 언어유희를 통해 뜻을 뒤집고 있다. 즉 전자가 뒤집는 조리라는 뜻이라면 뒤의 복조리는 조중응과 이완용을 망하게 한다는 뜻이 된다. 게다가 뒤에는 "狐朴高的"라고 하여 그 여우에는 朴과 高도 포함하고 있다. 여기에서 朴은 경술국적이라 불리는 내부대신 박제순, 高는 탁지부대신 고영희를 일컫고 있다.

사실 '풍림'(80)의 "됴리쟝사"가 좀 더 비판적으로 느껴지는 것은 같은 면에 큰 제목으로 확대된 "安重根公判"이라는 휘보가 실려 있기 때문이기도 하다. 2월 8일과 2월 10일 휘보란에 안중근 의사의 공판 일정이 계속 안내되고 있었다. 그리고 2월 14일 "됴리쟝사"가 실린 같은 면에 공판 전문이 이어지고 있었다. 이는 『오사카마이니치大板每日』, 『아사히신문朝日新聞』을 번역하여 실은 것으로, 공판에서 안중근 의사가 사실에 대해 답문하면서 실제로 안중근 의사가 한 말 전부를 싣고 있다. 이것은 번역문이기 때문에 실릴 수 있었을 것으로 보인다. 이 번역문은 이토 히로부미의 압박적인 행태와 내무대신들의 매국노적인 행위에 대해 비판하면서 더불어 대한제국의 독립을 강력히 요구하는 글이었다. 또한 그다음 날인 1910년 2월 15일에는 "安重根公判(續)"이 실려 있으며, 여기에는 안중근 의사가 가지고 있던 서간도 전문 실어놓았다. 또한 안중근 의사의 서간의 내용으로 "대한독립 만세"가 나오는데, 이는 실제 공판 이야기를 명목으로 안중근 의사의 소임과 독립에 대한 의지를 조선인들에게 알리는 역할을 했을 것으로 보인다.

▲銅峴高柱大門迎禧立春 붓친 집에 金銀이 堆積ᄒ야 不可量度多大인디 該主人 高等官이 疑錢症이 忽發ᄒ야 (…중략…) 一言도 無히 永々 見失噫々만[24]

앞서 언급했던 내관 대신 고영희에 대해서는 다른 글에서도 직접적으로 비판하고 있다. 위의 글은 금은이 많은 부자인 주인이 돈을 잃을까 걱정이 되어 땅에 돈을 파묻었다가 돈을 완전히 잃게 되는 이야기다. 그런데 그 내용을 자세히 보면, 글자마다 따로 표시된 부분이 있다. 표시된 대로 읽어보면, '고영희 도대 고영희'가 되는 것을 알 수 있다. 실제로 '量度多大'는 '양의 정도가 많다'라는 뜻 정도가 되며, '度'도 '도'로 읽힌다. 그런데 '度大'가 되면 '도대'가 아니라 '탁대'가 되면서 조선 말기 재정에 관한 사무를 담당했던 탁지부의 가장 높은 벼슬이 된다. 그 당시 탁지부대신은 고영희로 역시 소위 정미칠적, 경술국적으로 꼽히는 인물이다. 실제로 이 탁지부도 재정을 담당하고 있었으니, 위의 예로 든 어느 집에서 돈을 잃어버리는 내용 역시 그것을 비유하고 있다고 할 수 있을 것이다. 게다가 고영희高永喜의 이름을 '高永噫'로 바꾸어 '기쁘다'는 의미의 '喜'가 탄식하다의 의미인 '噫'로 치환하여 조소하고 있다. 결국 뒤로 갈수록 언어유희적인 면들이 드러나고 있다는 것은, 점차 검열이 강화되고 실제 기사가 삭제되기 시작하자 자구책으로 만든 풍자와 비판의 표현방식이었다고 할 수 있다.

---

24   "盜被大噬(도피견서)", '풍림'(83), 『대한민보』 219호, 1910.3.11, 2면.

3) 구조 학습의 효과와 소설의 접합

'풍림'은 1909년 10월 12일부터 11월 10일까지 한 달과 12월 한 달, 1910년 4월과 5월을 제외하면, 거의 마지막까지 꾸준히 연재된 신문의 구성란이었다. 1910년 7월과 8월에는 아예 실리지 못했지만, 그 전부터 실리던 '언단', '신래성어문답' 등의 난들은 1910년 들어오면서 전혀 등장하지 않은 것으로 볼 때, '풍림'은 『대한민보』의 가장 특징적인 독자란이었다고 할 수 있다.

> 이리오너라— ◀ 녜 ◀ 오날부터 各 新聞紙가 오거든 다—止字 달고 謝絶ㅎ여라 所謂 帝國新聞은 담배장사나 人力車軍이나 시큰둥흔 女子나 볼 것이지 나는 諺文 볼 줄도 모르고 所謂 皇城新聞은 남의 말드러니 아모 자미도 업다 ㅎ고 所謂 每日申報는 버릇업시 宰相辱 잘ㅎ고 거짓말 수렷이니 다 그만두고 大韓新聞과 京城日報만 보겟다 ◀ 京城報는 日字報가 아니온잇가 ◀ 허—新聞을 밧기만 ㅎ면 보는 貌樣(모양)이지 쏙 보아야 맛인가 ◀ 그러면 쏘 各新聞에셔 評判이 잇슴니다 ◀ 허—辱ㅎ다 시르면 말지오— 쏘 이졋다 或시 大韓民報가 오거든 當初에 拒絶ㅎ여라 所聞을 드르니 그 新聞은 시휜이 辱도 아니ㅎ고 五六月 파리가 콧잔등이에 안진 것갓치 근지러워 못 견된다더라 ◀ 각—ㅎ는 兩班 기침에 磚洞 屛門 人力車軍이 픽셕
>
> 選者曰 可謂新聞禁來[25]

---

25 "咳唾生風(해타생풍)", '풍림'(29), 『대한민보』30호, 1909.7.16, 2면.

위의 '풍림'은 봐야 하는 신문을 보지 않고, 친일적인 신문인 『대한신문』과 『경성일보』만 보겠다는 인물을 풍자해서 보여주고 있다. 하인과의 대화 내용을 살펴보면, 사실상 각 신문마다의 특징을 잘 보여준다. 『제국신문』은 담배장사나 인력거꾼이나 시큰둥한 여자나 보는 것이지, 지식인인 자신은 한글을 보지도 못한다고 평가한다. 『황성신문』은 재미가 없다고 평하고 『대한매일신보』는 버릇없이 재상 욕을 하고 거짓말로 비판을 한다고 하는데, 그만큼 직접적으로 드러내놓고 비판하는 것으로 볼 수 있다. 그런데 『대한민보』는 시원하게 욕하는 것도 아니고, 5,6월 파리가 콧잔등에 앉은 것처럼 간지러워서 못 견디겠다고 설명한다. 즉 『대한민보』는 은근한 풍자와 비유를 하는 신문으로 정체성을 확립했다는 것이다. 이는 결국 풍자와 비유를 강조한 '풍림'을 통해서 『대한민보』의 정체성이 결정되었다는 것의 반증이라 할 수 있다. 또한 이렇게 근대계몽기 신문의 특징을 살펴볼 수 있는 글도 '풍림'이기 때문에 가능했을 것이다.

그렇다면 '풍림'의 특성인 풍자와 비유는 『대한민보』의 정체성을 규정지을 정도로 강하게 드러난 특징이다. 또 이만큼 완성도를 높인 데는 '풍림'이 처음부터 당선의 방식을 채택하고 있었기 때문일 수도 있다. 사실 '풍림'은 '독자투고란'으로서 매우 독특한 특징을 보여준다. 즉 당선의 방식을 선택해서 경쟁체제를 내세움으로써 현상공모 또는 현상문예의 느낌을 주는 것이다. 한 편의 글로 완성한 원고는 단순히 감상을 적는 끄적임과는 완성도 면에서 완전히 다를 수밖에 없다.

'풍림'처럼 문예적인 독자투고는 『대한매일신보』의 '편편기담'에서도 볼 수 있다. 그러나 '편편기담'은 하층민 독자들도 얼마든지 올릴 수 있었다. 또한 이미 있는 이야기를 옮기거나 기존 이야기를 모방하면서 약간의 창작을 가미하는 형태였기 때문에 지식을 요하는 상황은 아니었다. 또한 하루에 여러 편을 싣기도 해서 편집진의 의도에 완전히 벗어나지만 않는다면, 누구나 뽑힐 수 있다는 분위기였다.

그런데『대한민보』의 '풍림'은 여러 편이 아니라 단 한 편을 실으면서 그 권위를 강조하고 있다. 즉 현상문예의 느낌으로 1등만 뽑는다고 처음부터 광고에서 공지해왔다. 또한 여기에 그치지 않고, 실제 현상문예처럼 기자의 권위적인 논평까지 달리면서 '풍림'에 당선된 글의 가치를 훨씬 높여주었다. 즉 내용이 우수해서 뽑혔다는 권위가 주어지는 것이다. 이미 신문에 실렸을 때는 1등이라는 전제하에 실리는 것이기 때문에 기자의 평은 공감이거나 칭찬 일색이다. 그러니 그것을 적어 보내는 지식인 독자들의 글을 쓰려는 욕망도 더욱더 독려되었을 것이다.

따라서 이 '풍림'은 최초의 신문 현상문예로 보는『매일신보』의 현상문예제도의 전신으로 볼 수 있다. 완전히 현상문예의 형태를 갖추고 있지는 않았지만 1등 당선이라는 경쟁체제를 보여주고 있고, 풍자와 비유라는 문학적 요소를 가미하면서 표현 양식에서도 서사에 가까워지는 형태를 보여주고 있기 때문이다. 또한『대한매일신보』의 '편편기담'과는 달리 스스로 이야기를 창작한 것에 가까웠고 이를 평가하는 기자의 평이 담기면서 그 권위를 더했다고도 볼 수 있다.

'풍림'의 첫 회부터 6회까지는 "불허전재(不許轉載)"라며 다른 곳에 옮겨서 게재하는 것을 허락하지 않는다고 적어두고 있다. 이는 저작자에 대한 인식이 있었음을 보여주는 부분이다. 즉 이 글을 창작으로 인정한다는 것을 의미한다. 물론 저작자를 표기하지 못하고 있지만, 이는 풍자의 강도가 세다 보니 시대적 상황과 연계해서 못 적었을 확률이 높다. 또한 '풍림' 광고에서도 이름 표기는 저작자가 원하는 대로 하겠다고 언급되어 있기 때문에 이름을 표기하지 않은 것은 이러한 여러 가지 사정상 저작자가 요청했을 확률이 높다. 그 외에도 10회부터는 구체적인 제목이 들어오면서, 실제 한 편의 완성된 글이라는 분위기를 형성하고 있었다.

〈표 5〉 대화체 서사(토론체 서사) 표현방식의 '풍림'

날짜	횟수	제목	내용
1909.6.16	諷林(4)	不許轉載(제목아님)	열강비유
1909.7.3	諷林(18)	才子佳人	연극 / 연회 관련
1909.7.6	諷林(20)	屠門白日	내각 / 대신 비판
1909.7.8	諷林(22)	措大論評	내각 / 대신 비판
1909.7.11	諷林(25)	屛門甲乙丙三色湯	내각 / 대신 비판
1909.7.14	諷林(27)	學徒問答	세태(학생) 비판
1909.7.15	諷林(28)	法律問答	세태(일반) 비판
1909.7.16	諷林(29)	咳唾生風	친일 신문 비판(투표 관련)
1909.7.17	諷林(30)	車夫當局談	내각 / 대신 비판
1909.7.22	諷林(34)	銅神經 上編	내각 / 대신 비판
1909.7.23	諷林(35)	銅神經 下編	내각 / 대신 비판
1909.7.29	諷林(39)	臍嚴問答	세태(문명) 비판
1909.7.30	諷林(40)	伏日卽事	세태(미신, 구습) 비판
1909.8.1	諷林(41)	秋山樵童	열강 비유
1909.8.13	諷林(46)	乞憫都承旨	내각 / 대신 비판
1909.8.29	諷林(49)	擲柶爭雄	친일 신문 비판(투표 관련)
1909.8.31	諷林(50)	美人投票	친일 신문 비판(투표 관련)
1909.9.14	諷林(52)	利在棍杖	내각 / 대신 비판
1909.9.15	諷林(53)	利在棍杖 第二	내각 / 대신 비판
1909.9.16	諷林(54)	利在棍杖 第三	내각 / 대신 비판
1909.9.19	諷林(55)	利在棍杖 第四	내각 / 대신 비판
1909.9.22	諷林(56)	募軍解散	내각 / 대신 비판
1909.9.24	諷林(57)	驅從鬪票 第一	친일 신문 비판(투표 관련)
1909.9.25	諷林(58)	驅從鬪票 第二	친일 신문 비판(투표 관련)
1909.9.26	諷林(59)	饌商	내각 / 대신 비판
1909.10.2	諷林(63)	菁商	내각 / 대신 비판

이렇게 현상문예의 초기적인 형태를 갖춘 '풍림'이 계속해서 문학적인 형태로 강화된 이유는 풍자와 비유라는 원래의 취지와 더불어 구조 학습의 효과도 큰 역할을 했을 것이다. 처음에는 고사나 역사 이야기 등으로 시작하면서 원래 있던 지식을 활용하여 자신의 주장을 하는 논설 형태가 주류를 이루었다. 그러나 점점 더 풍자와 비유를 강화하면서 내러티브적인 요소가 들어오기 시작했다. 이야기 형태가 들어오면서, 비유를 하더라도 사건과 갈등이 있는 내러티브를 사용하여 비유를 들게 된 것이다. 또한 여기에서 더 나아가 좀 더 강하고, 좀 더 직설적으로 자신들의 이야기를 털어낼 수 있는 대화체, 토론체 서사로 진행하게 되었다. 이는 사실 토론체 서사물이 이어져 오고 있었고, 이미 사건과 상황을 비유 방식으로 이야기를 풀어내고 있었기 때문에 여기에 대화를 써서 좀 더 장면을 강화하게 된 것이다.

이러한 대화체 서사는 총 26편으로, 앞서 말한 바와 같이 1909년 동안 총 68개 '풍림' 가운데 약 38%를 차지할 정도로 가장 많았다. 그만큼 이야기 방식 가운데 대화를 택해서 서로 하고 싶은 말들을 쉽게 이어갈 수 있었으며, 이야기를 만드는 것도 용이했을 것으로 보인다.

〈표-6〉 대화체 서사(토론체 서사) 표현방식의 '풍림' 주제별 분류

내용 주제	개수
내각 / 대신 비판	14
친일 신문 비판(투표 관련)	5
세태 비판	4
열강비유	2
연극 / 연희 관련	1
총계	26

그런데 이 대화체 서사의 내용을 보면 26편 중 14편이 내각이나 대신을 비판하는 것이었다. 친일 신문을 비판하는 부분도 사실상 이 급박한 시국에 미녀투표나 하고 있는 내각 대신이나 그에 준하는 집권자들에 대한 비판이었다. 이렇게 비판을 하기 좋은 방식이 바로 대화체 서사, 토론체 서사였던 것이다. 또한 이런 위정자를 비판하는 인물들이 하층민이라면 그 효과가 배가 될 수 있었다. 그래서 같은 직업의 하층민들이 모여 수다를 떨면서 비판하는 방식이 많이 등장하게 되었다.

〈표 7〉 같은 직업군이 모여 大臣들을 비판하는 '풍림' 종류

날짜	횟수	제목	직업	표현방식
1909.7.17	諷林(30)	車夫當局談	인력거꾼	대화체 서사
1909.8.29	諷林(49)	擲柶爭雄	인력거꾼	대화체 서사
1909.9.14	諷林(52)	利在棍杖	구영문군(곤장)	대화체 서사
1909.9.15	諷林(53)	利在棍杖 第二	구영문군(곤장)	대화체 서사
1909.9.16	諷林(54)	利在棍杖 第三	구영문군(곤장)	대화체 서사
1909.9.19	諷林(55)	利在棍杖 第四	구영문군(곤장)	대화체 서사
1909.9.24	諷林(57)	騶從鬪票 第一	대감 구종	대화체 서사
1909.9.25	諷林(58)	騶從鬪票 第二	대감 구종	대화체 서사
1909.9.26	諷林(59)	饌商	반찬 장사	대화체 서사
1909.10.2	諷林(63)	菁商	무 장사	대화체 서사
1910.2.13	諷林(80)	됴리장사	조리 장사	언어유희 —특정글자로 大臣 이름 언급, 비판
1910.6.14	諷林(92)	賣飴商	엿장사	언어유희 —사설시조 방식

　〈표 7〉과 같이 인력거꾼이 모여 대신들과 나라 위정자들을 비판하는 내용이 실린 이후, 그와 비슷한 이야기들이 연재물처럼 실리기 시작했다. 인력거꾼에서 곤장을 치던 포졸과 대감의 구종들, 반찬 장사, 무 장사, 조리 장사, 엿 장사까지 직업군만 바뀔 뿐, 실제 비판의 내용은 매우 비슷했다. 결국 이런 면은 구조 학습의 효과로 독자들이 아이디어를 얻

으면서 비판의 강도를 높일 수 있었을 것이다. 또한 이러한 비판은 대체로 대화체 서사로 이루어졌으며, 1910년에는 대화체 서사를 사용하기에는 검열이 심해져서 언어유희적인 방식으로 선회한 것으로 보인다.

사실 같은 직업의 하층민들이 모여 수다를 떨면서 양반이나 집권 세력을 비판하고 있다는 것은 분명 의의가 큰 부분이다. 물론 이러한 형태가 『대한민보』에서 갑자가 나타난 것으로 볼 수는 없다. 이미 탈춤에서 하인이 양반을 우롱하고 조롱하는 형태는 오랫동안 이어져왔기 때문이다. 즉 이러한 고전적 형태를 '풍림'의 서사에서 차용하고 있다는 것이 더 맞을 것이다. 고전적 풍자와 조롱을 근대적 매체 속, 서사 양식 속에 접합하여 새로운 근대적 비판 정신을 보여주고 있는 것이다. 특히 이는 지식인들이 비판하는 방식으로 표현되지 않고, 하층민들에 의해 비판되고 있음에 주목해야 한다. 하위주체가 자신의 목소리를 내고 있다는 것, 그리고 그 못 배우고 미천한 하층의 눈에도 한심할 정도로 집권세력의 무능함과 부정부패는 하늘을 찌르고 있었다는 것을 더욱더 강조하여 보여주고 있는 것이다.[26]

사실 처음에는 '풍림'의 자수 제한이 엄격하게 제시되어 한 행에 14자씩 15행까지만 허용된다고 강조했지만 실제로는 17행 즉 17줄 이상

---

26 물론 '풍림'의 저작자는 지식인이다. 그러나 초반에는 현토한문체를 썼지만, 언어유희나 하위주체의 비판으로 갈수록 문체가 한글에 가깝다는 것 역시 주목해볼 필요가 있다. 한문 교육을 받은 독자뿐만 아니라 한글을 사용하고, 영어나 일어를 사용하는 좀 더 근대적인 교육을 받은 지식인들 역시 이 '풍림'에 참여하고 있었다는 것을 알 수 있다. 또한 이들 지식인들이 한글을 사용하면서 동시에 하층민들의 놀이를 차용하여 집권 세력에 비판을 가하고 있다는 것 역시 매우 흥미롭다. 그만큼 하층민을 주체로 삼아 비판을 가할 때, 그 효과가 더 크다는 것을 알고 있었을 것이고, 동시에 1면에 실리고 있는 한글소설을 읽는 독자들에게까지 그 영향을 끼치며 공감을 끌어낼 수도 있었을 것이다. 그만큼 '풍림'을 즐기는 독자들의 자장이 넓어져 가고 있다는 것을 짐작해 볼 수 있는 대목이다.

날짜	횟수	제목	내용	표현방식	줄수
1909.7.22	諷林(34)	銅神經 上編	내각 / 대신 비판	대화체 서사	24
1909.7.23	諷林(35)	銅神經 下編	내각 / 대신 비판	대화체 서사	24
1909.9.14	諷林(52)	利在棍杖(이재곤장)	내각 / 대신 비판	대화체 서사	22
1909.9.15	諷林(53)	利在棍杖 第二	내각 / 대신 비판	대화체 서사	23
1909.9.16	諷林(54)	利在棍杖 第三	내각 / 대신 비판	대화체 서사	22
1909.9.19	諷林(55)	利在棍杖 第四	내각 / 대신 비판	대화체 서사	24
1909.9.24	諷林(57)	驅從鬪票 第一	친일 신문 비판(투표 관련)	대화체 서사	26
1909.9.25	諷林(58)	驅從鬪票 第二	친일 신문 비판(투표 관련)	대화체 서사	28
1909.10.1	諷林(62)	淸虛府新演劇	연극 / 연희 관련	일반 서술	25
1909.10.3	諷林(64)	淸虛府新演劇(續)	연극 / 연희 관련	일반 서술	29
1910.1.21	諷林(73)	猢猻 念佛(호손 염불)	우국충정	비유적 서사	37
1910.1.22	諷林(74)	猢猻 念佛 (續)(호손 염불)	내각 / 대신 비판	비유적 서사	30
1910.1.27	諷林(76)	夢見滄海君	내국 / 대신 비판	한시, 고사, 역사	31
1910.1.29	諷林(77)	夢見滄海君 (續)	내국 / 대신 비판	한시, 고사, 역사	34
1910.3.15	諷林(85)	春官判決	우국충정	일반 서술	19
1910.3.16	諷林(86)	春官判決(續)	세태(일반) 비판	일반 서술	30
1910.6.21	諷林(97)	用字打鈴-上絃	내각 / 대신 비판	언어유희 (2) 같은 자 돌림반복 (민요)	25
1910.6.22	諷林(98)	用打鈴-下絃	내각 / 대신 비판	언어유희 (2) 같은 자 돌림반복 (민요)	25

이 늘 실렸다. 그러나 1909년 10월 12일부터 1909년 11월 10일까지 단 한 편도 실리지 못했고, 11월 한 달 동안 2편이 겨우 실렸으며, 12월은 단 한 개도 실리지 못했다. 또한 1910년 2월, 4월, 5월에도 '풍림'은 실리지 않았다. '풍림'의 투고가 적었던 것인지 검열을 의식한 것인지 확실히 알 수는 없으나, 처음처럼 그렇게 많이 투고는 되지 않은 것으로 보인다. 투고가 적어지면서 연재물이 가능하게 되었다. 어쨌든 규정상 15행까지만 쓸 수 있는 것에서 2번에서 4번까지 연재를 할 수 있게 되자, 웬만한 단편소설 정도는 쓸 수 있게 된 것이다. 대화체 서사가 가장

많았고, 비유적 서사, 뒤에는 언어유희 방식으로 이어지고 있다. 즉 길게, 충분히 완성된 글을 쓰게 되면서 어느 정도 서사 장르의 형태도 갖출 수 있게 된 것이다. 또한 앞의 표에서 볼 수 있듯이, 연재된 글의 한 회 분량 역시 매우 많았다. 대체로 20줄 중반을 넘기고 있으며, 30줄이 넘는 경우도 보인다. '풍림' 중 가장 긴 37줄도 이 연재물 중 하나였다.

원래 『대한민보』라는 매체가 풍자적인 요소와 비유적인 요소를 요구했다는 점에서 '풍림'은 서사화의 요소를 처음 매체적 환경에서부터 가지고 있었다고 볼 수 있다. 그런데 뒤로 갈수록 검열 등 상황이 악화되면서 더욱더 비유적으로 함축적으로 변해가야 했기에, 언어유희 등 더욱 문학적 형태를 띠게 된 것으로 볼 수도 있을 것이다.

또한 대화체 서사와 비유적 서사의 경우는 소설에서 '풍림'으로, 또 '풍림'에서 서사로 서로 섞여 들고 있음에 주목해볼 필요가 있다.

포진을 구름갓치ᄒ고 오색긋문에 태극팔괘장국긔를 교차ᄒ야 바람결에 펄넝펄넝ᄒᄂ 곳은 한부흥(韓復興)씨가 자긔의 집을 즁슈ᄒ고 내외국신사를 다슈히 청ᄒ야 낙성식ᄒᄂ 것이라

흔부흥씨의 집은 죠상의 긔업으로 사천여 년을 전ᄒ야 오더니 여름 장마에 지붕이 새고 겨울 치위에 쥬초가 흔들녀 셕가래ᄂ 썩어 내려안고 기동은 쓸녀 넘어가니 어언간 장원과 창벽이 동퇴셔략ᄒ얏더라

집이 그 디경에 의식인들 엇지 죡죡ᄒ리오 속담과 갓치 쏭구멍이 찌어지게 된 가세에 여러 자식 중 몰지각흔 놈이 만히 잇셔 쳐음에ᄂ 져의 아비에게 감언리셜로 남의 집모양으로 셰간을 작만ᄒ쟈 남의 집모양으로 영업ᄒ야 보자 ᄒ야 돈을 잇ᄂ 대로 쎄아셔다가 쥬색에 다 내버리더니 그다음에ᄂ 문

서를 위죠ᄒ야 뎐답을 헐갑에 팔아먹는다 도장을 훔쳐 찍어 중변을 내여 쓴다 백에 ᄒ 가지 집안 늘어갈 일은 안이ᄒ고 망흘 짓만 쪼차 가며 ᄒ다가 필경에는 몃놈이 이웃에 사는 쥬먹이 등등ᄒ 사람을 가보고 우리 집을 통으로 그대를 줄 것이니 의려말고 차지ᄒ 후 전천식이나 먹는 도장을 식여달나 ᄒ고 졔아비다려 치산 잘못ᄒ야 패가를 ᄒ얏스니 그대로 더 잇스면 이 집을 남에게 쌔앗길 터인즉 진작 인심죳케 내여쥬자 위협을 ᄒ거날 그 중에 지각 잇는 아달이 분흠을 익의지 못ᄒ야 불가ᄒ 리유를 그 아비에게 지셩껏 고ᄒ고 졍당ᄒ 사실로 그 아오를 엄졀히 물니친 뒤에 눈을 밝게 쓰고 팔을 힘써 씸내여 톱자귀 쯸 대패를 손슈 들고 썩은 셕가래와 쓰러진 기동을 차례로 갈아내며 쥬초를 다시 노코 살잡이를 ᄒ 후 담을 쌋는다 벽을 친다 도배장판을 일신히 ᄒ고 각색 화초를 압뒤에 심으니 문어져가든 개쏭밧예ㅅ집이 완연ᄒ 새집이 되엿도다 한부흥씨가 깃붐을 익의지 못ᄒ야 셩대히 낙셩식을 열고 구름갓치 뫼힌 래빈을 대ᄒ야 패악ᄒ 자식을 인ᄒ야 집이 기우러졋다가 인효ᄒ 아달을 인ᄒ야 집이 중흥ᄒ 력사를 일장진슐ᄒ니 만좌ᄒ얏던 래빈들이 일졔히 잔을 들어 만셰만셰 만만셰[27]

위의 글은 한 집의 상황을 들어 조선의 상황을 비유하고 풍자하고 있는 점에서 '풍림'의 표현방식과 매우 비슷하다. 이는 '풍림'에 드러나는 독자들의 성향과 반응을 보면서 작가들 역시 그러한 방법을 사용하고 있다고도 할 수 있다. 실제로 이러한 비유적 서사는 '풍림'에서 보여준 풍자, 비유의 방식과 매우 유사하다. 특히 「화세계」는 단편소설이기 때문에 더욱더 '풍림'과 비슷해 보이기도 한다. 즉 요약식으로 사건을 나

27　舞踏生, 「短篇小說 花世界」, 『대한민보』, 1910.1.1, 1면.

열한다는 점에서 '풍림'의 상황과 유사한 것이다. 결국 이는 『대한민보』가 단편소설의 개념을 정착[28]시켰기 때문에 '풍림' 역시 그러한 단편소설의 초기 형태의 서사물의 모습을 보여줄 수 있었을 것으로 보인다. 즉 『대한민보』는 소설 영역에 있어서도 단편소설, 풍자소설, 골계소설 등 다양한 형태의 소설 양식을 개념화하여 표현하면서 '풍림'에도 그 서사적인 경향이 영향을 미쳤을 것이다.

4) 『대한민보』의 이중적 전략과 지식인 독자들의 서사 글쓰기 욕망

『대한민보』의 문체를 살펴보면, 한글로 토만 달려 있는 현토한문체이거나 대체로 국한문체였다. 그것은 『대한민보』가 주전략 대상으로 삼은 독자가 지식인이었다는 것을 의미한다.[29] 그러나 유일하게 순한글 문체를 사용한 부분이 '소설란'이었다. 즉 "『대한민보』의 편집진들은 분명히 '국한문' 독자와 '국문' 독자를 모두 『대한민보』의 잠재적 독자로 생각"[30]하고 있었다.

이는 『대한민보』의 이중 전략이라고 볼 수 있다. 『대한민보』에 있어서 '소설란'이 그토록 집중적으로 나올 수 있었던 것은 이러한 이중 전략

---

28 김재영은 단편소설의 개념이 처음 『만세보』에서 시도되었으나, 실제 정착은 『대한민보』에서 이루어졌다고 설명한다.(김재영, 앞의 글, 2006, 450면)

29 김영민은 신문의 문체를 국한문 혼용으로 할 것인지, 순국문으로 할 것인지 결정짓는 문제가 그 당대 신문 발행인이나 편집자들에게는 매우 중요한 것이었으며, 신문의 문체를 결정하는 것은 곧 독자의 계층을 결정하는 문제이자 신문의 존재 근거 혹은 사활과 직결되고 있었다고 설명하고 있다.(김영민, 앞의 책, 148~149면 참조)

30 김재영, 앞의 글, 2012, 32면.

때문이었을 것으로 보인다. 여성이나 하층 독자들 역시 신문의 독자층
으로 포함하려는 의도와 또 지식인 독자들을 끌어들이고자 하는 두 가지
의도가 '소설란'과 '풍림'으로 나타났다고 할 수 있다. 물론 국한문체나
현토한문체를 사용하는 것만으로 지식인층을 겨냥한다고 볼 수도 있다.
그러나 다른 신문과는 달리 지식인 독자들을 글쓰기로 적극적으로 유도
하는 '풍림'은 지식인 독자들에게 또 다른 즐거움을 주었을 것이다.

> 庚戌筆(경술필)
>
> 本報諷林之歷史 則諷者風也如物因風有聲 其聲 又足以動物故敢效 春秋筆
> 削詩人譏刺其間略干, 選述使惡者過者改之懲之[31]

위의 내용은 '풍림란'을 통해서 풍자하고 비판하고 또 경계하기에
매우 좋다고 칭찬하고 있다. 또한 이러한 '풍림'을 통해서 악한 자나 잘
못을 하는 자들도 고치고 뉘우치게 된다고 극찬한다. 비분강개에 젖어
있던 지식인들에게 날카로운 비판정신을 살려주고, 또 그 안에서 풍자
적이고 조소적인 방식으로 비판하면서 그만큼 속풀이도 할 수 있었을
것이다. 서로의 글 속에서 힘을 얻기도 하고, 또 자신의 이야기를 풀어
내기도 했을 것이다.

또한 '풍림'이 처음부터 풍자와 비유를 요구하고 있다는 점도 흥미
롭다고 할 수 있다. 사실 이는 검열 때문일 수도 있는 것이, 신문지법을
통해서 언론의 규제가 심각해지고 검열을 통해서 실제로 삭제되는 경

---

31 "庚戌筆(경술필)", '풍림'(79), 『대한민보』 196호, 1910.2.10, 2면.

우가 빈번하자, 이러한 풍자와 비유는 편집진들의 자구책이었을 것이다. 또한 이러한 숨겨진 의미를 보여주는 이야기는 서사의 영역을 요구한다고도 할 수 있다. 이 때문에 고사나 역사적 이야기를 가지고 오다가, 비유적 서사로 옮겨가게 되고, 또 여기에 더 나아가 직접적인 비판을 가할 수 있는 대화체 서사, 토론체 서사로 나아가게 된 것이다. 또한 후반에 검열이 강화되면서는 언어유희적인 방식으로 점점 더 숨긴 채 의미를 재현해내게 된다. 이러한 감춤이 결국 문학적인 서사성을 강화시키는 결과를 가져온 것이라고 할 수 있을 것이다. '풍림'은 이렇듯 지식인 독자들의 서사적인 글쓰기에 대한 강화로 이어지도록 했던 것이다. 또한 기자가 평을 해주며 공감하고 치켜세워주는 것도 한 몫 했을 것으로 보인다.

이는 '소설'란과도 밀접한 관련이 있다. 소설의 경우, 한글을 쓰고 있어서 단순히 하층민이나 부녀자층을 겨냥하고 있다고 보일 수도 있다. 그러나 그 내부를 들여다보면, '소설'란 역시 이중적인 정책을 쓰고 있다는 것을 확인할 수 있다. 단편소설을 제외한다면,『대한민보』의 소설은 두 가지 경향으로 크게 구분된다. 여성적인 가정 소설적 경향과 좀 더 남성적인 토론체 소설이나 시국 비판이나 실상을 담은 경향의 이야기로 대별된다고 할 수 있다.

한가의 우박맞질 시대가 되닛가 귀신이 지시흔 듯이 뎌 사람이 왓구나 신슈로 흐야도 한가 열드러 못 당흐겟는 걸 졔기를 흐지 우리네가 못생긴 놈을 만나셔는 등꼴을 쏩아도 잘생긴 사람을 만나셔는 졔것을 드려가며 살기가 의례잇는 일인대 말이야 발오흐지 한가흐고야 사람 보고 살앗나 돈 보고 살

앗지 사람이 뎌만치 출즁흔 바에야 돈은 잇고 업고 상관홀 것 업시 한 번 살
아보지 못흐면 내가 병신이지[32]

국장이 비록 시골사람일 법해도 슈십년 문견이라 여인 슈졉(與人酬接)과
언어동작(言語動作)이 셔울 쌈 볼 쥐어질을 만흐야 격동셔부어 보러가던 일
을 젯쳐놋코 다동으로 올 쌔에 벌셔 해쥬집의 자격을 짐작흔 것이라
차금을 싸라드러가 안마루 한 편에가 걸어안지며
친분도 업사온 사람이 남의 댁내뎡에를 이러케 드러와셔 대단히 미안흐
오이다
해쥬집이 방으로셔 마죠나아오며
천만의 말삼도 흐십니다 사대문 닷으면 한집안 식구온대 내외홀 것 잇슴
닛가 웨 올나오시지 안이흐시고 그러케 안져 계셔요
흐며 슈작이 가고 슈장이 오ᄂᆞᆫ대 남녀가 각각 아모 소회가 업시라도 운치
가 소졸치 안이흔 남자와 그 밧탈로 된 계집이 셔로 만나게 되면 뎌간의 사상
은 말 안이 흐야도 가히 알지어날 하물며 하나ᄂᆞᆫ 너를 정인삼아 내 분을 풀어
보리라 흐고 하나ᄂᆞᆫ 너를 압셰우고 뎌 놈을 쎄어버리리라 흐야 두 사람의
목뎍이 한씨 한몸에 가 모다 잇스니 국과 장이 여북 잘 맛즈리오 초면 말 몃
마듸에 바람과 구름이 경각에 번복이 되더라[33]

백학산인이 지은 『萬人傘』(1909.7.13~1909.8.18)의 경우, 부정부패를
일삼는 한가와 그 한가를 배신하는 첩인 해주집의 이야기가 전개된다.

---

32 白鶴山人, 『萬人傘』 25회, 『대한민보』, 1909.8.10, 3면.
33 白鶴山人, 『萬人傘』 26회, 『대한민보』, 1909.8.11, 3면.

그런데 한가가 몰아낸 지방국장이 한가의 해주집을 찾아와 둘이 정을 통하는 장면이 등장하고 있다. 해주집은 사람이 저만치 출중한데 "한 번 살아보지 못ㅎ면 내가 병신이지"라고 하면서 욕망을 그대로 드러내고 있으며, 두 사람이 서로 정을 통하는 것 역시 흥미유발로 사용되고 있다. 물론 이 소설 역시 한가를 비판하고 있다는 점에서 풍자와 비판을 가지고 있기는 하지만, 부녀자층의 흥미 역시 같이 붙들어두고 있다.[34]

이와는 반대로 남성적인 소설들은 한글로 되어 있기는 해도 토론체가 주류를 이루고 있었다.

(가) 쏘 흔 회원이 니러셔며

안이오 안이오 회장 그 회원의 뎨의가 올치 안은 바는 안이나 아모리 일각이 밧분 시대기로 슌셔 업시 일을 엇지ㅎ오 이 다음회에 본회규칙이나 통과ㅎ고 회장 이하 일반임원을 션뎡흔 연후에 사업을 진행ㅎ자면 급션부는 그 회원 말삼ㅎ신 두 가지 문뎨가 자연될 것으로 알음니다 그러닛가 오날은 여러분 고명ㅎ신 토론을 그만치 들어 로슈속에 부패흔 물건이 거진 업셔지고

---

34 "이 째에 박좌슈의 며나리 양씨는 울뒤 콩깍지동에 가 슘엇다가 무지흔 발길에 두어 번 채여 단 두 거름 도망을 못ㅎ고 잔채에 부죠가는 도야지 모양으로 네 굽을 잔쓱 묵기여 산속으로 잡혀 왓는대 뭇놈이 겹겹이 둘너 안져 졔각기 한 마듸 식은 다 지져귀더라 이애 그것 쐐 잘생겻다 투덕투덕흔 걸 하로밤 대리고 잣스면 이 사람 듯네 무슨 말을 그러케 ㅎ나 우리가 인물 보고 색탐으로 대려왓나 군슈젼가져오라고 대려왓지 쏭먹고 알은 못먹던가 군슈젼도 가져오거던 밧고 우리 심심푸리도 좀 ㅎ면 엇더 ㅎ단 말인가 / 별소리 말게 돈만 만이 작만 ㅎ면 그런 소일거리가 그들 먹ㅎ게 생기네 공연히 질에 날쮜다가 죽도 밥도 다 틀니리 / 자네는 고지식ㅎ닛가 두게마는 나는 오날밤에 대리고 리약이나 톡톡히 ㅎ야 보겟네".(一吓生, 『五更月』 5회, 『대한민보』, 1909.11.30, 1면) 『오경월』에서는 의병에게 납치된 박좌수의 며느리가 의병에게 겁탈을 당할 듯한 분위기로 계속 이어진다. 의병에게 다시 잡혀서 끌려가는 장면들이 삽입되어 계속해서 대중적인 흥미를 붙잡아두고 있다.

새 정신이 드럿사오니 즉 우리 일반회원이 이 셰상에 잠을 비로소 쌘 모양이 올시다 이만치 경사시러온 일이 다시 업사오니 첫재는 나라를 위ᄒ야 업스나 일반되던 국민이 새로 생김을 축하ᄒ고[35]

(나) 둘재는 우리 병신 동포도 나라 일을 다른 국민에 못지 안이ᄒ게 ᄒ게 ᄒ야 볼 것을 축하ᄒ기 위ᄒ야 만셰를 불으고 폐회합시다

(동의) ……

(제청) ……

회장이 동의에 의견을 무른 후 가부로 무러 가결이 된 후에

(회장) 인제는 별사건이 업나보오 만셰를 불읍시다

만셰 만셰 ᄃᆡ한뎨국만셰

만셰 만셰 대한국민만셰

만셰 만셰 병인간친회만셰[36]

(다) "잔소리 말고 드러보아라 내가 탁지대신이나 내부내신이나 흔번 ᄒ야 볼 경륜으로 지금 정셩을 드리는 판이다"

"에구 샌님 욕심 보시게 대동배도 짜라가겟네 경셩말고 더흔 것을 ᄒ기로 민머리로 대신도 흠닛가"

"참 상놈의 말이로다 요사이 개화가 되야 백두로 무엇은 막혀 못ᄒ는 쥴 아나냐"

"그려면 져도 경륜 좀 해보게 방법을 가라쳐줍시오"[37]

---

35 轟笑生, 『諷刺小說─病人懇親會錄』35회, 『대한민보』, 1909.10.10, 1면.
36 轟笑生, 『諷刺小說─病人懇親會錄』36회(完), 『대한민보』, 1909.10.12, 1면.

(가)와 (나)의 글은 굉소생轟笑生의 풍자소설諷刺小說이라 이름 붙어 있는 『병인간친회록病人懇親會錄』(1909.8.19~10.12) 중 마지막 두 회의 내용이다. 실제로 장애를 가진 병인들이 모여서 자신들의 권익을 위해 토론을 하며, 조선의 상황을 비판하는 내용으로 이어진다. 글 전체가 토론으로만 이루어지고 있다. (다)의 글은 백치생白痴生의 골계소설滑稽小說이라 이름 붙인 『절영신화絶纓神話』(1909.10.14~11.23)의 한 부분으로 이는 탈춤에서 양반과 하인의 관계를 소설 방식으로 풀어놓은 듯한 느낌의 소설이다.

사실 위의 소설들은 풍자와 해학, 골계미는 있을지 모르나 이야기로서의 서사성은 약한 것이 사실이다. 앞서 여성 가정소설적 경향을 보인 소설들은 가정의 이야기를 주축으로 이루어지고, 거기에 대중성과 선정성을 가미하여 부녀자층과 하층 독자층들의 흥미를 붙잡아 두고 있다.

그에 비해 위의 소설들은 도리어 '풍림'과 닮아 있다. 토론과 비판, 해학과 풍자를 일삼으며 현실을 꼬집고 비판하면서 개선할 것을 촉구하고 있는 것이다. 훨씬 직설적으로 정치적인 비판을 하고 있다. 결국 이러한 면은 풍자와 비판의식을 담은 '풍림'이 남성 소설들과 연계되면서, 남성지식인 독자층들의 글쓰기 욕망과 연계되고 있음을 확인해 볼 수 있다고 하겠다.[38]

---

37 白痴生, 『滑稽小說─絶纓神話』 4회, 『대한민보』, 1909.10.17, 1면.
38 실제로 남성소설과 여성소설로 나누는 구분은 일본에서 시작되었다. 『萬朝報』에서 黑岩淚香이 소설을 연재할 때, 한 여성 독자가 투고한 글에서 여성소설과 남성소설로 나누고 있음을 확인할 수 있다. "루향소사족하 소설에 만약 남녀 양성이 있다고 한다면 암굴왕과 같은 것은 남성적인 남자적 소설이고, 『미제라브르』도 똑같이 남성적 소설은 아니지만, 나는 암굴왕의 후속으로 바로 또 남성적인 긴 모노가타리(긴 이야기, 장편 이야기)를 읽는 것을 싫어합니다. 원컨대, 여성적인 지극히 뛰어난 소설 한 편을 그 사이에 끼워

<표 9> 신문 독자란 비교

신문	독자란 명칭	독자층	길이
대한매일신보	편편기담	하층민 가능	3~69줄 보통 1~2편씩 실음
만세보	독자투고란 (계속 바뀜)	두루 가능	1~2문장 매우 짧음
대한민보	풍림	지식인만 가능	17~37줄 1편만 실음

이러한 '풍림'의 지식인 독자층들의 서사적 글쓰기 욕망은『대한매일신보』의 독자문예란인 '편편기담'이나『만세보』의 '독자투고란'과 비교해 보면 확실히 그 특징이 두드러질 수 있다.『대한매일신보』의 '편편기담'은 패관문학처럼 구비문학이 기술된 것이라 볼 수 있다. '편편기담'은 하층민들이 입으로 구전되어 오던 옛날이야기들을 투고하다가 모방하면서 조금씩 다르게 창작을 가미한 것이다. 즉 이야기에 대한 욕망을 표현하되, 한글을 기본으로 사용하는 독자층을 대상으로 한 것이다.『만세보』의 '독자투고란'은 이러한 문예면과는 달리, 일반적인 신문의 '독자투고란'의 형태를 취하고 있다. 긴 형태의 글이 올라 올 수 없고, 짧은 1~2문장으로 이루어져 있어서 감상평 이상의 글을 올릴 수 없었다.

그런데 '풍림'은『대한매일신보』의 '편편기담'처럼 서사적인 글쓰기이지만, 그 대상이 지식인 독자층이라는 면에서 대별된다. 또한 내용

넣어 주세요.─小石川 中川樂水"(『巖窟王』259회(274회의 誤記) 연재 중 독자의 글,『萬朝報』, 1902.6.1)라고 하면서 남성소설인『巖窟王』이후에 또 남성소설인『레미제라블』을 연재하는 게 싫다고 언급하고 있다. 이 때문에 루향은 여성가정소설을 연재한 이후,『噫無情(레미제라블)』을 연재하게 된다. 이에 관한 논의는 전은경,「근대계몽기 한·일 번역문학과 근대독자층 비교 연구─『장한몽』과『해왕성』을 중심으로」,『어문학』117, 2012.9, 247~249면 참조.

역시 풍자나 비유로 이루어져 있고, 현실 풍자와 비판적인 성격이 매우 강했다. 또한 『만세보』의 '독자투고란'에서도 지식인 독자층들이 글을 올리기는 했지만, 분량이 적었기 때문에 서사성이 가미되지 못한 채, 짧은 감상에 불과했다는 점에서 역시 '풍림'과 대별된다.

결국 근대계몽기는 독자들이 매체의 생산적인 장을 통해서 그들의 욕망을 다양한 방식으로 표출하게 되었고, '풍림'은 그 가운데에서도 풍자와 비유라는 영역 안에서 서사성을 가미하며 근대계몽기 지식인 독자들의 서사적인 글쓰기에 대한 욕망을 담아내었다고 할 수 있을 것이다.

5) 지식인 독자층과 '풍(諷)'이라는 정체성

'풍림'은 처음부터 풍자와 비유를 요구하고 있었다. 신문지법을 통해서 언론의 규제가 심각해지고 검열을 통해서 실제로 삭제되는 경우가 빈번하자, 이러한 풍자와 비유의 방식은 편집진들의 자구책이었을 것이다. 또한 이러한 숨겨진 의미를 보여주는 이야기는 서사의 영역을 요구한다고도 할 수 있다. 이 때문에 고사나 역사적 이야기를 가지고 오다가, 비유적 서사로 옮겨가게 되고, 또 여기에 더 나아가 직접적인 비판을 가할 수 있는 대화체 서사, 토론체 서사로 나아가게 된 것이다. 또한 후반에 검열이 강화되면서 언어유희적인 방식으로 점점 더 숨겨진 채 의미를 재현해내게 된다. 이러한 감춤이 결국 문학적인 서사성을 강화시키는 결과를 가져온 것이라고 할 수 있다. '풍림'은 이렇듯 지식인 독자들의 서사적인 글쓰기에 대한 강화로 이어지도록 했다. 또한 기자가 평을 해주며 공감하고 치켜세워주는 것도 글쓰기 욕망을 강화하는 데 한몫했을 것이다.

'풍림'은 현상문예처럼 1등으로 당선되기도 하고, 또 풍자와 비유를 강조하면서 서사가 가미되어 마치 현상문예와 같은 효과를 주기도 했다. 또한 이 '풍림'은 풍자와 비유라는 『대한민보』의 신문으로서의 정체성을 결정짓는 데까지 영향을 미쳤다. 결국 그것은 근대계몽기 지식인 독자층들의 서사에 대한 글쓰기 욕망을 강화하는 결과를 초래했다. 소설 영역이 여성 독자층과 남성 지식인 독자층들의 읽기 욕망을 번갈아 충족시키고 있었다면, '풍림'은 지식인 남성 독자층들의 쓰기 욕망, 특히 서사적인 글쓰기 욕망을 보여주고 있었다. 이는 스스로 말하고 쓰고 비판하고 모방하고 공유하며 스스로의 목소리를 내는 근대독자로서의 면모를 드러내는 것이라 할 수 있을 것이다.

『대한민보』는 분명 여성 및 하층 독자들과 지식인 독자들을 모두 포섭하려 했고, 이러한 전략은 정확히 맞아떨어졌다. 처음부터 1면에 '소설란'을 두고 여성 독자 및 하층 독자들의 주의를 끌 수 있었다. 또한 이 소설란도 순한글로 이루어지기는 하였으나, 소설적 경향을 두 가지로 나누어 번갈아 싣는 전략을 펴고 있다. 즉 여성들이 좋아할 만한 가정소설을 싣다가, 또 토론 등이 주가 되는 토론체 소설이나 정치소설, 풍자소설, 골계 소설 등을 실어 지식인 남성들의 흥미 역시 붙잡아 두고 있다. 즉 소설란은 여성 독자 및 남성 독자 모두를 충족시키려 했던 것이다.

그러나 '풍림'이라는 독자란에 있어서는 상황이 완전히 달랐다. 가장 잘 쓴 독자만을 뽑아서 시상 방식으로 진행했기 때문에 그만큼 어느 정도 수준이 있는, 지식이 있는 독자들만이 투고할 수 있었다. 또한 문체 역시 순한문체이거나 국한문체여서 '풍림'을 읽는 독자 역시 지식인일 수밖에 없었다. 『대한민보』가 여성은 '읽기'의 영역에 한정시키고, '쓰기'의 영역은 남성들만의 전유물로 여겼다는 것을 알 수 있다.

결국『대한민보』가 하층 독자층들과 지식인 독자층 모두를 목표로 하게 되면서 '소설'과 '풍림' 모두를 끌고 가게 되었고, 이는『대한민보』의 두 가지 정책이 섞여 들면서 '풍림'에 서사적 요소가 가미되고, 서로 접합되어 섞여드는 현상을 만들어낸 것이다. 또한 '풍諷'이라는 정체성을 통해서 지식인 독자들은 자신들의 서사적인 욕망을 드러내게 되었고, 이는『대한민보』의 정체성을 확정짓는 주요한 역할을 했을 것으로 보인다. 따라서 매체라는 움직이는 공간이 편집자의 의도와 독자들의 의도들이 섞여 들며 새로운 문학 현상을 형성시키고 있었던 것이다.

2. 지식인 독자의 읽기/쓰기와 풍자의 근대성 —『대한민보』

근대의 여러 매체 가운데 신문은 잡지와는 다른 지점에 속해 있다. 소수 집단들 위주였던 잡지에 비해 신문은 좀 더 열린 집단을 겨냥하고 있었다. 불특정 다수를 향한 열린 서사물 텍스트로서의 신문의 기능은 사건, 사고까지도 이야기로 읽힐 수 있게 만들었다. 다양한 목적을 가진, 또 다양한 층위의 독자들이 신문 매체를 대하며, 그들의 구미를 당기는 이야기에 몰입하게 된다. 즉 신문이라는 매체를 배움의 교과서로, 또는 비판의 대상으로, 혹은 유희의 도구로 각자의 필요에 따라 이용하고 있었다는 것이다. 이는 동시대의 지평에서 살펴볼 수 있는 부분이다. 또한 이와 동시에 연속성이라는 차원에서도 살펴볼 수 있다. 과거로부터 이어온 읽기 독자와 새로운 것을 받아들이고 있는 읽기 독자가 섞이는 과정 역시 신문은 담아내고 있었다. 그런 면에서 신문 매체 속에서, 또 매체라는 환경 속에서 텍스트와 독자를 살펴보는 것은 매우 다양한 문제의식을 담지하게 된다.

문학이라는 지평을 살피기 위해서, 또한 근대에 문학이 변화하고 있는 현상을 살피기 위해서는 그것이 향유되는 과정, 섞여드는 과정, 매체와 연관되어 변화되어가는 과정을 모두 살펴보아야 한다. 왜냐하면 "신문을 중심으로 한 근대적 출판물은 근대소설의 영향에 보다 직접적인 역할"[39]을 했기 때문이다. 근대 매체 특히 신문이 문학에 영향을 준 것은 바로 '직접성'에 있다고 할 수 있다. 개인이 직접 읽고, 개인이 직접 쓰고, 개인이 직접 문제의식을 갖게 되는 것이야말로 새로운 읽기와 새로운 쓰기의 접목이었다고 할 수 있다.

그렇다면, 누가 읽고, 누가 쓸 것인가의 문제가 남는다. 이러한 텍스트의 확산이 어떠한 방식으로 이루어지고 있는지, 어떤 텍스트가 읽히며, 또한 누가 그것을 읽는지, 거기에 더 나아가 이 근대 매체에 누가

---

[39] 한기형은 신문이 소설의 사회적 유통방식과 대중의 소설관, 소설 양식의 변화에까지 영향을 미쳤음에 주목하고 있다. 듣기 방식의 독자를 읽기 방식의 독자로 바꾸었다는 점과 신문을 통해 '지금, 여기'의 문제에 관심을 가지게 했다는 점이 그것이다. 따라서 소설 또한 이러한 당대성을 담아내기에 이르렀다고 설명하고 있다. 한기형, 『한국 근대소설사의 시각』, 소명출판, 1999, 12~14면.

쓰고 있는지, 이들의 접합은 어떻게 이루어지는지 그 의문을 해결하는 것은 바로 근대 매체를 통해서 문학이 변화하고 새롭게 정착되는 과정을 확인하는 길이 될 수 있을 것이다. 즉 "'텍스트의 세계'와 '독자 세계'의 만남으로 생성되는 의미의 구축 과정이 연대적으로, 사회적으로 변화하는 모습을 어떻게 포착할 수 있을까 하는 점"[40]을 살펴봄으로써 그 근대 매체와 텍스트, 그리고 독자가 어떤 방식으로 연계되며 변화되어 가는지 분석해 볼 수 있을 것이다.

이런 면에서 『대한민보』는 텍스트와 독자가 의미를 구축하는 과정을 살펴볼 수 있는 주요한 매체이다.[41] 『대한민보』는 독자문예란인 '풍림諷林'을 100회 동안 연재했을 뿐만 아니라, 처음 발간할 때부터 폐간될 때까지 거의 빠지지 않고 한글소설을 연재하고 있었다. 지식인 독자들을 위한 공간과 일반 독자들을 위한 공간을 적절히 배치하면서 이러한 텍스트들이 섞이고, 또 그것을 향유하는 계층이 섞여들고 있는 곳이 바로 『대한민보』라는 공간이었다. 따라서 『대한민보』의 독자문예란인 '풍림'의 서사적 구조를 살펴봄과 동시에, 한글소설과의 유사관계를 분석해봄으로써, 독자와 독자, 텍스트와 텍스트의 접합 등 그 연계를 살

---

40 로제 샤르티에 · 굴리엘모 카발로 편, 이종삼 역, 『읽는다는 것의 역사』, 한국출판마케팅 연구소, 2006, 451면.
41 『대한민보』에 대한 연구는 소설 경향이나 개념을 분석하고 있는 논문(한기형, 앞의 책; 신지영, 「『대한민보』 연재소설의 담론적 특성과 수사학적 배치」, 연세대 석사논문, 2003; 김재영, 「근대계몽기 '소설' 인식의 한 양상」, 『국어국문학』 143, 국어국문학회, 2006)이나 매체의 특성과 연관한 논문(황호덕, 「漢文脈의 이미저리」, 『大韓民報』(1909~1910) 漫評의 알레고리 읽기-1909년 연재분을 중심으로」, 『대동문화연구』 77, 성균관대 대동문화연구원, 2012.2; 김재영, 「『대한민보』의 문체 상황과 독자층에 대한 연구」, 동국대 문화학술원 한국문학연구소 편, 『한국 근대문학과 신문』, 동국대 출판부, 2012) 등 다양한 방식으로 이루어져 왔다.

펴볼 수 있을 것이다.

따라서 이 글에서는 텍스트의 세계와 독자 세계가 만나서 생성하는 의미의 구축 과정을 살펴볼 것이다. 먼저 누구와 누가 연대를 이루고 있는지, 텍스트와 텍스트는 어떻게 연계되고 있는지 서로의 영향관계를 살펴보고자 한다. 다음으로는 사회적으로 변화하고 있는 모습은 어떠한지, 그 관계들이 섞여 들게 되었을 때의 영향과 파장을 매체의 차원에서, 또한 동시에 소설과 연관된 독자의 차원에서 분석해볼 것이다. 결국 이러한 과정은 근대계몽기 독자의 쓰기 과정이 어떤 방식으로 집단적 산물에서 개인적인 산물로 되며, 이것이 또한 다시 향유되는지 그 관계까지도 살펴볼 수 있을 것이다. 여기에 더 나아가 중세에서 근대로 넘어오는 그 이음새를 계승과 발전, 혹은 변화라는 차원에서 해석할 수 있으리라 기대한다.

1) 독자문예면으로서의 '풍림(諷林)'과 대화체 서사

『대한민보』는 대한협회가 발간한 신문으로, 1909년 6월 2일 창간하여 1910년 8월 30일까지 총 356호를 마지막으로 발행한 후 폐간되었다. 대한협회는 "1908년 4월부터 월간 『大韓協會會報』를 발행하기 시작하여 1909년 3월까지 12호를 발행한 후 월간지는 중단하고, 일간으로 『대한민보』를 창간"[42]하였다. 또한 사장으로는 "대한협회 부회장과

42 　정진석, 『한국언론사』, 나남, 1990, 212면 참조.

『만세보』의 사장을 지낸 바 있는 오세창이, 발행 겸 편집인은 장효근이 맡았고, 주필은 이종린"[43]이었다.

『대한민보』의 편집은 기존 신문들과는 매우 다르게 진행되었다.[44] 그 가운데 문예면에서 주목해 볼 것이 1면에 게재된 한글 연재소설과 만평, 그리고 주로 2면과 3면에 게재된 독자문예란 '풍림諷林'이었다. 이 '풍림'은 총 100회 동안 연재되었으며, 한 회에 당선작 한 편씩을 실었고, 당선작을 실을 때는 선자選者의 평도 병기하여 1등 당선의 의미를 강화했다. 투고한다고 해서 다 실어주는 것이 아니라 매 회마다 경쟁이 있고, 우열을 가려 그 가운데 1등만을 싣는다는 전략을 썼기 때문에 '풍림'란에 실릴 때는 어느 정도 글 실력을 인정받은 것으로 해석될 수 있었다. 또한 내용은 당대 현실에 대한 비판과 풍자가 주를 이루고 있었다. 특히 '풍림'은 편집진 쪽에서 "諷林欄은 江湖君子의 高論을 博採코즈ᄒᆞ야 特設ᄒᆞ오니 社會上 時事一般의 可規ᄒᆞᆯ 者를 擧ᄒᆞ야 婉誘的으로 微意를 含蓄ᄒᆞᆫ 諷辭를 謂홈"[45]이라고 하여 은근하게 유인함으로써 숨겨진 의미를 함축한 풍자적인 서사를 요구하고 있다.[46]

---

43 "당시 통감부는 민족지인『대한매일신보』,『황성신문』,『제국신문』등을 탄압하면서도 한편으로는 회유정책의 하나로 이완용 내각으로 하여금 새 신문지법에 의한 민간신문을 다수 허가"해 주었고, 이러한 상황에서 창간된 것이 바로『대한민보』였다고 한다.(한원영,『한국신문전사』, 푸른사상, 2008, 101~104면 참조)
44 『대한민보』의 편집과 구성에 대해서는 위의 책, 108~110면 참조.
45 '광고',『대한민보』1호, 1909.6.2, 3면.
46 '諷林'의 모집의도 및 주제별, 표현방식별 내용은 전은경의「『大韓民報』의 독자란 '諷林'과 근대계몽기 지식인 독자의 서사적 글쓰기」(『대동문화연구』83집, 성균관대 대동문화연구원, 2013.9, 241~251면) 참조.

문체	개수
국문	38
현토한문	33
구절	25
현토+국문	3
한문	1
총계	100

〈표 1〉에서도 알 수 있듯이 '풍림'의 문체는 한자가 섞여 있기는 하지만, 가장 많은 부분을 차지하고 있는 것이 국문체[48]였다. 이는 한자를 사용하면서도, 상당수 한글 역시 병행해서 사용하는 독자들이 '풍림'에 투고했음을 의미한다. 이러한 국문으로 쓰인 '풍림' 38개를 표현방식별로 살펴보면 〈표 2〉와 같다.

〈표 2〉 '풍림' 표현방식별 분포(국문체)

표현방식	개수
대화체 서사	24
일반 서술	7
비유적 서사	4
언어유희-특정글자로 大巫 이름 언급, 비판	3
언어유희-사설시조 방식	2
비유	1
한시, 고사, 역사	1
총계	42

---

47   이 문체 분포는 김재영, 앞의 글, 2012, 47~52면을 참조하여 작성한 것이다. 여기에서는 현토한문체와 구절형 국한문체와 단어형 국한문체를 나누고 있으며, 단어형 국한문체는 국문으로 넣고 있다.

48   여기에서 국문체라 함은 순수 한글 문체만을 의미하는 것이 아니다. 한자가 섞인 단어형 국한문체의 경우는 단어만 한자로 적혀 있을 뿐, 실제 문장 내용은 한글 입말체와 유사하다. 따라서 여기서 국문체란 한글 문체와 함께 단어형 국한문체까지 포함한 확장된 문체임을 밝혀둔다.

국문으로 이루어진 '풍림'의 표현방식별 분포를 보면 가장 많은 부분을 차지하고 있는 것이 대화체 서사였다. 대화체 서사는 '풍림'의 전체 분류에서도 가장 많은 분량을 차지하고 있다.[49] 즉 대화체 서사는 '풍림'의 가장 특징적인 표현방식이라 할 수 있다.

〈표 3〉 '풍림' '대화체 서사' 주제별 분포(국문체)

주제		개수
내각 / 대신 비판		14
친일 신문 비판(투표 관련)		4
세태 비판	문명 (1)	3
	미신, 구습 (1)	
	학생 (1)	
열강 비유		2
연극 / 연희 관련		1
총계		24

대화체 서사의 주제별 분포를 살펴보면, 약 58.3%가 내각 대신에 대한 비판이었다. 또한 친일 신문에 대한 비판도 4편이 있는데, 이 내용 역시 내각 대신에 대한 비판의 연장으로 볼 수 있기 때문에 대화체 서사의 약 75%가 내각 대신에 대한 비판이라 할 수 있다. '풍림' 전체 주제별 분류에서 보면, 내각과 대신에 대한 비판이 38개로 역시 가장 많았다. 그리고 이 내각 대신을 비판하는 주제 가운데에서 가장 많은 부분을 차지하고 있는 표현방식이 바로 대화체 서사였다.[50]

---

49 실제 '풍림'의 표현방식별 분류를 보면, 일반서술이 27개, 대화체 서사가 26개이나, 언어 유희 부분에서 대화체 서사가 섞여 있는 것을 감안하면, 전체 분류 안에서도 대화체 서사의 개수가 가장 많다.

50 내각 대신을 비판하는 내용(총 38개)을 표현방식별로 분류해 보면, 대화체 서사가 14개로 가장 많았고, 비유적 서사가 6개, 일반 서술이 5개, 언어유희 중 대신 이름을 언급하며 비판하는 양식이 5개, 한시 / 고사 / 역사 표현방식이 5개, 언어유희 중 민요 양식처럼 같은 자 돌림 반복하는 것이 2개, 비유가 1개였다.

대화체 서사는 말 그대로, 두 사람 이상이 나와서 서로 대화를 이어가며 서사를 이끌어가는 표현방식이다. 서로의 대화가 이어지다보니, 입말체 언어가 들어오면서 한글이 많이 구사되고 있는 것도 하나의 특징이라 할 수 있다. 또한 이 대화체 서사의 주제 역시 내관 대신을 비판하는 내용을 담지하고 있어서, 당대 현실에 대한 풍자나 비판을 주로 하는 토론체 한글소설 등과 가장 연계되고 있는 부분이기도 하다.

〈표 4〉 '대화체 서사' 양식 범주인 '諷林'

날짜	횟수	제목	내용	표현방식	문체	줄수
1909.6.16	諷林(4)	不許轉載(제목아님)	열강비유	대화체 서사	국문	18
1909.7.3	諷林(18)	才子佳人	연극 / 연희 관련	대화체 서사	국문	19
1909.7.6	諷林(20)	屠門白日	내각 / 대신 비판	대화체 서사	국문	22
1909.7.8	諷林(22)	措大論評	내각 / 대신 비판	대화체 서사	국문	23
1909.7.11	諷林(25)	屛門甲乙丙三色湯	내각 / 대신 비판	대화체 서사	국문	24
1909.7.14	諷林(27)	學徒問答	세태(학생) 비판	대화체 서사	국문	20
1909.7.15	諷林(28)	法律問答	세태(일반) 비판	대화체 서사	현토 한문	22
1909.7.16	諷林(29)	咳唾生風	친일 신문 비판(투표 관련)	대화체 서사	국문	23
1909.7.17	諷林(30)	車夫當局談	내각 / 대신 비판	대화체 서사	국문	24
1909.7.22	諷林(34)	銅神經 上編	내각 / 대신 비판	대화체 서사	국문	24
1909.7.23	諷林(35)	銅神經 下編	내각 / 대신 비판	대화체 서사	국문	24
1909.7.29	諷林(39)	臍嚴問答	세태(문명) 비판	대화체 서사	국문	26
1909.7.30	諷林(40)	伏日卽事	세태(미신, 구습) 비판	대화체 서사	국문	23
1909.8.1	諷林(41)	秋山樵童	열강 비유	대화체 서사	국문	20
1909.8.13	諷林(46)	乞憫都承旨	내각 / 대신 비판	대화체 서사	국문	20
1909.8.29	諷林(49)	擲柶爭雄	친일 신문 비판(투표 관련)	대화체 서사	국문	26
1909.8.31	諷林(50)	美人投票	친일 신문 비판(투표 관련)	대화체 서사	구절형+국문	25
1909.9.14	諷林(52)	利在棍杖	내각 / 대신 비판	대화체 서사	국문	22
1909.9.15	諷林(53)	利在棍杖 第二	내각 / 대신 비판	대화체 서사	국문	23
1909.9.16	諷林(54)	利在棍杖 第三	내각 / 대신 비판	대화체 서사	국문	22
1909.9.19	諷林(55)	利在棍杖 第四	내각 / 대신 비판	대화체 서사	국문	24
1909.9.22	諷林(56)	募軍解散	내각 / 대신 비판	대화체 서사	국문	24
1909.9.24	諷林(57)	驅從鬪票 第一	친일 신문 비판(투표 관련)	대화체 서사	국문	26
1909.9.25	諷林(58)	驅從鬪票 第二	친일 신문 비판(투표 관련)	대화체 서사	국문	28

1909.9.26	諷林(59)	饌商	내각 / 대신 비판	대화체 서사	국문	26
1909.10.2	諷林(63)	菁商	내각 / 대신 비판	대화체 서사	국문	29
1909.11.11	諷林(67)	特質病	내각 / 대신 비판	언어유희 -특정글자로大臣 이름언급, 비판	국문	20
1910.1.12	諷林(70)	塔園夢佛	내각 / 대신 비판	언어유희 -특정글자로大臣 이름언급, 비판	현토 한문	36
1910.1.20	諷林(72)	車夫對局	내각 / 대신 비판	언어유희 -특정글자로大臣 이름언급, 비판	국문	27
1910.2.13	諷林(80)	됴리장사	내각 / 대신 비판	언어유희 -특정글자로大臣 이름언급, 비판	구절형+국문	19
1910.3.11	諷林(83)	盜被犬噬	내각 / 대신 비판	언어유희 -특정글자로大臣 이름언급, 비판	구절형	21
1910.6.14	諷林(92)	賣飴商	세태(일반) 비판	언어유희 -사설시조방식	국문	27

　　대화체 서사와 언어유희 가운데에서도 대화체 서사 양식이 들어 있는
경우를 대화체 서사 범주 안에 넣어보면, 위의 표와 같다. 이 가운데 구
절형 중에서도 국문의 형태가 병행되는 경우, 역시 국문체 대화체 서사
의 대상으로 삼아서 토론체 한글소설과의 연관관계를 살펴보고자 한다.
즉 대화체 서사이면서 동시에 국문체인 경우 그 대상으로 삼는다.[51]

51　'풍림' 50회와 80회의 경우는 구절형이라 할 수 있으나, 내용 가운데 국문 형태의 입말체
　　가 상당수 포함되어 있어서 국문체 대화체 서사의 대상으로 삼았다. 따라서 대화체 서사
　　양식을 보여주고 있는 총 32개의 '풍림' 중 현토한문체인 '풍림' 28회와 구절형인 '풍림'
　　50회를 제외한 30개의 '풍림'을 연구대상으로 삼아 논의를 진행해 나갈 것이다.

2) 반복을 통한 언어유희와 이중적 풍자

　대화체 서사 중 가장 일반적인 형식이 두 사람 이상이 등장해서 서로
대화를 하며, 현실 상황을 비판하는 것이다.

　　　仁王山中峯에 해는 쑥 써러지고 壁上挂鐘이 七點을 쌍쌍칠졔 高樓 一聲笛이
　　因風吹散千萬戶ㅎㅎ야 緣窓紅廉中 才子佳人의 開明心을 一時喚起흐다 **佳人**
　　　형님 오날도 **昨日可知** 演興社갑시다…오냐가구말구 **兄友弟恭**
　　　名唱 광듸의 사랑歌는 죽어도 듯고 십더라 **博愛主意**
　　　漢陽골 屛門에 人力車 소래가 쏠쏠 **才子**
　　　여보 大監 우리가 家産을 蕩敗 흘지라도 **獻身的**
　　　演劇敎育은 期於擔當합시다 **大敎育者**
　　　어서 갑시다 今夕은 ○○집과 約條가 잇지 **朋友有信**
　　　昨夜風流는 我獨擅흐니 **又可知昨日**
　　　今宵 ○○집은 大監이 맛후 **彷彿唐虞**
　　　허허허허 大寺洞 喬木世家 南向大門으로 兩位參將이 뒤쭝뒤쭝 **可恨紙縮**
　　　選者曰 演興社裏에 足不到眼不到호듸 寫出神理如畵흐고 開明二字는 妙從
　　細評中解釋來로다[52]

　위의 예문은 "재자가인才子佳人"이라는 제목의 '풍림'으로 풍자와 비
유가 잘 드러나고 있다. 연흥사와 같은 연극장에 다니는 방탕한 인물들

52　"才子佳人", '풍림'(18), 『대한민보』 19호, 1909.7.3.(강조된 부분은 원문에서 한 칸에
　　두 글자가 들어가도록 작게 표현되어 있음)

에 대해서 심하게 비꼬고 있다. 연극 보러 가자고 하는 기생들과 재산을 탕진하더라도 연극을 보러 다니는 부인, 그리고 연극장 내에서 바람을 피우는 대감들의 행태까지 고사성어를 통해 유머러스하게 풀어내고 있다. 은근하게 풍자하라는 '풍림'의 취지에 잘 맞아 떨어지는 글이다. 선자選者 역시 신묘한 세평이라고 칭찬하고 있다.

(甲) 人間上壽八十年ᄒ니 今年正月初一日은 猪頭麟角出ᄒ고 烏尾에 鳳毛生이라 ᄒ더니 인졔ᄂ 現內閣에셔도 認許도 업ᄂ 政黨의 意見書ᄅ 容受홀 날이 잇데그려

(乙) 아마 學部大臣이 艾湯을 덜 자셧든가베

(甲) 其前에ᄂ 總理大臣도 政黨을 否認ᄒ다고 建議書ᄅ 番番히 退却ᄒ엿다데

(乙) 아마 今番에ᄂ 고음국 갓혼 말을 ᄒ여셔 달게 자셧나베

(甲) 언졔ᄂ 쳐음붓허 씸바긔국을 드렷나 안이 바드니까 씸바귀로 변해얏지

(乙) 이 番은 統監府에셔 밧ᄂ 걸 보고 內閣에셔 退却홀 슈 업셧든가베

(甲) 政府大臣의 홍두쎄 갓혼 고집이 엇더타구 그래도 畢竟은 退却ᄒ고야 마ᄂ니

(丙) 이 사람들 너무 已甚ᄒ 말일셰. 昨年에 누엇든 兒孩라고 今年에 것지 못ᄒ단 말인가 날마다 경청경청 文明에 進步ᄒᄂ 우리 內閣大臣

選者曰 甲乙은 揣摩英雄이오 丙은 眞實君子[53]

---

53 "屛門甲乙丙三色湯", '풍림'(25), 『대한민보』 26호, 1909.7.11.

앞서 있었던 "재자가인才子佳人"에서는 말하는 이를 구체적으로 명시하지 않았으나, 위의 '풍림'은 누가 말하고 있는지 명시하고 있다. 갑, 을, 병 세 사람이 내각 대신들을 먹는 국에 비유하며 풍자하고 있는 장면이다. 특히 내각에 대해 적나라하게 비판하고 있다. 현 내각에서 인허도 없는 정당의 의견서를 수용하고 있다는 것이다. 그 전에는 그 정당을 인정치 않겠다고 했으나, 결국 통감부에서 승인해 주고 나니 내각에서도 받아주었다며 주체적으로 행동하지 못하고 있는 내각에 대해서 신랄하게 비판한다. 그러면서 병은 나날이 문명에 진보하는 대단한 내각 대신이라며 비꼬고 있다. 초반에 나온 '풍림'은 이렇듯 비유가 들어오고는 있으나, 우화나 서사 등으로 우회하는 바 없이 대화를 통해서 내각 대신들에 대해 직설적으로 비판하고 있다.

이렇게 삼삼오오 모여서 비판하는 방식은 비슷한 직업군들이 모여서 내각 대신들을 비판하는 방식으로 바뀌기 시작했다. 이러한 같은 직업군들이 모여서 대화를 나누는 대화체 서사 양식은 〈표 5〉와 같다.

같은 직업군의 인물들은 자신들의 직업과 연관해서 이야기를 나누며 내각 대신들에 대해서 비판한다. 또는 여러 계열의 상인商人들이 나오기도 하는데, 반찬 장사, 무 장사, 조리 장사, 엿 장사 등 다양한 장사치들이 나와서 자신들끼리 대화를 나누거나 자신들의 물건을 사라고 외치기도 한다.

大安洞 屛門 人力車軍이 三三五五 列坐ᄒ야 (甲) 여보게 今日은 버리도 업고 심심ᄒ니 넉동치거 웃치나 놀셰 (乙) 꾼히노라 (甲) 一圓 녝이만 하셰 (乙) 응 (甲) 밤웃 네 個를 던지며 赤脚을 一拍大呼曰 다셧 毛 한 乞만 되어라,

〈표 5〉 같은 직업군 또는 상인(商人)의 경우[54]

날짜	횟수	제목	직업	표현방식
1909.7.17	諷林(30)	車夫當局談	인력거꾼	대화체 서사
1909.8.29	諷林(49)	擲柶爭雄	인력거꾼	대화체 서사
1909.9.14	諷林(52)	利在棍杖	구영문군뢰(곤장)	대화체 서사
1909.9.15	諷林(53)	利在棍杖 第二	구영문군뢰(곤장)	대화체 서사
1909.9.16	諷林(54)	利在棍杖 第三	구영문군뢰(곤장)	대화체 서사
1909.9.19	諷林(55)	利在棍杖 第四	구영문군뢰(곤장)	대화체 서사
1909.9.22	諷林(56)	募軍解散	모군	대화체 서사
1909.9.24	諷林(57)	驅從鬪票 第一	대감 구종	대화체 서사
1909.9.25	諷林(58)	驅從鬪票 第二	대감 구종	대화체 서사
1909.9.26	諷林(59)	饌商	반찬 장사	대화체 서사
1909.10.2	諷林(63)	菁商	무 장사	대화체 서사
1910.1.20	諷林(72)	車夫對局	인력거꾼	언어유희 -특정글자로 大臣 이름 언급, 비판
1910.2.13	諷林(80)	됴리장사	조리 장사	언어유희 -특정글자로 大臣 이름 언급, 비판
1910.6.14	諷林(92)	賣飴商	엿장사	언어유희 -사설시조 방식

허, 땅 乞이구나 (乙) 又拍膝高聲曰 十五호乞만 되어라. (甲) 이 사람 그거시 무삼 才談인가 겻말인가 (乙) 이 無識한 자식 漢城新報도 못 보앗나 十五豪傑投票로 將來大臣 쏩는다데 (甲) 그는 新報投票이지 윷판에도 十五豪傑을 부르나 (乙) 너 모른다 윷판에도 乞이 第一이니 十五乞이면 말넉동모라 내고도 남녀지乞이 車載斗量이니 (甲) 그러면 우리도 賭○一圓 가지고 漢城新報 가셔 投票紙 사다가 져게 안진 濁酒李僉知 投票ᄒ여 人力車軍 中 將來大臣 내여 보세 허, 허, 허.

選者ㅣ曰 觀於其市ᄒ니 復有昔時狗屠者乎아 若使擲柶法으로 換用投票ᄒ면 未知將來大臣이 在於誰手.[55]

---

54   전은경의 앞의 글 〈표 7〉(265면)을 수정·보완함. '풍림'(56)과 '풍림'(72)을 추가함.
55   "擲柶爭雄", '풍림'(49), 『대한민보』 66호, 1909.8.29.

위의 인용문은 인력거꾼들이 벌이도 시원치 않아 삼삼오오 모여서 윷을 놀며 서로 대화하는 내용이다. 『한성신보』에서 호걸 15명을 투표해서 장래 대신을 뽑는다는 이야기를 서로 나누다가, 윷을 놀면서 딴돈 1원을 가지고 자신들도 투표지를 사서 대신大臣이 되어보자며 비꼬고 있다. 15명의 호걸을 뽑는다는 말을 윷놀이에서 걸 15번을 내는 것으로 바꾸어 동음이의어 방식을 취하고 있다. 그러면서 영웅호걸이 사실은 윷놀이의 걸에 해당할 뿐이라며, '차재두량車載斗量'이라는 고사성어를 들어 그런 인물들은 수레에 가득 싣거나 말斗로 잴 수 있을 만큼 많다고 비아냥거린다. 즉 아무나 내관 대신이 되는데, 자기들 같은 인력거꾼도 얼마든지 될 수 있다며 비판을 가하는 것이다.

이러한 같은 직업군들의 이야기는 한 회만으로 끝나지 않고, 연재물의 형식으로 진행되기도 했다. 이 경우 비슷한 이야기가 반복되면서 비판의 대상을 다양화한다.

(1) 往十里後 麓 亭子 나무 밋해셔 舊營門軍牢 단니든 親舊 五六人이 列坐ᄒ야 一場劇談할졔 (甲) 사심잡기 前 쑬 몬져 쌔는 건 조치마는 開化되기 前에 棍杖 몬져 廢止흔 건 참 失錯이니 只今에 만일 再用棍杖ᄒ지면 舊日手段을 一試ᄒ야 棍末에 沙石飛ᄒ고 兩端이 擧朝天ᄒ도록 肉食흔 볼기짝에 散脯片이나 부쳣스면 우리도 降氣湯 흔 劑 먹으니만 ᄒ고 漢城天地에 近年以來로 貪的 淫的 狂的 悖的 奸的 凶的 頑的 惡的 驕的 奢的 吝的 懦的의 膨脹흔 穢氣를 掃之除之ᄒ야 北山松栢 新鮮흔 空氣를 南山 밋까지 通케 ᄒ고 帝國主權도 挽回흘 날이 잇스련마는 (乙) 이 사람아 棍杖이 復古되면 可以再棍者가 그러케 만탄 말인가 (甲) 만쿠말구 (을) 그러면 明日 여기셔 다시 좀 드러보세

사요나라 / 選者曰 明日話는 余亦願聞之[56]

(2) 곤니지와 (乙) 그래셔 자내 所見에는 一條大棍이 改革政府의 千百條
新章程보다 낫게 아는 貌樣인가 (甲) 여보게 甲午以前에는 守令方伯이 良民
을 剝奪ᄒ랴면 아니 벗긴 뽕나무 껍질 벗겻다고 죽일 놈 살닐 놈 ᄒ더니 棍杖
廢止흔 후로 苧洞 어느 집 山亭 압헤는 쌜거버슨 뽕나무가 잇다니 此漢을 可
以再棍이데 (乙) 쌜가버슨 말이 낫스니 말이지 쌜거벗고 軍刀 찬 열업슨 者
도 可以再棍이데 (甲) 아모 일도 업시 每日 人力車 타고 前遮後擁ᄒ야 世上事
는 제가 다흘 듯키 奔走不暇ᄒ는 者도 可以再棍이데 (乙) 中伏 날개장도루리
흘제펴셔 문다닛가 아니 먹는다더니 누가 혼자 문다ᄒ닛가 다시 먹는 者도
可以再棍이데 ◀ 이러케 棍杖 마즐놈이 車載斗量이니 明日 쏘 / 選者曰 果如
君言이면 廢棍이 亦難이로다[57]

(3) 數日 동안은 헛혼 棍杖질노 雜놈 낫치나 째렷지마는 今日은 대가리 큼
직흔 不敬罪人흔 놈을 御前棍杖으로 擧行ᄒ야 懲一勵百흘 터이니 여러분 精
神차려 드르시오 旌旗日 宮殿風微燕雀高흘제 九天 閶閴? 깁흔 곳에 秋霜嚴令
一下ᄒ야 正一品品石下에 一個 罪人拿入ᄒ니 不問可知伊小人이로다 ◀ 듯거
라 子之於父와 臣之於君에 陞降出入에 必輔導奉持之는 愛敬之至어날 "이러
니까 남이 다 ○생겻다구 ᄒ지요" 此는 平等交際間에도 尙不堪道어든 而況
○○○○○게리오 東萊港觀艦式과 東籍田親耕式에 余罪를 余應知ᄒ리니 可
以再棍이니라 猛棍聲에 再視此物ᄒ니 頭角은 南北이 突ᄒ고 臀肉은 東西가

---

56 "利在棍杖", '풍림'(52), 『대한민보』 78호, 1909.9.14.
57 "利在棍杖 第二", '풍림'(53), 『대한민보』 79호, 1909.9.15.

扁이러라

選者曰 快哉라 如聞獰牛被鞭聲이로다[58]

(4) 여보게 엇진 일인가 棍杖 생각흔 사람이 우리쑨 아니데 그려, 왜, 우리가 想像的 棍杖을 一二次使用ㅎ얏더니 棍杖이 歲末에 쩍안반갓치 불셰가 나셔 四面八方에셔 나도 나도 ㅎ야 或 남이 條理잇게 쌔릴 놈을 一時에 亂杖질도 ㅎ고 或은 棍杖 빌닌 일도 업시 비러다 쌧트럿다고 즁얼즁얼ㅎ니 그 노릇도 滋味업셔 그만 두겟네 今日은 捕盜廳 坐起로 治盜棍드려놋코 民財 剝奪ㅎ든 强盜들을 잡아 드려라 箕子陸封築ㅎ다고 籍戶錢徵食흔 强盜놈아 녜, 잡아드럿소 貿金錢이라 藉托ㅎ고 饒戶에 勒徵흔 强盜놈아 녜, 잡아드럿소 嶺南土皮 셰치식벗기든 統大丘强盜놈아 녜, 잡아드럿소 爾衣爾食이 民膏民脂니 下民은 易虐이나 土蒼은 難欺니라 猛打一聲에 棍三折ㅎ니 허허 不可以再棍이로다 / 選者曰 惜乎 棍折ㅎ니 以外許多 惡魔ᄂᆞᆫ 將何法以治之오[59]

위의 예문은 예전 군대에서 죄인을 다루던 병졸들인 구영문군뢰舊營門軍牢들이 모여서 곤장을 쳐야 한다는 내용이다. 예전 곤장을 때리던 병졸들이 모여서 곤장이 금지된 것이 안타깝다는 이야기들을 하고 있다. 특히 곤장이 있다면, 온갖 패악하고 불법한 자들을 쓸어내서 볼기짝을 곤장으로 때려줄 수 있었을 것이라며 안타까워한다. 그러면서 만약 곤장이 복고되면, 다시 곤장을 맞아야 하는 인물들이 많다며, 이는 내일 이야기하자고 하면서 2편으로 넘어간다.

---

58 "利在棍杖 第三", '풍림'(54), 『대한민보』 80호, 1909.9.16.
59 "利在棍杖 第四", '풍림'(55), 『대한민보』 83호, 1909.9.19.

2편에서는 "곤니지와"라는 말로 시작하는데, 간단한 일본말을 할 줄 아는 독자가 보냈다고도 볼 수 있다. 즉 완전한 한학자라기보다는 한문을 사용할 줄 알되, 한글 독해와 간단한 일본어 이해가 가능한 신지식인층 독자라는 것이다. 2편에서는 "쌀거벗고 軍刀 찬 열업슨 者도 可以再棍"해야 한다고 설명한다. 이는 만평과도 연관되는 것으로 1909년 9월 2일 1면에 나온 만평의 내용을 '풍림'에서 되짚고 있다. 군대가 해산된 와중에도 군부대신으로 있는 이병무를 비판하고 있는 것이다. 12일이 지난 후, '풍림'에서 이를 활용하여 내각 대신들을 풍자하고 비판하는 데 활용하고 있다.

3편에서도 곤장을 맞아야 하는 인물들을 들고 있는데, 이는 군신간의 예의 없는 자를 탓하고 있다. 검열 때문인지 중요 부분에 원으로 표기되어 있지만, "子之於父와 臣之於君에 陞降出入에 必輔導奉持之는 愛敬之至어날"이라고 하면서 대신들이 황제의 명을 우습게 여기고 함부로 하는 것에 대한 비판임을 짐작해 볼 수 있다. 즉 고종 황제에게 황위를 순종에게 양위하라고 압박한 대신들을 향한 비판인 셈이다. 또한 이러한 비판에 선자選者는 흉악한 소가 채찍에 맞는 소리를 듣는 것 같다며 매우 만족스러워 한다.

마지막 4편에서는 사람들의 반응에 대해서 설명하고 있다. 가상으로 곤장을 때렸더니 호응이 좋았다며, "棍杖 생각흔 사람이 우리쑨 아니"라며, "우리가 想像的 棍杖을 一二次 使用ᄒ얏더니 棍杖이 歲末에 썩안 반갓치 불셰가 나셔 四面八方에셔 나도 나도 ᄒ야 或 남이 條理잇게 쌔릴 놈을 一時에 亂杖질도 ᄒ고 或은 棍杖 빌닌 일도 업시 비러다 쎗트렷다고 중얼중얼ᄒ니 그 노릇도 滋味업셔 그만 두겟네"라고 하면서 이

곳저곳에서의 호응을 서술하고 있다. 이젠 그만 두겠다고 하면서 마지막으로 백성들의 고혈을 짜내어 자신들의 권익을 위해 사용한 도적놈 같은 대신들을 향해서 비판한다. 그러자 선자選者는 곤장이 끊어지니 아깝다며 '이 외 허다한 악마는 장차 어떤 법으로 다스릴 수 있겠는가'라며 한탄한다. 이렇게 같은 직업군의 인물들의 이야기가 연재되면서, '풍림'의 글은 같은 패턴으로 반복되어 나타나고 있다.

(1) 大臣例會日 內閣門前에 各집 驅從이 곰방담배째 물고 人力車 잡고 어식비식 모혀 안져 各其 主人大監의 藉勢랄 誇張흔다 (芋洞李色掌) 쑁문이에셔 新報 一二張을 쎄여내더니 여보게 이 親舊들 近日은 投票天地데, (甲) 나는 가갸뒷다리도 모르니, 말 좀 흐게 나도 或 投票에 드럿나 ○○ 이런 시럽에 子弟驅從 단이는 蠢蠢이 投票는 다 무엇시야 (乙) 그러면 누구누구여 (李色掌) 흥, 그르면 긔막키지 豪傑投票에는 헌다흔 兩班政治家일네 우리宅 大監兄弟分은 合五萬六千餘點이오 大監査頓되시는 度支大臣도 九千餘點이오 또 伯氏大監의 別室마마 山月氏도 美人投票에 優點이니 投票大方家는 우리宅샨 (丙) 심슐이 버럭나셔, 親舊 ○○의 ○○를 것침업시 함부로 ○○者야 査頓의 點數도 ○○○듯시 슴치나, 젹의 大監 나오시네 忽忽흐니 明日에 다시 말좀 합셰 / 選者曰 必有好票題吾欲俟明日一聞[60]

(2) "곤니씨와" (李色掌) 어젓게 投票말 다시 좀 하셰 美人投票에 李氏宅 山月媽媽가 優點이라 흐니 그 山月인줄 엇더케 아나 그 宅 山月이 쌤칠 詩琴

---

60 "驅從鬪票 第一", '풍림'(57), 『대한민보』 86호, 1909.9.24.

골 山月이 잇데 (甲) 그만들 두고 우리 內部大監 몟 點인가 (李色掌) 그 大監, 點數가 날마다 減ᄒ니 엇던 자가 票를 도로 쌔여 간단 말인가 (乙) 우리 學大ᄂᆞᆫ, 홍 點數ᄂᆞᆫ 만치 마ᄂᆞᆫ 新聞紙 棍杖 맛ᄂᆞᆫ 介數가 點數보다 더 ᄒ니 쓸 듸 잇나 (丙) 우리 法相은, 홍, 그 兩班 十月이 되면 실피 도라셜걸 點數 만으면 무엇 (丁) 宮大ᄂᆞᆫ, 웅 그분, 한참 當年에 남의 돈 奪食한 거시 票數보다 몟 倍가 되든지 民訴가 날마다 投票들더시든대 (戊) 農大ᄂᆞᆫ, 여보게 그 宅 驅從 잇나, 點數ᄂᆞᆫ 安山 가 무러보소 (己) 李秉武 氏ᄂᆞᆫ 봅소, 홍 이 精神 半푼엇치 업ᄂᆞᆫ 親舊, 陸軍降丁當ᄒ고 長官인지, 참 壯觀이리데, 去番 우리 大監이 玉洞宅, 定ᄒ러 가실 쌔 家僧 貌樣으로 쥴쥴 쌀으데 허허허 /

選者曰 日夜隨從其後能知其人物 若使此輩投票未知豪傑爲誰[61]

이번에는 내각 대신들의 종들의 대화가 2회에 걸쳐서 연재되고 있다. 말을 채찍질해서 달리게 하는 종들인 구종驅從들은 『한성신보』에서 시행하고 있는 대신 투표에 대해서 저마다 시끄럽게 떠들어댄다. 특히 "苧洞 李色掌"의 구종은 자신이 모시는 영감 형제의 점수가 높다며 자랑하고 있다. 게다가 이색장李色掌 영감의 사돈과, 영감 형제 중 맏이의 별실 마마인 산월이도 미인 투표에서 높은 점수를 받고 있다며 자랑한다. 사돈이 되는 탁지대신도 표를 받고 있다고 말하는데, 그 당시 탁지대신은 이완용의 사돈인 임선준이었다.

두 번째에서는 역시 "곤니찌와"라고 시작하면서 이어진다는 표시를 해주고 있다. 여기에서는 미인투표에서 이씨댁 산월 마마가 높은 득표

---

61   "驅從鬪票 第二", '풍림'(58), 『대한민보』 87호, 1909.9.25.

를 하고 있는데, 그 산월이 다른 산월일 수도 있다며, 한 발 물러서고도 있다. 시금詩琴골에 사는 산월이라고 말하는 걸로 봐서는 기생 산월이도 있다고 은근 슬쩍 물러서는 것이다. 여기에서 유추해볼 수 있는 것은 이완용에 얽혀 있는 추문이다. 이완용과 첫째 며느리 임씨의 부적절한 관계에 대한 추문[62]을 이 글에서도 은근히 돌려가며 흘리고 있는 것이다. 그러면서도 기생일 수도 있다는 여지를 줌으로써 한 발 뒤로 빼고는 있지만, 정작 내용을 읽어보면 사돈인 임선준의 이야기까지 나오고 있어서 결국 이완용과 며느리 임씨에 대한 이야기임을 미루어 짐작해 볼 수 있다.

또한 주목해 보아야 할 것은 "우리 學大는, 홍 點數는 만치마는 新聞紙 棍杖 맛는 介數가 點數보다 더 흐니 쓸 듸 잇나"라고 하면서 앞서 '풍림'에 연재되었던 곤장에 대해서 언급한다. '풍림'의 독자가 서로에 대해서 언급하며 소통하고 있는 것이다. 또한 이들이 구종이라는 것도 풍자적이다. 탈춤의 과장에서 양반을 비판하고 조롱하는 존재는 다름 아닌 양반의 시종들이었다. 구종도 그와 마찬가지다. 대신들의 인기투표 점수를 말하고 있는 것 같지만, 그들의 목소리에서는 자기가 모시는 주인의 추문이나 잘못을 은근 슬쩍 들추어냄으로써 자신들의 주인을 풍자하고 조롱하고 있다. 또한 말을 달리게 채찍질하는 하인이 구종驅從이라는 것도 풍자적이라 할 수 있다. 결국 이들이 양반들에게 채찍을 가하고 있다고도 볼 수 있기 때문이다.

마지막으로 이러한 연재물에서 더 나아가, 뒤로 갈수록 은유와 풍자

---

62   이는 황현이 언급한 것으로 내용은 한기형, 앞의 책, 145면 참조.

가 언어유희와 함께 드러나고 있다.

昨日 寒霜 첫새벽에 訓練院 벌판 무 장사가 傳來ᄒ든 菁田은 軍部에 다 見
奪ᄒ고 如干 심은 무가 벌에 먹고 病든 것을 ᄒ 짐 쏩아지고 자분참 社稷골로
치달려 巡査幕 압해 무짐을 버셔놋코 청승 슬어운 목소래로 놉히 왼다 무드
렁 사리오 무들 사오 이 병든 무 사시려오 秋風이 건듯 부니 토란국에 이 병
무가 졔철이오 이 병무 잡슈시면 살이 통통 찌을이다 사리려오 이 병무 사오
이 군대 졔 군대 散之四方 팔아보셰 이 병무가 前日軍部와 各大隊에 進供ᄒ
든 訓練院 上品이오 將令尉官 兵丁님네 이 병무 사다 前日 생각ᄒ고 잡슈시
오 해산 後 국거리에 第一이오 이 병무가 實病은 업고 살이 너무 통통 쪄셔
이러ᄒ오 사리려오 이 병무 사려오 ᄒ고 신이 나셔 외ᄂᆞᆫ데 마참 행슌ᄒ든
친구가 보더니 소래를 벌억 질으며 이놈 병무 내 노아라 險難ᄒ 時節에 이
병무를 팔아 ᄒ면셔 개천구렁에 모다 쓸어넛터이 굿스신은 발노 쫙쫙쫙쫙
/ 選者曰 人其病歟菁其病歟爲人笑罵不絶聲[63]

이는 무를 파는 장사의 이야기인데, 실제 상황과 연관되어 나타나고
있다. 군대가 해산되고, 자신의 무밭을 군부에 다 **빼앗긴** 상황에서 무
들은 다 병든 상황이다. 분한 마음에 사직골 앞에 가서 무를 사라며 소
리를 치는데, 병든 무를 사라며 "이병무 사오"를 외친다. 그 뒤 이어지
는 말은 앞서 '풍림'과 '만평'에서도 언급되었던 군부대신 이병무였다.
동음이의어를 통해서 내각 대신을 비판하고 조롱하며 풍자하고 있는

63　"菁商", '풍림'(63), 『대한민보』 93호, 1909.10.2.

것이다. 마지막에 친구가 와서 병무를 내놓으라며, 험난한 시절에 이 병무를 파느냐며, 개천 구렁에 모두 쓸어 넣고 발로 밟아버리는 장면은 풍자의 압권이라 할 수 있다.

이러한 동음이의어를 통한 언어유희는 "죠리장사"에서도 등장한다.

▲ 普信閣 十二點鐘이 쩽々 九街에 人影絶이오 萬戶에 鼻聲長이로다 ▲ 趙李將死 나온다 됴리사오 覆笊籬를 엉 사시려오 旅進旅退伴食키는 이 됴리 가 第一이오 淘之 汰之 此時局에 이 됴리 흔번 사면 每朔 收入 千餘圓과 各色 名目 臨時費로 秘密金도 澤山이오 趙李 갑을 잘 내시면 狐剝膏脂 더음 쥬리다 됴리를 엉 사시려오 覆趙李에 狐朴高的[64]

▲ 銅峴高柱大門迎禧立春 붓친 집에 金銀이 堆積ᄒ야 不可量度多大인듸 該 主人 高等官이 疑錢症이 忽發ᄒ야 (…중략…) 一言도 無히 永々 見失噫々민[65]

앞의 인용문은 앞서 무 장사 이야기와 마찬가지로 동음이의어를 통해서 풍자하는 장면이다. 조리장사의 경우도, 조중응과 이완용의 성을 따서 이들에 대해서 비판을 가하고 있다. 그러면서 이 복조리를 사면 천여 원 수입과 임시비, 비밀금 등 돈을 횡령할 수 있다며, 이들 대신의 패악을 비판하고 있다. "覆笊籬"와 "覆趙李"를 겹쳐 쓰고 조리 장사도 "趙李將死"로 동음이의어를 구사하면서 이들 내신을 비판하고, 장차 죽을 것이라며 참언을 강하게 내뱉고 있다.[66] 이러한 동음이의어적인 풍

---

64 "됴리쟝사", '풍림'(80), 『대한민보』 197호, 1910.2.13.
65 "盜被犬噬(도피견서)", '풍림'(83), 『대한민보』 219호, 1910.3.11.

자의 방식은 만평에서도 많이 쓰이는 것[67]으로 같은 음, 다른 뜻을 사용하면서 내각 대신들을 조롱하고 풍자한다.

이러한 동음이의어적인 방법에서 더 나아가 서사적인 사건과 더불어 글자만 따로 떼내어 대신의 이름을 두드러지게 만들고 있다. 이는 이중적인 풍자라 할 수 있다. 한편으로는 서사적 내용으로 대신들을 비판하고, 다른 한편으로는 이름의 언어유희로 풍자하고 비판하는 것이다. 탁대 고영희의 이름을 '喜'를 '噫'로 바꾸어 '기쁘다'를 '탄식하다'로 바꾸어 버리고 있다.[68] 결국 이는 서사적 방식과 언어유희적 방식을 이중적 장치로 사용하여 풍자의 강도를 높이고 있음을 알 수 있다.

3) 구조 형식의 반복과 토론체 소설

『대한민보』는 발간했을 때부터 1면에 한글소설을 전략적으로 배치하여 한글 독자층, 즉 한글을 읽을 수 있는 또는 한글로 된 글을 강담사가 읽어주었을 때 듣고 이해할 수 있는 하층 독자들의 구미를 당기고자 했다. 『대한민보』가 시행한 다양한 편집 구성의 방법들 중에서 여성 및 하층 독자들의 흥미를 유발했던 것은 바로 '소설'란이었다. 이것은 『대한민보』의 편집 방침이라고도 할 수 있다. 지식인 독자층을 겨냥한 '독자문예란'이나 '만평'과 더불어 순한글로 적힌 읽을거리를 제공함으로

---

66 이에 대한 설명은 전은경, 앞의 글, 258~259면 참조.
67 황호덕, 앞의 글, 494~499면 참조.
68 "量度多大"도 마찬가지이다. 양도다대로 읽히지만, 度大만 따로 읽게 되면, 탁지부대신 탁대가 되는 것이다. 이에 대한 자세한 내용도 전은경, 앞의 글, 260면 참조.

써 한문이 아닌 한글에 익숙한 독자들 역시 끌어당기고자 했다.

『대한민보』는 약 1년 3개월 동안 단편소설 3편, 장편소설 8편을 꾸준히 연재해왔다.[69] '풍림'의 '대화체 서사'는 사실 한글소설 중 토론체 소설 양식과 매우 밀접한 연관관계를 가지고 있다. 토론체 소설 양식인 『병인간친회록』,『절영신화』,『금수재판』의 경우 내용적인 면이나 형식적인 면에서 '풍림'의 대화체 서사의 풍자나 비판과 상당 부분 유사성을 띠고 있다.『병인간친회록』과『금수재판』의 경우, 비슷한 인물이 같은 유형으로 등장해서 내관 대신들을 비판하는 내용을 담고 있다. 이러한 토론체 소설의 구조는 토론을 하는 인물이 반복적으로 출현하고 있으며, 내용 역시 패턴을 가지고 정형화되어 있다.

> 병인간친회취지셔
> 슬푸다 우리 륙톄가 완젼치 못한 병신 동포뎨씨여 만민이 셔로 합하면 힘이 잇고 혜여지면 약하며 힘이 잇스면 편안홈을 엇고 약하면 위태홈이 생김은 뎡한 리치라 (…중략…)
> 우리 륙톄가 완젼치 못한 병신동포는 일즉이 문견도 넓지 못하고 학문도 엿허 단톄의 죠직을 생의치 못하엿도다 볼지어다 뎌 셔양문명한 나라에는 우리 갓한 병인을 위하야 각색 병원인원을 셜립하고 생계를 붓잡아쥬노라고 실업도 장려하거날 우리나라에는 보통 병신들은 고사하고 맹아원(盲啞院) 한 곳도 아즉 업스니 이갓치 풍죠(風潮)가 위험하고 경쟁(競爭)이 극렬한 시대에 장차 두 손을 묵고 죽기를 기대림이 가홀손가 남을 의뢰말고 스사

---

69 『대한민보』가 폐간되는 바람에 신소설『경중미인』은 1910년 8월 27일 한 회만 실렸다. 따라서 이 소설은 장편소설에서 제외했다.

로 쥬장홈은 인생의 힘쓸 바라 우리도 한 단톄를 죠직ᄒ야 환난질고에 셔로
불상히 넉이고 셔로 붓드러쥬며 ᄯᅩᄒ 셔로 토론ᄒ야 지식을 교환ᄒ면 엇지
몸은 완전해도 마암은 헤여진 무리를 불어ᄒ리오 이에 우러러 공포ᄒ오니
죠량ᄒ신 후 모월모일모시에 훈련원압으로 계긔왕림(屆期往臨)ᄒ심을 경요
다만 행신 난잡히 ᄒ야 매창으로 코병신된 쟈ᄂᆞᆫ 립장을 허락지 안이ᄒ고
발긔인 아모 등[70]

꿩소생轟笑生이 쓴 『병인간친회록病人懇親會錄』은 장애를 가진 인물들
이 모임을 만들어 단체로 힘을 발휘하며 자신들의 권리를 찾겠다는 내
용으로 시작한다. 실제 회의를 하는 모습들이 그대로 투영되어 나타나
는데, 회원들이 안건을 내고, 회장이 가부를 물어 가결이 되면, 동의와
재청 등을 통해서 회의를 주관하고 있다. 마치 회의하는 방법을 가르쳐
주는 듯한 인상마저 준다. 자신들은 비록 "륙톄가 완젼치 못ᄒ 병신동
포"이지만 단체로 모여서 힘을 내면, 편안함을 얻을 수 있다며 자신들
의 모임 취지를 밝히고 있다. 즉 조직으로 뭉치면 적어도 목소리를 내
고 힘을 얻을 수 있다는 것이다. 그렇게 회를 조직한 이들은 억울한 이
들의 청원을 받기로 하면서, 온갖 몸이 불편한 인물들이 차례로 등장하
여 자신의 이야기를 일장연설하게 된다. 이러한 구조를 도표화 해보면
다음과 같다.

---

70   轟笑生, 『病人懇親會錄』(2), 『대한민보』 59호, 1909.8.20, 3면.

<표 6> 『病人懇親會錄』의 진행 구조 형식

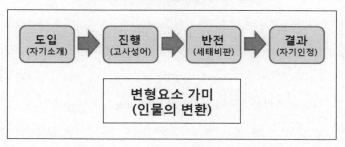

(1) 나는 눈 하나 못 보는 사람이오 내가 비록 남과 갓치 두 눈으로 보지는 못ᄒ나 한 눈만 가지고도 크나 적으나 머나 갓가오나 일호차착업시 남볼 것 다 볼 쑨더러 잇다금 두 눈 가진 사람보다[71]

오히려 날편이 잇소 이런 말삼 드르시면 아모려니 한눈으로 보는 것이 두 눈으로 보는 것보다 나올 슈가 잇나 뎌말은 억셜로 본인이 스사로 위로ᄒ는 슈작이어니 ᄒ실 쯧ᄒ나 여러분 드르시는대 분명한 징거를 말삼ᄒ오리다

(2) 옛날 샹동왕(湘東王)이 아마 나와 한 모양으로 한편 눈을 못 보던 갑듸가 소릉왕져(邵陵王諸)가 칭찬ᄒ야 글을 지엇스되 곳게 바라보는대 온젼한 공이 잇다(望直有全功) ᄒ얏스니 그 한 가지로 말한대도 두 눈으로 굽게 보는 니보다 외눈으로 곳게 보는 것이 얼마 낫소 쏘 셩현의 말삼에 눈으로 간사한 빗을 보지 말나(目不視邪色) ᄒ셧스니 두 눈이고 보면 간사한 빗을 보는 동시에 외눈보다 갑졀을 더 볼 터이니 비록 병신이라 흘 법해도 한 눈만 보아 셩인의 훈계를 졀반은 직히니 그런 다행한 일이 쏘 엇의 잇소. 세상 사람들이 이런 개륵한 실효가 잇는 줄은 알지도 못ᄒ고 가쟝 져의는 두 눈이

71 『病人懇親會錄』(9), 『대한민보』 67호, 1909.8.31, 1면.

잇셔 얼마쯤 우리 보는 것에셔 더 보는 것만 기능으로 알고 우리를 지목ᄒ야 개화된 이후로 다 썩어 업셔진 별살죽 쇠쏠휘기나 해먹던 통뎨사라고 별명을 지으니 여러분 보시다 십히 우리가 열 번 죽기로 무변질을 해 먹기로 옛적 각영장신이나 자래륙군참장은 무엇이 막혀셔 못ᄒ고 통뎨사 부스럭이를 그리 대단히 북죤언의 대관의 총리대신 엇어 맛보랴고 썰덕썰덕ᄒᄒ듯 홀 줄 아는 것인 갑듸다 나는 한 눈만 가지고도 졍당히 볼 것만 보닛가 눈이 한가홀 쌔가 만듸습다만는[72]

(3) 시속쟈들은 두 눈을 가지고도 당연히 국가샤회에 리로을 것은 하나 못 보고 밤낫 본다는 것이 기생 삼패 골패 투전 화투 등 물보기로 엇더케 썩 밧분지 눈이 둘갑졀 넷이 백엿더래도 오히려 부족홀 모양입듸다 이 일로 밀어 보면 셰상 만사를 가히 쌔다를 일이오 지금 진슐혼 바는 내가 눈 하나 못 보는 것이 불행 중 다행ᄒ야 두어 마듸혼 말삼이오마는 가량 잇스면 사람이 살고 업스면 사람이 죽는 재물로 잠깐 비유ᄒ오리다 갑(甲)은 탐관질을 ᄒ얏던지 토호질을 ᄒ얏던지 루거만 재산을 거누구모양으로 모아두고 대대로 졔물건 된 줄 알고 피쳔대푼 공익에는 쓰지 안이ᄒ다가 란봉의 자식이 나던가 의외에 재변이 나셔 톡톡 맛치는 일이 의례히 잇스니 이는 즉 보배시러온 두 눈을 가지고 볼 것 못 보는 것과 일반이오

(4) 을(乙)은 변변치 안이혼 재산을 가지고 밥 먹을 것을 죽을 쑤어 먹고 두 쌔 먹을 것을 한 쌔를 먹어가며 민죡에 리로온 일이라던가 나라에 빗날

일이라면 쏘차 단이며 보죠를 ㅎ야 적은 것 가지고 큰 사업 ㅎ는 것은 즉 외눈으로도 정당ㅎ 것만 보는 것과 일반이 아니겟소 장시간 ㅎ 말삼이 굴엉이게 몸츄듯 내 자랑만ㅎ 모양이오 마는 평생에 분히 넉이던 일이기에 여러분의 지리ㅎ심을 감히 돌아보지 못ㅎ엿사오니 용셔ㅎ시기를 바라오며[73]

위의 내용은 한쪽 눈을 못 보는 인물이 나와서 자신을 소개하는 장면이다. 3회에 걸쳐서 자신의 이야기를 하고 있는데 이를 구조 분석대로 나누어보면 네 부분으로 나눌 수 있다. 먼저 자신의 소개에서 시작한다. 그런데 이 소개에서 자신은 눈이 하나 있지만, 눈을 두 개 가진 사람보다 낫다는 주장으로 시작한다. (2)에서는 그에 대한 근거를 드는데 그것이 바로 고사성어와 연관된 것이다. 고사에 나오는 영웅이나 성인의 말을 빌려 눈이 하나여도 영웅이 될 수 있음을 설파한다. (3)에서는 이제 내각 대신에 대한 비판을 가하는데, 그들은 두 눈을 가지고도 탐관질, 토호질을 일삼는다며 강도 높은 비판을 해댄다. 그리고 마지막 (4)에서는 따라서 한 쪽 눈을 가진 자신이 제대로 곧게 본다며 그런 인물들보다 낫다고 결론을 맺고 있다.

결국 『병인간친회록』은 각종 장애를 가진 인물들이 등장해서, 자신들의 상황을 토론하고, 고사성어를 통해서 그것이 도리어 장점이 된다는 점을 든 이후, 자신들보다 더 장애를 가진 인물들이 바로 나라의 대신들이라며 비판하며, 결국 몸에 장애가 있는 자신이 더 낫다는 결론을 내리고 있다. 나머지 내용에서도 인물들만 바뀔 뿐, 장애를 가진 인물

---

73   『病人懇親會錄』(11), 『대한민보』 69호, 1909.9.2, 1면.

들이 나와서, 몸이 멀쩡하지만 사리사욕과 악행을 일삼는 내각 대신들보다 장애를 가진 자신이 더 낫다는 주장을 한다. 즉 같은 패턴의 반복이 이루어지고 있다.

흠흠자欽欽子가 쓴『금수재판禽獸裁判』의 경우는 이와 비슷하면서 약간의 변형이 이루어져 있다. 즉 재판이기 때문에 내용 구성에서 차이를 보인다. (3)의 내용에서 '반전' 부분이 달라지는 것이다. 이를 구조화해서 보면, 다음과 같다.

〈표 7〉『禽獸裁判』의 진행 구조 형식(1)−전반부

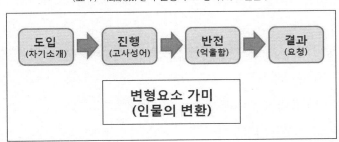

『병인간신회록』에서는 먼저 자신이 장애가 있지만 멀쩡한 이보다는 자신이 더 낫다는 주장을 통해서 자기소개를 한다. 또한 자신이 직접적으로 억울한 일을 당한 것은 아니며, 내각 대신과 현 세태에 대한 비판을 가한다. 그런데『금수재판』은 '도입'에서 자기주장이 아니라, 자기소개에 가깝다. 주장은 '반전'에서 등장하는데 이는 자신이 직접적으로 억울한 일을 당해서 그것을 호소하는 것이다. 그래서 '결과'에서는 자신의 억울함을 풀어달라며, 자신에게 해악을 끼친 자를 벌해 달라고 요청하게 된다.

(1) 데륙 쳑알소붕(斥鷄笑鵬)

사슴이 긴다리로 셩큼々々 거러 나아가니 두 날기가 흐날에 드린 구름 갓흔 큰 새 흔 마리가 구만리 장텬을 지쳑갓치 날아와셔 웅장흔 목소리로 원정 발갈을 흔바탕 장황히 흔다

(2) 의신은 북명(北명)에 잇는 곤(鯤)이라 흐는 고기로 화생흐얏삽는듸 일즉이 남명(南명)을 도모홀 새 공긔를 거거흐고 구만리를 올나가 풀은 흐날을 등에 지고 흔 번 늘개를 치매 삼쳔리서 건너가니 이 긔상을 말흐자면 동양에 진시황이 맹장경졸(猛將勁卒)을 거니리고 흔 북소리에 산동륙국을 한 닙에 삼기던 것도 갓고 셔양에 라파륜이 륙군 오십오만과 해군 사만오쳔을 지휘흐야 구라파 십칠만리를 통일코져 하던 것과 달음이 업셔 텬디를 번복흐고 세계를 진동홀 듯흐던 한 동물이던지 크고 격음을 물론흐고 감히 우러러 보지 못홀 의신의 긔셰어늘

(3) 뎌 요마방자흔 쳑알(斥鷄)이란 놈이 매양 죠롱흐야 웃는 말이 나는 긔○을 나갈 대도 두어 길에 지나지 못하고 이편 쑥대에서 뎌편 쑥대에를 궁일지력으로 간대도 나볼일은 랑패가 업시 다 보고 지내거날 너는 무삼대사로 그 힘을 허비흐야 북명에서 남명으로 옴겨가나요 흐니[74]

(…중략…) 작은 쟈도 큰 쟈를 섬심 넘봄은 일반이라 엇지 가통치 안이하오릿가 홍곡(鴻鵠)이 항상 말흐기를 연작(燕雀)이 엇지 홍곡의 뜻을 알니오 하고 연작의 죠롱을 날로 밧되 치지도외 흐엿스니 그는 홍곡의 활달 태도

---

74   欽欽子, 『禽獸裁判』(18), 『대한민보』 316호, 1910.7.6, 1면.

가 가히 자랑홀 만한 곳이라 홀 것이로대 그는 그러치 안이홀 것이 태산도배
암이 구멍으로 인ᄒᆞ야 문어지고 큰 나무가 좀의 쏠음을 인ᄒᆞ야 죽나니 엇지
목젼에 현시흔 해가 업슴을 밋어 타일에 면키 어려온 해를 뎡ᄒᆞ리오

(4) 오늘ᄭᅡ지 이르럿삽더니 텬행으로 지금 우리 금슈계에 재판졍을 열어
대소와 슈류을 물론ᄒᆞ고 일반 동류에 션악을 공평히 상벌ᄒᆞ압ᄂᆞᆫ 됴흔 긔회
를 당ᄒᆞ얏삽기[75]

회즁에 잇던 바를 이갓치 진슐ᄒᆞ오니 여 요미흔 쳑알을 이 셰쌍에 남겨두
지 말읍셔 우리 금슈계 ○며 이소능장(以小凌長)ᄒᆞᄂᆞᆫ 일이 업게 홀 ᄯᅡ름외다[76]

여섯 번째로 나온 붕조鵬의 내용을 보면, 간단한 자기소개와 더불어
고사를 통해서 자신의 존재를 알린다. (2)의 고사는 실제 『장자莊子』에
나오는 부분으로 곤鯤이라는 물고기가 큰 새가 되었는데 그 이름이 붕鵬
이었으며 그 크기가 워낙 커서 구만리에 걸쳤다는 내용으로 이는 한문
적인 지식을 동반하고 있다.[77] (3)에서는 이런 자신을 작은 쳑알이 조
롱하고 있다고 억울함을 호소하고 있다. 뭐 하러 북명에서 남명으로 옮
겨 가며 힘을 허비하느냐고 비웃는다는 것인데 이는 홍학鴻鶴의 마음을
연작燕雀이 알 수 없다며, 그래도 억울하다는 내용을 계속해서 설파한

75　『禽獸裁判』(19), 『대한민보』 317호, 1910.7.7, 1면.
76　『禽獸裁判』(20), 『대한민보』 318호, 1910.7.8, 1면.
77　"북녘 바다에 물고기가 있는데 이름을 곤(鯤)이라 한다. 곤의 크기는 몇천 리나 되는지
　　알 수 없다. 이 물고기가 변해서 새가 되면 그 이름을 붕(鵬)이라 한다. 붕의 등 넓이는
　　몇천 리나 되는지 알 수 없다. 힘차게 날아오르면 그 날개는 하늘 가득 드리운 구름과 같다.
　　이 새는 바다 기운이 움직여 큰 바람이 일 때 그것을 타고 남쪽 바다고 날아가려 한다.
　　남쪽 바다는 바로 천지다."(야오단, 고숙희 역, 「莊子」, 『문학』, 대가, 2008, 38면 재인용)

다. (4)에서는 오늘과 같이 재판이 열려 호소하니 벌을 내려 달라고 청구하고 있다. 『병인간친회록』과는 달리 『금수재판』은 제목처럼 재판을 소재로 하고 있기 때문에 이러한 반복적 구조 다음에 재판과 판결이라는 구조가 하나 더 삽입되어 있다. 특이한 점은 마지막 부분에 성토의 대상들에 대해 재판관이 판결을 내리는 장면이 있다는 것이다. 결국 비판의 대상이 죄를 자복하거나 또 뉘우칠 수 있는 기회를 줌과 동시에 독자들에게 속 시원한 해결을 해주고 있다.

〈표 8〉『禽獸裁判』의 진행 구조 형식(2)—후반부

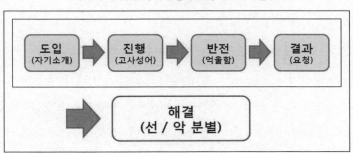

즉 재판이라는 후반부 구조가 들어오면서 전반부에 나온 서사의 해결을 보여준다. 붕조와 척알을 불러 재판관이 각각에게 판결을 내리게 된다. 붕조에게는 "대붕아 너는 하늘의 드린 날개를 흔 번 쳐 구만리에 당도하야 눈압에 먼 곳이 업시 북명남명北溟南溟을 지척으로 녁이는 쾌활긔상이 안인가 그갓치 쾌활한 됴흔 긔상을 가지고 적극적積極的으로 힘써 나아가기 곳하면 여러 장애물障碍物을 눈압에 뵈일 것이 업겟거늘 죠고마흔 척알의 우슴을 고긔하야 로ㅅ히 쟁변홀 일이 무엇인다 평심시긔하야 죠곰도 분노지 말"[78]라며 그 이후 비유를 들어 다독인다. 또

한 문제의 척알에게도 따로 판결을 내려 "너의게 효유홀 바는 너의 큼을 스사로 밋고 교만훈 쯧을 두어 남의 젹음을 입슐히 내이지 말고 더욱 목덕에 도돌키를 힘쓸지어다 셩인의 말삼에 가득ㅎ면 감ㅎ는 것을 불으고 겸손ㅎ면 더흠을 밧는다 ㅎ셧"[79]다고 하며 "네가 쑥대 사이에셔 깃드리는 젹은 문견으로 봉죠의 큰 도량을 알도 못ㅎ고 감히 우스니 너의 우슴이 가하다 홀소냐"라고 하면서 "너는 부대 물너가 몸을 기르고 지식을 넓혀 봉죠갓치 큰 경륜을 아모죠록 ㅎ야 봄을 힘쓸지어다"[80]라고 판결을 내린다. 이는 결국 속시원한 해결을 통해서 독자들의 속을 긁어주고 있는 부분이라 할 수 있겠다.

결국 이러한 풍자의 방식을 사용하고 있는 두 작품의 구조는 사실 '풍림'의 대화체 서사와 긴밀히 연관된다. 같은 인물군이 들어와 비판을 하는 측면이나, 같은 구조가 반복되고 있으면서 내각 대신을 풍자하고 비판하는 측면, 또 비유를 들며 비판하는 측면들은 모두 대화체 서사의 특징이다. 이렇게 토론체 소설의 측면과 '풍림'의 대화체 서사는 유사한 관계를 맺고 있다.

앞의 두 작품은 회의와 토론으로 진행되면서, 한 인물이 한 회 또는 두 회 동안 긴 이야기를 하는 반면, 『절영신화絶纓神話』는 탈춤의 한 과장처럼 진행된다. 어떤 서술자의 설명 없이 오로지 대화로만 진행되는데, 양반인 샌님과 상민인 덤벙이가 그 주인공들이다. 탈춤의 내용처럼 양반인 샌님보다 상민인 덤벙이가 훨씬 더 똑똑하고 사리판단을 잘 하는 인물

---

78 『禽獸裁判』(41), 『대한민보』 343호, 1910.8.6, 1면.
79 『禽獸裁判』(43), 『대한민보』 345호, 1910.8.9, 1면.
80 『禽獸裁判』(44), 『대한민보』 347호, 1910.8.11, 1면.

로 등장한다. 어리석고 세상 물정 모르는 샌님을 풍자함과 동시에, 당대 내관 대신들을 향한 비판이 첨예하게 드러나고 있는 골계소설이다.

> "샌님 엇의 갑시오"
>
> "오 너 덤벙이냐 장에 좀 간다"
>
> "량반이 되셔셔 댁사랑에서 공자왈 맹자왈 글이나 읽지 장에를 가시다뇨"
>
> "이애 별소리를 다흔다 량반은 장에 못 가지"
>
> "장에는 무엇흐러 가심닛가 썩 사잡스러 가심닛가"
>
> "량반이 말지 못흐야 장에는 가기로 썩이야 볼셩사오납게 사먹으랴"
>
> "예. 그러면 슐츄념 가심니다 그려"
>
> "응 슐잔은 너의 갓흔 아해들이 사쥬면 부득이흐야 먹을 터이지"
>
> "샹덕이 잇지 흐덕이 잇슴닛가 샌님이 저의 갓흔 샹놈을 더러 사쥬십시오"
>
> "어허 이놈 맹낭흐다 량반다려 슐 사달나고 너 슐 사쥴 돈이 잇스면 흥셩 한 가지라도 더해 가지고 가겟다"[81]

『절영신화』는 탈춤의 과장을 그대로 옮겨놓은 듯한 분위기를 보여준다. 앞서 설명한 토론체 소설들보다 훨씬 쉽게 진행된다. 즉 한문학적 지식이 없어도 쉽고 편하게 읽을 수 있다는 것이다. 또한 서술자 없이 온전히 대화체로만 이루어져 있다. 샌님과 덤벙이의 대화를 보면, 샌님은 양반이지만, 새롭게 문명화되고 있는 세계에 적응하지 못하는, 혹은 적응을 이제 막 시작하려는 인물이다.[82] 그에 비해 덤벙이는 눈치

---

81   白痴生, 『滑稽 絶纓神話』(1), 『대한민보』 102호, 1909.10.14, 1면.
82   신지영은 이에 대해 "근대적 시스템에 의해 전근대적 질서가 풍자되는 모습"이라 평하고

가 빠르고 세상 돌아가는 물정을 잘 알고 있다. 예전 탈춤 과장에서는 양반을 말뚝이가 언어유희로 비판하는 장면들이 많이 등장했는데, 『절영신화』에서도 마찬가지다. 말을 통해서 양반에게 농담을 걸며 약간은 조롱하듯이 진행한다. 그런데 탈춤에서는 양반 자신의 개인적인 결함 때문에 조롱을 받았다. 그러나 『절영신화』는 양반 개인의 문제라기보다는 시대의 문제를 조명한다. 변화하고 있는 그 시기, 유학자였던 인물이 새로운 시대에 적응해 가는 과정 속에서 발생하는 문제인 것이다.

> "져거번 독립관 연셜 구경을 갓더니 아모씨 아모씨가 차례로 나아와 연셜 ᄒᆞᄂᆞᆫ 것 드르니 그네들이 손곱아가는 변사라고 합듸다마는 나도 그만치는 ᄒᆞ랴면 ᄒᆞ갯습듸다"
>
> "연셜은 흠부루 ᄒᆞᄂᆞᆫ 줄 아나랴 나는 대동날 공포ᄒᆞᆯ 말을 두어 마듸 일으랴도 발뒤굼치가 졀로 쓰고 가삼이 울넝울넝ᄒᆞ야 목소리가 졀로 덜덜 셜니더라"
>
> "그는 해보지 못ᄒᆞ얏스닛가 알 슈 업습니다마는 남ᄒᆞᄂᆞᆫ 것을 드러보닛가 별슈 엇의 잇셔오 목덕이니 쥰덕이니 자연덕이니 텬연덕이니 구톄덕이니 츄상덕이니 애국덕이니 자션덕이니 말 몃 마듸를 ᄒᆞ자면 덕자 두루마리를 합듸다"
>
> "너는 졍신도 좃타 나는 덕자인지 셔자인지 긔억 못ᄒᆞᆯ너라 이애 연셜 리약이는 고만 두어라 누가 그것 듯자나냐 네 운동ᄒᆞ랴는 사건이나 마자 리약이 ᄒᆞ여라"[83]

있다.(신지영, 앞의 글, 127면 참조)

83 『滑稽小說 絶纓神話』(10), 『대한민보』 111호, 1909.10.26, 1면.

『절영신화』는 전체적인 큰 서사와 각 회별 작은 서사가 어울려 있다. 즉 큰 서사는 샌님이 근대적 세계를 잘 살아나갈 수 있게 만들어주는 덤벙이의 조언으로 이루어져 있다. 그러나 사이사이 작은 서사가 끼어들면서 덤벙이가 양반의 말을 언어유희적으로 조롱하기도 하고, 또한 세태에 대한 내용으로 내각 대신들을 비판하기도 한다. 위의 예문은 실제 연설과 연관하여 소설에서 적용하고 있는 것으로 이러한 내용은 '풍림'의 대화체 서사와 매우 유사하다. 이 소설이 게재되기 3일 전, 10월 23일 3면에 "兩會 聯合의 主旨－演士 尹孝定"이라고 하여 "23일 하오 1시에 기보와 같이 대한협회와 일진회가 연합 대연설회를 국민연설대에 開"했다는 기사가 나오고 있다. 실제 현실 속에서도 연설들이 행해지고 있었는데, 그것을 덤벙이의 입으로 조롱하며 풍자하고 있는 것이다. 그저 "－적"만 붙이면 된다는 말은 그러한 연설이 사실상 말장난에 불과하다는 것을 하층민의 목소리로 보여주는 것이다. 이러한 부분들은 '풍림'에서 같은 직업군들이 모여서 양반과 내신들을 비판하는 내용과 유사하다고 할 수 있다.

이렇듯 토론체 소설들은 구조 형식의 반복을 통해서 패턴을 형성하고 이를 반복적으로 제시하여 풍자를 이루어내고 있다. 또한 세태에 대해 구체적으로 언급하면서 '현실감'을 소설 속에 담지하고 있다.

4) '쓰기'와 '읽기'의 교호 작용－'풍자'의 근대성

이러한 토론체 소설들은 '풍림'의 대화체 서사들과 비교해 보면, 서로의 영향관계를 살펴볼 수 있다. '풍림'의 대화체 서사물들은 크게 보면 세 가지로 구분해볼 수 있다. 첫 번째는 두세 사람이 모여서 대화를 하며 내관 대신들을 비판하는 것들이다. 여기에는 각계 각층의 다양한 인물들이 등장한다. 두 번째는 일정한 직업군에서 대화를 하며 비판하는 내용이다. 여기에는 비유와 풍자가 좀 더 강화되는데, 비슷한 직업군의 인물들이 모여서 내관 대신들을 비판하는 것이다. 비슷한 직업군들이 등장하면서 패턴도 유사한 경우가 있었다. 이 경우 연재가 되기도 했다. 세 번째는 이러한 대화체 서사에 언어유희까지 가미되는 경우이다. 이는 후반부에 강화되는 특징이다. 서사적인 차원에서의 풍자, 비판과 더불어, 언어유희적인 차원에서 우회적으로 돌려 비판하는 방식이다. 때로는 이것이 우회적인 것이 아니라 직접적인 비판이 되기도 하기 때문에 풍자와 비판의 강도는 가장 강하다고 할 수 있다.

〈표 9〉 『대한민보』에 실린 장편연재소설 목록[84]

장르구분	제목	연재 일시	저자	횟수
소설	현미경	1909.6.15~7.11	神眼子	24
소설	만인산	1909.7.13~8.18	白鶴山人	31
풍자 소설	병인간친회록	1909.8.19~10.12	轟笑生	36
골계 소설	절영신화	1909.10.14~11.22	白痴生	31 (*30)
소설	오경월	1909.11.25~12.28	一旰生	22
신소설	소금강	1910.1.5~3.6	憑虛子	48 (*47)
신소설	박정화	1910.3.10~5.31	隨聞生	64 (*62)
신소설	금수재판	1910.6.5~8.13	欽欽子	49

84 횟수에서 *표시된 것은 본문에 잘못 적힌 오기를 표기한 것이다. 중복으로 횟수가 적혀 있거나 빠진 경우까지 보완하였다. 『절영신화』의 경우 전체 30회로 완결되어 있으나 실제로는 31회였다. 1909년 10월 27일과 10월 28일에 모두 11회라고 적혀 있어서 11회

『대한민보』에 실린 장편연재소설은 총 8편으로 위의 표와 같다. 이
와 관련하여 '풍림'의 월별 연재 개수는 다음 표와 같다.

〈표 10〉'풍림'의 월별 개수

연도	월	전체 '풍림' 개수	대화체 서사 '풍림' 개수	토론체 소설
1909년	6월	16	1	
	7월	24	12	
	8월	9	4	『병인간친회록』
	9월	11	8	『병인간친회록』
	10월	5	1	『병인간친회록』 『절영신화』
	11월	2	1	『절영신화』
	12월	×	×	
1910년	1월	9	2	
	2월	4	1	
	3월	6	2	
	4월	×	×	
	5월	×	×	
	6월	13	1	『금수재판』
	7월	×	×	『금수재판』
	8월	×	×	『금수재판』

위의 표를 통해 대화체 서사 '풍림'의 유형을 구분해 보면, 우선 첫
번째 유형이 1909년 6월, 7월 즉 토론체 소설을 연재하기 이전이다.
두 번째 유형은 1909년 9월에서 10월까지 토론체 소설과 병행되는 부
분이다. 세 번째 유형은 1909년 11월부터 끝까지로 이 때는 언어유희
적 형식이 들어온 부분이다.

가 2번 표기되어 있다. 『소금강』의 경우 47회로 완결되어 있으나, 실제로는 48회였다.
1910년 1월 12일과 1월 13일 모두 6회로 적혀 있어서 2번 표기되었다. 『박정화』는 2번의
오기가 등장해서 62회가 아니라 64회로 완결되었다. 1910년 4월 7일과 4월 9일에 23회
가 2번 등장하고, 4월 10일과 4월 13일에 24회가 2번 등장했다. 따라서 2번 오기가 되면
서 실제로는 64회 연재되었다.

첫 번째 유형의 '풍림' 대화체 서사의 경우는 한글소설에서 토론체 소설을 추동해내고 있다고도 추측해볼 수 있다. 즉 지식인 독자들이 직접 투고한 '풍림'의 내용은 대화체를 통한 비판이 주류를 이루고 있었다. 이러한 가운데 『대한민보』의 편집진들은 서사 위주의 소설에서 토론체 소설을 연재하기에 이른다. 즉 편집자들은 1909년 6월, 7월에 실린 '풍림'의 내용에서 대화체 서사의 가능성을 엿보았고, 이를 그다음 달인 8월부터 소설 연재에 적용시켜 본 것이다. 이러한 변환은 일종의 독자 전략과도 연관될 수 있다. 즉 지식인 독자들의 관심 역시 끌어가기 위한 방편일 수 있었다. 실제 내용에서 보면, 토론을 직접 한다든가, 내용에서 고사성어를 넣는다든가, 내관 대신에 대해 직접적으로 비판하는 등, 어느 정도 지식인들이 향유할 수 있는 내용들이었다. 이러한 면에서 보면, 『대한민보』의 편집진들은 토론체 소설을 연재함으로써 '풍림'의 독자들, 지식인 독자들의 흥미까지 끌어당기려 했다고 볼 수 있다.

두 번째 유형의 '풍림' 대화체 서사의 경우는 한글소설과 토론체 소설이 서로 연관되며 영향을 주고받고 있다. 즉 토론을 통한 강력한 비판을 하층민을 주인공으로 하여 이루어내고 있는 것이다. 같은 패턴이 반복되면서 '풍림'에 투고한 독자들 역시 비슷하게 모방하며 반복적으로 투고할 수 있었을 것이다. 다시 말해, 구조의 반복 효과가 '풍림' 독자들이 쉽게 투고할 수 있는 길을 열었다고도 볼 수 있다. 여기에 연재 방식까지 도입되면서, 실제 연재되고 있던 토론체 소설과 유사한 부분까지 연출하고 있다. 이를 통해 '풍림'에 투고하는 독자와 한글소설, 특히 토론체 소설을 읽는 독자가 서로 섞여 들며 영향을 주고받고 있었다는 것을 추정해볼 수 있다.

　마지막 유형의 '풍림' 대화체 서사의 경우는 언어유희적인 측면과
풍자, 비유적인 측면이 훨씬 더 강화되었다. 이는 토론체 소설인『금수
재판』이 나올 수 있는 배경이 되었을 것이다. 즉 강도 높은 비판을 풍자
와 우화를 통해서 함으로써 그러한 풍자의 효과, 비판의 효과를 강화한
것이다. 한편으로는 이러한 측면을 통해서 '풍림'의 문학적 효과를 극
대화시킬 수 있었고,『대한민보』의 소설에서 활용할 수 있는 부분들이
기도 했다.『금수재판』은 고사성어와 우화적인 비판이 곁들어지고, 후
에 재판과정까지 나오고 있어서 '풍림'에 등장한 풍자의 비판적 효과와
매우 유사하다고 볼 수 있다. 결국 이는『대한민보』라는 매체의 장 안
에서 독자문예면인 '풍림'과 문학이 서로 영향을 주고받으며 새로운 형
식을 만들어가는 것을 의미한다.

　이러한 '풍림'의 대화체 서사와 한글소설의 교접은 독자 방식의 공
유라는 측면에서 분석해 볼 수 있다.『대한민보』의 독자 설정의 문제에
서 살펴보면, 지식인 독자는 '풍림'에 집중되어 있고, 한글을 향유하는
하층계층의 독자는 소설에 집중되어 있었다. 그런데 '풍림'의 대화체
서사에서 대화를 통해 당대에 대한 비판을 행하게 되면서, 이 지식인
독자들이 소설의 독자로 상정될 수 있는 가능성이 생기게 되었다. 즉
『대한민보』의 입장에서는 이러한 현실에 대한, 당대에 대한 비판을 할
수 있는 소설이라면, 또한 그것이 토론의 형식이라면, '풍림'을 즐기는
독자들 역시 교접될 수 있다는 상황을 인지했다는 것이다. 이러한 결과
로 토론체 소설이 연재되었을 때, '풍림'의 독자들 역시 이 토론체 소설
을 즐겼을 확률이 높다. 그것은 내용 및 양식적 유사성에서 찾아볼 수

있다. 고사의 내용을 포함하는 것과 동시에, 당대 내관 대신들에 대한 풍자적인 비판을 대화 및 토론으로 이어간다는 점에서 충분히 공감하고 함께 향유할 수 있는 여지가 있는 것이다.

'풍림'의 독자들을 좀 더 세분해 본다면, 한문체를 사용하는 유학자층 독자와, 한문을 사용하면서도 일상적인 차원에서의 한글과 일본어를 사용할 줄 아는 신지식인층 독자로 나눌 수 있다. 이 가운데 유학자 독자들의 경우, 한글을 읽지 못하는 경우도 있었다고 하니, 이들이 소설의 독자로 흡수되었을 가능성은 그리 크지 않을 수 있다. 그러나 신지식인층 독자는 다를 수 있다. 그들이 '풍림'에서 사용하는 문체는 분명 한문이 섞여 있고 내용면에서도 고사나 사서삼경의 내용들이 포함되어 있다. 그러나 대화체라는 특수한 상황 때문에 그들은 입말체의 언어를 활용하고 있다. 특히 다양한 직업군의 대화를 넣을 때는 하층민의 대화를 그대로 삽입하기도 하는데, 이러한 대화들은 한글 그대로 옮긴 경우가 대다수이다. 이것은 다시 말해 한글로만 이루어진 소설 역시 그들이 읽을 수 있다는 말이다.[85] 이와 동시에, 그들이 쓰고자 했던 내용들을 소설 속에서 읽을 수 있었다면, 분명 이 부분은 함께 향유할 수도 있었을 것이다. 결국 이는 『대한민보』가 구사했던 독자 전략에서, 독자들이 서로 교합하면서 소설의 독자층이 다양화되고 있음을 보여주는 것이다. 원래 한글 독자층에 '풍림'에서 옮겨온 신지식인층 독자들이 섞여 들게 된 것이다. 이는 '쓰기'가 '읽기'에 다시 '읽기'가 '쓰기'에 영

---

[85] 전통 한학자의 경우, 한문이 없으면 한글을 읽기 어려워하는 독자들이 많았다고 한다. 따라서 입말체를 한글로 쓸 수 있는 독자라면, 그러한 한글방식의 글을 읽는 것도 전혀 문제가 되지 않았을 수 있다. 한학자들과 한글독자들 사이에 끼인 존재로서의 신지식인층 독자들이 존재하고 있었던 것이다.

향을 주면서 새로운 독자층을 형성해 나갔음을 알 수 있다.

결국 '풍림'은 지식인 독자들을 세분화시키면서 토론체 소설인 한글소설의 독자와 교접되도록 하는 데 일조를 하게 된 것이다. 이는 매체적인 차원에서 독자가 섞여드는 것을 의미한다. 『대한민보』라는 매체 속에서 한글소설의 장 안에 이들이 섞여 들면서, 읽는 독자와 쓰는 독자가 서로 교호하게 된 것이다. 이 신지식인층 독자들은 조선 후기에서 이어오고 있는 한학적 교육과 새로운 문물에 대한 교육을 함께 받은 독자들로, 한문과 한글을 고루 사용할 수 있는 인물이었을 것이다. 또한 이러한 현상은 독자라는 차원에서도 지식인 독자의 쓰기의 '재현'이라는 점에서 중요한 의미가 있다. 독자의 서사적 글쓰기와 소설의 읽기가 매체 속에서 상호소통하고 있다고 볼 수 있다. 이러한 서사적인 글쓰기 재현이 한글소설에서도 토론체 소설로 연결되었고, 이는 또한 신지식인층 독자들이 소설 독자로 추동되는 역할을 한 것이다.

이러한 '읽기'와 '쓰기'의 교호작용은 바로 '풍자'에서 추동되었다고 할 수 있다. '풍자'는 전통적이면서 동시에 근대적인 것이다. 현실을 대변하며, 그것을 개인 스스로가 비판을 하여 현실을 전복시키고자 하는 욕망을 드러내는 것이 바로 풍자이다. 또한 '풍자'가 가지고 있는 전복성과 비판성이 '매체'라는 근대를 만났을 때 더 큰 시너지 효과를 일으키게 된다. 사실 이러한 '풍자'의 형태는 조선 후기 민중들의 놀이에서 가장 강력하게 발현되었다. 그런데 이러한 풍자가 탈춤이나 마당극이라는 놀이로부터 매체 속에서 활자로 재현되었을 때, 이는 현실이라는 문제를 가장 은근하면서도 가장 강렬하게 비판할 수 있는 매개가 되었다. '풍자'라는 쓰기가 '풍자'라는 읽기로 교체되고, 이러한 '풍자' 속에서 신지식인층 독자들은 소설 독자로 영입되기 시작한 것이다. 결국 이러한 독자들의 교섭의 장은 바로 '풍자'라는 매개가 추동해 온 것이다. '풍자'라는 형식과 '매체'라는 제도가 결합함으로써 그 풍자의 비판성이 더욱더 확대되고 재생산되는 과정 속에서 우리의 근대문학은 생성되고 있었던 것이다.

5) 풍자의 형식과 매체의 결합

『대한민보』는 독자문예란인 '풍림'을 두었다는 점과, 발간부터 폐간될 때까지 한글소설을 지속적으로 연재했다는 점에서 텍스트와 독자가 의미를 구축하는 과정을 살펴볼 수 있는 주요한 매체이다. 또한 독자문예란과 문학 텍스트가 서로 연계되면서 서로에게 긴밀한 영향관계를 맺고 있기 때문에 그러한 관계를 천착해 보는 것은 근대계몽기 문학과 독자의 변화 과정 역시 살펴볼 수 있다. 독자와 독자가 어떻게 연대를 이루고 있는지, 텍스트와 텍스트가 어떻게 연계되고 있는지 그 영향관계를 밝혀볼 수 있었다. 또한 사회적으로 변화하고 있는 모습들과 그 관계가 섞이면서 어떠한 문화적 파장을 일으키고 있는지도 분석해 볼 수 있었다. 결국 이러한 과정은 근대의 독자의 쓰기 과정이 어떤 방식으로 집단적 산물에서 개인적인 산물로 되며, 이것이 또한 다시 향유되는지 그 관계까지도 밝혀보고자 했다. 여기에 더 나아가 중세에서 근대로 넘어오는 그 이음새를 계승과 발전, 혹은 변화라는 차원에서 해석할 수 있는 실마리를 찾아보고자 하였다.

'풍림'은 『대한민보』만의 특징이라 할 수 있다. 『대한민보』는 매우 다양한 방법으로 신문 구성의 특성화를 시도했다. 1면에 사설 대신 만평을 두었고, 언어 관련 학습이나 다양한 실용적인 난 등을 두어 독자들이 실제 생활에서 사용할 수 있는 유익한 정보를 제공하고자 했다. 그리고 발간한 이후부터 폐간될 때까지 한글소설을 1면에 꾸준히 싣고 있기도 했다. 그 많은 시도들 중 하나가 바로 독자문예란인 '풍림'이었다. '풍림'은 처음부터 지식인 독자들을 겨냥하고 있었다. 독자들이 보낸 '풍림'의 내용을 보면, 한문체 또는 현토한문체를 활용하고 있어서 대부분 한문에 대한 지식이 상당한 독자들이었음을 알 수 있다. '풍림'은 처음부터 풍자를 강조하면서 서사성이 요구되었다. 또한 한 회에 한 편을 뽑는다는 것과 또 선자選者의 평이 들어옴으로써 전문성이 강조되기도 했다. 정치적 상황이 얽혀들면서 직접적으로 비판을 가할 수 없었던 '풍림'은 더욱더 서사화되었고, 그러는 가운데, 한문체, 현토한문체, 구절형 국한문체를 넘어서 단어형 국한문체 혹은 국문에 가까운 문체가 구사되기도 했다. 즉 이야기 형식이 강화되면서, 입말 언어가 들어오게 되었다는 것이다.

이러한 '풍림' 가운데 가장 많은 부분을 차지했던 것이 '대화체 서사' 형식이라 할 수 있다. 이 '대화체 서사'는 기본적인 서사를 갖추고 있었고, 대부분 내관 대신들을 비판하고 풍자하는 내용이 주를 이루고 있었다. 그 가운데 비판의 내용은 여러 인물들의 입을 통해서 진행했다. 이 '대화체 서사'는 세 가지 형태로 다양하게 전개되었는데, 첫 번째 형태는 같은 유형의 반복이다. 즉 같은 장사들끼리 혹은 같은 직업군끼리 나와서 자신들의 직업과 연관해서 이야기를 나누는 것이다. 그리고 그 이야기는 내관 대신들에 대한 풍자, 비판과 이어지게 된다. 다음은 연재물의 등장이다. 한 편으로 끝나는 것이 아니라 여러 편에 걸쳐서 그 비판을 다양하게 만들어내고 있다. 마지막으로는 대화체와 언어유희가 접목된 형태이다. 기본적으로 대화체 서사를 사용하고, 그 안에 서사성을 가지고 있으면서, 언어유희의 방법을 접목한 경우이다. 이는 이중적 풍자가 가능하게 되는데 내용적으로도 내관 대신들을 비판하고 풍자하면서, 언어유희적 차원인 형식적인 차원에서도 내관 대신들을 풍자하고 있다.

'풍림'의 '대화체 서사'는 사실 한글소설 중 '토론체 소설'과 매우 밀접한 연관관계를 가지고 있었다. 『병인간친회록』, 『절영신화』, 『금수재판』의 경우 내용적인 면이나 형식적인 면에서 '풍림'의 '대화체 서사'의 풍자나 비판과 상당 부분 유사하다. 『병인간친회록』과 『금수재판』의 경우, 비슷한 인물이 같은 유형으로 등장해서 내관 대신들을 비판하는 내용을 담고 있다. 이러한 토론체 소설의 구조는 토론을 하는 인물이 반복적으로 출현하고 있으며, 내용 역시 패턴을 가지고 정형화되어 있다. 『병인간친회록』은 각종 장애를 가진 인물들이 등장해서 자신들의 상황을 토로하고, 고사성어를 통해서 그것이 도리어 장점이 된다는 점을 든 이후, 자신들보다 더 장애를 가진 인물들이 바로 나라의 대신들이라며 비판하며, 결국 몸에 장애가 있는 자신이 더 낫다는 결론을 내리고 있다. 『금수재판』의 경우는 역시 비슷한 패턴으로 이어지나 여기에 더 나아가 비유가 가미되고 있다. 동물들이 나와서 자기소개를 한 이후, 고사성어를 통해서 자신의 장점을 이야기한다. 그 후 억울한 점을 들어, 자신에게 해를 끼친 동물에 대해 성토를 하고 마무리하게 된다. 특이한 점은 마지막 부분에 성토의 대상들에 대해 재판관이 판결을 내리는 장면이 있다는 것이다. 결국 비판의 대상이 죄를 자복하거나 또 뉘우칠 수 있는 기회를 줌과 동시에 독자들에게 속 시원한 해결을 해주고 있다.

이 두 작품은 회의와 토론으로 진행되면서, 한 인물이 한 회 또는 두 회 동안 긴 이야기를 하는 반면, 『절영신화』는 탈춤의 한 과장처럼 진행된다. 어떤 서술 없이 오로지 대화로만 진행되는데, 양반인 샌님과 상민인 덤벙이가 그 주인공들이다. 탈춤의 내용처럼 양반인 샌님보다 상민인 덤벙이가 훨씬 더 똑똑하고 사리판단을 잘하는 인물로 등장한다. 어리석고 세상 물정 모르는 샌님을 풍자함과 동시에, 당대 내관 대신들을 향한 비판이 첨예하고 드러나고 있는 골계소설이다.

이러한 토론체 소설들은 '풍림'의 대화체 서사들과 비교해 보면, 서로의 영향관계를 살펴볼 수 있다. 사실 '풍림'의 대화체 서사물들은 세 가지로 구분해볼 수 있다. 첫 번째는 두세 사람이 모여서 대화를 하며 내관 대신들을 비판하는 것들이다. 여기에는 각계각층의 다양한 인물들이 등장한다. 두 번째는 일정한 직업군에서 대화를 하며 비판하는 내용이다. 여기에는 비유와 풍자가 좀 더 강화되는데, 비슷한 직업군의 인물들이 모여서 내관 대신들을 비판하는 것이다. 비슷한 직업군들이 등장하면서 패턴도 유사한 경우가 있었다. 세 번째는 이러한 대화체 서사에 언어유희까지 가미되는 경우이다. 이는 후반부에 강화되는 특징이다. 서사적인 차원에서의 풍자, 비판과 더불어, 언어유희적인 차원에서 우회적으로 돌려 비판하는 방식이다. 때로는 이것이 우회적인 것이 아니라 직접적인 비판이 되기도 하기 때문에 풍자와 비판의 강도는 가장 강하다고 할 수 있다.

결국 '풍림'은 지식인 독자들을 세분화시키면서 토론체 소설인 한글소설의 독자와 교접되도록 하는 데 일조를 하게 된 것이다. 다시 말해 『대한민보』라는 매체 속에서 한글소설의 장 안에 이들이 섞여 들면서, 읽는 독자와 쓰는 독자가 서로 교호하게 된 것을 의미한다. 이 신지식인층 독자들은 한학적 교육과 새로운 문물에 대한 교육을 함께 받은 독자들로, 한문과 한글을 모두 사용할 수 있는 인물이었을 것이다. 또한 이러한 현상은 독자라는 차원에서도 지식인 독자의 쓰기의 '재현'이라는 점에서 중요한 의미가 있다. 독자의 서사적 글쓰기와 소설의 읽기가 매체 속에서 상호소통하고 있다고 볼 수 있다. 이러한 서사적인 글쓰기 재현이 한글소설에서도 토론체 소설로 연결되었고, 더 나아가 신지식인층 독자들을 소설 독자로 추동하는 역할을 담당했던 것이다.

따라서 독자문예란 '풍림'은 고전적 전통의 집단적 산물이 개인적인 산물이 되어가는 과정 속에서 근대계몽기 독자의 쓰기와 참여를 여실히 보여주고 있다. 또한 이 개인적인 산물이 다시 공동체가 즐기고 모방하는 과정을 통해 매체의 장 속에서 개인과 개인이 소통할 수 있는 계기가 되어주었다. 동시에 지식인 독자의 '쓰기' 산물은 고전에서 근대로 넘어오는 이음새의 역할을 담당하면서 독자들이 어떻게 근대로 이어지게 되는지, 또 지식인 독자층들이 어떻게 분화되면서 새로운 문학 독자로 서서히 수면위로 등장하게 되는지 보여주는 역할을 하고 있다.

결국 이러한 역할은 전통적이면서 동시에 근대적이라 할 수 있는 '풍자'의 형식이 가져온 것이라고 할 수 있다. 현실을 대변하며, 그것을 개인 스스로가 비판하여 현실을 전복시키고자 하는 욕망을 드러내는 것이 바로 풍자이다. 이것은 바로 '풍자'가 가지고 있는 전복성과 비판성이 '매체'라는 근대를 만났을 때 그 시너지 효과를 일으킨 것이다. 조선 후기 민중들의 놀이에서 가장 강력하게 발현되었던 풍자가 탈춤이나 마당극이라는 놀이로부터 매체 속에서 활자로 재현되었을 때, 이는 현실이라는 문제를 가장 은근하면서도 가장 강렬하게 비판할 수 있는 매개가 되었다. '풍자'라는 쓰기가 '풍자'라는 읽기로 교체되고, 이러한 '풍자' 속에서 신지식인층 독자들은 소설 독자로 영입되기 시작한 것이다. 결국 이러한 독자들의 교섭의 장은 바로 '풍자'라는 매개가 추동해 온 것이다. '풍자'라는 형식과 '매체'라는 제도가 결합함으로써 그 풍자의 비판성이 더욱더 확대되고 재생산되는 과정 속에서 우리의 근대문학은 생성되고 있었다.

3. '편편기담'과 '쓰는 독자'의 출현—『대한매일신보』

근대의 출발점을 어떻게 잡을 것인가는 매우 어려운 문제이다. 또한 근대문학의 시초, 또는 근대문학 독자의 시작을 잡는다는 것은 사실 어떤 면에서는 전근대와 근대를 나누는 이분법에서 시작하는 것이라 할 수 있다. 구체적으로 어떤 시점에서 근대문학이 시작되었으며, 언제 근대독자가 출현했는지 설명하는 것은 매우 난감한 일이다. 근대문학과 근대독자의 출현이 뚜렷이 구분되는 시점이라기보다는 서서히 움직이고 변해왔다고 말하는 것이 더 합리적일지도 모른다.

'편편기담', 한글판 『대한매일신보』, 1908.2.19, 1면

문학도, 독자도 갑작스럽게 변화하지는 않는다. 따라서 조선 후기의 독자들의 형태가 서서히 이어지면서 변화하고 있는 것이지, 근대독자가 갑자기 튀어나왔다고 하기는 어려울 것이다. 언제부터 시작이라고 말하기는 어렵지만, 적어도 서서히 변화하도록 만드는 계기는 반드시 존재하는 법이다. 사실상 근대를 이끌어 온, 또한 근대문학과 근대독자로 서서히 성장시킨 원동력은 근대 매체라고 할 수 있다. 이전부터 존속해 오던 문학과 독자들이 근대 매체와 조우하면서 스스로 성장하거나 도태되어 새로운 문학 환경을 만들어내는 것이다. 이러한 상황에서 근대 초기 『대한매일신보』는 그 당대 영향력의 면에서 볼 때, 매우 유용한 자료가 될 수가 있다.

『대한매일신보』는 근대계몽기에 대한 탐색으로 꾸준히 연구되어 왔다.[86] 그런데 기존 연구들은 소설이나 사설 등에 집중되어 있고, 독자 연구 역시 신문 방송계에서 '기서-독자투고란'에 대한 연구만 이루어졌다. 사실상 『대한매일신보』는 다양한 방법의 '글쓰기'를 시도했다. 즉 '기서'뿐만 아니라 '편편기담'이라는 독특한 난을 두고 독자들의 참여를 유도해 왔던 것이다. 또한 한글판에서 국문 소설을 꾸준히 실음으로써 근대 매체 내에서의 소설의 역할을 강화했다고도 할 수 있다.

그 가운데에도 독자투고와 이야기 사이에 끼여 있는 공간이 '편편기담'이라는 난이었다. 처음에는 투고한 독자들의 이름이 기재되어 있지도 않았고, 내용도 민담이나 전설, 옛날이야기가 주류를 이루었다. 그

---

86 근대계몽기에 대한 활발한 논의 가운데 대표적으로 김영민의 『한국의 근대신문과 근대
    소설』 1·2(소명출판, 2006·2008), 구장률의 「근대지식의 수용과 소설 인식의 재편」
    (연세대 박사논문, 2009) 등을 들 수 있다.

런데 1908년 2월 19일부터 『대한매일신보』는 필자 이름을 반드시 적으라며, 상품을 주겠다고 대대적인 광고를 한다. 물론 같은 내용일 경우는 싣지 않겠다고 광고를 낸다. 초창기 민담, 설화의 경우, 저작자가 분명치 않았지만, 점점 독자들이 이야기를 지어내기 시작하면서 저작자의 개념이 생겨나기 시작한 것이다. 또한 이때부터 독자들이 자신들의 이름을 분명히 기입하게 되는데 이것은 그 당대 독자를 연구하는 데 매우 중요한 자료가 된다.

이 글에서는 독자들의 성별을 도표화하고, 이들이 투고한 '편편기담'의 내용을 정리하여 시기별 추이와 남녀별 내용 등을 분석해 보고자 한다. 또한 신문의 독자가 문예면의 독자, 즉 읽는 독자에서 자신의 이야기를 지어 근대 매체에 싣는 '쓰는' 독자가 어떻게 출현하게 되는지 살펴볼 것이다.

이 연구는 근대계몽기 근대독자의 발생과 이들의 성격을 살펴볼 수 있는 자료가 될 수 있을 것이다. 또한 독자들의 '읽기'와 '쓰기'가 어떻게 중첩되어 있는지, 또 독자들이 그것을 어떻게 즐기고 향유하는지 살펴볼 수 있을 것이다. 동시에 근대 매체를 통해 탄생한 적극적인 독자라 할 수 있는 '쓰는' 독자가 어떤 식으로 근대의 작가로 변모되어 가게 되는지 그 과정의 시초를 발견해볼 수 있으리라 기대한다.

1) 초기 한글판 신문 편집과 '편편기담'

『대한매일신보』는 1907년 5월 23일 한글판을 새로 출간한다. 이는 일반 대중 독자들을 대상으로 그들의 영향력을 넓히려고 했던 의도였다.[87] 한글은 그만큼 배우기 쉽고, 배우기 쉬운 만큼 일반 대중들도 여러 정보를 접하기에 유용했다.

> 이 두 사름은 근본 국문을 모로더니 수일젼브터 샹동 국문야학교에 입학
> ᄒᆞ엿ᄂᆞᆫ듸 이러케 속셩됨은 츰 찬양ᄒᆞᆯ 만ᄒᆞ도다[88]

위의 글은 국문야학도 학생 두 명이 '기서'로 보낸 내용에 편집자가 첨언한 것이다. "엇던 쟈ᄂᆞᆫ 량심이 잇셔셔 시셰를 싱각ᄒᆞ고 의식이 죡ᄒᆞᆫ 쟈ᄂᆞᆫ 쥬학에 입학ᄒᆞ고 비쳔ᄒᆞᆫ 쟈ᄂᆞᆫ 낫에 로동ᄒᆞ고 밤에 입학"하고 있다며 주경야독의 상황을 전하고 있다. 물론 이렇게 야학에 나왔다가 다시 악습에 젖어 퇴학하는 경우도 있다며, 나라를 위해 학생들이 공부해야 함을 강조한다. 편집자의 말에 따르면 이 글을 쓴 두 학생은 한글을 모르다가 야학을 통해 글을 배워 '기서'까지 쓰게 된 경우이다. 한글을 읽고 쓸 줄 아는 인구가 늘어나고, 곳곳에 야학이 들어오고 있는 상황이었다. 또 한글은 쉽게 서로에게 읽어줄 수 있으므로 좀 더 크게 영향력을 미치기 위해서는 한글판『대한매일신보』가 필요할 수밖에 없었다.

그런데『대한매일신보』는 단순히 한글로 표기하는 정도에 그치지 않고 좀 더 적극적인 신문 전략을 펼치게 된다. 그것이 바로 '편편기담'의 활용이었다. '편편기담'은 매우 독특한 성향을 지니고 있었다. 보통 신문은 '독자투고란'을 따로 두고 독자들의 반향을 살펴보게 된다. 그런데『대한매일신보』는 특이하게도, 이야기를 지어 보낼 수 있는 전략

---

87   정진석, 「『대한매일신보』 창간의 역사적 의의와 그 계승문제」, 한국언론사연구회 편, 『대한매일신보 연구』, 커뮤니케이션스북스, 2004, 16~21면.
88   국문야학교싱도 박윤근 · 김현봉, 「유시무종의 관계」, 『대한매일신보』, 1908.2.8.

을 구사하고 있는 것이다.

근일에 쇼셜짓는 쟈의 츄셰를 볼진디 사름으로 ᄒ여곰 대경쇼괴홀 쟈ㅣ 불일ᄒ도다 이 쇼셜도 음풍이오 뎌 쇼셜도 음풍이라 미인의 아시다온 틱도를 그려내며 남쟈의 호탕흔 모양을 쇠여내여 흔번 보미 음심이 싱기고 두 번 보미 음심이 방탕케 ᄒᄂ니 오호ㅣ라 쇼셜은 국민에게 지남침과 ᄀᆺ흔 쟈ㅣ라 그 말이 친근ᄒ고 그 쓴 거시 공교ᄒ여 아모리 무식흔 로동쟈들신지라도 쇼셜은 능히 보지 못ᄒᄂ 쟈ㅣ 드믈며 또 보기 됴와 아니ᄒᄂ 쟈ㅣ 업ᄂ니 그럼으로 쇼셜이 국민을 강흔 되로 인도ᄒ면 국민이 강ᄒ여지고 쇼셜이 국민을 약흔 되로 인도ᄒ면 국민이 약ᄒ여지며 쇼셜이 국민을 졍대흔 되로 인도ᄒ면 국민이 졍대ᄒ여지고 쇼셜이 국민을 샤특흔 되로 인도ᄒ면 국민이 샤특ᄒ여지ᄂ니 쇼셜을 짓ᄂ 쟈들은 맛당히 깁히 숨가홀 바ㅣ 어늘 근일에 쇼셜을 짓ᄂ 쟈들은 음풍을 ᄀ른치ᄂ 거스로 쥬지를 숨으니 이 샤회ᄂ 엇더케 되려ᄂ가 근일에 대한신문에 게지흔 한강현이라ᄒᄂ 쇼셜을 보미 더욱 실셩 탄식홀 바ㅣ로다 비록 그러ᄒ나 한강션은 명빅히 음풍을 ᄀ른치ᄂ 것인즉 비유컨디 칼과 창으로 사름을 죽임과 ᄀᆺᄒ여 보고 피ᄒ기가 쉽거니와 다른 허다흔 쇼셜을 짓ᄂ 쟈들은 일홈을 샤회쇼셜이라 ᄒ며 일홈을 졍치쇼셜이라 ᄒ고 일홈을 가뎡쇼셜이라 흔 거시 은근히 음풍을 도와셔 아편으로 사름을 죽임과 다름이 업스니 엇지 가외가 아닌가[89]

1909년 12월 2일 1면 '잡동산이'에서 편집자는 현재 소설이 음탕하다며 소설이 음풍에서 벗어날 것을 요청한다. 그런데 그다음을 보면, 소

89 '잡동산이', 『대한매일신보』, 1909.12.2, 1면.

설이 얼마나 대중에게 큰 영향을 미치며, 대중들이 즐기는지에 대한 글이 이어진다. 즉 무식한 노동자라도 소설은 능히 보며, 소설을 싫어하는 사람이 없이, 모두가 소설을 좋아한다는 의미심장한 말을 던지고 있다. 물론『대한매일신보』에서 보이는 편집자의 소설관은 좀 더 교훈적이고 계몽적인 역할을 담당해야 함을 역설한다.[90] 그러나 신문의 편집자 역시 소설은 누구나 좋아하고 즐기는 것이라는 것을 알고 있다. 따라서 '편편기담'은 그러한 의미에서 좀 더 대중들의 흥미를 유발하면서 신문의 영향력을 넓히기 위해 전략적으로 등장한 것이라 할 수 있다.

한글판『대한매일신보』의 구성은 4면 광고를 제외한 전체 면이 한글로 이루어져 있었다. 1면에는 '논설'이나 '기서', 그리고 '관보초록'을 실었으며, 때때로 소설이나 대한고적과 같은 옛 이야기가 실리는 경우도 있었다. 2면에는 '잡보'나 '동경 전보', 또는 '시사평론' 같은 소식들이 대체로 실렸다. 3면은 일종의 문예면에 해당하는 것으로, 독자의 '투고'나 '기서', '편편기담'이 실렸다. 또한 소설은 대부분 3면에 실리는 경우가 많았고, 독자들이 투고하는 창가나 민요들이 주류를 이루었다. 즉 3면은 문예면이면서 동시에 독자들이 직접 투고하는 글들을 싣는 장으로 삼고 있었던 것이다. 3면에 실린 '편편기담'은 독자투고란의 성격과 문예면의 성격을 모두 갖춘 복합적인 형태였다고 할 수 있다.[91]

초기 '편편기담'은 저작자를 표기하기 전까지 총 130개의 이야기가 실렸다. 이 가운데 특히 동물 우화나 교훈적 문구 등에 대한 내용이 총

---

90 『대한매일신보』편집진의 소설관에 대해서는 구장률의 「사관에서 작가로」,(『현대문학의 연구』39, 한국문학연구학회, 2009.10) 참조.
91 첫 회는 2면에 실렸으나, 그 외에는 대부분 3면에 '편편기담'을 싣고 있다.

<표 1> 초기 '편편기담'의 주제별 분류(1907.5.23~1908.2.22)[92]

내용	1907.5.23~1908.2.22
일반재담 (어리석은 인물, 일반세태)	68
개화하지 못한 양반 비판	8
원님과 이방, 원님과 부인(관리 비판)	3
시골사람 상경해서 바보짓	5
제도권 비판(순라군 등)	1
여성 비판	2
남성 비판	3
가족관계 내용이나 비판	4
옛날이야기, 옛 시나 전해 오는 역사물	3
동물 우화	15
소설, 서사류, 대중적인 서사물	3
일본, 열강 비판	0
교훈적 문구, 속담	15
총합(개)	130

30개로 약 23%에 해당한다. 이후 저작자를 표기한 이후 '편편기담'의 주제의 경우, 초기 '편편기담'의 내용이 동물 우화나 교훈적 내용이 상당히 많았음을 알 수 있다. 1908년에서 1910년까지 실린 동물 우화는 총 17개(약 2.4%)였고, 직접적으로 교훈적 문구나 속담 등을 말하는 경우는 없었다. 그런 면에서 초기 '편편기담'의 성격이 매우 교훈적이었음을 알 수 있다.

특히 초기 '편편기담'에는 글 말미에 편집자가 쓴 듯한 짧은 문구가 적혀 있다. 전체 내용의 이해를 돕기도 하지만, 독자들에게 교훈적 훈계를 하기 위한 문구가 대다수였다. 그러한 정리나 훈계를 위한 편집자의 문구는 총 22개이며, 그중 17개가 초창기인 1907년 7월에 몰려 있다.[93]

---

92 〈표 1〉은 저작자를 표기하기 전인 1907월 5월 23일부터 1908년 2월 22일까지 실렸던 '편편기담'을 정리한 것이다.

93 예를 들어 「롱가셩진」(1907.5.23)이나 「졔뚱 구린 쥴은 모로고」(1907.7.3) 등으로 전체 내용의 주제나 비판적 훈계의 말을 덧붙이고 있다.

2) 저작자 표기와 창작의 개입

'편편기담'의 경우 처음에는 옛날이야기나 전해 내려오는 전설, 민담, 동물 우화 같은 것들을 훈계조로 가볍게 적어 내는 분위기였으나 1908년 2월 19일부터는 '사고社告'를 통해 '편편기담'의 규정을 바꾼다.

> 다만 긔담을 긔록ᄒᆞ여 보내시면 본사에셔 졉슈ᄒᆞᆫ 호수를 ᄯᅡ라 긔ᄌᆡᄒᆞ오며 본보 데일호브터 지금ᄭᅡ지 임의 긔ᄌᆡ된것과 음담패셜과 멸륜패상ᄒᆞᆫ 말은 긔ᄌᆡᄒᆞ지 안ᄉᆞ오니 죠량ᄒᆞ시옵
>
> ᄯᅩᄂᆞᆫ ᄒᆞᆫ 사ᄅᆞᆷ의 보ᄂᆡᄂᆞᆫ거시 십오 쟝ᄭᅡ지 한ᄒᆞ고 외방에ᄂᆞᆫ 열 쟝ᄭᅡ지 ᄒᆞ고 우에 말한 긔ᄌᆡ치 못ᄒᆞᆯ 거시 업스면 본 신문을 무료로 두 ᄃᆞᆯ을 보닐거시[94]

이전까지는 '편편기담'에 이름을 쓰지 않고 글을 투고했다면, 1908년 2월 19일 '사고'가 실린 이후부터는 필자 이름과 거주지가 확실해야 실어주게 되었다. 또한 2월 23일 광고를 보면, 일종의 선물을 주겠다며 독자들의 참여를 유도하기도 한다. 편집자의 요구사항은 음담패설이나 멸륜패상한 도리에 어긋난 이야기는 안 된다는 것이며, 같은 내용을 반복해서 보내도 게재하지 않겠다는 것이다. 결국 창작적인 내용이 새롭게 가미되면서 투고자 자신의 이름을 내걸 수밖에 없게 되었다.[95]

---

94 '사고', 『대한매일신보』, 1908.2.23, 3면.
95 이와 관련해서는 전은경의 「근대 초기 독자층의 형성과 매체의 역할」, 『현대문학의 연구』 40집, 한국문학연구학회, 2010.2, 57~59면 참조.

〈표 2〉 저작자 표기된 '편편기담'의 주제별 분류[96]

내용	1908년	1909년	1910년	개수
일반재담 (어리석은 인물, 일반세태)	154	162	56	372
개화하지 못한 양반 비판	24	30	5	59
원님과 이방, 원님과 부인(관리 비판)	8	5	3	16
시골사람 상경해서 바보짓	19	14	3	36
제도권 비판(순라군 등)	11	3	1	15
여성 비판	15	10	3	28
남성 비판	6	14	4	24
가족관계 내용이나 비판	18	2	4	24
옛날이야기, 옛 시나 전해 오는 역사물	19	1	0	20
동물 우화	9	6	2	17
소설, 서사류, 대중적인 서사물	1	8	2	11
일본, 열강 비판	0	4	0	4
총합(개)	284	259	83	626

　'편편기담'에서 글쓴이의 이름이 적히기 시작한 것은 1908년 2월 23일자부터였으며, 저자 이름은 1910년 8월 28일까지 꾸준히 등장한다. 이름이 '편편기담'에 기재되면서 창작적인 요소가 좀 더 가미되었다고도 할 수 있다. '편편기담'의 내용을 보면, 일반적인 재담이 가장 많았다. 어리석은 인물에 대한 내용이나 우스갯소리 등도 많이 등장하고 있다. 또한 1908년에는 그 이전과 비슷하게 옛날이야기나 전해 내려오는 이야기가 보였으나 1909년부터는 그 수가 현격히 떨어진다. 그것은 독자들이 알고 있던 내용들이 반복되면서 전해지는 내용만으로는 더 이상 쓸 수 없게 되었다는 것을 의미한다. 결국 비슷한 재담을 쓰면서 모방하는 가운데 자신이 창작한 내용을 가미시키기 시작했다는 것이다.

96　이 표에 정리한 '편편기담'은 실명을 쓰기 시작한 1908년 2월 23일부터 1910년 8월 28일까지 『대한매일신보』 '편편기담'란에 실린 것을 통계 자료로 만든 것이다.

'편편기담'에 자주 보이는 내용들은 대부분 어리석은 사람들에 대한 재치 있는 비판과 양반이나 관리의 허례허식에 대한 비판이 주류를 차지하고 있었다. 그 외에는 사위나 며느리를 얻는 구성으로 글을 몰라 주변에서 비웃음을 받는 내용들이 많았다. 또한 1908년에서 1909년으로 넘어보면서 남성들의 문제점을 폭로하고 비판하는 내용들이 많았고, 비슷한 내용의 반복이나 모방도 눈에 띄었다.

<표 3> '편편기담'에 투고한 투고자 수와 중복 투고수

투고 횟수	1908년	1909년		1910년	개수
1번	62(무명7명 포함)	34(무명7명 포함)		9	105
2번	21	16		3	40
3번	10	7		1	18
4번	2	8		1	11
5번	5	1		6	12
6번	2	2		1	5
7번	2	2		1(본사사원)	5
8번	1	3		0	4
9번	1	4		0	5
10번	1	0		1	2
11번	2	1		0	3
12번	2	0		0	2
13번 이상	0	15번	1	0	2
		27번	1		
총 투고자 수	111명	80명		22명	213명

* 하루에 2명 또는 2개 실린 경우도 각각 개수 포함

실제로 '편편기담'에 투고한 독자는 총 213명으로 한 사람이 여러 번 보낸 경우가 많았고, 같은 사람이 하루에 두 개를 올린 경우도 있었다. 가장 많이 투고한 독자는 리재홍이라는 독자로 총 27번 글을 실었다.[97] 1번씩만 실은 경우도 있지만, 상당수의 독자들은 재투고를 서슴

---

[97] 총 27회로 1909년 9.17, 9.18, 9.19, 9.21, 9.22, 9.23, 9.24, 9.25(2개), 9.26, 9.28, 9.30,

지 않았다. 또 비슷한 시기에 연속해서 올리는 경우가 대다수를 차지
했다.

〈표 4〉 '편편기담' 독자투고자 수

연도	1908년	1909년	1910년
독자투고자 수	111명 (무명 7명 포함)	80명 (무명 7명 포함)	22명 (본사사원 7번은 제외)
총 투고자 수		213명	

'편편기담'에서 이름이 등장하고 있었던 1908년 2월 23일에서
1910년 8월 28일까지의 내용은 총 620개로, 그 가운데 참여한 독자들
의 수는 213명이었다. 1번 투고한 독자들은 평균 3번 가까이 반복해서
내고 있었던 셈이다. 1908년에는 1번 낸 독자들이 많았으나 1909년에
는 여러 번 내는 사람들이 많아졌다. 그만큼 글을 싣는 일에 자신감이
붙었기 때문일 것이다. 1910년에는 사회 전반적인 분위기와 『대한매
일신보』의 강화된 규정에 따라 '편편기담'이 많이 실리지 못했다. 이
때문에 1910년에는 『대한매일신보』 기자가 7번 정도 싣고 있다.[98]

10.1, 10.2, 10.3, 10.5, 10.6, 10.7, 10.8, 10.9, 10.10, 10.12, 10.14, 10.15, 10.16, 10.17, 10.19, 10.20에 실었다.

[98] 총 7회로 1910년 1.23, 1.30, 2.3, 2.4, 2.6, 7.9, 8.7에 본사사원이 싣고 있다. 한참 동안 독자들의 투고가 없자 자구책으로 나온 상황인 듯하다. 내용은 실없는 말 좋아하는 원님과 좌수의 대화나 어리석은 사람들의 내용 등이 실려, 보통 독자들이 싣는 내용의 구성 그대로에 조금씩 내용을 바꾸는 방식을 취하고 있다.

3) 서사의 유입과 대중적 경향

'편편기담'의 내용은 서서히 변화의 조짐을 보이게 된다. 교훈적이거나 짧은 재담이 대다수를 차지하다가 독자들이 창작을 가미하기 시작하면서 점점 대중적인 색깔이 담기기 시작한다.

> 흔 쇼년과부가 농스ᄒ기 위ᄒ여 머슴을 두엇ᄂᆞ디 그 머슴이 쥬인과부로 더브러 살고 십은 ᄆᆞ음이 잇스나 감히 말은 못ᄒ고 흔 쬐를 싱각ᄒ야 ᄒ로는 부엌에서 밥을 먹다가 과부ᄃᆞ려 품ᄉ자리라ᄂᆞ 말 흔 마듸를 ᄒ고 그 후 몃칠 잇다가 쏘 흔번 품ᄉ자리라는 말을 ᄒ고 쏘 몃 날 후에 품자리라 ᄒ고 말을 ᄒ엿더니 과부가 노ᄒ여 머슴을 칙망ᄒᆞᆫ지라 머슴왈 내가 말은 그리ᄒ엿스나 실샹은 업거늘 이러케 칙망ᄒ시니 만일 실샹ᄒ엿스면 사름을 죽이겟소 그려 과부의 말이 슈졀ᄒᆞᆫ 나를 이 ᄀᆞᆺ치 법 업ᄂᆞᆫ 말을 ᄒ니 내 관가에 가셔 이 말노 졍ᄒ야 뎌 놈을 속이리라 ᄒ고 관가에 가셔 빅활ᄒ기를 아모가 아모날 나와 품자리 ᄒᆞᆸ고 쏘 아모날 품자리 ᄒᆞᆸ고 쏘 아모날 품자리ᄒ야 세 ᄎᆞ례를 품자리 ᄒ오니 이놈이 슈졀ᄒᆞᆫ 과부를 이ᄀᆞᆺ치 욕 뵈온즉 징치ᄒ여 주소셔 ᄒ거늘 원이 ᄀᆞᆯㅇ딕 그 놈이 세 번이나 ᄒ엿ᄂᆞ냐 과부왈 과연 셰 번을 하엿ᄉᆞᆷᄂᆞ이다 원이 ᄀᆞᆯㅇ딕 세 번이나 품자리를 ᄒ엿스니 도라가셔 그 놈으로 더브러 작비ᄒ야 잘살나 ᄒ며 관리를 불너 내여몰나 ᄒ더라[99]

위의 내용은 어린 과부와 머슴의 이야기다. 어릴 때 과부가 된 인물이 머슴을 들였는데 그 머슴이 과부에게 눈독들이는 얘기로, 머슴이 "품자

---

99   손홍조, '편편기담', 『대한매일신보』, 1909.1.21.

리"라는 말을 세 번이나 하자 화가 난 과부가 원에 머슴을 고발했는데, 원에서는 실제로 둘이 이미 세 번의 잠자리를 가졌다고 생각하고 개가하라며 과부를 내쫓는다. 과부와 머슴이 서로 정분을 통한다거나 "품자리"라는 말을 통해 외설적인 내용을 은근히 담아내고 있다. 1908년까지는 거의 계몽적인 수준이거나 전형적인 옛날이야기 정도였으나 1909년부터 독자들은 좀 더 흥미로운 이야기들로 채워나가기 시작했다.

> 시고을에 션싱 ᄒ나이 뎨ᄌ들을 ᄃ리고 과거를 보려 샹경ᄒ엿다가 ᄂ려갈시 즁로에셔 로슈가 쩌러져 근심을 ᄒ더니 ᄒᆫ 쥬뎜에 드러가 밤을 지낼시 그 션싱이 본즉 쥬인ᄂᆡ외가 웃방에셔 자ᄂᆫ지라 가만히 올나가 계집의 얼골에 볼기ㅅ작을 문뎌이니 그 계집이 잠ㅅ결에 엇던 놈이 입을 맛초려 ᄒᄂᆫ 줄 알고 두 손으로 힘껏 쌤을 할퀴이며 션싱이 얼는 ᄂᆞ려와 누엇더니 그 계집이 남편을 ᄭᆡ여 왈 아래ㅅ방에셔 엇던 놈이 와셔 입을 맛초려 ᄒ기로 내가 그놈의 쌤을 할퀴여 샹쳐를 내엿다 ᄒ니 쥬막쥬인이 듯고 대노ᄒ여 급히 불을 들고 가셔 긱들을 ᄭᆡ여 얼골을 샹고ᄒᆫ즉 ᄒ나도 흠쳐가 업ᄂᆞᆫ지라 쥬져홀 즈음에 션싱이 소ᄅᆡ를 놉혀 ᄭᅮ지져 왈 뎌런 죽일 년놈이 흉ᄒᆫ 쐬를 내여 힝긱의 직물을 ᄲᅢ아스려 ᄒ니 지금으로 뎌런 도젹놈을 본관에 졍ᄒ여 단단히 속이리라 ᄒ니 쥬인의 ᄂᆡ외가 익걸 왈 다시ᄂᆞᆫ 그리 아니ᄒᆞ마 ᄒ고 그 이튼날 앗츰에 ᄃᆡ졉을 후이ᄒ고 로ᄌ를 만히 주니 못 니긔ᄂᆞᆫ 톄ᄒ고 밧아가지고 가더라.[100]

위의 글은 노자가 떨어진 선생이 꾀를 내어 주막집 주인 내외를 속이는 내용으로 독자들이 투고하는 글은 점점 선정적이 되어 간다. 서로의

___

100   최희삼, '편편기담', 『대한매일신보』, 1909.3.23.

글을 보면서 서로 자극이 되고 또 모방하면서 비슷한 글들이 생겨나고 그 안에서 점점 더 강도가 높은 표현들이 나오기 시작한 것이다. 이런 내용들은 결국 독자들 스스로가 무엇을 좋아하고, 무엇에 흥미를 느끼고 있는지 스스로 잘 알고 있기 때문에 더 적극적으로 쓰게 되는 것이다.

> 박츕간 박판셔는 기싱 ᄒ나흘 샹관ᄒ여 심히 ᄉ랑ᄒ더니 ᄒ로는 식벽에 예궐흘 ᄎ로 관복을 ᄀᆺ초고 가다가 졸디에 그 기싱의 싱각이 나셔 하인을 길에다가 머므르고 그 기싱의 집으로 드러가니 맞츰 셔리ᄃ니는 쟈 ᄒ나히 그 기싱과 홈의 자다가 박판셔의 오는 거슬 보고 급히 몸만 피ᄒ여 밧그로 나간지라 박판셔가 드러가셔 사모를 버셔 벽에 걸고 기싱과 희롱ᄒ다가 날이 붉어오믹 급히 니러나셔 사모를 집어 쓴다는 거슬 셔리의 파리머리를 집어 쓰고 가셔 대궐 문압ᄭ지 니르러 날이 붉으믹 하인이 보니 대감을 뫼시고 오지 아니ᄒ고 엇던 셔리를 담어가지고 온지라 놀나셔 이거시 누구냐 ᄒ니 박판셔가 ᄯ흔 그 소릭에 놀나셔 웨 그리느냐 ᄒ는딕 목소릭는 져의 쥬인 대감의 셩음이라 그제야 ᄒ는 말이 아 황송ᄒ오이다 대감 쓰신 거시 무엇인지오 버셔본즉 사모가 아니라 셔리의 파리머리어늘 얼골이 벌기지며 집어 던지고 급히 가셔 사모를 가져오라 ᄒ더라.[101]

그런데 독자들은 단순히 선정적이고 외설적인 즐거움에만 머무르는 것이 아니고 풍자와 비판을 함께 곁들이게 된다. 선정적이면서 동시에 양반들을 희화화시켜서 비판의 효과를 얻고 있는 것이다. 위의 인용문은 박판서라는 벼슬아치가 기생과 관계를 맺다가 입궐할 때 사모 대신

---

101 소은싱, '편편기담', 『대한매일신보』, 1909.8.26.

에 패랭이를 쓰게 되어 비웃음을 사게 되는 내용이다. 양반의 오입질을 비판하되, 그것을 매우 사실적으로 표현함으로써 더욱더 양반을 우스갯거리로 만들 수 있었다.

이처럼 '편편기담'에 대중적이고 선정적인 내용을 담지하는 가운데, 여성들도 '편편기담'에 투고하기 시작한다. 여성들이 투고한 경우는 다음 표와 같다.

〈표 5〉 '편편기담'에 투고한 여성 독자[102]

1908년		1909년		1910년	
날짜	투고자	날짜	투고자	날짜	투고자
3.7	한명슉	2.18	녀학싱 변슉경	3.10	부인 리광인
3.12	한남녀즈	2.19	녀학싱 변슉경	3.11	부인 리광인
3.13	한남녀스	2.21	녀학싱 변슉경	3.12	부인 리광인
3.14	한남녀스	2.23	녀학싱 변슉경	3.17	부인 리광인
3.15	한남녀스	2.24	녀학싱 변슉경	4.7	부인 리광인
3.17	한남녀스	2.25	녀학싱 변슉경	7.19	리은영
7.22	정지철 닉뎡	2.26	녀학싱 변슉경	7.28	빅영은
7.23	정지철 닉뎡	2.27	녀학싱 변슉경	7.29	빅영은
7.24	정지철 닉뎡	3.13	정지철 부인	7.30	빅영은
7.25	정지철 닉뎡	3.14	정지철 부인	7.31	빅영은
7.26	정지철 닉뎡	3.16	정지철 닉뎡	8.2	빅영은
7.30	최뎡슉	3.17	정지철 닉뎡		
8.23	한명슉	3.19	정지철 닉뎡		
8.26	한명슉	4.18	정지철 닉뎡		
8.30	한명슉(2개)	4.20	정지철 닉뎡		
10.20	리화영	4.21	정지철 닉뎡		
		4.22	정지철 닉뎡		
		4.23	정지철 닉뎡		
		4.24	정지철 닉뎡		
		6.25	한쇼스		
		7.1	한쇼스		
		10.24	홍명순		
		10.26	홍명순		
		10.27	홍명순		
합계	17개	합계	24개	합계	11개

총 투고자 213명 가운데 여성 독자로 보이는 경우는 12명으로 약 5.6%에 해당하는 숫자다. 또한 투고한 글의 개수로 보면 총 620개 가운데 여성 독자가 보낸 글 개수가 52개로 전체의 약 8.4%에 해당한다. 물론 통계적으로 볼 때, 대부분은 남성 독자들이 투고한 것이다. 그러나 문맹률이 매우 높은 시절이었던 근대계몽기에 여성들이 이렇게 대거 근대 매체에 참여했다는 것은 매우 경이로운 일이다. 서서히 여성들도 매체 속에 자신의 이름을 드러내기 시작했다는 점에서 의의가 있다고 할 수 있을 것이다.

〈표 6〉 여성 투고자의 주제별 분류

내용	1908년	1909년	1910년	개수
일반재담(어리석은 인물, 일반세태)	5	8	6	19
개화하지 못한 양반 비판	4	2	0	5
원님과 이방, 원님과 부인(관리 비판)	0	0	0	0
시골사람 상경해서 바보짓	0	4	2	6
제도권 비판(순라군 등)	0	0	0	0
여성 비판	1	2	0	4
남성 비판	1	5	2	8
가족관계 내용이나 비판	2	0	0	3
옛날이야기, 옛 시나 전해 오는 역사물	2	0	0	3
동물 우화	0	1	0	1
소설, 서사류, 대중적인 서사물	0	0	1	1
여성의 욕망, 외설	2	2	0	4
일본, 열강 비판	0	0	0	0
총합(개)	17	24	11	52

위의 여성들이 투고한 '편편기담'의 내용을 살펴보면, 아무래도 남성에 대한 비판이 전체 비율상 상당수를 차지하고 있다.[103] 또한 여성

102 전은경, 앞의 글, 59~60면 〈표 7〉 참조 및 수정.
103 남성 비판은 1908.7.23(정지철 내뎡), 1909.2.23・2.27(녀학생 변숙경), 3.14・3.16・

의 욕망이나 외설적인 부분 역시 드러나고 있으며, 서사물에 대한 투고 역시 눈에 띤다. 여성들 역시 남성들이 투고하는 것과 비슷한 내용을 투고하고 있다. 그런데 비슷한 레퍼토리와 구성을 가지고 있으면서도 여성들의 시선은 남성 독자들의 시선과는 조금 다르게 위치한다.

엇던 싀고을에 흔 과부가 잇셔 나이 이십여 셰에 직산이 유여ᄒᆞ딕 기가코져 ᄒᆞ여 남편을 구홀시 문뎨 세 가지를 내여노코 능히 딕답ᄒᆞᄂᆞᆫ 쟈ᄂᆞᆫ 남편을 슴으리라 ᄒᆞ니 각쳐 사ᄅᆞᆷ들이 구름 ᄀᆞ치 모히나 ᄒᆞ나도 히득ᄒᆞᄂᆞᆫ 쟈ㅣ 업더니 셔울 사ᄂᆞᆫ 엇던 사ᄅᆞᆷ이 여간 말마디나 림시쳐변을 잘ᄒᆞᄂᆞᆫ 고로 시험코져ᄂᆞ려 가셔 과부를 차져보고 셔로 인ᄉᆞ후에 무슴 문뎨를 히리ᄒᆞ여 왓노라[104]

위의 내용은 과부가 개가를 하기 위해 세 문제를 내고 스스로 남편 면접을 보는 내용이다. 남성 독자들의 투고에서도 이와 비슷한 내용을 볼 수 있지만, 대체로 혼인을 위해 질문을 던지는 사람은 친정 아버지였다. 또한 남성 독자의 글에서 과부는 정절을 지키려 하는 것으로 그려진다. 그런데 여성 독자의 글에서는 과부 스스로가 개가를 하고 싶어 하고 스스로 남편 면접까지 본다. 이것은 여성 독자들의 특징으로 여성의 시선으로 보고 있기 때문에 이러한 차이를 보이고 있는 것이다.

쳐녀 ᄒᆞ나이 폐밍홈으로 나이 삼십이 되도록 그 부모가 싀집을 보내지 아

3.17(경지철 내뎡), 1910.3.12 · 3.17(부인 리광인) 등 총 8가지의 내용이 있었다. 특히 어리석은 남편에 대한 희화화, 무식한 남편이나 가부장제적인 남편에 대한 비판, 그리고 첩질하는 90세 재상에 대한 비판 등 다양한 형태로 나타나고 있다.

104 리화영, '편편기담', 『대한매일신보』, 1908.10.20.

니흥엿더니 니웃집 로파를 맛나면 죵용히 조르기를 물론 남녀흥고 쟝셩흥면
츌가흥여 실셰지락이 잇눈듸 나는 눈먼 병신이라고 싀집을 보내지 아니흥니
로인은 나의 됴혼 일 슘어 건넌마을 김도령집으로 좀 드려다 주오 그 도령이
나혼 만흐나 가셰가 지빈흥여 우금것 홀아비로 잇다 흥나 나는 그 집을 차져
가려도 길을 모르니 소를 틱여 보내주면 그 도령이 셜마 나를 내여 쫏츠리잇
가 흥며 괴로히 조르눈지라 이 로파 싱각에 흔번 속이리라 흥고 쇼의 등에
언져가지고 압뒤흐로 얼마ㅅ즘 도라둔니다가 뒤ㅅ동산 으슥한 곳에 안치고
흥눈 말이 김도령이 어듸를 갓스니 여긔셔 김도령 도라올 째신지 기드리민
극진히 조심하여 신톄를 단졍히 흥고 안졋스니 드러오다가 보드릭도 힝혀
실수를 말나 흥니 녀복이 감은 눈을 더욱 감고 단졍히 안져 김도령을 괴로히
기드리더니 이 째에 그 부모가 뚤의 업슴을 보고 무옴에 의아흥여 일홈을 불
흐며 두루 차지려 둔니다가 본즉 으슥흔 구셕에 안져 드른 톄도 아니흥거늘
겻헤 가셔 소리를 흥며 무슴 일노 이곳에 왓눈냐 흥니 녀복이 눈을 씸져거리
며 흥눈 말이 삼십신지 부려먹고 무어시 낫버 사돈집신지 쫏쳐와셔 못 살게
구눈뇨 이졔눈 츌가흥엿슨즉 녀필죵부라 살어도 이집사름이오 죽어도 이집
귀신이 될 터이니 부졀업시 들네지 말고 어셔 집으로 도라가시오 흥더라[105]

정지철이라는 사람의 부인은 여러 차례 '편편기담'에 투고한 인물이
다. 1908년에도 5번, 1909년에는 10번이나 투고하기도 했다. 위의 글
의 여성은 혼인하고 싶은 적나라한 욕망을 그대로 드러내 주고 있다.
나이 서른이 되었지만, 눈이 먼 딸이라 부모들은 그 딸을 시집 보내지
못한다. 딸은 자신이 장애가 있기 때문이라 생각지 않고, 혼인시켜 주

---

105 정지철 내뎡, '편편기담', 『대한매일신보』, 1909.4.21.

지 않는 부모에 대해 억울하게 생각한다. 시집가고 싶은 딸이 어떤 노파에게 속아 산 속에 버려졌고, 부모에게는 도리어 왜 사돈집까지 왔냐고 따지는 딸의 모습은 희화화되기보다는 욕망의 정직한 표현으로 읽힌다. 남성 독자들의 경우에는 마지막에 희화화된 대상과 그를 바라보는 인물의 감정평이 들어 있다. 예를 들어 "기가 차서 황당해 하더라" 등의 어투를 통해 읽는 이로 하여금 비판하도록 유도한다. 그런데 이 글에서는 딸의 욕망을 알아주지 않는 부모를 향한 울분이 더 강하게 표현되고 있는 것이다. 이것은 여성 독자들이 여성의 시선에서 이러한 글을 투고했기 때문에 드러나는 특징이라 할 수 있을 것이다.

> 향촌에 쇼년과부가 상부흔 후 두 살된 아들을 드리고 슈졀ᄒᄂᆞ되 그 싀아ᄌᆞ비가 본릭 난봉으로 술과 잡기에 침혹ᄒ야 불고가ᄉᆞᄒ고 ᄃᆞ니ᄂᆞᆫ되 과부가 소문을 드른즉 싀아ᄌᆞ비가 엇던 홀아비에게 중가를 밧고 ᄌᆞ긔를 풀아먹으려 흔다ᄂᆞᆫ 말이 잇거늘 심중에 경겁ᄒ고 념려가 되어 밤이면 ᄋᆞ희를 안고 밤을 싀더니 여러 날이 되민 ᄌᆞ연 고단ᄒ여 ᄒ로밤은 세상을 모르고 자더니 공교히 실엉우헤인즌 소음고리가 빈우헤 ᄂᆞ려지ᄂᆞᆫ지라 과부가 잠결에 심싹 놀나 소음고리르 잔ᄉᆞ득 붓들고 이고 어마니 이놈 보오 사름을 살녀주오 ᄒ니 건넌방에셔 싀어마니가 자다가 듯고 놀나 겁결에 ᄒᆞᆫ 말이 이놈아 나의 며ᄂᆞ리 가만 두어라 나를 죽이고 ᄃᆞ려가지 그거ᄂᆞᆫ 못 ᄃᆞ려가리라 ᄒ면서 방문을 박차고 드러가며 이놈 어듸잇ᄂᆞ냐 여긔 붓들고 잇소 어듸어듸 ᄒ고 더듬더듬 만져보니 둥굴둥굴흔지라 이거시 이샹하다 불을 혀고 보쟈 ᄒ고 즉시 불을 붉히고 ᄌᆞ셰히 보니 소음고리 싹이라 싀어미의 말이 아야 싹ᄒ여라 소딍을 보고 놀나ᄂᆞᆫ 격이 되엿고나 ᄒ더라.[106]

여성들의 투고에서 과부는 당당히 자신의 개가를 밝히고, 또 스스로 남편을 찾는 적극적인 행동을 보이거나, 과년한 처녀가 혼인하고 싶다는 욕망을 적극적으로 표출해내고 있었다. 그런데 위의 예문에 보이는 내용은 앞서 제시한 예문의 내용과는 미묘한 차이를 보여준다. 즉 소년 과부가 정절을 지키는 것을 매우 강조하고 있다. 일종의 패륜을 보여준다고도 할 수 있는데, 시아주버니가 과부를 홀아비에게 팔아넘기겠다고 하자 어린 과부는 밤마다 두려움에 떨면서 잠을 이루지 못한다. 그런데 이 투고의 내용은 굉장히 이중적이라 할 수 있다. 하나는 과부가 정절을 지키려한다는 것, 또 하나는 언제 홀아비가 밤에 과부를 욕보이러 올지 모른다는 것이다. 이는 남성의 이중적인 시각을 고스란히 드러내는 부분이라 할 수 있다. 과부는 정절을 지켜야 한다는 가부장적 의식과 더불어, 이러한 과부를 선정적으로 바라보는 외설적 시선이 이 이야기에 교차되고 있다. 또한 그 밤에 일어난 사건도 과부가 소음고리를 남자로 오인하면서 벌어지게 된 오해로 판명이 나면서 과부의 욕망이 은근히 드러난 것으로 표현된다. 그것은 시어머니의 발언을 통해서 이 과부를 조롱하고 있는 것인데, 정절을 지키려는 과부의 모습을 외설적인 상황과 교차시킴으로써 결국에는 이 과부 역시 욕망을 지닌 것이 아니냐는 분위기를 내포하고 있는 것이다.

여성 독자들이 투고한 내용에서 과부는 스스로 자신의 개가를 인정하고 있고, 여성들 스스로가 욕망을 정직하게 표현하고 있다. 반면에, 남성 독자들의 투고 내용에는 정절을 지키려는 과부의 모습에 외설적

---

106 쟝봉셥, '편편기담', 『대한매일신보』, 1908.11.27.

인 부분을 덧붙여서 결국에는 과부의 욕망을 꼬집고 조롱하고 있다는 점이 그 차이점이라고 할 수 있을 것이다. 같은 상황이지만, 여성의 시선과 남성의 시선은 그 이야기 전개와 구성에서 차이를 보여주고 있는 것이다.

4) '쓰는 독자'의 출현과 그 의미

'편편기담'이 중요한 이유는 바로 독자들이 스스로 쓰는 글을 파악할 수 있다는 것이다. '편편기담'에 투고하는 인물들은 이야기를 지어서 올린다는 점에서 이야기를 만드는 입장이지만, 다른 이들의 글을 읽고 즐긴다는 점에서 또한 이야기를 읽는 독자인 셈이다. 이렇게 근대 매체에 직접 글을 올리는 '쓰는 독자'는 중층적인 의미를 갖는다. 하나는 '읽기'의 적극적인 활용과 확장이라는 점에서 독서 행위로 볼 수 있다. 이는 '적극적인 읽기'를 수행하는 과정에서 등장하는 것이다. 다른 하나는 '쓰기'의 출발점이라는 점에서 모방과 창작 사이에 있는 행위라고 할 수 있다.

사실 '쓰는 독자'로 참여한 독자들이 직접적으로 어떠한 일을 했는지 알기는 매우 어렵다. 그들이 투고한 글에서 그 영향력과 직업을 유추해볼 뿐이다.

엇던 사롬이 장화홍련젼을 보는딕 그 동리에 로파가 와셔 칙 보는 소리를 듯고 목이 메여 슬허ᄒ더니 그후에 삼국지를 보는딕 그 로파가 쏘 와셔 보고

슬허ᄒᆞᄂᆞᆫ지라 그 칙 보ᄂᆞᆫ 사ᄅᆞᆷ이 닐ᄋᆞ딕 이 칙은 장화홍련젼이 아니어늘 무
슴 슯흔 구졀을 듯고 슬허ᄒᆞ시ᄂᆞᆫ잇가 그 로파가 섬쪽 놀나ᄂᆞᆫ 모양으로 닐ᄋᆞ
딕 내 괴이터라 엇짐인지 향쟈ᄀᆞᆺ치 셜쎄ᄂᆞᆫ 아니ᄒᆞ여[107]

위의 글은 조필수라는 독자가 투고한 글로 『장화홍련전』을 읽어주는
내용이 등장하고 있다. 또한 노파가 열심히 그 읽는 내용을 듣고 눈물까
지 흘리고 있다는 장면도 설명되고 있다. 소설을 좋아하는 부녀자들과
또 그것을 읽어주면서 생긴 상황들을 볼 때, 이 글을 쓴 사람이 실제로
책 읽어주는 전문 이야기꾼일 가능성도 있다. 전문 이야기꾼들은 단순히
책을 읽어주기만 하는 것이 아니라 스스로 창의적인 해석과 추임새를 넣
어가며 이야기를 진행했다. 그렇다면 '편편기담'의 경우, 역시 마찬가지
라고 할 수 있다. 평상시에도 이야기를 만들거나 덧붙여 가던 이야기꾼
들이 '편편기담'에 글을 싣는 것은 다른 이들에 비해 좀 더 유리했을 확률
이 높다. 이야기꾼인 이들이 근대 매체인 신문에 글을 지어 올릴 수도 있
고, 당대 유행하는 소설을 흉내내며 글을 올릴 수도 있는 것이다.[108]

성복이라 ᄒᆞᄂᆞᆫ ᄋᆞ희ᄂᆞᆫ 나히 이십이 되도록 부모가 주ᄂᆞᆫ 옷과 밥을 기ᄃᆞ리
고 아모 싱업을 아니ᄒᆞᄂᆞᆫ 고로 그 부모가 그 니웃 지샹에게 고ᄒᆞ여 엄히 훈계

---

107 죠필슈, '편편기담', 『대한매일신보』, 1908.12.12.
108 사실상 전문 이야기꾼은 신문사의 입장에서는 매우 중요한 인물이다. 1910년대에 『매일
   신보』 독자투고란에 보면 신문을 돌려보고 그걸 읽어주는 인물도 있었으며, 대신 글을
   써주는 인물도 있었다. '편편기담'에도 보면 지나가던 사람에게 글을 읽어달라거나 축문
   을 적어달라는 내용들이 일반 재담의 형태로 많이 들어 있다. 따라서 『대한매일신보』는
   이런 이야기꾼의 관심을 끌고 이야기꾼들이 대중들에게 신문을 읽어줄 수 있도록 대중화
   전략을 내세우고 있다고도 할 수 있을 것이다.

흥기를 근결흥엿더니 그 지상이 그 ㅇ희를 불너 쑤짓고 즈금이후는 너도 쟝
성흥엿스니 네가 근력흥야 부모를 효양흥라 흥니 그 ㅇ희 디답흥기를 아모
비혼 것이 업스니 도적질이나 흥여 부모를 효양흥리잇가 흥거늘 지상이 긔
가 막혀 흥는 말이 도적이라도 무ㅅ 무려히 노는 것보다 아니나흐냐 흥엿더
니 그 지상이 목욕흥려 간 ㅅㅇ이에 그 버셔 노혼 비단옷을 집어닙고 안졋더니
지상이 목욕을 맛치고 나와본즉 그놈이 지긔옷을 닙엇는지라 쑤지즈니 디
답흥되 아까 대감끠셔 도적질흥기를 허락흥신 고로 이 옷을 가져다가 아비
를 주고져 흥ㄴ이다 지상이 어이업셔 닐ㅇ딕 내 너를 용셔흘 터이니 네 만일
더 밧헤셔 소 두 필 가지고 밧가는 사름이 잇스니 그 소를 도적흥여가면 내
쳔 량으로 샹급을 흥리라 흥니[109]

　　셩복이라 흥는 유명한 도적이 이왕 지상에게 시험흥야 샹급쳔량을 밧앗
거니와 그 지상이 흔번 더 시험코져 흥여 셩복드려 닐ㅇ딕 네가 능히 뎌긔
잇는 뎌 로인을 도적흥여 가면 내 너를 크게 샹급흘 거시오 만일 못흥면 벌을
주리라 흥니 셩복이 디답흥고 가니라 그 로인은 예수교를 진실이 밋는쟈 –
즉 그 말을 듯고 불쾌하여 즈긔 집으로 가셔 져녁을 먹고 밤을 지닐ㅅ 셩복의
도적하려올 싱각을 흥고 잠을 일우지 못흥고 밤이 깁도록 잇다가 조름이 와
셔 정신이 혼미흔 중에 업디기도 흥더니 무심결에 창문밧 놉흔 곳에셔 즈긔
일홈을 부르는 소릭가 들니거늘 황망히 디답흥니 쏘 소릭가 나며 하ㄴ님끠
셔 너의 지셩으로 밋는 거슬 가샹히 녁이샤 텬ㅅ를 명흥샤 부르시니 밧비
나오라 흥는지라 그 로인이 혼미즁에 디답흥딕 엇지 가오리잇가 쏘 소릭가

109　안샨즈, '편편기담', 『대한매일신보』, 1908.8.11.

나기를 네가 이 창으로 넘어나와 써러지면 밧는 거시 잇스리라 ᄒ거늘 의심
업시 창을 넘어가셔 써러지니 과연 무슴 잘우 ᄀ혼 것에 걸니더니 그 잘우를
싸여 메고 가는지라 로인의 싱각에 심히 갑갑ᄒ나 텬당으로 가는 길이 좁다
ᄒ더니 과연 이러케 어려온가보다 ᄒ얏더니 미구에 드르니 도적ᄒ여 왓ᄂ
냐 ᄒ는 소리가 곳 그 쥬인대감의 음성이라 셩복이 ᄒ번 되답ᄒ며 쏘다노ᄒ
니 진기 그 로인을 도적ᄒ엿는지라 그 지상이 샹급을 후히 주고 쏘 쟝스밋천
을 주며 훈계ᄒ여 왈 너의 지료로 무슴 일이던지 다 잘홀 터이니 도적질은
ᄒ지 말나 ᄒ믹 셩복이 지비슈명ᄒ고 가셔 일심으로 영업에 힘써 맛춤닉 거
부가 되엿더라[110]

"안산즉"라는 독자는 '편편기담'에 "셩복"이라는 주인공을 내세워 이
야기를 전개하고 있다. 셩복이라는 인물이 어떤 생업도 하지 않자 재상
과 내기하여 결국 자신이 이기는 내용을 다루고 있다. 그다음날 역시
셩복이라는 인물을 주인공으로 해서 글을 투고 했는데 "셩복이라 ᄒ는
유명한 도적이 이왕 지상에게 시험ᄒ야 샹급쳔량을 밧앗거니와"라고
하면서 앞 내용을 언급한다. 그리고 다음날 투고한 내용에서는 한번 더
시험을 하는 장면이 나온다. 이는 일종의 연재와 같은 형태라고도 할
수 있다. 또한 이는 기존 이야기들인 『홍길동전』이나 『허생전』 등의 내
용과 유사한 부분이 많아 이전 글들을 모방하는 가운데 자신의 창작을
끼워넣는 방식으로 글을 올렸다고 볼 수 있다.

이 외에도 실제 작가가 되기 위한 연습의 과정에서 '편편기담'을 이용
하기도 했다. 이 중 량건식의 글도 실려 있는데, 그는 1908년 5월 3일

---

110 안산즉, '편편기담', 『대한매일신보』, 1908.8.12.

2편, 5월 5일에 한 편을 '편편기담'에 기고했다. 세 편 모두 시골 사람의 어리석은 행동을 다루고 있다. 이렇듯 전문 작가를 지향하는 사람들이 '편편기담'을 통해 작가가 되고 싶은 욕망을 발산해왔다고 할 수 있다.

시고을 사름 형뎨가 분호ᄒ여 흔 동리에 살더니 ᄒ로는 그 아오가 형의 집에 간즉 형은 업고 형슈가 방에셔 무엇을 ᄒ다가 나오거ᄂᆯ 형의 간 곳을 무른ᄃᆡ 나무를 ᄒ려 갓다ᄒᄆᆡ 집으로 가려고 나을셔 형슈가 불너왈 방에 쥐가 드러왓스나 잡을 수 업스니 좀 잡어달나 ᄒ거ᄂᆯ 되답ᄒ고 즉시 방으로 드러가 잡으려 흔즉 쥐가 이리뎌리 ᄶᅱ여ᄃᆞᆫ니ᄆᆡ 잡을 수 업ᄂᆞᆫ지라 그 형슈가 보다가 다련드러 서로 병력ᄒ여 쥐를 ᄶᅩᆽᄃᆞᆫ닐 즈음에 그 형이 나무를 ᄒ여 가지고 드러와 본즉 방문을 닷고 방안에셔 들네ᄂᆞᆫ 소ᄅᆡ가 나ᄂᆞᆫ지라 무슴 소ᄅᆡ인 줄은 치 듯지 못ᄒ고 의아ᄒ여 급히 그 안히를 부르니 그 안히와 제 아오가 ᄯᅡᆷ을 흘니고 나오거ᄂᆞᆯ 그 형이 보고 어히 업셔 아모 말 못ᄒ고 ᄂᆡ심에 헤오ᄃᆡ 이런 일을 보고 엇지 셰상에 잇스리오 ᄒ고 산에 가서 목ᄆᆡ여 죽거ᄂᆞᆯ 그 아오가 형의 ᄯᅳᆺ을 알고 ᄯᅩ흔 목을 ᄆᆡ여 죽으니 그 형슈가 싱각ᄒᄃᆡ 남편이 의심을 두어 셰상을 ᄇᆞ렷고 그 아오ᄭᅥ지 죽엇스니 내 엇지 살니오 ᄒ고 목을 ᄆᆡ여 죽은지라 쥐 흔나흘 잡으려다가 사름을 셋식 잡으니 가셕ᄒ도다.[111]

위의 글은 리지홍이라는 사람이 투고한 글로서, 리지홍은 '편편기담'에 가장 많이 투고한 독자로 27번 글을 실은 인물이다. 그가 투고한 '편편기담' 가운데 위의 내용은 김동인이 1921년 5월 『창조』에 실었던 단편소설 「배따라기」의 내용과 거의 일치한다. 마지막에 세 명 모두 자

111 리지홍, '편편기담', 『대한매일신보』, 1909.9.25.

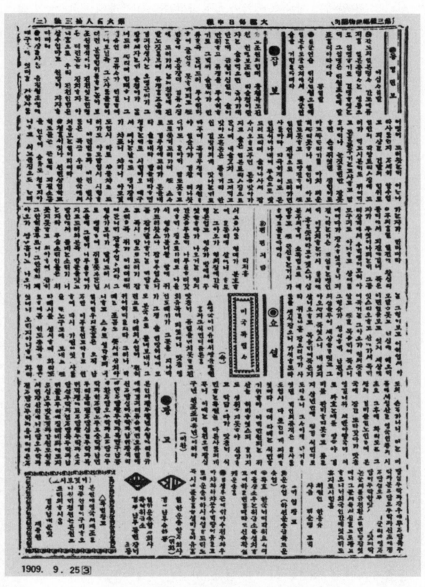

리지홍, '편편기담', 『대한매일신보』, 1909.9.25, 3면

살하는 것 외에는 세부적 사항까지 유사하다. 물론 「배따라기」 역시 민요에서 가져온 것이기는 하지만, 실제 액자소설 안에 들어 있는 소설 내용은 위의 내용과 거의 같은 것이다.

물론 김동인이 이 글을 봤을 수도 있고, 익히 들어 본 구전되어 오던 이야기일 수도 있다. 혹은 리지홍이라는 독자가 번역물을 보고 자기 나름대로 풀어썼을 수도 있다. 그러나 그보다 더 중요한 것은 근대 단편소설이라 지칭되는 「배따라기」의 내용이 이미 1909년 '편편기담'에 등장하고 있다는 점이다. 그것은 '편편기담'의 내용이 보편성을 띰과 동시에 창의적인 내용 역시 첨가되어 있기 때문이다. 어쨌든 '편편기담'에 실린 내용은 서로 비슷한 가운데에도 서사성을 확보하고, 그 안에서 완결성을 가지게 됨으로써 근대소설의 시작점으로서의 역할 역시 하고 있었다.

결국 이 '편편기담'에는 전문적인 이야기꾼이나, 실제 작가가 되기 위해 습작 기간을 갖고 있는 인물들이 '쓰는 독자'로서의 역할을 하고 있었던 셈이다. 그런데 또 그 가운데에는 읽기의 적극적인 형태로서 '쓰는 독자'가 된 경우도 있다. 즉 비슷한 내용이 반복되고, 자신이 하고 싶은 이야기를 근대 매체에 올리는 방식으로 적극적으로 독서를 하고 있다는 것이다.

물론 이 독서는 묵독에서 음독으로 완전히 넘어간 근대적인 행위를 의미하는 것은 아니다. 듣기를 통한 독서 역시 대다수의 독서를 차지하고 있었다고 해도 과언이 아니다. 여전히 이야기꾼이 있고, 이야기꾼을 통해서 들으며 독서를 하기도 하고, 아니면 한글 야학을 통해 스스로 글을 익히고 난 후 읽어보기도 했을 것이다.

연도	저작자 이름 달기 전 (1907.5.23~1908.2.22)	1908	1909	1910
횟수	56번	0	21번	99번

실제로 저작자 이름을 달기 전에는 '편편기담'이 실리지 않은 경우가 매우 빈번했다. 그리고 '편편기담'이 있다고 하더라도, 5~6줄 정도의 문구나 훈계에 그치는 경우가 많아서, 실제 독자들의 투고라기보다는 편집자들이 직접 적었을 확률도 높다. 그런데 1908년 2월 23일 이후 독자들이 직접 자신의 이름을 적어 올리기 시작하면서부터는 1909년 말까지 거의 빠지는 날 없이 '편편기담'이 게재되었다. 빠지는 날이 거의 없다는 것은 그만큼 독자들의 호응이 대단했다는 것을 의미한다.

저작자의 이름을 달기 전까지는 스스로 뭔가 새로운 이야기를 지어 올리는 것이 아니라 교훈적인 문구나 속담류들을 올리는 데 급급했다. 그런데 저작자 이름을 표기하고, 『대한매일신보』가 똑같은 내용을 싣지 않겠다고 단언하면서는, 그 내용이 굉장히 다양해지고 서사성을 띠기 시작한 것이다. 결국 이는 독자들이 독서를 통해, 혹은 들은 이야기를 통해 이를 모방하면서도 자신의 생각을 조금씩 덧붙여 이야기를 만들어가기 시작했다는 것을 의미한다. 이것은 독자들이 단순히 읽기만을 지향하고 있는 것이 아니라 '쓰기'라는 새로운 영역에 대해 관심을 갖고 욕망하고 있었음을 단적으로 보여주고 있는 것이다.

사실상 근대계몽기의 '독서'는 중층적인 의미를 지니고 있다. 묵독과 음독으로 완전히 분화되기 전이면서, 독자들의 독서 행위 역시 '읽기'의 적극적인 형태와 습작, 연습의 형태가 뒤섞여 있기 때문이다. 이 가운데 적극적인 읽기를 통해 '쓰는 독자'로 전환한 독자들이 등장하기 시작했다고 할 수 있다. 적극적인 읽기란, 자신이 이야기를 만들어가며 읽는 것으로 부족한 부분을 독자 스스로 채워가며 텍스트를 유동적으로 만드는 독서 행위다.

　이러한 적극적인 독서 행위는 모방이라는 측면에서 시작된다고 할 수 있다. 대다수의 글에서는 무식한 원님에 대한 내용이나, 사위를 구하는 내용, 시골 사람이 서울에 가는 이야기 등, 비슷한 유형이 반복되고 있다. 앞부분은 거의 같다가 뒤에서 바뀌는 경우가 대다수다. 그것은 그만큼 '모방'을 통해 적극적인 읽기를 실행하고 있는 것이다. 이 '쓰는 독자'는 근대계몽기의 독자들의 성향이 중층적으로 반영된 근대독자의 모습이라 할 수 있다. 따라서 이 '쓰는 독자'는 창작과 모방 사이에, 읽기와 쓰기 사이에 끼인 근대계몽기만의 특색이라고도 할 수 있을 것이다. 결국 쓰고 싶은 욕망, 읽고 싶은 욕망의 접합된 곳에 '편편기담'이 놓여있다고 할 수 있다.

5) 현상공모의 시작으로서의 '편편기담'

　『대한매일신보』는 1907년 5월 23일 한글판이 시작된 첫날부터 '편편기담'이라는 이야기 형식의 독자투고란을 제공했다. 옛날이야기들을 요약하여 올리는 형태였던 '편편기담'은 1908년 2월 23일부터는 독자들의 이름을 표기한 채로 올라오게 되었다. 이는 단순히 누구나 아는 옛날이야기로부터 독자들의 창의적인 내용이 점점 가미되면서 자신의 이름을 표기하게 된 예라고 할 수 있다.

　'편편기담'은 근대계몽기 근대 매체에서 독특하게 사용한 글쓰기 형태라 할 수 있다. 이야기를 지어내면서 모방과 창작 사이에서 '쓰는 독자'가 출현하게 되었으며, 이는 결국 독자들의 욕망이 확장되어 나타난 것이라 할 수 있다. 텍스트를 채워가면서 읽으려는 적극적인 독서로서 '쓰는 독자'가 생성되었던 것이다. 여기에 더 나아가 '편편기담'은 스스로 글을 쓰고 싶은 욕망에서 작가로 나아가기 위한 습작의 장을 제공한 것이라고도 할 수 있을 것이다. 또한 이 글들은 독자들 서로서로가 공유하고, 또 거기에 자신들의 이야기로 채워 넣음으로써 '편편기담' 내에 다양한 층위의 이야기들이 쌓일 수 있었고, 새로운 독자들이 생성될 수 있었다.

　'편편기담'은 자신의 욕망을 드러내고 모방하면서 이야기를 만들어내는 구비문학의 문자적 정착이라고도 할 수 있을 것이다. 이 '편편기담'의 내용들은 사실상 뒤로 갈수록 대중의 흥미를 자극하는 부분이 많았다. 『장화홍련전』의 인기가 가히 폭발적이자 '편편기담'의 내용 역시 계모의 학대에 대한 내용이 많이 등장했다. 그만큼 유명한 글들을 모방하면서 자신들의 쓰기 욕망을 충족하고 있었다.

　이러한 '편편기담'의 내용은 독자들의 경향을 파악하는 데 아주 중요한 자료가 된다. 특히 1910년 8월 28일 폐간될 때까지 꾸준히 등장하고 있었으므로 독자들의 기호나 욕망을 읽기에 가장 적합했을 것이다. 따라서 『매일신보』에서 이해조의 신소설이나 이후 일본 가정소설을 번안한 데에는 이러한 독자들을 파악함으로써 이루어진 것이다. 첩애기나, 계모 학대 등은 일본 가정소설의 전형이라고도 할 수 있다. 『매일신보』는 '편편기담' 등을 통해 독자들의 기호를 파악하여 독자들이 흥미를 가질 만한 일본 가정소설을 번안했을 확률도 높다. 결국 『매일신보』는 독자들이 가지고 있는 두 가지 욕망 가운데 '읽기'의 확장이라는 측면에서 번안소설을 사용했을 것이다. 또 다른 한편으로 작가적 욕망, 쓰기 자체에 대한 욕망을 가진 독자들을 위해 『매일신보』는 '현상문예'까지 시도했을 것으로 보인다. '편편기담'은 그러한 면에서 '쓰는 독자'의 출현을 가져온 중요한 기획이었다고 할 수 있으며, 그 당대 독자들의 욕망을 살펴볼 수 있는 주요한 자료가 되고 있다.

4. 구조 학습의 효과와 재생산적 글쓰기 – 『대한매일신보』

신문 매체가 등장하면서 새로운 소통 방식이 유통되기 시작했다. 신문 매체를 통해서 이루어진 "커뮤니케이션에 의한 '문명개화'는 폐쇄적인 커뮤니케이션에서 개방적인 커뮤니케이션으로의 전환을 의미"[112]했다. 이러한 개방적인 커뮤니케이션인 신문 매체 속에 문예가 들어오면서 새로운 상황을 연출하게 되었다.

신문 매체가 등장하기 이전의 상황을 보면, 조선 후기 세책가가 유행하여 필사본 소설이 유통되었다고는 하지만, 그것은 "개인적인 친분을

---

112 前田愛(마에다 아이), 유은경·이원희 역, 『일본 근대독자의 성립』, 이룸, 2003, 143면.

통한 사적인 경로를 통해서 유통"된 경우였다.[113] 이러한 유통의 과정이 어느 정도 상품화된 것은 방각본의 출현 때문이었다. 이 방각본은 독자층을 훨씬 더 확대시켰다. 즉 필사본이 서울 중심의 한정된 독자에게 의존했던 것과 달리, 방각본은 독자층이 서민 계층들에게까지 확대되고 동시에 지역적으로도 확대되었던 것이다.[114] 이러한 흐름은 자연스럽게 구활자본 소설들로 이어지게 되었다.[115]

신문 매체의 등장은 세책방과는 또 다른 소통의 장을 만들어내었다. 폐쇄적이고 특정 집단에 치우쳐 있던 독자층을 완전히 개방적인 공간으로 확대시킨 것이 바로 신문 매체였다. 이는 독자층이 단절되었다는 것을 의미하는 것이 아니다. 도리어 전근대적인 독자들이 신문 매체 속에 섞여 들면서 새로운 형태의 독자층을 양산해내고, 독자층을 확대 발전시켰다고 보아야 할 것이다. 다시 말해서 근대계몽기의 독자층은 단절된 것이 아니라 확대 재생산되었다고 보는 것이 타당할 것이다.

이러한 의미에서 근대계몽기의 독자문예면은 독자층의 성격과 특징, 기호를 알 수 있는 매우 중요한 자료라 할 수 있다. 간헐적으로 투고하던 형태인 기서나 편지, 잡가나 개화가사 등도 중요하지만, 독자들이 스스로 이야기를 모방하고 만들어내던 '독자문예면'은 전근대의 독자

---

113 서혜은, 「경판 방각소설의 대중성과 사회의식 연구」, 경북대 박사논문, 2007, 37면 참조.
114 대곡삼번(大谷森繁)에 의하면, 실제로 방각본은 서울 이외의 지방에서, 시골 저자에 모이는 고객들을 상대로 하여 팔리고 있었다고 한다.(大谷森繁, 「朝鮮朝의 小說讀者 연구」, 고려대 박사논문, 1984, 110면 참조)
115 천정환은 『근대의 책읽기』에서 '필사본→방각본→구활자본'의 이행을 연속된 과정으로 설명한다. 즉 앞 시대의 독자층이 뒤 시대의 독자층과 연결되면서 작품 자체가 소멸된 것이 아니라 다양한 이본으로 재생산되고 있기 때문이다.(천정환, 『근대의 책읽기』, 푸른역사, 2003, 65면 참조)

에서 근대독자로 이행되어가는 과정을 보여주는 면에서 매우 가치 있는 자료라 할 수 있다. '독자문예면'은 한글판『대한매일신보』가 간행된 1907년 5월 23일부터 폐간된 1910년 8월 28일까지 계속해서 실렸다. '편편기담'이라는 '독자문예면'은 독자의 변이 과정과 다양한 독자의 반응, 욕망을 볼 수 있는 매우 중요한 자료인 것이다.

근대계몽기 신문 매체에 실렸던 '독자문예면'을 봐야 하는 이유는 다음 세 가지로 정리해볼 수 있다. 첫째, 근대계몽기 당대 독자들이 선호했던 이야기 유형을 파악할 수 있다. 독자들의 취향을 살펴봄으로써 독자들의 경향과 대중성에 대해서 살펴볼 수 있다. 반복되는 이야기라는 것은 그만큼 흥미가 있기 때문이다. 따라서 어떤 면에서 독자들이 흥미를 느끼며 반복 재생산하고 있는지를 살펴보는 것은 대중문학의 기원을 밝히는 작업의 일환이 될 수 있다.

둘째, 전근대의 독자에서 근대독자로 이행되어가는 과정을 밝혀볼 수 있다. 물론 근대계몽기 독자들이 근대독자라고 단언할 수는 없다. 그러나 이러한 전개의 과정은 말 그대로 '전개'의 과정이지 '단절'의 과정이 아니다. 연속성의 측면에서 변화, 변형되는 과정으로 이해되어야 한다. 따라서 이 시기 '독자문예면'은 독자들의 이행 과정을 보여줄 수 있을 것이다.

셋째, 적극적인 독자가 근대 작가로 이행되어 가는 과정을 보여줄 수 있다. 특이하게도 '독자문예면'은 '읽기'의 측면보다는 '쓰기'의 측면에 주안점을 두고 있다. 그러한 과정에서 근대를 준비하는 지식인들의 모습이나 근대 작가들의 시초들을 볼 수 있을 것이다.

따라서 이 글에서는 이러한 '독자문예면'을 통해 독자들의 경향을 살펴보고자 한다. 이를 위하여 산술적 방법을 사용하여 구체적인 데이터를 분석해볼 것이다. 즉 서사 구성의 과정 속에서 어떠한 변형 요소들에 의해 서사의 결과가 바뀌어 가는지를 산술적인 데이터 분석을 통해서 살펴보고자 하는 것이다. 여러 가지 변형 요소들의 특징을 살피고, 이 변형 요소의 간섭에 따라 어떤 영향을 받는지, 또 그 의미와 가치는 어떠한 변형을 일으키고 그 변형이 가져오는 근대적 가치는 무엇인지에 대해서 살펴보는 것을 목적으로 한다. 또한 이 가운데 글쓰기의 욕망이 구조 학습과 연계되어 있음을 밝히고, 개방적 커뮤니케이션과의 상호관계를 살펴볼 것이다.[116] 이러한 방식은 향후 스토리텔링 구조로의 변환과 한국문학 연구의 생산적인 방식으로의 전환에 대한 고민과도 연계될 수 있을 것으로 기대한다.

1) '독자문예면'의 스토리 구성과 진행과정

한글판 『대한매일신보』가 근대계몽기의 다른 신문들과 가장 큰 차이점은 바로 '편편기담'의 존재였다. 『대한매일신보』가 신문을 보는 독자들의 목소리를 담아내는 '독자투고란' 대신에, '편편기담'이라는 '독자문예면'을 두고 있다는 것은 상당히 특이한 점이다. 한글판 『대한매일신보』보다 조금 일찍 나왔던 『만세보』의 경우는 '독자투고란'과 '소

---

116 앞서 '편편기담'의 내용을 주제별로 분류하고, 투고자를 분석하여, '쓰는 독자'의 출현을 설명하였다. 이 글에서는 '편편기담'의 구조를 분석하여 모방에서 창조로 가는 그 과정을 매체의 형식과 독자의 욕망이 접합되는 지점을 통해 살펴보려고 한다. 이 구조에 대한 형식적·내용적 분석은 구비 전승되던 이야기가 기록화되는 과정을 보여줄 수 있을 것이다.

설란'을 구성했다.[117] 이에 반해 『대한매일신보』는 '독자투고란' 대신에 '독자문예면'을 두고 있는 것이다.

사실 『대한매일신보』는 일반 부녀자들과 아이들, 무식한 노동자들까지도 독자로 포섭하려 했다.[118] 너무 길게 써야 한다면 투고하려는 독자들도 부담을 느낄 수밖에 없다. 그러나 '편편기담'은 매우 짤막한 글이었고, 옛날이야기처럼 많이 들었던 내용을 실으면 되는 것이었다. '편편기담'이라는 '독자문예면'은 그만큼 접근이 용이했다.[119]

'편편기담'의 주제별 내용을 보면 일반 재담, 언어유희와 관련된 이야기가 주류를 이루고 있다. 예전부터 들어본 듯한 이야기나 그 당시 재미있는 이야기들이 많이 투고되었다. 이러한 이야기들은 패관잡기로 예전부터 있어왔던 이야기들이다. 입에서 입으로 적층되어왔던 이야기가 공식적이고 개방적인 매체에 실리기 시작했던 것이다.

그런데 1908년 2월 23일부터 저작자가 표기되면서 양식이 변형되고 있다는 것에 주목해야 한다. 이는 1908년 2월 19일에 '사고社告'를 통해 안내한 내용으로 "임의 긔지된 것과 음담폐설과 멸륜패상흔 말은

---

117 『만세보』의 독자투고란과 신문연재소설에 대해서는 전은경의 「『만세보』의 독자투고란과 신문연재소설의 형성」(『어문학』 111집, 한국어문학회, 2011.3) 참조.

118 1909년 12월 1일 『대한매일신보』에 실린 '잡동산이'라는 난에서 "쇼셜은 국민에게 지나침과 굿흔 쟈ㅣ라 그 말이 친근ㅎ고 그 쓴 거시 공교ㅎ여 아모리 무식흔 로동쟈들신지라도 쇼셜은 능히 보지 못ㅎ는 쟈 드믈며 쏘 보기됴와 아니ㅎ는 쟈ㅣ 업느니"라고 하면서 소설은 국민 그 누구나 즐길 수 있는 것이라 설명한다. 이는 『대한매일신보』가 그만큼 문예면의 역할을 인정하고 있었음을 보여주는 반증이라 할 수 있다.

119 '한남녀즈'라는 독자의 기서를 보면('기서', 『대한매일신보』, 1908.3.3, 1면), 학문 없고 어리석은 부녀와 몽매한 아이들도 신문을 보게 될 것이라며 '편편기담'의 존재에 대해서 칭찬하고 있다. 『대한매일신보』에 실린 여성 독자들의 기서에 대해서는 전은경의 「근대 초기 독자층의 형성과 매체의 역할」(『현대문학의 연구』 40집, 한국문학연구학회, 2010.2) 참조

〈표 1〉 '편편기담'의 주제별 분류[120]

내용	1907.5.23 ~1908.2.22 (저자X)	1908년	1909년	1910년	개수
일반재담(어리석은 인물, 일반세태)	68	154	162	56	440
개화하지 못한 양반 비판	8	24	30	5	67
시골사람 상경해서 바보짓	5	19	14	3	42
동물 우화	15	9	6	2	32
여성 비판	2	15	10	3	30
가족관계 내용이나 비판	4	18	2	4	28
남성 비판	3	6	14	4	27
옛날이야기, 옛 시나 전해 오는 역사물	3	19	1	0	23
원님과 이방, 원님과 부인(관리 비판)	3	8	5	3	19
소설, 서사류, 대중적인 서사물	3	1	8	2	17
제도권 비판(순라군 등)	1	11	3	1	16
교훈적 문구, 속담	15	0	0	0	15
일본, 열강 비판	0	0	4	0	4
총합(개)	130	284	259	83	756

긔지ᄒ지 안ᄉ오니 죠량ᄒ시옵"이라며 같은 내용이어서는 안 된다는 말을 명확하게 내세우고 있다. 그 이후 1908년 5월 22일부터 1909년 6월 27일까지 '편편기담'과 관련된 '사고'를 계속해서 내보낸다.

● 샤 고

각 디방에 쳠군즈가 본샤에 투셔와 긔셔가 축일 답지ᄒᄂ디 거쥬와 셩명이 쇼샹ᄒ고 ᄉ실이 분명ᄒᆫ 쟈ᄂ 곳 게지ᄒ거니와 셩명도 업고 ᄉ실이 모호ᄒᆫ 쟈ᄂ 인이 치지ᄒᄂ디 직죡이 쏘니르니 일이 심히 아흑ᄒ지라 죵금 이후ᄂ 투셔와 긔셔를 ᄒ시ᄂ이ᄂ 거쥬 통호수와 셩명을 즈셰히 긔록ᄒ시되 만

---

120 이 표는 전은경의 「『대한매일신보』의 '편편기담'과 '쓰는 독자'의 출현」(『한국현대문학연구』 30집, 한국현대문학회, 2010.4, 78・80면)에서 〈표 1〉과 〈표 2〉를 참조하여 수정한 것임.

일 모호ᄒ면 다 믈시ᄒ터이오니

죠량ᄒ시읍

본보를 이독ᄒ시ᄂ 졔군ᄌ끠셔 각금 긔담을 지어보내시미 본샤에셔 그
익고ᄒ시ᄂ 셩의를 보슈코져 ᄒ야

한셩ᄂ에 십오 쟝까지 외방에ᄂ 열 쟝ᄭ지 ᄒ고

지어 보내신 이의게 신보를 무료로 두 둘을 보내겟숩

다만 긔담을 긔록ᄒ여 보내실 째에 거쥬통호수와 셩명을 ᄌ셰히 젹어보
내시면 본샤에셔 졉슈ᄅ 호수를 ᄯ라 긔직ᄒ오며 본보 뎨일호브터 지금ᄭ
지 임의 긔직된 것과 음담패셜과 멸륜패샹ᄒ 말은 긔직ᄒ지 안ᄉ오니

죠량ᄒ시읍[121]

'편편긔담'의 요건이 바뀌면서 저자의 이름을 명확하게 명기하고,
거주지 역시 표기해야 하며, 이미 나온 내용이나 음담패설, 멸륜패상한
내용은 쓸 수 없다고 표명한 것이다. 그리고 실제로 같은 내용이 나온
경우에는 싣지 않는다는 실례도 등장했다. 1908년 5월 2일에 한명곡
이라는 독자가 '편편긔담'에 글을 실었다. 그런데 긔담 다음에 나오는
'사고'란에서 "한명곡씨의 보내신 긔담ᄒ나ᄂ 본보 뎨삼십ᄉ호에 임의
낫기로 게직치 아니홈"이라며 명시해 놓고 있다. 즉 한명곡이라는 독자
는 2개의 긔담을 보냈으나, 한 개는 이미 나온 내용과 같기 때문에 싣
지 않았다는 것이다. 그것도 '사고'란을 통해서 알린다는 것은 독자들

---

121 '社告', 『대한매일신보』, 1908.5.22.

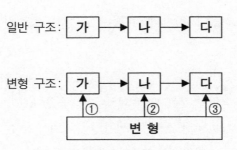

일반 구조: 가 → 나 → 다

변형 구조: 가 → 나 → 다
① ② ③
변 형

〈표 2〉 독자문예면의 스토리 구성과 변형

에 대한 일종의 경고라고도 할 수 있다. 내용이 같을 경우, 실제로 싣지 않았다는 것을 직접 보여줌으로써 대대적인 광고 효과를 누린 것이다.

이러한 상황에서 독자들의 선택은 기존에 나온 이야기를 모방하면서도 다시 적절하게 변형하는 것이었다. 거의 비슷한 구조에서 약간의 변형을 가미하여 조금 다르게 보이는 방법이었다. 그것은 가장 손쉽게 내용을 바꿀 수 있는 일이기도 했다.

그 이전까지 일반적으로 등장했던 스토리 구조가 가→나→다로 이어졌다면, 변형구조는 가, 나, 다에 변형요소를 가미해서 새로운 스토리 구조로 변이되어 나타난다. ①의 변화는 시도의 변화를 의미한다. 행동의 주체가 바뀌거나 기승전결의 구조 중 기의 부분부터 변환을 가하는 것이다. ②의 변화는 사건이나 경험의 변화를 의미한다. 이는 소재적인 차원에서의 변화가 들어오기도 한다. ③의 경우는 결과에 변화가 일어나는 것을 의미한다. 반전으로 등장하기도 하지만, 대부분의 경우, ①과 ②의 변화 때문에 파생된 결과인 경우가 많다.

'편편기담'의 여러 주제 중에서 예전부터 있어왔던 서사에서 근대적인 서사로 이행되는 주제는 시골 사람이 상경해서 바보짓을 하는 경우가 가장 잘 드러났다. 독자의 이름을 게재하기 전의 내용을 먼저 보면 다음과 같다.

> 포천 사는 션비ᄒ 분이 과거 보라왓다가 글을 풀아 돈 몃십 량을 밧아가지고 집으로 도라갈ᄉᆡ 동쇼문밧긔 가셔 돈이 무거워 갈 수가 업거늘 길가에 모릭 밧헤 뭇코 나무를 ᄭᅡᆨ가셔 여긔 뭇은 돈을 ᄑᆞ가ᄂᆞᆫ 쟈ᄂᆞᆫ 개아들이라 써셔 쏫고 ᄂᆞ려가셔 ᄌᆞ긔 아들을 보내여 돈을 ᄑᆞ오라 ᄒᆞ니 그 아들은 다른 사름이 발셔 ᄑᆞ갓슬 줄 아나 부친의 명을 어긔지 못ᄒᆞ야 가보니 돈도 업고 표목은 그 근쳐에 ᄲᅩᆸ아 던젓더라 그 아들이 도라가 그 말을 고ᄒᆞᆫᄃᆡ 그 션비가 탄식ᄒᆞ여왈 개아들이란 욕도 불계ᄒᆞ고 직물에 이럿케 욕심이 발동ᄒᆞ니 셔울 인심이 이러ᄒᆞ도다 ᄒᆞ더니[122]

이 이야기는 예전부터 전래되어오던 이야기와 흡사하다. 적층되어 구전되어온 내용으로 누구나 한 번쯤 들어봤음직한 서사구조라 할 수 있다. 이를 기승전결의 구조로 바꾸어보면 다음과 같이 도식화할 수 있다.

기	도입	시골 선비가 과거보러 서울에 올라옴.
승	진행 (경험)	글을 팔아 돈을 받아서 집으로 돌아가려는데 너무 무거워서 길가에 묻음. 나무를 깎아서 여기 묻은 돈을 파가는 자는 개아들이라고 씀.
전	반전 (의문)	아들 보고 가지고 오라고 하자, 아들은 다른 사람이 파갔으리라 생각하면서도 어쩔 수 없이 찾으러 옴. 이미 파가고 없음.
결	결과	선비가 탄식하며 개아들이란 욕도 상관없이 재물에 욕심을 두니 서울인심 문제라며 한탄함.

도입에서는 시골 사람이 서울에 올라가는 것으로 시작한다. 다음 진

---

122 『대한매일신보』, 1908.2.18.

행에서는 서울에서 다양한 경험을 하게 된다. 이때 근대 문물을 경험하기도 하고, 서울 사람들을 만나기도 한다. 그다음 단계는 의문을 가지게 되거나 시골 사람이 생각했던 것과는 다른 방향으로 전개된다. 마지막 결과 부분에서 시골 사람은 어리석은 행동을 하게 되는데, 대체로 서울의 문물을 잘못 이해하면서 파생되는 결과이다.

이를 세 부분으로 나누어 보면 먼저 도입부에 해당하는 '기' 부분, 그리고 사건에 해당하는 '승', 반전을 보여주는 '전' 부분, 마지막으로 결과 부분에 해당하는 '결' 부분이 있다. 따라서 위의 표에서 '가→나→다'로 전개되는 것은 '도입→사건진행→결과'를 의미한다. 각각의 변형과정에 대해서는 다음 절에서 알아보도록 하겠다.

2) 변형요소들의 간섭과 변화 구조—형식적 변환 장치

'가(도입) → 나(사건진행) → 다(결과)'로 전개되는 과정 속에 각 부분에 변형요소들이 개입되면서 전체 내용에 변이가 일어난다. ① 진행 사건의 변화 구조, ② 진행 사건과 결과의 변화 구조, ③ 도입의 변화 구조, ④ 도입과 결과의 변화 구조로 나누어 볼 수 있다.

(1) 진행 사건의 변화 구조

'편편기담'에서는 기본적인 기승전결의 구조는 지키되 소재적인 측면에서 근대의 문물을 사용하여 변형을 일으키게 된다. 전체적인 구조

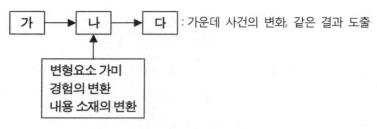

〈표 3〉 진행 사건의 변화 구조

가 모방의 모본으로 있는 가운데 소재적인 차원에서 다른 내용을 넣는
것은 매우 쉬운 일이었기 때문에 대부분의 변형은 사건과 소재의 변화
가 주류를 이루고 있었다.

엇더흔 시골 사름이 편지 흐나를 보씸만흐게 봉흐고 우표는 흔 장을 붓쳐
가지고 우톄국에 가셔 이 편지를 속히 젼흐여 주오흔즉 우톄국에서 흐는 말
이 무거워셔 부치지 못흐겟소 우표 두 장을 더 붓쳐야 흐겟소 그 시골 사룸에
말이 그리흐오 올치올치 우표라 흐는 것이 힘이 듸단흐고 두 쟝을 더 붓쳐셔
더 편지봉이 가뷔워지는고나 흐더라[123]

시골셔 글즈흔다는 사름이 어린 아들을 드리고 셔울구경을 와셔 이리뎌
리 든니며 구경흐는듸로 ᄀ르쳐 주더니 뎐챠를 트고 남대문 밧그로 나아가
다가 그 아들이 뎐챠가 져졀노 운동흐여 가는 것을 보고 그 리치를 무르니
듸답흐여 왈 그 뎐챠가 역물이 다라나는 것보담 속흐다 흐여 뎐챠라 흔다
흐엿스니 가위 식즈우환이로고[124]

---

123 '편편기담', 『대한매일신보』, 1907.8.18.
124 '편편기담', 『대한매일신보』, 1907.9.29.

순서	과정	우체국 이야기	전차 이야기
기	도입	시골 사람이 (상경함, 읍내에 감).	시골 사람이 아들과 서울구경함.(상경)
승	진행 (경험)	편지 하나를 봇짐만하게 봉하고 우표는 한 장을 붙여서 우체국에 감.	서울 구경하며 전차 타고 남대문 밖으로 감.
전	반전 (의문)	우체국에서는 무거워서 못 부치겠다고 함. 우표 2장을 붙이라고 함.	아들이 전차가 스스로 운동하는 것이 신기해 하며 물어봄.
결	결과	(어리석은 행동) 우표의 힘이 대단하다고 생각함.	(어리석은 행동) 전차가 역말이 달아나는 것보다 빠르다고 하여 전차라고 한다고 잘못 가르쳐줌.

위의 예문은 시골 사람이 서울을 올라가서 어리석은 행동을 한다는 줄기로 보면 1절에서 살펴보았던 것과 같은 상황이지만, 내용을 보면 약간의 변형이 이루어진다. 소재적인 면에서 근대문물이 사용되고 있다. 우체국이나 전차에 관한 새로운 문물이 등장한다. 소재적인 차원에서 근대문물이 소개되면서 결과적으로 볼 때는 어리석은 행동을 하고 있는 것은 맞지만, 문화적인 충격을 받고 있는 조선인의 모습이 희화화되고 있는 측면도 있다.

(정호윤) 엇던 싀골 사름 ᄒ나이 구경ᄎ로 샹경ᄒ다가 남대문밧긔셔 뎐차에 올나 샹등간을 모로고 텃더니 쟝거슈가 표를 달나홀졔 흔 쟝만 준즉 쟝거슈의 말이 샹등을 ᄐ면 두 쟝식이라 ᄒᄂ지라 그 사름이 깜쪽 놀나 하등간으로 나와셔 흔 쟝만 주고 뎐차의 ᄂ려 인력거를 ᄐ볼 ᄆ음이 나셔 인력거를 불너 ᄐᆯ 째에 본즉 인력거에 두 층이 잇ᄂ지라 이것도 아마 샹하등인가 ᄒ여 하층에 텃더니 인력거군이 보고 웨 우ㅅ층에 ᄐ지 안ᄂ냐 ᄒ되 그 사름의 말이 여보 이 량반 샹등을 ᄐ면 돈 더 밧게 나는 실쇼ᄒ니 인력거군이 앙텬대쇼ᄒ더라[125]

(량건식) 싀고을 사람들이 처음으로 셔울에 올나와셔 뎐챠가 싼르게 가는 것을 보고 흔 사름이 그쟝 아는 톄흐고 다른 사름의게 셜명흐기를 외국놈들은 참 의견 잇는 일도 잘흐네 우리들 ㄱᆺ흐면 슈레ㅅ밧탕에 줄을 미여 쓰을 터인딕 줄을 밧탕에 미여 쓰을면 사름 왕닉흐는딕 것치젹거린다고 줄을 슈레우혜 미여 쓰으네 그려 흐더라[126]

순서	과정	정호윤 – 전차 이야기	량건식 – 전차 이야기
기	도입	시골 사람이 상경함.	시골 사람이 상경함.
승	진행 (경험)	전차 표 한 장을 사서 상등칸에 탐.	전차가 빠르게 가는 것을 봄.
전	반전 (의문)	상등칸은 2장이라는 얘기를 듣고 놀라 하등칸으로 감.	아는 체 하며 설명함. 외국은 새롭게 잘한다고 함.
결	결과	(어리석은 행동) 내려서 인력거를 타는데 인력거에서도 상등, 하등이 있는 줄 알고 하층에 탐. 인력거꾼 비웃음.	(어리석은 행동) 우리는 줄을 수레 밑에 매어 끄는데 걸리적댈까봐 줄을 위에 맸다고 함.

근대문물로 자주 등장하고 있는 것이 전차에 관한 서사물인데, 전차라는 소재를 가지고 스토리를 엮어간다고 해도, 약간의 변형을 넣기 시작한다. 앞서 이야기가 그저 빠르다는 말로 끝이 났다면, 정호윤의 서사에서는 상등칸과 하등칸에 얽힌 구체적인 이야기가 삽입되고 있다. 양건식의 이야기에서는 전차 외부적인 차원에서의 관찰에 집중된다. '다르게 이야기하기'의 측면에서 같은 소재로도 일상적인 상황을 부가하고, 새로운 관찰을 첨가함으로써 조금 다르게 비틀고 있는 것이다.

---

125 정호윤, '편편기담', 『대한매일신보』, 1908.2.28.
126 량건식, '편편기담', 『대한매일신보』, 1908.5.3.

(2) 진행 사건과 결과의 변화 구조

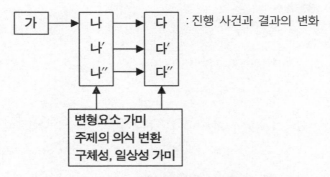

〈표 4〉 진행 사건과 결과의 변화 구조

진행 사건 가운데 근대문물 등의 소재면에서의 변형 요소가 주어지면서, 그것이 결과에까지 영향을 끼치는 경우가 바로 이 경우이다. 여기에는 구체성과 일상성이 가미되면서 비판의식이 들어오기도 한다.

(량건식) 싀고을 엇던 사름이 처음으로 셔울에 올나와셔 우톄통을 보고 무엇인지 몰나 싱각홀 쌔에 엇던 사름이 편지를 넛코 가거늘 혼ᄌ말노 올치 이번에 경무셩에셔 일본 슌사가 길을 졍ᄒ게 ᄒ라고 집집마다 덕간ᄒ다더니 길에 휴지도 ᄆᆞ음ᄃᆡ로 ᄇᆞ리지 못ᄒ고 뎌런 통에 주어모흐ᄂᆞᆫ고나 ᄒ더라[127]

앞서 나왔던 ①의 구조인 우체국 이야기와 비교해 보면, 량건식의 우체통 이야기의 구조는 좀 더 변형이 이루어졌음을 알 수 있다. ①에서는 단순히 근대문물을 어떻게 사용하는지 몰라서 난감해 하는 인물을

---

127 량건식, '편편기담', 『대한매일신보』, 1908.5.3.

순서	과정	우체국 이야기 - ① 구조	양건식(우체통) - ② 구조
기	도입	시골 사람이 (상경함, 읍내에 감).	시골 사람이 상경함.
승	진행 (경험)	편지 하나를 봇짐만하게 봉하고 우표 는 한 장을 붙여서 우체국에 감.	새로운 문물인 우체통을 봄. 무엇인지 모름. 어떤 사람이 우체통에 편지를 넣고 감.
전	반전 (의문)	우체국에서는 무거워서 못 부치겠다 고 함. 우표 2장을 붙이라고 함.	경무성에서 일본 순사가 길을 깨끗이 하라고 시킨 일을 기억함.
결	결과	(어리석은 행동) 우표의 힘이 대단하 다고 생각함.	(어리석은 행동) 길에 휴지도 마음대 로 버리지 못한다고 생각함.(우체통 을 휴지통으로 착각)

그려내고 있다면, 량건식의 글에서는 다른 비판 의식이 개입되고 있다. 일본 순사가 길을 깨끗하게 하라고 했다는 것은 그만큼 일본 순사의 간섭이 만연해 있다는 시대상을 반영하고 있는 것이다. 같은 것을 보더라도 날카로운 관찰력을 가진 지식인에게는 짧은 글에서도 비판의식이 반영되고 있는 것이다.

(3) 도입의 변화 구조

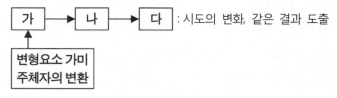

〈표 5〉 도입의 변화 구조(같은 결과 도출)

앞에서 언급한 ①과 ②의 구조가 모두 도입부의 변화가 없고, 사건 진행이나 결과에서의 변화였다면, ③은 도입부의 변화를 보여주는 구조이다. 주체자가 변하기도 하고, 목적이 달라지기도 한다.

(리학쥰) 싀고을에 싱원님 ᄒ나히 ᄯᆯ을 셔울노 싀집보낸 후 ᄒᆞᆼ샹 보고십은 ᄆᆞ음이 그윽ᄒᆞᄃᆡ 의복이 맛당치 못ᄒᆞ여 가지 못ᄒᆞ다가 ᄒᆞ로ᄂᆞᆫ 엇더케 보고 십든지 잠방이를 닙은치 ᄒᆡᆼ젼을 무릅싯지 도도친 후 다 쎠러진 도포를 닙고 사돈집을 ᄎᆞ져 올나와셔 사돈과 ᄯᆯ을 보고 그밤에 샤랑에셔 자ᄂᆞᆫᄃᆡ 싀벽에 계집하인이 슐상을 가지고 드러왓다가 싱원님이 니러나지 아니홈을 보고 도로나가다가 벗셔노혼 잠방이를 집어들고 ᄒᆞᄂᆞᆫ 말이 요놈 언제 드러와 작란을 ᄒᆞ다가 벗셔노코 나갓노 ᄒᆞ며 집어가지고 나가ᄂᆞᆫ지라 싱원님이 춤어 붓그러워 아모 말도 못ᄒᆞ고 자ᄂᆞᆫ 톄 ᄒᆞ다가 나간 뒤에 즉시 니러나셔 건망건ᄒᆞ고 ᄒᆡᆼ젼을 친 후 도포를 눌너닙고 쥬인에게 작별도 아니ᄒᆞ고 내여쎄더라[128]

(단셩직) 싀고을 마누라 ᄒ나히 셔울이 됴타ᄂᆞᆫ 말을 듯고 올나와 어ᄂᆞ 집에 쥬인을 뎡ᄒᆞ엿ᄂᆞᆫᄃᆡ 그 집에 잇ᄂᆞᆫ 시계를 본즉 평싱에 처음 보던 바ㅣ라 ᄆᆞ음에 대단 이샹히 넉여 쥬인ᄃᆞ려 무엇이냐 무르니 ᄃᆡ답ᄒᆞ기를 령검ᄒᆞ신 신령을 뫼셧ᄂᆞᄃᆡ 아모 사름이든지 소원ᄃᆡ로 졍셩을 드리면 소원을 일운다 ᄒᆞᄃᆡ 그 사름이 대희ᄒᆞ여 왈 내가 나히 ᄉᆞ십이 되도록 우금 싱산을 못ᄒᆞ여 이로 근심을 ᄒᆞ던 터이니 나도 졍셩을 드리겟노라 쥬인이 혼연히 ᄃᆡ답ᄒᆞ다ㅣ 만일 그ᄃᆡ의 소원ᄃᆡ로 졍셩을 극진히 드리면 령검을 뵈시리라 ᄒᆞ니 그 마누라가 즉시 돈 십 원을 내여 쥬인을 주니 그 쥬인이 지쵹과 쥬과를 대강 셜비ᄒᆞᆫ 후 얼마ㅅ동안 츅원을 ᄒᆞ더니 맛츰 시계에셔 썽썽 소릭가 나믹 그 쥬인의 말이 이졔ᄂᆞᆫ 그ᄃᆡ의 졍셩을 신령ᅴ셔 감동ᄒᆞ야 미구에 틱긔가 잇스시라 ᄒᆞ니 그 마누라가 그 말을 듯고 대희ᄒᆞ더라[129]

---

128   리학쥰, '편편기담', 『대한매일신보』, 1909.8.24.
129   단셩직, '편편기담', 『대한매일신보』, 1910.5.25.

순서	과정	리학쥰 – 시집간 딸 보러 상경	단셩직 – 시골 마누라 구경 위해 상경
기	도입	시골 생원이 서울로 시집간 딸이 보고 싶어 상경함.	시골 마누라가 서울에 올라옴.
승	진행 (경험)	입고갈 옷이 없어서 잠방이에 도포입고 옴.	새로운 문물인 시계를 봄.
전	반전 (의문)	새벽에 계집 하인 들어와 잠방이 가지고 나감.	주인이 시계를 신령이라고 속임. 아이도 준다고 하자 10원을 주고 축원을 빔.(나이 사십이 되도록 생산을 못함.)
결	결과	(어리석은 행동) 부끄러워서 집에 감.	(어리석은 행동) 시계가 떵떵 소리를내자 신령이 감동했다고 하고, 마누라 기뻐함.

　위의 내용은 도입부에서의 변환을 보여주는 구조이다. 리학쥰의 글에서는 목적에서 변화를 보여준다. 서울을 단순히 구경하기 위해서 가는 것이 아니라, 딸을 서울로 시집보냈기 때문에 딸이 보고 싶어서 서울을 가게 된 것이다. 시집간 딸을 아비가 찾으러 간다는 내용이나 그 뒤에 벌어지는 외설적인 내용들은 독자들의 욕망이 개입된 것이라 볼 수 있을 것이다. 그 이전까지 가능하지 못했던 일들이 가능해지고 있는 시간이 바로 근대계몽기였다. 그런 면에서 아무리 딸이라고 해도 아비가 보고 싶어 할 수 있고, 보러 갈 수도 있다는 것이다. 다른 하나는 대중문학의 특징인 선정적이면서 자극적인 부분의 첨가이다. 독자들의 욕망이 시골 생원의 어리석은 행동에 좀 더 외설적인 상황을 가미한 것이라 할 수 있을 것이다.

　단셩직의 글에서는 주체자에게 변화가 이루어졌다. 보통은 남성들이 서울 구경을 가지만, 이 글에서는 특이하게도 시골 여자가 서울 구경을 나서고 있다. 물론 결과적인 차원에서 본다면 기존의 글과 다를 바가 없지만, 주체자에 변화를 줌으로써 기존의 글과는 다른 형태를 띠게 되었다.

(4) 도입과 결과의 변화 구조

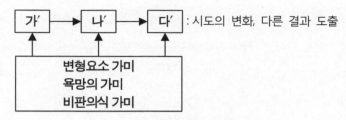

〈표 6〉 도입과 결과의 변화 구조

이 단계에서는 도입부가 달라지면서 구조 전체에 변화를 주는 구도이다. 즉 도입부의 변화가 결과의 변화로까지 이어지게 된다. 특히 이 구조에서는 집필자의 욕망이나 비판의식이 가미되면서 전혀 다른 결과가 나오게 된다.

(마그진) 셔울 사름이 싀고을노 츄슈를 흐려갓더니 싀고을 촌가에셔는 손님을 별노히 디졉흐려면 돍을 잡어 디졉흐는지라 그런고로 돍을 잡어 구어셔 밥상에 노왓거늘 이 사름이 밥을 먹을시 쥬인이 안에 드러가고 다만 철모르는 칠팔 세된 어린ㅇ희 흐나만 잇는디 이 사름이 돍의 고기를 먹으려 흔즉 그 ㅇ희가 흐는 말이 죽은 돍을 잡수시느잇가 흐거늘 이 사름 싱각에 맞춤 죽은 돍이 잇셔 나를 디졉흐는가 흐여 먹지 아니흐고 내려노왓더니 그 ㅇ희가 늠늠 늠늠 다 먹거늘 이 사름이 무르다ㅣ 너는 엇지흐여 죽은 돍을 먹느냐 그 ㅇ희 디답이 죽지 아니하니흔 돍을 엇지 산치로 먹을 수 잇습느잇가 흐더라[130]

---

130 마그진, '편편기담', 『대한매일신보』, 1909.6.18.

(단셩직) 셔울 사름이 뚤 ᄒ나흘 싀고을에 츌가식인후 여러 둘이 되민 주연 보고십은지라 ᄒ로는 그 싀고을에 ᄂ려가 사돈을 보고 인ᄉᄒ 후 문왈 금년에 농ᄉ가 엇지되엿ᄂᄂ뇨 ᄃ답ᄒ기를 뎐불쾌겸일세 ᄒ즉 그 신부의 부친은 본릭 무식ᄒ 사름이라 그말을 욕으로 알고 못듣ᄂ 톄ᄒ며 또 무릇ᄃ 츄슈를 몃 셤이나 ᄒ엿ᄂᄂ뇨 사돈의 ᄃ답이 츄무담셕이라 ᄒ니 그 사름이 분긔등등ᄒ여 벌쩍 니러서더니 인ᄉ도 아니ᄒ고 집으로 도라오다가 즁로에서 친구를 맛나 ᄒ는 말이 나는 사돈집에 ᄂ려갓다가 무단히 욕을 보고 화가 나셔 뚤도 보지 아니ᄒ고 도라오는 길일세 그 사름 왈 무엇이라 ᄒ던가 ᄃ답ᄒᄃ 여보게 뎐불쾌겸이 무엇이며 츄무담셕이 무엇인가 그 친구가 우음을 춤고 속여 왈 뎐불쾌겸이라 홈은 네 조샹을 ᄃᄒ여 욕ᄒᄂ 말이오 츄무담셕이라 홈은 네 부모를 ᄃᄒ여 욕ᄒᄂ 말이라 대뎌 사름이 되고야 그 욕을 먹고 산단 말이냐 나ᄌᄒ면 그 집에 가셔 부ᄃ져 죽겟다 ᄒ니 이 사름이 더욱 분노ᄒ여 그 길노 도로 사돈집에 ᄂ려가 사돈을 보고 팔뚝을 쏩내며 욕ᄒᄂ 말이 이놈 뎐불쾌겸 개ᄌ식 이놈 츄무담셕 쇠ᄌ식ᄒ고 무순 욕셜을 ᄒ더라[131]

순서	과정	마긔진 : 서울→시골(추수)	단성직 : 서울→시골(딸)
기	도입	서울 사람이 추수 때문에 시골에 옴.	서울 사람이 딸을 시골로 출가한 후 보고 싶어 시골로 내려옴.
승	진행 (경험)	닭 대접 받음. 먹으려고 할 때 주인집 아이가 옆에 와 있음.	사돈 만나서 농사와 추수를 물으니, 사돈이 뎐불쾌겸, 츄무담셕이라 함. 무슨 말인지 모르나 욕 같아서 인사도 않고 올라감.
전	반전 (의문)	아이가 죽은 닭을 먹냐고 묻자, 죽은 닭인 줄 알고 서울 사람이 안 먹음.	올라가다가 만난 친구까지 자신을 속여 욕이라고 함.
결	결과	(어리석은 행동) 아이가 닭을 다 먹고 나서 닭을 산채로도 먹느냐고 말함.	(어리석은 행동) 돌아가서 사돈에게 욕함.

---

131 단성직, '편편기담', 『대한매일신보』, 1910.5.26.

위의 예문의 내용은 도입부가 완전히 반대로 나타나고 있다. 즉 시골 사람이 서울로 올라가는 것이 아니라 서울 사람이 시골로 내려오는 이야기로 변환되어 있는 것이다. 사건이 진행되면서 시골 사람이 어리석은 행동을 하는 것이 아니라, 도리어 서울 사람이 어리석은 행동을 하게 된다. 서울 / 시골이라는 이분법에 대해 일종의 역발상을 보여주는 변환 과정이라 할 수 있다.

(정지철 닉명) 흔 사룸이 볼일이 잇셔 싀고을에 닉려가 둘포ㅅ만에 올나오는딕 쥬인이 이 사룸을 짜라가 구경을 흐고 십으나 셔울이 낭이라는 말을 드른고로 봉욕흘가 흐여 즈져흐니 셔울 사룸이 닐아딕 나와 ㄱ치 가셔 나만 짜라둔니며 나 흐는딕로 흐면 아모 넘려가 업스리니 가쟈흐니 ㄱ치오는딕 셔울디경을 당흐여는 위션 걸어나셔 셔울사룸이 안즈면 ㄱ치 안고 셔면 ㄱ치 셔고 일동일졍을 흉닉내듯흐니 셔울사룸이 넘어 민망흐여 종용흔 째면 루루히 ㄱ르쳐도 죵시 그리흐더니 흐로는 져녁에 어딕를 ㄱ치 가다가 셔울 사룸이 순라에게 잡히믹 홀일업시 벙어리 모양을 흔즉 노화보내고 뒤의 오는 싀고을 사룸을 잡으니 또한 벙어리의 소릭를 흐거늘 순랏군이 골을 내여 흐는 말이 이놈들 어딕셔 쎄벙어리가 둔니느냐 흐고 쌤을 치니 이 사룸이 겁결에 형님 사룸 살니오 흐는지라 순라군이 이놈 보아라 흐고 잡어다 움에 너헛다가 볼기를 쳐보내니 나와셔 분흐여 흐는 말이 셔울놈이 흉악흐여 뎌 흐는딕로 흐라더니 잡혀가 볼기만 터지도록 맞게 하엿느냐 흐고 느려가더라.[132]

---

132 정지철 닉명, '편편기담',『대한매일신보』, 1909.4.22.

순서	과정	정지철 닉뎡(여) : 서울 → 시골(봉일) → 서울
기	도입	서울 사람이 봉일 때문에 시골에 달포 내려옴.
승	진행 (경험)	시골 사람이 서울 구경 가고 싶으나 무섭다고 하니 서울 사람이 자기가 하는 대로 하면 괜찮다고 함. 시골 사람이 서울 사람을 따라 서울 가서 서울 사람이 하는 대로 다 따라 함. 서울 사람이 귀찮아 함.
전	반전 (의문)	길에서 순사를 만나자 서울 사람 벙어리 흉내를 내어 위기를 모면함. 시골 사람도 벙어리 흉내를 내고, 이에 순사가 짜증내며 시골 사람 볼 때리자 "형님 살리오"라고 말하는 바람에 잡혀가서 볼기까지 맞음.
결	결과	시골 사람 서울 사람을 욕함. 결국 따라 하라더니 볼기만 맞았다.

　　정지철 닉뎡이라는 여성 독자의 글은 앞서 제시한 글과는 또 다른 형태를 띠고 있다. 일단 서울에서 시골로, 다시 서울로 올라가는 구조인데 이 때문에 사건 진행 과정도 좀 더 부가되어 있다. 내용적인 측면에서도 서울 사람 스스로 따라 하라는 언질을 주었기 때문에 시골 사람이 그의 행동을 따라 한다. 즉 원래 어리석다고 보기는 어려운 상황이라는 것이다. 순사를 만나게 되었을 때의 상황을 보면, 순사가 다짜고짜 사람을 때리고 행패를 부리고 있다. 서울 사람도 이를 피하기 위해 벙어리 흉내를 내고 있는데, 시골 사람은 그 상황을 제대로 해석하지 못해서 볼기까지 맞게 되는 것이다.

　　이 내용에서는 구조의 변화과정뿐만 아니라 비판의식이 좀 더 가미되어 나타난 형태라고 할 수 있다. 그 당시의 순사의 행패는 매우 극악했기 때문에 연일 신문에 연재되고 있었다.

● 순사협잡

　　중부경찰셔 순사 일인 원젼이가 한국인 셔우법씨를 위협ᄒ고 지물을 빼앗다가 파면되고 구류를 당ᄒ엿다는 말은 이미 보도ᄒ엿거니와 ᄌ셰히 드

른즉 희순사가 특군보병쇼위 살본만치와 한인협잡비 국흥삼이란 쟈를 부동
ᄒᆞ야 동쇼문 안에서 셔우볍씨를 틱ᄒᆞ야 돈 일천 환을 내라고 위협홀 즈음에
엇던 일인이 그 광경을 보고 급히 동부경찰셔에 비밀히 보ᄒᆞᆫ지라 히셔에서
즉시 순사를 파송ᄒᆞ야 잡아 심사ᄒᆞᆫ 후 직작일에 경셩디방직판소로 보내엿
다더라.

● 순사힝패

셔부약현 사ᄂᆞᆫ 리희쥰씨ᄂᆞᆫ 지금 나히 칠십이오 가셰가 지빈ᄒᆞᆫ 터인ᄃᆡ 직
작일에 한일순사 삼 명이 와서 쳥결비를 엇지ᄒᆞ여 아니 밧쳣ᄂᆞ냐 ᄒᆞ며 리씨
를 군도로 무수탐나ᄒᆞ더니 한순사 이 명이 안방으로 돌입ᄒᆞ야 리씨의 ᄌᆞ부
이십이 세된 부인을 위협작경흠으로 오륙 삭된 틱즁에 경겁동리ᄒᆞ야 긔지
ᄉᆞ경ᄒᆞᆫ지라 이런 경찰관은 인민을 보호치 아니ᄒᆞ고 도리혀 작폐ᄒᆞᆫ다고 쳥
원이 랑쟈ᄒᆞ다더라

● 야만순사

제작일 하오 삼시에 북부경찰셔 순사 길모가 취즁에 즁부 즁곡동디에 사
ᄂᆞᆫ 고씨의 집에 돌입ᄒᆞ야 매음ᄒᆞ라고 무수히 힐난ᄒᆞᄂᆞᆫᄃᆡ 그ᄯᅢ에 그 근쳐 사
름들이 모혀셔 그 힝위를 ᄭᅮ짓고 구타ᄒᆞᄆᆡ 즉시 도주ᄒᆞ엿스나 그 순사의 야
만힝위를 사름마다 론칙ᄒᆞᆫ다더라[133]

같은 날 게재된 2면 '잡보'란을 보면, 순사들이 어떤 방식으로 행패
를 부리는지 매우 자세하게 묘사되어 있다. 또한 이 순사들은 대부분
일본인이었다. 일본인 순사가 조선인의 재물을 빼앗기도 하고, 청결비

---

133 '잡보', 『대한매일신보』, 1909.4.22.

를 내라며 칠십 세의 노인을 구타하고 그 며느리를 욕보이려 하거나 아녀자의 집에 들어가 매음을 하라며 위협하기도 한다. 결국 정지철 내녕이라는 여성 독자가 보내온 '편편기담'의 글은 이러한 일상의 상황을 묘사해 놓은 것이다. 일상성이 시대의 상황과 만나게 될 때, 비판의식이 스며들게 된 것이다. 따라서 시골 사람이 상경해서 어리석은 행동을 한다는 우스개 이야기가 전혀 다른 비판적 의식을 획득하게 되었던 것이다.

3) 욕망의 재생산 구조—내용적 변환 장치

지금까지 살펴본 '편편기담'의 변환 구조를 보면, 변화요소들이 개입되면서 전체 구조 틀이 변형되고 있었음을 알 수 있었다. 그런데 이렇게 변화요소를 삽입해야만 했던 이유에 대해서 거슬러 올라가 보면, 결국에는 매체가 요구한 형식 때문이었다고 할 수 있다. 『대한매일신보』에서 싣지 않겠다고 얘기했던 형식은 같은 내용이거나 음담패설 내용, 멸륜패상한 도덕과 예의에 어긋나는 내용이었다.

독자들의 입장에서는 기본 스토리 구조에 약간의 변형을 가미함으로써 다른 내용으로 탈바꿈할 수 있었다. 따라서 사건이나 경험, 소재적인 차원에서 변형을 가하기도 했다. 그러나 문제는 '쓰기'에는 쓰는 사람의 이데올로기나 도덕적 의지가 개입될 수 있다는 것이다. 재미있기 때문에 반복해서 쓰게 되고, 그러다 보면 좀 더 재미있게 쓰고 싶은 욕망이 생기기 마련이다. 자신이 재미있어 하는 부분을 강화해서 쓰기도 하고, 다른 이들이 어떤 부분을 좋아하기 때문에 더욱 강화해서 쓰기도 한다. 이러한 면과 연관된 것이 바로 음담패설과 멸륜패상 부분일 것이다.

결국 독자들은 모방의 구조에 창작을 가미한 형태로 변화시킨 '쓰기'를 감행하게 되었다. 이러한 배경은 매체의 형식이 내용을 지배한 구조라고도 할 수 있다. 형식이 틀과 내용을 지배하게 된 것이다. 다시 말해서 매체에서 요구하는 사항을 지키기 위해 '다르게 쓰기'에 힘을 들일 수밖에 없었다는 것이다. 거기에 변화요소를 넣은 변이구조를 탄생시켰던 것이고, 그 외에도 자신들의 욕망을 드러낼 수 있는 여러 가지 장치들을 삽입했다.

이러한 이야기 쓰기의 구조를 '욕망의 재생산 구조'라고 부를 수 있을 것이다. 독자들의 욕망이 매체에 '쓰기'라는 형태로 들어오면서 각자 자신들의 방법을 개입시키게 된 것이다. 모방과 창작의 경계에서 독자들은 자신들의 욕망을 여러 가지 장치들을 통해서 드러내고 있었다.[134]

(1) 묘사의 강화와 희화화의 장치

먼저 묘사의 방법으로 독자들은 욕망을 재생산해내고 있었다. 자신이 강조하고 싶은 부분이나 희화화시키고 싶은 부분에 대해서는 좀 더 설명을 자세하게 넣거나 장면 묘사를 강화하고 있다.

---

[134] 여기에서 언급하는 '편편기담'의 주제는 ① 시골 사람이 상경한 이야기, ② 여성, 신부 관련 이야기, ③ 남성, 신랑 관련 이야기, ④ 외설적이고 선정적인 이야기, ⑤ 극적인 사건을 가진 이야기로 한정했다. 이들 이야기는 근대의 문물에 대한 다양한 반응이나 비판 의식을 보여주기 때문에 근대로 이행되어 가는 과정을 잘 드러내 줄 수 있다.

(졍지쳘 닉뎡) 처녀 흐나이 방귀를 만히 쒸고야 견듸고 만일 춤으면 얼골이 누르고 먹지 못ᄒᄂ지라 연고로 동리에 소문이 나셔 과년토록 츌가를 못ᄒ엿더니 멀니 사ᄂ 사름이 로쳐녀 잇다ᄂ 말을 듯고 쳥혼ᄒ거늘 다힝히 녁여 셩혼 후 싀집에 가 방귀를 춤고 지내다가 흐로ᄂ 삼복염즁이라 날은 더운듸 곤히 자다가 잠결에 달포 춤앗던 방귀를 **ᄒᄂ번 문을 여러노하 것잡을 수 업시 룩혈포 놋틋 덧굴너 나오ᄂ듸** 바롬은 엇지 그리 셰차던지 신랑은 **ᄲᄌ나가다가 지ᄉ덤이에 ᄲᄌ러지고 죵ᄋ희ᄂ ᄲᄌ나가다가 모릐톱에 박히고 싀부모ᄂ 다 각각 일마쟝 이마쟝식 ᄲᄌ나갓다가** 간신히 졍신을 슈습ᄒ여 집으로 차져와 곡졀을 모르고 셔로 닐ᄋ듸 웬일인가 텬디기벽 ᄀᆺᄒ면 내집만 이러ᄒᆯ 니도 업고 무슴 변인고[135] (강조는 인용자)

(졍지쳘 닉뎡) 슉닉부인 흔 분은 아들을 잘 두어 평안감ᄉ를 ᄒ엿ᄂ듸 그 대부인을 뫼시고 도임ᄒᆯᄉ 평양셩닉를 당ᄒ여 그 대부인이 샹교 문틈으로 내여다보고 심즁에 싱각ᄒ듸 엇지 내 아들 흐나를 위ᄒ야 사름이 뎌럿틋 만히 운동ᄒ엿ᄂ고 긔구도 쟝ᄒ고 위엄도 놀납도다 뎌ᄀᆺ치 디위 놉흔 아들을 엽ᄒ로나 우흐로 낫치 안코 엇지 아래로 나앗ᄂ고 여런 놉흔 사름 나온 곳을 날ᄀᆺ흔 일개 녀ᄌ가 엇지 안연히 쓸고 안졋스리 ᄒ고 것구로 셔셔가더니 닉이에 다다라 샹교문을 열고 대부인을 뫼셔내려ᄒᆫ즉 **대부인의 거동보소 팔노 쌍교바닥을 집고 궁둥이를 하놀노 향ᄒ야 들고 머리ᄂ 아래로 향ᄒ야 업듸렷ᄂ지라** 아즁이 놀나 ᄉᆞᄉ도ᄭᅴ 고ᄒ니 감ᄉ가 급히 드러가본즉 과연 대부인이 것구로 업듸엿거늘 황황ᄒ여 곡졀을 무른듸 대부인 말이 너를 탄싱ᄒ던 문

135 졍지쳘 닉뎡, '편편긔담', 『대한매일신보』, 1908.7.25.

이 소즁ᄒ여 머리우흐로 니고 오노라고 잠깐동안에 이러케 갓부니 올나갈
째ᄂᆞᆫ 여러 빅리를 니고가쟈면 더 어려울 듯ᄒ다 ᄒ더라[136](강조는 인용자)

위의 여성 독자의 글을 보면 이전에 '편편기담'에 실렸던 글과 같은
모습일지라도 묘사를 강화하고 있다. 그 이전에도 신부가 방귀 뀌는 이
야기는 많았다. 그저 방귀를 뀌어 쫓겨났다거나 부끄러웠다거나 정도
에서 그치는 이야기였다면, 이 여성 독자는 그 상황에 대해서 자세하고
구체적으로 묘사함으로써 재미와 더불어 차별성을 획득하고 있는 것이
다. 두 번째 예문 역시 평안감사를 아들로 두면서 귀한 아들이 나온 곳
을 아래로 둘 수 없다며 하늘로 향하여 물구나무를 선 양반 부인의 모
습을 매우 회화화시키면서 묘사하고 있다. 판소리 어투가 그대로 등장
하고 있기도 한데, 이는 이야기꾼들의 전형적인 어투이기도 할 것이다.
이를 그대로 차용하여 장면을 묘사하는 데 사용함으로써 그 장면을 구
체적으로 보여줌과 동시에 과장하여 재미를 유발하게 된 것이다.

(2) 장면의 확대와 대화의 삽입

다음으로는 장면을 확대시키는 방법이다. 같은 상황일지라도 대화
장면을 삽입하여 그 부분의 현실성을 획득할 수 있게 한다.

　(정지철 ᄂᆡ뎡) 셔울 사ᄅᆞᆷ이 순라에게 잡히민 홀일업시 벙어리 모양을 ᄒ
즉 노화보내고 뒤의 오ᄂᆞᆫ 쇠고을 사ᄅᆞᆷ을 잡으니 ᄯᅩ한 벙어리의 소릭를 ᄒ거

136　정지철 ᄂᆡ뎡, '편편기담', 『대한매일신보』, 1908.7.26.

늘 슌랏군이 골을 내여 ᄒᄂᆫ 말이 **이놈들 어ᄃᆡ셔 쎼벙어리가 ᄃᆞ니ᄂᆞᄂ냐** ᄒᄀᆞ
쌤을 치니 이 사름이 겁결에 형님 사름 살니오 ᄒᄂᆞᆫᄉ라 슌라군이 이놈 보아
라 ᄒᄀᆞ 잡어다 움에 너헛다가 볼기를 쳐보내니 나와셔 분ᄒᆞ여 ᄒᄂᆞᆫ 말이
셔울놈이 흉악ᄒᆞ여 뎌 ᄒᄂᆞᆫ ᄃᆡ로 ᄒᆞ라더니 잡혀가 볼기만 터지도록 맛게 하
엿ᄂᆞ냐 ᄒᄀᆞ ᄂᆞ려가더라.[137]

위의 내용은 시골 사람이 서울 사람을 따라 다니다가 봉변당하는 내
용이다. 순라군과 마주칠 때 순라군과 시골 사람의 대화는 좀 더 강조
되어 나타난다. 특히 "이놈들 어ᄃᆡ셔 쎼벙어리가 ᄃᆞ니ᄂᆞᄂ냐"라고 외치
며 **뺨**을 치는 순라군의 말에서는 당시 순라군의 문제점을 그대로 드러
내주면서 현실성을 획득하고 있다.

(쟝봉셥) 향촌에 쇼년과부가 상부ᄒᆞᆫ 후 두 살된 아들을 ᄃᆞ리고 슈졀ᄒᄂᆞᆫ
ᄃᆡ 그 싀아ᄌᆞ비가 본ᄅᆡ 난봉으로 술과 잡기에 침혹ᄒᆞ야 불고가ᄉᆞ ᄒᄀᆞ ᄃᆞ니
ᄂᆞᄃᆡ 과부가 소문을 드른즉 싀아ᄌᆞ비가 엇던 홀아비에게 즁가를 밧고 ᄌᆞ긔
를 풀아먹으려 ᄒᆞᆫ다ᄂᆞᆫ 말이 잇거늘 심즁에 경겁ᄒᆞᄀᆞ 념려가 되어 밤이면 ᄋᆞ
희를 안고 밤을 싀더니 여러 날이 되ᄆᆡ ᄌᆞ연 고단ᄒᆞ여 ᄒᆞ로밤은 셰샹을 모르
고 자더니 공교히 실엉우헤언즌 소음고리가 비우헤 ᄂᆞ려지ᄂᆞᆫᄉ라 과부가
잠결에 심짝 놀나 소음고리ᄅᆞ 잔ᄉᆞ득 붓들고 잇고 어마니 이놈 보오 사름을
살녀주오 ᄒᆞ니 건넌방에서 싀어마니가 자다가 듯고 놀나 겁결에 ᄒᄂᆞᆫ 말이
이놈아 나의 며ᄂᆞ리 가만 두어라 나를 죽이고 ᄃᆞ려가지 그져ᄂᆞᆫ 못 ᄃᆞ려가리
라 ᄒᆞ면서 방문을 박차고 드러가며 이놈 어ᄃᆡ잇ᄂᆞ냐 여긔 붓들고 잇소 어ᄃᆡ

137 졍지쳘 닉뎡, '편편긔담', 『대한매일신보』, 1909.4.22.

어듸 ᄒ고 더듬더듬 만져보니 둥굴둥굴ᄒ지라 이거시 이상ᄒ다 불을 혀고 보쟈 ᄒ고 즉시 불을 붉히고 ᄌ세히 보니 소음고리짝이라 싀어미의 말이 아야 짝ᄒ여라 소딩을 보고 놀나ᄂ 격이 되엿고나 ᄒ더라.[138]

위의 예시는 한 소년 과부가 2살 아들과 수절하며 사는데, 시아자비(시숙)가 난봉이 심해서 이 소년 과부를 다른 홀아비에게 팔아넘기려고 하는 상황을 절박하면서도 희화화시킨 내용의 글이다. 소음고리가 배에 떨어진 것을 괴한으로 착각해 소리지르는 장면에서 시어머니가 분노하는 장면이나 며느리가 대답하는 장면들은 대화를 넣어 좀 더 확장시킨 형태로 드러나고 있다. "이놈아 나의 며ᄂ리 가만 두어라 나를 죽이고 ᄃ려가지 그져ᄂ 못 ᄃ려가리라", "이놈 어듸 잇ᄂ냐", "여긔 붓들고 잇소", "어듸어듸?"라는 대화의 삽입은 그 장면을 더욱더 절박하게 만들기도 한다. 긴장감을 유발하면서도 반전의 상황이 왔을 때 더욱 큰 효과를 발휘하도록 만들고 있다.

혹은 대화 장면을 넣는 것에 더 나아가 새로운 서사 장면을 삽입하기도 한다.

(무명) ᄒᆫ 사ᄅᆷ이 첩을 두엇더니 마누라의 투긔가 심ᄒ여 날마다 집안이 소요ᄒ지라 그 남편이 견듸다 못ᄒ여 ᄒᄂ 말이 내가 죽어야 집안이 평안ᄒ리라 ᄒ고 방문을 닷고 몃칠을 나오지 아니ᄒ엿더니 그 안희가 문밧긔셔 이 결혼듸 다시는 투긔를 아니홀 터이니 문을 열고 음식을 ᄌ시라 ᄒ거늘 그

138   장봉섭, '편편기담', 『대한매일신보』, 1908.11.27.

남편이 온갓 다짐을 밧고 나왓더니 인ᄒ여 그후로ᄂ 다시 투긔를 못ᄒ더라

ᄒ로ᄂ 친구 ᄒ나이 와서 말ᄒ듸 근일에 내가 첩 ᄒ나를 두엇더니 마누라의 셩품이 과ᄒ여 과연 견딀 수 업다 ᄒ거늘 쥬인의 말이 나도 여ᄎᄒ 일이 잇셔 이리이리 ᄒ엿노라 이 사름이 그 말을 듯고 집에 도라가셔 문을 닷고 몃칠을 먹지 아니ᄒ엿더니 빈가 곱하 견듸지 못ᄒ 디경인듸 그 안희가 남편의 거동을 보랴 ᄒ고 문밧긔셔 음식을 맛잇게 쟉만ᄒᄂ듸 젼골을 지즈며 가리를 구니 그 내음새가 코를 거스리ᄂ지라 참다 못ᄒ여 문을 열고 긔어나오며 ᄒᄂ 말이 다시ᄂ 첩을 두지 아니ᄒ 터이니 그 고기를 둘이 먹쟈 ᄒ더라[139]

순서	과정	첫째 이야기(아내 길들이기)	둘째 이야기(남편 길들이기)
기	도입	한 사람이 첩을 두자 마누라가 투기를 심하게 함.	친구가 첩을 둠. 마누라 성격 견딜 수 없다고 함.
승	진행 (경험)	남편이 죽겠다며, 방문 닫고 며칠 나오지 않음.	집 주인이 자신의 이야기를 해줌. 문 닫고 며칠 안 먹으면 아내가 포기할 거라 설명.
전	반전 (의문)	아내가 애걸하여 다시 투기하지 않겠다며 음식 먹으라고 함.	친구도 똑같이 함. 아내는 문밖에서 맛있는 음식을 해냄.
결	결과	남편이 다짐 받고 나오니 아내가 다시 투기 못함.	참다 못해 나온 친구는 다시는 첩 두지 않겠다며 고기 같이 먹자고 함.

첫째는 첩을 들였다고 투기하는 아내를 길들이는 법에 대한 이야기이고, 두 번째는 남편이 오입질 안 하도록 하는 방법에 대한 이야기이다. 이 두 가지 이야기가 독립되면서도 연결되어 있다. 즉 첫 번째 이야기의 주인공이 두 번째 이야기의 주인공에게 자신의 경험담을 전달하는 구조로 이어지고 있는 것이다. 한 가지 이야기가 아니라 두 가지 이야기를 연결하여 새롭게 장면을 첨가함으로써 변형을 시도하고 있다.

---

139 무명, '편편기담', 『대한매일신보』, 1909.2.3.

(3) 일상성의 첨가와 리얼리티의 확보

다음으로는 일상성의 첨가에 의해 발생하는 욕망의 재생산 구조를 들 수 있다.

(무명) 엇던 량반이 원을 ᄒ여 도임ᄒ 후에 ᄒ로는 엇던 계집이 드러와셔 호소ᄒᄃ 그 셔방이 오입에 밋쳐셔 쳐ᄌ의 칩고 굼는 것을 도라보지 아니ᄒ 오니 명졍지하에 이런 패습을 금지ᄒ여 주옵소셔 ᄒ거늘 즉시 그놈을 잡아 드리라 ᄒ여 위엄을 크게 베플고 호령을 셔리ᄀᆺ치 ᄒ여 굴ᄋᄃ 이놈 네 듯거 라 ᄒ니 이놈 내 계집을 두고 ᄂᆷ의 계집이 웬일이야 그 ᄊ에 맛춤 그 원의 아오가 ᄃ니러왓다가 그 거동을 보고 하 어히 업셔셔 좌긔를 맛친 후에 종용 히 굴ᄋᄃ 형님 그 엇진 망발을 그처럼 ᄒ시옵ᄂᆺ잇가 형의 ᄃ답이 내 무ᄉᆷ 망발을 ᄒ엿ᄂᆫ냐 아오가 굴ᄋᄃ 앗가 그놈ᄃ려 내 계집을 두고 ᄂᆷ의 계집이 웬일이야 ᄒ시니 그 거시 망발 아니오니잇가 그 형이 ᄒ참 싱각ᄒ다가 ᄒᄂᆫ 말이 오오 춤 그럿코나 네 계집이라 ᄒᆯ 거슬 그리ᄒ엿고나 ᄒ더라.[140]

'편편기담'에는 새로 부임한 원님이 어리석은 행동을 하여 희화화되는 내용들이 매우 많이 등장한다. 대체로 언어유희와 연관된 내용이 많으며, 원님이 스스로 일을 해결하지 못해서 이방이나 아내의 도움을 받는 경우가 많았다. 그런데 위의 내용은 일상성이 첨가되면서 '다르게 쓰기'가 가능했다. "엇던 계집이 드러와셔 호소ᄒᄃ 그 셔방이 오입에 밋쳐셔 쳐ᄌ의 칩고 굼는 것을 도라보지 아니ᄒ오니 명졍지하에 이런 패습을

---

140 무명, '편편기담', 『대한매일신보』, 1908.10.28.

금지ᄒ여 주옵소셔"라면서 첩질하는 남편에 대해서 관에 고발까지 하는 모습을 보여준다. '편편기담'에도 첩과 관련된 이야기가 많이 나온다. 첩에 대해 투기를 많이 하는 본부인의 이야기나, 첩을 두고 싶은데 본부인이 무섭다는 이야기 등 남자들의 오입은 매우 당연하게 여기는 풍토이기도 했다. 그런데 이 글에서는 남편의 오입질에 대해서 관에 고발까지 하는 등 당대 남성에 대한 비판의식을 보여주고 있다. 이러한 면 때문에 같은 원님이야기라 하더라도 전혀 다른 현실성을 획득하게 된다.[141]

(손영츄) 엇던 신부가 첫날밤에 방긔를 씌엿더니 신랑이 잠ᄉ결에 듯고 소박ᄒ고 가셔 다시 오지 아니ᄒᄂ지라 다힝히 그날밤에 튀긔가 잇셔 아들을 나앗ᄂᄃ 자라ᄆ 글ᄉ방에 보내여 공부를 ᄒ더니 동졉들이 너의 아바지가 첫날밤에 도망ᄒ엿다고 죠롱ᄒᄂ고로 그 ᄋ희가 저의 모친ᄭ 무르니 그 모친이 닐ᄋᄃ 내 첫날밤 잠ᄉ결에 방긔를 쒸엿다 ᄒ여 너의 부친이 가셔 다시 오지 아니ᄒ고 셔울에셔 다른 ᄃ에 쟝가를 들고 지금 벼슬을 ᄒ다 ᄒ나 감히 통선을 못ᄒ노라 ᄒ거ᄂᆯ 그 ᄋ희가 그 길노 셔울에 올나와셔 외ᄉ씨 흔긔를 사가지고 그 집을 차ᄌ 가셔 아츰에 심어셔 져녁에 먹ᄂ 외ᄉ씨 사라 ᄒ니 그 쥬인이 듯고 불너무르ᄃ 그 외씨가 과연 아츰에 심어 져녁에 먹ᄂ냐 그 ᄋ희가 ᄃ답ᄒᄃ 과연 그러ᄒ니 평싱에 방긔를 쒸지 아니ᄒᄂ 사름이 심

141 이러한 여성들의 비판 의식은 시어머니와 며느리의 대화방식에서도 드러난다. 과부인 시어머니와 소년 과부인 며느리가 왜 홀아비는 재취를 하는데, 계집은 안 되느냐며 묻는 과정에서는 당대 여성들의 비판의식이 담기면서 현실성이 드러나고 있다. 특히 시어머니는 "법이라 ᄒᄂ 거슨 사나희가 마련ᄒᄂ 거시지 계집이 마련ᄒᄂ냐 그러홈으로 법을 마련홀 제에 뎌희 ᄆᄋᆷᄃ로 뎌희게 유조ᄒ도록 마련홀 리치가 잇ᄂ냐"며 남자가 만든 법이라 남자에게 좋은 법이라며 비판하고 있다.(송병호, '편편기담', 『대한매일신보』, 1909.1.27)

어야 그러케 되ᄂᆞ이다 쥬인이 ᄀᆞᆯᄋᆞ디 엇지 방긔 아니쒸ᄂᆞᆫ 사ᄅᆞᆷ이 잇겟ᄂᆞ냐 그 ᄋᆞ희 ᄀᆞᆯᄋᆞ디 그러면 나의 모친을 엇지ᄒᆞ여 소박을 ᄒᆞ시니잇가 그 쥬인이 씨닷고 그 ᄋᆞ희의 ᄐᆞ력을 무른즉 곳 ᄌᆞ긔의 아들이라 즉시 사ᄅᆞᆷ을 보내여 그 ᄋᆞ희의 모를 다려오더라[142]

(황은용) 리판셔ㅣ라 ᄒᆞᄂᆞᆫ 량반은 쟝가든지 몃 ᄒᆡ만에 몸이 잘 되ᄆᆡ 첩을 두고 안ᄒᆡ가 믜운고로 방긔 쒸인 것을 핑계로 ᄒᆞ야 싀고을 본집으로 보ᄂᆞ엿ᄂᆞᆫ지라 친뎡에 간지 수 삭만에 아들을 나어서 졈졈 자라 십 셰가 되ᄆᆡ ᄒᆞ로는 모친ᄶᅴ 무르디 나는 엇지 아바지가 업ᄂᆞ잇가 ᄒᆞ니 그 모친이 울며 ᄒᆞᄂᆞᆫ 말이 너의 부친은 셔울 아모 골목 사ᄂᆞᆫ 리판셔인디 첩을 엇은 후에 나를 방긔 쒸인 거스로 핑계를 잡어 쫏고 지금 통신을 아니ᄒᆞ니 엇지ᄒᆞᆯ 수 잇ᄂᆞ냐 그 ᄋᆞ희가 ᄒᆞᆫ 계교를 ᄉᆡᆼ각ᄒᆞ고 외씨 한되를 사가지고 셔울에 올나와 리판셔ㅅ집을 ᄎᆞ 여셔 ᄉᆞ철외씨를 사라고 외이니 리판셔가 듯고 불너무르디 ᄉᆞ철외씨가 무 엇이뇨 그 ᄋᆞ희가 ᄃᆡ답ᄒᆞ디 이 외씨를 방긔 아니쒸ᄂᆞᆫ 부인이 심으면 녀름 겨을 업시 열니ᄂᆞ이다 리판셔가 닐ᄋᆞ디 셰샹에 엇지 방긔 아니 쒸ᄂᆞᆫ 사ᄅᆞᆷ이 잇겟ᄂᆞ냐 그 ᄋᆞ희 ᄀᆞᆯᄋᆞ디 그러면 대감은 엇지ᄒᆞ여 부인을 쫏츠시니잇가 리 판셔가 듯고 무른즉 곳 ᄌᆞ긔의 아들이라 ᄌᆞ연 ᄉᆞ랑ᄒᆞᄂᆞᆫ ᄆᆞ음이 발ᄒᆞ여 붓들 고 반기며 일변 사ᄅᆞᆷ을 보내여 그 부인을 ᄃᆞ려오더라[143]

위의 두 이야기는 완전히 같은 이야기라 할 수 있다. 두 이야기 모두 신부가 방귀 껴서 쫓겨났다가 아들이 지혜롭게 해결해서 아버지가 뉘

---

142 손영츄, '편편긔담', 『대한매일신보』, 1909.3.5.
143 황은용, '편편긔담', 『대한매일신보』, 1910.2.9.

순서	과정	손영츄	황은용
기	도입	신부가 첫날밤 방귀 꼈다가 신랑이 소박을 놓음.	리판서 장가가서 얼마 안 돼 첩을 둠. 방귀 낀다며 원부인은 쫓아냄.
승	진행 (경험)	아들을 낳아 글방에 보내니 아이들이 아버지 도망쳤다며 놀림. 어미에게 묻자 방귀 때문에 소박맞고 아비는 서울에 가서 장가갔다고 함.	친정에서 아들을 낳아 열 살이 됨. 아들이 왜 자신은 아버지가 없느냐며 묻자 어머니가 울면서 첩을 얻어 쫓겨났다고 말함. 방귀 때문에 쫓겨났다고 함.
전	반전 (의문)	아들이 서울에 외씨를 가지고 가서 방귀 안 끼는 사람이 심으면 아침에 심어서 저녁에 먹는다고 함. 아비가 나와서 그런 사람이 없다고 하자, 왜 어머니를 소박 놓았냐고 따짐.	아들이 서울에 외씨를 가지고 가서 방귀 안 끼는 부인이 심으면 사계절 동안 열린다고 함. 아비는 그런 사람이 없다고 하자 왜 부인을 쫓아냈냐고 따짐.
결	결과	아비 뉘우치고 모를 데려옴.	리판서는 아들을 보자 사랑하는 마음이 생겨 반기며, 그 부인을 데려오게 함.

우치는 이야기 구조를 지니고 있다. 그런데 여기에 일상성이 첨가되면서 또 다른 문제의식을 지니게 되었다. 전자에서는 신부가 첫날밤 방귀를 껴서 소박을 맞는 것으로 전개된다. 즉 신부 자신의 실수라는 것이다. 그런데 후자는 남편의 잘못으로 지적하고 있다. 즉 첩 때문에 원부인을 쫓아내려고 계교를 부린 것으로 설정한 것이다. 또한 전자에서 어머니는 담담히 사건을 진술하는 데 반하여, 후자에서 어머니는 설움에 복받쳐 눈물을 흘린다. 이후 결 부분을 보면, 전자에서 아비가 죄를 뉘우치는 정도에 그치는 데 반해, 후자에서는 아들을 보고 사랑하는 마음이 생겨 반기는 모습까지 묘사하고 있다. 이것은 바로 실제적인 일상성을 확보하면서 현실의 이야기가 삽입되고 있다는 것을 의미한다. 첩 때문에 속앓이를 하는 여인들의 모습이나, 그것 때문에 쫓겨나 눈물을 흘리는 것 등은 그 당대의 삶의 형태와 마주하면서 현실성을 획득하게 된다. 즉 신부가 방귀를 껴서 쫓겨났다는 표현이 첩으로 변형되면서 발생하게 되는 '다르게 쓰기'의 형태인 것이다.

(4) 외부요인 장치의 삽입과 검열의 방편

욕망의 재생산 구조의 마지막 방법으로 외부요인 장치의 삽입을 들수 있다. 이는 음담패설이나 멸륜패상의 검열을 피하기 위한 방편으로 사용되었다. 대중들의 일탈적인 욕망은 늘 이야기에 끼어들 수밖에 없었다. 근대 이전부터 대중들의 삶은 어떤 형태로든 일탈적인 욕망이 드러나고 있었고, 또 그것은 외설이나 선정적인 형태로 나타나는 경우가 다반사였다. 매체에서 검열을 한다고 해도 그러한 재미에 대해서 대중들이 놓칠 리는 없었다. 그래서 사용된 것이 자체적으로 외부요인 장치를 삽입하는 것이었다.

> (박슌택) 녯날 흔 난봉이 싀고을에 가다가 로슈가 써러져 즁로에셔 싀갈을 못견듸여 쥬막에 드러가 슐과 밥을 잔득 먹고 싱각ᄒ니 밥갑 줄 돈도 업고 거져갈 수도 업ᄂᆞᆫ지라 담빅만 붓쳐물고 쥬져흘 즈음에 방속에셔 오륙 셰스 즘된 ᄋᆞ희 ᄒᆞ나이 슯프ᄂᆞᆫ 녀인듸려 호모ᄒᆞ며 나오거늘 그 ᄋᆞ희를 안고 어로만지며 ᄒᆞᄂᆞᆫ 말이 네가 외탁을 ᄒᆞ엿스면 너의 어머니야 더욱 어엿부겟다 너의 어머니듸려 날과 홈의 살쟈 ᄒᆞ여라 ᄒᆞ니 그 쥬인계집이 겻헤셔 듯고 대노하여 작듸기를 들고 싸리려 ᄒᆞ거늘 이 사름이 썽쳥 뛰여 길노 나가 도주ᄒᆞ니 그 녀인의 말이 이놈아 밥갑시나 내고 가거라 흔듸 그 사름의 듸답이 밥갑슨 낼 터이나 나를 잡으면 싸려줄 터이니 앏하 못가겟네 ᄒᆞ고 아조 다라나더라[144]

> (최희삼) 싀고을에 션ᄉᆡᆼ ᄒᆞ나이 뎨ᄌᆞ들을 듸리고 과거를 보려 샹경ᄒᆞ엿

---

[144] 박슌택, '편편기담', 『대한매일신보』, 1908.10.25.

다가 느려갈시 즁로에셔 로슈가 써러져 근심을 ㅎ더니 흔 쥬뎜에 드러가 밤을 지낼시 그 션싱이 본즉 쥬인늬외가 웃방에셔 자는지라 가만히 올나가 계집의 얼골에 볼기ㅅ작을 문뎌이니 그 계집이 잠ㅅ결에 엇던 놈이 입을 맛초려 ㅎ는 줄 알고 두 손으로 힘껏 쌈을 할퀴이민 션싱이 일는 느려와 누엇더니 그 계집이 남편을 씌여 왈 아래ㅅ방에셔 엇던 놈이와셔 입을 맛초려 ㅎ기로 내가 그놈의 쌈을 할퀴여 샹쳐를 내엿다 ㅎ니 쥬막쥬인이 듯고 대노ㅎ여 급히 불을 들고 가셔 긱들을 씌여 얼골을 상고흔즉 ㅎ나도 흠쳐가 업는지라 쥬져흘 즈음에 션싱이 소릭를 놉혀 꾸지져 왈 뎌런 죽일년놈이 흉흔 쇠를 내여 힝긱의 지물을 쎄아스려 ㅎ니 지금으로 뎌런 도적놈을 본관에 졍ㅎ여 단단히 속이리라 ㅎ니 쥬인의 늬외가 이걸 왈 다시는 그리 아니ㅎ마 ㅎ고 그 이튼날 앗츰에 딕졉을 후이ㅎ고 로즈를 만히 주니 못 니긔는 톄ㅎ고 밧아 가지고 가더라.[145]

순서	과정	박슌택	최희삼
기	도입	난봉꾼이 시골로 가다가 돈이 떨어짐.	시골 선생이 제자를 데리고 과거를 보러 상경.
승	진행 (경험)	배가 고파 주막에 들어가 술과 밥을 먹음. 줄 돈이 없음.	돈이 떨어진 상태에서 주점에 들어감.
전	반전 (의문)	마침 주인 여자의 5~6세 된 아이가 나오길래 그 아이를 안고 예쁘다며 너희 엄마한테 나랑 같이 살자고 얘기하라고 함.	주인집 계집 얼굴에 자신의 볼기짝을 문댐. 계집은 어떤 놈이 자신에게 입맞추는 줄 알고 뺨을 할큄.
결	결과	주인 여자가 작대기를 들고 때리려 하자, 난봉꾼 도망감. 밥값내고 가라니까 때릴까 무서워서 못하겠다며 돈 안 내고 도망감.	아무도 얼굴에 흉이 없자, 선생이 도리어 화냄. 주막 주인과 처는 미안해하며 노자까지 주고 보냄.

위의 인용 중 박슌택의 이야기는 난봉꾼이 5~6세 된 아이를 데리고

---

145 최희삼, '편편기담', 『대한매일신보』. 1909.3.23.

술파는 여인에게 수작을 부렸다가 매 맞는 내용이고, 최희삼의 글은 과거를 보러 올라왔다가 돈이 떨어져서 일부러 주막집 계집에게 오해를 사서 재물을 얻는 내용이다. 내용상으로 보면 둘 다 여자에게 수작을 부리는 외설적인 내용을 담고 있다. 성적인 표현이 서슴없이 나오기도 한다. 이러한 내용들을 담기 위해 외부장치가 사용되는데 그것이 바로 노자가 떨어져서 전략적으로 행동하고 있다는 것이다. 즉 노자가 떨어져서 어쩔 수 없이 한 행동이자 책략이지, 선정성을 위해서 한 것은 아니라는 장치를 미리 마련해 두고 이러한 선정적인 이야기들을 펼치고 있다.

이 외에도 양반을 희화화시키는 장치나, 과부와 결혼하기 위한 장치[146] 등을 통해서 그 목적에 따라 선정적인 이야기들을 넣어 독자들의 욕망을 드러내고 있기도 하다.

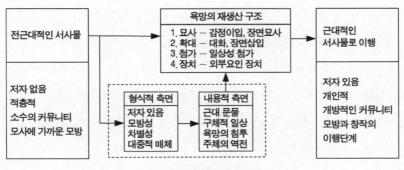

〈표 7〉 독자 욕망의 재생산 구조

---

146 양반을 희화화시키는 장치로는 기생집에 가서 모자를 잘못 바꿔 쓰고 오는 내용이나 계집종과 놀아나는 내용 등에서 사용되고 있다.(소은싱, 『대한매일신보』, 1909.8.26 · 8.29) 또 과부와 결혼하기 위한 장치로는 손홍조의 소년 과부와 머슴의 이야기를 들 수 있다.(손홍조, 『대한매일신보』, 1909.1.21)

결국 앞서 다루었던 내용을 도표로 그려보면 〈표 7〉의 도표와 같다. 근대 이전의 서사물이 근대적인 서사물로 이행되는 과정에서 여러 가지 변형요소가 개입되는데, 이때 매체가 요구한 형식적 측면이 큰 영향을 미쳤다. 특히 모방하더라도 창작성을 가미해야 하는 조건에서 다양한 소재를 사용하면서 근대 문물이 외부 풍경으로 들어오게 되고, 동시에 자신의 일상을 구체적으로 드러내게 되었다. 또한 그 사이에 독자들은 자신들의 욕망을 침투시키면서 또 다른 비판 의식이 개입되기도 했다. 형식이 내용을 지배하면서 그러한 독자들의 욕망들은 여러 가지 방식으로 재생산되기에 이른다. 비슷하지만 다르게 변형되어가는 재생산의 과정은 장면 묘사, 대화의 삽입 및 확대, 일상성의 첨가, 외부요인 장치 부가 등을 통해 점점 다양한 방식으로 변형되었다.

이러한 근대적인 서사물로 이행되는 과정에서 독자는 '읽기'와 '쓰기'를 동시에 진행하게 되고, 자신의 이름을 저작물에 표기하게 되는 것이다. 또한 이러한 저작물은 신문 매체라는 개방적인 커뮤니케이션에서 사용되면서 향유층을 기하급수적으로 확장시켰다. "사이-안in-between"[147] 이라는 매체의 상호소통성 속에서 독자들도, 근대의 서사물도 성장하고 있었다는 것이다. 결국 이러한 과정은 모방과 창작의 이행단계 속에서 나타난 현상들이라 할 수 있다.

---

[147] Kevin G. Barnhurst와 John C. Nerone은 *The Form of News —A History*(New York : The Guilford Press, 2001, p.2)에서 "Any medium constitutes a complicated network of relationships. A medium is, after all, something "in between", something that mediates among and connects other things. A newspaper connects sources of news with readers; it brings them into or facilitates particular relationships"라면서 신문의 상호소통성과 관계성에 대해 설명하고 있다.

4) 개방적 커뮤니케이션의 역할과 구조 학습의 효과

사실 이렇게 독자들이 자신들의 이름을 걸고 서사물을 쓸 수 있었던 것은 새로운 커뮤니케이션의 역할이 매우 크다고 할 수 있다. 내용을 그저 모방한다고 했다면, 어느 정도 모방하다가 그 소재가 바로 고갈되었을 것이다. 그런데 독자들은 회를 거듭할수록 점점 더 자신의 창의성을 덧붙인 새로운 서사물을 올릴 수 있게 되었다. 그것은 바로 개방적인 커뮤니케이션 속에서 그들이 구조를 학습했기 때문에 가능했던 것이다. 즉 구조 학습의 효과로, 그들은 자신의 이름을 걸고 서사물을 매체에 실을 수 있게 되었다는 것이다.

이 개방적인 커뮤니케이션은 독자들에게 여러 가지를 요구했다. 처음에는 단순히 주변에 구비 전승 되던 이야기를 적으면 되었다. 그런데 어느 순간 겹치기 시작했고, 또 비슷해지기 시작했다. 매체는 이에 대한 규제를 하기에 이른다. 즉 한번 실린 내용과 같을 경우에는 실어주지 않겠다는 것이다. 결국 이것은 그 글의 정체성, 주인으로서의 글쓰기를 요구하게 되었다는 것을 의미한다.

독자들의 '쓰기'의 욕망은 모방으로부터 시작되었다. 다른 사람의 이야기를 신문 매체에서 읽으며, 나도 이 비슷한 이야기를 안다며 투고하기 시작했다. 그러면서 비슷비슷한 이야기들이 올라오게 되었다. 이미 전승되어온 이야기들이기에 포화상태가 된 것이다.

그다음 단계는 반복하면서도 약간의 변형을 가하는 것이었다. 첫 부분을 바꾼다든가, 중간 부분의 에피소드를 교체한다든가, 아니면 결말 부분을 손대기도 했다. 결국 이것은 글쓰기의 주인, 자신의 이름을 내건 글쓰기를 하게 되었다는 것이다. 이것은 이 서사물을 다시 읽게 되는 독자들에게 자신도 할 수 있겠다는 생각을 불어넣었을 것이다. 에피소드를 조금 변형시켜보다가 점점 자신감을 가지고 새로운 이야기를 집어넣게 된 것이다.

결국 이렇게 된 데에는 바로 '구조 학습의 효과'가 자리 잡고 있었다. 기승전결의 구조 속에서 어느 부분을 변화시키면 되는지, 구조를 학습하게 되었다는 것이다. 그 구조의 학습을 통해서 독자들은 쉽게 '쓰기'를 실행할 수 있었다. 결국 이것은 비슷하면서도 다른 이야기를 양산해내면서 재생산적인 글쓰기를 하게 되었다는 것을 의미한다.

이는 틀이라는 구조에 대한 학습을 통해서 변화구조를 독자들 스스로 체득해 가고 있었다고 볼 수 있다. 즉 가장 쉽게는 가운데에 위치한 진행 사건의 변화 구조로부터 시작하여, 도입과 결과는 같은 채, 오로지 가운데 에피소드만 변화를 주어 새로운 이야기를 만들어내었다. 그러다가 여기에 더 나아가 진행 사건인 에피소드의 변화를 통해서 결과까지 변화가 되는 상황까지 만들어내게 된다. 혹은 도입 부분에 변화를 주고, 주체자를 변환시켜 다른 이야기로 꾸며내기도 했다. 그러다가 어느 정도 구조에 대해 완전히 이해하면서 새로운 글쓰기까지 구사하게 되었다. 유사하면서도 시도부터 사건, 결과까지 모든 과정에 변화를 가미하고, 자신의 욕망이나 비판의식을 넣어 새로운 이야기 형식과 내용을 만들어내기에 이른 것이다.

이 가운데 특히 내용적 장치 차원에서 묘사를 통해 감정이입이나 장면 묘사를 강화하는 방법, 대화나 장면을 삽입하여 그 부분을 확대하는 방법, 일상적인 차원의 이야기들을 끌어와 현시성적인 흥미를 유발하는 방법, 또 외부장치를 도입하여 독자들의 욕망을 자체 검열을 통해서 외부 검열을 피할 수 있도록 하는 방법 등을 사용하게 된다. 이러한 장치들은 새로운 이야기를 형성할 수 있도록 만들어주는 계기가 되었다.

결국 이러한 '쓰기'의 욕망이 재현될 수 있었고, 이렇게 독자들의 재생산적 글쓰기가 가능했던 것은 바로 '구조'라는 키워드 때문이었다. 이 '구조'를 익히고 훈련하고 학습하면서, 그 속에서 독자들은 자신들의 정체성을 내세울 수 있는 이야기를 만들어낼 수 있었던 것이다. 이러한 '구조 학습의 효과'는 개방적 커뮤니케이션의 개입으로 가능한 것이었다. 모두에게 열려 있었던 새로운 근대의 커뮤니케이션이 독자들의 참여를 유도하고, 동시에 독자들 스스로 커뮤니케이션에 참여하면서 근대 매체가 '구조 학습'이라는 새로운 쓰기의 방법을 가르쳐주었던 것이다. 즉 새로운 이야기를 써야 한다는 요구와 개인의 정체성을 요구하는, 이야기의 주인이 되는 글쓰기는 독자들의 재생산적인 글쓰기를 좀 더 창의적이고 새로운 글쓰기로 바꾸어주는 역할을 했던 것이다.

여기에서 눈여겨보아야 할 것은 이렇게 형성된 독자들의 '쓰기' 욕망이 이후 다양한 방향으로 전환되었다는 것이다. 먼저 이 쓰기 욕망은 전승되어 오던 구비 서사물을 기록화하고 서사물화하고 있다는 점에서 의의가 있다고 할 수 있다. 즉 이러한 구비 전승물을 좋아하고 즐기던 독자들의 대다수가 '편편기담'을 즐기고 있었다는 것이다. 이것은 바로 구비 전승되던 서사물이 기록화되면서 나타났던 현상이라 할 수 있다. 그런데 이렇게 성장한 독자들의 글쓰기는 안타깝게도 그 이후 그렇게 빛을 발하지는 못했다. 구조 학습의 효과는 다양한 방식으로 그들이 글쓰기를 재생산할 수 있도록 결정적인 역할을 해주었지만, 이러한 쓰기를 계속해 나갈 수 있는 공간이 사라지고 말았다.

즉 1910년대 『매일신보』로 통폐합되면서 생긴 '현상문예'는 좀 더 근대적이고 서양적인 문학의 양식을 요구하게 되었다. '편편기담'이 구비 전승된 서사물을 기록하여 계승하고 있었다면, '현상문예'는 전근대의 서사물과 근대의 서사물을 단절시키는 역할을 했던 것이다. 즉 전문적으로 교육을 받고, 어느 정도 근대적인 단편을 소화하거나, 혹은 흉내낼 수 있는 사람이 아니라면, 섣불리 투고할 수 없게 된 것이다. 이는 결국 독자들의 '쓰기' 욕망이 긍정적으로 발현될 수 있는 공간이 닫히면서 이러한 욕망이 해소되지 못했다는 것을 의미한다. 구조의 학습은 창의적인 내용의 부가나, 새로운 틀에 맞는 이야기 구조에 맞출 수 없었다. 모방과 반복, 대치의 구조에서는 가능했으나, 좀 더 복잡한 근대 단편 소설들의 구조에는 적합하지 못했다.

그러나 이러한 '쓰기' 욕망은 구비 전승되고 있던 서사물들을 자신의 방식대로 재구성하고, 또 당대의 현장에 맞게 새로운 사건과 장치를 삽입하면서 독자들로 하여금 이러한 재담들을 즐기고 놀 수 있도록 만들어 주었다. 현시성을 가진 이야기물로 바뀌면서, 그 당대의 현실을 비꼬고 희화화하게 된 것이다. 결국 전통적인 구비 전승된 서사물들이 그 당대에 맞게 또다시 재구성되고 재생산되면서 독자들이 이를 유희할 수 있게 된 것이다. 사실 이러한 놀이는 1930년대 유성기 음반에 나타나는 대중 희극적인 내용들과도 이어질 수 있는 부분들이다.

두메 사름이 일가집 잔치에 가셔 싱젼에 못보던 음식을 만히 먹고 집에
도라가 무엇무엇 먹은 즈랑을 홀 ㅁ음으로 음식 일홈을 무릅시 뎌 사발 속에

희고 길고 셔리셔리 흔 것은 무어신가 면일셰 면이야 면면외이면셔 뎌 졉시 우혜 희고 넙젹ᄒ고 무른무른 흔 것은 무어신가 편일셰 올치 면면편편 뎌 죵ᄌ 속에 누르고 훌훌ᄒ고 ᄃᆞᆫ맛 잇ᄂᆞᆫ 것은 무오신가 그것 쓸일셰 올치 면면 편편 쓸쓸외오며 졔집으로 가ᄂᆞᆫ 길에 기쳔을 건너 쒸다 니져ᄇᆞ려 기쳔에 쌔졋ᄂᆞᆫ가 ᄒᆞ야 물속에 드러가 차즐 즈음에 흔 사름이 지나다가 그 사름이 익셔 찾ᄂᆞᆫ 것을 보고 위ᄒᆞ야 ᄀᆞᆺ치 ᄎᆞ져 줄 ᄯᅳᆺ이 잇셔 인ᄉᆞᄒᆞᄂᆞᆫ 말이 될이 어ᄂᆞ 면에 사오 올치면면 ᄒᆞ나 엇엇고 어ᄂᆞ 편에셔 일헛소 올치 편편 ᄯᅩ ᄒᆞ나 엇엇고 ᄒᆞᄂᆞᆫ지라 이 사름이 셩내여 욕ᄒᆞ딕 네가 나를 조롱ᄒᆞᄂᆞ냐 그놈 눈ᄉᆞᆯ이 쓸죵 ᄌᄀᆞᆺ고나 올치 다 차졋다 ᄒᆞ고 면면 편편 쓸쓸ᄒᆞ면셔 졔집으로 가더라[148]

위의 인용문에서도 보면, '-ᄒᆞᄂᆞᆫ지라', '-면셔' 등의 서술어나 접속어를 제외하고 나면, 두 사람의 대화로 이어지고 있는 것을 알 수 있다. 특히 같은 말을 반복하고, 상대를 희화화시키는 면들은 유성기 음반에 나타나는 난센스나 만담 장르와 상당히 유사한 점들이 있다.[149] 이러한 쓰기의 욕망을 가지고 개방된 커뮤니케이션 속에서 함께 유희하던 독자들이 이러한 놀이를 유성기 음반의 장르까지도 이어가고 있었다고도 볼 수 있을 것이다.

또한 이렇게 구비서사물을 기록화하면서 유희를 이어가던 독자들도 있었지만, 한편으로는 이렇게 글쓰기를 익혀나가면서 새로운 양식을

---

148 '편편기담', 『대한매일신보』, 1907.7.19.
149 난센스의 경우, "男 : "갓 망건 채립 씨고 자동차를 잡수어야 꼴불견인가", 女 : "단발한 아가씨 고무신에 두루마기를 입어야 꼴불견인가""(최동현·김만수 공저, 『일제 강점기 유성기 음반속의 대중희극』(자료편), 태학사, 1997, 74면)라고 하면서 같은 말을 반복하며 서로 비꼬고, 또 그 당대의 상황에 맞게 현시성을 띠는 소재를 사용하는 등 상당수 유사한 점을 발견할 수 있다.

습득하여, 근대 단편소설의 작가로 편입되어 갔던 경우도 있다. 양건식이 대표적인 경우라 할 수 있다. 또한 '편편기담'에 실렸던 근대 작가에게 소재를 제공하는 경우도 있었다.[150]

결국 이렇게 개방적 커뮤니케이션은 다양한 방식으로 독자를 훈련시키고 유희하게 함으로서, 독자들은 자신들의 '쓰기' 욕망을 발현함과 동시에 새로운 놀이 문화를 만들어가고 있었던 것이다. 이는 동시에 독자들이 전근대의 독자와 근대독자 사이에서 이행되는 과정을 보여주는 것이다. 따라서 구비 전승되던 서사물들을 기록화하면서 이를 현시성적인 차원에서 현장화하고, 또 그 가운데서 '쓰기'의 욕망을 발현하면서 재생산하는 글쓰기를 하게 되었다. 이후 그러한 유희는 유성기 음반의 장르에까지 이어지면서 그 독자의 명맥을 이어갔던 것이다. 또한 한편으로는 근대적인 문학 장르에 편입하여 소수이기는 하지만 근대 단편소설을 창작할 수 있는 단계에 이른 독자도 있었고, 또 그 소재면에서도 근대소설의 모티프가 될 수 있는 재료들을 제공했다는 점에서 이러한 독자들의 '쓰기' 욕망은 근대독자들의 변화 과정을 밝히는 데 매우 중요한 역할을 한다고 말할 수 있을 것이다.

---

150 양건식은 이후 1910년대에 「슬픈 모순」 등을 쓰면서 근대 단편소설의 초석을 다져주었고, '편편기담'에 1909년 9월 25일에 투고한 리직흥의 글은 김동인의 「배따라기」의 내용과 거의 유사한 것이었다. 이에 대한 자세한 논의는 전은경의 「『대한매일신보』의 '편편기담'과 '쓰는 독자'의 출현」(『한국현대문학연구』 30집, 한국현대문학회, 2010.4) 참조.

5) 독자의 서사적 욕망과 재생산적 글쓰기

근대계몽기의 '독자문예면'은 '쓰기'와 '읽기'의 형태를 고스란히 볼 수 있는 매우 중요한 자료이다. 특히 근대 이전의 서사물이 근대 이후의 서사로 이행되는 과정을 그대로 보여주고 있기도 하다. 『대한매일신보』의 '편편기담'은 거의 3년여에 걸쳐서 '독자문예면'을 꾸준히 싣고 있었다. 그건 그만큼 많은 독자들이 읽고, 즐기고 있었으며, 동시에 쓰고 있었다는 것을 의미한다.

사실 초창기 '편편기담'의 내용은 거의 패관잡기의 수준이었다. 민가에서 떠돌고 있는 여러 민담이나 설화 같은 내용들을 줄거리만 정리해서 올리는 수준이었다고 할 수 있었다. 그러나 신문 매체가 같은 내용은 싣지 않겠다고 요구하면서 완전히 다른 양상으로 흘러가기 시작했다. 자신의 이름을 달게 되고, 저자가 생기게 되면서 어디서 들은 내용을 올리기만 해서는 안 되게 된 것이다. 또한 동시에 음담패설이나 멸륜패상의 내용을 피해야 한다는 형식이 주어지면서 여러 가지 장치가 생기기 시작했다.

결국 이러한 매체의 형식이 내용을 지배하면서 또 다른 형태로 변모하게 되었다. 즉 다른 것을 써야 한다는 것 때문에 여러 가지 다양한 방법을 사용하기 시작했다는 것이다. 이미 주어진 구조를 그대로 모방하면서 약간의 변화를 주게 되었다. 소재 등에서 근대문물의 내용을 삽입하고, 사건 진행의 상황을 약간 비틀어 다른 결과를 양산하기도 했다. 또 주체자 자체를 변환시켜 전체 진행에 전혀 다른 결과를 형성시켰다. 이러한 변화의 구조들은 일상성과 현실성을 획득하게 함과 동시에 당대에 대한 비판의식도 담지하게 만들었다. 같아질 수 없어서 시작된 '다르게 쓰기'가 관찰을 낳고, 그 관찰이 형식적일지라도 근대의 풍경을 어렴풋하게 그려내고 있었던 것이다. 그 모든 이야기들은 개방된 커뮤니케이션인 신문 매체에 자신의 이름으로 실리면서 독자들의 이야기는 끊임없이 재생산되고, 창조되어갔던 것이다.

이러한 과정은 독자들의 욕망을 재생산하는 구조로 드러났다. 형식적인 차원에서 도입, 진행, 결과의 차이를 보여주며 내용을 새롭게 재생산해낼 수 있었다. 또한 내용적 차원에서는 구체적인 장면 묘사나 대화의 삽입, 일상성의 첨가와 외부요인 장치를 사용함으로써 독자들의 욕망은 끊임없이 재생산되어 갔다. 이 속에 일상성이 들어오게 되고, 현실성을 획득하게 되면서 비판의식이 강화되기 시작했던 것이다. 결국 이것은 독자들이 '편편기담'을 통해 구조를 학습해 왔기 때문에 가능했다. 이러한 '구조 학습의 효과'는 누구나 글을 생산할 수 있도록 만들었다. '나'라는 존재가 개입된 일상에, 그리고 모순을 깨닫고 비판을 가하는 '개인'에게 근대는 서서히 다가오고 있었던 것이다. 결국 이러한 과정은 근대 이전 독자들이 근대독자로 자연스럽게 이행되어가는 현상을 보여주고 있기도 하다. 섞이고 연결되는 가운데 스며들고 있는 근대적인 것들이 조금씩 다르게 변화하도록 만들고 있었다.

이러한 욕망의 재생산 방식은 지금 이 시대에도 비슷하다고 할 수 있다. 근대독자들이 놀이로 즐겼던 읽기와 쓰기라는 복합적인 형태는 대중적인 읽기와 쓰기에도 얼마든지 적용가능한 것들이다. 독자들의 욕망과 흥미는 어떤 면에서는 여전히 비슷한 유형을 유지하고 있기도 하다. 비슷한 내용이 시대에 따라 형태만 변화시킨 채 여전히 유효하게 진행되고 있다. 이러한 욕망의 재생산 방식에 대한 연구는 향후 스토리텔링적 구조로의 변이와도 연계될 수 있을 것이다. 조금씩 변이되면서 끊임없이 되풀이되고 있는 대중문학과 대중문화의 현상은 어쩌면 근대계몽기부터 이미 전개되고 있었다고 해도 과언이 아닐 것이다. 따라서 근대계몽기 독자들의 욕망의 구조를 살피는 것은 지금 이 시대의 독자들의 욕망의 구조를 살피는 것과도 연계되는 작업일 것이다.

제5장

근대계몽기 해외 유학생 잡지와 근대문학

일본 유학생들이 최초로 발행한 잡지는 『친목회회보』라는 잡지였다. 이는 1895년 일본 유학생들이 대조선인일본유학생친목회를 결성하고 만든 친목회지로서 총 6호가 간행되었다고 한다.[1] 이후 다양한 유학생 잡지가 발행되었는데 그중 문예면을 강화하고 활발하게 발행된 잡지는 『태극학보』와 『대한흥학보』를 꼽을 수 있다. 사실 재일 유학생회를 모두 통합한 학회는 대한흥학회라 할 수 있는데, 이 대한흥학회에 통합된 학회 중 가장 활발했던 학회가 태극학회였다. 또한 학회지의 경우, 『태극학보』의 기본 틀을 『대한흥학보』가 상당히 많이 가져오고 있다는 점에서 이 두 학회지를 함께 보는 것은 그 당대 지식인으로서의 유학생들의 문학적 감수성과 근대독자로의 이행을 한꺼번에 천착할 수 있게 할 것이다.

---

1 정진석, 『한국 잡지 역사』, 커뮤니케이션북스, 2014, 2~5면 참조.

1. 표제 배치와 소설 개념의 주체적 정립 —『태극학보』

근대계몽기는 근대문학의 개념이 서서히 스며들기 시작한 시기로서, 서양적인 근대문학의 개념이 명확하게 정립되기 전이었다. 『태극학보』는 이러한 근대계몽기에 근대문학을 가장 최전선에서 받아들인 유학생 잡지이기도 하다. 그러나 이『태극학보』가 단순히 일본을 통해 문학을 그대로 이식하고 모방했다고만 보기는 어렵다. 이는 근대문학과 근대소설이라는 개념이 서양이나 일본을 통해 단숨에 그대로 이식되었다고 볼 수는 없는 것과 마찬가지이다. 하나의 개념 혹은 문화가 들어오게 되면, 그것은 내적 토대에 의한 변용이 있게 된다. 이를 받아들이는 입장에서 고민하는 과정이 그 개념과 문화 속에 포함되는 것이다. 다시 말해 문화의 이식이란 차원에서 지시적인 관계로 적립되는 것은 아니라는 것이다. 임화의 말로 설명하면 내적 토대의 간섭은 새로운 개념과 문화를 양산하며, 처음과는 다른 제3의 것을 만들어낸다.[2]

특히 근대문학, 근대소설의 개념은 단순히 '이것은 저것이다'라고 정확하게 단정 짓기가 어렵다. 동시에 일본을 통한 중역으로 유입된 개념으로만 보기도 어렵다. 이 개념을 어떠한 방식으로 이해하고 받아들일 것인지는 우리 내적 토대 안에서의 주체적 고민을 통해 해석해야 한다. 이러한 개념이 새롭게 생성되고 받아들여지는 과정의 가장 최전선에 바로 일본 유학생들이 위치하고 있었다. 즉 그 당시 유학생들이 가

---

2   임화, 「新文學史의 方法」, 『문학의 논리』, 학예사, 1940, 827~832면 참조.

장 먼저 '근대'의 개념을 수용하고 모
방하며 국내로 번역해 왔다고 할 수
있다.

그러나 이것은 아무 고민 없이 이루
어진 것이 아니다. 하나의 개념으로 확
정되는 과정은 수많은 고민과 모호함
속에서 지속되고 발전된다. 기존의 서
사물들을 어떻게 배치할 것인지, 근대
소설의 개념 속에는 어떠한 서사들이
들어갈 수 있는지 그들 스스로 끊임없
이 고민할 수밖에 없었다. 그러한 과정
을 여실히 보여주고 있는 것이 바로
『태극학보』이다.

『태극학보』 제1호(1906.8.24) 표지

『태극학보』의 서사물들은 아직 명
확하게 근대문학, 근대소설이라 정의내리기 어려울 수도 있다. 그러나
이렇게 근대문학의 개념이 불확정적이고 모호하기 때문에 다양한 실험
이 존재할 수 있었다. 서양의 문학을 번역하기도 하지만, 또 기존의 서
사물을 변형하여 싣기도 했다.[3] 그 가운데 새로운 서사의 양식을 실험

---

3 『태극학보』에 실린 서사물에 대한 연구는 장응진의 소설에 대한 연구(김윤재, 「백악춘
사 장응진 연구」, 『민족문학사연구』 제12호, 민족문학사학회, 1998; 하태석, 「백악춘사
장응진의 소설에 나타난 계몽사상의 성격」, 『우리문학연구』 제14집, 우리문학회, 2001;
최호석, 「장응진 소설의 성경 모티프 연구」, 『동북아문화연구』 제22집, 동북아시아문화
학회, 2010)나 번역물에 대한 연구(손성준, 「근대 동아시아의 크롬웰 변주」, 『대동문화
연구』 제78집, 성균관대 대동문화연구원, 2012), 다양한 서사물에 대한 연구(문한별,
「근대전환기 서사의 양식적 혼재와 변용 양상」, 『국제어문』 제52집, 국제어문학회, 2011)

하며, 다양하고도 역동적인 장을 형성하고 있기도 하다. 이러한 면에서
『태극학보』를 살펴보는 것은 근대문학, 근대소설이라는 개념이 우리
안에서 어떻게 형성되고 받아들여지게 되는지 그 과정을 분석할 수 있
는 계기가 될 수 있을 것이다. 또한 이는 동시에 유학생들이 최전선에
서 받아들인 새로운 개념을 조선의 지식인들은 또 다른 관점에서 개념
화하는 과정 역시 살필 수 있는 시초가 될 수 있으리라 기대한다.[4]

1) 『태극학보』의 기획과 주제 구성

『태극학보』는 총권 27호로 종간된 잡지로서 1906년 8월 24일에 창
간되어 1908년 12월 24일까지 발행되었다. 재일 일본 유학생들의 학
회 및 조직은 1884년 갑오경장 이후 신문물을 수용하기 위해 정부가
적극적으로 관비 유학생을 파견하면서부터 시작되었는데, 최초로 조직
된 일본 유학생 단체가 '대조선인일본유학생친목회'였다. 이후 다시 해
산되고 '제국청년회'로 개명하였으나, 이 또한 해산하고 여러 갈래로

등으로 나누어 볼 수 있다.

4   유학생 잡지는 현대의 대중잡지와는 그 유형이 매우 다르다. 모두에게 열려 있는 신문과
     같은 미디어와, 같은 뜻을 가지고 있는 독자들이 참여하는 닫혀 있는 미디어인 잡지 그
     사이에 존재한다. 마샬 맥루한은 "책은 하나의 '견해'를 제공하는 개인적인 고백의 형태"
     인데 반하여 "신문은 공공의 참여를 제공하는 집단적 고백의 형태"로 설명한다. 이러한
     면에서 볼 때, 유학생 잡지 『태극학보』는 유학생들을 위한 잡지이면서 동시에 국내의
     학생들이나 지식인들에게까지 열린 잡지이기도 했다. "집단적 고백의 형태"를 어느 정도
     담지하면서도 "개인적인 고백의 형태"가 담겨 있는 중간적인 미디어였다고 볼 수 있다.
     즉 "집단적인 이미지가 아니라 사적인 소리"를 보이면서도 그 사적인 형태를 공적으로
     개념화하고자 노력했던 시도를 『태극학보』가 보여주고 있으며, 이러한 시도는 근대문학
     과 근대소설의 개념을 정립해가는 과정으로서 그 가치를 지닌다고 할 수 있을 것이다.(마
     샬 맥루한, 김성기·이한우 역, 『미디어의 이해』, 민음사, 2011, 288면 참조)

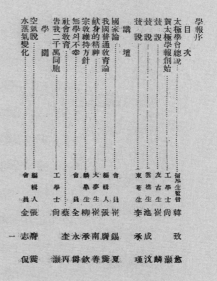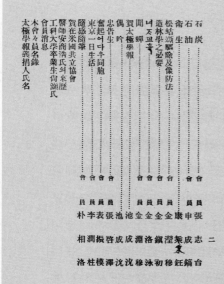

『태극학보』 제1호(1906.8.24) 목차

조직이 분파되기에 이른다. 태극학회, 낙동친목회, 공진회, 한양회 등이 그것인데, 그중 가장 활동이 컸던 학회가 태극학회였고 주로 관서지방의 유학생이 중심이 되었다고 한다.[5]

『태극학보』의 초대 회장은 장응진, 부회장은 최석하, 평의원으로 김지간, 전영작, 김진초, 이윤주, 김낙영, 박용희 등이 선임되었고, 사무원 5명, 회계원 1명, 서기원 3명, 사찰원 3명, 회원 44명으로 총 64명으로 구성되었다.[6] 그러나 4호에서는 총 회원수 96명으로 급성장하고 이후 영유군 지회, 영흥군 지회, 용의군 지회, 평남 성천군 지회, 동래

---

5   백순재, 「『태극학보』 해제」, 한국학문헌연구회 편, 『태극학보』 1권(한국개화기학술지 13), 아세아문화사, 1978, 5~6면.

6   「本會々員名錄」, 『태극학보』 2호, 1906.9.24, 60면.

부 지회 등 국내에서도 다양한 지회가 설립되어 임원단이 구성되는 등 매 호마다 신입 회원들이 다수 가입하여 『태극학보』는 명실상부 유학생 잡지로서 가장 크게 활성화되었다.[7] 『태극학보』의 편집 겸 발행은 1호에서 18호까지는 1대 회장이었던 장응진이, 19호부터 끝까지는 3대 회장이었던 김낙영이 이어갔다.[8]

惟我太極學會가 呱呱의 聲을 發ᄒᆞ고 東都一隅에 萌出홈이 於玆에 逾年이라. 此間에 幾多頓挫辛苦의 悲境이 不少ᄒᆞ여스나 盤根을 不遇ᄒᆞ면 利刀를 難辨이라. 倚我 會員의 血誠所湧이여 一致團心으로 相勸相救ᄒᆞ며 相導相携ᄒᆞ야 一步를 退縮ᄒᆞ면 數步를 更進ᄒᆞ고 難關을 遭遇ᄒᆞ면 百折不屈의 精神으로 勇氣를 倍進ᄒᆞ니 此ᄂᆞᆫ 本會가 今日 漸次 旺盛ᄒᆞᄂᆞᆫ 域에 進홈이요 時時 演說 講演 或 討論 等으로써 學識을 交換硏磨ᄒᆞ야 他日 雄飛의 準備를 不怠ᄒᆞ고 學暇를 利用ᄒᆞ야ᄂᆞᆫ 各自 學習ᄒᆞᄂᆞᆫ 바 專門普通으로 論作之飜譯之ᄒᆞ야 我同胞國民의 智識을 開發ᄒᆞᄂᆞᆫ 一分의 助力이 되고져 ᄒᆞᄂᆞᆫ 微誠에 出홈이니 此ᄂᆞᆫ 本報가 創刊되ᄂᆞᆫ 盛運에 達혼 者인 ㅣ 져.

一粒의 土도 積ᄒᆞ면 泰山을 成ᄒᆞ고 一滴의 水도 合ᄒᆞ면 大海를 成ᄒᆞᄂᆞ니 吾儕도 ᄯᅩ혼 我 二千萬 國民의 各 一分子라 各 一臂의 力을 出ᄒᆞ야 國民의 天職을 萬分一이라도 盡홈이 有ᄒᆞ면 此ᄂᆞᆫ 吾儕의 衷心으로 熱望ᄒᆞᄂᆞᆫ ㅂ로다.[9]

---

7 1대 회장 장응진, 2대 회장 김지간, 3대 회장 김낙영을 거치면서 점점 더 회원수가 많아지고 지회가 늘어나면서 3대 회장인 김낙영은 직접 지회를 시찰하기도 했다.(『태극학보』 23호, 1908.7.24, 60면) 그만큼 일본에서뿐만 아니라 국내에서도 태극학회에 가입한 회원이 많았음을 알 수 있다.

8 『태극학보』 14호에 보면, 2대 회장으로 김지간이 선출되었으나, 발행 겸 편집은 계속해서 장응진이 하게 된다.(「會員消息」, 『태극학보』 14호, 1907.10.24, 62면) 그 후 19호에서 김낙영이 3대 회장이 되고 나서 발행 겸 편집도 장응진에서 김낙영으로 바뀌게 되었다.(「會事要錄」, 『태극학보』 19호, 1908.3.24, 57면)

호수	발간일(실제 발간일)	게재 글 개수	쪽수
1호	1906.8.24	32	53
2호	1906.9.24	26	63
3호	1906.10.24	22	61
4호	1906.11.24	22	59
5호	1906.12.24(12.31)	26	57
6호	1907.1.24(2.16)	25	59
7호	1907.2.24(3.13)	20	61
8호	1907.3.24(4.5)	19	59
9호	1907.4.24(5.3)	23	63
10호	1907.5.24(6.3)	20	61
11호	1907.6.24(7.5)	20	63
12호	1907.7.24(8.5)	22	57
13호	1907.9.24	22	63
14호	1907.10.24	14	65
15호	1907.11.24	16	59
16호	1907.12.24	21	65
17호	1908.1.24	19	63
18호	1908.2.24	19	65
19호	1908.3.24	21	61
20호	1908.5.12	23	59
21호	1908.5.24	17	63
22호	1908.6.24	31	63
23호	1908.7.24	35	61
24호	1908.9.24	40	67
25호	1908.10.24	41	73
26호	1908.11.24	30	67
총계		626개(평균 약 24개)	1,610면(평균 약 61.9면)

위의 예문은 『태극학보』 1호에 실린 「太極學報發刊의 序」라는 글로
서 『태극학보』의 목적 및 취지를 알 수 있다. 재일 유학생으로서 단결
함과 동시에 이천만 동포들에게 신지식을 번역해서 알려 지식을 개발
하고 돕는 목적임을 천명하고 있다. 즉 전문적인 지식이나 보통의 지식

---

9   「太極學報 發刊의 序」, 『태극학보』 1호, 1906.8.24, 1면.

을 국민들에게 번역하여 알리겠다는 정보 전달의 역할과 애국 독립을
향한 문명 개화의 뜻을 보여주고 있는 것이다.

『태극학보』의 실제 발간은 총 27회였으나, 현재 입수할 수 있는 자
료는 26호까지로 1호에서 26호까지 총 626개의 글이 실렸다. 발간 상
황을 살펴보면, 12호까지는 원래 발행일인 24일을 거의 맞추지 못하고
계속 밀리고 있었음을 확인할 수 있다. 이후 14호부터 회장이 장응진
에서 김지간으로 바뀌고, 장응진은 회장직을 내려놓은 채 발행 및 편집
만을 담당하면서 발간일 역시 24일을 맞추게 되었고, 이후 김낙영으로
이어지면서 더욱 학회지가 안정적으로 발간되었다. 1호에서 26호까지
1907년 8월과 1908년 8월 하계 방학 기간 휴간을 한 경우를 제외하고
는 거의 매달 꾸준히 나오고 있음을 확인할 수 있다.

또한 한 호당 쪽수는 호별로 차이가 나지만, 평균 약 62면 분량으로
발행되었고, 또 뒤로 갈수록 분량이 늘어나고 있다. 한 호당 글은 평균
약 24.2개 정도 실렸으나 역시 뒤로 갈수록 투고 개수가 늘고 있음을
확인할 수 있다. 특히 24·25호는 글의 개수뿐만 아니라 분량도 많이
늘어나게 되는데 이 늘어난 분량 그대로『대한흥학보』가 받아 이어가
게 된다.『태극학보』가 일구어 놓은 학회지의 바탕이 그대로『대한흥
학보』에 이어지고 있다고 볼 수도 있을 것이다. 이는 결국『태극학
보』에 투고하는 투고자 수가 많았다는 것이고 동시에 독자들 역시 늘
어나고 있었다는 것을 역으로 알 수 있다.

〈표 2〉는『태극학보』1호(1906.8.24)에서 26호(1908.11.24)까지 실린
전체의 글을 주제별로 분류한 것이다. 전체 주제별로 보면, 가장 많은
부분을 차지하고 있는 것이 문학 영역인데 전체 626개 중 200개로 약

〈표 2〉『태극학보』 주제별 분류[10]

주제	개수
문학 관련	200
태극학보 및 유학생 소식 관련	88
신사상	86
교육	54
경제 및 산업	47
개화 및 애국 독립	42
외국 역사	20
청년 및 영웅 의식	16
국가 및 제국주의	15
경찰 및 법, 정치	15
위생	15
개인 의식 및 국민정신	11
구습 타파	9
종교	5
신문 잡지 관련	2
유학(儒學) 사상	1
총계	626(개)

31.9%를 차지하고 있다. 이렇게 문학이 많이 차지하게 된 것은 한시가 많이 실렸기 때문이기도 하다. 다음으로 많이 등장하고 있는 것이 학회 관련이나 유학생 관련 소식인데, 이는 총 88개로 약 14%를 차지하고 있다. 신사상을 번역하거나 쉽게 풀이한 글은 총 86개로 약 13.7%를 차지한다. 그 외에도 경제 및 산업 관련 글이나 경찰 관련이나 법 정치 관련 글이 눈에 띄고, 특별히 청년으로서의 의무 또는 영웅의식을 보이는 글들이 많이 등장하고 있다. 이는 그 당대 지식인으로서의 사명감과 유학생인 자신들이 나라를 위해 영웅적인 행위를 해야 한다는 당위감을 반영하고 있는 것이라 할 수 있다.

10　이 표는 『태극학보』 1호에서 26호까지 실린 글을 대상으로 작성한 분류표이다. 27호 종간호는 국내 소장을 발견할 수 없는 관계로 26호까지를 대상으로 했다.

<표 3> 『태극학보』 문체별 개수

문체종류		개수
한문(158)	한문체	114
	현토한문체	44
구절형 국한문(85)	구절형 국한문	83
	구절형+현토한문	1
	구절형+단어형	1
단어형 국한문(359)	단어형 국한문	350
	단어형+구절형	6
	단어형+한글	2
	단어형+한문	1
한글(24)	한글	19
	한글+단어	4
	한글+구절형	1
총계		626(개)

결국 이러한 주제별 투고량을 살펴보면, 유학생들이 문학 부분에 대해 상당히 관심을 가지고 있었으며, 이와 동시에 『태극학보』가 이러한 면을 적극적으로 싣고 있었다는 점을 파악할 수 있다. 즉 『태극학보』가 단순히 친목회 회보 수준이 아니라 문학 잡지로서의 역할도 하고 있었음을 확인할 수 있다.

『태극학보』의 문체별 개수를 보면, 가장 많은 수를 차지한 문체가 단어형 국한문체로, 총 626개 가운데 359개를 차지하면서 약 57.3%를 나타내고 있다. 그다음이 한문인데 이는 총 158개로 약 25.2%를 차지하고 있었다. 이는 한시의 비중 때문으로 실제 한시가 총 100편인 것을 감안하면, 한시 외의 한문체는 거의 현토한문임을 알 수 있다. 다음으로는 구절형 국한문인데 총 85개로 약 13.6%, 한글은 총 24개로 약 3.83%를 차지하고 있었다. 그런데 단어형 국한문의 경우 단어만 한자로 구성되어 있고, 문장 자체는 한글의 방식을 따르고 있기 때문에 이러한 단어형 국한문과 한글을 합쳐서 국문체의 비율로 본다면, 『태극학보』의 글 중 국문체는 약 61.2%를 차지하고 있음을 알 수 있다.[11] 이는 유학생들의 문체가 한문보다는 단어형 국한문으로 점점 변화되고 있음을 확인하게 해준다. 이러한 면은 『태극학보』에 실린 '국문' 사용 관련 비평에서도 발견할 수 있는데, 유학생들 스스로 한문보다는 국한문을 써야 한다고 강변하고 있음을 알 수 있다. 이렇게 유학생들이 한문체보다 국한문체를 써야 함을 스스로 주장함으로써 결국 이는 문학 특히 국한문체의 산문이 활성화되는 계기가 되기도 한다. 『태극학보』의 문예면에 대해서는 다음 절에서 좀 더 구체적으로 다루어보도록 하겠다.

2) 표제 구성과 문예면의 확장

『태극학보』에 실린 글은 목차에서 '표제' 구분이 이루어져 있다. 이러한 구분 방법은 국내 학회지나 일본의 학회지 등에서 차용한 것으로 볼 수도 있으나, 이 표제를 살펴보면 어떤 글을 어떤 표제에 넣으려고

---

11 구절형 국한문체와 단어형 국한문체는 둘 모두 한문을 혼용하고 있지만, 문장 구조에 있어서 전혀 다른 체계라 할 수 있다. 구절형 국한문체는 한문의 구절이 아직 해체되지 않고 사용되지만, 단어형 국한문체는 문장구조 자체가 한국어 방식으로 해체되어 단어만 한자로 적혀있을 뿐이다. 따라서 이러한 단어형 국한문체는 한국어의 어순과 문장으로 해석하여 이해하는 것이 더 바람직할 것이다. 김재영은 『대한민보』의 문체를 분석하면서 이러한 문제를 들어 단어형 국한문체와 구절형 국한문체를 구분하고 있으며, 단어형 국한문체와 한글을 국문체로 설명한다. 이러한 논의를 빌려 이 글에서도 단어형 국한문체와 한글을 국문체로 묶어서 보고자 한다.(김재영, 「『대한민보』의 문체 상황과 독자층에 대한 연구」, 동국대 문화학술원 한국문학연구소 편, 『한국 근대문학과 신문』, 동국대 출판부, 2012, 47~52면 참조)

한 것인지 그 당대 유학생들의 고민을 엿볼 수 있다. 이러한 표제가 존재한다는 것은 표제에 맞는 글을 분류하고자 하는 의식, 즉 배치에 대한 고민이 등장하고 있다는 것을 의미한다. 또한 이러한 배치는 글의 종류에 대한 고민, 분류하고자 하는 의식 없이는 불가능한 것이기도 하다.

『대한흥학보』와 비교해 보면, 『태극학보』의 표제가 훨씬 더 단순하다는 것을 알 수 있다.[12] 먼저 논설 및 학술적인 글의 표제는 '강단학

〈표 4〉『태극학보』 표제별 분류

유형	표제	개수
논설 및 학술적인 글(406개)	講壇學園	162
	學園	91
	講壇	80
	論壇	71
	演說	2
문학적인 산문 및 시(140개)	文藝	70
	詞藻	61
	藝園	4
	歌調	3
	雜纂	1
	說苑	1
학회 및 유학생 소식(53개)	雜報	18
	雜錄	18
	寄書	13
	雜俎	4
표제 없음		27
총계		626(개)

12 『대한흥학보』를 표제별로 살펴보면, 축하 글에 해당하는 '祝辭', 사설 및 논설을 실었던 '演壇', '論著', '報說', '時報', 학술적인 내용을 담당한 '學海', '學藝', 역사 전기물을 실은 '史傳', '傳記', 문학적인 산문을 실은 '文苑'과 주로 한시 또는 짧은 문장 위주로 실은 '詞藻', 이후 진학문과 이광수의 소설을 실은 '小說', 일반 산문을 실었던 '雜纂'과 문학에 가까운 산문을 실은 '散錄', 마지막으로 회의 및 소식을 실은 '彙報' 및 '會錄' 등으로 구성되어 있었다.(전은경, 「유학생 잡지 『대한흥학보』와 문학 독자의 형성」, 『국어국문학』 169호, 국어국문학회, 2014.12, 310면 참조)

원', '학원', '강단', '논단', '연설' 등이 있었다. '강단'과 '학원'을 묶어서 '강단학원'을 표제로 활용한 경우도 많았고, 이후 논설 등을 강화하여 '논단'의 형태로 글을 싣고 있기도 했다. 그러나 초기 형태이다 보니, 표제별로 완벽하게 구분했다고 보기는 어렵다. 다음 문학적인 산문이나 시의 경우, '문예', '사조', '예원', '가조', '잡찬', '설원' 등으로 다양하게 등장하고는 있으나, 7호 이후 '문예'면이 등장하면서 거의 '문예'면에 흡수되었다. 학회 및 유학생 소식을 싣는 글은 주로 '잡보', '잡록' 등에 실렸고, 외부에서 소식을 보내올 경우 '기서'라는 표제를 달기도 했다.

　이를 호별로 구분해 보면, 〈표 5〉와 같다. 『태극학보』가 처음 시작되었을 때, 표제는 매우 단순했다. '강단'과 '학원' 정도만 표제로 붙어 있었을 뿐이었다. 그러다가 '강단'과 '학원'의 분류가 애매해지자, 이를 '강단학원'으로 아예 묶어서 10호까지 간행하기도 했다. 이후 11호부터는 '강단', '학원'에서 '논단' 부분을 따로 빼내어 논설 부분을 강화하고 있기도 하다. 또한 11호에서 '예원', '잡찬' 등의 문학적 글을 실은 표제를 붙였다가, 12호부터는 '문예'란으로 통일해서 문학을 싣고 있다. 22호부터는 '문예'란에서 '사조'란을 분리하여 산문과 한시를 구분하고 있으며, 이후 25호부터는 한글가사를 따로 떼어 '가조'로 분리했다. 이러한 일련의 과정은 『태극학보』가 성장해 가면서 문학이 확장되고 또 그 문학적 장르에 따라 분류하고 있음을 보여준다.

　이 가운데 문학 관련 글을 살펴보면, 가장 많이 등장하는 것이 한시계열의 시나 문장이었다. 이는 전체 200개의 글 중 총 100개로 50%를 차지하고 있었다. 그다음으로는 서사 관련이 49개로 24.5%를 차지하

〈표 5〉『태극학보』 호차별 표제 분류

호	講壇	學園	雜報	雜錄	講壇學園	演說	論壇	藝園	雜纂	文藝	寄書	詞藻	雜俎	歌調	說苑	없음
1	7	15														10
2	8	13	3													2
3	7	11		1												3
4			2		18											2
5			1		23											2
6			1		20											4
7				1	18											1
8			2		16											1
9			4		19											
10			1		17	2										
11	8		2				5	4	1							
12		6					5			9						2
13				1	9					12						
14			1		7		4			2						
15	3	5		1			3			1	3					
16			1		8		5			7						
17	5	3		1			3			6	1					
18	6	4		2			4			3						
19	5	4		1			4			7						
20	4	5		3			5			6						
21	4	4		1			6			2						
22	5	5		1			6			4		10				
23	4	5		1			5			6		12	2			
24	5	10		1			4				1	17	2			
25	9	1		1			6			3	3	17		1		
26				2	7		6			2	5	5		2	1	
	80	91	18	18	162	2	71	4	1	70	13	61	4	3	1	27

고 있었다. 그 외 산문 및 비평이 30개로 15%, 한글 시가류가 21개로 10.5%를 차지하고 있다. 따라서 유학생들은 자신의 감정이나 문학적 표현을 한시의 형식으로 가장 많이 하고 있었음을 알 수 있다. 그러나 또 한편으로는 쥘 베른의 『해저여행』을 번역하여 싣는 등 근대적인 소설 역시 등장하고 있었다. 또한 1호부터 편집 겸 발행인을 맡았던 장응

분류	개수	
한시계열(100)	한시 및 문장	100
시가(21)	애국가류	10
	가사	8
	민요	3
서사(49)	역사 전기	22
	번역소설	11
	대화체, 토론체	8
	소설	5
	서사	3
산문 및 비평(30)	산문 및 수필	21
	국문	4
	편지류	3
	기행문	1
	비평	1
총계	200(개)	

진의 소설 「多情多恨(寫實小說)」, 「春夢」, 「月下의 自白」, 「魔窟」 등이 실리고 있다는 점도 주목해 볼 만하다. 특히 '사실소설'이라는 명칭으로 단편을 싣고 있다는 점에서 편집 겸 발행을 맡았던 장응진이 근대소설이라는 장르에 한층 다가가 있었음을 확인할 수 있다.

3) 표제별 장르 분류와 배치의 문제

앞에서 살펴보았듯이『태극학보』는 '표제'를 달아서 글의 종류를 구분하고 있었다. 이 가운데 문학 장르에 대한 고민과 분류가 담기고 있다는 점에 주목해 볼 필요가 있다. 정확하게 소설이 무엇인지, 또 어떠한 내용이 '소설'이라는 장르에 들어가야 할 것인지 사실 당시 유학생

들이 명확하게 정의를 내렸다고는 볼 수 없다. 그러나 '표제'를 달아두
는 방식을 통해서 그 당대 유학생들이 문학의 개념을 어떻게 만들어가
고 있는지 엿볼 수는 있을 것이다.

문학 그중에서도 서사 범주 안에 들어가는 부분들로 세분화해서 보
면, 단편 서사 영역과, 대화체 및 토론체 영역, 번역 소설 영역, 일반 산
문 영역, 역사담 영역 등으로 나누어 볼 수 있다.

〈표 7〉『태극학보』 단편 서사 관련 글 목록

호	날짜	표제	저자	제목	문체
6	1907.1.24	講壇學園	白岳春史(장웅진)	多情多恨(寫實小說)	단어형 국한문
7	1907.2.24	講壇學園	白岳春史	多情多恨(寫實小說)(前號續)	단어형 국한문
8	1907.3.24	講壇學園	白岳春史	春夢	단어형 국한문
13	1907.9.24	文藝	白岳春夫	月下의 自白	단어형 국한문
14	1907.10.24	文藝	椒海生(김낙영)	恨	단어형 국한문
16	1907.12.24	文藝	白岳春史	魔窟	단어형 국한문

'문예'라는 표제가 등장한 것은 12호부터였다. 그 이전까지는 장르
에 대한 분화가 정확하게 이루어지지는 않았다. 그러한 가운데 소설이
라 분류할 수 있는 단편 서사는 총 5개로, 장웅진의 서사물이 4편, 김낙
영의 서사물이 1편이었다. 그런데 12호에 '문예'란이 생기기 전까지는
이 서사물들이 '강단학원'란에 실리고 있다는 것을 확인할 수 있으나,
장웅진은 「다정다한」 앞에 '사실소설'이라는 제목을 달아둠으로써 이
러한 글의 장르를 소설로 인식하고 있었음을 알 수 있다. 또한 13호 이
후에는 이러한 서사물을 '문예'란에 싣고 있었다.

또한 대화체 및 토론체 형식의 글도 총 8편이 등장하고 있는데, 5호
와 6호에 실린 글은 연재였기 때문에 실제로는 총 7편이 실렸다. 국가

<표 8> 『태극학보』 대화체 및 토론체 서사 관련 글 목록

호	날짜	표제	저자	제목	문체
4	1906.11.24	講壇學園	傍聽人 友古生 崔麟	(奇書) 甲乙會話	단어형 국한문
5	1906.12.24	講壇學園	朴相洛 譯	(번역) 衛生問答	단어형 국한문
6	1907.1.24	講壇學園	朴相洛 譯	(번역) 衛生問答	단어형 국한문
8	1907.3.24	講壇學園	笑笑生 小菴 記著	北韓 聾盲 兩人이 自評	단어형 국한문
19	1908.3.24	文藝	隱憂生	師弟의 言論	한글+구절형 / 한시
21	1908.5.24	文藝	抱宇生	莊園訪靈	구절+단어
23	1908.7.24	文藝	十六歲夙成人 金鑽永	老而不死	한글(거의)
23	1908.7.24	文藝	耳長子	巷說	단어+한글

관이나 위생, 또 세대 비판 등에 대한 내용들이었는데, 두 사람이 서로 대화를 나누거나 재담 등을 이용해서 주제를 강조하는 방식이었다. 대화체 및 토론체는 실제로 신문 등에서 많이 활용되고 있었기 때문에 잡지에서도 활용된 것으로 보인다. 또한 4호에서 8호까지는 '강단학원'에 실렸으나 19호부터는 '문예'란에 실린 것으로 보아 이러한 대화체나 토론체의 서사물을 문예로 간주하여 넣은 것으로 볼 수 있다.

또한 『태극학보』에는 『해저여행』이라는 외국 소설이 번역되어 실리

<표 9> 『태극학보』 번역소설 관련 글 목록

호	날짜	표제	저자	제목	문체
8	1907.3.24	講壇學園	法國人 슐스펜氏 原著(朴容喜譯)	海底旅行(奇譚)	단어형 국한문
9	1907.4.24	講壇學園	朴容喜譯	海底旅行奇譚第二回	단어형 국한문
10	1907.5.24	講壇學園	朴容喜	海底旅行奇譚第三回	단어형 국한문
11	1907.6.24	藝園	朴容喜	海底旅行奇譚第四回	단어형 국한문
13	1907.9.24	文藝	朴容喜	海底旅行奇譚第五回	단어형 국한문
14	1907.10.24	文藝	自樂堂	海底旅行奇譚第六回	단어형 국한문
15	1907.11.24	文藝	自樂堂	海底旅行奇譚第七回	단어형 국한문
16	1907.12.24	文藝	自樂堂	海底旅行奇譚	단어형 국한문
18	1908.2.24	文藝	冒險生	海底旅行奇譚	단어형 국한문
20	1908.5.12	文藝	冒險生	海底旅行	단어형 국한문
21	1908.5.24	文藝	冒險生	海底旅行	단어형 국한문

고 있었다. 이는 쥘베른의 『해저 3만리』를 번역한 것으로 초기 5회까지는 박용희가, 그 후 백락당과 모험생이 번역해서 싣고 있다. 이 『해저여행』에 대해서는 8호에서 10호까지는 '강단학원'에 실렸고, 11호에서는 '예원', 12호 이후 '문예'에 실리고 있다. 이때 '예원'은 11호 한 호에서만 보이는데, 총 4편으로 『해저여행』을 제외하고 3편은 모두 한시였다. 그 후 12호부터 '문예'란이 생성되면서 이곳에 『해저여행』을

〈표 10〉 『태극학보』 산문 및 수필 관련 글 목록

호	날짜	표제	저자	제목	문체
1	1906.8.24	學園	會員 李潤柱	東京一日의 生活	단어형 국한문
1	1906.8.24	學園	會員 朴相洛	隨感隨筆	단어형 국한문
2	1906.9.24	學園	白岳生	海水浴의 一日	단어형 국한문
3	1906.10.24	學園	會員 張啓澤	旅窓秋感	단어+구절
3	1906.10.24	學園	會員 申相鎬	思潮滴滴	단어형 국한문
3	1906.10.24	學園	會員 孫榮國	隨感錄	단어형 국한문
5	1906.12.24	講壇學園	金志侃	歲暮所感	단어형 국한문
5	1906.12.24	講壇學園	金載汶	隨感謾筆	단어형 국한문
12	1907.7.24	文藝	椒海(김낙영)	外國에 出學ㅎ는 親子의게	단어형 국한문
12	1907.7.24	文藝	無何狂 宋旭鉉	以鳥假鳴	구절형 국한문
12	1907.7.24		又松 鄭寅河	斷片	단어형 국한문
13	1907.9.24	文藝	AB生 李承瑾	大呼江山	구절형 국한문
13	1907.9.24	文藝	蘭石金炳億	觀水論	현토한문
13	1907.9.24	文藝	高元勳	秋感	현토한문
17	1908.1.24	文藝	椒海生	美國에 留學ㅎ는 友人의게	단어형 국한문
17	1908.1.24	文藝	惟一閒閒子 (이승근)	觀菊記	현토+구절
18	1908.2.24	文藝	經世老人	臨終時에 其子의게 與ㅎ는 遺書	단어형 국한문
20	1908.5.12	文藝	李奎澈	無何鄕	구절형 국한문
22	1908.6.24	文藝	金源極	送農學士金鎭初氏之本國	구절형 국한문
23	1908.7.24	文藝	松南 春夢	遊淺草公園記	단어+구절
23	1908.7.24	文藝	松南 金源極	送本會의 支會視察員 金洛泳君	단어형 국한문
24	1908.9.24	學園	春夢子	遊日比谷公園	구절형 국한문
24	1908.9.24	奇書	文尙宇	有所思	현토한문

싣게 된 것이다.

개인의 사생활이나 유학생 생활, 개인적 이야기를 담은 산문 및 수필적인 글은 총 23편이었는데, 표제별로 보면 '강단학원'이 2편, '기서'가 1편, '문예'가 12편, '학원'이 7편, 표제가 달리지 않은 경우가 1편이었다. 실린 호를 살펴보면, '문예'란이 생기기 전인 12호 이전에는 '강단학원'에 2편, '학원'에 6편이 실리고 있다는 것을 확인할 수 있다. '문예'란이 생긴 이후에 이러한 개인적인 글이나 유학생 생활 관련한 감회를 담은 글들은 '문예'란에 배치하고 있다는 것을 알 수 있다. 즉 이러한 산문적인 경향의 글, 특히 개인적인 감회를 담은 글들의 경우 처음에는 '학원'으로 분류되었다가, '문예'란으로 옮겨가고 있는 것이다.

『태극학보』는 또한 역사 전기에 대한 글을 '역사담歷史譚'이라는 이름으로 3호부터 23호까지 꾸준히 싣고 있다. '역사담'에는 『콜롬버스전』 2회, 『비스마르크전』 6회, 『시저전』 4회, 『크롬웰전』 9회로 연재되었다. 이러한 글에 대한 표제 분류 역시 흥미롭다. 처음 '강단학원'이 10편, '강단'이 9편, '학원'이 2편, '설원'이 1편으로 총 22편이 실렸다. 이러한 역사담의 경우, 처음 실렸던 3호에서는 '학원'란에 실렸다가 그 이후는 '강단학원'에 실렸다. 그런데 12호 한 번을 제외하고는 거의 '강단'이나 '강단학원'에 싣고 있다.

이 면은 좀 더 심도 있게 살펴볼 필요가 있다. '역사담' 혹은 역사적 인물을 다룬 '전傳'의 경우 처음에는 '학원' 즉 학생들을 위한 학술적인 글 또는 학생들의 글로 분류하려 했다. 그런데 이후 이를 '강단'의 영역, 즉 강의 및 논설적인 차원에서 다루고자 했다는 점은 매우 흥미롭다. 특히 12호에 처음으로 '문예'란이 생겼지만, 이 '문예'란에는 앞서

〈표 11〉『태극학보』역사담 관련 글 목록

호	날짜	표제	저자	제목	내용
3	1906.10.24	學園	會員 朴容喜	歷史譚(第一回)	콜롬버스전
4	1906.11.24	講壇學園	朴容喜	歷史譚 第二回 클럼버스傳續	콜롬버스전
5	1906.12.24	講壇學園	박용희	歷史譚第三回(비스마-ㄱ(比斯麥)傳)	비스마르크전
6	1907.1.24	講壇學園	朴容喜	歷史譚第四回(比斯麥傳續)	비스마르크전
7	1907.2.24	講壇學園	禪師 一愚 金太垠	三國 宗敎略論	비스마르크전
8	1907.3.24	講壇學園	朴容喜	비스마-ㄱ比斯麥傳附	비스마르크전
9	1907.4.24	講壇學園	朴容喜	歷史譚 第七回 比斯麥傳附 續	비스마르크전
10	1907.5.24	講壇學園	朴容喜	歷史譚第八回 比斯麥傳續	비스마르크전
11	1907.6.24	講壇	朴容喜	歷史譚第九回(시싸-(該撒)傳(一)	시저전
12	1907.7.24	學園	朴容喜	歷史譚 第十回	시저전
13	1907.9.24	講壇學園	朴容喜	歷史譚第十一回(시싸-(該撒))傳(三)	시저전
14	1907.10.24	講壇學園	朴容喜	歷史譚第十二回(시싸-(該撒))傳(四)	시저전
15	1907.11.24	講壇	朴容喜	歷史譚第十三回 Der Historiker	크롬웰전
16	1907.12.24	講壇學園	朴容喜	歷史譚第十四回 Der Historiker	크롬웰전
17	1908.1.24	講壇	朴容喜	歷史譚第十五回 Der Historiker	크롬웰전
18	1908.2.24	講壇	崇古生	歷史譚 第十六回	크롬웰전
19	1908.3.24	講壇	崇古生	歷史譚第十七回 크롬웰傳(前號續)	크롬웰전
20	1908.5.24	講壇	崇古生	歷史譚第十八回 크롬웰傳(前號續)	크롬웰전
21	1908.5.24	講壇	崇吉生	歷史譚 第十九回 크롬웰傳(前號續)	크롬웰전
22	1908.6.24	講壇	崇古生	歷史譚第二十回 크롬웰傳(前號續)	크롬웰전
23	1908.7.24	講壇	椒海	歷史譚第二十一回 크롬웰傳(前號續)	크롬웰전
26	1908.11.24	說苑	李寶鏡	血淚(希臘人 스팔타쿠스의 演說)	스팔타쿠스

보았던 소설 등의 서사류나 사적인 글인 산문이 실리고 있고, 이 '역사
담'은 여전히 '강단'의 영역에 실리고 있다.

결국 이러한 표제 분류는 서양의 역사적 인물인 역사담의 경우와 일
반 소설을 구분하고 있다는 것을 의미한다. 또한 동시에 개인적인 글이
나 수필 형식의 산문은 '학원'이나 '문예'란에 싣고 있었음을 확인할 수
있다.

4) 배제와 구분을 통한 소설 개념의 주체적 정립 과정

이러한 표제 구분이 시사해 주는 것은 『태극학보』가 개인적으로 적은 글과 학문적인 배움을 위한 글을 구분하고 있다는 점이다. 즉 글 안에서 사적인 영역과 공적인 영역의 경계를 분명히 하고 있다는 것을 확인할 수 있다. 이러한 사적인 영역 안에 유학생 개인의 감회를 싣는 수필적인 글, 또 사실소설寫實小說 등의 타이틀을 달고 있는 단편서사물의 영역이 문예라는 이름으로 들어오게 된다. 또한 서양의 역사적인 인물에 대한 글들은 사적인 영역이 아니라 공적인 영역, 즉 '강단'의 영역에 위치지움으로써 스스로 '소설'이라 부르고 있는 이러한 단편서사물은 좀 더 사적인 영역 속에 들어가고 있음을 확인할 수 있다.

이러한 면들은 한문에서 국한문체 특히 단어형 국한문체로 넘어오면서 국문을 통한 산문 정신이 좀 더 발현되고 있는 것으로 해석해 볼 수 있다. 한문을 사용할 때는 운문이 감정의 영역을 함축적으로 담당하고 있었다면,[13] 국한문체를 활용하면서는 자신의 감회나 감정을 산문을 통해 발현하게 된 것이다. 따라서 수필이나 산문, 단편서사물 등이 사적인 영역으로 들어가면서, 역사담 등에 대해서는 '문예'가 아니라 '강단', 즉 공적인 영역으로 간주하여 구분해내고 있는 것이다.

이때 흥미로운 것은 "학學"의 영역으로 간주하는 방식이다. 역사적인

---

[13] 노춘기는 『태극학보』의 "한시작품에서 내적 고뇌와 정서적 표현이 가장 미적인 형식으로 구현되었다"고 보며, 유학생들에게 진정한 미적 형식을 갖춘 시가는 한시뿐이었고, 국문시가는 아직 그들의 욕구를 형상화하기에 미흡했다고 설명하고 있다.(노춘기, 「근대계몽기 유학생집단의 시가 장르와 표기체계에 관한 인식 연구」, 『한민족문화연구』 제40집, 한민족문화학회, 2012.6, 211~212면)

내용, 즉 서양의 인물에 대한 이야기를 담은 '역사담'은 문예가 아니라 '학원' 또는 '강단'으로 분류하고 있다. 12호에서 '문예란'이 생긴 이후에도 '역사담'류는 '문예'란에 싣지 않고 '강단'에 배치함으로써, 이를 역사학으로 간주하고 있는 것이다.

序

自十五世紀頃으로 世界文明이 日進月長에 生存競爭이 無處不起라. 顧其原因컨딘 有二大重要導大線ᄒ니 米國 發見이 爲其經濟的 遠因ᄒ고 佛國革命이 爲其政治的 近因矣라. 何故오. 一自米土發見後로 西班牙人이 陸續渡米ᄒ야 發掘新世界(新世界라 云홈은 東半球에 對ᄒ야 西半球을 名稱홈이라)天貯之金銀銅鐵ᄒ야 輸送歐洲에 貨幣ᄂ 日賤ᄒ고 物價ᄂ 日貴라. 是故로 貧益貧富益富ᄒ야 惹起生活之懸殊에 競爭이 隨而愈迫ᄒ니 是其經濟的 遠因也요 繼又有佛國革命ᄒ야 數千年間 壓制下之人民이 猝唱共和에 影響이 播傳에 全歐가 聳動ᄒ야 專制에 不平을 唱道者 四起ᄒ니 此乃政治的 近因也라. 故로 余가 欲敍發見米土ᄒ야 以催近世文明之泰斗者 클럼버스 傳ᄒ야 以報我同胞ᄒ노라.

클럼버스 傳

클럼버스ᄂ 伊太利人인딘 西曆 一千四百三十七年에 同國 北方 쎼노바 灣頭 쎼노바 港에 生ᄒ얏ᄂ딘 其 爲人이 體格이 適中에 風采가 凜然ᄒ고 面如冠玉에 眼光이 閃閃ᄒ고 精神이 豁如에 沈着果敢ᄒ고 臨事應機에 快活磊落ᄒ고 深信耶蘇에 敬虔不動ᄒ더라.[14]

---

14 會員 朴容喜, '學園'「歷史譚(第一回)−콜롬버스전」, 『태극학보』 3호, 1906.10.24, 39∼
    40면.

위의 인용문은 '역사담' 1회로 콜롬버스에 대한 이야기가 전개되고 있다. 서문에 보면, 세계문명이 일취월장하고 생존경쟁이 일어나지 않은 곳이 없다며, 이러한 문명 발전의 가장 큰 공헌으로 미국 대륙의 발견과 프랑스 대혁명을 소개하고 있다. 즉 근대 문명을 배우고 우리 동포에게 전하기 위해 『콜롬버스전』을 싣는다고 부언한다. 결국 『콜롬버스전』이라 명칭하고 있지만, 이는 서양 문명, 근대 문명을 배우기 위함인 것이다. 이러한 부분은 『크롬웰전』 마지막호에 실린 역자의 말에서도 다시 확인할 수 있다. "大抵 英國 江山이 君을 誕生흠은 時勢의 帮助를 因흠이니 鳴呼. 時勢時勢여. 뎌 半島 江山도 精靈의 氣姿와 发業의 時勢가 君의 出世흐든 當年으로 더브러 比同흔 處地를 當흐엿스니 엇지 一個 크롬웰이 한팅든 城에만 生出흐랴. 故로 余가 君을 追思흐고 君을 追賀흐는 同時에려 半島 江山을 向흐야 世界 江山 中에 最大흔 光榮을 預期흐노라"[15]라고 하면서 크롬웰이란 인물도 영국 강산이 탄생시킨 것으로 조선에서도 충분히 가능한 일이라 설파하고 있다. 즉 이러한 영웅을 배출할 수 있는 국가가 되어야 하며, 또한 이를 위해 서양의 학문과 역사를 배워 이를 조선에 적용시키고자 한 것이다.

이처럼 『태극학보』는 이러한 '역사담'을 문학적 요소로 접근하고 있는 것이 아니라 '강단'의 영역, 즉 공적인 영역으로 배치하고 있었다. 이는 전통적인 '전' 양식과는 구별하겠다는 의식도 엿볼 수 있다. 즉 서양의 역사, 서양의 근대를 배우기 위해 가져온 '역사담' 양식은 역사학의 영역으로 간주하여, 문예로부터 배제하고 있는 것이다. 유학생들은

---

15   椒海, '講壇' 『歷史譚(第二十一回)—크롬웰傳(前號續)」, 『태극학보』 23호, 1908.7.24, 17면.

'역사담'을 전통적인 '전' 양식과 의도적으로 구분함으로써 이러한 양식과 결별하고자 한 것이다.

이에 비하여 『해저여행』은 '문예'란으로 배치되어 있었다. 처음에는 '강단학원'에 배치되었으나, 12호부터 '문예란'이 생기면서 '문예'란으로 구성된 것이다. 여기에서 유의해 볼 것은 '기담'이라는 명칭이다. 앞서 『콜롬버스전』이나 『크롬웰전』 등은 '역사담'이라는 용어를 사용하고 있으나, 『해저여행』은 '기담'이라는 말로 표현하고 있다. 즉 상상적 이야기라 할 수 있는데, 이 가운데에도 과학적 지식이 포함되어 있다. 물론 원래 소설이었던 것을 번역했기 때문에 '문예'란에 넣었다고 할 수도 있다. 그러나 '역사담'도 원저를 통한 번역이었을 확률이 높다. 그러한 상황에서 '역사담'은 '강단'에, 『해저여행』은 '문예'란에 배치한 이유는 유학생들 스스로 이 두 가지를 구분하고자 했기 때문일 것이다. 다시 말해서 '역사담'은 전통적 양식인 '전'과 결별하면서 역사적 학문 영역이 되었다면, 『해저여행』과 같은 '기담'은 상상적인 이야기이면서 동시에 과학적 지식을 담지하고 있었기 때문에 새로운 소설, 즉 서양적인 소설 양식으로 '문예'란에 입성한 것이다. 또한 『해저여행』을 일반적인 단순한 오락적 이야기와는 구분하고 있는 것도 이러한 과학적 지식 때문이기도 했다.

海底旅行 譯述

余嘗愛稗史野說其所閱眼之漢籍洋書數頗不尠而擧皆失於虛飾馳於空想且非淫則俗至於挽回世俗之道誠無以爲料是可歎惜近讀佛國 文士 슐스펜 氏 所著(海底旅行)則其言論之玲瓏璀璨廻奇獻巧不啻脫乎塵臼娛悅耳目亦足以令

人有取始自閒話誘入眞理更自汎論導達哲學似虛而實非空伊完且明辨其善惡
邪正之結果間引理學之奧旨及博物之實談而縷分毫柝咸屬正雅其於扶植世歪
亦可有萬一之效故玆以半豹之見聊思一蠡之助摘其要而譯其意備供僉眼其或
勿咎則幸甚

覽者注意

一 本文 中에 說明을 加할 必要가 有한 時에ᄂ括弧()「」를 用홈.

二 學文上 有助ᄒ 說明을 要할 時에ᄂ (米)(〇)(十)等 表占을 其 學名 及
物名右邊에 附ᄒ고 其 說明은 他桁에 書ᄒ되 但 本文보다 ᄒ ᄌ를 닉려써셔
本文 及 說明에 區別을 定홈.

三 地名 山名 及 國名에ᄂ 其 右邊에 符票(—)ᄅ 人種 及 人名에ᄂ 符票
(—)를 附홈.

四 本文 中에 (一八00 — 一八九三)를 書홈은 西曆 千八百年으로 千八百九
十三年을 代表홈이니 其他난 倣此홈.

五 本文 中에 (北三0 — 東八三)이나 (南七二 — 西二八)은 卽 某國 ᄯ난
某物이 北緯 三十八度東經 八十三度間이나 南緯 七十二度 西經 二十八度間에
在홈을 表示홈이니 其他ᄂ 倣此홈.[16]

『해저여행』을 번역하면서 쓴 역자의 말을 보면, 『해저여행』을 단순
히 오락을 위한 소설이 아니라 학문, 과학적 지식에 관련하여 언급하고
있다. "학문상 유효한 설명"이라는 말에서 알 수 있듯이, 소설을 통해서

16　法國人 슐스펜氏 原著, 朴容喜 譯, '講壇學園'「海底旅行(奇譚)」, 『태극학보』 8호, 1907.3.24,
　　40~41면.

도 오락이 아니라 지식을 습득할 수 있음을 보여주는 문구라 할 수 있다. 이는 결국 유학생들이 '소설'이라는 개념을 어떤 식으로 수용하고 있는지 보여주는 것이다. 전통적인 '전' 양식이어서도 안 되고, 그렇다고 단순한 오락 장르여서도 안 되었다. 기이한 이야기이면서 동시에 과학적 지식, 학문적 지식을 담지하여 실제 유용한 이야기를 포함하고 있어야 한다는 것이다. 따라서 이러한 면은 고전적인 소설의 양식과는 다른 새로운 양식의 소설 개념을 만들어가려 한 유학생들의 의식을 엿볼 수 있게 한다.

이러한 상황에서 발행인 겸 편집인이었던 장응진이 발표한 소설을 살펴보면 유학생들이 소설의 개념을 어떻게 받아들이고 있는지 좀 더 명확하게 알 수 있다.

한 골목에 다다르니 한사룰 허리룰 굽붓ᄒ며 안녕히 지무셔곕시오? 先生이 不意中에 바라보니 前日 警務局長으로 在ᄒ올 時에 熟知ᄒ던 別巡撿이라 先生 "하 엇더케 여긔 왓나?" 別巡撿 "아니올시다. 이 집은 누가 主ᄒ야 新築ᄒᄂ 거시옵닛가?" 선생 "이 집은 온ᅵ 洞內사룸이 合同ᄒ여 짓는 小學校다." 別巡 "至今 警衛總管끠셔 슈監을 좀 오시라고 ᄒ엿습ᄂ니다. ᄒ며 帖紙룰 出示ᄒ거늘 바다보니 卽 逮捕狀이라. 先生이 疑訝ᄒ며 左右間 집으로 도라오니 이 골목에셔 ᄯᅩ 나오면셔 安寧히 지무셔곕시오. 뎌 골목에셔도 ᄯᅩ 나오면셔 安寧히 지무셔곕시오. ᄒ며 이 골목 뎌 골목에셔 불닐듯 나오는 別巡 八九名에 幾至ᄒ니 必是 싀벽브터 줄을 버리고 先生의 擧動을 警戒ᄒ던 貌樣이더라. 先生이 집에 도라와 衣冠을 正着 後에 朝餐을 먹고 나아가니 數多別巡이 先生을 左右前後로 擁衛ᄒ고 나는 드시 警務廳으로 모시더라. 先生이 巡撿의게 擁衛ㅎ야 警務廳 門內에 드러가니 大罪人을 捕縛ㅎ엿다고 숙운숙운 ㅎ는 소리 四面에셔 들니더라. 先生은 엇더흔 신닥을 아지 못ㅎ고 引導ㅎ는딕로 獄間에 드러가니 一靑年이 馳前拜揖曰 슈監씌셔 엇지ㅎ여 쏘 이곳에 드러오시읍ㄴ잇가. ㅎ고 痛極飮泣ㅎ거늘 仔細히 바라보니 此 靑年은 卽 四五年前에 先生이 局長으로 잇슬 時에 手下에 親히 부리든 使喚이라. 此 使喚은 廳內의 大小物論을 聞知흠으로 先生의 被捉됨을 듯고 如此히 痛惜哀呼ㅎ니 此乃 先生의 重罪를 黙示흠일네라. 一邊으로 착拷를 치우고 看守를 嚴히 ㅎ야 一朝에 汚穢를 極ㅎ고 黑暗暗흔 牢屋 中에 自由를 失흔 몸이 되니 嗚呼라. 黑雲이 慘憺ㅎ고 前路가 杳茫ㅎ다 先生의 運命!(未完)[17]

장응진은 태극학보 6호와 7호에 걸쳐 「다정다한」이라는 단편을 싣고 있는데, 이를 스스로 '사실소설寫實小說'이라 명명하고 있다. 주인공으로 등장하고 있는 삼성三醒 선생은 경무국장으로 있을 때 당국이 만민공동회 사람들을 도륙하라고 하자 이를 거절하고 목포로 좌천된다. 그러나 그곳에서도 선행을 쌓고 자애심이 많게 행동하면서 칭송을 받다가 다시 면직되고 상경하여 소학교를 세우는 등 교육 사업을 이어간다. 그러나 경무청에서는 그를 잡아 투옥시키고, 그는 그곳에서 기독교로 귀의하게 된다는 내용이다. 실제 삼성 김정식을 모델로 해서 쓴 소설로 알려져 있듯이[18] 사실을 배경으로 하여 만든 소설이라는 점에서 '사실소설'이라는 표제를 사용한 것으로 보인다. 그런데 이 '사실소설'

---

17 白岳春史, '講壇學園' 「多情多恨(寫實小說)」, 『태극학보』 6호, 1907.1.24, 50~51면.
18 김윤재, 「백악춘사 장응진 연구」, 『민족문학사연구』 제12호, 민족문학사학회, 1998, 194면 참조.

이라는 용어에서부터 전통적인 '전' 양식과 구분하려는 저자의 의도를 엿볼 수 있다. '-전'이라고 붙여도 될 것 같지만, 저자는 단호하게 이를 거부하고 '사실소설'이라는 명칭을 사용하고 있는 것이다.

이 용어를 해명하기 위해서는 앞서 살펴보았던 '역사담'과 차이를 먼저 규명해야 할 것이다. '사실소설'이나 '역사담' 모두 영웅적인 인물이 등장하고 있다. 차이점은 '역사담'의 주인공은 누구나 알 수 있는 역사적 인물을 들고 있다는 점이다. 즉 역사학과 연계하여 이를 설명하는 데 반하여, '사실소설'은 이 주인공이 누구인지 명확하게 밝히지는 않는다. 마치 사실소설이라고 말은 하고 있지만, 허구의 인물을 주인공으로 삼았다고 해도 가능한 분위기이다.

또한 여기에 더하여, 이 인물의 행적에서 계몽적인 성격을 보여준다. 학문적인 부분, 계몽적인 부분이 가미되고 있는 것인데, 그 당대 현실 속에서 개화와 학교 교육에 힘써 일하는 모습을 계몽적인 차원에서 강조하고 있다. 따라서 사실소설 즉 장응진이 받아들인 '소설'이라는 개념에는 '전' 양식과는 구분되면서, 당대 현실의 상황, 계몽적인 상황을 보여주는 것, 즉 오락과는 분리된 양식임을 확인할 수 있다.

○○年分에 늬가 名色이 牧民의 職에 在ᄒ야 不孝이니 不睦이니 奸淫이니 事無事ㅣ니 ᄒᄂᆞᆫ 種種 虛担無根의 罪名으로 境內의 富豪를 網拿ᄒ야 無名흔 數多金錢을 討索 貪饗ᄒ고 이즉도 虎狼의 心이 不足을 感ᄒ야 暴陽에셔 靑汗을 흘이면셔 男負女戴로 勤勞力盡ᄒ야 艱辛히 朝夕의 生活을 持去ᄒᄂᆞᆫ 저 可憐흔 殘民에게 다 이놈의 私腹을 充ᄒ랴고 再度의 法外收斂을 强制執行ᄒ다가 畢竟 衆怨의 焦點이 되야 民擾를 當ᄒ엿지

아아! 罪塊의 이 몸을 明明ㅎ신 上天이 엇지ㅎ여 至今ᄭ지 이 世上에셔 生存ㅎ게 두엇노?

늬 其時에 暗夜 中에 率家避身ㅎ다가 不幸ㅎ야 愛子 福吉이 十二歲를 亂民의 投石下에·······아아 싱각ㅎ면 가슴이 터지도다. 늬가 權門에 囑托ㅎ고 其亂民의 首領 五人을 捉得ㅎ야 百般의 惡刑을 다 ㅎ다가 二人은 打殺ㅎ고 其餘 三人은 終身流役에 處ㅎ야 至今ᄭ지도 數十年間을 ○○絕海孤島에셔 苦楚에 呻吟케 흠도 其原因을 싱각ㅎ면 元來 人民에게ᄂ 秋毫의 罪責이 無ㅎ고 全혀 이 惡漢의 狼心蛇恣이 釀出흔 結果에 基因흔 거시로다! 老人은 목이 맥혀 嗚咽ㅎ며

그ㅣ 쏀일ㄱ? 늬가 其後 名目이 濟民의 位에 處ㅎ야 上으로 國恩을 背反ㅎ고 下으로 幾萬 同胞로 ㅎ여금 接足의 餘地가 無ㅎ야 哀號의 怨聲이 九天에 撒케 ㅎ엿스니 (…중략…) 아아! 宇宙를 主宰ㅎ시고 無始無終에 계신 하나님이시여!! 이 불상흔 罪人을··········

飢에 泣ㅎ고 寒에 泣ㅎᄂ 幾萬의 同胞가 全國에 充滿ㅎ엿는데 이 놈은 그 不義로 鉤聚흔 幾萬 同胞의 膏血을 花鬪場과 酒色界에 投盡ㅎ고 오히려 쏘 不足ㅎ야 阿片洋妾에 奢侈를 極ㅎ다가 秋夜狂風에 塵夢을 忽醒ㅎ니 可憐흔 賢室은 虐待를 不堪ㅎ엿든가 世事가 難苦ㅎ든가 三歲의 獨子를 안고 後園井裏에셔 一夜未歸의 雙魂이 되엿고 祖先遺傳의 大廈高閣은 一朝에 影도 업시 消去ㅎ고 襤褸에 ᄡ린 五尺의 이 몸이 널고널흔 世界上에 도라갈 곳이 업도다.

아아! 今日에야 人生의 眞意味를 覺得ㅎ엿도다. / 이 놈은 國家의 亂賊이오 人道의 公敵이오, 萬古에 奸逆으로 이 天地間에 容立치 못홀 놈이로다.[19]

---

19 白岳春夫, '文藝' 「月下의 自白」, 『태극학보』 13호, 1907.9.24, 45~47면.

장응진 소설의 가장 큰 특징은 내면의 고백이라 할 수 있다.[20] 특히 「월하의 자백」은 이러한 고백의 양식이 그대로 투영된 작품인데, 목민으로서 그 역할을 해야 할 한 노인이 갖은 학정과 불의를 행하다가 자신의 아들 12살 복길이가 난민들의 투석으로 죽고 나서야 정신을 차리고 회개를 하는 내용이다. 그는 스스로를 "국가의 亂賊이오, 人道의 公敵, 萬古의 奸逆"으로 비판한다. 이러한 내용은 조선의 관리, 특히 패도의 행위를 일삼는 탐관오리들에 대한 비판으로 해석해 볼 수 있다. 조선을 굶주리게 하고, 조선을 망하게 하는 것은 바로 구습과 낡은 정치에서 비롯되고 있음을 비판하고 있는 것이다. 그러한 면에서 이러한 소설은 장응진으로 대표되는 유학생들의 의식 속에 현위정자들에 대한 비판을 가하면서 그들의 회개를 요구하고 있는 것이라 볼 수도 있을 것이다. 그런 차원에서 보면, 소설은 유학생들에게 비판의 도구로 활용되고 있다고 볼 수 있다.

이러한 서사물들이 좀 더 지식인들, 유학생들의 입장을 반영한 글들이라면, 좀 더 대중 계몽적인 글들도 눈에 띈다. 특히 신문에 실린 서사류에서 많이 쓰이는 대화체나 토론체 서사를 수용하여 좀 더 쉽게 주제를 전달하는 글들도 싣고 있다.

可哀ᄒ고 可憐ᄒ다. 저 老人 보오. 상투는 빗빗ᄒ고 容貌가 枯槁ᄒ야 白髮生涯가 過去時代만 夢想ᄒ고 現在 未來는 掉頭不知ᄒ는 故로 다믓 쓸ᄃ업는 慾心만 가득ᄒ여 人民社會의 大害가 及홀 쑨 外라 亦 其子 其孫으로 ᄒ여곰

---

20 김윤재는 장응진 소설의 특징으로 1인칭 독백체를 사용했다는 점을 들고 있다.(김윤재, 앞의 글, 195면)

x

前途를 大誤케 ᄒ야 老而不死의 賊을 作ᄒ니 可哀ᄒ고 可憐ᄒ다.

一日은 그 老人家에서 幼少ᄒ 子弟가 伏請ᄒ여 曰 요시에 新學問 學校가 미우 좃습데다.

父, 묵묵히 안잣다가 烟管을 뒤다리면서 이놈 무어시야? 고약ᄒ 夷狄의 學을 빙호ᄂ 놈의 말을 네가 드럿구나. 書堂으로 쌜니 가가라.

子, 아부님 그러치 안습데다. 오늘날 火輪船이니 火輪車니 그런 奇麗ᄒ 物件이 다 新學問 中에서 나왓다고 합데다.

父, 이놈 네말 미욱ᄒ다. 그 火輪船이나 火輪車가 다 神人의 造化로 製造ᄒ 것이지 學問 中으로 나왓깃너냐. 미욱ᄒ 자식. (…중략…)

子, 學問은 無形的 財産이니 잘 빙호면 有形的 財産보다 勝ᄒ 것이온ᄃᆡ 엇지 無用ᄒ 雜費라 ᄒ오릿가?

父, 新學問 안빙운 우리 祖先과 나도 世上에 부러운것 업시 살아 잇다. 이놈 사람의 집이 亡흘ᄂᆞᆷ니까 별놈이 낫구나. (…중략…)

子, 아부님 암만 그리ᄒ세도 져는 公益上 關念을 져바릴 수 업ᄉ오니 今日붓터 斷髮ᄒ고 新學問 學校로 가겟습네다. (…중략…)

父, 大聲作氣ᄒ야 曰 이 보기슬타. 近來에 書堂에 가 글工夫는 아니ᄒ고 시키지 안는 말工夫만 ᄒ엿구나. 이러니 뎌러ᄒ니고 그 아들을 逐出ᄒ야 다시 말도 못ᄒ게 壓迫ᄒ엿싸데……[21]

위의 글은 16세의 김찬영이란 인물이 투고한 글인데 구세대인 아버지와 신세대인 아들의 대화체로 이루어져 있다. 아버지는 앞서 장응진

---

21   十六歲夙成人 金瓚永, '文藝'「老而不死」, 『태극학보』 23호, 1908.7.24, 48~51면.

의 「월하의 자백」의 노인과 같이 구세대를 대표하는 인물로 과거에 빠져 현실을 직시하지 못하고 있다. 이에 비해 아들은 새로운 학문을 해서 나라를 제대로 건사해야 한다는 의식이 뚜렷하지만, 아비는 그런 아들을 압박하고 학교도 보내지 않는다. 이에 대해 편집자는 "嗚呼라. 彼老而不死之賊이여. 自已 平生을 已誤ㅎ고 守錢奴를 作홈이 이믜 痛迫ㅎ거든 新鮮ㅎ 理想이 發現ㅎ야 國家의 未來 英雄을 作홀 子弟신지 誤導ㅎ야 千仞坑塹에 驅入코져 ㅎ니 哀哉라 此 賊이여"라고 하면서 국가를 구할 미래의 영웅을 수전노와 같은 늙은 아비가 막고 있다며 그를 국가의 적으로 규정한다.

(틔랑)韓國 形便은 何如ㅎ든가요. (…중략…)

(차랑)아ㅣ- 그런 것 아니요. 支那는 人民의 智識程度가 卑陋홀지라도 生活界의 實力은 列國에 讓頭홀 바ㅣ 無ㅎ즉 敎育의 一方面으로 着手가 爲先되러니와 韓國은 原來 實業이 不振홈으로 生活界 困難이 目下에 時急ㅎ거늘 所謂 此 國의 有志士라는 者들이 實力은 硏究치 안코 曰敎育 曰團體라고 皮面으로만 習讀ㅎ는 것. (…중략…)

(틔랑)하 - 즉금갓트면 人民이 夢中世界로세. 丁寧 글어할진듸 他人의 侮辱을 엇더키 免ㅎ깃다고.

(차랑)두믈 마오. 尙今까지도 地方소동이니 무어시니 ㅎ는 것이 專혀 封建時代의 思想이지 今日이 實力世界인 줄 全혀 몰나요.

(틔랑)허허 그러면 그 人民덜이 汽車汽船이나 電線電話는 엇더키 發明된 거인 줄노 아나뇨.

(차랑)허허 우습지. 或 엇던 人民은 妖術이라고도 ㅎ고 或 엇던 人民은 鬼

神의 造化라고도 ᄒ면셔 아모 날이라도 거다 못 쓰ᄂ 날이 잇다고 橫說竪說 ᄒᄂ 것.

(틱랑)果然 上古時代의 幼穉ᄒ 人物들이로고. 그런 機械的 發明이 尙稽學問上 實力으로 낫은 거인 줄을 몰으니 敎育이 敎育될 슈 잇나요.

(차랑)其 中에 제일 망할 놈들은 財産家 門閥家ㅣ데 公益事業에나 社會 注意에 夢想이 不到ᄒ고 天運打令만 ᄒ고 누어스니 빗가 셔러져 졀로 입으로 드러갈까.[22]

또 한 편의 대화체 서사를 보면, 중국과 비교하여 조선의 정세를 비판하는 내용이 나온다. 여러 가지 개혁을 해야 한다는 말은 많으나 실제는 형편없는 조선의 상황을 가감 없이 비판하고 있다. 이 글에서는 앞서 구세대에 대한 비판뿐만 아니라 무지한 인민들의 상황을 개탄한다. 이는 계몽의 필요성, 교육의 필요성에 대한 의식으로 보이며, 이를 위해 유학생들은 자신들이 공부를 하는 이유에 대해 좀 더 확고한 의식을 가졌을 것으로 보인다.

위에서 살펴본 것처럼, 소설은 현재의 영역에 존재하는 지금의 이야기, 개인의 고민을 담고 있는 것들이었다. 그러나 그 안에는 현재의 문제에 대한 비판적 의식과 계몽적인 의미를 내재하고 있는 것이어야 했다. 특히 근대적인 지식을 포함하는 것들이 '소설'의 영역으로 들어오고 있었다.

이러한 『태극학보』에 실린 문학 관련 글을 표제별로 분류해 보면, 1

---

22 耳長子, '文藝' 「巷說」, 『태극학보』 23호, 1908.7.24, 52~54면.

<표 12> 『태극학보』 문학 관련 표제별 분류

호	날짜	藝園	雜纂	文藝	寄書	詞藻	雜俎	歌調	說苑
1~10	1906.8.24~1907.6.3								
11	1907.7.5	4	1						
12	1907.8.5			9					
13	1907.9.24			12					
14	1907.10.24			2					
15	1907.11.24			1	3				
16	1907.12.24			7					
17	1908.1.24			6	1				
18	1908.2.24			3					
19	1908.3.24			7					
20	1908.5.12			6					
21	1908.5.24			2					
22	1908.6.24			4		10			
23	1908.7.24			6		12	2		
24	1908.9.24				1	17	2		
25	1908.10.24			3	3	17		1	
26	1908.11.24			2	5	5		2	1
개수		4	1	70	13	61	4	3	1

호에서 10호까지는 '학원강단' 등에 실려 뚜렷한 구분이 없었다. 그런데 11호부터 '예원', '잡산' 등의 영역을 신설하여 여기에 문예를 배치하려는 시도를 하고 있다. '예원'에는 1편이 산문, 3편이 한시였다. 그 후 바로 다음 호에서 '문예'란을 설치하여 문학과 연관된 글들을 모두 수용하게 된다. 22호부터는 '문예'란에서 '사조'란을 분리하여 한시를 떼어내고 산문과 소설류만을 '문예'에 싣고 있다. 25호에 '가조'가 등장하게 되는데, 이는 시의 영역 안에서도 한시와 한글가사를 구분하기 위해서였다.

『태극학보』의 이러한 시도들은 이후 통합된 『대한흥학보』에서 좀 더 명확하게 구분된다. 『대한흥학보』에서는 '문예'란이 좀 더 분화되어

'소설'란과 '잡산', '산록' 등의 산문을 싣는 난이 구분되기에 이른다. 『태극학보』는 '문예'란을 신설하기까지 학문적인 글, 논단적인 글들을 구분했고, 또 문학적인 글 안에서도 한시와 한글가사, 일반 역사담과 소설들을 초기적인 형식이기는 해도 구분하려고 노력했다. 이러한 일차적인 시도를 통해서 『대한흥학보』는 좀 더 구체적으로 문학을 구분하여 배치할 수 있었다.[23]

이처럼 『태극학보』는 문예면을 확장시켰으며, 『대한흥학보』와 이어지면서 우리 문학의 기틀을 확립했다. 『대한흥학보』에 이광수의 단편「무정」이 실리고 있다는 점에서 유학생 잡지가 근대소설의 시작점이자 고민의 통로였다는 것은 분명한 사실일 것이다. 특히 『태극학보』는 아직 정확하게 규정되지 못한 근대의 개념들, 특히 문학적 개념들을 학회지 내에서 다양한 방법으로 분류, 배치하면서 새롭게 개념들을 정립해 나가고 있었다. 산문적인 글, 새로운 형식의 소설, 다양한 방식의 실험적인 글들이 섞이면서 유학생들은 배치를 통해 개념을 확립해 간 것으로 예상해 볼 수 있다. 이 가운데 구분과 배치는 개념을 새롭게 정립해 가는 데 가장 유효한 기능을 했을 것이다. 따라서 근대문학, 근대소설의

---

23 국내 학술지인 『서우』 1호(1906.12)의 경우, '취지', '序', '축사', '사설', '논설', '교육부', '위생부', '雜俎', '我東古事', '인물고', '詞藻', '文苑', '時報' 등으로 이루어져 있었다. 이를 계승한 『서북학회월보』 역시 『서우』와 비슷한데, 1호(1908.6)의 표제를 보면 '논설', '교육부', '위생부', '잡조', '사조', '인물고', '회보', '회계보고' 등으로 이루어져 있었다. 이후 16호(1909.10)에서 '문예'란이 등장하고, 17호(1909.11)부터 좀 더 명확하게 분류되는데, '논설', '교육부 강단', '문예', '사조', '연단', '歌叢', '談叢', '雜俎', '會事要錄', '회계보고' 등으로 이루어지게 된다. 산문과 시가 모두 세분화되고 있음을 알 수 있다. 이렇게 볼 때, 실제 '문예'에 대한 고민은 『태극학보』에서 먼저 이루어졌다고 볼 수 있다. 특히 『태극학보』 역시 서북도 출신의 유학생들이 주축이 되었으므로 서북을 중심으로 한 『서우』와 『서북학회월보』와 매우 큰 연관성이 있다. 실제로 김원극은 『태극학보』와 『서북학회월보』 모두 필진으로 참여하고 있기도 하다.

개념은 배제와 분류를 통해서 예전의 문학과 현재의 문학을 구분하고 또한 새롭게 배치하는 가운데에서 성립되어 갔다고 볼 수 있을 것이다.

5) 산문 정신과 근대문학

『태극학보』는 1906년 8월 24일에 창간되어 1908년 12월 24일까지 총권 27호까지 발행된 유학생 잡지로서, 그중 가장 오래 발간되었다. 또한 그 가운데 번역소설들뿐만 아니라 유학생들의 문학적인 다양한 실험이 이루어졌다. 이러한 『태극학보』의 문학적 실험들이 『대한흥학보』로 이어지면서 『태극학보』는 근대문학의 기틀을 마련한 중요한 잡지이기도 하다.

사실 근대계몽기는 근대문학의 개념이 서서히 스며들기 시작한 시기로서 서양적인 근대문학의 개념이 명확하게 정립되기 전이었다. 그러한 가운데 『태극학보』는 근대문학을 가장 최전선에서 받아들인 유학생 잡지로서 근대문학의 개념을 주체적으로 사유한다. 일본을 통해서 수용된 개념을 자기화하는 과정에서 『태극학보』는 다양한 고민들을 할 수밖에 없었고, 표제의 배치를 통해서 구분과 분류를 하기에 이르렀다. 또한 분류하는 과정은 과거에 대한 배제와 근대에 대한 수용이 교차되면서 근대문학, 근대소설에 대한 새로운 개념을 정립해가는 과정으로 이해할 수 있다. 산문을 구분하고, 서사류를 배치하는 과정에서 초창기적인 근대문학, 근대소설에 대한 개념을 단순히 소극적으로 수용한 것이 아니라, 주체적으로 정립하게 된 것이다.

결국 역사담은 역사학의 영역으로 배치하는 반면, 현실의 문제를 비판하고 현실을 계몽하고자 하는 내용은 새로운 소설의 영역으로 배치하게 되고, 그 가운데 좀 더 사적인 감정의 영역이 개입하게 되었다. 또한 서양적인 과학적 지식과 상상력 역시 소설의 영역으로 끌어들임으로써 유학생들은 과거의 문학과의 단절을 예고하며 유학생 스스로의 문제, 현실의 문제를 소설로 인식하기 시작했음을 보여준다. 결국 이러한 면은 산문 정신의 발현과도 연계되면서 새로운 산문의 시대, 새로운 근대문학의 영역을 스스로 정립해 가려 했다고 할 수 있을 것이다.

2. '소설'란의 출현과 문학 독자의 형성 - 『대한흥학보』

　　앞에서 살펴본 『태극학보』가 문예란을 통해 근대문학이 출현할 수 있도록 그 터를 닦았다고 한다면, 『대한흥학보』는 이를 한층 발전시켜 '소설'란을 통해 근대문학의 태동을 알린 잡지라 할 수 있다. 『대한흥학보』는 일제강점 바로 직전에 유학생들이 여러 단체를 통합하여 만든 대한흥학회의 기관지였다. 유학생들이 통합하여 하나로 만들었다는 점, 그 내용이 유학생들만의 것이 아니라 구한말 조선의 지식인들과 함께 나누려고 했다는 점, 무엇보다도 근대문학의 태동이 이곳에서 시작되고 있었다는 점에서 『대한흥학보』 연구는 매우 중요하다.

　　기존의 연구는 『대한흥학보』를 신문 잡지의 관점에서 살펴본 연구이

『대한흥학보』 제1호(1909.3.20) 표지

거나 이광수의 초창기 단편 문학에 한정하여 연구되어 왔다. 『대한흥학보』는 유학생 잡지이면서 동시에 이 잡지의 구성원이었던 유학생들이 조선으로 돌아와서 사회 전반에 주요한 역할들을 했으며, 20년대 이후 식민지 조선에서 근대문단을 형성했다. 그런 점에서 볼 때, 『대한흥학보』를 단순히 잡지나 매체의 입장에서만 연구할 것이 아니라 문학, 문단 형성과의 연관관계 속에서 살펴볼 필요가 있다.[24]

사실 문단은 작가와 작품만이 존재하는 공간이 아니라 문학을 향유하며 소통하는 독자가 중요하게 자리 잡고 있다. 또한 이 독자들은 과거로부터 이어져오며, '지금, 여기'에 집중하며 변화해가고 있고, 상호교통을 통해서 작가와 작품에 끊임없이 영향을 미치고 있기도 하다. 따라서 독자를 연구하는 것은 근대문학, 근대문단 전체를 제대로 파악하여 문학사를 새롭게 저술할 수 있게 하는 것이다. 또한 근대독자의 출현을 살피기 위해서는 이러한 지식인 잡지를 통해서 그 당대 지식인들의 관심사와 고민들을 살펴보아야 한다.

---

24 『대한흥학보』 자체에 대한 연구는 최경숙, 「'大韓興學會'에 대하여」(『부산외국어대학 논문집』 제3집, 1985.2); 이미림, 「대한흥학회에 관한 연구」(숙명여대 석사논문, 1987)를 들 수 있다.

『대한흥학보』에 글을 실은 인물들은 거의 유학생들이었고, 글을 싣는 주체자임과 동시에 글을 읽는 독자이기도 했다. 덧붙여 여기에 실린 글들 역시 이러한 독자이자 필자였던 지식인들의 공감 속에 형성된 것이다. 이러한 풍토 속에서 이광수 등의 유학생 작가 역시 등장했음에 주목해볼 필요가 있다. 이는 다시 말해 이광수의 글 역시 이『대한흥학보』라는 잡지 매체와의 관계 속에서 살펴보아야 한다는 것이다. 작가의 출현은 그 작가 개인의 천재적인 능력도 중요하지만, 그 당대 토대와 연관되지 않을 수 없다. 즉 개인의 능력에 앞서 이러한 유학생 작가들이 등장할 수 있었던 배경을 독자의 토대를 통해서 살펴볼 필요가 있다. 결국 이광수 역시 독자이자 필자라는 새로운 관점에서 바라봄으로써 결과적으로는 그 당대 문학 독자들의 형성 과정을 들여다볼 수 있는 하나의 계기가 될 수 있을 것이다.

따라서 이 글에서는 다음과 같은 문제에 집중해서 논의를 풀어가고자 한다. 첫째,『대한흥학보』를 구성하는 독자이자 필자인 지식인들의 관심사 및 경향을 분석할 것이다. 이를 통해 그 당대 지식인 독자들, 문학의 독자로 이행될 수 있는 가능태로서의 독자들을 살필 수 있을 것이다. 둘째, 문학이나 문학 비평적 글의 내용을 분석하여 이러한 부분들이 독자들에게 어떤 영향을 끼쳤는지 살펴볼 것이다. 이는 필자와 독자의 상호교통적 차원에서 설명될 필요가 있다. 왜냐하면 필자 역시 독자들과 그 당대 유학생들과의 교호작용 속에서 집필할 것이기 때문이다. 셋째,『대한흥학보』에 소설을 분석하면서 이를『대한흥학보』의 전체 매체적 성격과 비교 분석하고자 한다. 이는『대한흥학보』라는 잡지가 어떻게 문학을 배태시키고, 또한 문학 독자의 형성에 영향을 끼치고 있는지를 설명할 수 있는 계기가 될 수 있을 것이다.

이러한 과정을 통해 최종적으로는 근대계몽기 유학생들이 어떤 문학적 독자로 변화되고 있는지를 전체적으로 정리하고, 그로부터 근대계몽기 조선의 근대독자의 모습을 입체적으로 재구하여, 이러한 근대독자가 근대문학을 어떻게 추동해 오고 있는지 살펴보고자 한다.

1)『대한흥학보』의 주제 구성 및 기획

『대한흥학보』는 '태극학회', '대한학회', '공진회', '연구회' 등 총 4개의 유학생회가 모여 만든 대한흥학회의 학회지로 1909년 3월 20일부터 1910년 5월 20일까지 총 13호가 간행되었다. 대한흥학회라는 조직의 성립은 "그동안 일본유학생들 간의 분파적 학회 조직을 지양하고 병합적 대단체를 조성"한 점과 "이와 같은 집단적, 단체적인 언론표현기관을 갖추게" 됨으로써 영향력 있는 "언론적 가치"를 지닌다는 점에서 그 의의가 크다고 할 수 있다.[25]『대한흥학보』1호에 실린 「報說」에 보면 "挽近 四五年 以來로 內國의 同胞가 此邦에 負笈遠遊흔 者ㅣ 厥數 倍加흐야 七八百人의 多에 及"하다고 하며, 실제 그 당대 4~5년 동안 일본 유학생 수가 700~800명에 육박한다고 언급하고 있다. 이러한 상황에서 "我韓同胞가 日本國에 留學흔 歷史가 有흔 以後로 今日과 如히 圓滿흔 大團體가 集會흠은 實노 未曾有흔 盛擧로 稱흘지로다"라고

---

25 백순재, 「대한흥학보 해제」, 한국학문헌연구회 편,『대한흥학보』영인본(한국개화기학술지 21), 아세아문화사, 1978, 5~6면.

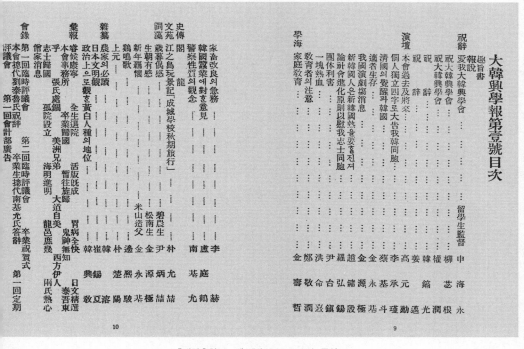

『대한흥학보』제1호(1909.3.20) 목차

밝히면서, 이렇게 일본에 유학한 역사 이래 이렇게 유학생 전체가 모인 것은 처음이라며 그 의의를 스스로 천명하고 있다.[26]

大抵 學問이란 者는 時勢를 隨ᄒᆞ야 時務의 學이 有ᄒᆞ거늘 現時에 風潮를 不覺ᄒᆞ고 웃지 時務에 適合ᄒᆞᆫ 學問을 知得ᄒᆞ리요 是를 由ᄒᆞ야 靑年 吾輩가 奮然히 海外에 飛渡ᄒᆞ야 遊學의 年所가 已有ᄒᆞ나 但 實地의 硏究가 未有홈은 竊自愧歎ᄒᆞᆫ 바이로딕 區區 微衷이 內地同胞로 더부러 文明에 共進코자 ᄒᆞ야

---

26 ‘報說’,『대한흥학보』1호, 1909.3.20, 2·3면.

學會를 組織ᄒ고 學報를 發刊ᄒ야 諸位 同胞의 愛讀을 已被ᄒ야스니 (…중략…) 輩난 但히 自己의 學術을 增長ᄒ며 同胞의 智德을 啓發코자 ᄒ야 本會를 成立ᄒᆫ 바라 或者의 議論이 本會의 趣旨가 單純히 右와 如ᄒ면 興學 二字의 名義가 過度ᄒᆯ 듯ᄒ다 할지나 此ᄂ 全鼎의 味를 知ᄒ난 者의 言이 아니라若 或 今日時代에 一般同胞의 智德을 啓發치 못ᄒ면 維新ᄒᆫ 學問을 興旺케ᄒᆯ 能力이 不及ᄒ리니 本會의 趣旨ᄂ 卽 興學의 基因이라. 抑我一般會員이心力을 合同ᄒ며 聲氣를 連絡ᄒ야 本會의 目的을 期達ᄒ면 祖國의 文明富强홈을 指目可待ᄒ ᄒ라니 勉旃勉旃ᄒ심을 千萬切昐.[27]

「대한흥학보 취지서」를 보면, 대한흥학회를 설립한 목적이 드러난다. 먼저 흩어져 있는 학생들이 연합하여 하나의 단체로 총력을 다하기위함이고, 둘째, 학문이라는 것은 시세를 따라 시무의 배움이 있어야하기 때문에 이러한 시대의 문명에 함께 나아가고자 학회를 조직하고학보를 발행하게 되었다는 것이다. 결국 개인의 학술을 성장시켜 고국동포의 지덕을 계발하고자 하는 것이 대한흥학회의 취지였다. 즉 개인의 學을 성장시켜 흥하게 하고 이로 말미암아 고국에도 그러한 學이 미칠 수 있도록 하여 조국을 문명 부강하게 만든다는 애국적인 목적이었다고 할 수 있다.

「投書의 注意」本報ᄂ 帝國同胞의 學術과 知德을 發展ᄒᄂ 機關이온즉 惟我 僉位會員은 本報를 編纂ᄒᄂ딕 十分方便의 另念을 特加 ᄒ오셔 每月初五

---

27 「大韓興學報 趣旨書」, 『대한흥학보』 1호, 1909.3.20, 1면.

日以內 作文原稿를 編纂部로 送交ᄒ심을 敬要홈

● 原稿料 論說, 學術, 文藝, 詞藻, 雜著

● 用紙式樣 印刷十文紙, 縱行三十四字, 橫行十七字

● 精寫免誤 楷書

● 通信便利 姓名, 居住

● 編輯權限 筆削, 添補, 批評, 停載

● 送呈規列 會員外에ᄂ 刻投書揭載ᄒ 堂號一部式 送呈홈[28]

「本報의 進呈」 本報ᄂ 本會員 各社會 各學校에ᄂ 勿論하고 帝國同胞의 內
外國에 在한 有志諸氏로 三圓以上 贊成金 (三圓以下ᄂ 相當한 號數까지)이
有한 時ᄂ 無價送呈홈[29]

『대한흥학보』 1호 앞면에는 매달 초 5일 이내에 작문 원고를 편찬부
로 보내달라는 투서 모집 광고가 실려 있다. 회원의 경우에는 논설論說,
학술學術, 문예文藝, 사조詞藻, 잡저雜著에 대해 원고료가 지급되고, 비회
원의 경우에는 투서를 보내 게재하게 되면 당호 한 부씩 발송해 준다는
문구를 덧붙여두었다. 또한 제국 동포 내외국 모두를 독자 대상으로 삼
으며, 찬성금을 낸다면 무료 배송해주겠다는 언급도 하고 있다. 따라서
『대한흥학보』는 유학생, 조선의 지식인들까지 모두 포함한 국내외의
지식인들을 독자로 상정하고 있었음을 알 수 있다.

---

28   「投書의 注意」, 『대한흥학보』 1호, 1909.3.20, 앞면 광고.
29   「本報의 進呈」, 『대한흥학보』 1호, 1909.3.20, 앞면 광고.

〈표 1〉 『대한흥학보』 게재 글 개수 및 호별 분량

호수	발간일	게재 글 개수	쪽수
1호	1909.3.20	34	97
2호	1909.4.20	31	81
3호	1909.5.20	30	76
4호	1909.6.20	41	74
5호	1909.7.20	22	99
6호	1909.10.20	28	72
7호	1909.11.20	14	62
8호	1909.12.20	23	66
9호	1910.1.20	16	62
10호	1910.2.20	21	66
11호	1910.3.20	26	64
12호	1910.4.20	13	62
13호	1910.5.20	14	62
총계		313(개)	943(쪽)

『대한흥학보』의 실제 발간은 총 13회로, 게재 글은 총 313편이 실렸다. 한 호당 쪽수는 호별로 차이가 있으나 평균 약 73면의 분량으로 발행되었다. 또한 7호부터 60여 쪽으로 분량이 줄어들고 있음을 알 수 있다. 한 호당 게재 글 수는 평균 24편이었고, 7호, 9호, 12호, 13호의 경우는 게재글 수가 첫 호보다 거의 반 정도로 줄어들었다.

게재된 글을 주제별로 살펴보면, 문학 관련 103편, 신문 잡지 및 유학생 관련 67편, 신사상 관련이 60편, 민족 애국 관련이 41편, 교육 관련 28편, 역사 관련 14편으로 문학 관련이 전체의 약 33% 정도로 가장 많았음을 알 수 있다. 그다음은 대한흥학회 관련이나 유학생들 스스로와 관련된 내용이 많았는데, 전체 글의 약 21%를 차지했다. 다음이 신사상이나 학술적인 내용이 약 19%를, 민족 애국심과 관련된 글들이 약 13%를 구성하고 있었다. 이러한 면에서 『대한흥학보』가 단순히 학술적인 잡지가 아니라, 문학잡지로서의 역할을 하고 있었다는 것을 알 수 있다.[30]

〈표 2〉『대한흥학보』 주제별 분류

주제	세부주제	개수(개)	주제별 개수
문학(103)	시가	71	103
	서사	29	
	비평	3	
신문 잡지 및 유학생 관련(67)	대한흥학보	38	67
	유학생	28	
	신문 잡지	1	
신사상 및 산업(60)	신사상	34	60
	산업	18	
	위생	7	
	경찰	1	
민족 애국(41)	제국주의	13	41
	애국계몽	11	
	독립	9	
	우국충정	5	
	구습타파	3	
교육(28)	일반 교육	23	28
	여성 교육	5	
역사(14)	외국 역사	13	14
	한국 역사	1	
총계		313	

전체 실린 글의 총 개수는 313편이지만, 연재한 글들도 있었다. 연재는 총 2회에서 4회까지 걸쳐 이루어졌는데 분량 때문에 연재된 것으로 보인다. 주로 '학해學海', '학예學藝' 등에 실린 학술적인 글들이 많았지만, 문학적인 글 중 기행문이나 전기, 소설이나 일반 산문들 중 연재된 경우도 있었다. 총 15편의 경우가 연재되었고, 편수로는 313편 가

---

30 문학 영역이 전체 약 33%를 차지하고 있고, 나머지 부분이 67%를 차지하고 있기 때문에 문학이 이 잡지의 1/3 정도를 차지하고 있는 셈이다. 그런데 당대 문학잡지가 없던 시점에서 보면, 이러한 유학생 친목 잡지가 학술, 논설뿐만 아니라, 문예란을 고정란으로 실음으로써 문학잡지로서의 역할도 병행하고 있었음을 확인할 수 있다. 또한 문예란 가운데에서도 '소설'란을 아예 표제로 둔 것은 초기의 시초적인 차원이기는 하지만, 『대한흥학보』가 문학잡지로서의 역할을 담당해내고 있음을 보여주는 실제 사례라 볼 수 있을 것이다.

<표 3> 연재된 글 목록

표제	필자	제목(게재 호)	문체	주제
學海	李赫	家畜改良의 急務(前 大韓學報 第九號 續)(1,2,3)	단어형 국한문	산업(가축)
學海	盧庭鶴	韓國蠶業에 對한 意見(1,2,3)	단어형 국한문	산업(잠업)
學海	(번역) 洪鑄一 譯	地文學(地球의 運動)(3,4,5,6)	단어형 국한문	신사상(과학)
學海	MH生	地歷上小譯 -東西 古蹟의 一班(5,6)	단어형 국한문	역사
學藝	SK生	政治論(8,9)	단어형 국한문	신사상(정치학)
學藝	池成沈	小兒養育法(8,9,11,12)	단어형 국한문	교육(여성, 소아)
學藝	岳裔	地理와 人文의 關係(10,11)	단어형 국한문	신사상(지리학)
學藝	(번역) 金尙沃 譯	商業槪要(10,12)	단어형 국한문	산업(상업)
學藝	郭漢倬	條約槪意(12,13)	단어형 국한문	제국주의(조약)
史傳	岳裔	마졔란 傳(4,5)	단어형 국한문	역사, 전기
傳記	吳悳泳	大統領 쎄아스氏의 鐵血的 生涯(7,8,9)	단어형 국한문	역사, 전기
文苑	斗山人 尹定夏	觀日光山記(2,3,4)	단어형 국한문	기행문
小說	孤舟 이광수	無情(11,12)	한글	소설
雜纂	崔錫夏	日本文明觀(前 大韓學報 第九號 續)(1,2)	단어형 국한문	제국주의(일본)
散錄	×	各國財政(一千九百六年度)(9,10)	단어형 국한문	외국 재정

운데 38편이 연재에 해당되었다.

『대한흥학보』에 실린 글을 유형별로 살펴보면, 순서대로 축하 글에 해당하는 '축사祝辭', 사설 및 논설을 실었던 '연단演壇', '논저論著', '보설報說', '시보時報', 학술적인 내용을 담당한 '학해學海', '학예學藝', 역사 전기물을 실은 '사전史傳', '전기傳記', 문학적인 산문을 실은 '문원文苑'과 주로 한시 또는 짧은 문장 위주로 실은 '사조詞藻', 이후 진학문과 이광수의 소설을 실은 '소설小說', 역사나 학술 위주의 산문 혹은 문학적 글을 자유롭게 실었던 '잡찬雜纂'과 이보다는 문학에 가까운 산문을 실은 '산록散錄', 마지막으로 회의 및 소식을 실은 '휘보彙報' 및 '회록會錄' 등으로 구성되어 있었다.

편집 순서상으로 보면, 가장 먼저 논설 위주의 글이 실렸고, 바로 이어서 학술적인 글들이 배치되었다. 가운데 부분에 문학의 영역에 들어갈

〈표 4〉『대한흥학보』 표제별 분포 및 변화 추이

유형	표제(개수)	1호	2호	3호	4호	5호	6호	7호	8호	9호	10호	11호	12호	13호
축사(14)	祝辭(14)	5		1	8									
사설 및 논설 (79)	演壇(44)	10	9	5	4	4	12							
	報說(3)	1						1				1		
	論著(31)							6	6	6	5	3	2	3
	時報(1)							1						
학술(47)	學海(26)	4	6	6	4	3	3							
	學藝(21)							2	2	2	3	5	4	3
역사·전기(9)	史傳(5)	1	1	1	2									
	傳記(4)							1	2	1				
문학적인 산문 및 시(88)	文苑(40)	1	2	1	3	1	8	1	3		7	10	3	
	詞藻(48)	5	8	11	14	5				1				4
소설(3)	小說(3)								1			1	1	
산문(42)	雜纂(30)	3	4	3	4	4					3	3	2	2
	散錄(12)								7	4				
휘보 및 소식 (31)	彙報(13)	2	1	1	2	1	3	1	1	1				
	會錄(12)	1	1	1	1	1	1	1	1	1	1	1	1	1
	취지서(1)	1												
	소식(3)													1
	要錄(1)										1			
	談叢(1)										1			
총계	313	34	31	30	41	22	28	14	23	16	21	26	13	14

수 있는 내용들이 위치했는데, 역사 전기물이 배치된 이후, 문학에 가까운 산문이나 한시들이 배치되었다. 이후 8호부터는 소설이 배치되기도 했다. 또한 학술적인 산문이더라도 좀 더 자유로운 형태의 글들이 배치되었고, 이 가운데 유학생의 감회나 고민이 묻은 글들이나 기행문들이 들어오기도 했다. 마지막 부분은 '휘보'나 '회록'이 자리 잡고 있었다.

〈표 4〉를 보면, 7호 이후 표제나 편집의 변화가 눈에 띈다. 즉 '연단演壇'으로 대표되던 논설이 '논저論著'의 이름으로 변화되었고, 학술의 경우도 '학해學海' 대신에 '학술學藝'로 바뀌어 예술적 분위기를 좀 더 뚜렷이 하고 있다. 역사 전기물도 '사전史傳'이라는 역사물 호칭에서 '전

<표 5> 『대한흥학보』 필자 게재 횟수 및 전체 저자 수(번역 제외)

게재 횟수	인원(명)
1번	86명
2번	18명
3번	12명
4번	4명(편집인 1명 포함)
5번	2명
6번	3명
7번	2명
8번	1명
13번	1명
총 인원	130명

기傳記'라는 좀 더 문학적인 전기로 바뀌어 있다. 또한 '학해學海'보다 좀 더 자유로운 형식으로 풀어 쓴 '잡찬雜纂'이 있었지만, 이와 유사한 '산록散錄'을 신설하여 좀 더 문학적인 자유로운 산문을 싣기도 했다.

2) 쓰는 자＝읽는 자의 상호교통의 장

『대한흥학보』는 처음부터 유학생 단체의 통합 학회의 잡지였기 때문에 독자가 분명했다. 필자이자 독자 중 가장 주된 대상은 바로 일본에 유학하고 있는 유학생들이었다. 따라서 『대한흥학보』에 글을 싣는 필자들도 유학생들이 대부분이었다.

이 중 2회 실은 저자명은 HS生, KM生, SK生, 姜元永, 芹野, 金洛泳, 金聖睦, 金永基, 金源極, 蓮史生 李恩雨, 可石 李大容, 無逸, 朴聖會, 壽岑, 有我, 鄭敬潤, 崔浩善, 欲愚生 洪命憙 등 총 18명이었고, 3회 실은 인물은 郭漢倬, 具滋旭, 金河球, 盧庭鶴, 李赫, 斗山人 尹定夏, 東隱生 尹台鎭, 吳

悳泳, 崔錫夏, 翠汀, 韓光鎬, 洪鑄一 등 총 12명이었다. 4회는 姜筌, 朴海遠, 秋濃 趙南稷, 그리고 이름을 밝히지 않고 編輯人이라는 이름으로 실은 경우가 총 4명이었다. 5회 실은 인물은 雲樵生 池成沇,[31] 秋觀生 高元勳로 2명이었고, 6회를 실은 인물은 碧人 金淇驩, 李寶鏡과 孤舟라는 이름으로 게재한 이광수, 挽洋生 韓興敎로 3명이었다. 7회를 실은 海見生 姜邁(東海滄夫), 岳裔 등 2명이었고, 8번은 嘯卬生으로 1명, 13번은 태백산인 李承瑾으로 역시 1명이었다. 번역을 제외하고『대한흥학보』에 투고한 인물은 총 130명이었고, 이 중 편집인이라는 명칭으로 실은 경우를 제외하면, 총 129명에 해당한다. 물론 스스로를 편집인으로 밝힌 姜筌[32]이나 꾸준히 글을 실은 岳裔, 嘯卬生,[33] 태백산인 李承瑾[34] 등은 편집

---

31 池成沇은 池成沆으로 표기된 경우도 있었다. 이는 비슷해 보이는 한자어에 의한 오류인 듯하다. 4호에 池成沆으로 표기된 적이 있었는데 그 이후 4회 동안(8·9·11·12호)은 池成沇으로 표기된 것으로 보아, 池成沆(지성윤)이 아니라 池成沇(지성연)이 맞을 것이다.

32 姜筌은『대한흥학보』12호(1910.4.20) 잡보에 보면, 그해 일본대학 사범과를 졸업했고, 『대한흥학보』편집진으로 활동한 인물이었다.

33 嘯卬生은 趙鏞殷(일명 趙鏞雲, 趙嘯卬, 趙素昻, 嘯卬)을 의미하며, '공수학회'의 서기원으로『공수학보』(1907.1)에 이름이 등장한다. 따라서 공수학회가 '대한흥학회'에 통합되면서 '대한흥학회'로 들어간 인물로 보인다. 1910년 8월 '대한흥학회'가 해산되고 나서 다시 유학생 친목회를 조직하게 되는데 이때 나온『학계보』제1호(1912.4.1)를 보면, 회장으로 조용은의 이름이 등장하고 있다. 또한 일본외무성기록을 보면, "機密 제32호" 「朝鮮人 排日運動 企劃 狀況에 관한 內報의 件」(1914.3.27)이라는 문건에서 배일운동을 한 인물 중 하나로 조용은의 이름이 거론되고 있으며, 역시 일본 외무성기록 중 "문서번호 高 제11037호"「上海在住 不逞鮮人 逮捕方에 관한 件」(1919.4.11)을 보면, 조용은의 이름이 등장하는 것으로 보아, 이후 상해로 넘어가 독립운동을 한 것으로 짐작할 수 있다.

34 『대한흥학보』에 가장 많이 투고한 이승근(李承瑾)은『태극학보』6호(1907.1.24)에는 신입회원으로 등장하고 있다. 또한『태극학보』12호(1907.7.24)에 보면, 일본 警務學校를 졸업했다는 내용이 나오고 있는데 '태극학회' 회원으로 '대한흥학회'에 바로 입회한 것으로 보인다. 또한『태극학보』13호(1907.9.24.) '雜錄'에 보면, 이승근이 와세다 대학에 입학했다는 소식이 나오고 있어서, 경무학교를 졸업한 이후, 바로 와세다 대학에 입학했음을 알 수 있다. 그 후『대한흥학보』12호(1910.4.20)에「早稻田謾筆」이라는 글을 발표하여, 와세다 대학에서 유학하는 유학생의 비애를 표출하고 있다.

진으로 보인다. 그 외 1번이나 2번 정도 글을 실은 인물들은 대한흥학회에 동참하고 있는 일반 유학생들로 추정해볼 수 있다.

〈표 6〉 『대한흥학보』에 실린 기서

호수	출간일	표제	저자	제목	문체	주제
3	1909.5.20	寄書	鄭錫酒	祝大韓興學會	구절형 국한문	대한흥학보
3	1909.5.20	雜纂	金永默	留學生同胞의 敎育과 學會의 耳聞目擊	구절형 국한문	유학생교육
3	1909.5.20	雜纂	朴聖會	觀留學生界有感	한문	대한흥학보
4	1909.6.20	演壇	淸國浙江人 柴宗형	論歐東與亞東之關係	한문	제국주의
4	1909.6.20	雜纂	西北協成學校生 尹鑑	春夢	한문	교육(영웅)
6	1909.10.20	演壇	成樂淳	讀大韓興學報賀敎育新潮	구절형 국한문	대한흥학보
7	1909.11.20	論著	朴楚陽	卒業生을 對ᄒ야 勸告	단어형 국한문	유학생졸업
9	1910.1.20	論著	京城養源女學校學生 金順熙	敎育은 獨立의 準備라	현토한문	교육(독립)
11	1910.3.20	論著	金忠熙	代現世之士ᄒ야 有感於日本留學諸氏라	현토한문	유학생당부

또한 전체 313편의 글 중 '기서寄書'라는 표제를 단 글이 9편 정도 실려 있는데, 이는 비회원의 글이거나 고국에서 보낸 글들로 보인다. 이 글들은 대체로 대한흥학회가 생긴 것을 축하하면서 유학생들에게 당부의 말을 전하는 내용이 많았다. 그중, 淸國浙江人 柴宗형, 西北協成學校生 尹鑑, 京城養源女學校學生 金順熙의 글을 보면, 청국의 인물이거나 조선의 서북협성학교를 다니는 학생, 또 경성양원여학교를 다니는 여학생의 글이 실려 있다. 이들의 글은 교육만이 국가를 독립하게 하는 가장 중요한 일이니 최선을 다해서 공부를 해야 한다는 학생들의 다짐과 유학생들에 대한 부탁이 담겨 있다. 이처럼 일본에 있는 유학생뿐만 아니라 비회원일지라도 조선에서 『대한흥학보』를 보는 학생들이나 지식인들이 기서를 통해

서 유학생들과 소통하고 있는 것을 확인할 수 있다.

〈표 7〉『대한흥학보』의 문체

문체	세부 사항	개수
한문(97)	한문	87
	현토한문	10
국한문(18)	구절형 국한문	12
	단어형+구절형 국한문	6
국문(198)	단어형 국한문	188
	단어형+한글	2
	한글	8
총계		313(개)

『대한흥학보』에 실린 글들의 문체를 살펴보면, 한문이나 현토한문체가 총 97편, 구절형 국한문체와 단어형 국한문체가 모두 206편으로 가장 많았고, 거의 한글을 사용한 경우가 총 10편이었다. 문장 구조에 있어서 한글의 진행 순서를 따르면서 단어만 한문을 쓰고 있는 단어형 국한문체는 사실 한국어의 어순을 그대로 따르고 있기 때문에 한문보다는 한글에 더 가깝다고 할 수 있다.[35] 이처럼 단어형 국한문과 한글 문체를 합치면, 총 198개로 전체의 약 63.3%를 차지한다. 다시 말해 한문체보다는 좀 더 한국어 방식으로 해체된 국문 방식이 3분의 2 가까이나 되었다.

실제로 한문이나 현토한문체로 쓰인 글의 경우는 대체로 초기에 많이 등장하고 있으며, 특히 '사조詞藻'나 '문원文苑' 등에서 한시나 문장 등으로 한문 문예에서 등장하고 있다. '사조詞藻'는 5호까지는 꾸준히

---

[35] 김재영, 「『대한민보』의 문체 상황과 독자층에 대한 연구」, 동국대 문화학술원 한국문학 연구소 편, 『한국 근대문학과 신문』, 동국대 출판부, 2012, 47~52면 참조.

실리지만, 뒤에는 9호, 13호에만 실리고 있고, 이러한 한문 문장 관련은 '사조詞藻'가 약해지면서 '문원文苑'에 실렸다. 또 중후반부터는 '연단演壇', '논저論著'에 실리는 글의 개수는 절반 가까이 줄어든 반면, 문학면이나 산문면의 경우는 변함이 없거나 더 실리기도 하는 등 문학적인 글들이 더 강화되었다. 또한 소설이나 산문의 경우, 단어형 국한문체와 더불어 한글이 많이 사용되면서, 전통적인 유학자들의 한문체보다는 국문체의 비율이 훨씬 더 높아지고 있었음을 알 수 있다.

이러한 분석의 결과는 유학생 잡지인 『대한흥학보』의 주된 필자이자 독자들이 일본 유학생들이었고, 전통 한학보다는 서양과 일본의 신문물을 접하면서 독자들의 인식이 좀 더 근대적인 차원으로 변화되고 있었음을 확인하게 해준다. 문체적인 면에서는 좀 더 쉽고 간편하게 자신의 감정을 서술할 수 있는 단어형 국한문체와 한글을 선호하고 있었다. 또한 『대한흥학보』는 20년대 이후 나온 동인 잡지나 문학 잡지, 혹은 대중 잡지들과는 달리, 유학생들을 위한 회보에 가까웠다. 이러한 특성은 『대한흥학보』의 회원을 독자이면서 동시에 필자로서 존재하도록 자리매김시켰다. 즉 '쓰는 자=읽는 자'로서 존재하게 한 것이다. 따라서 이 『대한흥학보』라는 잡지는 유학생들 스스로 자신들의 이야기를 읽고, 자신들의 이야기를 실으며, 자신들의 고민과 포부를 나누는 장이었다. 일반 대중들이 접근하기는 어려웠다고 하더라도 그 당대 지식인들은 같은 눈높이에서 서로의 고민과 공부를 나눌 수 있는 주요한 장이 될 수 있었다.

그러나 그렇다고 해도 이 잡지를 단순히 유학생들만의 공유물로만 보기는 어렵다. '회록'에 보면, "2,000부 이외에 500부 증간 요구"가 있었다는 것을 확인할 수 있다. 즉 최소 2,000부를 발간하고 있었다는 것이다.[36]

道別	購覽人	道別	購覽人
京畿	五九人	忠淸	一五人
全羅	三九人	慶尙	二六人
江原	八人	黃海	六0人
咸鏡	一二0人	平安	一0八人
		摠	五0八人

『대한흥학보』6호에는 「興學會報購覽人 統計표」가 실려 있는데, "夫本會 會報ᄂ 留學 諸氏가 修學ᄒᄂ 餘隙을 假ᄒ야 精神을 淬勵ᄒ며 心血를 嘔盡ᄒ야 祖國 文化에 萬一의 補를 作코자 훌시 無代金으로 發送흠이 一千五百餘部에 過ᄒ건이와 學生 時代에 係흔 바 인즉 言論이 或 空踈幼稚ᄒ야 帝國 文化를 補助키 不能ᄒᄂ 特히 購覽 諸氏ᄂ 海外學生을 眷愛ᄒ야 本報를 愛讀ᄒ며 經濟의 恐惶을 不拘ᄒ고 信音이 聯翩ᄒ야 萬里 異城에 揶揄激觸ᄒᄂ 同情을 遠表흠도 不無ᄒ얏도다"라고 하면서 『대한흥학보』를 조선의 동포들을 위해서 1,500여 부를 무상으로 배포하고 있다고 밝히고 있다. 또한 그 외에도 실제 국내에서 회원으로 구람하고 있는 인원이 함경 120명, 평안 108명, 황해 60명, 경기 59명, 전라 39명, 경상 26명, 충남 15명, 강원 8명 등 총 508명이라 밝히고 있다. 구독자는 전국으로 분포되어 있었는데 대체로 함경도, 평안도에서 많이 구독했음을 알 수 있다.

이렇게 볼 때, 『대한흥학보』는 유학생들 스스로 쓰고 읽고 공감하여 상호교통하는 장이면서 동시에 국내의 지식인들 역시 함께 공유할 수

---

36   최경숙, 「'大韓興學會'에 대하여」, 『부산외국어대학 논문집』 제3집, 1985.2, 60면 참조.
37   「興學會報購覽人 統計표(隆熙 三年 九月 末統計에 準흠)」, 『대한흥학보』 6호, 1909.10.20, 29면.

있는 향유의 장이 되고 있었음을 알 수 있다. 이 국내의 지식인들은 유학생들이 졸업하고 나서 국내로 복귀한 인물일 수도 있으나, 유학을 꿈꾸는 지식인 학생이거나 유학생들의 학부형들, 기존의 지식인 계층으로 짐작해볼 수도 있다. 이는 결국 유학생 회보를 통해 단순히 유학생들의 애환만을 나눈 것이 아니라, 그 당대 사상과 학문을 교류하면서 이러한 생각들이 실제 국내에서도 교류되며 교통하고 있었음을 짐작하게 한다.

3) 문예면의 기획과 확장

『대한흥학보』에 실린 글을 주제별로 살펴보면, 앞서도 언급했듯이 문학과 연관된 글이 가장 많았다. 물론 이를 장르의 분화 개념으로 설명한다면, 아직 문학이라 부르기 어려울 수도 있으나, 과도기적 차원에서 문학적 특징을 가진 글들까지 포괄해서 보면, 약 33%로 1/3의 분량을 차지하고 있음을 알 수 있다.

문학 관련 글들의 세부 사항을 살펴보면, 크게 시가, 서사, 비평으로 나눌 수 있다. 먼저 가장 많은 분량을 차지하는 시가의 경우, 한시 65편, 시조 3편, 가사 3편으로 한시가 거의 압도적이었다. 서사의 경우는 총 28개로 산문 및 수필 10개, 전기 9개, 기행문 5개, 소설 5개 등이 있으며, 비평은 문학 비평 2개, 연극장 관련 비평 1개로 총 3편이 이에 해당한다. 그러나 한시의 경우, 개수는 많아도 실제 권호 안에서의 분량은 1, 2면에 그치고 있었다. 또한 이 한시는 초반에 집중되어 있고, 중후반으로 갈수록 분량이 줄어들었다.

<表 9> 문학 관련 세부 분류

주제	세부 분류		개수
문학(103)	시가(71)	한시	65
		시조	3
		가사	3
	서사(29)	산문, 수필	10
		전기	9
		기행문	5
		소설	5
	비평(3)	문학 비평	2
		연극장	1

<表 10> 산문 관련 표제별 분류

유형	표제(개수)	1호	2호	3호	4호	5호	6호	7호	8호	9호	10호	11호	12호	13호
문학적인 산문 및 시(88)	文苑(40)	1	2	1	3	1	8	1	3		7	10	3	
	詞藻(48)	5	8	11	14	5				1				4
소설(3)	小說(3)								1			1	1	
산문(42)	雜纂(30)	3	4	3	4	4	2				3	3	2	2
	散錄(12)								7	4		1		

  표제별 분류표 중 산문의 경우를 보면, 변화의 추이를 명확히 알 수 있다. '사조詞藻'의 경우, 대체로 한시나 한시 문장이 실리고는 했는데, 3호까지는 개인의 감정 및 풍류를 담은 한시가 대다수를 차지했다. 그런데 4호의 경우, 14편의 '사조' 중 12편이 모두 『대한매일신보』의 사장이었던 배설의 죽음을 추모하는 「吊裴公文」의 글로 구성되어 있다. 즉 배설의 장례와 겹쳐지면서 추모의 시로서 '사조'의 편수가 늘어난 것이지 한시가 확장된 것은 아니라는 것이다. 5호에 실린 '사조'의 경우도, 고향으로 돌아가는 친우들을 보내며 「送友歸京城」이라는 같은 제목으로 5편이 실려 있다. 6호에서 8호, 10호에서 12호까지는 '사조'가 등장하지 않는데, 이때는 주로 산문을 실었던 '문원文苑'란에 한시도

신고 있다. 그러나 그 양도 그 이전에 비해 적었는데 예를 들어 6호의 경우, 8편 중 2편만이 한시였다. 그렇다면, '사조' 대신 '문원'란에 산문과 한시를 같이 실음으로써 '사조'란을 대폭 축소하거나 삭제했음을 알 수 있다.

이렇게 한시 등의 시가를 실었던 '사조'란이 축소됨에 반하여, 산문란은 좀 더 확장되고 있다. 앞의 표에서도 드러나듯이 8호부터는 '산록散錄'란을 두어 학술란인 '학예學藝'보다는 좀 더 쉽게 접근할 수 있는 산문을 싣고 있다. 여기에는 신사상뿐만 아니라 유학생들의 감흥을 적은 산문이나 외국 전기류의 이야기들이 실렸다. 따라서 앞의 표의 상황을 분석해 보면, 한시나 시가의 부분이 축소되는 것에 반해, 산문란은 '문원文苑', '잡찬雜纂', '산록散錄' 등의 난을 더 신설하여 강화하고 있다. 또한 '소설小說'란까지 둠으로써 7호 이후로는 문학 산문 및 서사 장르가 좀 더 많이 실리고 있음을 알 수 있다. 즉 문학의 비중이 처음 한시에서 산문의 영역으로 확장되어 가고 있는 것이다.

「投書의 注意」

一 投稿는 國漢文, 楷書, 完結을 要홈

一 投稿는 言論, 小說(短篇) 學藝 等

一 學藝는 法, 政, 經, 哲, 倫, 心, 地, 歷과 及 博物, 理化, 醫, 農, 工, 商 等
  以內

一 原稿蒐輯 期限은 每月二十五日

大韓興學會編纂部[38]

이러한 변화는 사실 『대한흥학보』의 정책의 변환으로 설명될 수 있다. 앞서 1호에 실었던 「投書의 注意」에서와는 달리, 위의 7호에 실린 '사고社告'를 보면 처음과는 다른 변화를 느낄 수 있다. 앞에서는 "해서체" 즉 정서, 반듯한 글씨체만을 요구하고 있었을 뿐인데, 7호에서는 투고를 반드시 "국한문"으로 해달라고 명시하고 있다. 또 다른 변화는 7호의 광고에서는 "소설(短篇)"란에 대한 투고를 언급하고 있다는 점이다. 이는 『대한흥학보』의 정책상으로 국한문체와 문학 특히 산문 및 소설을 강화하겠다는 의도를 담고 있다고 할 수 있을 것이다.

『대한흥학보』에 실린 글 중 한문 및 현토한문체로 실린 글은 총 313편 중 97편이다. 그런데 이 중 한시의 비중이 65편으로 67%에 해당한다. 이렇게 보면, 시가 장르 특히 한시의 분량이 줄어들고 산문이 강화되어간다는 것인데, 결국 한시를 제외하고는 『대한흥학보』에 실린 글들은 대체로 국한문체를 선호하게 되었다는 것이다. 따라서 한시보다는 산문이, 한문보다는 국한문 또는 한글이 강화되고 있다고 볼 수 있을 것이며, 이는 『대한흥학보』의 독자들이 이러한 시류의 개편을 옹호했고 동시에 공감하고 있었기에 가능했던 것이라 할 수 있다.[39] 이렇게

38　「投書의 注意」, 『대한흥학보』 7호, 1909.11.20, 62면.

39　문체에 대한 고민은 그 당대 유학생 사회에서 공감되는 면이 있었다. 『대한흥학보』에도 4번 글을 실은 姜筌은 1907년 『태극학보』에 「국문편리급한문폐해」라는 글을 통해서 한문 대신 국문을 써야 한다는 글을 싣기도 했다. 또한 『대한흥학보』에 6번 글을 실은 한흥교 역시 1907년 3월 『대한유학생회학보』에 「국문과 한문의 관계」라는 글에서 한문보다 국문을 써야 하며, 특히 국한문체를 써야 한다고 피력하기도 했다. 역시 6회에 걸쳐 글을 실은 이광수는 1908년 5월 『태극학보』 21호에서 「국문과 한문의 과도시대」에서 한문보다 국한문, 또 국한문보다 점차 국문 전용으로 바뀌어야 한다고 주장하기도 했다. 이런 면에서 볼 때, 그 당대 유학생 지식인들은 한문보다는 국한문이나 한글 사용에 대해 공감대를 가지고 있었고, 이러한 면들이 『대한흥학보』에도 발현된 것으로 볼 수 있을 것이다. 이 시기 유학생 지식인들의 국문 논의는 조동일의 『한국문학통사』 4권(지식산업사,

<표 12> 서사 관련 문학 글

분류	표제	필자	제목	문체	주제	호	날짜
산문 및 수필 (10편)	詞藻	碧農生 尹炳喆	歲暮偶感	한문체	한문 산문	1	1909.3.20
	文苑	編輯人	寓言	한문	우국	2	1909.4.20
	雜纂	韓光鎬	春日遊園有思	단어형 국한문	유학 감회	4	1909.6.20
	雜纂	具滋旭	世界의 格言	단어형 국한문	세계 격언 이야기	5	1909.7.20
	散錄	金益三	秋日自然觀	단어형 국한문	가을의 감흥	8	1909.12.20
	詞藻	孤舟生	獄中豪傑	한글	옥에 갇힌 범	9	1910.1.20
	文苑	壽岑	戒在三愛	한문	쇄국, 우국	10	1910.2.20
	文苑		情表	한문	문장, 개인감정	11	1910.3.20
	文苑	滄江	秋風斷藤曲	한문	개인감정	12	1910.4.20
	文苑	李承瑾	早稻田謾筆	한글	와세다 감상	12	1910.4.20
전기 (9편)	史傳		闊龍	단어형 국한문	외국,역사전기물	1	1909.3.20
	史傳	一笑生	페수다롯지 傳	단어형 국한문	페스타로치	3	1909.5.20
	史傳	岳裔	마졔란傳	단어형 국한문	마젤란 전	4	1909.6.20
	史傳	岳裔	마졔란傳(續)	단어형 국한문	마젤란 전	5	1909.7.20
	傳記	吳悳泳	大統領 졔아스氏의 鐵血的 生涯	단어형 국한문	졔아스 생애	7	1909.11.20
	傳記	吳悳泳	大統領 졔아쓰氏의 鐵血的 生涯(續)	단어형 국한문	졔아쓰 생애	8	1909.12.20
	傳記	碧人 金淇驩	日淸戰爭의 原因에 關한 韓日淸 外交史	단어형 국한문	역사에 가까움	8	1909.12.20
	傳記	吳悳泳	大統領 졔아쓰氏의 鐵血的 生涯(續)	단어형 국한문	졔아쓰 생애	9	1910.1.20
	散錄	金洛泳	丹心一片 (普佛戰記中의一齣)	단어형 국한문	불란서 전쟁 기록	9	1910.1.20
기행문 (5편)	文苑	朴允喆	江之島玩景記	한문체	기행문(강지도)	1	1909.3.20
	文苑	斗山人 尹定夏	觀日光山記	단어형 국한문	일광산 기행문	2	1909.4.20
	文苑	尹定夏	觀日光山記(續)	단어형 국한문	일광산 기행문	3	1909.5.20
	文苑	尹定夏	觀日光山記(續)	단어형 국한문	일광산 기행문	4	1909.6.20
	雜纂	韓興敎	梵寺新聲	단어형 국한문	범어사	6	1909.10.20
소설 (5편)	小說	夢夢	요죠오한(四疊半)	한글	유학생 고민	8	1909.12.20
	小說	孤舟	無情	한글(거의)	구여성 자살	11	1910.3.20
	小說	孤舟	無情(續)	한글	구여성 자살	12	1910.4.20
	雜纂	聽天子	海上	단어형 국한문 +한문(기자평)	2명의 대화	11	1910.3.20
	雜纂	KM生	生存競爭談	한글	생존경쟁서사	13	1910.5.20

2005), 254~260면 참조함.

확장되어 가는 서사 영역의 산문 및 수필, 전기, 기행문, 소설에 해당하는 글은 〈표 12〉와 같다.

각 종류마다 보면, 처음에는 한문체였으나 뒤로 갈수록 단어형 국한문체와 한글로 바뀌고 있음을 알 수 있다. 즉 산문 계열 안에서도 문체 면에서는 단어형 국한문체와 한글을 포함하는 국문체로 변화되고 있는 것이다. 내용면에서 보면 산문 영역에서는 유학에 대한 감회나 우국의 감정들이 대다수를 차지하고 있다. 전기의 경우는 외국 인물의 전기가 소개되고 있고, 기행문은 일본 내의 명산이나 절을 다녀와서 적은 글이 실려 있다. 소설란에는 몽몽 진학문의 「요죠오한四疊半」과 이광수의 「無情」, 그리고 '잡찬雜纂'에 실렸으나 내용상으로는 2명의 대화로 이루어져 토론체 소설을 보는 듯한 聽天子의 「海上」을 들 수 있다. 이러한 서사 문학의 내용은 다음 절에서 자세히 살펴보도록 하겠다.

4) 유학생의 고민과 산문정신의 발현

일본 유학생들의 서사 문학적인 글에는 앞서 '연단演壇', '논저論著'에서 보이던 사상과는 또 다른 양면적 성격이 드러난다. 그 당대 일본 유학생들은 일본 유학이라는 비슷한 환경과 처지 속에서 일종의 공통감을 형성하고 있었다. 조국을 위한 애국적인 당위적 목적의식과 더불어 개인의 무력함을 함께 느끼지 않을 수 없었던 것이다.

"日本에 留學ᄒ시ᄂᆞᆫ 有志僉尊諸氏가 時勢의 變遷을 猛省ᄒ며 民智의 習性을 慨歎ᄒ야 大韓興學의 一團會를 成立ᄒ고 逐條月報를 特以送交

호시니 惟我會員僉尊의 如是另眷이 豈 偶然哉아 將汲汲於開達民智호며 普施教育而不已焉이니 實所感荷萬千者也 1 로다"[40]라는 기서의 내용을 보면, 국내에서 유학생들을 어떤 시각으로 바라보고 있는지 확인할 수 있다. 국내 2,500만 동포의 바람을 담아 민지를 계몽하고 새롭게 교육시킬 수 있기를 바라고 있는 것이다. 또한 유학생, 청년들의 번민은 "我韓 今日 靑年의 特種 煩悶은 卽 時局의 肝衡으로 忍辱奮鬪키 實難호니 國家保存에 一木撑天의 重荷를 負호고 容易히 起立키 難혼 時代" 때문이지만, "吾必曰 現在는 不顧호고 將來를 深思호야 最後 勝利를 計圖호랴면 冷靜沈着호야 專心一意로 我目的學科에 硏精透得홈이 至當호도다"[41]라며 현재는 비록 열악하더라도 더욱 자신의 전공 학과 공부에 매진하여 국가와 장래를 위해 부단히 노력해야 함을 설파한다.

결국 이는 "在日本 七八百名 會員 同胞 諸君 諸君은 我韓 在外 同胞의 中心이오 我韓 國家 社會의 標準이오 諸君은 我韓 將來의 新國民이오 我韓 前途의 改革黨이 아닌가. 法律家가 諸君 中에 在호고 政治家가 諸君 中에 在호고 外交家가 諸君 中에 出호고 實業家가 諸君 中에 出홀 것이니 此는 諸君의 自期홀 뿐 안이라 故國 同胞의 渴望호는 處이 아닌가"[42]라는 주장으로 귀결된다. 대한흥학회의 흥망성쇠는 7~800명 유학생에게 달려 있고 또한 한반도에 대한 유학생의 책임 역시 막중하다는 것이다.

今日 日本 留學生의 思想을 大槪 三種으로 分홀 수 有호니

---

40 成樂淳, '演壇' 「(奇書) 讀大韓興學報賀教育新潮」, 『대한흥학보』 6호, 1909.10.20, 35면.
41 金河球, '演壇' 「靑年煩悶熱의 淸凉劑」, 『대한흥학보』 6호, 1909.10.20, 40면.
42 嘯印生, '報說' 「會員諸君」, 『대한흥학보』 7호, 1909.11.20, 1면.

一. 은 學問을 博히 ᄒ며 智識을 廣히 ᄒ야 塗炭에 嗷嗷ᄒ는 半島同胞를 自由의 福樂에 引導ᄒ며 自己의 芳名을 萬代의 歷史에 彰ᄒ게 코져 ᄒ는 者니 留學生中에 가장 思慮가 多ᄒ고 理想이 高尙ᄒ 者오.

二. 는 무엇이던 一箇 專門을 修了ᄒ야 自己의 衣食을 豊饒히 하려하는 者니 前者는 稍히 破壞的 建設的 觀念이 有ᄒ노 後者에 至ᄒ야는 此等觀念은 全無ᄒ고 其 社會의 風潮를 從ᄒ야 自己의 生存의 位置노 保持고져 하는 者오.

三. 은 아못 自動的 思考力과 行動이 無ᄒ고 다못 受動的 器械的으로 歲月을 送ᄒ는 者니 譬컨딘 余는 學校에 在ᄒ 故로 不得已 通學ᄒ며 不得已 工夫ᄒ다 하는 者의 類라. 以上 所陳ᄒ 者는 다못 日本 留學生界에 流ᄒ는 思潮의 異同ᄒ 點을 模形的으로 極히 簡單히 分類ᄒ 者나 此外에 全留學生界에 共通ᄒ 思潮가 有ᄒ니 此가 余의 論ᄒ려 ᄒ는 主題라.[43]

위의 글은 이광수의 글로 일본 유학생들을 세 가지로 분류하고 있다. 그에 의하면 일본 유학생들은 학문과 지식을 제대로 쌓아 사려가 많고 이상이 고상한 자, 일개 전문을 수료하여 자기의 생존의 위치나 풍요하게 하려는 자, 수동적이고 기계적으로 세월을 보내는 자로 나눌 수 있다. 이광수는 특히 유학생들의 병폐를 지적하면서 첫째, 狹見으로 自己의 理想으로 人의 理想을 批評하는 인물, 둘째, 학교만능주의로 학교에서 배운 대로만 하면, 사회나 국가가 그대로 발전할 것이라고 허무맹랑하게 믿는 현실감 없는 인물, 마지막으로 수동적이고 기계적인 태도를 가진 인물들을 비판하고 있다. 이러한 논의는 결국 유학생들 스스로 그

---

43 李寶鏡(이광수), '論著「日本에 在ᄒ 我韓留學生을 論홈」, 『대한흥학보』 12호, 1910.4.20, 9면.

무게를 감당하고자 자성하며 자신들의 고민을 보여주는 것이라 할 수 있다. 그러나 고국에서 거는 기대에 비해 그들이 감당해야 할 현실은 훨씬 냉엄하고 열악했다.

> 東京에 在한 日本 苦學生의 些紬한 部分은 ──이 枚擧키 不能하나 但 其 自立自活의 方針으로 將來 偉大한 目的을 成就할 職業이 大略 如左함.
>
> ○ 新聞分傳：此는 新聞을 分傳함이니 其 勞働 時間은 下午 十時로 上午 八時까지니 每月 給料는 六七圓으로 拾圓까지오 其 分傳은 二種이 有하니 本社 分傳이오 專賣店 分傳이라. (…중략…)
>
> ○ 新聞賣子：此는 新聞을 賣却함이니 直接으로 新聞社에 契約하고 廉價로 買取하여 鐵道馬車之房과 繁華市街之場의셔 佩鈴張聲하야 賣却함이니 一朔에 亦 拾圓의 利를 得호디 (…중략…)
>
> ○ 牛乳分傳：此는 牛乳를 分傳함이니 其 勞働 時間은 朝夕 二度에 分하여 午前 二時로 至五時오 午後 四時로 至六時니 每朔 平均 給料는 六七圓에 不過 호디 (…중략…)
>
> ○ 寫字生：此는 官聽需用文簿를 寫字함이니 字料는 印札紙一張에 赤銅貸 二錢五里라. 然則 其 字料가 每日 四十錢에 不過하되 만일 速寫하면 每日 五六十錢을 得함도 有하니라.
>
> ○ 人力車夫：此는 人力車를 引함이니 職業 中 最劣하도다. (…중략…) 其 勞働 時間은 夜間 十時로 十二時까지니 生涯는 每日 平均 五十錢을 得호디 若 知士의 同感을 遇할 時난 壹圓 以上도 有하니라.
>
> 此 外에 活版職工 郵便分傳 官聽小使 細細한 職業이 有호디 多數는 以上의 業을 取하나니라.[44]

분명 유학생들이 고국에 돌아가 건설해야 할 수많은 일들이 있지만, 현재 그들 앞에는 당장 어려운 고학생으로서의 삶이 처연하게 드러난다. 신문배달, 인력거, 우유배달 등 각종 다양한 일들을 하며 어렵게 고학을 하고 있는 처지이니, 그들의 이상과 현실의 괴리는 훨씬 깊고 넓었다. 단순히 이상적으로 국가를 위해 이 어려움을 극복하고 미래를 생각하며 건설적으로 살라고 외친들 이는 허공에 부서지는 현실성이 부족한 허언이 되고 마는 것이다.

이러한 상황에서 유학생들은 국내 부모 유지들에게 자식을 유학 보내고 국가와 민족을 위해 지원하라는 당부의 말을 전하게 된다. "子弟의 新敎育이 必要ᄒ줄노 忖度ᄒ거던 쏘 子弟를 海外 各國에 送ᄒ야 新鮮ᄒ 空氣를 吸收케 ᄒ고 恢廓ᄒ 壯志를 涵養케 ᄒ기를 厚望ᄒ노니 만일 父老 諸氏가 一片 決心으로 子弟의 留學에 注意ᄒ면 個人의 生活 計策과 社會의 公益事業과 國家의 前途 希望이다 玆에 在ᄒ 줄노 思惟ᄒ노라"[45]라고 하면서 유학생들의 입장을 고국의 부모들을 향해서 던지고 있는 것이다. 따라서 국가와 민족을 위한 당대의 당위적인 담론과 또 한편 현실의 처참한 괴리 사이에서 문학적 감수성은 유학생들의 삶 속에 불현듯 끼어들게 되는 것이다.

故國 山河를 拜別ᄒ고 釼을 杖ᄒ야 海를 渡ᄒ지가 倏倏히 春을 當ᄒ지라. 閑餘를 傍得ᄒ야 公園(日比谷公園)에 步ᄒᆯ식 萬樹ᄂ 靑을 染ᄒ고 百花ᄂ 美

---

44 具岡, '演壇'「日本 苦學生의 情形을 擧하야 我本邦同學 諸君에게 告하노라」, 『대한흥학보』6호, 1909.10.20, 32~34면.
45 美茶, '論著'「內國 父老에 向ᄒ야 子弟留學을 勸告홈. [父兄의 常識은 子弟의 幸靑年의 留學은 家國의 福]」, 『대한흥학보』7호, 1909.11.20, 15~16면.

를 爭ㅎᄂᆞ지라. 此地에 蝶은 舞ㅎ고 鳥ᄂᆞ 歌ㅎ며 詩人온 詠ㅎ고 畵家ᄂᆞ 繪ㅎ
며 老夫와 老婦ᄂᆞ 稚兒을 抱或負ㅎ며 男男女女히 伴을 作ㅎ야 往往來來ㅎ며
或坐ㅎ야 茶를 굴덕굴덕 飮ㅎ며 菓子를ㅣ 바ㅣ 슥바슥 嚼ㅎᄂᆞᄃᆡ 人生의 眞味
를 可히 賞讃할만 ㅎ도다. 是를 目ㅎ고 皮相의 感念이 湧出ㅎ야 少許 默慮ᄒᆞ
즉 決斷코 世間은 無事平穩ᄒᆞ 것이 안이로다. 鳥의 歌ᄂᆞ 今日ᄭᅡ지 數千萬의
蟲을 殺充ᄒᆞ 結果어늘 尙且 微蟲의 命을 不仁코져 ㅎ며 蝶의 舞ᄂᆞ 幾百萬의
花를 切食ᄒᆞ 結果어늘 當且 美花의 香을 吸收코져 ㅎ니 食지 안니ㅎ고 生長ㅎ
ᄂᆞ 物은 今世界ᄂᆞ 無ㅎ도다. (後世界ᄂᆞ 斷言키 難)然이나 噫라 彼邊樹枝에ᄂᆞ
蝴蝶을 探取ㅎ기 爲ㅎ야 巧妙히 網絲를 設ㅎ고 苦待ㅎᄂᆞ 蜘蛛가 有ㅎ며 此
處 木末에ᄂᆞ 小鳥를 捕得ㅎ기 爲ㅎ야 豆와 如ᄒᆞ 圓目을 張ㅎ고 縮坐ᄒᆞ 鷹이
有ㅎ니 蝶의 命과 鳥의 命이 實로 風前에 燈과 如ㅎ도다. 一次狙結ㅎ면 彼物
의 餌가 되ᄂᆞ니 此意를 含有ㅎ고 觀寒ᄒᆞ즉 蝶의 舞와 鳥의 歌가 一個 悲觀에
不過ㅎ도다. 噫라 快樂이 遊息ㅎᄂᆞ 彼 人生은 果何時인고 今世界ᄂᆞ 弱者의
悲場이오 强者의 舞臺라 誰가 此 理를 不知ㅎ리오. 嗚呼라 知者ㅣ 果誰오.[46]

한광호韓光鎬의 「春日遊園有思」는 고국의 기대와 개인의 좌절감 사이
의 괴리를 여실히 보여주고 있다. 고국을 떠나 바다를 건너온 지 몇 번
의 봄이 지났다며, 또 새로 돌아온 봄에 히비야 공원日比谷公園을 거닐며
자신의 소회를 적고 있다. 히비야 공원은 동경에 위치하고 있는데 일본
최초의 서양식 정원으로 1903년에 조성된 곳이다. 즉 근대 서양식의
풍경을 보여주는 장소로, 그곳에서 한광호는 이방인 같은 자신의 모습
을 발견하고 있다. 그 서양식 공원에서 그는 남녀노소, 또 연애하는 연

---

46   韓光鎬, '雜纂'「春日遊園有思」, 『대한흥학보』 4호, 1909.6.20, 55~56면.

인들이 마치 다른 세계의 사람들처럼 그 봄을 누리고 있는 장면을 목격한다. 그러나 그 평온은 가장된 평온, 약자를 밟고 선 강자의 무대로서의 평온으로 묘사되고 있다. 나비의 목숨도 까마귀의 목숨도 모두 풍전등화라며, 약소국에서 온 한 유학생의 고민이 개입된 것이다. "今世界는 弱者의 悲場이오 强者의 舞臺라"라고 단언하는 한 젊은이의 탄식 섞인 고백은 국가의 장래에 대한 고민뿐만 아니라 구경의 대상일 뿐인, 누릴 수 없는 근대에 대한 소외감 역시 동시에 보여주고 있다.

可憐홀사 져豪傑아 살고 죽은 져 豪傑아! 나는 식며 뛰는 즘싱 음자기는 온곳 물건 黃金갓헌 네 눈빗과 霹靂갓혼 네소리에 놀너여셔 喪魂ᄒ며 두려워셔 失魄터니 오늘늘에 네의 景狀 可憐코도 셔를시고 山넘고 골쮜던 그 氣慨는 只今어딘! 三千獸族懾伏하던 그 威嚴은 只今어딘! 一夜에 千里가던 그 勇氣는 只今어딘! 農家에 쏠탄기 네압흐로 지나갈째 두려움은 姑舍ᄒ고 潮弄트시 줏지 안나! 좁고 좁은 우리ㅅ속에 쇠사슬에 억미여셔 사름손에 죽은 고기 한졈 두졈 엇어 먹고 가는 목숨니여가는 너ㅣ 브엄아 셔를시고! 늘너고도 굿세인 山中의 豪傑노셔 奴隷에 自安ᄒᄂ긔와 닭과 갓히 되니 너ㅣ 브엄아 셔를시고 너ㅣ 부엄아 셔를시고! 쓴어어라 네니쌜노 너를 얼맨 쇠사슬을! 너니쌜이 다라져셔 가루가 되도록! 깃더려라 발톱으로 너를 갓운 굿은 獄을! 네 발톱이 다라져셔 가루가 되도록! 네 니쌜과 네 발톱이 다라져셔 업셔지고 네 勇氣와 네의 힘이 衰ᄒ며셔 업셔지면 네 心臟에 잇는 피를 쌱리고 죽어이라!

嘯卬生評 曰 畵出眞境讀不覺長[47]

---

[47] 孤舟生, '詞藻' 「獄中豪傑」, 『대한흥학보』 9호, 1910.1.20, 33면.

위의 글은 한시가 대부분인 48편의 '사조詞藻' 가운데 유일하게 한글로 쓴 이광수의 장문의 시이다. 실제로 이 글은 갇혀 있는 날짐승의 포효하는 생동감을 여실 없이 보여주는 묘사가 압권이다. 그 당시 편집진이었던 소앙생嘯卬生 조용은은[48] "畵出眞境讀不覺長"이라며 참된 지경에서 그림이 나오듯이 읽어도 긴 것을 깨닫지 못하겠다고 그 묘사력에 감탄을 금치 못하고 있다. 실제로 이광수의 이 산문시는 시 분야에서 연구가 되어오고 있지만, 그 내용적인 측면에서 보면 산문의 정신을 발견하게 된다. 날것의 강한 짐승이 옥에 갇혀 있으면서도 자신의 발톱을 갈고 있다. 이 범은 날 것의 살아 숨 쉬는 힘을 가진 짐승이다. 가둬져 있는 상황에서도 범은 날뛰며 들어오는 사육사를 죽여버리고 만다. 이 짐승이 살아 있는 것은 자신의 발톱을 끊임없이 갈고 있기 때문이다. 이는 다양한 해석이 가능하겠지만, 한편으로 유학생 청년의 포부와 심정을 보여주는 일면이기도 하다. 앞에서 한광호가 근대 공원의 풍경 속에서 유학생이자 약한 나라의 국민으로서의 무력함을 느끼고 있었다면, 이광수는 옥에 갇힌 범을 통해 갇혀 있지만 발톱을 갈고 있는, 아니 끊임없이 자신의 발톱을 다듬고 갈아야만 하는 조선의 유학생들의 처지를 비유적으로 드러내고 있는 것이라 할 수도 있다.

넓고 넓은 早稻田天下에 지나간 봄철이 쏘 다시 도라오니 戶塚原(도쓰가무라)頭에 梅花暗香은 黃昏月夜에 殷勤이 먼져 오고 江戶川(에도가와)邊에

---

48 송영순에 따르면 소앙생은 황실 유학생으로 『대한흥학보』의 주필이었다고 한다. (송영순, 「이광수의 장시에 나타난 서사성 연구」, 『한국문예비평연구』 38집, 한국현대문예비평학회, 2012, 97면 참조) 또한 앞서 2절에서 밝혔듯이 상해로 넘어가 독립운동을 했던 인물이기도 하다.

山櫻花(사구라) 불근 빗보기 죳케 方暢흔다. 잇새에 靑年學生들 거동보쇼 신슈죠흔 져 얼골에 머리에난 大學校 四角帽子 번듯 쓰고 金단츄 족기우에 학싱양복 눌너 입고 두둑흔 칙보 즈난한 녑헤 밧쟉 게고 옷독흔 인크병은 한숀에 빗겨들고 大道上 어정어정 걸어가니 大學生의 의표가 分明흔다. 씽, 씽, 씽 나난 져 종쇼릭에 급급히 登校ᄒ니 놉고놉흔 講壇우에 敎師의 說明이라. (…중략…) "학교에만 잘 가면 공부되나." 우숩다 이잣치 一日, 二日, 一年, 二年, 어언간에 六七星霜 되엿고나 들으라. 學海孤舟 遊客들아 된장국, 김치죽을 그만치 먹어쓰니 耳聞目見學識인들 네엇지 업슬숀가 年齡으로 論之ᄒ면 二十餘 '成年' 或 三十 '立年' 準紳士의 資格이라. 그러ᄒ면 社會上에 可히 立身홀 것이오. 學問으로 論之ᄒ면 三四年 '中等學科' 或 五六年 '高等學科' 片學士의 身分이라. 그만ᄒ면 言論界에 可히 容喙홀 것인디 무엇이 쏘 부즉흔가. 古人은 或 三十餘에 世界을 征服ᄒ엿스며 或은 "男兒가 二十에 天下를 平치 못ᄒ면 後世에 뉘가 大丈夫라 稱ᄒ리오." 云ᄒ엿스니 同是 人類로져는 엇더흔 스람이며 나는 엇더흔 사롬인가. 二十世紀 以前에도 이러흔 사람 잇섯는디 二十世紀 以今에 쏘 엇지 업슬이오 싱각ᄒ고 쏘 싱각ᄒ라.[49]

이승근[50]이 쓴 「早稻田謾筆」은 유학생으로서의 고민과 자괴감 같은 것들이 수필 형식으로 담겨 있다. 와세다 교정 안에서 삼삼오오 모여 떠들고 노는 무리들과 만학도로 공부도 제대로 하지 않고 졸업도 못하

---

49 李承瑾, '文苑' 「早稻田謾筆」, 『대한흥학보』 12호, 1910.4.20, 32~34면.
50 이승근(李承瑾)은 앞서 2절에서 설명했듯이 1907년 1월 태극학회에 신입회원으로 등장하여, 그해 7월에 일본 警務學校를 졸업했으며, 1907년 9월 와세다 대학에 입학한 인물이다. 따라서 「早稻田謾筆」은 3년 가까이 와세다 대학을 다니며 느낀 자신의 소회를 담은 글이다.

는 인사들에 대해 비판한다. 물론 이러한 비판의 화살은 유학생들, 혹은 자기 자신을 가리키고 있기도 하다. "져 高崗에 올나 父母故國을 바라고 바라보니 賈生의 歎息과 申公의 泣血이 今日이이 아니며 自首高堂에 親年이 隆邵ᄒᆞ야 事親홀 늘이 漸少ᄒᆞ고 風塵世界에 干戈가 阻絶ᄒᆞ야 弟妹의 눈물이 枯槁ᄒᆞ니 李密의 陳情과 杜老의 發狂이 此時가이 아인가. 우리도 그만 져 만학싱표를 써혀 놋고 九萬長天에 져 得意鴻싸라 不如歸不如歸라 신바시新橋車를 얼는 모라 聯絡船타고 釜山에 下陸ᄒᆞ야 秋風嶺 너머 가자녀"[51]라고 하면서 고국과 부모, 형제를 생각하며 어서 만학생표를 떼고 고국으로 돌아가자고 재촉한다. 그러한 고민에는 "나는 엇더한 사람인가"라는 물음이 던져져 있다. 삼삼오오 모여 떠들고 노는 무리들과 그들을 바라보는 이의 괴리감이 끼어들고 있다. 와세다 교정 내에서 아무 생각 없이 어울려 노는 무리들은 자신들과 같은 유학생일 수도 있고, 일본의 청춘 남녀일 수도 있다. 어느 쪽이든 필자의 마음에 들어차는 것은 고국의 무거운 무게와 청춘으로서의 감정일 것이다. 유학생들은 그 속에서 고민하고 비판하고 자성하며 자괴감을 드러내고 있는 것이다.

이는 유학생들의 이중적인 고민에서 배태된 현상이라고 볼 수 있다. 외부적 차원에서 당위적인 의무 및 고민은 바로 국가의 독립과 존립에 관한 문제였다. 이러한 당위적 고민 속에서 유학생들은 내부적인 갈등 역시 양산되고 있었다. 외부적이면서 당위적인 국가의 공적인 문제와 내부적이면서 개인적인 유학생 스스로의 사적인 문제가 부딪치면서 유

---

51   위의 글, 34면.

학생들의 감정의 표출은 시가 아니라 산문으로 드러나고 있었다. 이는 근대의 산문 정신의 강화로 해석될 수도 있을 것이다.[52] 고민과 갈등 속에서 내면의 감정은 한시의 함축이 아니라 산문의 배설로 나타나며, 한문이 아니라 한글을 통한 '지금, 여기'의 언어와 문체로 서사의 영역 속에서 해체되어 등장하게 된 것이다.

『대한흥학보』의 기행문이나 산문을 보면 이러한 고민들이 산재해 있으며, 이것은 당대 유학생들의 공통된 기반을 이루고 있음을 알 수 있다. 이러한 유학생들의 집단적 고민은 문학의 토대로서 존재하게 되며 그 고민과 자괴감이 산문의 양식으로 드러나고 있는 것이다. 유학생들의 이러한 고민은 개인적 차원에서 그치는 것이 아니라 공통의 감정으로 내재되어 집단적 고민으로 자리 잡고 있었음을 확인할 수 있다. 이러한 집단적 고민으로서의 공통감은 여기에 그치지 않고 근대문학의 태동으로 이어진다.

5) '소설'란의 개념화와 문학 독자의 형성

7호부터 광고를 통해 '소설小說'란의 투고를 권장하던 『대한흥학보』는

---

52 이광수의 「옥중호걸」의 경우, 한시가 실렸던 '사조(詞藻)'란에 실려 있고, 기존 논의에서는 이를 장시(長詩)의 장르로 구분하고 있다. 이 글에서는 「옥중호걸」이 시의 장르에 위치하면서도 산문적 성격을 들어 산문 정신의 발현으로 해석한 것이다. 그 이전까지 실렸던 한시의 경우와, 이광수의 「옥중호걸」은 전혀 다른 성격일 수밖에 없다. 전자가 한문을 토대로 한 함축을 전제로 하고 있다면, 후자는 시적인 리듬감을 가지면서도 산문화된 서사가 주된 맥락을 이루고 있다. 그러한 점에서 「옥중호걸」이 시의 영역에 속하지만, 산문 정신의 확장과 발현이라는 측면에서 논의의 대상으로 삼았음을 밝혀 둔다.

<표 13> 『대한흥학보』에 실린 소설류[53]

분류	표제	필자	제목	문체	주제	호	날짜
소설 (5편)	小說	夢夢	요죠오한(四疊半)	한글	유학생 고민	8	1909.12.20
	小說	孤舟	無情	한글(거의)	구여성 자살	11	1910.3.20
	小說	孤舟	無情(續)	한글	구여성 자살	12	1910.4.20
	雜纂	聽天子	海上	단어형 국한문 +한문(일부)	2명의 대화	11	1910.3.20
	雜纂	KM生	生存競爭談	한글	생존경쟁서사	13	1910.5.20

진학문의 「四疊半요죠오한」과 이광수의 단편 「無情」을 싣기에 이른다.

실제로 '소설'란에 등장한 소설은 2편이었다. 「무정」이 11호와 12호에 2회 연재되면서 소설란의 총 연재 횟수는 3번이었다. 특이한 것은 '잡찬雜纂'란에 실린 2개의 글이 서사적 성격을 지니고 있다는 점이다. 위의 표에 제시된 5편 모두 서사적 형식을 가지고 있으나, '소설'란에 실린 3번의 연재와 '잡찬'란에 실린 2편의 글 사이에는 차이가 존재하고 있다. 이 차이가 바로 『대한흥학보』가 개념화한 '소설'란의 정체성이라 할 수 있다.

'잡찬'란의 글을 보면, 먼저 聽天子가 쓴 「海上」은 세계탐험가인 A와 그의 친구인 박물학자 B의 대화로 이루어진 글이다. 현실에 대해서 잘 파악하지 못하는 B에게 A는 "只今은 但 못타이쌜의 滔滔水가 古羅馬의 遺寃을 帶ᄒ고 千秋에 嗚咽ᄒ며 和林의 죠죠籟가 死蒙古의 餘恨을 含ᄒ고 萬世에 怨吼홀 쑨이니 참 可憐토다"라고 하면서 "何國歷史와 何社會興遞를 觀察ᄒ던지 다 그 內部的 精神上 統一과 國民的 氣象如何에 從ᄒ야 自然淘汰法則下에 自○에 皈흠이요 未嘗不 外敵侵掠下에 滅亡홀

---

53 '소설'란에 실리지는 않았지만, 대화체로 서사를 담고 있는 '잡찬'에 실린 2편의 글도 '소설'의 유사한 형태를 띠고 있어 포함하였음을 밝혀둔다.

자는 一介도 無흠은 理의 所由며 運의 所宜"[54]라고 언급한다. 외국의 흥망성쇠를 보면 국민 내부적 문제가 있어서 멸망하는 것이지, 외부적 침략으로 멸망하는 경우는 없다는 한탄의 이야기를 내뱉는다.

須臾에 氷魂은 西沒ᄒ고 列辰만 熒熒ᄒᄃᆡ 一同이 임의 夜深흠을 覺ᄒ고 皈路를 催促ᄒ더니 문득 一陣颶風이 浙歷ᄒ며 氛氳이 西方으로 悠揚터니 海谷의 億萬貔貅ᄂ 海洋을 洶湯ᄒ며 飛廉의 三千鐵騎ᄂ 東西로 驟進ᄒ야 宇宙가 籟籟ᄒ며 乾坤이 振駭터라.

此時에 兩人이 難船의 運命과 河伯의 犧牲을 豫期ᄒ고 全力을 盡ᄒ야 타움스뷔르로 向터니 天運이 盡ᄒ야 A氏ᄂ 맛참ᄂᆡ 三間大夫幕下로 皈ᄒ고 B氏도 비록 一時ᄂ 水宮에 入籍홀 번 ᄒ얏시ᄂ 某救濟船의 救出흔 ᄇᆡ 되야 其后故國에 皈去ᄒ야 A氏의 往生과 同夜의 光景을 一一히 世上에 公傳ᄒ얏다더라.[55]

그러나 마지막 부분의 이야기는 이때까지 이야기를 뒤엎는 서사를 보여준다. 외부적 침략으로 멸망한 적이 없다는 결론 끝에 두 사람은 풍랑을 만나 급히 난선의 운명을 피하려 하지만, 결국 A는 죽고, B 역시 수궁에 입적할 뻔하였으나 겨우 살아나 A씨의 행적을 세상에 전하고 있다는 결말이다. 만약 뒷부분의 내용이 없었다면, 근대계몽기 단형서사의 전형을 보여준다고 할 수도 있었다. 현재 국제 정세에 대해 두 사람이 대화를 나누는 단형서사의 형식이 많이 등장하고 있었으니 이 글 역시 그렇게 볼 수 있었다. 그런데 마지막 부분에 외부에 의해 좌초

---

54   聽天子, '雜纂'「海上」, 『대한흥학보』 11호, 1910.3.20, 45면.
55   위의 글, 46면.

되는 해상海上의 급박한 상황을 결말로 붙임으로써, 비유적 방식으로 강대국에 둘러싸인 당대 현실을 보여주고 있는 것이다.

'잡찬'에 실린 KM生의 「生存競爭談」은 국제 정세와 국가의 당면한 상황을 적은 글로, 이야기 화자를 등장시켜 직접 독자를 호명하며 생존 경쟁이 어떻게 벌어지고 있는지 서사를 통해서 설명한다.

    옛적에 釋迦如來(석가여릭)가 山中(산중)에셔 道(도)를 닥글 젹에 엇던 惡魔(악마)가 試驗(시홈)ᄒ여 보랴고 먼저 비달기가(鳩)되여 날나와셔 아이고 釋迦(석가)님 매(鷹)란 놈이 나를 자바 먹으려고 쫏차오니 좀 救援(구원)ᄒ야 살여쥬시오 ᄒᄂᆫ지라. 釋迦(석가)가 불상이 여겨셔 비둘기를 自己(자긔)품속에 너엇더니 쏘 惡魔(악마)가 믹가 되여 날나와셔 여보 釋迦(석가)님 내가 웃지 굴멋ᄂᆫ지 배가 곱하 죽겟스니 卽今(즉금) 쫏차온 비달기를 먹게 ᄒ여 주셔야 살겟나이다 ᄒᄂᆫ지라 釋迦가 生覺ᄒ니 비둘기도 불상ᄒ고 믹도 불상ᄒᆫ지라. 헐 슈 업셔셔 自己 볼기짝을 좀 버혀 믹를 먹이고 믹와 비둘기를 다 갓치 구원ᄒ얏다 ᄒ얏소. 이거ᄂᆫ 참釋가나 할 일이지 다른 사름은 못홀 일이외다. (…중략…) 엇던 나라 大官(딕관)들은 마음이 인자ᄒ야 釋가如來(셕가여릭) 블쥐어지르게 착ᄒᆫ 까달로 도적놈이 와셔 礦山(광산)을 주어야 버러먹고 살겟다 ᄒ닛가, 불상ᄒ야 온야 주마 이번에ᄂᆫ 鐵路(철노)를 락시오 온야 주마 이번에ᄂᆫ 司法權(사법군)을 쥬시오 온야 쥬마 이번에난 軍權(군권)을 쥬시오 온야 주마 요락 조락 다 쥬고 지금은 두 불알만 남앗소. 그만콤 주엇써던 그만 두엇씨면 좃켓지마ᄂᆫ 염칙업ᄂᆫ 도적놈은 달나ᄂᆫ 것이 長技(장기)야셔 지금은 네 妻子를 다고 네 계집은 내가 다리고 잘 것이오 네 자식은 내가 종놈으로 부리겟다 할 것이니 이쌔ᄂᆫ 좀 분ᄒ고 결통ᄒᆫ 싱각이

나겟소. 아이고 흉흔 놈도 잇지 이를 엇지 ᄒ나 참 눈뜬 놈은 그 모양을 볼
수 업겟소. 그러나 하도 주기에 열이 나셔 妻子(쳐ᄌ)야 엇지던지 ᄯᅩ 주엇소
고 다음은 무엇을 주나 自己(자긔) 목숨밧게 줄 것이 전혀 업소. 비로소 아이
고 내가 잘못이야 못하것다고나 ᄒ야 볼걸 못ᄒ것다면 늬 목숨박게 더 달넷
실까 ᄒ며 噓唏歎息(허히탄식)을 흔들 무엇ᄒ갯소 後世(후세)의 역젹놈 역
젹놈ᄒᄂ 것은 오히려 곰국일세죽 기 좃타고 온야 온야 흔 ᄭᅡ달으로 幾千萬
(몃쳔만) 人生(인싱)이 숑사리 쓸툿 예셔 죽고 졔셔 죽어 우름소리와 원통흔
긔운 幾千里(몃쳔리) 江山(강산)의 사뭇치니 이것 긔막힌 일이 안이오.[56]

　생존경쟁이라는 이름으로 벌어지는 국제정세, 즉 우승열패의 냉혹
한 현실을 석가와 도적의 이야기로 설명하고 있다. 이에 대해 이야기
화자는 "諸君여러분 좀 生覺ᄒ십시다. 그러면 엇던 동물이던지 남의 밥이
안이 되랴면 아가리을 버리기 전에 도망질을 쳐야 ᄒ겟소. 그러치 안타
ᄒ실 양반이 잇것은 말슴 좀 ᄒ시오. 답답ᄒ외다. ᄯᅩ 자미잇ᄂ 말삼이
나오니 자셔이 드르시오?"라고 독자를 호명하며, 이야기로 끌어들인
다. 무엇보다 이 글에서 중요한 부분은 한자가 적힌 단어 옆에 한글을
병기하고 있다는 점이다. 유학생들은 한자 독해가 되니 이러한 한글 병
기는 국내의 독자들, 또 한문보다 한글에 익숙한 독자들을 위한 것이
다. 석가에게 와서 무엇이나 달라고 하는 악마의 이야기에 빗대어 생존
경쟁을 설명함으로써 서사를 통해 현실의 상황을 좀 더 가깝게 느끼도
록 만들고 있는 것이다. 이처럼 '소설'란에 속하지는 않지만, 서사적 성

56　KM생, '雜纂'「生存競爭談」, 『대한흥학보』 13호, 1910.5.20, 40~41면.

격을 지닌 이와 같은 글들은 비유와 우화, 풍자를 통해서 허구적 이야기를 현실의 문제로 치환해 내고 있다. 이렇게 외부의 문제를 다루는 소설에 가까운 서사적 글은 '잡찬'란에 배치된 데 반해, 유학생 내적인 문제를 다루는 글들은 '소설'란 안으로 끌어들이고 있다.

　　마조막에 咸은 가장 熱心으로

　　"個性의 發揮는 지금 나의 希望欲求의 全體ㄴ데 이 생각은 은제까지도 變함이 업슬것 갓소"

하고 蔡는 虛無主義로서 社會主義로 돌아오든 말, 自然主義로서 道德主義로 돌아오든 말과 밋 文藝上으로서는 寫實主義를 盲信하든일이 슴갓다하고

　　로맨틱 思想에도 取할 것 곳 一理가 잇는 것과 主義 그것이 매우 우수우나 그러나 아직까지 무엇이든지 사람이 客氣를 가져야 하겟단 말을 다한 뒤에

　　"이것저것 다 쓸대잇소 술이란 것이 長醉不醒은 못하는 것이고 쏘 물하면 實地를 쌀으지 못하길네 理想이란 물이 存在하는 것이지마는 번연히 이런 줄을 알고 잇다가도 참으로 實世間에 接觸할재에는 限量업는 哀感이 새삼스럽게 납듸다"

하면셔 무슨 意味가 잇는 듯 포켓트에 손을 집어느면서 이러나 "時代의 犧牲"이란 소리를 여러번 노랫調로 불으더라.

　　열한時를 치다. 下婢가 자리를 펴고 가다.

　　불 쓰고 누은 뒤에도 두 사람의 이약이는 쓰니지 아니하는데 本國形便에 關하야는 여러 번 물으나 蔡의 對答은 오직 '赤子匍匐入井'의 한마듸 쑌이요 그대로 "그저 堅忍하여 堅忍하여야 하오 우리는 天生이 戀愛와 思想과 事爲의 自由公權을 剝奪當하얏습네다 그 中 思想으로 물하면 것흐로 들어나지

아니하니싼 얼만큼 自由가 잇슬가" 하더라.

째째 夜巡하는 警木소리가 캄캄한 속으로서 들닌다

이튼날 아참 늦게 일어난 蔡는 朝飯이나 먹고 가라 하야도 "아니 느졋서" 하고 세살먹은 어린 아해를 갈으치는 듯한 물노

"學校에 잘 다니고 先生 쑤지람 듯지 물도록 하시오 무슨 일이고 自然이지 不自然은 업습넨다"

하면셔 怱忙히 가니 咸은 새 苦悶 한아를 더하는 同時에 "自卑하는 者야 苟安하는 者야" 하는 생각이 蔡의 등을 向하야 나감을 禁치 못하더라(以上)[57]

7호에 소설 투고 광고가 나가자마자 8호에 바로 몽몽의 「四疊半요죠오한」이 '소설'란의 첫 작품으로 등장했다. 이는 그야말로 유학생들 스스로의 이야기였다. 마치 앞서 살펴보았던 유학생들의 감회나 고민이 그대로 투영되어 나타나고 있다. "二層 위 南向한 「요죠오한」이 咸映湖의 寢房, 客室, 食堂, 書齋를 兼한 房이라. 長方形 冊床 위에는 算術 敎科書라. 修身 敎科書라 中等外 國地誌等 中學校에써는 日課冊을 쇠진 冊架가 잇는데 그 넙흐로는 동써러진 大陸 文士의 小說이라. 詩集等의 譯本이 面積 좁은 게 恨이라고 늘어 싸혓고 新舊刊의 純文藝雜誌도 두세 種 노혓스며、學校에 다니는 冊褓子는 열十字로 매인치 그밋헤 바렷스며, 壁에는 勞役服을 입은 쇠오리끼와 바른손으로 볼을 버틴 투우르케네브의 小照가 걸넛더라"[58]라는 서두의 표현은 그 당대 유학생들이 사용하던 하숙방을 그대로 묘사하는 듯하다. 함영호라는 주인공의 방에는 교과서

---

57   夢夢, '小說' 「四疊半(요죠오한)」, 『대한흥학보』 8호, 1909.12.20, 28~30면.
58   위의 글, 23면.

들과 문예잡지, 그리고 노동복을 입은 막심 고리끼와 투르게네프의 소조小照 즉 화상畵像이 걸려 있는 것으로 유학생의 생활상을 그려낸다. 문학과 민중에 대해 고민하는 지식인이자 유학생의 방임을 보여주는 이 서두는, 함영호와 '채蔡'가 대화를 이어가면서 점점 암울한 현실이 맹렬히 개입되어 반전을 일으키고 만다. 마치 투르게네프 스스로 비판하며 썼던 「잉여인간의 수기」의 잉여인간처럼 의지가 약하고 시대에 휩쓸리는 지식인 주인공의 모습을 비판적으로 제시하는 듯한 인상마저 준다.

'채'가 1년 동안 고국으로 돌아가면서 1년간 만나지 못했다가 그가 돌아와 함영호를 찾으면서 이 소설은 전개된다. 두 사람의 대화는 유학생들의 일상처럼 소개되고 있다. 문학을 이야기하고, 이상을 이야기하지만, 현실은 두려울 뿐이다. 개성의 발휘가 자신의 희망욕구의 전체라 비장하게 내뱉는 함영호도 '채'와의 대화 속에서 시대의 희생과 고국의 형편 속에서 묵묵히 인내해야 할 뿐이다. 현실과 이상 간의 괴리를 겪으며 학교를 나가지 않고 집에만 쳐박혀 있는 함영호에게 '채'는 "學校에 잘 다니고 先生 꾸지람 듯지 몰도록 하시오 무슨 일이고 自然이지 不自然은 업슴넨다"라며 학교에 나가라는 말을 던지고, 이를 듣는 함영호는 또 다른 괴리감과 답답함을 느끼고 만다. 그에게 '채'라는 인물은 "自卑하는 者", "苟安하는 者", 즉 스스로 저속해지고, 구차히 편안함만을 추구하는 자로 비판의 대상이 되어버린다.

> 人類가 生存하는 以上에 人類가 學問을 有홀 以上에는 반다시 文學이 存在홀디니 生物이 生存홈에는 食料가, 必要홈과 가티 人類의 情이 生存홈에는 文學이 必要홀디며, 또 生홀디라. (…중략…)

故로 今日 所謂 文學은 昔日 遊戲的 文學과는 全혀 異하느니 昔日 詩歌小說은 다못 銷閑遣悶의 娛樂的 文字에 不過하며 쏘 其 作者도 如等혼 目的에 不外하여시나(悉皆그러하다홈은 안이나 其 大部分은) 今日의 詩歌小說은 決코 不然하야 人生과 宇宙의 眞理를 闡發하며 人生의 行路를 硏究하며 人生의 情的(卽 心理上) 狀態及變遷를 攷究하며 쏘 其 作者도 가장 沈重혼 態度와 精密혼 觀察과 深遠혼 想像으로 心血을 灌注하느니 昔日의 文學과 今日의 文學을 混同티 못홀디로다. 然하거늘 我韓同胞大多數는 此를 混同하야 文學이라 하면 곳 一個娛樂으로 思惟하니 춤 慨歎홀 바 ㅣ 로다. (…중략…)

大抵 累億의 財가 倉廩에 溢하며 百萬의 兵이 國內에 羅列하며 軍艦銃砲劍戟이 銳利無雙하단덜 其 國民의 理想이 不確하며 思想이 卓劣하며 何用이 有하리요. 然則 一國의 興亡盛衰와 富强貧弱은 全히 其 國民의 理想과 思想如何에 在하느니 其 理想과 思想을 支配하는 者ㅣ 學校敎育에 有하다 흘디나 學校에셔는 다못 智나 學홀디요 其外는 不得하리라 하노라. 然則 何오 曰 文學이니라.[59]

위의 글은 이광수의 「文學의 價値」라는 글로 앞서 「요죠오한」의 함영호가 왜 '채'를 비판할 수밖에 없는지를 여실히 보여준다. 이광수에 따르면, 생존하기 위해 음식이 필요한 것 같이, 인류에게 정情이 있으면, 문학이 생길 수밖에 없고 또한 필요하다고 주장한다. 이러한 정은 학교 공부로 배울 수 없는 것이다. 일국의 흥망성쇠와 부강빈약은 모두 그 국민의 이상과 사상 여하에 달려 있으니, 그 이상과 사상을 지배하

---

[59]　李寶鏡, '學藝' 「文學의 價値」, 『대한흥학보』 11호, 1910.3.20, 16~18면.

는 것이 학교 교육에 있다하겠지만, 학교에서는 지智나 학學만을 다룬다며 그 외에는 얻을 수 없다고 단정하고 있다. 따라서 인생문제 해결의 담임자擔任者는 문학이며 문학을 통해서만 이러한 인생 문제를 배울 수 있다고 설명하고 있는 것이다. 인생 문제 즉 유학생들이 겪고 있는 이상과 현실의 괴리, 국가라는 당위와 개인의 현실 사이에서 오는 갈등은 정情의 영역에서 표출되고 있는 것이다. 이러한 갈등과 고민은 산문이라는 영역 속에서 드러낸 바 있으며, 「요죠오한」 역시 그러한 문제를 문학의 영역에서 다루고 있다.

이광수 스스로 최초의 작품이라 말하고 있는 「無情」[60]은 「요죠오한」과는 다르게 일본에서 유학하면서 느끼게 되는 고민과 괴리감과는 거리가 있는 듯이 보이기도 한다. 「無情」은 松林 韓座首의 자부子婦인 한 부인이 16살에 12살인 한명준에게 시집와서 모진 냉대를 받다 남편이 첩까지 얻어 안방까지 차지한 것을 보고 약을 먹고 자살하는 내용이다.

> "늬가 이 집에 시집오기만 잘못이야, 이럴줄 알아시면 一生 싀줍이라구는 안이 가고 어마님과 함끠 이슬걸, 홍, 홍." 니마을 치마로 가리우고 압흐로 써쓰러딘다.
>
> "무어이니, 무어이니 하야, 다ㅣ 쓸쎄잇나⋯⋯⋯쓸쎄업서. 슬컨 셔방질이나⋯⋯⋯, 그리그리 쓸쎄업셔, 쓸쎄업디!"

---

60 이광수는 「작가로서 본 문단의 십년」이라는 글에서 "맨 처음 작품이요? 그것은 우에 말한 스물두 해 전인데 그때에 일본 유학생들이 발행하든 『大韓興學報』라는 잡지에 발표한 『閨怨』이라는 소설입니다. 문체로 말하면 그 때의 것이 대개 古文體엿고 내가 口文體로 쓰기는 『無情』부터-ㄴ 것 갓슴니다"라고 밝히고 있다. 『閨怨』은 이광수가 소설의 제목을 착각한 듯하며, 『대한흥학보』에 실렸다고 회고하는 것으로 보아 단편 「無情」임을 확인할 수 있다. (이광수, 「작가로서 본 문단의 십년」, 『별건곤』 25호, 1930.1.1, 52~53면)

"게딥 아희 하나 밋구살식?……죽어시면 편안ᄒ디. 이놈, 어듸 얼마ᄂ 잘 사나 보쟈!" 하고 婦人은 머리를 들고 억기ㅅ춤을 추으면셔 겟헤 누가 셔씨나 한 것 가티 피션 눈으로 견주어 보더니.

"네 이놈, 얼마나 잘 사나보쟈!" 하고 瓶에 너은 藥을 쑬걱쑬걱 마시고 입을 졉졉 다시면셔 瓶을 ᄂᆡ여던딘다.[61]

7년 만에 부부가 동침을 했으나 그 이유는 오로지 첩을 얻겠다는 승인을 받기 위함이었고, 이후 잘하겠다던 남편은 도리어 더 소원해진다. 그런데 그 이후 부인은 태기가 있어 무녀를 찾아가 보니 여자아이라 하고, 집으로 돌아오니 자기 방에 첩이 들어앉은 걸 보고는 뱃속에 아이를 가지고도 약을 먹고 자살하려는 것이다. 그러면서 부인은 시집을 와서는 안 되었다고 땅을 치며 후회한다. 이렇게만 보면, 구여성들의 피폐한 일상을 보여주며, 남성들의 부덕함과 난봉적인 행위를 정면으로 비판하는 듯이 보이기도 한다.

韓座首ᄂᆞᆫ 恒常 밧개 잇ᄂᆞᆫ 故로 仔細히 家內事情을 몰나, 안에 잇고 이런 方面에 注意ᄒᆞᄂᆞᆫ 母親은 듸단히 걱정ᄒᆞ야, 잇다금 그 아들을 불너셔 訓戒ᄒᆞ나 아들은 馬耳東風으로 듯지 안이코 情이 漸漸더 疎遠히 되야 其妻를 보기만 하여도 미운 싱각이 나는 故로 죠금한 일에도 팔깍팔깍 怒ᄒᆞ더라. 明俊이도 次次함이 들어옴이 잇다금 其妻를 어엿비 녀기는 情이 싱기나 이는 暫時라, 自己도 웨 미워하ᄂᆞᆫ디 其 理由ᄂᆞᆫ 모르나 그저 미운 것이라, 누라셔 能히 이 情을 업시하리요, 다못 發現티 안이케 制御헐 싸름이다. (…중략…)

---

61 孤舟, '小說' 「無情」, 『대한흥학보』 11호, 1910.3.20, 40~41면.

제5장_ 근대계몽기 해외 유학생 잡지와 근대문학 549

明俊이도 十七이 넘쟈 亦是 孤獨의 悲哀를 씨다라 其妻에 對흔 愛情을 回
復ᄒ려 힘쓰더니 힘쓰면 힘쓸소록 더옥 疎遠ᄒ여 가는디라. 맞참ᄂᆡ 外泊이
頻繁ᄒ며 城中 出入이 잣고, 얼마 안이하야 鄒人의게 '외입장이'라는 稱號를
엇고, 酒商, 娼妓의 債人이 韓座首의 門에 자조 出入ᄒ며, 田畓文券이 날마다
날아나게 되니 婦人의 唯一同情者 되는늬 母도 漸漸冷淡하게 되야 가더라.[62]

한명준에 대한 묘사 중 특이한 점은 12살에 결혼하여 아무 것도 몰랐
다가 자신도 모르게 미운 생각이 자꾸만 든다는 표현이다. 처를 어여삐
여기는 정이 생기기도 하지만 잠시 잠깐이고, 자기도 왜 미워하는지 모
르면서 그저 미워진다며, 이는 개인 스스로도 어떻게 할 수 없는 불가항
력적인 상황으로 설명하고 있다. 또한 17세부터는 스스로 더욱 힘써서
애정을 회복하려 하지만, 이는 노력한다고 되는 일이 아님을 보여준다.
이러한 서술은 한명준 역시 어쩔 수 없는 희생자임을 보여주는 것이다.
남자든 여자든 모두 희생당하는 상황으로 정이 생기지 않는데 인간이라
면 억지로 붙여 살 수는 없다고 개인의 목소리를 내고 있는 것이다.

사실 이광수가 단편 「무정」을 썼을 때는 실제로 고국에 돌아왔을 상
황이었다. 1910년 메이지학원 보통부 중학 5학년을 졸업 후 조부 위독
소식에 귀국했다가 이승훈의 초청으로 오산학교 교원이 되었다. 4월
조부가 별세한 후 6월 백혜순과 정혼했다가 7월 결혼하게 된다.[63] 「무
정」은 바로 유학생이 고국에 돌아와 맞닥뜨리게 되는 현실이기도 했고,
본인 스스로의 일이기도 했다. 불운한 결혼 생활로 후회하며 보냈다는

---

62 孤舟, '小說'「無情」(完), 『대한흥학보』 12호, 1910.4.20, 49~50면.
63 노양환 편, 「춘원연보」, 『이광수 전집』 별권, 삼중당, 1971, 156면 참조.

이광수 자신의 전기적인 상황과 얽히면서 고국으로 돌아온 유학생 혹은 고국의 지식인 남성들이 겪어야 하는 개인의 욕망과 구습 사이에서의 갈등을 그대로 보여주고 있는 것이다.

이는 단순히 이광수 개인의 감정과 세태 비판으로 볼 수는 없는 부분이다. 『대한흥학보』 전체를 통해서 발견할 수 있는 유학생 지식인들의 공통된 고민과 갈등인 것이다.[64] 조국을 향한 애국 계몽의 이상과 근대화된 일본의 현실 사이에서 비운을 느낄 수밖에 없으며, 동시에 당위적인 이상과 개인적인 욕망 사이에서 또한 갈등할 수밖에 없었다. 이러한 가운데 유학생들의 자기 고민이 한글을 통해 산문 정신으로 발현되면서 이러한 고민이 소설 장르로 배태된 것이다. 앞서 등장했던 유학생들의 자기 고민이 산문으로 발현되고 드러난 주제의식들이 틀을 잡아 '소설'적 양식 속으로 들어온 것으로 볼 수 있을 것이다. 외부적인 문제에 대해서는 근대계몽기에 자주 등장한 서사적 양식을 따르고 있으나 '잡찬'으로 분류하고, 유학생 내부의 문제는 '소설'란으로 구분해내고 있는 것이다. 이는 유학생들의 집단적 고민이 개인적 차원에서 머무르는 상황에서 잠재적 작가로 재현되다가, 이것이 이광수나 진학문을 통해서 '소설'이라는 장르로 발현되었음을 의미한다.[65] 또한 이는 『대한흥

---

64 이는 일본에서 유학하고 졸업 후 고국으로 돌아가거나 상급학교로 진학을 하는 세대들의 공통된 고민이었다. 이광수를 예로 들면, 『태극학보』 제2호(1906.9.24)에서 대성중학교 우등생인 이광수의 소식을 볼 수 있으며, 제13호(1907.9.24)에서는 메이지학원 중학부 입학 기사를 볼 수 있다. 즉 당시 유학생들이 중학교 입학부터 메이지학원, 혹은 대학에 입학하면서 문견을 넓히고, 문학에 대한 생각을 펼 수 있도록 성장하게 됨으로써 『대한흥학보』가 발간된 시기에 맞물리게 된 것임을 확인할 수 있다.

65 사실 이러한 '소설'란의 운영은 『대한흥학보』에서 발견되는 주요한 특징이지만, 『대한흥학보』로 통합되기 전, 유학생 잡지인 『태극학보』에서도 소설이 등장하고 있기도 하다. 그 당시 '태극학회'의 회장이자, 『태극학보』의 주필이었던 장응진이 쓴 「다정다한」 등의

학보』의 편집에 의해서 '소설'란이 개념화되고 있음을 보여주는 것이다. 즉 구분과 새로운 배치를 통해서 '소설'란의 정체성을 확립해 가며, 유학생들의 고민과 갈등이 발현되는 장으로 '소설'란을 자리매김하고 있다. 또한 이것이 가능했던 이유는 유학생들의 산문 정신의 발현이라는 공통감이 존재했기 때문이다. 결국 이러한 산문 정신의 발현은 유학생들의 이중적인 고민에서 배태된 현상이었다.

이렇게 볼 때, 작가와 작품, 독자의 관계는 하나의 매체 속에서 상호 교통하면서 초기 문단을 형성해 가고 있었다고 볼 수 있을 것이다. 즉 작가 역시 여러 독자들의 집단적 고민과 문학적 토대 속에서 형성되는 것이며, 독자라는 잠재적 작가들 가운데 소설이라는 장르를 통해 그 고민을 발현해 나간 것이다. 작가는 독립적인 존재가 아니라, 이러한 문학적 토대와 잠재적 작가일 수 있는 독자들의 공감 속에서 "상호교통"하는 가운데 등장할 수 있는 것이다. 이는 다시 말해 특정한 시간과 특정한 사회적, 문화적 환경 속에서 발생하는 공통된 관계 속에서 작품이 배태된다는 것이다.[66] 작가도 독자도 텍스트도 모두 독립된 개체로 존

소설이 『태극학보』에 실리기도 했으나, '강단학원'이나 '문예'란에 실렸을 뿐 '소설'란 자체를 따로 빼어내어 잡지의 편집 구성으로 넣은 경우는 없었다. 이렇게 『대한흥학보』가 '소설'란을 따로 둘 정도로 문학잡지로서의 역할을 담당하게 된 데는, 그 이전 유학생 잡지의 틀을 계승하면서 발전시켰고 이와 동시에 유학생들의 공통된 고민이 잠재되었다가 산문 정신으로 발현되던 상황과 맞물리면서 가능했을 것으로 보인다.

66 루이스 M. 로젠블렛은 "상호작용"이라는 용어가 실제로 개념들 간에 분리가 되어 구분되고 있다는 점을 비판하면서 "상호교통"이라는 차원에서 문학을 이해하고자 했다. 즉 저자, 독자, 텍스트의 구분이 없이 그 "관계"를 강조하는 것이다. 특정한 독자와 텍스트 사이에 작품이 존재하며 특정한 시간에 특정한 사회적, 문화적 환경에서 발생하는 관계의 양상 속에서 텍스트를 이해해야 한다고 설명한다. 즉 이러한 "상호교통"의 관점에서는 각각의 개념의 분리 및 독자적 존재로 이해하는 것이 아니라, 각각의 관계를 통해 문학을 파악하고자 한다. (루이스 M. 로젠블렛, 김혜리·엄혜영 역, 『독자, 텍스트, 시-문학 작품의 상호교통 이론』, 한국문화사, 2008, 308~309면 참조)

재하는 것이 아니라, 이러한 구조적 연관관계 속에 존재하는 것으로 이해해야 할 것이다.

6) 새로운 문학의 태동 — 잡지 독자층의 공통감

『대한흥학보』는 각각 존재하던 4개의 단체가 통합하여 만든 유학생 잡지였고, 유학생들의 잡지였던 만큼, 쓰는 자와 읽는 자의 구분이 크지 않았다. 즉 잡지에 투고하는 사람도 유학생이었고, 읽는 사람도 유학생이었기에 『대한흥학보』는 필자이자 독자인 '쓰는 자=읽는 자'가 교합되는 상호교통의 장이기도 했다. 같은 시대, 같은 고민을 하는 유학생으로서 서로의 고민과 학문을 나누며 국가의 장래를 걱정했던 지식인들의 면모가 그대로 투영되어 있는 것이다.

이러한 유학생들의 논의는 유학생 내부에만 머무르지 않고, 당대 조선에 있는 지식인들과도 교류를 이어갔다. 실제 『대한흥학보』의 구매 부수를 보면, 대략 2,000부가량이었으며, 그중 국내 총 구독자는 508명에 달했다. 또한 '기서'의 형식을 통해서 고국에 있는 독자들 역시 『대한흥학보』에 글을 투고하기도 했다. 이는 유학 중인 지식인들뿐만 아니라 조선으로 돌아간 졸업생이나 혹은 일반 지식인들과도 상호교류하며 그들의 생각과 사상을 나누고 있었음을 알 수 있다.

유학생들은 다양한 방면에서 학술적 지식을 나누었으며, 문학 역시 그 가운데 하나로 자리 잡았다. '문학'에서 특이한 점은 초창기에는 '사조詞藻' 등을 통해 한시가 주류를 이루었다가 후반기로 가면서 '문원文

苑', '산록散錄' 등을 통해 산문이 강화되고 있다는 것이다. 문체 역시 한문이 주류였다가 후반기로 갈수록 단어형 국한문 내지 순한글로 바뀌고 있다. 즉 시에서 산문으로, 한문에서 국문으로 바뀌면서 점점 문학란이 강화되고 확장되어 갔다.

이는 유학생들의 이중적인 고민에서 배태된 현상이라고 볼 수 있다. 외부적 차원에서 당위적인 의무 및 고민은 바로 국가의 독립과 존립에 관한 문제였다. 이러한 당위적 고민 속에서 유학생들은 내부적인 갈등 역시 양산되고 있었다. 외부적이면서 당위적인 국가의 공적인 문제와 내부적이면서 개인적인 유학생 스스로의 사적인 문제가 부딪치면서 유학생들의 감정의 표출은 시가 아니라 산문으로 드러나고 있었다. 이는 근대의 산문 정신의 강화로 해석될 수도 있을 것이다. 고민과 갈등 속에서 내면의 감정은 시의 함축이 아니라 산문의 배설로 나타나며, 한문이 아니라 한글을 통한 '지금, 여기'의 언어와 문체로 서사의 영역 속에서 해체되어 등장하게 된 것이다.

『대한흥학보』의 기행문이나 산문을 보면, 이러한 고민들이 산재해 있으며, 이것은 당대 유학생들의 공통된 기반을 이루고 있음을 알 수 있다. 이러한 유학생, 그 당대 지식인들의 집단적 고민은 문학의 토대로서 존재하게 된다. 유학생으로서의 고민과 자괴감 같은 감정들이 산문의 양식으로 드러나고 있는 것이다. 유학생들의 이러한 고민은 개인적 차원에서 그치는 것이 아니라 공통의 감정으로 가지고 있었으며, 이는 집단적 고민으로 자리 잡고 있었음을 확인할 수 있다. 이러한 집단적 고민으로서의 공통감은 여기에 그치지 않고 근대문학의 태동으로 이어진다.

7호부터 광고를 통해 '小說'란의 투고를 권장하던 『대한흥학보』는

'소설'란을 개설하고 진학문의 「四疊半요죠오한」과 이광수의 「無情」이라는 단편을 싣기에 이른다. 이는 앞서 유학생들의 고민이 한글을 통해 산문 정신으로 발현되면서 소설 장르로 배태된 것이다. 앞서 등장했던 유학생들의 자기 고민이 산문으로 발현되었고 그 과정에서 드러난 주제의식들이 틀을 잡아 '소설'적 양식 속으로 들어온 것으로 볼 수 있을 것이다. 이는 유학생들의 집단적 고민이 개인적 차원에서 머무르는 상황에서 잠재적 작가로 재현되다가 이것이 이광수나 진학문을 통해서 '소설'이라는 장르로 발현되었음을 의미한다. 즉 근대계몽기에 자주 등장하는 문답형, 우화 및 풍자형 서사들은 '잡찬'에 배치하고, '소설'란에는 유학생들의 고민과 갈등을 표현하는 작품들을 배치하고 있다. 이는 『대한흥학보』 스스로 '잡찬'과 '소설'란을 구분하고 있으며, 이러한 배치의 과정을 통해 '소설'란을 개념화하고 있는 것이다. 『대한흥학보』가 상정하고 있는 '소설'은 외부의 국가적인 차원의 당위적 문제와 개인 내부의 갈등 사이에서 배태된 글들이 배치되고 있는 것으로 해석할 수 있다. 이는 유학생들의 산문 정신의 발현으로서 『대한흥학보』의 일방적인 편집의도가 아니라 그 이전부터 투고해오던 유학생들의 고민이 반영된 결과로 이해할 수 있다. 즉 유학생들의 집단적 고민이 '소설'란을 끌어오도록 원동력이 되어준 것이며, 동시에 유학생들의 내면의 기저를 이루는 공통감의 영역으로 존재하고 있는 것이다.

이렇게 볼 때 작가와 작품, 독자의 관계는 하나의 매체 속에서 상호 교통하면서 초기 문단을 형성해 가고 있었다고 볼 수 있다. 즉 작가 역시 여러 독자들의 집단적 고민과 문학적 토대 속에서 형성되는 것이며, 독자라는 잠재적 작가들 가운데 소설이라는 장르를 통해 그 집단적 고민을 발현해 나간 것이다. 작가는 독립적인 존재가 아니라, 이러한 문학적 토대와 잠재적 작가일 수 있는 독자들의 공감 속에서 상호교통하는 가운데 등장할 수 있는 것이다.

결국『대한흥학보』는 그 당대 유학생들을 규합하며 하나의 통합체를 형성했고, 유학생들 개개인의 고민과 갈등들이 그 장 안에서 녹아들면서 집단적 고민이 독자이자 잠재적 작가들을 거쳐 새로운 근대소설이라는 장르를 배태시키며 발현된 것이다. 따라서 근대소설의 형성은 작가의 탄생일 뿐만 아니라, 그것을 소화하고 향유하는 독자층이 동반자적으로 형성되었고, 동시에 이는 잡지의 독자층이 형성하고 있는 공통감이라는 매체의 특수한 상황과 매개되면서 확대 재생산된 것으로 평가할 수 있을 것이다.

제6장

근대계몽기 국내 잡지와 근대문학

앞서 해외 유학생 잡지『태극학보』와『대한흥학보』를 살펴보았다. 이러한 유학생 잡지가 일본에서 등장하고 있을 때, 국내에서는 지역 학회지와 소년 및 가정 잡지 등이 출현하기 시작했다. 특히『서우』는 근대계몽기 최초의 지역학회지로 민족 운동과 교육 운동을 함께 진행하면서 학회지의 선두적인 위치를 점하고 있었다. 또한 최남선이 간행한『소년』의 경우, '소년'이라는 새로운 독자층을 호명하며 쉬운 읽을거리들을 제공하고 신사상 교육에 매진하기도 했다. 따라서 이 장에서는『서우』의 서사물 특히 역사를 서사화하는 과정에서 근대적 양식에 어떻게 동참하고 새로운 근대적 서사물로 변화되어 가는지 그 과정을 살펴볼 것이다. 동시에『소년』잡지가 어떻게 지식인 독자들과 일반 독자들의 욕구를 만족시키는지 그 전략을 확인하여 근대문학이 형성되는 기반을 확인해보고자 한다.

1. 역사의 서사화 과정과 '몽유'의 변주—『서우』

『서우』는 근대계몽기 최초의 지역 학회지로서 민족 운동과 교육 운동을 함께 진행해 왔다. 『서우』는 학회 구성원이라는 개인 집단을 통해 학회지를 운영하면서도 동시에 공공의 영역까지 확대하여 계몽하고 교육하고자 했던 근대계몽기 잡지의 특징을 담지하고 있었다. 이러한 차원에서 『서우』는 다양한 편집 전략을 펴게 되는데, 이는 근대계몽기 잡지라는 특수한 상황 속에서 해석해 보아야 한다.

근대계몽기에는 다양한 단형서사물들이 쏟아져 나왔다. 이재선이 개화기 단형서사문학을 성격적으로 구분한 이후,[1] 이러한 점이 근대계몽기의 특징으로 꾸준히 거론되고 있는 것도 사실이다. 그렇다면 단형서사물이 근대문학을 형성하는 데 어떤 영향을 직·간접적으로 주고 있는지, 또한 이것은 어떠한 근대적 영향력 아래에서 탄생한 것인지 좀 더 미시적으로 살펴볼 필요가 있다.

근대계몽기 신문 및 잡지의 등장은 기존 문학체계의 매커니즘을 근본적으로 전환시켰다. 이는 바로 의사소통체계의 변화를 의미한다. 즉 하나의 매체 속에서 편집자, 텍스트, 독자가 함께 얽히면서 새로운 문학적 가능성을 배태시키고 있는 것이다. 이 가운데 근대계몽기 잡지 매체는 또 다른 경향을 띠고 있다. 근대적인 잡지 매체는 사적인 영역에

---

[1] 이재선은 개화기 단형서사문학의 특징을 "① 단편소설 또는 단형소설 ② 講史적 위인전 또는 諸國의 흥망 ③ 戱謔과 諷刺 ④ 우화" 등으로 설명하고 있다. (이재선, 『한국개화기소설연구』, 일조각, 1985, 269면)

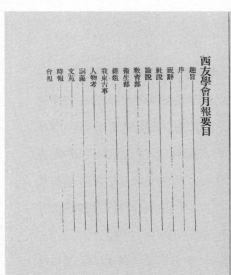

『서우』 제1호(1906.12.1) 표지와 목차

서 개인적인 고백의 형태로 이루어지는 반면, 신문 매체는 공공의 참여를 제공하면서 좀 더 집단적인 형태로 이루어진다.[2] 그러나 근대계몽기 잡지 매체는 이러한 개인적 성향과는 다른 독특한 특징을 지닌다. 즉 학회지 회원들을 대상으로 하는 사적인 영역이지만, 공공의 참여를 제공하며 좀 더 공적인 차원에서 교육을 담당하고자 했던 것이다. 따라서 근대계몽기 잡지 매체는 학회지 회원들만을 대상으로 하기보다는 신문처럼 좀 더 넓은 영역으로 확대하고자 한 중간자적 매체로 해석해야 할 것이다.

그렇다면 이러한 근대계몽기 잡지 매체가 단형서사물에 어떠한 영향을 미치고 있는지, 또 그 단형서사물이 근대문학에 어떻게 연계되고

2 　마샬 맥루한, 김성기·이한우 역, 『미디어의 이해』, 민음사, 2011, 288면 참조.

있는지 살펴보아야 한다. 이를 위해서는 잡지 매체라는 차원, 즉 근대계몽기 잡지라는 의사소통체계의 구조 내부에서 이러한 글들을 분석해 보아야 한다. 중간자적 매체, 즉 개인성과 공공성을 모두 담지한 매체가 바로 근대계몽기 잡지 매체라면, 이 매체에 실린 글들이 단순히 개인의 것이라고 치부할 수는 없을 것이다. 잡지 매체와 편집자의 입장에서 잡지가 만들어지는 것도 사실이지만, 동시에 이 잡지를 향유하고 공유할 그 당대 독자들과 함께 구성되는 것도 사실이기 때문이다.

따라서 잡지 매체를 개인의 사유물이 아니라 하나의 의사소통체계 구조 내에서 분석해 볼 때, 단형서사물이 등장하게 된 배경을 살필 수 있을 것이다. 이는 동시에 편집자의 경향과 독자들의 향유가 어떻게 교접하면서 새로운 매체를 형성해내는지도 분석해낼 수 있는 계기가 될 것이다. 따라서 매체의 전략과 더불어 소통의 내부에서 상정된 독자와의 연관성을 통해서 근대문학이 배태된 그 배경을 살피고자 한다.

이를 위해서 이 글에서는 학회지를 가장 먼저 발간하고, 가장 오래 이어온 『서우』를 중심[3]으로 논의를 진행하고자 한다. 먼저 『서우』의 잡지 매체적 성격을 분석하고, 이 매체 속에서 역사의 서사화 과정이 어떻게 전개되고 있는지 분석해 볼 것이다. 이를 토대로 역사의 서사화 과정이

---

3 『서우』의 문학과 관련한 논의는 크게 보면, 박은식에 대한 문학 연구와 단형서사물 연구로 나누어 볼 수 있다. 전자의 대표적인 연구로는 류양선, 「박은식의 사상과 문학」, 『국어국문학』 91, 국어국문학회, 1984.5; 이경선, 「박은식의 역사 · 전기소설」, 『동아시아문화연구』 8호, 한양대 한국학연구소, 1985를 들 수 있다. 후자의 대표적인 연구로는 조상우, 「애국계몽기 한문산문의 의식 지향 연구」, 고려대 박사논문, 2002; 문한별, 「근대전환기 학회지의 서사체 투영 양상―『서우』, 『서북학회월보』를 중심으로」, 『우리어문연구』 35, 우리어문학회, 2009.9; 「근대전환기 언론 매체에 수용된 서사체 비교 연구」, 『한국근대문학연구』 20, 한국근대문학회, 2009.10 등을 들 수 있다.

어떻게 근대적 양식으로 변화하고 있는지 그 미시적 차이를 천착해 근대계몽기 단형서사가 매체 속에서 발전해 가는 방식을 살펴볼 것이다.

1) 『서우』의 편집 의도와 주제 구성

『서우』는 서우학회에서 발간한 학회지로, 후에 『서북학회월보』로 통합 발간되면서 학회지 중 가장 오랫동안 출판되었다.[4] 서우학회는 "서도西道인 평안남북도와 황해도 인사를 중심으로 한 학회"[5]였다. 특히 회장에 정운복, 부회장 겸 총무원에 김명준, 평의장 강화석, 평의원 박은식 등 11명의 명의로 조직되었으며 14명의 기타 회원 중에는 한말의 독립투사였던 이갑, 유동설, 노백린 등이 참가하고, 뒤에 미국에서 합류한 안창호까지 가입하면서 민족운동을 위한 교두보로서의 역할을 담당했다.[6]

따라서 이 서우학회에서 발간한 『서우』는 1906년 12월 1일부터 발간하여 1908년 1월 1일 제14호까지 발간되었다. 후에 한북학회와 서

---

4   애국계몽운동의 일환으로 학회 운동이 진행되었는데, 그중 가장 먼저 시작한 지역단위 학회가 서우학회와 한북학회로, 이들이 통합하여 서북학회를 설립한 이래 각 지역을 근거로 지역 단위 학회가 연이어 설립되었다. 전라도 중심의 湖南學會, 경기도 중심의 畿湖興學會, 경상도 중심의 嶠南教育會, 강원도 중심의 關東學會 등이 차례로 결성되었다. 그중 『대한협회회보』, 『기호흥학회월보』, 『호남학보』, 『교남교육회잡지』는 총 12호씩 간행되었고, 관동학회와 호서학회는 학회지를 발간하지 않았다고 한다. (조현욱, 「서북학회의 애국계몽운동(Ⅰ)―『서우』・『서북학회월보』의 내용과 현실인식」, 『한국학연구』 5, 숙명여대, 1995, 48・67면 참조)

5   백순재, 「『서우』 해제」, 한국학문헌연구소 편, 『한국개화기학술지』 5, 아세아문화사, 1976, 5면.

6   위의 글, 5면 참조.

우학회가 통합되어 서북학회로 개칭하였음에도, 『서우』라는 이름으로 1908년 5월 1일 제17호까지 출간하게 된다. 그 후 1908년 6월부터 『서북학회월보』 제1호로 통권이 다시 시작되면서 평안남북도, 함경남북도, 황해도 5도를 포함한 민족 전반의 계몽을 위해서 노력하게 된다.[7] 서우학회와 한북학회가 통합되면서 회원명부를 새롭게 정리하게 되는데, 이때 회원 명부에 올라와 있는 회원의 수가 총 985명으로 다른 어떤 학회보다도 가장 활성화되었음을 알 수 있다.[8] 이러한 『서우』의 학회지적인 성격을 보기 위해서는 먼저 주필 박은식의 의식을 살펴볼 필요가 있다.

北洋風氣之開에 關ㅎ야 最近 情事를 報道혼 者가 有ㅎ니 目下 天津의 下等社會 中 人의 作小販者와 後人力車者들 每每於休息之餘에 其 會中의 白話報(卽 國語報)를 輒出ㅎ야 讀之ㅎ고 或 其 三五相讀者로 더부러 時事를 談ㅎ니 其 所談者의 識見如何와 宗旨何在는 姑勿論ㅎ고 當年에 迷信을 談ㅎ고 謠言을 造ㅎ든 者에 比ㅎ면 其 程度가 相去天淵이라. 此 果若輩의 下等社會가 自能開通乎아 非也라 是는 啓發혼 者가 有혼지라. (…중략…)

本記者ㅣ 嘗在報館ㅎ야 每與二三同志로 普通 進化의 方針을 講求ㅎ되 風氣之開는 맛당히 下等社會로부터 基홀지라. 現 我國 中에 國文報는 只一帝國社가 有ㅎ니 豈不零星哉아 今에 更히 國文報를 擴張ㅎ야 下等社會의 知識을

7   백순재는 서북학회로 통합하여 『서우』를 『서북학회월보』로 개칭하여 사용해 왔지만, 통권은 17호까지 그대로 이어가고 있기 때문에 『서우』는 17호까지 출판된 것으로 보고, 1908년 6월부터 『서북학회월보』가 시작된 것으로 설명한다.(위의 글, 6면 참조)
8   『서우』 16호 '會報'에는 "西北學會를 合設혼 後에 一般會員의 氏銜을 僉員 의게 知得키 爲ㅎ야 名簿를 左에 謄載홈"이라고 하면서 총 회원 985명의 이름을 기입하고 있다.(『서우』 16, 1908.3.1, 38~46면)

啓導ᄒ면 其 普通效力이 但히 漢字報로써 文學이 有ᄒ 者의게만 供給ᄒᄂ 것
보다 尤爲多大ᄒ리라 ᄒ엿스니 但 資金의 難辨으로 有意未就ᄒ야 恒拘歉歎
터니 玆에 天津報所論을 據한 則 其效果의 如何가 確有明証ᄒ니 世之注意開
通者ᄂ 其 亦帮助此擧也否아.[9]

위의 예문은 『서우』 5호에 실린 박은식의 「淸報護載後識」이라는 중
국 관련 소식을 전하는 글이다. 이 글을 보면, 청에서는 하등 계급이나
인력거꾼 등이 휴식시간에 모여서 백화보 즉 국어보로 쓰인 신문 등을
읽고 시사적인 것들을 서로 대담한다는 내용이다. 그 전에 미신이나 유
언비어 등을 만들어 옮기던 하층들이 어렵지 않은 백화보로 적힌 글들
을 읽으면서 정치적, 사회적 견해를 가지기 시작했다는 것이다. 이러한
상황은 그 이전과는 하늘과 땅 차이로 벌어진 일이라며 놀라움을 금치
못하고 있다.

따라서 박은식은 청처럼 우리도 하층 계급을 위한 지식을 계도해야
한다고 주장한다. 또한 하층 계급들이 제대로 지식을 쌓고 정치적, 사
회적 견해를 가지게 하려면 하층 계급을 위한 신문 즉 국문보가 필요함
을 역설하고 있다. 이는 한자보로 문학이 있는 자에게만 지식을 공급하
는 것보다 국문보로 하층 사회의 지식을 계도하는 것이 바람직하다는
것이다.

하층 사회에 지식을 공급하여 교육한다는 박은식의 의식은 『서우』 1
호 「本會趣旨書」에도 그대로 드러나 있다. "優勝劣敗ᄂ 公例라 謂ᄒᄂ

---

9   會員 朴殷植, '別報' 「淸報護載後識」, 『서우』 5, 1907.4.1, 3~5면.

故로 社會의 團體成否로써 文野를 別ᄒ며 存亡을 判ᄒᄂ니 今日 吾人이 如此히 劇烈ᄒ 風潮를 撞着ᄒ야 大而國家와 小而身家의 自保自全之策을 講究ᄒ면 我同胞靑年의 敎育을 開導 勉勵ᄒ야 人才를 養成ᄒ며 衆智를 啓發홈이 卽 是國權을 恢復ᄒ고 人權을 伸張ᄒᄂ 基礎라"[10]라고 하면서 우승열패의 시대에 국권을 회복하고 자강할 수 있는 길이 바로 동포청년 교육이라 설명하고 있다. 또한 서우학회의 설립은 전국 진보의 기점이며, 서우학회를 필두로 전국에서 이러한 교육단체가 성립되어야 한다고 희망하고 있다.[11]

이는 위의 취지서를 발기한 서우학회 회원들과 주필 박은식이 서우학회를 어떤 목적으로 설립했는지 엿볼 수 있는 부분이다. 학회지『서우』를 발행하여 교육구국 사상과 민족 자강 사상을 교육하고자 하는 것인데, 이는 근대적 국민교육, 즉 의무교육으로서 보통교육을 실시하고자 한 취지였다고 할 수 있다.[12] 박은식은 역사 교육과 보통 교육을 시행하여 당대 청년들을 교육하고자 했으며, 유교적 입장에서 신사상을 포괄하고자 한 근대적 교육을 주장하고 있다고도 할 수 있을 것이다.[13]

이러한 입장에서『서우』는 유학과 신사상을 접목하여 대중으로부터

---

10 '趣旨'「本會趣旨書」,『서우』1, 1906.12.1, 1면.
11 "今玆學會의 成立이 亦 豈偶然哉아 卽是全國進步之起點이니 此로 由ᄒ야 邦人耳目이 聳其觀聽ᄒ야 互相 感發心과 爭勝意로 明日 三南에 學會가 起ᄒ며 又 明日東北에 學會가 起ᄒ야 百脈一氣와 衆流一源으로 全國大團體가 成立홈은 吾人의 一大希望이니"(위의 글, 2면)
12 권영신,「한말 서우학회의 교육구국 활동」,『교육문화연구』11, 인하대 교육연구소, 2005, 61~72면 참조.
13 장유승은 박은식이 유학자적 입장에서 문명개화와 교육계몽을 달성하기 위해 유학의 개신(改新)을 지향하였다고 설명한다.(장유승,「조선 후기 서북지역 문인 연구」, 서울대 박사논문, 2010, 205~206면 참조) 또한 정주아도 박은식이 유림 세력을 기반으로 한 근대화 운동을 진행했다고 논의하고 있다.(정주아,『서북문학과 로컬리티』, 소명출판, 2013, 45~46면 참조)

의 교육적 변화를 꾀하며 구국운동을 전개했다. 앞서 하층을 대상으로 하는 국문보의 중요성을 언급하고 있지만, 문체적인 차원에서 볼 때, 우선 서북 지역의 한문을 익힌 지식인 계층을 위주로 『서우』의 독자층이 이루어져 있음을 알 수 있다. 단, 완전한 한문이나 현토한문체보다는 단어형 국한문체나 구절형 국한문체를 사용함으로써 한문적 지식이 많이 없어도 읽을 수 있도록 배려하고 있다.

〈표 1〉『서우』 문체별 개수

문체종류		개수
한문 (103)	한문	68
	현토한문	33
	한문+현토한문	2
구절형 국한문 (82)	구절형 국한문	68
	구절형+현토한문	12
	구절형+한문	2
단어형 국한문 (201)	단어형 국한문	173
	단어형+구절형	25
	단어형+현토한문	2
	단어형+한문	1
한글	한글	2
총계		388(개)

『서우』에 실린 문체별 개수[14]를 보면, 가장 많은 수를 차지하고 있는 문체는 단어형 국한문체로 전체 388개의 글 중 201개를 차지하여 약 44.6%를 나타내고 있다. 그다음이 한문체였는데 이는 총 103개로 약 26.5%를 차지한다. 다음으로는 구절형국한문체로 총 82개이며, 약

---

14 본 글에서 데이터화한 표들은 『서우』 1호(1906.12.1)부터 17호(1908.5.1)까지 실린 글 전체를 대상으로 삼았다. 15호부터는 서북학회로 통합되면서 잡지명이 『서우』에서 『서북학회월보』로 바뀌고는 있으나 통권 17호로 계속 이어오고 있고, 1908년 6월부터 『서북학회월보』 1권 1호로 바뀌고 있기 때문에 17호까지를 『서우』로 간주하였다.

21.1%였다. 단어형 국한문체의 경우 단어만 한자로 적혀 있고, 문장은 한글의 구성으로 되어 있으므로, 단어형 국한문체와 한글을 합친 국문체의 비율로 볼 때는 총 52.3%가 국문체임을 알 수 있다. 이러한 면을 통해 잡지 『서우』가 완전한 한문보다는 국한문체 특히 단어형 국한문체를 활용하여 이전 한문체나 현토한문체에서 조금은 탈피하고자 한다는 것을 확인할 수 있다.

〈표 2〉『서우』 주제별 분류

주제	개수
서우학회 관련	85
문학	77
교육	61
정치, 헌법, 국가, 관리	46
신사상, 산업	38
외국 및 한국 역사	17
위생	17
애국, 독립	10
유학생, 청년	10
제국주의, 우승열패	8
구습타파	5
인물 관련, 조문 등	5
신문	3
유학 사상 관련	3
한자 관련	3
총계(개)	388

위의 표는 1호(1906.12.1)부터 17호(1908.5.1)까지 실린 글을 주제별로 분류한 것이다. 전체 주제 중에서는 회록, 회보, 회계원 보고 등이 들어가기 때문에 서우학회와 관련된 부분이 가장 많았다. 이를 제외하면 문학[15] 관련이 77개, 약 19.8%로 많은 수를 차지하고 있다. 이는 『서우』가 문학 영역에 대해서 상당히 관심을 가지고 전략적으로 배치

하고 있음을 의미한다. 다음으로는 교육이 약 15.7%를 차지했으며, 정치나 헌법 관련이 약 11.6%로 그 뒤를 이었다.

이 중 외국 및 한국 역사 관련이 총 17개이지만, 문학 중 역사 전기물 등 역사 관련이 많기 때문에 이를 합하면 총 64개, 약 16.5%를 차지하고 있다. 따라서 문학, 역사, 교육 등에 많은 초점이 놓여 있음을 알수 있다. 이는 『서우』에 상당히 문학적인 글들이 실려 있다는 것을 확인할 수 있음과 동시에 그러한 글들은 대체로 역사와 연관되어 있다는 것을 파악할 수 있다.

2) 표제 체계와 배치

『서우』는 1호부터 각 글마다 표제를 붙이고 있는데, 『서우』의 표제는 '祝辭', '論說', '社說', '敎育部', '衛生部', '雜俎', '我東古事', '人物考', '愛國精神談', '詞藻', '文苑', '時報', '別報', '會錄', '會報', '寄函' 등 다양하게 등장하고 있다. '축사祝辭', '논설論說', '사설社說', '문원文苑'은 논설 및 사설로 정치와 연관된 글이었고, '시보時報', '별보別報'는 국내외 정세를 알려주는 글들이었다. '교육부敎育部', '위생부衛生部', '잡조雜俎'에서는 근대 학문과 연관된 내용들이 주류를 이루었고, '아동고사我東古事', '인물고人物考', '애국정신담愛國精神談', '사조詞藻'에는 좀 더 문학적인 내

---

15 본 글에서 '문학'이라는 용어는 근대적으로 새롭게 '學'으로 재해석된 문학을 의미하는 것이 아니라, 그 이전부터 있어온 시가와 서사류를 포함하는 일반적인 용어로서 사용되고 있음을 밝혀둔다.

용들로 채워졌다. '인물고'는 주로 과거 우리 역사에서 중요한 인물의 전기를 다루고 있고, '아동고사'에는 전해 오는 전설이나 고적 등에 대한 이야기를 싣고 있다. '애국정신담'은 주로 외국의 사례나 역사 이야기에 대한 번역이 실려 있었다. '사조'는 주로 한시 등의 시 계통이 실렸다.

〈표 3〉『서우』표제별 분류

유형	표제	개수
문학(산문과 시) 및 일반 산문 (167)	잡조(雜組)	78
	사조(詞藻)	28
	아동고사(我東古事)	24
	문원(文苑)	17
	인물고(人物考)	16
	애국정신담(愛國精神談)	4
교육 및 학술 (66)	교육부(敎育部)	49
	위생부(衛生部)	17
학회 관련 (65)	회보(會報)	39
	축사(祝辭)	22
	회록(會錄)	4
논설 및 정치 (44)	논설(論說)	18
	시보(時報)	14
	별보(別報)	7
	사설(社說)	5
기타(국채보상문제(4), 기함(1), 기서(1))		6
표제 없음		40
총계		388

표제별 전체 분포를 보면, 크게 볼 때 문학 또는 일반 산문이 총 167개로 가장 많았고, 교육 및 학술 분야가 66개, 학회 관련 글이 65개, 논설 및 정치 관련 글이 44개를 차지하고 있다. 또한 각 표제별로는 '잡조'가 78개로 가장 많았으며, 다음이 '교육부' 49개, '회보' 39개로 이어지고 있다. 한시나 한문 문장으로 이루어진 '사조' · '문원' 등의 경우를 제외하면, 대부분의 일반적인 글들이 '잡조'라는 표제 아래 실리고

있다고 볼 수 있다. 즉 '잡조'는 다양한 산문을 포함하는 글로 아직까지 구체적으로 세분화되지는 못한 상황이었다. 이러한 표제별 분포를 호차별로 살펴보면 다음 표와 같다.

〈표 4〉『서우』 호차별 표제 분류[16]

호	祝辭	社說	論說	別報	教育部	衛生部	愛國精神談	雜組	國債報償問題	我東古事	人物考	詞藻	文苑	時報	會錄	會報	寄函	寄書	없음	총계
1	4	1	1		3	3		5		1	1	1	2	1	4				2	29
2	3	2	1		2	1		6		1	1	3	1	1		3			1	26
3			1	1	3	1				2	1	2	1	1		8	(6)		5	26
4			2		4	1		5		1	1	4	1	1		4		1	3	28
5	1		1	1	7	1		4		1	1	1	1	1		2			2	24
6	2	1		3	2	1		3	4	1	1	1	1			2			2	25
7			3	1	2	1	1	9		1	1	4	1	1		2			0	27
8			1		2	2	1	3		1	1	2	3	1		4			0	21
9	1		1		3	1		6		2	1	2	1	1		3	(1)	(1)	2	25
10	1		1		2		1	3		2	2	2	2			1			2	18
11			1		2	1		3		1	1	1	1			1			3	16
12			1		1	1		3		1	1	1	1			1		1	3	16
13			1		1	1		10		2		1	1	1					1	19
14			1		1			5		2			1	1					1	13
15	10	1			6			1			2		1	1		1	(2)		5	28
16			1		5	1		5		2			1			1			5	21
17			1		3	1		7		3			3			5	(1)		3	26
총계	22	5	18	7	49	17	4	78	4	24	16	28	17	14	4	39	1	1	40	388

전체적으로 볼 때, 꾸준히 이어지고 있는 표제는 '논설', '교육부', '위생부', '잡조', '아동고사', '인물고', '사조', '시보', '회보' 등이다. 이 가운데 '아동고사'와 '인물고'는 이후 『서북학회월보』에서 '인물고'

16 조현욱이 앞의 글, 61면에서 『서우』를 표제별로 분류하고 있는데 모든 항목을 세분화하여 표현한 것이 아니기 때문에 이 글에서는 목차에 나와 있는 표제 모두를 검토하여 분류표로 작성하였다. 또한 '기함'과 '기서'는 표제에 맞게 들어와 있는 경우는 아니나 '기함' 또는 '기서'라고 본 글에 표시되어 있는 경우, 〈표 4〉에 괄호로 표시하였다. '기함'과 '기서'를 제외하면 위의 표에 제시된 표제의 차례는 실제 『서우』에서 배치된 순서이다.

로 통합된다. 또한 '시보'는 국내외 정세를 알려주는 신문과 같은 역할이었는데, 이 또한『서북학회월보』에서는 사라지게 된다.[17] 사실『서우』에서 연재될 때는 '아동고사'가 총 24개, '인물고'가 총 16개로, '아동고사'가 훨씬 많이 연재되었다. 이렇게 볼 때 '아동고사'와 '인물고'를 구분하여 연재한 점, 또 국내외 정세를 신문처럼 알려주는 점 등은『서우』의 특징이라고 할 수 있을 것이다.

또한『서우』에는 '기함'과 '기서'란이 존재하는데,『서우』3호에는 '별보'란에 기함이 6편 실리게 된다. 이후 4호에서는 '기함'을 표제로 하여 따로 두게 된다. 다시 9호의 경우, '공함' 1편이 '회보'에 실려 있고, "교우기서"라는 이름으로 '기서' 1편이 '잡조'에 실린 이후, 12호에는 '기서'가 표제로 등장하게 된다. 또한 15호에는 표제 없이 2편의 공함이 실리고, 17호의 경우는 대한학회공함에 대한 답이 '별보'에 실리고 있다. 이러한 면은 독자들과 소통하고자 하는 의도가 드러난 것이다. 독자들이 기함이나 공함으로 글을 많이 보내오자, '기함'이나 '기서'란을 따로 두어 이러한 독자들의 의도를 포함하고자 했다.

이러한 가운데 문학과 연관된 서사류들은 전체 49편이 실려 있다. 그중 역사 전기류가 35편, 전설이 5편, 서사체가 3편, 대화체가 3편, 우화가 2편, 몽유가 1편이었다. 이 서사류들은 '아동고사', '인물고' 등에 대체로 실렸고, 그 외에 '애국정신담' 4편, '잡조'에 우화류 1편, 몽유류 1편, '교육부'에 우화류 1편이 실려 있다. 시가류의 경우에는 '축사'에 실린 가사 1편을 제외하고는 모두 '사조'란에 실려 있다. 이러한

---

17 『서북학회월보』관련 표제 내용은 조현욱, 앞의 글, 69면 표 참조.

<표 5> 『서우』 문학 관련 분류

분류	세부 항목	개수
서사류 (49)	역사 전기	35
	전설	5
	서사체	3
	대화체	3
	우화	2
	몽유	1
시가류 (28)	한시계열(한시 및 문장)	25
	시가, 가사	3
총계		77

시가류는 한시, 문장류가 25편으로 대다수를 차지했고, 가사, 시가류
가 총 3편 실려 있다. 여기에는 신년축가, 서우학도가, 서북학회 축사
가 등이 해당된다.[18]

　이는 『서우』가 문학과 연관된 요소를 전략적으로 활용하고 있음을
의미한다. 서사류와 시가류는 모든 면에서 다양하게 활용되고 있는데,
특히 서사류와 연관된 표제가 많았다. 이에 대한 자세한 논의는 다음
절에서 살펴보도록 하겠다.

18　『서우』 3호(1907.2.1) '사조'란에 회원 송재엽이 "新年祝歌"를, 4호(1907.3.1) '사조'란
에 회원 김유탁이 "西友師範學校徒歌"를, 15호(1908.2.1) '축사'란에 회원 류춘형이 "서
북학회 축사"를 싣고 있다.

3) 역사의 서사화 과정

(1) 전설과 역사의 장면화-'아동고사(我東故事)'

앞서 박은식은 하층을 위한 읽을거리, 즉 민지의 계몽을 위한 국문보
의 필요성을 역설하면서 『서우』 내에서 서사를 활용한 쉬운 읽을거리
들을 전략적으로 싣고 있다. 이것이 두드러진 것이 바로 서사의 활용인
데, 민지를 계몽하면서 역사 의식을 고취시키고 동시에 독자들의 흥미

<표 6> 『서우』에 실린 '我東古事'

호수	날짜	제목	분류	서술형태	내용	문체
1호	1906.12.1	三聖祠	역사	설명	단군관련	구절형
2호	1907.1.1	我東古事	역사	설명	조선, 韓의 이름 관련	현토+한문
3호	1907.2.1	東明聖王의 遺蹟	전기	일화	고구려 시조 동명성왕	단어형
3호	1907.2.1	傅疑錄	역사	설명	아동의 불교	구절형
4호	1907.3.1	新羅始祖	전기	일화	신라 시조	단어+구절
5호	1907.4.1	耽羅國	역사	설명	탐라국	단어형
6호	1907.5.1	我東古事	서사	서사	연오랑 세오녀	구절형
7호	1907.6.1	嘉俳節	서사	설명	가배절(신라 유리왕)	단어형
8호	1907.7.1	善德聖王	전기	일화, 대화	선덕여왕(무향꽃)	구절형
9호	1907.8.1	花郎	역사	설명	화랑	현토한문
9호	1907.8.1	萬波息笛	전설, 일화	일화	만파식적 유래(전설)	구절+현토
10호	1907.9.1	竹長陵	전설(설명)	설명	죽장릉 전설	단어+구절
10호	1907.9.1	書出池	전설(대화)	대화	서출지 전설	단어+구절
11호	1907.10.1	京城古塔	전설	설명	경성고탑 전설	구절
12호	1907.11.1	義娘岩	역사 / 일화	일화	논개와 적장	단어
13호	1907.12.1	濊貊	역사	설명	예맥 역사 설명	단어+한문(한시)
13호	1907.12.1	公無渡河曲	시	일화	공무도하가 일화	단어+한문(한시)
14호	1908.1.1	溟州曲	서사	대화, 서사	명주곡에 얽힌 서생과 여자의 일	단어+현토
14호	1908.1.1	慶源蕃胡	역사	설명	경원 관련 고사	구절
16호	1908.3.1	趙冲傳	전기	일화	조충전	구절+현토
16호	1908.3.1	滄海力士黎君傳	전기	일화	려군전	단어+구절
17호	1908.5.1	遯庵鮮于浹先生傳	전기	일화	선우협 선생전	현토+구절
17호	1908.5.1	白頭山古蹟	역사	설명	백두산 고적	현토+한문

를 유발할 수 있는 방법으로 '아동고사', '인물고'를 활용한다. '아동고사'가 유적이나 전설 등에 대한 고적을 다루고 있다면, '인물고'는 역사전기적 인물을 '전傳'의 형태로 소개하고 있다.

'아동고사'는 총 22개가 실려 있는데 15호를 제외하면 매호 등장한다. 9호부터는 거의 2개씩 실리기도 했다. 15호의 경우는 목차에는 '아동고사'로 적혀 있으나, 본문 내용에서 '인물고'로 바뀌어 있었다. 또한 이 '인물고'는 15회까지 실리고, 16회부터는 실리지 않는다. '아동고사'에 실린 내용을 보면, 다양한 전설이나 유래가 담겨 있다. 혹은 시와 연관된 일화 등을 싣고 있기도 한다.

我 宣廟朝時 壬辰秋에 日本先鋒 小西攝津이 晉州城을 陷ᄒ니 城이 南으로 江을 控ᄒ고 周圍가 約十五里에 亘ᄒ얏ᄂᄃᆡ 城內의 矗石樓ᄂ 傑攬二層이라 俯ᄒ야 百里鏡波를 眺ᄒ고 曠野渺茫ᄒ야 眼界無窮ᄒ고 仰ᄒ야 遠峰을 遙望홈에 雲山이 疊疊ᄒ야 一髮를 不容ᄒ니 正是嶺南의 第一觀이라. 樓上에 遊人 騷客이 踵을 接ᄒ야 杯盤이 狼藉ᄒ고 歌者와 舞者와 如花ᄒᆫ 郡妓가 一世의 歡을 此에서 盡ᄒ더니 一朝에 血湧肉飛ᄒ야 屢屢ᄒᆫ 死屍가 鮮血에 漂ᄒ야 慘狀을 不忍目見이러라.

江의 南岸에 突出ᄒᆫ 一崖ᄂ 岩峭如削에 奔流가 岩을 嚙ᄒ니 下에 潭水가 淡淀ᄒ고 細魚가 躍躍에 波紋이 如畫인ᄃᆡ 崖上에 佇立ᄒ야 深黑ᄒᆫ 髮이 肩에 垂ᄒ고 五色의上衣와 長廣ᄒ고 侈麗ᄒᆫ 裳을 着ᄒ고 色은 白ᄒ야 玲瓏ᄒᆫ 白玉을 欺ᄒ깃ᄂᄃᆡ 天이 降ᄒᆫ 仙女로 思홀지라. 彼何人 斯오 乃有名ᄒᆫ 城中의 一色論介라 ᄒᄂ 妓生인ᄃᆡ 多數ᄒᆫ 郡妓中에 城主의 寵愛가 最深ᄒ더니 城이 陷落홈에 城主가 死ᄒ고 且 平時에 相善ᄒ던 諸人도 何處에 逃亡ᄒ엿ᄂ지 影饗

도 無흠으로 論介가 岩上으로 走來ᄒᆞ야 潭水에 投코져 ᄒᆞ더니 日本一武가 馳馬飛來ᄒᆞ야 猿臂를 伸ᄒᆞ야 抱ᄒᆞ니 論介가 抱흔 手를 解코져 호되 力이 纖弱ᄒᆞ야 能치 못ᄒᆞ고 口로 言ᄒᆞ야도 異國人이 解키 不得이라. 論介가 只放聲叫泣ᄒᆞ니 元來 武士가 萬鎗이 簇來ᄒᆞ야도 動치 안이ᄒᆞ기ᄂᆞᆫ 易ᄒᆞ고 色界上에 動치 안이ᄒᆞ기ᄂᆞᆫ 難흔지라 論介의 如此흠을 見ᄒᆞ고 哀戀흠을 已키 不能이러라. 時에 全國이 蹂躪을 被ᄒᆞ야 幾多흔 同胞가 屠흠이 됨에 論介의 父親이 亂車中에 斃ᄒᆞ고 論介를 多年見顧ᄒᆞ던 城主도 致死흔지라. 論介가 一片復讐흘 心이 切ᄒᆞ야 遂悵然收淚ᄒᆞ고 佯爲歡喜ᄒᆞ야 送ᄒᆞᄂᆞᆫ 眼에 無量흔 秋波를 奇ᄒᆞ며 捉ᄒᆞ인 手를 拂치 안이ᄒᆞ야 無限흔 濃情을 表示ᄒᆞ니 武士가 大喜ᄒᆞ야 不知所爲어ᄂᆞᆯ 論介가 時를 乘ᄒᆞ야 武士의 腰를 緊抱ᄒᆞ고 數十尺되ᄂᆞᆫ 崖에 墜ᄒᆞ야 潭水에 入흔지라. 後에 其節를 賞ᄒᆞ야 崖上에 祠를 建ᄒᆞ고 義妓祠라 命名ᄒᆞ고 岩을 義娘岩이라 ᄒᆞ다.[19]

위의 글은 『서우』12호에 실린 「義娘岩」이라는 글로 논개의 충정에 대한 이야기를 의랑암이라는 바위와 연관하여 적고 있다. 이는 일화 방식으로 전개되고 있는데, 논개와 일본 장수의 상황을 자세히 묘사하면서 흥미를 유발하고 있는 것이다. 또한 이를 실제 있는 의랑암이라는 바위의 유래와 연관하여 더욱 관심을 끌어들인다. 또한 이 글 자체도 단어형 국한문체로 전개되어, 한문체나 현토한문체에 비해서 비교적 쉽게 읽을 수 있다.

---

19 '我東古事'「義娘岩」, 『서우』 12, 1907.11.1, 29~31면.

高麗史樂誌에 溟州曲이 有ᄒ니 世傳書生이 遊學ᄒ다가 溟州에 至ᄒ야 見
一良家女가 姿色이 美ᄒ고 頗知書라. 生이 以詩挑之ᄒᄃᆡ 女曰婦人은 不妄從
人이라. 待生擢第ᄒ야 父母有命則事可諧矣니라. 生이 卽 歸京師ᄒ야 習擧子
業이러니 女家ㅣ 將納婚홀ᄉᆡ 女ㅣ 平日에 臨池養魚라. 魚聞女之警咳ᄒ면 必來
就食ᄒ더니 至是ᄒ야 女ㅣ 魚를 餌ᄒ고 謂曰吾養汝久矣라. 宜知我意라 ᄒ고
帛書를 投ᄒ니 一大魚가 有ᄒ야 跳躍含書ᄒ고 悠然而逝러라. 是時에 生이 京
師에 在ᄒ야 欲爲父母具饌ᄒ야 市魚而歸ᄒ야 剝之得帛書라. 生이 驚異ᄒ야
卽 持帛書ᄒ고 徑詣女家ᄒ니 婿已 及 門이라. 生이 以書로 示女家ᄒ고 遂歌此
曲ᄒ니 女의 父母가 異之曰此ᄂᆫ 精誠所感이오 非人力所致也라 ᄒ고 其婿를
遺ᄒ고 生을 納ᄒ야 婿를 삼으니라.[20]

위의 글은 『서우』 14호에 실린 「溟州曲」이라는 글로, 이 노래의 전
설을 이야기 방식, 특히 일화와 대화체를 활용하여 서술하고 있다. 서
생이 한 여인을 만나 한눈에 반하지만, 그 여인은 부모를 따를 뿐이라
며 부모의 허락을 받아야 한다고 거절한다. 이 상황에서 서생은 물고기
를 통해 비단책을 구하고, 이를 토대로 명주곡이라는 노래를 여인의 부
모 앞에서 부르자, 그 여인의 부모가 그 서생을 사위로 삼았다는 이야
기이다. 이러한 글들은 결국 서사적 장치를 활용함으로써 흥미를 유발
하고 있음을 보여주는 것이다.

이는 국문이라는 차원에서 문학을 역사적으로 새롭게 정리하고자
한 것으로 보인다. 「萬波息笛」, 「公無渡河曲」, 「溟州曲」 등 시가류와 관

---

20 '我東古事' 「溟州曲」, 『서우』 14, 1908.1.1, 28면.

련된 원류를 살피고 정리하고 있음에 주목해 볼 수 있다. 또한 '인물고'에 실린 「을지문덕전」에서도 5언시의 원조에 대한 언급 역시 나오고 있다는 점에서 『서우』는 우리나라의 역사뿐만 아니라 우리 문학에 대한 관심 역시 보여주고 있으며, 동시에 이를 전설 등의 요소와 결합하여 독자들의 구미를 당기고 있었다.

(2) '전' 양식의 차용과 단편화-'인물고(人物考)'

이러한 '아동고사'와 함께 역사적 인물의 전기를 싣고 있는 '인물고'라는 난이 있었다. 이 '인물고' 역시 저자는 무기명으로 되어 있는 것으로 보아 대부분 주필인 박은식이 쓴 것으로 추정된다. 이 '인물고'에 실린 글들은 역사를 서사화하는 과정에서 전 양식을 차용하여 역사를 단

〈표 7〉『서우』에 실린 '人物考' 목록

호수	날짜	제목	분류	내용	문체
1호	1906.12.1	人物考	역사	고구려 역사 및 인물	구절형
2호	1907.1.1	乙支文德傳	역사 전기	을지문덕전	구절형
3호	1907.2.1	梁萬春傳	역사 전기	양만춘전	현토+구절
4호	1907.3.1	金庾信傳	역사 전기	김유신전	단어+구절
5호	1907.4.1	金庾信傳	역사 전기	김유신전	단어+구절
6호	1907.5.1	金庾信傳	역사 전기	김유신전	단어+구절
7호	1907.6.1	金庾信傳	역사 전기	김유신전	단어+구절
8호	1907.7.1	金庾信傳	역사 전기	김유신전	단어+구절
9호	1907.8.1	溫達傳	역사 전기	온달전	구절형
10호	1907.9.1	張保皐와 鄭年傳	역사 전기	장보고와 정년전	단어+구절
11호	1907.10.1	姜邯贊	역사 전기	강감찬전	현토한문
12호	1907.11.1	金富軾	역사 전기	김부식전	단어형
13호	1907.12.1	金富軾	역사 전기	김부식전	단어+구절
14호	1908.1.1	李舜臣	역사 전기	이순신전	현토한문
15호	1908.2.1	庾黔弼傳	역사 전기	유검필전	단어
15호	1908.2.1	金堅益傳	역사 전기	김견익전	한문

편적으로 서술하고 있다.

'인물고'에는 『서우』를 통틀어 16개의 글이 실렸고, 16·17호를 제외하면 매호 실려 있다. 1호에서는 고구려의 인물을 대략적으로 보여주었다면, 2호부터는 처음부터 '전傳'이라고 표기하며 역사적 인물을 전기적 형태로 서술하고 있다. 실제로 전의 형태로 등장하는 인물은 11명이었다. 또한 「을지문덕전」, 「김유신전」, 「온달전」, 「장보고」 등은 『삼국사기』의 열전편의 내용을 요약·발췌한 형태로 내용이 유사하다.

温達은 高句麗 平岡王時人이라. 容貌는 龍鐘可笑ᄒᆞ나 中心은 曉然ᄒᆞ지라. 家甚貧ᄒᆞ야 常乞食以養母홀식 破衫弊履로 往來於市井間ᄒᆞ니 時人이 目之ᄒᆞ야 爲愚温達이러라. 平岡王의 少女兒가 好啼ᄒᆞ니 王이 戲 曰汝常啼聒我耳ᄒᆞ니 長에 必不得爲士大夫妻요 當歸之愚温達이라 ᄒᆞ더니 及女年二八에 上部 高氏의게 下嫁코져 ᄒᆞ난지라. 公王ㅣ 曰大王이 常語ᄒᆞ사딕 汝必爲温達之婦라 ᄒᆞ시더니 今에 何故로 改前言乎잇가. 匹夫도 猶不食言커든 況至尊乎잇가 故로 曰王者는 無戲言이라. 今大王之命이 謬矣니 妾이 不敢祗承이로소이다. 王이 怒 曰汝不從我敎홀진딘 不得爲吾女니 安用同居리오 從汝所適ᄒᆞ라. 於是에 公主ㅣ 以寶釧數十枚로 繫肘後ᄒᆞ고 出宮獨行ᄒᆞ야 絡遇一人ᄒᆞ야 問温達之家ᄒᆞ고 行至其家ᄒᆞ야 見盲老母ᄒᆞ고 近前拜ᄒᆞ야 問其子所在ᄒᆞ딕 老母 對曰吾子貧且陋ᄒᆞ니 非貴人所可近이라. 今聞子之臭ᄒᆞ니 芬馥이 異常ᄒᆞ고 接子之手ᄒᆞ니 柔滑이 如綿일식 必天下之貴人也라. 因誰之佇ᄒᆞ야 以至於此乎아 惟我息은 不忍饑ᄒᆞ야 取楡皮於山林ᄒᆞ야 久而未還이라 ᄒᆞᄂᆞ지라. 公主出行至山下ᄒᆞ야 見温達이 負楡皮而來ᄒᆞ고 公主與之言懷ᄒᆞ딕 温達이 勃然 曰此 非幼女子의 所宜行이니 必非人也오 狐鬼也니 勿迫我ᄒᆞ라 ᄒᆞ고 遂行不顧

여늘 公主ㅣ 獨歸ᄒ야 宿柴門下ᄒ고 明朝更入ᄒ야 對母子備言之ᄒᆫᄃᆡ 溫達이 依違未決이라. 其母曰吾息이 至陋ᄒ야 不足爲貴人匹이오 吾家ㅣ 至褻ᄒ야 固不宜貴人居니라. 公主對曰古人이 言호ᄃᆡ 一斗粟도 猶可春이오 一尺布도 猶可縫이라 ᄒ니 苟爲同心이면 何必富貴然後에 可共乎잇가 ᄒ고 乃賣金釧ᄒ야 田宅과 奴婢와 牛馬와 器物을 買得ᄒ야 資用이 完具흔지라 初에 買馬홀ᄉᆡ 公主ㅣ 語溫達曰愼勿買市人馬ᄒ고 湏擇國馬病瘦而見效者ᄒ야 換之ᄒ라. 溫達이 如其言ᄒ니 公主ㅣ 養飼甚勤ᄒ야 馬ㅣ 日肥且壯흔지라. 高句麗ㅣ 常以春三月三日로 會獵樂浪之邱ᄒ야 以所獲猪鹿으로 天神과 山川神을 祭ᄒᄂ지라. 其日에 至ᄒ야 王이 出獵홀ᄉᆡ 群臣及五部兵士ㅣ 皆從이라. 於是의 溫達이 以所養之馬로 隨行ᄒ야 馳騁이 常在前ᄒ고 所獲이 亦多ᄒ야 他無若者라. 王이 召來ᄒ야 問姓名ᄒ고 驚且異之러니 時에 後周武帝가 出師伐遼東이어를 王이 領軍ᄒ야 戰於肄山之野홀ᄉᆡ 溫達이 爲先鋒疾鬪ᄒ야 斬數十餘級ᄒ니 諸軍이 乘勝奮擊ᄒ야 大克ᄒ고 及論功에 無不以溫達로 爲第一이라. 王이 嘉歎之曰是ᄂᆞᆫ 吾에 女婿라 ᄒ고 備禮迎之ᄒ야 賜爵爲大兄ᄒ니 由此로 寵榮이 尤渥ᄒ고 威權이 日盛터니 及陽岡王이 卽位ᄒ야ᄂᆞᆫ 溫達이 奏曰新羅가 割我漢北之地ᄒ야 爲郡縣ᄒ니 百姓이 痛恨ᄒ야 未嘗忘父母之國ᄒᄂ니 願大王은 授之以兵ᄒ시면 一往에 必還吾地ᄒ리다. 王이 許焉ᄒ신ᄃᆡ 臨行에 誓曰鷄立峴과 竹嶺以西가 不歸於我則不返이라 ᄒ고 遂行ᄒ야 與羅軍으로 戰於阿旦城之下라가 爲流矢所中ᄒ야 死於路ᄒ니 欲葬에 柩不肯動이라. 公主來ᄒ야 撫棺曰死生이 決矣니 於乎歸矣라 ᄒ고 遂擧而窆ᄒ니 大王이 聞之悲慟ᄒ시다.[21]

---

21 '人物考'「溫達傳」,『서우』9, 1907.8.1, 37~39면.

위의 예문은 『서우』 15호에 실린 「溫達傳」의 내용이다. 고구려 평강왕 때 장수인 온달과 공주의 이야기로 두 사람의 만남에 대한 서사와 함께 온달의 용맹했던 싸움을 서술하고 있다. 다른 인물들에 비해서 「온달전」은 흥미적인 부분이 더 부각되고 있다. 이러한 면들은 역사 전기적인 부분을 통해 민족의식을 계몽하려는 의지를 보여줌과 더불어, 이를 위해 독자들이 좀 더 흥미로워하는 부분을 전략적으로 활용하고 있다고 할 수 있다.

이러한 인물에 대한 '전'을 실을 때는 나라를 위해 싸운 영웅들이 등장하는데 특히 이 가운데 서북지역과 연관된 영웅들을 선택하고 있다. 즉 '인물고'에 실린 인물들은 단군, 기자, 부여, 고구려 등 서북 지역의 인물로 학회지의 지역적 특성을 살리고 있다고 할 수 있다.[22] 또한 이 중 다양한 에피소드와 대화체로 이루어진 이야기들을 선택하고 있다는 점에 주목해 보아야 한다. 한문으로 쓰인 『삼국사기』를 구절형 혹은 단어형 국한문체로 풀어 씀으로써 독자들이 읽기 쉽게 접근하는 점도 흥미유발의 측면에서 분명 유효한 전략으로 쓰였을 것이다. 또한 이러한 '인물고'는 『서북학회월보』에까지 이어져 매호 빠짐없이 진행되고 있다는 점에서 이에 대한 독자들의 호응도에 대해서도 어느 정도 추측해 볼 수 있다.[23]

---

22 장유승은 '인물고'에 실린 인물들이 지역사적 맥락에서 선택되었다고 설명한다. 등장하는 인물들이 대부분 단군, 기자조선, 고구려인들이고, 모두 한반도 북부 지역에서 전공을 세운 인물이라 설명한다. 또한 김유신의 경우도 서북지역 지식인들의 북방역사관을 자극하는 등의 맥락에서, 김부식도 묘청의 난과 연관된 부분을 서술하여 역시 역사적 맥락, 지역적 정체성과 깊이 연관되어 있음에 주목한다.(장유승, 앞의 글, 226~227면)
23 이러한 독자 인식은 주필인 박은식의 사상과 연관이 깊을 것이다. 류양선은 박은식이 "대중은 감동이 빠르므로 새로운 교육은 마땅히 대중사회(하등사회)에서부터 이루어져

결국 이러한 면들은 역사를 서사화하는 과정에서 드러난 것으로 구국교육과 보통교육이라는 차원에서 역사가 주요한 소재로 사용되고 있었음을 보여주는 것이다. 그렇다면 이『삼국사기』라는 역사물이 '인물고'라는 '전'의 형태로 변형되는 과정, 또 이에 더 나아가 단형서사물인 몽유록의 형태로 변주되는 과정에 대해서 다음 절에서 상세히 살펴보도록 하겠다.

4) 몽유적 구조와 역사의 근대적 변용
—'인물고'의「을지문덕전」과 '잡조'의「몽배을지장군기」

『서우』에는 을지문덕과 연관된 서사물이 두 가지 실려 있는데 그 하나는 '인물고'에 실린「乙支文德傳」[24]이고 다른 하나는 '잡조'에 실린「夢拜乙支將軍記」[25]이다. 이 두 작품을 통해『서우』에서 역사의 서사화 과정이 어떻게 전개되고 있는지 분석해 보고자 한다.

'인물고'에 실린「을지문덕전」은 앞서 설명한 바와 같이『삼국사기』의 내용과 유사하다.『삼국사기』권 제20권 고구려본기 제9권, 영양왕 23년, 24년의 내용과 더불어『삼국사기』권 제44권 열전 제4권 을지문덕편의 내용을 요약·정리하고 있다. 다음은 '인물고'의「을지문덕전」과『삼국사기』[26]의 내용을 비교하여 분류한 표이다.

야 한다고 생각"했다고 설명하고 있다.(류양선, 앞의 글, 101면 참조)
24 '人物考'「乙支文德傳」,『서우』2, 1907.1.1, 36~37면.
25 大痴子, '雜俎'「夢拜乙支將軍記」,『서우』16, 1908.3.1, 25~27면.
26 『삼국사기』는 한국의 지식콘텐츠 사이트에서 제공하는 한국사사료연구소의『삼국사

'人物考'「乙支文德傳」한글번역	'人物考'「乙支文德傳」원본	『삼국사기』
을지문덕은 평양군 석다산(石多山)의 사람이니	乙支文德은 平壤郡 石多山의 人이니	×
침착하고 굳세며 지략이 있으니	沈毅有智略ᄒ야	資沈鷙有智數(제44권 을지문덕편)
고구려 영양왕조의 대신이라.	高句麗 嬰陽王朝의 大臣이라.	×
지나 수양제 대업 8년에 고구려를 치려 할 적에, 24군을 좌우도로 나누어 나오니 무릇 일백십삼만 삼천팔백 인인데 號를 이백만이라 하고 饋輸者가 그 갑절이라.	支那 隋煬帝大業 八年에 高句麗를 伐훌신 二十四軍을 左右道로 分ᄒ야 出ᄒ니 凡一百十三萬 三千八百人인듸 號를 二百萬이라 ᄒ고 饋輸者ㅣ 倍之라.	凡一百隋開皇(大業1490)中, 煬帝下詔征高句麗.(제44권 을지문덕편) 十三萬三千八百人, 號二百萬. 其餽輸者倍之.(제20권 영양왕편)
좌익위 대장군 우문술(宇文述)은 부여로 출동하고, 우익위 대장군 우중문(于中文)은 낙랑으로 출동하고, 아홉 군대와 더불어 압록강에서 모이도록 하고 또 대장군 내호아(來護兒)는 강회의 수군을 이끌고 바다를 통하여 패강으로 들어오니 수륙병진할 적에 공부 상서 우문개(宇文愷)와 소부감(少府監) 하조(何稠) 등은 요수에 부교를 만들어 요동성을 둘러싸며 나아가니 요동이 성을 둘러싸고 굳게 방어하였다.	左翊衛 大將軍 宇文述은 出扶餘道ᄒ고 右翊衛 大將軍 于中文은 出樂浪道ᄒ야 與九軍으로 期會於鴨綠江ᄒ고 又 大將軍 來護兒ᄂ 江淮水軍을 率ᄒ고 浮海先入浿江ᄒ야 水陸 竝進훌신 工部 尙書 宇文愷와 少府監 何稠等은 造浮橋於遼水ᄒ야 進圍遼東城ᄒ니 遼東이 嬰城固守라	左翊衛大將軍宇文述, 出扶餘道, 右翊衛大將軍于中文, 出樂浪道, 與九軍至鴨淥水.(제44권 을지문덕편) 左翊衛大將軍來護兒 帥江淮水軍 舳艫數百里 浮海先進入自浿水 (…중략…) 帝命工部尙書宇文愷, 造浮橋三道於遼水西岸 (…중략…) 進圍遼東城, (…중략…) 遼東數出戰不利, 乃嬰城固守.(제20권 영양왕편)
영양왕이 을지문덕을 보내어 그 진영에 나가 거짓 항복하니 그 허실을 보기 위함이라. 그때에 우중문이 수제의 밀지를 받았는데 만약 고구려왕과 을지문덕이 온다면 반드시 그를 잡아두라고 한지라. 중문이 그를 잡아두려 하니 위무사, 상서우승 유사룡이 군이 말려서 그만 을지문덕을 돌아가게 하니 중문이 곧 그것을 후회하여 사람을 보내 문덕에게 말하기를 다시 어떤 말을 할 것이 있으니 되돌아오라 하되 문덕이 돌아보지 않고 드디어 압록강을 건너가니 수나라의 장수가 문덕을 추격했더라.	嬰陽王이 乙支文德을 遣ᄒ야 詣其營詐降은 欲觀虛實이라. 時에 于仲文이 隋帝의 密旨를 奉ᄒ엿스되 若 高句麗王 及 乙支文德이 來ᄒ면 必擒之ᄒ라 ᄒ지라. 仲文이 將執之러니 慰撫使尙書右丞劉士龍이 固止之ᄒ야 遂聽文德還이러니 仲文이 旣而悔之ᄒ야 遣人給文德曰更有可言者ᄒ니 復來ᄒ라 호듸 文德이 不顧ᄒ고 還渡鴨水ᄒ니 隋將이 遂追文德이라.	王遣大臣乙支文德 詣其營詐降 實欲觀虛實이 仲文先奉密旨 若遇王及文德來者 必擒之 仲文將執之 尙書右丞劉士龍 爲慰撫使 固止之 仲文聽 文德還 旣而悔之 遣人給文德曰 更欲有言 可復來 文德不顧 濟鴨綠水而去 (…중략…) 與諸將 渡水追文德(제20권 영양왕편)
문덕이 수나라 군의 굶주린 기색이 있음을 보고 피로하게 하고자 하여 매번 전투 때마다 도주하니 수나라 장수가 하루 동안에 7번 싸워 모두이긴지라. 이미 여러 번 이긴 것을 믿고 동쪽으로 진격하여 살수를 건너 평양성까지 30리되는 지점에서 산에 의지하여 진을 쳤거늘,	文德이 隋軍의 飢色이 有홈을 見ᄒ고 欲引而疲之ᄒ야 每戰輒走ᄒ니 隋將이 一日之中에 七戰皆捷이라 恃其驟勝ᄒ고 東濟薩水ᄒ야 去平壤三十里에 因山爲營이어늘	文德見述軍士有饑色 故欲疲之 每戰輒走 述一日之中 七戰皆捷 旣恃驟勝 又逼群議 於是 遂進東濟薩水 去平壤城三十里 因山爲營(제20권 영양왕편)
문덕이 중문에게 시를 지어 보내어 말하기를 신통스러운 계책은 천문을 뚫었고, 묘한 계산은 지리를 다했도다. 싸움에 이겨 공이 이미 높아졌으니 만족할 줄 알아 그만두라 말하시오 하니	文德이 遣仲文詩曰 神策究天文이오 妙算窮地理라 戰勝功旣高ᄒ니 知足願云止라 ᄒ니	文德遣仲文詩曰 "神策究天文, 妙算窮地理, 戰勝功旣高, 知足願云止."(제44권 을지문덕편)

기』(표점 교감본, 허성도 역)를 인용하였다.(http://www.krpia.co.kr)

이는 아동(我東)의 오언시의 시조라.	此는 我東五言詩의 祖라	×
문덕이 다시 사자를 보내어 거짓 항복하고, 말하기를 만약 군사를 돌려서 가면 왕을 모시고 제의 행재소에 가서 직접 뵙겠다 한데	文德이 復遣使詐降曰 若旋師者면 當奉王호야 帝의 行在所에 朝호리라 호딕	文德復遣使詐降 請於述曰 若旋師者 當奉王 朝行在所(제20권 영양왕편)
수나라 장수가 병사들이 피로하고 고달파하는 것을 보고 더 싸울 수 없음이오 또 평양성이 견고하여 함락시키기 어려움이라. 마침내 군이 돌아갈새, 방진(方陣)으로 편성하여 행군하거늘 문덕이 군사를 내어 습격하니	隋將이 見士卒이 疲弊호야 不可復戰이오 又 平壤 城固호야 度難猝拔이라 遂 班師홀식 爲方陣而行이어늘 文德이 出軍鈔擊호야	述見士卒疲弊不可復戰 又平壤城險固度難猝拔 遂因其詐而還 述等爲方陣而行 我軍四面鈔擊 述等且戰且行(제20권 영양왕편)
살수에 이르러 수나라 병사들이 반쯤 건넜더라. 고구려군이 그 후미를 공격하여 장군 신세웅이 전사하니 여러 군들이 함께 무너지고 장수와 군사가 달아나면서 돌아오니 밤낮 하루 동안에 압록강에 도달하니 450리를 갔더라.	至薩水에 隋兵이 半渡라. 麗軍이 尾擊호야 將軍辛世雄이 戰死호니 諸軍이 俱潰호고 將士奔還호야 一日一夜에 至鴨水호니 行四百五十里라.	至薩水軍半濟 我軍自後擊其後軍 右屯衛將軍辛世雄戰死 於是 諸軍俱潰 不可禁止 將士奔還 一日一夜 至鴨綠水 行四百五十里(제20권 영양왕편)
내호아도 또한 고구려군이 유인한 바 되어 크게 패하니 겨우 몸만 빠져나왔더라. 처음에 요하를 건넜을 때에는 무릇 일백만오천 명이러니 요동으로 되돌아간 자는 다만 이천칠백 명이었다. 수만에 달하는 군량과 군사 기재들이 탕실되었다.	來護兒도 亦爲麗軍所誘引호야 大敗호니 僅以身免이라. 初에 隋軍渡遼者凡一百萬五千이러니 及還至遼東에 只二千七百이오 資糧器械의 蕩失이 巨萬計라.	來護兒聞述等敗 亦引還(…중략…) 初九軍度遼 凡三十萬五千 及還至遼東城唯二千七百人 資儲器械巨萬計(제20권 영양왕편)
후에 나라 사람이 평양에 사당을 짓고 문덕을 제사하여 이르기를 忠武祠라 하고 지금 평양에 돈(頓) 씨가 그 후손이요 석다산 아래에 세연지(洗硯池)가 있으니 곧 공의 수학하던 곳이라 말하더라.	後에 國人이 建祠於 平壤호야 以祀文德호니 曰 忠武祠라 호고 今 平壤에 頓氏가 其遺裔요 石多山下에 洗硯池가 有호니 卽公의 修學호든 處라 云호더라	×

위의 분류표를 보면, '인물고'에 실은 「을지문덕전」과 『삼국사기』의 내용이 매우 유사하다는 것을 알 수 있다. 『삼국사기』 중 고구려본기 영양왕편과 열전편 중 을지문덕편의 내용을 요약하여 구절형 국한문체로 실었음을 확인할 수 있다. 이 가운데 『삼국사기』 중 비어있는 곳은 『삼국사기』에는 나오지 않는 부분으로 저자가 직접 넣은 것으로 추측된다. 을지문덕을 소개하는 부분 두 곳과 오언시의 시조를 밝히는 부분, 또 충무사와 세연지 고적을 말하는 부분 등이 그것이다.

특히 「을지문덕전」에서는 나라를 구한 영웅의 행동뿐만 아니라 영응이 적장에게 보낸 시에 대해서도 원문 그대로 실으며 집중하고 있다. "신통스러운 계책은 천문을 뚫었고, 묘한 계산은 지리를 다했도다. 싸움에 이겨 공이 이미 높아졌으니 만족할 줄 알아 그만두라 말하시오 하니 이는 아동我東의 오언시의 시조라"[27]라는 부분에 주목해볼 필요가 있다. 오언시의 출발을 적장에게 보낸 시에서 찾고 있다는 점, 또한 이를 문학적인 부분에서 환원하고 있다는 점은 「을지문덕전」을 통해서 문학적인 원류를 발견하고자 하는 의도로 볼 수 있다. 또한 이후 충무사와 세연지라는 실제 고적을 통해 그 배경을 설명하고 있는 것도 고적에 '서사'를 담고자 하는 의도로 읽힌다. 이처럼 「을지문덕전」은 『삼국사기』의 역사적인 상황에 대한 나열에서 더 나아가 문학적 가치를 재발견하고, 또 고적과 역사에 서사를 덧입히고 있음을 확인할 수 있다. 결국 이는 중국이나 서양을 통해서 이입된 문학이 아니라, 우리 고유의 자생적 문학에 대한 의식을 엿볼 수 있는 것이다.

이러한 「을지문덕전」은 뒤에 16호에서는 '잡조'에 실린 「夢拜乙支將軍記」로 변주된다. 「몽배을지장군기」는 몽유록체의 서사물로 "입몽→몽유→각몽의 전통적 형식"을 따르고 있다.[28]

---

27 文德이 遺仲文詩曰神策究天文이오 妙算窮地理라 戰勝功旣高ᄒ니 知足願云止라 ᄒ니 此
ᄂ 我東五言詩의 祖라.(「을지문덕전」, 『서우』 2, 1907.1.1, 36면)
28 「몽배을지장군기」에 대한 논의는 거의 이루어지지 못했는데 그중 류양선과 문한별의 논의를 들 수 있다. 류양선은 「몽배을지장군기」가 전통적 형식인 몽유록의 형태를 다르고 있으며, 박은식의 「몽배금태조」와 같이 교육구국론을 강조하고 있다고 설명한다. 특히 「몽배을지장군기」는 「몽배금태조」를 예비하고 있던 작품으로 보고 있다.(류양선, 앞의 글, 112면) 문한별은 「몽배을지장군기」에서 몽유록체의 특성상 액자 구조를 형성하고 있다고 설명한다.(문한별, 「근대전환기 학회지의 서사체 투영 양상」, 『우리어문연구』 35, 우리어문학회, 2009.9, 450면)

내가 전날에 경의열차로 평양에 도착하여 지금과 옛적을 굽어보고 우러러 볼 적에, 고구려 시대에 굳세고 강한 패업이며 을지문덕공의 위대한 공적을 상상하매 천년의 세월 아래 문득 눈에 어린다. 나 여기에 개연히 한탄하여 이르기를 점치는 이가 말하되 나라에 한 사람이 있으면 그 나라가 망하지 않으리라 하니 어찌 믿지 못하겠는가. 고구려가 작은 지방으로써 수나라의 백만 대중을 격파하고 독립을 공고케 한 자는 을지공 일인의 공이니 우리나라 현재에도 을지공으로 있게 한다면 독립의 패업이 족히 열강을 능가할지니 금일 비참한 지경이 어찌 있으리오 하고 인물의 강함과 쇠함을 한탄하여 한숨을 지으며 눈물을 흘리러니.[29]

입몽에 해당하는 첫 부분은 꿈을 꾸게 된 개연성이 부여되고 있다. 즉 '나'는 경의열차를 타고 평양에 도착하여 고구려 시대의 공적을 살펴보게 된다. 그러면서 살수대첩은 을지문덕이라는 영웅의 힘이라 여기며 안타까워한다. 이 부분은『삼국사기』권 제44권 열전 제4권 을지문덕편에 나와 있는 역사관과 유사하다. "양제의 요동 전역은, 출동 병력이 전례가 없을 만큼 거대하였다. 고구려가 한 모퉁이에 있는 조그마한 나라로서 능히 이를 방어하고 스스로를 보전하였을 뿐만 아니라 그 군사를 거의 섬멸해버릴 수 있었던 것은 문덕 한 사람의 힘이었다. 전에 이르기를 "군자가 없으면 어찌 나라를 다스릴 수 있으리오?"(『춘추좌

---

29 余가 日昨에 京義列車로 平壤에 至ᄒ야 今古를 俯仰홀식 高句麗時代에 雄强한 覇業이며 乙支文德公의 偉大흔 功蹟을 想像ᄒ미 千載之下에 怳然在目이라. 余於是에 慨然發嘆日占人이 云ᄒ되 國有一人이면 其國이 不亡이라 ᄒ니 豈不信哉아 高句麗가 以偏小之邦으로 隋의 百萬大衆을 擊破ᄒ고 獨立을 鞏固케 흔 者는 乙支公一人의 功이니 我韓 今日에도 使乙支公而在者면 獨立의 覇業이 足히 列强을 凌駕홀지니 엇지 今日慘境이 有ᄒ리오 ᄒ고 人物의 降衰를 嘆ᄒ야 獻歔泣下러니.(大痴子,「몽배을지장군기」,『서우』16, 1908.3.1, 25~26면)

전』)라고 하였는데 참으로 옳은 말이다"³⁰라고 을지문덕편 말미에 적혀 있다. 즉 『삼국사기』의 역사관에서는 한 명의 영웅이 나라를 구하는 것으로 이는 개인인 영웅에 의지하는 것을 보여준다.

그 밤 꿈에 충무사 터를 찾아가니 한 대장군이 장검을 품고 나를 불러 앞에서 말하기를 네가 고구려의 패업으로써 일개 나 을지문덕의 공으로 인식하는가. 그렇지 않다. 당시 고구려의 민족은 천하에 극히 용맹한 민족이라. 그래서 저 양광(수나라 양제 양광)의 백만 대중이 수륙병진하여 국경으로 압박해 오는데 전국 인민이 털끝 하나도 겁내지 않고 각자 분노를 떨치며 싸우자 하여 대적을 보고도 없는 듯이 여기니 이는 내가 손을 빌려 성공한 이유라. 내가 수천의 매우 날쌔고 용맹스러운 기병을 거느리고 적의 백만 대중을 추격할 때에 일당백의 용기를 갖지 않는 사람이 없었으니 그 민족이 용맹하지 않았다면 어찌 이와 같을 수 있겠는가. 고구려민족으로 하여금 오늘날 대한민족과 같이 나약하고 물러난다면 을지문덕이 두 명이라 해도 어찌 이와 같으리오. 그러나 오늘날 대한민족이 즉 고구려민족이라. 예전에 어찌 저와 같이 용맹하고, 지금 어찌 이와 같이 나약하리오. 하면 오직 그 교육 여하에 있는지라.³¹

---

30 論曰 煬帝遼東之役, 出師之盛, 前古未之有也, 高句麗一偏方小國, 而能拒之, 不唯自保而已, 滅其軍幾盡者, 文德一人之力也. 『傳』曰 "不有君子, 其能國乎." 信哉.(김부식, 『삼국사기』 제44권, 열전 제4(표점 교감본, 허성도 역), 한국사사료연구소, 한국의 지식콘텐츠, http://www.krpia.co.kr)

31 是夕之夢에 忠武祠故址를 尋往ᄒᆞ니 一大將이 長劒을 伏ᄒᆞ고 招余而前曰爾가 高句麗의 覇業으로써 一個余乙支文德의 功으로 認ᄒᆞᄂᆞᆫ가 不然ᄒᆞ다. 當時 高句麗의 民族은 天下에 最히 勁悍ᄒᆞᆫ 民族이라 所以로 彼楊廣의 百萬大衆이 水陸並進ᄒᆞ야 壓於境上호ᄃᆡ 全國人民이 毫不畏㤲ᄒᆞ고 各自奮憤欲戰ᄒᆞ야 視大敵如無ᄒᆞ니 此는 余所以藉手成功者라 余가 數千精騎를 率ᄒᆞ고 敵의 百萬大衆을 追擊홀 時에 無不以一當百ᄒᆞ얏스니 非其民族之勁悍이면

저자는 꿈에 을지문덕 장군의 사당인 평양 충무사 터에 찾아간다. 그
곳에서 만난 을지문덕 장군은 저자가 낮에 떠올렸던 사상에 대해서 정
면으로 반박한다. 살수대첩의 대업은 일개 한 사람의 공, 즉 을지문덕
자신의 공으로 치부될 수 없는, 고구려 민족 전체의 노력으로 이루어진
과업이라 주장한다. 즉 한 나라를 지키는 것은 단 한 명의 영웅으로서
는 역부족으로 민족 전체의 방어와 용맹이 아니고서는 불가능하다는
것이다. 입몽의 과정, 즉 먼저 터를 둘러보며 을지문덕에 대해 기리던
그 마음을, 실제 꿈속에서 반박 당하며 새로운 깨달음을 얻고 있다. 영
웅이 없음을 한탄할 것이 아니라 옛 고구려 민족의 피가 흐르는 현재
대한의 민족을 교육으로 살려내라는 당부가 이어진다.

(가) 내가 석다산 중에 일개 선비로 영양왕조의 불세의 은혜를 입어 대신
의 직을 맡으니 그 때에 양광이 광대한 강토를 점유하고 풍부한 기업을 업신
여겨 호시탐탐 악한 마음이 끝이 없으니 우리나라가 그 침략을 피치 못할
상황이라. 이 때문에 장차 대적을 방어하여 나의 강토 인민을 보전할 방책을
궁구하니 억조의 멀어진 마음(億兆離心) 십신(十臣)의 동덕(同德)은 상주
(商周)시대에 대적하지 못하는 바라. 이때에 나의 군민을 주야로 훈련하여
용맹용감한 성질과 동심동덕의 단체를 양성하니 저 무리가 비록 우리보다
백배이나 그 기가 주리고, 그 마음이 떠나니 어찌 능히 우리를 대적하리오.[32]

능如是乎아 向使高句麗民族으로 今日大韓民族과 如히 懦劣退縮ㅎ면 二個乙支文德이 其
如之何오 雖然이나 今日 大韓民族이 卽 高句麗民族이라 昔何勁悍如彼며 今何懦劣如此오
ㅎ면 惟其敎育如何에 在ㅎ지라.(「몽배을지장군기」, 26면)

32 余가 石多山中에 一士子로 嬰陽王朝의 不世之遇를 被ㅎ야 大臣의 職을 擔ㅎ니 是時에
楊廣이 廣大흔 疆宇를 據有ㅎ고 豊富흔 基業을 藉ㅎ야 虎視眈眈에 狼心이 無騺ㅎ니 我國
이 其 侵略을 不免홀 勢라. 是以로 將次大敵을 捍禦ㅎ야 我의 疆土人民을 保全홀 籌策을

(나) 오늘날 대한이 경쟁시대에 처하여 있어 악한 마음을 품은 다른 민족이 끊이지 않고 계속함에 이르매 주야로 우리를 기회를 도리며 우리를 침해하여 욕보이니 집어삼키려는 힘이(呑噬之勢) 대단히 긴박한데 조정의 신하들의 맡은 직무를 게을리함이 날이 갈수록 심하고 민족의 교활함과 나태함이 태연하여 마루와 처마가 타버릴 지경임에도(棟宇將焚) 제비와 참새가(鳶雀) 서로 즐거워하는 태도를 지으니 어찌 오늘날 비참한 지경을 면할 수 있으리오. 비록 그러하나 이는 우리 민족의 교육이 결핍한 연고요 고유한 성질의 죄는 아니라 두려워하며 경계할 것이거늘 기왕에 놓쳤거니와 수유(收楡)의 법을 장래에 마땅히 힘쓸지라.[33]

교육에 대한 당부 다음에 이어지는 말은 주나라 무왕의 태서에 나왔던 "億兆離心 同心同德"이다. 이는 주나라 무왕이 은나라를 치면서 군사들을 독려하며 했던 말로서, 비록 은나라 왕 수에게 신하가 억조라 해도, 이미 떠난 마음이라 자신의 어진 신하 열 사람만 같지 않다고 말한 바 있다. 즉 그 나라의 힘은 그 숫자에 있는 것이 아니라 그 마음에 있음을 말하고 있는 것이다.

이러한 당부는 (나)에서 우화와 연결된다. "棟宇將焚에 鳶雀이 相樂ᄒᄂᆫ 態度를 作ᄒᄋᆞᆺ스니"라는 말은 공자와 그 제자들의 언행을 모은

<hr/>

講究ᄒ니 億兆離心과 十臣同德은 商周의 不敵ᄒᆫ 바라 於是에 我의 軍民을 日夜訓鍊ᄒᄋᆞ야 勁悍勇敢의 性質과 同心同德의 團體를 養成ᄒ니 彼衆이 雖百倍於我나 其 氣가 餒ᄒ고 其 心이 離ᄒ니 烏能敵我哉리오.(「몽배을지장군기」, 26~27면)

33 今日 大韓이 處在競爭時代ᄒᄋᆞ야 狠心殊族이 陸續而至ᄒᄋᆞ며 日夜로 我를 窺伺ᄒᄋᆞ며 我를 侵凌ᄒᄋᆞ야 呑噬之勢가 迫在垂眉ᄒᄃᆡ 朝臣의 恬嬉가 日甚ᄒ고 民族의 嫭惰가 自若ᄒᄋᆞ야 棟宇將焚에 鳶雀이 相樂ᄒᄂᆫ 態度를 作ᄒᄋᆞᆺ스니 엇지 今日 慘境을 得免ᄒ리오, 雖然이나 此ᄂᆫ 我邦民族의 敎育이 缺乏ᄒᆫ 緣故오 固有ᄒᆫ 性質의 罪는 아니라 惕號의 戒ᄂᆯ 己失於旣往이어니와 收楡之圖를 宜勉於將來라.(「몽배을지장군기」, 27면)

『孔叢子』의 「論勢篇」에 나오는 말로서, 이는 제비와 참새가 안채의 처마에 둥지를 틀고 있으면서燕雀處堂 부엌에서 불꽃이 피어올라竈突炎上 마루와 처마가 타버릴 지경인데도棟宇將焚 얼굴빛도 변하지 않으며 화가 장차 미칠 것임을 모른다燕雀顏色不變, 不知禍之將及也는 내용의 우화이다. 즉 풍전등화의 상황 속에서도 조정 신료들은 이를 감지하지 못한다며 정치를 비판하며 풍자하고 있는 것이다.

　　즉 지금부터 일반 사회에 교육을 면려하여 용맹용감의 성질과 동심동덕의 단체를 양성하면 청년자제 중에 무수한 을지문덕이 배출하야 국권을 회복하고 국위를 오르게 하리니 자제들에게 그 공부를 장려하라 하고 이로 인하여 일편 붉은 종이에 여덟 글자를 수여하거늘 내가 거듭 절을 하며 받고 꿇어앉아 그것을 읽으니 그 글에 말하기를, '국성국혈이 강하게 이르면 적이 없음'이러라. 내가 이에 몸이 변하여 깨어나니 땀이 흘러 등을 적셨더라. 이에 그 일을 기록하여 우리 청년제군에게 고하느니라.[34]

　　각몽 부분에서는 앞서 조정을 풍자하며 비판했던 태도에서 이제 의지하고 믿을 대상은 청년들이며, 이 청년들을 교육하여 수많은 을지문덕을 배출하는 길만이 나라를 살리는 길임을 분명히 한다. 그러면서 "國性國血至强無敵"이라는 여덟 글자를 내려주는 것으로 끝을 맺고 꿈

34　卽 自今日로 一般社會에 敎育을 勉勵ᄒᆞ야 勁悍勇敢의 性質과 同心同德의 團體를 養成ᄒᆞ면 靑年子弟中에 無數ᄒᆞᆫ 乙支文德이 輩出ᄒᆞ야 國權을 復ᄒᆞ고 國威를 揚ᄒᆞ리니 子其勉之ᄒᆞ라 ᄒᆞ고 因ᄒᆞ야 一片絳色紙에 八個字를 授與ᄒᆞ거ᄂᆞᆯ 余가 再拜而受ᄒᆞ고 跪而讀之ᄒᆞ니 其 書에 曰 國性國血至强無敵이러라. 余乃轉身而覺ᄒᆞ니 汗流浹背라 乃記其事ᄒᆞ야 告我靑年諸君ᄒᆞ느라.(「몽배을지장군기」, 27면)

에서 깨어나게 된다. 이 꿈을 우리 청년제군에게 고하고자 이렇게 글을 쓴다는 말로 마무리하고 있다.

이렇게 볼 때, 「몽배을지장군기」는 '입몽→몽유→각몽'의 상황이 이어지는 가운데 서사적 매커니즘을 이루고 있다. 즉 '꿈을 꾸기 전 나의 생각→을지문덕의 반박→교육과 동심동덕을 통한 대안→우화를 통한 정치 비판→청년에게 고함'으로 이어지는 구조이다. 내화인 꿈의 내용에서 을지문덕 혼자만의 일방적인 말이 아니라, 사실은 외화에서의 '나'의 의견, 혹은 『삼국사기』 등에 나오는 역사관에 대한 대화와 반박을 하고 있다는 것이다.

물론 이러한 몽유적인 변형은 청년을 교육시키고자 하는 대전제를 기본으로 하여 진행되고 있다. 즉 이러한 대전제를 위해 몽유적인 변형, 서사적인 반향이 이루어지고 있다는 것이다. 그러나 이러한 목적을 위해서 단순한 설명이나 선언이 아니라 역사를 '서사화'하여 변형하고 변주하고 있다는 점에 주목해야 한다. 조선 시대 서사 장르가 근대계몽기에 문면화하며 그 위치가 격상하게 된 것은 바로 이러한 목적성이 큰 역할을 하고 있었다고도 할 수 있다. 즉 계몽과 교육을 위해 기존 서사물에 대한 근대적 변형이 필요했고, 또한 역사적 사실을 그 목적에 맞추어 활용하게 되었다는 것이다.

이러한 근대적 변용은 서사물에 대한 위상을 격상시키면서 지식인 독자들을 서사물로 이끄는 견인차 역할을 하고 있었다. 또한 이를 『서우』라는 학회 잡지에서도 활용하고 있다. 그러한 점에서 볼 때, 『삼국사기』 등의 역사물은 선택, 발췌, 강조, 첨가 등의 편집에 의해 역사 전기류의 '전傳'으로 변형되었다가, 이는 다시 몽유록이라는 조선 시대의 서사류에 '지금', '여기'의 문제라는 시의성이 가미되면서 새로운 창작물로 변주하고 있는 것이다.

다시 말해서 중세의 가치인 '영웅'의 서사에서 '개인'의 서사로, 근대의 의미를 덧입혀 새로운 단편 양식이 등장하게 된 것이다. 이렇게 단편 양식이 등장하게 된 데에는 새롭게 등장한 잡지 매체의 영향 역시 간과할 수 없다. 연재물이 아니라 단편서사물의 형식으로, 지식인 독자들과 그 당대 시대라는 공통감을 형성하며 새로운 서사가 쓰이고 있었다고 할 수 있을 것이다.[35]

5) 몽유록계의 발전 가능태

『서우』는 근대계몽기 최초의 지역 학회지로서 민족 운동과 교육 운동을 함께 진행해 왔다. 또한『서우』에서『서북학회월보』로 이어지면서 1906년 12월 1일부터 발간하여 1910년 1월 1일까지 발행을 이어간 가장 오랫동안 발간된 학회지이기도 하다.『서우』는 잡지이면서도 근대계몽기 잡지의 특징, 즉 공공의 참여를 제공하는 집단적 의미의 신문 매체와, 개인적인 고백의 형태를 담지한 사적인 영역의 잡지 매체 사이라는 중간 매체적 특징을 지니고 있었다. 즉 학회 구성원을 통해서 학회지를 운영하면서 동시에 공공의 영역까지 확대하여 계몽하고 교육

---

35 『서우』에 실린 서사류들은 아직 '문예'라는 의미로 분류되지 못하고 '잡조'에 일반 산문과 함께 실려 있었다. 그러나 이러한 서사류들은 이후『서북학회월보』로 바뀌며 또한 주필 역시 박은식에서 일본 유학생 태극학회 회원이었던 김원극으로 교체되면서 다양한 변화가 시도되었으며, 그때부터 '문예'로 분리 배치하게 되었다.

하고자 했던 것이다.

이러한 차원에서 『서우』는 다양한 편집 전략을 펴게 되는데, 그 가운데 특히 역사의 서사화라는 차원에서 다양한 방법을 전개하고 있다. 전설과 역사를 장면화한 '아동고사'를 통해 유적지와 전설을 서사화하여 독자의 흥미를 유발하는 한편, 역사에 대한 자긍심을 키워주고자 했다. 또한 '인물고'를 통해 '전' 양식을 차용하여 역사를 새롭게 편집하고 있기도 하다. 이는 선택, 발췌, 강조, 첨가 등의 편집에 의해 역사 전기류의 '전'으로 변형된 것인데, 저자의 의도에 따라 '역사'가 '서사'의 영역 속에서 재편집되고 있다.

특히 '인물고'에 실린 「乙支文德傳」과 이후 '잡조'에 실린 「夢拜乙支將軍記」를 비교해 보면, 역사에서 역사전기류로 다시 몽유록적 변형으로 변주되고 있음을 확인할 수 있다. 이러한 변주는 중세의 가치인 '영웅'적 역사관에서 근대의 가치인 '개인'의 중요성을 강조한 서사물로 전이되고 있음을 보여준다. 역사를 선택, 발췌, 강조, 첨가하는 편집을 통해 새로운 서사물로 변형시키다가, 여기에 '지금, 여기'라는 문제를 몽유의 형태로 첨가하고, 우의라는 형식으로 풍자와 비판을 담지하며 근대의 새로운 단형서사물로 스스로 위치지우고 있는 것이다.

이러한 면은 결국 『서우』라는 매체가 학회의 회원, 즉 지식인 독자층을 대상으로 하면서 동시에 공공적 영역까지 확장하여 다양한 독자들을 포괄하고자 하는 의지에서 등장한 것이라 할 수 있다. 역사의 '서사화'를 통해서 역사를 교육함과 동시에 역사를 통해서 현재를 바라보고자 한 당대의 현실 인식을 확인할 수 있는 것이다. 서우학회와 박은식이 『서우』를 통해서 역사구국 운동과 보통 교육을 시행하고자 했던 차원에서 볼 때, 역사의 서사화 과정은 당연한 것일 수 있다. 역사를 서사화하여 독자들에게 좀 더 쉽게 교육적으로 접근할 수 있었던 것은 자명한 사실이다. 이에 더하여 현재적 문제를 담지하면서 역사의 서사화는 새로운 양상으로 전개된다.

따라서『서우』는 당대 개화기의 단형서사물, 특히 역사 서사물과 몽유록계의 발전 가능태를 볼 수 있는 잡지라고 할 수 있다. 이는 주필 박은식의 역사 의식과 교육 의도가 반영된 것이기도 한데, 역사를 교육하기 위해서 영웅의 '전' 형태로 서사화하고, 이를 다시 몽유의 형태로 변환하면서 새로운 풍자와 그 당대의 현실을 품는 서사물이 탄생하도록 만든 것이다. 또한 이것은 잡지 매체인『서우』에 그 역사의 서사화 과정이 그대로 담지되어 있다는 점에서 서책으로 나왔던 단행본과는 또 다른 의미가 있다. 이 과정은 바로 잡지 매체가 독자와 직접적으로 상호작용하는 가운데 형성된 것이기 때문이다. 결국 이러한 역사의 '서사화'는 새로운 단형서사, 혹은 근대계몽기의 다양한 서사물에 동참하며 그 당대의 특징으로 자리매김하고 있었다고 할 수 있을 것이다.

2. 글쓰기 형식 훈련과 '읽기'의 이중화 전략–『소년』

잡지『소년』은 최초의 근대 종합 잡지로 알려져 있다. 사실『소년』에 대한 연구는 상당히 다양한 측면에서 이루어져 왔다. 번역이나 문체 연구, 출판 상황과 연관되거나 최남선 연구 등에서 상당수의 연구가 진행되었다. 그런데 사실상 독자층에 대한 연구, 편집자와 독자와의 관계성에 대한 연구는 여전히 미흡한 상황이다.[36]

매체란 발신자와 수신자가 공존하며 만들어가는 커뮤니케이션의 도구이다. 그런 상황에서 본다면, 잡지라는 매체는 신문과는 또 다른 커뮤니케이션을 형성한다. 커뮤니케이션 안에서 독자는 이전의 일방적인 관계와는 다른 양상을 띠게 된다. 독자와의 관계 속에서 잡지를 파악하고 분

『소년』 제1년 제1권(1908.11.1) 표지

석한다는 것은 좀 더 복합적인 문학지평을 바라볼 수 있게 하는 원동력이 될 것이다.

사실 근대계몽기 매체의 성향은 그 편집자의 의도라는 측면과 원래 매체가 가지고 있는 본원적인 특성 때문에 매우 다양하게 평가될 수 있다. 신문처럼 많은 사람들에게 전반적으로 열려 있는 매체와, 잡지처럼 소수 동인들의 집단에 집중되어 있는 매체는 그 성향이 다를 수밖에 없

36 독자층에 대한 연구의 경우, 주목해 볼 논의로는 황혜진의 「잡지 『少年』의 독자투고에 대한 어문교육사적 연구」,(『고전문학과 교육』 12집, 한국고전문학교육학회, 2006)를 들수 있다. 황혜진은 『소년』의 독자에 주목하여 매체가 독자의 어문생활에 교육적으로 개입하는 양상을 설명하고 있다. 특히 언어 사용 연구에 집중하고 있다.

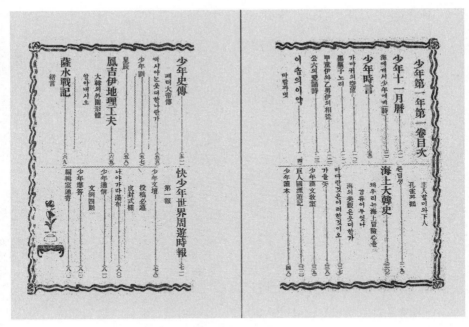

『소년』 제1년 제1권(1908.11.1) 목차

다. 또한 신문을 소비하는 독자와 잡지를 소비하는 독자는 겹쳐지기도 하지만, 완전히 이질적으로 존재하기도 한다. 여기에 더해서 관계의 방향에서 살펴볼 때도 여러 가지 변수가 존재한다. 매체가 독자에게 영향을 주기도 하고, 반대로 독자가 매체에 영향을 주기도 한다. 여기에 편집자의 의도 역시 빗나간 채로 미끄러지면서 처음 의도적으로 상정한 독자의 경향과는 전혀 다른 독자를 맞닥뜨리게 되기도 한다. 따라서 "독서는 특정한 행위와 공간 및 습관 속에서 구체화된 실천"이며 결국 새로운 독자가 새로운 텍스트를 만들어내는 원동력이 되고 있는 것이다.[37]

---

37 로제 샤르티에 · 굴리엘모 카발로, 이종삼 역, 『읽는다는 것의 역사』, 한국출판마케팅연구소, 2006, 13면.

사실 근대독자의 탄생은 근대 매체의 등장이라는 외부적인 조건, 즉 커뮤니케이션의 변환과 매우 밀접한 관계를 맺고 있다. 또한 매체적 특징에 따라 독자들의 경향은 다를 수밖에 없다. 문제는 그 독자가 완전히 새롭게 등장한 것이 아니라, 그 이전부터 꾸준히 이어오던 독자라는 점에 있다. 즉 연속과 변환을 오가는 독자들의 성향을 짚어내는 것이 근대독자 연구의 주요한 화두일 수 있다는 것이다.

어떤 면에서 근대독자의 탄생이라는 것도 어폐가 있을 수 있다. 이미 이전부터 이어져 오던 독자들이 어떻게 근대독자의 개념으로 천천히 변환되어 가는가를 파악하는 것이 더 정확할 수 있다. 겹쳐지고 이어지는 가운데, 독자들은 근대적인 경향을 어떻게 띠게 되는지, 또 그 가운데 새롭게 등장한 근대 매체의 역할은 무엇인지 살펴보아야 한다.

이러한 측면에서 이 글은 커뮤니케이션의 변환 과정 속에 있는 매체를 중심으로 근대독자의 성향을 살펴보고자 한다. 편집자의 의도에 따라 어떤 방식으로 독자를 불러 모으며 호명하고 있는지, 또 독자들은 어떻게 그 의도와는 다르게 빗나가며 미끄러지는지, 그 속에서 매체는 어떠한 성향을 띠게 되는지 살펴볼 것이다. 여기에 더해서 '소년'이라는 특별한 독자층을 지칭하며 그들을 잡지 속에 불러들이는 발간 주체의 독자 상정 전략을 면밀히 살펴, 그 속에서 근대독자라 말할 수 있는 언중들이 어떠한 방식으로 태동해나가고 있는지, 발간 주체와 독자의 상호 관계의 차원에서 논의해보고자 한다. 또한 어떻게 대중 독자와 근대지식인 독자들로 갈라지게 되는지 그 과정도 살펴볼 수 있으리라 기대한다.

1) 잡지『소년』의 발간 상황과 독자 참여 유도

잡지『소년』은 1908년 11월 1일자로 창간하여 1911년 5월 15일까지 총 23호로 종간된 최초의 종합지이다. 당시 19세였던 최남선이 신문관을 세우고 잡지『소년』을 발간한 이래, 2년 6개월간 1회의 발행정지처분과 1회의 미간 사건을 제외하고는 정기적으로 꾸준히 발간되었다.[38]

〈표 1〉은『소년』[39]의 발간 상황을 표로 정리한 것이다.

『소년』은 총 22권이 간행되었다. 이 가운데 제4년 제1권 2월호는 검열 때문에 아예 간행되지 못했다. 그러나 한 개인이 간행한 잡지였는데도 불구하고, 2년 6개월 동안 꾸준히 발간되었다는 것은 대단한 일이었다.

나는 이 잡지의 간행하난 취지에 대하야 길게 말삼하디 아니로리라.

그러나 한 마듸 간단하게 할 것은

"우리 大韓으로 하야곰 少年의 나라로 하라 그리하랴 하면 能히 이 責任을 堪當하도록 그를 指導하여라"

이 잡지가 비록 덕으나 우리 동인은 이 목적을 관철하기 위하야 온갖 방법으로 써 힘쓰리라.

소년으로 하야곰 이를 닑게 하라 아울너 소년을 훈도하난 부형으로 하야곰도 이를 닑게 하여라.[40]

38 　白淳在,「『少年』誌 影印本 出刊에 붙여」,『소년』 영인본 上卷, 문양사, 1969, 1면.
39 　이 글에서 인용하는 잡지『소년』은 문양사에서 나온 영인본(1969)을 기본으로 함. 이후 권호 면수만 표기.
40 　'권두언',『소년』 제1년 제1권, 1908.11.1.

통권	권호	발행일	비고
1	제1년 제1권 11월호	1908.11.1	
2	제1년 제2권 12월호	1908.12.1	
3	제2년 제1권 1월호	1909.1.1	
4	제2년 제2권 2월호	1909.2.1	
5	제2년 제3권 3월호	1909.3.1	
6	제2년 제4권 4월호	1909.4.1	
7	제2년 제5권 5월호	1909.5.1	
8	제2년 제6권 7월호	1909.7.1	
9	제2년 제7권 8월호	1909.8.1	
10	제2년 제8권 9월호	1909.9.1 (실제 발행일 1909.9.15)[41]	9월 15일 발행 "敬啓者 事情이 잇사와 次卷은 九月十五日에 發行하오며" ('編輯者通寄', 제2년 제7권, 62면)
11	제2년 제9권 10월호	1909.10.1 (실제 발행일 1909.10.15)	10월 15일에 발행한 듯함. (11월호 '編輯室通寄' 참조)
12	제2년 제10권 11월호	1909.11.1 (실제 발행일 1909.11.15)	11월 15일 발행 "來卷도 迫不得已 十一月 十五日에 刊出되겟스니 그리아시옵쇼서." ('編輯室通寄', 제2년 제9권, 45면)
13	제3년 제1권 1월호	1910.1.15	
14	제3년 제2권 2월호	1910.2.15	
15	제3년 제3권 3월호	1910.3.15	
16	제3년 제4권 4월호	1910.4.15	
17	제3년 제5권 5월호	1910.5.15	
18	제3년 제6권 6월호	1910.6.15	
19	제3년 제7권 7월호	1910.7.15	
20	제3년 제8권 8월호	1910.8.15	발매정지처분. 압수된 뒤, 3개월간 정간처분.
21	제3년 제9권 12월호	1910.12.15	
22	제4년 제1권 2월호	1911.2	원고검열관계로 불간.
23	제4년 제2권 5월호	1911.5.15	국판발행정지.

최남선은 이 잡지를 발간하는 취지에 대해 대한을 "소년의 나라"로 만들고, 소년들이 그 책임을 담당할 수 있도록 지도하는 것이라 밝히고 있다. 즉 소년의 훈계, 계도가 그 목적임을 알 수 있다. 그리고 동시에

---

[41] 제2년 제8권 9월호, 제9권 10월호, 제10권 11월호의 표지에는 매달 1일에 발간된다고

"훈도하난 부형으로 하야곰도 이를 닑게 하여라"라는 말을 통해서 소년을 훈계할 부모 세대 역시 이 잡지를 읽을 것을 독려한다. 이 부분은 최남선이 누구를 대상으로 잡지를 발간했는지 보여주는 대목이다. 최남선이 말하고 있는 소년이란 보호대상인 어린이를 포함하여 젊은이, 청년까지 확장된 의미라고 보아야 할 것이다.[42] 특히 그는 학교를 다니고 있는 청년을 『소년』의 구독 대상으로 삼고 있다. 즉 1차적인 독자는 학교를 다니는 소년, 2차적인 독자는 그들의 부모인 어른 세대까지 넓히고 있다. 또한 『소년』이 종합지이자 국문체[43]로 쓰인 데는 지식인 잡지를 표방하기보다는, 좀 더 보편화된 잡지가 되길 바라는 편집자의 의도가 담겨있었기 때문이었다.

우리가 이 雜誌 第一卷를 出刊한 뒤에 한 가디 不可思議할 現像을 본 것이 잇스니, 이 雜誌의 讀者가 內國少年에는 稀少하고 外國人士에 多함이러라. 우리가 생각해보니 이는 얼만콤 國語 배호난데 參考들도 하야함일 듯 하되

되어있어서, 대체로 매달 1일 발행된 것으로 알고 있지만, 잡지 맨 마지막에 나오는 '編輯室通寄'에 보면, 제2년 제8권 9월호부터 발행일이 15일로 바뀌었음을 알 수 있다. 따라서 발행일은 1909년 9월부터 폐간될 때까지 15일로 유지되었다.

42 소래섭은 "일본과 처지가 달라서 아동을 상대로 아기자기 재미있는 흥미기사는 별로 못 넣고 끝말에 가서는 오히려 이름『소년』과는 반대로 성인을 상대로 하는 일반계몽잡지가 되고 말았다"(홍일식, 『육당연구』, 일신사, 1959, 37면 재인용)라는 최남선 스스로의 말을 빌려 최남선이 소년과 아동을 구분하고 있었지만, 결국 소년은 '아동'보다는 '성인'에 가까운 개념이었다고 설명하고 있다.(소래섭, 「『少年』誌에 나타난 '소년'의 의미와 '아동'의 발견」, 『한국학보』 109, 일지사, 2002, 109면)

43 여기에서 국문체라 함은 순한글체를 의미하는 것이 아니다. 단어형 국한문체의 경우, 주요 단어만 한문이고 나머지는 한국어의 통사구조를 견지하고 있는데, 이런 의미에서 국문체라고 설명했다. 정선태는『소년』이 "문체 선택을 둘러싼 논쟁을 일단락 짓고 한국어 통사구조를 충실하게 따르는 글쓰기를 비교적 일관되게 견지"하고 있다고 설명하고 있다.(정선태, 「번역과 근대소설 문체의 발견」, 『대동문화연구』 48집, 성균관대 대동문화연구원, 2004, 82면)

또한 그쌘이 아닌 理由가 만히 잇고 또 內地에 居留하난 外人쌘 아니라 外人國에 잇난 外人꺼디 請覽하난 者 ┃ 만흐니 우리의 微한 一雜誌가 能히 內外人의 愛顧를 蒙하게 됨은 感謝하난 바이어니와 우리가 對手로 하랴 하고 우리가 從遊하랴던, 우리 新大韓少年界에서는 別노 反響이 없슴을 보고 우리는 목을 노아 울디 아니티 못하얏소[44]

『소년』의 편집후기를 보면 편집자가 상정하고 있는 독자 대상은 외국에서 유학을 한 지식인층이 아니라, 조선 내에서 보통학교를 다니는 수준 혹은 한글 교육을 받은 수준의 학생들임을 알 수 있다. 즉 『소년』은 조선 안의 보통의 소년들을 독자 대상으로 삼았던 것이다. 그러나 실제 『소년』을 구독한 독자가 생각 외로 적은 것에 상당히 당황하고 있다. 심지어 외국인들도 관심을 가지는 등, 외국에서 더 호응이 있는 듯하자 자신들의 의도와는 달라 실망했음을 은연중에 보여준다. 국내에서 생각보다 반향이 크지 않다는 점에서 편집진이 고민하고 있는 것이다.

먼저 本誌는 한 執筆人의 손으로서 된 것과 이것이 半年이 넘은 뒤까지도 겨오 三四十의 讀者에게 낡힘을 말호리라. 힘쓰난 사람이 이믜 그러케 홀노오 또 도라보난 사람이 그러케 드므니 그 影響의 範圍가 적고 좁음은 다시더 할 말 업나니 한 雜誌의 使命을 다하난 위로 이것을 보건댄 實노 微微하다 할 밧게 업도다. 그러나 우리는 남에게 對하야 자랑코자 하난 일이 잇노라. 무엇이뇨. 밧부고 몸읇하 하난 외로운 少年의 匆忙中 만드난 것에 한 사람이

44   '編輯室通寄', 『소년』 제1년 제2권, 1908.12.1, 80면.

라도 讀者란 것이 생기고 생긴 讀者가 거의 다 이째까지 繼續하고 또 한아·
둘씩이라도 달달이 늘기만 하야 一年ㅅ동안에 二百에 갓가운 顧客이 생김이
그 한아이오, 첫 달에 겨오 여섯의 讀者를 엇고 둘째ㅅ달에 겨오 열넷의 讀者
를 엇어 겨오 數三十名 讀者를 여덟·아홉 달 두고 엇으니 그 零星한 法이
比할대 업거늘 그러나 요만한 讀者를 가지고도 恒常 밋고 바라난 情을 變치
안코 一年ㅅ동안 그런 대로라도 繼續해온 發行人과 執筆人의 純心이 그 둘이
니, 合하야 말하면 주려난 사람이나 밧난 사람이 온전히 誠意로 酬應하얏다
함이라 슱흐다 이러한 世上에 새벽별보담 보기 어려운 誠意를 이 雜誌의 執
筆人과 讀者 사이에 보니 이 웃지 남에게 자랑할 만한 일이 아니리오. (…중
략…) 오직 執筆人으로 말하면 正直한 일을 가지고 眞實하게 勞役하난 快樂
의 芳醇를 臨時臨時 맛본 利益이 讀者의 엇을 수 업난 것을 엇음이며 至於新
大韓이란 것을 가르치려 하고 또 그 일을 만드난 우리 少年의 精神과 그 일을
擔任한 우리 少年의 幸福을 말하려 함에는 나는 힘쓰지 아님이 아니나 힘쓴
만큼 드러난 功課는 잇슬 것갓지 아니한지라.[45]

처음 제1년 제1권(1908.11)이 나간 이후, 실제 독자 수는 처참하리만
큼 적었다. 첫 달에 6명, 둘째 달에 14명의 독자를 얻었고, 이후 8, 9개
월 후 30명으로 늘어났다고 한다. 그러다가 1년이 되면서 200명 가까
운 독자를 얻었다고 자평하고 있다. 사실 이렇게 독자수가 급격히 증가
할 수 있었던 것은 편집자인 최남선의 노력이 지대했다고 할 수 있다.
사실 최남선은 근대 매체의 독자이면서 잡지의 편집자 혹은 기자를

---

[45] '第壹朞記念辭', 『소년』 제2년 제10권, 1909.11.15, 5~7면.

꿈꿨던 인물이다. 즉 지식인 독자로서 스스로 글쓰기를 욕망하며 실제로 그것을 실현시킨 인물이었던 것이다. 특히 그는 독자들의 글쓰기 욕망을 누구보다도 더 공감하고 있었다.

내가 新聞을 닑기 始作하기는 十歲前부텀이라. 爾來 十數年間에 하루도 報紙에 對한 精誠이 懈弛한 일이 업섯슬 쑨더러 오랫동안에 생각이 讀者로부터 漸漸 記者로 나아가 機會만 잇스면 한번 報舘業을 일삼아보리라 하얏스니 最初의 新聞寄稿는 十二歲時라 堂堂한 政論=더욱 革新策十二條를 만들어 아모 新聞에 投書하얏스나 이것은 不幸히 沼書의 慘을 遭하고 其後 三年만에 다시 달은 新聞에 自請으로 寄稿家가 되야 이번에는 多幸히 容納함을 엇어 나의 報紙上 生涯가 始初되니 이 째의 깃거운 법은 形諭하기 말이 업섯슴은 毋論이라, 이러하야 同情範圍의 極히 좁은 少年의 가슴에는 冕旒冠 아니쓴 帝王된다난 어림업난 바람이 속깁히 박엿노라.

그러나 이째까지의 나의 報紙에 關한 智識은 極히 淺薄한지라, 눈에 지낸 것으로 말하야도 內地에서 刊行하난 쏠갓지 아니한 두어 가지밧게는 上海에 在留하난 西人들의 漢字로 刊行하난 『萬國公報』 『中西教會報』 兩種과 日本에서 刊行하난 『大阪朝日新聞』 『萬朝報』와 밋 『太陽』 『早稻田文學』의 舊舊紙밧게는 다시 본 것이 업더니 밋 十五의 秋에 日本으로 건너가본즉 놀납다 그 出版界의 우리나라보담 盛大함이여 한번 발을 冊肆에 드러노흐면 定期刊行物・臨時刊行物 할 것 업시 아모 것도 본 것 업고 쏘 그 等物의 內容이나 外貌에 對하야 조곰도 批評할 만한 知見업난 눈에 다만 多大하다, 宏壯하다, 璀璨하다, 芬馥하다, 一言으로 가리면 엄청나다의 感이 날 쑨이라, 무엇에 對하야서던지, 무슨 구경을 할 째에던지 우리나라 事物에 比較해보아 무슨 한 생각을 엇은 뒤에야 마난 이 사람이라, 이를 對할 째에도 그 압혜 한번 머리를 숙엿고, 숙엿다가 한숨쉬고, 한숨쉬다가 주목쥐고, 주목쥘 째에 곳 "이 다음 機會가 잇슬터이지" 하난 밋지 못할 空望을 쎠안고 스스로 寬慰함이 잇섯노라.[46]

위의 글에 따르면, 최남선이 신문을 읽기 시작한 것은 10세 전이고, 12세 때는 비록 낙방은 하였으나, 실제로 신문에 기고를 시도해 보면서, 신문을 보며 '글쓰기'의 욕망을 키우고 있었다. 매체에 참여해서 글을 쓰고 싶었던 최남선은 기고를 하게 되지만, 낙방을 하고 만다. 그러다 3년 후 다시 시도한 글쓰기가 실리면서, "이 째의 깃거운 법은 形諭하기 말이 업섯슴은 毋論"이라며 그 기쁨을 표현하고 있다. 동시에 이러한 투고의 경험은 "冕旒冠 아니 쓴 帝王"이 되는 기분까지 들게 했다. 즉 이러한 독자 참여가 가지고 있는 기쁨과 효과에 대해서 최남선은 이미 자신의 체험으로 뼈저리게 알고 있었다는 것이다. 또한 이러한 독자 참여는 그 매체에 대한 충성도 역시 강한 독자가 되도록 격려하는 길이었다. 따라서 근대 매체 속에서 커뮤니케이션의 기쁨을 맛본 최남선은 일본에서 매체 발달을 보고 충격에 휩싸이게 되었다. 결국 독자로서의 쓰기 욕망이 편집이나 기자로서의 쓰기 욕망으로 변화되고 있는 것이다. 또한 이것은 잡지를 만들게 한 원동력이자, 어떻게 이 잡지를 이끌어가고, 독자를 끌어들일 것인가를 누구보다 잘 알게 만드는 수단이 되었을 것이다.

따라서 이처럼 독자에서 기자로 글쓰기의 욕망을 적극적으로 전환한 최남선은, 독자유도를 위해서 두 가지의 독자 전략을 사용한다. 하

---

46 '少年時言', 「『소년』의 旣往과 및 將來」, 『소년』 제3년 제6권, 1910.6.15, 12~13면.

나는 제도적 전략으로서 독자투고의 글쓰기 형식을 훈련시키는 것이었고, 다른 하나는 편집기술적 전략으로서 이는 텍스트 내부에서 독자가 스스로 텍스트를 즐길 수 있도록 잡지의 구성 안에서 커뮤니케이션을 구사하는 것이었다. 이에 대해서는 다음 절에서 살펴보도록 하겠다.

2) 독자투고의 제도화와 글쓰기 형식 훈련-제도적 전략

『소년』이 종합지로서 처음부터 독자투고를 제도화하고 있다는 점은 매우 중요한 부분이다. 이 제도 자체가 제대로 이루어지지 못했다고 해도, 잡지에서 시도한 참여 제도로서는 매우 흥미로울 수밖에 없다. 또한 이것은 잡지에서 시도되기는 했지만, 열린 매체인 신문 매체의 시도, 즉 독자투고, 독자 참여 방식과 좀 더 가까운 형태로 보인다.

　　○ 本誌는 어대싸디던디 우리 少年에게 剛健하고 堅確하고 窮通한 人物되기를 바라난 故로 決코 軟弱 懶惰 依恃 虛僞의 마음을 刺激할 쯧한 文字는 됴곰도 내이디 아니할 터이오 그러나 美的 思想과 心神薰陶에 有助할 것이면 硬軟한 것이라도 됴곰됴곰 揭載하겟소.
　　○ 硬軟한 것을 主張하야 兒童의 好奇心과 歡意를 迎合하고 온갖 懸賞과 抽籤을 行하야 白紙 갓흔 兒心에 虛慾과 僥倖心을 印케 하난 것은 外國雜誌의 通弊ㅣ라 이것은 우리 同人이 外國에 잇슬 쌔에 깁히 恨嘆하던바ㅣ 故로 獎勵上에 不得不爲할 것 外에는 一切 懸賞을 아니할 것이오 懸賞을 하야도 玩好의 物노 하디 아니하기로 酌定하얏소.

○ 또 硬軟한 文字를 됴와 아니할 터인 故로 讀者中에 或 몸이 親히 디내인 危境難地의 일이나 알기 쉽고 周密하게 덕어보내시면 潤色할 것은 潤色하고 添削할 것은 添削하야 깃겁게 이 誌上에 내이겟소.

○ 이 紙上에는 少年讀子의 文藝를 獎勵하기 爲하야 『少年文壇』을 設置하얏스니 所感이나 所經歷이나 眞實하게 簡明하게 規定에 잇난 대로 어긔디 말고 덕어보내시면 傑出한 것으로 쏩아 내이겟소.

○ 또 이 다음부터는 『少年通信』 『少年應酬』 等 欄을 設置할 터이니 前者 는 여러분의 居生하난 짱의 名勝・故蹟・人物・特殊한 風習・方言・童謠・ 傳說 등을 明記하야 寄送하시면 次例次例로 謝禮를 드릴 터이고 名勝 故蹟 人物의 寫眞 갓혼 것은 더욱 歡迎하겟스며 後者는 本誌上에 揭載된 文字(一 句의 語義나 或 全文의 意趣)에 對하야 모르실 뜻한 것도 잇슬 뜻하기로 이 欄을 베프러 모르시난 이의 顧問에 應코댜 함이니 이 두 가디의 文例는 다 뎨 告白에 보시오.[47]

『소년』 창간호의 편집후기를 보면, 현상공모는 하지 않겠다고 명료 하게 밝히고 있다. 그것은 소년의 마음에 허욕과 요행심을 주기만 한다 며, 어떠한 재능이라든가 문학적인 자질을 보고 뽑는 것이 아니라, 내 용적으로 도움이 된다면 실어주겠다는 것이다. 여기에서 중요한 것은 "規定에 잇난 대로 어긔디 말고 덕어보내시면"이라는 말이다. 이미 잡 지 편집진이 규정을 정해 놓고, 글쓰기의 형식을 갖출 것을 요구하고 있다. 주어진 형식 속에 내용만 채워 넣으라는 주문이다. 그것은 문학

---

47 '編輯室通寄', 『소년』 제1년 제1권, 1908.11.1, 83~84면.

적인 능력을 키우고자 독자투고를 제도화하는 것은 아니라는 것을 의미한다.[48] 그렇기 때문에 새로운 형식의 창조보다는 내용에 초점을 맞추어 독자를 계도할 수 있는 것들을 요구하게 된 것이다.

먼저 '소년문단'을 살펴보면, "感懷를 書함도 可하고 見聞을 記함도 可하고 日記를 寄함도 可하고 課文을 投함도 可하고 吾鄕의 風土를 誌함도 可하고 先輩의 經歷을 錄함도 可하고 詩詞도 可하고 書翰도 可하니"[49]라고 하면서 '소년문단'은 다양한 글쓰기가 모두 가능하다고 설명한다. 그리고 "다만 거짓말 아닌 듯한 것과 首尾가 相接하야 이르랴 한 쯧이 낫타난 것이면 쎕을" 것이라며, 실제 내용을 담으면서 자신이 어떤 내용을 말하려고 하는지 주제가 분명하고 앞뒤 조리가 있을 것을 요구한다. 또한 이러한 요구를 지키지 않는다면 실을 수 없다고 단호하게 언급하고 있다.

그러면서 실제 '투고필준投稿必遵'을 두어, 어떤 식으로 써야 하는지 각각의 예를 들고 있다. 먼저 '眞實을 일티 말일'을 언급하는데 구체적으로 예를 제시하며 어떤 내용을 써야 하는지 가르쳐주고 있다. 즉 늦게 일어났다면, 늦게 일어났다고 써야지, '텃닭 울면서'라고 거짓으로 써서는 안 된다는 것이다. 또한 소년이라면 소년에 맞게 써야지, 어른의 흉내를 내려 하지 말라며 그 나이에 맞는 글을 쓰라고 강조한다.[50]

---

48 이러한 면에 대해서 한기형은 『소년』과 『청춘』은 근대지식의 '외부'에 있었던 문학을 근대지식의 '내부'로 끌어들였다고 설명하고 있다. 즉 문학은 근대 지식의 하위 범주로 배치되면서, 문학이 잡지의 필수 요소가 되고, 근대문학의 사회적 확산이 강화되었다고 보는 것이다.(한기형, 「최남선의 잡지 발간과 초기 근대문학의 재편」, 『대동문화연구』 제45집, 성균관대 대동문화연구원, 2004, 230~231면 참조)
49 '少年文壇', 『소년』 제1년 제1권, 1908.11.1, 78면.
50 「眞實을 일티 말일」 假令 兒孩 둘이 노리를 가고도 成句가 잇다고 '冠童六七人'이라 하던

다음으로 '簡要을 듀댱할 일'이라고 하면서 미사여구보다는 사실 전달에 중점을 두라고 설명한다. "어제 져녁 八時에 우리 아바님이 서울노부터 還宅하시다"로 간단하게 사실을 전달할 일이지, "오래 留京하시면서 學校設立일에 奔走하시던 아바님씌서 어제 서울노서 還宅하시난데 다락원 酒幕에서 點心이 늦게 되고 議政府 안말에 親知을 타디셔 이럭뎌럭 遲滯가 되야 밤 八時나 되야 抵達하시엿난데 째에 洞里ㅅ개들은 서투른 검은 옷을 딧더라"⁵¹라고 미사여구를 붙여 문학적인 표현을 가미하는 것을 금하고 있다. 여기에서 알 수 있듯이 『소년』은 문학적인 미를 강조하지 않고, 도리어 간단하고 쉽게 전달할 수 있는 글쓰기를 가르치고 있다.⁵²

마지막으로 "居住姓名을 明記할 일"⁵³이라고 하여 꼭 형식을 지키라고 당부한다. 여기에서 재미있는 것은 '봉투양식封套樣式'까지 설명하고 있다는 점이다. 봉투의 앞·뒷면 모두 쓰는 법이 있어서 누구라도 따라 쓸 수 있도록 가르쳐주고 있다. 이는 기본적으로 『소년』이 상정한 독자가 어느 정도 지식을 갖춘 대상이라기보다 배움이 옅은 어린 청년, 소년들을 대상으로 하고 있다는 것을 보여준다. 즉 학교의 가르침처럼 잡지가 그 역할을 하겠다는 것이다. 그러면서 "本誌가 少年文學을 主張하야 發刊함이 아니라 다만 讀者의 글을 奬勵도 하고 구경도 할 次"로 '소년

디 秋成時의 敍事에 傳習이라고 먹디도 아니한 '黃鷄白酒'를 쓰든디 늦게 이러난 것을 남에게 알니기 붓그럽다 하야 日高三丈한 뒤에 이러나고도 日記에는 '텃닭 울면서'라 하든디 어린 兒孩에게는 當티도 아니한 公共事業의 經營과 酒煙에 關한 일을 쓰든디 하난 것은 다 그딧말이라.('投稿必遵', 『소년』 제1년 제1권, 1908.11.1, 79면)

51   '投稿必遵', 『소년』 제1년 제1권, 1908.11.1, 79면.
52   분량의 경우 "一行에 十七字ㅅ식 十七行以內"로 한정하고 있다.
53   '投稿必遵', 『소년』 제1년 제1권, 1908.11.1, 79〜80면.

문단'을 개시한다고 명기한다. 즉 문학적인 소양을 요구한다거나, 문학가를 꿈꿀 것을 종용하는 것이 아니라, 단지 독자들의 참여를 유도하고 현재 독자들의 글쓰기 방식이 어떠한지 구경하겠다는 의미인 것이다.

〈표 2〉'소년문단'과 '소년통신'에 투고한 글 전체 정리표

순서	출처	글형식	투고자이름	투고자지역	권호	분량
1	소년문단	일기	강문환	한성	제2년 제1권(1909.1.1)	44행
2		일기	최정흠	한성	제2년 제1권(1909.1.1)	39행
3	소년통신	방언	강희목	경북 봉화	제2년 제1권(1909.1.1)	14행
4		방언	강창희	강원 철원	제2년 제1권(1909.1.1)	5행
5		고적	윤영우	의주	제2년 제2권(1909.2.1)	12행
6		고적	강주준	경남 진주	제2년 제2권(1909.2.1)	12행
7		고적	강희목	경북 봉화	제2년 제2권(1909.2.1)	49행
8		동요	최정흠	한성	제2년 제3권(1909.3.1)	31행
9		동요	최정흠	한성	제2년 제4권(1909.4.1)	41행
10		방언	△△△	전북 익산	제2년 제4권(1909.4.1)	12행
11		고적	김봉현	은성	제2년 제4권(1909.4.1)	4행
12		방언	김봉현	은성	제2년 제4권(1909.4.1)	4행

이러한 주문에 맞추어 독자들이 실제로 투고한 글은 위의 〈표 2〉와 같다. 앞서 형식을 강조하며, 규칙을 지키지 않으면 실어주지 않겠다던 『소년』이었지만, 실제 실린 '소년문단'의 글은 의외로 이 규칙을 어기고 있다. '소년문단'에는 유일하게 2편이 투고되었다. 漢城中部 校洞에 사는 姜文煥이라는 인물이 투고한 "家庭의 一日"이라는 일기와, 漢城南部 上犁洞에 사는 崔正欽이라는 15세 소년이 투고한 "나의 所恨한 所望"이라는 일기였다.

◉ 家庭의 一日
日記의 一節 漢城中部 校洞 姜文煥

東天의 紅日은 三竿이 已高ㅎ고 壁上의 卦鐘은 上午八時 를 報ㅎ는 聲에 怠惰흔 我夢이 天上雷公의 號令을 承ㅎ는 듯 枕衾을 辭除ㅎ고 窓戶를 洞開ㅎ야 通衢를 觀望홀 際에 一紙가 飄落키에 雙手로 披見ㅎ니 卽『大韓每日申報』第九百 五十號러라.

我ㅣ 비록 四肢는 怠惰ㅎ나 嗜報의 僻이 頗有홈으로 盥漱를 退停ㅎ고 次次로 閱覽타가 報紙「第三面 第三欄」에 至ㅎ야는 白言曰

"俄者鍾聲이 雷公號令 갓히 格格터니 今者警世鍾이 紙上의 又聞ㅎ네"

我少年=我少年界의 警世木鐸이로구나!

勃然히 躍ㅎ며 欣然히 悅ㅎ야 出世흔지 十七載에 無前흔 快觀을 今朝에야 始得ㅎ얏도다, 이에 歡喜홈을 自勝치 못ㅎ야 大聲으로

少年!! 少年!! 少年..

을 長呼타가 朝餐을 忘却ㅎ얏더라.

이윽고 時鐘은 於焉間 下午四時를 報ㅎ고 分針은 발셔 三十分이 已經ㅎ야 各學校의 男女學生들은 一日의 學課를 畢ㅎ고 歸家ㅎ는듸 忽然一人이 我手를 堅執ㅎ니 前日同研ㅎ든 ○○○러라

我ㅣ 新刊을 紹介코져 新聞紙를 抽出ㅎ야 同研友에게 投ㅎ얏더니

友 "아아, 出現ㅎ얏구나!

我大韓帝國의 一大新明星이 出現ㅎ얏구나?"

我 "응, 그릭, 少年 말이지"

友 "그러면, 그럿히 二十世紀 少年韓半島에"..........................

卦鐘은 秒針이 不息ㅎ고 兎烏는 飛去를 不停ㅎ니 人生此世에 大事業·大功勳을 人이라 稱코야, 뉘, 아니 希望ㅎ리 我少年이여 我少年中의 ○○○여 ○○○와 相語ㅎ는 此人이여, 아아아

"明日此時에 更相逢ᄒᆞ자"[54]

　그런데 실제로『소년』에 실린 일기의 내용을 보면, 규칙을 어긴 경우가 많았다. 분량도 44행으로, 17행 이내로 해달라는 한도를 넘기고 있으며, 내용상에서도『대한매일신보』를 받기까지 장황하게 표현되어 있다. 결국 장황한 내용이라 할지라도,『소년』의 발간을 축하하는 내용이라 실었던 것 같다. 그런데 여기에서 흥미로운 것은 두 소년이 서로 대화하는 장면이 등장하고 있다는 점이다. 마치 현실의 상황에서 현장감 그대로 보여주는 듯이,『대한매일신보』속에『소년』발간 광고를 보며 두 소년이 함께 기뻐하는 장면이 등장한다.『소년』편집자의 요구는 진실의 차원에서 명확하게 자신의 뜻을 표명하라는 것이었다. 강문환은 이러한 진실한 상황을 표출하기 위해, 현장감을 도입하여 현실적인 대화체를 사용하고 있다.

　최정흠이라는 15세 소년의 글도 마찬가지인데, "왜 우리는 海邊에서 나지를 아니하얏노!"[55]라며 바다에서 태어나지 못했음을 한탄하면서 "나는 이 설흠을 풀고 이 所望을 이루기 위하야 學業을 成就하기만 하거던 나의 튼튼한 몸은 바다와 싸호난데 쓰고 나의 넉넉한 智識은 바다를 探究하난데 쓰고 나의 가진 바 有形無形의 온갖 것을 다 바다 씨름하기에 費用하리라"라며 학업 증진을 강조한다. 결국 이것은 '소년문단' 형식에서 강조한 "다만 거딧말 아닌 듯한 것과 首尾가 相接하야 이

54　漢城中部 校洞 姜文煥, '少年文壇'「家庭의 一日」,『소년』제2년 제1권, 1909.1.1, 74~75면.
55　漢城南部 上犁洞 崔正欽, '少年文壇'「나의 所恨한 所望」,『소년』제2년 제1권, 1909.1.1, 76면.

르랴 한 뜻이 낫타난 것이면 쏩을" 것에 부합한 내용이었다. 따라서 분량을 초과하더라도 실어주었던 것으로 보인다.

다음으로 '소년문단'과 함께 소개했던 것이 '소년통신少年通信'이었다.

이 通信은 讀者 여러분쎄서 各其 사시난 곳에 잇난 名勝 故蹟 特殊한 風習 方言 俗諺 人物 産物 奇異한 自然現象 學校校訓 童謠 傳說에 關한 것을 한 가디나 두 가디나 되난 대로 덕어보내시거나 또 할 수 잇스면 略畵까디 添付하야 보내시면 順次로 내이기 爲하야 設始한 것인데 이는 讀者 여러분이 힘써 보내듀시여야 할 것이오. (아못됴록 郵便葉書로) (封套에는 別노 '少通' 두 字를 보기 쉬운 데 記入하시오)[56]

'소년통신'의 경우는 '소년문단'에 비해서 형식이 훨씬 더 강화되었다. '소년통신'에는 그야말로 다양한 글 양식들이 들어올 수 있었다. 명승, 고적, 풍습, 방언, 속담, 동요, 전설 등 굉장히 다양한 이야깃거리들을 낼 수 있는 공간이었다. 사실 '소년문단'은 아무래도 필력이나 문학적인 소양이 있는 경우에 낼 수 있지만, '소년통신'은 그러한 문학적인 능력이 없더라도 얼마든지 쉽게 독자들의 글쓰기 욕망을 채울 수 있었다. 또한 어떻게 써야 하는지는 글의 예까지 들어가면서 가르쳐주고 있다.

△文例 一 / 우리 시골에는 어늬 째부터인디 "감노아라 배노아라 대됴까디 겻드려노아라" 하난 童謠가 잇난데 그 뜻은..........한 말이라오.

---

56 '少年通信',『소년』제1년 제1권, 1908.11.1, 81면.

△文例 二 / 우리 딥에서 두어등성이룰 넘어가면 周圍가 二十里나 되난 벌 판에 풀이라고는 한해도 나본 일이 업난데 이르기를 壬辰倭亂에 倭將淸正이 練兵하던 곳이라 하나 그런디 아닌디 다서티는 못하리오

△文例 三 / 平澤은 예로부터 닐곱가디 업난 곳으로 著名하니

一은.........二는.........三은.........

四는.........五는.........六은.........

七은.........等이오

△文例 四 / 우리는.......面.....里.......學校에 다니난데 特定한 校訓은 [一] 거딧 것을 힘써 물니티라 [二] 質素를 崇尙하라 [三] 무삼일에든디 忠勤하라 의 三件인데 이만하면 아니든 말이 업난 것 갓소[57]

『소년』은 처음부터 글의 형식을 주고 빈칸에 자신이 하고자 하는 내 용을 넣으면 되도록 문형을 가르쳐주고 있다. 따라서 문장이 주어진 상 태에서 단어나 뜻만 교체하면 되도록 잡지 매체가 독자들에게 규칙을 훈련시키고 있는 것이다. 물론 이 때문에 훨씬 더 쉽게 투고할 수 있었 을 것이다.

(가) 안에 '씽'이란 方言이 잇스니 서울말노 하면 '심니가'의 意라 假令 '오섯슴니가'라 할 것이면 여긔 사람은 '왓니씽'이라 하고 '가심니가'라 할 것이면 '갓니씽'이라 하오. 그럼으로 이곳 俗談에 '安東邑長은 三씽이면 罷 한다' 하나니 '왓니씽·場,다,보앗니씽 갓니씽'을 두고 말함이오.

---

57 '少年通信', 『소년』 제1년 제1권, 1908.11.1, 81~82면.

因하야 慶尙道에 共通한 方言을 數數通報하오리다.

수ㅅ가락=술, 소=쇠, 함지박=방퉁이, 아버지=아배, 어머니=어매,[58]

(나) 晉州에 矗石樓란 名地가 잇고 壬辰亂에 論介란 義娘이 잇난 줄은 아
마 世人이 다 아를바외다. 樓下에는 一小廟가 잇고 廟前에 一帶長江이 잇고
江中에는 一大巖이 잇스니 廟는 壬辰亂時의 義妓論介를 享祀한 곳이오 江은
洛東江에 通한 南江이오 巖은 論介가 齎信投江하야 洛神을 從한 義娘巖이라
廟側에 잇난 巖壁에는 面面削鐫한 許多緊客의 姓名이 잇서 義娘의 烈魂을 衛
護ᄒ난 듯하외다. (寫眞은 追後에 揭載하겟삽.)[59]

(다) 姜周準 氏에 望함 論介에 대한 傳說을 廣搜하야 本館編輯局으로 送致
하심을 伏望하오. 그 當時의 行事와 밋 日常의 逸聞 等을 아못조록 만히 入聞
하시난 대로 隋時하야 片片錄送하시면 感謝하오리다 本執筆人 白[60]

『소년』 잡지에서 준 규칙과 맞추어 보면, '소년통신'에 투고된 글들은
상당수 실제 예문의 형식을 따라 적고 있다. (가)의 경우는 '文例 一'의
형식을 변형해서 따르고 있다. 또한 (가)에서 방언을 다룰 때 예를 들어
서 보여준 것처럼, 방언을 투고하는 경우에는 (가)의 형식을 따른다.[61]

---

58 慶北 奉花, 姜熙木 報(慶尙北道安東郡邑 近地 二三十里동), '方言'・'少年通信',『소년』
    제2년 제1권, 1909.1.1, 77면.
59 晉州郡中 安川洞 姜周準 報, '古蹟'・'少年通信',『소년』제2년 제2권, 1909.2.1, 54면.
60 本執筆人 白, 앞의 글, 같은 면.
61 예를 들어, 隱城 普興學校 金鳳鉉(『소년』, 제2년 제4권, 1909.4.1, 63면)의 경우도 마찬
    가지로, "本郡近處에 '둥'이란 方言이 잇스니 서울말노 하면 '심니가'의 意라 假令 '오엇
    슴닛가'라 할 것 갓흐면 '오엇슴둥'이라 하오"라고 하면서 (가)의 형식을 정형화시켜 따
    르고 있다. 즉 독자들도 그 형식을 따라 모방하여 적고 있는 것이다.

이는 독자들 간의 소통을 의미하는 것이다. 잡지 매체로부터 배운 형식에, 독자들이 투고한 형식까지 학습하여 독자들은 이렇게 비슷한 내용들을 투고했다. 또한 이렇게 같은 어미의 다양한 지역 방언을 보여줌으로써 편집진 입장에서는 "지역의 언어문화의 수집"을 통해 "표준적인 언어규범을 만"[62]들어 나가는 방편이 되기도 했을 것이다.

(나)의 경우는 고적을 투고한 것인데, 이는 '文例 二'의 변형이다. 또한 고적에는 내러티브가 들어가면서 이야기를 형성한다. 즉 실제 역사적 사건이나 전설, 전해 내려오는 이야기 등 서사성을 가진 이야기들이 들어오면서 서사성을 띤 문학적인 요소를 가지게 되는 것이다. 논개의 경우도 "飜信投江"이라 하여, 그와 얽힌 사건이 개입될 여지가 있었다. 또한 (다)에서처럼 편집부에서는 논개에 대한 자세한 사적을 더 보내 달라고 요청하고 있다. 이는 편집부측에서 논개에 대한 이야기, 즉 서사성을 요구하고 있다고 할 수 있다. 결국 이러한 투고들은 형식을 요구하고 있지만, 그 안에서 어느 정도 문학적인 면과도 연계될 여지를 주고 있는 것이다. 결국 이 모든 것들은 『소년』이 독자투고 자체를 제도화함으로써 독자들에게 형식을 학습시켜 독자들이 좀 더 쉽게 잡지에 투고를 할 수 있도록 돕고 있었다. 이는 독자들의 '쓰기'를 유발하고자 한 『소년』의 편집 방침이었다고도 할 수 있을 것이다.[63]

---

62 황혜진, 앞의 글, 173면.
63 '소년문단'과 '소년통신' 외에도 '소년응수(少年應酬)'가 있었다. "이 應酬는 本誌에 내인 글 中에 모를 理致와 모를 事件을 여러분 中 무르시난 사람이 잇스면 對答하기 爲하야 設置한 것이니 모르난 것은 簡明하게 葉書로 무러보시오, 對答할 만한 것이면 다음 卷마다 誌上에 對答하오리다"(『소년』 제1년 제1권, 1908.11.1, 82면)라며 독자들이 잡지를 보다가 의문이 생기면 묻는 난이었다. 그런데 '소년응수'는 투고된 바가 없어서 실제 논의에서는 제외시켰다.

3) 매체-독자 간 커뮤니케이션 전략 - 편집기술적 전략

다음은 편집기술적 차원에서의 전략이다. 이는 매체-독자 간의 커뮤니케이션을 극대화시키려는 전략이라고도 할 수 있다. 또한 이것은 독자가 텍스트를 스스로 즐길 수 있도록 편집기술적으로 개입하고 있는 것을 의미한다. 『소년』의 독자 전략은 최초의 종합지임에도 불구하고 매우 뛰어났다.[64] 그만큼 편집자가 독자로서의 입장을 잘 알고 있었다고 볼 수도 있을 것이다. 최남선 스스로 독자로서 신문에 기고를 했다가 떨어진 경험도 있었기 때문에, 그만큼 독자들이 가지고 있는 글쓰기의 욕망, 즉 글을 써서 매체에 투고하고 싶은 욕망도 너무나 잘 알고 있었을 것이다. 그만큼 독자를 의식하며, 독자가 잡지 매체에 참여하는 듯한 소통의 방법 역시 사용하고 있다.

먼저 퀴즈의 방식으로 독자들의 흥미를 잡아두고 있다.

쏘 한가디 말삼할 것은 우리나라의 全體外圍나 쏘 十三道中 어늬 道의 外圍든디 무삼 物件으로 擬像하면 됴켓다는 생각을 通奇하시거나 쏘 그려보내시면 厚하게 謝禮할 터이니 한 번 생각에 아니 나거든 두 번, 두 번에도 아니 되거든 세 번 세 번에도 아니 되거든 네 번 다섯 번 窮究하야 漢城南部 絲井洞 五十九統 五戶 新文舘內 鳳吉伊에게로 寄別하시오. 謝禮만 할 쑌 아니라 그 圖本과 華姓大啣을 本誌에 揭載하야 다갓히 그 妙相을 보겟소

---

64 전영표는 『소년』의 창간을 통해 당시 기관지 일색이었던 상황에서 벗어나 잡지가 대중과의 매스 커뮤니케이션의 매체로 독자와의 긴밀한 소통을 하게 되었다고 설명하고 있다. (전영표, 「육당 최남선의 출판행위와 『소년』지 연구」, 『출판잡지연구』 12권 1호, 출판문화학회, 2004, 12면)

『소년』제2년 제1권(1909.1.1) 퀴즈그림, 30~31면

● 알아내시오

이 아래 그림은 옷독하게 안던고음오 그런데 이것도 쏘한 우리나라 十三

道中 한 道의 擬相圖ㅣ니 어늬 道의 外圍線이 이러한가 알아내시오.[65]

위의 인용문은 「鳳吉伊地理工夫」의 글에서 "우리 大韓半島로써 猛虎

가 발을 들고 허위덕거리면서 東亞大陸을 向하야 나르난 듯 쒸난 듯 生

氣잇게 할퀴며 달녀드난 모양을 보엿스니"[66]라며 조선 지도를 토끼가

아니라 호랑이 모양이라 주장한 최남선의 이야기를 넣으면서, 독자들

---

65 「鳳吉伊地理工夫」, 『소년』제1년 제1권, 1908.11.1, 68면.
66 위의 글, 67면.

에게 퀴즈를 낸 부분이다. 우리나라 13도 중 한 도를 동물 그림으로 그려놓고, 어느 도인지 맞추어보라는 질문이다. 또한 더불어 지도나 13도의 모양을 사물에 비유하여 보낸다면 사례도 하고 이름까지 올려 게재해주겠다고 하면서 독자의 참여를 유도하고 있다.

> 左側에 可憐하게 僵仆한 者는 루이 王이오
> 左邊에 悽然하게 拱立한 者는 나폴네온 參尉라
> 무삼 까닭으로 寶冠은 毁破ᄒ고 龍袍는 撕裂하얏나뇨?
> 請컨댄 次卷의 쯔랑쓰 革新亂記를 讀하야 分解하라!⁶⁷

또한『나폴네온大帝傳』을 번역하는 가운데 루이왕의 그림을 두 면에 걸쳐서 그려놓고 역시 퀴즈를 내고 있다. 연재 글의 내용을 읽어보고 그림을 맞추어보라고 주문하고 있다. 즉 읽은 내용을 점검하면서 독자들의 흥미를 유발하는 다양한 방법을 사용하고 있는 것이다. 이는 단순히 오락의 효과가 아니라, 『나폴네온大帝傳』의 내용을 읽고 그 줄거리를 이해해야지만 맞출 수 있는 그림을 내놓았던 것이다. 독자의 흥미도 유발하면서『나폴네온大帝傳』을 좀 더 자세히 읽도록 지도하는 방편이 되었을 것이다.

다음으로는 독자와 대화하는 방식으로 독자들과 커뮤니케이션을 형성하고 있는 측면이다.

67　『나폴네온大帝傳』,『소년』제2년 제1권, 1909.1.1, 30~31면.

(가) 무엇으로 對答하얏난디 乙男伊 갓흔 兒孩로 透理티 못하얏슬 理가
업슨 則 應當 有理한 말삼이 잇슬디라 이 滋味잇고 有助한 理致를 알녀하면
아모리 어려워도 來月싸디 기다려야 하겟소

—「甲童伊와 乙男伊의 相從(一)」(제1년 제1권, 23면)

(나) (이 이약은 次次 맛잇난 데로 드러가나니 썰니버가 이 巨人國에서
무삼 英特한 일을 當하얏난디 그 滋味는 이 다음에 쏘 보시오.)

—「거인국표류기(一)」(英國 스위프트 原著, 『썰늬버旅行記』 下卷, 제1년 제1권, 47면)

(다) 제일년 제일권(전권)을 보라 이 이약의 다미를 온던히 맛보랴하거던

—「巨人國漂流記(二)」(제1년 제2권, 21면)

잡지는 신문처럼 매일 출간될 수 없는 상황이다. 따라서 하나를 연재
하더라도 한 달을 기다려서 봐야만 했다. 그런 면에서『소년』의 집필자
는 독자들을 독려하며 다음 호를 읽어줄 것을 당부하는 말들을 덧붙여
독자들과 소통하고자 했다. 즉 다음에 더 재미있는 일이 나온다며, 약
간의 화두를 제시하면서 한 달 후를 기약하는 방식으로 독자들의 궁금
증을 유발하고 있다. 또한 한 달 만에 다시 연재될 때는, 그 앞 편을 다
시 보라며 안내하기도 했다.

이 이약은 寓話家로 古今에 그 쌕이 업난 이솝의 述한 것이라 世界上에
이와 갓히 愛讀者를 만히 가딘 冊은 聖書밧게는 쏘 업다 하난 바 l 니 乙未年
頃에 우리 學部에서 編行한 「尋常小學」에도 이 글을 引用한 곳이 만커니와

世界各國 小學敎育書에 此書의 惠澤을 입디 아니한 者ㅣ 업난 바ㅣ라 新文舘
編輯局에서 其一部를 飜譯하야 「再男伊工夫冊」中 一卷으로 不遠에 發行도
하거니와 此에는 每卷四五節式 抄譯하고 싯헤 有名한 內外敎育家와 神通한
寓意도 玩味하야 엿고 쉬운 말 가운데 깁고 어려운 理致가 잇슴을 타다 處身
行事에 有助하도록 하기를 바라노라.

1. 바람과 볏 (…중략…)
(배홀일) 싸뜻한 대덥은 써까디 녹인다.
(가르팀) 사랑이 사람을 感動하난 힘이 威壓보다 활신 굿센 法이오.[68]

『소년』의 편집자는 「이솝의 이약」(第一次)을 번역하면서 기본 이야기
에 내외교육가들의 첨언을 덧붙이고 있다. 이는 소년들을 교육하고 계
도하기 위함이기도 했다. 따라서 각 이야기가 끝날 때마다 '배홀일',
'가르팀'이라 하여 그 내용을 해석하여 덧붙여 넣었다. 이를 통해서 내
용을 이해하지 못해도, 설명해놓은 말을 통해서 교훈을 삼을 수 있도록
전개하고 있다. 아무리 어린 소년이 보더라도 이해가 가능하도록 이해
를 돕는 장치를 해두었던 것이다.

나는 只今 나이 七十二歲ㄴ데 그만 다시는 내 몸을 苦롭게 아니하기로 하
고 이 오랫동안 恒常 頭업도록 도라보아 주신 하나님의 恩惠를 깁히 感謝하
오며 또 내 平生에 지내본 旅行보담 더 永遠한 저 生길을 닥그면서 날을 보내

---

68   「이솝의 이약」(第一次), 『소년』 제1년 제1권, 1908.11.1, 24~25면.

노이다.

내가 그동안 지낸 일은 이뿐 아니나 너무 張皇하면 도로혀 壓症이 생기실
뜻하야 大綱大綱 짜서 엿줌이니 仔細하게 알녀하시면 內外國文字間에 내 事
蹟이 記錄되지 아니한 데가 업스니 그것을 보시오 그러나 한 가지 願하난
것은 가장 光明스럽고 榮譽잇슬 前途를 가진 新大韓少年 여러분은 여러분의
나라 형편이 三面으로 滋味의 주머니오 보배의 庫ㅅ집인 바다에 둘닌 것을
尋常한 일노 알지 말어 恒常 그를 벗하고 그를 스승하고 또 거긔를 노리터로
알고 거긔를 일터로 알어 그를 부리고 그의 脾胃를 마초기에 마음두시기를
바라옵나니 엇졉지 아니한 말삼이나 깁히 드러주시오 그런데 한 마듸 부쳐
말할 것은 우리 모양으로 私利와 작난으로 바다를 쓰실 생각말고 좀 크게
놉게 人文을 爲하야 國益을 爲하야 眞實한 마음과 精誠스러운 쯧으로 學理研
究·富源開發 等 조흔 消遣을 잡으시기를 바람이외다.

여러분은 應當 이 늙은 사람보담 더욱 滋味잇난 海上經歷이 잇슬터이라.
좀 더 들녀주시구려.(完結)[69]

『로빈손無人絶島漂流記(六)』에서는 소설의 작가가 직접 독자들에게
이야기를 들려주는 듯한 태도를 취하고 있다. 약간의 각색을 붙여서
"大韓少年 여러분은 여러분의 나라 형편이 三面으로 滋味의 주머니오
보배의 庫ㅅ집인 바다에 둘닌 것을 尋常한 일노 알지 말어 恒常 그를
벗하고 그를 스승하고 또 거긔를 노리터로 알고 거긔를 일터로 알어 그
를 부리고 그의 脾胃를 마초기에 마음두시기를 바라옵나니"라고 하여

---

69   『로빈손無人絶島漂流記』(六), 『소년』 제2년 제8권, 1909.9.1, 43∼44면.

현재 조선의 청년들에게 바다를 향해 나아갈 것을 당부하고 있다. 즉 『소년』의 취지를 소설 속에 담아, 소설에 심취해 있는 독자들을 향해서 호명하고 있는 것이다.

『소년』의 이러한 독자 친화적인 측면들은 독자들과 대화를 나누는 듯한 착각이 들도록 만드는 문체에도 그 이유가 있다고 할 수 있다. 즉 마치 말을 거는 듯한, 옆에서 이야기를 나누는 듯한 문체를 사용함으로써, 독자들이 좀 더 친근하게 여길 수 있도록 만드는 것이다. 또한 소설 작품 속에서도 편집자의 의도를 넣어, 독자들과 소통하고 있는 것이다. 이는 『소년』의 편집자가 '독자'에 대해서 상당히 이해하고 있으며, 동시에 독자 전략을 잘 구사하고 있다고도 할 수 있다.

사실 이러한 면은 『소년』의 발간주체인 최남선 스스로가 독자로서의 글쓰기 욕망을 지녔던 경험이 있었기 때문에 구사할 수 있었던 편집 기술적 전략이었다. 단순히 읽기만 하는 텍스트가 아니라, 독자 스스로 텍스트 내부에 참여해서 '즐기는 텍스트'[70]로서의 가능성을 보여주고 있는 것이다. 그 당대 다른 학회지나 유학생 잡지들과 비교해 볼 때, 그 차이점은 명백해진다. 예를 들어 계몽 운동 단체인 대한자강회의 학회

---

70 롤랑 바르트는 이를 '읽히는 텍스트'와 '쓰이는 텍스트'로 나누어 설명한 바 있다. 그는 「저자의 죽음」에서 "우리는 이제 텍스트가 하나의 유일한 의미, 즉 '신학적인' 의미를 드러내는 단어들의 행으로 이루어진 것이 아니라, 그중 어느 것도 근원적이지 않은 여러 다양한 글쓰기들이 서로 결합하며 반박하는 다차원적인 공간"이라 설명한다. "독자는 그의 일시적인 충동이나 기벽 · 욕망에 따라 텍스트를 자유롭게 넘나들며 해체하는 자"이다. 특히 이러한 면은 텍스트를 즐기는 독자라는 측면에서, 특히 적극적으로 텍스트를 구성하며 개입해 나가는 독자라는 측면에서 설명될 수 있을 것이다. 즉 『소년』의 이러한 편집기술적 전략은 독자가 스스로 텍스트 안에서 즐길 수 있는 '쓰이는 텍스트'로서의 가능성을 엿보게 한다.(롤랑 바르트, 김희영 역, 『텍스트의 즐거움』, 동문선, 1997, 32~33면)

지『대한자강회월보』의 경우는 독자들의 기서를 받는다는 정도의 '주의注意'라는 표제 아래 간단하게 싣고 있는 정도였다.[71] 교육과 계몽, 서양의 문명을 배워오고자 하는 의식은 이들 잡지 모두 비슷하다고 볼 수도 있지만, 실제 독자들을 향한 전략은 다를 수밖에 없었다.[72] 결국『소년』이 보여준 매체-독자 간의 커뮤니케이션 전략은 독자 스스로 텍스트를 즐길 수 있게 만들어 준 하나의 장치로서 기능했다고 볼 수 있을 것이다.

4)『소년』의 독자 전략의 전환과 이중적 장치

앞 장에서 살펴보았듯이『소년』은 매우 다양한 방법으로 독자의 흥미를 유발하면서 독자와의 커뮤니케이션을 꾀하고 있었다. 특히 독자투고 자체를 제도화함으로써 독자들이 좀 더 쉽게 잡지에 투고할 수 있도록 형식을 미리 고지하기도 했다. 문형이나 형식을 그대로 줌으로써 독자들은 문장 사이에 단어만 교체하면 가능하도록『소년』은 독자들에게 형식을 직접적으로 가르쳤던 것이다.

물론 제2년 제4권(1909.4.1)까지 총 6호에 걸쳐 진행되기는 했지만, 그 이후로는 독자투고가 등장하지 않는 등, 그렇게 많은 독자의 글을 볼 수 있는 것은 아니다. 그런데 재미있는 것은 이와 동시대에『대한매

---

71 『대한자강회월보』제1호, 1906.7, 69면.
72 『소년』에서 사용하고 있는 독자와의 커뮤니케이션 전략은 유학생 잡지『태극학보』나 『대한흥학보』에서도 찾아보기는 어렵다. 학회지, 유학생 잡지 등 이러한 잡지마다 그 단체의 특징에 의한 차이가 분명히 존재한다.

일신보』에서는 독자문예란인 '편편기담'[73]이 계속해서 진행되고 있었다는 것이다. 여기에서 『소년』의 '소년문단'이나 '소년통신'의 방식과 『대한매일신보』의 '편편기담'의 방식을 비교해 본다면, 『소년』의 독자전략에 대해서 좀 더 명확하게 볼 수 있다.

『소년』에서 독자투고를 제도화하면서 개설한 '소년문단'이나 '소년통신'은 잡지 매체의 요구나 형식이 그대로 하향주입되고 있었다. 형식적인 차원에서 분명한 틀을 가지고 있기 때문에 독자들은 잡지가 제공하고 교육하는 대로 따라오기만 하면 되었다. 그러나 잡지 매체의 특성상 독자 수는 많지 않았고, 1년 정도 되었을 때, 구독자가 200명가량 되는 데에 그치고 있다. 『소년』이라는 잡지가 의도한 만큼, 『소년』의 독자는 다양하지 못했을 것이다. 이는 잡지가 소수의 동인들이 즐기는 닫힌 매체적인 성격을 가지고 있기 때문에 생기는 현상이다. 또한 잡지는 편집자의 의도가 좀 더 강화되기 때문에 동인 위주로 즐기게 되면서 다양한 독자를 확보하는 것은 어려웠을 수 있다.

그런데 이와는 반대로 『대한매일신보』의 경우는 일반 대중 독자들을 상대로 하는 열린 매체의 경향을 띠고 있었다. 따라서 한글판이 발간되면서부터 한글판만 기하급수적으로 늘어나는 경향을 보이기도 했다.[74] 그 가운데서 『대한매일신보』는 '편편기담'이라는 독자문예란을

---

73 '편편기담'은 독자들이 민담이나 설화 등 옛날이야기들을 짧게 투고하는 일종의 독자문예면이었다. 한글판이 발간되었던 1907년 5월 23일부터 폐간된 1910년 8월 28일까지 꾸준히 운영되었다. 1907년 5월 23일부터 1908년 2월 22일까지는 저자를 알 수 없이 투고되었으나, 그 이후에는 이름을 명시하여야만 게재가 되었다. 저자 이름이 없었던 경우 130개, 1908년 284개, 1909년 259개, 1910년 8월까지 83개로 총 756개의 이야기가 투고되었다. 이에 대한 내용은 전은경의 「『대한매일신보』의 '편편기담'과 '쓰는 독자'의 출현」(『한국현대문학연구』 30집, 한국현대문학회, 2010.4, 78·80면) 참조.

통해 독자들의 흥미를 꾸준히 유도해내고 있었다. 그런데 『소년』과는 달리, 『대한매일신보』의 편집진이 구체적인 형식을 요구하거나 교육시킨 것은 아니었다. 물론 『대한매일신보』에서 이름을 적게 하고, 같은 내용을 싣지 않겠다는 규제 때문에 독자들이 새로운 내용을 적기 위해서 다양한 방법을 강구하게 되지만, 그렇다고 어떤 식으로 써야 한다는 형식을 가르치지는 않았다. 매체가 직접적으로 개입해서 훈련을 시킨 것이 아니라, 개방적인 커뮤니케이션 속에서 독자들이 매체의 요구를 받아들이며 이를 맞춰가는 가운데 독자투고의 형식을 배워가기 시작했던 것이다. 이는 '구조 학습의 효과'로 이어져, 비슷하게 모방하면서도 약간씩 다른 재생산적 글쓰기를 할 수 있게 했다.[75]

이러한 차원에서 볼 때, 『소년』이 형식을 직접 가르쳐서 만들어가는 방식을 취했다면, 『대한매일신보』는 매체의 개방적인 형태 속에서 독자들이 서로의 글을 통해 주체적으로 구조 학습을 해나가며 재생산하는 방식을 취했다. 이러한 차이는 사실 잡지 매체와 신문 매체의 차이에서 기인한다고도 볼 수 있다.

사실 『소년』이 상정한 독자는 일반 대중 독자들을 포함하는 범주였다. 어린 소년들을 대상으로 한다고는 하지만, 그 소년들을 키우는 어른들

---

74 1907년 9월자와 1908년 5월자의 판매부수를 비교해 보면, 국한문판이 143부 늘어난 데 반해, 한글판은 1,670부나 늘어났다.(정진석, 『한국언론사』, 나남, 2001, 231면 참조)
75 구조 학습의 효과는 매체가 새로운 글을 요구하면서 커뮤니케이션 안에서 자연스럽게 형성된 효과였다. 매체가 저자 이름을 기입하게 하고, 다른 독자가 쓴 내용과는 다르게 써야 한다고 요구하면서, 독자들은 내용의 첨가, 형식의 첨가들을 통해서 새롭게 내용을 구성하는 재생산적 글쓰기를 할 수 있었다. 이 다양한 변화 구조는 '구조 학습의 효과'를 통해서 가능해지게 된다. 이에 대한 논의는 전은경의 「근대계몽기 독자의 서사에 대한 욕망과 재생산적 글쓰기─'편편기담'과 구조 학습의 효과」, (『한국현대문학연구』 38집, 한국현대문학회, 2012.12) 참조.

역시 그 대상 안으로 포함되었다. 이와 동시에『소년』의 편집 구성을 보면, 완전히 지식인 독자들을 겨냥하지도 않았고, 어느 정도 계도와 계몽이 필요한 대중들도 그 대상일 수 있었다.[76] 즉 가르침이 필요한 자에게 가르쳐주겠다는 계도적 경향의 잡지였던 것이다. 그런데 문제는『소년』스스로 상정한 독자의 경향과는 달리,『소년』의 독자는 한글판『대한매일신보』의 독자들 같은 신문 매체의 독자에 비해서 한자를 읽을 수 있거나 교육을 받은 독자들, 즉 신문의 독자들보다 조금 더 지적 수준이 높은 독자였을 확률이 높다. 그런 독자들에게 문학적이거나 미적인 표현 없이 틀에 박힌 형식을 강요한다면, 흥미가 떨어질 수밖에 없다. 일반 대중 독자들에게 효과가 있을 수 있는 방법이기는 하지만, 문제는『소년』의 독자가『대한매일신보』의 독자들만큼 일반 독자가 아니었다는 점에 있다.

거기에 하나 더 소년들이 성장하고 있었다는 점이다. 앞서 본 '소년문단'에 투고했던 독자의 나이는 15세였다. 그렇다면 이런 학생들도 처음에는『소년』잡지의 내용이 신선하고 재미있게 느껴졌을 수 있다. 그러나 문제는『소년』이 진행되는 동안, 이들 독자들도 성장하고 있다는 것이다. "일본과 처지가 달라서 아동을 상대로 아기자기 재미있는 흥미기사는 별로 못 넣고 끝말에 가서는 오히려 이름 '소년'과는 반대로 성인을 상대로 하는 일반계몽잡지가 되고 말았다"[77]라는 최남선의 말은 어떤 면에서 소년이 성인으로 성장한 데에도 그 이유가 있을 수 있다.

결국 이런 면에서『소년』의 독자 상정은 방향전환이 필요했던 것으

---

76 이는 처음부터『소년』이 소년들, 학생들을 독자로 삼았기 때문에 그만큼 쉽게 접근할 수 있는 내용들이 많았다. 또한 그 학부형들도 보도록 했다는 점에서 소년들 외에, 일반 대중들이 보는 것도 가능했을 것이다.

77 홍일식,『육당연구』, 일신사, 1959, 37면; 소래섭, 앞의 글 재인용.

로 보인다. 즉 소년에서 성인으로 성장한, 혹은 지적 수준이 성장한 독자들을 위한 읽을거리와, 아직 소년으로서 여전히 어린 독자들을 위한 읽을거리로 어느 정도의 분화가 필요했을 것이다. 특히 성인을 위한, 근대교육을 받은 학생들의 수준에 맞는 읽을거리에 대한 욕구는 문학적인 면에서 좀 더 전문가적인 인물을 영입할 필요가 있었을 것으로 보인다. 즉 잡지 매체로서의 특성을 좀 더 강화하는 것이었다. 특히 제3년(1910)이 되면서부터 확실히 경향이 변화되고 있다. 우선 가인 홍명희와 고주 이광수를 영입하여 성장한 독자층과 지식인 독자층[78] 쪽으로 집중하는 경향을 보여준다.

編輯室通寄

○ 이번 日本人길에는 讀者諸君을 爲하야 가장 慶賀할 만한 일이 한 가지 잇스니 무엇이냐 하면 곳 將來의 우리나라 文壇을 建設도 하고 增廣도 할 샌더러 다시 한거름을 나아가 世界의 思潮를 한번 翻動할 抱負를 아지고 바야흐로 驚人沖天의 準備를 하시난 假人 洪君과 孤舟 李君이 수고를 앗기지 아니하고 길히 本雜誌를 爲하야 瓊章玉稿를 부치심을 言約한 일이라 우리는 毋論 爲先 이 두 潛龍을 爲하야 本紙 中 重要한 部分을 베혀드림을 깃븜으로 하려니와 여러분도 應當 그 匹練 或 碎錦을 對하시면 歡迎의 情이 우리보담 나리시지 아니하실 줄 밋노이다. 길히 孤獨의 悲哀로만 지내던 우리는 이제 비로소 團合의 芳醪에 醉하려 하난지라 더한층 勉勵하여야 할 것을 自覺하옵나이다.[79]

---

78 여기에서 지식인 독자층이란, 어려서 전통 한학을 공부한 바탕에 근대교육을 받은 독자층을 통칭하는 말로 사용하였다. 여기에 더 나아가 최남선처럼 일본 유학을 경험한 인물들 역시 포함될 수 있을 것이다.

79 '編輯室通寄', 『소년』 제3년 제2권, 1910.2.15, 91~92면.

최남선은 일본을 다녀오면서 이광수와 홍명희를 『소년』의 집필진으로 섭외한 것에 대해서 매우 기뻐하고 있다. 이 두 사람이 장래 조선 문단을 건설할 것이라고 믿어 의심치 않고 있다. 즉 지식인 독자들의 필요와 욕망을 채워주기 위해서 유학파를 데려와 제대로 서양문물을 번역하고자 한 것이다.

> 이제 나는 이 말을 할 째에 다만 두 마듸 부쳐할 것은 한아는 自己도 이 다음부터는 前보담 더 忠實하게 職務를 當할 것과 또 한아는 將來 우리나라 靑年에게 厚大한 무엇을 주실 쏩힌 사람 假人 氏 孤舟 子 갓흔 腦와 婉이 兼全하고 情과 意가 俱至한 指導者가 잇슴이라. 구태여 어두운 지난 길을 말하지 말지로다. 우리의 압길은 光明이로다.
> 다만 바라노니 不時의 暴風雨가 피여가난 꽃과 닙새를 搖落하지 말지어다. 또 가장 逃脫하기 어려운 孔方의 그믈이 우리를 후려서 기름ㅅ가마에 집어 늣치 아니하도록 우리 大皇朝의 聖靈이 顧佑하소서. 이는 新大韓의 일홈으로 비난 바올시다.[80]

'少年時言'에서 최남선은 이 부분을 다시 한 번 더 강조한다. 「『소년』의 旣往과 및 將來」를 논하면서, 『소년』의 장래를 위해, 또 조선문단에 큰 영향을 줄 수 있는 인물로 홍명희와 이광수가 함께 하고 있음을 역설한다. 실제로 이 두 사람이 『소년』에 지대한 역할을 할 것이라는 것은 『소년』에 실린 소설들의 변화에서도 알 수 있다.

---

80 '少年時言'「『소년』의 旣往과 및 將來」, 『소년』 제3년 제6권, 1910.6.15, 24면.

〈표 3〉『소년』에 실린 소설 목록

권호	소설 제목	쪽수
제1년 제1권	이솝의 이약(第一次) 1. 바람과 볏 2. 主人할미와 下人 3. 孔雀과 鶴	24~29
제1년 제1권	巨人國漂流記(一) 英國 스위프트 原著 (『쩰늬버旅行記』下卷)	42~47
제1년 제2권	巨人國漂流記(二)(완)	21~31
제2년 제2권	로빈손無人絶島漂流記	21~27
제2년 제3권	로빈손無人絶島漂流記(二)	34~38
제2년 제4권	로빈손無人絶島漂流記(三)	18~20
제2년 제5권	◁쏫에 關한 同化▷ 何故로, 쏫이 通一年, 피지, 안나뇨(하우쏘온 原著)	49~56
제2년 제6권	◁나는 이짜위 小說이 偏嗜▷ 사랑(愛)의 勝戰—톨쓰토이 先生 著	14~17
제2년 제6권	로빈손無人絶島漂流記(四)	33~35
제2년 제7권	▷나는 이런 小說이 偏嗜◁ 祖孫三代 - 틀쓰토이 先生 著	23~26
제2년 제7권	로빈손無人絶島漂流記(五)	29~47
제2년 제8권	로빈손無人絶島漂流記(六)—완	31~44
제2년 제10권	이솝의 이약(第二次) (1) 승냥이와 羊 (2) 술이와 여호 (3) 羊의 가죽을 쓴 승냥이 (4) 여호와 獅子	23~26
제2년 제10권	「나는 이런 小說이 偏嗜」 어룬과 아해—톨쓰토이 先生 原著	126~128
제3년 제1권	笑天笑地	45~50
제3년 제2권	笑天笑地	43~48
제3년 제2권	外國少年의 課外讀物 어린 犧牲(上)—孤舟 譯	51~60
제3년 제2권	쿠로이로ᄋᆑ 譬喩談(비유담)—假人	60~64
제3년 제3권	笑天笑地	24~28
제3년 제3권	外國少年의 課外讀物 어린 犧牲(中)—孤舟 譯	66~70
제3년 제4권	笑天笑地	47~51
제3년 제5권	笑天笑地	31~36
제3년 제5권	外國少年의 課外讀物 어린 犧牲(하)—孤舟 譯	47~52
제3년 제6권	笑天笑地	32~36

第3년 제7권	歷史小說 ABC 契－쯔랑쓰國 엑토르, 유우고 原作 (『미쎄리쌀』에서 摘譯)(1~60) 별권 방식임.	1~60
第3년 제8권	笑天笑地	45~50
第3년 제8권	寫實小說 獻身者－고주	51~58
第3년 제9권	단편 3종(톨쓰토이) 「한 사람이 얼마나 쌍이 잇서야 하나」	25~31
第3년 제9권	「너의 니웃」(톨쓰토이)	31~36
第3년 제9권	「茶舘」(톨쓰토이)	36~40
第3년 제9권	恒笑天 泰西笑府四十一篇 〈泰西笑府〉	48~55

제3년(1910)이 되면서 이광수가 「어린 희생」(번역), 「헌신자」 등 소설란을 담당하게 되었다. 보다 전문적인, 그리고 지식인층을 위한 소설들을 실음으로써 '읽기'에 좀 더 치중하고 있다. 이는 번역소설의 측면도 마찬가지였다. 잡지 초창기에는 『로빈슨 크루소 표류기』나 『이솝 이야기』 등 쉬운 이야기들을 위주로 소설을 실었다면, 뒤로 갈수록 톨스토이 번역 역시 많이 이루어지고 있었다. 게다가 『레미제라블』의 부분 번역인 『ABC 契』 역시 번역되었다. 이는 초창기에 번역되었던 『걸리버 여행기』나 『로빈슨 크루소 표류기』보다는 좀 더 지식인 독자층들에 맞춰진 소설들이라 할 수 있다. 이미 최남선은 1910년에 들어서면서 『소년』을 지식인 독자층이 만족할 수 있는 수준으로 끌어올리려고 했던 것이다.

이는 『소년』의 독자전략에서의 방향전환으로 볼 수 있을 것이다. 그 이전에 독자들에 '쓰기' 안에서 구조 형식적인 차원에서 훈련시키려 했다면, 좀 더 '읽기'에 집중하고 있다. 즉 '쓰기'를 통해 형식을 집중적으로 교육시켜, 그런 훈련을 통해 『소년』 잡지에 익숙하게 참여하도록 만들었다. 그것이 어느 정도 진행되고 나서는, '쓰기'가 아니라 '읽기'에 집중하고 있다. 원래부터 소년 및 청년들의 성장과 계몽을 목적으로 하고 있었기에 '쓰기'를 통해 흥미를 끌어당긴 다음, 어느 정도 익숙해지자 '읽기'에 집중하도록 했던 것이다. 결국 전략의 변경을 의미한다.

그러나 그렇다고 해서 처음에 상정했던 일반 대중들 혹은 어린 소년들과의 소통을 폐쇄적으로 닫았다고는 볼 수 없다. 방법을 바꾸었다는 것이 맞을 듯하다. 즉 일반 대중들이 쉽게 읽을 수 있는 읽을거리들을 제공하는 방향으로 바꾸었던 것이다. 그리고 잡지에 투고하고 기고하는 인물들은 좀 더 지식인 계층으로 바꾸어 잡지의 미래를 이끌어가려고 했던 것이다. 즉 독자 정책에 있어서도 이중화 전략을 폈다고 볼 수 있다.

한편에서는 지식인 독자층의 수준을 맞출 수 있는 읽을거리를 제공함과 동시에 한편으로는 어린 소년들이나 일반 대중들이 쉽게 읽을 수 있는 '소천소지笑天笑地'라는 가벼운 이야기를 싣고 있기도 했다. 〈표 4〉는 '소천소지' 전체 목록표로서 이는 제3년(1910)부터 1년간 진행되었다. 그 사이 정간을 당하는 등, 여러 가지 아픔을 겪으면서 울분을 웃음으로 승화시키기 위한 방편이기도 했을 것이다.

　　울면 무엇하며 불면 무엇하오 마음만 傷하엿지 쓸 데가 무엇이오.
　　가난놈은 가라지 긔쓰고 가겟단 놈이야 붓들면 될 말이며 만류하면 될 일인가 得失은 塞翁이라 가면은 오기도 하겟지 이 境遇에 나는 한번 우슴으로 보냄이 올흘줄 생각할 샌이오.

〈표 4〉 '笑天笑地' 목록

출처	笑天笑地	쪽수
제3년 제1권 (1910.1.15)	○ 今方搜出 ○ 燭불켜서 ○ 그쌔가와 ○ 쓰러져본뒤에 ○ 그것도 쌔앗기게 ○ 盜賊질한 標 ○ 見樣만 잇스면 ○ 녯날 사람은 못된 놈 ○ 여덟하고 여든 ○ 地獄에서 기다려 ○ 十六年前에 ○ 여기 안젓소	45~50
제3년 제2권 (1910.2.15)	○ 죽엿소 살녓소 ○ 맛치 한 가지 ○ 알아볼 수 업난 글시 ○ 精神으로 ○ 두 가지 다 ○ 부도쇠	43~48
제3년 제3권 (1910.3.15)	○ 배ㅅ심들 좃타 ○ 소경이 더 쏙쏙 ○ 凶한 寄別의 살외난 法 ○ 寬大한 判決 ○ 盜賊이 氣막혀	24~28
제3년 제4권 (1910.4.15)	○ 질에 쇠여진 下人 ○ 洋버선을 뒤집어 신어 ○ 노새에 兩班一家 ○ 고지식한 자식 ○ 몸을 쯧어내 ○ 질에 짐작 ○ 바다 위와 房안	47~51
제3년 제5권 (1910.5.15)	○ 스코틀낸드 人의 머리 ○ 精神 조혼 賞 ○ 票업시 車타 ○ 다리에 창칼을 쏫난 사람	31~36
제3년 제6권 (1910.6.15)	○ 眞品堅牢精製革 ○ 헐고 달은 사람 ○ 스코틀낸드는 웃더케 조혼가 ○ 자면서 거울보아 ○ 烹卵(팽란, 삶은 달걀?) ○ 더러운 발에 더러운 신 ○ 걱정	32~36
제3년 제8권	○ 쉴틈 업시	45~50

(1910.8.15)	○ 아모리나 ○ 墓碑銘 ○ 저조와 하난 것으로	
제3년 제9권 (1910.12.15) 泰西笑府四十一篇 '泰西笑府'	◁ 하느님 흉네 ◁ 뒷걱정 ◁ 當身으로 말하야도 ◁ 낫고도 더해 ◁ 둘너 대난대로 ◁ 馬上에서 말에게 채여 ◁ 喪制가 唱歌 ◁ 못난이 나라 ◁ 賂物(뇌물)의 重數를 보아 ◁ 어린애게 쎠러져 ◁ 짐작 잇난 男便 ◁ 出入의 틀님 ◁ 새에게 '라틘'말 ◁ 純秀才(1) ◁ 純秀才(2) ◁ 計除會計狀 ◁ 冊에도 씨지안이한 일 ◁ 묵은 新聞 ◁ 理致 밝은 사람 ◁ 한골 가난 狂人 ◁ 因果 報復 ◁ 머리를 숨기다가 ◁ 帽子의 압뒤 ◁ 맛단 香 ◁ 쏙쏙한 말 ◁ 자게하난 職分 ◁ 病身 ◁ 거긔 속을 줄 알고 ◁ 되집어흥 ◁ 말은 들을 탓 ◁ 잘못 알아들엇소 ◁ 쏙쏙치 못한 警官 ◁ 해가 젓다 ◁ 綠 나지 안케 ◁ 개의 本色 ◁ 是父是子 ◁ 네 싸위는 눈에 업다 ◁ 쓰리탠國에 로오마 府가 수복해 ◁ 仁情冷如冰 ◁ 되돌나 잡아서 ◁ 古物 조와하난 兵丁	48~55

우습시다 우습시다 웃기만 하면 福이 온다오 福마지 하량으로 우습시다

여러분이 아모리 이 窮理 저 窮理 한다 하야도 지금은 우슬 일 밧게 아모 것도 없습닌다.

　鷄卵에도 有骨노 우슴에도 알이 잇습닌다, 우슴을 살님사리의 곳이라 하면 나무 업난 곳잇스며 열매 아니매질 곳잇스릿가 울넌 다만 이 우슴은 왜 웃게 되얏난 것이나 생각하고 그리하야 닛지 아니하면 이 곳 알일 줄 아오 까닭잇난 우슴일 줄 아오 곳잇슬 우슴으로 아오.

　******

　生逢聖世하야 天下泰平하니 인제부터야 할 일은 무엇이며 걱정은 무엇이냐 草堂의 足한 잠을 쌔고 보니 하 심심하다 童子야 판 차려노아라 우슴 이약이나 함참 하야 볼까 하노라.[81]

　1910년대에 들어오면서 처음으로 등장한 것이 바로 '소천소지'라는 우스개 이야깃거리였다. 1910년 1월부터 『소년』은 '소천소지'를 싣기 시작하는데 대부분 외국의 재담들이었다. 『레미제라블』을 축약 번역한 『ABC契』가 특집처럼 실렸던 제3년 제7권(1910.7.15)을 제외하면 '소천소지'는 9권까지 꾸준히 실렸다. 4달 만에 나오게 된 제3년 제9권 (1910.12.15)에서는 아예 재담집 한 권 전체를 번역해서 싣고 있다. 이는 제3년 제9권부터 3단 구성을 취하면서, 상당히 많은 내용을 담을 수 있게 되었고 그러면서 '泰西笑府四十一篇' 전체를 번역할 수 있었다.

　사실 '소천소지'는 억지로 웃기 위한 위안의 글이었을 것이다. 또한 울분을 감추기 위함도 있었고, 동시에 일반 독자들을 위해 제공되기도

81　'恒笑天'(泰西笑府四十一篇, '泰西笑府'), 『소년』 제3년 제9권, 1910.12.15, 48면.

했을 것이다. 위의 인용은 바로 그런 취지를 그대로 적어놓고 있다. 8권을 내고 나서 4달 만에 내게 된 9권에 '泰西笑府四十一篇'을 번역하여 실으면서 "울면 무엇하며 불면 무엇하오 마음만 傷하엿지 쓸 데가 무엇이오"라고 하며, 나라 잃은 설움을 은연중에 내비치고 있다. 그러면서 그저 웃자며, 그러나 "이 우슴은 왜 웃게 되얏난 것이나 생각하고 그리하야 넛지 아니하면 이곳 알일 줄" 안다면서 이 웃음이 단순한 웃음이 아니라 뼈 있는 웃음임을 넌지시 표현하고 있다.

◁그것도 쌔앗기게▷

한 사람이 여러 번 파리 市上에서 盜賊놈을 맛나고 되게 속아서 다시는 出入을 아니하난지라 그 親舊가 "그런 우슨 일이 어대잇나 正 그렷커든 六穴砲를 가지고 다니게 그려" 하얏더니 그 對答이 그 對答이 "그것도 쌔앗기게"

◁見樣만 잇스면▷

어늬 사람이 下人을 식혀 새로 신을 지을 양으로 발ㅅ見樣을 仔細하게 내엿다가 뜻밧게 일이 생겨 自己가 친히 가게 되얏소. 그래서 十五里나 되난 길을 半이나 와서 별안간 발을 멈추고 머리를 극적거리면서
"아차 안되엿군 見樣을 이져바렷군"
하다가 다시 혼자ㅅ말노는 엄청나게 큰소리로
"아니다 아직 折半밧게 아니온 것이 多幸이니 다시 돌처가서 가지고 오지"
하고 집으로 도라가서 주머니에 늣코 나왓소. 그래 쌈을 쌜쌜 흘니고 헐네벌썩 거리면서 갓바치에게 이 이약이를 한즉 主人이 才談처럼
"에그 感謝하외다. 이 見樣만 잇스면 設或 當身이 正말 발을 두고 오섯슬

지라도 곳 됩니다"⁸²

　첫 번째 인용된 내용은 파리에 가서 도적을 만난 이후, 다시는 파리
에 가지 않게 된 이야기이다. 친구가 육혈포를 가지고 다니면 되지 않
느냐고 하자, 그것조차 빼앗긴다며 가지 않겠다고 하는 시골 사람의 이
야기를 풀고 있다. 즉 시골에서 도시(파리)로 가서 당하게 된 피해에 관
련된 것이다. 두 번째 인용문은 배경 자체는 정확하게 제시되어 있지
않다. 발에 맞는 신을 맞추기 위해 신발집을 들리는 내용 가운데 어리
석은 행동을 한 인물에 대한 이야기이다. 분명 번역이기 때문에 서양식
이겠지만, 일반 대중들이 이해하기 좋게 우리식으로 갖바치로 표현되
어 있다. 이는 시골인의 어리석은 행동들에 대한 우스개 이야기를 통해
누구나 쉽게 읽을 수 있게 한 것이다. 사실 『대한매일신보』에 실렸던
'편편기담'의 내용과도 상당수 비슷한 면들이 많았다. 이러한 내용은
『소년』에 처음 실린 것이 아니라, 『대한매일신보』에서는 한글판이 시
작된 때부터 폐간될 때까지 꾸준히 실렸다.

　　싀고을 흔 션비가 셔울에 과거를 보러올 째에 마부드려 닐ㅇ기를 셔울은
　　눈만 감으면 코를 버혀가ᄂᆞᆫ 곳이니 정신을 단단히 찰혀 잘 ㄷ녀오자 ᄒᆞ고
　　올나오다가 동대문 안에 드러와 마부ᄃᆞ려 닐ㅇᄃᆡ 아ᄂᆞᆫ 친구를 잠간 차자보
　　고 올 터이니 이곳에 꼭 잇스라 ᄒᆞ고 갓더니 흉측흔 마부놈이 믈을 어ᄃᆡ 갓다
　　가 풀고 믈곳비를 반만 손에 잔쑥 쥐고 팔쟝을 ᄭᅵ고 머리를 푹 슉이고 섯더니

82 　 '笑天笑地', 『소년』 제3년 제1권, 1910.1.15, 46~48면.

션비가 도라와 본즉 물은 업고 그 모양으로 섯는지라 깜짝 놀내여 아 이놈 너 물은 엇지 ᄒᆞᆺ느냐 혼즉 마부놈이 놀나는 톄ᄒᆞ고 닐ᄋᆞ디 셔방님의 말숨 이 셔울은 눈만 감으면 코를 버힌다 ᄒᆞ시기로 조을녀셔 눈은 감기는디 코를 버혀갈 싱각만 ᄒᆞᆺ지 물곳비 버혀간다는 말숨은 셔방님이 아니ᄒᆞ신고로 넘려도 아니ᄒᆞ고 코만 잔쯕 가리우고 잇셧느이다 ᄒᆞ더라.[83]

어리셕은 사름 ᄒᆞ나이 쇠고을 엇던 사람의 집에 머슴을 사는디 ᄒᆞ로는 쥬 인이 나귀를 틱고 머슴을 드리고 셔울에 올나와셔 나귀는 머슴의게 맛기고 친구의 집으로 드러갓더니 이째에 머슴이 싱각ᄒᆞ디 내 이왕에 드른즉 셔울 셔는 도적이 만하셔 산 물의 눈을 쌥아간다는 말을 드럿스니 산 물의 눈을 쌥아갈 째에 엇지 사름의 눈은 아니 쌥아가리오 ᄒᆞ고 겁이 나셔 나귀는 아모 럿턴지 더져두고 제 눈만 잔ᄉᆞ득 두 손으로 가리우고 몃 시 동안을 대문 엽헤 안졋더니 쥬인이 나와셔 본즉 나귀는 간 디 업고 머슴은 두 눈을 뭇응키고 잇는지라 나귀는 어디 잇느뇨 무르니 그제야 눈을 쓰고 횡황히 ᄎᆞ즈며 ᄒᆞ는 말이 그러치 하마ᄒᆞ더면 도적놈이 내 몸ᄭᆞ지 집어갈ᄉᆞ번 ᄒᆞᆺ다 ᄒᆞ더라[84]

위의 인용문은 '편편기담'에 나오는 것으로 시골 사람이 서울에 가 서 행하는 어리석은 짓에 해당하는 내용이다. 실제로 '편편기담'에 실 린 어리석은 인물 및 일반 세태에 대한 재담, 시골 사람이 상경해서 바 보짓을 하는 내용은 총 481개에 해당한다.[85] 그만큼 이러한 이야기가

---

83   한명곡, '편편기담', 『대한매일신보』, 1908.5.2.
84   리명돌, '편편기담', 『대한매일신보』, 1908.12.16.
85   『대한매일신보』에 실린 '편편기담'은 독자들이 떠도는 여러 이야기에 자신들의 창작을 가미하여 투고한 글이다. 1907년 5월 23일부터 1910년 8월 28일까지 약 3년 3개월 동안

인기가 있었다는 반증이기도 하다. 위의 두 이야기의 시작은 시골 사람이 서울에 올라가는 장면이다. 서울은 "눈만 감으면 코를 버혀가는 곳"이라 시골 사람들은 모두 긴장한다. 이 두 이야기는 기본적으로 알려져 있는 구조에 두 독자가 이전 이야기를 모방하면서 각자 창작을 가미한 것이다. 전자는 하인이 말을 잃어버리고 주인을 속이기 위해 코를 잡고 있었다고 말하는 장면이고, 후자는 어리석은 하인이 서울은 살아 있는 말의 눈도 빼간다며, 사람의 눈도 빼 갈 수 있으니 자신의 눈을 막고 있다가 나귀를 잃어버리는 장면이다. 비슷한 장면에 대해서 약간의 창작이 가미되어 조금씩 다르게 표현되어 있으나, 어쨌든 골자는 서울은 그만큼 두려운 곳이라는 점이다. 그리고 그 두려운 곳에서 어리석은 시골 사람은 또한 어리석은 행동을 하고 있는 것이다.

앞서 인용한 『소년』의 '소천소지'의 내용은 이처럼 '편편기담'에 나오는 내용들과 매우 유사하다. 시골 사람이 서울 가서 코 베인다는 내용이나 위에서 파리에서 큰일 당한다는 내용이나 일맥상통하고 있다. 즉 외국이 장소일 뿐 내용상으로는 매우 유사하다는 것이다. 또한 아래 인용된 어리석은 사람의 어리석은 행동은 '편편기담'의 전형적인 경우이다. 결국 이는 일반 대중들이 이러한 우스갯소리를 좋아한다는 것을 알고 『소년』이 이러한 내용들을 배치했다고도 볼 수 있다. 이는 대중적인 흥미와 연관된 부분이라고도 할 수 있다. 그러나 이렇게 대중적으로

거의 매일 실렸으며 그 개수는 총 756개였다. 이 중 어리석은 인물 및 일반 세태에 대한 재담과 시골 사람이 상경해서 바보짓을 하는 내용은 그중 481개로 전체의 63.6%에 해당했다. '편편기담'의 주제에 대한 자세한 내용은 전은경의 「『대한매일신보』의 '편편기담'과 '쓰는 독자'의 출현」(『한국현대문학연구』 30집, 한국현대문학회, 2010.4), 75~82면 참조.

흥미로운 우스갯소리를 가지고 오면서도, 서구의 상황을 배경으로 한 번역물을 싣고 있다. 예를 들어 육혈포六穴砲의 소재를 사용하여, 현실의 조선과는 다른 풍경, 즉 낯선 풍경을 보여주고 있다. 배경과 환경이 외국이고 또한 외국의 풍물을 보여줌으로써, 근대 문물을 배우게 하려는 편집진의 의도가 숨어 있는 것이다.

『대한매일신보』에서 '편편기담'은 꾸준히 실렸다. 또한 『소년』이 발행되던 때와 시기 역시 일치하고 있다. 『소년』의 편집자는 이러한 '편편기담'의 전략을 잡지로 끌고 들어왔다. 독자들이 직접 투고할 만큼, 그것도 3년 3개월이나 꾸준히 진행되었던 이러한 재담에 대한 이야기를 잡지에서 사용하면서는 약간의 변형을 가하게 된다. 즉 고급스러운 기획을 꿈꾼 것이다. 신문은 열린 매체이다. 그것도 『대한매일신보』의 한글판의 경우는 그 당대 가장 널리 읽혔던 신문이다. '편편기담'은 누구나 쉽게 써서 올릴 수 있는 이야기였고, 문체 역시 순한글이었다. 흔히 말하는 옛날이야기에 약간의 창작을 가미해서 독자들이 투고했던 이야기였다. 『소년』은 이런 가벼운 이야기, 예전부터 구비전승되어 오던 재담 이야기의 서술에 고급화를 가미한 것이다. 같지만 다른 전략으로 어디에서나 설화 방식으로 이어져 오는 외국의 이야기를 번역해온 것이다.

신문이라는 누구나에게 열려 있는 매체에 실렸던 '편편기담'이 독자들의 참여를 유도하면서 동시에 구전되는 것을 기록화하는 작업이었다면, 특정인을 대상으로 한 닫힌 매체인 '잡지'이면서도 보편화를 꿈꿨던 『소년』은 여기에 차별성을 부여한다. 고급화의 기획에는 서양과 교양을 함께 접목시킨 것이다. 그러나 내용은 분명 누구나 쉽게 읽을 수 있는 재담이었으므로, 신문 매체와 차별성을 두면서도 신문 매체의 이점을 살린 기획이었다. 이러한 고급화의 기획에서 보면, 신문 매체의 '편편기담'을 읽는, 혹은 쓰는 독자와 『소년』의 '소천소지笑天笑地'를 향유하던 독자가 완전히 일치한다고 보기는 어려울 수 있다. 즉 두 독자가 겹치는 부분도 있겠으나, 모두에게 열려 있던 '편편기담'의 독자는 좀 더 일반적인 대중적인 독자라 할 수 있고, 『소년』의 독자는 그보다는 조금 더 기초적인 교육을 받았으면서, 완전히 고등 교육을 받지는 않은 중간계층 독자층이라 할 수 있다.[86]

결국 이는 『소년』 편집진의 이중적인 독자전략으로 볼 수 있다. 즉 지식인 계층을 위해서 이광수나 홍명희 등을 집필진으로 참여시켜서 좀 더 근대문학적인 형태를 띠려 했다는 것과 동시에, 어린 소년들이나 일반 대중 독자들 혹은 근대적인 교육을 받은 지식인 독자층보다는 떨어지지만 기초적인 교육을 받은 독자들의 흥미 역시 잡고자 '소천소지'라는 형식의 이야기를 1년간 연재하게 되었다고도 볼 수 있을 것이다. 이는 다시 말해 초창기 '쓰기'의 강조에서 '읽기'로 무게 중심을 옮겨왔음을 보여주는 것이다. '읽기'에 있어서도 이중적 전략을 사용하여

---

86 사실 '笑天笑地'의 문체에 주요 단어가 한자로 되어 있어서, 이를 읽는 독자는 기본적으로 한자를 읽을 수 있는 인물들이었을 것으로 보인다. 그러나 이들이 실제 근대 교육을 받은, 근대소설을 읽을 수 있는 정도의 지식수준을 갖추었을지에 대해서는 의문이 생긴다. 좀 더 독자층을 세밀하게 분석할 필요가 있겠지만, 재담류의 흥미로운 이야기들을 읽을 수 있는 수준의 독자, 좀 더 대중적인 요소에 흥미를 가지는 독자, 그러나 근대 교육을 완전히 받았다고 보기는 어려운 독자층이 그 대상이었을 것으로 추정해볼 수 있다. 다시 말해서 완전히 하층계층의 독자들과 근대적인 교육을 받은 지식인 독자층 사이에 존재하는 약간의 한자를 읽을 수 있으면서, 기초적인 교육은 받은 경계지역의 독자층이 이 이야기의 주된 대상이었을 것으로 보인다. 『소년』은 근대 교육을 받은 지식인 독자들과 기초적인 교육을 받은 중간층에 존재하는 독자들을 구분했다고도 볼 수 있다. 결국 그들의 목표는 이 중간층의 독자들을 근대 지식인 독자의 교양까지 끌어올리는 데 있었을 것이다.

지식인 독자들은 좀 더 깊이 있는 '읽기'를 요구하고, 기초적인 교육만 받은 중간 계열의 일반 독자들에게는 좀 더 쉬운 읽기 속에서도 근대 문물을 닮은 번역물을 택하여 역시 '읽기'를 강조하고 있었다.

5) '쓰기'에서 '읽기'로의 강화 ─ 독자층 '소년'의 분화

『소년』은 근대계몽기 최초의 종합지로서, 서양문학을 번역하고 청년들의 계도와 계몽을 역설한다는 점에서 매우 중요한 잡지라고 할 수 있다. 또한 『소년』은 독자들의 흥미를 유발하기 위해 매우 다양한 방법을 사용하고 있다는 점에서도 매우 중요하다. 독자투고란을 두고 이를 제도화시키려 했다는 점, 또 서양 문학 번역의 선두주자였다는 점, 독자 소통에 대해서 매우 중요하게 생각했다는 점 등 근대 매체로서 주요한 역할을 했다는 것은 확실하다.

그런데 『소년』이 처음 상정한 독자층과 잡지라는 매체의 상황이 서로 부딪치면서 『소년』의 독자 전략은 후반기로 갈수록 변화되었다. 초반에는 제도적 전략과 편집기술적 전략으로 편집진이 직접 나서서 독자 참여를 유도했다. 먼저 제도적 전략으로 독자들의 흥미를 유발하고 참여시키기 위해서 독자투고를 통해 '소년문단', '소년통신', '소년응수' 등 다양한 참여란을 만들었다. 그러면서 잡지의 특성에 맞게 글쓰기의 형식을 줌으로써 독자들은 좀 더 쉽게 참여할 수 있었다. 그저 단순하게 투고하라고 던져둔 것이 아니라 편집진들이 직접 나서서 투고할 수 있도록 그 방법을 직접 가르친 것이다. 글을 어떻게 적어야 하는

지, 어떻게 투고해야 하는지 알 수 없는 독자들에게 형식 구조를 학습시킴으로써, 그 형식에 대입하여 글을 쓸 수 있도록 유도했던 것이다.

다음으로 편집기술적 전략에서는 이러한 독자투고란과 연관된 유도뿐만 아니라, 편집진이 직접 커뮤니케이션적인 방법으로 접근하여 독자들의 참여를 유도하기도 했다. 퀴즈 등을 통해서 독자들이 직접 그 답을 찾을 수 있도록 하여 흥미를 붙잡아두었다. 또한 연재되는 글 말미에는 다음 내용을 소개하여 독자들이 계속해서 글을 읽을 수 있도록 유도하고 있었다. 이는 결국 독자들 스스로 텍스트를 즐길 수 있도록 하는 가능성을 만들어주었다. 이렇듯 『소년』은 다양한 방식으로 독자들이 잡지 속에서 글쓰기의 욕망을 드러낼 수 있도록 장치를 만들었다. 그러나 문학적인 미적인 부분이 배제되면서 실제 독자였던 지식인 독자들의 참여를 이끌어내지는 못했다.

결국 이 때문에 『소년』은 독자 전략에 있어서 방향 전환을 꾀하게 되었다. 즉 이광수, 홍명희 등을 영입하여 지식인 독자층의 욕구를 만족시키고, 다른 한편으로는 어린 소년이나 일반 독자들이 쉽게 읽을 수 있는 '소천소지笑天笑地' 등의 가벼운 이야기들을 번역하여 싣기도 했다. 이는 다시 말해 편집진이 독자 전략을 이중화시켰다는 것을 의미한다. 『소년』은 지식인 독자들을 '쓰기'에서 '읽기'의 영역으로 옮겨오도록 했다. 즉 다양한 '쓰기'를 통해 참여를 하며 『소년』 잡지에 익숙해지자, 좀 더 심도 있는 글을 실어 '읽기'의 영역을 더욱 강화했던 것이다. 어린 소년 독자층이나 일반 독자들의 경우 역시 '읽기'를 강조하되, '소천소지'라는 가벼운 읽기 속에 근대 문명을 넣어 이를 자연스럽게 접하도록 유도하고 있다. 이는 계몽을 놓지 않으려는 편집진의 의도가 숨어 있었던 것이다. 신문의 독자 정책을 접목시켜 끌어오면서도 『소년』은 이런 가벼운 이야기, 예전부터 구비전승되어 오던 재담 이야기의 서술 속에 고급화를 가미하고자 하였다. 같지만 다른 전략으로 설화 방식으로 이어져 오는 외국의 이야기를 번역해온 것이다.

이러한 『소년』의 독자 전략이 가지는 의의는 매우 크다고 할 수 있다. 첫째, 독자들의 '글쓰기'를 체계적으로 훈련시켰다. 쓰는 형식이나 방법까지, 심지어 편지 봉투 쓰는 법까지도 하나하나 가르쳤다. 좀 더 쉽게 쓸 수 있는 방법을 가르쳐줌으로써, 어떻게 써야 할지 모르는 독자들에게도 쉽게 접근할 수 있도록 해주었다. 둘째, 지식인 독자층의 성장을 도왔다. 먼저 '쓰기'로 흥미를 유도하고, '읽기'로 깊이를 다질 수 있도록 했다. 처음에는 독자들의 쓰기 욕망을 드러낼 수 있도록 그 장을 마련하여 잡지에 흥미를 가질 수 있도록 했으며, 독자들이 어느 정도 흥미를 가지자 '읽기'의 영역의 깊이를 점점 강하게 해서 어려운 글이나 근대소설적인 경향까지 소화할 수 있도록 이끌었다. 셋째, 근대문학의 탄생의 계기를 마련했다. 「레미제라블」이나 톨스토이의 단편 등의 세계적으로 유명한 작품을 번역하여 싣고, 이광수 등이 번역물인 「어린 희생」과 작품 「헌신자」 등을 실어 근대문학의 기초를 다졌다. 마지막으로 독자의 차원에서 볼 때도, '현상문예'의 전신을 엿볼 수 있다. 독자문예를 만들고, 독자의 투고 형식 및 방법을 가르쳐 일종의 현상문예의 효과를 보여주고 있었다. 비록 많은 수의 투고가 이루어지지는 않았으나, 이러한 시도는 근대문학의 지평이 시작되는 디딤돌의 역할을 한 것으로 볼 수 있을 것이다.

결국 잡지 『소년』은 독자의 '쓰기'의 욕망을 형식 구조의 훈련을 통해서 드러낼 수 있도록 도왔다고 할 수 있을 것이다. 그리고 후반으로 갈수록 '쓰기'에서 '읽기'의 영역으로 그 강조를 전환시켰다. 이는 근대 지식인 독자와 대중 독자의 이중적인 독자 전략으로 전환했다고도 볼 수 있다. 지식인 독자층들이 읽을 수 있는 좀 더 근대문학적인 '읽기'의 영역과 우스갯거리 같은 이야기를 번역한 가벼운 '읽기'의 영역으로 나누어 진행했다. 이는 신문이 열려 있는 매체임에 반해, 잡지는 동인들로 구성되어 좀 더 닫혀 있는 매체이기 때문에 발생한 문제이기도 하다. 또한 이 가운데 신문의 일반적인 대중 독자들과는 다른 독자층의 읽을거리를 제공하게 되었다. 이는 고급 지식인 독자층과, 일반 대중 독자들보다는 기초적인 지식을 갖춘 중간 계층 독자층을 세분화하게 되는 계기가 되었을 것으로 보인다. 따라서 『소년』은 근대의 잡지 매체로서 근대 교육을 받은 소년이 성장한 근대 지식인 독자와, 어린 소년 내지 대중 독자가 섞여 들어가면서 잡지 편집자의 의도와는 다르게 진행된 형태로, 근대독자 연구에 있어서 매우 중요한 텍스트가 되는 잡지라 할 수 있다.

제7장

잡지 매체와 독자 글쓰기의 실험

　지식인 독자는 읽기를 능동적으로 하는 독자일 뿐만 아니라, 새로운 문학의 장르를 배태시키고 향유하는 개념화의 최전선에 있는 독자이기도 하다. 이는 수동적 의미의 독서하는 독자가 아니라, 새로운 개념을 창출하고 그에 맞는 장르를 고민하며 새롭게 창조해 내는 좀 더 적극적인 독자를 의미한다. 따라서 이는 독자라는 단독적인 개념이 아니라, 매체·문학·독자라는 상호교통적인 차원에서 이해되고 해석될 수 있다. 이러한 지식인 독자들, 특히 식민지라는 근대를 겪어낸 독자들은 각자의 상황과 여건대로 문학을 새롭게 정립하며 나아갔을 것이다. 따라서 이 장에서는 잡지 매체를 통해서 지식인 독자들이 어떻게 근대문학에 한 걸음 다가가게 되는지 유학생 잡지『태극학보』와 국내 학회지『서우』를 통해서 확인해보고자 한다.

1. 상호소통적 글쓰기와 '서사' 양식의 실험―『태극학보』

근대계몽기의 잡지는 상업성보다는 교육적 역할을 담당해 왔다. 이러한 잡지는 국내외에서 모두 성행하면서 근대계몽기의 지식인들의 성장과 함께 해왔다.[1] 특히 유학생 잡지는 근대의 사상과 문물을 가장 먼저 받아들이면서 근대문학의 성립에 큰 영향을 끼치기도 했다. 이는 유학생들의 문화적 환경뿐만 아니라 국내의 환경에도 지대한 영향을 끼쳤다.[2]

그런데 유학생 잡지의 경우, 단순히 유학생들을 위한 친목 단체의 기관지로만 해석하기에는 무리가 있다. 물론 유학생들이 서로 교류하기 위해 만든 단체이기도 하지만, 근대계몽기라는 모호하고도 절박한 시대 속에서 그들은 공적인 시대를 살아가는 개인으로 자리매김할 수밖에 없었다. 즉 개인의 자의식이 성장해가고는 있었지만, 그 안에는 국가의 존폐라는 위협이 무게를 짓누르고 있었다고 볼 수 있다.

그러한 상황에서 유학생 잡지는 개인의 친목뿐만 아니라 국민을 계

---

1   임상석에 따르면 근대계몽기 잡지는 "상업성이 주목적이 아니라 일종의 '운동성'과 '계몽성'이 본질로 정치단체나 학회, 유학생 단체의 기관지로 발행"되었다. 그는 이러한 학회 잡지를 네 종류로 분류하는데, ① 정치적 잡지, ② 지방 기반 학회지, ③ 유학생 잡지, ④ 교양 상업 잡지로 구분하고 있다.(임상석, 『20세기 국한문체의 형성과정』, 지식산업사, 2008, 30면 참조)

2   김영민은 유학생 잡지와 국내외 지식인의 영향관계에 대해 "전문적 문예지가 등장하지 않은 상황에서 국내외 지식인들을 상대로 한 유학생 잡지의 역할은 결코 적은 것이 아니었"으며, "근대문학사 초기에는 신문이나 잡지의 종수가 많지 않았고, 이들은 서로 영향관계에 있었다"고 설명하고 있다.(김영민, 「근대 유학제도의 확립과 해외 유학생의 문학·문화 활동 연구」, 『현대문학의 연구』 32, 한국문학연구학회, 2007, 298면 참조)

몽하고 신사상을 교육하는 임무를 담당하고자 했다. 따라서 유학생들이 배운 새로운 지식을 그들끼리만 폐쇄적으로 공유하는 것이 아니라 국내의 지식인들 및 학생들에게도 알려야 했다. 이런 부분들은 1906년 이후 성장하기 시작한 초창기 학회지에서 상당히 눈에 띄고 있다.

이러한 과정 안에서 학회지 특히 태극학회는 다양한 독자들을 대상으로 학회지 『태극학보』를 발행하기에 이르렀다. 초창기 형태였기 때문에 유학생들의 단순한 모임이 아니라 국내 지식인들 및 다양한 독자들이 참여할 수 있었다. 이러한 면은 『태극학보』가 학회지이지만, 학회지보다는 좀 더 열린 매체로 인식하게 만든다. 신문보다는 닫혀 있지만, 또한 일반 잡지보다는 좀 더 포용성을 가진 학회지로서 그 역할을 담당하려 했던 것이다.

이렇게 볼 때, 『태극학보』는 다양한 독자들이 참여할 수 있도록 열린 매체로서의 역할을 담당했다고도 볼 수 있다. 또한 그 가운데 『태극학보』에는 서사물이 상당히 실리고 있기도 했다. 그러나 실제로 연구 대상이 된 작품은 그리 많지 않았다.[3] 따라서 이 글에서는 지금까지 제대로 알려지지 못했던 단형서사물들에 주목하여, 그 서사물들이 어떠한 소통의 과정을 통해서 생산되었는지, 그리고 근대문학을 추동해 오는

---

3 『태극학보』에 실린 서사물에 대한 연구는 대체로 장응진 소설에 집중되어 있다. 장응진 소설에 대한 연구는 김윤재, 「백악춘사 장응진 연구」, 『민족문학사연구』 12, 민족문학사학회, 1998; 하태석, 「백악춘사 장응진의 소설에 나타난 계몽사상의 성격」, 『우리문학연구』 14, 우리문학회, 2001; 최호석, 「장응진 소설의 성경 모티프 연구」, 『동북아문화연구』 22, 동북아시아문화학회, 2010) 등을 들 수 있다. 그 외에도 역사담 크롬웰전을 연구한 손성준의 「근대 동아시아의 크롬웰 변주」,(『대동문화연구』 78, 성균관대 대동문화연구원, 2012)와 송욱현의 「이조가명」에 대해 분석한 문한별의 「근대전환기 서사의 양식적 혼재와 변용 양상」,(『국제어문』 52, 국제어문학회, 2011) 등을 들 수 있다.

데 어떠한 역할을 하고 있는지 살펴보고자 한다. 이를 위해『태극학보』에 등장하고 있는 독자들은 어떤 인물들이며, 어떠한 내용을 투고하고 있는지 먼저 살펴보고, 이를 통해 이러한 독자들의 글쓰기가 유학생들의 글쓰기에 어떠한 영향을 미치고 있는지 분석해볼 것이다. 특히 근대문학적인 환경이 어떻게 생성되고 있는지 독자와 유학생들 간의 상호소통적 글쓰기를 통해서 그 영향관계까지 밝혀보고자 한다.[4]

따라서 먼저『태극학보』의 실제 독자층들과 '기서'를 보내온 국내 독자층의 경향을 분석해 보고, 독자와『태극학보』의 유학생이 어떠한 영향관계를 주고받는지 살펴보고자 한다. 특히『태극학보』가 독자의 글쓰기에 어떤 영향을 주는지와 유학생이 독자의 글에서 어떤 영향을 받고, 또한 새로운 글쓰기를 생성해나가는지를 살펴볼 것이다. 마지막으로 이러한 서사적 실험들의 의미와『태극학보』의 정체성을 밝혀 궁극적으로는 근대계몽기에 새로운 문학이 탄생해 가는 그 도정을 천착해보고자 한다.

---

4   Geoffrey H. Hartman은 '부정적 해석학'을 통해 "문학을 창출한 저자와 작품 그리고 그것을 읽는 독자 사이에는 위계적 질서가 존재하지 않을 뿐만 아니라, 그것들 사이의 절대적 구분을 상정할 수 없"는 것으로 보았다. 이러한 면에서 Elizabeth Freund는 하트만에게 독자와 텍스트의 관계가 "텍스트를 우리의 의식 속에 연장시킴으로써 텍스트를 구하겠다는 대화 혹은 언어 교환 속에서 결합"되는 것으로 설명한다. 또한 Paul de Man의 말을 빌려 "작품과 해석자 사이의 대화는 끊임없"으며, 단일적 담론의 권위에 반대하는 읽기(행위)를 텍스트를 통한 저자와 독자의 '대화'로 설명하고 있다.(Elizabeth Freund, 신명아 역,『독자로 돌아가기(*The Return of the Reader*)』, 인간사랑, 2005, 6・255~257면 참조) 따라서 이 글에서는 저자와 독자가 텍스트를 통해 동등한 관계 속에서 끊임없이 대화를 나누고 있다는 관점으로 접근하고자 한다. 다시 말해 저자가 독자를 향한 일방적인 영향관계가 아니라 독자에 의해 변화 받는 저자, 또한 텍스트를 통해서 독자 스스로 텍스트 읽기에서 텍스트 쓰기로 나아가는 독자라는 관점에서 본 논의를 진행하고자 한다.

1)『태극학보』독자층의 경향

『태극학보』는 1906년 8월 24일부터 1908년 12월 24일까지 총권 27호로 종간된 재일유학생회인 태극학회의 학회지였다. 초대 회장은 장응진이, 2대 회장은 김지간, 3대 회장은 김낙영이 맡았고, 『태극학보』의 편집 겸 발행은 18호까지는 장응진이, 그 이후에는 김낙영이 이끌어 갔다. 특히 태극학회는 초기 64명이었던 회원[5]이 후반에는 600여 명이 넘는 등[6] 명실상부 유학생회 중 가장 활발했던 학회였다고 할 수 있다. 실제『태극학보』의 판매부수는 "內地의 祖護만 不特如是홀 쑨 外라 海外에 住在ᄒᆞᆫ 桑港 布哇의 同胞며 上海 海蔘의 同胞가 聲氣를 相贈ᄒᆞ며 心力을 乃同ᄒᆞ야 本報 發行이 數千餘部에 達ᄒᆞ엿슨즉"[7]이라고 하여 일본 내의 유학생뿐만 아니라 국내와 해외까지 수천 부에 달했다는 것을 알 수 있다. 특히 국내의 경우, 영유군 지회, 영흥군 지회, 용의군 지회, 평남 성천군 지회, 동래부 지회 등 국내에 다양한 지회를 두고 임원단이 구성되는 등 태극학회의 독자들은 매우 다양하게 확대되고 있었다.[8]

이러한『태극학보』의 독자층을 살피기 위해서는 먼저『태극학보』에 글을 싣고 있는 필자들을 살펴보아야 할 것이다.『태극학보』역시 유학생회의 학회지였기 때문에 주된 필자이자 독자는 유학생들이었다. 특

---

5   「本會ᄉ員名錄」,『태극학보』2호, 1906.9.24, 60면.
6   김윤재, 앞의 글, 185면 참조.
7   '論壇'「本報의 過去 及 未來」,『태극학보』22호, 1908.6.24, 2면.
8   『태극학보』에 실린 글의 종류와 주제, 문체별 분류, 문학 분류, 표제 분류 등에 대한 내용은 전은경의 「『태극학보』의 표제 기획과 소설 개념의 정립 과정」,『국어국문학』171, 국어국문학회, 2015, 605~638면 참조.

히 가장 두드러진 활동을 펼친 학회지였기에 국내에서의 영향력도 대단했다. 또한 태극학회 자체가 관서지방 유학생들을 중심으로 이루어졌기 때문에 그 당시 기독교 영향도 많이 받고 있었다.[9]

〈표 1〉『태극학보』 필자 게재 횟수 및 전체 저자 수

게재 횟수	인원(명)
1번	110
2번	38
3번	14
4번	15
5번	2
6번	1
7번	1
8번	5
9번	2
10번	1
11번	1
12번	1
13번	2
16번	1
24번	3
25번	1
26번	1
총 인원	200

편집자, 기자 등의 편집 관련 인물을 제외한 필자들에 대한 통계를 내어 보면 위의 표와 같다. 3번 이상 게재한 필자는 永興支會員 北愚 桂奉瑀, 高元勳(來堂 秋觀生), 觀物子, 金晚圭(荷汀生), 禪師 一愚 金太垠, 斗南一人, 劉銓, 冒險生, 尙灝, 峩洋子, 이광수(李寶鏡), 自樂堂, 農窩生 鄭

---

9   『태극학보』에 실린 글에서도 기독교 관련 글들이 많이 등장한다. 예를 들어 장응진의 소설 「다정다한」(『태극학보』 6·7호, 1907.1.24~2.24), 「월하의 자백」(『태극학보』 13호, 1907.9.24)이나 정빈의 「面面그리스도」(『태극학보』 4호, 1906.11.24) 등에서 찾아볼 수 있다.

濟原, 崔昌烈 등 총 14명이었고, 4번 실은 인물은 NYK生, 觀海客, 金英哉, 朴廷義, 宋旭鉉, 申成鎬, 雙城樵夫, 仰天子, 尹貞媛(윤뎡원), 鄭錢酒(東憂子), 池成沆(雲樵生 在岡山), 崔南善(大夢生), 崔麟(傍聽人 友古生), 韓明洙, 洪正求 등 총 15명이었다. 5번 실은 인물은 李奎濼, 張弘植 등 2명이었고, 6번 실은 인물은 中叟 1명, 7번 실은 인물은 學海主人 1명이었다. 8번 실은 인물은 文一平, 吳錫裕, 全永爵, 抱宇生, 留學生監督 韓致愈 등 총 5명이었고, 9번 실은 인물은 張啓澤, 浩然子 등 2명, 10번 실은 인물은 李東初(石蘇生) 1명, 11번 실은 인물은 研究生 1명, 12번 실은 인물은 崔錫夏(友洋生) 1명, 13번 실은 인물은 金鎭初, 朴相洛(老農) 등 2명, 16번 실은 인물은 金志侃이었다. 그 외 24번 실은 인물은 荻丹山人, 石上逸民, 長棹主人 등의 이름을 쓴 김수철과 朴容喜(崇古生), 그리고 白岳生, 白岳春史 등의 이름을 쓴 張膺震 등 총 3명이었다. 또한 金洛泳(椒海)이 총 25번, 金源極(松南 春夢人)[10]이 총 26번으로 가장 많이 투고했다. 따라서 전체 필자 수는 200여 명에 달하고 있었다.

그러나 태극학회가 관서지방 유학생들의 친목회로 이루어졌다고는 해도 유학생들만의 공유물은 아니었다. 어쩌면 고국에서 유학생들의 소식을 전해들을 수 있는 통로이자 국내 지식인들이나 학생들이 신학문을 접할 수 있는 계기가 될 수도 있었을 것이다. 따라서 필자들을 살

---

10 김원극의 경우는 『서북학회월보』에서도 발견되는 필자로서 이는 『태극학보』가 서북지방의 유학생들을 대상으로 했기 때문에 나타난 현상이라고 볼 수 있다. 그 당시 사비유학생이었던 김원극은 1908년 7월 귀국 후, 1908년 영흥군 주사로 임명되었다고 한다. 즉 서북지방의 유학생들이 태극학회에서 활동하다가 귀국 후 국내 학회지 『서북학회월보』에서 또다시 활동을 이어가는 것으로 확인해 볼 수 있다.(대한제국 유학생 관련 논의는 이계형, 「1904~1910년 대한제국 관비 일본유학생의 성격 변화」, 『한국독립운동사연구』 31, 독립기념관 한국독립운동사연구소, 2008, 189~240면 참조)

펴보면 유학생들뿐만 아니라 국내 지식인들, 각 학교의 관계자, 학생
더 나아가 유학생들의 부모까지 매우 다양했다.

〈표 2〉『태극학보』외부 필자

호	날짜	표제	저자	제목	문체
2	1906.9.24	學園	女史 尹貞媛	본국 졔형 졔매의게(寄書)	한글
3	1906.10.24	學園	女史 尹貞媛	추풍일단(寄書)	한글
4	1906.11.24	講壇學園	女史 尹貞媛	공겸의 졍신	한글
6	1907.1.24	殷栗 洪性變		祝賀太極學報	현토한문
7	1907.2.24	講壇學園	女史 尹貞媛	獻身的 精神	한글
7	1907.2.24	講壇學園	八十翁 蔡東濟	太極學會贊祝歌	단어형 국한문
8	1907.3.24	雜報	平安南道 价川 安暘植	寄書	현토한문
9	1907.4.24	講壇學園	회원 리원붕 모친 백씨	불학무식흔 집안의 가스 쓰훔을 구경흠(긔셔)	한글
9	1907.4.24	雜報	平安北道 鐵山郡 鷹山里居 吳熙源氏	寄書	한문
9	1907.4.24	雜報	平安北道 寧邊 宣尙範氏	寄書	현토한문
15	1907.11.24	寄書	林相駿	告我山林學者 同胞	구절형+현토한문
15	1907.11.24	寄書	永柔郡 崔烈謹函	恭賀太極學報	한문
17	1908.1.24	寄書	平壤 盧麟奎	寄書	구절형 국한문
20	1908.5.24	雜錄	平北 博川 振明學校	恭呈太極學會	한문
20	1908.5.24	雜錄	平南 蕭川郡 隆興學校 敬呈	恭呈太極學會	구절형 국한문
22	1908.6.24	文藝	十六歲 達觀人 朴俠均	俚語	한글+단어형
23	1908.7.24	文藝	十六歲夙成人 金贊永	老而不死	한글(거의)
23	1908.7.24	雜俎	咸南 永興郡 洪明學校 生徒 李命燮	祝辭	구절형 국한문
24	1908.9.24	學園	平北 宣川 志士 安濬氏 渡來東京時與留學界同志提議 發起	實業勉勵會趣旨書	현토한문
24	1908.9.24	詞藻	羕洋子	送別安濬君	현토한문+한문
24	1908.9.24	詞藻	咸南 文川 朴道善	恭呈太極學會	한문
24	1908.9.24	雜俎	全南 順天郡 志士 李榮珉 等 支會 請願書	雜俎	구절형 국한문
24	1908.9.24	雜俎	平安南道 順安郡 松峴面 九瑞洞居 韓熙洙	祝辭	현토한문
25	1908.10.24	詞藻	朴載善	恭呈于太極學會記者	한문
25	1908.10.24	奇書	永興郡原明學校生徒尹達五	祝辭	현토한문
25	1908.10.24	論壇	北愚桂奉瑀	社會의 假志士	구절형 국한문
25	1908.10.24	奇書	韓國咸南永興郡興仁學校生徒 朴日燦	恭呈祝詞	현토한문

26	1908.11.24	論壇	永興支會員 桂奉瑀	學校의 弊害	구절형 국한문
26	1908.11.24	講壇學園	成川支會長 朴相駿	先覺者의 三小注意	구절형 국한문
26	1908.11.24	奇書	대한협회영동지회회장 張箕洽	公函	구절형 국한문
26	1908.11.24	奇書	함남문천군 朴載善	敬呈太極學會僉座	구절형 국한문
26	1908.11.24	奇書	함남영흥군 동명학교 감독 李達鉉 姜念伯 교사 洪在憲	恭呈于太極學報 主筆 金源極 閣下	구절형 국한문
26	1908.11.24	詞藻	高原郡 金夏變	奉呈太極學會 僉座下	한문
26	1908.11.24	雜錄	平壤 外城 人民代表 金禹鏞氏	雜錄	현토한문

〈표 2〉는 『태극학보』에 투고한 외부 필자의 글로, 외부 필진이라는 것이 뚜렷이 드러나는 필자는 총 27명에 해당했다. 내용상으로 보면, 국내에서 태극학회의 출범을 축하하는 글이거나 국내에 지회를 설립하고 싶다는 글이 가장 많았다. 혹은 그 가운데 유학생의 어머니가 보낸 글도 있었고, 16세의 학생에서부터 80대의 노인까지 다양한 인물들이 글을 보내오고 있었음을 확인할 수 있다. 이러한 부분은 『대한흥학보』와 대조해 보면, 차이가 명확히 드러난다.

〈표 3〉은 『대한흥학보』에 실린 유학생 외의 외부 필자의 글을 모아 놓은 것이다. 실제로 확인할 수 있는 외부 필자가 쓴 글은 『대한흥학보』에 실린 글 전체 313편 중 13편 정도이다. 이는 다시 말해 대부분의 글들을 일본 유학생들, 즉 대한흥학회의 회원들이 쓰고 있다고 볼 수 있다. 즉 『대한흥학보』는 학회 회보지로서, 학회 회원들이 "독자이면서 동시에 필자로" 존재하는 "쓰는 자=읽는 자"의 구조였다.[11] 이에 비해 『태극학보』에는 훨씬 더 다양한 필자들의 글이 실리고 있었다.

사실 이렇게 다양한 필자가 있다는 것은 그만큼 독자들도 다양하다는 것을 의미한다. 『태극학보』 이후 시기인 1909년에서 1910년까지

11　전은경, 「유학생 잡지 『대한흥학보』와 문학 독자의 형성」, 『국어국문학』 169, 국어국문학회, 2014.12, 315면.

<표 3> 『대한흥학보』의 외부 필자의 글

호	날짜	표제	저자	제목	문체
3	1909.5.20	雜纂	朴聖會	(寄書)觀留學生界有感	한문
3	1909.5.20	雜纂	金永默	(寄書)留學生同胞의 教育과 學會의 耳聞目擊	구절형 국한문
4	1909.6.20	祝辭	義州府養實學院中學部生徒一同	祝大韓興學會	한문
4	1909.6.20	祝辭	江西 鄭泰胤	祝大韓興學會	단어형 국한문
4	1909.6.20	祝辭	殷栗 李基豊	祝賀大韓興學	단어형 국한문
4	1909.6.20	祝辭	黃海道安岳郡靑龍面金山里文新學校	敬呈大韓興學會	구절형 국한문
4	1909.6.20	演壇	清國浙工人 柴宗형	(寄書)論歐東與亞東之關係	한문
4	1909.6.20	雜纂	西北協成學校生 尹鑑	春夢(寄書)	한문
4	1909.6.20	詞藻	清國人 張積仁	吊裵公文	한문
6	1909.10.20	演壇	成樂淳	讀大韓興學報賀教育新潮(寄書)	구절형 국한문
7	1909.11.20	論著	朴楚陽	(寄書)卒業生을 對ᄒ야 勸告	단어형 국한문
9	1910.1.20	論著	京城養源女學校學生 金順熙	教育은 獨立의 準備라	현토한문
11	1910.3.20	論著	金忠熙	代現世之士ᄒ야 有感於日本留學諸氏라(寄書)	현토한문

발행된 『대한흥학보』의 경우는 유학생 사회에 훨씬 더 초점이 맞추어져 있다. 물론 『대한흥학보』에서도 국내의 지식인들이 다양하게 등장하고는 있다. 그러나 『태극학보』의 상황과 비교해 보면 대한흥학회 시기에는 일본에서 이미 유학을 끝내고 국내로 돌아간 인물들이 상대적으로 많았다.

이에 비해 『태극학보』는 훨씬 더 다양한 인물들이 참여하고 있었다. 이것이 가능했던 이유는 『태극학보』 자체가 아직 유학생을 위한 학회지라는 정체성을 확립하지 못하고 있다는 점에서 찾을 수 있다. 유학생에 좀 더 한정되었던 『대한흥학보』의 경우와는 달리 『태극학보』의 경우에는 유학생들 스스로의 읽기와 쓰기보다는 국내 국외 다수의 독자를 확보하면서 각계 다양한 필자들에게 열린 공간을 제공하고 있었던 것이다. 이것은 다른 한편으로 독자들의 참여가 유학생의 글쓰기에 영향을 미치고 있다는 점을 유추해 볼 수 있게 한다. 그렇다면, 이러한 국내의 독자들은 일본 유학생들에게 어떠한 기대를 가지고 있었으며, 『태극학보』에 어떠한 요구를 하고 있는지 다음 절에서 살펴보도록 하겠다.

2) '기서'와 국내 독자층의 요구

근대계몽기 국내에서는 유학생들에 대해 거는 기대가 컸다. 국가의 존폐가 이들에게 달려 있다고 여기는 지식인들도 많이 존재했다. 그러한 상황에서 『태극학보』에는 이러한 국내의 기대와 희망을 담은 기서들이 실리기도 했다.

大凡 水火에 陷한 人도 把岸撲焰ᄒᆞᆯ 精神을 保有ᄒᆞ면 能히 其 生을 回ᄒᆞᄂᆞᆫ 道가 有ᄒᆞ고 恥辱을 受ᄒᆞᆫ 人도 臥薪嘗膽ᄒᆞᆯ 志氣를 持長ᄒᆞ면 能히 其 侮를 禦ᄒᆞᄂᆞᆫ 日이 有ᄒᆞᆯ지라. 彼婢顔奴膝에 阿諛苟容ᄒᆞ며 割肉饋人에 自以爲揚揚得得ᄒᆞ야 恬不知恥ᄒᆞᄂᆞᆫ 者는 足히 掛齒ᄒᆞᆯ 바 無ᄒᆞ거니와 現我遑遑棲屑ᄒᆞᄂᆞᆫ 全國同胞ᄂᆞᆫ 各其 自己의 精神과 志氣를 勿失ᄒᆞᆯ지어다. 萬一 此 精神과 志氣를 一朝見奪ᄒᆞ면 其 人이 雖曰 世界學問을 無不能通이나 ᄯᅩᄒᆞᆫ 足히 他人의 一伶慧ᄒᆞᆫ 奴隷에 不過ᄒᆞᆯ지니 엇지 活活潑潑ᄒᆞᆫ 義務的 事業을 實行ᄒᆞ야 能히 國家의 恥辱을 雪ᄒᆞ며 家族의 水火를 抹ᄒᆞᆯ 希望이 有ᄒᆞ리오. 然則 吾輩가 今日 最急務로 要ᄒᆞᆯ 者는 卽 一般同胞의 精神과 志氣를 鼓吹振作ᄒᆞ야 몬져 其 趣向의 目的을 確立ᄒᆞᆫ 然後에 各種 學問의 文明利器와 世界列邦의 良法美規를 參考

教育홈이 可할지니 德國의 比斯麥이 大功을 樹흔 後에 小學校敎師의게 拜謝홈과 日本의 維新基礎가 福澤諭吉氏의게 由始ㅎ다 함도 亦是 這間消息을 略指홈이로다. 今에 外洋에 出遊ㅎᄂ 諸君의 熱心結果로 成立된 日本에 在흔 太極學會와 米洲에 在한 共立協會ᄂ 卽 秋陽의 精神과 冬栢의 志氣로 岅然團合흔 者니 誰가 敢히 此 精神을 奪ㅎ며 其 志氣를 抑ㅎ리오. 其 影響의 力이 足히 國內 敎育家의 師範이 되야 將次 德日의 文明實效를 我邦에 見홀 일이 不遠흔 줄 確信ㅎ기로 一言을 特述ㅎ야 玆에 仰賀ㅎ노라.[12]

위의 글은 '唐岳石菱生'이라는 필명으로 보낸 기서로, 미국과 일본에 있는 유학생들에 대한 기대를 보여준다. 일본 유학생회인 태극학회와 미주에 있는 공립협회에 대해서 격려하면서 이들 유학생의 정신과 교육이 국내 교육가의 사범師範, 즉 스승이 되어달라는 당부를 하고 있다. 이러한 정신은 다른 기서에서도 보인다. 평양의 노린규라는 인물은 "大韓 全國同胞들아 太極學報 愛讀ㅎ소. 敎育得失 警告ㅎ고 外人凌辱 抗斥ㅎ니 我韓 敎育界에 警世鐘이 太極學報 그 아닌가. 如我愚者도 不勝憤激補助ㅎ니 嗟我全國同胞들아 同心合力ㅎ여 보세"[13]라고 하면서 『태극학보』의 정체성을 규정짓기도 한다. 즉 국내 교육계를 향해 경계하고 주의를 환기시켜 깨우치고자 하는 경세종으로서의 역할을 해줄 것을 요구하고 있다. 이는 결국 국내에서 기대하는 유학생회에 대한 생각을 엿볼 수 있게 한다. 다시 말해서 유학생들에 대해서 교육을 혁신시키고

---

12 唐岳石菱生, '講壇學園」「人族의 貴寶ᄂ 精神과 志氣라(寄書)」, 『태극학보』 9호, 1907.4.24, 25~26면.
13 平壤 盧麟奎, '寄書', 『태극학보』 17호, 1908.1.24, 62면.

국가를 회생시키는 중요한 역할을 해줄 것을 요청하고 있는 것이다.

이러한 상황에서 실제 학부모들 역시 『태극학보』에 글을 싣고 있다. 『태극학보』 회원 이원붕의 모친 백씨가 학부모의 입장에서 글을 보내 온다.

郭索(蟹)은 水族 中에 有名흔 介蟲으로 堅흔 甲을 被호고 銳흔 戈를 左右 에 執호야 四海에 橫行호는 强悍的 動物이요 蚯蚓(地龍)은 土壤 中에 穴居호 는 不過幺麼흔 一無骨的 蠕樣微蟲이니 其 强弱 大小는 實노 同一히 語할 빈 아니로딕 今에 地層를 鑽호야 其 巢를 營홈에는 蚯蚓은 上으로는 枯壤를 食 호고 下으로는 黃泉를 飮흔 然後에 止호딕 郭索은 此 邊에셔 혀비젹, 혀비젹 (搔爬)彼邊에셔 혀비젹 호다가 畢竟에는 一寸에 土穴를 鑽得지 못호고 他의 巢穴를 借호야 居호나니 此는 非他라. 卽 郭索의 麤粗흔 散性이 能히 蚯蚓의 專精흔 一心에 不及홈이라. 彼 一般 下等蟲類도 如是커든 況 吾人은 一世間에 高等動物이라. 凡事를 營爲홈에 各其 一定흔 目的를 蚯蚓의 專精흔 一心으로 做去호면 十分 滿足흔 極點에 達호는 日이 有호려니와 萬一에 傑人이니 達士 니 호야 雄論大辯으로 天下事를 坐談호야 足히 一世界를 掀動호고 六大洲를 凌壓할 만흔 權謀奇術이 自己 掌握 中에 有흔 듯시 實業은 不修호고 高遠흔 獵等 思想를 空抱호야 此 事에도 이럭뎌럭 彼 事에도 이럭뎌럭 호다가 彼 郭 索의 麤粗흔 散性의 結果를 未免호야 將次 巢居할 地界가 無호면 此 時에는 다시 誰의 力를 借호리요. 吾儕는 學生이라. 前途에 進步홈을 晝夜 講究호던 차에 偶然히 郭索과 蚯蚓을 見호고 取할 바가 有흔 故로 此에 暫論호노라.[14]

---

14 李元鵬, '講壇學園'「郭索과 蚯蚓을 見호라」, 『태극학보』 8호, 1907.3.24, 39~40면.

위의 글은 회원 이원붕의 글로, 모친 백씨가 글을 보내기 한 호 전에 「郭索과 蚯蚓을 見ᄒ라」라는 글을 싣고 있다. 이원붕은 게郭索와 지렁이 蚯蚓를 비교하면서 게는 자신의 강함만 믿고 실력도 쌓지 않을 뿐더러 흩어지는 성질 때문에 지렁이에 비해 못하다고 설명한다. 이러한 비유를 토대로 지금 유학생들 중 게와 같이 실력은 쌓지 않고 거만하며 흩어지기만 할 뿐인 인물들을 비판하고 있다. 그러면서 "前途에 進步홈을 晝夜 講究ᄒ던 차에 偶然히 郭索과 蚯蚓을 見ᄒ고 取할 바가 有ᄒ 故로 此에 暫論"한다며 학생으로서 학문의 진보를 위해 고민하다가 게와 지렁이의 비유를 통해 깨달은 바를 글로 적었다고 설명한다. 이원붕 스스로 학생으로서 감당해야 할 일과 또 현재의 상황에 대한 비판을 적은 글이라 할 수 있다.

나는 본릭 무식ᄒ 녀인이라. 세월의 가고 오ᄂᆞᆫ 것도 아지 못ᄒ고 초토에 뭇치여 감농이나 ᄒ고 물길이 동즈ᄒ기와 간간 침지나 ᄒ여 닙고 그렁져렁 륙십 년을 지내여 오믹 그 사이에 다른 일도 만히 지닉 보앗거니와 한 늘은 손에 쑤리를 잡고 니웃집을 간즉 그 집쥬인 녀인의 얼골에 불편ᄒ 기식이 가득 ᄒ엿기로 내 뭇기를 이즈음 몸이 편치 아니ᄒ시오 흔즉 대답ᄒ여 글ᄋ 딕 (…중략…) 소위 가쟝이라 ᄒᄂᆞᆫ 이가 평싱에 후쥬와 잡기로만 일을 슴고 집안 일은 조곰도 도라보지 아니ᄒ믹 밥 지을 식 써러진 지가 볼서 석 달이 되엿ᄉ되 녀편네의 수단으로는 도시 홀 수 업서셔 울댱과 바주를 쯧어 씌고 쌀 써러진지도 벌셔 넉댱 동안이라 춤아 굴머 죽지ᄂᆞᆫ 못ᄒ여셔 이딕 뎌딕 한 되 두 되식 비러다가 기름자가 얼는얼ᄂᆞᆫ ᄒᄂᆞᆫ 죽물인만져 지여 빗알에 풀나 겨우 ᄒ여오믹 이계ᄂᆞᆫ 다시 구구ᄒ 스졍도 홀 곳이 별노 업셔 홀 수 업시 련사흘을 번져시니여 잇든 ᄎ에 (…중략…) 남편은 누어셔 오지도 아니ᄒᆞᄂᆞᆫ 잠을 자ᄂᆞᆫ 쳬ᄒᆞ고 아즉도 싱각ᄒᆞᄂᆞᆫ 거시 누구를 속히고 돈을 쎄앗스며 엇지ᄒᆞ면 투젼본젼을 엇을가 ᄒᆞᄂᆞᆫ 것ᄲᅵᆫ이라. 그 거동을 보미 가슴이 더욱 답답ᄒᆞ여 걱졍소리를 죵죵히 들녓더니 펼젹 니러나면셔 눈을 부르쓰고 ᄒᆞᄂᆞᆫ 말이 귀 아프고 소란히 ᄒᆞ고 압졔로 말을 ᄒᆞ기에 녀편네를 아모리 즘싱ᄀᆞᆺ치 디졉ᄒᆞ고 죽을 물건 ᄀᆞᆺ치 되여 잇스나 이 경황에 디ᄒᆞ야셔야 즘즘히 ᄎᆞᆷ을 수가 업기로 두어 말노 대답ᄒᆞ엿더니 대답ᄒᆞᆫ다고 큰 목쳥을 드러 사졍 업시 치기로 홀 수 업시 미만 맛고 잇노라. ᄒᆞ기에 나도 두어 말노 위로ᄒᆞ고 집에 도라와 즘즘히 싱각ᄒᆞᆫ즉 대져 녀ᄌᆞ라 ᄒᆞᄂᆞᆫ 거슨 웨 그리 쳔ᄒᆞᆫ 물건이 되엿ᄂᆞᆫ고.[15]

이원붕이 글을 싣고 나서 바로 다음 호에 그의 모친인 백씨가 한글로 기서를 보냈는데, 이는 국내에서 살고 있는 일반적인 가정의 모습, 즉 남편에게 압제 당하는 여성의 모습을 마치 소설처럼 세세하게 써놓고 있다. 방탕한 남편 때문에 굶어죽기 직전인 한 가정의 부인이 남편에게 끼니를 때울 것이 없다고 한탄했다는 이유만으로 남편에게 짐승 같이 취급당하고 매만 맞는 상황을 설명하며 여성의 삶에 대한 고민과 비판을 쏟아낸다. "이십 셰가 근당ᄒᆞ도록 싱부모의 양육을 밧어 거의 일비지력이라도 부모의게 도아 갑흘만ᄒᆞ면 일평싱에 한 번도 보고 알지 못ᄒᆞ든 싀부모와 남편을 셤기게 되며" "남편이나 불힝히 잘못 맛나면 오늘져 녀인과 ᄀᆞᆺ치 씨식은 혼ᄌᆞ 굼고 일평싱 고로음 즁에 한 셰상을 보닐

---

15 회원 리원붕 모친 백씨, '講壇學園' 「불학무식ᄒᆞᆫ 집안의 가ᄉᆞ 쌋홈을 구경ᄒᆞᆷ(긔셔)」, 『태극학보』 9호, 1907.4.24, 19~21면.

터히니 앗갑도다"라며 한탄한다. 키워준 부모에게 효도는 하지 못하고 바로 시부모와 남편을 위해 봉사만 하게 되며 그 와중에 남편을 잘못 만나면 일평생 괴로울 뿐인 여성의 삶은 너무나 타인의존적인 것이었다.

태초에 텬싱만민ㅎ실 쩌에는 남녀가 등급잇게 닉신 거시 아니오 다 ㄱㅌㅎ 싱명과 인격을 주셧ㅅ믹 한 쩌 자미잇는 셰샹은 졍코 잇슬지라. 그 리치를 밝히 아는 뎌 영 미국과 그 밧게 셔양 문명ㅎ 각 나라에셔는 남녀의 동등권을 완젼히 ㅎ고 학문과 교휵을 ㄱㅌ튼 졍도로 ㄱㄹ쳐셔 각 사름이 문명ㅎ믹 자연 그 집안이 화목ㅎ고 샤회가 문명ㅎ며 나라히 부강ㅎ엿거니와 도라보건딕 우리나라 사름은 우물 속에 머구리 소견으로 이왕에 업든 거슨 덥허놋코 이 젹지도라 ㅎ여 져러오는 루쳔 년 습관을 조곰도 곳치지 못ㅎ고 무식흔 거시 싹이 업ㅅ딕 (…즁략…) 뎌 불학무식흔 쟈의게 나라 일을 맛기면 나라를 결단닐 터히오 샤회를 쥬쟝ㅎ면 샤회를 멸망식힐지라. 그런고로 명명흔 하늘 이 대한을 도라보샤 나라 가온딕 총준ㅎ신 쳥년 류학싱을 일본과 미국에 보닉엿스니 불원간에 문명흔 빗치 대한반도상에 빗췰 거슨 짐쟉ㅎ고 손가락 을 곱아 그 늘을 기드리거니와 다만 몬져 한 말을 미국과 일본에 계신 류학싱 여러분씌 붓ㄴ니 여러분이 문명흔 공긔 즁에 각종 학문을 빅호와 쒸여나는 ㅅ샹들을 만히 엇어가지고 본국에 도라오샤 젼국 동포의게 문명을 젼달ㅎ 여 부강발달ㅎ온 후에는 술먹고 잡기ㅎ는 쟈] 도 업셔질 터히오 남녀의 동 등권도 완젼ㅎ겟지요? 불근 영광 태극긔를 류대부쥬샹에 뎨일 놉히 달어놋 코 대한뎨국 만셰 억만셰로 만셰가를 불너봅셰다.

조고마흔 졍셩을 표ㅎ기 위하여 찬셩금 일 원을 봉뎡ㅎ오니 지필의 용비 나 보틱여 쓰시옵소셔.[16]

이러한 고민은 여성의 인권에 대한 근본적인 물음을 제기하기에 이른다. 분명 태초에는 남녀의 등급이 없이 모두 남녀의 동등한 권리를 가지고 태어났으며, 서양 문명에서는 남녀의 동등권이 완전히 있고, 남녀 모두에게 학문과 교육을 가르쳐 국가 발전을 위해 이바지하도록 한다고 여성의 평등권을 주장하고 있다. 그러한 상황에서 여전히 우물 안 개구리로 수천 년 된 구습을 고치지 못하는 현 국내의 상황을 신랄하게 비판한다. 따라서 백씨는 이러한 구습과 편견을 깨부수기 위해서 서양의 학문이 필요하며 이를 위해 미국과 일본에서 유학하는 학생들에게 큰 기대를 걸고 있는 것이다. 백씨가 여성으로서 이렇게 서양적인 남녀 동등권과 당대 국내의 남녀 문제를 명확하게 비판할 수 있었던 것은 관서 지역에서 살고 있었기 때문에 가능했던 것으로 보인다. 그 당시 관서 지역은 평양을 중심으로 기독교 사상의 전파가 대단했으며,[17] 이러한 기독교 사상이 한 유학생의 모친에게도 영향을 끼친 것으로 보인다.

편쟈(編者) 갈ᄋ딕 우리나라이 몟천 년 이릭로 우에 잇는 쟈는 아릭 잇는 쟈를 압제ᄒ고 권력 잇는 쟈는 권력 업는 쟈를 압제ᄒ며 돈 잇는 쟈는 가난ᄒ 쟈를 압제ᄒ고 남쟈는 녀쟈를 압제ᄒᄂ 풍속이 사름마다 골슈에 저져 압졔 쥬는 쟈는 의례이 나만 못ᄒ 쟈에게는 압졔 쥬는 줄로 싱각ᄒ며 압졔 밧는 쟈도 의례이 밧는 것으로 싱각ᄒ야 심지어 아릭 잇는 쟈는 입이 이셔도 말ᄒ

---

16   위의 글, 21~22면.
17   그 당시 한국 장로교의 약 80%가 평안도와 황해도 지방의 교인이었다고 한다.(김상태,
      「평안도 기독교 세력과 친미엘리트의 형성」, 『역사비평』, 1998.겨울, 176면; 양문규,
      「1900년대 신문·잡지 미디어와 근대소설의 탄생」, 『현대문학의 연구』 23, 한국문학연
      구학회, 2004, 216면 재인용)

지 못혼다는 속담이 잇스니 춤 가탄혼 일이로다. 당초(當初) 하느님이 우리 사름을 늬실 써에 남녀의 별은 잇슬쎄언졍 일반사람되는 주격에야 엇지 놉고 낫즌 챠별이 잇스리오. 또 부부가 화혼 연후에야 혼 집안이 온젼이 화호고 혼 집안이 화혼 후에야 혼 나라이 온젼이 화호깃거늘 우리나라는 엇더냐 호면 녀주는 다못 남주의 미인 물건으로 싱각호야 녀주에게는 교휵도 아니호고 만반亽를 남주가 다 압졔로 명령호되 연약호고 불상혼 녀주는 남주에게 디호야 조곰도 항거홀 힘이 업셔 일평싱을 남주의 죵 노릇호고 지늬는데 불학무식혼 사람의 집안은 오히려 말홀 것 업거니와 쇼위 셰상에 츌립호고 좀 학문 잇다 호는 亽람들 중에도 쳡을 어더 본쳐을 무슈히 박디호는 일이며 가亽는 도라보지 아니호고 쥬싴잡기로 몸을 맛치되 불상혼 녀주는 호소홀 곳이 업셔 혹 심호면 주살호는 부인도 잇스며 자살치 아니홀지라도 일평싱을 슬푼 가온데 눈물로 보늬는 녀주 우리나라 가온데 몟빅만일고. 이 갓튼 녀자에게 디호야 나는 만곡동졍의 눈물를 금치 못호노라. 이 셰상에 갓튼 사람으로 싱겨나셔 엇지 영광이 남주에 만코 녀자에게 젹으며 갓튼 녀주로 이 셰상에 싱겨ᄂ셔 엇지 셔양에는 영광이 져러틋 만흔데 동양에는 이러틋 심호고. 혹은 말호되 녀주는 완력(腕力)이 남주에 밋지 못호미 불가불 남주의 죵노롯 홀 슈밧게 업다. 호니 이거시 엇지 만물의 령장(靈長)이라 호는 사람의 말이리오. 뎌 쌍쌍이 쫙을 무어 일싱을 유쾌히 지늬는 싀와 짐싱을 볼지어다. 이 거시 도시 말호면 우리나라 넷늘 도덕(道德)과 학문의 완젼치 못홈으로 된 거시라. 지금 일됴일셕에 다 변키는 어려오느 국민의 교휵과 녀주의 교휵을 발달시키면 옛날 악혼 풍쇽은 졈졈 시러져 업셔지고 남녀동등권과 부부화락혼 가뎡(家庭)을 죠직호는 싀 운슈가 불원에 오리라 호노라.[18]

이원붕의 모친 백씨의 글 말미에는 위의 글과 같은 편자編者의 말이 붙어 있다. 즉 회원이 아닌 인물의 글이 기서로 오게 되면, 이렇게『태극학보』편집자들은 대화를 하는 방식으로 그 글에 대해 첨언을 붙이고 있는 것이다. 또한 모친의 글이 한글이었기 때문에 편자의 말 역시 이와 마찬가지로 한글로 써 있었다. 편자는 백씨의 글에 찬성하면서 기독교 사상에 입각한 남녀의 평등권을 설명하고 있다. 이는 장응진이 기독교였고 기독교 사상을 담은 소설도 상당수 쓰고 있다는 점에서 장응진이었을 확률이 높다. 결국 편자 역시 서양의 사상, 평등한 사상을 제대로 공부하여 국내에 만연한 오래된 구습을 타파해야 한다는 주장으로 귀결된다. 조선의 오래된 구습에 대해서 비판하면서 그 당대 유학생들이 어떠한 사명감을 가져야 하는지에 대해서 명확하게 보여주는 것이라 할 수 있다.

3) '독자문예'와 상호소통적 글쓰기

그렇다면『태극학보』안에서 독자와 어떠한 상호소통적 글쓰기를 이루고 있는지 살펴보도록 하겠다.『태극학보』가 구체적으로 '독자문예란'을 설정하고 투고를 받은 것은 아니지만, 국내의 다양한 독자들도 얼마든지 투고를 할 수 있는 열린 공간이었기 때문에 문예면에 대해서도 국내의 투고가 이루어지고 있었다. 실제로 '독자문예'의 경우, 내용적 측면에서의 '따라쓰기'와 편집적 측면에서의 '평자의 말'이라는 두

---

18 編者, 앞의 글, 22~23면.

가지 방향에서 상호소통성을 살필 수 있다.

12호 이후부터 처음 등장한 '문예'란은 독자들에게도 어느 정도 열려 있는 공간이었다. 22호와 23호의 '문예'란에는 16세 학생들의 투고가 잇따라 등장하고 있다.

넷적에 흔 富家翁이 잇스니 積穀은 如山ᄒ고 積金이 滿庫라. ᄯᅩ 牧畜을 盛히 ᄒ야 牛馬의 匹數는 其數가 多多ᄒ거니와 그 穀食과 金錢을 盜賊에게나 或 竊鼠에게 일을가 念慮ᄒ야 險흔 ᄀᆡ와 奸詐흔 고양이를 만히 養ᄒᄂᆞ지라. 그러나 翁이 養흘 줄만 알고 가르치ᄂᆞᆫ 方法을 몰나 그 ᄀᆡ와 고양이가 도리혀 主家를 모히흘 흉게를 做出ᄒ야 一日은 고양이가 主家의 어린 닭을 잡아 먹고자 ᄒ나 主人의 눈에 걸니면 罪를 닙을가 두러워ᄒ야 山너메 수풀 속에 가셔 살기를 쐬여 어린 닭의 잇ᄂᆞᆫ 곳을 자세히 가르치고 말ᄒ기를 얼마를 잡아 오던지 서로 分食ᄒ자 언약ᄒ고 其 夜에 果然 살기를 유인ᄒ야 그 닭을 몰수히 잡아다가 分食ᄒ엿더라. ᄀᆡ란 놈은 主家의 積置흔 美饌을 춤흘녀 먹고져 ᄒ되 ᄯᅩ흔 主家의 눈을 두려워 밤이면 隣家의 간특흔 ᄉᆡ냥ᄀᆡ를 쥬쵹ᄒ야 美饌을 時時로 도적ᄒ여 먹ᄂᆞᆫ지라. 如此흠으로 自然히 主家의 牧畜과 穀食이 零星ᄒ야 차차 産業이 궁팝흠에 니르며 ᄯᅩ 도쳑과 쥐가 임의로 황힁ᄒ야 필경에는 一粒一金을 安保ᄒ기 어려워 其家가 滅亡의 患을 當ᄒ엿다 ᄒ니 寒心흔 일이로다. 向者에 富家翁으로 ᄒ여곰 知識이 잇서스면 ᄀᆡ와 고양이가 다 사람의 말을 알아듯ᄂᆞᆫ 者라 어려슬 적붓터 가라쳐 가로ᄃᆡ 고양아 너ᄂᆞᆫ 쥐를 잡아 늬 집의 쥐무리를 업시ᄒᄂᆞᆫ 것이 네 직칙이니 잘 注意ᄒ여라 ᄒ고 ᄀᆡ야 너ᄂᆞᆫ 늬 집의 도적을 잘 딕히여 밤이면 他人을 짓ᄂᆞᆫ 것이 네 직칙이니 잘 注意ᄒ여라 ᄒ야 時時로 가라치면셔 먹을 것도 잘 주고 사랑ᄒᄂᆞᆫ

뜻을 각별이 ㅎ엿더면 제가 비록 미물이라도 주인의 뜻을 감샤히 녁일 쭌더러 가라친 말을 연골붓터 드른 연고로 필경에 主家를 모히ㅎ올 理가 만무ㅎ켓거늘 主翁이 그럿치 못ㅎ고 但以 기가 잇스면 도적을 딕히고 고양이가 잇스면 쥐를 잡년줄노 알엇다가 이런 냥픠를 당ㅎ엿고 그 주인 집이 망ㅎ는 날에 그 고양이와 기도 쫏차 飢死를 難免ㅎ엿스니 이는 主人도 自作之孽이오 고양이와 기도 亦自手衝目이로다. 슬푼지라. 이 말을 드르미 눈물이 산산ㅎ도다. 우리 三千里疆土와 二千萬人民을 爲ㅎ야 警告ㅎ올 만ㅎ도다.[19]

16세의 박협균이라는 학생은 속된 이야기 즉 「리어俚語」라는 글로 우화 같은 단형서사를 보내왔다. 부자가 쌓인 곡식과 재물이 많자 이를 도둑이나 쥐에게 빼앗길까 두려워 개와 고양이를 키운다. 그런데 실제로 개와 고양이가 도리어 부자의 양식을 탐내어 외부에 있는 살쾡이와 사냥개와 합작하여 주인의 닭과 음식을 훔쳐 먹는다. 결국 이렇게 된 데는 부자 자신에게 책임이 있었다. 부자가 지식이 있었으면 개와 고양이를 잘 가르쳐 집을 보호하게 했을 것이나 그러지 못했기 때문에 망하게 되었다는 것이다. 그러나 문제는 주인이 망하면 결국 고양이와 개도 역시 망하는 것으로 이것은 그 당시 국내의 형편을 그대로 비유한 것이었다. 이에 대해 기자가 바로 평을 달고 있는데 "記者曰 壯哉라. 君의 年이 才己十六에 言辭가 何其深奧也오. 可爲萬古誤國者之一覽이로다" 라고 하여 나이 16세에 이러한 깊은 심도 있는 글을 쓰니 만고의 어그러진 나라의 사람들이 일람할 만하다고 평하고 있다.

19　十六歲 達觀人 朴俠均, '文藝'「俚語」, 『태극학보』 22호, 1908.6.24, 55~56면.

可哀ᄒ고 可憐ᄒ다. 저 老人 보오. 상투는 밧밧ᄒ고 容貌가 枯槁ᄒ야 白髮 生涯가 過去時代만 夢想ᄒ고 現在 未來는 掉頭不知ᄒ는 故로 다믓 쓸ᄃᆡ업는 慾心만 가득ᄒ여 人民社會의 大害가 及홀 샏 外라 亦 其子 其孫으로 ᄒ여곰 前途를 大誤케 ᄒ야 老而不死의 賊을 作ᄒ니 可哀ᄒ고 可憐ᄒ다.[20]

위의 글은 16세 숙성인 김찬영이 쓴 「노이불사老而不死」라는 글로, 대화체 방식으로 쓰인 이 글의 서두에는 노인에 대한 묘사가 탈춤의 한 장면처럼 제시되고 있다. 풍자의 대상으로 제시된 노인은 완고한 고집으로 가련한 인물에 지나지 않으며, 국가와 사회에 큰 해가 되는 인물로 심지어 차세대의 발목을 잡는 적과 같은 존재로 묘사된다. 새로운 학문을 하고자 하는 아들에게 "火輪船이나 火輪車가 다 神人의 造化로 製造ᄒᆫ 것이지 學問 中으로 나왓깃너냐. 미욱ᄒᆫ 자식"이라며 도리어 윽박지르고만 있다.

父, 新學問 안비운 우리 祖先과 나도 世上에 부러운 것 업시 살아 잇다. 이놈 사람의 집이 亡홀닉니까 별놈이 낫구나.
子, 우리 祖先時代와 아부님 少年時代에는 不得不 그리 히슬려니와 오늘날 갓치 變遷ᄒᆫ 時代를 當ᄒ야 守舊不變ᄒ면 國家와 民族은 姑舍ᄒ고 自家와 自身을 不保ᄒ겟습데다!
父, 國家니 民族이니 나 모른다. 닉나 잘 닙고 잘 먹으면 第一이지. 이말뎌말 하지 말고 冠網ᄒ고 書堂으로 나가가라.

---

20 十六歲 凤成人 金瓚永, '文藝'「老而不死」,『태극학보』23호, 1908.7.24, 48면.

子, 아부님 암만 그리ᄒ세도 져는 公益上 關念을 져바릴 수 업ᄉ오니 今日 붓터 斷髮ᄒ고 新學問 學校로 가겟슴네다.

父, 애! 이놈 不孝의 子息놈 낫구나. 身體髮膚는 受之父母니 不敢毁傷이 孝之至也라 ᄒ엿넌데 네가 이놈 斷髮을 ᄒ여? 고햔 놈!

子, 人生이라는 것이 隨時變通이 잇는 것이올시다. 녯사람이 일너스되 苟 有利於社稷이면 吾無愛於髮膚라 ᄒ여스니 小子의 오늘날 斷髮ᄒ고 國家事에 獻身코져 홈이 其實은 忠孝를 兩全코져 홈이니이다.

父, 이놈 斷髮 안 ᄒ고는 國家事 못 ᄒ다던야?

子, 그러치 안슴네. 斷髮ᄒ면 衛生에도 有益ᄒ고 行動에 就便ᄒ야 健康活潑ᄒ올 샌 外라 一個 상투의 무슴 忠孝上으로 關係가 잇슴닛가. 우리나라 自 古로 頭髮歷史를 觀ᄒ면 檀君時代에는 散髮ᄒ엿다가 箕子時를 當ᄒ야 便利 홈과 觀瞻을 爲ᄒ야 編髮ᄒ엿고 밍근과 漆笠은 明나라 制度를 模倣홈이어늘 만일 古制를 不變홈이 道理라 홀진딕 아부님도 승투를 글너 散髮홈이 適當ᄒ올 지라. 엇지 一時習慣을 不變ᄒ야 斷髮을 非難ᄒᄂ잇가.

父, 大聲作氣ᄒ야 曰 이 보기슬타. 近來에 書堂에 가 글工夫는 아니ᄒ고 시키지 안는 말工夫만 ᄒ엿구나. 이러니 더러ᄒ니고 그 아들을 逐出ᄒ야 다 시 말도 못ᄒ게 壓迫ᄒ엿짜데.....................

記者] 曰 嗚呼라. 彼老而不死之賊이여. 自巳 平生을 已誤ᄒ고 守錢奴를 作홈이 이믜 痛迫ᄒ거든 新鮮ᄒ 理想이 發現ᄒ야 國家의 未來 英雄을 作홀 子弟싯지 誤導ᄒ야 千仞坑塹에 驅入코져 ᄒ니 哀哉라 此 賊이여.[21]

---

21 十六歲 凤成人 金瓚永, '文藝'「老而不死」, 『태극학보』 23호, 1908.7.24, 49~51면.

앞서 「리어俚語」가 우화적으로 접근한 국가 정세에 관한 이야기였다면, 「노이불사老而不死」는 학생의 입장에서 아버지 세대 즉 기성세대들의 구습과 아집에 대해 정면으로 비판하고 있다. 심지어 이 기성세대인 아버지 세대는 개인의 안위만 생각할 뿐, 국가의 존영에 대해서는 무관심하다. 또한 단발에 대해서도 유학자적인 입장에서 충효에 어긋난다고 비난하기도 하며, 결국 신학문을 배우지 못하게 그 아들을 축출하여 더 이상 아무 말도 하지 못하도록 압박하는 것으로 결론을 맺고 있다. 이는 신학문을 배운 아들 세대가 무지한 부모 세대에 대해 직접적으로 비판을 가하는 것이라 할 수 있다. 평으로 달려 있는 기자의 말도 보면, 늙은이는 죽지도 않는 공공의 적賊으로 규정하면서 미래의 영웅까지 성장하지 못하도록 압박을 가한다며 신랄하게 비판한다. 결국 나라를 좀먹게 하는 것은 바로 기성세대의 아집과 구습이며, 이를 타파하기 위해 신학문을 배우는 것 외에 다른 방법이 없음을 보여준다. 이렇듯 기자는 16세의 소년 독자를 격려하며 소년이 제시한 "老而不死"보다 더 강력한 언어인 "老而不死之賊"이라는 표현으로 그의 의견에 적극적으로 동의해 주고 있다. 즉 독자의 언어에 더 강한 긍정의 언어로 격려하면서 투고한 독자와 기자가 텍스트 안에서 서로 소통하고 있는 것이다.

사실 16세의 학생이 국내에서 이렇게 투고할 수 있었던 것은 그 이전에 이미 『태극학보』가 여러 차례 대화체 및 토론체 서사 관련 글을 실어 왔기 때문이다. 이러한 문답형 혹은 대화체 서사들은 근대계몽기의 가장 큰 특징이기도 했다. 따라서 16세의 학생은 가장 쉬운 방식으로 자신의 상황을 담아 독자 문예에 투고할 수 있었다. 학생이라는 신분, 또 유학생 잡지를 보는 유학생이거나, 유학생을 꿈꾸는 학생들의 입장에서

<表 4>『태극학보』 대화체 및 토론체 서사 관련 글 목록

호	날짜	표제	저자	제목	문체
4	1906.11.24	講壇學園	傍聽人 友古生 崔麟	(奇書) 甲乙會話	단어형 국한문
5	1906.12.24	講壇學園	朴相洛 譯	(번역) 衛生問答	단어형 국한문
6	1907.1.24	講壇學園	朴相洛 譯	(번역) 衛生問答	단어형 국한문
8	1907.3.24	講壇學園	笑笑生 小菴 記著	北韓 聾盲 兩人이 自評	단어형 국한문
19	1908.3.24	文藝	隱憂生	師弟의 言論	한글+구절형 / 한시
21	1908.5.24	文藝	抱宇生	莊園訪靈	구절+단어
23	1908.7.24	文藝	十六歲夙成人 金瓚永	老而不死	한글(거의)
23	1908.7.24	文藝	耳長子	巷說	단어+한글

구상된 서사물은 신지식을 배우고자 하는 욕구와 이를 방해하는 기성세대와의 갈등이 기저에 깔려 있을 수밖에 없었다. 결국 이는 일종의 공통감처럼 『태극학보』의 독자인 유학생 및 국내의 학생들에게 작용했을 것으로 보인다. 따라서 기성세대를 향한 갈등이 공통감을 형성하면서 이러한 의식을 독자들은 '따라쓰기'의 방식으로 투고하고 있는 것이다.

이러한 내용적 측면에서의 영향뿐만 아니라 '기서' 등에서 보여주는 '편자'의 말은 독자들의 투고에 큰 자극제가 되었을 것으로 보인다. 『태극학보』의 편집진은 모든 '기서'마다 편집자의 말을 달아 그 내용에 찬성을 표하거나 칭찬을 하는 등, 필자들의 생각을 북돋워주고 있었다. 앞에 나온 글들도 역시 16세의 소년이 쓴 글로는 믿기지 않을 정도로 심도가 있다는 평이나 독자의 글에 찬성을 표하며 격려하는 등의 행위는 독자들이 『태극학보』에 글을 싣는 데 큰 원동력이 되었을 것이다. 결국 공통감을 통한 '따라쓰기'와 기자평을 통한 상호소통적 쓰기가 16세의 학생들에게 '문예'에 글을 실을 수 있도록 계기가 되어준 것으로 예측해 볼 수 있다.

4) 유학생 '자의식'의 성장과 '서사' 양식의 실험

(1) '편지'라는 서사적 장치와 객관적 대상물로서의 유학생

앞서 독자들이 『태극학보』를 통해 어떻게 영향을 받으며 '독자문예'에 글을 싣게 되는지 살펴보았다. 그러나 독자들이 일방적으로 『태극학보』에 영향을 받았다고 보기는 어렵다. 다른 한편, 독자들의 글은 유학생들의 문예에도 영향을 끼치고 있었다. 그 가운데 눈여겨볼 부분이 바로 부모로부터 온 편지이다.

2절에서 살펴보았던 회원 이원붕 모친의 편지는 유학생들의 서사에 또 하나의 가능성을 보여준 것이기도 했다. 국내의 상황을 묘사하고 있었지만, 폭력적인 남편에게 막무가내로 맞을 수밖에 없는 부인의 삶에 대한 회한은 또 다른 갈등을 삽입할 수 있는 가능태로서 작용하고 있었다. 즉 폭력적인 남편으로 대별되는 기성세대와 새로운 가능성을 가지고 꿈을 꾸고 있는 새로운 세대와의 갈등을 보여주는 새로운 장치로 편지가 사용될 수 있다는 것이다.

어머니의 편지는 '편지'라는 형식의 새로운 서사가 가미될 수 있으며, 기성세대의 눈으로 새로운 세대를 바라볼 수 있게 해주는 장치가 될 수 있었다. 다시 말해 편지 양식은 유학생을 객관적 대상으로 바라볼 수 있는 가능성을 열어주는 서사적 장치로 작동하고 있다는 것이다. 이는 유학생 부모의 편지가 소설화될 수 있는 가능성, 즉 사적인 영역이면서 동시에 유학생 전체의 공통감을 형성하며 공적인 영역으로의 확장을 꾀할 수 있다는 것이다. 이러한 면에서 김낙영은 유학생의 부모의 눈으로 보는 유학생의 모습을 객관화시켜 서사화하고 있다.

愛子 福孫아. 이거시 웬일이냐. 汝의 母 나는 身勢를 自嘆ᄒ고 世事에 憾恨ᄒ야 過夜一夕을 눈물노 싀우다가 今朝에 汝의 書信을 接得ᄒ미 幸혀 묘훈 긔별이나 잇셔 心懷를 自慰 홀가 ᄒ엿더니 웬일이냐. 落第가 무엇이냐. 再三 再四 披閱ᄒ되 夢中事 갓기만 ᄒ여 ᄎ라리 夢事가 되여라 心祝ᄒ엿더니 漸漸 疑心이 풀녀 怳然히 씨다럿다. 大抵 엇젼 심둙에 이런 悲傷훈 일이 싱겻단 말이냐. 내 胸膈이 찌여질 듯시 極痛코나. 福孫아. 汝ᄂ 汝의 父親 別世ᄒ신 일을 不忘ᄒ엿겟구나. 秋風落葉 蕭蕭雨에 쓸쓸훈 空房에셔 너와 내가 寂寂히 相對ᄒ야 幾日 夜을 싀우면셔 너ㅣ 날ᄃ려 훈 말을 닛지 아니ᄒ엿겟구나!

아아 너ㅣ 其 時에 무이라고 말ᄒ엿든가. 「從今 以後에는 世上에셔 依托홀 바가 母親과 小子쑌이라. 못됴록 勤實히 工夫ᄒ여셔 將來의 豪壯훈 人物이 되겟스니 母親도 아모 病患업시 계셔셔 뒤만 잘 도아주시면 긔어히 一時는 家聲을 震動ᄒ며 祖宗의 靈光을 宣揚ᄒᄂ 日이 잇게스니 그 時ᄭ지 忍待ᄒ며 주시오.」ᄒ엿지. 네 말이 그러ᄒ기에 나혼자 궁금ᄒ고 寂寞히 지낼 거슨 조곰도 싱각지 아니ᄒ고 汝를 數萬里 他國에 留學보낼 ᄯ 나의 所懷가 엇더ᄒ 엿스며 南大門 外 停車場에셔 母子相別홀 時에ᄂ 汝도 무슴 싱각 잇셔겟구나. 나는 그 후에 恒常 汝의 말만 信望ᄒ엿다. 大抵 汝는 母를 如何히 依賴ᄒ 랴고 思ᄒ엿든가. 나는 其 時읫 일을 不忘ᄒ여셔 드른 汝의 母는 不忘ᄒ고 記憶ᄒᄂ데 들녀주던 汝는 汝言을 食忘ᄒ엿ᄂ냐? 實言이냐 虛言이냐. 落第 라는 긔막히는 말이 웬말이냐?[22]

---

22 椒海(김낙영), '文藝'「外國에 出學ᄒᄂ 親子의게」, 『태극학보』 12호, 1907.7.24(8.5), 41~42면.

김낙영은 '椒海'라는 자신의 필명으로 「外國에 出學ᄒᄂᆞᆫ 親子의게」라는 글을 싣고 있다. 얼핏 보면 이 글은 김낙영이 자신의 모친에게 직접 받은 편지를 실은 것처럼 보일 수도 있다. 그런데 이 글이 '문예'면에 실리고 있다는 점, 그리고 자신의 이름으로 이 글을 싣고 있다는 점에 주목해 볼 필요가 있다. 앞서 회원 이원붕의 모친의 경우, "회원 리원붕 모친 백씨"라는 필명으로 글을 싣고 있다. 그 말은 김낙영 역시 어머니께 직접 받은 편지라면 그러한 방식으로 모친임을 표시하며 실을 수 있었다는 것이다. 그런데 김낙영이 모친의 이름이 아니라 자신의 필명으로 '문예'란에 이 글을 싣고 있다는 것은 김낙영 스스로 쓴 글이라는 것을 보여주는 증거라 할 수 있다.

위의 글의 내용을 보면, 아들 복손에게 보내는 늙은 노모의 편지라는 것을 알 수 있다. 특히 아들 복손이 낙제했다는 사실에 비통해 하며 보낸 모친의 문책과 같은 글이다. 아비를 여의고 노모와 아들이 둘이 서로 신뢰하고 있는 와중에 근실히 공부하여 가세를 일으키고 애국한다던 아들이 낙제했다는 말에 노모가 원통해 하고 있는 것이다.

努努僅僅히 蟻集ᄒᆫ 米穀을 作錢ᄒᆫ다 土庄을 賣渡ᄒᆞ여 分分히 모혼 돈을 汝ㅣ 엇더케 虛費ᄒᆞᄂᆞ냐. 假令 同伴의 被誘될 時에라도 汝의 精神만 收拾ᄒᆞ엿스면……… 무얼 汝가 分明 國事를 조곰도 不思ᄒᆞᄂᆞ가 보다. 一昨年 某月 日에 閔趙 諸忠臣의 殉節ᄒᆞ신 일을 싱각ᄒᆞ거나 汝브터 工夫 잘못ᄒᆞ면 將來 他人의 奴隷ᄲᅮᆫ 亡國ᄲᅮᆫ 滅種ᄲᅮᆫ 될 일을 싱각ᄒᆞ여 주렴. 汝도 木石이 아니여든 愛國誠이 最多最富혼 大韓男子의 氣魂을 忽失ᄒᆞᆫ단 말이냐! 汝ᄂᆞᆫ 家事라는 거슬 忘却ᄒᆞᄂᆞ냐. 年老혼 汝母는 汝가 어셔 速히 工夫 成功혼 후에 獨立鼓를

내 日前에셔 高鳴흐고 爛爛흔 大韓帝國의 光榮으로 汝의 名譽가 生흐기를 苦待ᄒᆞᄂᆞᆫ줄 記臆ᄒᆞ여라. 이ᄀᆞ치라도 衣食ᄒᆞᄂᆞᆫ 거시 全혀 汝의 父親의 蔭인 줄을 長久不忘ᄒᆞ여라. 汝ㅣ 昨年브터 屢次 무슴 雜誌에 作文 一等賞을 밧엇다고 ᄒᆞ지마는 나는 아모 것도 未知ᄒᆞ고 다만 汝의 出世만 苦待ᄒᆞ엿든ᄃᆡ 그만 落第ᄒᆞ엿단 말이 무슴 말이냐. 根本브터 先親의 教訓을 緊受ᄒᆞᆫ 汝ㅣ 小說 等 虛談浪說에 迷惑ᄒᆞ여 畢竟 몸을 破滅되게 ᄒᆞᆫ 일은 此 母는 아모리 싱각ᄒᆞᆯ지라도 取치 안켓다. 汝는 本是 그럿케 미련ᄒᆞ지 아니ᄒᆞ엿것만………

그러나 過去事ᄂᆞᆫ 아모리 謀屑ᄒᆞ여도 取返키 難ᄒᆞ겟고 母는 더 ᄒᆞᆯ 말업다. 福孫아 너 아모됴록 精神드리고 心志를 좁아 完全ᄒᆞ게 工夫ᄒᆞ여 가지고 훌늉흔 人物이 되여 주렴. 내 生前에 國家興復ᄒᆞᄂᆞᆫ 거슬 目睹ᄒᆞ쟈구나. 나는 女人이라 時時로 부즐업슨 일도 有ᄒᆞ겟고 道理에 不合ᄒᆞᄂᆞᆫ 言句가 有ᄒᆞ겟스나 老屈된 微身이 晝夜로 汝가 훌늉흔 人物되는 日을 苦待ᄒᆞᄂᆞᆫ 줄 싱각ᄒᆞ고 再次 齟齬흔 形便을 不逢토록 ᄒᆞ여다고. 母가 一生의 원ᄒᆞᄂᆞᆫ 바요. 日氣도 漸漸 酷熱ᄒᆞ니 異邦氣候에 甚毒흔 感氣라도 不觸토록 몸조셥 잘ᄒᆞ엿다가 夏期放學에ᄂᆞᆫ 健康흔 顔色을 보여다고. 單衣 一件을 郵便에 付送흔다. 元來 時體 流行品도 아니오 針製도 不完ᄒᆞ지만은 내가 留心ᄒᆞ여 지은 것이라 그러구 시구 입어 보아라. 切切히 당부ᄒᆞ고 다시금 付托ᄒᆞᄂᆞ니 부ᄃᆡ 安心ᄒᆞ여라 福孫아.[23]

아들이 낙제한 까닭은 바로 '소설'과 같은 허담낭설虛談浪說에 미혹당했기 때문이다. 이는 모친의 입장으로, 아들이 성공하여 입신양명하

---

23   위의 글, 44~45면.

기를 원하고 있었던 바이나, 실제 아들은 출세와는 거리가 있고, 도리어 허랑방탕한 소설과 같은 것에 빠져 자신의 앞길을 막고 있다고 판단하고 있는 것이다. 아들이 작년에 무슨 잡지에서 작문 일등상을 받았다고 하지만, 소설을 좋아하고 소설을 쓰려는 아들이 "그럿케 미련ᄒ지 아니ᄒ엿것만" 지금은 미련하게 되어버렸다고 비판하고 있다. 그러면서 정신차리고 다시 심지를 잡아 공부하여 훌륭한 인물이 되어달라며 애끓는 부탁을 한다. 거기에 직접 지은 옷까지 우편으로 부쳐주었다.

결국 고국에 있는 부모의 입장에서 문학은 허무맹랑하고 전혀 쓸데없는 것일 뿐이었다. 아들이 정신을 차리지 못하고 허망한 데 빠져 있다고 생각하는 것이다. 그러나 아들이 어느 잡지사에 1등으로 뽑혔다든가, 소설을 쓰고 있다는 등의 언급을 보면, 이 편지에 등장하는 복손은 문학가로서의 꿈을 꾸는 것처럼 보인다. 이는 고국에 있는 부모 세대가 생각하는 문학과, 유학생들이 생각하는 문학의 괴리를 보여주는 것이라고도 할 수 있다.

이 글은 실제로 김낙영이 자신의 모친에게 받은 편지일 수도 있다. 그러나 이 글을 자신의 이름으로 싣고 있다는 점과 '문예'란에 싣고 있는 점, 또한 내용상에서 아들이 소설을 쓰고자 한다는 점 등을 종합해서 본다면, 자신의 이야기이면서도 객관화된 상상적 이야기일 수도 있다. 즉 다시 말해, 실제 어머니의 편지를 갈등적인 요소를 가미하여 서사화한 새로운 영역의 글로 창조해 낸 것이라고 볼 수도 있다는 것이다. 어머니의 편지를 활용했기 때문에 제3자의 눈으로 유학생의 모습을 바라볼 수 있으며, 이는 객관화된 글쓰기를 가능하게 한다.

어떤 면에서 이원붕 모친의 편지에 소설적 서사, 즉 갈등 구조가 삽입

됨으로써 '편지'의 양식이지만 새로운 서사의 양식, 혹은 '소설'이라는 새로운 장르로서 연습되고 있는 것이다. 어머니의 성공기원과 아들이 소설을 쓰면서 낙제를 하는 상황, 그리고 또다시 어머니의 당부와 부탁은 유학생들 스스로의 꿈이나 소망보다는 고국의 부모의 기대 속에서 자유롭지 못한 '현재'의 모습을 그대로 드러내도록 해주고 있는 것이다.[24]

(2) 역방향의 장치와 '거울형' 서사

김낙영의 이러한 실험은 여기에 그치지 않고, 역방향의 서사, 즉 편지를 또 다른 방식으로 활용하고 있다는 점에서 주목해볼 필요가 있다. 앞서는 유학생들을 기존 세대의 눈으로 바라보는 객관적 글쓰기를 통해 서사화하고 있었다면, 이번에는 유학생들의 눈으로 기존 세대를 바라보는 글쓰기를 서사화하고 있다.

아아 寂寞흔 가을 밤아, 나 혼자 稀迷흔 孤影을 地上에 倒曳ᄒ면서 晋無川의 波邊에 佇立ᄒ야 會心一句를 低唱ᄒ고 얼니 鄕山을 長望ᄒ니 今日ᄭ지 寓來흔 半生歷史가 都是 血淚로다. 大喝一聲에 陰魔를 咀呪ᄒ면서 螺拳을 堅握ᄒ고 魔雲을 拂散코저 ᄒ든 춋에 越便樓下 暗黑흔 房中에서 呻吟ᄒᄂ 소ᄅ 들니거늘 怒奮흔 中에도 自度ᄒ되 宇宙萬象 森羅흔 人間社會에ᄂ 날과 ᄀᆺ흔 不平客도 잇ᄂ 보다, 괴악흔, 이 世上아, 疾苦가 엇지 이갓치 叢多ᄒ냐. 寡婦

---

24 사실 이러한 '편지' 양식은 『태극학보』에서 다양하게 활용되고 있었다. 김낙영이 미국에 유학하고 있는 친구에게 보낸 편지 「米國에 留學하는 友人의게」(『태극학보』 17호, 1908.1.24)나 經世老人이 보낸 「臨終時에 其子의게 與ᄒᄂ 遺書」(『태극학보』 18호, 1908.2.24) 등이 '문예'면에 실리고 있다.

설음 寡婦知니 어딕 相慰나 ᄒᆞ여 볼가 ᄒᆞ여 어정어정 ᄂᆞ려가니 慰呻吟一聲 "아이구 아부지" 再次 呼出ᄒᆞᄂᆞᆫ지라. 비로소 皇國方言을 驚愕ᄒᆞ여 步數를 急促ᄒᆞ야 人氣를 ᄎᆞ리면서 엇던 兄弟인지, 긔운이 불평ᄒᆞ시오. 그 사ᄅᆞᆷ의 顔面은 未見ᄒᆞ고 蟻音갓흔 音聲으로 "네 病이 좀 드럿소" ᄒᆞᄂᆞᆫ 對答 雷聲갓치 들니ᄂᆞᆫ지라. 房안에 드러서셔 포겟드(挾囊)에 잇든 당성나를 벽거서 燭臺를 搜探ᄒᆞ니 一便房隅에 平生 掃刷도 아니흔 燈皮 一個가 쩨구루루 石油는 一滴도 無ᄒᆞ니 燭火ᄂᆞᆫ 難期로다. 病人겻헤 가만히 안져 從容問病흔즉 該病人은 對答은 姑捨ᄒᆞ고 嗚咽悲泣ᄒᆞᄂᆞᆫ 音聲으로 "엇던 어른이 이 갓혼 病客을 委問ᄒᆞ시오. 나는 病든지가 볼서 月餘인ᄃᆡ, 本家에서 學費가 不來ᄒᆞ야 비곱흐고, 치운 거슨 莫論ᄒᆞ고 藥價 一分이 업서서 藥 한 번도 먹지 못ᄒᆞ고 病氣ᄂᆞᆫ 內病ᄲᅮᆫ 아니라 全身에 痛處가 叢生ᄒᆞ야 內外가 俱痛되ᄆᆡ 이졔ᄂᆞᆫ 別數업시 一死ᄲᅮᆫ이라. 願컨ᄃᆡ 兄은 余가 死흔 後 一碗石油나 買得ᄒᆞ야 炭火上에 이 身體를 焚燒ᄒᆞ고 내 집에 寄別이나 ᄒᆞ여주소" ᄒᆞᄂᆞᆫ 소리 悲愴턴 余의 心懷不覺中에 雙袖를 졔치도다.[25]

이 글은 김낙영이 쓴 「한」이라는 제목의 글로 '나'라는 인물이 한 병인을 만나면서 그의 하소연을 듣는 내용이다. 실제 '나'라는 인물도 비통함과 괴로움에 휩싸여 있는 인물로 구체적으로 드러나고 있지는 않으나 세상을 향한 분노와 울분을 토하고 있다. 그러한 인물이 어느 가을밤에 누군가의 신음 소리를 듣고 그 방을 찾아가 보니 한 유학생이 더러운 처소에서 혼자서 앓고 있었다. 다 죽어가는 그 유학생은 '나'를

---

25   椒海生(김낙영), '文藝' 「恨」, 『태극학보』 14호, 1907.10.24, 52~53면.

보자 자신이 죽고 나면, 자신의 집에 기별을 넣어달라며 하소연을 풀어놓았다.

> 某年月日 政變以後에 撼來ㅎᄂ 憂國愁를 未堪ㅎ야 어딕 外邦이 遊學이나 ㅎ여볼가 ㅎ고 日本에 渡來ㅎ야 어렵고 힘드ᄂ 語學을 先習ㅎ야 밥달나는 말이나 겨우 敢當ㅎ겟기로 某月分에 某中學校 第○○級에 入學ㅎ고 잘ㅎ든지 못ㅎ던지 一學期 試驗成績에는 名色 優等이라고 ㅎ기에 余도 自喜를 不勝ㅎ여 미샹불 工夫에 多大ㅎ 趣味를 獲取ㅎ엿더니 一家를 監督ㅎ시는 내 家親씨서 酒鄕에 陷存ㅎ사 學費는 一分도 不送ㅎ고 病이 드럿다고 寄別ㅎ지라도 아모 回答도 업스믹 家信을 頓絶ㅎ 지가 볼서 六七朔이라. 余는 決코 外國에서 客死ㅎ야 一塊土를 成ㅎ지언졍 처음 目的은 긔어 得達ㅎ겟슴으로 猛然不動ㅎ엿드니 이졔는 病人骨髓라 他餘望은 一分도 無ㅎ외다.[26]

병인은 '나'의 손을 붙잡고 자신의 이야기를 풀어내는데, 이는 병인이 자신의 아비에게 보내는 편지에 해당한다. 유학을 왔다가 외국에서 병들어 죽어가는 이 병인의 아비는 그런 아들을 내버려 둔 채로 자신은 호의호식하고 있었다. "一家를 監督ㅎ시는 내 家親씨서 酒鄕에 陷存ㅎ사 學費는 一分도 不送ㅎ고 病이 드럿다고 寄別ㅎ지라도 아모 回答도 업스믹" 그 병인은 죽어가고 있는 것이다.

> 여보 이 病人의 父親되신 兩班이여. 지금이 어느 쩌기에 獵酒好色으로 花

---

26   위의 글, 53면.

柳烟月에 醉夢을 不醒ㅎㄴ가. 아아 可憐ㅎ다. 昨年 秋에 洛陽 志士 扈根明이
再現홈을 브려ㄴ가. 아모리 人道의 曚昧ㅎ들 其 親子를 海外萬里에 遠棄ㅎ여
調愛ㅎ 倫情을 烏理로 驅送ㅎ고 軒軒ㅎ 七尺丈夫를 殊域寃鬼가 되게 홀 人形
獸가 此天之下 此地之上에서 寄存ㅎ단 말가. 몸이 國家社會에 一員이 되여
其 社會로 向上的 進展을 未遂케 홈도 吾人이 先賢의게는 大罪奴名를 未免커
든 左況 二十世紀 文明ㅎ 世界에 處ㅎ 吾人類가 如此한 獸性的 行爲를 曼行ㅎ
단 말가. 여보시오 좀 싱각ㅎ여 보오. 落心은 무엇시며 絶望은 무엇시뇨. 愚
蠢ㅎ여 그러ㅎ오 幼稚ㅎ여 그러ㅎ오 無識ㅎ여 그러ㅎ오 有知ㅎ여 그러ㅎ오.
言必稱 我國에는 經濟界가 盡涸ㅎ여 顧他의 餘力은 無타 ㅎㄴ니 돈 두엇다가
는 畢竟 무엇을 ㅎ려고…… 죽은 後에 가지고 갈 터힌가. 社會가 滅亡되고
國家가 危境을 當ㅎ여 나의 骨肉의 親子를 海外風露에 化骨이 될지라도 나
혼자 豚食暖衣로 一生을 지니다가 黃金棺槨 琉璃塋에 寶錦珠飾으로 黃泉富
客이 되려ㄴ가. 國家도 例外 人族도 例外라. 一世榮華가 第一宦이니 ○○府
에 金幣 幾萬圜을 密納ㅎ고 ○○顧問의게 請囑ㅎ여 薄茶 一鐘子만 拾食ㅎ면
世上 王侯公爵의 貴榮을 盡獲ㅎ 드시 阿諛婚附로 正三品 玉冠子 兩個만 借得
코져 홈인가. 世上萬事가 親愛ㅎ 家道를 頹敗ㅎ고 無上好箇의 國家幸福을 逆
境으로 驅逐ㅎㄴ 惡罪子의게ㄴ 地獄抵抗의 毒刑을 與홀지니. 이럴 줄 알고도
○○○○名色과 갓치 내 自由를 他漢의게 供與ㅎ고 尺頸을 長延ㅎ여 他漢의
殺戮을 苦待ㅎ려ㄴ가. 무슴 식닭에 親愛ㅎ 其 子弟를 捨而不見ㅎㄴ가. 아아
悖惡ㅎ 이 世上아 엇지 그리 自慢自悔가 此 極에 至ㅎㄴ고. 禽獸도 其 子를
爲ㅎ여 生命을 不遑ㅎ고 昆蟲도 其 巢를 持保홈에는 如干의 苦楚를 堅忍치
아니ㅎㄴ가. 幾萬年 歷史上 眞美의 宇宙內에 幾千年 發展의 人文을 考察ㅎ들
綱則惡毒ㅎ 罪惡을 甘作ㅎㄴ 者가 此 外에 쏘 何者有ㅎ리오. 어서 隱隱히 猛

醒ᄒ여 人倫大事의 常理를 完全히 ᄒ고 人民義務의 原則을 堅保ᄒ야 可愛可
憐ᄒ 其 子弟의게 恩兩東風에 回春復命丸을 速送ᄒ야 遠方風魔의 陰通을 快
掃ᄒ고 學海萬里에 成功舟를 泛渡ᄒ면 錦繡江山 三千里에 長生不老 大帝國
이 萬世無窮 大平和로 宇宙挽回權을 掌握ᄒᆯ 듯[27]

  그런데 이 병인의 말이 끝나는 바로 다음에 '나'가 병인의 아비에게
보내는 편지가 이어진다. "여보, 이 병인의 아비되는 양반이여"로 시작
되는 부분은 병인의 부탁을 받고 '나'가 아비에게 보내는 편지 같은 분
위기를 형성하고 있다. 짐승도 자신의 새끼를 거두는데, 사람된 도리로
어찌 아들을 그리 버려두느냐며 그 아비에게 호소한다. "蠢ᄒ여 그러ᄒ
오 幼稚ᄒ여 그러ᄒ오 無識ᄒ여 그러ᄒ오 有知ᄒ여 그러ᄒ오. 言必稱
我國에는 經濟界가 盡涸ᄒ여 顧他의 餘力은 無타 ᄒᄂ니 돈 두엇다가
는 畢竟 무엇을 ᄒ려고…… 죽은 後에 가지고 갈 터힌가. 社會가 滅亡
되고 國家가 危境을 當ᄒ여 나의 骨肉의 親子를 海外風露에 化骨이 될
지라도 나 혼자 豚食暖衣로 一生을 지닉다가 黃金棺槨 琉璃塋에 寶錦珠
飾으로 黃泉富客이 되려ᄂ가"라고 하면서 도대체 어리석고 무식해서
그러는 것이냐고, 죽은 후에 가지고 가지도 못하는데 돈 두었다 무엇
하느냐고 신랄하게 비판하는 것이다.
  이 단형 서사는 외화와 내화로 구분되는데, 외화→내화→외화의
순으로 이어지고 있다. 외화는 '나'라는 인물에 의해서 이끌어 가고, 내
화는 '병인'의 사연이 짧게 소개된다. 마지막 외화에서는 '나'가 병인의

27 위의 글, 53~55면.

아버지에게 보내는 편지로 마무리 짓고 있는데, 이를 통해서 유학생의 입장을 대변하여 보여주고 있다. 즉 앞서 어머니의 편지는 기성세대의 입장에서 객관적으로 바라본 유학생의 모습이었다면, 이 「한」에서는 유학생의 입장에서 기성세대를 바라보며 비판을 담고 있는 것이다. 이렇게 객관화하여 보여줄 수 있는 것은 바로 '편지' 형식의 글을 서사의 영역으로 끌고 들어왔기 때문에 가능했다. 사실 이 내용은 실제 사건을 모티프로 해서 적은 글로 보인다.

○ 嗚呼 留學生 扈根明氏 永眠

京城人 扈根明氏는 年才 十七에 海外留學의 壯志를 決ᄒ고 本年 四月初에 東京에 渡來ᄒ야 光武學校에셔 留宿ᄒᄂ 中 帶來ᄒᆫ 學資가 罄盡ᄒ야 非常ᄒᆫ 困難을 當ᄒᆫ지라. 屢次 書信으로 其 父兄에게 今日 修學의 必要를 百方説明ᄒ고 學費의 辦送을 懇請ᄒ되 學費ᄂ 姑捨ᄒ고 回信이 頓無ᄒ야 憂愁度日타가 不幸一朝 病魔(肺炎)의 侵襲ᄒᆫ 바 되야 勢甚危重이라. 留學生監督 韓致愈氏ᄂ 其 情狀을 矜惻히 녁여 一邊으로 此 事由를 學部에 擧實報告ᄒ며 一邊으로 魏東植氏를 本國으로 委送ᄒ여 其 本第에 通知ᄒ고 李漢卿 李昌煥 安鐘九 諸氏ᄂ 同胞救濟의 熱心으로 百般周旋ᄒ야 患者를 麴町區 回生病院에 入院 治療케 ᄒ고 安鐘九氏ᄂ 患者의 便利를 爲ᄒ야 該病院內에 同留ᄒ면져 或 通辯도 ᄒ며 或 患者의 悲傷ᄒᆫ 心懷를 慰勞ᄒᆷ에 盡勞ᄒᆫ지라. 該病院一同이 外國少年의 身勢를 哀恤ᄒ야 專心救護ᄒᆫ 中 特히 看護婦 宮田ᄒᄅ 樣은 義俠慈愛ᄒᆫ 婦人이라 料金을 一切 固辭ᄒ고 一朔間을 晝宵不撤로 盡心看護ᄒ되 藥石의 效ᄂ 更無ᄒ고 可恐의 病魔ᄂ 一步一步로 步武를 進ᄒ덜. 此時에 扈氏本第에셔ᄂ 其 子弟의 危篤을 始知ᄒ고 其 父親이 遠路渡來ᄒ야 病榻落日에 父子

相面의 機會는 得ᄒᆞ엿스ᄂᆞ 病忱에 久悶ᄒᆞᆫ 哀此 靑年의 顔色이 樵枯ᄒᆞ고 精神이 惛惛ᄒᆞ야 一言의 情話도 交應치 못ᄒᆞᆫ지라. 其 父親이 痛哭哀切ᄒᆞ야 飮食을 全廢ᄒᆞᄆᆡ 留學生 等은 父子俱沒의 患이 有ᄒᆞᆯ가 憂慮ᄒᆞ야 其 父親을 勸喩 歸國케 ᄒᆞ얏ᄂᆞᆫ데 其 翌日 卽 九月 二十九日 夜에 至ᄒᆞ야 哀此有爲의 靑年이 無窮의 恨懷를 머금고 絶海萬里에 不歸之客을 作ᄒᆞ여스니 聞者로 ᄒᆞ여금 誰가 同情의 淚를 揮灑치 아니리오.

其 遺體ᄂᆞ 火葬에 附ᄒᆞ야 遺骨을 光武學校에 安奉ᄒᆞ엿ᄂᆞᆫ데 本月 七日에 大韓留學生會에셔 監督廳內에 追弔會를 開ᄒᆞ고 追弔式을 行ᄒᆞᆫ 後에 遺骨回送의 方便을 議定ᄒᆞ고 此時 一場悲慘ᄒᆞᆫ 光景을 撮影 記念ᄒᆞ니 實是 我留學生界의 一大 悲劇이더ᄅᆞ.[28]

위의 '잡록'에서 소개되고 있는 호근명은 경성에서 온 유학생으로 17세에 동경 유학을 꿈꾸며 1906년에 도래했으나 학비 때문에 곤란한 생활을 하다가 결국 폐렴肺炎까지 걸려 심각한 지경에 이르렀다. 본가의 부형에게 공부의 필요성을 설명하고 학비를 변통해 달라고 몇 번이나 청구하였으나 회신조차 해주지 않는 상황에서 병까지 걸려 위험하게 된 것이다. 이 때문에 유학생 감독 한치유와 동학들이 본국에 연락을 하고 병인을 병원에 입원시켰으나 병은 더욱 위중해져 본국에서 아버지가 방문해서도 더 이상 차도가 없었다. 그 상황에서 결국 호근명이라는 유학생은 죽고 말았다는 실제 사건을 소개하고 있다.

이는 그 당대의 유학생의 상황을 적나라하게 보여준 사례였다. 당시

---

28 '雜錄' 「嗚呼 留學生 扈根明氏 永眠」, 『태극학보』 3호, 1906.10.24, 55~57면.

유학생들이 공부를 위해 일본으로 왔으나 본국의 지원이 끊겨 생활고를 겪고 있는 경우가 비일비재했다. 그러한 상황에서 실제 이렇게 사망한 사건까지 생기자 결국 이는 유학생 전체의 문제가 된 것으로 보인다. 이러한 실제 상황을 김낙영은 자신의 상상력을 덧입혀 서사화한 것이다. 유학생들 전체의 문제, 또 공감하는 문제를 '편지'의 형식을 빌려 이야기로 풀어낸 것이다.

결국 이는 '편지'라는 형식에 서사적 갈등을 삽입하여 새로운 서사의 형태를 실험한 것으로 설명할 수 있다. 완벽한 근대소설이라 칭할 수 없다 하더라도, '편지' 방식의 서사는 유학생을 객관적 대상으로 바라볼 수 있게 해주었고, 또 한편으로는 기성세대와 유학생들 사이의 갈등을 거울처럼 들여다보며 제3자적 시각을 확보할 수 있게 해주었다. 유학생 부모들의 편지 형식이 소설의 형식으로 들어올 수 있는 가능성을 보여주면서 이 편지 형식의 서사는 개인의 의식을 담아내는, 그러면서도 객관화시킬 수 있는 장치 역시 담보할 수 있었다.

앞 절에서 설명했었던 어머니의 편지 형식인 「外國에 出學ㅎ는 親子의게」와 유학생 입장에서 쓴 「한」은 사실상 거울의 구조로 대칭되고 있다. 한 편씩을 보게 되면 사실상 단편소설이라고 하기에는 부족할 수 있으나 이 둘이 대칭을 이루며 마치 연작의 형태 같은 효과를 준다는 점에서 또 다른 서사의 실험이라 볼 수도 있다. 다시 말해 거울과 같이 명확히 대칭을 보여줌으로써 기성세대와 유학생들에 대해 좀 더 객관적인 글쓰기를 할 수 있었던 것이며, 이는 동시에 기성세대들의 암묵적인 행태에 대해서 적나라하게 드러나게 해주었다.

사실 전자인 「外國에 出學ㅎ는 親子의게」가 없이 유학생 입장에서 쓴 「한」만 등장했다면, 이는 그저 개인적 서사에 그칠 뿐이었을 것이다. 즉 유학생들 스스로의 울분을 토로하는 일방적인 통로로 비추어졌을 확률이 높다. 그러나 전자, 즉 어머니의 편지 형식의 글이 존재함으로써 유학생 입장에서 쓴 「한」이 객관성을 확보하게 된 것이다. 부모 세대의 입장과 자녀 세대의 입장을 함께 보여줌으로써 객관적 글쓰기가 가능해졌던 것이다. 따라서 '편지'라는 양식을 서사적 장치로 전환한 것뿐만 아니라, '편지'를 통해 거울적 대칭을 이루어 객관적 글쓰기를 하고 있다는 점에서 유학생의 자의식을 보여줄 수 있는 매우 유용한 글쓰기 방식이 될 수 있었다.

부모와 유학생이라는 대립각을 통해 객관화시킴으로써 도리어 유학생들의 주제 의식, 즉 비판의 대상이 더욱 뚜렷이 드러나는 효과가 있었다는 것이다. 이것은 독자의 글, 특히 부모의 글들에 대한 '비판적 읽기'[29]를 통해서 가능했던 것으로 보인다. 유학생 스스로를 객관화시키

---

[29]   Geoffrey H. Hartman은 "Critical readers resist the intuitive and accommodating approach, and chart the space between understanding and agreement: they defer the identification of agreement with truth by disclosing how extensively understanding is indebted to preunderstanding"이라고 하면서 비판적인 독자들은 직관적이고 남이 시키는 대로 하는 접근에 저항하고 이해와 동의 사이의 틈을 기록하며 이해가 선이해에 얼마나 광범위하게 신세를 지고 있는지 드러냄으로써 진실에 동의하는 정체성을 연기한다고 설명한다. 즉 다시 말해서 비판적 독자들은 '이해'라는 것이 '선이해' 즉 자기 비판적 성찰과 연관되어 있음을 안다는 것이다. 또한 이에 더 나아가 "If critical reading becomes self-reflective, and explores this area of preunderstanding, an embarrassing question arises. Why can't we look into ourselves without the the the detour of a text? Why does pure self-analysis seem beyond our competence?"라고 하여 비판적 읽기가 자기성찰적이라면, 당황스러운 질문들이 나올 수밖에 없다고 설명하고 있다. 이는 다시 말해서 비판적 독자의 비판적 읽기란 자기성찰적이면서 자기분석적인 읽기를 하는 것을 말한다. 결국 『태극학보』의 독자이자 필자는 자아성찰적인 읽기를 통해서 자신을 대상화하여 객관적 읽기를 이끌어냄과 동시에 객관적인 새로운 글쓰기를 추동해내었다고 볼 수 있을 것이다.(Geoffrey H. Hartman, *Saving the Text,* The Johns

고, 모든 것에 의문을 던지며, 자기 자신에 대해서 성찰적으로 들여다
봄으로써 얻을 수 있는 효과였다.

　隣翁이 綜而言之ᄒᆞ되 近日에 新學文이라 ᄒᆞᄂᆞᆫ 冊子를 深深件으로 間或 閱
覽ᄒᆞᆫ즉 或 古談冊과 갓치 純國文으로 製述ᄒᆞᆫ 것도 有ᄒᆞ며 惑 國漢文으로 交作
ᄒᆞᆫ 것도 有ᄒᆞᄂᆞ 其 趣旨ᄂᆞᆫ 大槪 儒道에 糟粕을 偸抄ᄒᆞ엿스니 生來에 不讀一行
書ᄒᆞ야 難辨魚魯字ᄒᆞᄂᆞᆫ 無知無識之人이나 工夫ᄒᆞᆯ 시데 우리 儒敎야 天下에
有一無二ᄒᆞᆫ 聖道지. 主人이 應答曰 唯唯라. 現今 浮浪無賴ᄒᆞᆫ 少年들이 多數
錢財를 費用ᄒᆞ고 日本과 西洋國에 航海往來ᄒᆞ면셔 夷風을 效倣ᄒᆞ야 學校敎
育을 擴張ᄒᆞ고 社會敎育이 完全ᄒᆞ여야 國權을 恢復ᄒᆞᆫ다 ᄒᆞ니 學校敎育이 무
어시며 社會敎育이 무엇신고. 二列四列 作隊하야 兵丁갓치 操鍊ᄒᆞ며 洋服 洋
靴斷髮ᄒᆞ고 路上에셔 演說ᄒᆞᄂᆞᆫ 거스로 容易히 天運을 挽回ᄒᆞᆯ가. 一盛一衰와
不退泰來ᄂᆞᆫ 萬古不易之定理니 凌夷ᄒᆞ엿든 聖道가 復興ᄒᆞᄂᆞᆫ 日에야 國祚가
自然 鞏固ᄒᆞ여지. 우리 少年時代에ᄂᆞᆫ 學校敎育이니 社會敎育이니 名稱도
不聞ᄒᆞ엿스딕 康衢煙月에 國泰民安ᄒᆞ엿스리. 아마 國家衰運이 不遠辭去ᄒᆞ
고 深山窮谷에셔 待時ᄒᆞ든 眞君子가 出脚ᄒᆞ야 形形色色ᄒᆞᆫ 異端을 排斥ᄒᆞ고
聖道를 尊崇ᄒᆞ야 科擧를 다시 設始ᄒᆞ면 其 時에ᄂᆞᆫ 우리들의 幾年蟄縮ᄒᆞ엿든
詩賦表策이 有勢ᄒᆞ겟지. 자ㅣ 風月이나 一首吟弄ᄒᆞ세. 이에 韻字를 拈得ᄒᆞ고
무슴 驚人句를 做出ᄒᆞᄂᆞᆫ지 흥얼흥얼 噫噫悲哉라. 余聞此腐言陳說ᄒᆞ고 不勝
胸塞膽落ᄒᆞ야 拍案大叫에 便作囈語라. 滴因傍人搖覺ᄒᆞ야 驚破默想ᄒᆞ니 츰
싹ᄒᆞᆫ 일이로곤.[30]

　Hopkins University Press, 1981, p.141）
30　李奎澈, '文藝'「無何鄕」, 『태극학보』 20호, 1908.5.12, 45~46면.

이러한 거울적 대칭은 '편지'의 대상화가 바뀌는 방식으로 이루어지기도 했지만, 한 편의 서사물 안에서 대칭적으로 이루어지기도 한다. 위의 글은 친구들과 우에노 공원上野公園에 놀러갔다가 집에 와서 복습한 이후 "莊蝶이 無何鄕에 飛入"하듯이 어느 고국의 향촌에 당도해서 노인들의 대화를 들었다는 이야기다. 이 역시 단편서사로 볼 수 있는데, 이 짧은 이야기 안에는 두 가지 서사가 공존하고 있다. 하나가 일본 동경에서의 일이고, 다른 하나는 꿈처럼 가본 고국의 노인들의 상황이다. "一日은 休學餘暇에 鬱積흔 懷抱도 消遣흐고 淸爽흔 景致도 賞玩코저 兩三友人으로 上野公園 드러셔니 花香은 隨風觸鼻흐고 物色은 挽人留連이라. 於是乎 緩步徐行으로 動物園 博物館 等處에 闖入흐야 異常흔 禽獸와 奇妙흔 物品을 次第觀盡흐고 下宿에 歸來흐니 時已五點鍾이라"라고 하여 上野公園에서 동물원, 박물관 등을 거닐며 이상한 짐승과 기묘한 물품 들을 보며 문명의 발전된 상황을 눈으로 확인한다. 그리고 하숙으로 돌아와 학과 공부를 복습한 이후 장자의 꿈처럼 고국으로 가본 상황이 그려진다. 이는 바로 거울적 대칭을 한 서사 안에서 보여주는 것이다.

문명이 발달한 상황과 대조적으로 고국에서는 구태의연한 구세대가 국가를 궁지로 몰고 있는 것이다. 고국의 노인들의 대화는 국가 정세와 돌아가는 물정을 전혀 모르는 한마디로 무지몽매한 수준이었다. 지금 사회 교육, 학교 교육이라는 것은 허망할 뿐이고, 자신들이 살던 시대에는 그런 교육이 없어도 잘 살았다며 유교 교육이 최고라는 이야기를 주고받고 있었다. 이 글의 필자인 이규철은 이러한 무지한 노인들의 행태가 자라나는 자녀들을 압박하고 국가를 존폐의 위기로 몰아넣고 있다고 비판하고 있다.

이러한 새로운 서사의 활용과 거울적 대칭을 활용하는 방식들은 결국 유학생들의 자의식을 보여주기 위한 방편으로 보인다. 기성세대와의 갈등, 그 사이에서 유학생들이 가지는 분노와 좌절 등이 서사의 장르 안으로 들어와 새로운 서사의 실험들을 만들어내게 된 것이다. 기성세대를 향한 분노와 비판이 서사라는 양식을 빌려 토로됨으로써 결국 이러한 자의식은 유학생 전체의 공통감을 형성해가고 있었다고 할 수 있다.

5) 저자와 독자의 공통감과 '관계성'

『태극학보』에는 매우 다양한 서사 장르가 소개되고 있다. 장응진의 사실소설들과 『해저여행』과 같은 번역소설, 또 실제 서양의 역사적 인물을 담고 있는 역사담 등 다양한 서사물들이 게재되었다.[31] 이러한 가운데 명확하게 근대소설이라고 하기는 어려우나, 그러한 발전의 연장선상에 서사물들이 대거 포진되어 있기 때문에 근대소설의 형성 과정을 연구하기 위해서는 이 서사물들에 집중할 필요가 있다.[32]

---

31 『태극학보』에 실린 문학 관련 글은 총 200편으로 그중 서사류가 49편, 산문 계열이 30편 정도를 차지하고 있었다. 서사류에는 역사 전기가 22편, 번역소설이 11편, 대화체 및 토론체가 8편, 일반 소설류가 5편, 단형서사가 3편이었다.(전은경, 「『태극학보』의 표제 기획과 소설 개념의 정립 과정」, 『국어국문학』 171, 국어국문학회, 2015.6, 618면 〈표 6〉 참조)

32 김영민은 근대계몽기의 특징으로 "서사양식의 다양성"을 꼽고 있다. 그에 따르면 "하나의 양식이 사라진 이후 새로운 양식이 생겨나는 것이 아니라, 약간의 시차를 두고 다양한 문학 양식이 생겨나면서, 그렇게 생겨난 양식들이 오랜 기간 공존하는 모습을 보여주게" 되는 것이다. 구장률 역시 러일전쟁 이후의 변화 중 '소설의 출현'을 의미심장하게 보고 있는데 그 이전까지 가치를 인정받지 못하던 소설이 신문과 학회지 등 "당대 공론을 주도하던 미디어에서 부각"되기 시작했다고 설명하고 있다. 이러한 차원에서 『태극학보』의

주제	개수
문학 관련	200
태극학보 및 유학생 소식 관련	88
신사상	86
교육	54
경제 및 산업	47
개화 및 애국 독립	42
외국 역사	20
청년 및 영웅 의식	16
국가 및 제국주의	15
경찰 및 법, 정치	15
위생	15
개인 의식 및 국민정신	11
구습 타파	9
종교	5
신문 잡지 관련	2
유학(儒學) 사상	1
총계	626(개)

『태극학보』에 실린 글을 주제별로 보면, 유학생 관련 소식이나 새로운 사상 및 교육, 산업 관련 글들이 많은 비중을 차지하고 있다. 그중 청년이 가져야 할 태도나 영웅의식, 국민 의식에 관한 글들이 상당히 많이 등장하고 있다. 이는 『태극학보』를 읽는 독자들이 지식인들, 청년들일 확률이 높기 때문에 '청년', '영웅' 의식과 관련된 글들이 상당수를 차지한 것으로 보인다.

영웅 관련 글들은 총 23편 정도인데 청년들이 가져야 할 의식, 의무 등과 더불어 이 청년들이 국가를 이끌어가는 가장 중추적인 역할을 해

서사물들 역시 근대계몽기의 서사 양식의 다양화를 보여준다고 할 수 있을 것이다.(김영민, 『문학제도 및 민족어의 형성과 한국 근대문학』, 소명출판, 2012, 302면; 구장률, 「근대 지식의 수용과 소설 인식의 재편」, 연세대 박사논문, 2009, 49면 참조)

33 전은경, 앞의 글, 2015.6, 613면 재인용.

<표 6>『태극학보』에 실린 청년 관련 글 목록

호	날짜	표제	저자	제목	문체
12	1907.7.24	論壇	友洋 崔錫夏	天下大勢를 論홈	단어형 국한문
15	1907.11.24	論壇	金志侃	靑年立志	단어형 국한문
15	1907.11.24	論壇	石蘇 李東初	良民主義	현토한문
15	1907.11.24	寄書	黃菊逸	告我靑年	현토한문
16	1907.12.24	論壇	鄭濟原	文明의 精神을 論홈	단어형 국한문
16	1907.12.24	論壇	金志侃	靑年의 歷史硏究	단어형 국한문
16	1907.12.24	論壇	石蘇 李東初	少年國民의 養成	단어형 국한문
18	1908.2.24	論壇	農窩生 鄭濟原	無名의 英雄	단어형 국한문
18	1908.2.24	論壇	浩然子	靑年의 處世	단어형 국한문
19	1908.3.24	論壇	椒海生	靑年의 得意	구절형 국한문
21	1908.5.24	論壇	抱宇生	修養의 時代	단어형 국한문
21	1908.5.24	論壇	浩然子	持續性 涵養의 必要	단어형 국한문
21	1908.5.24	論壇	莅丹山人	自主獨行의 精神	단어형 국한문
22	1908.6.24	論壇	中叟	有大奮發民族然後 有大事業英雄	구절형 국한문
23	1908.7.24	論壇	松南	竊爲我咸南紳士同胞放聲大哭	구절형 국한문
23	1908.7.24	論壇	中叟	性質의 改良	구절형 국한문
23	1908.7.24	論壇	김수철,○丹山人	政海의 投入ᄒᆞᄂᆞ 靑年	구절형 국한문
24	1908.9.24	講壇	文一平	我國靑年의 危機	단어형 국한문
25	1908.10.24	論壇	北愚 桂奉瑀	社會의 假志士	구절형 국한문
25	1908.10.24	論壇		我靑年社會의 責任	구절형 국한문
25	1908.10.24	講壇	文一平	我輩靑年의 危機(續)	단어형 국한문

26	1908.11.24	講壇學園	成川支會長 朴相駿	先覺者의 三小注意	구절형 국한문
26	1908.11.24	講壇學園	文一平	我國青年의 危機(續)	단어형 국한문

야 한다는 영웅의식 역시 뚜렷하게 드러난다. "大抵 國中幼年者는 卽 所謂 少年國民 이라. 將來에 此 少年國民 中으로부터 國務大臣도 出ᄒ며 上下院 議員도 出ᄒ며 次官, 局長, 課長, 書記官도 出ᄒ며 觀察使, 郡守, 府, 懸, 郡, 市村會 議員도 出ᄒ며 學士, 博士, 文翰家도 出ᄒ며 農, 工, 商, 實業家도 出ᄒᄂ니 畢竟은 上下機關의 治隆善否와 文物興替의 原動力이 少年國民 養成與否 一點에 在ᄒ 듯ᄒ도다"[34]라고 하여 소년국민이라는 용어를 통해 이 소년들이 제대로 교육을 받아 국가의 일을 감당하게 될 것이라며 소년국민을 제대로 양성해야 한다고 주장하기도 한다. 이는 유학생들 스스로 그들이 왜 공부를 해야 하는지, 또 장차 고국으로 돌아가 어떠한 역할을 해야 하는지 스스로 정립하고자 했음을 알 수 있다.

그러나 현실은 이러한 이상과는 전혀 달랐다. 학비가 끊겨 비참한 삶을 마감한 유학생 호근명의 경우나 역시 학비가 끊긴 상황에서 단지斷指까지 하며 공부하겠다고 결의하는 천도교 학생 20명의 이야기,[35] 또한 끊임없이 들려오는 고학생들의 생활난에 대한 소식[36]이었다. 이러한 상황에서 유학생들에게 국내의 기성세대들은 분노의 대상이 될 수밖에 없었다. 자식의 교육을 막을 뿐만 아니라 국가의 미래까지 어둡게 하는 기성세대야말로 국가의 적에 다름 아니었던 것이다.

---

34   石蘇 李東初, '論壇' 「少年國民의 養成」, 『태극학보』 16호, 1907.12.24, 7면.
35   '雜報' 「悲壯ᄒ다 天道教學生」, 『태극학보』 6호, 1907.1.24(2.16), 51~52면; '雜錄' 「斷 指學生 消息」, 『태극학보』 7호, 1907.2.24(3.13), 54면.
36   '雜報' 「苦學生의 情形」, 『태극학보』 12호, 1907.7.24(8.5), 50~51면.

이러한 기성세대들이 바로 국가의 위기를 파생시킨 장본인이라고 유학생들은 생각하고 있는 것이다. 浩然子의 「우리 父老여」라는 글에서도 이러한 비판적 의식을 적나라하게 엿볼 수 있다. "國家 現象은 昨日이 不如一作ᄒ고 今日이 不如昨日ᄒ야 悲慘ᄒ 光景과 岌嶪ᄒ 狀態가 忍見忍聞處가 아니로딕 父老ᄂ 夢想間에라도 憂國의 氣色이 全無ᄒ고 奇怪罔測ᄒ 仕宦熱만 腹中에 充溢ᄒ야 皺顔白髮에 今日死 明日死를 不知ᄒ면서도 參奉 主事의 一個 借啣을 求得ᄒ기 貪官汚吏의게 請錢을 多納ᄒ고 其 充本으로 地方 人民을 抑壓ᄒ야 無事를 有事라 指目ᄒ야 民財를 勒奪ᄒ야 官民間에 不共戴天之讎를 相結ᄒ야 其 遺毒으로 今日 我社會를 痛極處에 驅陷ᄒ엿스니 此ᄂ 父老 諸氏가 同胞를 相殘ᄒ고 同胞를 虐待ᄒ 過責이 아닌가"[37]라고 하여 기성세대가 무지몽매한 상황에서 국가와 인민을 압박하고 있다고 신랄하게 비판한다.

이러한 면들은 유학생들이 기성세대를 어떻게 바라보고 있는지 보여주는 것이라 할 수 있다. 새로운 교육도 문명도 거부하고 도리어 청년들을 억압하는 기성세대야말로 국가를 좀 먹는 적이었던 것이다. 이러한 기성세대에 대한 비판은 청년세대, 특히 유학생들에게는 일종의 공통감처럼 존재하고 있었다. 이는 바로 유학생 개인이 겪는 일상성이면서 동시에 공적인 상황으로 확대되는 것을 의미한다. 즉 개인적으로 부모와 가지는 갈등이 더 나아가 유학생, 청년들 전체의 문제가 되면서 공통감을 형성하고, 이 공통감은 공적인 영역으로 확대되어 그들의 전반적인 사상의 기저를 이루게 된 것이다.

---

37 浩然子, '論壇' 「우리 父老여」, 『태극학보』 22호, 1908.6.24, 8면.

그 가운데 문학은 바로 자의식의 발현으로서 등장하게 되고, 이러한 일상성, 즉 일상적 갈등을 드러내기 위해 새로운 형식의 서사적 실험들이 이루어지게 된 것이다. 이는 바로『태극학보』의 정체성과도 직결되는 문제이다. 개인적인 일상성이 공적인 영역으로 확대되고 그 공통감이 새로운 서사적 실험을 하고 있다는 것이 바로『태극학보』의 정체성이 되고 있다는 것이다.

한편으로 그들이 공유한 공통감은 독자와 유학생들의 상호소통을 통해 더욱더 확대되고 강화되었다. 독자 이원붕 모친의 글이 유학생 김낙영의 글에 영향을 주어 형식적인 차원에서 서사의 실험을 강화할 수 있었다면, 유학생 입장에서 쓴 김낙영의 「한」은 16세 소년 독자가 쓴 「노이불사老而不死」와 같은 일상성을 지닌 아비와 아들의 글에 영향을 주고 있는 것이다. 이는 유학생들만의 공감이 아니라 국내의 청년들과 함께 만들어낸 공통감, 즉 새로운 세대들이 공유하고 있는 일상적 공통감이 있었기 때문에 가능했던 것으로 보인다. 이러한 공통감과 새로운 서사적 시도는 단순히 자의식을 표출하는 데에서 그치지 않고 새로운 형식인 사적인 영역의 서사물들을 등장시키는 원동력이 되었다.

근대계몽기의 단형서사물들은 분명 조선 후기의 고전소설들이나 신문의 신소설과는 분명 다른 행태를 보인다.[38] 특히『태극학보』라는 유학생 잡지 안에서도 단형 서사들의 수많은 모방과 전이가 일어나고 있었

---

[38] 김영민은 신문 소설들이 장형화와 대중화되었던 데 반해, 근대계몽기 잡지 소설들은 대중화되지도, 또한 "단형 서사의 분량을 넘어서기는 했으나 크게 장형화되지"도 않았다고 설명한다. 이는 "잡지의 수명이 짧았기 때문에 장형소설을 기획하는 일이 쉽지 않"았고 독자 역시 일반 대중들까지 포괄한 신문과는 달리, 이들 잡지는 "비교적 젊은 지식인층을 주된 독자층"으로 삼고 있었기 때문으로 설명하고 있다. 김영민,『문학제도 및 민족어의 형성과 한국 근대문학』, 소명출판, 2012, 49면 참조.

다. 일상성의 재현과 공통감이라는 배경 속에서 이러한 다양한 서사물들은 '단형'이었기 때문에 쉽게 시도되었다고 할 수도 있다. 물론 일상성이 문학적 상상력이라는 옷을 입기 시작하는 것[39]은 『대한흥학보』의 이광수의 「무정」이나 1910년대 단편들이라 할 수 있지만, 근대의 단편소설들이 일상성을 녹여내는 과정은 이미 1910년대 이전에 다양한 서사적 실험들 속에서 등장하고 있었다.

즉 새로운 서사물은 새로운 세대들의 공통감이라는 기저를 통해 출발한 것으로 보인다. 또한 그 안에서 장르에 대한 고민이 시작되고 '소설'이라는 장르를 스스로 정립해나가고 있었다고 볼 수 있다. 이러한 서사적 실험들이 다양하게 등장할 수 있었던 것은 유학생 잡지라는 매체의 특수성과 일상성을 담보한 공통감이 기저를 이루어 저자와 독자의 상호소통적 '관계성'을 성립시켰기 때문에 가능할 수 있었던 것이다. 결국 이는 근대소설이라는 장르를 추동해내는 계기로서 작동하면서 『대한흥학보』에서 근대 단편소설이 출현할 수 있도록 그 노정으로 등장하고 있었다고 할 수 있을 것이다.

---

39 서은경은 근대계몽기 소설에 '사실'의 문제가 새롭게 강조되고 있음에 주목한다. 이러한 작품들이 허구적 요소를 통해 "현실보다 더한 진실의 삶을 보여주는" 근대소설이라 명명할 수는 없지만, "실제 현실 속에서 일어나는 인간 삶의 진실을 잡고자 하는 세계관의 변화"로 해석하고 있다. 이러한 '사실'이 문학적 미의 구현으로 이어지는 것은 동인지에서 발견할 수 있다고 설명한다. 서은경, 「'사실' 소설의 등장과 근대소설로의 이행과정」, 『한국문학이론과 비평』 47, 한국문화이론과비평학회, 2010, 306~307면 참조.

6) 서사 장르의 역동적인 공간

『태극학보』는 1906년 8월 24일부터 1908년 12월 24일까지 총권 27호로 종간된 재일유학생회인 태극학회의 학회지였다. 그러나 단순히 일본 유학생들의 친목 잡지로서 기능하기보다는 국내의 지식인들 및 학부모와 학생들에게까지 영향을 미쳤던 잡지였다. 또한 후반부로 갈수록 발행부수가 수천여 부에 달하는 등 상당히 다양한 층의 독자들을 확보하고 있기도 했다.

이러한 상황에서 『태극학보』는 독자와 소통하며 새로운 글쓰기들을 다양하게 실험하고 있었다. 『태극학보』는 국내의 독자들에게도 글을 실을 수 있는 상당히 개방적인 잡지였다. 따라서 국내의 독자들도 '독자문예'의 형태처럼 서사적 장치를 활용한 글들을 투고하기에 이른다. 특히 16세 소년들이 쓴 「俚語」와 「老而不死」는 우화적 장치와 대화체 양식을 활용하여 국내의 문제의식을 적나라하게 보여주고 있다. 또한 『태극학보』의 기자는 독자들이 보내 온 글들 끝에 평을 달아서 독자들의 글을 격려하고 동의하며 투고를 독려했다. 독자들이 이렇게 글을 보내올 수 있었던 것은 『태극학보』에 실렸던 글들에서 파생된 것으로 잡지로부터 직접 영향을 받았다고 볼 수 있다.

이처럼 독자들이 『태극학보』에 영향을 받기도 했지만, 한편으로는 『태극학보』에 투고한 독자들의 글에 유학생들 역시 영향을 받고 있었다. 학부모가 보내온 편지 양식에 서사적 갈등을 가미한 김낙영의 「外國에 出學ᄒᆞᆫ 親子의게」는 어머니의 눈으로 본 유학생 아들의 모습을 객관적으로 담고 있다. 이에 반하여 김낙영의 「한」에서는 유학생의 입장에서 부모 세대의 모습을 비판적으로 보여준다. 이 두 작품은 마치 거울의 역방향처럼 존재한다. 사실 전자인 「外國에 出學ᄒᆞᄂᆞᆫ 親子의 게」가 없이 유학생 입장에서 쓴 「한」만 등장했다면, 이는 그저 개인적 서사에 그칠 뿐으로 유학생들의 일방적인 통로로 비추어졌을 것이다. 그러나 전자, 즉 어머니의 편지 형식의 글이 존재함으로써 유학생 입장에서 쓴 「한」은 객관성을 확보하게 된 것이다. 부모 세대의 입장과 자녀 세대의 입장이 함께 보여짐으로써 객관적 글쓰기가 가능해졌던 것이다. 따라서 '편지'라는 양식을 서사적 장치로 전환한 것뿐만 아니라, '편지'를 통해 거울적 대칭을 이루어 객관적 글쓰기를 하고 있다는 점에서 유학생의 자의식을 보여줄 수 있는 매우 유용한 글쓰기 방식이 될 수 있었다. 이러한 거울의 역방향과 같은 서사적 장치는 한 서사물 안에서도 등장한다. 「無何鄕」에서는 일본의 문명화된 풍경과 고국의 무지몽매한 상황을 '꿈'이라는 매개체를 통해서 대조적으로 보여준다. 결국 이러한 역방향의 다양한 서사의 시도는 기성세대를 비판하면서 등장한 새로운 세대, 청년 세대들의 공통감을 표출하는 장치였다.

유학생들과 국내의 청년들이 기성세대를 비판하면서 일종의 공통감이 생성되었고, 이는 바로 유학생 개인이 겪는 일상적인 것이자 동시에 공적인 상황으로 확대된 것을 의미한다. 즉 개인적으로 부모와 느끼는 갈등이 더 나아가 유학생, 청년들 전체의 문제가 되면서 '비판적 읽기'를 통해 공통감을 형성하고, 이 공통감은 공적인 영역으로 확대되어 그들의 전반적인 사상의 기저를 이루게 된 것이다. 그 가운데 문학은 바로 자의식의 발현으로서 등장하게 되고, 이러한 일상성, 즉 일상적 갈등을 드러내기 위해 새로운 형식의 서사적 실험들이 이루어지게 된 것이다. 이는 바로 『태극학보』의 정체성과도 직결되는 문제이다. 개인적인 일상성이 공적인 영역으로 확대되고 그 공통감이 새로운 서사적 실험을 가능하게 만든 것이 바로 『태극학보』의 정체성이 되고 있었다. 결국 이러한 새로운 세대의 공통감은 저자와 독자의 상호소통적인 '관계성', 즉 상호교통을 통해 서사적 실험으로 드러나고 이러한 실험을 바탕으로 근대소설이 추동되고 있었다고 할 수 있을 것이다.

2. 개인적 고백의 서사와 계몽적 글쓰기의 경계-『서우』

근대문학의 성립 과정을 계보학적 차원에서 면밀하게 살펴보기 위해서는 문학을 둘러싼 여러 전략과 환경을 좀 더 통합해서 볼 필요가 있다. 사실 잡지 매체는 신문 매체와 더불어 의사소통체계의 하나로서 근대계몽기 새로운 패러다임의 산실이라 할 수 있다. 특히 근대계몽기 잡지는 공적인 영역에서 열린 매체로 기능하는 신문 매체와, 사적인 영역에서 닫힌 매체로 기능하는 잡지 매체의 사이에 존재하는 중간적인 매체 경향을 보인다.[40] 이러한 근대계몽기 잡지를 분석하는 것은 그 당

---

40 마샬 맥루한은 책의 형태와 신문의 형태를 구분하여 설명한다. 그에 따르면 "신문은 공공의 참여를 제공하는 집단적 고백의 형태"로서 "집단적 이미지의 형태"이면서 동시에 깊은 참여를 요하는 공동체적이고, 포괄적인 성격으로 설명한다. 이에 반해 책은 "개인적인 고백의 형태"이면서 "공공의 모자이크 즉 집단적인 이미지가 아니라 사적인 소리"로 명명한다. 이렇게 볼 때, 근대계몽기의 잡지 경향은 매우 독특한 위치라는 것을 확인할 수 있다. 즉 사적인 고백의 형태로 매체적 특징을 가지고 있으면서도 공적인, 집단적인 계몽

대 지식인들이 잡지라는 매체를 통해서 근대를 어떻게 받아들이는지, 또 이러한 영향 관계 속에서 근대문학은 어떻게 그 모태를 생성하게 되는지를 살필 수 있게 한다.

그러나 이러한 잡지에 사용되는 문체, 편집, 배치 등과 더불어 다양한 종류의 글 양식들을 잡지 편집진만의 것으로 오인해서는 안 된다. 이는 잡지 매체라는 의사소통체계 내에서 다양한 집단들의 영향 관계, 그리고 독자 전략 등이 복합적으로 이루어지는 것으로 보아야 한다. 특히 근대계몽기 잡지는 학회의 성격을 띠고 있으면서 동시에 독자들을 향한 열린 매체적 기능을 하려 했다는 점에서 매우 복합적이다. 또한 이러한 관계가 편집진에 의해서 일방적으로 이루어지기보다는 독자와의 교감과 소통 속에서 이루어졌다고 보아야 한다. 즉 이 근대계몽기 잡지는 매체와 문학, 독자가 서로 교감을 이루는 하나의 의사소통체계 구조 내에서 이해되어야 한다.

또한 이 의사소통체계의 구조 내부에서 가장 역동적으로 위치하는 것이 바로 독자라는 존재이다. 매체 내부에서 문학이라는 존재는 특정한 시간과 특정한 사회적, 문화적 환경 속에서 발생하는 공통된 관계 속에서 작동하고 있다는 것이다.[41] 이는 잡지의 편집진과 텍스트, 그리

성을 담지하고자 했기 때문이다. 따라서 근대계몽기 잡지는 이 두 가지를 모두 포괄하는 중간적인 매체로 명명할 수 있을 것이다.(마샬 맥루한, 김성기·이한우 역, 『미디어의 이해』, 민음사, 2011, 288·297~298면 참조)

[41] 루이스 M. 로젠블렛은 "상호교통"이라는 개념을 통해 저자, 독자, 텍스트의 구분이 없이 그 "관계"를 강조한다. 특정한 독자와 텍스트 사이에 작품이 존재하며 특정한 시간에 특정한 사회적, 문화적 환경에서 발생하는 관계의 양상 속에서 텍스트를 이해해야 한다는 것이다. 즉 이러한 "상호교통"의 관점에서는 편집자, 독자, 텍스트가 각각 분리되거나 독자적으로 존재하는 것이 아니라 각각 서로 연관되어 있는 "관계성" 속에서 문학을 파악하고자 한다. 결국 그 관계성은 바로 매체의 장을 의미한다고 할 수 있을 것이다.(루이스

고 독자가 모두 독립된 개체로 존재하는 것이 아니라 의사소통체계 내에서 구조적 연관관계 속에 존재하는 것을 의미한다. 독자라는 대상은 수용자라는 일차원적 존재가 아니라 간섭하며 창의적으로 참여하는 존재인 것이다.

이렇게 볼 때, 근대계몽기 매체의 의사소통체계 내부 구조 속에서 편집진과 텍스트, 독자가 어떻게 상호교류하고 있으며, 그것이 근대문학이 배태되어 가는 과정에 어떠한 영향을 주고 있는지 살펴보아야 한다. 즉 이는 권력 관계의 변이, 매체 속에서의 문학과 독자의 상관관계의 변천과정을 함께 고찰해야 하는 것이다. 이렇게 계보학적으로 접근하기 위해서는 좀 더 미시적인 연구가 필요하다. 즉 의도하지 않았던 상황이라 할지라도, 독자들이 잡지 매체 속에서 새로운 형식의 새로운 글쓰기가 등장할 수 있기 때문이며, 이러한 글쓰기가 바로 근대계몽기에 다양한 서사물이 등장할 수 있었던 계기가 되기 때문이다.

따라서 이 장에서는 근대계몽기 잡지 매체인 『서우』를 대상으로[42] 의사소통체계 내부 구조를 살펴보며, 편집진과 텍스트, 독자가 서로 어

M. 로젠블렛, 김혜리・엄혜영 역, 『독자, 텍스트, 시ー문학 작품의 상호교통 이론』, 한국문화사, 2008, 308~309면 참조)

[42] 근대계몽기 잡지인 『서우』와 관련한 문학 연구는 보통 박은식 문학에 관련 연구나, 서사체 관련 연구로 이루어졌다. 박은식 문학에 관한 대표적인 연구로는 류양선, 「박은식의 사상과 문학」, 『국어국문학』 91, 국어국문학회, 1984.5; 이경선, 박은식의 역사・전기소설, 『동아시아문화연구』 8호, 한양대 한국학연구소, 1985를 들 수 있다. 후자의 대표적인 연구로는 조상우, 「애국계몽기 한문산문의 의식 지향 연구」, 고려대 박사논문, 2002; 문한별, 「근대전환기 학회지의 서사체 투영 양상ー『서우』, 『서북학회월보』를 중심으로」, 『우리어문연구』 35집, 우리어문학회, 2009.9; 「근대전환기 언론 매체에 수용된 서사체 비교 연구」, 『한국근대문학연구』 20, 한국근대문학회, 2009.10 등을 들 수 있다. 이 외 서북지역과 그 문학을 연구한 장유승의 「조선 후기 서북지역 문인 연구」(서울대 박사논문, 2010)와 정주아의 『서북문학과 로컬리티』(소명출판, 2013)도 주목해 볼 필요가 있다.

떻게 상호교류하며 영향을 미치고 있는지 분석해보고자 한다. 먼저 매체 속에서 편집진의 전략과 배치 및 서사 활용을 살펴보고, 이것이 근대문학을 형성하는 데 어떠한 영향을 미치고 있는지 천착하고자 한다. 또한 이를 바탕으로 독자들은 편집진과 어떠한 관계를 맺고 있으며, 호명과 참여를 어떻게 이루어가고 있는지, 또 독자들은 이 매체 속에서 어떠한 역할을 하며, 근대독자로 발전해가는지 그 과정을 살펴보고자 한다. 이러한 미시적인 천착의 과정은 결국 근대의 잡지 매체 속에서 근대문학이 어떻게 태동하며, 또 이를 받아들이는 근대의 독자들은 어떻게 형성되어 가는지 그 시초를 살펴볼 수 있으리라 기대한다.

1) '공함' 및 '기서'의 활성화와 학회지의 확장

(1) 독자층 경향과 '공함'의 활성화

서우학회에서 발간한 『서우』는 제1호(1906.12.1)에서 제14호(1908.1.1)까지 발행된 학회지였다. 그런데 1908년 2월 1일 15호부터는 『서북학회월보』라는 이름으로 발간되었다. 이는 서북학회와 한북학회가 서로 통합[43]하여 서북학회로 학회의 이름을 개칭하면서 학회지 역시 이름을

---

43 「西北學會趣旨書」에 보면 "于時에 西道人士가 慨然 奮發ㅎ야 文明 進步의 思想과 敎育 擴張의 目的으로 西友學會를 創立ㅎ얏고 繼而北道人士가 同一 思想과 同一 目的으로 漢 北學會를 組成ㅎ니 其思想也同ㅎ고 目的 也同홈으로 由ㅎ야 至于 今日에 銅鐘이 相應ㅎ 고 磁針이 相引ㅎ야 合而爲一 홈이 會는 西北學會라 ᄒ며 校는 西北協成學校라 命名ㅎ얏 스니 此는 我韓 社會 程度에 首先發達之機關인 故로 全國人士가 皆竦然改觀 曰 今日 文明 之域에 先登之旗를 立혼 者는 西北人士라 ㅎ니 吾輩於此에 擔負가 甚大ㅎ고 競惕이 愈摯

변경하게 된 것이다. 그러나 15호부터 17호까지는 학회지 이름만 『서북학회월보』로 바뀔 뿐, 실제 발간 호수는 『서우』의 발행을 그대로 따르고 있다. 17호 이후 1908년 6월부터 『서북학회월보』 제1권 1호로 설명하고 있기 때문에, 그 이전은 『서북학회월보』로 바뀌었다 할지라도 『서우』의 편집 방향을 그대로 이어갔다고 보아야 할 것이다.

1906년 10월 서우학회와 한북학회가 서북지역의 재경在京인사들을 중심으로 하여 최초의 지역단위 학회를 각각 설립하게 된다.[44] 서우학회는 평안남북도와 황해도를 중심으로, 또 한북학회는 함경도를 중심으로 한 지역단위 학회였다.[45] 실제로 한북학회는 학회지를 발간하지 않았으나, 서우학회는 『서우』를 발간하면서 이러한 학회 운동의 선봉이 되었다.

『서우』의 실제 발간 상황을 보면 1906년 12월 1일 첫 호를 발간한 이래 17호까지 1908년 4월 1일을 제외하면 매월 1일에 규칙적으로 발간되었다. 『서우』에 게재된 글의 평균 개수는 약 23개 정도였고, 평균 쪽수는 뒷면 및 광고를 포함하여 55면 정도였다. 전반적으로 20개 이상의 글이 실렸으나 서북학회로 통합되기 직전인 14호의 경우, 글이 13편으로 가장 적었다. 그러나 15호부터 서북학회로 통합되고 나서는 다시 처음과 같은 글 개수를 유지하고 있다. 이렇게 규칙적으로 또 평균적인 분

ㅎ도다"(「西北學會趣旨書」, 『서북학회월보』 15호, 1908.2.1, 2면)라고 설명하면서 서우학회와 한분학회가 동일 사상과 동일 목적을 가지고 있어서 통합하게 되었다고 설명하고 있다.

44 조현욱, 「서북학회의 애국계몽운동(Ⅰ)―『서우』·『서북학회월보』의 내용과 현실인식」, 『한국학연구』 5집, 숙명여대, 1995, 48면 참조

45 백순재, 「『서우』 해제」, 한국학문헌연구소 편, 『한국개화기학술지』 5, 아세아문화사, 1976, 5면.

<표 1> 『서우』 게재 글 개수 및 호별 분량

호수	발간일	게재 글 개수	쪽수
1	1906.12.1	29	53
2	1907.1.1	26	55
3	1907.2.1	26	54
4	1907.3.1	28	56
5	1907.4.1	24	50
6	1907.5.1	25	54
7	1907.6.1	27	50
8	1907.7.1	21	54
9	1907.8.1	25	63
10	1907.9.1	18	56
11	1907.10.1	16	57
12	1907.11.1	16	55
13	1907.12.1	19	55
14	1908.1.1	13	57
15	1908.2.1	28	57
16	1908.3.1	21	56
17	1908.5.1	26	49
총계		388개(평균 약 23개)	931면(평균 약 55면)

량을 유지하며 꾸준히 계속될 수 있었던 것은 그만큼 이『서우』를 구독하는 독자 회원들이 꾸준히 확보되고 있었다는 것을 의미한다.

처음『서우』를 발행할 때, 회원명부를 보면 회원 수는 총 170명이었다.[46] 5호에서는 신입회원수만 250명으로 늘어나 기존회원 수와 통합하면 총 420명까지 증가했다.[47] 그 후 서우학회와 한북학회가 서북학회로 통합된 이후에는 회원 수가 총 985명까지 증가하게 된다.[48] 서우학회와 한북학회의 수가 함께 통합되었다고 해도 985명은 대단한 숫자임은 틀림없으며, 『서우』 학회지 발간이 매우 활성화되어 있었음을

---

[46] 會長 鄭雲復, 副會長 金明濬, 총무원 3명, 평의원 박은식 외 16명 등 총 회원 수는 170명이었다.(「會員名簿」, 『서우』1호, 1906.12.1, 47~49면)

[47] 「新入會員氏名」, 『서우』5호, 1907.4.1, 43~46면.

[48] 「會報」, 『서우』16호, 1908.3.1, 38~46면.

짐작하게 한다.

실제 발간 부수를 보면, "本會月報를 三千部 刊出ᄒᆞᄂᆞᄃᆡ 本會員과 各處發送인즉 一千五百部에 不過ᄒᆞ니 自八號로ᄂᆞᆫ 二千部만 刊公ᄒᆞᄌ"[49] 라고 회록에 적혀 있는 것으로 보아, 초반에는 삼천 부를 발간했는데, 각처에 발송한 실제 수는 일천오백 부 정도였던 것으로 보인다. 따라서 8호부터 이천 부 정도로 발송하자는 회의 결의가 나온 것으로 보아 대략 일천오백 부에서 이천 부가량 발행되었다는 것을 확인할 수 있다.

실제로 『서우』에 실린 글의 내용을 보면, 문학과 연관된 글들이 77개로 가장 많았음을 알 수 있다. 또한 교육, 정치, 신사상, 역사, 애국, 유학생 청년 관련 글들이 그 뒤를 잇고 있었다. 이는 문학적인 도구를 통해 계몽적인 사상, 또 애국 사상을 교육하려 한 의도로 읽을 수 있다. 이러한 서우학회의 성격은 취지서에서도 명확히 드러나는데, 청년 교육과 인재 양성, 유학 장려 등을 통해 대중들의 단체력을 강화하기 위해서 설립했다고 설명하고 있다. 특히 사립학교의 활동에 도움을 주고 유학생을 장려하며, 일반인들에게 보통 지식의 기회를 제공하는 것을 그 목적으로 하고 있었다.[50] 이는 서우학회의 정체성이 이미 교육 활동 및 보통 교육의 일환으로 이루어지고 있음을 미루어 짐작하게 한다. 다시 말해서 수평적인 계몽 운동보다는 수직적인 계몽 운동을 지향하고

---

49 '會錄' 「第十回 通常會會錄」, 『서우』 8호, 1907.7.1, 47면.
50 권영신은 이러한 서우학회의 『서우』에 나타난 교육구국 활동을 '교육구국 사상과 민족자강', '근대적 국민교육의 필요성과 의무교육 추진', '전인적 인간형성과 상무교육'으로 나누어 설명하고 있다. 『서우』는 이러한 목적에 맞추어 번역문이나 구미 각국의 교육제도 역시 소개하고 있는데, 이 중 양계초의 학교교육과 연관된 글을 연재하고 있기도 하다. 서우학회의 설립 목적 및 교육 관련 논의는 권영신, 「한말 서우학회의 교육구국 활동」, 『교육문화연구』 11, 인하대 교육연구소, 2005, 61·66면 참조.

〈표 2〉『서우』 주제별 분류[51]

주제	개수
서우학회 관련	85
문학	77
교육	61
정치, 헌법, 국가, 관리	46
신사상, 산업	38
외국 및 한국 역사	17
위생	17
애국, 독립	10
유학생, 청년	10
제국주의, 우승열패	8
구습타파	5
인물 관련, 조문 등	5
신문	3
유학 사상 관련	3
한자 관련	3
총계	388(개)

있음을 알 수 있다. 따라서 내용도 교육, 정치와 관련된 주제들이 가장 많이 등장하고 있었으며, 문학도 '인물고', '아동고사' 등을 통해 역사 교육, 민족 운동을 강화하는 방향으로 진행되었다.[52]

『서우』에 한 번 이상 투고한 인물은 총 107명이었다. 1번 투고한 인물은 총 81명이었고, 2번 이상 투고한 인물은 金明濬, 蜜啞子(유원표), 朴相穆, 剛庵 李容稙, 蘭谷 李承喬, 淇隱 全秉鉉 등 총 6명이었다. 3번 이상 투고한 인물은 日本留學生 金炳億, 金河琰, 玉東奎, 心齋 李道宰(總校長), 恩岡生 鄭秉善, 東初 韓光鎬, 韓敎學 등 총 7명이었다. 金有鐸과 盧伯麟이 4번, 李奎濚, 李達元, 柳東作이 5번, 金達河, 金明濬, 金鳳觀,

---

51   전은경, 「근대계몽기 잡지의 매체적 특징과 역사의 서사화 과정」, 『한국현대문학연구』
      50, 한국현대문학회, 2016.12, 13면 참조.
52   '인물고' 및 '아동고사'와 연관된 논의는 전은경의 앞의 글 참조.

<표 3>『서우』 필자 게재 횟수 및 전체 저자 수

게재 횟수	인원(명)
1번	81
2번	6
3번	7
4번	2
5번	3
6번	4
11번	3
12번	1
40번	1
총 인원	107

李裕楨이 6번, 朴聖欽, 卞永周, 一惺子가 11번, 李甲이 12번 그리고 주
필이었던 박은식이 총 40번으로 가장 많았다.

이렇게 많은 독자들이 투고를 한 것은 『서우』가 다양한 방법으로 독
자들과의 소통을 진행하고 있었기 때문이다. 실제 발행 부수 2,000부
였던 상황으로 볼 때, 회원이면서 동시에 독자였던 이들은 '읽는 이'이
면서 동시에 '쓰는 이'이기도 했다. 이러한 회원들을 '읽는 독자'로부터
'쓰는 필자'로 부르기 위해서 『서우』는 독자 투서 통로로서 '공함公函'
혹은 '기함寄函' 등을 활용[53]하고 있는데, 이는 소통의 통로이자 동시에
후원의 기부함과 같은 역할을 했다. '공함'이나 '기함'으로 온 글들은
개인도 있었지만, 각 학교에서 보낸 경우도 많았다. 서우학회를 후원하
면서 보내온 글들은 『서우』에 실린 경우도 있었고, 그렇지 않은 경우에

---

[53] '公函' 및 '寄函'에 실제로 실린 독자들의 글은 다음과 같다. 1호 '會錄' 公函各郡儒林;
3호 '寄函' 會員 金有鐸氏 / 江西會員 白舞欽 / 江西會員 金基爕 / 江西會員 鄭秉善 / 平壤
會員 林基磐 / 平壤 金升植 / 開城 朴性浩; 4호 '寄函' 會員 朴台永; 6호 本會所管學校總校
長李道宰氏公函 / 留學生來函大槪; 9호 毅齋閔丙奭氏公函; 15호 閔泳徽氏來函 / 謝三上
素隆君函 등을 들 수 있다.

도 학회 회록을 통해서 회의에서 직접 공함을 낭독하여 회원들과 공유한 것을 직접 기록하고 있다.[54]

거의 매 회의마다 공함을 공포하고 낭독하게 했으며, 후원을 받은 내용을 공유했다. 혹은 받은 후원금을 서우학교의 내부 야학에 다시 후원하는 결의를 한 경우도 있었다.[55] 또한『서우』학회에 공함이나 기함을 실으면서 이에 대한 답변 역시 학회지를 통해 한 경우[56]도 있었는데「答中和郡培英學校來函」[57]과「答大韓學會來函」[58]을 그 예로 들 수 있다. 이러한 공함을 통해서 서우학회는 기부를 받기도 하고, 또한 각 학교 및 야학에 기부를 하기도 하면서 교육 사업을 이어갔으며 이는 '회록' 등을 통해 기록화함으로써 독자들과 소통하고자 했음을 알 수 있다.

(2) '기서'의 활용과 학회지의 확장

『서우』는 앞서 살펴본 바처럼 1호에서 14호까지는 평안남북도와 황

---

54 "西友學校 總校長 李道宰氏의 捍衛社本錢 十三萬二千七百二十二兩六錢八分을 本會에 寄付호 公函을 公佈호다."('會錄'『서우』6호, 1907.5.1, 46면); "孤兒學院公函과 開城總會 公函과 皇城新聞社 懇親會 公函을 公佈호다."('會錄'『서우』8호, 1907.7.1, 47면); "殷山文昌學校 公函을 公佈호다."('會錄',『서우』9호, 1907.8.1, 52면); "順安順成學校事務員 金錫起氏等의 公函을 公佈호다."('會錄',『서우』12호, 1907.11.1, 43면) 등을 들 수 있다.

55 "殷山文昌學校 校監 柳瀅棒氏의 公函을 公佈호다. 金明濬氏 動議호기를 殷山郡 鄕約契本錢을 畫付 本會홀 意로 閔泳徽氏의게 公函을 繕送호야 承諾을 得호 後에 文昌學校에 寄付호쟈 홈이 李達元氏의 再請으로 可決되다."('會錄',「西北學會組織會錄」,『서우』15호, 1908.2.1, 45면)

56 공함에 대한 답변과 관련하여 총무에게 일임한다는 회의가 진행된 경우도 있었다. "安岳郡聯合運動會의 請賓公函을 公佈호미 金明濬氏 特請호기를 總代一款은 停止호고 若干賞品과 答函은 總務의게 委任호주호미".('會報'『서우』17호, 1908.5.1, 38~39면)

57 박은식, '雜俎'「答中和郡培英學校來函」,『서우』6호, 1907.5.1, 24~25면.

58 '會報'「答大韓學會來函」,『서우』17호, 1908.5.1, 40~41면.

해도 중심의 회원들로 구성된 잡지였다. 이러한 지역의 상황은 일본 유학생들의 학회와도 상당히 연관되고 있다. 특히 재일 유학생들 특히 관서지방의 유학생 중심의 학회였던 태극학회의 경우, 같은 지역 출신이라는 점에서 그 연관성을 찾아볼 수 있다. 그런 의미에서 『서우』에는 일본 유학생들이 직접 글을 실은 경우도 있었다.

> 本會員 洪淳五氏가 留學日本者ㅣ 數年이라. 向日還國時에 時務에 關혼 意見을 擧호야 曰恢復 國家는 實力養成에 在호고 實力養成은 工業發達에 在혼지라. 今日 吾人이 政治法律의 高等學問은 猶屬緩圖라. 急히 實業科의 學生을 限九十人派遣호야 分科就學케 호면 近則一年半이오 遠則二年에 可以卒業이라. 將此 諸般工業호야 國民을 普通敎授호면 不出幾年에 實力이 自生호야 實權을 可復이라 호니 此는 目下急務에 對호야 最是切實혼 意見이기로 爲之揭載호야 公衆의 閱覽을 供호노니 政界 或 社會間에 急急히 採用호야 國民의 實力養成을 切切希望호노라.[59]

위의 예문은 일본에 유학하고 다시 돌아온 홍순오가 자신의 의견을 사설 방식으로 등재한 것이다. 산업, 특히 공업 발달이 중요함을 역설하고 있는 이 글은, 유학생의 의견을 '사설社說'에 실음으로써, 매우 비중 있고, 의미심장하게 다루고 있음을 알 수 있다. 즉 유학생의 위치 지위만으로 신뢰와 존경을 획득하고 있는 것이다. 특히 이 글에서는 교육에 대한 강조와 학생으로서의 의무감이 강하게 드러난다.

---

59 會員 洪淳五, '社說'「切實意見」, 『서우』 6호, 1907.5.1, 2면.

이러한 유학생들이 보내온 '기서'나 '공함'을 본 독자들의 응답 역시
『서우』에 실리고 있다. 이 가운데는『서우』를 본 경우도 있지만, 관서
지방 학생들이 유학을 가서 만든 태극학회의 학회지『태극학보』를 직
접 보고 난 후 감회를 적은 글도 있었다. 예를 들어 이달원[60]은『태극학
보』를 본 후, 어린 학생들이 일편단혈의 정신으로 공부하는 것을 보고
칭찬하며 안타까워 하는 글을 싣기도 한다. 이달원이『태극학보』를 읽
었던 그 즈음에『태극학보』에는 고국으로부터 학비가 끊어지는 바람에
고학생이 되어 괴로움을 겪게 된 유학생들이 그래도 끝까지 공부에 전
념하겠다는 다짐과 결의가 실려 있기도 했다.[61]

惟我海外에 遊學ᄒ시는 同胞諸君은 文明을 輸來ᄒ야 國力을 恢復홀 目的
으로 勇壯ᄒᆫ 氣力을 奮發ᄒ며 活潑ᄒᆫ 精神을 猛勵ᄒ야 親戚을 離ᄒ며 墳墓를
棄ᄒ고 海外萬里에 遠行을 作ᄒ며 家庄을 賣ᄒ고 賃金을 貯ᄒ야 天涯殊方에
學費를 供ᄒ야 或東으로 日本에 遊ᄒ며 或西으로 美洲에 渡ᄒ야 勞苦를 耐ᄒ
고 危險을 冒ᄒ야 熱心熱力으로 學問을 硏究ᄒᄂ니 其於在學ᄒᆫ 中에 千辛萬
苦ᄒᆫ 狀態를 想像컨디 春花秋葉에 故國之思應切이오 腥風凄霜에 異域之愁必
多ᄒ며 習俗이 相殊ᄒ니 眠食이 不適ᄒ고 風景이 雖好ᄒ나 山河가 有異홀지
며 又或囊橐이 空竭에 勞働而資學ᄒ고 水土不服에 困憊가 纏身ᄒ야 其苦其
險을 難可狀言이로디 唯我諸君은 百折而不屈ᄒ고 萬壓而不挫ᄒ야 固有ᄒᆫ 目
的을 期達ᄒ며 初頭의 立志를 決行ᄒ야 民族文野로 己任을 作ᄒ며 祖國存亡
에 精神을 注ᄒ야 勇力이 日倍ᄒ고 堅志는 益壯ᄒ야 長足闊步로 汲汲進取ᄒ

60 李達元, '詞藻'「讀太極報賀熱心進就」,『서우』10호, 1907.9.1, 43면.
61 '雜纂',「古學生의 情形」,『태극학보』12호, 1907.7.24, 50~52면.

ᄂ니 壯哉라 諸君이여 偉哉라 諸君이여.

　現今國勢가 方病大腫에 大命이 危急ᄒ니 苟非諸君이면 其誰能醫리오 措國家
於泰山도 諸君이오 陷國家於悲境도 諸君이라 是以로 國內同胞가 諸君의 消息
을 一聞ᄒ면 欣然相慶ᄒ야 逐逐相謂曰拯我於水火之中도 惟我海外同胞오 躋我
於文明之域도 亦我海外同胞라ᄒ야 諸君의 還國ᄒᄂ 時를 日로 企望ᄒᄂ니.[62]

　우강생이라는 인물은 해외에서 유학하는 학생들을 생각하며 글을 보
내온다. 없는 형편에 외국에 가서 공부하기 위해 집을 팔고 학비를 대
는 경우, 또 그곳에서 가난한 가운데 외국 타지에서 나라를 위해 공부
하고 있다며 그들의 상황에 대해서 이해하고 있다는 것이다. 이와 동시
에 그들이 고국으로 돌아온다면, 우리나라의 지금과 같은 위급하고 힘
든 상황이 해결될 것이라는 기대감도 보이고 있다. 외국 유학을 끝내고
고국에 돌아와 나라를 위해 큰일을 해달라는 바람이 그대로 전해진다.
이는 결국 '서우'가 유학생들과도 끊임없이 교류하고자 하는 의지가 반
영된 것으로 독자들끼리 서로 연결되고 있음을 보여준다.

　是日也에 適值天晴日暖ᄒ야 三仙坪에서 西北學生이 各種 運動을 次第 擧
行ᄒ고 及其演說之場에 女子敎育會長 金雲谷이 學生의 成業을 勤勉ᄒ야 女
子社會를 幇助發達케 홈을 勸告ᄒ고 其次에 安昌鎬氏의 激論이 如左ᄒ니 氏
ᄂ 平安南道 江西郡人으로 年今二十九라. 幾年前에 留學美國ᄒ야 抱負가 宏
大ᄒ며 容貌가 端雅ᄒ며 眼彩가 射人ᄒ고 言辭가 活潑ᄒ야 格論에 痛快와 氣

62　于岡生, '雜俎'「念我海外遊學同胞」, 『서우』 17호, 1908.5.1, 17~18면.

宇의 雄烈과 志略의 遠觀은 果是當世人傑이오 靑年前導라. 余亦當日傍聽에 不勝刺激ㅎ야 路叔顚末에 雖不盡其萬一ㅎ나 一言半句라도 實有益於同胞之 務醒故로 玆庸略述ㅎ노니 凡我大韓의 血性同胞ㄴ 毋徒曰 言則是也라ㅎ고 互相激發ㅎ며 互相奮進ㅎ야 一步二步에 千辛萬苦를 堪過ㅎ야 死而後已로 爲期 ㅎ면 一條生路를 可得ㅎ지니 銘心刻骨ㅎ지어다. 倘其絶望病을 抱有ㅎ야 但 云莫可奈何라 ㅎ진딘 靑山松陰에 槪麂爲友를 早圖ㅎ고 生物界에 毒蟲이 되 지 勿ㅎ지어다.[63]

또한 『서우』는 유학생들과의 교류뿐만 아니라 타학회와의 교류에도 적극적이었다. 7호에는 1907년 5월 12일에 열린 서북학생 친목회 운동장 연설이 실려 있는데 이는 한북학생 김성렬이 적은 글이다. 아직 서우학회와 한북학회가 통합되기 전이지만, 서우학생과 한북학생이 함께 친목회를 개최한 것으로 보인다. 또한 이때 안창호, 김운곡 등 다양한 인물들이 연설을 하게 되는데 이에 대해 김성렬이라는 인물이 정리하여 『서우』에 보내온 것이다. 특히 안창호에 대해 자세히 설명하고 있는데 원래 평안남도 강서인으로 그 당시 29세였으며, 미국에서 원대한 꿈을 가지고 유학했다고 설명하고 있다. 또한 그 연설을 통해 학생들이 스스로 고무되고 교육에 더욱 힘써 매진해야 한다고 첨언한다.

此ᄂ 貴會之所以血心組織ㅎ야 不得已焉者也라 易曰 君子以朋友講習이라 ㅎ며 論語曰 君子以文會友라 ㅎ니 然則 熙穰之世宴安之際에도 莫不有學會어

---

63 漢北學生 金聖烈 述, 「五月 十二日 西北學生 親睦會 運動場 演說」, 『서우』 7호, 1907.6.1, 23~24면.

늘 況在今日境界ㅎ야는 能爲轉回時局之一大關棙則烏可已乎아 彼西國之能

雄於六洲者도 亦莫不以會ㅎ니 國會曰議院이오 商會曰公司요 士會曰學會

라. 然而 議院公司之知識議論勳業技藝는 皆莫不由於學故로 學者는 又 群會

之關鍵權輿也라 學校振於上ㅎ면 學會興於下ㅎ야 邦運之浡然을 可指日而待

ㅎ리니 (…중략…) 本人은 嶠南人也라. 雖未得奉箒於會末이나 幷一國則俱

是兄弟요 語公義則無關南北이라. 玆搆蕪語ㅎ야 用替祝辭伏乞僉燭[64]

　　또한 이러한 교류는 한북학회뿐만 아니라 다른 학회와도 연계되고
있다. 경상도를 중심으로 모인 교남학회의 회원의 글이 '교우기서'라는
이름으로 실리고 있기도 하다. 그는 거창에 사는 이병태라는 인물로,
서우학회의 취지에 공감하면서 교육의 중요성을 강조한다. 또한 학회
가 연합하여 한 뜻을 이루라고 충고하고 있기도 하다. 즉 나라의 회가
의원議院이고, 상회가 공사公司며, 선비 즉 지식인들의 모임을 학회學會
로 보고 있는 것이다. 이를 위해 지식을 습득하고, 학교를 진흥하면 학
회 역시 중흥하게 된다는 논리를 펴고 있다. 그러면서 자신은 교남인으
로 서우학회의 회원은 아니나, 한 나라의 형제로 보며 함께 교육을 이
어가자는 취지로 서우학회를 격려하고 있다.
　　결국 이러한 면은 당시 지역학회들이 서로 연관되어 있으며, 이 학회
들은 이익을 추구하는 단체가 아니라 나라의 계몽을 위해 지식인들이
설립한 단체라는 것을 보여준다. 또한 서우학회 역시 다른 학회와의 연
계성을 보여주는 것으로 다른 학회와의 교류 역시 활발했음을 알 수 있

64　居昌 李炳台, '雜俎' 「嶠友寄書」, 『서우』 9호, 1907.8.1, 24~26면.

다. 이처럼 유학생들과의 교류, 또 국내의 다른 학회와의 교류를 통해서 지식인 독자들은 서로의 의사소통체계를 이러한 학회지를 통해 형성해가고 있었음을 확인할 수 있다. 국내에서 가장 활발하게 이루어진 학회지로서『서우』는 국내, 국외의 지식인들이 이 잡지 매체 안에서 교류할 수 있도록 그 장을 열어준 것이라고 볼 수 있다.

2) '읽기'로부터 '쓰기'로

『서우』는 이러한 교류의 장 안에서 학회 회원들, 혹은 그 외의 지식인들이 참여할 수 있는 다양한 공간을 제공하고 있었다. 이 공간 안에 참여한 이들은 기존의 국내 지식인과 국외 유학생, 또 어린 학생들까지 다양하게 분포되어 있었다. 또한 독자들이 참여할 수 있도록『서우』는 '쓰기'의 장, 즉 참여의 장을 제공했다. 사실 이러한 면은『서우』의 정체성과도 연계되는 부분이다. 박은식의 「敎育이 不興이면 生存을 不得」이라는 글에 보면, "一心注意로 子弟敎育을 振起ᄒᆞ야 所在學校가 相繼而興ᄒᆞ면 其設備之規模와 敎導之方法은 卽本學會之責任也오. 對此雜誌之發行ᄒᆞ야 千言萬語가 皆吾儕의 嘔吐心血ᄒᆞᆫ 者니"[65]라고 하면서 학회의 책임을 설명한다. 즉 학교들이 일심양면으로 서로 연계하여 흥하면 그 설비의 규모와 교육의 방법을 모색하고 구상하는 것은 본 학회의 책임이라는 것이다. 이러한 책임을 다하기 위해서 발행된 것이 바로 잡

---

65 박은식, '論說'「敎育이 不興이면 生存을 不得」,『서우』1호, 1906.12.1, 10면.

지라며 『서우』의 교육적 기능, 즉 수직적 계몽이라는 정체성을 명확히
선언하고 있다. 따라서 『서우』가 독자들의 글쓰기에 주목하며 독자와
상호소통할 수 있는 편집을 진행하고 있는 것은 이러한 『서우』의 정체
성과 연관된다고 보아야 할 것이다.

　실제로 독자들이 '읽기'로부터 '쓰기'로 등장하는 것은 '축사祝辭'나
'사조詞藻' 등의 난이었다. 즉 짧게 축하하는 글이나 격려하는 글, 혹은
한시 등을 통해서 회한이나 감정을 드러내 놓고 있기도 하다. 대부분이
한시이지만, 애국가나 학도가처럼 단어형 국한문체인 애국가류 가사들
도 등장하고 있다.

新年 一月一日 朝에 喜消息이 들니도다
西友 漢北 兩 學會가 一部 團合되야시니
우리 團體 進步홈이 新年 第一 慶事로세
今日 西北 合會ㅎ고 明日 東南 合會ㅎ야
東西 南北 合會ㅎ면 全國 團體이 아닌가
全國 團體되고 보면 自由 人權 도라 오네
自由 人權 찾는 날에 國家獨立 못될 손가
進步ㅎ세 進步ㅎ세 어셔 밧비 進步ㅎ세
團體 進步ㅎ는 方法 親和力이 第一일세
親和力이 生ㅎ랴면 一己之私 벌일셔라
서로 猜疑ㅎ지 마오 離心之本이 아닌가
서로 驕傲ㅎ지 마오 喪身之斧이 아닌가
猜疑말고 親仁ㅎ며 驕傲말고 敬愛ㅎ여
高明師友 崇拜ㅎ고 幼穉同胞 善導ㅎ여
二千萬口 우리 生靈 各其 義務 擔負ㅎ여
愛國血誠 쓸는 곳에 强親和力 싱기도다
힘써 보세 힘써 보세 强親和力 힘써 보세
强親和力안이고는 團體 實效 難望이라
도라 보소 도라 보소 我國 形便 도라 보소
含羞忍辱 우리 國民 團體밧게 또 잇는가
世界列邦년흔 團體 愛國 思想 엇더턴가
어화우리 閭巷同胞 鼾鼻春夢 그만자고
新年 今日 此 時代에 合合 團體 일너 보세
어화우리 社會同胞 舌端形式 그만두고
희와 갓치 精神실와 强親和力 힘써 보세[66]

　위의 애국가류 가사는 회원 류춘형이 보내온 것으로 서우학회와 한
북학회가 연합한 데 대해 축하하며 쓴 글이다. '축사'로 보내온 글들 대
부분이 한시이거나 짧은 문장인데 반해, 이 글은 애국가류 가사를 통해

66　會員 柳春馨, '祝辭' 「祝辭」, 『서우』 15호, 1908.2.1, 4~5면.

서 연합을 축하하고, 교육에 더욱 정진하자는 계몽사상을 담고 있다. 내용을 보면, 양 학회의 단합하게 된 것이 서북 연합이고, 동남, 동서, 남북 모두 합회하여 전국 단체가 되어 국가 독립으로 나아가자고 설득하고 있다. 이러한 애국가류 가사는 회원 송재엽이 쓴 "新年祝歌",[67] 회원 김유탁이 쓴 "西友師範學校徒歌"[68]를 더 들 수 있다. 이는 모두 서우학회의 발전과 교육에 더욱 정진하자는 내용이었다.

天道人事가 否極則泰來ᄒ고 剝盡則復生은 歷千古不易不變之定理라 惟我西北은 神檀遺墟요 仙李沛鄉으로 距京千里에 雨露未洽ᄒ야 地不過荒僻之區ᄒ고 人未免卑賤之種이 于今幾百年인즉 可謂否之極이요 剝之盡이라 何幸天道가 循環ᄒ야 無往不復ᄒ고 人事가 推遷ᄒ야 窮必回泰글식 光武十年에 西友學會을 創立ᄒ고 繼而漢北學會를 組成ᄒ얏더니 隆熙二年에 學會를 合設ᄒ야 西北學會라 名稱ᄒ니 二人同心도 其利斷金커든 況我兩會의 强毅果敢之士가 一心團體乎아 壯哉西北學會여 盛哉西北學會여 實我大韓獨立基礎요 文明根抵로다 環三千里疆域에 孰能先西北會之偉大리요 基疇는 學荒識淺ᄒ야 於當世事業에 一無猷爲者나 固亦社會中一分子라 僉君子의 同心協力ᄒ야 廣設學校ᄒ야 開發民智ᄒ며 鼓動士氣ᄒᄂ 影響에 對ᄒ야 仰請付尾之萬一矢러니 今讀西北學會合團趣旨ᄒ니 果能使人興激百倍라 柒室杞憂之餘에 自不勝欣抃千萬ᄒ야 瞻望東天에 一言仰賀ᄒ노니 幸我同志ᄂ 諒此傾衷홀지어다.[69]

---

67 會員 宋在燁, '詞藻'「新年祝歌」, 『서우』3호, 1907.2.1, 33~34면.
68 會員 金有鐸, '詞藻'「西友師範學校徒歌」, 『서우』4호, 1907.3.1, 39~40면.
69 會員 李基疇, '雜俎'「祝賀西北學會」, 『서우』17호, 1908.5.1, 27~28면.

'축사'나 애국가류 가사 등으로 참여할 뿐만 아니라『서우』에 실린 글에 대해 직접적으로 답하거나 평하는 경우도 있었다. 이기주라는 회원은「축하서북학회」라는 글을 통해 서북학회합단취지문을 읽고 난 감회를 싣기도 했다. 서북학회합단취지문을 읽고 이러한 단합이 사람을 백배 더 흥하게 한다며, 서북학회가 연합하여 대한의 독립을 위해 일해야 한다고 소회를 말하고 있기도 하다. 이 외에도『몽견제갈량』을 저술한 밀회자 유원표가『서우』를 읽고 난 뒤 감상을 적어「讀西友會報感起而作」70라는 제목으로 보내기도 했다. 서림西林 즉 서우학회의 회원들이 개명진보하여 더욱 나아가는 데 반해, 나라에 대한 걱정과 번민에 대해서 소회를 풀어놓고 있다.

이와 같이 독자들은『서우』를 읽고 난 후의 감회나 소감을 적어 보내기도 하고, 회원들끼리 서로 격려하는 글들을 나누기도 했다. 이러한 글들이 실리게 된 것은『서우』의 편집진들의 의도이기도 하다. 앞서 '공함'과 '기함'을 통해 교육과 연관된 독자들의 생각이나 기부금을 받고, 또 한편 '축사'나 '사조' 등을 통해 독자들의 감회나 감정을 담은 짧은 소품들을 실어 편집자와 독자가 서로 소통하면서 동시에 독자와 독자 사이에서도 소통이 일어나도록 전개하고 있었음을 알 수 있다.

---

70 "開明進步自西林傾慕華譽一往深 息藤何能移大樹寄蹤欲與托同岭 燈前細閱頻驚眼筆下問 題亦嘔心 相去智愚三十里誰將物色此中尋".(蜜啞子, '詞藻'「讀西友會報感起而作」,『서우』 4호, 1907.3.1, 37~38면)

3) 학생 독자의 글쓰기 실험과 서사적 차용

앞서 본 것처럼 『서우』는 다양한 독자들의 글을 실어 독자들의 소회를 담아내면서 동시에 서우학교에 재학 중인 학생들의 글쓰기 연습의 장이 되기도 했다.

〈표 4〉『서우』에 실린 학생 독자 글쓰기

호	날짜	표제	저자	제목	주제	문체
16	1908.3.1	教育部	本校學員 金奎承	今日之急務는 當何先고	교육	단어+구절
16	1908.3.1	教育部	本校學員 崔潤植	今日之急務는 當何先고	교육	단어형
16	1908.3.1	教育部	本校學員 姜振遠	困難者는 嚴正之教師	교육	구절형
16	1908.3.1	教育部	本校學員 李炳觀	困難者는 嚴正之教師	교육	단어형
16	1908.3.1	雜組	本校學員 朴漢榮	新聞의 效力	신문	구절형

서우학교의 학생 글은 16호에 총 5편의 글이 실려 있다. "今日之急務는 當何先고"라는 제목으로 本校學員 金奎承, 本校學員 崔潤植가 작문한 것을 보냈고, "困難者는 嚴正之教師"라는 제목으로 本校學員 姜振遠, 本校學員 李炳觀 등이 글을 실었다. 그 외 '잡조'에 本校學員 朴漢榮가 쓴 "新聞의 效力"이 실려 있다. 이들 글에는 "一時間作文"이라는 문구가 모두 첨가되어 있고, 같은 제목이 있는 경우도 있어, 작문 수업 시간에 썼던 내용을 『서우』에 투고한 것으로 보인다. 내용상으로 보면, 교육을 통해서 국제 정세와 민족의 미래를 바꿀 수 있다는 계몽적인 내용이 주류를 이루고 있다.

如히 安ᄒ며 樂ᄒ며 優ᄒ며 强ᄒᆯ 方針을 硏究ᄒᆯ시 急者는 當先ᄒ고 緩者는
當後ᄒᆯ지라 或曰 武備로써 鎭守攻伐을 能히 ᄒ면 强ᄒ리니 武備가 急務라 ᄒ

고 或曰 政治法律로 內治外交를 能히 ᄒᆞ면 安ᄒᆞ리니 政治法律이 急務라 ᄒᆞ고 或曰 衆人을 團體ᄒᆞ야 外人을 能禦ᄒᆞ면 優ᄒᆞ리니 團體가 急務라 ᄒᆞ고 或曰 實業을 發達ᄒᆞ야 殖産을 能히 ᄒᆞ면 樂ᄒᆞ리니 實業이 急務라 ᄒᆞ니 右項 諸論이 皆其 必要ᄒᆞ나 余ᄂᆞᆫ 此를 折衷ᄒᆞ야 敎育이 急務라 ᄒᆞ노니 雖武備가 完全ᄒᆞ나 敎育이 無ᄒᆞ면 其身을 不惜ᄒᆞ야 其忠을 克盡키 不能ᄒᆞᆯ 것이오, 設或 政治法律은 改善ᄒᆞ나 敎育이 無ᄒᆞ면 魚肉生民과 販賣君國ᄒᆞᄂᆞᆫ 行爲가 有ᄒᆞᆯ 것이오, 團體ᄂᆞᆫ 能爲ᄒᆞ나 敎育이 無ᄒᆞ면 完全鞏固이 不能ᄒᆞᆯ 것이오 實業은 發達ᄒᆞ나 敎育이 無ᄒᆞ면 自己의 私益만 思ᄒᆞ고 國家의 公益을 不圖ᄒᆞᆯ 것이오 且 武備와 政治法律과 團體와 實業은 何로부터 生ᄒᆞᄂᆞᇁ. 必敎育으로부터 生ᄒᆞᆫ다 ᄒᆞᆯ지로다. 然則 敎育은 如何ᄒᆞᆫ 事業에든지 急務라 今日에 在ᄒᆞ야ᄂᆞᆫ 尤爲急務니 故로 先히 敎育을 普及케 ᄒᆞ야 子가 되야 父의케 孝ᄒᆞ며 臣이 되야 君의게 忠ᄒᆞ며 民이 되야 國을 愛ᄒᆞ며 官이 되야 民을 愛ᄒᆞᄂᆞᆫ 等 道德을 養成ᄒᆞᆫ 後에 各各 其業務에 就ᄒᆞ여야 能히 其 目的에 達ᄒᆞᆯ지오 危가 變ᄒᆞ야 安이 되며 慘이 變ᄒᆞ야 樂이 되며 劣이 變ᄒᆞ야 優가 되며 弱이 變ᄒᆞ야 强이 되리니 今日 急務ᄂᆞᆫ 第一敎育이니 一般國民은 此를 當先ᄒᆞᆯ지니라.[71]

위의 글은 김규승이 쓴 "今日之急務ᄂᆞᆫ 當何先고"라는 제목의 글이다. 이 글을 보면, 같은 질문을 던지고 답을 하는 일종의 문답체 형식, 혹은 여러 사람과 대화를 하는 듯한 대화체를 사용하고 있음을 알 수 있다. 가장 급무가 무엇이냐는 물음에 대해서 각자 무기 준비, 정치법률, 단체 조직, 실업 발달 등 혹자들의 답을 던지고 있다. 그러나 필자는 교육

---

71 本校學員 金奎承, '敎育部'「今日之急務ᄂᆞᆫ 當何先고, 一時間作文」, 『서우』 16호, 1908.3.1, 10~11면.

이 먼저라 대답하며 교육을 먼저 보급하여 자식이 부모에게, 신하가 임금에게, 백성이 나라에, 관리가 백성에게 각각 그 업무를 능히 할 수 있다고 그 근거를 들고 있다. 이는 결국 보통 교육의 확대를 의미하는 것으로 아래로부터 위로의 교육을 주장한다고 볼 수 있다.

(가) 古人이 有言曰苦者는 樂之種이요 富貴는 懈怠之母라 ᄒ니 旨哉라 此言이여 吾人이 實銘心佩服ᄒ 者로다. 人生斯世ᄒ야 富貴貧賤과 安逸困難의 境遇가 各自不同ᄒ으로 懈惰勤勉의 心志와 剛勁柔軟의 體質이 亦異ᄒ지라. 試觀ᄒ건ᄃᆡ 富貴家의 子弟ᄂᆞᆫ 自幼至長에 甘旨之味가 其口를 悅케 ᄒ며 輕暖之衣가 其身을 便케 ᄒ야 優遊度日에 安逸을 自適ᄒ고 且其門閥을 誇ᄒ며 財産을 恃ᄒ야 驕傲自足ᄒ니 心志가 懈惰ᄒ고 體質이 柔軟ᄒ야 一事를 不做ᄒ고 一生을 虛送ᄒ니 엇지 人格의 成績이 有ᄒ리오 若夫貧賤困苦中에 生長ᄒᆫ 者ᄂᆞᆫ 許多經歷이 其心志를 堅固케 ᄒ며 其體質을 剛勁케 홈이 歲寒의 松柏과 百鍊의 金鐵과 如ᄒ야 百挫不屈ᄒ고 萬折不回로 完全ᄒ 人格을 成ᄒ고 非常ᄒ 事業을 發表ᄒᄂᆞᆫ 故로 困難者ᄂᆞᆫ 吾人에 對ᄒ야 嚴正ᄒ 教師인 쥴노 認ᄒ노라.[72]

(나) 夫木은 霜雪을 經ᄒ 後에 大材를 成ᄒ고 鑄은 鍛鍊을 經ᄒ 後에 良器를 成ᄒᄂᆞ니 吾人의 材器成就도 반다시 困難의 經歷을 由홀지라 蓋安逸은 人情의 所樂者오 困難은 人情의 所惡者이나 安逸之習은 人의 心志를 懈怠케 ᄒ며 體質을 軟弱케 ᄒ야 學問上에ᄂᆞᆫ 刻苦工夫를 不肯ᄒ며 事業上에ᄂᆞᆫ 冒險勇

---

72 本校學員 姜振遠, '教育部'「困難者ᄂᆞᆫ 嚴正之敎師, 一時間作文」,『서우』16호, 1908.3.1, 13면.

進을 不能ᄒᆞᄂᆞ니 然則 安逸者ᄂᆞᆫ 害人의 鴆毒이라 謂ᄒᆞᆯ지로다. 歷觀古今컨ᄃᆡ 學問家의 賢哲이며 功名家의 英雄이 皆許多困難을 經歷ᄒᆞᆫ 後에 非常ᄒᆞᆫ 成蹟을 發表ᄒᆞ야스니 蘇秦은 刺股流血의 困難으로 由ᄒᆞ야 合從六國의 聲譽ᄅᆞᆯ 博得ᄒᆞ고 范仲淹은 畫粥糊口의 困難으로 由ᄒᆞ야 經濟天下의 功業을 成立ᄒᆞ얏스며 彼西洋諸國에 政治家와 哲學家의 歷史를 觀ᄒᆞᆯ지라도 其微少時에 或靴工의 賤業을 執ᄒᆞᆫ 者도 有ᄒᆞ며 或活版의 苦役을 服ᄒᆞᆫ 者도 有ᄒᆞ며 或牧羊田間에서 崛起ᄒᆞᆫ 者도 有ᄒᆞ니 此ᄂᆞᆫ 一生經歷의 困難이 其志氣를 堅剛케 ᄒᆞ며 其智識을 增長케 ᄒᆞᆫ 效力이니 故로 曰 困難者ᄂᆞᆫ 吾人을 益督ᄒᆞ며 鑄造ᄒᆞᄂᆞᆫ 嚴正之敎師라 ᄒᆞ노라.[73]

(가)와 (나)는 "困難者ᄂᆞᆫ 嚴正之敎師"라는 제목으로 쓴 글로, (가)는 본교학생 강진원이, (나)는 본교학생 이병관이 저자이다. 역시 앞서와 마찬가지로 "一時間作文"이라 표기되어 있어서 같은 주제로 수업 시간에 작문을 한 것으로 보인다. 이 두 글에서 필자들은 각각 서사적 방식을 활용하고 있다. (가)에서는 부귀한 집안과 가난한 집안의 비유를 들고 있고, (나)에서는 역사 상황에 빗대어 설명한다. 즉 자신의 논지를 위해 비유나 예화 등을 활용하고 있는 것이다.

(가)에서는 부귀한 집의 자제를 통해 그들이 부유한 집안에서 자라 제대로 얻는 것도 없고 배움도 적은 데 반해, 가난한 집의 자제는 그 허다한 경험 속에서 의지가 굳어지고 굳건해져서 단련된다고 설명한다. 즉 두 집안의 비유를 통해 대조하며 결국 지금 겪는 나라의 곤란은 자

---

[73] 本校學員 李炳觀, '敎育部'「困難者ᄂᆞᆫ 嚴正之敎師, 一時間作文」, 『서우』16호, 1908.3.1, 13~14면.

신들을 더욱 강하게 해줄 교사임을 설명하고 있는 것이다.

(나)의 경우에는 다양한 역사적 인물의 예를 가지고 와서 곤란, 혹은 어려움을 당하며 성장한 경우를 설명하고 있다. 소진蘇秦과 망중엄范仲淹의 예를 들어 곤란함을 통해 나라를 연합하고 통일한 이들을 내세우고 있다. 또한 서양제국들의 정치가, 철학가의 역사를 보더라도 어린 시절 구두공의 천한 직업을 가진 자도 있고, 활판의 고역을 한 자도 있으며, 소와 양을 키우며 성공하여 이름을 떨친 자들도 있다며, 이러한 모든 곤란이 소년을 성장하게 한다고 설명한다.

이러한 예들을 살펴보면, 『서우』는 유학생과 같은 지식 독자층뿐만 아니라, 서우학회에서 공부하는 어린 학생들까지 글을 실어줌으로써 독자와의 소통을 도모했다. 또한 이 학생들의 글쓰기 연습에는 대화체, 비유, 예화 등 다양한 서사적 장치들을 활용하고 있음을 확인할 수 있다. 결국 이러한 면은 『서우』라는 학회지가 역사, 문학적인 다양한 글을 싣고 있으면서 이러한 글을 통해 '읽기'를 교육함과 동시에 '글쓰기' 역시 연습시키고 있다는 것을 확인할 수 있다. 또한 이러한 '읽기'의 연습과 '글쓰기'의 실험은 새로운 문학이 태동하는 과정으로서 존재하며 새로운 독자들 역시 준비시키고 있었음을 짐작할 수 있게 한다. 이는 『서우』가 교육 운동을 실현화하는 과정에서 새로운 교육의 효과와 방법, 규모를 고민하고 있었음을 반증하는 결과이기도 하다. 즉 1호에서 박은식이 언급했던 『서우』의 잡지적 역할에 대해 『서우』 스스로 그 방법을 모색하고 있었음을 보여주고 있다.

4) 자기 고백의 서사와 계몽의 경계

그렇다면『서우』의 정체성, 즉 수직적 계몽 운동과 수평적 소통에 대한 방법의 탐구라는 노력 속에서 서사 장르는 어떻게 잡지 속에 스며들고 있는지 살펴볼 필요가 있다.『서우』1호에서 17호까지는 아직까지 서사 장르를 다루는 부분이 따로 존재하지 않았다. 그러나『서우』와 비슷한 시기에 발간되고 있던 관서지역 출신의 일본 유학생들이 만든 태극학회의 학회지『태극학보』의 경우는 12호(1907.7.24)부터 '문예文藝' 란이 생기면서 일반적인 산문과 문예가 분리되고 있었다.[74] 사실『서우』에는 따로 문예란이 있기보다는 '인물고人物考'를 통해 역사 전기를 다루거나 '아동고사我東故事' 등을 통해 고적이나 전설 등을 싣고 있었다.

〈표 5〉『서우』'雜俎'란의 주제별 분류

주제	개수
신사상	15
정치, 헌법	15
교육, 구습타파	11
산업	7
유학생, 청년	5
서사 관련	5
제국주의	4
애국계몽	4
외국 역사	4
국문, 한자 관련	3
서우학회 관련	2
신문	2
한국 역사	1
총계	78

---

74 『태극학보』에서 처음 '문예'란이 생긴 시기는『서우』8호(1907.7.1)가 간행된 시기와 유사하다.

그 외의 일반 산문 혹은 서사 관련 글들은 대체로 '잡조雜俎'란에 실렸다.

『서우』1호에서 17호까지 실린 글의 전체 개수는 총 788개였다. 그 중 '잡조雜俎'는 가장 많은 글이 실렸는데, 총 78편의 글이 게재되었다. 문학과 연관된 표제의 글 개수를 보면, '사조詞藻'가 28편, '아동고사我東故事'가 24편, '문원文苑' 17편, '인물고人物考'가 16편, 애국정신담 4편 등이 실렸다. 78편이 실린 '잡조雜俎'의 경우, 주제별 분류를 보면, 신사 상이나 정치, 헌법 등에 관련한 사항들이 가장 많았다. 그다음으로 교육과 연관한 내용이 총 11편이었다. 이 외에도 서사적인 글과 연관된 글도 5편이 실려 있다.

〈표 6〉 '雜俎'란 서사 관련

호	발간일	표제	저자	제목	문체	서사유형
7	1907.6.1	雜俎	會員 恩岡生 鄭秉善	梅柳의 競爭論	구절형	우화
13	1907.12.1	雜俎	日本留學生 金炳億	看病論으로 憶同胞兄弟	구절형	대화체
14	1908.1.1	雜俎	日本留學生 金炳億	看病論으로 憶同胞兄弟(續)	현토+구절	대화체
14	1908.1.1	雜俎	長風生	米國大統領류스벨트氏	단어형	외국전기
16	1908.3.1	雜俎	大痴子	夢拜乙支將軍記	구절형	몽유

서사 관련 글은 위의 표와 같이 총 5편이다. 우화 1편, 몽유 1편, 대화체 2편, 외국 전기 1편이지만, 대화체는 연재된 것이기 때문에 실제로는 총 4편으로 보아야 한다. 이 가운데 일본유학생 김병억의 글에서 『서우』가 중간적인 매체, 즉 개인적인 고백의 형태와 집단적 고백의 형태를 모두 담지한 특징을 엿볼 수 있다. 이는 김병억이 일본 유학생이면서 『태극학보』에도 글을 실었던 인물이기 때문이기도 하다. 특히 김병억은 앞서 유학생과의 소통에서 언급했던 이달원이 『태극학보』를 읽고 보내온 글과 연관된 인물이기도 하다. 즉 정부지원이 끊어진 상황에

서 고학생들이 죽을지언정 끝까지 공부를 계속하겠다는 결의서에 이름을 올린 18명 중 한 사람이기도 했다.[75]

실제로 『서우』에 유학생의 글이 실릴 수 있었던 것은 앞서 언급한 대로, 독자 글쓰기를 통해 독자와 소통하고자 했던 『서우』의 편집과 연관이 있다. 처음부터 『서우』는 수직적 계몽 운동의 한 방법으로 국내 교육의 연계와 국외 교육에 대한 장려를 그 정체성으로 삼았다. 3절에서 살펴본 바대로, 국내 회원들이 유학생에 대한 염려나 기대를 담은 글을 싣기도 했고, 유학생 스스로 자신의 입장을 보내오기도 했다. 혹은 국내 학생의 졸업 또는 유학을 회원 소식이나 학계소식으로 알리기도 했다. 이러한 학회의 편집 분위기에서 유학생들 스스로 『서우』에 글을 보내오는 것은 매우 당연한 일이었을 것이다.

噫라 天民先覺과 大夢先覺은 古之伊尹孔明의 一大事業이로되 而今時局情況에 叏業艱難은 猶浮於伊尹孔明之世ᄒ고 昏衢長夜에 先覺事業은 愈急於伊尹孔明之作ᄒ니 此은 西友諸君子이 責任不重을 較之於伊尹孔明之列컨딘 未知誰古誰今也로다. 生은 菅豹酌蠡의 聞見도 無ᄒ고 鳹步鼴腹에 知識도 難ᄒ무로 萍水萬里에 形骸을 寓ᄒ야 但望美之歌와 榛筈之曲으로 彷徨乎天涯一方타가 嘆鍾子期不遇면 伯牙終身不復鼓琴이라 ᄒ야 慷慨之淚와 感發之情을 自不能勝일싀 尺楮縕縷로 遞達蘊私ᄒ노이다.[76]

김병억은 9호에도 '잡조'란에 「留學生 寄書」라는 글을 싣고 있다.

---

75 '雜纂' 「苦學生同盟趣旨書」, 『태극학보』 12호, 1907.7.24, 52면.
76 留學生 金炳億, '雜俎' 「留學生 寄書」, 『서우』 9호, 1907.8.1, 23~24면.

"슬프다, 천민선각과 대몽선각은 옛 이윤, 공명(제갈량)의 일대사업이로 되 지금 시국 정황에 험하고 힘든 상황은 오히려 이윤공명의 세상을 지 나치고, 어둡고 긴 밤에 선각사업은 이윤, 공명의 행함(作보다 더욱 급하 니 이는 서우제군의 책임이 크고 무거움을 이윤, 공명에 비교하여 보건 데 누가 옛날이고 누가 지금인지 알지 못하리로다"라고 하면서 지금 이 시국의 상황이 이윤과 제갈량이 일하던 그 혼란했던 시대와 유사하다 며 서우 회원들에게 나라를 위해 이윤과 제갈량처럼 일해주길 촉구한 다. 그리고 자신과 같이 견문도 지식도 없는 자가 시국을 슬퍼하고 방 황하다가 개탄하는 마음을 이기지 못하여 글을 보낸다며 서우학회가 더욱 확장되길 바란다.

사실 이 글도 개인적 소회와 감회가 적혀 있기는 하지만, 마지막 자 신을 소개하는 부분에서 간략하게 언급되고 있고, 전체적인 내용으로 는 교육을 통해 나라를 제대로 세우자는 것이 주된 요지였다. 그러나 13호와 14호에 걸쳐 실린 「看病論으로 憶同胞兄弟」라는 글에서는 좀 더 서사적인 영역으로 확장된다. 이 글의 내용은 크게 보면, '야스쿠니 신사 방문→병에 걸림(마음의 병)→의사의 진찰→의사와 대화 및 처 방→깨달음, 동포에게 고함'으로 이어진다. 이는 완전하다고 할 수는 없으나, 서사적 구성 즉 발단, 전개, 위기, 절정, 결말의 구조를 어느 정 도 이루고 있다.

지난해 가을에 나는 휴업의 여유를 얻어 여관근처에 소재한 靖國神社(야 스쿠니 신사)—야스쿠니신사는 일본동경 국정구 내에 있는 일본 열조장상 을 기리는 사당의 이름이라—에 산보하며 거니는데 사방을 돌아보니 굴나

무, 매화, 보리수, 등자나무(橘梅榕橙)에 어긋나 있는 종려나무는 칡덩굴 구름을 비쳐 부도탑에 푸르게 연파박말에 은근히 본 큰 자라[鰲鼈]는 분수돌을 넘어 날아 청류벽에 벽무 추는지라 내가 그 기이한 관경에 취하야 파초동오비파[芭蕉樟梧枇杷]의 숲을 헤치며 산국화, 목란의 향을 맡으며 죽하송경으로 신사전에 도착하니 새벽에 내리는 서릿발 같은 벽에 동액철권(銅額鐵拳)으로 눈을 부릅뜨고 질시하고 있는 선인에게 협산초해의 기상이 있는 것은 저 풍운 백전승패간에 아주 어렵고 힘에 겨운 수난을 당하여[赴湯焰火] 나라를 위하고 몸을 다한 문무반의 장상이오 마두삼쟁(馬頭森鎗)에 연기가 개지 않고 용의 껍질 같은 철판으로 만든 갑옷[龍鱗寶甲]에 혈혼이 아직 마르지 않은 것은 저 궁산 호혈낙목추에 축전추풍(逐電追風)하야 격사금포(擊射擒捕)한 큰 사냥꾼의 날카로운 무기라.[77]

「看病論으로 憶同胞兄弟」라는 글 서두, 즉 '발단' 부분에서는 지난해 가을 휴업을 한 후, 야스쿠니 신사靖國神社를 방문한 내용이 서술되어 있다. 그 당시 야스쿠니 신사는 전범 인물들이 합사되기 전으로 메이지 유신을 위해 목숨을 바쳤던 인물들을 제사지내기 위해 세운 신사였다.

---

[77] "余於客秋之月에 休業의 暇를 乘ㅎ여 旅館近邊地의 所在흔 靖國神社에 —靖國神社ᄂ 日本東京麴町區 內에 在흔 日本 歷朝將相의 遺像社名이라— 散步逍遙홀세 眸를 騁ㅎ야 四를 顧ㅎ니 橘梅榕橙에 繆錯흔 椶櫚ᄂ 薛蘿雲을 直射ㅎ야 浮屠塔에 靑遮ㅎ고 蓮波蒲沫에 隱見흔 鰲鼈은 噴水石을 飛越ㅎ야 淸流壁에 抃舞ㅎᄂ지라 余가 其 奇觀에 味ㅎ야 芭蕉樟梧枇杷의 林을 披ㅎ며 杞菊朝顔木蘭의 香을 襲ㅎ야 竹下松逕으로 神社殿에 至ㅎ니 曉霜釖壁에 銅額鐵拳으로 張目疾視ㅎ야 先人奪人에 挾山超海의 氣象이 有흔 者ᄂ 彼風雲百戰勝敗間에 赴湯焰火ㅎ야 爲國輪身흔 文武班의 將相이오 馬頭森鎗에 腥烟이 不霽ㅎ고 龍鱗寶甲에 血痕이 未乾者ᄂ 彼窮山虎穴落木秋에 逐電追風ㅎ야 擊射擒捕흔 大獵手에 銳器也라".(日本留學生 金炳億, '雜俎」「看病論으로 憶同胞兄弟」, 『서우』 13호, 1907.12.1, 33~34면)

즉 '나'는 야스쿠니 신사는 개화와 개혁을 위해 목숨을 바쳤던 인물들을 만나게 된 것이다. 험난한 시대에 나라를 위해 목숨을 바친 인물들의 기상과 갑옷에 여전히 묻어 있는 혈흔을 보며, 날이 저물 때까지 '나'는 나라를 구하는 대장부의 기상을 느끼게 된다.

(가) 유리반 팔각상에 몸에 좋은 반찬을 대함에 삼시일미가 입이 쓰고 이가 시려 쓸개를 맛보는 것과 비슷하매, 밥을 물리고 책상에 의지하야 서쪽을 바라며 슬퍼하니 득득몰몰(得得沒沒)에 비상한 사상은 영대상에 교전하고 열렬도도(烈烈熖熖)에 부허한 심열은 기우 간에 망작하니 마침내 버릴 수 없는 중이라.

이에 슬퍼하며 노래하여 스스로 돌아보고 스스로 칭하여 이르기를 음식을 먹기에 제왕의 은택(帝力)을 알지 못하니 나는 요순의 백성인가. 하늘을 우러르고 앙망하여 몸이 다하도록 오래 근심해도 죽고 난 후에는 우부의 이름을 벗어나지 못하고, 오랑캐를 관리하는 수단으로 협사궤우(挾詐詭遇)하야 광제책(匡濟策)을 시도할지라도 대포 일성에 왕백의 도는 땅에 떨어지고 소진(蘇秦)의 合縱術(합종술)로 산동국에 유설하야 형제의 이름을 동맹단에 쓸지라도 그뿐이라.[78]

---

78 "琉璃盤八角床에 滋養膳을 對홈에 三匙一味가 口苦齒酸ᄒᆞ야 酷肖嘗膽일싀 退食靠案ᄒᆞ야 怊悵西望ᄒᆞ니 得得沒沒에 非常혼 思想은 靈臺上에 交戰ᄒᆞ고 烈烈熖熖에 浮虛혼 心熱은 氣宇間에 妄作ᄒᆞ야 終不能遣之中이라 仍嗚呼而歌ᄒᆞ야 自顧自謂日鑿飮耕食에 帝力을 不知ᄒᆞ니 我是堯舜之氓歟아 南柯蟻穴에 春夢을 未罷ᄒᆞ니 抑亦烏有之民歟아 仰戴杞天ᄒᆞ야 終身抱憂라도 死後ᄂᆞᆫ 愚夫의 名을 未免이오 管夷吾의 手段으로 挾詐詭遇ᄒᆞ야 匡濟策을 試홀지라도 大砲一聲에 王伯之道墜地ᄒᆞ고 蘇秦의 合縱術로 山東國에 遊說ᄒᆞ야 兄弟의 名을 同盟壇에 書홀지라도 己矣라".(위의 글, 34면)

(나) 우연히 하늘을 우러러 크게 웃다가 홀연히 방성통곡하며 또한 따르다 일어나니 건곤에 의지하여 길게 읊조리다가 숙연히 땅에 넘어져 엎드려 전광(癲狂, 정신에 이상이 생긴 병증)에 이르니 주야에 고통으로 부르지는 것이 이에 일주간이라. 부인의 죽음과 삶이 혹 태산에 중히 있고 또한 기러기의 털보다 가벼우니 나 같은 의지할 데 없는 자는 이에 소털에 불과하고 백영의 일엽이라.[79]

'전개' 부분에서는 '나'가 병에 걸리는 내용이 등장한다. 야스쿠니 신사를 다녀온 후, '나'는 전광癲狂 즉 신경 쇠약 혹은 정신 광증에 걸리고 만다. 쓸개를 맛보는 듯해서 식음을 전폐하며 더욱더 병증이 심해지게 된다. 그러나 이것은 단순한 병증이 아니라 '발단' 부분에서 나온 야스쿠니 신사 방문과 밀접한 관계가 있다. "西望"과 "帝力을 不知ᄒ니"라는 말들은 결국 나라를 걱정하는 마음에서 비롯된 것이다. 결국 자신은 미약할 뿐, 이리 근심한다 해도 우부일 뿐이라며 또한 자학하고 있다. 이는 시대에 대한 불만과 근심, 그리고 스스로 큰일을 해내지 못하고 있는 데 대한 자학이 결합하여 만든 병인 것이다.

비록 한 번의 삶[一生]은 없고 만 번의 죽음[萬死]만 있을지라도 세상에 경함과 중함이 없고 타인에 손실과 이익이 없건마는 그러한즉 구구정욕이 그 죽음을 미워하여 그 삶을 구하는 것은 어찌 타인을 위하여 일하다 죽을지

---

79 "偶然히 仰天大笑라가 卒然히 放聲痛哭ᄒ며 又 從而起ᄒ야 倚乾坤而長嘯라가 俶然히 搏地蹶伏ᄒ야 至於癲狂에 晝夜叫苦가 乃一週間이라 夫人之死生이 或 有重於泰山ᄒ고 亦有輕於鴻毛ᄒ니 如我無似者ᄂ 乃九牛之一毛요 百影之一葉이라".(위의 글, 35면)

언정, 금일 병중으로 죽을 수는 없다 하여 몸을 돌려 포복하야 의원을 사방에서 구하고자 할새, 의원이 진찰하고 부침하여 수차례 맥을 짚으며 표리의 근본을 관련하여 거울로 비추고 묵언양구 하다가 나를 돌아보고 말하기를 나는 일찍이 유학하여 의학에 입문하여 청낭보결(靑囊寶訣, 중국 후한 말기의 이름난 의사인 화타가 지은 의서) 수세(壽世)하는 면과 단사령액(丹砂靈液)에 장생하는 기술을 끊이지 않고 연구하고 태서 열방에 수차례 유학하여 각 대가 스승의 오묘한 이치와 해괵속골(解膕續骨)에 비밀한 기용(도구)에 대한 기초를 쌓고 궁구하야 이에 종사한 지가 이제 오십여 년에 병자의 경험이 천만이로되 동서에 절무한 별종의 증상은 지금 군에게 처음 보는 것이로다.(미완)[80]

'위기' 부분에서는 '나'가 살기 위해 의사를 찾는 내용이 등장한다. 거의 죽어가는 와중에 타인을 위한 죽음이면 몰라도 병사할 수는 없다는 생각에 결국 의사를 찾게 된다. 그런데 이 의원은 의학에 입문한 지 오십여 년으로 유학까지 하며 신의학을 공부한 사람이었다. 태서 열방에 가서 유학하며 공부하고, 온갖 이치를 궁구하여 실제로 병자를 경험한 것이 천만이라고 설명한다. 그러한 의원조차 '나'의 병증은 처음 보는 것으로 별종이라 칭한다. 즉 이 부분까지만 보면, '나'가 타국에서 유학하

---

80 "雖無一生而有萬死라도 於世에 不爲輕重이오 於人에 不爲損益이연마는 然區區情欲이 惡其死ᄒᆞ야 要其生者ᄂᆞᆫ 寧爲他日事上死연뎡 不爲今日病中死라 ᄒᆞ야 轉身匍匐ᄒᆞ야 就醫求方ᄒᆞᆯ세 醫者也診察浮沉數溢之脈ᄒᆞ며 鑑照表裡縢本之關ᄒᆞ고 默然良久라가 顧余而言曰 余嘗遊學醫門ᄒᆞ야 靑囊寶訣에 壽世ᄒᆞᄂᆞᆫ 万과 丹砂靈液에 長生ᄒᆞᄂᆞᆫ 術를 無遺研究ᄒᆞ고 泰西列邦에 卄載遊學ᄒᆞ야 名師大家에 奧妙ᄒᆞᆫ 理致와 解膕續骨에 秘密ᄒᆞᆫ 器用을 築底揣悉ᄒᆞ야 從事于玆가 伊今五十餘年에 病者之經驗이 千且萬焉이로되 東西에 絶無ᄒᆞᆫ 別種의 症祟ᄂᆞᆫ 今於君에 初見이로라.(未完)"(위의 글, 35면)

다가 병을 얻어 죽는 것으로 분위기를 몰아가는 듯이 보이기도 한다.

흥미로운 것은 이 부분에서 "未完" 표시와 함께 내용이 끊어지고 다음 호에서 계속되고 있다는 점이다. 연재를 의도했지는 알 수 없으나, 절묘하게 끊어지고 있는 것으로 볼 때, 어느 정도 의도성이 있는 것으로 보인다. 즉 다 죽어가는 유학생의 모습으로 첫 편이 마무리되고, 이를 통해 일종의 반전을 경험하게 하는 것이다. 오십여 년 동안 천만 건 이상의 환자를 본 실력 있는 의사가 처음 보는 별종의 병이라는 것은 더 이상 가망이 없다는 분위기를 보여주는 것이기도 하다. 분명 독자들이 흥미롭게 읽어나갈 수 있는 부분이라 할 수 있다. 특히 그 당시 서우학회 지역 학생들이 일본에 유학을 많이 갔던 상황을 본다면, 남의 일이 아닐 수도 있다. 따라서 이는 '다음 호의 계속' 기법처럼 궁금증을 유도하고 있다고도 할 수 있다.

(다) 내가 말하기를 그러하다. 무릇 동서종횡 천만리와 한열 온도 차이가 삼백 도(도수가 삼백 도라고 이른 것은 그 수를 이룬 것을 들어 말한 것이다)에 산천이 서로 다르고 산천이 서로 다르므로 풍기가 같지 않고 풍기가 같지 않으므로 인수(人數)가 같지 않고 인수가 같지 않으므로 그 음식, 의복, 궁실의 거처가 각기 서로 같지 않고 음식 의복 궁실의 거주가 각기 서로 같지 않으므로 풍한서습(風寒暑濕)에 감촉의 정과 위비폐장(胃脾肺臟)에 소체(消滯, 체한 음식물을 삭여 내려가게 함)의 증상이 또한 큰 차이가 있으니 이는 형세요, 이치라. 그러한즉 지금 내가 탈(병)을 얻은 것은 어찌 임무불복이 아니고, 고통이 독을 얻은 데 이른 것이 아니겠는가.[81]

(라) 의사가 말하기를 아니라. 이런 이유가 아니라. 내가 말하기를 그러한 즉 청하기를 선생의 간증으로써 완전한 좋은 약제를 빌리고자 하노이다. 의사가 말하기를 아니라. 벗어나 화련으로 다시 소생하여 인삼과 감초, 대포환에 쓸개, 담, 뇌에 약제를 더하고 구증구포(九蒸曝)로 오래 복용할지라도 다만 그 약을 버리는 것이요 반드시 무익할 뿐이리라. 보건대 군의 병이 군에게 있으매 약 또한 군의 몸에 있으니 군은 그 병이 나음을 구하고 스스로 다스릴지어다 하고 오직 진찰금 십 원으로 내게 빚을 갚고 물리라.[82]

(다)와 (라)의 내용은 「看病論으로 憶同胞兄弟(續)」으로 다음 호 즉 14호에 연재된 부분이다. 이 부분은 앞 호에 연계되어 위기 부분이 전개되고 있는데, '나'는 자신의 병이 유학, 즉 타국으로 와서 얻은 병, 다시 말해 지역이 낯선 곳이고 음식이 몸에 맞지 않아 생긴 병으로 알고 설명한다. 그러나 (라)의 의사의 말을 보면, 그것이 아니라고 대답한다. 의사의 말을 듣고서도 '나'는 좋은 약제로 치료해 달라고 하지만, 의사는 아무리 좋은 약도 듣지 않고, 무용지물이라며 이 역시 거절한다. 그러면서 '나' 안에 병도 약도 모두 있으니 스스로 다스려 나으라

---

81 "余曰 然ᄒ다 夫東西縱橫千萬里와 寒熱相迫三百度(度數之云三百度ᄂ 擧其成數而言耳)에 山川이 相殊ᄒ고 山川이 相殊홈으로 風氣不同ᄒ고 風氣不同홈으로 人數不齊ᄒ고 人數不齊홈으로 其 飮食 衣服 宮室之居가 各有相左ᄒ고 飮食 衣服 宮室之居가 各有相左홈으로 風寒暑濕에 感觸之情과 胃脾肺臟에 消滯之症이 亦有遞庭ᄒᄂ니 此ᄂ 勢也며 理也라 然則今余之所以得崇者ᄂ 豈非壬戊不服에 苦致受毒者與아".(日本留學生 金炳億, '雜俎' 「看病論으로 憶同胞兄弟(續)」,『서우』14호, 1908.1.1, 25면)

82 "醫者曰否라 非此之由也니라. 余曰 然則 請以先生之看症으로 一借萬全之良劑ᄒ노이다. 醫者曰라. 脫使華扁으로 復生ᄒ야 人蔘甘草大補丸에 膽竺砂腦加減劑로 九蒸曝而長服이라도 徒能棄其藥이요 必徒無益이리라. 竊觀컨된 君之病이 在於君에 藥亦在於君之身ᄒ니 君其求諸已而自治焉이어다 ᄒ고 惟以診察金 十圓으로 責余而推之라."(위의 글, 25면)

며, 진찰료 십 원을 내고 가라는 선문답과 같은 답을 던진다.

이는 위기에서 보통 등장하게 되는 반전이라 볼 수 있다. 첫 편에서
는 50여 년 만에 처음 보는 별종의 병이라 했으나, 그다음 편에서는 스
스로 다스릴 수 있다며, 진찰료만 받고 약은 주지 않겠다고 한다. 이는
결국 전편을 본 독자들의 기대와 어긋나면서 다양한 흥미를 유발하는
부분이라고도 할 수 있다.

　　(마) 나는 본국에 있을 때부터 약성본초에 반행서도 읽지 않은 자라 감히
　　청하노니 그 병증의 여하와 스스로 치료하는 방법을 상세히 듣기를 원하노
　　라. 의사가 말하기를 좋다. 군의 병세가 오늘에 이르렀으되 그 종래로부터
　　멀어진 바라. 무릇 천황씨 지황씨 흥하고 멸하는 것은 군의 견물을 식견이
　　좁게 만들고 주서의 주고, 강고, 반경락고(周誥康誥盤庚洛誥)는 군의 문장
　　을 난삽하고 굽게 하고 "원형리정 천도지상(元亨利貞 天道之常)"은 군의 사
　　상을 일어나지 못하게 하고 시부표책(詩賦表策)의 풍근월부(風斤月斧)는
　　군의 정신을 가죽을 벗기고 살을 떼어내게 하며[割剝] 신구약(新舊約)에 고
　　맹됨은 공자왈, 맹자왈에 이단의 구풍에 열림이오. (…중략…) 非我者를 척
　　하는 자만자의 병폐(폐단)이오 호흡에 기가 불평하고 좌작에 발이 찢어짐은
　　권리세가주문하에 압제를 받은 여독이오. 미첩이(眉睫) 항상 떠 있고 눈동
　　자가[眸子]가 정하지 않음은 경향관문간에 출입함에 다투는 무리가 나누어
　　진 악습이라.[83]

<hr />

[83] "余는 自在本國으로 藥性本草에 半行書도 不讀ᄒᆞᆫ 者라 敢請ᄒᆞ노니 其 症祟之如何와 自治
之方法을 詳細願聞ᄒᆞ노라. 醫者曰 然ᄒᆞ다. 君之病勢ㅣ 作於今日이로되 其 所從來遠矣라.
夫天皇氏地皇氏興也賦也ᄂᆞᆫ 君의 聞見을 鄙陋케 ᄒᆞ고 周誥康誥盤庚洛誥ᄂᆞᆫ 君의 聱牙를
拮屈케 ᄒᆞ고 元亨利貞 天道之常은 君의 思想을 不起케 ᄒᆞ고 詩賦表策의 風斤月斧ᄂᆞᆫ 君의

(바) 그러한즉 군의 이 증상은 력절담체(癧節痰滯)에 이상이 오고 곽란 증(藿亂, 체하여 심장, 배가 아프며, 구토가 나고 춥고 열이 나 어지러운 병) 이 온 것은 습관에 뿌리가 있어 겸하여 의지하는 병이 재차 바뀌어 절망병이 된 것이니 현금 신세계에 몸조리를 잘하지 못하여 생긴 통증이요 또 그 종류 성질이 일신의 상해를 할 뿐 아니라 미류에 이르러서는 전염으로 바뀌어 세 계에 큰 병이 되리니 군은 매우 깊이 반성하여 조치하라. 무릇 이 병의 자치 방법은 가루약 가운데[刀圭之間, 병 고치는 기술]에서 구할 필요가 없고 마 땅히 여관으로 돌아가 차가운 수석 위에 진피의 티끌을 세척하고 책상에 무 용한 옛 책을 파하고 뭉근하고 세찬 불[文武火]에 태운 후에 바람을 막고 머물러 그 마음을 평안케 하라.[84]

(마)와 (바)는 절정 부분에 해당하는 것으로 '나'가 의원의 답에 황 망해 하는 장면이다. '나'는 의원의 말에 한참 침묵했다가 결국 재차 묻 게 된다. 답해 달라는 말에 의원은 그 병증의 중심을 구습, 혹은 오랜 유교적 관습과 교육에 있다고 본다. 따라서 '공자 왈 맹자 왈'이 '나'를 병들게 하고, "원형리정 천도지상元亨利貞 天道之常" 등의 유교적 교육이

精神을 割剝케 ᄒ고 新舊約에 瞀盲됨은 孔子曰 孟子曰에 闢異端之舊風이오 (…중략…) 出脚에 人掩鼻ᄂᆞᆫ 某公孫某公泒에 新舊鄕之腐臭오 視不見聽不聞에 大頸强舌最所憎은 勝 己者를 嫌ᄒ고 非我者를 斥ᄒᆞᄂᆞᆫ 自慢者의 痼瘼이오 呼吸에 氣不平ᄒ고 坐作에 足常栗은 權利勢家朱門下에 受壓制之餘毒이오 眉睫이 常浮ᄒ고 眸子不正은 出入京鄕官門間에 粉 競輩之惡習이라."(위의 글, 26면)

84 "然則 君之此症은 異於癧節痰滯藿亂之疾而根於習慣ᄒᆞ야 兼依賴之崇而再轉而爲絶望病 也니 現今 新世界에 失攝之回痛이오 且其種類性質이 不啻爲一身之傷害라 至於未流ᄒᆞ야 ᄂᆞᆫ 易於傳染ᄒᆞ야 爲世大患ᄒᆞ리니 君其猛省而調治焉ᄒᆞ라. 夫此症之自治方法은 不必求於 刀圭之間이오 當歸旅館ᄒᆞ야 寒水石上에 洗滌陳皮之積塵ᄒ고 蛇床子에 無用ᄒᆞᆫ 破故紙를 文武火로 燒之後에 防風而處ᄒᆞ야 以安其心ᄒᆞ라."(위의 글, 27면)

'나'의 사상을 키우지 못하고 억압하고 있다고 설명하는 것이다. 그러한 모든 구습과 폐단이 '나'의 온몸 구석구석 병으로 자리 잡고 있다고 하나하나 짚어내려 간다.

그러면서 그 의원은 (바)에서 이에 대해 스스로 치료하는 법을 알려 준다. 예전 교육과 구습이 만든 절망병을 없애기 위해서는 약이 필요한 것이 아니라 그 구습과 폐단을 직접 없애는 방법을 택하라고 한다. 즉 옛 서적을 없애고 불에 태워버린 후 마음에 평안을 누리라고 해답을 제시한다. 결국 당대 청년을 병들게 하는 것은 유교적 교육과 구습, 폐단이었고, 그 때문에 유학생들과 청년들이 고통받을 수밖에 없다는 것이다.

이 말을 듣고 깨닫게 된 '나'는 "良哉라. 醫師여. 賢哉라. 醫師여. 高明哉라 醫師여"라며 그의 말에 카타르시스를 느끼면서 감격적인 응답을 한다. 진실로 정확하게 자신의 병증을 맞추었고, 또 해결 역시 확실하므로 현명한 의원이라며 극찬을 마지않는 것이다. "陳謝退館ㅎ야 踐行醫言에 越三日而庶幾平復ㅎ니 然則 余는 先病者라"[85]라고 하여 이후 여관으로 돌아가 의원의 말대로 실천하자 사흘 후 건강을 회복했다며, 자신이 먼저 병든 자였다고 고백한다.

국내의 소식을 들어보니 소위 이 증세가 혹 세간에 유행이라 하니 그 과연 그러한가. 물리치고 또한 그것을 전하는 것은 잘못된 것인가. 만약 병이 동포에게 있음에 통증은 내 마음에 있는 것이라. 운산만리에 정에 매여 연연하니 안심탕 일방으로써 멀리 있으면서 서로 연민하노니 오직 우리 동포는 일

---

85   위의 글, 27면.

차 시용하시고 이 천기점한한 때에 천만 진중히 여겨 순탄평안하여 건강하옵소서 우리 동포를 생각함이여, 즐거워도 또한 동포이며, 근심해도 또한 동포이며, 멀리 있어도 또한 동포이며, 가까이 있어도 또한 동포이며, 귀해도 또한 동포이며, 천해도 또한 동포이며, 부해도 또한 동포이며, 가난해도 또한 동포이며, 현명해도 또한 동포이며, 어리석어도 또한 동포이니 동포 동포 우리 동포를 생각함이여 이리 가더라도 그와 더불어 같고 이리 오더라도 그와 더불어 같을지라. 아아 우리 동포여 옛적에 그 병후에 송유가 말하기를 병든 뒤에 약을 구하기보다 병들기 전에 스스로 막는 것이 더 낫다고 하였으니 이 말이 심히 가까운지라. 나는 오로지 이를 깊이 바라느니라. 아 우리 동포여 천만 진중이어다.(완)[86]

사실 앞서 인용했던 절정 부분에서 마무리 짓게 된다면 이 글은 '개인적 고백의 서사'로 끝을 맺을 수 있었을 것이다. 자신이 겪은 일, 혹은 한 개인, 한 유학생이 겪은 일과 사건의 발생, 그리고 의사와의 대화를 통해서 깨닫게 된 상황까지 그 당대 유학생 단편들과 유사한 면을 보여주기도 한다.

그런데 이 글에서는 위의 인용문처럼 '결말' 부분이 좀 더 등장한다.

---

[86] "比聞國內에 所謂 此症이 間或流行이라 ᄒ니 其 果然歟아 抑亦傳之者誤耶아 若爾則病在同胞에 痛在余心이라. 雲山萬里에 情係戀戀일식 玆以安心湯一方으로 遠表相憐ᄒ노니 惟我同胞는 一次試用ᄒ시고 際此天氣漸寒에 仟萬珍重ᄒ사 順攝健强ᄒ압쇼셔 惟我同胞여 樂亦同胞며 憂亦同胞며 遠亦同胞며 近亦同胞며 貴亦同胞며 賤亦同胞며 富亦同胞며 貧亦同胞며 賢亦同胞며 愚亦同胞니 同胞 同胞 惟我同胞여 往之라도 與之同ᄒ고 來之라도 與之同홀지어다. 嗟我同胞여 昔에 宋儒曰 與其病後能求藥으론 孰若病前選自防고 ᄒ얏스니 此說이 甚爲近似라. 余는 專此厚望ᄒ노이다. 唯我同胞여 千萬珍重이어다.(完)"(위의 글, 27~28면)

이러한 병증이 자신만의 것이 아니라는 자각, 즉 '절정' 끝 부분에서 설명했던 "선병자先病者"에 대한 대답이 바로 이 '결말' 부분인 것이다. 즉 '개인적 고백의 서사'에서 끝이 나는 것이 아니라 국내의 청년들까지 그 범위를 확장시키고 있다. 국내에도 이 병증이 유행하고 있다며, 고국에 있는 동포를 생각하여 자신의 깨달음을 전하고 있는 것이다. 심지어 이 병의 치유약을 스스로 "안심탕安心湯"이라 칭하며 이러한 마음의 병을 치유하라고 알려주고 있다.

이는 바로 개인의 고백으로부터 집단의 고백 즉 계몽으로 이어지는 중간적 매체로서의 특징을 그대로 보여주는 것이라 할 수 있다. 개인의 고백의 서사는 개인의 사적인 영역이라 할 수 있다. 이는 잡지의 특징이라 할 수 있으나, 근대계몽기 잡지는 특정 개인들만의 닫힌 공간이 아니었다. 즉 신문처럼 공공의 영역으로 확장하고자 하는 의지 역시 함께 담지하고 있었다. 따라서 개인적 고백의 서사라는 개인적인 영역에서 집단의 고백과 계몽이라는 공공의 영역으로 확장하며 이러한 경계의 서사를 보여주고 있는 것이다.

이러한 면은 『서우』라는 매체의 특징과도 병행된다. 개인적 고백의 서사와 공공의 참여를 제공하는 중간 매체로서의 그 경계의 역할을 『서우』가 담당하고 있었기 때문에 가능한 것이다. 자기 고백과 계몽의 경계, 사적인 영역과 공적인 영역이 섞여 드는 서사가 가능했던 이유, 다시 말해서 계몽의 영역, 공공에 머무르지 않고 개인적 고백의 서사가 개입될 수 있었던 이유는 유학생들의 서사가 직접 끼어들 수 있었기 때문이다. 이는 『서우』의 편집 전략, 혹은 정체성과도 이어지는 부분이다. 회원이 아닌 독자들의 글도 기서의 형태로 싣기 시작하면서, 또 독자와의 소통을 잡지가 적극적으로 지원하면서 부수적으로 얻게 된 효과이기도 하다.

또한 이는 서우학회의 지역적 특징과 일본 유학생회인 태극학회 학생들의 지역적 동일성에서 일차적인 접점을 찾을 수 있다. 이와 동시에 같은 지역의 인물들이 고국에서 타국으로 유학을 가거나, 혹은 유학을 갔다가 다시 자신의 지역으로 돌아오면서 이러한 서사가 혼성되는 것 역시 간과할 수 없다. 이것은 단순히 유학생 한 사람의 글이라고 치부될 것이 아니라 중간적 매체라는 근대계몽기 매체의 특징과 유학생들의 글쓰기가 끼어들면서 새로운 서사의 형태가 태동하게 된 것이라 할 수 있다. 완전한 근대문학이라 할 수는 없다 할지라도 근대문학으로 이행되는 과정에 놓여 있는, 또 그것을 향유하는 독자들이 생성되기 시작하는 하나의 도정으로서 이해될 수 있을 것이다.

실제로『태극학보』14호(1907.10.24) '문예文藝'에 실린 김낙영의 「한」이나 뒤에『대한흥학보』7호(1909.12.20) '소설小說'란에 실린 진학문의 「四疊半요죠오한」 등의 글과 어느 정도 상통하는 면이 있다. 김병억의 글이 아직 소설이라 칭할 수는 없다고 해도, 개인의 고백적 서사와 공공의 집단적 계몽 사이 그 경계에 머묾으로써 근대문학이 태동하고 있는 그 사이에 존재하고 있다고 할 수도 있을 것이다. 이후 이러한 개인의 고백적 서사가 강화되면서 유학생 단편소설들이 등장하게 된다고 볼 때, 우리의 근대문학, 근대소설은 이러한 과도기와 경계의 과정을 거쳐 형성되고 있었음을 확인해 볼 수 있다. 개인의 고백적 서사는 일상이라는 이름의 서사적 허구성과도 연계될 수 있다. 이것은 근대 초기 단편들에서 많이 발견되는 양식이기도 하다.『서우』라는 국내 잡지 속에서

한 인물의 일상 혹은 허구가 서사적으로 스며들고 있다는 것, 이러한 과도기의 서사물이 발견되고 있다는 것은, 근대의 서사물로 발전되는 과정, 혹은 근대문학으로 이행되는 과정을 여실히 보여주고 있다는 점에서 매우 중요하다고 할 수 있다.

5) 근대의 잡지 매체 – 혼성의 공간

근대문학의 성립 과정을 살피기 위해 매체와 텍스트, 그리고 독자의 '관계' 속에서 그 태동을 살펴보고자 하였다. 이를 위해 근대계몽기 잡지 중 가장 먼저 지역 학회지로서 자리를 잡은 『서우』를 중심으로 분석해 보았다. 『서우』는 제1호(1906.12.1)에서 제17호(1908.5.1)까지 발간된 학회지로, 평안남북도와 황해도를 중심으로 한 재경在京인사들이 주축이 되었다. 또한 15호(1909.2.1)부터는 함경도를 중심으로 한 한북학회와 통합하면서 더욱 확장되었다.

이러한 『서우』 학회지에는 다양한 독자들의 글들이 등장했다. 이는 편집진들이 '공함' 및 '기함'을 통해서 다양한 독자들과 교류하는 장을 열어두었기 때문이기도 했다. 이러한 상호교통의 방법은 『서우』 스스로 처음부터 상정했던 잡지의 정체성과 연관된다. 창간호에서 밝히고 있듯이 국내 학교의 부흥과 유학의 장려를 위해, 수직적인 계몽 운동을 펼치면서도 수평적인 독자 교류라는 방법을 제시하고자 했던 『서우』는 교육의 발전을 위해 잡지가 만들어졌으며, 잡지 스스로가 교육 방법의 진흥을 위해 그 방법을 모색해야 한다고 스스로 다짐했던 것이다.

처음의 다짐대로 『서우』는 교류할 수 있는 다양한 방법을 상정했고, 개인 혹은 학교 등의 단체 독자들이 서우학회를 격려하거나 기부를 하는 등 조금은 후원회 같은 분위기로 형성되었다. 또한 '기서'란을 마련하고 유학생들의 글이나 한북학회, 또 교남학회 회원들의 글도 받으면서 탈학회적인, 공공적인 영역으로 확장하고자 했다. 즉 단순히 지엽적이고 사적인 공간이 아니라 신문과 같이 좀 더 공공의 장으로서의 역할을 담당하고자 했던 것이다.

사적인 공간과 공적인 공간이 결합된 중간적인 매체로서, 『서우』는 독자들의 다양한 글들의 실험이 이루어지게 된다. 또한 이러한 실험은 문학적인 영역 특히 '서사'와 매우 밀접한 연관성을 가지고 있었다. 독자들의 글쓰기가 활발해지면서 독자들은 '읽기'로부터 '쓰기'의 영역으로 좀 더 다양하게 등장하게 된다. 애국가 가사류의 글을 지어보내기도 하고, 학회원들끼리 소통하거나 『서우』에 실린 글들을 보고 감회를 적어 보내기도 한다. 특히 서우 학교 학생들은 "一時間作文"이라는 이름으로 글을 실으면서 결국 학생들의 글쓰기 연습의 장이 되기도 했다. 이 가운데 학생들은 질문과 답을 이어가는 대화체 형식의 글, 비유 및 예화를 활용한 글 등 다양한 서사적 장치들을 활용하고 있었다. 이는 '읽기'의 연습과 '글쓰기'의 실험이 새로운 문학이 태동할 때 그 준비의 과정으로 존재하면서 독자들 역시 훈련시키고 있었음을 짐작할 수 있게 한다.

여기에 더 나아가 김병억이라는 유학생은 개인적 고백의 서사를 싣기도 했다. 서사적 구성을 담지한 이 글은 2번에 걸쳐서 연재되는데, 특이한 것은 위기의 부분에서 마치 '다음 호의 계속' 기법처럼 끊어 쓰고 있다는 점이다. 또한 이후 내용 구성상에서 개인적 고백의 서사에 다시 공공의 계몽이 첨가되어 중간 매체적인 성격을 그대로 보여주고 있다. 즉 개인적 감회의 글과 함께 동포와 나라를 걱정하며 계몽적 성격까지 담지하면서 개인적 고백의 서사와 공공의 영역 사이에서 그 경계적인 위치를 차지하고 있는 것이다.

이러한 측면에서 볼 때, 개인적 고백의 서사와 공공적인 영역의 계몽이 서로 혼성되며 얽혀드는 것은 근대계몽기 문학의 특징이라고도 할 수 있다. 이는 당대 학회지의 성격을 그대로 보여주는 것이기도 하다. 또한 이 개인적 고백의 서사가 강화되는 점은 이후 유학생 잡지 『대한흥학보』 등에 등장한 진학문과 이광수의 단편들에서 확인할 수 있다. 따라서 이러한 중간적인 매체, 또 그 가운데 개인적 고백의 서사와 공공의 계몽이라는 경계에 서 있는 서사들이 이후 근대문학이 태동하게 되는 그 과정 속에 등장한 것이라 볼 수 있을 것이다. 또한 이 가운데 독자들 역시 이 경계 속에서 근대독자로 준비되고 연습되고 있었다고 할 수 있을 것이다.

결국 첫째, 『서우』가 서북지역을 토대로 한 잡지였던 점, 둘째, 서북지역의 지식인들이 유학생으로서 일본에서 활발하게 학회활동을 했던 점, 셋째, 계몽적인 잡지로서 국내 지식인들을 교육하고자 했던 점, 넷째, 잡지의 역할이라는 차원에서 독자들, 필자들의 글을 실을 수 있도록 다양한 방법으로 창구를 열어둔 점 등이 이러한 새로운 서사물을 탄생시킬 수 있게 만들었다. 또한 이러한 다양한 서사물의 등장은 바로 근대계몽기 문학적 특징이라고도 할 수 있다. 외국 문학을 접한 유학생들의 글들이 유입되고 이전부터 존재하던 글쓰기와 섞여들면서 수많은 새로운 양식의 서사물들이 등장하게 된 것이다. 이 가운데 『서우』는 서북지역을 토대로 했기 때문에 더욱더 유학생들과의 교류가 활발했으며, 또한 국내와 일본 사이에서 교두보적 역할 역시 하고 있었음을 확인할 수 있다.

또한 '읽기'와 '쓰기'가 완전히 분화되기 전, '읽는 이'가 '쓰는 이'가 될 수 있었던 바로 그 시기에 잡지 매체는 그러한 통로가 되었으며, 『서우』역시 수많은 서사물들을 배태하고 있었다. 이렇게 근대계몽기에 양산된 다양한 서사물들은 새로운 문학, 근대문학을 추동해내는 역할을 담당하고 있었고, 다양한 글쓰기를 할 수 있었던 잡지 매체라는 공간을 통해서 '읽기'로부터 '쓰기'가, '읽는 이'로부터 '쓰는 이'가 서서히 분화되어가기 시작했다고 볼 수 있을 것이다.

제8장
동아시아의 매체적 경향과 독자층 비교

근대문학과 그 근대문학을 향유했던 독자를 연구하는 작업은 매체 연구와 더불어서 착실하게 진행되어 오고 있다. 그러나 근대독자의 지형도를 제대로 그리기 위해서는 좀 더 그 논의의 범위를 넓힐 필요가 있다. 같은 시기, 같은 상황에서 동아시아의 독자들은 근대라는 유입을 어떻게 받아들였는지 비교, 대조해 볼 때, 근대계몽기 조선의 독자층의 고유한 특징과 차별성을 정확하게 파악할 수 있기 때문이다. 이를 위해서 이 장에서는 마지막으로 동아시아의 매체적 환경을 비교해 볼 것이다. 일본과 식민지 조선에서 함께 번역된 소설을 중심으로 각각의 독자 반응을 비교·대조하고, 또 한·중·일의 번역문학을 토대로 동아시아 각 나라별 독자들의 특징과 그 토대의 차이를 밝혀 보고자 한다.

1. 식민지 조선의 번역문학과 번역자의 문제

　동아시아 삼국은 모두 서양으로부터 '근대'를 요구받았고 또 스스로 적극적으로 받아들이고자 했다. 이는 일종의 무기와 같이, 혹은 강요된 의무와 같이, 또는 현 상황을 헤쳐 나갈 수 있는 유일한 돌파구와 같이 '근대'는 받아들여졌다. 그러한 상황에서 서양 문학과 서양의 근대는 동아시아 삼국에 엄청난 속도로 번역되어 들어왔다. 때로는 비슷하게, 때로는 매우 다른 형태를 띠고 있는 이 문화적 파급력은 그 내부적인 토대의 특징에 따라 경향 역시 그 차이를 보이기도 한다. 비슷해 보이지만 또 그 나름의 차이를 내고 있다는 점에서 동아시아의 근대 초기를 비교해 본다면, 근대 초기 조선의 근대를, 또 근대문학과 근대독자의 태동을 좀 더 명확하게 바라볼 수 있을 것이다.

　따라서 이 글에서는 다음과 같은 전제로 논의를 진행하고자 한다. 첫째, 독자라는 개념의 확장이다. 독자라는 개념에 대해서 대체로는 그 작품을 읽는 존재를 의미하는 경우가 많다. 그러나 본 논의에서는 번역을 하는 주체 자체를 독자로 상정한다. 즉 번역자가 텍스트를 읽고 그것을 번역하는 행위 자체가 1차 독자라고 보는 것이다. 또한 텍스트를 선택하는 데는 분명 번역자의 의도가 들어갈 수밖에 없다. 즉 1차 독자인 번역자가 자신의 흥미를 끈 작품을 선택할 수밖에 없다는 것이다. 그렇기 때문에 번역자, 작가는 또한 1차 독자라는 가정하에 논의를 진행할 것이다.

　둘째, 번역자는 작품을 선택하고, 또 그것을 보여주는 행위 속에서 일반 독자들에게 영향을 미친다는 것이다. 즉 번역자의 의도적인 행위 속에서 대중 독자들은 그 행위에 이끌려가고 있다는 것이다. 또한 이는 의도적인 행위이면서 동시에, 그 인위적인 의도된 행위 속에서 일반 독자들이 변형된 태도를 보이는 것에도 의미를 두고자 한다. 즉 차이를 내포하고 있는 그 지점이 바로 일반 독자들의 욕망이 머무는 곳이므로, 그 일반 독자들의 경향 역시 1차 독자라 할 수 있는 번역자들의 경향과 더불어 중요할 수밖에 없다. 번역자가 원하는 방향으로 이끌려 가지 않는 일반 독자들의 경향이 결국 내적 토대로서의 변화된 문화를 만들어 가는 것이기 때문이다.

따라서 근대계몽기 강요된 것이든, 선택한 것이든 간에 근대를 배워 와야만 했던 한·중·일 동아시아의 상황 가운데 한국과 일본에서 그 시간적 층위와 공간적 층위가 겹쳐지면서 근대가 어떠한 방향으로 나아가고 있는지 살펴보고자 한다. 또한 이 속에서 근대계몽기 조선의 근대성은 어떤 방식으로 표출되고 변형되고 있는지, 또 근대문학과 근대독자의 개념은 어떠한 태동을 보이며 움직여가고 있는지 살펴볼 것이다.

1) 번역자의 태도와 '의도된 읽기'

근대계몽기 동아시아 전역에서 서양문학에 대한 번역이 엄청나게 이루어졌다. 또한 그 가운데 장편서사물에 대한 번역은 신문 매체에서 다루게 되었다. 일본의 소설 경향이 그대로 조선의 상황에 대입되기도 했다. 실제 번역물이나 소설을 연재하는 전문 기자를 매체마다 두게 되는데 그 소설을 담당하는 사람들의 역할 또한 시간이 지날수록 커져갔다. 소설의 재미가 매체의 판매부수와도 연관이 되면서, 그들의 역할은 신문 내에서도 중요할 수밖에 없었던 것이다.

소설을 연재한다고는 하지만 신문 매체의 기자라는 신분 때문에 매체의 성향에서 자유로울 수도 없었고, 도리어 그 매체의 성향을 이끌어가는 사람들이었다는 점에서 이 번역자들은 지배담론의 의도를 그대로 보여주기도 한다. 상업적인 이유에서든, 식민담론의 유포를 위해서든 그들은 당대 지배 담론의 가장 핵심에 위치하고 있었다.

그들은 분명 매체의 성향을 담지하고 있는 기자의 신분이었고, 또 그 가운데 그 시대 지배 담론을 유포하는 입장에 있었던 것도 사실이다. 그러나 그와 동시에 근대라는 격동기에 상업적이든, 개인적인 취향이든, 혹은 매체의 인기를 위해서든지 간에 그들은 수많은 서양의 문학을 가장 먼저 읽고 번역한 인물들이었다. 다시 말해서 그들이 서양에 대해 가장 먼저 '읽기'를 시도한 인물들이라는 것이다. 물론 단순히 아무 의도 없이 '읽기'를 향유하는 독자들과는 분명 구분이 되어야 한다. 여기에서 의도가 없다는 것은, 자신이 읽는 행위, 즉 '독서 행위'가 개인적인 차원을 벗어나 사회적인 차원에 영향을 주려는 의도가 없다는 것이다. 이러한 면에서 번역자들은 분명 개인적인 차원의 '읽기'와는 다르다. 그러나 이 번역자들 역시 그 '읽기'에 가장 먼저 동참하고 있다는 점에서, 그들 역시 서양문학의 1차 독자들이었음은 거부할 수 없는 사실이다.

이 번역자들의 입장은 일반 독자들과는 분명 다르다. 거기에는 그 당대 사회에 끼칠 영향에 대한 고려와 또 지배 담론과의 결탁 그리고 더 나아가 매체의 상업적인 의도까지 복합적인 경향이 내재되어 있다. 1차 독자의 행위에는 분명 '의도된 읽기'가 존재한다. '의도된 읽기'라는 것은 일반 독자들이 '읽기'를 즐기는 행위와는 구분된다. 이는 단순히 개인의 문제에서의 '독서'를 의미하는 것이 아니라, 좀 더 복합적인 차원에서 '읽기'를 실행하는 것을 의미한다. 다시 말해, 개인의 차원과 매체의 차원을 씨실과 날실로 교차시킬 수 있는 종합적인 '읽기'라 할 수 있다. 결국 이 글에서는, 이 '의도된 읽기'를 개인적인 독서 행위가 아니라, 매체와 그 당대 사회를 인식하고, 필요에 의해서 선택하여 유포하기 위한 '읽기'를 의미하는 것으로 사용하고자 한다. 이것이 바로 1차 독자로서의 번역자들의 특징이자 일반적인 독자들과의 차이를 결정짓는 것이기도 하다.

또한 이 번역자들은 그 당대 지식인이기도 했다. 분명 외국어를 습득하기 위한 지식을 갖추어야 했고, 그 당대 문학적인 토대를 파악하는 능력도 필요했다. 그와 동시에 그 당대 사회에 영향력을 가질 만한 것을 선택할 능력도 갖추어야 했다. 이는 상업적인 이익을 고려하면서 그 사회에 영향을 끼칠 만한 작품인지 어떤지를 가늠할 수 있는 눈 역시 필요했다는 것이다.

따라서 이 번역자들은 매우 복합적인 존재였다고 할 수 있다. 재미있으면서 동시에 매체의 의도를 담지해야 하고, 또 그 당시 일반 독자들의 성향과도 어느 정도 일치하는 작품을 선택할 수 있어야 했다. 특히 1차 독자라 할 수 있는 번역자들은 현재와 미래를 동시에 읽어야 했다. 다시 말해 현재의 독자들의 상황을 파악하면서, 또한 미래에 영향을 줄 수 있는지를 판별해내어야 했던 것이다. 그러한 면에서 이들이 일반 독자들에게 미친 영향은 매우 컸다고 할 수 있다. 단순히 독서를 즐기는 일반 독자들에게 영향을 끼친 것은 물론, 근대 작가들의 형성에도 큰 영향을 끼쳤던 것이다.

번역자들이 취사선택한 상황은 분명 '의도된 읽기'에 의해서 나타난 것이다. 그러나 그 '의도된 읽기'에 의해 번역되어 나온 서사물은 일반 독자들에게 그 의도대로 읽히지는 않았다. 즉 번역자의 의도와 일반 독자들의 향유 사이에는 분명한 차이가 존재했다.

2) 1910년대 번역문학과 번역자의 의도

그렇다면, 여기에서 주목해 보아야 할 부분이 바로 번역자의 의도이다. 일본의 경우, 서양의 문학을 직접 번역해서 신문에 연재하거나, 아니면 그 내용에 창작을 가미해서 번안물로 연재했다. 즉 일본의 번역자는 자신이 직접 텍스트를 선택하여 번역했다는 것이다. 이는 번역자 스스로가 필요하다는 판단하에 가져오는 것이다. 그러나 서양에서 유명한, 혹은 인기 있었던 작품을 번역, 번안해서 가져온다고 해도 이것이 일본에서도 같은 반응을 일으킬지는 미지수였다. 따라서 번역자 스스로의 취향이 많이 반영될 수밖에 없었을 것이다.

그런데 1910년대 식민지 조선의 번안, 번역서사물들은 대체로 일본 신문에서 연재되었던 소설들을 번역, 번안한 경우가 많았다. 그 말은 이미 일본에서 어느 정도의 인기를 끌었는지 판단하고 가져올 수 있었다는 것이다. 또한 이미 일본에 맞추어 번안 각색한 경우도 많았으므로 이를 조선의 풍토로 바꾸는 것도 매우 용이했을 것이다. 결국 이는 흥행이 검증된 텍스트를 가져올 수 있었다는 것을 의미한다. 다시 말해 이러한 흥행성에 대해서도 취사선택의 이유가 된다는 것이다.

1890년대 후반부터『요미우리신문読売新聞』의 발행부수가 점점 줄면서『요미우리신문』은 지방 구독자를 대폭 늘리고자 노력하게 된다.『금색야차金色夜叉』는 그런 신문사의 취지를 반영하여, 수많은 지방 구독자들을 증가시키는 데 큰 역할을 했다.[1] 또한『만조보萬朝報』의『암굴왕巖窟王』의 경우도 신문의 발전과 함께 한 소설이라 할 수 있다.『만조보』는 처음 발간 당시 5만 부에서 출발하여『암굴왕』이 연재되던 메이지 34년, 35년에는 12만 부까지 올라가기도 했다.[2] 물론『만조보』의 다른 정책들과도 연계되었기는 하지만 소설의 영향력도 무시할 수 없다고 할 것이다. 이로 볼 때, 번역자는 이러한 상황을 인지하고 텍스트를 선택했을 확률이 높다. 따라서 그만큼 흥행과 연관된 번역자의 의도가 개입되었다고 할 수 있을 것이다. 사실 이러한『만조보』의 소설란은『미야코신문都新聞』의 독자들을 끌어왔다고 할 수 있다. 그런데 이러한 독자들과 더불어『만조보』는 좀 더 남성지식인층의 독자층들을 끌어들이려고 노력하면서『몬테 크리스토 백작』이나『레미제라블』등의 작품을 번역해서 연재했다. 또 이 때문에 여성 독자들의 반발을 사면서 이를 무마하기 위해 잠시 여성들이 좋아할 만한 가정소설을 번역하여 연재하기도 하지만, 또 그 뒤에는『레미제라블』등을 연재하면서 남성 독자들의 흥미를 붙잡아두려 했다.

---

1   關肇,『新聞小説の時代-メヂィア・讀者・メロドラマ』, 訴曜社, 2007, 57면 참조.
2   伊藤秀雄,『黒岩涙香研究』, 幻影城, 1978, 186~187면 참조.

결국 식민지 조선의 번역자는 일본의 번역자보다 훨씬 더 '의도된 읽기'의 경향이 강했다고 할 수 있다. 매체의 흥행이라는 측면, 그리고 식민지 규율에 지배받는 측면에서 훨씬 더 강한 영향을 받았다고 할 수 있다. 실제로 1910년대는 언론이 모두 통폐합되어 결국 『매일신보』 하나만 남았다. 그만큼 『매일신보』는 식민지 규율에 강하게 결탁되어 있었다고 볼 수 있다. 그러한 상황에서 번역자는 식민지 규율, 매체, 그리고 독자의 욕망까지 복합적으로 읽어내어 그에 합당한 텍스트를 찾아야만 했다.

일본에서는 굉장히 다양한 신문 매체와, 또 그만큼 다양한 신문연재 소설들이 존재했다. 대신문과 소신문으로 구분[3]되면서, 각자의 목적에 맞추어서 그만큼 소설의 종류도 다양할 수밖에 없었다. 따라서 독자들의 입장에서는 자신의 구미에 맞게 신문 매체를 취사선택할 수 있었다.

그런데 1910년대 식민지 조선은 모든 언론이 통폐합되어 『매일신보』 하나만 남아있었을 뿐이다. 따라서 같은 작품이 실렸다고 해도, 그 환경에 따라 번역자의 의도도, 이를 받아들이는 독자의 반응도 모두 다를 수밖에 없었다. 식민지 조선의 경우 단 하나의 신문 안에, 대신문과 소신문을 모두 담아내어야 하는 상황이었다. 즉 어느 정도 문자를 체득하고, 또 정치·경제면에 대한 관심을 가지고 있는 독자와 더불어, 부녀자나 서민층의 독자들까지도 그 관심을 잃지 않도록 해야 했다.

이러한 차이가 일본에서의 독자 반응과 식민지 조선에서의 독자 반

---

3   이 소신문의 출현은 보통 『讀賣新聞』이 메이지 7년(1874) 12월 2일에 소형신문으로서 창간으로 본다. 특히 『讀賣新聞』은 「子共の眼さまし」라는 제목으로 편집장이 글을 실으면서 이것은 일종의 창간의 말이 되었다. 결국 이는 아이들이 볼 수도 있을 정도로 쉽고, 단순한 이야기들을 하겠다는 것이었다. 결국 그만큼 서민층의 독자층을 중심으로 독자층의 확장을 노리는 것이라 할 수 있다.(杉浦 正, 『新聞事始め』, 每日新聞社, 쇼와 46년 (1971), 295면 참조.)

응이 서로 달라지도록 만든 원인이 된 것이다. 일본에서는 대신문이 먼저 등장한 이후, 소신문이 등장하게 되었다. 한일병합이 되기 전에는 조선 역시 다양한 신문이 있었다. 대신문에 해당하는 지식인층 위주의 신문도 있었고, 또 이를 한글 신문으로 다시 내면서 서민층 독자에게 초점을 맞춘 소신문도 존재했다. 그러나 1910년대가 되면서『매일신보』는 이 두 가지의 경향을 모두 포함하는데, 정치·경제면은 지식인 계층에, 소설이나 잡보 면에서는 서민 계층에 초점을 맞추게 되었다.

따라서 1910년대 초반까지『매일신보』의 소설은 좀 더 부녀자층과 서민 계층에 호응할 수 있는 작품이 실렸다. 그런데 1910년대 후반부터는 상황이 조금씩 변화되었다. 지식인 계층을 포함하기 위해서 소설 역시 좀 더 지식인들이 원하는 소설로 바뀌기 시작한 것이다. 이광수의 출현과도 맞물릴 수도 있지만, 이상협의『해왕성』은 그 이전 가정소설들과는 완전히 다른 종류의 소설이었다. 결국 이렇게 소설 경향이 바뀐 데는 바로 번역자의 의도가 큰 역할을 차지한다고 할 수 있다. 이러한 상황에서 식민지 조선의 독자들은 소설 연재란 속에서 새로운 독자층들을 유입하며 성장해 가고 있었다. 다음 글에서는 일본과 식민지 조선에서 함께 번역된 소설을 중심으로 각각의 독자 반응을 비교·대조하여 살펴보도록 하겠다.

2. 한·일 번역문학과 근대독자층 비교[4]

　근대계몽기에 번역 문학은 근대문학의 전초전이 되었다는 점에서 매우 중요하다. 이와 동시에 이 번역 문학을 통해서 독자들은 근대독자로서의 태도와 자세를 준비하고 있었다고 해도 과언이 아니다. 특히 번역 문학을 읽던 독자들이 같은 소설란에서『무정』을 읽었다는 점에서 이는 매우 중요한 부분이라 할 수 있다.

　실제로 서양 문학의 번역은 근대계몽기 조선만의 문제가 아니었다. 동아시아 전반에 해당하는 부분이기도 하다. 비슷한 시기, 같은 작품을 번역했다고 하더라도, 그것을 받아들이는 독자의 태도는 각 나라의 내적 토대에 따라 달라질 수밖에 없다. 근대계몽기 조선의 근대문학의 토양과 근대독자의 형성 과정을 보기 위해서는 먼저 직접적인 영향관계에 있었던 식민지 조선과 일본의 상황을 서로 비교·대조해보는 것이 중요하다. 왜냐하면 같은 작품을 받아들이며, 또 그것에 대해 비슷한 반응과 차이를 양성해 내는 과정에서 근대계몽기 조선의 특징이 고스란히 드러날 수 있기 때문이다.

　사실 한일병합이 일어난 후,『매일신보』에 연재된 번역·번안 소설들은 일본 신문에서 이미 연재되었던 소설들이었다.『요미우리신문読売新

---

[4]　이 글에서 한·일 번역문학의 비교 대상으로 선택한 작품은『장한몽』과『金色夜叉』,『해왕성』과『嚴窟王』으로 한정한다. 이 작품들은 한국과 일본 모두에 번역된 작품으로 그 당대 굉장한 인기를 얻었던 작품이었다. 또한 1910년대 한국의 경우, 이 두 작품은 1910년대 가장 대표적인 작품이라 할 수 있다. 즉 1910년대의 전반기와 후반기를 대표하는 작품이면서, 독자층의 반응 역시 뜨거웠던 작품을 대상으로 근대계몽기 한·일 양국의 근대독자층을 비교하고, 그 반응을 살펴보고자 한다.

聞』의『금색야차金色夜叉』와『만조보萬朝報』의『암굴왕巖窟王』은 비슷한 시기에 연재되면서, 일본 신문연재소설로서는 가장 유명했던 작품들이라 할 수 있다. 그러나 한일병합 후『매일신보』에는 시간차를 두고 연재되었다. 여기에서 언급될 수 있는 것이 바로 번역자의 태도와 의도이다. 번역자는 가장 먼저 그 번역 문학을 접하는 1차 독자이기도 하다. 또한 번역자는 매체의 상황이나 향후 끼칠 영향력까지 고려해야 하기 때문에 '의도적 읽기'를 하게 된다. 또한 이 의도는 일반 독자들에게 영향을 미치게 된다. 특히『매일신보』는 일본에서 이미 흥행이 검증된 작품을 가져옴으로써 대중적인 인기를 담보한 상태에서 시작할 수 있었다. 또한 그 가운데 매체가 원하는 담론을 내재한 가운데 소설을 연재하게 되었다.

그렇다면 이 글에서는 먼저 흥행 위주로 번역했던 상황을 짚어보고자 한다. 특히 여성 독자층들이 좋아했던 가정소설적 경향과 남성 독자층들이 선호했던 복수스릴러물의 경향을 나누어 살필 것이다. 이를 통해서 한·일 독자 경향의 차이를 분석하고, 근대독자가 어떻게 성장해 나가게 되는지 고찰해 볼 것이다.

1) 가정소설적 신파물과 여성 독자층의 반향
－『장한몽』과『금색야차(金色夜叉)』

오자키 코요尾岐紅葉가『요미우리신문読売新聞』에 연재한『금색야차金色夜叉』[5](1897.1.1~1902.5.11)와 쿠로이와 루이코黒岩涙香가『만조보萬朝報』에 연재한『암굴왕巖窟王』(1901.3.18~1902.6.14)은 몇 년 차이를 두지 않고 거의 동시대에 연재되었다. 물론 전자가 훨씬 일찍부터 시작하기는 했으나, 전체 연재 시기를 보면 두 작품의 시기는 겹치고 있다. 그것은 일본의 경우 다양한 신문이 발달해 있었기 때문에 가능한 일이었다. 독자들의 경향에 따라서 신문을 선택할 수 있었다는 것이다. 또한 신문사의 입장에서는 자신들이 확장해야 할 필요가 있는 독자층을 위주로 전략을 짜서 공략에 들어갔다고 할 수 있다.

신문소설로서『금색야차』가 생성된 과정에 있어서는 독자의 투서란이었던 '葉がき集'에서 그 일단을 엿볼 수가 있다.[6]

〈표 1〉 '葉がき集'에 나온 『金色夜叉』 관계된 투서수(괄호는 여성 독자가 보낸 것)[7]

	연재 재촉	주인공 공감	읽는 쾌락	문장, 취향	인사말	삽화 관련	임시작가 이어쓰기	작자 병환 언급	단행본 요망
1898.6~12	5(1)								
1899.1~5 (속속금색야차 (1)~(6) 연재 중)	15(1)	2(1)		3	3	1	1	1	1
1899.6~1900.11	11(1)	1		2	2		2(1)	2	
1900.12~1901.4 (속속금색야차 (7)~(13) 연재 중)	10(3)	10(6)	9(1)	3	2	4(2)			
1901.5~1902.3	11				1				
1902.4~5 (속속금색야차 속편 (1)~(3))	8		1						
1902.6~8	1(1)								
계	61(7)	13(7)	10(1)	8	8	5(2)	3(1)	3	1

5   『金色夜叉』의 경우, 尾岐紅葉의 병 때문에 여러 번 휴간되어 6년 동안 연재되었다. 그
     각각의 연재기간은 다음과 같다. 「金色夜叉」 前篇(1897.1.1~2.23), 「後篇‧金色夜叉」
     (1897.9.5~11.6), 「續‧金色夜叉」(1898.1.14~4.1), 「續々‧金色夜叉」(1899.1.1~4.8),
     「續々‧金色夜叉」(1899.5.9~5.27), 「續々‧金色夜叉」續篇(1900.12.4~1901.4.8),
     「續々‧金色夜叉」續篇(1902.4.1~5.11).
6   關肇, 『新聞小說の時代―メヂィア‧讀者‧メロドラマ』, 訴曜社, 2007, 54면.
7   위의 책, 55면 〈표 1〉 인용.

『금색야차』의 독자들의 경향을 살펴보면, 그 내용면에서 매우 다양하다. 단순한 감상에서부터 내용에 대한 바람까지, 그리고 표현이나 삽화에 대한 평까지 수준도 다양하다. 표현면에서의 투서와 내용면에서의 투서가 나뉘어 있다. 감정이입면에서는 아무래도 여성 독자층들이 중심이었다. 표현면에서는 문장에 대한 천착과 수려한 문장에 대한 칭찬들이 주류를 이루고 있다. 그만큼 독자의 수준도 높았다고 할 수 있다.

그런데 이로부터 10년 이상 지난 후 연재된 『장한몽』의 독자들의 경향은 『금색야차』의 독자들에 비해 수준이 높지 못했다. 그도 그럴 것이, 일본에서는 이미 오래 전부터 신문이 발달되어 있었고, 또한 독자들의 투서나 편지가 훨씬 더 일상화되어 있었다. 그러나 조선의 경우는 매체 발달 자체가 오래되지 못한 상황이었다. 또한 소설을 통해 적극적으로 독자를 유치하고자 한 것은 『매일신보』에 와서야 가능했던 일이다.

『매일신보』에서 『장한몽』이 연재될 때 '독자투고란'을 보면, 소설 자체에 대한 이야기보다는 연극이나 극장, 세태 풍자와 훨씬 더 연관되어 있었다.

1910년대 상반기 조중환 소설이 연재되던 중 투고된 '독자투고란'의 총 개수는 『장한몽』이 연재되었을 때 월등하게 가장 많았다. 또한 내용적 측면에서 봤을 때는 연극에 대한 평가가 가장 많았다. 당시에는 독자편지도 거의 보이지 않고, 대부분 2~3줄만 적을 수 있는 '독자투고란'이 내용의 전부였다. 그러니 심도 있는 내용이 들어올 수가 없는 상황이었다. 실제로 소설 자체를 읽고 싶은 것보다는 연극을 보기 전, 대본처럼 소설을 생각하는 경우도 많았다. 신문연재소설을 연극과 분리해서 보기 시작한 것은 『해왕성』에 들어와서야 가능했다. 실제로 조

〈표 2〉 1910년대 상반기 조중환 소설 연재중 독자투고란의 내용과 개수[8]

	연극 관련	소설-연극 관련	소설 내용 관련	소설 연재 요구	연극 관련 요구	편집계의 대답	소설 내용 요구	작품별 총계
『쌍옥루』 (1912.7.17~1913.2.4)	4	3	0	0	1	0	0	8 (17%)
『장한몽』 (1913.5.13~1913.10.1)	12	4	3	1	2	1	0	23 (48.9%)
『국의향』 (1913.10.2~1913.12.28)	0	1	0	0	0	0	0	1 (2.1%)
『단장록』 (1914.1.1~1914.6.9)	0	2	0	1	1	1	0	5 (10.6%)
『비봉담』 (1914.7.21~1914.10.28)	0	0	1	2	0	1	0	4 (8.5%)
『속장한몽』 (1915.5.20~1915.12.26)	0	0	2	1	0	1	2	6 (12.8%)
총계	16 (34%)	10 (21.3%)	6 (12.8%)	5 (10.6%)	4 (8.5%)	4 (8.5%)	2 (4.3%)	47 (100%)

중환의 소설이 연재되었을 때, 독자편지는 단 1편에 불과했다. 따라서 『금색야차』가 연재될 때 '독자투고란'의 내용과 비교해 보면, 『금색야차』가 내용면이나 표현면 등 다양한 영역에서 독자투고가 이루어졌는데 반해, 『장한몽』에서는 대부분 연극적인 내용이거나 감정이입에 대한 간단한 소감 정도에 그치고 있다.

실제로 『金色夜叉』는 가정소설의 장르에 들어갔다. 도쿠토미 로카(德富蘆花)의 『不如歸』는 소위 '가정소설'이라 일컫는 장르의 원점이다. 홍엽의 『金色夜叉』도 물론 가정소설의 장르에 들어가지만, 이쪽의 독자에는 오히려 인텔리, 상류의 가정부인이 많았다. 이와 반대로 『不如歸』의 독자는 방적 여공에까지 그 층이 확장되어 있었다.

---

8   전은경, 『근대계몽기 문학과 독자의 발견』, 역락, 2009, 97면을 참조하여 재구성.

전자가 개인주의적 인간상의 로망이었다면, 후자는 봉건적 가족제도 아래에 있는 며느리와 시어머니의 트러블이었다. 여주인공인 나미코(浪子)는 상류가정의 여성이었지만, 취급한 테마가 넓게는 서민층에까지 공감을 얻을 수 있도록 사회적 요소를 가지고 있었다는 점이 다르다.[9]

『금색야차』의 독자는 인텔리부터 부녀자까지 매우 다양했다고 할 수 있다. 특히 「무희」의 작가이자 당대 유명한 평론가였던 모리 오가이森鷗外와 일본 근대문학의 효시라 할 수 있는 나쓰메 소세키夏目漱石도 『금색야차』를 읽었다는 것은 이미 유명한 사실이다.[10] 실제로 『금색야차』의 독자들은 단순히 가정소설의 독자라고 하기에는 좀 더 인텔리한 지식인들이 차지하는 비율이 높았다고 한다.[11] 위에 인용한 것처럼, 『불여귀不如歸』가 일반적인 여성상을 토대로 해서 방적 공장에 다니는 여공들까지 포함할 정도로 서민층에 각광을 받고 있었다면, 『금색야차』의 경우는 독자층이 조금은 다른 자장을 가지고 있었다는 것이다. 즉 『금색야차』의 독자는 좀 더 인텔리 지식인들, 남성들, 그리고 상류 가정의 여성들이 주류를 이루었다고 할 수 있다.

그런데 『장한몽』의 독자들은 좀 더 『불여귀』의 독자들에 가깝다고 할 수 있다. 물론 『매일신보』밖에 없는 상황에서 식자 계층들이 독자로 상정되어 있기도 했지만, 『장한몽』은 『불여귀』와 같은 가정소설적 측면이 더 부각되었다. 특히 『장한몽』의 독자들은 연극을 보러 다니던 관

---

9   高本健夫, 『新聞小說史-明治編』, 國書刊行會, 昭和 49(1974), 343면.
10   위의 책, 282~283면.
11   실제로 『金色夜叉』는 단순히 부녀자뿐만 아니라, 인텔리들도 열독하고 있었다고 한다. (위의 책, 281면)

객들과도 공통분모를 형성하면서 기생, 여학생, 부녀자 등의 호응을 얻어낸 것도 사실이다.[12] 또한 이러한 가정소설적 측면에 대한 독자들의 호응은 조중환이 뒤에 『속장한몽』을 연재하도록 만드는 원동력이 되었다. 『속장한몽』은 이수일을 둘러싼 심순애와 최만경의 처첩 갈등이 주류를 이루면서 그야말로 가정소설의 전형을 이루고 있었다. 그러다보니 독자들의 반응은 심한 공감 내지는 감정 이입이 대부분이었다.

> 일전밤 연흥스에, 구경을 좀 갓더니, 구경은커냥, 울기를 통가웃이나 울고왓셔, 그날 맛춤, 장한몽을 실디로 홍힝ᄒᆞᄂᆞᆫ딕, 심순이가, 대동강물에 싸지러 나아갈 째, 울연한 달은, 희미ᄒᆞ게 빗치여 잇고, 파도ᄂᆞᆫ 흉용ᄒᆞ야, 사름의 심장을 놀나게 ᄒᆞᄂᆞᆫ딕, 그째 쳐량히 부는, 단쇼쇼릭ᄂᆞᆫ, 심순이와, 구경군으로 ᄒᆞ야곰 일층 마음을, 감동케 ᄒᆞ야, 모다 슬허ᄒᆞᄂᆞᆫ 동시에, 나ᄂᆞᆫ 히음업시 울고, 동졍을 표ᄒᆞ얏지, 참가히 비극이라 ᄒᆞ곗셔[13]

> 오자키 씨 미야는 아무래도 죽는 것입니까. 요새 나는 꿈같이 생각됩니다. 꿈이라면 빨리 깨게 해주세요.(血淚女)[14]

---

12 "여보 이 셰샹에ᄂᆞᆫ, 화류계를 단여도, 무식ᄒᆞ면 안이 되곗습듸다, 일젼에 엇던, 기싱의 집에를 갓더니, 쥬인 기싱이 미일신보를 보다가, 나더려, 모를 글ᄌᆞ를 무러요, 그러나 나로 말ᄒᆞ면, 돈푼은 잇지만은, 글이야 엇지 알곗소, 뭇는 글ᄌᆞ를, 가라쳐 쥬지 못하고, 묵묵히 안젼더니, 기싱이 말ᄒᆞ기를, 남ᄌᆞ되고 글을 모른단 말이요 ᄒᆞᄂᆞᆫ딕, 얼골이 자연, 확신확신 홈듸다 그려, 그럴 뿐 안이라, 다른 곳은 엇더ᄒᆞᆫ지, 의쥬기싱은, 누구누구 홀 것업시, 신보ᄂᆞᆫ, 보지 안는 사름이 업셔요, 이것을 보면, 의쥬 녀ᄌᆞ샤회에ᄂᆞᆫ, 기싱샤회가, 몬져 긔명을 ᄒᆞ엿나 보와요"('독쟈구락부' 「의슈가갸싱」, (『장한몽』 105회 연재 중), 『매일신보』, 1913.9.13)라며, 『장한몽』이 연재되던 가운데 독자투고란에 이와 같이 기생들이 『매일신보』를 많이 보고 있다고 투고하기도 했다.

13 '독쟈구락부' 「셜음잇는온나」, (『장한몽』 68회 연재 중), 『매일신보』, 1913.8.1.

14 血淚女, 『金色夜叉』 연재 중 독자투고, 『讀賣新聞』, 1901.1.20.(關肇, 앞의 책, 61면 재인용)

일본의 여성 독자나 한국의 여성 독자는 모두 심순애(일본에서는 미야)에 감정이입을 하는 경우가 많았다. 감정적인 부분에서의 공감, 그리고 심순애에 대한 동정이 많은 부분을 차지하고 있었다. 일본의 경우, 초창기에 여성 독자들은 미야(심순애)에 대해 공감하는 경우가 드물었다가 미야가 스스로 뉘우치고 나서야 공감을 시작해서 감정 이입을 하는 경우가 많았다고 한다.[15]

〈표 3〉『장한몽』연재 당시 독자투고란 내용

투고내용	투고수
연극장 비판	9
장한몽 연극 칭찬 및 기대	5
주인공 감정 이입	3
소설 속 여학생 관련 내용	2
신문 소설을 읽는 쾌락	1
소설 내용 비판	1

『장한몽』이 연재되던 중, '독자투고란'을 살펴보면, 연극장을 비판하는 측면과 『장한몽』에 대한 칭찬이나 감정이입을 하는 측면으로 대별해볼 수 있다. 연극장을 비판하는 등의 내용은 남성들이 주류를 이루고 있고, 감정 이입의 경우는 여성 독자들이 많았으며, 남성 독자들의 입장에서 여성들이 『장한몽』에 많이 감정이입하더라는 객관적인 사실 묘사도 있었다. 그만큼 여성들의 시선을 붙잡아두고 있었다는 것을 알 수 있다.

---

15   위의 책, 61면.

2) 복수스릴러물과 남성 독자층의 포용—『해왕성』과 『암굴왕(巖窟王)』

이상협이 번안한 『해왕성』은 1916년 2월 10일에서 1917년 3월 31일까지 총 269회 동안 『매일신보』에 실은 소설이다. 원본은 알렉산더 뒤마의 *Comte de Monte Cristo*로 쿠로이와 루이코黒岩涙香가 『만조보萬朝報』에 실었던 『암굴왕巖窟王』을 중역한 것이다. 『암굴왕』은 1901년(메이지 34) 3월 18일부터 1902년(메이지 35) 6월 14일까지 총 284회 동안 연재되었다.[16] 루향涙香은 추리소설과 탐정소설을 연재하면서 이 분야에서 가장 독보적인 인물이 되었다.

루향涙香은 그전까지 『미야코신문都新聞』의 주필로 활약하고 있었는데, 사장인 山中閑이 주식에 실패하는 것이 원인이 되어 메이지 25년 7월 그 회사는 남작 楠本正隆에게 넘어가게 되었다. 따라서 루향涙香은 동지와 함께 퇴사하여, 4개월 후인 11월 1일, 스스로 사주가 되어 일간 『만조보』를 창간하였다.[17]

루향涙香이 『암굴왕』를 연재하는 동안 신문소비자층을 늘일 수 있는 방법을 각양으로 강구하였다. 일차적으로 이상단理想団을 설립하여 지식인들의 결집을 이루었다. 이상단이란 일종의 사회개량 운동의 일환이었다. 먼저 자신이 개량한 후에, 사회를 개량한다는 취지에서 발생한 것이

---

16 『萬朝報』에 연재된 『巖窟王』의 최종회는 268회로 표기되어 있으나, 이것은 중간에 잘못 표기된 경우 때문에 생긴 誤記이다. 연재되는 도중 총 10번의 誤記가 있었다. 16회차 분이 15회로(1901.4.5), 54회가 52회로(5.24), 84회가 72회로(7.4), 131회가 120회로(9.22), 183회가 171회로(12.29), 187회가 174회로(1902.1.3), 200회가 186회로(2.3), 206회가 191회로(2.10), 231회가 215회로(4.6), 279회가 263회(6.8)로 誤記되어 있다. 따라서 268회 연재된 것이 아니라, 총 284회 연재되었다.

17 伊藤秀雄, 『黒岩涙香研究』, 幻影城, 1978, 186면.

이상협, 『해왕성』 1회, 『매일신보』, 1916.2.10, 4면

黒岩淚香, 『巖窟王』 1회, 『萬朝報』, 1901.3.18, 1면

었다.[18] 독자들이 이 이상단에 엄청나게 호응하면서 회원 수가 급격하게 늘었다. 메이지 34년 7월 4일에서 35년 7월 1일까지 「이상단가입자보고」에 따르면, 전체 일본 전역에서 가입하여 총 1,959명이나 되었다.[19]

루항淚香은 여기에 그치지 않고, 독자문예 공고문을 내고, 현상소설, 화가和歌, 한시漢詩, 배기俳歌, 신체시新體詩 등 다양한 영역에서 독자들의 참여를 유도했다. 이와 동시에 1년 1개월가량 계속해서 『암굴왕』을 연재하면서 지식인 독자층의 시선을 잡아두었고, 지속적으로 투서를 받음으로써 신문판매부수를 급속도로 올릴 수 있었다. 따라서 "청일전쟁 때 발행지수가 5만이었다가, 메이지 35년, 36년에는 판매부수 12만이라는 당시 동경의 신문계에서 놀라운 기록을 달성"할 수 있었다. [20] 또한 '보지報知'라는 투서란을 설치하면서 하층계급을 중심으로 한 계층을 지면상에 등장시키고자 했다. 이러한 투서란을 통해서 독자는 '신문이라는 상품의 소비자'로서 상정되기 시작했다.[21] 그러나 실제로 『만조보』의 독자층의 중핵은 "변호사, 신문기자, 교사, 학생, 상인, 기타 등"으로 지식인이 많았다고 한다.[22]

『만조보』에 연재한 루항의 작품들 중 100회 이상 장기연재한 작품을 목록화하면 〈표 4〉와 같다.

루항淚香이 『만조보』에 연재한 총 40개의 소설들 중, 100회 이상 연재한 소설은 총 12개의 작품이었다. 그중에서도 『암굴왕』은 연재 횟수

---

18 山本武利, 『近代日本の新聞讀者層』, 法政大學出版局, 1981, 294면.
19 山本武利, 앞의 책, 296면 〈표 1〉 참조.
20 伊藤秀雄, 앞의 책, 186~187면 참조.
21 山本武利, 앞의 책, 360~361면
22 위의 책, 297면.

〈표 4〉黑岩淚香이 『萬朝報』에 100회 이상 연재한 소설 목록[23]

『萬朝報』 연재작품	연도	회차
正史實歷・鐵仮面	明治 25.11.5~26.5.19(1892.11.5~1893.5.19)	137회
情仇新伝・白髮鬼	明治 27.1.2~27.2.13(1894.1.2~1894.2.13)	106회
人の運	明治 27.3.21~27.10.24(1894.3.21~1894.10.24)	101회
捨小舟	明治 27.10.25~28.7(1894.10.25~1895.7)	156회
人外境	明治 29.3~30.2(1896.3~1897.2)	150회
奇中奇談・幽靈塔	明治 32.8.9~33.3.9(1899.8.9~1900.3.9)	121회
史外史伝・巖窟王	明治 34.3.18~35.6.14(1901.3.18~1902.6.14)	268회(실제 284회)
噫無情	明治 35.10.8~36.8.22(1902.10.8~1903.8.22)	150회
山と水	明治 37.5.28~38.4.17(1904.5.28~1905.4.17)	135회
露人の娘	明治 38.4.18~38.9.5(1905.4.18~1905.9.5)	107회(중단)
鄕土柳子の話	明治 40.11.1~41.3.6(1907.11.1~1908.3.6)	151회
奇談・島の娘	大正 2.6.21~3.4.12(1913.6.21~1914.4.12)	253회

가 가장 많은 작품으로 단연 꼽힐 수 있다. 연재 횟수 표기로는 268회
로 나오고 있지만, 오기를 교정해서 보면 총 284회에 해당하는 엄청난
분량으로 1년 3개월간이나 연재되었다. 사실 이렇게 길게 연재된 것은
『암굴왕』이 최초였다고 할 수 있다. 이는 지식인 혹은 남성 독자들의
호응을 얻을 수 있는 부분이기도 했다.

신문의 상업화는 곧 하층 독자들을 끌어들이겠다는 것인데, 『만조
보』의 실제 중심 독자층이 지식인이었다는 것은, 곧 하층 계열의 부녀자
층 독자층과 지식인 남성 독자층이 혼효되면서 매체 속에서 갈등을 일으
키게 된다는 것을 의미한다. 루항涙香은 『암굴왕』을 연재하는 동안 '소설'
란을 통해서 독자들과 소통하고 있었다. 독자의 요청에 대답하거나, 연
재를 잠시 쉬는 것에 대한 변명[24]도 모두 '소설'란에서 이루어졌다.

---

23 高本健夫, 앞의 책, 242~244면 참조하여 구성.
24 『巖窟王』 223회(208회로 오기됨, 메이지 35년 3월 25일) 연재할 때, 루항은 다음과 같이
    변명하고 있다. "루항이 대답하되, 내가 본월 초순부터 구병의 뇌통이 재발하여, 의사가
    권고하매, 일절의 업무를 놓고 유유자적으로 하루를 보내라하여 이에 이주일 여를 연재

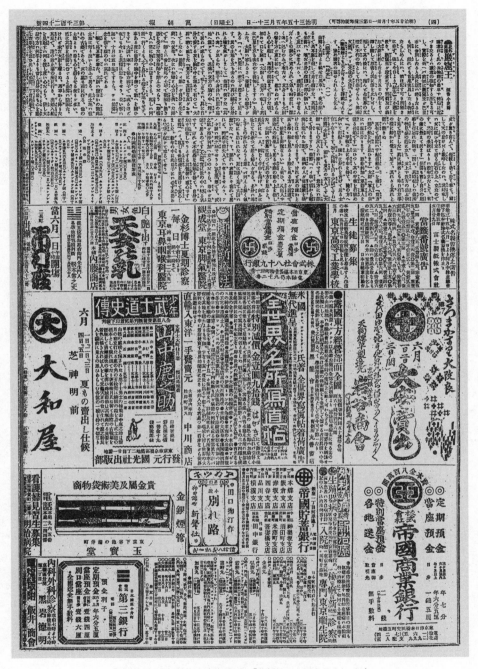

『巖窟王』258회(273회의 誤記), 『萬朝報』, 1902.5.31, 4면

루향凌香은『암굴왕』의 결말 부분을 보여주는 이유와, 또 연재를 마친 이후 다음 작품에 대한 홍보 역시 '소설'란에서 하고 있다.

역자가 말하기를, 이 긴 이야기(긴 모노가타리, 長物語)의 최초와 종국으로 감에 따라 독자가 미루어 아는 것이 당연하다. 실제를 이야기하자면, 전회에 암굴왕이 파리시에서 고별하고 함께 이야기를 끝내는 것과도 같다. 그렇기는 하지만 始終이 완전히 구비된 모노가타리가 되지 못한다.

아직 마땅히 써야 하는 것이 없지도 않다. 그러므로 오늘부터 '결말'이라는 小題를 올려, 암굴왕이 段倉에게 내리는 형벌 및 森江大尉에게 약속했던 10월 5일의 상황에 대해 이를 마저 번역을 다하여 원서와 함께 붓을 마치는 것이 마땅하다. 그리하여 그 후에는 전세계의 문단에서 대부분 불후의 명작이라고 숭상을 받는 불란서 문호 '유고' 선생의 대작『미제라브르』(斷腸錄이라고 부르기도 함)를 번역 연재할 것이니, 사전에 독자들이 양해하여 주시기를 바람.[25]

루향凌香은 여기에서 두 가지를 보여주고 있다. 한 가지는 결말 부분에 대한 변명이다. 뭔가 지루하게 이어지고 있다고 생각했을 수도 있다. 그래서 이대로 막을 내릴 수도 있지만, 원작처럼 확실하게 권선징악적인 결론을 내리는 게 좋지 않겠느냐고 독자를 설득하고 있다. 번역자가 이러한 말을 하고 있다는 것은, 독자들이 지루해 할 수도 있다는 판단 때문일 것이다. 나머지 하나는 새 작품에 대한 홍보이다. 프랑스 빅토르

25　『巖窟王』258회(273회의 誤記),『萬朝報』, 1902.5.31.

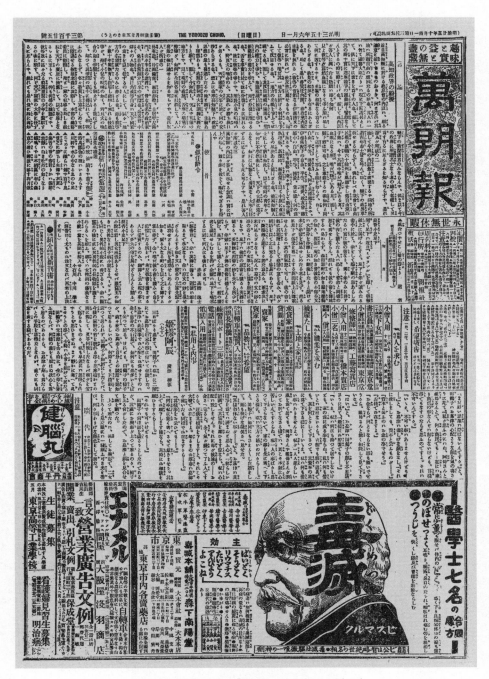

小石川 中川樂水, 「寄書」, 『萬朝報』, 1902.6.1, 1면 3단

위고의 유명한 작품인 『레미제라블』을 후속으로 연재할 것이라고 홍보하고 있다. 그런데 문제는 『만조보』의 핵심 독자층이 지식인층이라고 해도, 그 이전부터 중심을 이루고 있었던 부녀자 및 하층 독자층들은 처음과 달라지고 있는 연재의 패턴에 적응을 못하고 있었다는 것이다.

> 루향소사 족하
>
> 소설에 만약 남녀 양성이 있다고 한다면 암굴왕과 같은 것은 남성적인 남자적 소설이고, 『미제라브르』도 똑같이 남성적 소설은 아니지만, 나는 암굴왕의 후속으로 바로 또 남성적인 긴 모노가타리(긴 이야기, 장편 이야기)를 읽는 것을 싫어합니다. 원컨대, 여성적인 지극히 뛰어난 소설 한 편을 그 사이에 끼워 넣어 주세요.
>
> 小石川 中川樂水
>
> 루향 왈 지당한 주문이라면 재고하여 마땅히 결정을 내리겠음.[26]

한 독자가 루향에게 투서를 보내는데, 남성적인 소설과 여성적인 소설을 구분해서 언급하고 있다. 『암굴왕』도 『레미제라블』도 모두 남성적인 소설이라는 것이다. 게다가 『암굴왕』은 1년 넘게 연재되었는데, 또 다시 그와 비슷한 남성 소설이 연재된다고 하니 이에 대해서 독자가 반발하고 나선 것이다. 더 나아가서 여성적인 소설을 끼워 넣어 달라고 구체적이고 적극적으로 요청하고 있다. 또한 상품의 소비자로서 상정된 독자가 요구하는 것이기 때문에 결국 루향은 이 의견을 들어서 6월

---

26 小石川 中川樂水, 「寄書」, 『巖窟王』 259회(274회의 誤記) 연재 중, 『萬朝報』, 1902.6.1, 1면.

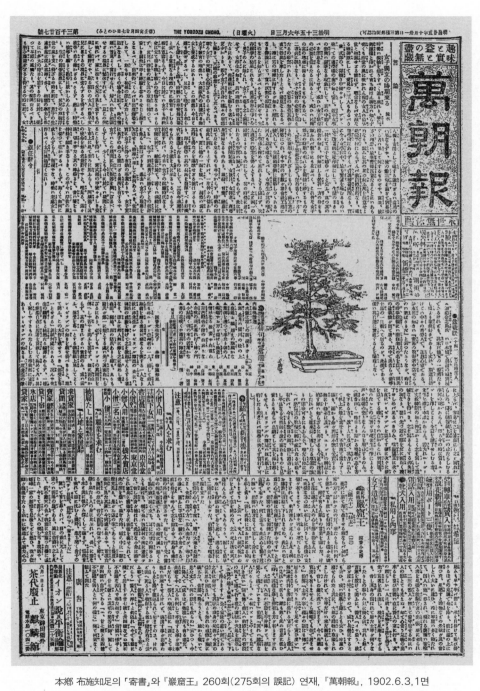

本郷 布施知足의 「寄書」와 『巖窟王』 260회(275회의 誤記) 연재, 『萬朝報』, 1902.6.3,1면

14일부터 「母の罪」라는 가정소설을 번역 게재하게 된다.[27] 따라서 『레미제라블』이 『희무정噫無情』으로 바로 연재되지 못하고, 그 사이에 직접 창작한 단편 「鷹の話」(1902.1.27)와 「母の罪」를 번역한 椿說 「花あやめ」(1902.6.17~10.5)를 56회간 연재한 다음에야 『희무정』을 연재할 수 있었다.

> 루향선생 귀하
>
> 本鄕 布施知足
>
> 순수하게 또한 유-고-숭배자의 일인으로, 그리고 노인을 말하는 자로서 심히 비밀한 것을 기뻐하고 있는 일인이기도 하여, 고로 또한 선생이 레미제라블을 번역하여 내신다 하니, 만공의 감사를 받들어 이를 감탄하는 자입니다. (…중략…)
>
> 세간에 이미 정평이 나 있는 레미제라블과 같은 것도 한번 선생의 붓에 올린다면, 용이하게 이를 통속적으로 재미있게 만들어, 족히 朝報紙上 제일의 글이 되어 유혹할 것임을 어찌 의심하리요.[28]

그런데 이틀 후 빅토르 위고의 팬이라는 사람에게서 다시 독자투고가 도착한다. 『레미제라블』을 번역하는 것에 대해서 반가워하면서, 원작에 대해 제대로 번역하지 않으면 그 진짜 묘미를 살릴 수 없다고 평가한다. 이는 앞서 투고한 독자와 대척점에 있다는 것을 보여준다. 지

---

27 伊藤秀雄, 『黑岩淚香-探偵小說の元祖』, 三一書房, 1988, 224~225면.
28 本鄕 布施知足, 「寄書」, 『巖窟王』 260회(275회의 오기) 연재 중, 『萬朝報』, 1902.6.3, 1면.

최○이 비서, 「海王星히왕성에 對디호야」, 『매일신보』, 1916.3.5, 4면

식인 독자층과 새롭게 등장하고 있는 부녀자 및 하층 독자층 간에 경향이 극명하게 나누어지고 있는 셈이다. 결국 신문의 특징에 따라 독자층들이 결정되고, 또 독자들은 자신들의 경향대로 작가에게 요청하고 있다. 그런데 조선의 독자들은 이와는 미묘한 차이를 보인다.

① 海王星희왕성에 對딕ᄒᆞ야(부분 발췌)
　　비록 쇼셜의 지나지 못ᄒᆞᄂᆞᆫ 글이오나 이 글을 일글 새마다 분기ᄒᆞᆫ 마암을 춤을 길이 업습ᄂᆞᆫ지라 연ᄒᆞ오나 엇지 명명ᄒᆞ신 하나님쯰옵셔 쟝쥰봉 ᄀᆞ튼 사름을 영원토록 토옥싱활을 ᄒᆞ게 ᄒᆞ시며 슉뎡 ᄀᆞᆺᄒᆞᆫ 여ᄌᆞ로 ᄒᆞ야곰 영영 원한을 먹음게 ᄒᆞ시며 대팔과 양검ᄉᆞ ᄀᆞᆺᄒᆞᆫ 무도ᄒᆞᆫ ᄌᆞ롤 영영 쳐벌치 안이ᄒᆞ시리오 필경은 쟝쥰봉이가 토옥을 버서나셔 그리우든 부친과 슉뎡을 만나 반기며 딕뎍되난 ᄌᆞ들을 쳐치ᄒᆞ야 원슈를 갑홀 터이오나 그 ᄯᆡ을 기다리고ᄌᆞ ᄒᆞ오면 일만 독ᄌᆞᄂᆞᆫ 간장이 다 슬어질 샏만 불시라 마음병을 엇기가 십샹팔구ᄂᆞᆫ 되올지라 본인은 희왕셩이 탄싱ᄒᆞᆫ 이후로 ᄆᆡ일신보를 사모ᄒᆞᄂᆞᆫ 마음이 더욱 간졀ᄒᆞ와 ᄒᆞ도 이십ᄉᆞ 시간을 기다리ᄂᆞᆫ 마음이 이십ᄉᆞ 일을 기다리ᄂᆞᆫ 것보다 오히려 빗승ᄒᆞ오며 쏘ᄂᆞᆫ 십칠 회롤 기다리다가 분젼인의 방울쇼링롤 듯고 한다름에 나아가 바다 보오니 신문은 두 장이나 되오나 희왕셩은 글ᄌᆞ도 볼 슈 업ᄉᆞ오니 금은보빅나 일은 것보다 오히려 빈나 락심이 되온지라 본인은 ᄆᆡ일신보사 폐지가 모다 희왕셩이 긔직되지 못흠을 한ᄒᆞ오며 당초의 희왕셩을 십오륙 회까지 딕여본 거시 도로혀 후회막급이로소이다.
　　대정오년슘월슘일 최○이 비셔[29]

29　최○이 비셔, 『해왕성』 17회 연재 중, 『매일신보』, 1916.3.5.

한 여성 독자가 보낸 편지에는 울분이 가득하다. 주인공의 아픔과 자신을 동일시하면서 복수극에 대해 열을 올린다. 일본 독자들도 보통 부녀자 독자인 경우에 감정이입을 많이 했다. 조선의 독자 역시 마찬가지였다. 여성 독자는 인물들에게 감정적으로 이입되어 소설일 뿐인데도 분노하고 마는 것이다. 결국 조선에서는 『해왕성』이 여성들에게도 감정이입의 대상이 되어 흥미를 유발하고 있었다고 보아야 한다. 즉 일본 독자들이 지식인 독자층과 여성 독자층으로 나뉘어 남성형 소설과 여성형 소설을 구분하고 있는데 반하여, 조선의 여성 독자들은 『해왕성』을 보면서 긴 장편 연재물에 대해서도 꾸준히 따라오고 있었던 것이다.

海王星의 滋味

장쥰봉이가 대양은힝에 비밀 서기라ᄒ고 셔씨를 무궁ᄒ 수심을 더ᄒ게 ᄒ며 셔씨의 쌀 옥혜의게 지극ᄒ 이원을 밧을 째에 종시 장쥰봉에 이름을 가라치지 안이ᄒ니 나는 진실노 답답하얏슴이다 대양은힝에 셔긔가 오면 셔씨는 ᄌ살 안이 ᄒ야셔는 안 되겟다 ᄒ야 류혈포를 입에다가 되이고 방아쇠를 ᄊ러올렷다가 시계의 바늘이 열한 시의 곳에 거이 다아니 셔씨는 아죠 류혈포를 노으랴 홀 쎄에 나는 엇지 위험ᄒ지 눈이 캄캄ᄒ야 셔씨를 무○면 죠곰 기달여보시오 죠곰 기달여보시오 ᄒ고 부루지졋슴이다 임의 침몰된 긔원호가 싱각밧게 샹히항구에 드러옴을 보고 수천 명 사름의 입으로부터 셔원창 씨 만셰 소리가 이러날 쌔에 나는 엇지 깁쌘지 쮜놀기를 마지 안이ᄒ얏슴니다 아－장쥰봉에 수단이여 신츌귀몰리라 ᄒ야도 쏘한 과언이 안이로다 필경에는 '善惡'이 낫ᄒ나고 '因果'가 업지 안이ᄒ흘지나 아즉 『海王星』의

종말을 못 보오니 실로 '望盡成火' 올시다 편집국장 각하여 『海王星』을 하로
도 쎅지 마시고 만이만이 닉시와 『申報』 바다보는 사름으로 ᄒ야 곰속히 『海
王星』의 결과를 보게 ᄒ심을 바라나이다[30]

   녀의 연이로 녀ᄌ에게 너무 침혹홀 씌 반다시 『海王星』 가운데 슉뎡이가
ᄌ긔 아달 문뎡을 살녀달나고 익결하니 빅작은 이거슬 허락ᄒ고 자긔는 세
상을 하직ᄒ고ᄌ ᄒ던 한편을 일너봄이다 포악흔 이를 만이ᄒ야 명예와 복
락이 점점 놉하가는 샤름을 보고 나도 져 사름을 모범ᄒ얏스면 홀 씌는 반다
시 『海王星』 가운데 황데팔, 양운, 량보련, 왕결데가 복수 등 여러 악인이
닉죵 결과에 엇더흔 디옥에 쌔졋는지 자셰이 일너봄이다 사업에 다다라 두
미를 찻지 못ᄒ야 답답홀 씌는 반다시 『海王星』 가운데 희왕빅쟉, 무공법사,
데양은힝 비밀셔기, 도진후작, 소노공 등 여러 가지 이름을 가진 댱준봉에
수단하에서 시원흔 츔을 츄나이다[31]

   앞서 『암굴왕』을 번역한 루향은 지루하더라도 결말을 보자며, 독자
를 설득하고 있다. 그런데 조선의 독자들은 이와 반대로, 자신들이 더
결말을 내어달라고 보채고 있다. 악인들이 반드시 벌을 받아야 하며,
어떤 식으로 인과응보를 당하는지, 그러한 형벌을 눈으로 보게 해달라
는 요청인 것이다. 결국 속시원한 복수를 보여달라는 것인데, 이는 식
민지인으로서의 울분이 여기에 더욱 가미가 되어 있는 것일 수도 있다.
   결국 일본의 『암굴왕』의 독자층은 여성적 경향과 남성적 경향으로

30 一讀者 金師寅 暎荷生, 『해왕성』 98~99회 사이, 『매일신보』, 1916.7.29.
31 舊丁已臘月除夜 一讀者 金鍾秀, 『해왕성』 연재 후, 『매일신보』, 1918.3.14.

구분되어 경계가 생기기 시작했다면, 조선의 독자층은 여성들도 장기간 연재물을 받아보면서 읽기 훈련을 해나가고 있었다고 할 수 있다. 조선의 독자층은 성별로 분화하기보다는 좀 더 다양한 영역으로 확장되고 있다고 보는 것이 맞을 것이다. 또한 내용적인 차원에서도 조선의 독자들은 일본의 독자들보다도 더 인과응보적인 결과를 보고 싶어 하는 경향이 있었다. 이는 식민지 조선의 현실과 맞물려서 더욱더 그런 경향이 나타난다고도 할 수 있다.

3) 한·일 독자 경향의 차이와 근대독자의 성장

근대계몽기 조선의 독자와 일본의 독자 상황을 비교해 보기 위해서는 앞에서 언급했듯이 가장 먼저 읽기를 시도하는 번역자의 입장에서 볼 필요가 있다. 『장한몽』과 『금색야차』의 독자를 비교해 보면, 『금색야차』의 경우는 가정소설의 입장에 있으면서도 하층 계층의 독자보다 인텔리인 지식인 독자층과 상류층 여성에 집중되어 있었다. 따라서 이러한 『금색야차』의 상황은 『불여귀』와 비교해 볼 때 명백해진다. 후자는 가부장제적 틀 안에서 주어지는 갈등이기 때문에 그 누구라 하더라도 공감할 수 있었다. 그런데 『금색야차』는 훨씬 더 상류층을 지향하고 있었다.

이렇게 볼 때, 『장한몽』의 독자와 『금색야차』의 독자 차이는 분명해진다. 분명 여성 독자들의 공감대를 형성하고 감정이입을 하고 있다는 점에서 매우 유사하다. 그런데 또 한편으로 『금색야차』의 경우 인텔리

지식인 남성 독자층도 무시할 수 없었다. 그만큼 문체 표현이나 신문의 삽화 등 다양한 방식에 대해 투고를 하고 있었다. 그런 반면, 『장한몽』을 읽은 남성 독자의 경우는 연극장에 대한 비판이나 여성들에 비판이 주류를 이루고 있었다. 그것은 여성들이 심순애에 감정이입을 하며 자신의 욕망을 폭발시키려고 했던 반면, 번역자인 조중환이나 남성 독자들은 여성들의 잘못된 점을 지적하며 현모양처의 굴레 안에 계도하려는 측면이 강했다는 것을 의미한다.[32]

따라서 1차 독자이기도 한 번역자의 의도가 훨씬 더 강하게 개입되고 있다고도 할 수 있다. 즉 조중환은 『장한몽』의 인기에 힘입어 가정소설적인 경향을 더욱 강화한 『속장한몽』을 스스로 창작하여 연재하기에 이른다. 이것은 그야말로 번역자가 어떤 의도를 가지고 있는지를 단적으로 보여주는 예라 할 수 있다. 『장한몽』에서 여성의 욕망과 자유를 이야기하던 심순애나 최만경이, 『속장한몽』에서는 너무나 전형적인 처첩 갈등의 소재로 전락하면서 일반적인 가정소설의 전형을 만들어내고 있었던 것이다. 이러한 경향은 결국 일반 독자들에게 영향을 주고 있는 번역자의 의도가 반영된 것이라 할 수 있다.

『장한몽』이 좀 더 여성 독자들의 경향을 강화하고자 하는 측면이었다면, 『해왕성』은 여기에 더 나아가 지식인 남성 독자들까지 포용하려는 번역자의 의도가 숨어 있었다. 이는 일본에서 『만조보』에 연재된

---

32   김재석은 「『金色夜叉』와 『長恨夢』의 변이에 나타난 한일 신파극의 대중성 비교 연구」 (『어문학』 84집, 2004.6, 197~202면)에서 조중환이 번안한 『장한몽』이 사실 신파극 『금색야차』에 상당 부분 의지했음을 밝혀내었다. 또한 김재석은 이 과정에서 조중환이 좀 더 극적인 효과와 심순애의 자기 반성을 강화하게 되었다고 설명하고 있다. 즉 원작의 틈새를 활용하여 원작으로부터 이탈하고자 하는 조중환의 전략이었던 것이다.

『암굴왕』과도 밀접한 연관이 있다.

사실『금색야차』의 경우 남성 인텔리 독자들이 많았다고 하더라도, 완전히 남성 독자들의 전유물이었다고 하기에는 무리가 있었다. 즉 여전히『금색야차』는 가정소설의 장르 안에 있었다. 이러한 대중적인 신문연재소설 가운데에서도 반대편에 놓일 수 있는 것이 바로『만조보』의『암굴왕』이라 할 수 있다.『금색야차』와『암굴왕』은 거의 동시대에 연재되었다.『금색야차』가 6년간 연재되면서 그 아성을 쌓아가고 있을 때, 그 후반부에서 서로 연재 시기가 겹치게 된 것이다.『금색야차』의 인기는 대단했었기 때문에 사실상 신문사들마다 나름 대항책을 구축할 수밖에 없었다.『만조보』를 창시한 루향淚香의 선택은 바로『암굴왕』과『희무정』을 연재하는 것이었다. 특히『암굴왕』의 번역은 주효했다고 할 수 있다.[33]

당대 유명한 평론가이자 모리 오가이森鷗外와 논쟁을 펼쳤던 타케야마 쵸쿠高山樗牛는 다음과 같이 말하고 있다.

> 만조보에 게재된 루향의『巖窟王』, 종국에 갈수록 점점 더 필력이 더해지고 있다. 붓도 수사의 흔적이 없이 생기를 종이상에 더해가며, 게다가 글에 일종의 기이한 구성이 되어, 능히 독자들로 하여금 2백수십 회의 장편에도 싫증나지 않도록 한다. 특히 巖窟島 백작이, 野西子 후작에게 결투를 신청하여, 水夫友太郎의 복장을 하여 용맹하게 활약하여 이를 향해 가는 일단의 장면 같은 것은, 원문의 묘가 원래부터 힘이 있었다고 해도, 역필(번역한 필체)

---

33   高本健夫, 앞의 책, 284~285면.

또한 분방자재(奔放自在)를 극대화하였다. 지금 소위 소설가의 공허한 문을 희롱하고 세간의 눈에 아첨하는 자에 비해서, 얼마나 우월한지 모른다.[34]

당대 평론가의 눈에도 『암굴왕』은 수준 높은 작품이었다. 표현이나 필력 면에서 원작을 뛰어넘는다는 평가까지 받고 있었다. 그만큼 지식인 독자들의 호응도 높았다고 할 수 있다. 실제로 "루향의 작품은, 소설 애호가 이외에까지 독자를 늘렸지만, 그중에서도 『희무정』과 『암굴왕』의 평판은 엄청"[35]났던 것이다.

이러한 『암굴왕』의 상황을 지켜본 이상협은 바로 이 작품을 번안하기에 이르렀다. 가정소설에만 치우쳐서 부녀자층만 공략할 수는 없는 상황이었다. 『매일신보』는 좀 더 독자층의 다양화를 꾀해야만 했다. 1910년대에 단 하나의 신문이면서 또 식민지배담론의 상황을 담지하고 유포해야 했기 때문에, 더불어 상업적인 측면 역시 무시할 수 없었기 때문에 『매일신보』 입장에서는 지식인들이 호응할 수 있는 소설을 싣는 문제가 매우 중요한 화두가 되었을 것이다. 이러한 측면에서 일반 대중 독자들에게도 호응이 있었고, 지식인 독자들에게도 엄청난 인기를 얻었던 『암굴왕』이라는 소설은 그 전범이 되고도 남았다.

번역자인 이상협은 『해왕성』을 통해서 일차적으로는 지식인 독자의 확장을 도모했다. 또한 이를 위해 그러한 전범이 될 수 있는 표본을 통해서 그 의도를 좀 더 쉽게 실현할 수 있었다. 이와 동시에 대중층의 성장 역시 의도하고 있었다. 즉 지식인 독자층의 수용이라는 측면도 중요

---

34 위의 책, 248면.
35 위의 책, 248면.

했지만, 또 한 편으로는 기존 독자들을 성장시켜 이들이 『해왕성』과 같이 긴 연재물을 읽어낼 수 있도록 훈련시키고자 했던 것이다. 이를 위해서 대중성을 강화하고, 민족 상황에 감안하여 번안했다. 한·중·일의 동아시아의 상황을 접목하고, 장준봉을 통해서 민족의 울분을 표출하도록 만들었다. 또한 인과응보를 강화하여 독자들의 울분을 다독여주기도 했던 것이다. 이러한 측면은 대중 독자층을 훈련시키고 성장시키려는 번역자의 의도가 숨어 있었던 것이라 할 수 있다. 또한 동시에 신파극과 결별하고 온전히 소설이라는 장르 속에서 '읽기' 영역에만 한정함으로써, 향후 신문연재소설의 전범이 되기도 했다. 이는 사실 그 이전 신파극과 연계된 작품들이 "중류이상의 여성 독자를 대상으로 가정의 문제를 다룬 가정소설"들을 번역한 것들로, 일본 신파극의 전형인 가정비극, 화류비련극이 주류를 이루었다는 것과도 연관된다.[36] 즉 이러한 가정 비극과는 궤를 달리함으로써 신파극의 영역이 아닌 신문연재소설의 영역, 온전히 '읽기'의 영역 속에 있을 수 있게 된 것일 수도 있다.

번역자의 의도라는 측면에서 살펴보았다면, 다음으로는 독자의 측면에서 한·일 독자층의 차이를 살펴보도록 하겠다. 우선 대중적인 근대 독자가 성장했다는 점을 짚을 수 있다. 『장한몽』(1913.5.13~1913.10.1.)과 『해왕성』(1916.2.10~1917.3.31)이 연재된 시기는 불과 3년 정도밖에 차이가 나지 않는다. 그런데 그 사이에 독자투고와 반응은 비약적인 발전을 이루고 있다.

---

36 김재석, 「1910년대 한국 신파연극계의 위기의식과 연쇄극의 등장」, 『어문학』 102집, 2008.12, 329면.

〈표 5〉 이상협 소설 연재 중 '독자편지' 양식의 독자투고 내용[37]

	소설 내용 감상과 칭찬	소설 내용 요구	소설 연재 요구	소설 내용 추측	작가 답변	작품별 총계
『눈물』 (1913.7.16 ~1914.1.21)	0	0	0	0	0	0(0%)
『정부원』 (1914.10.29 ~1915.5.19)	8	6	1	1	0	16(59.3%)
『해왕성』 (1916.2.10 ~1917.3.3)	2	1	2	0	1	6(22.2%)
『무궁화』 (1918.1.25 ~1918.7.27)	2	3	0	1	0	6(22.2%)
총계	10(37%)	10(37%)	4(14.8%)	2(7.4%)	1(3.7%)	27

　『해왕성』이 연재될 때는 '독자투고란'이 폐쇄되고 오로지 '독자편지' 정도에만 독자들이 참여하게 되면서, 독자들은 소설과 연관된 독자편지에 더욱더 매달리게 되었다.[38] 소설이 재미있다는 2~3줄의 짧은 단평이 아니라 50~100줄에 해당하는 장문의 편지를 감상문으로 보내오기 시작한 것이다.[39] 따라서 너무 재미있어서 자신도 이러한 소설을 쓰고 싶다며, "'何夢先生'과 궂치 글 지을 직죠가 잇다 ᄒ면 나도 쇼셜 만드ᄂᆞᆫ 공부를 ᄒᆞ야보리로다"[40]라고 얘기하기도 하고, "포악ᄒᆞᆫ 이를 만이ᄒᆞ야 명예와 복락이 졈졈 놉하가ᄂᆞᆫ 샤름을 보고나도 져 사름을 모범

37　전은경, 앞의 책, 163~166·173면에 나온 〈표 19〉를 수정·보완하여 재구성한 것임.

38　'독자투고란'은 1916.2.16~1919.6.15까지 폐쇄되었다. 『해왕성』과 『무궁화』가 연재되던 중에는 '독자투고란'은 폐쇄되고, '독자편지'를 통해서만 독자들은 자신의 이야기를 매체에 전달할 수 있었다. '독자투고란'과 '독자편지'의 문제는 전은경, 앞의 책, 153~188면 참조.

39　『정부원』의 경우 편지의 수가 많다고는 하지만, '독자투고란'처럼 짧게 보낸 것이 대부분이었다. 따라서 뒤에 『해왕성』과 『무궁화』 독자들이 편지를 보낸 것과는 내용의 양이나 질적인 면에서 상당히 달랐다.

40　일독자 文正톳, '독자편지'(『해왕성』 연재 중), 『매일신보』, 1916.6.1.

흉얏스면 홀 쎅는 반다시『해왕성』가운딕 황딕팔, 양운, 량보텬, 왕걸딕가 복수등 여러 악인이 닉종 결과에 엇더흔 디옥에 쌔젓는지 자셰이 일너봄이다"[41]라고 하면서 실제 생활에서의 규율과 가치관으로 소설을 읽고 있다고도 한다. 또한 끊임없이 소설을 연재해달라는 요구나 반드시 악인을 처벌해 달라는 요구, 예측까지 다양한 방식의 내용들이 들어오게 되었다.[42]

이것은 '독자투고란'과 '독자편지'라는 형식을 통해 독자들이 스스로 자신들의 감상을 토로하며 연습함으로써 나타난 결과라 할 수 있다. 이것은 대중 독자들 스스로가 연재되고 있는 소설을 읽으며 훈련되어 왔다는 측면과 더불어, 번역자가 의도적으로 독자들을 훈련시켜간 결과와, 매체의 검열과 폐지라는 여러 가지 복합적인 상황이 만나서, 독자들은 다양한 내용의 편지를 보내며, 그 반응이나 여러 면에서 성장하기에 이르렀던 것이다. 특히 '독자투고란'을 폐지한 이후, 오로지 매체는『매일신보』가 유일한 상황에서 독자들이 '독자편지'에 몰리면서 더욱 독자들의 반응과 성장을 촉진한 것이라 할 수 있다.

독자의 입장에서 바라볼 때, 대중적인 근대독자의 성장과 더불어 다음으로 짚어보아야 할 것은 일본과 식민지 조선 독자층의 차이의 측면이다. 일본의 경우, 다양한 신문 매체가 일찍부터 발달하면서 독자들은 자신의 기호에 따라 신문과 신문에 연재되는 소설들을 취사선택할 수

---

41   一讀者 金鍾秀, '독자편지'(『해왕성』연재 후),『매일신보』, 1918.3.14.
42   실제로『해왕성』의 경우, '독자편지'의 분량은 매우 길었으며, 그 긴 분량 안에 다양한 내용이 들어 있었다. 감상에서부터 연재 요구에 이르기까지 다양한 내용이 포함되어 있었다. 따라서 이 긴 편지의 경우에 그 편지의 내용을 단 한 가지 성격만으로 규정하기에는 어려움이 있다. 그만큼 다양한 이야기가 한 독자의 편지 안에도 공존하고 있었고, 그만큼 독자들의 수준이 점점 올라가고 있었다는 것을 짐작해볼 수 있다.

있었다. 그렇다 보니 가정소설적인 측면이 부각되는 신문은 대체로 여성이나 하층 독자들이 몰리게 되고, 추리 내지 탐정소설적인 측면이 부각되는 신문은 지식인 남성 독자들이 몰리게 되었다. 그러면서 독자 스스로가 말하고 있듯이, 이를 여성적인 소설과 남성적인 소설로 구분하고 있다. 특히 여성 독자들은 추리, 탐정 등 『암굴왕』과 같은 복수극이나 스릴러물에 대해서 지루하게 느꼈을 수 있다. 게다가 이 소설이 284회나 연재되었다면, 하층 독자들은 지루해할 수밖에 없었을 것이다.

『만조보』는 사실 루향이 『미야코신문』의 주필로 있다가 자신이 창립해서 나온 신문사였다. 그것은 그만큼 루향이 『미야코신문』의 구성을 유지하고 있었다고도 볼 수 있다. 즉 "『만조보』 자체가 『미야코신문』의 영업정보를 고스란히 가지고 와서 성립하여, 지면구성도 큰 차이 없는 형태로 창간되었던 신문"[43]이었다. 또한 루향이 독립해서 나간 후, 『미야코신문』의 판매부수가 급격히 줄면서 큰 타격을 받았다는 것은 『미야코신문』의 독자층 역시 끌고 갔다고도 볼 수 있다. 『미야코신문』은 이발소 신문이라고 불릴 만큼 하층의 독자들이 읽는 신문이었다. 그런 면에서 『만조보』의 독자층 역시 하층 및 부녀자층 독자들이 상당수 포진해 있었다고 볼 수 있다. 그런데 이 상황에서 루향이 지식인 남성 독자층들이 선호하는 작품들을 연재하기 시작했다는 것은, 그 신문을 읽는 독자층들의 분리와 갈등을 야기할 수밖에 없었다.

이러한 측면과 비교해 보면, 조선의 상황은 확연히 다른 양상을 띠고 있었다. 조선은 식민지화되면서 오로지 단 하나의 신문 매체밖에 존재

---

43 紅野謙介, 『投機としての文學』, 新曜社, 2003, 41면.

하지 않았다. 일반인들은 오로지 『매일신보』만을 읽을 수밖에 없었다. 이러한 상황에서 전반기까지는 가정소설이면서 동시에 연극으로 상영되는 신파조의 소설들이 많이 포진하고 있었다. 그만큼 부녀자층과 하층의 독자들의 호응을 많이 받았을 것이다. 그런데 이상협이 『해왕성』을 연재하면서부터는 조금은 다른 양상을 보여준다. 즉 이러한 일반 독자들이 가정소설의 연장선상에서 『해왕성』이라는 복수극적인 스릴러물을 접하게 된 것이다. 또한 꾸준히 장시간 연재되어 오면서 일반 독자들은 이러한 '읽기'에 훈련되기 시작했다. 게다가 여성 독자들까지 이 『해왕성』의 남주인공인 장준봉에 감정이입을 하며 그의 복수극을 찬양하고 있었다. 또한 숙정과의 관계도 가정소설의 연장선상에서 파악하여 더욱더 확실한 복수극을 요구하며, 감정 이입을 하게 된 것이다. 일본에서는 같은 작품을 보면서도, 인과응보의 결말까지 읽는 것을 지루해 하고 있었다면, 조선에서는 좀 더 확실하게 인과응보로 벌을 받는 모습까지 보고 싶다며 끝까지 연재해 달라고 요청했다. 눈으로 확연히 복수극을 보고 싶다는 것은 식민지 조선의 상황과 결부되면서 독자 반응의 시너지 효과까지 일으켰던 것이다. 결국 장기간 연재에 노출시켜 연극 없이 '읽기'의 훈련을 시키려 한 번역자의 의도와, 그 상황에 감정 이입하며 반응을 내비친 독자들이 서로 상호 작용하며 시너지 효과를 일으켰다고 할 수 있다.

결국 가장 먼저 서양 소설을 접하며 읽는 1차 독자인 번역자가 고민했던 부분은 매체의 성향이나 흥행, 인기, 독자 확장의 측면까지 매우 복합적인 형태를 띠고 있었다. 그렇기 때문에 번역자는 '의도적 읽기'를 통해 선별하고, 또 이 작품을 전개하면서 독자의 반응을 유도하며 동시에 소설 읽기라는 훈련까지 시키고 있었다. 이는 부녀자층 독자들과 지식인 남성 독자층을 모두 규합하여 좀 더 독자층을 향상시키기 위한 전략이기도 했지만, 동시에 독자층 자체의 성장을 유도했다고도 할수 있다. 대중소설을 연재하면서 좀 더 길고 사건 전개가 많은 작품을 읽도록 유도함으로써, 결국 같은 자리에 연재되었던 『무정』까지도 읽을 수 있도록 훈련되고 있었던 것이다.

이는 모든 독자층들이 근대독자로 이행되었다고 볼 수는 없다고 하더라도, 어느 정도 근대독자로 성장할 수 있는 훈련의 틀을 제공했다는 점에서 매우 중요하다고 할 수 있다. 독자의 성장을 의미함과 동시에, 근대 장편소설들이 대중적인 신문연재소설의 영향력 안에 놓일 수밖에 없음을 보여준다. '읽기'의 훈련은 신문연재소설을 읽을 수 있도록 만들었으며, 근대소설의 독자로까지 이어질 수 있도록 그 기반을 마련하였다. 즉 대중적인 신문연재소설의 독자는 다시 근대문학의 독자와 연계되고 겹쳐진다는 것이다.

또한 장편 연재소설의 경우, 이 신문연재소설의 연관관계를 무시할수 없다는 점도 유념할 필요가 있다. 일본이 대중적인 신문연재소설과 근대문학적인 신문연재소설의 장 자체가 매체의 분리를 통해서 서로 겹치지 않고 독립적으로 전개되었다면, 식민지 조선은 일직선상에 놓임으로써, 근대소설에 미치는 대중적인 신문연재소설의 영향력이 상대적으로 커졌다는 것을 의미한다. 결국 『무정』역시 그러한 연관관계를 감안하여 등장할 수밖에 없었다. 이는 1930년대 장편소설의 발달과도 궤를 같이 하는 것이다. 단편소설의 발달과 장편소설의 발달은 다른 부분이지만, 장편소설은 대중적인 신문연재소설의 영향권 안에 있었다고 할 수 있다. 이기영의『고향』조차 신문연재소설의 전형을 따르고 있다는 점에서 장편소설들은 신문연재소설의 연계선상에서 다시 보아야 할 필요가 있다. 이기영 역시『장한몽』을 읽었다고 하니, 이러한 연관관계 속에서 우리 근대문학의 독자의 성장과 근대 번역문학의 연재 및 신문연재소설의 발달은 분명 아주 밀접한 연관을 맺고 있다고 할 수 있을 것이다.

4) 번역자의 의도와 독자 반응의 시너지 효과

1910년대『매일신보』에 연재된 번역·번안 소설들은 일본 신문에서 이미 연재되었던 소설들이었다.『요미우리신문』의『금색야차』와『만조보』의『암굴왕』은 비슷한 시기에 연재되면서, 일본 신문연재소설로서는 가장 유명했던 작품들이었다. 이러한 작품들이 시간차를 두고『매일신보』에 연재가 되는데 여기에서 주목해야 할 부분은 바로 번역자의 태도와 의도이다. 1차 독자인 번역자는 매체의 상황이나 향후 끼칠 영향력까지 고려해야 하기 때문에 '의도적 읽기'를 하게 되고 이 의도는 일반 독자들에게 영향을 미치게 된다. 특히『매일신보』는 일본에서 이미 흥행이 검증된 작품을 가져옴으로써 대중적인 인기를 담보한 상태에서 시작할 수 있었다. 또한 그 가운데 매체가 원하는 담론을 내재한 가운데 소설을 연재하게 되었다.

이렇게『매일신보』에 연재된『장한몽』을 읽었던 독자의 경우,『요미우리신문』의『금색야차』의 독자층의 경향과 비슷하면서도 다른 경향을 보이고 있다. 『금색야차』는 가정소설이기는 하지만, 좀 더 고급스러운 인텔리 독자층들 역시 포함하고 있었다. 따라서 독자들의 투고 역시 다양한 형태를 띠고 있었다. 내용 면에서의 감정 이입이나 감정에 호소하는 여성적 경향의 독자들도 있었지만, 좀 더 전문적인 경향에 대해 투고하는 독자들도 있었다. 즉, 문체 표현면에서 구체적으로 짚는 독자들이나 삽화, 단행본에 대한 요구 등 다양한 방식으로 자신들의 의견을 토로하기도 했다. 그만큼 독자층의 경향이 다양했다고 할 수 있다.

그런데 『장한몽』을 읽었던 독자들은 감정 이입이나 연극 관련 이야기들이 많았다. 대부분의 남성 독자들은 연극장 관련해서 언급하며, 여성에 대해 매우 비판적인 시각을 가지고 있었다. 이는 번역자의 태도와도 비슷하다고 할 수 있다. 번역자인 조중환 역시 그러한 계도적, 비판적 태도에서 여성을 바라보며, 현모양처의 담론 아래에서 독자들의 경향을 이끌려고 했다. 그런데 여성 독자들은 심순애에 동감하며, 감정 이입과 욕망 분출에 더 초점을 맞추었다. 서로의 의도가 어긋나면서 여성 독자들의 욕망은 좀 더 강하게 표출되었다고 할 수 있다. 또한 소설과 연극의 구분 역시 없어서, 소설은 연극의 대본 정도로 여기는 것도 사실이었다.

여기에 더 나아가 조중환은 『장한몽』 이후 『속장한몽』을 창작하여 연재하면서, 『금색야차』보다도 더 가정소설적 경향을 강화하게 된다. 즉 처첩갈등의 형태로 바꾸어 그 부분을 더욱더 강조하게 되는 것이다. 결국 이는 번역자의 의도 자체가 이러한 가정소설 안에서 현모양처의 담론을 대중소설 속에 녹이려고 했던 것이라 볼 수 있다.

전반기에 가장 두드러진 작품이 『장한몽』이었다면, 후반기의 전초를 알리는 작품이 바로 『해왕성』이라 할 수 있다. 실제로 『해왕성』의 모본이 된 『만조보』의 『암굴왕』의 경우, 『요미우리신문』의 『금색야차』와 동시대에 그 대응책으로 등장했던 작품이기도 했다. 『암굴왕』은 루향이 지식인 독자층을 겨냥하여 야심차게 연재했던 작품이기도 하며, 실제 문학 평론가들에게 고평을 받기도 했다. 그만큼 수려한 문체와 구성으로 극찬을 받았다. 또한 이 때문에 지식인 독자층들의 호응 역시 얻어낼 수 있었다. 그런데 문제는 『만조보』의 독자층이 다양하게 이루어졌기 때문에 발생했다. 즉 『암굴왕』이 284회라는 엄청난 시간 동안 연재되면서 그 내용상 지식인 남성 독자들의 호응은 얻어내었지만, 가정소설을 좋아하던 여성 독자층의 불만을 사게 된 것이다. 대중소설의 측면에서 봤을 때, 독자들은 가정소설과 탐정소설로 나누어, 여성 소설, 남성 소설로 스스로 구분하기도 했다. 이렇게 볼 때 여성 독자층은 이러한 탐정소설만 연재되는 것에 대해 반발할 수밖에 없었다. 따라서 루향이 다시 『레미제라블』의 번역인 『희무정』까지 이어 번역하겠다고 했을 때, 여성 독자가 반발하며 투고하기까지 하게 되었다. 결국 루향은 이 여성 독자의 반발을 받아들여, 여성 소설을 좀 더 연재한 이후에 『희무정』을 연재하게 되었다.

그런데 이에 반해 『해왕성』은 전혀 다른 모습을 보여준다. 일본처럼 다양한 신문이 존재하지도 않았고 오로지 『매일신보』 하나만을 볼 수밖에 없었던 식민지 조선 독자들은 그 신문연재소설란을 통해서 천천히 성장하고 있었다. 따라서 긴 호흡을 따라서 연재되는 소설들을 읽으면서 독자들은 그 긴 연재에 익숙하게 훈련되었다. 동시에 『해왕성』은 민족적인 울분과 연계되면서 더욱 호응을 일으켰다. 따라서 여성 독자의 편지를 보면, 여성 독자들 스스로도 인과응보와 한풀이를 요구하면서, 더욱 극적인 장면을 원하는 것을 볼 수 있다. 즉 식민지 여성 독자들은 『해왕성』을 통해서 남성인 장준봉에게 감정이입을 하며, 이 작품을 함께 즐기고 있었던 것이다. 이는 루향이 『암굴왕』의 독자들을 향해서 지루하더라도 인과응보와 끝 부분이 좀 더 시원해야 하지 않겠느냐며 지루한 연재에 대해 변명하는 측면과 비교해볼 때 확연히 달라지는 부분이다. 『해왕성』의 독자는 스스로 더욱더 확실한 결론을 내어달라며, 확실하게 인과응보가 일어나서 악인이 철저히 응징 당하는 것을 보고 싶다고 언급하고 있다. 결국 일본의 독자와 조선의 독자는 비슷하지만, 차이를 드러내며 그 특징을 보여주고 있는 것이다.

결국 이러한 측면은 『매일신보』라는 유일한 신문을 통해 독자들이 서서히 성장하면서 다양한 반응을 양성해내기 시작했음을 보여주는 것이다. 또한 동시에 일본의 경우, 여성과 남성 독자, 여성 소설과 남성 소설의 구분이 분명했던 데 비해서, 조선은 그러한 성별의 차이 없이 신문연재소설에서 이 두 가지 경향이 연계되어 포함되며 진행되었다고도 할 수 있다. 이는 하층 독자와 지식인 독자를 어느 정도 아우르려는 번역자의 의도와 독자 반응이 서로 시너지를 이루며 상호작용을 하는 가운데 형성된 것이라 할 수 있을 것이다. 또한 하나의 매체 속에서 번역자가 신문연재소설을 통해 일반 독자들을 서서히 훈련시켜 간 결과라고도 할 수 있다. 덧붙여 번역자가 대중적인 부분을 강화하여 번안의 묘미를 살려낸 것 역시 주요한 역할을 했다고 볼 수 있을 것이다.

신문연재소설의 발달과 번역자의 의도, 대중 독자의 성장은 사실상 근대문학사적인 측면에서 매우 중요한 문제라 할 수 있다. 또한 이러한 근대독자의 성장은 한·일을 비교함과 동시에 동아시아 전체를 비교해 봄으로써 식민지 조선의 근대독자의 특징이 더욱 명료하게 드러날 수 있다. 그러면 텍스트를 비교 분석하면서 작품 자체에 개입하고 있는 번역자의 의도 및 창작 의지에 대한 논의와, 한·중·일 독자들을 비교 선상에 놓고, 식민지 조선의 근대문학의 지평과 독자 지평에 대한 논의는 다음 글에서 살펴보겠다.

3. 한·중·일 번역문학과 독자 경향 비교

근대계몽기 동아시아의 근대를 받아들이는 과정은 비슷하면서도 분명 차별점이 존재한다. 즉 그 내적 토대의 차이에 따라서 다른 형태를 보이는 것이다. 같은 서양의 텍스트를 번역해서 가져오더라도, 한국, 일본, 중국은 비슷하면서도 다양한 반응을 보여준다. 즉 각각의 내적 토대에 따라서 받아들이는 양상 역시 다르다는 것이다. 또한 같은 텍스트 속에서 받아들이는 요소 역시 한·중·일의 상황에 따라 다른 것이 현실이다.

이처럼 한·중·일 동아시아 삼국을 비교 대조하며 보아야 하는 이유는, 서양의 근대를 받아들이는 태도에서 이 삼국의 내적 토대와 독자들의 능동적인 역할에 따라 문학의 토대가 달라지기 때문이다. 비슷하면서도 다른 그 각각의 차이점을 밝혀보는 것은 결국 근대계몽기 한국의 번역 문학의 영향력과 그 속에서 근대를 받아들이는 내적 토대의 특징, 그리고 그것을 수용하여 내면화시키고, 또 다른 방식으로 변형시키는 독자들의 실제 모습을 명확하게 바라볼 수 있다는 점에서 중요하다. 동아시아 삼국 모두 비슷한 반응을 보이는 면을 보이기도 하고, 두 나라씩 비슷한 점을 공유하기도 한다. 그 속에서 결국 각 나라별 특징을 살펴볼 수 있는 것이다.

결국 이것은 근대계몽기 한국 근대문학의 태동에 대한 실마리를 제공하게 한다. 동아시아 삼국은 서로의 영향 관계 속에 존재한다. 서양의 근대가 밀려오고 있었다 하더라도, 동아시아 삼국의 토대 속에서 걸러진 서로의 문화와 접변되면서 서로가 서로에게 영향을 끼치기도 하는 것이다. 따라서 처음 수입된 서양의 근대 문화는 또 다른 형태로 변형되고, 또 다시 재변형되어 새로운 형태의 문화로 다시 동아시아 삼국에게 서로 영향을 미치게 된다는 것이다.

이러한 상황은 결국 동아시아 삼국의 문화적 토대와 더불어 내적 토대의 근간을 이루는 수용자, 즉 독자들의 태도와 경향에 따라 구분되는 현상이기도 하다. 즉 다시 말해서 텍스트를 텍스트되게 하고, 적극적으로 영향력을 행사하는 독자의 존재가, 동아시아 각국의 근대문학의 특징을 결정짓고 있을 수도 있다는 것이다. 따라서 "독서실행에 관한 모든 역사는, 필연적으로 쓰어진 것의 역사이며 아울러 그것을 읽은 독자들인 남긴 증언의 역사"인 것이다. 이는 다시 말해서 "독서는 특정한 행위와 공간 및 습관 속에서 구체화된 실천"[44]인 것으로 근대계몽기에 근

---

44   로제 샤르티에 · 굴리엘모 카발로 편, 이종삼 역, 『읽는다는 것의 역사』, 한국출판마케팅
      연구소, 2006, 13면.

대문학을 생산해낼 수 있게 한 가장 주요한 동력이 되는 것이다. 또한 이 독서 행위 속에서 내적 토대라는 문화 속에서 움직이는 주체로 자리매김하고 있는 독자는 새로운 텍스트를 출현시킬 수 있도록 만드는 계기를 제공하고 있는 것이다.[45]

따라서 이 글에서는 서양의 근대문학을 번역해 오면서 한·중·일 동아시아 각국이 어떤 방식으로 수용하며, 또 다르게 반응하고 있는지 살펴볼 것이다. 동아시아 각국에서 번역된 작품들은 사실상 각 문화적 차이에 따라 매우 다양하다. 또 각국의 문화적 환경에 맞게 선별되어 번역되기에 이르렀다. 따라서 대중적 인기의 측면에서도 각국의 분위기는 다른 점들이 많다. 결국 이렇게 한·중·일 동아시아 삼국의 번역문학의 상황과 독자의 반응을 살피는 것은 근대계몽기 한국 근대문학의 성립과 근대독자의 출현에 대해 밝힐 수 있는 계기가 될 수 있을 것이다.

특히 『춘희』[46]에 대한 동아시아 삼국의 번역 상황을 알아보고, 독자들의 반향에 대해서 살펴볼 것이다. 이러한 독자들의 반응을 분석해봄으로써 텍스트가 어떻게 그 문화에 맞게 번역되고 받아들여지는지도 살펴볼 수 있을 것이다. 동시에 수용자로서의 독자들이 그 번역문학 속에서 서양의 번역어를 어떤 방식으로 향유하고 새로운 문화를 만들어가는지도 살펴볼 것이다. 결국 이와 같은 작업은 근대계몽기 근대독자

---

45 로제 샤르티에는 "새로운 독자가 새로운 텍스트를 만들어내고, 텍스트의 의미는 텍스트의 새로운 형식에 따라 좌우된다"라는 도널드 매킨디의 말을 인용하여, 결국 텍스트의 향유와 변화 과정을 가장 크게 움직이는 동력으로서 독자의 중요성에 대해 피력하고 있다.(위의 책, 14면 참조)

46 Alexandre Dumas의 작품 *La Dame aux camelias*을 본고에서는 『춘희』라고 지칭한다. 이 『춘희』가 동아시아 삼국에 번역될 때에는 각자 다른 이름으로 변경되었다. 중국의 경우는 『巴黎茶花女遺事』로, 일본은 『椿姬』로, 한국은 『紅淚』라는 이름으로 번역되었다.

의 성립과 또 번역어의 정착과정을 통해서 한국 근대문학의 문화적 토대를 살펴볼 수 있는 계기가 될 것으로 기대한다.

1) 중국의 근대 번역문학과 『파리차화녀유사(巴黎茶花女遺事)』
   —중국식 근대의 생산

(1) 서양의 문명 배우기—문명과 계몽

근대계몽기 서양 문학의 번역에 대한 생각은 한·중·일 동아시아 국가 모두 동일했을 것이다. 그것은 선택이 아니라 생존의 문제로 '근대'를 생각하게 만들었고, 또 그러한 서양 문학 내지 서양 문화의 번역은 서양의 근대를 이겨내는 도구가 되었을 것이다. 특히 중국의 번역문학에 대한 의식과 조선의 지식인들이 가지고 있었던 번역문학에 대한 의식은 유사한 점이 많다.

국문판 『대한매일신보』가 처음 나왔을 때, "흔문을 모르시는 쳠위와 부인녀자의 사회를 위ᄒ와 슌국문으로 신보 일부를 다시 발간ᄒ되 히외 전보를 즉졉ᄒ고 ᄂᆡ외국간 탐보를 민쳡활발ᄒ게 보도ᄒ오며 쏘 타인의 반대ᄒ고 혹 혐의ᄒᄂᆞ 거슬 죠곰도 긔탄치 안니ᄒ고 강경흔 론셜노 시셰와 물졍을 ᄯᅡ라 공졍히 쥬필ᄒ오며 려염간 풍긔와 질고와 션악까지라도 소샹히 긔ᄌᆡᄒ 터이오니 쳠위 동포ᄂᆞ 다슈히 구람ᄒ사 남자와 녀ᄌᆞ가 동등으로 문명샹에 진달ᄒ심을 본사에셔 희망이옵"[47]이라고 말하면

---

47 '社告', 『대한매일신보』, 1907.5.23, 3면.

서 해외 상황에 대한 판단과 문명에 대한 배움을 강조한다. 그러면서 이러한 하층민들에게 문명을 배울 수 있게 해주는 방법으로 국문소설을 이용하게 되었다. 소설이 사실은 계몽의 도구로 활용되었던 것이다.

사실 이러한 측면들은 양계초가 발행한 『시무보時務報』와 『청의보淸議報』의 취지와도 연관된다. 『시무보』는 총 69책이 간행되었으며, 1896년 8월 상해에서 창간되어, 1898년 8월에 폐간되었다.[48] 『시무보』의 번역 상황에서 가장 눈에 띄는 것은 바로 추리소설의 번역이다. 실제로 그 당대 추리소설 및 탐정소설은 중국에서 낯선 방식의 문학이었다. 번역 어휘나 서사 방식 모두 낯설었고,[49] 그렇기 때문에 이것은 내용적으로도 형식적으로도 서양적인 것을 내포하고 있었다.

이후 무술변법이 실패하면서 양계초는 1898년 요코하마에서 『청의보』를 발간했다. 『청의보』는 1898년 11월 11일에 창간되어 1901년 11월 11일까지 한 달에 3번씩 총 100책이 간행되었다. 『청의보』는 현실비판적인 차원과 서구 문물 소개라는 두 가지 차원으로 진행되었다. 즉 "'本館論說'이 주로 장편 논설 형식을 통해 자신들의 개혁 프로그램을 제시하고 현실 비판을 수행하였다면 '近事', '政治學譚', '政治小說' 등의 칼럼은 세계 각국의 중대사건과 서구 근대 정치이론 그리고 외국의 정치소설들을 지속적이고 체계적으로 소개함으로써 '民智'를 '계발'하는 데 활용"[50]되었던 것이다.

---

48 『시무보』 발간 시기와 그 당시 언론인들에 대한 논의는 백광준의 「청말, 그리고 외국 추리소설의 번역-『시무보』의 외국 '탐정 텍스트' 번역을 중심으로」, 『중국문학』 제49집, 2006.11, 238면 참조.
49 『시무보』에 연재된 탐정물에 대하 논의는 백광준, 위의 글 참조.
50 홍준형, 「시사단평과 근대 매체산문의 계보」, 『중국어문론역총간』 제27집, 2010.7, 8면 참조.

각국정계가 나날이 나아가는데, 정치소설이 최고로 공이 크다. 영국 명사 모군이 말하기를 소설은 국민의 혼이라 하였다. (…중략…) 외국의 유명한 유학자의 저술, 또한 이는 금일 중국의 시국의 상황과 연관되는 것으로 선택한다. 그다음 번역은 애국 지사를 알려 서민이 관람할 수 있게 한다.[51]

위의 인용문은 양계초가 『청의보』를 펴내면서 정치소설을 싣는 이유에 대해서 설파한 부분이다. 그런데 『대한매일신보』에도 이와 유사한 부분이 등장한다.

호협ᄒ고 강개흔 쇼셜이 만흐면 그 국민이 ᄯ흔 이로써 감화를 밧을지니 셔양션ᄇᆡ의 닐은바 쇼셜은 국민의 혼이라 흠이 진실노 그러ᄒᆼ도다[52]

소설이 국민의 혼이라는 말을 언급하면서, 서양의 문물을 소설을 통해서 쉽게 일반 부녀자들이나 서민계층에게 전달하겠다는 의도가 보인다. 또한 이러한 말이 반복되고 있는 것 역시 양계초의 글에 영향을 받았을 확률도 높다. 조선과 중국에서의 지식인들은 그 당대 비슷한 생각으로 서양의 문물을 번역하고자 했을 것이다.

특히 중국에서는 최대한 빨리 많은 양의 서양 문학, 문화를 번역하고자 했다. "1897년 양계초는 '論譯書'에서 "지금 세상에서는 책을 번역하는 것이 바로 강국이 되는 최고의 방법이다"라고 언급하거나 강유위 康有爲가 "『日本書目志』"을 간행하고 소설 부분에 1,058편의 일본소설

---

51   任公, 「譯印政治小說序」, 『淸議報』 1冊, 1898.11.11, 54면.
52   '론셜', 『대한매일신보』, 1908.7.8.

(筆記小說 포함)을 수록하면서 첨부한 '識語'에서 "서둘러 소설을 번역하고 그것을 읽어야 한다. 서구유럽은 소설학이 더욱 발전했다"[53]라고 하면서 근대 문명의 가장 선두적인 것으로 소설을 꼽고 있었다.

(2) 『홍루몽』의 영향력과 『파리차화녀유사(巴黎茶花女遺事)』

따라서 앞에서 살펴본 바대로, 중국의 서양문학 번역은 잡지나 단행본 등에 의해서 활기를 띠고 있었다. 중국 근대의 소설 번역은 1870년부터 1919년까지 엄청난 양이 쏟아져 나왔다. 이 중 가장 유명한 번역가는 임서林紓였다. 특히 그가 알렉산드르 뒤마의 『춘희』를 번역한 『파리차화녀유사巴黎茶花女遺事』는 중국 근대문학에 엄청난 영향을 끼친 작품이기도 하다.[54]

그런데 중국에서 서양 문학 번역은 매우 특이한 형태를 띠고 있었다. 실제로 유명한 명저보다는 그 외의 작품에 대한 번역이 훨씬 많기 때문이다.[55] 또한 번역된 소설 중 가장 많은 것은 연애소설이고, 그다음이 탐정소설이라고 한다. 중국에서는 이러한 부분이 적었기 때문에 이러한 소설이 번역되자 매우 신선한 느낌을 주었다고 한다.[56]

따라서 사실상 일본이나 한국의 번역 문화와는 또 다른 중국만의 독

---

53 오순방, 『中國近代의 小說 飜譯과 中韓小說의 雙方向 飜譯 硏究』, 숭실대 출판부, 2008, 30면.
54 위의 책, 32면.
55 오순방에 따르면 세계 명저들이 번역되었지만, 실제로 명작에 해당하는 번역소설은 전체의 10%를 넘지 못했고, 번역된 작품의 90% 이상은 2·3류 작가들의 것이었다고 한다.(위의 책, 35~36면)
56 장징, 임수빈 역, 『근대 중국과 연애의 발견』, 소나무, 2007, 140면 참조.

특한 분위기가 있었다. 한 쪽에서는 임서 등이 연애소설과 관련한 소설을 번역했고, 또 한편에서는 양계초처럼 『시무보』나 『청의보』에서 정치소설을 옮겨오려고도 했다. 그런데 여기에도 탐정소설이 가미되면서, 결국 이러한 탐정소설이나 정치소설은 서양의 문물을 배우고자 하는 의도에서 번역되었다고 할 수 있다.

청나라 말기에 제국주의의 침략이 강해지면서 정부를 비판하는 '견책소설'이 출현하기도 했다. 또한 신문 매체에서는 역사연의歷史演義 소설이 등장하여 역사를 기록하는 사관 필법으로 시대 상황에 즉각적으로 대응할 수 있었다.[57] 결국 이러한 역할은 『시무보』나 『청의보』의 정치소설들처럼 소설이라는 도구로 당시의 상황을 개혁하려 했으며 신문에 게재하여 엄청나게 흥행하기도 했다.[58]

이러한 측면은 조선의 근대 초기와도 닮았다고도 할 수 있지만, 연애소설 특히 『춘희』의 대유행은 조선과는 다른 분위기를 표출한다. 일본의 대중 문학은 순문학이 먼저 등장한 이후 출현했다. 그런데 중국은 그와 반대로 통속문학이 먼저 발달한 이후, 순문학이 발달하게 되었다.[59] 그런 면에서 『파리차화녀유사』는 중국식 근대의 표현이었다고 할 수 있다. 또한 수많은 아류 작가들이 이와 유사한 작품을 모방하여 재생산함으로써 대중 독자들의 요구를 받아주었던 것이다.

중국은 『시무보』, 『청의보』에서 드러나듯이 탐정소설을 통해서 서양 문물을 배우고자 하는 욕구가 컸다. 또한 이러한 맥락에서 서양 연

---

57   錢理群等, 『中國現代文學三十年』, 北京大學出版社, 1998.7, 76면.
58   王士菁, 『中國文學史』, 中國工人出版社, 2002.9, 412면.
59   장징, 앞의 책, 139면 참조.

애에 대해서도 접근하는 면도 있었다. 서양의 연애를 배운다는 측면에서, 남녀의 자유로운 연애, 그리고 결혼을 전제하지 않는 연애의 모습에 대해 배워나가고 있었다. 또 형식적 차원에서 묘사의 과정 역시 하나의 배움을 주고 있었다. 즉 과정에 대한 묘사였다.[60]

사실 중국에서『파리차화녀유사』가 일종의 신드롬을 일으키듯이 어마어마한 반향이 나왔던 것은, 그 이전부터 중국 독자들이『홍루몽』에 의해 학습되어 왔기 때문일 수도 있다.『홍루몽』은 규방의 여성 독자들의 폭발적인 인기를 끌면서 새로운 독자 문화의 패러다임을 이끌어내었다.『홍루몽』을 읽고 난 후, 이에 감흥을 얻은 여성 독자들이 책에 대한 감상이나 평을 시로 지어 여성 독자로서의 정체성을 드러내게 되었다.[61] 또한『홍루몽』을 보고 감정이입을 너무 심하게 한 여성 독자들이 실제로 병에 걸려 죽기도 했다는 문서들이 전해오고 있다.

옛날 탕임천의『모란정』을 읽고 죽은 이가 있었다고 하는데 최근에는 어떤 한 어리석은 여자가『홍루몽』을 읽다가 죽었다. 처음에 그 여자는 형의

---

60 장정은 "뜻을 같이하는 사람들끼리 모여 서로의 문재와 미모에 반하여, 시를 통해 가슴속의 그리움을 표현하거나 악기를 연주하여 사모의 정을 호소하는 것이 여전히 세련된 사랑의 정서를 표현하는 수단이었다. 청나라 시대까지는 실생활 속에서 시를 통해 심경을 나타낼 수 있었지만, 20세기부터 이러한 사교 관습은 완전히 현실성을 잃어버렸다"(앞의 책, 106면)라고 하면서『파리차화녀유사』가 나오기 전까지는 연애의 과정 자체를 그려낸 적이 없었다고 설명하고 있다.

61 최수경은「淸 後期 女性들의 小說 수용에 관한 연구—題紅詩에서『紅樓夢影』까지」,(『中國小說論叢』제35집, 2011, 307~308면 참조)에서『홍루몽』의 출간이 여성 독자들을 가장 광범위하고 보편적인 공간으로 끌어내게 된 계기라고 설명하고 있다. 또한 이 당시 여성 독자들은『홍루몽』을 읽고 그 감상을 시로 쓰는 '題紅詩'의 방식으로 자신들의 느낌을 시로 표현했다고 설명하고 있다. 또한 제홍시를 쓴 여성 시인은 30~40명 정도로 알려져 있다고 한다.

책상에서 『홍루몽』을 찾아 침식을 잊은 채 탐독하였다. 책의 절묘한 부분에 이르면 간혹 책을 닫고 명상을 하다가 눈물을 쏟곤 했다. 다시금 앞으로 돌아가 읽기를 반복하며 무려 수백 번을 거듭 읽느라 끝까지 읽지 못하고 마침내 병이 들었다. 부모가 그것을 알아채고 급히 책을 빼앗아 불을 살라버렸다. 여자는 "어떻게 나의 보옥과 대옥을 불태우나요!"라고 부르짖다 마침내 실성하여 언어에 두서가 없어지고 자나 깨나 보옥을 부르지 않는 때가 없었다. 무당을 데려다 푸닥거리를 해보아도 소용이 없었다. 어느 날 저녁 침상의 등을 뚫어지게 바라보다 연거푸 "보옥, 보옥이 여기에 있었구나"라는 말을 내뱉고는 마침내 흐느껴 울다 숨이 지고 말았다.[62]

『홍루몽』의 인기는 그야말로 어마어마했다. 그렇게 『홍루몽』이 인기가 있었던 이유는 이 『홍루몽』이 다른 소설에서는 보여주지 못했던 여러 가지 연애의 감정을 불러일으켰기 때문이다. 즉 그 이전까지 중국소설에서 보여주던 수직적인 관계가 아니라 수평적인 관계로 남녀의 관계를 보여주었던 것이다.[63] 그러한 면이 독자들에게 엄청난 인기를 끌도록 만들었다고 할 수 있다.

이러한 면이 좀 더 극대화되어 나타난 것이 바로 서양의 근대적 연애를 보여준 『파리차화녀유사』였다. 『파리차화녀유사』는 중국 근대지식인들에게 "서양의 『홍루몽』"[64]이라 불리기도 했다. 특히 『파리차화녀

62 樂鈞,『耳食錄』二編, 道光元年靑芝山館刊本 卷8, 一粟,『紅樓夢卷』, 新文豊出版社, 1989, 347면.(한혜경,「문화현상으로 바라본 淸代의『紅樓夢』열풍」,『中國小說論叢』제30집, 2009.9, 279면 재인용)

63 한혜경(위의 글, 286면 참조)은 이를 근대적 의미의 사랑으로 보고, 상호존중, 상호이해라는 측면에서 가보옥과 임대옥의 연애가 이루어지고 있음에 주목하고 있다.

64 王虹,「戀愛觀と戀愛小說の飜譯」,『多元文化』2호, 名古屋大學國際言語文化硏究科 國際

유사』는 직접적이고 대담한 서양식 연애를 보여주었다. 『파리차화녀유사』에 영향을 받아 쓴 다른 유사한 중국의 작품과 비교해 보면, 중국의 것이 보다 은근하고 함축적인 연애를 보여주고 있는 데 반해, 『파리차화녀유사』는 "한편의 대담한 사랑과 죽음의 서양비극"[65]이었다.

따라서 남성 독자들에게는 서양적인 대담한 연애를 통해서 카타르시스를 느끼게 해주었다면, 여성 독자들에게는 『홍루몽』을 잇는 감성적인 영역에서 카타르시스를 느끼게 해주었을 것이다. 즉 수직 관계였던 남녀의 관계가 『홍루몽』에서 『파리차화녀유사』로 이어져오면서 수평적 관계의 남녀의 연애 관계를 더욱 여실히 보여주기 시작했던 것이다. 동시에 "남자가 자기를 낮추고 행동으로 애정을 표현하는 것을 명예"[66]로 여기는 장면은 결국 서양의 연애의 과정을 배우도록 만들면서 남성들의 주의를 끌었을 것이다. 또한 여성의 입장에서는 이러한 남성의 구애와 애정 표현이 더욱 흥미를 유발했을 것으로 보인다.

多元文化專攻, 2002.3, 80면.
65 李欣穎, 「斷場人寫斷場詞-從敘述模式看小說『玉梨魂』之寫作特色」, 『中國語文論譯叢刊』 제22집, 2008, 269면 참조.
66 장징, 앞의 책, 101면.

2) 일본의 근대 번역문학과 『춘희(椿姬)』
― 남성 소설 독자와 여성 소설 독자의 분리

(1) 남성형 소설과 여성형 소설의 구분과 독자 경향

일본은 동아시아 삼국 가운데 신문 매체의 중요성을 알고 가장 먼저 신문을 발행했다. 1846년경 일본에 처음으로 네덜란드의 신문인 *Amsterdam Nederlands Magazijn*이 들어온 후[67] 10년도 지나지 않아서 민영 신문이 나왔으며, 1870년대 이후에는 일간 신문이 나오기 시작했는데 1870년에 일본 최초의 일간 신문인 『橫濱每日新聞』이 발행되었다. 1874년 이후에 서민층에서도 읽기 쉬운 소신문이 등장하게 되면서[68] 일본의 신문은 정치적인 면을 담은 지식인들을 위한 대신문과 좀 더 문예나 잡보 등에 치중된 서민층을 위한 쉬운 신문인 소신문으로 나뉘어서 발간되었다.[69]

따라서 일본은 동아시아 삼국 가운데 가장 먼저 발 빠르게 신문 매체의 발전을 도모했다. 사실 일본보다 중국이 서양의 신문 매체를 더 빨리 받아들였다. 그러나 중국이 미적대고 있는 사이, "일본은 구미의 문물을 대담하게 직유입하여, 이를 주체적으로 소화"했던 것이다.[70] 또한 신문 매체가 다양하게 발달하여 대신문과 소신문으로 나누어진 채, 독

---

67 임근수, 「동양에 있어서의 근대신문의 생성 과정에 대한 비교사적 연구―한국·중국·일본을 중심으로」, 『아세아연구』 12권 4호, 고려대 아세아문제연구소, 1969, 167면.
68 김민환, 『동아시아의 근대신문지체요인』, 나남, 1999, 124면.
69 사실 이 소신문의 시작은 『요미우리신문』이 메이지 7년(1874) 12월 2일에 발간되는 시기로 보고 있다. 결국 이는 서민층과 부녀자층을 겨냥하여 나온 것이라 할 수 있다.(杉浦 正, 『新聞事始め』, 毎日新聞社, 쇼와 46년(1971), 295면 참조)
70 임근수, 앞의 글, 162면.

자층이 다양하게 나누어지는 계기가 되기도 했다.

이렇게 일찍부터 발달한 신문 매체의 경향 때문에, 일본의 독자들은 자신의 구미에 맞는 신문을 찾아 읽을 수 있었다. 그러다 보니 신문연재소설에 대한 취향 역시 뚜렷하게 구분되었다. 즉 지식인 남성을 주된 독자층으로 삼는 소설과 부녀자층, 특히 여성 독자들을 주된 독자층으로 삼는 소설로 나뉘게 된 것이다.

『춘희』가 연재되다가 중단된 『만조보』의 경우, 남성 독자층과 여성 독자층의 극명한 대립을 보여주고 있다.

> 淚香소사 족하
>
> 소설에 만약 남녀 양성이 있다고 한다면 암굴왕과 같은 것은 남성적인 남자적 소설이고, 『미제라브르』도 똑같이 남성적 소설은 아니지만, 나는 암굴왕의 후속으로 바로 또 남성적인 긴 모노가타리(긴 이야기, 장편 이야기)를 읽는 것을 싫어합니다. 원컨대, 여성적인 지극히 뛰어난 소설 한 편을 그 사이에 끼워 넣어 주세요.
>
> 小石川 中川樂水
>
> 淚香 曰 지당한 주문이라면 재고하여 마땅히 결정을 내리겠음.[71]

위의 여성 독자는 쿠로이와 루이코黑岩淚香가 『만조보』에 자꾸 남성 소설만 싣고 있다며, 여성적 소설을 실어달라고 불평을 하고 있다. 루향

---

[71]　『巖窟王』259회(274회의 誤記) 연재 중, 『萬朝報』, 1902.6.1.

涙香은『암굴왕巖窟王』(1901.3.18~1902.6.14)을 이미 284회라는 긴 시간 동안 연재해 왔다. 그런데 다시 그 뒤에『레미제라블』을 번역한『희무정嘻無情』을 또다시 길게 연재하겠다고 하니, 여성 독자는 이에 대해서 직접적으로 반발하고 있는 것이다. 결국 루향은 이 독자의 불평을 받아들여서『희무정』을 바로 연재하지 못하고, 그 사이에 직접 창작한 단편 「鷹の話」(1902.1.27)와 「母の罪」를 번역한 椿說 「花あやめ」(1902.6.17~10.5)를 56회간 연재한 다음에야『희무정』을 연재할 수 있었다.[72] 그런데 루향이『레미제라블』을 번역한『희무정』을 연재하겠다고 발표했을 때, 여성 독자들과는 달리 남성 독자들은 매우 직접적으로 환영 의사를 밝혔다. "세간에 이미 정평이 나 있는 레미제라블과 같은 것도 한번 선생의 붓에 올린다면, 용이하게 이를 통속적으로 이를 재미있게 만들어, 족히 朝報紙上 제일의 글이 되어 유혹할 것임을 어찌 의심"[73]하겠느냐며 루향의 실력이라면 제대로 번역할 것이라며 자신들의 기대를 그대로 피력하기도 했다.

결국 이렇게 독자 스스로가 남성 소설과 여성 소설을 구분하고, 남성 소설의 독자, 여성 소설의 독자를 구분하게 된 것은 바로 일본의 신문 매체가 다양하게 발달했기 때문에 가능했던 것이다.

---

72 『萬朝報』에서 독자를 확장하기 위해 펼친 전략과, 남성적 소설 독자와 여성적 소설 독자가 양분된 사항에 대해서는 전은경의 「근대계몽기 한·일 번역문학과 근대독자층 비교 연구—『장한몽』과 『해왕성』을 중심으로」(『어문학』 117집, 2012.9) 참조.
73 本鄕 布施知足, 「寄書」, 『巖窟王』 260회(275회의 오기) 연재 중, 『萬朝報』, 1902.6.3, 1면.

(2) 『춘희(椿姫)』의 번역과 『만조보(萬朝報)』 독자 전략의 변화

일본에서『춘희』라는 제목으로 번역한 최초의 인물은 오사다 슈도長田秋濤였다. 그는 실제로 프랑스 유학을 경험하고『춘희』를 직접 번역한 인물이었다.[74] 사실『춘희』가 단행본으로 출판된 것으로 생각하지만, 실제로 오사다 슈도는 루향淚香이 창간한『만조보』에 먼저 연재를 했었다. 물론 중간에 중단되기는 했지만, 루향이 연재한『암굴왕』다음에 연재를 이어갔다. 앞에서 언급했던 여성 독자의 요청으로 연재한 루향의 椿說「花あやめ」(1902.6.17~10.5)와 연재 기간이 겹치고 있다. 오사다 슈도의『춘희』는『만조보』에 1902년 8월 30일부터 10월 9일까지 총 37회 연재된 후, 연재 중단이 되었다.

문체는 번역체가 되겠고, 사건의 발전, 인물의 행동, 일본에서는 어떨까하고 생각되는 구절도 가능하겠지. 아니다. 가능한 게 틀림없다. 참고 전체를 통독해 보면, 적어도 사랑(戀)이란 무엇인지, 사랑의 진실은 무엇인지를 알 수 있을 것이다. 어찌나 ○○한지, 어찌나 흥미로운지, 어찌 절절하고 후회되고 슬픈지, 안타깝고 깊은 사랑인지(戀인지)는, 처음 십 회 정도만 참으면, 독자 스스로도 알게 될 것이다.[75]

오사다 슈도는『춘희』의 연재를 시작하면서 작가의 말을 위와 같이 덧붙였다. 그는『춘희』의 세계가 일본에서도 충분히 가능하다고 보았

---

74   王虹, 앞의 글, 79면.
75   長田秋濤,『椿姫』一の一,『萬朝報』, 1902.8.30, 1면.

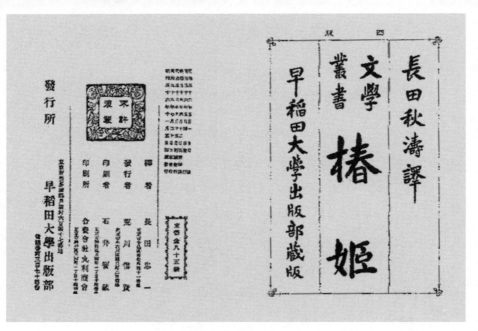

다. 또한 처음은 괴롭고 힘들지만, 10회까지만 견디게 되면, 『춘희』가 보여주는 진정한 사랑이란 무엇인지 충분히 이해하고 공감하게 될 것이라며 단언하고 있다. 그러나 10회까지만 견뎌내면 『춘희』의 즐거움에 빠질 수 있다는 그의 단언과는 달리, 10회까지만 연재되고 중단되기에 이른다.

이러한 면은 『만조보』의 상황과도 연계해서 파악해볼 필요가 있다. 『만조보』는 어떤 면에서 지적인 독자들을 끌어당기기 위해 노력하고 있던 중이었다. 루향은 남성스릴러물들을 연재하면서, 독자층들의 수준을 끌어올리고자 하고 있었다. 그러한 가운데, 실린 사설에서는 『만조보』의 소설을 다른 대중 신문의 소설들과는 다르다는 '경계짓기'를 하고 있다는 것을 알게 해준다.

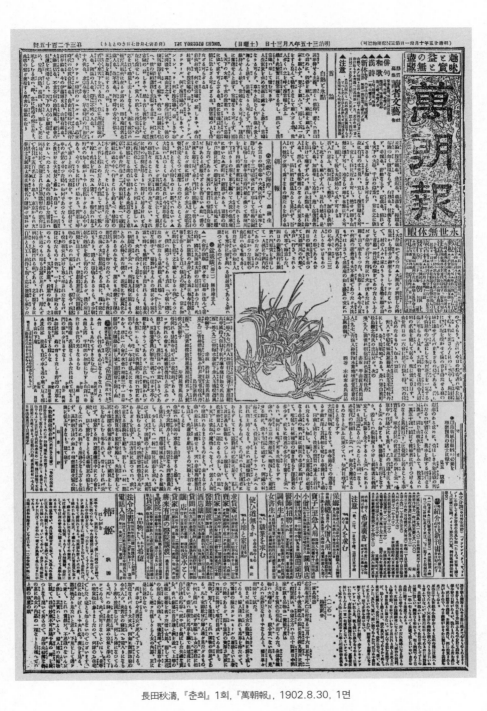

長田秋濤, 『춘희』 1회, 『萬朝報』, 1902.8.30, 1면

이 지도자 없는 지금의 문단은 필연적인 결과로서 난잡한 광경을 드러낸다. 이르기를 출판물의 남출(濫出), 이르되 말류(末流)의 발호(跋扈), 이르기를 문장의 타락, 기타 간접 직접의 결과로서, 필연적으로 이것들이 보수(報酬)받는 것을 하락시키고, 이것들의 이러한 품위를 가진 것을 참을 수 없어하며 대항하여 서책의 앞에 굽실거려 서책이 두말할 것도 없이 사리사욕적인 영업자같이 그 말류(末流)를 써서 열렬히 淫靡輕俳(음란한 것에 쏠리고 경시하여 배척하여 쇠퇴하는)의 것을 만들어냄으로써 이익을 취하는 데 여념이 없으니, 이와 같은 문단에 있어서 누가 능히 신기원을 얻을 수 있으며, 천재적인 것을 얻기를 바랄 수 있는가.[76]

『춘희』가 마지막으로 연재된 날 같은 1면에, 위의 내용과 같은 사설이 실려 있다. "무위로서 난잡한 것이 지금의 문단과 같"다고 하면서 그 당대의 문학의 질이 급격히 하락했다며 통탄을 금치 못하고 있다. 특히 기존 작가들이 아무 것도 하지 않는 것을 꼬집으며, 문단이 타락한 것에 대해서, 그리고 문학의 내용이 점점 음란하고 가벼워지는 것에 대해 경고를 하고 있다. 결국 루향은 『만조보』가 자신이 예전에 있었던 『미야코신문』과 같은 저급신문과는 다르다는 것을 천명한 것이라 할 수 있다. 즉 좀 더 수준 있는 문학을 싣겠다는 의지를 보여준 것이다.

결국 이러한 상황에서 『춘희』가 연재중단될 수밖에 없었던 이유는 독자의 호응이라는 측면과 『만조보』의 운영진의 입장이라는 측면에서 밝혀낼 수 있다. 독자의 호응이라는 측면에서 볼 때, 『춘희』는 여성적

---

76 「無爲と亂雜(文壇の現光景)」言論(사설)(「椿姬」十の四, 연재 중), 『萬朝報』, 1902.10.9, 1면.

인 가정소설의 유형을 따르고 있지도 않았고, 그렇다고『만조보』에 실렸던『암굴왕』이나『희무정』처럼 남성 독자들의 구미를 당겨주지도 못했다. 세계 정세의 급박한 흐름과 지적인 호기심을 채워주는 스릴러물에 익숙해져 있는 남성 독자들에게『춘희』는 그 어떤 반향도 일으키지 못한 것이다. 따라서 아예 가정소설을 원하는 여성 독자의 욕망도, 탐정 스릴러물을 기대하는 남성 독자들의 욕구도 모두 채워줄 수 없었다.

또한『만조보』가 지향하는 바와도 어긋나 있었다고 할 수 있다. 좀더 지적 수준을 요구하는 분위기에서『춘희』는 그들이 원하는 소설의 방향이 아니었다고 할 수 있다. 기존의 여성 독자들을 붙잡는 것도 아니고, 또 새로운 지적인 남성 독자들의 필요를 채워주는 것도 아니었기 때문이다. 도리어 위의 사설에서 언급하고 있듯이, 그저 음란하여 사리사욕만 채우는 타락한 글로 보일 수도 있었다. 결국 이러한 면이 일본에서는『춘희』를 끝까지 연재하지 못하도록 만든 원인이 되었을 것이다.

사실 이러한 면은 일본의 독자들이 남성적 글쓰기 방향과 여성적 글쓰기 방향으로 양분되어 있었기 때문에 나타나는 현상이기도 하다. 특이하게도 일본의 독자들은 소설을 남성적 소설과 여성적 소설로 명백하게 구분하고 있다. 이러한 면들 때문에 자신의 경향에 맞는 소설을 요구하기도 했고, 여성 독자와 남성 독자가 한 신문 안에서 서로의 요구를 전혀 다르게 내비치기도 했던 것이다. 따라서 중국에서의 신드롬을 일으켰던 만큼 큰 반향을 일으키지 못한 채, 신문에서는 연재가 중단되고 나중에 다시 단행본으로 묶어내면서 호응을 다시 얻게 되는 결과로 이어지게 되었던 것이다. 이것은 결국『춘희』가 처음 실렸던 신문 매체의 방향과 소설 독자들의 경향 때문에 발생한 일이라 할 수 있을 것이다.

3) 한국의 근대 번역문학과 『홍루(紅淚)』 - '읽기'의 학습

(1) 계몽과 통속의 이중적 구조

앞에서 언급한 대로, 근대계몽기 한국의 지식인들의 의식은 중국의 지식인들의 생각과 매우 유사한 부분이 많았다. 『대한매일신보』의 사설을 보면, 서양 문명을 배워오자는 의식들이 강했고, 이러한 면은 양계초의 서양 문명을 배워오고자 했던 사상과 매우 닮아 있었다.

양계초가 서양문명을 배우는 방법으로 문학을 이용하고 있듯이, 『대한매일신보』의 경우도 이러한 문명을 가장 쉽게 배워오면서 국민을 감화할 수 있는 도구로 "국문쇼셜"을 꼽고 있다. "영웅호걸을 도와셔 텬하 ᄉ업을 일우ᄂᆞ 쟈ᄂᆞ 우부우부와 ᄋᆞ동주졸이오 우부우부와 ᄋᆞ동주졸의 하등샤회로 시작ᄒᆞ야 인심을 변화ᄒᆞᄂᆞ 능력을 ᄀᆞᆺ촌 쟈ᄂᆞ 쇼셜"[77]이라고 정의내린다. 이러한 문명을 배우기 위해서 서양의 사기를 읽어 천하 대세를 파악하라고 주장한다. 즉 "ᄋᆡ국심을 빈양ᄒᆞ기에ᄂᆞ 본국ᄉ긔를 불가불 닑을 거시오 문명연원을 연구ᄒᆞ기에ᄂᆞ 각국의 녯적 ᄉ긔를 불가불 닐글 거시나 ᄒᆞ 줄 쳡경으로 향ᄒᆞ야 텬하대세를 알고져 ᄒᆞ면 오즉 이 셰계의 근리 ᄉ긔 일 편이면 죡ᄒᆞ다 홀지로다"[78]라고 하면서 문명 연원을 연구하고, 서구의 문명을 배워오기 위해서 외국의 사기를 읽으라고 촉구하고 있다. 또한 이와 동시에 서양문명과 더불어 우리 책에 대한 재발견에 대해서도 언급하고 있다.

---

[77] 「근일 국문쇼셜을 져술ᄒᆞᄂᆞ쟈의 주의홀일」(론셜), 『대한매일신보』, 1908.7.8.
[78] 「셰계의 근리ᄉ긔를 불가불 닑을 일」(론셜), 『대한매일신보』, 1908.7.16.

셔칙이라는것은 일국의 인심과 풍속을 변화ᄒ고 정치와 실업을 진보케
ᄒ며 문무의 교화와 셰력을 싱ᄒ게 ᄒ고 력디의 셩현과 영웅과 지ᄉ와 츙신
과 결의협긱의 힝젹과 위의를 못ᄒ야 젼파ᄒᄂᆫ 쟈이니 셔칙이 업스면 그 나
라도 업슬지라도 (…중략…) 한국의 새 셔젹은 필연코 한국의 풍속과 학업
에 당연ᄒ 특별본식을 발달ᄒ며 셔양에서 젼ᄒ여 온 신학문을 셕거셔 국민
의 심ᄃᆯ 활발케 ᄒ여야 이거시 한국의 새 셔칙이니 그런즉 오늘날 외국셔
칙을 슈입홈도 급ᄒ거니와 본국의 녜젹 셔칙을 슈습홈이 더욱 급ᄒ다 홀지
니 엇지ᄒ여 그러ᄒ뇨 ᄒ면 외국 새 셔젹은 오늘날에 슈입지 아니ᄒ여도 다
른 날에 슈입홀 사ᄅᆷ이 잇스려니와 본국 녜셔칙은 오늘날에 슈습지 아니ᄒ
면 다른 날에 슈습홀 곳이 업슬지니라 [79]

단순히 서양의 것만을 번역하자는 것이 아니라, 우리의 책을 먼저 수
습해서 고금의 문명을 모두 배우자는 의식을 보여준다. 이는 서양으로
부터 근대가 유입되면서, 우리의 옛 서적들이 사라지고 있다는 경계 의
식을 보여주고 있는 것이다. 서양 문화의 유입은 훗날에도 가능하지만,
지금 당장 우리의 옛 서적을 수습해 놓지 않으면, 결국 수습할 기회가
없을 것이라는 경고를 하고 있는 것이다. 따라서 근대계몽기, 일제 강
점이 되기 전 조선의 지식인들은 서양 문명을 배워오기 위한 수단으로
소설을 이용하고 있었으며, 또한 동시에 우리 서책에 대한 정리, 역사
에 대한 정리에 대해서도 심혈을 기울였다.

이처럼 조선이나 중국은 모두 서양의 정치소설이나 역사소설을 번

---

[79] 「녯젹 셔칙을 발간홀 의론으로 셔젹출판ᄒᄂᆫ 졔씨에게 권고홈」(론셜), 『대한매일신보』,
1908.12.18.

역하면서 근대를 배워오고 있었다. 그 목적의 면에서 분명 서양의 상황을 좀 더 잘 파악하기 위해서, 또 국민을 좀 더 잘 계도하기 위해서 소설을 도구화시키고 있었다. 그런데 일제 강점 이후에 매체 속에서 번역 문학은 전혀 다른 형상을 띠고 있다. 이는 1910년 이후 일본 번역 문학을 또다시 중역하면서 발생한 상황이다. 이는 매체의 상업적인 경향까지 모방하게 되면서 생긴 일이라 할 수 있다.

1910년 8월 일제 강점이 이루어지고 매체 자체에도 엄청난 변화가 일어났다. 『대한매일신보』에서 『매일신보』로 강제 변환되면서 일본의 신문 매체의 영향을 강렬하게 받게 되었다. 그 이전까지 계몽과 문명이라는 측면에 강조가 되어 있었다면, 『매일신보』로 오게 되면서는 대중적이고 통속적인 면이 강화되었다. 즉 그 이전까지 소설 자체도 문명을 배우는 도구로 사용되었다면, 『매일신보』로 강제로 바뀌게 되면서 소설은 그야말로 통속성에 빠지게 된 것이다. 일본 가정소설을 번안해 실으면서 이런 면이 더욱더 강화되었다.

그런데 독자들이 그 이전과 그 이후로 완전히 변화한 것은 아니었다. 독자들의 입장에서 볼 때, 새롭게 문면으로 드러난 여성 독자들이나 하층민 독자들도 많았다. 그러나 그 이전부터 소설을 보아오던 독자들 역시 그대로 이어져오고 있었다. 즉 『대한매일신보』에서부터 서양의 문명을 배워오기 위한 차원에서 소설을 생각하는 독자들의 세계관이 완전히 단절될 수는 없었다는 것이다. 그 가운데 통속적인 경향에 치우치는 독자들도 생겨났다고 볼 수도 있지만, 계몽적인 차원과 통속적인 차원이 서로 공생하며 서로에게 영향을 끼치고 있었다고 보는 것이 더 맞을 것이다. 계몽적인 차원의 것을 누리고 있던 독자층들도 통속적인 환경에 노출되면서 그 속에서 계몽과 통속 사이에서 영향을 받게 된 것이다. 또 초반에 『매일신보』에서 통속적인 경향 안에서 성장해 온 독자가 다양한 소설을 접하면서 좀 더 남성적인 연재물에 대해서도 어느 정도 받아들이게 되는 상황도 진행되었다. 이것은 식민지 조선의 특수한 상황 때문에 벌어진 일이라 할 수 있다. 그러한 사이에 끼인 존재로 이러한 특수한 상황을 여실히 보여주는 작품이 바로『홍루』였다.

(2) 읽기 훈련과 번역된 근대의 세계, 『홍루(紅淚)』

사실 『매일신보』는 초창기 일본의 가정소설을 번안해오면서 최루적인 요소가 가득한 내용으로 부녀자의 눈과 귀를 사로잡았다. 또한 이것이 신파극과 연계되면서 그러한 경향은 더욱더 강화될 수밖에 없었다. 그런데 문제는 『매일신보』가 1910년대 유일한 매체였다는 것이다. 일본처럼 대신문, 소신문으로 다양한 방향으로 발달할 수도 없었다. 1900년대에 분명 수신문, 암신문으로 우리 역시 상당히 분화되고 있었지만,[80] 이러한 신문 매체의 발달을 일본 제국주의가 인위적으로 끊어버린 것이다. 그렇다고 해서 이미 성장하고 있던 독자층이 사라지는 것

---

80 수신문의 대표적인 예는 『황성신문』을 들 수 있고, 암신문의 대표적인 예는 『제국신문』을 들 수 있다. 또 『대한매일신보』처럼 한 신문 안에 국한문체와 국문체를 따로 두어 지식인 독자층과 하층민 독자층이 모두 즐길 수 있도록 하기도 했다. 즉 수신문은 정치, 경제면이 활발하여 남성들이나 지식인들이 주로 보는 신문을 의미했고, 암신문은 소설이나 잡보 등이 활발하여 부녀자나 하층민이 주로 즐기는 신문을 의미했다. 어떤 의미에서 1900년대 한국에서는 일본처럼 대신문, 소신문으로 독자층의 성향에 따라 다양하게 매체가 자생적으로 발달하고 있었다고도 볼 수 있다. 또한 이러한 면은 그만큼 이들 신문을 소화하고 향유하는 독자층들이 존재하고 있었다는 것을 의미한다.

은 아니었다. 하층민과 부녀자층의 향유를 불러 모으던『매일신보』는 1915년 이후가 되면, 좀 더 지식인 계급 독자층에까지 영향을 끼치려 전략을 짜기 시작했다. 즉 지식인 소설들, 남성적인 소설들을 싣고자 한 것이다.[81] 그 가운데『홍루』가 존재하고 있었다.

이 소설도 오늘 마지막끗을 마츰니다 원래 소설번역이라 ᄒᆞᄂᆞᆫ 것이 어학을 안다고 다 되ᄂᆞᆫ 것이 아니라 어학을 능통ᄒᆞᆯ지라도 역자가 원저를 이해ᄒᆞᆯ 만ᄒᆞ고 ᄯᅩ 자기 나라말로 옴겨 쓰드ᄅᆞᆯ도 원저의 眞體와 묘미를 일치 아니ᄒᆞᆯ 만ᄒᆞᆫ 실력이 잇셔야만 ᄒᆞᆯ 것이라 이러ᄒᆞᆫ 의미로 번역이란 창작 이상의 실력과 기능을 요ᄒᆞᄂᆞᆫ 것이라

그러나 지금 나의 실력과 기능과 노력을 싱각컨ᄃᆡ 제일 어학이 부족ᄒᆞᆫ 것이 역자의 중요ᄒᆞᆫ 자격을 일흔 것이요 제이ᄂᆞᆫ 도져히 원저를 이해ᄒᆞᄒᆞ야 자국어로 옴겨써도 망발되지 안케 ᄒᆞᆯ만ᄒᆞᆫ 실력과 기능이 업슴을 자각ᄒᆞᄂᆞᆫ 바라 그러ᄒᆞᆷ을 불포ᄒᆞ고 감히 외국의 대작에 손을 ᄃᆡ엿스ᄆᆡ 그 결과로 원저의 眞體와 묘미를 상케ᄒᆞᆫ 점이 일이○소가 안이오 역문의 불통일과 생편ᄒᆞᆷ은 졍ᄒᆞᆫ 일이라 ᄯᅩ 이 소설은 재래조선에 유행ᄒᆞ던 논설과 종류가 달라 사실이 단순ᄒᆞ고 어○가 대화체임으로 도져히 독자의 흥미를 ᄭᅳᆯ 수 업ᄂᆞᆫ 줄을 역자도 깁히 아ᄂᆞᆫ 바라 삼사개월의 장시일을 연속ᄒᆞ야 읽으시ᄂᆞᆫ 동안에 오즉 지난ᄒᆞ시고 틀렷ᄉᆞ오릿가 그러나 다힝이 여러 독자의 호평이 잇스심은 내가

---

81   실제로 1916년 2월 10일부터 연재된『해왕성』이후로,『무정』,『산유화』,『홍루』,『개척자』,『무궁화』,『애사』로 이어진 연재 순서를 보면, 대체로 지식인 남성을 대상으로 하는 소설들이 계속 연재되고 있었다는 것을 알 수 있다. 특히『홍루』를 전후로 해서 이광수의『무정』과『개척자』가 연재되었다는 것은 시사하는 바가 크다. 그만큼 지식인 독자층의 호응을 얻어내려고 했던 시도라 할 수 있을 것이다.

광영으로 아는 동시에 애심으로 크게 부끄러움을 떨치 못ᄒ는 바라 두어 마듸로써 독자제군의 호의를 깁히 사례ᄒ노라(역자)[82]

『홍루』를 마치면서 진학문은 위와 같은 첨언을 붙이고 있다. 진학문은 『홍루』가 독자의 흥미를 끌기는 어려울 거라고 짐작하고 있었다. 그런데 또한 흥미로운 것은 사실 『홍루』를 시작할 때, 처음부터 어떤 내용인지 설명하고 있다는 점이다.

소설 『홍루』는 불란서에 일홈 놉흔 소셜가 '듀마' 씨의 걸작으로 세계 여려나라말로 번역되여 수빅만 남녀의 눈물을 흘니게 ᄒ 유명ᄒ 소셜이라 딸 ᄀ고 곳 ᄀ혼 곽미경(郭梅卿)의 다졍다한(多情多恨)ᄒ 일싱의 긔록을 보고 누구라셔 어엽부다고 칭찬ᄒ지 안이ᄒ며 가엽다고 눈물을 흘니지 안이ᄒ리오 ᄌ고로 미인은 박명ᄒ다 ᄒ지만은 미경이쳐럼 박명ᄒ 사름은 셰상에도 드믈리라 그 고은 얼골에 그 조혼 지조에 그 조혼 명셩에 텬하사름의 ᄉ랑을 한 몸에 모ᄒ면셔 사랑ᄒᄂ 남자를 위ᄒ야 가진 고락을 다 격다가 맛참ᄂ 이역에 원혼이 되니 그의 남긴 칙 한 권만 그의 긔념이 되어 ᄉ랑ᄒ던 남ᄌ의 아홉구비 창ᄌ를 ᄭᆫ토다[83]

일본의 상황과 비교를 해 보면 이 상황은 좀 더 명료해진다. 이때까지 전체 줄거리를 모두 소개한 적은 없었다. 궁금증을 유발하기 위해서라도 결과를 알리지 않는 것이 정설이다. 그런데 『홍루』는 이때까지와

---

82   진학문, 『홍루』 87회(二十의 八), 『매일신보』, 1918.1.16.
83   신소설 『홍루』 예고, 『매일신보』, 1917.9.14.

는 달리 주인공이 누구인지, 그리고 결말에 곽매경이 죽는 것까지 소상히 보여주고 있으며, 남녀의 애정에 대한 이야기이자 한 남자의 애끓는 사랑의 이야기임을 그대로 소개하고 있다. 그것은 일본에서 연재가 중단된 경험과 연관되어 있다고 볼 수도 있다. 처음부터 창부인 여자는 죽으며, 또 이 여자를 사랑하는 남자의 아픔을 소개함으로써 부녀자 독자층과 지식인 독자층 모두에게서 흥미를 유발하고자 하는 의도였던 것이다. 여자를 사랑하는 남자에 대해 동경하는 부녀자들의 로망은 대중문학의 가장 기본적인 바탕이 되고 있는 부분이다. 그런데 그런 면을 예고를 통해 처음부터 보여줌으로써 이때까지 가정소설을 보며 즐기고 있던 여성 독자층들의 시선을 붙잡으려 했던 것이다. 이와 동시에 남성의 이야기를 소개하면서 구주의 유명한 소설가라는 사실을 언급하여, 이것이 매우 유명한 소설이라는 것을 알려, 지식인 독자층의 지적 욕망도 붙잡으려 한 것이다. 또한 이에 더 나아가 일본에서의 상황을 고려해서 전체 줄거리를 알리는 것은 끝까지 읽을 수 있도록 유도하기 위한 방편이기도 했을 것이다.

문체는 번역체가 되겠고, 사건의 발전, 인물의 행동, 일본에서는 어떨까 하고 생각되는 구절도 가능하겠지. 아니다. 가능한 게 틀림없다. 참고 전체를 통독해 보면, 적어도 사랑(戀)이란 무엇인지, 사랑의 진실은 무엇인지를 알 수 있을 것이다. 어찌나 ○○한지, 어찌나 흥미로운지, 어찌 절절하고 후회되고 슬픈지, 안타깝고 깊은 사랑인지(연인지)는, 처음 십 회 정도만 참으면, 독자 스스로도 알게 될 것이다.[84]

오사다 슈도長田秋濤가 소설을 연재하기 시작하면서 적어 놓은 글을 보면, 진학문이 연재를 마치며 적은 글과 극명한 대조를 이루고 있음을 알 수 있다. 즉 오사다 슈도는 일본에도 있는 사랑이며, 굉장히 흥미로울 거라고 확신에 가득차서 단언하고 있다. 10회까지만 참으면 그다음부터 진정한 재미를 느낄 것이라고 했으나, 실제로는 10회까지만 연재되고, 더 이상 연재될 수 없었다. 이러한 일본의 상황을 그대로 본 진학문의 입장에서는 소설 연재를 시작하기 전 차라리 전체 내용을 알려, 독자들이 『홍루』의 내용을 견뎌낼 수 있도록 만든 것이다. 독자들이 『홍루』를 보며 속을 끓이거나, 조선에는 없는 이러한 연애의 방식 때문에 외면하는 것을 방지하기 위해서 미리 소개하고 그것을 예상한 후 보도록 만든 것이다. 그리고 그 예상은 적중했다.

앞서 인용했던 진학문이 『홍루』를 마치며 적어놓은 작가의 글에서는 진학문이 『홍루』를 번역하면서도 스스로 별 기대가 없었다는 것을 알 수 있다. 분명 재미가 없을 것이라 생각하면서 번역을 하고 연재를 했던 것이다. 오사다 슈도가 이러한 『춘희』의 세계가 일본에서도 "가능한 게 틀림없다"고 단언한 데 반해, 진학문은 "도저히 독자의 흥미를 끌수 업는 줄을 역자도 깁히 아는 바"라고 하면서 장시간 글을 읽어오기가 힘들 거라고 미리 언급하고 있다. 즉 인기가 없을 거라고 지레짐작하고 있었다는 것이다. 그러나 진학문 스스로가 놀라고 있는 것처럼 의외로 『홍루』는 독자들의 꽤 큰 호응을 얻었다.

실제로 독자들은 이 『홍루』를 보면서 진정한 서양의 연애를 배웠다

84　長田秋濤, 『椿姫』一の一, 『萬朝報』, 1902.8.30, 1면.

며 감사하다는 장문의 편지를 보내기도 했다. 특히 지식인 독자층의 호응을 얻어낸 것이다. 사실 이러한 면은 한·중·일 독자 경향의 차이를 비교해 보면 더 명확하게 드러나게 되는 부분이다.

4) 동아시아 독자층의 차이와 '지적 영역으로서의 애(愛)'

중국에서 『춘희』는 기존 재자가인식 소설들과 명백하게 구분이 되었다. 그 이전까지의 사랑이 좀 더 시적이며 구체적이지 못했다면, 『춘희』를 번역한 『파리차화녀유사』는 그 이전까지의 사랑방식과 다르게 전개되었다. "뜻을 같이하는 사람들끼리 모여 서로의 문재와 미모에 반하여, 시를 통해 가슴속의 그리움을 표현하거나 악기를 연주하여 사모의 정을 호소하는 것이 여전히 세련된 사랑의 정서를 표현하는 수단"[85]이었던 것이다. 즉 청나라 시대까지는 실생활 속에서 시를 통해 자신의 마음이나 심경을 나타내는 것이 전반적인 양상이었다는 것이다. 이러한 상황은 결국 무엇인가 함축적인 언어로 마음을 전달할 수는 있지만, 그것이 구체화되거나 현실화되어 보이는 어떤 것이 되지는 못했다. 즉 근대의 연애의 개념과는 너무나 동떨어져 있었던 것이다.

또한 중국은 『홍루몽』이 나오기 전과 후로 크게 나눠져서 『홍루몽』부터 남녀의 연애가 수평적으로 등장하게 되었다. 사실 그 이전까지 중국의 문학은 실용적인 문학관을 가지고 있었다. 그래서 낭만적이거나 비

---

[85]　장징, 앞의 책, 106면 참조.

극적인 문학을 그리기에 문제가 있었다. "전통시기의 중국에는 서양처럼 자유분방한 감정을 드러낸 작품이 거의 없었을 뿐 아니라 비극적인 내용의 작품이 있다손 치더라도 대부분 종국에 가서는 대단원의 결말로 끝을 맺어 비극성을 반감"되었던 것이다. 결국 중국의 서사문학은 "무엇보다 '교화'를 위한 목적"에서 쓰였다고 할 수 있다.[86]

그런데 이러한 상황에서 『홍루몽』은 그야말로 새로운 화두로 등장하게 되었다. 『홍루몽』은 남성과 여성의 사랑의 방식을 수평적으로 그리면서, 그 이전까지 제대로 묘사되지 않았던 연애를 담기 시작했던 것이다. 물론 『파리차화녀유사』만큼 구체적이지는 못했다고 하더라도 그이전 시대의 소설과는 확연히 달랐다고 할 수 있다. 결국 『홍루몽』의 영향으로 이미 그 명대 말부터 형성되어 있던 여성 독자들이 『파리차화녀유사』에서 보여주는 사랑방식에 대해 좀 더 흥미롭게 느꼈을 것이다. 『홍루몽』도 여성과 남성의 수평적 사랑 방식에 대해서 신드롬과 같은 호응을 보여주었다. 그런데 『파리차화녀유사』의 경우는 이보다도 더 강하게 드러났다. 남성이 사랑하는 여성 앞에서 도리어 고개를 숙이는 것이 명예로운 상황으로 보이는 『파리차화녀유사』에 대해서 훨씬 더 큰 호응을 나타낼 수밖에 없었다.

물론 중국 역시 이러한 사랑 자체가 서양의 근대적 사랑에 대한 배움이라고 생각하고 있었다. 그런 면에서 『시무보』나 『청의보』에서 보여주었던 서양 문명에 대한 탐구의 자세는 여전히 이어지고 있다고 보아야 한다. 근대적 사랑을 서양의 연애의 과정을 통해서 배우고자

---

86 한혜경, 「문화현상으로 바라본 淸代의 『紅樓夢』 열풍」, 『中國小說論叢』 제30집, 2009.9, 292면.

했던 것이다. 이것은 결국 사랑이 배움의 대상이 되는 것을 의미한다. 그런데 여기에서 주의해보아야 할 것은 중국의 경우, 이 사랑이 좀 더 감각적이고, 좀 더 통속적인 상황에서 유통되고 향유되고 있었다는 점이다. 또한 이『파리차화녀유사』는 많은 작가들의 아류를 불러일으켰다. 실제『파리차화녀유사』를 번역한 임서(린슈) 역시 이를 모방하여 작품을 쓰기도 했고, 이와 유사한 작품들이 수도 없이 쏟아지기 시작했다.[87]

결국『파리차화녀유사』가 중국에서 엄청난 인기를 누리고, 그 모방 작품들까지 낼 수 있었던 이유는『파리차화녀유사』가『홍루몽』의 계보를 이으면서 좀 더 감각적으로 연애를 보여주었기 때문이라 할 수 있다. "『홍루몽』이 결코 쉽게 읽혀지는 소설이 아님에도 불구하고 독자들을 헤어날 수 없게 만든 것은 통속적인 소재를 가장 비극적으로 구현해보여주었기 때문"이었다면, 이러한 "'감성'의 힘"[88]에 더불어 감각적인 연애의 과정을 덧붙였기 때문일 것이다. 중국 문학의 함축을 좀 더 감각화하여 실제로 눈에 보이듯이 그려내줌으로써 그 비극성 속에서 연애의 아름다움은 더욱 현실화되었을 것이다.

그러나 그럼에도 불구하고『파리차화녀유사』는 실제 원작이나 일본 및 한국에 번안된『춘희』에 비해서는 생략된 것들이 많았다. 서양 번역으로 가장 유명했던 임서(린슈)의 경우, 외국어에 능숙하지 못해서 구두로 듣고 의역해서 번역을 했다.『파리차화녀유사』역시 마찬가지였다. 또한 그 가운데 중국 전통적인 서사 방식인 함축을 따르기도 했다.

---

87 장징, 앞의 책, 106~111면 참조.
88 한혜경, 앞의 글, 291면.

원작이 가지고 있는 감각적인 표현과 사실적이다 못해 퇴폐적이라 느낄 수 있는 표현들은 함축적으로 변화시키거나 생략시켰던 것이다.

余至再引罪.(나는 다시 사과했다.)

ぼくはあなたの奴隷です、あなたのいぬです。私は再び謝った。

(나는 당신의 노예입니다. 당신의 개입니다. 나는 다시 사과했다.)[89]

위의 내용은 아르망이 마가렛트에게 사과하는 장면인데, 원작에 있는 당신의 노예나 개라는 말은 생략하고 사과한다는 말만 넣었던 것이다. 중국방식의 함축과 생략을 통해서, 또 그 당시 남존여비 사상에 대한 고려를 통해서 임서가 조절했다고도 할 수 있다. 그러나 그럼에도 불구하고, 원전이 가지고 있는 감각성이 남아 있어서 그 이전까지 중국소설에서는 없었던 감각적인 연애의 모습을 보여주었다고 할 수 있다. 이는 결국 서양의 사랑에 대한 동경과 사랑의 과정에 대한 동경을 독자들에게 불러일으키며, 『파리차화녀유사』는 동아시아 삼국 전체를 통틀어서 중국에서 가장 엄청난 인기를 누렸던 것이다.

일본의 경우는 중국의 독자들의 경향과는 다른 양상을 보이고 있다. 일본 역시 서양 문화와 문학을 번역하는 데 엄청난 시간을 들였다. 특히 일본은 중국보다도 먼저 매체를 받아들이고 이를 자기화하려 했다. 중국이 서양 매체를 먼저 받아들였다고는 해도, 실제로 자기화하지는 않고 있었다. 그런데 일본은 훨씬 더 발 빠르게 서양 근대 매체를 자기

---

89   王虹, 앞의 글, 87면 재인용.

화하여 받아들여서 단기간에 엄청난 발전을 이루게 되었다. 독자들의 성향에 맞추어 각종 다양한 매체가 생겨나게 되었고, 그러다보니 독자들은 자신들의 구미에 맞는 신문 매체를 선택할 수 있게 된 것이다.

대신문과 소신문으로 나뉜 신문 매체는 독자들의 성향에 맞추어 그들의 특징을 살려내게 되었다. 대신문은 정당의 정치를 표방하고 이를 알리기 위한 수단으로 이용했다. 당연히 남성 지식인들의 신문으로 자리매김하게 된 것이다. 이에 반해 소신문은 부녀자와 하층민을 대상으로 가볍게 읽을 수 있는 신문이었다.

일본은 신문이 엄청나게 발달하면서, 독자층이 뚜렷이 구분되는 현상을 보여준다. 남성형 소설과 여성형 소설로 독자들 스스로 나누면서, 자신들의 욕구를 당당하게 요구한다.

그리하여 그 후에는 전세계의 문단에서 대부분 불후의 명작이라고 숭상을 받는 불란서 문호 '유고' 선생의 대작 『미제라브르』(斷腸錄이라고도 부르기도 함)을 번역 연재할 것이니, 사전에 독자들이 양해하여 주시기를 바람.[90]

순수하게 또한 유-고-숭배자의 일인으로, 그리고 노인을 말하는 자로서 심히 비밀한 것을 기뻐하고 있는 일인이기도 하여, 고로 또한 선생이 레미제라블을 번역하여 내신다 하니, 만공의 감사를 받들어 이를 감탄하는 자입니다.[91]

소설에 만약 남녀 양성이 있다고 한다면 암굴왕과 같은 것은 남성적인 남

---

90 『巖窟王』 258회(273회의 誤記), 『萬朝報』, 1902.5.31.
91 『巖窟王』 260회(275회의 誤記), 『萬朝報』, 1902.6.3.

자적 소설이고,『미제라브르』도 똑같이 남성적 소설은 아니지만, 나는 암굴왕의 후속으로 바로 또 남성적인 긴 모노가타리(긴 이야기, 장편 이야기)를 읽는 것을 싫어합니다.[92]

위의 인용 첫 번째는 루향이『암굴왕』의 연재를 끝내고『레미제라블』을 번역한『희무정』을 연재하겠다고 안내를 하고 있는 부분이다. 사실 루향은 서양 가정 소설들을 많이 번역, 번안하면서 부녀자 독자층의 팬들도 많이 확보하고 있었다. 또한 루향이『만조보』에 오기 전까지 가장 하층들이 즐기는 신문이라는『미야코신문』의 주필로 있었기 때문에 더욱 부녀자층 독자와 하층 독자들의 흥미를 유발하는 글을 써왔다고 할 수 있다. 그런데 루향은『암굴왕』을 연재하면서부터는 자신의 전략을 다른 쪽으로 세우기 시작했다. 즉 지식인 독자층의 호응을 얻기 위해서 다양한 방법을 구사하기 시작한 것이다. 실제로 이상단理想團을 설립하여 지식인 독자들을 결집시키고자 했고, 독자문예면을 신설하여 지식인 독자들이 신문 매체에 참여할 수 있는 기회를 제공했다.[93] 결국 이러한 노력은 적중하여 실제로 지식인 독자들이『만조보』의 주요 독자로 점점 성장하고 있었다. 그런 면에서 지식인들은 남성 위주의 소설이 연재되는 것에 대해서 반길 수밖에 없었다.

그런데 한편으로 이전까지 가정소설을 좋아하던 부녀자층의 독자들은 불만을 가질 수밖에 없었다. 남성적 소설은 길게 이어져서 지루하다

92 　『巖窟王』259회(274회의 誤記),『萬朝報』, 1902.6.1.
93 　전은경,「근대계몽기 한・일 번역문학과 근대독자층 비교 연구—『장한몽』과『해왕성』을 중심으로」,『어문학』117집, 2012.9, 244~245면 참조.

는 것이다. 내용적인 면에서 여성 독자들을 끌어당기지 못한 면도 있었을 것이다. 따라서 마지막 인용문의 부녀자 독자는 또 다시 긴 남성 소설을 연재하냐며, 자신의 불만을 피력하기에 이른 것이다. 결국 이런 상황에서 루향은 지식인 독자층도 부녀자층 독자층도 모두 신경 쓰지 않으면 안 되게 되었던 것이다. 그래서 그 사이 가정소설을 연재한 이후, 다시 『희무정』을 장기간 연재할 수 있었다.

이러한 상황에서 『춘희』는 남성적 소설이라고 하기에는 사랑에 대한 이야기가 중심이었고, 여성적 소설이라고 하기에는 매춘부의 이야기이자, 지식인 남성의 이야기가 너무 많은 부분을 차지하고 있었다. 가정소설의 경향과는 다른, 낯선 스타일의 『춘희』는 이미 양분화되어 있던 독자층 어디에도 호응하게 할 수 없었다. 일본에서 『춘희』는 신문 연재소설이 되기에는 애매한 상황이었다고도 할 수 있다. 결국 그러한 상황에서 연재가 중단된 이후, 뒤에 단행본으로 출판되어 명예를 회복할 수 있게 되었다. 어쩌면 『춘희』가 『만조보』에 연재되었던 그 당시 즈음에는 동아시아 삼국 가운데에서 일본이 독자들의 호응을 가장 적게 얻었다고도 할 수 있다.

한국의 경우는 중국, 일본과 비슷한 양상을 보이면서도 미묘한 차이를 보여준다. 서양의 근대를 배운다는 측면에서는 중국의 경우와 비슷하다고 할 수 있다. 또한 일본의 상황과는 거의 반대의 상황을 연출하고 있다. 사실 근대계몽기 조선의 경우는 일제강점 이후 언론이 통폐합되면서 『매일신보』만 유일하게 남은 상황이었다. 1차 독자였던 작가들은 더 이상 사회적 변혁의 무기로 소설을 사용할 수 없게 되었다. 따라서 강점 이후에는 번역, 번안 소설은 상업적인 소비물로 변질되고 말았다.

사실 1910년대 초반『매일신보』에서 연재한『장한몽』을 보던 독자들의 반응은『금색야차』의 독자들의 상황과는 비교도 안 될 정도로 소극적이고 간헐적이었다. 특히 이때는 소설이라기보다는 미리 보는 연극의 대본으로 생각하는 경우가 많았다. 따라서 이 소설을 빨리 연극으로 보고 싶다는 의견이 더 많았다. 또한 독자들이 이야기할 수 있는 공간 역시 '독자투고란' 안에서 2~3줄 정도로만 언급할 수 있어서 심도 있는 내용을 언급하기가 어려웠다.

그러나 1916년『해왕성』이 연재되던 시점은 사뭇 상황이 달라진다. '독자투고란'이 폐쇄되면서 독자들의 소통은 오로지 '독자편지'로만 이루어질 수밖에 없었다. 또한 연극과 소설이 분리되면서『해왕성』은 독자들에게 '읽기' 훈련을 시키게 된다.[94] 결국 이러한 면들 때문에 가정소설들을 보던 부녀자층, 하층 독자들이『해왕성』을 함께 즐길 수 있게 된 것이다. 또한 독자들의 특징상 확실한 인과응보를 요구하면서, 일본의 독자층과는 비슷하면서도 차이를 내포하게 되는 것이다. 결국 일본 독자들과는 달리『춘희』를 부녀자층 독자들도 즐길 수 있었던 것은, 단 하나의 신문 매체를 통해서 가정소설에서 남성적인 복수 스릴러물까지 계속 훈련을 받았기 때문에 가능했던 것이다.

구쥬정칭에 우박ᄀᆺ치 쏘다지는 대포알이 무서운가 흉년이 무서운가 벽력이 무서운가 모다 두렵지 안으나 인싱의 연이는 영웅이라도 능히 막을 수 업는 듸젹이로다 져 츈쳔집이 곽믜경이를 달리여 노공쟉에게로 도로 가라고

---

94 '독자편지' 및 '독자투고란'의 상황과 독자 '읽기' 훈련에 관한 부분은 전은경의『근대계몽기 문학과 독자의 발견』, 역락, 2009, 제1부 제4장 참조.

권홀 째에 미경이 디답이 무어시라 ᄒ엿스며 그째에 그말을 엿듯든 유영만이는 마음이 엇더ᄒ엿슬가 미경이 압헤서 죽고쟈 ᄒ얏슬 거시라 아! 그쩍에 미경이를 얼마나 ᄉ랑ᄒ얏슬가 그째는 유영만이가 미경이를 죽으라 ᄒ여도 쏙 죽을 줄로 싱각ᄒ며 밋엇슬 거시다 아! 아 불상타 유영만이 박젹ᄒ다 유영만이 이졍을 ᄉ랑으로 알앗느냐 ᄉ랑을 이졍으로 알앗느냐 처음에 슌천집이 츙즉한 권고를 들엇드면 엇더ᄒ얏스랴 그 츙곡을 듯지 안은 거슨 나도 용셔ᄒ겟스나 나죵에는 돈 이빅원 보닌 거슨 용셔치 못홀 일이오 미경이를 불상타 ᄒ노라 이달고 가련ᄒ 미경이여 츙즉한 슌턴집 불샹ᄒ 유영만이로다

　　유영만씨 최후에 곽미경이 분묘를 파고 미경이 신톄라도 다시 한번 보고 쥬 ᄒ던 마음 그 마음을 누가 막으며 그쩍에 그듸 마음 엇더ᄒ엿는가 불상ᄒ 쳥년이로다 연이에 디홀 남ᄌ의 편셩이야 엇지 엇스리요만은 최후에 이빅원 돈이 너에게 한을 밋게 ᄒ 최후에 디죄이로다 아! 우리 쳥년동포형뎨여 오늘날 유영만이의 역ᄉ를 유영만이 역ᄉ로 아지말고 경셩계지ᄒ시요[95]

『홍루』의 열렬한 팬이라는 이정규라는 독자는 연애의 경험을 통해서 겪게 되는 남성의 입장에 감정을 이입해서 바라보고 있다. 사실 다른 가정소설들이나 작품들에서는 이렇게 괴로워하는 남성의 감정을 이토록 자세하게 보여주고 있는 경우가 없었다. 게다가 이러한 괴로움은 오로지 연애를 통해서 겪게 되는 모습이었다. 이 독자가 묘사하고 있는 유영만의 모습은 마치 『젊은 베르테르의 슬픔』을 연상시킨다. 죽은 곽매경이 불쌍하기도 하지만, 이 독자의 글에서는 혼자 남아 그 아픔을

95　李正珪, '讀者의 聲'(『홍루』 83회(二十의 四)), 『매일신보』, 1918.1.11.

겪고 있는, 그래서 실제로 고통을 신체로 느끼고 있는 유영만에게 감정이입을 하고 있다. 그리고 "선싱이 우리 동포 청년들에게 경고되는 『홍루』를 우리가 보고 이 셰상에 연이라 ㅎ는 거시 엇더한 거신지 씨닷게 하시니"라고 말하면서 『홍루』가 청년들에게 경계가 되는 교과서처럼 여기고 있다. 여기에서 청년들은 아무래도 남성을 향해 있다고 보는 것이 더 맞을 것이다. 또한 "유영만이의 역스를 유영만이 역스로 아지말고 경성계지"하자고 촉구까지 하고 있다. 즉 유영만의 행위를 통해서 교과서로 삼아 자신들의 '지知'로 변환시키고 있는 것이다.

이 독자의 말은 매우 의미심장한 것이라 할 수 있다. 그 이전까지 소설 속의 연애는 여자의 것으로 폄하되기도 했었다. 가정소설 속에서 연애는 과정으로서 존재하지 못하고 늘 감정의 확인 정도에 그치고 있었다. 괴로움이나 실패의 과정으로서 언급되지 못했다. 오해와 확인, 그리고 회복이라는 카테고리 속에서 반복되는 순환에 불과했다. 그런데 이 독자는 이 연애가 여성의 전유물이 아니라, 청년들의 애끓는 과정으로 이해하고 있는 것이다. 그것은 감정의 차원으로 이해하는 것이 아니라 구체적인 '행위'[96]로 겪어내는 것을 의미했던 것이다.

홍루 애독자로 말ㅎ면 전반도에 물론 만켓지요 그러ㄴ 그 애독이란 愛字가 참으로 의미잇ㄴ 애자인지요 혹은 통속의 의미에 지나지 못ㅎ지요

---

[96] 즉 그 이전과는 달리, 사랑을 얻기 위해 노력과 애를 쓰는 것, 죽을 것 같은 괴로움을 '행위'로서 겪어내는 것, 이 모든 것들을 연애의 과정이자 연애라는 '행위'로 이해하게 된 것이다. 행위로서의 연애의 발견이라는 측면은 전은경의 「『춘희』의 번역과 식민지 조선의 '연애'—진학문의 『홍루』를 중심으로」, 『한국언어문화』 제39집, 한국언어문화학회, 2009.8, 55~79면 참조.

아-곽매경의 애야말로 참 신성흔 애올시다 그야말로 참 진이요 선이요
미라 ᄒ겟습니다 유영만과 곽미경 사이의 연애가 과연 엇더ᄒ엿셧습닛가
그러나 곽미경은 그 싱명보담도 중한 연애를 버렷습니다 유영만은 그것을
이해흘 능력이 없셧습니다 畢竟 유영만의 애ᄂ 성욕적에니지지 못ᄒ엿습니
다 아-곽미경의 애 그 신성흔 애 그 진이요 선이요 미인 애ᄂ 畢竟 유영만의
애 그 성욕의 애 그 가면의 애를 정복ᄒ고 말앗습니다 유영만이가 저자를
차져와서 '민려화전' 청구ᄒ던 이후의 생활이 엇더ᄒ엿습닛가 그 이후의 유
영만의 애ᄂ 전일의 유영만의 애와난 동일로 론ᄒ기 어려울 것이올시다 곽
미경의 애에 지지 안흘 것이올시다[97]

충주의 유흥식이라는 독자는 '애愛'라는 단어의 전후를 구분하고 있
다. 즉 개념의 변화를 보여주고 있는 것이다. 제대로 연애의 과정을 겪
지 못한 '애愛'는 진정한 사랑이 될 수 없는 성욕적인 것이었다면, 그 이
후 유영만이 갖은 과정을 겪은 후의 '애愛'는 앞서의 '애愛'와는 다른
'애愛'가 되었다는 것이다. 즉 이 개념이 새로운 의미를 내포하게 되었
다고 유흥식이라는 독자는 받아들이고 있다. 결국 남성 지식인 독자는
'애愛'의 개념 변화까지도 이해하고 있었다는 것이다.
그렇다면 '애愛'의 의미에 대해서 좀 더 구체적으로 살펴볼 필요가
있다. 독자들은 자유연애에 대한 로망을 '서양'이라는 키워드로 재해석
해서 이를 문명으로 받아들이고 있었다. 그들의 욕망을 서구화시키고,
그것을 지적 욕구로 승화시키려 한 것이다. 따라서 '애愛'의 의미는 좀

---

97 柳興湜, '讀者의 聲'(『홍루』 87회(二十의 八)), 『매일신보』, 1918.1.16.

더 서양화되었다고 할 수 있다. 동시에 이것을 배워서 아는 '지적 영역'으로 승화하고 있었다는 것이다.

이는 동아시아 삼국 가운데 한국 특유의 방식이라 할 수 있다. 감정의 영역에서 '지적 영역'으로 변환시키면서 지식인 남성 독자들의 열렬한 호응을 얻어낸 것이다. 사실 이는 중국적인 요소에서의 서양의 '애愛'를 배우려는 부분과도 연계된다고 할 수 있다. 일본처럼 남성적 소설과 여성적 소설로 나누고 있지도 않았고, 또 단순히 이를 감각적인 차원에서만 이해하려고도 하지 않았다. 이는 사상적 차원에서의 지적 방식이, 육체의 욕망의 방식과 조합되어 새로운 개념으로 승화된 것이라할 수 있다.

단순한 인간의 본능의 영역도, 지적 영역으로 문명의 영역으로 바꾸려 하는 지식인 독자들의 과장된 의식으로 볼 수도 있을 것이다. 그러나 또 한편으로 살펴보면, 문명을 배워오는 것으로 서양의 근대를 받아들였든 간에 훈련과 습관이, 연애에 있어서도 적용된 사례라고도 할 수있다. 이러한 배워야 한다는 훈련이 '애愛'의 과정을 '지적 영역'으로바꾸어 『젊은 베르테르의 슬픔』에서의 서양적인 연애의 슬픔까지도 배움의 영역으로 끌어왔다고도 할 수 있을 것이다.

결국 이러한 면에서 『춘희』를 번역한 동아시아 삼국의 환경과 독자들의 성향은 비슷하면서도 미묘한 차이를 보여주고 있다. 중국은 『파리차화녀유사』가 『홍루몽』의 계보를 이으면서 가장 폭발적인 인기를 누렸다. 그리고 번역어 자체도 한국이나 일본에 비해서 좀 더 함축적이고 생략된 것이 많았다. 그러나 그 속에서 독자들은 서양의 연애를 문명으로 받아들여 배우고자 하는 의식은 은연 중에 가지고 있었다.

이와는 반대로 일본은 신문 매체가 급격하게 발달하여, 대신문과 소신문으로 명확하게 구분되었다. 그 가운데 소설독자 역시 양분이 된다. 즉 남성적인 소설 경향과 여성적인 소설 경향으로 나뉘어 남성 독자와 여성 독자들이 구분되어 자신들의 욕구를 정반대로 드러내고 있었다. 이러한 상황에서 『춘희』는 『만조보』가 지식인 독자층을 확보하려던 상황과 맞물리면서 동아시아 삼국 가운데 독자들의 호응이 가장 적었다고 할 수 있다. 그것은 여성 독자들은 가정 소설에, 남성 독자들은 복수스릴러물들에 홍미를 느끼고 있는 상황에서 『춘희』가 큰 관심을 끌기에는 부족했던 것이다.

근대계몽기 한국에서는 『홍루』가 일본의 『춘희』처럼 연재 중단될 정도로 홍미를 못 끌지 않을까 지레 짐작하고 있었다. 그래서 소설 예고를 해서 전체 내용 줄거리를 미리 안내했다. 또한 작가 스스로도 큰 인기를 끌지 못할 거라 확신하고 있었다. 그러나 지식인 독자들은 이 『홍루』의 연애의 세계를 중국처럼 일종의 서양 문명을 배우는 하나의 장치로 생각하고 있었다. 그러나 여기에 더 나아가 중국의 감각적인 영역, 통속적인 영역과는 달리, '애愛'의 과정을 행동의 영역에서 '지적 영역'으로 상승시켜 개념을 좀 더 고차원적인 영역으로 옮겨 놓았다. 이처럼 '근대'의 유입을 받아들이는 내적 토대에 따라 한·중·일 동아시아 삼국은 저마다의 특성을 보여주면서 비슷해 보이지만 새로운 근대의 문화를 형성해 갔던 것이다.

5) 독자 비교 연구와 남은 과제

이 글은 근대계몽기의 번역 문학을 살펴보면서 독자층의 형성에 관해 연구하고자 하였다. 특히 동아시아 문학의 태동과 근대독자의 출발 및 성장을 보기 위한 서설이 되는 작업이기도 하다. 같은 서양의 문학을 가지고 오고 있지만, 한·중·일은 그 각자의 내적 토대와 상황에 따라서 다른 관심을 보여주고 있다. 즉 유행하고 인기 있는 작품도 다르고, 번역된 작품도 다르며, 독자들의 반응 역시 달랐다.

또한 이와 같은 과정은 주어진 텍스트가 동아시아 각 나라의 내적 토대를 만나면서 각 장의 방식대로 변환되어 독특한 특징을 양산해내고 있다. 또한 이러한 근대문학의 토양을 만들어내는 것은 텍스트에 반응하며, 텍스트를 해석하고 즐기고, 또 그 가운데 배움을 이어가고 있는 독자들에 의해서 가능한 것이다.

결국 이러한 면에서 『춘희』를 번역한 동아시아 삼국의 환경과 독자들의 성향은 비슷하면서도 미묘한 차이를 보이고 있다. 중국은 『파리 차화녀유사』가 『홍루몽』의 계보를 이으면서 가장 폭발적인 인기를 누렸다. 그리고 번역어 자체도 한국이나 일본에 비해서 좀 더 함축적이고 생략이 된 것이 많았다. 그러나 그 속에서 독자들은 서양의 연애를 문명으로 받아들여 배우고자 하는 의식은 은연중에 가지고 있었다.

이와는 반대로 일본은 신문 매체가 급격하게 발달하여, 대신문과 소신문으로 명확하게 구분되었다. 그 가운데 소설독자 역시 양분이 된다. 즉 남성적인 소설 경향과 여성적인 소설 경향으로 나뉘어 남성 독자와 여성 독자들이 구분되어 자신들의 욕구를 정반대로 드러내고 있었다.

이러한 상황에서 『춘희』는 『만조보』가 지식인 독자층을 확보하려던 상황과 맞물리면서 동아시아 삼국 가운데 독자들의 호응이 가장 적었다고 할 수 있다. 그것은 여성 독자들은 가정 소설에, 남성 독자들은 복수 스릴러물들에 흥미를 느끼고 있는 상황에서 『춘희』가 큰 관심을 끌기에는 부족했던 것이다.

근대계몽기 한국에서는 『홍루』가 일본의 『춘희』처럼 연재가 중단될 정도로 흥미를 끌기 어려울 것으로 지레 짐작하고 있었다. 또한 작가 스스로도 큰 인기를 끌지 못할 거라 확신하고 있었다. 그래서 소설 예고를 해서 전체 내용 줄거리를 미리 안내했다. 그러나 지식인 독자들은 이 『홍루』의 연애의 세계를 중국처럼 일종의 서양 문명을 배우는 하나의 장치로 생각하고 있었다. 그러나 여기에 더 나아가 중국의 감각적인 영역, 통속적인 영역과는 달리, '애愛'의 과정을 행동의 영역에서 '지적 영역'으로 상승시켜 개념을 좀 더 고차원적인 영역으로 옮겨 놓았다.

정리해 보면 동아시아 삼국의 내적 토대와 독자들의 경향, 매체의 변화 과정 속에서 『춘희』라는 텍스트와 그 텍스트의 영향력은 각 나라별로 미묘한 차이를 보이고 있다. 또한 그 속에서 결국 식민지 조선의 경우, 이러한 영향 속에서 근대문학이 성립되고 있었다는 것을 알 수 있다. 따라서 근대를 맞닥뜨린 한·중·일 각각의 차이를 바라보는 것은 한국의 근대문학을, 또 근대독자를 객관적으로 분석해 낼 수 있도록 하는 큰 틀을 지속적으로 제공할 것이라고 기대할 수 있을 것이다.

남은 과제로는 같은 텍스트의 번역 상황을 좀 더 살펴볼 필요가 있다. 『매국노』, 『춘희』, 『레미제라블』 등의 작품을 통해서 한·중·일 각각의 번역 형태와 독자 반응을 비교해볼 필요가 있다. 또한 번역을 하며 텍스트를 가장 먼저 접하는 번역가인 1차 독자들이 선택한 작품이 그 개인적 차원의 선택인지, 아니면 독자들의 반응에 대한 기대에 의해서 이루어진 것인지 살펴볼 필요도 있을 것이다.

더불어 한·중·일 각각에서 중요하게 다루어졌던 번역어에 대한 논의도 필요하다. 결국 그 개념어는 독자들의 반응과 연계되어 파장을 키워나갔을 것이다. 1차 독자인 번역가가 번역한 번역어가 개념어가 되어가면서 발생하는 의미 확장은 결국 2차 독자들의 판단과 활용에 따라 달라질 수밖에 없다. 또한 독자들은 이 번역어를 개념화하는 과정에서 새로운 의미를 생산해 내고, 또 생산된 의미는 근대문학의 토양으로 다시 재구성되기에 이른 것이다. 따라서 이러한 독자층 비교 연구를 통해 근대문학의 자장을 더욱 넓혀갈 수 있기를 기대한다.

참고문헌

1. 기본 자료

『경향신문』, 『대한매일신보』(한글판), 『대한민보』, 『대한자강회월보』, 『대한흥학보』, 『독립신문』, 『만세보』, 『매일신보』, 『별건곤』, 『서우』, 『서북학회월보』, 『소년』, 『제국신문』, 『태극학보』 『삼국사기』(표점 교감본, 허성도 역), 한국사사료연구소, 한국의 지식콘텐츠(http://www.krpia. co.kr)

『読売新聞』, 『萬朝報』, 『色夜叉金』(尾岐紅葉(紅葉山人), 春陽堂, 대정 4년(대정 5년 재판)), 『尾岐紅葉 全集 第六卷』(尾岐紅葉, 中央公論社, 소화 16년)
『淸議報』, 『時務報』, 『巴黎茶花女遺事』(中國近代文学大系 翻译文学集 1, 上海書店, 1990)

2. 단행본 및 논문

구장률, 「사관에서 작가로」, 『현대문학의 연구』 39, 한국문학연구학회, 2009.10.

_____, 「근대지식의 수용과 소설 인식의 재편」, 연세대 박사논문, 2009.

권두연, 『신문관의 출판 기획과 문화운동』, 고려대 민족문화연구소, 2016.

권영신, 「한말 서우학회의 교육구국 활동」, 『교육문화연구』 11, 인하대 교육연구소, 2005.12.

권정희, 『호토토기스의 변용』, 소명출판, 2011.

길진숙, 「『독립신문』・『믹일신문』에 수용된 '문명/야만' 담론의 의미 층위」, 『국어국문학』 136, 국어국문학회, 2004.

김경미, 『이광수 문학과 민족 담론』, 역락, 2011.

김대행 외, 『문학교육원론』, 서울대 출판문화원, 2013.

김덕모, 「『대한매일신보』 논설 분석」, 한국언론사연구회 편, 『대한매일신보연구』, 커뮤니케이션 북스, 2004.

김민환, 『동아시아의 근대신문지체요인』, 나남, 1999.

김복수, 「한말 근대신문 발간과 유길준」, 한국언론학회 정기학술 발표대회, 2000.봄.

김영민, 『한국근대소설사』, 도서출판 솔, 1997.

_____, 『한국 근대소설의 형성과정』, 소명출판, 2005.

_____, 『한국의 근대신문과 근대소설』 1・2, 소명출판, 2006・2008.

_____, 「구한말 일본인 발행 신문과 한국의 근대소설—『한성신보』를 중심으로」, 『현대문학의 연구』 30집, 한국문학연구학회, 2006.10.

_____, 「근대 유학제도의 확립과 해외 유학생의 문학・문화 활동 연구」, 『현대문학의 연구』 32, 한국문학연구학회, 2007.

_____, 「『만세보』와 부속국문체」, 『대동문화연구』 64, 성균관대 대동문화연구원, 2008.

_____, 「근대 작가의 탄생―근대 매체의 필자 표기 관행과 저작의 권리」, 『현대문학의 연구』 39, 한국문학연구학회, 2009.

_____, 『문학제도 및 민족어의 형성과 한국 근대문학』, 소명출판, 2012.

김윤재, 「백악춘사 장응진 연구」, 『민족문학사연구』 12, 민족문학사학회, 1998.

김재석, 「근대극 전환기 한일 신파극의 근대성에 대한 비교연극학적 연구」, 『한국극예술연구』 17, 2003.4.

_____, 「『金色夜叉』와 『長恨夢』의 변이에 나타난 한일 신파극의 대중성 비교 연구」, 『어문학』 84집, 한국어문학회, 2004.

_____, 「1910년대 한국 신파연극계의 위기의식과 연쇄극의 등장」, 『어문학』 102, 2008.12.

김재영, 「근대계몽기 '소설' 인식의 한 양상」, 『국어국문학』 143, 국어국문학회, 2006.

_____, 「『대한민보』의 문체 상황과 독자층에 대한 연구」, 동국대 문화학술원 한국문학연구소 편, 『한국 근대문학과 신문』, 동국대 출판부, 2012.

김주현, 「개화기 토론체 양식 연구」, 서울대 석사논문, 1989.

김준형, 「근대전환기 패설의 변환과 지향」, 『구비문학연구』 34, 한국구비문학회, 2012.6.

나병철, 『소설의 이해』, 문예출판사, 2004.

노양환 편, 「춘원연보」, 『이광수 전집』 별권, 삼중당, 1971.

노춘기, 「근대계몽기 유학생집단의 시가 장르와 표기체계에 관한 인식 연구」, 『한민족문화연구』 40, 한민족문화학회, 2012.

대곡삼번(大谷森繁), 「조선조의 소설독자 연구」, 고려대 박사논문, 1984.

대중문학연구회 편, 『대중문학이란 무엇인가』, 평민사, 1995.

_____, 『신문소설이란 무엇인가』, 국학자료원, 1996.

류양선, 「박은식의 사상과 문학」, 『국어국문학』 91, 국어국문학회, 1984.5.

류준경, 「독서층의 새로운 지평, 방각본과 신활자본」, 『한문고전연구』 13, 한국한문고전학회, 2006.

문일웅, 「만민공동회 시기 협성회의 노선 분화와 『제국신문』의 창간」, 『역사와 현실』 93, 한국역사연구회, 2012.

문한별, 「근대전환기 학회지의 서사체 투영 양상―『서우』, 『서북학회월보』를 중심으로」, 『우리어문연구』 35, 우리어문학회, 2009.9.

_____, 「근대전환기 언론 매체에 수용된 서사체 비교 연구」, 『한국근대문학연구』 20, 한국근대문학회, 2009.10.

_____, 「근대전환기 서사의 양식적 혼재와 변용 양상」, 『국제어문』 52, 국제어문학회, 2011.

박대현, 「'국민' 담론 형성과 균열의 기원―『매일신문』을 중심으로」, 『한국문학논총』 45, 한국문학회, 2007.4.

박성호, 「광무·융희 연간 신문의 '사실' 개념과 소설 위상의 상관성 연구」, 고려대 박사논문, 2014.

박수미, 「개화기 신문소설 연구」, 성균관대 박사논문, 2005.

_____, 「개화기 『경향신문』 소설과 프랑스 문학의 비교문학적 검토」, 『인문과학』 38, 성균관대 인문과학연구소, 2006.

박지애, 『근대 대중매체와 잡가』, 역락, 2015.

박진영, 『번역과 번안의 시대』, 소명출판, 2011.

배정상, 「근대계몽기 『독립신문』의 '독자투고' 연구」, 연세대 석사논문, 2004.

_____, 「『대한매일신보』의 서사 수용 과정과 그 특성 연구」, 『현대문학의 연구』 27, 한국문학연구학회, 2005,

_____, 『이해조 문학 연구』, 소명출판, 2015.

백광준, 「청말, 그리고 외국 추리소설의 번역－『시무보』의 외국 '탐정 텍스트' 번역을 중심으로」, 『중국문학』 49, 한국중국어문학회, 2006.

백순재, 「서우 해제」, 한국학문헌연구소 편, 『한국개화기학술지』 5, 아세아문화사, 1976.

_____, 「태극학보 해제」, 한국학문헌연구회 편, 『한국개화기학술지』 13, 아세아문화사, 1978.

서순화, 「『독립신문』의 독자투고 연구」, 충남대 박사논문, 1996.

서은경, 「'사실' 소설의 등장과 근대소설로의 이행과정」, 『한국문학이론과 비평』 47, 한국문학이론과비평학회, 2010.

서혜은, 「경판 방각소설의 대중성과 사회의식 연구」, 경북대 박사논문, 2007.

소래섭, 「『少年』誌에 나타난 '소년'의 의미와 '아동'의 발견」, 『한국학보』 109, 일지사, 2002.

손성준, 「근대 동아시아의 크롬웰 변주」, 『대동문화연구』 제78집, 성균관대 대동문화연구원, 2012.

송명진, 『역사·전기소설의 수사학』, 서강대 출판부, 2013.

송영순, 「이광수의 장시에 나타난 서사성 연구」, 『한국문예비평연구』 38, 한국현대문예비평학회, 2012.

신용하, 『갑오개혁과 독립협회운동의 사회사』, 서울대 출판부, 2001.

신지영, 「『대한민보』 연재소설의 담론적 특성과 수사학적 배치」, 연세대 석사논문, 2003.

양문규, 「1910년대 신문·잡지 미디어와 근대소설의 탄생」, 『현대문학의 연구』 23, 한국문학연구학회, 2004.

연세대 근대한국학연구소 기초학문연구팀, 『한국 근대 서사양식의 발생 및 전개와 매체의 역할』, 소명출판, 2005.

오순방, 『中國近代의 小說 飜譯과 中韓小說의 雙方向 飜譯 硏究』, 숭실대 출판부, 2009.

왕현종, 「한말-일제하 경아전의 관료진출과 정치적 동향」, 연세대 국학연구원 편, 『한국 근대이행기 중인연구』, 신서원, 1999.

이경선, 「박은식의 역사·전기소설」, 『동아시아문화연구』 8, 한양대 한국학연구소, 1985.

이계형, 「1904~1910년 대한제국 관비 일본유학생의 성격 변화」, 『한국독립운동사연구』 31, 독립기념관 한국독립운동사연구소, 2008.

이기문, 「현대적 관점에서 본 한글」, 『새국어 생활』 제6권 제2호, 국립국어연구원, 1996.여름.

이민희, 『조선의 베스트셀러-조선 후기 세책업의 발달과 소설의 유행』, 프로네시스, 2007.

이재선, 『한국개화기소설연구』, 일조각, 1985.

임근수, 「동양에 있어서의 근대신문의 생성 과정에 대한 비교사적 연구-한국 · 중국 · 일본을 중심으로」, 『아세아연구』 12권 4호, 고려대 아세아문제연구소, 1969.

임상석, 『20세기 국한문체의 형성과정』, 지식산업사, 2008.

임상원 · 김민환 · 유선영 외, 『매체 · 역사 · 근대성』, 나남출판, 2004.

임형택, 『한국문학사의 시각』, 창작과비평사, 1984.

_____, 「소설에서 근대어문의 실현 경로」, 『대동문화연구』 58, 성균관대 대동문화연구원, 2007.

장시광, 「조선 후기 대하소설과 士大夫家 여성 독자」, 『東洋古典研究』 29, 동양고전학회, 2007.

장유승, 「조선 후기 서북지역 문인 연구」, 서울대 박사논문, 2010.

전고호행(田尻浩幸), 「이인직 연구」, 고려대 박사논문, 2000.

전영표, 「육당 최남선의 출판행위와 『소년』지 연구」, 『출판잡지연구』 12권 1호, 출판문화학회, 2004.

전은경, 『근대계몽기 문학과 독자의 발견』, 역락, 2009.

_____, 「근대 초기 독자층의 형성과 매체의 역할」, 『현대문학의 연구』 40, 한국문학연구학회, 2010.2.

_____, 「『대한매일신보』의 '편편기담'과 '쓰는 독자'의 출현」, 『한국현대문학연구』 30, 한국현대문학회, 2010.4.

_____, 「『만세보』의 '독자투고란'과 근대 대중문학의 형성」, 『어문학』 111, 한국어문학회, 2011.3; 동국대 문화학술원 한국문학연구소 편, 『한국 근대문학과 신문』, 동국대 출판부, 2012.

_____, 「근대계몽기의 신문 매체와 '독자' 개념의 근대성」, 『현대문학이론연구』 46, 현대문학이론학회, 2011.9

_____, 「근대계몽기 한 · 일 번역문학과 근대 독자층 비교 연구-『장한몽』과 『해왕성』을 중심으로」, 『어문학』 117, 한국어문학회, 2012.9.

_____, 「근대계몽기 독자의 서사에 대한 욕망과 재생산적 글쓰기」, 『한국현대문학연구』 38, 한국현대문학회, 2012.12.

_____, 「근대계몽기 번역문학과 독자층 연구-『춘희』 번역을 둘러싼 한 · 중 · 일 독자 경향 비교」, 『우리말글』 56, 우리말글학회, 2012.12.

_____, 「『대한민보』의 독자란 '풍림'과 근대계몽기 지식인 독자의 서사적 글쓰기」, 『대동문화연구』 83, 성균관대 대동문화연구원, 2013.9.

_____, 「근대계몽기 지식인 독자의 '읽기'와 '쓰기'」, 『국어국문학』 165, 국어국문학회, 2013.12.

_____, 「유학생 잡지 『대한흥학보』와 문학 독자의 형성」, 『국어국문학』 169, 국어국문학회, 2014.12.

_____, 「잡지 『소년』의 기획과 독자 전략」, 『한국현대문학연구』 41, 한국현대문학회, 2013.12.

_____, 「『대한민보』의 소설 정책과 근대 독서그룹의 형성」, 『한국현대문학연구』 44, 한국현대문학회, 2014.12

_____, 「근대계몽기『경향신문』의 편집 전략과 독자 수용 정책」,『어문학』127, 한국어문학회, 2015.3.

_____, 「근대계몽기 독자와의 상호소통적 글쓰기와 '서사' 양식의 실험」,『대동문화연구』91, 성균관대 대동문화연구원, 2015.9.

_____, 「『태극학보』의 표제 기획과 소설 개념의 정립 과정」,『국어국문학』171, 국어국문학회, 2015.6.

_____, 「근대 매체의 이중적 사유와 새로운 지식인 독자층의 출현」,『어문학』130, 한국어문학회, 2015.12.

_____, 「『독립신문』의 문학적 장치와 공론장에 등장한 독자」,『대동문화연구』94, 성균관대 동아시아학술원 대동문화연구원, 2016.6.

_____, 「근대계몽기 잡지의 매체적 특징과 역사의 서사화 과정」,『한국현대문학연구』50, 한국현대문학회, 2016.12.

_____, 「『서우』의 독자 글쓰기와 개인적 고백의 서사」,『대동문화연구』97, 성균관대 동아시아학술원 대동문화연구원, 2017.3.

전인권, 「『독립신문』의 재해석과 한국의 사회과학」, 서울대정치학과독립신문강독회 편,『『독립신문』 다시 읽기』, 푸른역사, 2004.

전인권·정선태·이승원, 『1898, 문명의 전환』, 이학사, 2011.

정가람, 「근대계몽기『경향신문』소재 '쇼셜'의 특성 연구」,『현대소설연구』24, 한국현대소설학회, 2004.

_____, 「근대계몽기『경향신문』소재 소설「히외고학」의 근대적 특성 연구」,『현대문학의 연구』25, 현대문학연구학회, 2005.

정대철, 「개화기 신문의 신문론에 관한 고찰」,『동아시아 문화 연구』10, 한양대 한국학연구소, 1986.

정선태, 「개화기 신문 논설의 서사 수용 양상에 관한 연구」, 서울대 박사논문, 1999.

_____, 「번역과 근대소설 문체의 발견─잡지『소년』을 중심으로」,『대동문화연구』48, 성균관대 대동문화연구원, 2004.

_____, 「근대계몽기 '국민' 담론과 '문명국가'의 상상」,『어문학론총』28, 국민대 어문학연구소, 2009.

정재걸·이혜영, 『한국 근대 학교교육 100년사─개화기의 학교교육』, 한국교육개발원, 1994.

정주아, 『서북문학과 로컬리티』, 소명출판, 2013.

정진석, 『한국언론사』, 나남, 2001.

_____, 『한국 잡지 역사』, 커뮤니케이션북스, 2014.

조광, 「『京郷新聞』의 창간 경위와 그 의의」,『경향신문』영인본,『韓國教會史研究資料』제8집, 한국교회사연구회, 1978.

조동일, 『탈춤의 역사와 원리』, 홍성사, 1984.

_____, 『한국문학통사』4, 지식산업사, 2010.

조상우, 「애국계몽기 한문산문의 의식 지향 연구」, 고려대 박사논문, 2002.

_____, 「「몽배금태조」에 표현된 현실인식과 이상세계」, 『동양고전연구』 40, 동양고전학회, 2010.

조윤정, 「잡지 『소년』과 국민문화의 형성」, 『한국현대문학연구』 21, 한국현대문학회, 2007.

조현욱, 「서북학회의 애국계몽운동(I)-『서우』·『서북학회월보』의 내용과 현실인식」, 『한국학
　　　연구』 5, 숙명여대, 1995.

주진오, 「독립협회의 개화론과 민족주의」, 『현상과 인식』 20, 한국인문사회과학회, 1996.

_____, 「서재필의 한국근대사 인식」, 『한국학연구』 21, 2009.11.

차배근, 『개화기일본유학생들의 언론출판활동연구』 I, 서울대 출판부, 2000.

채백, 「『독립신문』의 참여 인물 연구」, 『한국언론정보학보』 36, 한국언론정보학회, 2006.

천정환, 「한국 근대소설 독자와 소설 수용 양상에 대한 연구」, 서울대 박사논문, 2002.

_____, 『근대의 책읽기』, 푸른역사, 2003.

최경숙, 「'大韓興學會'에 대하여」, 『부산외국어대학 논문집』 3, 1985.2.

_____, 『황성신문』, 부산외대 출판부, 2010.

최기영, 「구한말 『만세보』에 관한 일고찰」, 『한국사 연구』 61·62, 한국사연구회, 1988.10.

최동현·김만수, 『일제 강점기 유성기 음반속의 대중희극』, 태학사, 1997.

최수경, 「淸 後期 女性들의 小說 수용에 관한 연구-題紅詩에서 『紅樓夢影』까지」, 『中國小說論叢』
　　　35, 한국중국소설학회, 2011.

최은숙, 「20세기 초 신문·잡지의 민요 담론 연구」, 경북대 박사논문, 2004.

최준, 『한국신문사』, 일조각, 1970.

최태원, 「번안소설·미디어·대중성-1910년대 소설 독자의 문제를 중심으로」, 사에구사 도시카
　　　스 편, 『한국 근대문학과 일본』, 소명출판, 2003.

최호석, 「장응진 소설의 성경 모티프 연구」, 『동북아문화연구』 22, 동북아시아문화학회, 2010.

하태석, 「백악춘사 장응진의 소설에 나타난 계몽사상의 성격」, 『우리문학연구』 14, 우리문학회,
　　　2001.

한국언론사연구회 편, 『대한매일신보 연구』, 커뮤니케이션스북스, 2004.

한기형, 『한국 근대소설사의 시각』, 소명출판, 1999.

한원영, 『한국개화기신문연재소설연구』, 일지사, 1990.

_____, 『한국신문전사』, 푸른사상, 2008.

한혜경, 「문화현상으로 바라본 淸代의 『紅樓夢』 열풍」, 『中國小說論叢』 30, 한국중국소설학회,
　　　2009.

홍순애, 「근대계몽기 단형서사에 나타난 법의식 연구」, 『한민족문화연구』 23, 한민족문화학회,
　　　2007.11.

홍준형, 「시사단평과 근대 매체산문의 계보」, 『중국어문론역총간』 27, 중국어문론역학회, 2009.

홍찬기, 「개화기 한국사회의 신문 독자에 관한 연구」, 『한국언론정보학보』 7, 한국언론정보학회,
　　　1996.3.

황혜진, 「잡지 『少年』의 독자투고에 대한 어문교육사적 연구」, 『고전문학과 교육』 12, 한국고전문

학교육학회, 2006.

황호덕, 「漢文脈의 이미저리, 『大韓民報』1909~1910 漫評의 알레고리 읽기-1909년 연재분을 중심으로」, 『대동문화연구』 77, 성균관대 대동문화연구원, 2012.2.

3. 국외논저

高本健夫, 『新聞小說史-明治編』, 国書刊行会, 1974.

関肇, 『新聞小說の時代-メヂィア・読者・メロドラマ』, 訴曜社, 2007.

福田淸人, 『尾崎紅葉』, 日本図書センター, 1992.

杉浦 正, 『新聞事始め』, 毎日新聞社, 1971.

山本武利, 『近代日本の新聞読者層』, 法政大學出版局, 1981.

影山三郎, 『新聞投書論』, 現代ジャナリズム出版会, 1968.

永嶺重敏, 『雑誌・読者の近代』, 日本エディタースクール出版部, 1997.

王士菁, 『中國文學史』, 中國工人出版社, 2002.

王虹, 「恋愛観と恋愛小說の飜譯」, 『多元文化』 2, 名古屋大学国際言語文化研究科 国際多元文化専攻, 2002.

伊藤秀雄, 『黒岩淚香研究』, 幻影城, 1978.

伊藤秀雄, 『黒岩淚香-探偵小說の元祖』, 三一書房, 1988.

李欣穎, 「断场人写断场词-从叙述模式看小说『玉梨魂』之写作特色」, 『中國語文論譯叢刊』 제22집, 중국어문론역학회, 2008.

張競, 임수빈 역, 『근대 중국과 연애의 발견』, 소나무, 2007.

錢理群等, 『中國現代文學三十年』, 北京大學出版社, 1998.

前田愛, 유은경・이원희 역, 『일본 근대 독자의 성립』, 이룸, 2003.

中村光夫, 고재석・김환기 역, 『일본메이지문학사』, 동국대 출판부, 2001.

紅野謙介, 『投機としての文学』, 新曜社, 2003.

Barnhurst, Kevin G.・Nerone, John C., *The Form of news-a history*, New York : The Guilford Press, 2001.

Barthes, Roland, 김희영 역, 『텍스트의 즐거움』, 동문선, 1997.

Bishop, Isabella Bird, 이인화 역, 『한국과 그 이웃나라들』, 살림, 1994.

Bourdaret, Emile, 정진국 역, 『대한제국 최후의 숨결』, 글항아리, 2009.

Chartier, Roger, 굴리엘모 카발로 편, 이종삼 역, 『읽는다는 것의 역사』, 한국출판마케팅연구소, 2006.

Curran, James, 이봉현 역, 『미디어와 민주주의』, 한울, 2014.

Faulstich, Werner, 황대현 역, 『근대초기 매체의 역사』, 지식의풍경, 2007.

Fiske, John, 박만준 역, 『대중문화의 이해』, 경문사, 2002.

Freund, Elizabeth, 신명아 역, 『독자로 돌아가기』, 인간사랑, 2005.

Hartman, Geoffrey H., *Saving the Text*, The Johns Hopkins University Press, 1981.

Lee, Alfred McClung, *The Daily Newspaper in America — The Evolution of a Social Instrument*, London : Routledge/Thoemmes Press, 2000.

Hulbert, H. B., 신복용 역, 『대한제국 멸망사』, 평민사, 1984.

Man, Paul de, 이창남 역, 『독서의 알레고리(*Allegories of Reading*)』, 문학과지성사, 2010.

McLuhan, Marshall, 임상원 역, 『구텐베르크 은하계─활자 인간의 형성』, 커뮤니케이션북스, 2001.

_____, 김성기·이한우 역, 『미디어의 이해』, 민음사, 2011.

Miller, Jonathan, 『맥루안』, 시공사, 2001.

Rosenblatt, Louise M., 김혜리·엄해영 역, 『독자, 텍스트, 시─문학 작품의 상호 교통 이론』, 한국문화사, 2008.

Yao dan, 고숙희 역, 『중국문학』, 대가, 2009.

초출일람

「근대 초기 독자층의 형성과 매체의 역할」, 『현대문학의 연구』 40, 한국문학연구학회, 2010.2.

「『대한매일신보』의 '편편기담'과 '쓰는 독자'의 출현」, 『한국현대문학연구』 30, 한국현대문학회, 2010.4.

「『만세보』의 '독자투고란'과 근대 대중문학의 형성」, 『어문학』 111, 한국어문학회, 2011.3; 동국대 문화학술원 한국문학연구소 편, 『한국 근대문학과 신문』, 동국대 출판부, 2012.

「근대계몽기의 신문 매체와 '독자' 개념의 근대성」, 『현대문학이론연구』 46, 현대문학이론학회, 2011.9.

「근대계몽기 한·일 번역문학과 근대 독자층 비교 연구—『장한몽』과 『해왕성』을 중심으로」, 『어문학』 117, 한국어문학회, 2012.9.

「근대계몽기 독자의 서사에 대한 욕망과 재생산적 글쓰기」, 『한국현대문학연구』 38, 한국현대문학회, 2012.12.

「근대계몽기 번역문학과 독자층 연구—『춘희』 번역을 둘러싼 한·중·일 독자 경향 비교」, 『우리말글』 56, 우리말글학회, 2012.12.

「『대한민보』의 독자란 '풍림'과 근대계몽기 지식인 독자의 서사적 글쓰기」, 『대동문화연구』 83, 성균관대 대동문화연구원, 2013.9.

「근대계몽기 지식인 독자의 '읽기'와 '쓰기'」, 『국어국문학』 165, 국어국문학회, 2013.12.

「잡지 『소년』의 기획과 독자 전략」, 『한국현대문학연구』 41, 한국현대문학회, 2013.12.

「유학생 잡지 『대한흥학보』와 문학 독자의 형성」, 『국어국문학』 169, 국어국문학회, 2014.12.

「『대한민보』의 소설 정책과 근대 독서그룹의 형성」, 『한국현대문학연구』 44, 한국현대문학회, 2014.12.

「근대계몽기 『경향신문』의 편집 전략과 독자 수용 정책」, 『어문학』 127, 한국어문학회, 2015.3.

「『태극학보』의 표제 기획과 소설 개념의 정립 과정」, 『국어국문학』 171, 국어국문학회, 2015.6.

「근대계몽기 독자와의 상호소통적 글쓰기와 '서사' 양식의 실험」, 『대동문화연구』 91, 성균관대 대동문화연구원, 2015.9.

「근대 매체의 이중적 사유와 새로운 지식인 독자층의 출현」, 『어문학』 130, 한국어문학회, 2015.12.

「『독립신문』의 문학적 장치와 공론장에 등장한 독자」, 『대동문화연구』 94, 성균관대 동아시아학술원 대동문화연구원, 2016.6.

「근대계몽기 잡지의 매체적 특징과 역사의 서사화 과정」, 『한국현대문학연구』 50, 한국현대문학회, 2016.12.

「『서우』의 독자 글쓰기와 개인적 고백의 서사」, 『대동문화연구』 97, 성균관대 대동문화연구원, 2017.3.